VERSCHLEPPT: DIE KOMPLETTE TRILOGIE

ANNA ZAIRES

♠ MOZAIKA PUBLICATIONS ♠

Veröffentlicht von Mozaika Publications, einer Druckmarke von Mozaika LLC.
www.mozaikallc.com

Aus dem Amerikanischen von Grit Schellenberg
Lektorin: Kerstin Frashier

Cover Design von Najla Qamber Designs
najlaqamberdesigns.com

e-ISBN: 978-1-63142-144-0
Print ISBN: 978-1-63142-311-6

TWIST ME – VERSCHLEPPT

PROLOG

BLUT.

Es ist überall. Die dunkelrote Lache auf dem Boden breitet sich aus, wird immer größer. Es ist auf meinen Füßen, meiner Haut, meinem Haar. Ich kann es fühlen, riechen und spüre, wie es mich bedeckt. Ich versinke in Blut, ich ersticke daran.

Nein! Halt!

Ich möchte schreien, aber ich kann nicht genügend Luft holen. Ich möchte mich bewegen, aber ich bin gefesselt, an etwas festgebunden. Die Seile schneiden in meine Haut, als ich versuche, mich aus ihnen herauszuwinden.

Ich kann ihre Schreie hören. Unmenschliches, gequältes und schmerzerfülltes Kreischen, das mit ungebremster Gewalt in mich eindringt und meinen Verstand genauso roh und verstümmelt zurücklässt wie ihr Fleisch.

Er hebt das Messer ein letztes Mal, und die Blutlache wird zu einem Ozean, dessen reißende Strömung mich mit sich zieht ...

Ich wache auf, als ich seinen Namen schreie, und meine Laken sind vollständig von kaltem Schweiß durchnässt.

Einen Augenblick lang bin ich orientierungslos ... und dann erinnere ich mich.

Er wird niemals wieder zu mir kommen.

1

ACHTZEHN MONATE ZUVOR

ora

ICH BIN SIEBZEHN JAHRE ALT, ALS ICH ZUM ERSTEN MAL AUF IHN TREFFE.

Siebzehn und verrückt nach Jake.

»Nora, jetzt komm schon, das ist langweilig«, sagt Leah, als wir auf der Tribüne sitzen und uns das Spiel anschauen. American Football. Etwas, von dem ich nichts verstehe, aber so tue, als würde ich es lieben, da ich ihn hier sehen kann. Auf dem Spielfeld, jeden Tag beim Training.

Ich bin natürlich nicht das einzige Mädchen, welches Jake beobachtet. Er ist der Quarterback und der heißeste Typ auf dem ganzen Planeten – oder zumindest in Oak Lawn, Illinois, einem Vorort von Chicago.

»Es ist nicht langweilig«, erwidere ich. »American Football ist toll.«

Leah rollt mit den Augen. »Ja, ja. Geh endlich zu ihm hin und rede mit ihm. Du bist doch nicht schüchtern. Warum machst du ihn nicht endlich auf dich aufmerksam?«

Ich zucke mit den Schultern. Jake und ich verkehren nicht in denselben Kreisen. Er wird von Cheerleadern belagert, und ich habe ihn lange genug beobachtet, um zu wissen, dass er auf große, blonde Mädchen steht und nicht auf kleine, braunhaarige.

Außerdem macht es bis jetzt einfach Spaß, diese Anziehung zu spüren. Und ich weiß, was für ein Gefühl das ist. Lust. Schlicht und ergreifend Hormone. Ich weiß nicht, ob ich Jake als Person mögen würde, aber ich weiß mit Sicherheit, dass ich es liebe, wie er ohne sein Shirt aussieht. Immer, wenn er an mir vorbeigeht, spüre ich, wie mein Herz vor Aufregung schneller schlägt. Ich fühle eine innere Wärme und kann kaum ruhig sitzen.

Ich träume auch von ihm. Sexy Träume, sinnliche Träume, in denen er meine Hand hält, mein Gesicht berührt, mich küsst. Unsere Körper berühren sich, reiben sich aneinander. Wir ziehen uns aus.

Ich versuche mir vorzustellen, wie es wäre, Sex mit Jake zu haben.

Letztes Jahr, als ich mich regelmäßig mit Rob getroffen habe, sind wir fast bis zum Ende gegangen, aber dann habe ich herausgefunden, dass er auf einer Party betrunken mit einem anderen Mädchen geschlafen hat. Er bereute es zutiefst und wollte es wiedergutmachen, als ich ihn darauf ansprach. Ich konnte ihm aber nie wieder vertrauen, und wir haben uns getrennt. Jetzt bin ich vorsichtiger bei der Auswahl der Jungs, mit denen ich ausgehe, auch wenn ich weiß, dass nicht alle so sind wie er.

Jake könnte allerdings so sein. Er ist einfach zu beliebt, um kein Herzensbrecher zu sein. Trotzdem, wenn es jemanden gibt, mit dem ich mein erstes Mal erleben möchte, ist das definitiv Jake.

»Lass uns heute Abend weggehen«, schlägt Leah vor. »Nur wir Mädchen. Wir können nach Chicago fahren und deinen Geburtstag feiern.«

»Mein Geburtstag ist erst nächste Woche«, erinnere ich sie, auch wenn ich weiß, dass sie das Datum auf ihrem Kalender rot angestrichen hat.

»Na und? Wir können doch schon mal vorfeiern.«

Ich grinse. Sie ist immer so scharf darauf, Party zu machen. »Ich weiß nicht. Und wenn sie uns wieder rausschmeißen? Diese gefälschten Führerscheine sind nicht wirklich gut ...«

»Wir gehen einfach woanders hin. Es muss ja nicht der Aristotle sein.«

Aristotle ist mit Abstand der coolste Club der Stadt. Aber Leah hatte recht – es gibt auch andere.

»Okay«, meine ich. »Lass uns das machen. Lass uns vorfeiern.«

~

Leah holt mich um 21.00 Uhr ab.

Sie hat sich fürs Clubben zurechtgemacht – dunkle, glänzende Jeans, ein glitzerndes Schlauchtop und hochhackige Overknees. Ihr blondes Haar ist vollkommen weich und glatt und fällt wie ein markanter Wasserfall ihren Rücken hinab.

Ich dagegen trage immer noch meine Turnschuhe. Meine Schuhe fürs Clubbing habe ich in dem Rucksack, den ich in Leahs Auto lassen werde. Ein dicker Pulli versteckt das aufreizende Top, welches ich trage. Ich bin nicht geschminkt, und mein langes braunes Haar ist zu einem Pferdeschwanz gebunden.

So verlasse ich das Haus, um keinen Verdacht zu erregen. Ich sage meinen Eltern, dass ich den Abend mit Leah bei Freunden zu Hause verbringe. Meine Mutter lächelt und wünscht mir viel Spaß.

Jetzt, mit fast achtzehn, habe ich keine Ausgehsperre mehr. Oder vielleicht habe ich sie noch, aber sie ist zumindest nicht offiziell. Solange ich nach Hause komme, bevor meine Eltern anfangen, sich Sorgen zu machen – oder ich ihnen zumindest sage, wo ich bin –, ist alles in Ordnung.

Sobald ich in Leahs Auto sitze, beginne ich mit meiner Verwandlung.

Weg mit dem dicken Pulli und raus mit dem verführerischen Tanktop, das ich darunter habe. Ich trage einen Push-up-BH, um mein etwas zu klein ausgefallenes Kapital zu maximieren. Die Träger des BHs sind durchaus vorzeigbar, weshalb es mich nicht stört, wenn sie hervorschauen. Ich habe nicht so coole Schuhe wie Leah, aber ich habe es geschafft, meine hübschesten schwarzen Absatzschuhe herauszuschmuggeln. Sie vergrößern mich um etwa zehn Zentimeter. Da ich jeden einzelnen von ihnen benötige, ziehe ich die Schuhe gleich an.

Als Nächstes hole ich meinen Schminkbeutel hervor und klappe die Sonnenblende herunter, um den Spiegel zu benutzen.

Vertraute Gesichtszüge blicken mich an. Große, braune Augen und klar definierte schwarze Augenbrauen dominieren mein kleines Gesicht. Rob hat mir einmal gesagt, ich würde exotisch aussehen. Ein wenig kann ich das gerade selbst erkennen. Auch wenn ich nur zu einem Viertel Latina bin, sieht meine Haut immer ein wenig gebräunt aus, und meine Wimpern sind außergewöhnlich lang. Künstliche Wimpern nennt Leah sie, aber sie sind hundertprozentig echt.

Ich habe kein Problem mit meinem Aussehen, auch wenn ich mir häufig wünsche, größer zu sein. Das sind meine mexikanischen Gene. Meine Großmutter war klein, und das bin ich auch, obwohl meine Eltern beide durchschnittlich groß sind. Das wäre mir auch egal, würde Jake nicht große Mädchen mögen. Ich glaube nicht einmal, dass er mich im Gang überhaupt sieht; ich befinde mich im wahrsten Sinne des Wortes nicht auf seiner Augenhöhe.

Seufzend trage ich Lipgloss und ein wenig Lidschatten auf. Ich benutze nicht zu viel Make-up, weil ich ganz natürlich am besten aussehe.

Leah dreht das Radio auf, und die neuesten Hits dröhnen durch das Auto. Ich lache und fange an, mit Rihanna mitzusingen. Leah fällt auch ein, und jetzt schmettern wir beide die S&M-Texte mit.

Ohne es zu merken, kommen wir auch schon am Club an.

Wir betreten ihn so, als würde er uns gehören. Leah schenkt dem Türsteher ein strahlendes Lächeln, und wir zücken unsere Ausweise. Sie lassen uns ein, kein Problem.

Wir waren noch niemals zuvor in diesem Club. Er befindet sich in einem älteren, leicht heruntergekommenen Teil des Zentrums von Chicago.

»Wie bist du auf diesen Club gekommen?«, rufe ich Leah zu. Ich muss schreien, um die Musik zu übertönen.

»Ralph hat mir davon erzählt«, brüllt sie zurück, und ich verdrehe die Augen.

Ralph ist Leahs Ex-Freund. Sie haben sich getrennt, als er anfing, sich seltsam zu benehmen, aber sie reden trotzdem noch miteinander. Ich glaube, dass er Drogen nimmt oder so etwas. Ich bin mir nicht sicher, und Leah erzählt mir, aus falscher Loyalität zu ihm, nichts. Er ist der König des Zwielichts, und die Tatsache, dass die Empfehlung für diesen Ort von ihm kam, ist nicht sehr beruhigend.

Aber was soll's. Sicherlich ist die Gegend nicht die Beste, aber die Musik ist gut, und die anderen Gäste sind auch eine nette Mischung.

Wir sind hier, um Party zu machen, und genau das tun wir auch die nächste Stunde lang. Leah bringt ein paar Jungs dazu, uns einen Longdrink auszugeben. Wir trinken nicht mehr als einen pro Kopf.

Leah, weil sie uns nach Hause fahren muss – und ich, weil ich Alkohol nicht gut vertrage. Wir sind vielleicht jung, aber wir sind nicht blöd.

Nach den Longdrinks tanzen wir. Die beiden, die uns eben die Drinks ausgegeben haben, tanzen mit uns, aber wir ziehen uns nach und nach von ihnen zurück. Sie sind nicht wirklich süß. Leah findet eine Gruppe heißer Typen im Studentenalter, und wir pirschen uns an sie heran. Sie beginnt eine Unterhaltung mit einem von ihnen, und ich schaue ihr lächelnd dabei zu. Sie ist gut, was diesen ganzen Flirtkram betrifft.

Unterdessen teilt meine Blase mir mit, dass es Zeit sei, die Damentoilette aufzusuchen. Also verlasse ich Leah und folge meiner Blase.

Auf dem Rückweg bitte ich den Barmann um ein Glas Wasser. Nach dem ganzen Tanzen habe ich Durst.

Er reicht es mir, und ich schütte es gierig hinunter. Als ich fertig bin, stelle ich das Glas ab und schaue auf.

Direkt in ein Paar stechend blaue Augen.

Er sitzt an der gegenüberliegenden Seite der Bar, etwa drei Meter von mir entfernt – und er starrt mich an.

Ich starre zurück. Ich kann nichts dagegen tun. Er ist wahrscheinlich der bestaussehendste Mann, der mir jemals begegnet ist.

Sein Haar ist dunkel und leicht gelockt. Sein Gesicht ist hart und männlich, alle seine Gesichtszüge sind perfekt symmetrisch. Geradlinige Augenbrauen über diesen auffallend blassen Augen. Ein Mund, der zu einem gefallenen Engel gehören könnte.

Mir ist plötzlich sehr warm, als ich mir vorstelle, wie dieser Mund meine Haut, meine Lippen berührt. Wenn ich leicht erröten würde, hätte mein Gesicht schon die Farbe von Roter Bete.

Er steht auf, geht auf mich zu und hält mich immer noch mit seinem Blick fest. Er geht entspannt. Ruhig. Er ist sich völlig sicher. Und warum auch nicht? Er ist umwerfend, und er weiß es.

Als er näher kommt, bemerke ich, dass er ein großer Mann ist. Groß und gut gebaut. Ich weiß nicht, wie alt er ist, aber ich denke, er ist näher an der Dreißig als an der Zwanzig. Ein Mann, kein Junge.

Er steht neben mir, und ich muss mich darauf konzentrieren, zu atmen.

»Wie heißt du?«, fragt er sanft. Seine Stimme dringt durch die

Musik, ihr tiefer Ton ist selbst in dieser lauten Umgebung deutlich zu hören.

»Nora«, sage ich leise und schaue zu ihm hinauf. Ich bin völlig hypnotisiert, und ich bin mir ziemlich sicher, dass er das weiß.

Er lächelt. Seine sinnlichen Lippen öffnen sich und geben den Blick auf gleichmäßige, weiße Zähne frei. »Nora. Ein schöner Name.«

Er stellt sich nicht vor, weshalb ich meinen Mut zusammennehme und ihn frage: »Wie heißt du?«

»Du kannst mich Julian nennen«, antwortet er, und ich beobachte, wie sich seine Lippen bewegen. Ich war noch nie zuvor so fasziniert von den Lippen eines Mannes.

»Wie alt bist du, Nora?«, will er als Nächstes wissen.

Ich blinzele. »Einundzwanzig.«

Sein Gesichtsausdruck verdunkelt sich. »Lüg mich nicht an.«

»Fast achtzehn«, gebe ich zögernd zu. Ich hoffe, er wird es nicht dem Barmann erzählen und mich rausschmeißen lassen.

Er nickt, so als habe ich seine Vermutungen bestätigt. Und dann hebt er seine Hand und berührt mein Gesicht. Leicht, zart. Sein Daumen streicht gegen meine Oberlippe, so als würde er neugierig sein, wie sie sich anfühlt.

Ich bin so schockiert, dass ich einfach nur dastehe. Niemand hat das jemals getan, mich so beiläufig, so besitzergreifend berührt. Mir ist heiß und gleichzeitig kalt. Ein Angstschauer läuft mir über den Rücken. Er zögert nicht, bei dem, was er macht. Er fragt nicht um Erlaubnis, hält nicht inne, um zu sehen, ob ich seine Berührung zulasse.

Er berührt mich einfach. So als habe er das Recht dazu. So als gehöre ich zu ihm.

Ich atme zitternd ein und nehme Abstand. »Ich muss gehen«, flüstere ich, und er nickt erneut, betrachtet mich mit einem unleserlichen Ausdruck auf seinem wunderschönen Gesicht. Ich weiß, er lässt mich gehen, und erbärmlicherweise bin ich ihm dankbar dafür – weil irgendetwas tief in mir spürt, dass er auch leicht hätte weiter gehen können, dass er nicht nach den normalen Regeln spielt.

Und dass er wahrscheinlich das gefährlichste Wesen ist, welches ich jemals getroffen habe.

Ich drehe mich um und gehe durch die Menge. Meine Hände zittern, und mein Herz schlägt zum Zerspringen.

Ich muss raus hier, also schnappe ich mir Leah und lasse mich von ihr nach Hause fahren.

Als wir aus dem Club gehen, blicke ich zurück und sehe ihn wieder. Er starrt mich immer noch an.

Sein Blick enthält ein dunkles Versprechen – etwas, was mich erschaudern lässt.

2

DIE NÄCHSTEN DREI WOCHEN VERGEHEN WIE IM FLUG. ICH FEIERE meinen achtzehnten Geburtstag, lerne für die Abschlussklausuren und verbringe Zeit mit Leah und meiner anderen Freundin Jennie. Ich gehe zum American Football, um Jake spielen zu sehen, und bereite mich auf die Abschlussfeier vor.

Ich versuche, nicht mehr an den Zwischenfall im Club zu denken, denn wenn ich es mache, fühle ich mich wie ein Feigling. Warum bin ich weggerannt? Julian hatte mich kaum berührt.

Ich kann meine seltsame Reaktion kaum verstehen. Ich war erregt gewesen, aber gleichzeitig lächerlich verängstigt.

Und jetzt verbringe ich schlaflose Nächte. Anstatt von Jake zu träumen, wache ich oft auf, fühle mich heiß und unwohl, mit einem Pochen zwischen den Beinen. Dunkle, sexuelle Bilder dringen in meine Träume ein, Dinge, über die ich niemals zuvor nachgedacht habe. Eine Menge davon dreht sich um Julian, der etwas mit mir macht, während ich hilflos bin, unfähig, mich zu bewegen.

Manchmal denke ich, ich werde verrückt.

Ich schiebe diesen beunruhigenden Gedanken beiseite und konzentriere mich aufs Anziehen.

Heute ist mein Highschool-Abschluss, und ich bin aufgeregt. Leah, Jennie und ich haben nach der Zeremonie große Pläne. Jake schmeißt eine Nach-dem-Abschluss-Party bei sich zu Hause. Es wird die perfekte Gelegenheit sein, mit ihm zu reden.

Ich trage ein schwarzes Kleid unter meiner blauen Abschlussrobe. Es ist schlicht, aber es steht mir gut, hebt meine kleinen Rundungen hervor. Ich trage außerdem Zehn-Zentimeter-Absätze. Ein bisschen zu viel für eine Abschlussveranstaltung, aber ich brauche die zusätzliche Größe.

Meine Eltern fahren mich zur Schule. Ich hoffe, diesen Sommer genug Geld zu sparen, um mir für die Uni mein eigenes Auto kaufen zu können. Ich habe geplant, zur örtlichen Universität zu gehen, weil es so billiger wird. Ich werde also immer noch zu Hause wohnen.

Das macht mir nichts aus. Meine Eltern sind nett, und wir kommen gut miteinander aus. Sie lassen mir eine Menge Freiheiten – weil sie denken, ich sei ein gutes Kind, käme niemals in Schwierigkeiten. Sie haben fast recht. Außer den gefälschten Ausweisen und dem gelegentlichen Clubbing führe ich ein recht beschauliches Leben. Keine Alkoholexzesse, kein Rauchen, keine Drogen – auch wenn ich schon einmal auf einer Party gekifft habe.

Wir kommen an, und ich finde Leah. Für die Zeremonie aufgestellt, warten wir geduldig bis unsere Namen aufgerufen werden. Es ist ein perfekter Tag für Anfang Juni – nicht zu heiß, nicht zu kalt.

Leahs Name wird zuerst aufgerufen. Zu ihrem Glück beginnt ihr Nachname mit einem »A«. Mein Name ist Leston, also muss ich noch weitere dreißig Minuten stehen. Wenigstens sind wir in unserer Abschlussklasse nur hundert Schüler. Einer der Vorteile, in einer Kleinstadt zu leben.

Mein Name wird aufgerufen, und ich gehe mir mein Zeugnis abholen. Ich schaue in die Menge, lächle und winke meinen Eltern zu. Ich freue mich, weil sie so stolz aussehen.

Ich schüttele die Hand des Direktors und gehe zurück zu meinem Sitz.

Und in diesem Moment sehe ich ihn wieder.

Mein Blut gefriert in den Adern.

Er sitzt in den letzten Reihen und beobachtet mich. Ich kann seine Augen auf mir fühlen, selbst aus dieser Entfernung.

Irgendwie schaffe ich es, ohne zu fallen die Bühne zu verlassen. Meine Beine zittern, und mein Atem ist schneller als normal. Ich nehme neben meinen Eltern Platz und hoffe, dass sie meinen Zustand nicht bemerken.

Warum ist Julian hier? Was will er von mir? Ich atme tief durch und versuche, mich zu beruhigen. Mit Sicherheit ist er wegen jemand anderem hier. Vielleicht hat er einen Bruder oder eine Schwester in der Abschlussklasse. Oder einen anderen Verwandten.

Aber ich weiß, ich belüge mich selbst.

Ich erinnere mich an seine besitzergreifende Berührung und weiß, er ist noch nicht fertig mit mir.

Er will mich.

Ein Schauer läuft mir bei diesem Gedanken den Rücken hinunter.

~

NACH DER ZEREMONIE SEHE ICH IHN NICHT MEHR UND BIN erleichtert. Leah fährt uns zu Jakes Haus. Sie und Jennie unterhalten sich die ganze Zeit, da sie so aufgeregt sind, mit der Schule fertig zu sein und einen neuen Lebensabschnitt zu beginnen.

Normalerweise würde ich mich ihrer Unterhaltung anschließen, aber ich bin zu durcheinander davon, Julian gesehen zu haben. Also sitze ich einfach schweigend da. Aus irgendeinem Grund hatte ich Leah nichts von dem Treffen im Club erzählt. Ich sagte ihr damals einfach, ich hätte Kopfschmerzen und wolle nach Hause fahren.

Ich weiß nicht, warum ich mit Leah nicht über Julian reden kann. Ich habe kein Problem damit, alles über Jake bei ihr loszuwerden. Vielleicht ist es einfach zu schwierig für mich, ihr zu beschreiben, welche Gefühle Julian in mir weckt. Sie würde nicht verstehen, warum er mir Angst macht.

Ich verstehe es ja selbst nicht richtig.

Die Party in Jakes Haus ist schon in vollem Gange, als wir ankommen. Ich bin immer noch entschlossen, mit ihm zu reden, aber ich bin zu aufgewühlt, Julian erneut gesehen zu haben. Ich beschließe, etwas flüssigen Mut vertragen zu können.

Ich verlasse die Mädels, gehe zu dem Fass und schenke mir einen

Becher Bowle ein. Als ich daran rieche, bin ich mir sicher, dass sie Alkohol enthält, und trinke den ganzen Becher auf einmal.

Fast augenblicklich werde ich benebelt. Wie ich in den letzten Jahren herausgefunden habe, vertrage ich nahezu keinen Alkohol. Ein Getränk ist schon fast meine Grenze.

Ich sehe, wie Jake in die Küche geht, und folge ihm.

Er macht sauber, schmeißt übriggebliebene Becher und dreckige Papierteller weg.

»Möchtest du ein wenig Hilfe dabei?«, frage ich.

Er lächelt, und an den äußeren Winkeln seiner braunen Augen bilden sich Fältchen. »Na klar, danke. Das wäre großartig.« Sein mit sonnengebleichten Strähnen durchzogenes Haar ist ein wenig länger und fällt über die Stirn, was ihn besonders niedlich macht.

Ich schmelze innerlich dahin. Er ist so hübsch. Nicht auf die beunruhigende Art Julians, sondern auf eine schöne Weise. Jake ist groß und muskulös, aber nicht besonders riesig für einen Quarterback. Nicht riesig genug, um Football an der Uni zu spielen; das hat mir zumindest Jennie einmal erzählt.

Ich helfe ihm aufzuräumen, fege einige Chipskrümel von der Theke und wische die Bowle auf, die auf den Boden gespritzt war. Die ganze Zeit über schlägt mein Herz vor Aufregung ganz schnell.

»Nora, stimmt's?«, meint Jake und schaut mich an.

Er kennt meinen Namen!

Ich grinse ihn breit an. »Ja, das stimmt.«

»Ich finde das wirklich großartig, dass du mir hilfst, Nora«, sagt er offen zu mir. »Ich schmeiße gerne Partys, aber das Aufräumen am nächsten Tag ist beschissen. Also versuche ich jetzt schon, ein bisschen was wegzumachen, bevor es zu schlimm wird.«

Mein Grinsen wird noch breiter, und ich nicke. »Natürlich.«

Das verstehe ich völlig. Ich liebe es, dass er so nett und nachdenklich zu sein scheint, viel mehr als nur ein Sportler.

Wir beginnen, uns zu unterhalten. Er erzählt mir von seinen Plänen für das kommende Jahr. Im Gegensatz zu mir studiert er woanders. Ich sage ihm, dass ich plane, die nächsten zwei Jahre hierzubleiben, um Geld zu sparen. Danach würde ich gerne zu einer richtigen Uni wechseln.

Er nickt zustimmend und meint, das sei clever. Er hatte auch darüber nachgedacht, etwas in dieser Art zu machen, aber dann hatte er das Glück, ein komplettes Stipendium für die Universität von Michigan zu bekommen.

Ich lächle und gratuliere ihm. Innerlich hüpfe ich vor Freude auf und ab.

Wir verstehen uns. Wir verstehen uns wirklich gut. Er mag mich, das merke ich. Warum hatte ich ihn nur nicht eher angesprochen?

Wir reden etwa zwanzig Minuten lang, bevor jemand in die Küche kommt und Jake sucht.

»Ach, Nora«, meint Jake, bevor er wieder zurück zur Party geht, »hast du morgen schon was vor?«

Ich schüttele meinen Kopf und halte den Atem an.

»Was hältst du davon, wenn wir ins Kino gehen?«, schlägt Jake vor. »Und davor vielleicht noch etwas in einem kleinen Fischrestaurant essen?«

Ich grinse und nicke wie ein Idiot. Ich habe zu viel Angst, etwas Dummes zu sagen, also halte ich meinen Mund.

»Klasse«, meint Jake und grinst zurück. »Ich komme dich um sechs abholen.«

Er geht, um wieder der Gastgeber der Party zu sein, und ich suche die Mädchen. Wir bleiben noch ein paar Stunden, aber ich rede nicht mehr mit Jake. Er ist von seinen Sportlerfreunden umgeben, und ich möchte ihn nicht stören.

Aber ab und an erwische ich ihn dabei, wie er in meine Richtung schaut und lächelt.

~

DIE NÄCHSTEN VIERUNDZWANZIG STUNDEN VERBRINGE ICH SCHWEBEND. Ich berichte Leah und Jennie alles, was passiert ist. Sie freuen sich für mich.

Ich bereite mich auf unser Date vor. Ich ziehe ein niedliches blaues Kleid an und ein Paar hochhackige, braune Stiefel. Sie sind so ähnlich wie Cowboystiefel, nur ein wenig schicker, und ich weiß, sie stehen mir.

Jake holt mich Punkt sechs ab.

Wir gehen zu Fish-of-the-Sea, einem beliebten örtlichen Bistro, das nicht allzu weit vom Kino entfernt liegt. Es ist ein netter Ort zum Hinsetzen, nicht allzu förmlich.

Perfekt für das erste Date.

Wir amüsieren uns prächtig. Ich erfahre mehr von Jake und seiner Familie. Er fragt mich viele Sachen, und wir entdecken, dass wir die gleiche Art von Filmen mögen. Irgendwie mag ich keine Mädchenfilme, aber liebe billige Weltuntergangsfilme mit vielen Spezialeffekten. Genau wie Jake.

Nach dem Essen gehen wir uns einen Film ansehen. Leider ist es keine Apokalypse, aber trotzdem ein ziemlich guter Actionfilm. Während der Vorstellung legt Jake seinen Arm um meine Schultern, und ich kann meine Freude kaum verbergen. Ich hoffe, dass er mich heute Abend küssen wird.

Als der Film zu Ende ist, gehen wir durch den Park. Es ist schon spät, aber ich fühle mich völlig sicher. Die Kriminalitätsrate unserer Stadt ist vernachlässigbar, und es gibt ausreichend Straßenbeleuchtung.

Wir gehen spazieren, und Jake hält meine Hand. Wir sprechen über den Film. Dann hält er an und schaut zu mir herunter.

Ich weiß, was er möchte. Es ist das Gleiche, was ich auch möchte.

Ich schaue zu ihm hinauf und lächle. Er erwidert mein Lächeln, legt seine Hände auf meine Schultern und beugt sich hinunter, um mich zu küssen.

Seine Lippen fühlen sich weich an, und sein Atem riecht nach dem Mintkaugummi, welches er vorhin gekaut hat. Sein Kuss ist zärtlich und schön, genau so, wie ich gehofft hatte.

Dann ändert sich plötzlich alles.

Ich weiß nicht einmal, was passierte oder wie es passierte. In einem Moment küsste ich Jake, und im nächsten liegt er bewusstlos auf dem Boden. Eine große Gestalt beugt sich über ihn.

Ich öffne meinen Mund, um zu schreien, aber ich bekomme nicht mehr als einen Ton heraus, bevor eine große Hand meinen Mund und meine Nase zuhält.

Ich fühle einen scharfen Stich in einer Seite meines Halses, und dann versinkt meine Welt in Dunkelheit.

3

ICH WACHE MIT HÄMMERNDEN KOPFSCHMERZEN UND EINEM FLAUEN Magen auf. Es ist dunkel, und ich kann nichts sehen.

Einen Augenblick lang kann ich mich nicht an das erinnern, was passiert ist. Habe ich auf der Party zu viel getrunken? Dann bekomme ich einen klaren Kopf, und die Ereignisse der letzten Nacht brechen hervor. Ich erinnere mich an den Kuss und dann ... *Jake!* Oh Gott, was ist mit Jake passiert?

Was ist mit mir passiert?

Ich habe solche Angst, dass ich einfach nur zitternd daliege.

Ich liege auf etwas Bequemem. Ein Bett mit einer guten Matratze höchstwahrscheinlich. Ich liege unter einer Decke, aber ich kann keine Anziehsachen auf meinem Körper fühlen, nur die Weichheit der Baumwolllaken auf meiner Haut. Ich berühre mich und merke, dass ich recht habe: Ich bin völlig nackt.

Mein Zittern verschlimmert sich.

Mit einer Hand untersuche ich mich zwischen den Beinen. Zu meiner großen Erleichterung fühlt sich alles wie immer an. Keine

18

Nässe, kein Wundsein, kein Zeichen dafür, dass ich vergewaltigt worden bin.

Zumindest bis jetzt nicht.

Tränen brennen in meinen Augen, aber ich lasse sie nicht heraus. Heulen würde in dieser Situation auch nicht helfen. Ich muss herausfinden, was vor sich geht. Wollen sie mich umbringen? Mich vergewaltigen? Mich vergewaltigen und danach umbringen? Wenn sie auf ein Lösegeld aus sind, dann bin ich so gut wie tot. Nachdem mein Vater während der Rezession entlassen wurde, können meine Eltern kaum ihre Hypothek zahlen.

Ich kann unter Anstrengung verhindern, hysterisch zu werden. Ich will nicht anfangen zu schreien. Das würde ihre Aufmerksamkeit auf mich lenken.

Stattdessen liege ich hier in der Dunkelheit, und mir kommen alle grauenhaften Geschichten in den Kopf, die ich jemals in den Nachrichten gesehen habe. Ich denke an Jake und sein warmes Lächeln. Ich denke an meine Eltern und daran, wie am Boden zerstört sie sein werden, wenn ihnen die Polizei mitteilt, dass ich verschwunden bin. Ich denke an meine ganzen Pläne und daran, wahrscheinlich nie wieder die Möglichkeit zu bekommen, eine richtige Universität zu besuchen.

Und ich beginne, wütend zu werden. Warum tun sie das? Wer sind sie überhaupt? Ich nehme an, es handelt sich um »sie« anstatt um »ihn«, da ich mich daran erinnere, eine dunkle Gestalt über Jake gebeugt gesehen zu haben. Eine weitere Person muss mich von hinten gepackt haben.

Die Wut hilft mir dabei, meine Panik zu kontrollieren. Ich bin in der Lage, wieder ein wenig zu denken. Ich kann in der Dunkelheit immer noch nichts sehen, aber ich kann fühlen.

Ich bewege mich leise und beginne vorsichtig, meine Umgebung zu erkunden.

Zuerst stelle ich fest, wirklich in einem Bett zu liegen. Ein großes Bett, wahrscheinlich Kingsize. Es gibt Kissen und eine Decke, und die Laken sind weich und fühlen sich angenehm an. Wahrscheinlich teuer.

Das macht mir irgendwie noch mehr Angst. Das sind Kriminelle mit Geld.

Ich krieche an das Ende des Bettes, setze mich hin und halte die

Decke fest an mich gepresst. Meine nackten Füße berühren den Boden. Er fühlt sich glatt und kalt an, wie Hartholz.

Ich wickele die Decke um mich und stehe auf, bereit, mich weiter umzuschauen.

In diesem Moment höre ich, wie sich die Tür öffnet.

Ein sanftes Licht geht an. Auch wenn es nicht grell ist, kann ich einen Augenblick lang nichts erkennen. Ich blinzele einige Male, damit sich meine Augen an die Helligkeit gewöhnen können.

Und dann sehe ich ihn.

Julian.

Wie ein dunkler Engel steht er im Türrahmen. Sein Haar wellt sich leicht um sein Gesicht und lässt die harte Perfektion seiner Gesichtszüge weicher erscheinen. Seine Augen fixieren mein Gesicht, und seine Lippen sind zu einem leichten Lächeln verzogen.

Er ist umwerfend.

Und unglaublich angsteinflößend.

Meine Instinkte hatten recht gehabt – dieser Mann ist zu allem fähig.

»Hallo Nora«, sagt er leise und betritt den Raum.

Ich blicke mich verzweifelt um. Ich sehe nichts, was mir als Waffe dienen könnte.

Mein Mund ist so trocken wie die Wüste. Ich kann nicht mal genug Spucke zusammenbekommen, um zu reden. Also sehe ich ihm einfach dabei zu, wie er auf mich zukommt, so wie ein hungriger Tiger, der sich seiner Beute nähert.

Ich werde kämpfen, wenn er mich berührt.

Er kommt näher, und ich mache einen Schritt zurück. Dann noch einen und noch einen. Das Laken ist weiterhin um mich gewickelt.

Er hebt seine Hand, und ich versteife mich, bereite mich darauf vor, mich zu verteidigen.

Aber er hält nur eine Flasche Wasser hoch, die er mir anbietet.

»Hier«, sagt er. »Ich nehme an, du hast Durst.«

Ich blicke ihn an. Ich bin am Verdursten, aber ich möchte nicht noch einmal betäubt werden.

Er scheint meine Zurückhaltung zu verstehen. »Keine Angst, mein Kätzchen. Das ist nur Wasser. Ich möchte dich wach und bei Bewusstsein.«

Ich weiß nicht, wie ich darauf reagieren soll. Mein Herz hämmert, und mir ist ganz schlecht vor Angst.

Er steht einfach nur da und schaut mich geduldig an. Ich halte die Decke mit einer Hand ganz fest, gebe meinem Durst nach und nehme das Wasser von ihm. Meine Hand zittert, und meine Finger berühren ihn, als ich nach der Flasche greife. Eine Hitzewelle überrollt mich, eine befremdliche Reaktion, die ich ignoriere.

Jetzt muss ich den Deckel abschrauben. Er beobachtet mein Dilemma mit Interesse und einiger Belustigung. Zum Glück berührt er mich nicht. Er steht etwa einen halben Meter von mir entfernt und betrachtet mich einfach nur.

Ich halte meine Arme fest gegen meinen Körper gepresst, um die Decke festzuhalten, und schraube den Verschluss auf. Danach halte ich die Decke wieder mit einer Hand fest und setze die Flasche an meine Lippen, um zu trinken.

Die kühle Flüssigkeit fühlt sich auf meinen ausgedörrten Lippen und der trockenen Zunge fantastisch an. Ich trinke, bis die ganze Flasche leer ist. Ich kann mich nicht an das letzte Mal erinnern, an dem Wasser so gut geschmeckt hat. Der trockene Mund muss eine Nebenwirkung der Droge sein, die er benutzt hat, um mich hierherzubringen.

Jetzt kann ich wieder reden, also frage ich ihn: »Warum?«

Zu meiner großen Überraschung hört sich meine Stimme fast normal an.

Er hebt seine Hand und berührt erneut mein Gesicht. Genauso wie in dem Club. Und wieder stehe ich hilflos da und lasse ihn machen. Seine Finger fahren behutsam über meine Haut, fast zärtlich. Das steht in einem so starken Gegensatz zu dieser ganzen Situation, dass ich einen Moment lang verwirrt bin.

»Weil ich es nicht mochte, dich mit ihm zu sehen«, antwortet Julian, und ich kann die kaum unterdrückte Wut in seiner Stimme hören. »Weil er dich berührt hat, dich angefasst hat.«

Ich kann kaum denken. »Wer?«, flüstere ich und versuche herauszubekommen, wovon er redet. Und dann verstehe ich. »Jake?«

»Ja, Nora«, sagt er düster. »Jake.«

»Ist er …« Ich weiß nicht einmal, ob ich es überhaupt laut aussprechen kann. »Ist er … am Leben?«

»Momentan ja«, erwidert Julian, und seine Augen brennen sich in meine. »Er ist mit einer leichten Gehirnerschütterung im Krankenhaus.«

Ich bin so erleichtert, dass ich gegen die Wand sacke. Und dann wird mir die ganze Bedeutung seiner Worte bewusst. »Was meinst du mit ›momentan‹?«

Julian zuckt mit seinen Schultern. »Seine Gesundheit und sein Wohlbefinden hängen einzig und allein von dir ab.«

Ich schlucke um meinen immer noch trockenen Hals zu befeuchten. »Von mir?«

Seine Finger liebkosen wieder mein Gesicht und streichen mein Haar hinter mein Ohr. Mir ist so kalt, dass es sich anfühlt, als würde seine Berührung meine Haut verbrennen. »Ja, mein Kätzchen, von dir. Wenn du brav bist, wird es ihm gut gehen. Wenn nicht …«

Ich kann kaum einatmen. »Wenn nicht?«

Julian lächelt. »Wird er innerhalb einer Woche tot sein.«

Sein Lächeln ist das Schönste und das Angsteinflößendste, was ich jemals gesehen habe.

»Wer bist du?«, flüstere ich. »Was willst du von mir?«

Er antwortet nicht. Stattdessen berührt er mein Haar, führt eine dicke braune Strähne zu seinem Gesicht. Er atmet ein, so als würde er daran riechen.

Ich beobachte ihn wie versteinert. Ich weiß nicht, was ich tun soll. Sollte ich jetzt gegen ihn kämpfen? Und wenn ja, was würde das bringen? Er hat mir bis jetzt nicht wehgetan, also möchte ich ihn nicht provozieren. Er ist viel größer als ich, viel stärker. Ich kann den Umfang seiner Muskeln unter seinem schwarzen T-Shirt sehen. Ohne meine Absatzschuhe reiche ich ihm kaum bis zu den Schultern.

Während ich darüber nachdenke, ob es sich lohnt, gegen jemanden zu kämpfen, der bestimmt fünfzig Kilo schwerer ist als ich, trifft er die Entscheidung. Seine Hand verlässt meinen Kopf und zieht an der Decke, die ich so fest an mich gepresst halte.

Ich lasse nicht los. Wenn überhaupt, greife ich sie fester. Und ich mache etwas Peinliches.

Ich bettele.

»Bitte«, sage ich verzweifelt, »bitte mach das nicht.«

Er lächelt wieder. »Warum nicht?« Seine Hand zieht weiterhin an der Decke, langsam und unerbittlich. Ich weiß, er macht das nur deswegen, um die Qualen zu verlängern. Er könnte leicht mit einem starken Ruck die ganze Decke von mir wegreißen.

»Ich möchte das nicht«, erkläre ich ihm. Ich kann wegen der Enge meines Brustkorbs kaum genug Luft einatmen, und meine Stimme klingt unerwartet gehaucht.

Er sieht belustigt aus, aber da ist ein düsterer Schimmer in seinen Augen. »Nein? Denkst du, ich konnte deine Reaktion auf mich im Club nicht spüren?«

Ich schüttele meinen Kopf. »Es gab keine Reaktion. Du täuschst dich …« Meine Stimme ist wegen der unvergossenen Tränen ganz belegt. »Ich möchte nur Jake …«

Sofort legt sich seine Hand um meinen Hals. Er macht nichts weiter, er drückt nicht, aber die Drohung ist da. Ich kann die Gewalt in ihm fühlen, und ich bekomme Panik.

Er beugt sich zu mir. »Du willst diesen Jungen nicht«, erwidert er scharf. »Er kann dir niemals das geben, was ich dir geben kann. Verstehst du mich?«

Ich nicke, zu verängstigt, um etwas anderes zu tun.

Er lässt meinen Hals los. »Gut«, fährt er danach mit einem weicheren Ton fort. »Jetzt lass die Decke los. Ich möchte dich wieder nackt sehen.«

Wieder? Also muss er derjenige gewesen sein, der mich ausgezogen hat.

Ich versuche, mich noch enger an die Wand zu drücken. Und lasse die Decke immer noch nicht los.

Er seufzt.

Zwei Sekunden später liegt sie auf dem Boden. Wie ich vermutet hatte, bin ich chancenlos, wenn er seine volle Kraft einsetzt.

Ich widersetze mich auf die einzige Art und Weise, die ich kann. Anstatt dazustehen und ihn meinen nackten Körper betrachten zu lassen, lasse ich mich an der Wand hinuntergleiten, bis ich auf dem Boden sitze, und ziehe meine Knie an die Brust. Meine Arme umschlingen meine Beine, und so sitze ich da, am ganzen Körper zitternd. Mein langes, dickes Haar fällt über meinen Rücken und meine Arme, weshalb ich teilweise bedeckt bin.

Ich verstecke mein Gesicht hinter meinen Knien. Ich habe Angst vor dem, was er jetzt mit mir machen wird, und die Tränen, die in meinen Augen brennen, entwischen mir schließlich, laufen mir über die Wangen.

»Nora«, sagte er und hat dabei eine harte Note in seiner Stimme. »Steh auf. Steh sofort auf.«

Ich schüttele den Kopf und schaue ihn weiterhin an.

»Nora, das kann schön für dich sein, oder auch schmerzhaft. Das liegt wirklich an dir.«

Schön? Ist er verrückt? Jetzt bebt durch mein Schluchzen schon mein ganzer Körper.

»Nora«, versucht er es noch einmal, und ich kann die Ungeduld aus seiner Stimme heraushören. »Du hast genau fünf Sekunden Zeit, das zu tun, was ich dir sage.«

Er wartet, und ich kann fast hören, wie er in seinem Kopf zählt. Ich zähle auch, und als ich bei vier bin, laufen immer noch Tränen über mein Gesicht.

Ich schäme mich für meine Feigheit, aber ich habe solche Angst vor Schmerzen. Ich möchte nicht, dass er mir wehtut.

Ich möchte eigentlich überhaupt nicht, dass er mich anfasst, aber das scheint keine Option zu sein.

»Feines Mädchen«, sagt er sanft und berührt erneut mein Gesicht, streicht meine Haare hinter die Schultern.

Ich zittere bei seiner Berührung. Ich kann ihn nicht ansehen, also halte ich meinen Blick gesenkt.

Doch offensichtlich möchte er das nicht, denn er drückt mein Kinn nach oben, bis mir nichts anderes übrig bleibt, als seinen Blick zu erwidern.

Seine Augen sehen in diesem Licht dunkelblau aus. Er ist so nahe bei mir, dass ich die Hitze spüren kann, die sein Körper ausstrahlt. Es fühlt sich gut an, da mir kalt ist. Ich bin nackt und ich friere.

Plötzlich greift er nach mir, beugt sich nach unten. Bevor ich Angst bekommen kann, legt er einen Arm um meinen Rücken und den anderen unter meine Knie.

Dann hebt er mich ohne Anstrengungen hoch und trägt mich zum Bett.

∼

ER LEGT MICH DARAUF AB, FAST ZÄRTLICH, UND ICH ROLLE MICH BEBEND zu einer Kugel zusammen. Er beginnt, sich auszuziehen, und ich muss ihm einfach dabei zusehen.

Er trägt Jeans und T-Shirt, und das T-Shirt ist zuerst an der Reihe.

Sein Oberkörper ist ein Kunstwerk: breite Schultern, harte Muskeln und glatte, gebräunte Haut. Seine Brust ist leicht mit dunklem Haar überzogen. Unter anderen Umständen wäre ich von einem solchen Liebhaber begeistert gewesen.

Unter diesen Umständen möchte ich einfach nur schreien.

Seine Jeans ist als Nächstes dran. Ich kann den Reißverschluss hören, der geöffnet wird, und das lässt mich schlagartig aktiv werden.

Innerhalb einer Sekunde liege ich nicht mehr auf dem Bett, sondern stürme auf die Tür zu – die er aufgelassen hat.

Ich mag klein sein, aber ich bin schnell. Ich bin zehn Jahre lang gerannt. Leider habe ich mir während eines Laufes mein Knie verletzt und muss jetzt langsamere Sportarten betreiben.

Ich schaffe es, aus dem Zimmer zu entkommen und bin schon fast an der Eingangstür des Hauses, als er mich fängt.

Seine Arme umschließen mich von hinten, und er hält mich so fest, dass ich einen Moment lang nicht atmen kann. Meine Arme sind völlig bewegungsunfähig, also kann ich nicht einmal gegen ihn ankämpfen. Er hebt mich hoch, und ich trete mit meinen Fersen nach ihm. Ich treffe ihn einige Male, bevor er mich herumdreht, damit ich ihn ansehe.

Ich bin mir sicher, dass er mir jetzt wehtun wird, und bereite mich geistig auf den Schlag vor.

Stattdessen umarmt er mich einfach nur und hält mich an sich gedrückt. Mein Gesicht liegt auf seiner Brust, und mein nackter Körper berührt seinen. Ich kann den sauberen Moschusduft seiner Haut riechen und fühle etwas Hartes und Warmes an meinem Bauch.

Seine Erektion.

Er ist komplett nackt und erregt.

So, wie er mich hält, bin ich fast völlig hilflos. Ich kann weder treten noch kratzen.

Aber ich kann beißen.

Also versenke ich meine Zähne in seinem Brustmuskel und höre ihn fluchen, bevor er an meinem Haar zieht und mich dadurch zwingt, ihn loszulassen.

Danach hält er mich fest, indem er einen Arm um meine Taille legt, was meinen Unterleib eng an ihn presst. Seine andere Hand ist in meinem Haar verschwunden und hält meinen Kopf nach hinten. Meine Hände drücken in dem sinnlosen Versuch, Abstand zwischen uns zu bringen, gegen seine Brust.

Ich erwidere trotzig seinen Blick, ignoriere die Tränen, die mein Gesicht hinunterlaufen. Ich habe keine andere Wahl, als jetzt mutig zu sein. Wenn ich sterbe, dann wenigstens mit einem Rest Würde.

Sein Gesichtsausdruck ist dunkel und verärgert, seine blauen Augen verengen sich.

Ich atme schwer, und mein Herz schlägt so schnell, dass ich das Gefühl habe, es könnte gleich aus meiner Brust springen. Wir sehen uns an – Jäger und Beute, der Eroberer und die Eroberte – und in dem Moment spüre ich eine eigenartige Verbindung zu ihm. So als ob ein Teil von mir sich durch das, was zwischen uns passiert, für immer verändert.

Plötzlich wird sein Gesicht weich. Ein Lächeln erscheint auf seinen sinnlichen Lippen.

Dann beugt er sich zu mir, senkt seinen Kopf und drückt seinen Mund auf meinen.

Ich bin fassungslos. Obwohl er mich in diesem eisernen Griff hält, sind seine Lippen sanft und zärtlich, als sie meine erkunden.

Er kann definitiv küssen. Ich habe schon ein paar Jungs geküsst und nie so etwas gefühlt. Sein Atem ist warm, mit einem süßen Aroma, und seine Zunge spielt mit meinen Lippen, bis sie sich freiwillig öffnen, um ihm Zugang zu meinem Mund zu gewähren.

Ich weiß nicht, ob das die Nachwirkungen des Mittels sind, welches er mir verabreicht hatte, oder einfach die Erleichterung darüber, dass er mir nicht wehtut, aber ich schmelze bei diesem Kuss dahin. Eine unbekannte Mattigkeit breitet sich in meinem Körper aus und nimmt mir meinen Willen zum Kämpfen.

Er küsst mich langsam, entspannt, so als habe er alle Zeit der Welt. Seine Zunge stößt gegen meine, und er saugt leicht an meiner Unterlippe, was eine Welle feuchter Hitze direkt in mein Mark sendet. Seine Hand lässt mein Haar los und hält stattdessen sanft meinen Hinterkopf. Es ist fast so, als würde er Liebe mit mir machen.

Ich merke, dass meine Hände auf seinen Schultern liegen. Ich weiß nicht, wie sie dorthin gekommen sind, aber jetzt halte ich mich an ihm fest, anstatt ihn von mir wegzuschieben. Ich verstehe meine eigene Reaktion nicht. Warum wende ich mich nicht angeekelt von seinem Kuss ab?

Er fühlt sich einfach so gut an, sein unglaublicher Mund. Es ist so, als würde ich einen Engel küssen. Ich vergesse einen Moment lang die Situation und kann den Terror beiseiteschieben.

Er nimmt Abstand und schaut auf mich hinab. Seine Lippen sind nass und glänzend, ein wenig geschwollen von dem Kuss. Meine wahrscheinlich auch.

Er scheint nicht länger verärgert zu sein. Stattdessen sieht er gleichzeitig hungrig und erfreut aus. Ich kann Lust und Zärtlichkeit auf seinem perfekten Gesicht erkennen und schaffe es nicht, meine Augen von ihm abzuwenden.

Ich lecke meine Lippen, und sein Blick fällt eine Sekunde lang auf meinen Mund. Er küsst mich noch einmal, diesmal ist es nur eine kurze Berührung meiner Lippen.

Dann hebt er mich wieder hoch und trägt mich nach oben in sein Bett.

4

Nora

WENN ICH AUF DIESEN TAG ZURÜCKBLICKE, ERGIBT MEIN VERHALTEN keinen Sinn. Ich verstehe nicht, weshalb ich mich ihm nicht stärker widersetzt habe, auf diese eigenartige Weise meine Zustimmung gegeben habe. Es war keine rationale Entscheidung von mir – es war keine bewusste Wahl, zu kooperieren, um Schmerzen zu verhindern.

Nein, ich habe rein instinktiv gehandelt.

Und mein Instinkt ist, mich ihm zu unterwerfen.

Er legt mich auf dem Bett ab, und ich liege einfach nur da. Ich bin zu erschöpft von unserem vorangegangenen Kampf und fühle mich immer noch ein wenig benommen von der Betäubung.

Das, was passiert, ist so surreal, dass mein Kopf es gar nicht verarbeiten kann. Ich fühle mich, als ob ich ein Theaterstück oder einen Film anschaue. Ich kann mich unmöglich in dieser Lage befinden. Ich kann nicht dieses Mädchen sein, welches betäubt und verschleppt wurde, welches sich von ihrem Entführer berühren und am ganzen Körper streicheln lässt.

Wir liegen beide auf der Seite und schauen uns an. Ich kann seine Hände auf meiner Haut spüren. Sie sind ein wenig rau, schwielig.

Warm auf meinem eiskalten Fleisch. Stark, auch wenn er diese Kraft gerade nicht benutzt. Er könnte mich mit Leichtigkeit unterwerfen, genauso wie vorhin, aber das ist nicht nötig. Ich kämpfe nicht gegen ihn an. Ich schwebe in einem diesigen, sinnlichen Nebel.

Er küsst mich wieder und streichelt meinen Arm, meinen Rücken, meinen Hals, meinen äußeren Oberschenkel. Seine Berührung ist sanft, aber fest. Es ist fast so, als massiere er mich, nur dass ich die sexuelle Motivation seiner Berührungen spüren kann.

Er küsst meinen Hals, knabbert sanft an dieser empfindlichen Stelle, an der er auf die Schulter trifft, und ich erschaudere lustvoll.

Ich schließe meine Augen. Sie ist entwaffnend, seine überraschende Zärtlichkeit. Ich weiß, ich sollte mich benutzt fühlen, aber ich fühle mich gleichzeitig sonderbar geschmeichelt.

Mit meinen geschlossenen Augen tue ich so, als sei das nur ein Traum. Eine dunkle Fantasie, in der Art, wie ich sie manchmal spätnachts habe. Das macht die Tatsache erträglicher, dass der Fremde das mit mir machen kann und ich es zulasse.

Eine seiner Hände liegt nun auf meinen Pobacken und knetet das zarte Fleisch. Seine andere Hand wandert meinen Bauch und meinen Brustkorb hinauf. Er erreicht meine Brüste und bedeckt die linke mit seiner Hand, drückt sie sanft. Meine Nippel sind schon hart, und seine Berührung fühlt sich gut an, fast beruhigend. Rob hatte das auch schon bei mir gemacht, allerdings hatte es sich nie so angefühlt. Es hat sich noch nie so angefühlt.

Ich halte die Augen geschlossen, als er mich auf den Rücken dreht. Er ist zum Teil auf mir, aber der Großteil seines Gewichts liegt auf dem Bett. Er möchte mich nicht zerdrücken, wird mir klar, und ich bin ihm dankbar dafür.

Er küsst mein Schlüsselbein, meine Schulter, meinen Bauch. Sein Mund ist heiß und hinterlässt eine feuchte Spur auf meiner Haut.

Dann umschließen seine Lippen meinen Nippel und saugen an ihm. Mein Körper biegt sich, und ich fühle die Spannung in meinem Unterleib. Er macht das Gleiche bei meinem anderen Nippel, und die Anspannung in mir wächst.

Er spürt das. Ich weiß, dass er das macht, weil seine Hand zwischen meine Oberschenkel vordringt und die Feuchtigkeit dort fühlt. »Braves Mädchen«, murmelt er und streichelt meine Falten. »So süß, so zugänglich.«

Ich wimmere, als seine Lippen meinen Körper hinunterwandern, sein Haar auf meiner Haut kitzelt. Ich weiß, was er vorhat, und mein Kopf wird leer, als er sein Ziel erreicht.

Einen Augenblick lang versuche ich zu widerstehen, aber er öffnet meine Beine ohne Anstrengungen. Seine Finger tasten mich sanft ab und legen dann die Öffnung zwischen meinen Schamlippen frei.

Er beginnt, mich dort zu küssen, und eine Hitzewelle jagt durch meinen Körper. Sein erfahrener Mund leckt und knabbert um meine Klitoris herum, bis ich stöhne. Dann umschließt er sie mit seinen Lippen und saugt ganz leicht.

Die Lust ist zu stark, so unerwartet, dass ich meine Augen aufreiße.

Ich verstehe nicht, was mit mir passiert, und es macht mir Angst. Ich brenne innerlich, spüre ein Pochen zwischen meinen Beinen. Mein Herz schlägt so schnell, ich kann kaum Luft holen, und ich bemerke, dass ich keuche.

Ich beginne, mich zu wehren, und er lacht sanft. Ich kann den Lufthauch seines Atems auf meinem empfindlichen Fleisch fühlen. Er hält mich mit Leichtigkeit unten und fährt mit dem fort, was er gerade macht.

Die Anspannung in mir wird unerträglich. Ich winde mich an seiner Zunge, und meine Bewegungen scheinen mich näher an einen unglaublichen Abgrund zu bringen.

Und dann falle ich mit einem sanften Schrei. Mein gesamter Körper spannt sich an, und ich werde von einer so intensiven Lustwelle mitgerissen, dass sich meine Zehen durchbiegen. Ich kann fühlen, wie meine inneren Muskeln pulsieren und dann wird mir plötzlich klar, dass ich gerade einen Orgasmus hatte.

Den ersten Orgasmus meines Lebens.

Und das durch den Mund meines Entführers.

Ich bin so am Boden zerstört, ich möchte mich nur noch zusammenrollen und weinen. Ich kneife meine Augen wieder fest zusammen.

Aber er ist noch nicht fertig mit mir. Er schiebt sich an meinem Körper entlang nach oben und küsst mich wieder auf den Mund. Er schmeckt jetzt anders, salzig, mit einer leichten Moschusnote. Nach mir, wird mir klar. Ich kann mich selbst auf seinen Lippen schmecken. Eine heiße Welle von Verlegenheit überkommt mich, auch wenn sich der Hunger in mir verstärkt.

Sein Kuss ist verlangender als zuvor, rauer. Seine Zunge bewegt sich mit Bewegungen, die den Sexualakt in meinem Mund imitieren, und seine Hüften liegen schwer zwischen meinen Beinen. Eine seiner Hände hält meinen Hinterkopf, während die andere sich zwischen meinen Oberschenkeln befindet, um mich leicht zu reiben und mich erneut zu erregen.

Ich widerstehe immer noch nicht wirklich, obwohl mein Körper sich anspannt, als die Angst zurückkehrt. Ich kann die Hitze und die Härte seiner Erektion an den Innenseiten meiner Oberschenkel spüren, und ich weiß, er wird mir wehtun.

»Bitte«, flüstere ich und öffne die Augen, um ihn anzusehen. Meine Sicht ist durch die Tränen verschwommen. »Bitte ... Ich habe das noch nie gemacht ...«

Seine Nasenlöcher beben, und seine Augen leuchten stärker. »Das freut mich«, entgegnet er sanft. Er beugt seinen Kopf nach unten und küsst mich erneut, bevor er seinen Mund zu meinem Ohr bringt. »Und jetzt sage mir, dass du mich willst«, flüstert er, und sein warmer Atem streicht über meinen Hals, bevor er seinen Kopf wieder anhebt, um mich intensiv anzuschauen.

Ich atme flach und erwidere seinen Blick, da mich der eigenartige Drang, ihm zu gehorchen, überkommt.

»Sag es mir, Nora«, wiederholt er mit einer dunkleren, befehlenderen Stimme, und entsetzt bemerke ich, dass mein Mund die Worte ausspricht.

»Ich–ich will dich.«

Er lächelt. »Braves Mädchen.«

Dann bewegt er seine Hüften ein wenig und benutzt seine Hand, um seine Erektion zu meiner Öffnung zu führen.

Ich schnappe nach Luft, als er beginnt, vorzustoßen. Ich bin feucht, aber mein Körper wehrt sich gegen den unbekannten Eindringling. Ich weiß nicht, wie groß er ist, aber er fühlt sich riesig an, als sich seine Eichel langsam in meinen Körper bohrt.

Es beginnt zu schmerzen, und ich schreie auf und klammere mich an seinen Schultern fest.

Seine Pupillen werden größer, was seine Augen dunkler aussehen lässt. Er hat Schweißperlen auf der Stirn, und mir wird klar, dass er sich gerade zurückhält. »Entspanne dich, Nora«, flüstert er rau. »Es wird wehtun, wenn du dich nicht entspannst.«

Ich zittere. Ich kann nicht auf seinen Rat hören, weil ich zu nervös bin – und weil es schon schmerzt, ihn nur dieses kleine bisschen in mir zu haben.

Er drückt weiter, und mein Fleisch macht ihm langsam Platz, dehnt sich widerstrebend für ihn aus. Ich krümme mich, schluchze, und meine Nägel zerkratzen seinen Rücken. Er bleibt aber unnachgiebig, arbeitet sich Stück für Stück voran.

Dann hält er einen Augenblick inne, und ich kann eine Ader sehen, die neben seiner Schläfe pulsiert. Er sieht aus, als habe er Schmerzen. Aber ich weiß, er bereitet ihm Lust, dieser Akt, der mir so wehtut.

Er beugt seinen Kopf nach unten und küsst meine Stirn. Und dann durchbricht er mein Jungfernhäutchen, zerreißt die dünne Membran mit einem entschlossenen Stoß. Er hält nicht inne, bevor er nicht vollständig in mir ist und sich seine Schambehaarung gegen meine drückt.

Ich falle vor Schmerzen fast in Ohnmacht. Mein Magen krampft vor Übelkeit und ich habe das Gefühl, dass ich gleich umkippe. Ich kann nicht einmal schreien; alles, was ich machen kann, ist, flach zu atmen, um eine Ohnmacht zu verhindern. Ich kann seine Härte, tief in mir vergraben, spüren, und es ist die quälendste, aufdringlichste Sache, die ich jemals erlebt habe.

»Entspann dich«, murmelt er in mein Ohr, »entspann dich einfach, mein Kätzchen. Der Schmerz wird vergehen, und es wird besser werden ...«

Ich glaube ihm nicht. Es fühlt sich an, als sei ein heißer Baseballschläger in meinen Körper geschoben worden und hätte mich aufgerissen. Ich kann nichts machen, dem zu entkommen, die Schmerzen zu mindern. Er ist so viel größer als ich, so viel stärker. Alles, was ich tun kann, ist, hilflos unter ihm eingeklemmt dazuliegen.

Er bewegt seine Hüften nicht, stößt nicht zu, obwohl ich die Anspannung in seinen Muskeln spüre. Stattdessen küsst er mich wieder zärtlich auf die Stirn. Ich schließe meine Augen, und bittere Tränen fließen meine Schläfen hinab. Ich fühle die leichte Berührung seiner Lippen auf meinen Augenlidern.

Ich weiß nicht, wie lange wir so bleiben. Er bedeckt mein Gesicht und meinen Hals mit sanften Küssen. Seine Hände umarmen mich, streicheln meine Haut, parodieren die Berührung eines Liebenden. Währenddessen ist er die ganze Zeit tief in mir, seine unnachgiebige Härte verletzt mich, verbrennt mich von innen heraus.

Ich weiß nicht, an welchem Punkt der Schmerz sich zu verändern beginnt. Mein verräterischer Körper entspannt sich langsam und beginnt auf seine Küsse zu reagieren.

Der gemeine Bastard merkt das. Er fängt langsam an, sich zu bewegen, zieht sich ein Stück aus meinem Körper zurück, um sich dann wieder hineinzudrängen.

Zuerst machen seine Bewegungen alles schlimmer, quälen mich noch mehr. Dann schiebt er eine Hand zwischen unsere Körper und benutzt einen Finger, um einen ganz leichten, aber steten Druck auf meine Klitoris auszuüben. Seine Stöße gegen meine Hüften führen dazu, dass ich rhythmisch an seinem Finger entlangreibe.

Zu meinem Entsetzen spüre ich die Spannung, die sich in mir aufbaut. Der Schmerz ist immer noch da, aber jetzt auch die Lust. Ich winde mich in seinen Armen, kämpfe jetzt allerdings auch gegen mich selbst an. Seine Stöße werden härter, tiefer, und ich schreie wegen der unerträglichen Intensität. Der Schmerz und die Lust vermischen sich, bis sie nicht mehr voneinander zu unterscheiden sind – bis für mich nur noch eine Welt überwältigender Empfindungen existiert. Und dann explodiere ich. Ein Orgasmus rast mit einer solchen Kraft durch meinen Körper, dass einen Moment lang alles dunkel vor meinen Augen wird.

Plötzlich kann ich ihn in mein Ohr stöhnen hören und merke, wie er in mir noch dicker und länger wird. Sein Schwanz pulsiert, zuckt tief in mir und ich weiß, er hat sich entladen.

Kurz darauf rollt er sich von mir herunter und zieht mich zu sich heran, um mich an sich gedrückt zu halten.

Ich weine in seinen Armen, suche Trost bei derselben Person, die für meine Tränen verantwortlich ist.

~

DANACH IST MEIN KOPF WIE BENEBELT, UND MEINE GEDANKEN SIND eigenartig verwirrt. Er trägt mich irgendwo hin, und ich liege schlaff wie eine Stoffpuppe in seinen Armen.

Jetzt wäscht er mich. Ich stehe mit ihm unter der Dusche. Ich bin ein wenig erstaunt darüber, dass meine Beine mich halten können.

Ich fühle mich taub, irgendwie losgelöst.

Auf meinen Oberschenkeln ist Blut. Ich kann sehen, wie es sich mit dem Wasser vermischt und im Abfluss verschwindet. Da ist auch etwas Klebriges zwischen meinen Beinen. Wahrscheinlich sein Samen. Er hat kein Kondom benutzt.

Ich könnte jetzt eine Geschlechtskrankheit bekommen. Ich sollte bei diesem Gedanken entsetzt sein, aber ich fühle mich einfach nur wie betäubt. Wenigstens muss ich mir keine Sorgen machen, schwanger zu sein. Sobald es mit Rob ernst wurde, hat meine Mutter darauf bestanden, mit mir zum Arzt zu gehen und mir ein Verhütungsstäbchen in den Oberarm einsetzen zu lassen. Als Pflegehelferin in einem Krankenhaus für Frauen hat sie zu viele Teenagerschwangerschaften gesehen und wollte sichergehen, dass mir nicht das Gleiche passiert.

Gerade jetzt bin ich ihr wahnsinnig dankbar dafür.

Während ich über das alles nachdenke, wäscht mich Julian gründlich, bearbeitet mein Haar mit Shampoo und Spülung. Er rasiert mir sogar die Achseln und die Beine.

Als ich porentief rein und glatt bin, stellt er das Wasser ab und führt mich aus der Dusche.

Zuerst trocknet er mich mit einem Handtuch ab, und danach sich. Als er damit fertig ist, wickelt er mich in einen flauschigen Bademantel und trägt mich in die Küche, um mir etwas zu essen zu geben.

Ich esse, was er mir hinstellt. Ich schmecke es nicht einmal. Es ist irgendein Sandwich, aber ich weiß nicht, mit was es belegt ist. Er stellt mir auch ein Glas Wasser hin, welches ich gierig austrinke.

Ich hoffe kurz, dass er mich nicht wieder betäuben will, aber so richtig beschäftigt es mich nicht. Ich bin so müde, ich möchte einfach nur schlafen.

Nachdem ich mit essen und trinken fertig bin, führt er mich zurück ins Badezimmer.

»Putz dir die Zähne«, fordert er mich auf, und ich starre ihn an. Er macht sich Gedanken über meine Mundhygiene?

Ich möchte mir die Zähne nicht putzen, aber ich mache, was er sagt. Ich nutze das Badezimmer auch, um aufs Klo zu gehen. Dafür lässt er mich netterweise allein.

Danach begleitet er mich zurück in mein Zimmer. Das Bett ist schon frisch bezogen, ohne irgendwelche Blutspuren. Dafür bin ich dankbar.

Er küsst mich sanft auf die Lippen, verlässt den Raum und schließt die Tür ab.

Ich bin so fertig, dass ich nur zu meinem Bett gehe, mich hinlege und sofort einschlafe.

5

Nora

ALS ICH AUFWACHE, IST MEIN KOPF VÖLLIG KLAR. ICH ERINNERE MICH an alles und möchte schreien.

Ich springe aus dem Bett und bemerke, dass ich immer noch den Bademantel von letzter Nacht anhabe. Die plötzliche Bewegung macht mich auf mein inneres Wundsein aufmerksam, und mein Unterleib zieht sich bei dem Gedanken daran zusammen, wie es dazu gekommen ist. Ich kann immer noch seine Fülle in mir spüren, und ich erschaudere bei dieser Erinnerung.

Ich bin von mir selbst angeekelt. Was stimmt nicht mit mir? Wie konnte ich einfach nur daliegen und Julian Sex mit mir haben lassen und ihm auch noch sagen, dass ich ihn will? Wie konnte ich dem zustimmen und in seiner Umarmung Lust empfinden?

Ja, er sieht gut aus, aber das ist keine Entschuldigung. Er ist böse. Ich weiß das. Ich habe das von Anfang an gespürt. Seine äußere Schönheit versteckt die Dunkelheit in ihm.

Ich habe das Gefühl, dass er gerade erst damit angefangen hat, mir seine wahre Natur zu zeigen.

Gestern war ich zu verängstigt, zu traumatisiert gewesen, um auf meine Umgebung zu achten. Heute fühle ich mich viel besser und betrachte diesen Raum eingehend.

Es gibt ein Fenster. Es ist von dicken, elfenbeinfarbenen Vorhängen bedeckt, aber ich kann sehen, wie ein wenig Sonnenlicht hindurchscheint.

Ich eile dorthin, reiße alles auf und blinzele wegen des plötzlichen hellen Lichts. Meine Augen benötigen einige Sekunden, um sich daran zu gewöhnen, und dann schaue ich nach draußen.

Mir wird ganz übel.

Das Fenster ist nicht hermetisch versiegelt oder so etwas. Es sieht sogar so aus, als könne ich es leicht öffnen und hinausklettern. Das Zimmer befindet sich in der zweiten Etage, also könnte ich es sogar bis auf den Boden schaffen, ohne mir etwas zu brechen.

Nein, das Fenster ist nicht das Problem.

Es ist die Aussicht.

Ich kann Palmen und einen weißen Sandstrand sehen. Dahinter ist Wasser, sehr viel Wasser, das blau im hellen Sonnenlicht funkelt.

Das alles ist wunderschön und tropisch.

Und außerdem das komplette Gegenteil von meiner kleinen Stadt im Mittleren Westen.

～

MIR IST WIEDER KALT. SO KALT, DASS ICH ZITTERE. ICH WEISS, DAS MUSS der Stress sein, weil die Temperatur bei etwa siebenundzwanzig Grad liegt.

Ich gehe in meinem Zimmer auf und ab, mache manchmal eine Pause, um aus dem Fenster zu schauen.

Jedes Mal, wenn ich das mache, ist es wie ein Schlag in den Magen.

Ich weiß nicht, was ich gehofft hatte. Ehrlich gesagt hatte ich noch gar keine Gelegenheit, mir über meinen Aufenthaltsort Gedanken zu machen. Ich hatte einfach angenommen, er würde mich irgendwo in der weiteren Umgebung gefangen halten, vielleicht in der Nähe von Chicago, wo wir uns das erste Mal begegneten. Ich hatte gedacht, alles, was ich tun müsste, um zu flüchten, sei, einen Weg aus dem Haus zu finden.

Jetzt wird mir klar, dass es viel komplizierter ist.

Ich kontrolliere noch einmal die Tür. Sie ist verschlossen.

Vor einigen Minuten habe ich ein kleines Bad entdeckt, welches an das Zimmer angeschlossen ist. Ich benutze es, um meine Grundbedürfnisse zu befriedigen und meine Zähne zu putzen. Es war eine nette Abwechslung.

Jetzt gehe ich wieder wie ein eingesperrtes Tier hin und her, werde mit jeder Minute, die vergeht, ängstlicher und wütender.

Endlich öffnet sich die Tür. und eine Frau kommt herein.

Ich bin so überrascht, dass ich sie einfach nur anstarre. Sie ist ziemlich jung – vielleicht Anfang dreißig – und hübsch.

Sie trägt ein Tablett mit Essen und lächelt mich an. Sie hat rote, lockige Haare und sanfte, braune Augen. Sie ist größer als ich, wahrscheinlich mindestens zwölf Zentimeter, und hat einen durchtrainierten Körper. Sie ist sehr leger angezogen, trägt ein Paar Jeansshorts, ein weißes Tanktop und an den Füßen Flipflops.

Ich denke darüber nach, sie anzugreifen. Sie ist eine Frau, und ich habe eine kleine Chance, einen Kampf gegen sie zu gewinnen. Ich habe keine Chance gegen Julian.

Ihr Lächeln verstärkt sich, so als würde sie meine Gedanken lesen. »Bitte, fall mich nicht an«, sagt sie zu mir und ich kann die Belustigung in ihrer Stimme hören. »Das hat keinen Sinn, glaub' mir. Ich weiß, du möchtest fliehen, aber du kannst wirklich nirgendwohin gehen. Wir befinden uns auf einer Privatinsel mitten im Pazifischen Ozean.«

Das schlechte Gefühl in meiner Magengegend verschlimmert sich. »Wessen Privatinsel?«, frage ich, obwohl ich die Antwort schon kenne.

»Natürlich Julians.«

»Wer ist er? Wer seid ihr alle?« Meine Stimme ist ziemlich stabil, als ich zu ihr spreche. Sie macht mich nicht so nervös wie Julian.

Sie stellt das Tablett ab. »Du wirst alles zu gegebener Zeit erfahren. Ich bin hier, um mich um dich und das Anwesen zu kümmern. Mein Name ist übrigens Beth.«

Ich hole tief Luft. »Warum bin ich hier, Beth?«

»Du bist hier, weil Julian dich will.«

»Und du kannst daran nichts Falsches erkennen?« Ich kann die leichte Hysterie in meiner Stimme hören. Ich verstehe nicht, wie diese Frau mit diesem Verrückten zurechtkommt, wie sie sich so verhalten kann, als sei das alles normal.

Sie zuckt mit den Schultern. »Julian macht, was er möchte. Es steht mir nicht zu, darüber zu urteilen.«

»Warum nicht?«

»Weil ich ihm mein Leben verdanke«, sagt sie ernst und geht aus dem Zimmer.

~

ICH ESSE DAS, WAS BETH MIR GEBRACHT HAT. ES IST SOGAR SEHR GUT, auch wenn es kein traditionelles Frühstücksessen ist. Es gibt gegrillten Fisch in einer Art Pilzsauce und Bratkartoffeln, dazu einen grünen Salat. Zum Nachtisch gibt es Mangostücke. Eine lokale Frucht, vermute ich.

Trotz meines inneren Durcheinanders esse ich alles auf. Wenn ich weniger feige wäre, würde ich mich weigern, dieses Essen anzurühren – aber ich habe genauso eine Angst vor Hunger wie vor Schmerzen.

Bis jetzt hat er mir nicht wirklich wehgetan. Es hat zwar geschmerzt, als er in mich eindrang, aber er ist nicht absichtlich grob gewesen. Ich vermute, das erste Mal ist immer schmerzvoll, unabhängig von den Umständen.

Das erste Mal. Und plötzlich dämmert mir, mein erstes Mal erlebt zu haben. Ich bin keine Jungfrau mehr.

Komischerweise fühle ich mich nicht so, als habe ich etwas verloren. Diese dünne Membran in mir hatte für mich nie eine besondere Bedeutung. Ich hatte niemals vorgehabt, bis zur Hochzeit zu warten oder so etwas in der Art. Ich bedaure, dass ich mein erstes Mal mit einem Monster erlebt habe, aber ich trauere nicht dem Verlust meiner Jungfräulichkeit hinterher. Ich hätte das gerne alles mit Jake erlebt, wenn es möglich gewesen wäre.

Jake! Mein Magen krampft sich zusammen. Ich kann nicht glauben, nicht mehr an ihn gedacht zu haben, seit Julian mir gesagt hat, er befinde sich in Sicherheit. Der Typ, nach dem ich monatelang verrückt gewesen bin, war ganz aus meinen Gedanken verschwunden, solange ich in den Armen meines Peinigers lag.

Ich brenne vor Schamgefühl. Hätte ich letzte Nacht nicht an Jake denken sollen? Hätte ich mir nicht sein Gesicht vorstellen sollen, als Julian mich so intim berührt hat? Wenn ich Jake wirklich wollen würde, hätte er dann nicht derjenige sein sollen, der während meiner ersten sexuellen Erfahrung meine Gedanken beherrscht?

Plötzlich bin ich von bitterem Hass auf den Mann erfüllt, der das mit mir gemacht hat – der Mann, der meine Illusionen über die Welt und mich zerstört hat. Ich habe nie viel darüber nachgedacht, was ich machen oder wie ich reagieren würde, sollte ich entführt werden. Wer denkt schon über solche Sachen nach? Aber ich denke, ich habe immer angenommen, ich würde mutig sein, bis zu meinem letzten Atemzug kämpfen. Machen sie das nicht alle in den Büchern und den Filmen? Kämpfen, auch wenn es sinnlos ist, selbst wenn es bedeutet, verletzt zu werden? Sollte ich das nicht auch gemacht haben? Ja, er ist stärker als ich, aber ich hätte nicht so leicht nachgeben müssen – und mit Sicherheit hätte ich nicht zugeben müssen, dass ich ihn begehre. Er hat mich nicht gefesselt; er hat mich weder mit einem Messer noch mit einer Pistole bedroht. Alles, was er getan hatte, war, mich einzuholen, als ich versucht habe, wegzulaufen.

Dieses Rennen war bis jetzt mein ganzer Widerstand gewesen.

Ich erkenne diese Person, die so leicht klein beigegeben hat, nicht wieder. Und trotzdem weiß ich, dass ich das bin. Ein Teil von mir, der niemals zuvor ans Licht gekommen war. Ein Teil von mir, den ich niemals kennengelernt hätte, wenn Julian mich nicht entführt hätte.

Darüber nachzudenken ist so beunruhigend, dass ich mich lieber auf meinen Peiniger konzentriere. Wer ist er? Wie kann es sich jemand leisten, eine eigene Insel zu besitzen? Warum verdankt Beth ihm ihr Leben? Und am wichtigsten: was hat er mit mir vor?

Eine Million verschiedener Szenarien spielen sich in meinem Kopf ab, eines erschreckender als das andere. Ich weiß, es gibt so etwas wie Menschenhandel. Es passiert andauernd. Ist das das Schicksal, welches mich erwartet? Werde ich irgendwo in einem Bordell enden, unter Drogen gesetzt und täglich von dutzenden Männern benutzt? Probiert Julian einfach die Ware, bevor er sie ihrem endgültigen Ziel zuführt?

Bevor mich die Panik überkommt, atme ich tief ein und versuche, logisch zu denken. Auch wenn Menschenhandel eine Möglichkeit ist, scheint sie mir nicht sehr wahrscheinlich zu sein. Zum einen scheint Julian sehr besitzergreifend zu sein, was mich betrifft – viel zu besitzergreifend für jemanden, der einfach die Ware testet. Und außerdem, warum sollte er mich auf seine Insel bringen, wenn er eigentlich plant, mich zu verkaufen?

Mein Kätzchen hat er mich genannt. Ist das nur eine harmlose Verniedlichung, oder sieht er mich als eine Art Haustier an? Hat er einen Fetisch, der die Gefangenschaft von Frauen beinhaltet? Ich denke eine Weile darüber nach und entscheide, dass er den wahrscheinlich hat. Warum würde ein reicher, gutaussehender Mann das sonst tun? Mit Sicherheit hat er kein Problem damit, sich auf dem normalen Weg zu verabreden. Ich selbst wäre bestimmt auch mit ihm ausgegangen, hätte ich im Club nicht solche eigenartigen Schwingungen von ihm empfangen.

Wenn er mich nicht so berührt hätte.

Ist es das, worauf er steht? Besitz? Will er einen Sexsklaven? Und wenn ja, warum hat er mich ausgesucht? War es wegen meiner Reaktion auf ihn im Club? Hat er sich gedacht, ich würde ein Feigling sein und ihn mit mir machen lassen, was immer er wolle? Bin ich selbst an allem schuld?

Der Gedanke macht mich so krank, dass ich ihn beiseiteschiebe und aufstehe. Ich bin entschlossen, mein Gefängnis weiter zu erkunden.

Die Tür ist immer noch abgeschlossen, was mich nicht überrascht. Ich kann das Fenster öffnen, und warme Meeresluft erfüllt den Raum.

Ich kann allerdings das Fliegengitter nicht öffnen. Das müsste ich aber, um herausklettern zu können. Ich versuche es nicht wirklich. Wenn man Beth glauben kann, würde es mir auch überhaupt nicht weiterhelfen, aus diesem Zimmer zu entkommen.

Ich schaue mich nach etwas um, was ich als Waffe benutzen könnte. Es gibt kein Messer, aber eine Gabel, die von meiner Mahlzeit übrig geblieben ist. Beth würde es wahrscheinlich bemerken, wenn ich sie verstecke. Trotzdem gehe ich das Risiko ein und verberge diesen Gegenstand hinter einem Stapel Bücher auf einem hohen Bücherregal, welches an einer der Wände steht.

Danach untersuche ich das Bad und hoffe, eine Flasche Haarspray oder etwas anderes in der Art zu finden. Es gibt aber nur Seife, Zahnbürste und Zahnpasta. In der Duschkabine finde ich Duschgel, Shampoo und Spülung – alles hübsche, teure Marken. Mein Entführer ist ganz offensichtlich nicht geizig.

Andererseits kann sich jemand, der eine eigene Insel besitzt, wahrscheinlich auch ein Fünfzig-Dollar-Shampoo leisten. Er könnte sich wohl auch ein Tausend-Dollar-Shampoo leisten, gäbe es so etwas.

Die Tatsache, dass ich über Shampoo nachdenke, fasziniert mich. Sollte ich nicht schreien und weinen? *Moment, das habe ich gestern.* Ich denke, dass man irgendwann einfach leergeweint ist. Ich scheine keine Tränen mehr zu besitzen, zumindest in diesem Moment nicht.

Nachdem ich jede Ecke und jeden Winkel des Zimmers inspiziert habe, beginne ich mich zu langweilen und nehme eines der Bücher aus dem Regal. Ein Roman von Sidney Sheldon, etwas über eine betrogene Frau, die auf Rache gegen ihre Feinde sinnt.

Er fesselt mich genug, um für die nächsten Stunden mit meinen Gedanken diesem Gefängnis zu entkommen.

BETH KOMMT UND BRINGT MIR MITTAGESSEN. SIE BRINGT MIR AUCH einen Stapel Kleidung.

Ich freue mich. Ich habe den ganzen Morgen den Bademantel getragen, und ich würde gerne normale Sachen anziehen.

Als sie den Stapel in den Kleiderschrank legt, denke ich erneut darüber nach, sie anzugreifen und einen Fluchtversuch zu unternehmen. Vielleicht sollte ich die Gabel benutzen, die ich zur Seite geschafft habe.

»Nora, gib mir die Gabel«, sagt sie.

Ich zucke ein wenig zusammen und sehe sie überrascht an. Ist sie doch eine Gedankenleserin?

Und dann fällt mir auf, dass sie einfach auf das Tablett schaut und das fehlende Besteck bemerkt.

Ich entscheide mich dafür, mich dumm zu stellen. »Was für eine Gabel?«

Sie seufzt. »Du weißt, welche Gabel. Diejenige, die du hinter den Büchern versteckt hast. Gib sie mir.«

Eine weitere meiner Annahmen erweist sich als falsch. Ich weiß nicht, warum ich dachte, ich hätte eine Privatsphäre.

Ich schaue an die Decke, betrachte sie eingehend, aber kann keine Kameras entdecken.

»Nora …«, fordert mich Beth auf.

Ich hole die Gabel hervor und werfe sie ihr zu. Ich denke, ich hoffe insgeheim, dass sie in ihrem Auge landet.

Aber Beth fängt sie und schüttelt den Kopf über mich, so als sei sie von meinem Benehmen enttäuscht. »Ich hatte gehofft, du würdest dich nicht so verhalten«, sagt sie.

»Wie verhalten? Wie ein Entführungsopfer?« Jetzt möchte ich sie wirklich unglaublich gerne schlagen.

»Wie ein verwöhnter Braten«, erklärt sie mir und steckt die Gabel in ihre Tasche. »Denkst du, es ist so furchtbar, hier auf dieser wunderschönen Insel zu sein? Denkst du, du leidest dadurch, Julians Bett zu teilen?«

Ich schaue sie an, als sei sie verrückt. Erwartet sie ernsthaft von mir, diese Situation in Ordnung zu finden? Willig mitzumachen und niemals ein Wort des Widerspruches verlauten zu lassen?

Sie starrt zurück, und zum ersten Mal fallen mir Linien auf ihrem Gesicht auf. »Du kennst die wahre Bedeutung des Wortes leiden nicht, kleines Mädchen«, sagt sie sanft, »und ich hoffe, das wirst du auch niemals herausfinden. Sei nett zu Julian, und du könntest in der Lage sein, weiterhin ein schönes Leben zu haben.«

Sie verlässt das Zimmer, und ich schlucke, um meine plötzlich trockene Kehle zu befeuchten.

Irgendwie zittern mir nach ihren Worten die Hände.

6

*ora*

Jetzt ist schon Abend. Mit jeder Minute, die vergeht, werde ich ängstlicher bei dem Gedanken daran, meinen Peiniger wiederzusehen.

Ich kann mich nicht länger auf den Roman konzentrieren, den ich gerade gelesen habe. Ich lege ihn weg und drehe Runden in dem Zimmer.

Ich habe die Sachen an, die Beth mir vorhin gegeben hat. Es ist keine Kleidung, die ich mir selbst ausgesucht hätte, aber sie ist besser als ein Bademantel. Ein sexy Spitzenhöschen und ein dazu passender BH als Unterwäsche. Ein hübsches blaues Sommerkleid zum Vornezuknöpfen. Alles passt mir verdächtig gut. Hat er mich schon eine ganze Weile verfolgt? Hat er alles über mich herausgefunden, einschließlich meiner Kleidergröße?

Mir wird schlecht bei dem Gedanken daran.

Ich versuche, nicht darüber nachzudenken, was noch alles passieren kann, aber das ist unmöglich. Ich weiß nicht, warum ich mir so sicher bin, dass er heute Nacht zu mir kommen wird. Es ist natürlich möglich, dass er einen ganzen Harem voller Frauen hier auf

44

dieser Insel festhält und jede nur einmal die Woche besucht, wie das die Sultane damals taten.

Und trotzdem weiß ich irgendwie, dass er bald hier sein wird. Die letzte Nacht hat lediglich seinen Appetit angeregt. Ich weiß, dass er noch nicht mit mir fertig ist, noch lange nicht.

Schließlich geht die Tür auf.

Er kommt herein, als ob ihm das alles hier gehört. Was es natürlich auch tut.

Und wieder bin ich von seiner männlichen Schönheit beeindruckt. Mit so einem Gesicht hätte er ein Model oder ein Filmstar sein können. Wenn es auf dieser Welt Gerechtigkeit gäbe, wäre er klein oder hätte einen anderen Makel, der von seinem Gesicht ablenken würde.

Hat er aber nicht. Sein Körper ist groß und muskulös, mit perfekten Proportionen. Ich erinnere mich daran, wie es ist, ihn in mir zu haben, und fühle ein unwillkommenes Aufflackern von Erregung.

Er trägt wieder Jeans und T-Shirt. Diesmal ein graues. Er scheint eine Vorliebe für schlichte Kleidung zu haben, und das ist clever von ihm. So kommt sein Aussehen am besten zur Geltung.

Er lächelt mich an. Mit diesem Lächeln, das ihn wie einen gefallenen Engel aussehen lässt – dunkel und verführerisch. »Hallo Nora.«

Ich weiß nicht, was ich sagen soll, also platze ich mit dem Ersten heraus, was mir in den Sinn kommt: »Wie lange wirst du mich hier festhalten?«

Er legt seinen Kopf leicht zur Seite. »Hier in diesem Raum? Oder auf der Insel?«

»Beides.«

»Beth wird dir morgen die Umgebung zeigen und mit dir schwimmen gehen, falls du Lust dazu hast«, sagt er und kommt dabei immer näher. »Du wirst nicht mehr eingesperrt sein, außer du machst Dummheiten.«

»Wie zum Beispiel?«, frage ich, und mein Herz klopft, als er neben mir stehen bleibt und seine Hand hebt, um mein Haar zu berühren.

»Versuchen, dir oder Beth etwas anzutun.« Seine Stimme ist sanft und sein Blick hypnotisierend, als er zu mir heruntersieht. Die Art und Weise, wie er mein Haar berührt, ist sonderbar entspannend.

Ich zwinkere, um seinen Zauber zu brechen. »Und was ist mit der Insel? Wie lange wirst du mich hier festhalten?«

Seine Hand streichelt jetzt mein Gesicht und fährt an meiner Wange entlang. Ich erwische mich dabei, wie ich mich seiner Berührung hingebe wie eine Katze, die gekrault wird, und versteife mich augenblicklich.

Seine Lippen verziehen sich zu einem wissenden Lächeln. Dieser Bastard weiß genau, welche Wirkung er auf mich hat. »Eine lange Zeit, hoffe ich«, sagt er.

Aus irgendeinem Grund bin ich nicht überrascht. Er würde sich nicht die Umstände gemacht haben, mich bis hierher zu bringen, wenn er mich nur einige Male ficken wollte. Ich habe Angst, aber bin nicht wirklich entsetzt.

Ich nehme all meinen Mut zusammen und stelle die nächste logische Frage: »Warum hast du mich entführt?«

Das Lächeln verschwindet aus seinem Gesicht. Er antwortet nicht, sondern schaut mich nur mit einem undurchschaubaren melancholischen Blick an.

Ich fange an zu zittern. »Wirst du mich töten?«

»Nein, Nora, ich werde dich nicht töten.«

Seine Verneinung beruhigt mich, auch wenn er mich gerade anlügen könnte.

»Wirst du mich verkaufen?« Ich bekomme die Worte kaum heraus. »Um eine Nutte zu sein oder so etwas?«

»Nein«, sagt er sanft. »Niemals. Du gehörst mir, und nur mir.«

Ich beruhige mich ein wenig, aber es gibt da noch eine weitere Sache, die ich unbedingt wissen muss. »Wirst du mir wehtun?«

Einen Moment lang antwortet er wieder nicht. Etwas Dunkles flackert kurz in seinen Augen auf. »Wahrscheinlich«, antwortet er ruhig.

Und dann beugt er sich herunter und küsst mich mit seinen warmen Lippen weich und zärtlich auf meine.

Eine Sekunde lang stehe ich stocksteif da, ohne irgendeine Reaktion. Ich glaube ihm. Ich weiß, dass er mir die Wahrheit sagt, wenn er behauptet, dass er mir wehtun wird. Er hat etwas an sich, das mir Angst macht – das mir schon von Anfang an Angst gemacht hat.

Er ist überhaupt nicht wie die Jungen, mit denen ich Verabredungen hatte. Er ist zu allem fähig.

Und ich bin ihm vollkommen ausgeliefert.

Ich denke darüber nach, mich zu wehren. Das wäre das Normale, was man in meiner Situation machen würde. Das wäre mutig.

Und trotzdem mache ich es nicht.

Ich kann die dunklen Abgründe in ihm fühlen. Irgendetwas stimmt mit ihm nicht. Seine äußere Schönheit verbirgt etwas Grauenvolles im Inneren.

Ich möchte diese Dunkelheit nicht entfesseln. Ich weiß nicht, was passieren wird, wenn ich es tue.

Also stehe ich bewegungslos in seiner Umarmung und lasse mich von ihm küssen. Und als er mich aufhebt und zum Bett trägt, versuche ich überhaupt nicht, etwas dagegen zu unternehmen.

Stattdessen schließe ich die Augen und gebe mich den Empfindungen hin.

~

Wieder ist er zärtlich zu mir. Ich sollte Angst vor ihm haben – und das habe ich auch –, aber mein Körper scheint diese Mischung aus Angst und Erregung zu genießen. Ich weiß nicht, was das über mich aussagt.

Ich liege mit geschlossenen Augen da, während er meine Kleidung Schicht für Schicht auszieht. Zuerst knöpft er mein Kleid auf, so als würde er ein Geschenk auspacken. Seine Hände sind stark und sicher; es gibt keinen Hinweis auf Unbeholfenheit oder Zögern in seinen Bewegungen. Er besitzt ganz offensichtlich eine Menge Erfahrung mit Frauenbekleidung.

Nachdem das Kleid aufgeknöpft ist, macht er einen Augenblick Pause. Ich spüre seinen Blick auf mir und frage mich, was er wohl gerade sieht. Ich weiß, ich habe einen schönen Körper; er ist schlank und gebräunt, auch wenn er nicht alle Rundungen so hat, wie ich sie gerne hätte.

Seine Finger wandern meinen Bauch hinab, und ich erschaudere. »So schön«, sagt er leise. »So eine wunderschöne Haut. Du solltest immer Weiß tragen. Es steht dir.«

Ich antworte nicht, sondern kneife meine Augen fester zusammen. Ich will nicht, dass er mich anschaut, ich möchte nicht, dass er den Anblick meines Körpers in der Unterwäsche, die er für mich ausgewählt hat, genießt. Ich wünsche mir, er würde mich einfach nur ficken und es hinter sich bringen, anstatt diese verkorkste Parodie des Liebemachens aufzuführen.

Aber er hat nicht vor, es mir so leicht zu machen.

Sein Mund folgt dem gleichen Pfad wie seine Finger. Es fühlt sich heiß und feucht an auf meinem Bauch, und er bewegt sich weiter nach unten, dorthin, wo meine Beine instinktiv fest zusammengepresst sind. Das scheint er nicht zu mögen, und seine Hände sind grob, als sie meine Beine auseinanderreißen, seine Finger bohren sich in mein zartes Fleisch.

Ich wimmere wegen dieses Hauchs von Gewalt und versuche, meine Beine zu entspannen, um ihn nicht weiter zu verärgern.

Sein Griff lockert sich, und seine Hände werden sanfter. »Mein süßes, wunderschönes Mädchen«, flüstert er, und ich kann seinen heißen Atem auf meinen empfindlichen Falten spüren. »Du weißt, ich sorge dafür, dass es schön für dich wird.«

Und dann sind seine Lippen auch schon auf mir, seine Zunge kreist um meine Klitoris und sein Mund saugt und knabbert. Sein Haar streift gegen die Innenseiten meiner Oberschenkel und kitzelt mich. Seine Hände halten meine Beine weit geöffnet. Ich winde mich und schreie auf. Die Lust ist so intensiv, dass ich alles außer der unglaublichen Hitze und Anspannung in mir vergesse.

Er bringt mich nahe zum Orgasmus, aber lässt mich nicht kommen. Jedes Mal, wenn ich mich dem Höhepunkt nähere, hört er auf oder ändert den Rhythmus, treibt mich damit in den Wahnsinn. Ich merke, wie ich bettele, flehe und sich mein Körper ihm willenlos entgegenbiegt. Als er mich endlich kommen lässt, ist es so eine Erleichterung, dass mein ganzer Körper zuckt und erschaudert, sich durch die Intensität der Entladung windet.

Als es vorbei ist, fange ich aus irgendeinem Grund an zu weinen. Tränen laufen aus meinen äußeren Augenwinkeln meine Schläfen hinunter und werden zuerst von meinem Haar, dann vom Kissen aufgesaugt. Er scheint das zu mögen, weil er langsam meinen Körper hochwandert und die nassen Spuren auf meinem Gesicht küsst, sie dann wegleckt.

Seine großen Hände streicheln meinen Körper, reiben meine Haut und liebkosen mich überall. Es wäre beruhigend, wenn sein harter Schwanz nicht gegen meinen Eingang klopfen würde.

Ich bin innen noch nicht völlig verheilt, und deshalb schmerzt es erneut, als er beginnt, in mich einzudringen. Auch wenn ich vom

Orgasmus ganz nass bin, kann er nicht leicht hineingleiten, nicht, ohne mich aufzureißen. Stattdessen muss er langsam vorgehen, sich Stück für Stück vorarbeiten, damit ich eine Chance habe, mich dem Vordringen anzupassen.

Ich beiße mir auf die Unterlippe und versuche mit dem Brennen zurechtzukommen, dem zu vollen Gefühl. Werde ich jemals in der Lage sein, ihn leicht aufzunehmen? Werde ich in seinen Armen jemals Lust ohne Schmerzen verspüren?

»Öffne deine Augen«, befiehlt er mit rauer, leiser Stimme.

Ich gehorche ihm, auch wenn ich durch den Tränenschleier kaum etwas erkennen kann.

Er schaut mich an, während er sich langsam in mir zu bewegen beginnt, und sein Blick hat etwas Triumphierendes. Die Hitze seines Körpers umgibt mich, und sein Gewicht drückt mich aufs Bett. Er ist in mir, auf mir, um mich herum. Ich kann mich nicht einmal in meinen Kopf zurückziehen.

In diesem Moment fühle ich mich wie sein Besitz, so als nehme er mehr als nur meinen Körper. So als erhebe er einen Anspruch auf etwas, was sich tief in mir drin befindet, als bringe er eine Seite von mir zum Vorschein, von deren Existenz ich nie etwas wusste.

In seinen Armen spüre ich etwas, was ich so niemals zuvor erlebt habe.

Ein primitives und völlig irrationales Gefühl der Zugehörigkeit.

~

ER NIMMT MICH IN DIESER NACHT NOCH ZWEI WEITERE MALE. GEGEN Morgen bin ich so wund, dass ich mich innerlich roh fühle – und trotzdem habe ich so viele Orgasmen erlebt, dass ich nicht mehr mitgezählt habe.

Morgens verlässt er mich irgendwann. Ich bin so erschöpft, ich bemerke gar nicht, wie er geht. Ich schlafe tief und traumlos, und als ich aufwache, ist es schon nach Mittag.

Ich stehe auf, putze mir die Zähne und dusche. Auf meinen Oberschenkeln kann ich getrocknetes Sperma sehen. Er hat auch in dieser Nacht kein Kondom benutzt.

Ich mache mir wieder Sorgen um Geschlechtskrankheiten. Interessiert Julian so etwas überhaupt? Wahrscheinlich macht er sich keine Sorgen darüber, sich etwas bei mir einzufangen, da ich ja über keinerlei Erfahrungen verfüge. Ich mache mir allerdings mit Sicherheit Gedanken darüber, eine Krankheit von ihm zu bekommen. Ich hebe meinen linken Arm und schaue auf die kleine Spur an der Stelle, an der mein Hormonimplantat eingesetzt wurde. Dank Mamas Schwangerschaftsparanoia. Wenn ich das nicht hätte ... Ich erschaudere bei diesem Gedanken.

Sobald ich aus dem Bad komme, betritt Beth mein Zimmer. Sie hat erneut ein Tablett mit Essen und einen Stapel Kleidung dabei. Diesmal gibt es ein eher traditionelles Frühstück: Omelett mit Gemüse und Käse, Toast und frisches, tropisches Obst.

Sie lächelt mich wieder an und hat ganz offensichtlich vor, den kleinen Zwischenfall mit der Gabel zu ignorieren. »Guten Morgen«, sagt sie fröhlich.

Meine Augenbrauen ziehen sich nach oben. »Und einen wunderschönen guten Morgen zurück«, sage ich mit einer Stimme voller Sarkasmus.

Auf meinen offensichtlichen Versuch, sie zu ärgern, reagiert sie mit einem noch breiteren Lächeln. »Jetzt sei nicht so übellaunig. Julian hat gesagt, du kannst heute dein Zimmer verlassen. Ist das nicht toll?«

Das ist wirklich toll. Es würde mir die Möglichkeit geben, mein Gefängnis ein wenig zu erkunden und zu sehen, ob dieser Ort wirklich eine Insel ist. Vielleicht gibt es hier noch andere Menschen außer Beth.

Alternativ dazu finde ich vielleicht ein Telefon oder einen Computer. Wenn ich meinen Eltern nur eine SMS oder eine Mail schicken könnte, dann hätten sie die Möglichkeit, diese an die Polizei weiterzuleiten, damit ich gerettet werden kann.

Bei dem Gedanken an meine Familie fühlt sich mein Brustkorb eng an, und meine Augen brennen. Sie müssen sich Sorgen um mich machen, sich fragen, was passiert ist, ob ich noch am Leben bin. Ich bin ein Einzelkind, und meine Mutter hat immer gesagt, sie würde sterben, falls mir etwas zustößt. Ich hoffe, sie hat das nicht ernst gemeint.

Ich hasse ihn.

Ich hasse diese Frau, die mich gerade anlächelt.

»Natürlich, Beth«, antworte ich ihr und will ihr das Gesicht zerkratzen, bis sich dieses Lächeln in eine Grimasse verwandelt. »Es ist immer schön, einen kleinen Käfig für einen größeren zu verlassen.«

Sie rollt mit den Augen und setzt sich auf einen Stuhl. »So dramatisch. Iss einfach dein Frühstück, und dann zeige ich dir alles.«

Ich überlege kurz, nichts zu essen, nur um sie zu ärgern, aber ich habe Hunger. Also esse ich alles, was sich auf dem Tablett befindet, auf.

»Wo ist Julian?«, frage ich zwischen zwei Bissen. Ich bin neugierig, wie er seine Tage verbringt. Bis jetzt habe ich ihn immer nur abends gesehen.

»Er arbeitet«, erklärt mir Beth. »Er hat viele geschäftliche Interessen, die seine Aufmerksamkeit verlangen.«

»Was denn für welche?«

Sie zuckt mit den Schultern. »Alle möglichen.«

»Ist er ein Krimineller?«, frage ich ganz direkt.

Sie lacht. »Warum denkst du das?«

»Na ja, vielleicht, weil er mich entführt hat?«

Sie lacht erneut und schüttelt ihren Kopf, so als habe ich etwas Lustiges gesagt.

Ich möchte sie schlagen, aber beherrsche mich. Ich muss erst mehr über meine Umgebung erfahren, bevor ich so etwas ausprobiere. Ich möchte nicht eingeschlossen in einem Zimmer enden, wenn es sich vermeiden lässt. Meine Chancen, zu flüchten, sind um einiges höher, wenn ich mehr Freiheiten habe.

Also stehe ich auf und werfe ihr einen kalten Blick zu. »Ich bin fertig.«

»Dann zieh dir einen Badeanzug an«, erwidert sie und zeigt auf die Sachen, die sie mitgebracht hat, »und wir können gehen.«

Bevor wir hinausgehen, zeigt mir Beth den Rest des Hauses. Es ist großzügig und geschmackvoll eingerichtet. Die Ausstattung ist modern, mit einem leichten tropischen Einfluss und subtilen asiatischen Motiven. Helle Farbtöne dominieren, auch wenn ich hier und dort einen unerwarteten Farbfleck in Form einer roten Vase oder einer leuchtend blauen Drachenfigur entdecke. Es gibt vier Schlafzimmer – drei oben, und eins unten. Die Küche in der ersten

Etage ist besonders eindrucksvoll mit ihrer hochwertigen Ausstattung und den glänzenden Arbeitsflächen aus Granit.

Es gibt noch ein Zimmer, von dem Beth behauptet, dass es Julians Büro sei. Es befindet sich in der ersten Etage und ist für jeden außer ihn selbst tabu. Dort kümmert er sich angeblich um seine Geschäfte. Die Tür ist geschlossen, als wir vorbeigehen.

Nachdem wir eine Stunde später mit der Hausbesichtigung fertig sind, zeigt mir Beth die nächsten zwei Stunden lang die Insel. Und es handelt sich definitiv um eine Insel – was das betrifft, hat sie mich nicht angelogen.

Sie ist etwa drei Kilometer lang und eineinhalb Kilometer breit. Laut Beth befinden wir uns irgendwo im Pazifischen Ozean, und die nächstgelegene bewohnte Insel liegt über achthundert Kilometer entfernt. Sie betont diese Tatsache einige Male, so als habe sie Angst, dass ich mir in den Kopf setzen könnte, wegzuschwimmen.

Das würde ich nicht tun. Ich bin weder eine besonders gute Schwimmerin noch selbstmordgefährdet.

Ich würde eher versuchen, ein Boot zu stehlen.

Wir gehen zum höchsten Punkt der Insel. Es ist ein kleiner Berg – oder ein großer Hügel, je nachdem, wie man es betrachten möchte. Der Blick von hier oben ist fantastisch – überall strahlend blaues Wasser, so weit das Auge reicht. Auf der einen Seite der Insel hat das Wasser einen anderen Blauton als sonst, eher Türkis, und Beth erklärt mir, es handele sich dabei um eine flache Bucht, die sich hervorragend zum Schnorcheln eignet.

Julians Haus ist das Einzige auf der Insel. Es liegt an einer der Seiten des Berges, ein Stück weg vom Strand und ein wenig erhöht. Das ist der geschützteste Ort meint Beth; das Haus ist dort vor starken Winden und dem Ozean geschützt. Es hat offensichtlich schon eine Menge Taifune ohne größeren Schaden überlebt.

Ich nicke, so als würde es mich interessieren. Ich habe nicht vor, beim nächsten Taifun noch hier zu sein. Der Wunsch, zu flüchten, brennt hell in mir. Als Beth mir das Haus gezeigt hat, habe ich keine Telefone oder Computer gesehen, aber das bedeutet ja nicht, dass es keine gibt. Wenn Julian von der Insel aus arbeiten kann, gibt es definitiv eine Internetverbindung. Und wenn die dumm genug sind, mich hier frei auf der Insel bewegen zu lassen, werde ich einen Weg finden, die Außenwelt zu kontaktieren.

Wir beenden die Führung am Strand in der Nähe des Hauses.

»Möchtest du schwimmen gehen?«, fragt Beth mich und zieht sich ihre Shorts und ihr T-Shirt aus. Darunter trägt sie einen blauen Bikini. Ihr Körper ist schlank und muskulös. Sie ist in so einer großartigen Form, dass ich mich frage, wie alt sie wohl ist. Ihre Figur könnte einem Teenager gehören, aber ihr Gesicht wirkt älter.

»Wie alt bist du?«, frage ich sie direkt. Normalerweise wäre ich niemals so taktlos, aber es ist mir egal, ob ich diese Frau beleidige. Was interessieren mich soziale Konventionen, solange ich von einem Paar Verrückter gefangen gehalten werde?

Sie lächelt und ist überhaupt nicht verärgert über meine unfreundliche Frage. »Ich bin siebenunddreißig«, antwortet sie.

»Und Julian?«

»Er ist neunundzwanzig.«

»Seid ihr Liebhaber?« Ich weiß nicht, warum ich das frage. Wenn sie eifersüchtig auf meine Rolle als Julians Sexspielzeug ist, dann zeigt sie es auf jeden Fall nicht.

Beth lacht. »Nein, sind wir nicht.«

»Warum nicht?« Ich kann gar nicht glauben, dass ich so direkt bin. Ich bin dazu erzogen worden, immer nett und freundlich zu sein, aber es ist irgendwie befreiend, sich keine Gedanken darüber zu machen, was die Leute über einen denken. Ich bin immer jemand gewesen, der es allen recht machen wollte, aber bei dieser Frau trifft das überhaupt nicht zu.

Sie hört auf zu lachen und schaut mich ernst an. »Weil ich nicht das bin, was Julian braucht oder will.«

»Und was ist das?«

»Das wirst du eines Tages erfahren«, erwidert sie geheimnisvoll und geht ins Wasser.

Ich blicke ihr nach, und die Neugier nagt an mir. Sie scheint allerdings das Gespräch beendet zu haben. Stattdessen taucht sie und schwimmt mit sicheren, durchtrainierten Bewegungen.

Es ist heiß draußen, und die Sonne bescheint mich. Der Sand ist weiß und sieht weich aus. Das Wasser glitzert und seine Kühle reizt mich. Ich möchte diesen Ort hassen, alles das, was mit meiner Gefangenschaft zu tun hat, ablehnen, aber ich muss zugeben, dass diese Insel wunderschön ist.

Ich muss nicht schwimmen gehen, wenn ich nicht möchte. Es sieht nicht so aus, als würde Beth mich dazu zwingen wollen. Und es scheint falsch zu sein, dass ich mich am Strand amüsiere, während meine Familie krank vor Sorge um mich ist, wegen meines Verschwindens trauert.

Aber die Verlockung des Wassers ist stark. Ich habe den Ozean schon immer geliebt, auch wenn ich erst ein paar Mal in meinem Leben in den Tropen war. Diese Insel ist meine Vorstellung eines Paradieses, abgesehen davon, dass sie einer Schlange gehört.

Ich denke eine Minute lang darüber nach, und dann ziehe ich mein Kleid und meine Schuhe aus. Ich könnte mir diese kleine Freude verwehren, aber ich bin zu pragmatisch. Ich mache mir keine Illusionen über meine Rolle hier. Jeden Augenblick können Julian und Beth mich einschließen, mich hungern lassen, mich schlagen. Nur weil sie mich bis jetzt ziemlich gut behandelt haben, heißt das nicht, dass es auch weiterhin so sein wird. In meiner prekären Situation ist jeder schöne Moment kostbar – weil ich nicht weiß, was mich in Zukunft erwartet, ob ich jemals wieder so etwas wie Glück erleben werde.

Also geselle ich mich zu meinem Feind im Ozean. Ich lasse meine Angst von dem Wasser wegwaschen und die hilflose Wut, die in meinem Magen brennt, abkühlen.

Wir schwimmen, liegen im heißen Sand und gehen dann wieder schwimmen. Ich stelle keine weiteren Fragen, und Beth scheint die Stille zu genießen.

Wir bleiben für die nächsten zwei Stunden am Strand, bevor wir wieder zurück ins Haus gehen.

Diesmal soll Julian mit mir zu Abend essen. Beth deckt unten den Tisch für uns und bereitet ein Essen aus hiesigem Fisch, Reis, Bohnen und Kochbananen zu. Das ist ihr karibisches Rezept, erzählt sie mir stolz.

»Isst du auch mit uns?«, möchte ich von ihr wissen, während ich ihr dabei zuschaue, wie sie die Teller zum Tisch trägt.

Ich bin geduscht und habe die Sachen an, die Beth mir gebracht hat. Es handelt sich dabei um ein weiteres Unterwäscheset aus weißer Spitze und ein gelbes Kleid mit weißen Blumen. An meinen Füßen trage ich weiße, hochhackige Sandalen. Meine Kleidung ist süß und weiblich, ganz anders als die Jeans mit den dunklen Tops, die ich normalerweise trage. Dank ihnen sehe ich wie eine hübsche Puppe aus.

Ich kann immer noch nicht glauben, dass sie mich frei im Haus umherlaufen lassen. In der Küche gibt es Messer. Ich könnte eines davon stehlen und es irgendwann gegen Beth benutzen. Die Versuchung ist groß, auch wenn mein Magen sich bei dem Gedanken an Blut und Gewalt zusammenzieht.

Wahrscheinlich werde ich es bald machen, sobald ich diesen Ort ein wenig besser kennengelernt habe.

Ich erfahre etwas Interessantes über mich selbst. Ich glaube ganz offensichtlich nicht an große, aber sinnlose Taten. Eine kalte und rationale Stimme in mir sagt, ich bräuchte einen Plan, einen Weg, von dieser Insel zu kommen, bevor ich irgendetwas versuche. Beth jetzt anzugreifen wäre dumm. Es könnte dazu führen, dass ich eingeschlossen werde, oder schlimmer.

Nein, das hier ist viel besser. Lass sie denken, ich sei harmlos. So habe ich eine viel größere Chance, zu entkommen.

Die letzten vier Stunden lang habe ich in der Küche gesessen und Beth dabei zugesehen, wie diese das Essen zubereitet hat. Sie ist sehr gut, sehr effizient. Zeit mit ihr zu verbringen lenkt meine Gedanken von Julian und der kommenden Nacht ab.

»Nein«, sagt sie und beantwortet damit meine Frage. »Ich werde auf meinem Zimmer sein. Julian möchte ein wenig Zeit mit dir alleine verbringen.«

»Warum? Denkt er, wir hätten eine Verabredung oder so etwas?«

Sie grinst. »Julian verabredet sich nicht mit Mädchen.«

»Ehrlich nicht?« Mein Ton ist mehr als sarkastisch. »Warum sollte man sich auch verabreden, wenn man stattdessen entführen und Gewalt anwenden kann?«

»Mach dich nicht lächerlich«, meint Beth scharf. »Denkst du wirklich, er muss Frauen zu etwas zwingen? Nicht einmal du kannst so naiv sein.«

Ich starre sie an. »Willst du mir gerade sagen, dass er normalerweise keine Frauen raubt und sie hierherbringt?«

Beth schüttelt ihren Kopf. »Du bist außer mir die einzige Person, die jemals hier gewesen ist. Das ist Julians privater Rückzugsort. Niemand weiß, dass er existiert.«

Bei diesen Worten läuft mir ein Schauer den Rücken hinunter. »Und warum habe ich so ein Glück?«, frage ich langsam, während meine Pulsfrequenz ansteigt. »Wie komme ich zu der großen Ehre?«

Sie lächelt. »Das wirst du eines Tages herausfinden. Julian wird es dir erklären, wenn er möchte, dass du es weißt.«

Ich habe genug von diesem Eines-Tages-Scheiß, aber ich weiß, dass sie meinem Entführer gegenüber zu loyal ist, um mir irgendetwas zu verraten. Also versuche ich stattdessen, etwas anderes herauszufinden. »Wie hast du das gemeint, als du mir gesagt hast, du verdankst ihm dein Leben?«

Ihr Lächeln verschwindet, ihr Gesicht wird hart, und es kommen strenge, bittere Linien auf ihm zum Vorschein. »Das geht dich nichts an, kleines Mädchen.«

Und die nächsten zehn Minuten lang spricht sie nicht mehr mit mir, während sie den Tisch zu Ende deckt.

~

NACHDEM ALLES VORBEREITET IST, VERLÄSST SIE DAS ZIMMER, UND ICH bleibe allein zurück, um auf Julian zu warten. Ich bin gleichzeitig nervös und aufgeregt. Zum ersten Mal habe ich die Möglichkeit, außerhalb des Schlafzimmers auf meinen Peiniger zu treffen.

Ich muss zugeben, auf eine kranke Art fasziniert von ihm zu sein. Er macht mir Angst, aber trotzdem platze ich fast vor Neugier über ihn. Wer ist er? Was will er von mir? Warum hat er mich zu seinem Opfer erwählt?

Eine Minute später betritt er den Raum. Ich sitze am Tisch und schaue aus dem Fenster. Bevor ich ihn überhaupt sehe, spüre ich seine Gegenwart. Die Atmosphäre lädt sich auf, ist voller Erwartungen.

Ich drehe meinen Kopf und sehe ihm dabei zu, wie er näher kommt. Dieses Mal trägt er ein weißes Poloshirt und ein Paar khakifarbene Hosen. Wir könnten auch in einem Country Club zu Abend essen.

Mein Herz schlägt schnell in meiner Brust, und ich kann spüren, wie das Blut durch meine Adern rauscht. Ich bin mir plötzlich meines Körpers viel bewusster. Meine Brüste sind empfindlicher, meine Nippel verhärten sich unter der Spitze meines BHs. Der weiche Stoff meines Kleides streicht meine nackten Beine entlang und erinnert mich daran, wie er mich dort berührt hat. Daran, wie er mich überall berührt hat.

Warme Feuchtigkeit sammelt sich bei diesen Erinnerungen zwischen meinen Beinen an.

Er kommt zu mir und beugt sich herunter, um mir einen kurzen Kuss auf den Mund zu geben. »Hallo Nora«, sagt er, als er sich wieder aufgerichtet hat, und auf seinen wunderschönen Lippen zeichnet sich ein dunkles, sinnliches Lächeln ab. Er ist so atemberaubend, dass ich einen Augenblick lang nicht mehr denken kann, da mein Kopf durch seine Nähe wie benebelt ist.

Sein Lächeln verstärkt sich, und er geht auf die gegenüberliegende Seite des Tisches, um dort Platz zu nehmen. »Wie war dein Tag, mein Kätzchen?«, möchte er wissen, während er nach einem Stück Fisch greift und es sich auf den Teller legt. Seine Bewegungen sind selbstsicher und eigenartig anmutig.

Es ist kaum zu glauben, dass das Böse eine so wunderschöne Maske trägt.

Ich reiße mich zusammen. »Warum nennst du mich so?«

»Wie? Mein Kätzchen?«

Ich nicke.

»Weil du mich an eines erinnerst«, antwortet er, und in seinen blauen Augen spiegelt sich ein unbekanntes Gefühl wider. »Klein, weich und schön anzufassen. Ich möchte dich am liebsten kraulen, nur um zu sehen, ob du in meinen Armen schnurren wirst.«

Meine Wangen werden heiß. Ich fühle, wie ich am ganzen Körper erröte, und hoffe, dass mein natürlicher Hautton diese Reaktion versteckt. »Ich bin nicht dein Tier …«

»Natürlich bist du das nicht. Ich stehe nicht auf Sodomie.«

»Und auf was stehst du dann?«, platze ich heraus, bevor ich innerlich zusammenzucke. Ich will ihn nicht wütend machen. Er ist nicht Beth. Er macht mir Angst.

Zum Glück amüsiert ihn meine Frechheit nur. »Im Moment«, entgegnet er sanft, »stehe ich auf dich.«

Ich schaue weg und greife mit meiner leicht zitternden Hand nach dem Reis.

»Lass mich dir helfen.« Er nimmt mir den Teller aus der Hand, und seine Finger streifen dabei kurz an meinen entlang. Bevor ich irgendetwas sagen kann, ist mein Teller mit allem, was sich auf dem Tisch befindet, gefüllt.

Er stellt ihn wieder vor mich, und ich blicke ihn bestürzt an. Ich bin zu nervös, um in seiner Gegenwart essen zu können. Ich habe einen Knoten im Magen.

Als ich aufsehe, bemerke ich, dass er nicht das gleiche Problem hat. Er isst mit Freude, genießt Beths Essen ganz offensichtlich.

»Was ist los?«, fragt er mich zwischen zwei Bissen. »Hast du keinen Hunger?«

Ich schüttele mit dem Kopf, auch wenn ich das Essen kaum erwarten konnte, bevor er kam.

Er runzelt die Stirn und legt seine Gabel beiseite. »Warum nicht? Beth hat mir erzählt, dass du den ganzen Tag am Strand verbracht hast und ordentlich geschwommen bist. Solltest du nach der ganzen Bewegung nicht hungrig sein?«

Ich zucke mit den Schultern. »Mir geht's gut.« Ich möchte ihm nicht sagen, dass er der Grund für meine Appetitlosigkeit ist.

Seine Augen verengen sich. »Spielst du mit mir? Iss, Nora. Du bist schon sehr dünn. Ich möchte nicht, dass du auch noch abnimmst.«

Ich schlucke nervös und beginne, im Essen herumzustochern. Er hat etwas an sich, was mich denken lässt, sich ihm in diesem Punkt zu widersetzen sei unklug.

Eigentlich in jedem Punkt.

Meine Instinkte schreien, dass dieser Mann so gefährlich ist, wie man es überhaupt nur sein kann. Er war nicht wirklich grausam zu mir, aber er trägt Grausamkeit in sich. Ich kann sie spüren.

»Braves Mädchen«, bemerkt er zufrieden.

Ich esse weiter, auch wenn ich nicht wirklich etwas schmecke und jeden Bissen durch meinen zugeschnürten Hals würgen muss. Ich starre die ganze Zeit auf meinen Teller. Ich kann leichter essen, wenn ich seine stechenden blauen Augen, die mich anblicken, nicht sehe.

»Also, Beth hat mir berichtet, ihr habt einen schönen Tag beim Schwimmen gehabt?«, fragt er, nachdem ich die Hälfte meiner Portion aufgegessen habe.

Ich nicke und schaue auf. Er blickt mich an.

»Wie gefällt dir die Insel?«, möchte er wissen, so als ob ihn meine Meinung wirklich interessiert. Er beobachtet mich mit einem nachdenklichen Gesichtsausdruck.

»Sie ist hübsch«, antworte ich ihm ehrlich. Dann, nach einer kleinen Pause, füge ich hinzu: »Aber ich möchte nicht hier sein.«

»Natürlich nicht.« Er sieht fast verständnisvoll aus. »Aber du wirst dich daran gewöhnen. Das ist dein neues Zuhause. Je schneller du dich damit abfindest, desto besser.«

Mein Magen krampft sich zusammen, und ich merke, wie das Essen, welches ich gerade hineingezwängt habe, Gefahr läuft, gleich wieder hochzukommen. Ich schlucke krampfhaft und versuche, die Übelkeit unter Kontrolle zu bekommen. »Und meine Familie?« Die

Worte kommen leise und bitter aus mir heraus. »Wie soll sie sich damit abfinden?«

Gefühle flackern in seinem Gesicht auf. »Was wäre, wenn sie nicht denken würden, dass du tot bist?«, fragt er ruhig und erwidert meinen Blick. »Würdest du dich dann besser fühlen, mein Kätzchen?«

»Natürlich würde ich das!« Ich kann kaum glauben, was ich da höre. »Kannst du das machen? Kannst du sie wissen lassen, dass ich lebe? Vielleicht kann ich sie einfach anrufen und …«

Er streckt seine Hand aus und legt sie auf meine, was mein hoffnungsvolles Gebrabbel sofort verstummen lässt. »Nein.« Sein Tonfall lässt keinen Diskussionsspielraum. »Ich werde sie selber kontaktieren.«

Ich schlucke meine Enttäuschung hinunter. »Was wirst du ihnen sagen?«

»Dass du lebst, und dass es dir gut geht.« Sein großer Daumen massiert meine Handfläche. Seine Berührung lenkt mich ab und lässt mich dahinschmelzen.

»Aber …« Ich stöhne fast, als er auf einen ganz besonders empfindlichen Punkt drückt. »Aber sie werden dir nicht glauben …«

»Das werden sie.« Er zieht seine Hand zurück, und ich fühle mich eigenartig nackt. »Vertraue mir.«

Ihm trauen? *Ja, klar.* »Warum tust du mir das an?«, will ich frustriert wissen. »Ist es, weil ich in dem Club mit dir gesprochen habe?«

Er schüttelt seinen Kopf. »Nein, Nora. Weil du du bist. Du bist alles, nach dem ich gesucht habe. Alles, was ich immer wollte.«

»Du weißt, dass das verrückt ist, oder nicht?« Ich bin so verärgert, dass ich einen Moment lang vergesse, Angst zu haben. »Du kennst mich doch gar nicht!«

»Das stimmt«, antwortet er sanft. »Aber ich muss dich nicht kennen. Ich muss nur wissen, was ich fühle.«

»Sagst du gerade, dass du in mich verliebt bist?« Irgendwie macht mir diese Vorstellung noch mehr Angst als zu glauben, er habe einfach sonderbare, sexuelle Wünsche.

Er lacht und wirft dabei seinen Kopf nach hinten. Ich blicke ihn an und bin unverständlicherweise beleidigt. Ich möchte nicht, dass er in mich verliebt ist, aber warum muss er diese Vorstellung so lustig finden?

»Natürlich nicht«, entgegnet er, als er endlich mit dem Lachen fertig ist. Er grinst allerdings immer noch.

»Was meinst du dann?«, frage ich frustriert.

Sein Lächeln verschwindet langsam. »Das ist egal, Nora«, erklärt er leise. »Alles, was du wissen musst, ist, dass du etwas ganz Besonderes für mich bist.«

»Also, warum hast du mich dann nicht einfach um eine Verabredung gebeten?« Ich habe Schwierigkeiten, das Unbegreifliche zu begreifen. »Warum hast du mich entführt?«

»Weil du dich mit diesem Jungen getroffen hast.« Plötzlich ist Wut in Julians Stimme, und eisige Panik macht sich in meinen Adern breit. »Du hast ihn geküsst, als du schon mir gehörtest.«

Ich schlucke. »Aber ich wusste doch nicht einmal, dass du mich wolltest.« Meine Stimme zittert ein wenig. »Ich habe dich nur in dem Club gesehen …«

»Und bei deinem Schulabschluss.«

»Und bei meinem Schulabschluss«, stimme ich zu, und mein Herz hämmert in meinem Brustkorb. »Aber ich dachte, du seist wegen jemand anders da. Vielleicht wegen eines jüngeren Bruders oder einer Schwester …«

Er atmet tief ein, und ich kann sehen, dass er sich wieder beruhigt hat. »Das ist jetzt auch unwichtig, Nora. Ich wollte dich hier haben, hier bei mir, und nicht dort draußen. Das ist um einiges sicherer für dich – und für diesen Jungen.«

»Sicherer für Jake?«

Julian nickt. »Wenn du noch einmal mit ihm ausgegangen wärst, hätte ich ihn umgebracht. Es ist für alle am besten, dass du hier bist, weg von ihm und anderen, die dich vielleicht wollen.«

Er meint es wirklich ernst damit, Jake zu töten. Das ist nicht nur eine leere Drohung. Ich kann es in seinem Gesicht sehen.

Meine Lippen sind auf einmal ganz trocken, und ich lecke darüber. Seine Augen folgen meiner Zunge, und ich kann sehen, wie seine Atmung sich verändert. Meine kleine Geste hat ihn ganz eindeutig erregt.

Plötzlich kommt mir eine verrückte Idee in den Sinn. Er will mich ganz offensichtlich. Er ist sogar bereit, Dinge zu tun, die mich glücklich machen – wie meine Familie wissen zu lassen, dass ich am Leben bin. Warum ziehe ich aus dieser Tatsache nicht meine Vorteile? Ich bin unerfahren, aber nicht völlig naiv. Ich weiß, wie man mit

Typen flirtet. Könnte ich das machen? Könnte ich Julian so weit einwickeln, dass er mich gehen lässt?

Ich muss vorsichtig dabei vorgehen. Ich kann nicht plötzlich mein Verhalten ändern. Ich kann mich nicht in einer Minute so benehmen, als hasste ich ihn, und in der nächsten so tun, als liebte ich ihn. Er muss glauben, er könne mich mit sich von der Insel nehmen und ich würde trotzdem freiwillig bei ihm bleiben, solange er mich möchte. Dass ich nie wieder Jake oder einen anderen Mann anschauen würde.

Ich werde mir die Zeit nehmen müssen, um Julian von meiner Ergebenheit zu überzeugen.

8

DEN REST DES ESSENS VERHALTE ICH MICH WEITERHIN VERÄNGSTIGT und eingeschüchtert. Es ist auch nicht wirklich geschauspielert, da ich mich genau so fühle. Ich befinde mich in der Gegenwart eines Mannes, der beiläufig darüber redet, unschuldige Menschen umzubringen. Wie sollte ich mich da anders fühlen?

Ich versuche allerdings gleichzeitig, verführerisch zu sein. Es sind die kleinen Sachen, die Art und Weise, wie ich mir durch die Haare fahre, während ich ihn anschaue. Wie ich in ein Stück der Papaya beiße, die Beth zum Nachtisch aufgeschnitten hat und mir dann den Saft von den Lippen lecke.

Ich weiß, meine Augen sind schön, und deshalb schaue ich ihn schüchtern mit halb geschlossenen Augenlidern an. Ich habe diesen Blick vor dem Spiegel geübt, und deshalb weiß ich, dass meine Wimpern unglaublich lang aussehen, wenn ich den Kopf im richtigen Winkel beuge.

Ich übertreibe es allerdings nicht, da er mir das nicht glauben würde. Ich mache nur diese kleinen Sachen, die er erregend und anziehend findet.

Außerdem versuche ich, Themen zu vermeiden, die zu Streit führen könnten. Stattdessen frage ich ihn über die Insel aus und darüber, wie er zu ihr gekommen ist.

»Ich bin vor fünf Jahren über diese Insel gestolpert«, erklärt mir Julian, und auf seinen Lippen erscheint ein charmantes Lächeln. »Meine Cessna hatte ein mechanisches Problem, und ich musste notlanden. Zum Glück gibt es diese flache, grasbewachsene Fläche auf der anderen Seite der Insel, in der Nähe des Strandes. Ich konnte das Flugzeug ohne größeren Schaden landen und die nötigen Reparaturen durchführen. Ich benötigte dafür ein paar Tage, und deshalb hatte ich die Zeit, die Insel zu erkunden. Als ich wieder wegfliegen konnte, wusste ich, dass dieser Ort genau das war, was ich wollte. Also habe ich ihn gekauft.«

Ich reiße meine Augen auf und sehe beeindruckt aus. »Einfach so? Ist so etwas nicht teuer?«

Er zuckt mit den Schultern. »Ich kann es mir leisten.«

»Kommst du aus einer reichen Familie?« Ich bin wirklich neugierig. Mein Peiniger stellt ein großes Geheimnis für mich dar. Ich habe viel bessere Chancen, ihn zu manipulieren, wenn ich ihn zumindest ein bisschen verstehe.

Sein Gesichtsausdruck kühlt sich ab. »So etwas in der Art. Mein Vater hatte ein erfolgreiches Unternehmen, welches ich nach seinem Tod übernahm. Ich habe dessen Richtung geändert und expandiert.«

»Was für ein Geschäft?«

Julians Mund zuckte leicht. »Import—Export.«

»Wovon?«

»Elektronische Waren und andere Sachen«, antwortet er, und mir wird klar, dass er mir momentan nicht mehr dazu sagen wird. Ich vermute stark, die »anderen Sachen« sind ein Euphemismus für etwas Illegales. Ich weiß nicht viel über Geschäfte, aber irgendwie habe ich meine Zweifel, dass man durch den Verkauf von Fernsehern und MP3-Playern so reich werden kann.

Ich lenke die Unterhaltung auf ein harmloseres Thema. »Kommt der Rest deiner Familie auch manchmal auf diese Insel?«

Sein Gesicht wird ausdruckslos und hart. »Nein, sie sind alle tot.«

»Oh, das tut mir leid ...« Ich weiß wirklich nicht, was ich sagen soll. Was kann man in so einer Situation schon Hilfreiches sagen? Ja, er hat mich entführt, aber er ist immer noch ein menschliches Wesen.

Ich kann mir nicht einmal vorstellen, einen solchen Verlust zu erleiden.

»Das ist schon okay.« Sein Ton ist frei von Gefühlen, aber ich kann den unterschwelligen Schmerz spüren. »Es ist vor langer Zeit passiert.«

Ich nicke mitfühlend. Es tut mir wirklich leid für ihn, und ich versuche auch nicht, das Glitzern der Tränen in meinen Augen zu verbergen. Ich bin zu weich – Leah sagt das jedes Mal, wenn ich bei einem traurigen Film weine – und ich kann nichts gegen die Traurigkeit machen, die ich wegen Julians Leid fühle.

Letztendlich zahlt sich das für mich aus. »Bedaure mich nicht, mein Kätzchen«, sagt er sanft. »Ich bin darüber hinweg. Warum erzählst du mir nicht einfach etwas über dich?«

Ich blinzele langsam, weil ich weiß, dass diese Bewegung die Aufmerksamkeit auf meine Augen lenkt. »Was würdest du gerne wissen?« Hatte er nicht schon genug über mich herausgefunden, als er mir nachstellte?

Er lächelt. Sein Gesicht wird dadurch so wunderschön, dass ich in meiner Brust ein leichtes Ziehen verspüre. Hör auf, Nora. Du bist diejenige, die ihn verführt, nicht andersherum.

»Was liest du gerne?«, möchte er wissen. »Welche Filme schaust du dir gerne an?«

Und in den nächsten dreißig Minuten erfährt er alles darüber, wie gern ich Liebesromane und Detektivbücher lese, wie sehr ich romantische Komödien hasse und wie sehr ich epische Filme mit vielen Spezialeffekten liebe. Danach fragt er mich über mein Lieblingsessen und meine bevorzugte Musik aus und hört mir aufmerksam zu, als ich ihm von meiner Vorliebe für Achtziger-Jahre-Bands und Pizza mit extra Käse erzähle.

Auf eine sonderbare Weise ist es fast schmeichelhaft, wie sehr er sich auf mich konzentriert, mir ganz genau zuhört. Wie seine blauen Augen an meinem Gesicht hängen. Es ist, als würde er mich wirklich verstehen wollen, als ob es ihm wirklich wichtig ist. Selbst bei Jake habe ich nicht das Gefühl bekommen, mehr als nur ein hübsches Mädchen zu sein, dessen Gesellschaft er mag.

Bei Julian fühle ich mich, als sei ich für ihn das Allerwichtigste auf der ganzen Welt. Ich fühle mich, als sei ich wirklich wichtig.

~

Nach dem Essen führt er mich nach oben ins Schlafzimmer. Mein Herz beginnt, vor Angst und Vorfreude zu rasen.

Wie die vergangenen zwei Nächte weiß ich, ich werde mich nicht wehren. Heute Nacht werde ich sogar als Teil meines Fluchtplans noch weiter gehen.

Ich werde vorgeben, aus eigenem Willen mit ihm zu schlafen.

Als wir das Zimmer betreten, beschließe ich, ein Thema anzusprechen, welches mir keine Ruhe mehr lässt. »Julian ...«, frage ich mit einer bewusst sanften und unsicheren Stimme. »Was ist denn mit Verhütung? Was passiert, wenn ich schwanger werde oder so?«

Er hält an und dreht sich zu mir um. Er lächelt leicht. »Das wirst du nicht, mein Kätzchen. Du hast ein Implantat, nicht wahr?«

Meine Augen weiten sich schockiert. »Woher weißt du das?« Das Implantat ist ein winziges Plastikstäbchen unter meiner Haut, völlig unsichtbar bis auf die kleine Stelle, an der es eingesetzt wurde.

»Ich habe auf deine medizinische Vorgeschichte zugegriffen, bevor ich dich hierhergebracht habe. Ich wollte sicherstellen, dass du keine lebensbedrohliche Krankheit wie Diabetes hast.«

Ich starre ihn an. Ich sollte wütend darüber sein, dass er derart in mein Privatleben eingedrungen ist, aber stattdessen fühle ich mich erleichtert. Es sieht so aus, als handele mein Entführer sehr überlegt – und, was viel wichtiger ist, als versuche er nicht, mich zu schwängern.

»Und du musst dir auch keine Sorgen wegen irgendwelcher Geschlechtskrankheiten machen«, fügt er hinzu, da er meine unausgesprochene Sorge errät. »Ich bin gerade erst getestet worden und habe außerdem bis jetzt immer Kondome benutzt.«

Ich weiß nicht, ob ich das glauben kann. »Und warum benutzt du dann keine mit mir? Weil ich noch eine Jungfrau war?«

Er nickt, und in seinen Augen erscheint ein besitzergreifender Schimmer. Er hebt seine linke Hand und streichelt meine Wange, erreicht damit, dass mein Herz noch schneller schlägt. »Ja, genau. Du gehörst ganz und gar mir. Ich bin der einzige, der jemals in deiner hübschen, kleinen Muschi gewesen ist.«

Mein Atem stockt, und ich fühle eine Welle warmer Flüssigkeit zwischen meinen Oberschenkeln.

Ich kann nicht glauben, wie stark ich körperlich auf ihn reagiere. Ist das normal, dass mich jemand so erregt, den ich fürchte und verachte? Ist das der Grund dafür, weshalb Julian im Club so von mir angezogen wurde? Hat er das gespürt? Kannte er meine Schwäche?

Natürlich ist es, in Bezug auf meinen Plan, nicht unbedingt schlecht, dass er mich derart anmacht. Es wäre um einiges schlimmer, wenn er mich anekeln würde, ich seine Berührungen nicht ertragen könnte.

Nein, so ist das schon am besten. Ich kann die perfekte, kleine Gefangene sein, gehorsam und willig, während ich mich langsam in meinen Peiniger verliebe.

Anstatt steif und verängstigt dazustehen, gebe ich also meinem Verlangen nach und schmiege mich leicht in seine Hand, so als würde ich unfreiwillig auf seine Berührung reagieren.

Kurz blitzt etwas wie Triumph in seinen Augen auf. Er beugt sich hinunter, und seine Lippen berühren meine. Seine starken Arme legen sich um mich und drücken mich an seinen kräftigen Körper. Er ist vollständig steif; ich kann seine harte Erektion an meinem weichen Bauch spüren. Er streicht mit seinen Lippen und seiner Zunge an meinem Mund entlang. Von der Papaya, die wir gerade gegessen haben, schmeckt er ganz süß.

Feuer schießt durch meine Adern, und ich schließe die Augen, verliere mich in der überwältigenden Lust dieses Kusses. Meine Hand legt sich auf seine Brust, berührt sie schüchtern. Ich kann die Hitze seines Körpers fühlen, den Duft seiner Haut riechen – männlich und nach Moschus, eigenartig anziehend. Seine Brustmuskeln spannen sich unter meinen Fingern an, und ich spüre, wie sein Herz schneller schlägt.

Er schiebt mich rückwärts auf das Bett zu, und wir fallen darauf. Meine Hände haben sich irgendwie in seinem dicken, seidigen Haar vergraben, und ich erwidere leidenschaftlich und verzweifelt seine Küsse. Ich denke nicht länger über meinen großen Verführungsplan nach – ich denke überhaupt nicht mehr.

Er beißt in meine Unterlippe, saugt sie in seinen Mund. Seine Hand umschließt meine rechte Brust, knetet sie, drückt den Nippel durch das doppelte Hindernis aus BH und Kleid hindurch zusammen. Seine Derbheit ist perverserweise erregend, auch wenn sie mir eigentlich Angst machen sollte.

Ich stöhne, und er dreht mich herum, so dass ich auf dem Bauch liege. Eine seiner Hände drückt mich nach unten auf die Matratze, während die andere meinen Rock nach oben schiebt und meine Unterwäsche freilegt.

Dann macht er eine kurze Pause, schaut auf meinen Po, streichelt ihn leicht mit seiner großen Handfläche. »So runde, kleine Backen«, murmelt er. »So schön weiß.«

Seine Finger gleiten zwischen meine Beine und fühlen, wie feucht ich dort bin. Unter seiner Berührung muss ich mich einfach winden. Ich bin so erregt, dass ich nur ein ganz kleines bisschen mehr brauche, bevor ich komme.

Er zieht mein Unterhöschen bis zu den Knien hinunter und lässt es dort hängen. Seine Hand liebkost erneut meine Pobacken, beruhigt mich, erregt mich. Ich zittere vor Vorfreude.

Plötzlich höre ich ein lautes Klatschen und fühle einen scharfen, brennenden Schlag auf meinen Po. Ich schreie auf, eher deshalb, weil ich diesen Angriff nicht erwartet hatte, als vor Schmerzen.

Er hält einen Moment inne und wiederholt sein Vorgehen, schlägt meine rechte Backe mit der flachen Hand. Zwanzig Schläge in schneller Folge, einer härter als der andere. Das tut mir weh; das ist kein leichtes, spielerisches Spanking.

Er will mir Schmerzen zufügen.

Ich vergesse, dass ich mir vorgenommen habe, mitzuspielen, und beginne verängstigt, mich zu wehren. Er hält mich mit Leichtigkeit unten und widmet sich meiner anderen Pohälfte. Er schlägt sie zwanzigmal genauso stark.

Als er das nächste Mal innehält, schluchze ich in die Matratze und bettle ihn an, aufzuhören. Mein Po fühlt sich an, als würde er brennen, und pocht vor Schmerzen.

Schlimmer als dieser Schmerz ist das Gefühl von Verrat. Zu meinem Entsetzen begreife ich, dass ich begonnen hatte, meinem Peiniger zu vertrauen, mich zu fühlen, als würde ich ihn ein wenig kennen.

Er hatte mir zuvor auch Schmerzen zugefügt, aber ich dachte nicht, er habe das mit Absicht getan. Ich dachte, das sei nur so, weil Sex für mich etwas Neues war. Ich hoffte, mein Körper würde sich anpassen, und in Zukunft gäbe es dann nur noch Lust.

Offensichtlich war ich ein Idiot.

Mein ganzer Körper zittert, und ich kann nicht aufhören zu weinen. Er drückt mich immer noch nach unten, und ich habe Angst vor dem, was er als Nächstes tun wird.

Und was er als Nächstes macht, ist genauso schockierend wie das, was er zuvor getan hat.

Er dreht mich herum und hebt mich hoch. Dann setzt er sich hin, setzt mich auf seinen Schoß und wiegt mich hin und her. Zärtlich und süß, so als sei ich ein Kind, welches getröstet werden müsse.

Und trotz allem lehne ich mein Gesicht an seine Schulter und schluchze, da ich verzweifelt diese Illusion von Zärtlichkeit brauche, Trost bei dem Mann suche, der mir wehgetan hat.

～

NACHDEM ICH EIN WENIG RUHIGER BIN, STEHT ER AUF UND STELLT MICH auf meine Füße. Meine Beine fühlen sich schwach und zitterig an, und ich schwanke ein wenig, als er mich vorsichtig auszieht.

Ich warte darauf, dass er etwas sagt. Vielleicht eine Entschuldigung oder eine Erklärung dafür, warum er mir wehgetan hat. Hat er mich bestraft? Falls ja, würde ich gerne wissen, was ich gemacht habe, damit ich es in Zukunft vermeiden kann.

Aber er spricht kein einziges Wort – er zieht einfach nur meine Sachen aus. Als ich nackt bin, zieht er sich auch seine eigenen Sachen aus.

Ich beobachte ihn mit einer eigenartigen Mischung aus Verzweiflung und Neugier. Sein Körper ist immer noch ein Mysterium für mich, da ich die letzten beiden Nächte meine Augen geschlossen hatte. Ich habe noch nicht einmal sein Geschlecht gesehen, auch wenn ich es schon in mir gefühlt habe.

Ich schaue ihn mir jetzt an.

Sein Körper ist umwerfend. Völlig männlich. Breite Schultern, eine schlanke Taille und schmale Hüften. Er ist überall sehr muskulös, aber nicht auf diese Steroid-unterstützte Art und Weise der Bodybuilder. Er sieht eher wie ein Krieger aus. Irgendwie kann ich mir leicht vorstellen, wie er ein Schwert schwingt und seine Feinde niedermäht. Ich bemerke eine lange Narbe auf seinem Oberschenkel und eine weitere auf seiner Schulter. Sie unterstreichen diesen Eindruck eines Kriegers nur.

Seine Haut ist durchgängig gebräunt, und er hat genau die richtige Menge an Haaren auf der Brust. Auch um seinen Nabel und in seine Lendengegend hinabführend kann ich dunkle Haare sehen. Der Farbe seiner Haut nach zu urteilen, würde ich sagen, dass er entweder nackt umherspaziert oder natürlich dunkler ist, so wie ich. Vielleicht hat er auch Latinos unter seinen Vorfahren.

Außerdem ist er vollständig erregt. Ich kann sehen, wie sein

Schwanz mir entgegenspringt. Er ist lang und dick, ähnlich denen, die ich in Pornos gesehen habe. Kein Wunder, dass ich wund bin. Ich kann gar nicht glauben, dass der überhaupt in mich hineinpasst.

Als wir beide nackt sind, führt er mich zum Bett. »Ich will dich auf allen vieren«, sagt er ruhig und stößt mich leicht an.

Mein Herz macht einen panischen Sprung, und ich weigere mich einen Augenblick lang. Stattdessen drehe ich mich zu ihm, um ihn anzuschauen. »Wirst du …« Ich schlucke trocken. »Wirst du mir wieder wehtun?«

»Ich weiß es noch nicht«, murmelt er und hebt seine Hand, um meine Brust zu umschließen. Sein Daumen reibt an meinem Nippel, der sofort hart wird. »Ich denke aber, wahrscheinlich ist das im Moment genug für dich.«

Im Moment genug? Ich will schreien.

»Bist du ein Sadist?« Diese Frage entweicht mir, bevor ich nachdenken kann, und ich versteinere auf der Stelle, während ich auf seine Antwort warte.

Er lächelt mich an. Mit diesem wunderschönen Luziferlächeln. »Ja, mein Kätzchen«, sagt er sanft. »Manchmal bin ich das. Jetzt sei ein braves Mädchen und tue, was ich dir sage. Es kann sein, dass du das nicht mögen wirst, was ansonsten passiert …«

Bevor er das überhaupt zu Ende ausgesprochen hat, beeile ich mich schon, ihm zu gehorchen. Ich begebe mich auf dem Bett auf die Hände und Knie. Trotz der Wärme des Zimmers zittere und bebe ich am ganzen Körper.

Gewalttätige, grauenvolle Bilder füllen meinen Kopf, und mir wird schlecht. Ich weiß nicht viel über SM. Shades of Grey und ein paar andere Bücher gleichen Inhalts sind alles, was ich an Erfahrungen mit diesem Thema besitze, aber keines dieser Bücher hat eine solche Situation beschrieben. Selbst in meinen dunkelsten, geheimsten Fantasien habe ich mir nie vorgestellt, von einem selbsternannten Sadisten gefangen gehalten zu werden.

Was wird er machen? Mich auspeitschen? Mich foltern? Mich in einem Verlies anketten? Gibt es überhaupt ein Verlies auf dieser Insel? Ich stelle mir eine Kammer aus Stein voller Folterinstrumente vor, genauso wie in einem Film über die spanische Inquisition, und will mich übergeben. Ich bin mir sicher, normales BDSM ist nicht so, aber an meiner Situation mit Julian ist ja nichts normal. Er kann buchstäblich alles mit mir machen, was er möchte.

Er kommt hinter mich aufs Bett und streichelt meinen Rücken. Seine Berührung ist langsam und zärtlich. Sie wäre beruhigend, aber ich schrecke zurück, erwarte jeden Moment, erneut geschlagen zu werden.

Er scheint das zu bemerken, denn er lehnt sich über mich und flüstert mir ins Ohr: »Entspann dich, Nora. Ich werde heute Nacht nichts mehr machen.«

Vor lauter Erleichterung kollabiere ich fast auf dem Bett. Tränen laufen erneut mein Gesicht hinunter. Diesmal sind es Tränen der Erleichterung und Dankbarkeit. Erbärmlicherweise bin ich ihm dankbar dafür, dass er mir keine Schmerzen mehr zufügen wird. Zumindest heute Nacht nicht mehr.

Und dann bin ich entsetzt. Entsetzt und angewidert – denn als er beginnt, meinen Hals zu küssen, reagiert mein Körper auf ihn, als sei nichts passiert. So, als ob er niemals einen Moment Schmerz durch seine Hände verspürt hätte.

Meinen dummen Körper interessiert es nicht, dass er ein verdorbener Bastard ist. Dass er mir immer wieder wehtun wird. Nein, mein Körper möchte Lust spüren, und alles andere interessiert ihn nicht.

Sein warmer Mund bewegt sich von meinem Hals über meine Schultern bis auf meinen Rücken. Meine Atmung ist flach und abgehackt. Trotz seiner Versicherung fürchte ich mich noch vor ihm, und diese Angst macht mich feuchter.

Seine Lippen bewegen sich über meinen Po, küssen den Bereich, dem er vor wenigen Minuten Schmerzen zugefügt hat. Seine Hand drückt gegen mein Kreuz, und ich beuge mich leicht unter seiner Berührung, da ich seinen unausgesprochenen Befehl verstehe. Seine Finger gleiten zwischen meine Beine, und einer seiner langen Finger findet seinen Weg in meinen glitschigen Kanal, in den er tief eindringt.

Er krümmt den Finger in mir, und ich schnappe nach Luft, als er auf einen empfindlichen Punkt tief in mir drückt. Ich spanne mich an und zittere – aber diesmal nicht aus Angst.

Als er seinen gekrümmten Finger hinaus- und hineinbewegt, fühle ich einen Druck, der sich in mir aufbaut. Mein Herzschlag schießt in die Höhe, und plötzlich ist mir so heiß, als würde ich von innen heraus brennen. Schließlich zieht ein starker Orgasmus durch meinen Körper, der von meinem Mark nach außen wandert. Er ist so stark, dass meine Sicht für einen Moment verschwimmt und ich fast auf dem Bett zusammenbreche.

Bevor das Pulsieren in mir überhaupt vorbei ist, kniet er sich hinter mich und beginnt, in mich zu stoßen.

Ich bin nass, und er dringt ziemlich leicht in mich ein. Trotzdem fühlt er sich immer noch riesig in mir an. Mein inneres Gewebe ist immer noch zart und wund von letzter Nacht, und ich kann ein leichtes schmerzliches Aufstöhnen nicht unterdrücken. Als er vollständig in mir ist, drückt seine Lende gegen meinen schmerzenden Po und verstärkt das unangenehme Gefühl.

Er umfasst meine Hüften und beginnt, sich hinein- und hinauszubewegen, langsam und rhythmisch. Trotz des anfänglichen Schmerzes scheint mein Körper dieses Gefühl der Fülle, dieses Gedehntwerden zu mögen und reagiert darauf mit weiterer Feuchtigkeit. Er wird schneller, meine Atmung auch, und ein hilfloses Stöhnen entweicht meinem Mund jedes Mal, wenn er tief in mich stößt.

Plötzlich, ohne jede Vorwarnung, ziehen sich meine Muskeln zusammen, als meine Sinne ihren Höhepunkt erreichen. Die Entladung überrollt mich, und die Intensität der Lust ist unglaublich. Hinter mir kann ich sein Stöhnen hören, als mein Höhepunkt seinen eigenen hervorruft, und ich kann das warme Herausspritzen seines Samens in mir spüren.

Dann kollabieren wir beide auf dem Bett, sein mit einem Schweißfilm überzogener Körper schwer auf meinem liegend.

9

 *ora*

ICH WACHE LANGSAM UND SCHRITTWEISE AUF. ZUERST FÜHLE ICH, WIE mein Haar auf meinem Gesicht kitzelt. Danach spüre ich die Wärme der Sonne auf meinem nackten Arm. Einen Moment lang schweben meine Gedanken in diesem sanften Stadium zwischen Schlafen und Wachsein, zwischen den Träumen und der Wirklichkeit.

Ich lasse meine Augen geschlossen. Ich möchte nicht komplett aufwachen, weil es gerade so schön ist.

Auf einmal rieche ich Pfannkuchenduft, der aus der Küche herüberzieht.

Ich lächele. Es ist Wochenende, und meine Mama hat beschlossen, uns einmal wieder zu verwöhnen. Sie macht Pfannkuchen eigentlich immer zu besonderen Anlässen, aber manchmal auch einfach so.

Die Haare kitzeln mich wieder, und ich bewege unwillig meinen Arm, um sie aus meinem Gesicht zu entfernen.

Jetzt bin ich wacher, und das warme Gefühl in mir verschwindet langsam. Es wird durch eine brutale, nagende Angst ersetzt.

Nein, bitte lass das alles einen Traum sein. Bitte lass das alles einen bösen Traum sein.

73

Ich öffne die Augen.

Es ist kein Traum. Ich kann immer noch Pfannkuchen riechen, aber es ist unmöglich, dass meine Mama sie gerade zubereitet.

Ich bin auf einer Insel mitten im Pazifischen Ozean und werde von einem Mann festgehalten, der Lust empfindet, wenn er mir Schmerzen zufügt.

Ich strecke mich vorsichtig und inspiziere meinen Körper. Außer dass mein Po ein wenig empfindlich ist, scheine ich größtenteils in Ordnung zu sein. Er hatte mich letzte Nacht nur einmal genommen, und dafür bin ich ihm dankbar.

Ich stehe auf, gehe nackt zum Spiegel und schaue mir meine Rückseite an. Auf meinem Po sind leichte blaue Flecken, aber nichts Schlimmes. Das ist einer der Vorteile meiner goldfarbenen Haut – ich bekomme nicht leicht blaue Flecken. Morgen sollte ich wieder völlig normal aussehen.

Alles in allem habe ich eine weitere Nacht im Bett meines Peinigers überlebt.

Während ich meine Zähne putze, denke ich an den vergangenen Abend zurück. Das Essen, mein dummer Plan, ihn zu verführen, das Gefühl, durch sein Verhalten betrogen worden zu sein.

Ich kann nicht glauben, dass ich angefangen hatte, ihm auch nur ein kleines bisschen zu vertrauen. Normale Männer entführen keine Mädchen aus dem Park. Sie betäuben sie auch nicht oder bringen sie auf eine private Insel. Männer, die normalen, gleichberechtigten Sex mögen, halten keine Frauen gefangen.

Nein, Julian ist nicht normal. Er ist ein sadistischer Kontrollfreak, und das darf ich nie vergessen. Die Tatsache, dass er mir gestern nicht sehr wehgetan hat, heißt gar nichts. Es ist nur eine Frage der Zeit, bevor er mir etwas wirklich Furchtbares antut.

Ich muss flüchten, bevor das passiert, und ich kann mir keine Zeit lassen, Julian zu verführen. Er ist viel zu gefährlich und unberechenbar.

Ich muss einen Weg von dieser Insel finden.

~

NACHDEM ICH SCHNELL GEDUSCHT UND MEINE ZÄHNE GEPUTZT HABE, gehe ich hinunter, um zu frühstücken. Beth muss schon in meinem

Zimmer gewesen sein, denn es liegen schon frische Anziehsachen bereit. Ein Badeanzug, Flipflops und ein weiteres Sommerkleid.

Beth selbst ist in der Küche, genauso wie die Pfannkuchen, die ich vorhin gerochen habe.

Als ich eintrete, lächelt sie mich an, und die gestrige Anspannung scheint verschwunden zu sein. »Guten Morgen«, sagt sie fröhlich. »Wie fühlst du dich?«

Ich schaue sie ungläubig an. Weiß sie, was Julian mit mir gemacht hat? »Oh, einfach großartig«, entgegne ich sarkastisch.

»Das freut mich.« Sie ignoriert meinen Ton. »Julian befürchtete, du könntest heute Morgen ein wenig wund sein, deshalb hat er mir vorsorglich eine spezielle Creme für dich dagelassen.«

Sie weiß Bescheid.

»Wie kannst du mit dir leben?«, frage ich ernsthaft neugierig. Wie kann eine Frau einfach dastehen und zuschauen, wie eine andere derart missbraucht wird? Wie kann sie für so einen grausamen Mann arbeiten?

Anstatt zu antworten, legt Beth einen großen, lockeren Pfannkuchen auf einen Teller und bringt ihn zu mir. Auf dem Tisch stehen auch Mangoscheiben, genau neben der Flasche mit dem Ahornsirup.

»Iss, Nora«, fordert sie mich nicht unfreundlich auf.

Ich schaue sie bitter an und beginne, den Pfannkuchen zu essen. Er ist köstlich. Ich glaube, dass sie dem Teig Bananen zugefügt hat, weil ich ihre Süße schmecken kann. Ich brauche nicht einmal den Ahornsirup, aber ich nehme einige Scheiben Mango für zusätzlichen Geschmack.

Beth lächelt erneut und widmet sich dann wieder ihren verschiedenen Aufgaben in der Küche.

Nach dem Frühstück verlasse ich das Haus und streife allein auf der Insel umher. Beth hält mich nicht auf. Ich finde es immer noch erstaunlich, dass sie mich hier einfach so umherwandern lassen. Sie müssen sich völlig sicher sein, dass es keinen Weg gibt, diese Insel zu verlassen.

Ich habe trotzdem vor, eine Möglichkeit zu finden.

Ich gehe stundenlang unermüdlich durch die Sonne, bis ich von den Flipflops an meinen Füßen Blasen bekomme. Ich halte mich in der Nähe des Strandes auf und hoffe, irgendwo ein Boot zu finden, vielleicht in einer Höhle oder einer Lagune.

Aber ich finde nichts.

Wie bin ich hierhergekommen? Mit dem Flugzeug oder dem Hubschrauber? Julian hatte gestern erwähnt, diesen Ort entdeckt zu haben, als er ein Flugzeug flog. Vielleicht hat er mich ja auf diese Art hierhergebracht, in einem Privatflugzeug?

Das wäre nicht gut. Selbst wenn ich das Flugzeug hier irgendwo finden würde, wie sollte ich es denn fliegen? Das stelle ich mir doch ein wenig komplizierter vor.

Andererseits, mit dem nötigen Ansporn könnte ich das vielleicht herausbekommen. Ich bin nicht dumm, und ein Flugzeug zu fliegen ist keine höhere Mathematik.

Aber ich finde keins. Es gibt ein flaches, grasbewachsenes Gebiet auf der anderen Seite der Insel, an dessen Rand sich ein Gebäude befindet, in dem nichts ist. Es ist völlig leer.

Müde, durstig und mit Blasen, die mit jedem Schritt unangenehmer werden, gehe ich wieder zum Haus zurück.

∾

»Julian ist vor ein paar Stunden abgereist«, erklärt Beth mir, sobald ich eintrete.

Überrascht blicke ich sie an. »Was meinst du mit ›abgereist‹?«

»Er hat wichtige Geschäfte, um die er sich kümmern muss. Wenn alles gut geht, sollte er in einer Woche zurück sein.«

Ich nickte und versuche, meinen Gesichtsausdruck neutral zu halten.

Er ist weg! Mein Peiniger ist weg!

Jetzt sind nur noch Beth und ich auf dieser Insel. Sonst niemand.

Meine Gedanken kreisen um die ganzen Möglichkeiten, die sich mir bieten. Ich kann eines der Küchenmesser stehlen und Beth solange damit bedrohen, bis sie mir einen Weg von dieser Insel zeigt. Wahrscheinlich gibt es hier Internet, und ich könnte Kontakt zur Außenwelt aufnehmen.

Ich bin so aufgeregt, ich könnte schreien.

Denken sie wirklich, ich sei harmlos? Hat mein unterwürfiges Verhalten bis jetzt sie so weit eingelullt, dass sie davon ausgehen, ich sei auch weiterhin eine nette und gehorsame Gefangene?

Sie könnten nicht falscher liegen.

Julian ist derjenige, vor dem ich Angst habe, nicht Beth. Mit beiden auf der Insel wäre es sinnlos, und es würde zu nichts führen, Beth anzugreifen.

Jetzt ist es allerdings ein ausgeglichener Kampf.

~

EINE STUNDE SPÄTER SCHLEICHE ICH MICH LEISE IN DIE KÜCHE. WIE ICH es erwartet hatte, ist Beth nicht hier. Es ist zu früh, das Abendessen zuzubereiten, und zu spät für das Mittagessen.

Ich bin barfuß, um potentielle Geräusche zu minimieren. Vorsichtig schaue ich mich um, öffne eine der Schubladen und nehme ein großes Schlachtermesser heraus. Als ich es mit meinem Finger teste, stelle ich fest, dass es scharf ist.

Eine Waffe. Perfekt.

Das Sommerkleid, welches ich trage, hat einen schmalen Gürtel um die Taille, und ich benutze ihn, um mir das Messer auf den Rücken zu binden. Es ist eine sehr plumpe Halterung, aber so bleibt es wenigstens an seinem Platz. Ich hoffe, dass ich mir mit dem ungeschützten Messer nicht in den Po schneiden werde, aber selbst wenn, lohnt es sich, dieses Risiko einzugehen.

Eine große Keramikvase ist meine nächste Anschaffung. Sie ist so schwer, dass ich es kaum schaffe, sie mit beiden Armen über den Kopf zu heben. Ich kann mir keinen Schädel vorstellen, der gegen so etwas bestehen kann.

Als ich diese zwei Sachen habe, gehe ich Beth suchen.

Ich finde sie auf der Veranda. Sie hat es sich auf einem langen, gemütlich aussehenden Sofa für draußen mit einem Buch bequem gemacht und genießt die frische Luft und den wunderschönen Blick auf den Ozean. Sie schaut nicht auf, als ich meinen Kopf durch die offene Tür nach draußen strecke, und ich gehe schnell wieder hinein, um mir zu überlegen, was ich als Nächstes tun werde.

Mein Plan ist einfach. Ich muss Beth überraschen und ihr die Vase auf den Kopf schlagen. Vielleicht sollte ich sie auch fesseln. Danach könnte ich das Messer benutzen, um sie so lange damit zu bedrohen, bis sie mich Kontakt zur Außenwelt aufnehmen lässt. Wenn Julian zurückkommt, könnte ich auf diese Weise schon gerettet sein und ihn verklagen.

Alles, was ich brauche, ist ein guter Platz für einen Hinterhalt.

Ich schaue mich um und bemerke eine kleine Nische neben dem

Eingang zur Küche. Wenn man von der Veranda kommt – und ich denke, dass Beth das tun wird – kann man wirklich nichts in dieser Nische erkennen. Es ist nicht der beste Ort, um sich zu verstecken, aber es ist besser, als sie offen anzugreifen. Ich begebe mich dorthin und drücke mich flach gegen die Wand. Die Vase steht neben mir auf dem Boden, damit ich sie leicht greifen kann.

Ich atme tief ein und versuche, das leichte Zittern meiner Hände in den Griff zu bekommen. Ich bin keine gewalttätige Person, und doch befinde ich mich in dieser Situation, in der ich vorhabe, eine Vase auf Beths Kopf zu schlagen. Ich möchte überhaupt nicht darüber nachdenken, aber ich kann nichts dagegen machen, mir ihren aufgeschlagenen Schädel vorzustellen. Ich sehe Blut und Gehirnmasse vor mir, wie in einem Horrorfilm. Mir wird schlecht von diesem Bild. Ich rede mir ein, dass es nicht so sein wird, dass sie nur eine dicke Beule oder eine leichte Gehirnerschütterung davontragen wird.

Das Warten nimmt kein Ende, jede Sekunde scheint eine Stunde lang zu sein. Mein Herz rast, und ich schwitze, obwohl die Temperatur im Hause viel kälter ist als die Hitze draußen.

Endlich, nach gefühlten Stunden, höre ich Beths Schritte. Ich schnappe mir die Vase, hebe sie vorsichtig über meinen Kopf und halte den Atem an, als Beth durch die offene Tür eintritt, die von der Veranda ins Haus führt.

Als sie an mir vorbeigeht, halte ich meine Vase fest und schlage sie ihr über den Kopf.

Aus irgendeinem Grund treffe ich sie nicht richtig. Im letzten Moment muss Beth eine Bewegung gehört haben, denn die Vase trifft sie stattdessen auf die Schulter.

Sie schreit vor Schmerzen auf und hält sich ihre Schulter. »Du altes Miststück!«

Ich hole Luft und versuche, meine Vase erneut zu heben. Aber es ist zu spät. Sie greift nach der Vase, die daraufhin hinunterfällt und zwischen uns in ein Dutzend Teile zerbricht.

Ich springe zurück, und meine rechte Hand versucht verzweifelt, an das Messer zu gelangen. *Scheiße, scheiße, scheiße.* Es gelingt mir, den Griff zu umfassen und das Messer hervorzuziehen, aber bevor ich irgendetwas machen kann, greift sie nach meinem Arm. Sie bewegt sich schnell wie eine Schlange. Ihr Griff um mein rechtes Handgelenk fühlt sich wie ein Eisenband an.

Ihr Gesicht ist errötet, und ihre Augen funkeln, als sie meinen Arm schmerzhaft nach hinten dreht. »Lass das Messer fallen, Nora«, befiehlt sie grob und mit wuterfüllter Stimme.

Aus lauter Panik versuche ich, sie zu schlagen, aber auch diesen Arm fängt sie ab. Sie weiß ganz offensichtlich, wie man kämpft – und sie ist eindeutig stärker als ich.

Mein rechter Arm schmerzt höllisch, aber ich versuche trotzdem, sie zu treten. Ich darf diesen Kampf nicht verlieren. Das ist meine beste Chance, zu flüchten.

Meine Füße treffen ihre Beine, aber ich trage keine Schuhe, weshalb ich mir an den Zehen mehr Schmerzen zufüge als ihr an den Schienbeinen.

»Lass das Messer fallen, Nora, oder ich werde dir den Arm brechen«, faucht sie, und ich weiß, dass sie die Wahrheit sagt. Meine Schulter fühlt sich an, als würde sie gleich aus dem Gelenk springen, und mir wird schwarz vor Augen, als eine Schmerzenswelle über mich hinwegrollt.

Ich warte noch einen Augenblick, bevor sich meine Finger vom Messer lösen. Es fällt mit einem lauten Knall auf den Boden.

Beth lässt mich sofort los und beugt sich nach unten, um es aufzuheben.

Ich gehe zurück, atme angestrengt, und in meinen Augen brennen vor Schmerz und Frust Tränen. Ich weiß nicht, was sie jetzt mit mir machen wird, aber ich möchte es auch nicht herausfinden.

Also renne ich.

~

Ich bin eine schnelle Läuferin und in guter Form. Ich kann hören, wie Beth hinter mir herjagt, aber ich bezweifle, dass sie jemals Leichtathletik gemacht hat.

Ich renne aus dem Haus und hinunter zum Strand. Steine, Zweige und Kiesel drücken sich in meine Füße, aber ich spüre sie kaum.

Ich weiß nicht, wohin ich renne, aber ich kann es nicht zulassen, von Beth eingeholt zu werden. Ich will nicht wieder in diesen Raum eingeschlossen werden oder schlimmeres.

»Nora!«

Scheiße, sie ist auch eine ausgezeichnete Läuferin. Ich werde noch schneller und ignoriere meine schmerzenden Füße.

»Nora, sei kein Idiot! Du kannst nirgendwo hin!«

Ich weiß, dass das stimmt, aber ich kann einfach nicht länger das passive Opfer sein. Ich kann nicht folgsam im Haus sitzen, Beths Essen verspeisen und darauf warten, dass Julian zurückkehrt.

Ich kann ihm nicht erlauben, mir erneut wehzutun, bevor er meinen Körper dazu bringt, sich nach ihm zu verzehren.

Meine Beinmuskeln schreien, und meine Lungen brauchen Luft. Ich trenne mich von diesen unangenehmen Gefühlen und stelle mir vor, ich befände mich in einem Rennen und die Ziellinie läge nur hundert Meter vor mir.

Ich fühle mich, als würde ich ewig laufen. Als ich mich umschaue, bemerke ich, wie Beth immer weiter zurückfällt.

Ich laufe ein wenig entspannter. Ich kann diese Geschwindigkeit nicht länger halten. Ohne groß darüber nachzudenken, nähere ich mich der steinigen Seite der Insel, wo ich die Felsen hinaufklettern und mich in dem kleinen Wald darüber verstecken kann.

Ich brauche weitere zehn Minuten, bevor ich dort ankomme. Zu diesem Zeitpunkt kann ich Beth schon nicht mehr hinter mir sehen.

Ich werde langsamer und klettere die Felsen hinauf. Jetzt, da ich der akuten Gefahr entkommen bin, kann ich die Schnitte und blauen Flecken spüren, die ich an meinen nackten Füßen habe.

Es ist ein langsames und qualvolles Klettern. Meine Beine zittern von der ungewohnten Belastung, und ich kann den Energieeinbruch spüren, der dem Adrenalinschub folgt. Trotzdem schaffe ich es, bis auf den felsigen Hügel und in den Wald zu kommen.

Dicke und saftige tropische Vegetation umgibt mich und verbirgt mich vor unerwünschten Blicken. Ich begebe mich tiefer in das Unterholz und suche einen guten Ort, um erschöpft zusammenzubrechen. Es würde nicht leicht werden, mich hier zu finden. Von dem, was ich durch meine früheren Ausflüge weiß, bedeckt dieser Wald einen großen Teil dieser Inselhälfte.

Ich sollte hier erst einmal in Sicherheit sein.

Als es dunkel wird, suche ich Schutz unter einem großen Baum, wo das Unterholz besonders undurchdringlich ist. Ich säubere mir ein Stück Boden und versichere mich, keinen Ameisenbau oder etwas Ähnliches, mit Tieren, die mich beißen könnten, in der Nähe zu haben. Danach lege ich mich hin und ignoriere die pochenden Schmerzen in meinen kaputten Füßen.

Nicht zum ersten Mal in meinem Leben bin ich dankbar dafür, dass mein Vater mich als Kind immer mit zum Zelten genommen hat.

Durch das, was er mir dabei beigebracht hat, fühle ich mich in der Natur mit all ihrer Pracht sehr wohl. Ungeziefer, Schlangen, Echsen – nichts davon macht mir Angst. Ich weiß, bei einigen Arten sollte ich vorsichtig sein, aber ich fürchte sie nicht generell.

Die Schlangen, die mich auf diese Insel gebracht haben, ängstigen mich viel mehr.

Jetzt, weit weg von Beth, kann ich ein wenig klarer denken.

Ihr schlanker, muskulöser Körper kommt bestimmt nicht von leichtem Cardiotraining und Yoga im Fitnessstudio. Sie ist stark – wahrscheinlich so stark wie einige Männer – und auf jeden Fall um einiges stärker als ich.

Sie scheint auch ein spezielles Training erhalten zu haben. Kampfsport vielleicht? Ich habe einen riesigen Fehler begangen, als ich versuchte, sie gefangen zu nehmen. Ich hätte ihr einfach das Messer in den Rücken stechen sollen, als sie nicht hingesehen hat.

Noch ist es allerdings nicht zu spät. Ich kann mich immer noch ins Haus schleichen und sie dort überraschen. Ich brauche Zugang zum Internet, und ich brauche ihn jetzt, bevor Julian zurückkommt.

Ich weiß zwar nicht, was er dafür, dass ich Beth angegriffen habe, mit mir machen wird – aber ich möchte es auch auf gar keinen Fall herausfinden.

Nora

EIN EIGENARTIGES GEFÜHL WECKT MICH AM NÄCHSTEN MORGEN AUF. Es ist fast so, als ob …

»Oh Scheiße!«

Ich springe auf und versuche eine langbeinige Spinne abzuschütteln, die entspannt meinen Arm hinaufkrabbelt.

Die Spinne fliegt in weitem Bogen weg, und ich fahre panisch über mein Gesicht, meine Haare und meinen Körper, um weitere potentielle Untiere abzuwischen.

Ich habe nicht wirklich Angst vor Spinnen, aber ich mag sie überhaupt nicht auf mir haben.

Das ist definitiv nicht die schönste Art und Weise, aufzuwachen.

Meine Herzfrequenz normalisiert sich langsam wieder, und ich analysiere meine Situation. Ich habe Durst, und mein ganzer Körper schmerzt nach dieser Nacht auf dem Boden. Ich fühle mich außerdem schmutzig, und meine Füße tun weh. Ich hebe ein Bein und schaue mir meine Fußsohle an. Ich bin mir ziemlich sicher, getrocknetes Blut erkennen zu können.

Mein leerer Magen grummelt. Ich hatte gestern kein Abendbrot und sterbe vor Hunger.

Das einzig Gute ist, dass Beth mich noch nicht gefunden hat.

Ich bin mir nicht wirklich sicher, was ich als Nächstes machen soll. Vielleicht wieder ins Haus zurückgehen und erneut versuchen, Beth zu überfallen?

Ich denke darüber nach und beschließe, dass es wahrscheinlich das Beste ist, was ich an dieser Stelle machen kann. Früher oder später werden mich Beth oder Julian finden. Die Insel ist nicht so groß, um mich über einen längeren Zeitraum vor ihnen verstecken zu können. Ich kann mir keine Verzögerung leisten, falls Julian eher als erwartet zurückkommen sollte. Zwei gegen einen ist schlecht.

Ich werde außerdem von Minute zu Minute hungriger, und mir wird schnell schwindelig, wenn ich nicht regelmäßig esse. Wahrscheinlich könnte ich frisches Trinkwasser finden, aber Essen ist fraglich. Ich weiß nicht, woher Beth diese Mangos bekommt. Wenn ich versuche, mich noch ein paar weitere Tage zu verstecken, könnte ich zu schwach werden, um überhaupt noch jemanden anzugreifen.

Außerdem ist es möglich, dass sie mich noch nicht zurückerwartet, und ich könnte ein Überraschungsmoment wirklich gut gebrauchen.

Also atme ich tief ein und beginne, zurück zum Haus zu gehen – oder eher zu humpeln. Ich weiß, es könnte sein, dass das nicht gut für mich ausgeht, aber ich habe keine Wahl. Entweder ich kämpfe jetzt – oder ich werde für immer ein Opfer sein.

Ich brauche etwa zwei Stunden für den Weg zurück. Ich muss zwischendurch anhalten und Pausen machen, da ich nicht die ganze Zeit meine schmerzenden Füße ignorieren kann.

Es ist schon ironisch, dass ich flüchte, weil ich Angst vor Schmerzen habe und mir dabei selbst so viele Qualen zufüge. Julian würde es wahrscheinlich lieben, mich so zu sehen. *Dieser perverse Bastard.*

Schließlich erreiche ich das Haus und verstecke mich hinter einigen großen Büschen in der Nähe der vorderen Eingangstür. Ich weiß nicht, ob sie abgeschlossen ist oder nicht, aber ich denke nicht, einfach durch den Haupteingang gehen zu können. Nach allem, was ich weiß, ist Beth gleich danebn im Wohnzimmer.

Nein, ich muss strategischer vorgehen.

Nach ein paar Minuten gehe ich vorsichtig zur Hinterseite des

Hauses, an der sich die große überdachte Terrasse befindet, auf der ich Beth gestern angegriffen hatte.

Zu meiner Erleichterung ist hier niemand.

Ich bin bemüht, keine Geräusche zu machen, und öffne die Tür, um hineinzugehen. In meiner Hand halte ich einen großen Stein. Ich hätte lieber ein Messer oder eine Waffe, aber ein Stein muss jetzt reichen.

Ich krieche zu einem der Fenster, schaue hinein und bin erleichtert darüber, dass das Wohnzimmer leer ist.

Ich stelle mich hin, gehe zu der Glastür, die ins Wohnzimmer führt, schiebe sie leise auf und trete ein.

Im ganzen Haus herrscht komplette Stille. Niemand kocht in der Küche oder deckt den Tisch.

Die digitale Uhr im Wohnzimmer zeigt 7:12 an. Ich hoffe, dass Beth noch schläft.

Ich halte den Stein immer noch fest und schleiche mich in die Küche, um ein neues Messer zu holen. Als ich beides habe, mache ich mich vorsichtig auf den Weg nach oben.

Beths Zimmer ist das erste auf der linken Seite. Ich weiß das, weil sie es mir während der Hausführung gezeigt hat.

Ich halte die Luft an, öffne leise die Tür … und erstarre.

Auf dem Bett sitzt die Person, vor der ich die meiste Angst habe.

Julian.

Er ist früh zurück.

～

»HALLO, NORA.«

Seine Stimme ist täuschend sanft, sein perfektes Gesicht ausdruckslos. Trotzdem kann ich die Wut spüren, die darunter lodert.

Einen Augenblick lang schaue ich ihn einfach nur an, bin vor Schreck gelähmt. Ich kann außer meinem Herzschlag, der in meinen Ohren widerhallt, nichts hören. Und dann beginne ich zurückzuweichen, ohne meine Augen von seinem Gesicht abzuwenden. Meine Hände halte ich verteidigend vor meinem Körper, in einer habe ich den Stein, in der anderen das Messer.

In diesem Moment ergreifen mich von hinten Stahlhände und halten mich schmerzhaft an meinen Handgelenken fest. Ich schreie, wehre mich, aber Beth ist zu stark. Das Messer rutscht in meiner Hand nach hinten und verletzt mich fast an der Schulter.

Wie ein Blitz ist Julian bei mir, und das Messer, sowie der Stein werden mir aus den Händen gerissen. Beth lässt mich gehen und Julian ergreift mich. Er hält mich fest, während ich mich in seinen Armen winde und dabei hysterisch schreie.

Je stärker ich gegen ihn ankämpfe, desto enger legen sich seine Arme um mich, bis ich erschlaffe und wegen Luftmangels fast ohnmächtig werde.

Dann hebt er mich auf und trägt mich aus Beths Zimmer.

Zu meiner Überraschung bringt er mich nach unten und hält vor der Tür an, die in sein Büro führt. An der Seite öffnet sich eine kleine Konsole, und ich kann sehen, wie ein rotes Licht sich über Julians Gesicht hinwegbewegt. Wie ein Laser beim Verlassen des Supermarktes.

Dann gleitet die Tür auf.

Ich unterdrücke einen überraschten Aufschrei. Die Tür zu seinem Büro öffnet sich durch einen Netzhautscan – etwas, was ich bis jetzt nur in Spionagefilmen gesehen hatte.

Als er mich hineinträgt, wehre ich mich, aber das ist sinnlos. Seine Arme sind völlig unbeweglich, halten mich sicher fest.

Wieder einmal bin ich in seiner Umarmung völlig hilflos.

Tränen bitterer Enttäuschung laufen mein Gesicht hinunter. Ich hasse es, so schwach zu sein, so leicht kontrolliert zu werden. Er ist noch nicht einmal atemlos von unserem Ringen.

Ich bin mir nicht sicher, was ich als Nächstes von ihm erwarte. Vielleicht, dass er mich schlägt oder mich brutal nimmt.

Aber als wir in seinem Büro angekommen sind, stellt er mich einfach auf meine Füße.

Sobald er mich loslässt, gehe ich einige Schritte zurück, da ich wenigstens einen kleinen Abstand zwischen uns brauche.

Er lächelt mich an, aber in der Schönheit dieses Lächelns ist etwas Beunruhigendes. »Entspann dich, mein Kätzchen. Ich werde dir nicht wehtun. Zumindest nicht jetzt.«

Und während ich ihn anschaue, geht er zu einem langen Schreibtisch hinüber und zieht eine Schublade auf, um ihr eine Fernbedienung zu entnehmen. Danach hält er sie in Richtung der Wand hinter mir.

Ich drehe mich misstrauisch um und sehe zwei Flachbildschirme.

Sie sehen sehr nach Hightech aus, nicht wie diejenigen, die ich von zu Hause kenne.

Der linke Fernseher geht an. Das Bild ist eigenartig, weil es so unerwartet kommt.

Es sieht aus wie ein normales Schlafzimmer bei jemandem zu Hause. Das Bett ist nicht gemacht, die Laken sind achtlos auf die Matratze geworfen. Poster verschiedener Footballspieler hängen an den Wänden, und auf dem Schreibtisch steht ein Laptop.

»Erkennst du es?«, möchte Julian wissen.

Ich schüttele den Kopf.

»Gut«, erwidert er. »Das freut mich.«

»Wessen Schlafzimmer ist das?«, frage ich, und langsam bekomme ich ein schlechtes Gefühl im Magen.

»Kannst du es erraten?«

Ich blicke ihn an und friere immer mehr. »Jakes?«

»Ja, Nora. Jakes.«

Ich beginne, innerlich zu zittern. »Warum ist es auf deinem Bildschirm?«

»Erinnerst du dich daran, dass ich dir gesagt habe, Jake sei so lange in Sicherheit, wie du dich anständig benimmst?«

Ich halte kurz die Luft an. »Ja …« Mein Flüstern ist kaum zu hören.

Ich hatte diese anfängliche Drohung gegen Jake wirklich vergessen, da ich zu sehr mit meiner eigenen Gefangenschaft beschäftigt war. Ich glaube allerdings auch, dass ich diese Drohung anfangs überhaupt nicht ernst genommen habe. Schon gar nicht, nachdem ich erfahren habe, dass wir uns auf einer Insel befinden, die Tausende von Kilometern von meiner Heimatstadt entfernt ist. Irgendwo in meinem Hinterkopf war ich davon überzeugt gewesen, Julian könne Jake nicht wirklich etwas antun. Zumindest nicht aus dieser Entfernung.

»Gut«, sagt Julian. »Dann wirst du auch verstehen, warum ich das mache. Ich möchte dich nicht einschließen, dich davon abhalten, irgendwohin zu gehen oder irgendetwas zu machen. Diese Insel ist dein neues Zuhause, und ich möchte, dass du hier glücklich bist …«

Hier glücklich? Mehr als jemals zuvor bin ich davon überzeugt, dass er verrückt ist.

»Aber ich kann es nicht hinnehmen, dass du Beth bei deinen

sinnlosen Fluchtversuchen verletzt. Du musst lernen, dass deine Handlungen Konsequenzen haben …«

Die Übelkeit in mir beginnt, sich in meinem ganzen Körper auszubreiten. »Es tut mir leid! Ich werde das nie wieder tun. Nie wieder, versprochen!« Meine Worte sprudeln schnell und durcheinander aus mir heraus. Ich weiß nicht, ob ich das, was gleich passieren wird, noch verhindern kann, aber ich muss es versuchen. »Ich werde Beth nicht verletzen und nicht mehr versuchen, zu flüchten. Bitte, Julian, ich habe meine Lektion gelernt …«

Julian schaut mich fast traurig an. »Nein, Nora. Das hast du nicht. Ich musste heute wegen dem, was du getan hast, zurückkommen und dafür meine Geschäftsreise abbrechen. Beth ist nicht hier, um Gefängniswärterin zu spielen. Das ist nicht ihre Aufgabe. Sie ist hier, um sich um dich zu kümmern, sicherzustellen, dass du alles schön hast und zufrieden bist. Ich kann es nicht zulassen, dass du ihr ihre Freundlichkeit dankst, indem du versuchst, sie umzubringen …«

»Ich habe nicht versucht, sie umzubringen! Ich wollte nur …« Ich halte inne, möchte ihm meinen Plan nicht verraten.

»Du dachtest, du könntest sie als Geisel nehmen?« Jetzt sieht Julian belustigt aus. »Um was zu erreichen? Dass sie dich von der Insel schafft? Dir hilft, Kontakt zur Außenwelt aufzunehmen?«

Ich schaue ihn an und streite nichts ab, aber gebe auch nichts zu.

»Also, Nora, ich möchte dir etwas erklären. Selbst wenn du mit deinem Angriff Erfolg gehabt hättest – was nicht passiert wäre, weil Beth mehr als fähig ist, mit so einem kleinen Mädchen zurechtzukommen –, hätte sie dir nicht weiterhelfen können. Wenn ich die Insel verlasse, verlässt das Flugzeug sie auch. Es gibt kein Boot oder einen anderen Weg, diese Insel zu verlassen.«

Seine Worte bestätigen das, was ich durch meine Untersuchungen schon vermutet hatte. Aber ich hoffe immer noch, dass …

»Und ich bin der Einzige, der Zugang zu meinem Büro hat. Im restlichen Haus gibt es keinen Computer oder andere Kommunikationsmöglichkeiten. Alles, was Beth machen kann, ist, mir auf einer speziellen Leitung, die wir eingerichtet haben, eine direkte Nachricht zukommen zu lassen. Also, wie du sehen kannst, mein Kätzchen, wäre sie als Geisel ziemlich nutzlos gewesen.«

So viel zu dieser Hoffnung. Jeder Satz fühlte sich an wie ein weiterer Spatenstich für mein Grab. Wenn er mich nicht gerade anlügt, dann ist meine Lage weitaus schlechter, als ich befürchtet hatte.

Ich werde für immer auf dieser Insel festsitzen, solange Julian mich nicht von sich aus frei lässt.

Ich möchte schreien, weinen, Dinge werfen, aber ich kann mich jetzt nicht so gehen lassen. Stattdessen nicke ich und gebe vor, ruhig und rational zu sein. »Ich verstehe. Es tut mir leid, Julian. Davon wusste ich nichts. Ich werde nicht wieder versuchen, zu fliehen, und ich werde Beth nicht verletzten. Bitte glaub mir ...«

»Das würde ich gerne, Nora.« Sein Gesicht sieht fast so aus, als bedauere er es. »Aber das kann ich nicht. Du kennst mich noch nicht, also kannst du dir nicht sicher sein, ob du mir glauben kannst. Ich muss dir zeigen, dass ich ein Mann bin, der zu seinem Wort steht. Je eher du das Unausweichliche akzeptierst, desto glücklicher wirst du sein.«

Und bei diesen Worten greift er in seine Hosentasche und zieht etwas hervor, was wie ein Telefon aussieht. Er drückt einen Knopf, wartet einige Sekunden und sagt dann nur kurz: »Du kannst weitermachen«.

Danach wendet er seine Aufmerksamkeit dem Bildschirm zu.

Ich mache das Gleiche, und dabei breitet sich in meinem Magen ein dumpfes Angstgefühl aus.

Der Fernseher zeigt immer noch einen leeren Raum, aber wenige Sekunden später öffnet sich die Tür, und Jake betritt das Zimmer.

Er sieht aus, als habe er Angst. Eines seiner Augen ist so geschwollen, dass er es nicht mehr öffnen kann, und seine Nase sitzt nicht mehr mittig, so als sei sie gebrochen. Ihm folgt eine große, maskierte Gestalt, die eine Pistole auf ihn richtet.

Ein entsetzter Aufschrei kommt mir über die Lippen. »Bitte, nicht ...« Ich bekomme nicht mit, wie ich mich bewege, aber meine Hände sind auf einmal auf Julians Arm und ziehen verzweifelt an ihm.

»Schau hin, Nora.« Auf Julians Gesicht ist keine Gefühlsregung zu erkennen, als er mich in seine Arme zieht und mich so hält, dass ich auf den Fernseher schauen muss. »Ich möchte, dass du ein für allemal lernst, dass deine Handlungen Folgen haben.«

Auf dem Bildschirm greift der maskierte Mann plötzlich nach Jake ...

»Nein!«

… und schlägt ihn hart mit dem Griff seiner Pistole ins Gesicht. Jake stolpert zurück, und Blut fließt aus seinem Mundwinkel.

»Bitte, nicht!« Ich schluchze und wende mich in Julians Griff, meine Augen können sich nicht von der gewalttätigen Szene abwenden, die sich Tausende von Kilometern entfernt abspielt.

Jakes Angreifer ist erbarmungslos, schlägt ihn immer und immer wieder. Ich schreie, fühle jeden Schlag in meinem Herzen. Jeder brutale Angriff auf Jakes Körper tötet etwas in mir, einen Teil meines Glaubens an eine bessere Zukunft, der mich bis jetzt zusammengehalten hat.

Als Jake auf die Knie fällt, tritt der Mann ihm in die Rippen, und ich kann sein schmerzerfülltes Stöhnen hören.

»Bitte, Julian«, flüstere ich geschlagen und sacke in seinen Armen zusammen. »Bitte, hör auf …« Ich weiß, ich bettele um die Gnade eines Mannes, der keine besitzt. Er bringt Jake vor meinen Augen um, und es gibt nichts, was ich dagegen tun kann.

Mein Peiniger lässt den Schläger eine weitere Minute lang fortfahren, bevor er mich loslässt und sein Telefon hervorzieht. Ich blicke ihn an und zittere von Kopf bis Fuß. Ich traue mich gar nicht, zu hoffen.

Julian tippt schnell einen Text ein. Auf dem Bildschirm kann ich sehen, wie Jakes Angreifer innehält und in seine Hosentasche greift.

Dann bricht er ganz ab und verlässt das Zimmer.

Jake bleibt blutüberströmt auf dem Boden liegend zurück. Ich starre weiterhin auf den Bildschirm, weil ich einfach wissen muss, ob er lebt. Nach einer Minute kann ich sein Stöhnen hören und sehe, wie er sich aufrichtet. Er humpelt zum Festnetztelefon und bewegt sich dabei wie ein alter Mann – und nicht wie ein sportlicher, junger Typ.

Ich höre, wie er mit dem Notruf spricht.

Ich sinke auf den Boden und vergrabe mein Gesicht in den Händen.

Julian hat gewonnen.

Ich weiß, dass mein Leben nie wieder mir gehören wird.

ALS ICH AM NÄCHSTEN MORGEN AUFWACHE, IST JULIAN WEG.

Ich erinnere mich nicht mehr wirklich an das, was passiert ist, nachdem ich gestern in Julians Büro zusammengebrochen bin. Der Rest des Tages ist mir nur sehr verschwommen in Erinnerung. Es ist, als ob sich mein Gehirn abgeschaltet hatte, da es diese Gewalt, dessen Zeugin ich geworden war, nicht verarbeiten konnte. Ich meine, mich vage daran zu erinnern, wie Julian mich vom Fußboden aufgehoben und mich zur Dusche getragen hat. Er muss mich gewaschen und meine Füße bandagiert haben, denn heute Morgen sind sie in Mullbinden gewickelt und schmerzen weniger.

Ich bin mir nicht sicher, ob er letzte Nacht Sex mit mir hatte. Falls ja, muss er ungewöhnlich sanft gewesen sein, weil ich heute keinerlei Wundsein verspüre. Ich erinnere mich daran, mit ihm in meinem Bett geschlafen zu haben. Sein großer Körper schloss meinen ein.

Bestimmte Sachen vereinfachen sich durch das, was passiert ist. Wo es keine Hoffnung und keine Wahl gibt, ist alles erstaunlich unkompliziert. Es ist eine Tatsache, dass Julian alle Karten in der

Hand hält. Ich gehöre ihm, solange er mich haben möchte. Es gibt für mich keine Fluchtmöglichkeit, keinen Ausweg.

Und als ich diese Tatsache erst einmal akzeptiert habe, ist mein Leben viel einfacher. Bevor ich mich versehe, bin ich schon neun Tage auf dieser Insel.

Das erzählt mir Beth während des Frühstücks.

Ich habe gelernt, ihre Gegenwart zu tolerieren. Mir bleibt keine andere Wahl – ohne Julian ist sie hier meine einzige Möglichkeit für menschliche Interaktion. Sie gibt mir Essen, Kleidung und putzt mir hinterher. Sie ist fast wie ein Kindermädchen, nur dass sie jung und manchmal gemein ist. Ich glaube, sie hat mir noch nicht vollständig verziehen, dass ich versucht habe, ihr den Kopf einzuschlagen. Ich habe ihren Stolz verletzt oder so etwas in der Art.

Ich versuche, sie nicht zu sehr zu ärgern. Tagsüber verlasse ich das Haus und verbringe die meiste Zeit am Strand, wenn ich nicht gerade durch die Wälder streife. Zum Essen komme ich zum Haus zurück und nehme mir auch gleich ein neues Buch mit. Beth hat gemeint, Julian bringe mir mehr Bücher, sobald ich mit den etwa hundert, die sich in meinem Zimmer befinden, fertig bin.

Ich sollte deprimiert sein. Das weiß ich. Ich sollte die ganze Zeit über bitter und voller Wut sein; Julian und die Insel hassen. Und manchmal mache ich das auch. Aber es kostet so viel Energie, die ganze Zeit das Opfer zu sein. Wenn ich in ein Buch versunken in der heißen Sonne liege, hasse ich auch gar nichts. Ich lasse mich einfach von der Fantasie des Autors mitreißen.

Ich versuche, nicht an Jake zu denken. Meine Schuldgefühle sind fast unerträglich. Theoretisch weiß ich, dass Julian derjenige ist, der das getan hat, aber ich fühle mich trotzdem verantwortlich dafür. Wenn ich mich niemals mit Jake getroffen hätte, wäre ihm das nicht passiert. Wenn ich mich ihm auf der Party nicht angenähert hätte, wäre er nicht brutal zusammengeschlagen worden.

Ich weiß immer noch nicht, was Julian ist oder wie er so eine lange Reichweite haben kann. Er ist heute noch genauso ein Geheimnis für mich wie am Anfang.

Vielleicht ist er in der Mafia. Das würde die Schläger erklären, die er beschäftigt. Natürlich könnte er auch einfach ein reicher Exzentriker mit soziopathischen Neigungen sein. Ich weiß es wirklich nicht.

Manchmal weine ich mich nachts in den Schlaf. Ich vermisse

meine Familie, meine Freunde. Ich vermisse es, wegzugehen und in einem Club zu tanzen. Ich vermisse Kontakte zu anderen Menschen. Ich war nie ein Einzelgänger. Zu Hause hatte ich immer viel mit anderen zu tun – Facebook, Twitter, mit Freunden Zeit in einem Einkaufszentrum verbringen. Ich lese gerne, aber es reicht mir nicht. Ich brauche mehr.

Es wird so schlimm, dass ich versuche, mit Beth darüber zu reden.

»Mir ist langweilig«, teile ich ihr während des Essens mit. Es gibt wieder Fisch. Ich habe erfahren, dass Beth ihn selbst in der Nähe der Bucht auf der anderen Seite der Insel fängt. Diesmal gibt es Mangosauce dazu. Es ist gut, dass ich Meeresfrüchte und Fisch liebe, hier bekomme ich nämlich jede Menge davon.

»Tust du das?« Das scheint sie zu amüsieren. »Warum? Hast du nicht genügend Bücher, die du lesen kannst?«

Ich verdrehe die Augen. »Doch, ich habe bestimmt noch siebzig übrig. Aber ansonsten gib es nichts zu tun ...«

»Möchtest du mir morgen beim Fischen helfen?«, fragt sie und schaut mich dabei spöttisch an. Sie weiß, dass ich sie nicht besonders gerne mag, und sie denkt, ich würde ihr Angebot sofort ablehnen. Sie scheint überhaupt nicht zu bemerken, wie sehr ich zwischenmenschliche Kontakte brauche.

»Okay«, sage ich ihr zu und überrasche sie damit ganz offensichtlich. Ich war noch nie fischen, und ich kann mir auch nicht vorstellen, dass es besonders viel Spaß macht, erst recht nicht, wenn Beth die ganze Zeit über schnippisch ist. Ich würde trotzdem fast alles machen, um meine tägliche Routine zu unterbrechen.

»Also, okay«, antwortet sie. »Die beste Zeit, diese Biester zu fangen, ist gegen Sonnenaufgang. Denkst du, du bist dann schon wach?«

»Na klar«, antworte ich. Normalerweise hasse ich es, früh aufzustehen, aber hier bekomme ich so viel Schlaf, dass ich mir sicher bin, es wird mir keinen Schaden zufügen. Ich schlafe wahrscheinlich an die zehn Stunden pro Nacht, und manchmal auch noch in der Nachmittagssonne. Das ist wirklich lächerlich. Mein Körper scheint zu denken, ich sei im Urlaub bei einer Entspannungsbehandlung. Es gibt offensichtlich auch Vorteile, nicht über Internet oder andere Ablenkungen zu verfügen; ich glaube nicht, jemals in meinem ganzen Leben so ausgeruht gewesen zu sein.

»Dann geh lieber früh schlafen, weil ich beizeiten an deinem Zimmer vorbeikommen werde«, warnt sie mich.

Ich nicke und esse mein Abendbrot auf. Dann gehe ich nach oben und weine mich einmal wieder in den Schlaf.

~

»Wann kommt Julian zurück?«, möchte ich wissen, als Beth vorsichtig den Köder am Haken befestigt. Was sie macht, sieht eklig aus, und ich bin froh darüber, dass sie mich nicht bittet, ihr dabei zu helfen.

»Ich weiß nicht«, antwortet Beth. »Er wird zurückkommen, wenn er mit seinen Geschäften fertig ist.«

»Was für Geschäfte?« Ich habe das schon einmal gefragt, aber ich hoffe, Beth wird es mir bald erzählen.

Sie seufzt. »Nora, hör auf zu bohren.«

»Was ist so schlimm daran, wenn ich es weiß?« Ich schaue sie frustriert an. »Es ist ja nicht so, als würde ich in der nächsten Zeit irgendwo hingehen. Ich möchte nur gerne wissen, was er macht. Denkst du nicht, dass es in meiner Situation normal ist, neugierig zu sein?«

Sie seufzt erneut und wirft die Angel mit einer geschmeidigen und geübten Bewegung in den Ozean aus. »Natürlich ist es das. Aber Julian wird dir das alles selbst erzählen, sobald er möchte, dass du es weißt.«

Ich atme tief ein. Ich werde hier mit diesen Fragen offensichtlich nichts erreichen. »Du bist wirklich loyal ihm gegenüber, was?«

»Ja«, entgegnet Beth einfach und setzt sich neben mich, »das bin ich.«

Weil er ihr Leben gerettet hat. Deswegen bin ich auch neugierig, aber ich weiß, dass sie sehr empfindlich ist, was dieses Thema anbelangt. Also frage ich stattdessen: »Wie lange kennst du ihn schon?«

»Seit etwa zehn Jahren«, antwortet sie.

»Seit er neunzehn war?«

»Ja, genau.«

»Wie habt ihr zwei euch getroffen?«

Ihr Kiefer spannt sich an. »Das geht dich nichts an.«

Oh, oh. Ich spüre, wie ich mich erneut einem schwierigen Thema annähere. Ich entscheide mich dazu, trotzdem weiterzufragen. »War das, als er dein Leben gerettet hat? Hast du ihn auf diese Art getroffen?«

Sie sieht mich mit verengten Augen an. »Nora, was habe ich dir zum Thema Nachbohren gesagt?«

»Okay, schon gut …« Es reicht mir schon, dass sie die Antwort verweigert. Ich gehe zu einem anderen interessanten Thema über: »Also, warum hat Julian mich hierhergebracht? Auf diese Insel, meine ich? Er ist ja nicht einmal selber hier.«

»Er wird bald zurückkommen.« Sie wirft mir einen ironischen Blick zu. »Warum, vermisst du ihn?«

»Nein, natürlich nicht!« Ich schaue sie beleidigt an.

Sie hebt eine Augenbraue an. »Ernsthaft? Nicht einmal ein kleines bisschen?«

»Warum sollte ich dieses Monster vermissen?«, zische ich sie an, und Ärger kocht plötzlich unkontrollierbar in mir hoch. »Nach allem, was er mir angetan hat? Und Jake?«

Sie lacht leise. »Ich denke, die Dame protestiert zu laut …«

Ich springe auf, da ich den spöttischen Ton ihrer Stimme nicht mehr länger ertragen kann. In diesem Moment hasse ich sie so sehr, dass ich sie gerne erstechen würde, wenn ich ein Messer griffbereit hätte. Ich war nie sehr temperamentvoll gewesen, aber irgendetwas an Beth bringt mich zur Weißglut.

Zum Glück bekomme ich mich wieder in den Griff, bevor ich davonstürme und mich vollständig lächerlich mache. Ich atme tief durch und tue so, als hätte ich schon die ganze Zeit vorgehabt, aufzustehen. Ich gehe zum Wasser, teste mit meinem Zeh die Temperatur und gehe dann wieder zu Beth zurück, um mich hinzusetzen.

»Das Wasser auf dieser Seite der Insel ist wirklich sehr warm«, sage ich ruhig, so als ob ich innerlich nicht immer noch vor Wut kochen würde.

»Ja, den Fischen scheint es hier zu gefallen«, entgegnet sie im gleichen Ton. »Ich fange hier immer sehr schöne Exemplare.«

Ich nicke und schaue über das Wasser. Das Geräusch der Wellen ist beruhigend und hilft mir dabei, das zu kontrollieren, was über mich gekommen war. Ich verstehe nicht, weshalb ich so stark auf ihr Sticheln reagiert habe. Ich hätte ihr besser nur einen verächtlichen

Blick zuwerfen und ihre lächerliche Vermutung kalt zurückweisen sollen. Stattdessen habe ich ihren Köder geschluckt.

Könnte an ihren Worten etwas Wahres dran sein? War das der Grund dafür, weshalb sie mich so aufbrachten? Vermisse ich Julian wirklich?

Von der Idee wird mir so schlecht, ich möchte mich übergeben.

Ich versuche, ganz rational darüber nachzudenken, Ordnung in das Gefühlschaos in meiner Brust zu bringen.

Zugegeben, ein kleiner Teil von mir bedauert die Tatsache, dass er mich hier allein, nur in Beths Gesellschaft, auf dieser Insel zurückgelassen hat. Für jemanden, der mich offensichtlich genug wollte, um mich zu stehlen, ist Julian wirklich nicht sehr aufmerksam.

Nicht, dass ich seine Aufmerksamkeit möchte. Ich möchte, dass er sich so weit entfernt wie möglich von mir aufhält. Aber gleichzeitig bin ich komischerweise beleidigt, dass er weg ist. Es ist, als sei ich nicht begehrenswert genug für ihn, um hier sein zu wollen.

Sobald ich das alles logisch analysiert habe, sehe ich, wie absurd meine gegensätzlichen Gefühle sind. Das Ganze ist so dumm, dass ich mich in Gedanken selbst ohrfeige.

Ich werde nicht eines dieser Mädchen werden, die sich in ihren Entführer verlieben. Ich weigere mich. Ich weiß, dass mir der Aufenthalt auf dieser Insel meine Gedanken verwirrt, und ich bin entschlossen, das nicht zuzulassen.

Vielleicht kann ich Julian nicht entkommen, aber ich kann ihn davon abhalten, mich emotional zu berühren.

~

ZWEI TAGE SPÄTER KOMMT JULIAN ZURÜCK.

Ich erfahre es, als er mich von meinem Nickerchen am Strand aufweckt.

Zuerst denke ich, ich träume. Im meinem Traum bin ich warm und sicher in meinem Bett. Zärtliche Hände beginnen, meinen Körper zu streicheln, mich zu liebkosen. Ich biege mich ihnen entgegen, liebe es, wie sie meine Haut berühren, und genieße diese schönen Gefühle, die sie in mir auslösen.

Dann fühle ich plötzlich heiße Lippen auf meinem Gesicht, meinem Hals und meinem Schlüsselbein. Ich stöhne sanft, und die

Hände werden fordernder, ziehen die Träger meines Bikinioberteils hinunter und schieben mein Höschen von meinem Po …

Plötzlich dringt das, was passiert, bis zu meinem halb schlafenden Gehirn vor, und ich wache mit einem hörbaren Einatmen auf. Adrenalin rauscht durch meine Adern.

Julian ist über mich gebeugt und schaut mit seinem dunklen, engelsgleichen Lächeln auf mich hinab. Ich bin schon nackt und liege auf dem Handtuch, welches Beth mir heute Morgen gegeben hat. Er ist auch nackt – und zweifelsfrei erregt.

Ich sehe ihn an, und mein Herz rast aus einer Mischung von Erregung und Angst. »Du bist zurück«, sage ich, obwohl das ja offensichtlich ist.

»Das bin ich«, murmelt er und lehnt sich nach vorn, um wieder meinen Hals zu küssen. Bevor ich meine Gedanken sammeln kann, liegt er schon auf mir, sein Knie öffnet meine Oberschenkel und seine Erektion drückt gegen meine zarte Öffnung.

Ich kneife die Augen zusammen, als er beginnt, in mich einzudringen. Ich bin feucht, aber trotzdem fühlt es sich unangenehm eng an, als er vollständig in mich eindringt. Er macht eine kleine Pause, damit ich mich anpassen kann, und dann beginnt er erneut, sich zu bewegen. Zuerst ganz langsam, und dann immer schneller werdend.

Seine Stöße drücken mich in das Handtuch, und ich kann spüren, wie sich der Sand unter meinem Po bewegt. Ich halte mich an seinen kräftigen Schultern fest, da ich etwas brauche, an was ich mich klammern kann, während sich die vertraute Anspannung in meinem Unterleib aufbaut. Seine Eichel reibt gegen den empfindlichen Punkt irgendwo in mir, und ich schnappe nach Luft, biege mich ihm entgegen um ihn tiefer in mich aufzunehmen. Ich will mehr von diesem intensiven Gefühl, will, dass er mich zum Höhepunkt bringt.

»Hast du mich vermisst?«, haucht er in mein Ohr und wird gerade so langsam, um meinen Orgasmus zu verhindern.

Ich bin noch klar genug, um meinen Kopf zu schütteln.

»Lügnerin«, flüstert er, und seine Stöße werden härter, bestrafender. Erbarmungslos heizt er mich immer weiter an, bis ich schreie, meine Nägel frustriert über seinen Rücken kratzen, als die köstliche Erleichterung mir weiterhin vorenthalten wird.

Und dann bin ich endlich da, mein Körper wird zerrissen, als ein mächtiger Orgasmus durch mich hindurchrauscht und mich schwach und keuchend zurücklässt.

Mit einer Geschwindigkeit, die mich überrascht, zieht er sich aus mir zurück und dreht mich herum, auf meinen Bauch.

Ich schreie verängstigt auf, aber er dringt nur wieder in mich ein und fickt mich von hinten weiter. Sein Körper fühlt sich auf mir groß und schwer an. Ich bin von ihm umgeben; mein Gesicht ist in das Handtuch gedrückt, und ich kann kaum atmen. Alles, was ich fühle, ist er: wie sich sein dicker Schwanz in meinem Körper bewegt, die Hitze, die seine Haut ausstrahlt. In dieser Stellung ist er tief in mir. Ich kann nichts gegen das schmerzhafte Aufstöhnen machen, das mir jedes Mal entweicht, wenn seine Eichel durch seine Hüftbewegungen gegen meinen Gebärmutterhals stößt. Der leichte Schmerz scheint der neuerlich wachsenden Lust in mir allerdings keinen Abbruch zu tun, und ich komme noch einmal. Meine inneren Muskeln krampfen sich um sein Geschlecht.

Er stöhnt rau, und kurz danach spüre ich ihn kommen. Sein Schwanz pulsiert und zuckt in mir, seine Scham reibt sich an meinem Po. Das verstärkt meinen eigenen Orgasmus, steigert meine Lust. Es fühlt sich an, als seien wir miteinander verbunden, da meine Kontraktionen nicht aufhören, bevor sein Höhepunkt vollständig vorüber ist.

Danach rollt er sich auf den Rücken, lässt mich gehen, und ich atme zitternd ein. Mit meinen schwachen und schweren Schenkeln stelle ich mich auf alle viere und suche meinen Bikini. Er beobachtet mich dabei, wie ich ihn mir überziehe, und hat dabei ein faules Lächeln auf den Lippen. Er selbst scheint es nicht eilig damit zu haben, sich anzuziehen, und dadurch fühle ich mich verletzlich.

Die Ironie des Ganzen entgeht mir nicht. Ich bin natürlich verletzlich. Ich bin so verletzlich, wie eine Frau es nur sein kann: völlig der Gnade eines rücksichtslosen Irren ausgesetzt. Einige kleine Materialfetzen werden mich auch nicht vor ihm beschützen.

Nichts wird das, sollte er beschließen, mich ernsthaft zu verletzen.

Ich beschließe, nicht weiter darüber nachzudenken. Stattdessen frage ich ihn: »Wo bist du gewesen?«

Julians Lächeln wird stärker. »Du hast mich doch vermisst.«

Ich schaue ihn sardonisch an und versuche, die Tatsache zu ignorieren, dass er nackt und ausgestreckt nur etwa einen Meter von mir entfernt liegt. »Ja, ich habe dich vermisst.«

Er lacht, und meine schnippische Art scheint ihn kein bisschen zu stören. »Das wusste ich«, entgegnet er. Dann steht er auf und zieht sich eine Badehose über, die neben uns auf dem Sand liegt. Er dreht sich zu mir um und hält mir die Hand hin. »Lust zu schwimmen?«

Ich starre ihn an. Meint er das ernst? Er erwartet von mir, dass ich mit ihm schwimmen gehe? So als seien wir Freunde?

»Nein, danke«, lehne ich ab und gehe einen Schritt zurück.

Er runzelt die Stirn. »Warum nicht, Nora? Kannst du nicht schwimmen?«

»Natürlich kann ich schwimmen«, sage ich empört. »Ich möchte nur einfach nicht mit dir schwimmen gehen.«

Er hebt seine Augenbrauen. »Warum nicht?«

»Na ja, … vielleicht, weil ich dich hasse?« Ich weiß nicht, warum ich heute so mutig bin, aber es scheint, dass ich während seiner Abwesenheit einen Teil meiner Angst verloren habe. Vielleicht ist es auch einfach, weil er heute guter und spielerischer Laune zu sein scheint und deshalb ein kleines bisschen weniger angsteinflößend ist.

Er lächelt erneut. »Du weißt nicht, was Hass ist, mein Kätzchen. Es kann sein, dass du meine Handlungen nicht magst, aber du hasst mich nicht. Das kannst du nicht. Das liegt nicht in deiner Natur.«

»Was weißt du über meine Natur?« Aus irgendeinem Grund finde ich seine Worte beleidigend. Wie kann er es wagen, zu behaupten, ich würde meinen Entführer nicht hassen? Wer, denkt er, ist er, mir sagen zu können, was ich fühle und was nicht?

Er schaut mich an, und seine Lippen lächeln immer noch. »Ich weiß, du hattest das, was man eine normale Kindheit nennt, Nora«, erklärt er mir sanft. »Ich weiß, du wurdest von einer Familie großgezogen, die dich liebt, hast gute Freunde und gehst mit vernünftigen Jungen aus. Wie solltest du wissen, was wirklicher Hass ist?«

Ich starre ihn an. »Und du weißt das? Du weißt, was wirklicher Hass ist?«

Sein Gesicht wird hart. »Leider ja«, antwortet er, und ich kann die Wahrheit in seiner Stimme hören.

Mir wird schlecht. »Bin ich diejenige, die du hasst?«, flüstere ich. »Ist das der Grund dafür, mir das alles hier anzutun?«

Zu meiner großen Erleichterung sieht er überrascht aus. »Dich hassen? Nein, natürlich hasse ich dich nicht, mein Kätzchen.«

»Warum dann?«, frage ich noch einmal und bin entschlossen,

Antworten zu bekommen. »Warum hast du mich entführt und hierhergebracht?«

Er schaut mich mit diesen durch den Kontrast zu seiner gebräunten Haut unglaublich blauen Augen an. »Weil ich dich wollte, Nora. Das habe ich dir schon gesagt. Und weil ich kein sehr netter Mann bin. Aber das hast du ja schon herausgefunden, stimmt's?«

Ich schlucke und blicke nach unten auf den Sand. Er schämt sich überhaupt nicht für das, was er getan hat. Julian weiß, dass das, was er tut, falsch ist, und es interessiert ihn einfach nicht.

»Bist du ein Psychopath?« Ich weiß nicht, was mich dazu verleitet, ihm diese Frage zu stellen. Ich will ihn nicht wütend machen, aber ich möchte es verstehen. Ich halte die Luft an und schaue wieder zu ihm hoch.

Zum Glück scheint ihn meine Frage nicht beleidigt zu haben. Stattdessen sieht er nachdenklich aus, als er sich auf das Handtuch neben mir setzt. »Vielleicht«, meint er nach einigen Sekunden. »Ein Arzt dachte, ich könnte ein Soziopath mit Borderline sein. Da auf mich aber nicht alle Symptome zutreffen, gibt es keine definitive Diagnose.«

»Du hast einen Arzt aufgesucht?« Ich weiß nicht, warum mich das so schockiert. Vielleicht, weil er nicht der Typ zu sein scheint, der zu einem Seelenklempner geht.

Er grinst mich an. »Ja, eine Zeit lang.«

»Warum?«

Er zuckt mit den Schultern. »Weil ich dachte, es könne helfen.«

»Dir helfen, weniger psychopathisch zu sein?«

»Nein, Nora.« Er wirft mir einen ironischen Blick zu. »Wenn ich ein echter Psychopath wäre, könnte das nicht geändert werden.«

»Warum dann?« Ich weiß, ich stecke meine Nase in seine persönlichen Sachen, aber ich fühle mich, als schulde er mir ein paar Antworten. Außerdem: wenn man nicht persönlich bei dem Mann werden kann, der einen gerade am Strand gefickt hat, bei wem dann?

»Du bist ein neugieriges kleines Kätzchen, nicht wahr?«, erwidert er sanft und legt seine Hand auf meinen Oberschenkel. »Bist du sicher, dass du das wirklich wissen möchtest, mein Kätzchen?«

Ich nicke und versuche die Tatsache zu ignorieren, dass sich seine Finger nur wenige Zentimeter von meiner Bikinizone entfernt befinden. Seine Berührung ist erregend und irritierend, bringt mein Gleichgewicht durcheinander.

»Ich ging zu einem Therapeuten, nachdem ich die Männer umgebracht hatte, die meine Familie getötet haben«, sagt er ruhig und schaut mich an. »Ich dachte, es würde mir helfen, damit zurechtzukommen.«

Ich blicke ihn an, ohne zu verstehen. »Damit zurechtzukommen, dass du sie umgebracht hast?«

»Nein«, sagt er. »Mit der Tatsache, dass ich weitere Menschen töten wollte.«

Mein Magen dreht sich, und meine Haut juckt an der Stelle, an der Julian sie berührt. Er hat gerade etwas so Schreckliches gestanden, dass ich nicht einmal weiß, wie ich darauf reagieren soll.

Wie aus weiter Entfernung höre ich meine eigene Stimme fragen: »Und, hat es dir geholfen?« Ich klinge ruhig, so als würden wir nichts Aufregenderes als das Wetter besprechen.

Er lacht. »Nein, mein Kätzchen, das hat es nicht. Ärzte sind nutzlos.«

»Hast du noch mehr Menschen umgebracht?« Die Taubheit, die mich einhüllt, vergeht langsam, und ich kann fühlen, wie ich beginne zu zittern.

»Das habe ich«, gibt er zu, und ein dunkles Lächeln zeichnet sich auf seinen Lippen ab. »Und, bist du jetzt glücklich, gefragt zu haben?«

Mein Blut verwandelt sich in Eis. Ich weiß, ich sollte aufhören zu reden, aber ich kann nicht. »Wirst du mich umbringen?«

»Nein, Nora.« Er hört sich kurz verzweifelt an. »Das habe ich dir schon einmal gesagt.«

Ich lecke mir die Lippen. »Richtig. Du wirst mir nur immer dann wehtun, wenn du Lust dazu hast.«

Er streitet das nicht ab. Stattdessen steht er wieder auf und schaut mich an. »Ich gehe schwimmen. Falls du möchtest, kannst du gerne mitkommen.«

»Nein, danke«, erwidere ich matt. »Mir ist gerade nicht nach schwimmen.«

»Wie du möchtest«, meint er und geht weg, verschwindet langsam im Wasser.

Immer noch in einem Schockzustand, betrachte ich seinen großen, breitschultrigen Körper, als er immer weiter in den Ozean geht. Sein dunkles Haar glänzt in der Sonne.

Der Teufel trägt wirklich eine wunderschöne Maske.

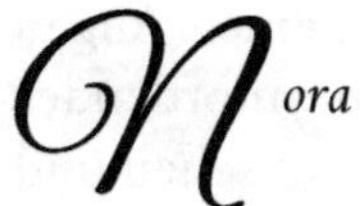

NACH JULIANS ENTHÜLLUNGEN VOM STRAND IST MIR EINE GANZE ZEIT
lang nicht danach, ihn noch mehr zu fragen. Ich wusste ja schon, dass
ich von einem Monster gefangen gehalten werde. Das, was ich heute
erfahren habe, hat diese Tatsache noch untermauert. Ich weiß nicht,
warum er so offen zu mir war, und das macht mir Angst.

Beim Abendessen sage ich kaum etwas, beantworte nur die
Fragen, die er mir stellt. Beth isst heute mit uns, und die zwei führen
eine lebhafte Unterhaltung, bei der es sich hauptsächlich um die Insel
dreht und darüber, wie wir unsere Zeit verbracht haben.

»Also, dir ist langweilig?«, möchte Julian von mir wissen, nachdem
Beth ihm davon berichtet hat, dass ich nicht die ganze Zeit über lesen
möchte.

Ich zucke mit den Schultern, möchte keine große Sache daraus
machen. Nach dem, was ich vorhin gelernt habe, ist Langeweile
jederzeit Julians Gesellschaft vorzuziehen.

Er lächelt. »Okay, dagegen werde ich etwas unternehmen müssen.
Von meiner nächsten Reise werde ich dir einen Fernseher und einen
Stapel Filme mitbringen.«

»Danke«, sage ich automatisch und blicke auf meinen Teller. Ich fühle mich so schlecht, dass ich weinen möchte, aber ich habe zu viel Stolz, um es vor ihnen zu machen.

»Was ist mit dir los?«, fragt Beth, der schließlich mein ungewöhnliches Verhalten auffällt. »Geht es dir gut?«

»Nicht wirklich«, sage ich und bin froh über diese Entschuldigung, die sie mir zugespielt hat. »Ich denke, ich habe zu viel Sonne abbekommen.«

Beth seufzt. »Ich habe dich davor gewarnt, mittags am Strand zu schlafen. Es sind fünfunddreißig Grad dort draußen.«

Das stimmt, sie hatte mich gewarnt. Aber mein heutiges Elend hat nichts mit der Hitze zu tun, sondern alles mit dem Mann, der mir am Tisch gegenübersitzt. Ich weiß, dass er mich nach oben führen und mich ficken wird, sobald das Essen vorbei ist. Vielleicht wird er mir wehtun.

Und mein Körper wird auf ihn reagieren, wie immer.

Der letzte Teil ist der schlimmste. Er hat Jake vor meinen Augen zusammenschlagen lassen. Er hat zugegeben, ein mordender Soziopath zu sein. Er sollte mich anwidern. Ich sollte ihn ansehen und nichts als Angst und Verachtung fühlen. Die Tatsache, auch nur einen Funken Verlangen nach ihm zu empfinden, ist mehr als krank.

Sie ist abgrundtief pervers.

Also sitze ich hier, stochere in meinem Essen, und mein Magen fühlt sich an, als sei er mit Blei gefüllt. Ich würde aufstehen und in mein Zimmer gehen, aber ich habe Angst, das Unvermeidbare zu beschleunigen.

Schließlich ist das Essen vorbei. Julian nimmt meine Hand und führt mich nach oben. Ich fühle mich, als ginge ich zu meiner Hinrichtung, auch wenn das wahrscheinlich ein wenig zu dramatisch ist. Er hat gesagt, er würde mich nicht umbringen.

Als wir im Zimmer sind, setzt er sich auf das Bett und zieht mich zwischen seine Beine. Ich möchte mich wehren, wenigstens ein bisschen kämpfen, aber mein Kopf und mein Körper scheinen in letzter Zeit nicht miteinander zu reden. Stattdessen stehe ich schweigend da und zittere von Kopf bis Fuß, während er mich betrachtet. Seine Augen fahren über meine Gesichtszüge, halten sich ein wenig beim Mund auf, fahren dann hinunter auf meinen Ausschnitt, wo meine Nippel durch den dünnen Stoff meines Sommerkleides scheinen. Sie sind hart, so als sei ich erregt. Ich denke allerdings, es liegt daran, dass mir kalt ist. Beth muss die Klimaanlage für die Nacht angestellt haben.

»Sehr hübsch«, sagt er schließlich, hebt seine Hand und fährt die Konturen meines Kinns mit seinen Fingern entlang. »So eine weiche, goldene Haut.«

Ich schließe die Augen und will das Monster vor mir nicht anschauen. *Ich wollte weitere Menschen töten. Ich wollte weitere Menschen töten.* In meinem Kopf wiederholen sich seine Worte immer wieder, wie ein Mantra, das auf Endlosschleife gestellt ist. Ich weiß nicht, wie ich es ausschalten soll, wie ich die Zeit zurückdrehen kann und die Erinnerungen an diesen Nachmittag loswerde. Warum hatte ich darauf bestanden, es zu erfahren? Warum habe ich gestochert und gebohrt, bis ich diese Antworten bekam? Jetzt kann ich an nichts anderes denken als an die Tatsache, dass der Mann, der mich gerade berührt, ein kaltblütiger Mörder ist.

Er lehnt sich näher an mich, und ich kann seinen heißen Atem auf meinem Hals spüren. »Bereust du es, mir heute diese Fragen gestellt zu haben?«, flüstert er in mein Ohr. »Bereust du es, Nora?«

Ich zucke zusammen, und meine Augen springen auf. Kann er auch Gedanken lesen?

Auf meine Reaktion hin zieht er sich etwas zurück und lächelt. In seinem Lächeln ist etwas, was meine Kälte zehnmal schlimmer macht. Ich weiß nicht, was heute Nacht mit ihm los ist, aber was immer es ist, es macht mir mehr Angst als all das, was er bis jetzt mit mir gemacht hat.

»Du hast Angst vor mir, stimmt's mein Kätzchen?«, fragt er sanft und hält mich immer noch zwischen seinen Beinen gefangen. »Ich fühle, dass du wie Espenlaub zitterst.«

Ich möchte es abstreiten, aber ich kann nicht. Ich habe Angst und ich zittere. »Bitte«, flüstere ich und weiß nicht einmal, worum ich bitte. Er hat noch gar nichts mit mir gemacht.

Er gibt mir einen leichten Schubs und lässt mich los. Ich gehe ein paar Schritte zurück, erleichtert, ein wenig Abstand zwischen uns zu bringen.

Er steht vom Bett auf und geht aus dem Zimmer.

Ich blicke ihm nach und kann gar nicht glauben, dass er mich allein gelassen hat. Könnte es sein, dass er jetzt gerade keinen Sex möchte? Er hatte mich ja schon einmal vorhin am Strand.

Und gerade als ich meine Erleichterung zulassen möchte, kommt Julian zurück und hat einen schwarzen Turnbeutel in den Händen.

Mein Gesicht wird blutleer. Grauenvolle Gedanken gehen mir durch den Kopf. Was befindet sich darin – Messer, Waffen, andere Folterinstrumente?

Als er eine Augenbinde und einen kleinen Dildo hervorholt, bin ich fast dankbar. *Sexspielzeug.* Er hat nur Sexspielzeug in dem Beutel. Ich würde immer Sex vor Folter wählen.

Natürlich sind das bei Julian nicht unbedingt zwei getrennte Dinge, lerne ich heute Nacht.

»Zieh dich aus, Nora«, befiehlt er mir und geht wieder zum Bett, um sich hinzusetzen. Er legt die Augenbinde und den Dildo auf die Matratze. »Zieh deine Sachen langsam aus.«

Ich erstarre. Er möchte mir dabei zusehen, wie ich mich ausziehe? Einen Augenblick lang denke ich darüber nach, mich zu weigern, aber dann beginne ich, mich mit ungeschickten Fingern zu entkleiden. Er hat mich ja heute schon nackt gesehen. Was würde es bringen, jetzt prüde zu sein? Außerdem spüre ich immer noch diese komische Stimmung bei ihm. Seine Augen funkeln mit einer Erregung, die weit über normale Lust hinausgeht.

Es ist eine Erregung, die mein Blut gefrieren lässt.

Er beobachtet, wie mein Kleid von meinem Körper gleitet und ich meine Flipflops ablege. Meine Bewegungen sind hölzern, steif vor Angst. Ich bezweifle, dass ein normaler Mann diesen Striptease erregend finden würde, aber ich bemerke, wie er Julian anmacht. Unter dem Kleid trage ich ein cremefarbenes Spitzenhöschen. Die kühle Luft streicht über meine Haut, und meine Nippel werden noch härter.

»Jetzt die Unterwäsche«, befiehlt er.

Ich schlucke und ziehe das Höschen an meinen Beinen herunter. Danach trete ich aus ihm hinaus.

»Braves Mädchen«, sagt er beifällig. »Jetzt komm her.«

Dieses Mal kann ich ihm nicht gehorchen. Mein Selbsterhaltungstrieb schreit, ich solle rennen, aber ich kann nirgendwo hin. Julian würde mich fangen, sollte ich versuchen, jetzt aus der Tür zu rennen – und ich kann diese Insel ja sowieso nicht verlassen.

Also stehe ich einfach nur da. Nackt, zitternd und wie festgewachsen.

Julian steht auf. Entgegen meinen Erwartungen sieht er nicht verärgert aus. Stattdessen fast … erfreut. »Ich sehe, dass ich recht hatte, heute Nacht mit deinem Training zu beginnen«, bemerkt er und kommt zu mir. »Ich war zu sanft zu dir, weil du so unerfahren warst. Ich wollte dich nicht brechen, dir keinen irreparablen Schaden zufügen …«

Mein Zittern wird stärker, als er mich wie ein Hai umkreist.

»Aber ich muss beginnen, dich so zu formen, wie ich dich gerne hätte, Nora. Du bist schon nahe daran, perfekt zu sein, aber dann hast du diese gelegentlichen Aussetzer …« Er fährt mit seinen Fingern meinen Körper hinab und ignoriert, dass ich unter seiner Berührung wegzucke.

»Bitte«, flüstere ich, »bitte, Julian, es tut mir leid.« Ich weiß nicht, was mir leid tut, aber ich würde gerade alles sagen, um dieses Training zu verhindern, um was auch immer es sich dabei handeln sollte.

Er lächelt mich an. »Das ist keine Strafe, mein Kätzchen. Ich habe nur bestimmte Verlangen – und ich möchte, dass du sie befriedigst.«

»Was für Verlangen?« Meine Worte sind kaum zu hören. Ich möchte es nicht wissen, das möchte ich wirklich nicht, aber trotzdem kann ich es mir nicht verkneifen, zu fragen.

»Das wirst du gleich sehen«, entgegnet er, umfasst mit seinen Fingern meinen Oberarm und führt mich zum Bett. Als wir dort ankommen, greift er nach der Augenbinde und legt sie mir um. Meine Hände heben sich automatisch an, um mein Gesicht zu berühren, aber er zieht sie nach unten, so dass sie an meinen Seiten herabhängen.

Ich höre klappernde Geräusche, als er nach etwas in dem Beutel sucht. Angst durchfährt mich erneut, und ich mache eine krampfhafte Bewegung, um meine Augen zu befreien, aber er erwischt meine Handgelenke. Ich spüre, wie er sie hinter meinem Rücken zusammenbindet.

An diesem Punkt beginne ich zu weinen. Ich mache dabei kein Geräusch, aber ich fühle, wie die Augenbinde durch die Feuchtigkeit, die meinen Augen entweicht, ganz nass wird. Ich weiß, dass ich vorher auch hilflos war, ohne verbundene Augen und gefesselt, aber das Gefühl der Verletzlichkeit ist jetzt tausendmal schlimmer. Ich weiß auch, es gibt Frauen, die auf so etwas stehen, die diese Art von Spielen mit ihren Partnern spielen, aber Julian ist nicht mein Partner. Ich habe genug Bücher gelesen, um die Regeln zu kennen – und ich weiß, dass er ihnen nicht folgt. Es gibt an dem, was hier vor sich geht, nichts Sicheres, Gesundes oder Einvernehmliches.

Und trotzdem, als Julian zwischen meine Beine greift und mich dort streichelt, bemerke ich entsetzt, dass ich feucht bin.

Das gefällt ihm. Er sagt nichts, aber ich spüre die Befriedigung, die von ihm ausstrahlt. Er beginnt, mit meiner Klitoris zu spielen und ab und an seine Fingerspitze in mich zu schieben, um meine körperliche Reaktion auf seine Stimulation zu überwachen. Seine Bewegungen sind sicher, kein bisschen zögerlich. Er weiß ganz genau, was er tun muss, um meine Erregung zu verstärken, wie er mich berühren muss, damit ich komme.

Ich hasse es, wie fachmännisch er mir Lust verschafft. Bei wie vielen Frauen hat er das schon getan? Mit Sicherheit braucht man eine Menge Erfahrung, um eine Frau trotz ihrer Angst und ihres Widerwillens zum Orgasmus zu bringen.

Natürlich interessiert nichts davon meinen Körper. Mit jedem Streicheln seiner geschickten Finger baut sich die Anspannung in mir weiter auf und wird stärker. Der hinterhältige Druck beginnt sich in meinem Unterleib zu sammeln. Ich stöhne, meine Hüften bewegen sich ungewollt in seine Richtung, als er weiter mit meinem Geschlecht spielt. Er berührt mich nirgendwo anders, nur da, aber das scheint auszureichen, um mich in den Wahnsinn zu treiben.

»Oh, ja«, murmelt er und beugt sich hinunter, um meinen Hals zu küssen. »Komm für mich, mein Kätzchen.«

Als ob sie auf seinen Befehl hören, ziehen sich meine inneren Muskeln zusammen … Und dann durchfährt mich der Höhepunkt mit der Kraft eines Güterzugs. Ich vergesse, Angst zu haben; ich vergesse in diesem Moment alles, außer der Lust, die in meinen Nervenenden explodiert.

Bevor ich mich erholen kann, drückt er mich mit dem Gesicht nach unten aufs Bett. Ich höre, wie er sich bewegt, und dann hebt er mich an, um mich auf einem Berg Kissen zurechtzurücken, der meine Hüften anhebt. Jetzt liege ich auf dem Bauch, und mein Po ist nach oben gerichtet. Meine Hände sind immer noch hinter den Rücken gebunden, und ich fühle mich entblößter und verletzlicher als zuvor. Ich drehe meinen Kopf zur Seite, damit ich nicht in der Matratze ersticke.

Meine Tränen, die schon fast aufgehört hatten, beginnen wieder zu laufen. Ich habe die furchtbare Vermutung, zu wissen, was er jetzt mit mir machen wird.

Als ich etwas Kühles und Nasses zwischen meinen Pobacken spüre, wird meine Vorahnung bestätigt. Er trägt das Gleitgel auf, bereitet mich auf das vor, was gleich passieren wird.

Mein Zittern verstärkt sich, und er streichelt mit seiner großen Hand über die Rundungen meines Pos.

»Psst, Baby«, murmelt er. Sein Ton ist sanft und beruhigend. »Ich werde dir beibringen, auch das zu genießen.«

Ich höre weitere Geräusche, und dann fühle ich, wie etwas in mich hineingedrückt wird, in die andere Öffnung. Ich spanne mich an, ziehe meine Muskeln mit aller Kraft zusammen, aber der Druck ist zu groß, um gegen ihn anzukommen, und das Ding beginnt in mich einzudringen.

»Bitte«, stöhne ich, als der brennende Schmerz einsetzt, und diesmal hört Julian wirklich und hält einen Augenblick lang inne.

»Entspann dich, mein Kätzchen«, sagt er sanft und streichelt mein Bein mit einer Hand. »Das ist nur ein kleines Spielzeug. Es wird dir nicht wehtun, wenn du dich entspannst.«

»Ist es nicht Sinn der Sache, mir Schmerzen zuzufügen?«, frage ich bitter. »Ist es nicht das, was dir den Kick gibt?«

»Möchtest du, dass ich dir Schmerzen zufüge?« Seine Stimme ist sanft, fast hypnotisch. »Es würde mir den Kick geben, das stimmt … Möchtest du das? Von mir Schmerzen zugefügt bekommen?«

Nein, das möchte ich nicht. Ich möchte das überhaupt nicht. Ich schüttele fast unmerklich mit dem Kopf und gebe mein Bestes, mich zu entspannen. Ich denke nicht, dabei besonders erfolgreich zu sein. Es ist einfach zu falsch, dieses Gefühl, dass etwas von außen hineindrückt.

Julian scheint allerdings mit meinen Anstrengungen zufrieden zu sein. »Gut«, säuselt er. »Braves Mädchen, so ist es gut …« Er drückt gleichbleibend dagegen, und das Ding dringt tiefer in mich ein, überwindet den Widerstand meines Schließmuskels Stück für Stück. Als es sich vollständig in mir befindet, hält er inne und gibt mir Zeit, mich an dieses Gefühl zu gewöhnen.

Der brennende Schmerz ist immer noch da, genauso wie das fast übelkeitserregende Gefühl der Fülle. Ich konzentriere mich darauf, flach und gleichmäßig zu atmen, ohne mich dabei zu bewegen. Nach einer Minute beginnt der Schmerz nachzulassen und hinterlässt nur ein irritierendes Gefühl eines fremden Objektes in meinem Körper.

Julian lässt das Spielzeug dort und beginnt, mich am ganzen Körper zu streicheln. Seine Berührungen sind eigenartigerweise zärtlich. Er beginnt mit meinen Füßen, reibt sie, findet alle Verspannungen und massiert sie weg. Dann bewegt er sich über meine Waden und Oberschenkel, die vor Anspannung fast schon vibrieren, nach oben. Seine Hände bewegen sich erfahren und sicher über meinen Körper; was er da gerade macht, ist besser als jede Massage, die ich jemals bekommen habe. Trotz allem fühle ich, wie ich unter seiner Berührung dahinschmelze, sich meine Muskeln in Pudding verwandeln. Als er bei meinem Hals und den Schultern ankommt, bin ich so entspannt, wie ich es seit meiner Ankunft auf der Insel nicht mehr gewesen bin. Wenn ich nicht verbundene Augen hätte, gefesselt wäre und anal missbraucht werden würde, könnte ich denken, ich sei in einem Spa.

Als er das Spielzeug zwanzig Minuten später entfernt, gleitet es ganz leicht hinaus, ohne auch nur die kleinste Unannehmlichkeit zu verursachen. Er drückt es wieder hinein, und diesmal ist es fast schmerzfrei. Wenn überhaupt, fühlt es sich ... interessant an ... besonders, als sein Finger meine Klitoris findet und sie wieder anregt.

Ich kann der Lust nicht widerstehen, die mir diese Finger verschaffen. Was soll's? Ich würde jederzeit die Lust dem Schmerz vorziehen. Julian macht, was immer er möchte, und ich kann genauso gut einige Teile davon genießen.

Also trenne ich meinen Kopf von der ganzen Falschheit und lass ihn einfach nur fühlen. Ich kann mit der Augenbinde nichts sehen und kann mich mit den auf den Rücken gebundenen Händen auch nicht wirklich wehren. Ich bin völlig hilflos – und es liegt etwas sonderbar Befreiendes darin. Es hat keinen Sinn, sich Sorgen zu machen oder zu denken. Ich treibe einfach in der Dunkelheit und bin noch völlig high von den Endorphinen, die bei der Massage freigesetzt worden waren.

Er fickt mich mit dem Spielzeug, drückt es hinein und zieht es wieder hinaus, während er gleichzeitig mit seinem Finger auf meine Klitoris drückt. Seine Bewegungen sind rhythmisch, koordiniert, und ich stöhne, als mein Geschlecht zu pochen beginnt, der Druck in mir sich mit jedem Stoß weiter aufbaut. Ohne Vorbereitung wird die Anspannung zu viel, und ich erlebe eine plötzliche, intensive

Lustexplosion, die von innen heraus nach außen wandert. Meine Muskeln krampfen sich um das Spielzeug, und das ungewohnte Gefühl verstärkt meinen Orgasmus nur noch. Unfähig, mich zu beherrschen, schreie ich auf und reibe mich gegen Julians Finger. Ich will, dass diese Ekstase für immer andauert.

Zu schnell ist alles vorbei, und ich bleibe schwach und zitternd zurück. Julian ist noch nicht fertig mit mir. Natürlich nicht, noch lange nicht. Gerade als ich anfange, mich zu erholen, entfernt er das Spielzeug und drückt ein anderes, größeres Objekt in meine hintere Öffnung. Es ist sein Schwanz, wird mir klar, und ich spanne mich wieder an, während er versucht, einzudringen.

»Nora ...« Seine Stimme hat einen warnenden Unterton, und ich weiß, was er von mir möchte. Ich weiß allerdings nicht, ob ich das machen kann. Ich weiß nicht, ob ich mich genügend entspannen kann, um ihn hineinzulassen. Er ist zu viel; zu dick und zu lang. Ich verstehe nicht, wie so etwas Großes in mich eindringen kann, ohne mich auseinanderzureißen.

Aber er ist unnachgiebig, und ich merke, wie meine Muskeln langsam nachgeben, da sie sich dem Druck, den er ausübt, nicht länger widersetzen können. Seine Eichel passiert meinen engen Schließmuskel, und ich schreie wegen des brennenden, zerreißenden Gefühls auf. »Schscht«, sagt er beruhigend und streichelt meinen Rücken, während er tiefer eindringt. »Schscht ... es ist alles schön ...«

Als er vollständig in mir ist, bin ich ein zitterndes, schwitzendes Häufchen Elend. Ich habe Schmerzen, ja, aber es gibt da auch dieses neue Gefühl, etwas so Großes auf eine so komische, unnatürliche Art und Weise in mir zu haben. Ich weiß, manche Menschen machen das – und empfinden angeblich auch Lust dabei –, aber ich kann mir nicht vorstellen, das jemals freiwillig zu tun.

Er hält inne und gibt mir die Zeit, mich an diese Empfindungen zu gewöhnen. Ich schluchze leise in die Matratze und möchte nichts weiter, als das hinter mir zu haben. Er ist geduldig, seine starken Hände liebkosen und entspannen mich, bis meine Tränen versiegen. Ich fühle mich auch nicht mehr so, als würde ich jeden Moment ohnmächtig werden.

Als er spürt, dass mein Unbehagen nachlässt, fängt er an, sich langsam in mir zu bewegen. Langsam und vorsichtig. Ich kann sein angestrengtes Atmen hören und weiß, dass er sich sehr beherrscht, dass er mich wahrscheinlich härter ficken will, aber versucht, mir keinen »irreparablen Schaden« zuzufügen. Trotzdem führen seine Bewegungen dazu, mich innerlich zu verdrehen und durchzuschütteln. Ich weine bei jedem Stoß.

Und gerade als ich denke, es nicht mehr länger aushalten zu können, gleitet er mit einer Hand unter meine Hüften und findet wieder meine geschwollene Klitoris. Seine Finger sind zärtlich, seine Berührung schmetterlingssanft. Ich beginne erneut, die vertraute Wärme in meinem Bauch zu spüren, und mein Körper reagiert trotz der schmerzhaften Fülle auf ihn. Was er macht, ist nicht, den Schmerz auszuschalten, sondern mich von ihm abzulenken. Er erlaubt mir, mich auf die Lust zu konzentrieren. Ich habe niemals gewusst, dass Lust und Schmerz derart koexistieren können, aber diese Kombination hat etwas eigenartig Anziehendes, etwas Dunkles und Verbotenes, das in einem Teil von mir mitschwingt, von dem ich niemals wusste, ihn zu besitzen.

Er wird schneller, und irgendwie macht es das besser. Vielleicht sind jetzt schon einige Nervenenden taub – oder ich gewöhne mich einfach daran, ihn in mir zu haben – aber der Schmerz geht zurück und verschwindet fast völlig. Alles, was übrig bleibt, sind eine Menge anderer Empfindungen – fremde, ungewohnte Gefühle, die auf ihre Art faszinierend sind. Das, und die Lust durch seine talentierten Finger, die mit meinem Geschlecht spielen, mich erregen, bis ich aus einem anderen Grund aufschreie, Julian anflehe, mich wieder kommen zu lassen.

Und er lässt mich kommen. Mein ganzer Körper spannt sich an und explodiert, erschaudert durch die Kraft meiner Entladung. Er stöhnt, als meine Muskeln sich um ihn krampfen, und ich fühle die flüssige Wärme seines Samens, der in mir schwimmt, sein Salz auf meinem rohen Fleisch brennen.

»Braves Mädchen«, flüstert er, während sein Schwanz in mir an Härte verliert. Er küsst mein Ohrläppchen, und diese zärtliche Geste steht in einem solchen Kontrast zu dem, was er gerade getan hat, dass sie mich irritiert. Ist das das normale Verhalten eines Entführers? Als er sich von mir zurückzieht, fühle ich mich kalt und leer, so als vermisse ich die Hitze seines Körpers auf mir.

Er lässt mich allerdings nicht lange allein. Zuerst bindet er meine Hände los und reibt sie leicht, dann nimmt er mir die Augenbinde ab. Ich blinzele, und meine Augen passen sich langsam an das sanfte Licht des Raumes an. Ich bewege meine Arme und stütze mich auf meinen Ellenbogen ab.

»Komm«, sagt er sanft und umfasst mit seinen Fingern meinen Oberarm. »Ich bringe dich zur Dusche.«

Ich lasse mich von ihm hinstellen und ins Badezimmer führen. Meine Beine fühlen sich zittrig an, und ich bin froh, dass er mich stützt. Ich weiß nicht, ob ich es geschafft hätte, allein dorthin zu gehen.

Er macht das Wasser an und wartet einige Sekunden, bis es warm ist. Danach führt er uns in die große Kabine. Er wäscht gründlich jeden Teil meines Körpers, spült alle Überreste der Gleitcreme und des Spermas weg. Er wäscht und spült sogar mein Haar, seine Finger massieren mich und entspannen mich aufs Neue. Als er fertig ist, fühle ich mich sauber und umsorgt.

»Jetzt bist du dran«, meint er, dreht meine Handfläche nach oben und drückt mir ein wenig Waschlotion darauf.

»Du möchtest, dass ich dich wasche?«, frage ich ungläubig, und er nickt mit einem leichten Lächeln auf seinen Lippen. Mit dem Wasser, welches an seinem muskulösen Körper hinunterläuft sieht er noch umwerfender aus als sonst, wie eine Art Meeresgott.

Ein Seeungeheuer, korrigiere ich mich. Ein wunderschönes Seeungeheuer.

Er sieht mich weiterhin erwartungsvoll an und wartet, um zu sehen, ob ich machen werde, was er verlangt. In Gedanken zucke ich mit meinen Schultern. Warum sollte ich ihn eigentlich nicht waschen? Wenigstens wird es mir nicht wehtun. Und davon einmal ganz abgesehen, kann ich nicht verleugnen, dass ich neugierig auf seinen Körper bin, egal wie sehr ich ihn hasse. Ich finde es aufregend, ihn zu berühren.

Also verreibe ich das Duschbad zwischen meinen Händen und fahre damit über seine Brust, verteile die Seife auf seiner bronzefarbenen Haut. Er hebt seine Arme, und ich wasche seine Seiten und Unterarme, bevor ich mich dem Rücken zuwende.

Seine Haut ist größtenteils glatt und fühlt sich nur an den Stellen rau an, an denen er dunklen, männlichen Haarwuchs hat. Ich kann seine kräftigen Muskelpakete unter meinen Händen spüren und merke, dass ich es genieße. In diesem Moment kann ich fast so tun, als sei ich gerne hier, als sei dieses umwerfende Wesen mein Liebhaber und nicht mein Peiniger.

Ich wasche ihn so gründlich wie er mich, und meine seifigen Hände gleiten über seine Beine und seine Füße. Als ich bei seinem Geschlecht ankomme, versteift es sich wieder und ich versteinere, als mir klar wird, dass meine Berührung ihn unbeabsichtigterweise erregt.

Er interpretiert meine Reaktion völlig richtig als Angst. »Entspann dich, mein Kätzchen«, murmelt er, und seine Stimme hört sich amüsiert an. »Ich bin auch nur ein Mensch. So köstlich du auch bist, ich brauche mehr Zeit als nur ein paar Minuten, um mich vollständig zu erholen.«

Ich schlucke und wende mich ab, um meine Hände unter dem Wasserstrahl abzuspülen. Was zum Teufel mache ich hier? Er hat mich nicht gezwungen, ihn zu berühren. Ich habe es aus freien Stücken getan. Er hatte mich gefragt, aber ich bin mir ziemlich sicher, ich hätte es auch ablehnen können, ohne dass er darauf bestanden hätte. Diese dunkle, unterschwellige Strömung, die ich früher am Abend bei ihm gespürt hatte, ist nicht mehr da. Julian scheint sogar bester Laune zu sein, und sein Verhalten ist fast spielerisch.

Ich möchte jetzt die Dusche verlassen, also bewege ich mich ein wenig zur Seite, um an ihm vorbeizukommen. Er hält mich mit seinem Arm auf und blockiert mir den Weg.

»Warte«, sagt er sanft und hebt mein Kinn mit seinen Fingern an. Danach beugt er seinen Kopf herunter und küsst mich ganz zärtlich auf die Lippen. Eine vertraute Reaktion wärmt meinen Körper und macht, dass ich mich an ihm reiben möchte, wie eine rollige Katze. Er lässt es allerdings nicht so weit kommen. Nach etwa einer Minute hebt er seinen Kopf und lächelt mich an. Seine blauen Augen leuchten voller Befriedigung. »Jetzt kannst du gehen.«

Völlig verwirrt trete ich aus der Duschkabine, trockne mich ab und flüchte, so schnell ich kann, in mein Zimmer.

1 3

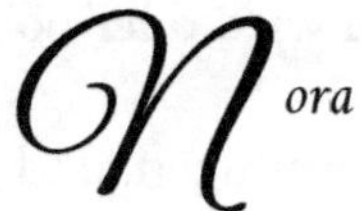

IN DIESER NACHT ERFAHRE ICH VON JULIANS ALBTRÄUMEN.

Nach der Dusche kommt er in mein Bett. Sein muskulöser Körper legt sich von hinten um mich, und sein schwerer Arm umfasst mich. Zuerst versteife ich mich, da ich nicht weiß, was mich erwartet. Aber alles, was er macht, ist, mich beim Schlafen an sich zu drücken. Ich kann sein rhythmisches Atmen hören, während ich in die Dunkelheit starre, und dann schlafe ich auch langsam ein.

Ich wache von einem komischen Geräusch auf. Es schreckt mich aus meinem Schlaf und bringt mich dazu, meine Augen aufzureißen. Mein Herz hämmert durch den Adrenalinrausch.

Was war das? Einen Moment lang traue ich mich kaum zu atmen, aber dann wird mir klar, dass diese Geräusche von der anderen Seite des Bettes kommen – von dem Mann, der neben mir schläft.

Ich setze mich auf und blicke ihn an. Es scheint, als habe er sich während der Nacht von mir weggerollt und die ganze Decke mitgenommen. Ich bin völlig nackt und unbedeckt, und mir ist auch ein wenig kalt, da die Klimaanlage läuft.

Die Geräusche, die er macht, sind undeutlich, aber haben etwas an sich, von dem ich Gänsehaut bekomme. Sie erinnern mich an ein Tier, welches Schmerzen erleidet. Er atmet hart, ringt schon fast nach Luft.

»Julian?«, spreche ich ihn unsicher an. Ich weiß nicht so recht, was ich in dieser Situation machen soll. Sollte ich ihn aufwecken? Offensichtlich hat er einen Albtraum. Ich erinnere mich daran, dass er mir erzählt hat, seine Familie sei umgebracht worden, und ich muss einfach Mitleid mit diesem wunderschönen, perversen Mann haben.

Er schreit mit leidender und rauer Stimme auf und dreht sich auf den Rücken. Einer seiner Arme schlägt das Kissen, welches nur einige Zentimeter neben mir liegt.

»Julian?« Ich berühre vorsichtig seinen Arm.

Er murmelt etwas und dreht seinen Kopf weg, immer noch im Tiefschlaf. Wenn wir uns nicht gerade auf einer Insel befinden würden, wäre das jetzt der perfekte Augenblick für mich, zu verschwinden. So, wie die Dinge liegen, ist es einfach sinnlos, irgendwohin zu gehen. Ich beobachte Julian also einfach weiterhin misstrauisch und frage mich, ob er von allein aufwachen wird oder ob ich es noch einmal angestrengter versuchen sollte.

Einen Moment lang scheint es so, als würde er sich beruhigen, und sein Atem geht nicht mehr ganz so schwer. Dann schreit er plötzlich wieder auf.

Diesmal ist es ein Name.

»Maria«, krächzt er. »Maria …«

Einen schockierenden Moment lang überkommt mich eine kochend heiße Eifersuchtswelle. Maria … Er träumt von einer anderen Frau.

Dann gewinnt meine rationale Seite wieder die Oberhand. Maria könnte auch seine Mutter oder seine Schwester sein – und selbst, wenn nicht, was interessiert es mich, ob er von ihr träumt? Er ist ja nicht mein Freund oder sonst etwas in der Art.

Also schlucke ich, unterdrücke meinen kleinen Anfall von Eifersucht und beuge mich erneut zu ihm hinüber. »Julian?«

Sobald meine Finger seinen Arm berühren, halten seine Finger mich fest. Seine Bewegung ist so schnell und überraschend, dass ich nur leicht aufschreie, als er mich zu sich zieht. Seine Arme halten mich erbarmungslos fest, und ich ersticke fast. Ich fühle, wie er zittert, als er mich kraftvoll an sich presst, mein Gesicht an seine Schulter drückt. Seine Haut ist kalt und schweißnass, und ich kann hören, wie sein Herz rast.

»Maria«, murmelt er in mein Haar, und seine Finger bohren sich mit einer solchen Kraft in meinen Rücken, dass ich mir sicher bin, dort Morgen blaue Flecken zu haben. Aber irgendwie stört mich das nicht, weil ich weiß, er tut es nicht mit Absicht. Er hat einen Albtraum und sucht Nähe – und ich bin die Einzige, die sie ihm gerade geben kann.

Nach einer Weile höre ich, wie sein Atem gleichmäßiger wird. Seine Arme entspannen sich ein wenig, drücken mich nicht mehr mit einer solchen Verzweiflung, und sein rasender Herzschlag normalisiert sich auch. »Maria«, flüstert er wieder, aber jetzt klingt weniger Schmerz mit, so als erlebe er gerade glücklichere Zeiten mit ihr, was auch immer sie sein mögen.

Ich lasse seine Umarmung zu und bewege mich nicht, um ihn nicht aus seinem endlich friedlichen Schlaf zu reißen. Er ist nicht der Einzige, dem gerade Trost gespendet wird. Trotz allem, was er mir angetan hat, kann ich nicht leugnen, dass ein Teil von mir das hier von ihm möchte, dieses Gefühl der Nähe, der Sicherheit. Er ist das Einzige, vor dem ich Angst haben muss; theoretisch weiß ich das natürlich. Das ist aber egal, da ich mich gerade fühle, als halte er das Böse ab, als schütze er mich vor allen Monstern, die dort draußen lauern.

So wie ich ihn vor seinen Albträumen schütze.

~

ALS ICH AM NÄCHSTEN MORGEN AUFWACHE, IST JULIAN WIEDER WEG.

»Wo ist er?«, frage ich Beth beim Frühstück und sehe ihr dabei zu, wie sie für mich eine Mango aufschneidet. Manchmal fühlt es sich noch ein wenig unangenehm an, wenn ich mich bewege, was mich an die exotischeren Vorlieben meines Peinigers erinnert.

»Ein Notfall, seine Arbeit betreffend«, antwortet sie mir, und ihre Hände bewegen sich so anmutig und effizient, dass ich sie dafür bewundern muss. »Er sollte in einigen Tagen zurück sein.«

»Was für ein Notfall?«

Beth zuckt mit den Schultern. »Das weiß ich nicht. Du kannst Julian ja fragen, wenn er wieder zurückkommt.«

Ich schaue sie an und versuche zu verstehen, was ihre Motivation ist ... und Julians. »Du hast mir gesagt, ich sei das erste Mädchen, welches er hier auf diese Insel gebracht hat«, sage ich und versuche, meine Stimme locker klingen zu lassen. »Was hat er dann mit den anderen gemacht?«

»Es gab keine anderen.« Sie ist fertig mit der Mango und stellt den Teller vor mir ab, bevor sie sich selbst hinsetzt, um auch zu frühstücken.

»Also, warum macht er das mit mir? Ich weiß, er hat einen speziellen Geschmack, aber ich bin mir sicher, dass es Frauen gibt, die auf so etwas stehen …«

Beth grinst mich an, und ihre gleichmäßigen, weißen Zähne kommen dabei zum Vorschein. »Natürlich. Aber er will dich.«

»Warum? Was ist an mir so besonders?«

»Das musst du Julian fragen.«

Schon wieder keine Antwort. Ich möchte schreien, weil sie mir immer ausweicht. Ich spieße mit meiner Gabel ein Stück Mango auf und kaue es langsam, während ich darüber nachdenke.

»Ist es wegen Maria?« Ich bin mir nicht sicher, weshalb ich das frage, außer aus dem Grund, dass ich den Namen nicht aus meinem Kopf bekomme.

Es ist aber ganz offensichtlich die richtige Frage, denn Beth hält sofort inne bei dem, was sie tut. »Julian hat dir von Maria erzählt?« Sie hört sich schockiert an.

»Er hat sie erwähnt.« Das ist nicht wirklich gelogen. Ihr Name ist gefallen, auch wenn Julian das nicht weiß. »Warum überrascht dich das?«

Sie zuckt mit den Schultern und sieht nicht länger so entsetzt aus. »Ich denke, das tut es nicht, wenn ich darüber nachdenke. Sollte er es überhaupt jemandem erzählen, dann dir.«

Mir? Warum? Ich sterbe fast vor Neugier, aber ich versuche, meinen Gesichtsausdruck neutral zu halten, so als sei das alles nichts Neues für mich. »Natürlich«, erwidere ich ruhig und esse meine Mango.

»Dann verstehst du es ja, Nora«, sagt sie und schaut mich an. »Du musst es zumindest ein bisschen verstehen. Deine Ähnlichkeit zu ihr ist verblüffend. Ich habe das Foto gesehen – und sie könnte deine kleinere Schwester gewesen sein.«

»So ähnlich?« Ich versuche krampfhaft, das Entsetzen aus meiner Stimme herauszuhalten. Mein Herz hämmert in der Brust. Das ist mehr Information, als ich erwartet habe, und Beth hat sie mir gerade auf einem Silbertablett serviert.

Sie runzelt die Stirn. »Das hat er dir nicht erzählt?«

»Nein«, antworte ich. »Er hat mir nicht viel erzählt. Nur ein kleines bisschen.« Nur ihren Namen, den er während eines Albtraums gerufen hat.

Beths Augen weiten sich, als sie bemerkt, wahrscheinlich mehr gesagt zu haben, als sie sollte. Sie sieht einen Moment lang unglücklich aus, aber dann glättet sich ihr Gesicht. »Na gut«, sagt sie. »Ich denke, jetzt weißt du es. Ich werde natürlich Julian davon erzählen müssen.«

Ich schlucke, und das Stück Mango rutscht wie ein Stein in meinem Hals hinunter. Ich möchte nicht, dass sie Julian etwas erzählt. Ich weiß nicht, was er machen wird, wenn er herausfindet, dass ich etwas über Maria weiß – dass ich ihn gesehen habe, als er am verletzlichsten war.

Meine dumme Neugier.

»Warum?«, möchte ich wissen und versuche, nicht verängstigt zu klingen. »Du bist diejenige, auf die er wütend sein wird, nicht ich.«

»Da wäre ich mir nicht so sicher, Nora«, erwidert Beth und lächelt mich leicht boshaft an. »Und davon mal ganz abgesehen habe ich nie Geheimnisse vor Julian. Er ist sehr gut darin, sie aus Menschen herauszubekommen.«

Und damit steht sie auf und beginnt, die Teller abzuwaschen.

ICH VERBRINGE DIE NÄCHSTEN ZWEI TAGE ABWECHSELND DAMIT, ÜBER Maria nachzudenken und mir Sorgen wegen Julians Rückkehr zu machen.

Wer ist sie? Offensichtlich jemand, der mir sehr ähnlich sieht. So ähnlich, dass sie meine kleinere Schwester gewesen sein könnte. Wie alt ist das Mädchen? Was ist sie für Julian? Diese Fragen nagen in mir, lassen mich nicht in Ruhe schlafen. Er hat mich genommen, weil ich ihr so ähnlich sehe – so viel ist mir klar. Aber warum? Was ist mit ihr passiert? Warum ist sie in seinen Albträumen?

Ich möchte das wissen, ich möchte das verstehen. Aber trotzdem habe ich Angst vor Julians Reaktion, wenn er zurückkommt und herausfindet, dass ich geschnüffelt habe. Ich könnte versuchen, ihm zu erklären, das alles zufällig herausgefunden zu haben, dass ich nicht in seine Privatsphäre eindringen wollte, aber ich habe die starke Vermutung, dass mein Peiniger nicht der verständnisvolle Typ ist.

Beth erzählt mir nichts weiter über Maria. Eigentlich redet sie gar nicht mehr viel mit mir. Sie ist eines dieser seltenen Individuen, die glücklich mit sich selbst zu sein scheinen. Wenn ich sie wäre, würde ich verrückt werden, hier auf dieser Insel festzusitzen und nichts anderes zu machen als zu kochen, zu putzen und nach Julians Sexspielzeug zu sehen. Für sie scheint das allerdings völlig in Ordnung zu sein.

Ich, auf der anderen Seite, bin überhaupt nicht in Ordnung. Ich denke permanent an mein altes Leben und vermisse meine Familie und meine Freunde. Wahrscheinlich denken sie jetzt schon, dass ich tot bin. Ich vermute, es gab eine großangelegte Suche nach mir, aber ich bezweifle, dass sich daraus etwas ergeben hat.

Ich denke auch an Jake und frage mich, ob er sich von den Schlägen erholt hat. Das, was Julian ihm angetan hat, sah so brutal aus. Weiß Jake, dass es meine Schuld ist? Dass er meinetwegen in seinem Haus angegriffen wurde?

Ich atme tief ein und sage mir, dass es egal ist, ob er es weiß oder nicht. Was auch immer Jake und ich gehabt haben könnten, jetzt ist es vorbei. Ich gehöre jetzt Julian, und es hat keinen Sinn, über einen anderen Mann nachzudenken.

Auf eine Art habe ich auch Glück gehabt. Das weiß ich. Ich bin mir sicher, viele Mädchen enden in sehr viel schlimmeren Situationen als ich. Ich habe einmal eine Dokumentation über Sexsklaven gesehen, und die Bilder dieser Frauen mit den ausdruckslosen Augen hatten mich tagelang verfolgt. Sie schienen gebrochen zu sein, völlig und unwiderruflich zerstört durch das, was man ihnen angetan hat. Selbst die Tatsache, dass sie gerettet worden waren, schien das Leid, welches sich auf ihren Gesichtern abzeichnete, nicht zu mindern.

Meine Gefangenschaft ist anders. Sie ist viel netter, viel gemütlicher. Julian versucht nicht, mich zu brechen, und dafür bin ich ihm dankbar. Ich mag zwar sein Sexsklave sein, aber wenigstens ist er mein einziger Meister. Das alles könnte definitiv schlimmer sein.

Das rede ich mir zumindest ein, während ich auf seine Rückkehr warte und verzweifelt hoffe, dass seine Reaktion auf mein Schnüffeln weniger schlimm sein wird, als ich befürchte.

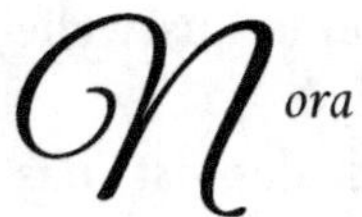

Julian kommt mitten in der Nacht zurück. Ich muss nur ganz leicht geschlafen haben, denn ich wache sofort auf, als ich das leise Gemurmel einer Unterhaltung höre, die unten geführt wird. Die tiefe Stimme meines Peinigers ist vermischt mit Beths weiblicheren, und ich vermute zu wissen, worüber sie reden.

Ich setze mich mit rasendem Herzen in meinem Bett auf. Ich stehe auf, ziehe schnell die Sachen von gestern an und renne ins Bad, um mich frisch zu machen. Ich weiß nicht, warum ich mir jetzt die Zähne putze, aber ich mache es. Ich möchte so wach und vorbereitet wie möglich sein für das, was Julian mit mir machen wird.

Dann setze ich mich auf mein Bett und warte.

Endlich öffnet sich die Tür zu meinem Zimmer, und Julian tritt ein. Er sieht ungewöhnlich müde aus, mit dunklen Ringen unter den Augen und einem Hauch von Stoppeln auf seinem sonst so glatt rasierten Gesicht. Diese Fehler sollten seine Schönheit verringern, aber sie machen ihn einfach nur menschlicher und irgendwie noch attraktiver.

»Du bist wach.« Er klingt überrascht.

»Ich habe Stimmen gehört«, erkläre ich ihm und schaue ihn vorsichtig an.

»Und dann hast du dich dazu entschlossen, mich zu begrüßen. Wie nett von dir, mein Kätzchen.«

Ich weiß, er zieht mich auf, also antworte ich nichts, schaue ihn einfach nur an. Meine Handflächen schwitzen, und ich gebe mein Bestes, um Ruhe auszustrahlen.

Er setzt sich auf mein Bett und hebt seine Hand, um mein Haar zu berühren. »So ein süßes Kätzchen«, murmelt er und nimmt sich eine dicke Strähne, um mich damit am Hals zu kitzeln. »So ein neugieriges, kleines Kätzchen …«

Ich schlucke und atme schnell und flach. Was wird er mit mir machen?

Er steht auf und beginnt, sich auszuziehen, während ich ihm dabei zusehe. Ich bin durch die Mischung aus Angst und eigenartiger Vorfreude wie gelähmt. Unter den Sachen kommt sein kräftiger, männlicher Körper zum Vorschein, und ich fühle, wie eine Lustwelle durch mich hindurchschwappt, mich bis ins Mark erhitzt.

Ich will ihn. Trotz allem möchte ich ihn, und das ist das Schlimmste daran. Wahrscheinlich wird er etwas Furchtbares mit mir machen, aber trotzdem will ich ihn mehr, als ich mir jemals vorgestellt habe, jemanden wollen zu können.

Wer A sagt, muss auch B sagen. »Hast du das mit Maria gemacht?«, frage ich ihn ruhig. »Hast du sie auch als dein Kätzchen gehalten?«

Er sieht mich an, und seine Augen sind so blau und geheimnisvoll wie der Ozean. »Bist du sicher, dass du dahin möchtest, Nora?« Seine Stimme ist sanft und täuschend ruhig.

Ich blicke ihn an und fühle mich ungewöhnlich mutig. »Ja, Julian, das möchte ich.« Mein Ton ist bitter und sarkastisch. Mir wird klar, dass mich Eifersucht dazu treibt, so direkt zu sein, dass ich den Gedanken hasse, dass diese Maria für Julian etwas Besonderes ist. Aber selbst diese Erkenntnis reicht nicht aus, um mich zu stoppen. »Wer ist sie? Ein weiteres Mädchen, das du missbraucht hast?«

Sein Gesicht wird düster, und ich halte die Luft an, während ich auf das warte, was er als Nächstes machen wird. Irgendwie möchte ich ihn provozieren. Ich möchte, dass er mich bestraft, mir Schmerzen zufügt. Ich möchte das, weil er nichts weiter als ein Monster für mich sein darf – weil ich ihn hassen muss, damit ich nicht durchdrehe.

Er kommt zu mir und setzt sich neben mich aufs Bett. Ich

bekämpfe den Drang, zurückzuweichen, und er greift nach mir, umfasst mit seinen starken Fingern meinen Hals. Er hält mich an der Kehle fest, beugt sich herüber und streichelt mit seiner Wange über meine. Hin und her, so als würde er die Zartheit meiner Haut an seinem stoppeligen Kinn genießen. Seine Finger drücken nicht zu, aber die Drohung steht im Raum, und ich kann fühlen, wie ich zittere und mein Atem in ängstlicher Erwartung schneller wird.

Er lacht leise, und ich fühle den Hauch seines Atems an meinem Ohr. Trotz seiner müden Erscheinung ist sein Atem frisch und süß, so als hätte er gerade einen Kaugummi gekaut. Ich schließe meine Augen und versuche mich selbst davon zu überzeugen, dass Julian mich wirklich nicht töten würde, dass er gerade einfach nur mit mir spielt.

Er küsst mein Ohr und knabbert an meinem Läppchen. Seine Berührung auf dieser empfindlichen Stelle sendet Lustschauer meinen Rücken hinunter, und meine Atmung verändert sich erneut, wird langsamer und tiefer, je erregter ich werde. Ich kann den warmen Moschusduft seiner Haut riechen, und meine Brustwarzen verhärten sich, reagieren auf seine Nähe. Das Verlangen zwischen meinen Beinen wächst, und ich zappele ein wenig, versuche, die Spannung zu entladen, die sich in mir aufbaut.

»Du willst mich, stimmt's?«, flüstert er in mein Ohr, und seine Hand gleitet unter mein Kleid, um leicht mein Geschlecht zu streicheln. Ich weiß, dass er die Feuchtigkeit dort fühlen kann, und ich unterdrücke ein Stöhnen, als ein langer Finger in mich eindringt und an meiner rutschigen Wand entlangfährt. »Willst du mich nicht, Nora?«

»Doch«, stöhne ich, als er einen besonders empfindlichen Punkt berührt.

»Doch, was?« Seine Stimme ist grob, verlangend. Er möchte, dass ich aufgebe.

»Doch, ich will dich«, gebe ich mit einem gebrochenen Flüstern zu. Ich kann es nicht länger leugnen. Ich will Julian. Ich will den Mann, der mich entführt und mir Schmerzen zugefügt hat. Ich will ihn, und dafür hasse ich mich.

Er zieht seinen Finger aus mir und lässt meinen Hals los. Überrascht öffne ich die Augen, und unsere Blicke treffen sich. Er hebt seine Hand zu meinem Gesicht und drückt seinen Finger gegen meine Lippen. Denselben Finger, der gerade noch in mir war. »Saug an ihm«, befiehlt er, und ich öffne gehorsam meinen Mund und sauge den Finger ein. Ich kann mich selbst schmecken, mein eigenes Verlangen riechen, und werde noch erregter.

Als er zufrieden damit ist, wie sauber ich seinen Finger geleckt habe, zieht er ihn aus meinem Mund. Er umfasst mit seiner Hand mein Kinn und zwingt mich, ihm in die Augen zu schauen. Ich blicke ihn an, bin von der dunkelblauen Färbung seiner Iris wie hypnotisiert. Mein Körper pocht vor Verlangen und sehnt sich danach, von ihm in Besitz genommen zu werden. Ich möchte, dass er mich nimmt, die schmerzende Leere in mir ausfüllt.

Aber alles, was er macht, ist, mich mit einem spöttischen Halblächeln auf seinen wunderschönen Lippen anzusehen. »Du denkst, ich werde dich heute Nacht bestrafen, Nora?«, fragt er sanft. »Ist es das, was du von mir erwartest?«

Ich blinzele und bin von dieser Frage überrascht. Natürlich habe ich das von ihm erwartet. Ich habe etwas getan, was ihn verärgert hat, und er ist ja auch nicht schüchtern, mich zu bestrafen, wenn ich mich anständig benehme.

Offensichtlich kann er die Antwort von meinem Gesicht ablesen, und sein Lächeln wird breiter. »Es tut mir leid, dich enttäuschen zu müssen, aber ich bin viel zu erschöpft, um dich heute Nacht angemessen bestrafen zu können. Alles, was ich möchte, ist dein Mund.« Und mit diesen Worten greift er mit seiner Hand in mein Haar und drückt mich nach unten, so dass ich zwischen seinen Beinen knie, und seine Erektion sich auf meiner Augenhöhe befindet.

»Nimm ihn in den Mund«, murmelt er und schaut mich an. »Mach das, was du gerade mit meinem Finger gemacht hast.«

Das ist für mich nichts Neues, da ich das auch mit meinem Ex-Freund einige Male getan habe. Ich weiß also, was ich machen muss. Ich schließe meine Lippen um seinen dicken Ständer und kreise mit meiner Zunge um seine Eichel. Er schmeckt ein wenig salzig, und ich schaue auf, um sein Gesicht zu beobachten, als ich seine Eier in meine Hände nehme und sie leicht zusammendrücke. Er stöhnt auf, und seine Hand zieht fester an meinem Haar. Ich mache weiter und bewege meinen Mund an seinem Schwanz hinunter, nehme ihn jedes Mal tiefer in mir auf.

Mir macht es überhaupt nichts aus, ihm auf diese Weise Lust zu verschaffen. Ich finde es eigentlich sogar seltsam schön. Auch wenn das eine Illusion ist, fühle ich mich, als sei er gerade meiner Gnade ausgesetzt und als habe ich gerade die Macht. Ich liebe dieses hilflose Stöhnen, das seiner Kehle entweicht, als ich meine Hände, Lippen und Zunge benutze, um ihn bis zum Orgasmus zu bringen und kurz vorher langsamer werde. Ich liebe diesen gequälten Ausdruck auf seinem Gesicht, wenn ich seine Eier in meinen Mund nehme und an ihnen sauge, fühle, wie sie sich in meinem Mund zusammenziehen. Ich liebe es, wie er erzittert, wenn ich mit meinen Fingernägeln auf der Unterseite seiner Eier entlangfahre und er schließlich explodiert. Ich liebe es, wie er meinen Kopf anfasst, ihn festhält, während er kommt und sein Schwanz in meinem Mund pocht und pulsiert.

Als er mich loslässt, lecke ich meine Lippen ab, säubere sie von den letzten Samenresten und schaue ihn dabei die ganze Zeit an.

Er betrachtet mich und atmet immer noch schwer. »Das war gut, Nora.« Seine Stimme ist leise und heiser. »Sehr gut. Wer hat dir das beigebracht?«

Ich zucke mit den Schultern. »Ich war ja keine Nonne, bevor ich dich getroffen habe«, sage ich, ohne vorher darüber nachgedacht zu haben.

Seine Augen verengen sich, und mir fällt auf, gerade einen Fehler begangen zu haben. Er ist der Mann, der die Tatsache zu genießen scheint, mein erstes Mal gewesen zu sein, der den Gedanken mag, dass ich ihm und nur ihm gehöre. Ex-Freunde behalte ich am besten für mich.

Zu meiner Erleichterung scheint er nicht vorzuhaben, mich für diesen Fehler zu bestrafen. Stattdessen hebt er mich hoch, zurück aufs Bett. Dann zieht er mich aus, macht das Licht aus und legt seinen Arm um mich. Er hält mich an sich gedrückt, während er einschläft.

Meine Bestrafung lässt bis zur folgenden Nacht auf sich warten. Julian verbringt den Tag wieder in seinem Büro, und ich sehe ihn bis zum Abendessen nicht.

Aus einem unerklärlichen Grund habe ich weniger Angst vor ihm. Dieses kleine Intermezzo letzte Nacht – und das Schlafen in Julians Armen danach – hat meine Furcht beruhigt, lässt mich denken, dass die Bestrafung nicht so schlimm sein wird, wie ich anfangs befürchtete. Er schien nicht besonders verärgert darüber zu sein, dass ich etwas über Maria herausgefunden habe, und das ist eine große

Erleichterung. Ich hoffe, er wird komplett darüber hinwegsehen, mich zu bestrafen, erst recht dann, wenn ich heute besonders brav bin.

Wir essen wieder zu dritt, und ich höre Julian und Beth dabei zu, wie sie über die neuesten Entwicklungen im Nahen Osten sprechen. Es überrascht mich, wie gut die beiden über dieses Thema informiert zu sein scheinen. Vor meiner Entführung verfolgte ich diese Entwicklungen regelmäßig, aber ich habe den Großteil der Namen von Politikern, die sie erwähnen, noch nie gehört. Andererseits, wenn Julian wirklich eine internationale Import-Export-Firma leitet, ergibt es Sinn, wenn er auf dem neuesten Stand der politischen Entwicklungen ist.

Meine Neugier gewinnt schon wieder die Oberhand, und ich frage, ob Julians Firma viel im Nahen Osten macht.

Er lächelt mich an, während er ein Stück Garnele auf seine Gabel spießt. »Ja, mein Kätzchen, das macht sie.«

»Ging deine letzte Reise dorthin?«

»Nein«, antwortet er und beißt in die saftige Garnele. »Diesmal war ich in Hong Kong.«

Ich speichere das in meinem Hinterkopf ab. Hong Kong musste sich nahe genug an dieser Insel befinden, um dorthin zu fliegen, seinen Geschäften nachzugehen und zurückzukommen – und das alles in zwei Tagen. Ich rufe in meinem Kopf die Karte des Pazifischen Ozeans auf. Sie ist ein wenig ungenau, da Geographie nicht gerade eine meiner Stärken ist, aber diese Insel muss sich nicht allzu weit von den Philippinen entfernt befinden.

Beth bietet mir Currykartoffeln zu meiner Garnele an. Mir ist aufgefallen, dass die Essensauswahl immer größer ist, wenn Julian gerade vom Festland zurückkehrt. Ich denke, er bringt uns jedes Mal Lebensmittelvorräte von seinen Reisen mit.

Beth erwidert mein Lächeln, und ich kann sehen, dass sie gute Laune hat. Sie scheint generell glücklicher zu sein, wenn Julian hier ist, fröhlicher. Ich bin mir sicher, dass es für sie kein Spaß ist, die ganze Zeit mit meiner Stimmung zurechtzukommen. Man könnte fast Mitleid mit ihr haben – »fast« ist in diesem Fall das Schlüsselwort.

»Ich war noch nie in Asien«, erzähle ich Julian. »Ist Hong Kong wirklich so, wie sie es in den Filmen zeigen?«

Julian grinst mich an. »Eigentlich schon. Es ist fantastisch. Wahrscheinlich eine meiner Lieblingsstädte. Die Architektur ist faszinierend, und das Essen …« Er leckt sich übertrieben die Lippen. »Für das Essen könnte ich sterben.« Er reibt sich seinen Bauch, und ich kann mir das Lachen nicht verkneifen.

Der Rest des Essens vergeht genauso angenehm. Julian erzählt lustige Geschichten über die verschiedenen Orte in Asien, an denen er schon gewesen ist, und ich höre ihm fasziniert zu. Bei den unglaublicheren Geschichten schnappe ich nach Luft und lache. Beth fällt manchmal ein, aber die meiste Zeit ist es so, als hätten Julian und ich eine schöne Verabredung.

Wie dieses eine Mal, als wir allein zu Abend gegessen haben, lasse ich mich von Julian verzaubern. Er ist mehr als charmant, er ist faszinierend. Seine Anziehungskraft geht weit über sein gutes Aussehen hinaus, auch wenn ich dieses körperliche Begehren zwischen uns beiden nicht bestreiten kann. Wenn er lacht oder mich spontan anlächelt, fühle ich ein warmes Glühen, so als sei er die Sonne und ich badete mich in seinen Strahlen. Alles an ihm zieht mich an – die Art, wie er spricht, wie er gestikuliert, um einen Punkt zu unterstreichen, die Art und Weise, wie seine Augenwinkel Falten werfen, wenn er mich angrinst. Er ist auch ein ausgezeichneter Geschichtenerzähler, und die drei Stunden vergehen wie im Fluge, während er mich mit seinen Erlebnissen und Abenteuern in Japan unterhält, wo er als Teenager einige Jahre gelebt hat.

Ich möchte nicht, dass dieses Essen endet, und deshalb zögere ich es so weit hinaus, wie ich kann. Ich nehme mir eine zweite, dritte und vierte Portion des Obstes, welches Beth als Nachtisch vorbereitet hat. Ich bin mir sicher, Julian erkennt meine Verzögerungstaktiken, aber sie scheinen ihn nicht zu stören.

Schließlich ist alles aufgegessen, und Beth steht auf, um die Teller abzuwaschen. Julian lächelt mich an, und zum ersten Mal an diesem Abend blitzt Angst in mir auf. Ich kann in seinem Lächeln wieder diese dunkle Unternote spüren, und mir wird klar, dass sie die ganze Zeit über dort war – dass sie immer ein Teil Julians ist. Der charmante Mann, mit dem ich gerade drei Stunden verbracht habe, ist genauso real wie ein Hirngespinst.

Immer noch lächelnd, hält er mir seine Hand hin. Es ist eine höfliche Geste, aber ich kann den Schauer nicht unterdrücken, der meine Wirbelsäule hinunterläuft, als ich ein vertrautes Glitzern in seinen Augen entdecke. Er sieht wieder wie ein dunkler Engel aus, unglaublich schön, mit einem Hauch des Bösen.

Ich schlucke, um den plötzlichen Knoten in meinem Hals loszuwerden, und lege meine Hand auf seine, um mich von ihm nach oben führen zu lassen. So ist es besser, zivilisierter. Es erlaubt mir, meine Illusionen noch ein wenig länger aufrechtzuerhalten – an dieser Einbildung festzuhalten, als hätte ich eine Wahl.

Als wir das Zimmer betreten, muss ich mich ausziehen und mich auf meinem Bauch aufs Bett legen. Danach fesselt er mich wieder, bindet mir meine Handgelenke fest hinter den Rücken. Eine Binde legt sich über meine Augen und ein Kissen unter meine Hüften. Es ist genau die gleiche Stellung, in der er mich das letzte Mal genommen hat, und ich kann nichts dagegen tun, dass ich mich bei der Erinnerung an diese Qualen – und die Ekstase – seiner Besitznahme anspanne.

Wird er das mit mir machen? Wird er wieder Analverkehr mit mir haben? Wenn ja, wäre das nicht so schlimm. Ich habe es das letzte Mal überlebt, und ich bin mir sicher, es auch diesmal wieder zu überstehen.

Als ich die Kühle des Gleitgels zwischen meinen Pobacken spüre, versuche ich, mich zu entspannen und ihn machen zu lassen, was immer er möchte. Ein Spielzeug gleitet hinein. Das Eindringen ist unangenehm, aber nicht besonders schmerzhaft. Ich kann es definitiv ertragen. Wie das Mal zuvor lässt er das Spielzeug in mir und massiert mich, entspannt mich, erregt mich mit seiner Berührung. Er küsst meinen Nacken und knabbert an dem empfindlichen Punkt nahe meiner Schulter. Danach wandert sein Mund meine Wirbelsäule hinunter und küsst jeden Wirbel. Gleichzeitig gleitet sein Finger in meine vordere Öffnung und erhöht die Spannung, die sich in meinem Unterleib aufbaut.

Als meine Entladung stattfindet, ist sie so stark, dass ich mich in die Matratze drücke, mein ganzer Körper bebt und zuckt. Als ich mich von den Nachwirkungen erhole, entfernt Julian seinen Finger, und ich fühle die kalte Luft auf meiner Rückseite, als er sich für einen Moment von mir entfernt.

Dieser Feuerstreifen auf meinem Po brennt genauso stark wie unerwartet. Überrascht schreie ich auf und versuche, mich wegzuwinden, aber ich komme nicht weit. Der zweite Schlag ist noch schmerzvoller als der erste, da er auf meinem Schenkel landet. Er peitscht mich mit etwas aus, begreife ich. Ich weiß nicht, was es ist, aber ich kann ganz deutlich das Zischen in der Luft hören, als er es immer wieder auf meinen wehrlosen Po knallen lässt, während ich schluchze und wegzurollen versuche.

Offensichtlich ermüdet, mich über das ganze Bett zu jagen, bindet er meine Hände los und befestigt sie über meinem Kopf, bindet meine Handgelenke am hölzernen Kopfende des Bettes fest.

»Julian, bitte, es tut mir leid!« Ich bettele, will ihn verzweifelt dazu bringen, aufzuhören. »Bitte, es tut mir leid, dass ich geschnüffelt habe. Bitte, ich werde das nie wieder tun, wirklich nicht …«

»Natürlich wirst du das, mein Kätzchen«, flüstert er in mein Ohr, und sein Atem fühlt sich warm auf meinem Hals an. »Du bist genauso neugierig wie eine kleine Katze. Aber manchmal solltest du Sachen einfach auf sich beruhen lassen. Zu deinem eigenen Besten, verstehst du?«

»Ja! Ja, das mache ich. Bitte, Julian …«

»Schscht«, beruhigt er mich und küsst erneut meinen Hals. »Du musst deine Bestrafung wie ein braves Mädchen hinnehmen.« Und mit diesen Worten zieht er sich wieder zurück, mein nackter Rücken und Po sind ihm zugewandt.

Ich versuche wegzukriechen, aber er greift nach meinen Beinen, hält meine Knöchel mit einer Hand zusammen. Er ist stark, viel stärker, als ich es mir jemals vorgestellt habe. Er kann meine sich wehrenden Beine mit nur einem Arm kontrollieren, während er mich mit dem anderen auspeitscht.

Ich kann das sausende Geräusch seiner Requisite hören und kann nichts anderes dagegen machen als jedes Mal zu schreien, wenn sie auf meinem Po landet. Mein Hintern und meine Schenkel fühlen sich an, als würden sie brennen, und meine Augenbinde ist tränennass. Ich möchte, dass das aufhört, aber Julian ist immun gegen mein Betteln.

Es scheint ewig anzudauern, bis ich zu heiser bin, um zu schreien, zu erschöpft, um zu kämpfen. Ich habe nicht einmal mehr die Energie, meine Muskeln anzuspannen, und das scheint irgendwie gegen den Schmerz zu helfen. Ich entspanne mich weiter, lasse meinen Körper hängen, und der Schmerz wird erträglicher. Jeder Hieb fühlt sich weniger wie ein Schlag und mehr wie ein Streicheln an.

Als das Auspeitschen anhält, scheint sich meine Welt so weit zu verengen, dass außerhalb des jetzigen Moments nichts mehr existiert. Ich denke nicht mehr; ich fühle einfach nur, bin einfach nur. Das ist irgendwie eine surreale, dennoch unglaublich anziehende Erfahrung. Jeder Hieb steuert ein neues, brennendes Gefühl bei, das mich weiter in diesen eigenwilligen Zustand versetzt, mich fühlen lässt, als triebe ich. Der Schmerz ist nicht länger unerträglich; stattdessen ist er auf eine perverse Weise beruhigend. Er gibt mir Sicherheit, versorgt mich mit allem, was ich in diesem Moment brauche. Ein warmes Glühen durchströmt meinen Körper, und alle meine Sorgen, alle meine Ängste verschwinden. Es ist ein Rausch, der anders ist als alles, was ich bis jetzt erlebt habe.

Als Julian endlich aufhört und mich losbindet, klammere ich mich an ihn und zittere dabei am ganzen Körper. Ohne die Augenbinde und die Fesseln fühle ich mich verloren, überwältigt. Als ob er weiß, was ich brauche, setzt er mich auf seinen Schoß und wiegt mich zärtlich in seinen Armen. Er lässt mich an seiner Schulter weinen, bis ich mich nicht länger so fühle, als würde ich gleich zerbrechen.

Nach einer ganzen Weile bemerke ich die harte Erektion, die sich in meinen Hintern bohrt, der von den Peitschenhieben wund ist und pocht. Das kleine Spielzeug, welches er vorher in meinen Po eingeführt hat, ist immer noch dort, sicher in mir verstaut, und ich spüre, dass das warme Glühen in mir jetzt anders ist, eher sexueller Natur.

Julian, der offensichtlich meinen Stimmungswechsel bemerkt, hebt mich vorsichtig an und positioniert mich so, dass ich ihn anschaue, während ich mit gespreizten Beinen auf seinem Schoß sitze. Meine Hände liegen auf seinen Schultern, und ich kann die kräftigen Muskeln spüren, die unter seiner Haut spielen. Bei meinen weit geöffneten Schenkeln drückt seine Eichel gegen mein Geschlecht. Der zarte Kopf gleitet zwischen meine Falten, reibt gegen meine Klitoris und intensiviert meine Erregung. Ich stöhne, werfe meinen Kopf zurück, und er dringt langsam in mich ein, arbeitet sich ohne Hast Stück für Stück vor. Mit dem Spielzeug in meinem Hintern fühlt er sich noch größer als sonst an, und ich schnappe nach Luft, als er immer tiefer hineingleitet, mich mit seiner Dicke ausfüllt.

Es fühlt sich gut an, so unglaublich gut, und ich stöhne wieder, ziehe meine inneren Muskeln um ihn zusammen. Er stöhnt und schließt seine Augen. Ich wiederhole das Anspannen, da ich mehr von diesem Gefühl will.

Er öffnet die Augen und blickt mich an. Sein Gesicht ist vor Lust verzogen, und seine Augen glitzern. Ich erwidere seinen Blick und bin fasziniert von der Leidenschaft, die ich dort sehe. Er ist gerade genauso mein Sklave wie ich seiner, und diese Erkenntnis steigert mein Verlangen, bringt mein Mark zum Kochen.

Er hebt seine Hand und legt sie um meine Wange, um die verbliebenen Tränen mit dem Daumen wegzuwischen. Dann beugt er sich hinunter und küsst mich so zärtlich, wie ich noch nie geküsst worden bin. Ich aale mich in diesem Kuss; seine Zuneigung ist für mich gerade wie eine Droge – ich brauche sie mit einer Verzweiflung, die ich nicht ganz verstehe.

Ich schließe die Augen, und meine Hände fahren seine Schultern hinauf, finden ihren Weg in sein Haar. Es fühlt sich dick und weich an, wie dunkler Satin. Ich drücke mich näher an ihn und reibe meine nackten Brüste an seiner kräftigen, muskulösen Brust, genieße das Gefühl seiner rauen, behaarten Haut an meinen empfindlichen Brustwarzen. Seine Lippen fühlen sich auf meinen fest und warm an, und sein Schwanz in mir ist unglaublich hart, dehnt mich, füllt mich bis zum Zerbersten aus.

Er küsst mich immer noch und beginnt, vor und zurück zu wippen, wodurch sein Kolben in mir sich pausenlos leicht bewegt und Hitzewellen durch meinen Körper sendet. Jede Bewegung dient gleichzeitig als eine Erinnerung an das vorangegangene Schlagen, und schmerzerfülltes Stöhnen entweicht meinen Lippen, als mein wunder Po gegen seine harten Oberschenkel reibt. Er schluckt das Geräusch, da sein Mund den meinen mit ungebremstem Hunger verschlingt.

Seine Hand gleitet in mein Haar und hält es leicht, als er mich mit einem Kuss verspeist. Seine Hüftbewegungen werden härter und verstärken den Druck, der sich in mir aufbaut. Seine andere Hand wandert an meinem Körper hinunter und drückt dann auf das Spielzeug, schiebt es tiefer in meinen engen Kanal.

Ich zerreiße. Mein Orgasmus ist so stark, dass ich nicht einmal ein Geräusch machen kann. Einige glückselige Sekunden lang werde ich völlig von Lust überwältigt, von einer so intensiven Ekstase, die schon fast quälend ist. Mein Körper erschaudert und schwankt auf Julians hin und her. Meine Bewegungen lassen ihn mir folgen.

Als alles vorbei ist, hält er mich in seinen Armen und streichelt mein schweißgetränktes Haar. Ich kann fühlen, wie er in mir an Härte verliert, und dann greift er zwischen meine Pobacken und zieht an dem Spielzeug, um es vorsichtig aus mir zu entfernen.

Dann hilft er mir aufzustehen und führt mich zur Dusche.

15

ER KÜMMERT SICH IN DER DUSCHE WIEDER UM MICH, WÄSCHT MICH, beruhigt mich mit seiner Berührung. Er ist besonders vorsichtig an meinen empfindlichen Bereichen rund um meinen Po und meine Schenkel, versichert sich, mir keine weiteren Schmerzen zuzufügen. Zu meiner Erleichterung scheint die Haut intakt zu sein. Mein Hintern ist rosa mit rötlichen Streifen, und ich bin mir sicher, dass er blau werden wird, aber er zeigt keine Spur von Blut.

Als ich sauber und trocken bin, begleitet er mich zum Bett zurück. Er schweigt, und ich auch. Ich bin noch nicht wieder ganz aus diesem eigenartigen Zustand herausgekommen, in den ich mich vorhin begeben habe. Es fühlt sich an, als sei mein Kopf teilweise von meinem Körper losgelöst. Das Einzige, was mich zusammenhält, ist Julian mit seiner seltsam zärtlichen Berührung.

Wir legen uns zusammen hin, und Julian macht das Licht aus, umhüllt uns mit Dunkelheit. Ich liege auf meinem Bauch, weil jede andere Stellung zu schmerzhaft ist. Er zieht mich näher zu sich heran, so dass mein Kopf auf seiner Brust und mein Arm über seinem

Brustkorb liegen. Ich schließe die Augen und möchte nichts weiter, als das alles im Schlaf zu vergessen.

»Mein Vater war einer der mächtigsten Drogenbosse Kolumbiens.« Julians Stimme ist kaum zu hören, sein Atem streift das feine Haar nahe meiner Stirn. Ich war schon dabei gewesen, einzuschlafen, aber plötzlich bin ich wieder hellwach, und mein Herz hämmert in meiner Brust.

»Er hat begonnen, mich zu seinem Nachfolger zu formen, als ich vier Jahre alt war. Mit sechs Jahren hielt ich meine erste Waffe in den Händen.« Julian hält inne, und seine Hand streicht leicht über mein Haar. »Mit acht Jahren habe ich meinen ersten Mann erschossen.«

Ich bin so schockiert, dass ich einfach nur versteinert daliege.

»Maria war die Tochter einer der Männer, die der Organisation meines Vaters angehörten«, fährt Julian mit leiser und gefühlloser Stimme fort. »Ich traf sie, als ich dreizehn war und sie zwölf. Sie war alles das, was ich nicht war. Wunderschön, süß ... unschuldig. Im Gegensatz zu meinem Vater behüteten ihre Eltern sie nämlich vor der Wirklichkeit ihres Lebens. Sie wollten, dass sie ein Kind sein konnte, ohne etwas über die Hässlichkeit der Welt zu wissen.

Aber sie war intelligent, so wie du. Und neugierig. So, so neugierig ...« Er verstummt einen Augenblick lang, so als habe er sich in einer Erinnerung verloren. Dann schüttelt er sie ab und erzählt weiter. »Eines Tages folgte sie ihrem Vater, um zu sehen, was er tat. Versteckte sich hinten in seinem Auto. Dort fand ich sie, da es mein Job war, Schmiere zu stehen, um den Treffpunkt zu beobachten.«

Ich kann kaum atmen, kann gar nicht glauben, dass Julian mir das alles erzählt. Warum jetzt? Warum heute Nacht?

»Ich hätte es ihrem Vater erzählen können, was sie in Schwierigkeiten gebracht hätte, aber sie bettelte so schön, schaute mich so süß mit ihren großen, braunen Augen an, dass ich es nicht fertigbrachte. Stattdessen ließ ich sie von einem der Wächter meines Vaters nach Hause bringen.

Danach kam sie extra, um mich zu sehen. Sie wollte mich besser kennenlernen, meinte sie. Sich mit mir anfreunden.« In Julians Stimme schwingt bei dieser Erinnerung Ungläubigkeit mit, so als ob niemand, der bei Verstand ist, so etwas wollen könnte.

Ich schlucke, mein dummes Herz sehnt sich nach dem Jungen, der er einst gewesen war. Hatte er überhaupt Freunde gehabt oder hatte sein Vater das auch von ihm gestohlen, genauso, wie er Julians Kindheit zerstört hatte?

»Ich versuchte, ihr klarzumachen, dass das keine gute Idee war, dass ich niemand war, in dessen Nähe man sich aufhalten sollte, aber sie wollte nicht auf mich hören. Sie würde mich fast jede Woche irgendwo aufspüren, bis ich keine andere Wahl hatte als anzufangen, Zeit mit ihr zu verbringen. Wir gingen zusammen fischen, und sie hat mir beigebracht zu zeichnen.« Er macht eine kurze Pause. Seine Hand streicht immer noch über mein Haar. »Sie konnte sehr gut zeichnen.«

»Was ist mit ihr geschehen?«, frage ich, als er auch nach einer weiteren Minute nichts sagt. Meine Stimme ist eigenartig rau. Ich räuspere mich und versuche es noch einmal. »Was ist mit Maria geschehen?«

»Einer der Rivalen meines Vaters erfuhr, dass wir uns trafen. Wir hatten gerade sein Lager überfallen, und er war wütend. Also beschloss er, meinem Vater eine Lektion zu erteilen … über mich.«

Jedes noch so kleine Haar auf meinem Körper stellt sich auf, und ich spüre eine Kälte, die mir eine Gänsehaut verschafft. Ich kann schon erkennen, wohin diese Geschichte führt, und ich möchte Julian sagen, er solle aufhören. Aber ich kann nicht ein Wort aus meiner zugeschnürten Kehle pressen.

»Sie haben ihren Körper in einer Straße nahe einem Gebäude meines Vaters gefunden.« Seine Stimme ist ruhig, aber ich kann den tief vergrabenen Schmerz heraushören. »Sie war vergewaltigt und danach verstümmelt worden. Es sollte eine Nachricht an meinen Vater sein. Verpiss dich, war der Inhalt.«

Ich kneife die Augen zusammen und versuche, die Tränen zurückzuhalten, aber es ist ein sinnloses Unterfangen. Ich weiß, dass Julian wahrscheinlich die Nässe auf seiner Brust spüren kann. »Eine Nachricht? An einen dreizehn Jahre alten Jungen?«

»Zu diesem Zeitpunkt war ich schon vierzehn.« Ich kann Julians bitteres Lächeln nicht sehen, aber ich kann es spüren. »Und das Alter war egal. Meinem Vater zumindest … und seinem Rivalen auch.«

»Das tut mir leid.« Ich weiß nicht, was ich sonst sagen soll. Ich möchte weinen – um ihn, um Maria, um diesen Jungen, der seine Freundin auf eine so brutale Art und Weise verloren hat. Ich möchte um mich selbst weinen, weil ich jetzt meinen Peiniger besser verstehe – und mir klar wird, dass die Dunkelheit in seiner Seele schlimmer ist, als ich gedacht hatte.

Julian bewegt sich unter mir, und mir fällt auf, dass meine Hand jetzt auf seiner Schulter liegt und meine Nägel sich in seine Haut bohren. Ich zwinge mich dazu, meine Finger zu entspannen, und atme tief ein. Ich muss mich zusammenreißen – oder ich fange an zu schluchzen.

»Ich habe diese Männer getötet.« Sein Ton ist beiläufig, fast unterhaltsam, auch wenn ich die Anspannung in seinem Körper spüren kann. »Diejenigen, die sie vergewaltigt haben. Ich habe sie aufgespürt und sie einen nach dem anderen umgebracht. Es waren sieben. Danach hat mich mein Vater weggeschickt, erst nach Amerika, und dann nach Asien und Europa. Er hatte Angst, die Morde könnten schlecht fürs Geschäft sein. Ich bin erst Jahre später zurückgekommen, als er und meine Mutter von einem anderen Rivalen umgebracht worden waren.«

Ich konzentriere mich darauf, meine Atmung zu kontrollieren und die Galle nicht den Hals aufsteigen zu lassen. »Hast du deshalb keinen spanischen Akzent?« Meine Frage ist völlig unpassend. Ich weiß auch gar nicht, weshalb ich in diesem Moment so etwas Unwichtiges wissen möchte.

Aber offensichtlich ist es genau das Richtige, denn Julian entspannt sich etwas, und seine Muskeln werden weicher. »Ja. Das ist zum Teil der Grund dafür, mein Kätzchen. Außerdem war meine Mutter Amerikanerin und hat mit mir von Anfang an Englisch gesprochen.«

»Eine Amerikanerin?«

»Ja. In ihrer Jugend war sie ein Model, eine große, wunderschöne Frau. Sie haben sich in New York kennengelernt, als mein Vater sich dort auf einer Geschäftsreise befand. Sie hat sich Hals über Kopf in ihn verliebt, und sie haben geheiratet, bevor mein Vater ihr irgendetwas über seine Geschäfte erzählt hat.«

»Und was hat sie gemacht, als sie es herausfand?« Ich weiß, wahrscheinlich konzentriere ich mich hier gerade auf die falschen Sachen, aber ich muss mich von den grausamen Bildern ablenken, mit denen mein Kopf gerade überschwemmt wird – Bilder eines toten Mädchens, das eine jüngere Version von mir war ...

»Es gab nichts, was sie tun konnte«, entgegnet Julian. »Sie war schon mit ihm verheiratet und lebte in Kolumbien.«

Er erklärt nichts weiter dazu, aber das muss er auch nicht. Mir ist klar, dass seine Mutter genauso eine Gefangene war wie ich es bin – nur dass sie sich, zumindest anfangs, dafür entschieden hatte.

Einige Minuten lang liegen wir schweigend da, niemand spricht. Ich bin nicht mehr benommen. Ich weiß nicht, ob ich heute Nacht überhaupt schlafen werde. Die Schmerzen meines Körpers sind nichts im Gegensatz zu dem, was mein Herz fühlt.

»Und jetzt machst du weiter? Mit dem Drogengeschäft?«, frage ich und beende endlich das Schweigen. Das ist nicht weit von meiner ursprünglichen Vermutung entfernt, dass er der Mafia angehört oder einer anderen kriminellen Organisation.

»Nein«, entgegnet er zu meiner Überraschung. »Dieser Teil meines Lebens endete, als meine Eltern getötet wurden. Ich habe den Familienbetrieb in eine andere Richtung gelenkt.«

»Was für eine Richtung?« Ich erinnere mich daran, dass er mir etwas über ein Import-Export-Unternehmen erzählt hat, aber ich kann mir nicht vorstellen, dass Julian so etwas Harmloses wie Elektroartikel verkauft. Nicht nach dem, was ich gerade über seine Kindheit erfahren habe.

Er lacht leise, so als amüsiere er sich über meine Hartnäckigkeit. »Waffen«, antwortet er. »Ich bin ein Waffenhändler, Nora.«

Ich blinzele überrascht. Dank einiger beliebter Fernsehshows weiß ich ein wenig – oder zumindest denke ich, etwas zu wissen – über Drogendealer. Waffenhändler sind jedoch ein unbeschriebenes Blatt für mich. Ich vermute ganz stark, dass Julian hier nicht nur über ein paar Waffen redet.

Ich habe eine Million Fragen zu seinem Beruf, aber es gibt da etwas, was ich zuerst wissen muss, solange Julian noch so mitteilungsfreudig ist. »Warum hast du mich geraubt? Weil ich dich an Maria erinnere?«

»Ja«, erwidert er sanft, und seine Stimme umhüllt mich wie ein Kaschmirschal. »Als ich dich das erste Mal in diesem Club sah, hast du so sehr wie sie ausgesehen, dass es fast schon unheimlich war. Du warst nur älter – und noch schöner. Und ich wollte dich. Ich brauchte dich. Zum ersten Mal seit Jahren empfand ich wirkliche Gefühle. Natürlich waren die Empfindungen, die du in mir hervorgerufen hast, nicht so wie die, die ich einst für sie hatte. Sie war meine Freundin, aber du …« Er atmet tief ein, und seine Brust bewegt sich unter meinem Kopf. »Ich musste dich einfach für mich haben, Nora. Als ich dich an diesem Tag berührte, als ich die Seidigkeit deiner Haut gespürt habe, wollte ich dich einfach nur nehmen, dir diese engen Sachen, die du trugst, vom Leib reißen, und dich bis zur Bewusstlosigkeit ficken, gleich dort, auf dem Boden dieses Clubs. Und ich wollte dir wehtun ... So wie ich manchmal gerne Frauen wehtue, wenn sie mich darum bitten ... Ich wollte dich schreien hören – vor Schmerzen und vor Lust.«

Seine Hand spielt weiterhin mit meinem Haar, und die liebkosende Berührung beruhigt mich genug, um ihm zuhören zu können. In der Dunkelheit ist nichts davon real. Es gibt nur Julian und seine Stimme, die mir Dinge erzählt, die eine normale Person beängstigend finden würde – Dinge, von denen ich stattdessen feucht werde.

»Ich habe dich hierher auf meine Insel gebracht, weil es der sicherste Ort für dich ist. Meine Geschäftspartner suchen immer nach Schwachstellen, und du, mein Kätzchen, bist eine von mir. Ich habe noch nie so für eine Frau empfunden. Ich war niemals so ...«, er hält einen kurzen Augenblick inne, so als suche er nach dem richtigen Wort, »so besessen. Allein der Gedanke, ein anderer Mann könnte dich küssen, hat mich wahnsinnig gemacht. Ich habe versucht, mich von dir fernzuhalten, dich zu vergessen, aber ich musste dich einfach wiedersehen. Das war das eine Mal bei deinem Abschluss. Als ich dich dort sah, wusste ich, dass du sie auch fühlst, diese Verbindung zwischen uns – und ich wusste, es war unausweichlich ... Ich musste dich mitnehmen, damit du für immer mir gehören würdest.«

Seine Worte rollen wie eine warme Ozeanwelle über mich hinweg und bringen Angst und eine ungesunde Erregung mit sich. Ein perverser Teil von mir genießt die Tatsache, für Julian etwas Besonderes zu sein und zu wissen, dass er sich genauso zu mir hingezogen fühlt, wie ich mich zu ihm.

Irgendwie fühle ich mich verpflichtet, seine Offenheit zu erwidern. »In dem Club hatte ich Angst vor dir«, erzähle ich ihm ruhig, »und als ich dich auf meiner Abschlussveranstaltung sah, auch. Ich habe Angst gefühlt.«

»Nur Angst?« Er kling belustigt und leicht ungläubig.

»Ich hatte Angst und wurde angezogen«, gab ich zu. Diese scheint die Nacht der Enthüllungen zu sein. Davon ganz abgesehen kennt er die Wahrheit ja auch schon. Trotz meiner Furcht begehre ich ihn. Ich habe ihn von Anfang an gewollt, und nichts hat sich seitdem an dieser Tatsache geändert.

»Gut.« Er fährt mit seiner Hand über meinen Rücken. »Das ist sehr gut, mein Kätzchen. Das macht es für uns beide einfacher.«

Einfacher? Ich denke über diese Aussage nach. Für ihn mit Sicherheit. Aber für mich? Da bin ich mir nicht so sicher.

»Hast du jemals Kontakt zu meiner Familie aufgenommen?«, frage ich und denke dabei an das Versprechen, das er mir vor einiger Zeit gegeben hat. »Weiß sie, dass ich am Leben bin?«

»Ja« Seine Hand hält an der Wölbung meiner Wirbelsäule inne. »Sie weiß es.«

Ich frage mich, was er meinen Eltern erzählt hat und wie sie reagiert haben. Ich frage mich, ob es das für sie besser oder schlimmer gemacht hat.

»Wirst du mich jemals gehen lassen?« Ich kenne die Antwort schon, aber ich muss es trotzdem von ihm hören.

»Nein, Nora«, antwortet er, und ich kann in der Dunkelheit sein Lächeln spüren. »Niemals.«

Damit zieht er mich noch näher an sich heran und hält mich fest, bis wir beide irgendwann einschlafen.

16

WÄHREND DER NÄCHSTEN MONATE entwickelt mein Leben auf der Insel eine Art Routine. Wenn Julian da ist, dreht sich für mich alles um ihn. Seine Stimmungen, seine Bedürfnisse, seine Wünsche bestimmen meine Tage und Nächte.

Er ist ein unberechenbarer Liebhaber – einen Tag zärtlich, den nächsten grausam. Manchmal ist er eine Mischung aus beidem, eine Kombination, die ich besonders verstörend finde. Ich verstehe, was er mit mir macht, aber es zu verstehen macht es nicht weniger effektiv. Er trainiert mich, Schmerzen mit Lust zu verbinden, alles zu genießen, was er mit mir anstellt, ohne Rücksicht darauf, wie schockierend oder pervers es ist. Und darauf folgt jedes Mal diese beunruhigende Zärtlichkeit. Er krempelt mich um, nimmt mich auseinander und setzt mich wieder zusammen – das alles innerhalb einer Nacht.

Und sein Training hat den gewünschten Erfolg. Ich begebe mich jetzt freiwillig in seine Arme, sehne mich nach der Ekstase, die ich besonders bei den brutalen Begegnungen erlebe. Julian erklärt mir, ich sei von Natur aus unterwürfig, mit latenten masochistischen Tendenzen. Ich weiß nicht, ob ich ihm glauben soll – ich weiß mit Sicherheit, dass ich ihm nicht glauben möchte – aber ich kann nicht abstreiten, dass diese Art, Liebe zu machen, mich auf einer bestimmten Ebene anspricht. Spielzeug, Peitschen, Ruten – er hat alles bei mir benutzt, und ich habe bei allem, was er gemacht hat, auch Lust empfunden.

Natürlich ist er nicht immer sadistisch. Manchmal ist er fast süß, massiert mich am ganzen Körper, küsst mich, bis ich dahinschmelze, und dann liebt er mich, bis ich vor Verlangen fast außer mir bin. An solchen Tagen möchte ich die Insel nie wieder verlassen. Alles, was ich dann möchte, ist, dass Julian mich weiterhin behält und mich liebkost … mich liebt, auf alle Arten, auf die er dazu fähig ist.

Wahrscheinlich ist das das Beunruhigendste daran, dass ich mich mittlerweile nach der Liebe meines Peinigers sehne. Ich weiß nicht einmal, ob er zu einer solchen Empfindung überhaupt fähig ist, aber ich brauche das einfach von ihm. Er will mich, das weiß ich, aber das reicht mir nicht. Irgendwann habe ich aufgehört, ihn zu hassen, und ich habe nicht einmal mitbekommen, wie oder wann das passiert ist. Meine Gefangenschaft stört mich immer noch, aber dieses Gefühl hat nichts mit dem zu tun, was ich für Julian empfinde.

Stattdessen sehne ich mich nach seinen Besuchen auf der Insel, warte ungeduldig auf ihn. Seine Geschäfte halten ihn länger von mir fern, als mir recht ist, und ich beginne zu verstehen, wie sich Haustiere fühlen, die darauf warten, dass ihr Herrchen nach Hause kommt.

»Warum kannst du nicht mehr Geschäfte von hier aus erledigen?«, frage ich ihn eines Morgens nach dem Aufwachen. Er schläft jetzt immer bei mir. Er mag es, mich nachts zu umarmen; es hilft ihm gegen seine Albträume.

»Das mache ich schon, sooft ich nur kann. Warum möchtest du, dass ich mehr Zeit hier verbringe, mein Kätzchen?« Sein Blick ist spöttisch kühl, als er seinen Kopf zu mir dreht und mich anschaut. Er mag es nicht, wenn ich ihn zu seinen Geschäften befrage. Sie sind ein Teil seines Lebens, den er von mir trennen möchte. Ich habe allgemein den Eindruck, dass er mich und Beth vor den hässlicheren Seiten der Welt behüten möchte. Beth ist sich völlig im Klaren darüber, was Julian macht, aber ich weiß nicht, ob sie mehr über Waffenhandel weiß als ich.

»Ja«, erwidere ich ehrlich. »Ich möchte dich hier haben.« Es hat keinen Sinn, ihm etwas anderes vorzumachen. Er ist sehr gut darin, mich zu lesen – und mich zu manipulieren. Ich bezweifle nicht, dass er meine wachsende Zuneigung zu ihm genießt und wahrscheinlich sein Bestes gibt, diese Entwicklung zu fördern.

Auf jeden Fall erscheint bei meinem Eingeständnis ein Lächeln auf seinen Lippen. »In Ordnung, Baby«, sagte er sanft, »Ich werde versuchen, öfter hier zu sein.« Dann streckt er sich nach mir aus und zieht mich zu sich heran, um mich auf eine Art und Weise zu küssen, die mich in seiner Umarmung dahinschmelzen lässt.

MIT JEDEM TAG, DER VERGEHT, SCHEINT MEIN ALTES LEBEN IN WEITERE Entfernung zu rücken und verschwindet in diese verschwommene Zeit, die man als Vergangenheit kennt. Wenn Julian weg ist, vertreibe ich mir die Zeit mit lesen, schwimmen, auf der Insel umherwandern und einigen Angelausflügen mit Beth. Julian hat uns einen Großbildfernseher mit einem DVD-Player und Hunderten von Filmen mitgebracht, also haben wir auch bei Regenwetter etwas zu tun.

Beth und ich sind immer noch keine wirklichen Freunde, aber wir sind uns definitiv nähergekommen. Ich denke, das liegt zum Teil daran, dass ich nicht länger versuche, zu flüchten. Nach meinem misslungenen Versuch, ihr eine Vase über den Kopf zu schlagen – und dem furchtbaren Zwischenfall mit Jake, der daraufhin folgte –, bin ich eine vorbildliche Gefangene gewesen.

Natürlich wäre es auch dumm, etwas anderes zu sein. Selbst während Julians Aufenthalten, wenn sich das Flugzeug hier befindet, ist es im Hangar auf der anderen Seite der Insel eingeschlossen. Ich bin mir ziemlich sicher, dass Julian die Schlüssel zum Hangar in seinem Büro aufbewahrt, und zu dem hat nur er Zugang. Selbst wenn ich irgendwie die Schlüssel in meine Hände bekäme, bezweifle ich, dass eine Bedienungsanleitung im Flugzeug bereitläge, die mir erklärte, wie ich es fliegen müsse.

Nein, mein Peiniger wusste genau, was er tat, als er mich auf seine Insel brachte. Sie ist so sicher wie jedes Gefängnis, das ich mir vorstellen kann.

Als aus Tagen Wochen und Monate werden, versuche ich neue

Aktivitäten zu finden, um meine Freizeit zu füllen – und mich davon abzuhalten, Julian nachzuweinen, wenn er nicht da ist.

Als Erstes beginne ich zu laufen.

Zuerst renne ich nur kurze Strecken, um meine Knie auf keinen Fall zu überanstrengen. Dann erhöhe ich langsam meine Geschwindigkeit und die Länge meiner Strecke. Ich laufe entweder morgens oder nachts, wenn es kühler ist, und es dauert nicht lange, bis ich wieder genauso gut in Form bin wie zu meinen Zeiten im Leichtathletikteam. Ich kann fünf Kilometer in unter siebzehn Minuten laufen – eine Leistung, die mich lächerlich glücklich macht.

Ich beginne auch, zu malen. Nicht weil ich mich daran erinnere, dass Julian erwähnt hat, wie gut Maria zeichnen konnte, sondern weil ich es unterhaltsam und entspannend finde. In der Schule hatte ich viel Spaß im Kunstunterricht, aber ich war immer zu beschäftigt mit Freunden und anderen Aktivitäten, um mich ernsthaft mit dem Malen auseinanderzusetzen. Jetzt dagegen habe ich eine Menge Zeit, und deshalb fange ich an, richtig malen und zeichnen zu lernen. Julian bringt mir einen Haufen Materialien und einige Videoanleitungen mit. Schon bald bemerke ich, wie ich damit beschäftigt bin, die Schönheit der Insel auf Leinwand einzufangen.

»Weißt du eigentlich, dass du sehr gut darin bist?«, sagt Beth eines Tages nachdenklich, als sie zu mir auf die Veranda kommt, während ich ein Bild mit dem Sonnenuntergang über dem Ozean beende. »Du hast die Farben genau getroffen – das glühende Orange, welches von dem satten Rosa überschattet wird.«

Ich drehe mich zu ihr herum und lächele sie strahlend an. »Denkst du das wirklich?«

»Ja, das tue ich«, antwortet Beth ernsthaft. »Das machst du sehr gut, Nora.«

Ich habe den Eindruck, dass sie über mehr redet als nur über das Malen. »Danke«, sage ich trocken. Ich sollte das zu der Auflistung meiner Fähigkeiten hinzufügen – ein erfolgreicher Gefangener sein zu können.

Sie grinst, und zum ersten Mal fühlt es sich so an, als würden wir uns wirklich verstehen. »Gerne!«

Sie geht zu dem Sofa hinüber, rollt sich darauf zusammen und holt ihr Buch heraus. Ich beobachte sie einen Augenblick lang und widme mich dann wieder dem Bild. Ich versuche, den multidimensionalen

Schimmer auf dem Wasser einzufangen – und denke über das Puzzle nach, das Beths Gehirn für mich darstellt.

Sie hat mir immer noch nichts über ihre Vergangenheit erzählt, aber ich habe den Eindruck, dass die Insel für sie eine Art Rückzugsort ist, ein Schutzgebiet. Sie sieht Julian als ihren Retter an und die Außenwelt als unangenehm und feindselig. »Vermisst du es nicht, ab und an in ein Einkaufszentrum zu gehen?«, habe ich sie einmal gefragt. »Ein Essen mit Freunden zu haben? Tanzen zu gehen? Du bist hier nicht gefangen, du könntest jederzeit weg von hier. Warum lässt du dich nicht von Julian mit auf eine Reise nehmen? Hast ein wenig Spaß, bevor du wieder hierher zurückkommst?«

Als Antwort lachte sie einfach nur über mich. »Tanzen? Spaß? Männer, die ihre Hände auf meinen Körper legen – das soll Spaß sein?« Ihre Stimme wurde ironisch. »Sollte ich auch sexy Klamotten und Make-up kaufen gehen, um gut für sie auszusehen? Und was ist mit Verschmutzung, den Schüssen aus vorbeifahrenden Autos und mit Überfällen – sollte mir so etwas auch fehlen?« Sie lachte erneut und schüttelte ihren Kopf. »Nein, danke. Ich bin hier völlig zufrieden.«

Und das war alles, was sie zu diesem Thema zu sagen hatte.

Ich weiß nicht, was passiert ist, was sie so verbittern ließ, aber ich vermute ganz stark, dass Beth nicht immer ein einfaches Leben geführt hat. Als wir uns Pretty Woman angeschaut haben, machte sie laufend abfällige Bemerkungen darüber, dass echte Prostitution nichts mit dem Märchen gemeinsam habe, was sie gerade zeigten. Ich habe damals nicht nachgefragt, aber bin seitdem neugierig. War sie in der Vergangenheit eine Prostituierte?

Ich lege meinen Pinsel zur Seite und drehe mich um, um Beth anzuschauen. »Darf ich dich malen?«

Sie schaut überrascht von ihrem Buch hoch. »Du möchtest mich malen?«

»Ja.« Das wäre eine nette Abwechslung zu den ganzen Landschaften, auf die ich mich in der letzten Zeit konzentriert habe – und es könnte mir auch die Möglichkeit geben, sie besser kennenzulernen.

Sie blickt mich noch einen Moment lang an und zuckt dann mit den Schultern. »In Ordnung. Denke ich.«

Sie scheint sich unsicher zu sein, also lächle ich sie aufmunternd an. »Du musst nichts machen – einfach nur genauso dasitzen, mit deinem Buch. Das ist ein schönes Motiv.«

Und es stimmt. Die Strahlen der untergehenden Sonne verwandeln ihre roten Locken in lodernde Flammen, und mit ihren unter den Po geschlagenen Beinen sieht sie jung und verletzlich aus. Viel zugänglicher als sonst.

Ich stelle das Bild, an dem ich gerade gearbeitet habe, beiseite und baue eine frische Leinwand auf. Dann beginne ich zu entwerfen, versuche das symmetrische Profil ihres Gesichts, die schlanke Figur und die Rundungen ihres Körpers einzufangen. Es ist eine fesselnde Aufgabe, und ich höre nicht auf, bevor es zu dunkel wird, um noch etwas zu sehen.

»Bist du fertig für heute?«, möchte Beth wissen, und mir fällt auf, dass sie die ganze vergangene Stunde in der gleichen Stellung verharrt hat.

»Oh, ja klar«, antworte ich ihr. »Danke schön, dass du so ein tolles Modell warst.«

»Kein Problem.« Sie lächelt mich an, als sie aufsteht. »Bereit fürs Essen?«

~

DIE NÄCHSTEN DREI TAGE ARBEITE ICH AN BETHS PORTRAIT. SIE IST EIN sehr geduldiges Modell, und ich bin so beschäftigt, dass ich kaum an Julian denke. Nur nachts habe ich die Gelegenheit, ihn zu vermissen – die kalte Leere meines Kingsize-Betts zu spüren, wenn ich darin liege und mich nach seiner Umarmung sehne. Er hat mich so abhängig gemacht, dass eine Woche ohne ihn sich wie eine grausame Bestrafung anfühlt – eine, die ich definitiv schlimmer finde als jede sexuelle Folter, die mein Peiniger mir bis jetzt auferlegt hat.

»Hat Julian gesagt, wann er wieder zurückkommt?«, frage ich Beth, als ich die letzten Feinheiten am Bild beende. »Er ist jetzt schon sieben Tage lang weg.«

Sie schüttelt den Kopf. »Nein, aber er wird wieder so schnell wie möglich hier sein. Er kann nicht von dir getrennt sein, Nora, das weißt du doch.«

»Wirklich? Hat er dir das gesagt?« Ich kann den Wunsch danach in meiner Stimme hören und trete mich in Gedanken dafür. Wie tief kann man sinken? Ich könnte mir auch einen Stempel auf die Stirn setzen: *Noch ein dummes Mädchen, das sich in ihren Entführer verliebt hat.* Natürlich bezweifle ich, dass viele Entführer Julians tödlichen Charme besitzen, deshalb sollte ich vielleicht nachsichtiger mit mir sein.

Zum Glück zieht mich Beth nicht mit meiner offensichtlichen Verliebtheit auf. »Das braucht er mir nicht zu sagen«, meint sie stattdessen. »Das ist ziemlich eindeutig.«

Ich lege für einen Moment meinen Pinsel zur Seite. »Inwiefern eindeutig?« Diese Unterhaltung erfüllt ein Bedürfnis, von dem ich nicht einmal wusste, es zu haben – nämlich das nach einem echten Mädchengespräch über Männer und ihre unerklärlichen Gefühle.

»Jetzt komm schon!« Beth beginnt, verzweifelt zu klingen. »Du weißt, dass Julian völlig verrückt nach dir ist. Jedes Mal, wenn ich mit ihm rede, geht es: Nora dies, Nora das … Braucht Nora irgendetwas? Isst Nora ordentlich?« Sie spricht mit einer komisch verstellten tieferen Stimme, um Julians tiefere Töne zu imitieren.

Ich grinse sie an. »Wirklich? Das wusste ich nicht.« Und das habe ich wirklich nicht. Ich meine, ich wusste, dass Julian völlig verrückt nach mir ist – und er hat definitiv zugegeben, wegen meiner Ähnlichkeit zu Maria, besessen von mir zu sein –, aber ich wusste nicht, dass er auch außerhalb des Schlafzimmers so viel an mich denkt.

Beth verdreht die Augen. »Ja, bestimmt. Du bist nicht ansatzweise so naiv, wie du gerade tust. Ich habe dich beim Essen diese langen Wimpern aufschlagen sehen, als du versucht hast, ihn um den Finger zu wickeln.«

Ich reiße die Augen ganz weit auf und werfe ihr meinen besten unschuldigen Blick zu. »Wie bitte? Nein!«

»Ja, ja.« Beth scheint sich nicht ansatzweise täuschen zu lassen.

Natürlich hat sie recht; ich flirte mit Julian. Jetzt, da ich keine Angst mehr vor meinem Entführer habe, tue ich mein Bestes, um ihn für mich einzunehmen. Irgendwo in meinem Hinterkopf habe ich immer noch diese hartnäckige Hoffnung, dass er mich von der Insel mitnehmen würde, wenn er mir ausreichend vertraut – mich ausreichend gerne mag.

Als mir dieser Plan zuerst in den Sinn kam – in diesen furchtbaren ersten Tagen meiner Gefangenschaft –, habe ich Theater gespielt. Sobald ich mich außerhalb dieser Insel befunden hätte, hätte ich sofort alles darangesetzt zu fliehen, ohne auf irgendwelche gegebenen

Versprechen zu achten. Jetzt dagegen weiß ich gar nicht, was ich machen würde, sollte Julian mich mit sich nehmen. Würde ich versuchen, ihn zu verlassen? Möchte ich ihn überhaupt verlassen? Ich habe ehrlich gesagt keine Ahnung.

»Warst du jemals verliebt?«, möchte ich von Beth wissen und nehme meinen Pinsel wieder zur Hand.

Zu meiner Überraschung überzieht ein dunkler Schatten ihr Gesicht. »Nein«, entgegnet sie kurz angebunden. »Niemals.«

»Aber du hast … jemanden geliebt, stimmt's?« Ich weiß nicht, warum ich das frage, aber ich habe offensichtlich einen wunden Punkt getroffen. Beths ganzer Körper spannt sich an, so als hätte ich sie geschlagen.

Überraschenderweise nickt sie einfach nur, anstatt mir etwas Unfreundliches zu antworten. »Ja«, antwortet sie leise. »Ja, Nora, ich habe geliebt.« Ihre Augen sind unnatürlich leuchtend, so als glänzten sie von unvergossenen Tränen.

Und dann erst wird mir klar, dass sie leidet – das, was immer auch mit ihr passiert ist, hat tiefe, unauslöschliche Narben auf ihrer Seele zurückgelassen. Ihr dorniges Auftreten ist ihre Art, sich vor weiteren Verletzungen zu schützen. Und genau in diesem Moment, aus welchem Grund auch immer, ist diese Maske verrutscht und gibt einen Blick auf die wahre Frau darunter frei.

»Was ist mit dieser Person passiert?«, frage ich mit einer weichen und sanften Stimme. »Was passierte mit demjenigen, den du geliebt hast?«

»Sie starb.« Beths Stimme ist ausdruckslos, aber ich kann den bodenlosen Schmerz in dieser einfachen Antwort fühlen. »Meine Tochter starb, als sie zwei war.«

Ich hole hörbar Luft. »Das tut mir leid, Beth. So unglaublich leid …« Ich lege den Pinsel wieder zur Seite und gehe zu Beths Sofa hinüber. Ich setze mich zu ihr und lege meine Arme um sie.

Zuerst ist sie steif und unbeweglich, so als sei sie nicht an menschliche Berührungen gewöhnt. Aber sie stößt mich nicht weg. Sie braucht das in diesem Moment: Ich weiß besser als jeder andere, wie beruhigend eine warme Umarmung sein kann, wenn die Gefühle völlig aufgewühlt sind. Julian genießt es, mich auseinanderfallen zu lassen, damit er derjenige sein kann, der sich um mich kümmert und mich wieder zusammensetzt.

»Es tut mir leid«, wiederhole ich und reibe ihr sanft mit kreisenden Bewegungen den Rücken. »Es tut mir so wahnsinnig leid.«

Langsam lässt die Anspannung in Beths Körper nach. Sie lässt sich von meiner Berührung beruhigen. Nach einer Weile scheint sie ihr Gleichgewicht wiederzuerlangen, und ich lasse sie los, möchte nicht, dass sie sich wegen der Umarmung komisch fühlt.

Sie rückt ein Stück ab und lächelt mich ein wenig leicht unangenehm berührt an. »Es tut mir leid, Nora. Ich wollte nicht ...«

»Nein, das ist völlig in Ordnung«, unterbreche ich sie. »Es tut mir leid, nachgefragt zu haben. Ich wusste nicht ...«

Und dann schauen wir uns an, und uns fällt auf, dass wir uns bis in alle Ewigkeit gegenseitig entschuldigen könnten, ohne dass es irgendetwas ändern würde.

Beth schließt für einen kurzen Augenblick die Augen, und als sie sie wieder öffnet, sitzt ihre Maske erneut sicher an ihrem Platz. Sie ist wieder mein Gefängniswärter, so unabhängig und verschlossen wie immer.

»Essen?«, fragt sie und steht auf.

»Ein wenig von dem heutigen Fang wäre toll«, antworte ich beiläufig und gehe weg, um meine Sachen abzulegen.

Und wir machen so weiter, als sei nichts passiert.

17

Nora

NACH DIESEM TAG VERÄNDERT SICH MEINE BEZIEHUNG ZU BETH unterschwellig, aber bemerkbar. Sie ist nicht mehr so entschlossen, mich aus allem herauszuhalten, und langsam lerne ich die Person hinter den dornigen Mauern kennen.

»Ich weiß, du denkst du hast es schwer«, sagt sie eines Tages, als wir angeln sind, »aber glaub mir Nora, Julian mag dich wirklich. Du solltest froh sein, jemanden wie ihn zu haben.«

»Froh? Warum?«

»Weil, egal, was Julian getan hat, er ist kein wirkliches Monster«, erwidert Beth ernst. »Er handelt nicht immer so, wie es in unserer Gesellschaft akzeptabel ist, aber er ist nicht böse.«

»Nein? Was ist dann böse?« Ich bin wirklich neugierig, wie Beth dieses Wort definiert. Julians Handlungen sind für mich der Inbegriff dessen, was ein böser Mann machen würde – ungeachtet meiner dummen Gefühle für ihn.

»Böse ist jemand, der ein Kind umbringt«, erklärt Beth und blickt dabei in das leuchtend blaue Wasser. »Böse ist jemand, der seine

dreizehn Jahre alte Tochter an ein mexikanisches Bordell verkauft …«
Sie macht eine kurze Pause und fügt dann hinzu: »Julian ist nicht
böse. Du kannst mir vertrauen, was das anbelangt.«

Ich weiß nicht, was ich sagen soll, also schaue ich nur den Wellen
dabei zu, wie sie gegen das Ufer schlagen. Meine Brust fühlt sich an,
als würde sie in einem Schraubstock stecken. »Hat Julian dich vor
dem Bösen gerettet?«, frage ich nach einer ganzen Weile, als ich mir
sicher bin, dass meine Stimme halbwegs sicher klingt.

Sie dreht ihren Kopf zu mir und sieht mich an. »Ja«, bestätigt sie
ruhig. »Das hat er. Er hat für mich das Böse zerstört. Er hat mir eine
Waffe gegeben und ließ sie mich gegen diese Männer benutzen –
diejenigen, die meine kleine Tochter ermordet hatten. Du siehst,
Nora, er nahm sich einer aufgebrauchten, gebrochenen Straßennutte
an und gab ihr ihr Leben zurück.«

Ich erwidere Beths Blick und fühle, wie ich innerlich
zusammenbreche. Mein Magen krampft sich zusammen, und mir ist
schlecht. Sie hatte recht. Ich kenne die wahre Bedeutung des Wortes
leiden nicht. Das, was sie erlebt hat, ist nichts, was ich begreifen kann.

Sie lächelt mich an und genießt ganz offensichtlich mein
schockiertes Schweigen. »Das Leben ist nichts weiter als ein
beschissenes Roulette«, sagt sie sanft, »in dem das Rad sich immer
weiterdreht und immer wieder die falschen Nummern gewinnen. Du
kannst darüber so viel weinen, wie du möchtest, aber die Wahrheit ist,
dass dies hier so nah an dem Gewinnerlos ist, wie es jemals
sein wird.«

Ich schlucke und versuche, den Knoten in meinem Hals
loszuwerden. »Das stimmt nicht«, sage ich, und meine Stimme hört
sich ein wenig rau an. »Es ist nicht immer so. Es gibt auch eine andere
Welt dort draußen – die Welt, in der normale Menschen leben, in der
niemand versucht, dir wehzutun …«

»Nein«, wirft Beth harsch ein. »Du träumst. Diese Welt ist etwa so
echt wie ein Disney-Märchen. Du magst wie eine Prinzessin gelebt
haben, aber die meisten Menschen tun das nicht. Normale Menschen
leiden. Sie haben Schmerzen, sie sterben und verlieren diejenigen, die
sie lieben. Und sie fügen sich gegenseitig Schmerzen zu. Sie ziehen
aneinander wie die wilden Raubtiere, die sie sind. Es gibt kein Licht
ohne Dunkelheit, Nora; und letztendlich wird die Dunkelheit uns alle
einholen.«

»Nein.« Das glaube ich nicht. Das möchte ich nicht glauben. Diese Insel, Beth, Julian – das ist alles nicht normal, nicht so, wie Dinge normalerweise sind. »Nein, das ist nicht …«

»Es ist wahr«, entgegnet Beth. »Du magst das noch nicht verstehen, aber es stimmt. Julian braucht dich genauso sehr wie du ihn. Er kann dich beschützen. Er kann dir Sicherheit geben.«

Sie scheint von dieser Tatsache völlig überzeugt zu sein.

~

»GUTEN MORGEN, MEIN KÄTZCHEN«, FLÜSTERT EINE VERTRAUTE Stimme in mein Ohr und weckt mich auf. Ich öffne die Augen und sehe Julian bei mir sitzen, der sich über mich beugt. Er muss direkt von einem formellen Geschäftstreffen gekommen sein, weil er ein Hemd an Stelle seiner normalerweise legereren Kleidung trägt. Eine Welle des Glücks überkommt mich. Lächelnd hebe ich meine Arme und schlinge sie um seinen Hals, um ihn näher an mich zu ziehen.

Er kuschelt sich an mich, und sein warmes, schweres Gewicht drückt mich in die Matratze. Ich biege mich ihm entgegen und spüre das gewohnte Aufflammen des Verlangens. Meine Nippel verhärten sich, und mein Mark verwandelt sich in flüssiges Verlangen, mein ganzer Körper schmilzt durch seine Nähe dahin.

»Ich habe dich vermisst«, haucht er in mein Ohr, und ich erschaudere vor Lust. Ich kann ein Stöhnen kaum unterdrücken, als sein talentierter Mund meinen Hals heruntergleitet und an meinem empfindlichen Punkt bei meinem Schlüsselbein knabbert. »Ich liebe es, wenn du so bist«, murmelt er und lässt zärtlich Küsse auf meinen oberen Brustbereich und meine Schultern regnen, »ganz warm, weich und schläfrig … und mein …«

Ich stöhne, als sein Mund sich um meinen rechten Nippel schließt und fest an ihm saugt, genau mit der richtigen Stärke. Seine Hand gleitet unter die Decke und zwischen meine Beine. Mein Stöhnen verstärkt sich noch mehr, als er beginnt, meine Falten zu streicheln, mit seinem Finger im Kreis um meine Klitoris zu fahren.

»Komm für mich, Nora«, befiehlt er sanft, drückt auf meine Klitoris, und ich zerbreche in tausend Stücke. Mein Körper spannt sich an und erreicht wie auf sein Kommando hin den Höhepunkt. »Braves Mädchen«, flüstert er und spielt weiter mit meinem

Geschlecht, verlängert meinen Orgasmus. »So ein braves, süßes Mädchen ...«

Als meine Nachbeben abgeklungen sind, tritt er zurück und beginnt, sich auszuziehen. Ich sehe ihm hungrig dabei zu, bin unfähig, meine Augen von diesem Anblick zu lösen. Er ist mehr als umwerfend, und ich will ihn unbedingt. Zuerst zieht er sein Shirt aus, legt seine breiten Schultern und seinen Waschbrettbauch frei. Ich kann mich nicht länger beherrschen. Ich setze mich auf, greife nach dem Reißverschluss seiner Anzughose, und meine Hände zittern vor Ungeduld.

Er atmet hörbar ein, als meine Hand an seinem erregten Geschlecht entlangfährt. Sobald ich es befreit habe, umfasse ich es mit meinen Fingern und beuge meinen Kopf nach vorn, um ihn in meinen Mund zu nehmen.

»Fuck, Nora!«, stöhnt er, hält meinen Kopf fest und stößt mir seine Hüften entgegen. »Oh, fuck, Baby, das ist gut ...« Seine Finger gleiten durch mein Haar, bleiben in den ungekämmten Strähnen hängen. Ich sauge ihn immer tiefer ein, öffne meinen Rachen, so weit ich kann, um so viel von ihm wie möglich in mir aufzunehmen.

»Oh, ja ...« Sein raues Stöhnen erfüllt mich mit Lust, und ich drücke ganz leicht seine Hoden, genieße das warme Gefühl von ihnen in meiner Hand. Sein Schwanz wird noch härter, und ich weiß, er ist kurz davor, zu kommen. Zu meiner Überraschung zieht er sich aus meinem Mund zurück und macht einen Schritt von mir weg.

Er atmet schwer, seine Augen glitzern wie blaue Diamanten, aber er schafft es, sich lange genug unter Kontrolle zu halten, um sich vollständig zu entkleiden und auf mich zu steigen. Seine starken Hände umfassen meine Handgelenke und ziehen sie bis über meinen Kopf. Seine Hüften kommen schwer zwischen meinen gespreizten Beinen auf, und sein dickes Geschlecht reibt gegen meinen empfindlichen Eingang. Ich schaue ihn mit einer Mischung aus dunkler Vorahnung und Erregung an; er sieht umwerfend und wild aus, sein dunkles Haar ist durcheinander und sein wunderschönes Gesicht lustverzogen. Er wird heute wohl nicht zärtlich sein – das kann ich schon erkennen.

Und ich habe recht. Mit einem kräftigen Stoß dringt er ein, gleitet so tief in mich, dass ich nach Luft schnappe und mich fühle, als würde er mich aufreißen. Und trotzdem reagiert mein Körper auf ihn, produziert mehr Feuchtigkeit, um ihm seinen Weg zu ebnen. Er fickt mich rücksichtslos, ohne Gnade. Aber meine Schreie sind Lustschreie, die Anspannung in mir gerät noch einmal außer Kontrolle, bevor er schließlich kommt.

~

ZUM FRÜHSTÜCK BIN ICH ETWAS WUND, ABER DENNOCH GLÜCKLICH. Julian ist hier, und in meiner Welt ist alles schön. Er scheint auch gute Laune zu haben und macht sich darüber lustig, dass ich in einer Woche eine ganze Staffel Friends geschaut habe. Danach erkundigt er sich nach meinen Laufzeiten. Er mag es, dass ich in letzter Zeit so viel Sport treibe – oder besser gesagt mag er das Resultat.

Körperlich bin ich besser in Form als jemals zuvor, und das sieht man. Mein Körper ist schlank und muskulös. Ich bin das lebende Beispiel für die positiven Effekte einer gesunden Ernährung, viel frischer Luft und regelmäßigem Sport. Mein dickes, braunes Haar wächst, ohne Anzeichen von Spliss zu zeigen, und meine Haut ist perfekt. Glatt und gebräunt. Ich kann mich gar nicht mehr an das letzte Mal erinnern, an dem ich einen Pickel hatte.

»Mein letzter Lauf über fünf Kilometer war 16:20«, erkläre ich Julian ohne falsche Bescheidenheit. »Ich wette, nicht viele Männer können das schlagen.«

»Das stimmt«, pflichtet er mir bei, und seine blauen Augen strahlen vor Lachen. »Wahrscheinlich könnte ich das auch nicht.«

»Wirklich nicht?« Ich bin fasziniert von dem Gedanken, in etwas besser zu sein als Julian. »Hast du Lust, es auszutesten? Ich würde gerne ein Rennen gegen dich laufen.«

»Mach das nicht, Julian«, wirft Beth lachend ein. »Sie ist schnell. Sie war schon davor schnell, aber jetzt ist sie wie eine verdammte Rakete.«

»Ach ja?« Er hebt eine Augenbraue, während er zu mir schaut. »Eine verdammte Rakete also?«

»Das stimmt.« Ich werfe ihm einen herausfordernden Blick zu. »Willst du ein Rennen oder hast du zu viel Schiss?«

Beth fängt an, unterdrückt zu lachen, und Julian grinst, während er sie mit einem Stück Brot bewirft. »Sei ruhig, Verräterin.«

Ich muss über ihren Übermut lachen und werfe ein Stückchen

Brot nach Julian. Beth schimpft mit uns beiden. »Ich bin diejenige, die dieses ganze Chaos sauber machen muss«, grummelt sie, und Julian verspricht, ihr mit den Brotkrumen zu helfen, während er ihr eines seiner Megawatt-Lächeln schenkt, um sie zu beruhigen.

Wenn er so ist, scheint sein Charme ein eigenständiges Lebewesen zu sein. Er zieht mich an und lässt mich die Realität dieser ganzen Situation vergessen. In meinem Hinterkopf weiß ich, dass nichts davon wahr ist – dass dieses Gefühl der Verbundenheit, diese Kameradschaft nichts weiter als eine Illusion ist –, aber mit jedem Tag, der vergeht, interessiert mich das weniger. Auf eine seltsame Art und Weise fühle ich mich wie zwei Menschen: Die Frau, die dabei ist, sich in den umwerfenden, erbarmungslosen Killer zu verlieben, der am Frühstückstisch sitzt, und diejenige, die das Ganze entsetzt und ungläubig beobachtet.

Nach dem Frühstück ziehe ich mir meine Laufsachen an – ein Paar Shorts und einen Sport-BH – und gehe auf die Veranda, um ein Buch zu lesen. Auf diese Weise kann ich mein Essen verdauen, bevor wir laufen. Julian geht wie immer in sein Büro. Seine Geschäfte machen keine Pause, nur weil er auf der Insel ist; ein illegales Waffenimperium muss ständig überwacht werden.

Obwohl Julian kaum über seine Arbeit spricht, ist es mir gelungen, in den letzten Monaten einige Sachen herauszufinden. Laut dem, was ich verstehe, ist mein Entführer der Kopf einer internationalen Organisation, die sich auf die Herstellung und den Vertrieb modernster Waffen und bestimmter Elektroniken spezialisiert hat. Seine Kunden sind solche Organisationen und Einzelpersonen, die mit legalen Mitteln keine Waffen erstehen können.

»Er hat mit einigen wirklich gefährlichen Arschlöchern zu tun«, hat mir Beth einmal erzählt. »Viele von ihnen sind Psychopathen. Denen würde ich nicht einmal so weit trauen, wie ich sie werfen kann.«

»Also, warum macht er das?«, will ich von ihr wissen. »Er ist so reich. Ich bin mir sicher, er braucht das Geld nicht …«

»Es ist nicht wegen des Geldes«, erklärt mir Beth. »Es ist wegen der Spannung, der Herausforderung. Männer wie Julian brauchen das.«

Manchmal frage ich mich, ob es das ist, was Julian an mir mag – die Herausforderung, mich seinem Willen zu unterwerfen, mich zu dem zu formen, von dem er denkt, dass er es braucht. Findet er es aufregend, zu wissen, dass ich seine Gefangene bin und er mit mir machen kann, was immer er möchte? Findet er den illegalen Aspekt dieser ganzen Sache aufregend?

»Bist du fertig?« Julians Stimme unterbricht meine Überlegungen, und ich schaue von meinem Buch auf. Er steht dort, mit einem Paar schwarzer Laufshorts und Turnschuhen. Sein nackter Oberkörper ist mit starken, perfekt geformten Muskeln überzogen, und seine glatte, goldene Haut glänzt im Sonnenlicht. Ich möchte ihn am ganzen Körper berühren.

»Ähm, ja.« Ich stehe auf, lege mein Buch zur Seite und beginne, mich zu dehnen. Ich beobachte aus den Augenwinkeln Julian dabei, wie er das Gleiche macht. Sein Körper ist unglaublich, und ich frage mich, was er tut, um in einer solchen Form zu sein. Ich habe ihn hier auf der Insel niemals Sport machen sehen.

»Trainierst du, wenn du auf deinen Reisen bist?«, frage ich und beobachte ihn schamlos, als er sich nach vorn beugt und seine Zehen mit einer überraschenden Dehnbarkeit berührt. »Wie bleibst du derart in Form?«

Er richtet sich wieder auf und grinst mich an. »Ich trainiere sooft ich kann mit meinen Männern. Ich denke, man könnte das Sporttreiben nennen.«

»Deine Männer?« Ich muss sofort an diesen Schläger denken, der Jake verprügelt hat. Von dieser Erinnerung wird mir schlecht, und ich schiebe sie beiseite, da ich jetzt nicht an solche düsteren Dinge denken möchte. Ich muss das manchmal machen, um mein neues Leben in diese sauberen, kleinen Bereiche einzuteilen, die guten Sachen von den schlechten zu trennen. Das ist mein persönlich patentierter Mechanismus, mit dieser ganzen Situation zurechtzukommen.

»Meine Bodyguards und bestimmte andere Angestellte«, erklärt mir Julian, während wir hinaus und in Richtung Strand gehen. Wir bewegen uns schnell, um uns aufzuwärmen. »Einige von ihnen sind ehemalige Navy SEALs, und mit ihnen zu trainieren ist kein Spaziergang, glaub mir.«

»Du trainierst mit Navy SEALs?« Ich halte an und werfe Julian einen bösen Blick zu. »Du hast vorhin nur einen Witz gemacht, stimmt's? Darüber, mich in einem Rennen nicht schlagen zu können?«

Auf seinen Lippen erscheint ein leicht schelmisches – und unglaublich verführerisches – Lächeln. »Ich weiß nicht, mein Kätzchen«, sagt er sanft. »Habe ich das? Warum laufen wir kein Rennen und finden es heraus?«

»In Ordnung«, stimme ich zu und bin entschlossen, mein Bestes zu geben. »Dann los.«

~

WIR BEGINNEN UNSER RENNEN IN DER NÄHE EINES BAUMES, DER GENAU zu diesem Zweck markiert ist. Auf der anderen Seite der Insel gibt es einen zweiten Baum, der als Ziellinie dient. Wenn wir auf dem Sand am Ozean entlanglaufen, sind es genau fünf Kilometer von hier bis zu diesem Punkt.

Julian zählt bis fünf, ich stelle meine Stoppuhr, und wir laufen los, beide mit einer überschaubaren Geschwindigkeit, die nicht unsere schnellste ist. Während ich laufe, fühle ich, wie meine Muskeln in den Rhythmus meiner Bewegungen fallen und ich stetig schneller werde, mich mehr fordere, als ich es normalerweise an diesem Punkt der Strecke machen würde. Julian läuft neben mir, seine größeren Schritte ermöglichen es ihm, problemlos mit mir mitzuhalten.

Wir laufen stillschweigend, und ich werfe Julian aus den Augenwinkeln verstohlene Blicke zu. Wir haben die halbe Strecke hinter uns, und ich schwitze und atme schwer. Meinen umwerfenden Entführer dagegen scheint das Laufen kaum anzustrengen. Er ist in einer phänomenalen Form, seine glatten Muskeln glitzern mit leichten Schweißtropfen, spannen und entspannen sich mit jeder Bewegung. Er läuft leicht, kommt auf den Fußballen auf, und ich beneide ihn um seinen leichten Schritt. Ich wünsche mir, nur ein Viertel seiner offensichtlichen Stärke und Ausdauer zu besitzen.

Als wir zum letzten halben Kilometer kommen, beginne ich einen Sprint, da ich entschlossen bin, ihn trotz der Sinnlosigkeit meiner Anstrengungen zu schlagen. Er ist noch nicht einmal außer Atem und ich keuche schon. Er wird auch schneller, und egal, wie sehr ich mich anstrenge, ich kann keinen Vorsprung erlangen. Er klebt quasi neben mir.

Als der Baum nur noch etwa hundert Meter von mir entfernt ist, bin ich schweißgebadet, und jeder Muskel in meinem Körper schreit nach Sauerstoff. Ich bin kurz davor, umzukippen, und weiß das auch, unternehme aber trotzdem noch einen allerletzten heldenhaften Versuch, zu gewinnen, und sprinte auf die Zielgerade zu.

Und gerade als meine Hand dabei ist, den Baum zu berühren und mich zum Sieger des Rennens zu machen, schlägt Julians gegen das Zeichen, wortwörtlich in der allerletzten Sekunde.

Frustriert drehe ich mich herum und stehe mit dem Rücken gegen den Baum gedrückt. Julian ist über mich gebeugt. »Ich hab' dich«, sagt er mit glänzenden Augen, und ich bemerke, dass er fast normal atmet.

Ich schnappe nach Luft und schiebe ihn beiseite, aber er bewegt sich keinen Zentimeter. Stattdessen kommt er näher heran, und sein Knie schiebt sich zwischen meine Oberschenkel. Gleichzeitig fahren seine Hände in meine Kniekehlen und heben mich hoch, drücken mich gegen ihn. Meine Beine sind weit gespreizt, und seine Erektion streicht an meinem Schambereich entlang.

Unser kleines Rennen hat ihn offensichtlich angemacht.

Keuchend sehe ich ihn an, und meine Hände krallen sich in seine Schultern. Ich kann kaum stehen und er will ficken?

Die Antwort ist offensichtlich »Ja«, denn er stellt mich einen Augenblick auf meine Füße und zieht mir die Hose und Unterwäsche herunter, bevor er das Gleiche bei sich macht. Ich schwanke, da meine Beine vor Anstrengung zittern. Ich kann gar nicht glauben, dass das wirklich passiert. Wer fickt gleich nach einem Rennen? Alles, was ich möchte, ist, mich hinzulegen und einen Liter Wasser zu trinken.

Aber Julian hat da andere Vorstellungen. »Geh auf deine Knie«, befiehlt er mir mit rauer Stimme und drückt mich nach unten, bevor ich die Möglichkeit habe, zu reagieren.

Ich lande hart auf meinen Knien und stütze mich auf meinen Händen ab. Diese Stellung ermöglicht es mir sogar, ein wenig zu Luft zu kommen, und ich atme sie dankbar ein. Mein Kopf dreht sich von der Hitze – und von dem anstrengenden Lauf –, und ich hoffe, nicht ohnmächtig zu werden.

Ein harter, muskulöser Arm gleitet unter meine Hüften und hält mich fest. Ich spüre, wie sein Schwanz sich gegen meine Pobacken drückt. Benommen und zitternd warte ich auf den Stoß, der uns vereinigen wird. Mein verräterisches Geschlecht ist nass und pocht voller Vorfreude. Es ist krank, wie mein Körper auf Julian reagiert, lächerlich, wenn man meinen allgemeinen Zustand bedenkt.

Er streicht das nassgeschwitzte Haar von meinem Rücken und

lehnt sich nach vorne, um meinen Hals zu küssen, mich mit seinem schweren Körper zu bedecken. »Weißt du eigentlich«, flüstert er, »dass du wunderschön bist, wenn du rennst? Seit dem ersten Kilometer kann ich es kaum erwarten, das hier mit dir anzustellen.« Und mit diesen Worten dringt er tief in mich ein. Seine Dicke dehnt mich aus, füllt mich vollständig.

Ich schreie auf, meine Hände bohren sich in den Dreck, als er beginnt, sich zu bewegen. Jetzt hält er meine Hüfte mit beiden Händen fest, während er sich in mich hineinrammt. Meine Wahrnehmung verengt sich, konzentriert sich nur auf das – die rhythmischen Bewegungen seiner Hüften, der lustvolle Schmerz seiner harten Inbesitznahme. Ich fühle mich, als würde ich innerlich brennen von dem aggressiven Gemisch aus Hitze und Lust. Der Druck, der sich in mir aufbaut, ist zu viel, unerträglich, und ich werfe den Kopf mit einem Schrei zurück, als mein gesamter Körper explodiert. Die Erleichterung überkommt mich mit so einer Stärke, dass ich ohnmächtig werde, und das nicht im übertragenen Sinne.

Als ich mein Bewusstsein wiedererlange, liege ich zusammengerollt auf Julians Schoß. Er lehnt mit seinem Rücken an dem Zielbaum und gibt mir kleine Schlucke Wasser zu trinken, damit ich mich nicht verschlucke. »Geht es dir gut, Baby?«, möchte er wissen und schaut mich mit etwas an, was wie echte Besorgnis auf seinem wunderschönen Gesicht aussieht.

»Ähm, ja.« Mein Hals fühlt sich immer noch trocken an, aber mir geht es definitiv besser – allerdings ist mir meine Bewusstlosigkeit mehr als nur ein wenig unangenehm.

»Mir ist nicht aufgefallen, dass du so dehydriert warst«, sagt er, und eine steile Falte erscheint auf seiner Stirn. »Warum hast du dich so sehr angestrengt?«

»Weil ich gewinnen wollte«, gebe ich zu und schließe die Augen, während ich den Geruch seiner Haut einatme. Er riecht nach Sex und Schweiß, was eine eigenartig anziehende Kombination ist.

»Hier, trink ein wenig Wasser«, sagt er, und ich öffne die Augen wieder, um gehorsam zu trinken, während er eine Flasche an meine Lippen hält. Sie ist aus der Kühlbox, die ich auf dieser Seite der Insel deponiert habe, um nach meinen Rennen genügend Wasser zu bekommen.

Nach ein paar Minuten – und einer ganzen Flasche Wasser – fühle ich mich gut genug, um langsam mit dem Nachhauseweg zu beginnen.

Aber Julian lässt mich nicht laufen. Sobald ich mich hinstelle, beugt er sich stattdessen nach unten und hebt mich so leicht in seine Arme, als sei ich eine Puppe. »Halt dich an meinem Hals fest«, befiehlt er, und ich schlinge meine Arme um ihn, um mich von ihm nach Hause tragen zu lassen.

18

AM NÄCHSTEN MORGEN WACHE ICH VON DEM LUXURIÖSEN GEFÜHL AUF, wie mir jemand meine Füße massiert. Das ist so unglaublich, dass ich einige Sekunden lang der Meinung bin, zu träumen, und deshalb versuche, das Aufwachen zu verzögern. Das Gefühl dieser starken Finger, die meine Füße durchkneten, ist allerdings zu real, und ich stöhne, als jeder einzelne Zeh mit genau dem richtigen Druck durchgeknetet und gestreichelt wird.

Als ich die Augen öffne, sehe ich Julian, der mit einer Flasche Massageöl prächtig und nackt auf dem Bett sitzt. Er gießt sich etwas davon auf die Handfläche und beugt sich dann über mich, um als Nächstes meinen Knöchel und meine Waden zu massieren.

»Guten Morgen«, schnurrt er und schaut mich an. Ich starre zurück und bekomme vor Überraschung kein Wort heraus. Julian hat mich auch in der Vergangenheit schon massiert, aber normalerweise macht er das nur, damit ich entspannt bin, bevor er etwas mit mir anstellt, von dem ich schreien werde. Er hat mich noch niemals zuvor so schön aufgeweckt.

Auf seinen Lippen ist ein leichtes Lächeln zu sehen, und ich beginne, nervös zu werden. »Julian«, sage ich unsicher, »was ... was machst du da?«

»Ich massiere dich«, antwortet er, und seine Augen leuchten vor Belustigung. »Warum entspannst du dich nicht und genießt es einfach?«

Ich blinzele und sehe ihm dabei zu, wie er seine Hände langsam zu meinen Waden wandern lässt. Er hat große Hände – stark und männlich. Meine Beine sehen in seiner Berührung unglaublich zierlich und weiblich aus, auch wenn ich durch das Rennen sehr starke Muskeln habe. Ich kann die Hornhaut auf seinen Handflächen spüren, die leicht an meiner Haut kratzt, und ich schlucke, als mir der ungewollte Gedanke kommt, dass diese Hände einem Mörder gehören.

»Dreh dich herum«, sagt er und klopft auf meine Beine. Ich lege mich auf den Bauch und bin immer noch nervös. Was hat er vor? Ich mag keine Überraschungen, wenn sie von Julian kommen.

Er beginnt, die Rückseite meiner Beine zu kneten und findet problemlos die Stellen, die von dem gestrigen Rennen am angegriffensten sind. Ich stöhne, als die verkrampften Muskeln sich unter seinen geschickten Fingern lockern. Ich kann mich immer noch nicht vollständig entspannen; Julian ist für meinen Geschmack einfach zu unvorhersehbar.

Da er offensichtlich mein Unbehagen spürt, beugt er sich über mich und flüstert in mein Ohr: »Es ist nur eine Massage, mein Kätzchen. Du musst dir keine Sorgen machen.«

Etwas beruhigter, entspanne ich mich und sinke in die gemütliche Matratze. Julian hat magische Hände. Ich hatte auch schon professionelle Massagen, die nicht ansatzweise so gut waren. Er geht vollkommen auf mich ein, bemerkt jede noch so kleine Veränderung in meiner Atmung, jedes noch so kleine Zucken meiner Muskeln ... Nach einigen Minuten mache ich mir keine Gedanken mehr über sein eigenartiges Verhalten; ich schwelge einfach in diesem Erlebnis.

Als mein ganzer Körper gründlich massiert ist und ich entspannt daliege, hört Julian auf und treibt mich unter die Dusche. Dann fährt er an meinem Körper hinunter und liebkost mich mit seinem Mund, bis ich explodiere.

Beim Frühstück summe ich schon fast vor Zufriedenheit. Das ist mein bester Morgen seit Monaten, vielleicht sogar seit Jahren. Durch einen eigenartigen Zufall bereitet Beth sogar mein Lieblingsfrühstück zu – pochierte Eier mit Schinken und Sauce Hollandaise auf Muffins, dazu Krabbenküchlein. Ich habe seit meiner Ankunft auf dieser Insel nichts so Dekadentes gegessen. Das Essen, welches Beth für uns kocht, ist gut, aber normalerweise auch sehr gesund. Früchte, Gemüse und Fisch machen den Großteil unseres Essens aus. Ich kann mich nicht an das letzte Mal erinnern, so etwas Schweres und Befriedigendes wie diese Sauce Hollandaise gegessen zu haben, die Beth heute gekocht hat.

»Mmm, das ist wirklich gut«, stöhne ich zwischen zwei Bissen. »Beth, das ist fantastisch. Das sind wahrscheinlich die besten Eier Benedikt, die ich jemals gegessen habe.«

Sie grinst mich an. »Sie sind wirklich gut geworden, stimmt's? Ich war mir mit dem Rezept nicht ganz sicher, aber es sieht so aus, als hätte ich alles richtig gemacht.«

»Oh ja, das hast du«, versichere ich ihr, bevor ich mir zu einem Nachschlag verhelfe. »Das ist großartig.«

Julian lächelt, und seine Augen funkeln mit warmer Belustigung. »Hungrig, mein Kätzchen?« Er hat auch schon eine riesige Portion davon gegessen, aber fast habe ich ihn eingeholt.

»Ausgehungert«, erwidere ich und schiebe mir noch eine Gabel in den Mund. »Ich vermute, dass ich gestern jede Menge Kalorien verbrannt habe.«

»Mit Sicherheit hast du das«, sagt er, und sein Lächeln wird breiter, als er Beth davon berichtet, wie ich fast das Rennen gewonnen hätte. Unseren Sex danach und meine darauf folgende Ohnmacht lässt er unter den Tisch fallen.

Nach dem Frühstück bin ich so vollgestopft, dass ich keinen einzigen Krümel mehr herunterbekommen würde. Ich bedanke mich bei Beth für das Essen und stehe auf. Ich will mir gerade mein Buch holen, um damit zum Lesen auf die Veranda zu gehen, als Julian unerwartet seine Hand um mein Handgelenk legt. »Warte, Nora«, bittet er sanft und schiebt mich auf meinen Stuhl zurück. »Es gibt da noch eine Sache, die Beth heute zubereitet hat.« Er wirft Beth einen unleserlichen Blick zu, woraufhin sie sofort aufsteht und in die Küche geht.

»Okay.« Ich bin mehr als verwirrt. Sie hat etwas zubereitet, es aber nicht zum eigentlichen Essen mit auf den Tisch gestellt?

In diesem Moment kommt Beth zum Tisch zurück und trägt ein

Tablett mit einem großen Schokoladenkuchen – einem Kuchen mit brennenden Kerzen darauf.

»Herzlichen Glückwunsch zum Geburtstag, Nora«, sagt Julian lächelnd, als Beth den Kuchen vor mir abstellt. »Jetzt wünsche dir etwas und puste die Kerzen aus.«

~

ICH PUSTE DIE KERZEN WIE FERNGESTEUERT AUS UND BEKOMME GAR nicht mit, dass ich drei Anläufe dafür brauche. Beth jubelt, klatscht in die Hände, und ich höre diese ganzen Geräusche, als kämen sie aus einer großen Entfernung. Mein Kopf dreht sich, und ich fühle mich seltsam taub, so als käme gerade nichts an mich heran. Alles, an was ich denken kann, auf was ich mich konzentrieren kann, ist die Tatsache, dass heute mein Geburtstag ist.

Mein Geburtstag. Ich habe Geburtstag. Heute bin ich neunzehn geworden.

Ich möchte bei dieser Erkenntnis schreien.

Ich habe Julian kurz vor meinem letzten Geburtstag getroffen – und kurz danach hat er mich auf diese Insel gebracht. Wenn ich heute Geburtstag habe, dann ist seit meiner Entführung fast ein ganzes Jahr vergangen – so lange bin ich schon hier, Julians Erbarmen ausgesetzt und völlig isoliert vom Rest der Welt.

Ein Jahr meines Lebens hat sich in Gefangenschaft abgespielt.

Ich fühle mich, als würde ich ersticken, als gäbe es in dem Zimmer keine Luft mehr. Ich weiß aber, dass es nur eine Illusion ist. Hier gibt es jede Menge Sauerstoff, ich kann nur einfach nichts davon einatmen.

»Nora?« Beth Stimme dringt irgendwie durch das Rauschen in meinen Ohren. »Nora, geht's dir gut?«

Schließlich gelingt es mir, die so dringend benötigte Luft einzuatmen, und ich schaue von dem Kuchen hoch. Beth blickt mich verständnislos mit gerunzelter Stirn an, und auch Julian lacht nicht mehr. Stattdessen sieht er wieder wie ein gefährlicher Unbekannter aus, und sein Blick ist erfüllt mit etwas Dunklem und Beunruhigendem.

Ich reiße mich mit übermenschlichen Anstrengungen zusammen und ringe mir ein zitterndes Lächeln ab. »Natürlich. Vielen Dank für den Kuchen, Beth.«

»Wir wollten dich überraschen«, sagt sie, da sie meinen Worten glaubt. »Ich hoffe, du hast noch ein wenig Platz für einen Nachtisch. Schokoladenkuchen ist doch dein Lieblingskuchen, richtig?«

Das Klingeln in meinen Ohren verstärkt sich. »Ja.« Trotz meiner Anstrengungen hört sich meine Stimme abgeschnürt an. »Und ihr habt mich definitiv überrascht.«

»Geh, Beth«, unterbricht Julian scharf und schaut sie an. »Nora und ich müssen jetzt alleine sein.«

Beth blinzelt, von Julians Ton ganz unvorbereitet getroffen. Ich habe ihn niemals zuvor so mit ihr reden hören. Trotzdem gehorcht sie auf der Stelle und rennt quasi nach oben in ihr Zimmer.

Ich habe Julian lange nicht so verärgert gesehen, und ich weiß, ich sollte Angst haben. Aber in diesem Moment kann ich mich einfach nicht um das kümmern, was passieren wird. Jeder Muskel in meinem Körper zittert durch die Anstrengung, den furchtbaren Sturm, der sich in mir zusammenbraut, unter Kontrolle zu halten, und ich bin erleichtert, dass Beth weggegangen ist. Ein Jahr. Ein verdammtes Jahr. Ich habe noch niemals so viel Wut verspürt wie die, die sich gerade in mir ansammelt. Es fühlt sich an, als sei ein Damm gebrochen, und jetzt kann es nicht mehr aufgehalten werden. Ein roter Nebel hüllt mich langsam ein und legt sich vor meinen Blick. Das Klingeln in meinen Ohren wird lauter, je mehr ich die Kontrolle über meine Gefühle verliere.

Sobald Beth außer Sichtweite ist, explodiere ich. Ich bin nicht länger rational oder gesund, stattdessen bin ich der personifizierte Zorn. Ich greife mir das mir am nächsten stehende Objekt – den Schokoladenkuchen – und werfe es durch den Raum. Der dunkle Überzug spritzt überall hin. Mein Teller und meine Tasse folgen. Sie prallen gegen die Wand und zerspringen in Millionen Teile. Die ganze Zeit über höre ich aus weiter Entfernung ein Schreien. Ein kleiner Teil meines Gehirns, der noch zu funktionieren scheint, bemerkt, dass ich das bin – dass ich mein eigenes Geschrei und meine Flüche höre –, aber ich kann es genauso wenig stoppen wie einen Taifun. Der ganze Ärger, das Grauen und die Frustration des letzten Jahres, die unter der Oberfläche brodelten, brechen als eine Lavawelle purer Wut heraus.

Ich weiß nicht, wie lange ich mich in diesem unbewussten Zustand befinde, bevor Arme aus Stahl sich von hinten um mich legen und mich in eine vertraute Umarmung einsperren. Ich trete und schreie, bis meine Stimme heiser wird, aber meine Gegenwehr ist sinnlos. Julian ist um einiges stärker als ich, und jetzt nutzt er diese Stärke, um mich zu unterwerfen, mich festzuhalten, bis ich völlig erschöpft bin und geschlagen gegen ihn falle. Tränen laufen mir über das Gesicht.

»Bist du fertig?«, flüstert er in mein Ohr, und ich kann die vertraute dunkle Note aus seiner Stimme heraushören. Wie immer finde ich sie beängstigend und erregend, da mein Körper jetzt darauf trainiert ist, sich nach dem Schmerz zu sehnen, der folgen wird – und diese kopflose Glückseligkeit, die ihn jedes Mal begleitet.

Auf seine Frage hin schüttele ich den Kopf, aber ich weiß, dass ich fertig bin, dass was auch immer über mich gekommen war, vergangen ist, mich ausgelaugt und leer zurückgelassen hat.

Julian dreht mich herum, so dass ich ihm zugewandt bin. Ich sehe zu ihm hinauf, und mein tränenverschwommener Blick wird hilflos von der Symmetrie seiner Gesichtszüge angezogen. Seine hohen Wangenknochen haben einen Hauch von Farbe, und die Art, wie er mich anschaut, hat etwas Beunruhigendes – so als wolle er mich verspeisen, meine Seele herausreißen und sie in einem Stück verschlingen. Unsere Augen treffen sich, und ich weiß, dass ich gerade an der Kante eines Abgrunds stehe, dass sich ein Erdloch unter mir auftut.

In diesem Moment kann ich die Dinge ganz klar erkennen.

Ich bin nicht wütend, weil ich seit einem Jahr auf dieser Insel gefangen gehalten werde. Nein, meine Wut hat viel, viel tiefergehende Gründe. Was mich innerlich verbrennt, ist nicht die Tatsache, die ganze Zeit eine Geisel zu sein – sondern dass ich begonnen habe, meine Gefangenschaft zu mögen.

In den letzten Monaten habe ich mich irgendwie mit meinem neuen Leben abgefunden. Ich genieße jetzt den ruhigen, entspannenden Rhythmus dieser Insel. Der Ozean, der Sand, die Sonne – das kommt so nahe an ein Paradies heran, wie ich es mir vorstellen kann. Freiheit und alles, was dazugehört, ist mittlerweile nur ein undeutlicher, unmöglicher Traum. Ich kann mich kaum noch an die Gesichter erinnern, die ich zurückließ; sie sind nur verschwommene, schattige Umrisse in meinem Kopf. Das Einzige, was jetzt wichtig für mich ist, ist der Mann, der mich in einer festen Umarmung hält.

Julian – mein Entführer, mein Liebhaber.

»Warum, Nora?«, fragt er fast stimmlos. Seine Arme spannen sich an, und seine Finger graben sich in die weiche Haut auf meinem Rücken. Als ich ihm nicht antworte, wird sein Gesichtsausdruck noch düsterer. »Warum?«

Ich bleibe stumm, weigere mich, diesen letzten, unwiderruflichen Schritt zu gehen. Ich kann mich vor Julian nicht so entblößen. Ich kann es einfach nicht. Er hat sich schon viel zu viel von mir genommen; ich kann ihn das jetzt nicht auch noch haben lassen.

»Sag es mir«, befiehlt er, und eine Hand gräbt sich in mein Haar, hält es fest und zwingt meinen Hals, sich nach hinten zu biegen. »Sag es mir jetzt.«

»Ich hasse dich«, krächze ich mit dem letzten Funken Trotz. Meine Stimme ist wie Sandpapier, rau von dem ganzen Schreien. »Ich hasse dich ...«

In seinen Augen blitzt blaues Feuer. »Stimmt das?«, flüstert er und beugt sich über mich. Er hält mich immer noch hilflos an sich gedrückt. »Du hasst mich, mein Kätzchen?«

Ich erwidere seinen Blick und weigere mich zu blinzeln. Wer A sagt, muss auch B sagen. »Ja«, fauche ich, »ich hasse dich!« Ich muss mich selbst davon überzeugen, ihn zu hassen. Die Alternative ist undenkbar. Er darf die Wahrheit nicht wissen. Das darf er einfach nicht.

Julians Gesicht wird hart, verwandelt sich in Eis. In einer Bewegung fegt er die verbliebenen Teller vom Tisch auf den Boden und drückt mich an den Tisch. Er zwingt mich dazu, mich nach vorn überzubeugen, so dass mein Gesicht auf der glatten, hölzernen Oberfläche entlangrutscht. Ich versuche mit meinen Beinen nach hinten zu treten, aber das ist sinnlos. Er greift mit seiner starken Hand meinen Nacken, und dann höre ich das bedrohliche Geräusch eines Gürtels, der aufgemacht wird.

Ich trete härter nach hinten und schaffe es sogar, sein Bein zu berühren. Natürlich habe ich nichts davon. Ich kann Julian nicht entkommen. Ich werde Julian niemals entkommen können.

Er lehnt sich über mich, presst mich auf den Tisch, und seine harten Finger spannen sich um meinen Nacken an. »Du bist meine Nora«, sagt er harsch. Sein großer Körper beherrscht mich, erregt mich. »Du gehörst mir, verstehst du das? Jeder einzelne Teil von dir gehört mir.« Seine Erektion drückt sich gegen meinen Po, seine unnachgiebige Härte ist eine Drohung und gleichzeitig ein Versprechen.

Er zieht sich zurück, hält mich aber weiterhin mit einer Hand um meinen Nacken nach unten gedrückt. Ich höre das zischende Flüstern eines Gürtels, der aus seinen Schlaufen gezogen wird. Einen Augenblick später wird mein Kleid nach oben geschoben und mein Unterleib freigelegt. Ich drücke meine Augen fest zusammen und bereite mich auf das vor, was jetzt kommen wird.

Klatsch. Klatsch. Der Gürtel kommt immer wieder auf meinem Po auf, und jeder Schlag fühlt sich an wie Feuer, das an meinen Oberschenkeln und an meinem Po leckt. Ich kann meine eigenen Schreie hören, fühlen, wie sich mein Körper bei jedem Mal anspannt und mich der Schmerz in diesen eigenartigen Zustand befördert, in dem alles auf dem Kopf steht – in dem Schmerz und Lust aufeinander treffen, nicht mehr zu unterscheiden sind und mein Peiniger mein einziger Trost ist. Mein Körper wird weich, schmilzt dahin. Jeder Schlag beginnt sich mehr wie ein Streicheln anzufühlen, und ich weiß, dass ich genau das jetzt gerade brauche – dass Julian diesen dunklen, geheimen Teil von mir angezapft hat, der ein Spiegel seiner eigenen perversen Wünsche ist. Es ist ein Teil von mir, der sich danach sehnt, die Kontrolle zu verlieren. Ich möchte mich selbst völlig aufgeben, nur noch ihm gehören.

Als Julian aufhört und mich umdreht, ist überhaupt kein Trotz mehr in mir vorhanden. Mein Kopf schwimmt durch einen Endorphineinschuss, den ich so stark noch nie erlebt habe, und ich hänge mich an ihn, suche verzweifelt nach Trost, Sex, allem, was Liebe und Zuneigung ähnelt. Meine Arme schlingen sich um Julians Nacken, ziehen ihn zu mir auf den Tisch herunter. Ich genieße seinen Geschmack in den innigen, hungrigen Küssen, mit denen er meinen Mund in Besitz nimmt. Mein Po brennt wie Feuer, aber das verringert die Lust kein bisschen; wenn überhaupt, wird sie dadurch verstärkt. Julian hat mich gut trainiert. Mein Körper sehnt sich nach der Lust, von der er weiß, dass sie jetzt kommen wird.

Er fasst an seine Jeans, öffnet den Reißverschluss, und dann ist er auch schon in mir, dringt mit einem kräftigen Stoß in mich ein. Ich erschaudere erleichtert und mit einer Ekstase, die schon fast schmerzhaft ist. Ich schlinge meine Beine um seine Taille, nehme ihn tiefer in mich auf, muss von ihm gefickt werden, muss von ihm auf die primitivste Weise beansprucht werden.

»Sag's mir, Baby«, flüstert er in mein Ohr, und seine Lippen streichen über meine Schläfen. Seine Hand gleitet in mein Haar, fixiert mich. »Sag mir, wie sehr du mich hasst.« Seine andere Hand findet den Ort, an dem wir vereint sind und reibt dort, bevor sie sich weiter nach unten, zu meiner anderen Öffnung bewegt. »Sag's mir ...«

Ich schnappe nach Luft, als sein Finger in meinen Anus eindringt und meine Sinne von den ganzen gegensätzlichen Gefühlen überwältigt werden. Benebelt öffne ich meine Augen und blicke Julian an, sehe mein eigenes dunkles Verlangen, welches von seinem Gesicht reflektiert wird. Er möchte mich besitzen, mich brechen, damit er mich wieder zusammensetzen kann. Und ich kann mich ihm nicht länger widersetzen.

»Ich hasse dich nicht.« Meine Worte klingen leise und rau. Ich schlucke, um meine trockene Kehle zu befeuchten. »Ich hasse dich nicht, Julian.«

Etwas wie Triumph blitzt auf seinem Gesicht auf. Seine Hüften schieben sich nach vorne, und seine Erektion bohrt sich tiefer in mich. Ich unterdrücke ein Stöhnen und halte immer noch seinen Blick.

»Sag's mir«, befiehlt er erneut mit noch tieferer Stimme. Seine Augen brennen sich in mich und ich kann dem Verlangen, das ich dort sehe, nicht länger widerstehen. Er will alles von mir, und ich habe keine andere Wahl, als es ihm zu geben.

»Ich liebe dich.« Meine Stimme ist kaum hörbar, und jedes Wort fühlt sich an, als würde es aus meiner Seele gewrungen werden. »Ich hasse dich nicht, Julian ... Ich kann nicht ... Ich kann es nicht, weil ich dich liebe.«

Ich kann sehen, wie seine Pupillen sich weiten und seine Augen dunkler erscheinen lassen. Er schwillt in mir an, wird noch härter und dicker als zuvor, und dann zieht er ihn ein Stück heraus und rammt ihn wieder hinein. Seine Besitznahme ist so wild, dass ich nach Luft ringen muss.

»Sag es mir noch einmal«, stöhnt er, und ich wiederhole, was ich gesagt habe. Die Worte kommen mir das zweite Mal leichter über die Lippen. Es hat keinen Sinn, die Wahrheit weiterhin vor ihm zu verstecken, es gibt keinen Grund mehr, ihn anzulügen. Ich habe mich Hals über Kopf in meinen Entführer verliebt, und nichts auf der Welt kann diese Tatsache ändern.

»Ich liebe dich«, flüstere ich, und meine Hand bewegt sich nach oben, um seine Wange zu streicheln. »Ich liebe dich, Julian.«

Seine Augen werden noch dunkler, und er beugt seinen Kopf nach unten, um meinen Mund so innig zu küssen, dass mir fast die Luft wegbleibt.

Jetzt gehöre ich ihm wirklich, und er weiß das.

19

DIE NÄCHSTEN DREI MONATE VERGEHEN WIE IM FLUG.

Nach diesem Tag – nach dem, was ich als den Geburtstagszwischenfall betrachte – verändert sich meine Beziehung zu Julian entscheidend, wird … romantischer. Mir fehlt das passende Wort dafür.

Es ist eine verkorkste Liebesgeschichte, das weiß ich. Ich mag von Julian abhängig sein, aber ich bin noch nicht so weit weggetreten, nicht zu merken, wie ungesund das ist. Ich bin in den Mann verliebt, der mich entführt hat, in den Mann, der mich immer noch gefangen hält.

In den Mann, der meine Liebe genauso stark zu brauchen scheint wie meinen Körper.

Ich weiß nicht, ob er mich auch liebt. Ich weiß nicht einmal, ob er so ein Gefühl überhaupt empfinden kann. Wie kann man jemanden lieben, dessen Freiheit man leichtfertig gestohlen hat? Und trotzdem bin ich davon überzeugt, dass er etwas für mich empfindet, dass seine Besessenheit von mir nicht nur rein sexuell ist. Da ist etwas.

Manchmal kann ich es an der Art erkennen, wie er mich ansieht, wie er versucht, alle meine Wünsche vorauszuahnen.

Er bringt mir andauernd meine Lieblingsessen, meine Lieblingsbücher und meine Lieblingsmusik mit. Falls ich erwähnen sollte, eine Handcreme zu brauchen, besorgt er sie sofort auf seiner nächsten Reise. Ich werde so verwöhnt, wie ein Mädchen es sich nur wünschen kann. Er ist sogar stolz auf die Sachen, die ich erreiche, lobt meine Kunstwerke und geht sogar so weit, einige meiner Bilder mit von der Insel zu nehmen, um sie sich in sein Büro in Hong Kong zu hängen.

Außerdem vermisst er mich, wenn wir nicht zusammen sind. Ich weiß das, weil er es mir sagt – und weil er jedes Mal, wenn er zurückkommt, wie ein verhungernder Mann aus einem Gefängnis über mich herfällt. Das, mehr als alles andere, gibt mir die Hoffnung, dass seine Gefühle über die eines Besitzers für sein Eigentum hinausgehen.

»Triffst du dich mit anderen Frauen? Dort draußen, in der wahren Welt?«, frage ich ihn am Frühstückstisch nach einer Nacht, in der er mich dreimal hintereinander genommen hat. Diese Frage beschäftigt mich schon seit Monaten, und ich kann mich einfach nicht länger zurückhalten. Mein Entführer ist mehr als umwerfend; er besitzt diese gefährliche, magnetische Anziehungskraft, die Frauen wahrscheinlich in Scharen zu ihm hinzieht. Ich kann mir leicht vorstellen, dass er jede Nacht mit einer anderen Schönheit schläft – eine Vorstellung, bei der ich am liebsten jemanden ermorden möchte. Ich weiß, dass er selbst mit seinen sadistischen Vorlieben keine Probleme hätte, Bettgefährten zu finden. Es gibt wahrscheinlich eine Menge Frauen wie mich, die bei erotischem Schmerz Lust empfinden.

Er lächelt mich mit düsterem Amüsement an und scheint sich nicht im Geringsten an meiner offensichtlichen Eifersucht zu stören. »Nein, mein Kätzchen«, sagt er sanft. Er streckt sich aus und nimmt meine Hand. Er streichelt meinen Puls mit seinem Daumen. »Warum sollte ich jemand anders ficken wollen, wenn ich doch dich habe? Seit dem Tag, an dem wir uns getroffen haben, war ich mit keiner anderen Frau mehr zusammen.«

»Warst du nicht?« Ich kann meine Überraschung nicht verbergen. Julian ist die ganze Zeit treu gewesen?

Er schaut mich an, und auf seinen Lippen erscheint ein sündiges, köstliches Lächeln. »Nein, Baby, das war ich nicht«, antwortet er –

und in diesem Moment bin ich die glücklichste Frau auf der ganzen Welt.

Ich liebe es, wenn er mich »Baby« nennt. Es ist ein weitverbreitetes Kosewort, ich weiß, aber wenn Julian es sagt, klingt es irgendwie anders – so, als würde er mich mit dem Wort streicheln. Ich bevorzuge es eindeutig, »Baby« und nicht »mein Kätzchen« genannt zu werden.

In der letzten Zeit weiß ich allerdings, dass ich genau das für ihn bin – sein Kätzchen, sein Eigentum. Er mag den Gedanken, dass ich ihm gehöre, dass er der einzige Mann ist, der mich berühren kann, mich sehen kann. Er mag es, mich mit den Sachen anzuziehen, die er für mich besorgt, mir das Essen zu geben, das er mitbringt. Ich bin komplett abhängig von ihm, vollständig seinem Erbarmen ausgesetzt. Ich denke, dass ihm irgendetwas daran gefällt, die Dämonen besänftigt, die ich oft unter seiner Oberfläche spüre.

Mir macht es ehrlich nichts aus, sein Besitz zu sein. Das ist eine beunruhigende Erkenntnis, aber ein Teil von mir scheint diese Dynamik zu mögen. Ich fühle mich geborgen und umsorgt, auch wenn die Logik mir sagt, dass ich bei dem Mann, der ein Waffenhändler ist, alles andere als in Sicherheit bin – einem Mann, der zugegeben hat, ohne Reue zu töten. Diese Hände, die mich nachts berühren, haben anderen den Tod gebracht, aber darin liegt eine gewisse Würze. Irgendwie macht es das alles intensiver, hilft mir dabei, mich lebendiger zu fühlen.

Außerdem hat Julian mir, abgesehen von seinem Verlangen, mir wehzutun, nie wirklichen Schaden zugefügt – zumindest nicht körperlich. Wenn er in einer seiner sadistischen Stimmungen ist, ende ich mit Kratzern und blauen Flecken auf meiner Haut, aber diese verschwinden schnell. Er achtet darauf, keine Wunden auf meinem Körper zu hinterlassen, auch wenn ich weiß, dass Blut und Tränen – meine Tränen – ihn erregen, ihn anmachen.

Als ich Beth einige meiner Gefühle mitteile, scheint sie überhaupt nicht überrascht zu sein.

»Ich wusste vom ersten Moment an, als ich euch zusammen sah, dass ihr füreinander geschaffen seid«, meint sie und schaut mich komisch an. »Wenn ihr, Julian und du, in einem Raum seid, knistert quasi die Luft. Ich habe noch niemals eine solche Chemie zwischen zwei Menschen gesehen. Was ihr habt, ist selten und etwas sehr

Besonderes. Kämpfe nicht dagegen an, Nora. Er ist dein Schicksal –
und du bist seines.«

Sie scheint davon völlig überzeugt zu sein.

~

DIE NACHT, IN DER SICH MEIN LEBEN UNWIDERRUFLICH VERÄNDERT,
fängt völlig normal an.

Julian ist auf der Insel, und wir genießen zusammen ein
köstliches Abendessen, bevor er mich nach oben bringt, um
ausgiebig Liebe mit mir zu machen. Es ist eines dieser Male, an
denen er zärtlich ist, mich mit seinem Körper anbetet, so als sei ich
eine Göttin. Ich schlafe entspannt und zufrieden in seiner festen
Umarmung ein.

Als ich mitten in der Nacht aufwache, um das Badezimmer zu
benutzen, bemerke ich einen Schmerz in der Nähe meines
Bauchnabels. Ich gehe auf die Toilette, wasche mir die Hände und
krabbele zurück ins Bett, um mich neben Julians schlafendem Körper
auszustrecken. Mir ist leicht schlecht, und ich frage mich, ob das eine
Magenverstimmung ist. Könnte ich mir irgendwie eine
Lebensmittelvergiftung zugezogen haben?

Ich versuche einzuschlafen, aber die Schmerzen scheinen mit jeder
Minute, die vergeht, schlimmer zu werden. Sie ziehen hinunter in
meinen rechten Unterbauch, werden stark und quälend. Ich möchte
Julian nicht aufwecken, aber ich halte es nicht mehr aus. Ich brauche
irgendwelche Schmerzmittel.

»Julian«, flüstere ich und strecke mich nach ihm aus. »Julian, ich
denke, ich bin krank.«

Er wacht sofort auf, setzt sich hin und macht die Nachttischlampe
an. Auf seinem Gesicht zeigt sich nicht die leichteste Verwirrung; er
ist so aufmerksam, als sei es gerade mitten am Tag anstatt drei Uhr
morgens. »Was ist los?«

Ich rolle mich zu einem kleinen Ball zusammen, als die Schmerzen
schlimmer werden. »Ich weiß es nicht«, ist alles, was ich
herausbekomme. »Mein Bauch tut weh.«

Seine Augenbrauen ziehen sich zusammen. »Wo tut es weh,
Baby?«, fragt er sanft und dreht mich auf den Rücken.

»Meine ... meine Seite«, stoße ich heraus, und Schmerzenstränen
beginnen, mein Gesicht hinunterzulaufen.

»Hier?«, will er wissen, während er auf eine Seite drückt, und ich schüttele den Kopf.

»Hier?«

»Ja!« Irgendwie hat er exakt die Stelle gefunden, an der ich Schmerzen habe.

Er steht sofort auf und zieht sich an. »Beth!«, brüllt er. »Beth, ich brauche dich sofort hier!«

Dreißig Sekunden später kommt sie in das Zimmer gerannt und zieht sich dabei einen Bademantel über ihren Schlafanzug. »Was ist passiert?«

Sie hört sich verängstigt an, und ich fürchte mich auch. Ich habe Julian noch nie so gesehen. Es scheint fast so als … habe er Angst.

»Mach dich fertig«, befiehlt er ihr knapp. »Ich bringe sie ins Krankenhaus, und du begleitest uns. Das könnte ihr Blinddarm sein.«

Blinddarmentzündung! Jetzt, als er es sagt, erkenne ich, dass das die wahrscheinlichste Erklärung ist, aber sie ist mehr als angsteinflößend. Ich bin kein Arzt, aber ich weiß, dass ich ziemlich tot sein werde, wenn der Blinddarm platzt, bevor er draußen ist. Ich hätte auch Angst, wenn ich eine Stunde von der nächsten medizinischen Versorgung entfernt wäre, aber ich befinde mich auf einer privaten Insel mitten im Pazifik. Was, wenn wir es nicht rechtzeitig bis ins Krankenhaus schaffen?

Julian muss das Gleiche denken, denn sein Gesichtsausdruck ist grimmig, als er mich in einen Bademantel wickelt und mich aus dem Zimmer trägt.

»Ich kann laufen«, protestiere ich schwach, aber mein Bauch schmerzt schon, als Julian schnell die Treppen hinuntergeht.

»Einen Teufel kannst du.« Sein Ton ist unnötig grob, aber ich bin nicht beleidigt. Ich weiß, dass er sich gerade Sorgen um mich macht, und trotz der innerlichen Schmerzen erwärmt mich dieser Gedanke.

Als wir am Hangar ankommen, hat Beth schon die Tore für uns geöffnet und wartet bereits hinten im Flugzeug auf uns. Julian schnallt mich auf dem Beifahrersitz fest, und ich bemerke, dass mir mein größter Wunsch erfüllt wird.

Ich komme von der Insel herunter.

Mein Magen protestiert, und ich greife nach der braunen Papiertüte, die gleich vor mir liegt. Plötzliche Übelkeit steigt in mir hoch, und ich übergebe mich. Mein ganzer Körper schwitzt und zittert.

Ich kann Julian fluchen hören, als das Flugzeug abhebt, und mir ist das alles so peinlich, dass ich am liebsten sterben würde. »Es tut mir so leid«, flüstere ich, und meine Augen brennen. Ich habe mich noch niemals in meinem Leben so schlecht gefühlt.

»Es ist völlig in Ordnung«, entgegnet Julian kurz. »Mach dir darüber keine Sorgen.«

»Hier.« Beth reicht mir von hinten ein Feuchttuch. »Damit fühlst du dich gleich ein wenig besser.«

Aber das stimmte nicht. Stattdessen wird mir wieder schlecht, als das Flugzeug an Höhe zunimmt. Stöhnend halte ich mir den Magen, als der Schmerz in meiner rechten Seite schlimmer wird.

»Scheiße«, murmelt Julian. »Scheiße, Scheiße, Scheiße.« Seine Knöchel sind weiß, als er die Steuerung umfasst.

Ich übergebe mich erneut.

»Wie lange brauchen wir bis dahin?« Beths Stimme hört sich ungewöhnlich hoch an.

»Zwei Stunden«, antwortet Julian grimmig. »Wenn der Wind mitspielt.«

Diese zwei Stunden werden die längsten meines Lebens. Als das Flugzeug zum Landeanflug ansetzt, habe ich mich fünfmal übergeben und schäme mich schon lange nicht mehr dafür. Der Schmerz in meinem Bauch hat sich schon in Qualen verwandelt, und ich bekomme nichts anderes mehr mit als mein abgrundtiefes Elend.

Starke Hände fassen mich und ziehen mich aus dem Flugzeug. Ich bekomme vage mit, dass Julian mich irgendwohin trägt, mich an seine Brust gedrückt hält. Es gibt eine Ansammlung von Stimmen, die eine Mischung aus Englisch und einer fremden Sprache sprechen. Dann werde ich auf eine fahrbare Krankentrage gelegt und durch einen langen Korridor in einen weißen, steril wirkenden Raum gefahren.

Einige Menschen in weißen Kitteln wuseln um mich herum, ein Mann gibt Befehle in dem gleichen Sprachmischmasch, und ich fühle einen Stich in meinem Arm, als eine Kanüle gelegt wird. Benebelt schaue ich hoch und sehe Julian in der Ecke stehen. Sein Gesicht ist eigenartig blass, und seine Augen glitzern ... und dann verschluckt mich die Dunkelheit.

 ora

ALS ICH WIEDER ZU MIR KOMME, FÜHLE ICH MICH NUR EIN KLEINES
bisschen besser. Mein Kopf scheint mit Wolle gefüllt zu sein, und der
bohrende Schmerz in meiner Seite ist immer noch da, auch wenn er
sich jetzt anders anfühlt, weniger stark und dumpfer. Einen
Augenblick lang denke ich, dass ich eingeschlafen bin, als es mir
schlecht ging, und ich das Ganze nur geträumt habe, aber der Geruch
hier überzeugt mich vom Gegenteil. Das ist unverkennbar der Geruch
von Desinfektionsmittel, den man nur in Arztpraxen und
Krankenhäusern hat.

Dieser Geruch bedeutet, dass ich am Leben bin … und nicht auf
der Insel.

Bei diesem Gedanken fängt mein Herz an zu rasen.

»Sie ist wach«, sagt eine unbekannte Frauenstimme mit einem
nicht akzentfreien Englisch, die offensichtlich mit jemandem in
diesem Raum spricht.

Ich höre Schritte und spüre, wie sich jemand auf die Kante meines
Bettes setzt. Warme Finger strecken sich nach mir aus und streicheln
meine Wange. »Wie fühlst du dich, Baby?«

Ich öffne unter Anstrengungen die Augen und sehe Julians wunderschönes Gesicht. »So, als sei ich aufgeschnitten und wieder zugenäht worden«, gelingt es mir zu krächzen. Mein Hals ist so trocken und rau, dass es tatsächlich schmerzt, zu sprechen. Außerdem fühle ich einen dumpfen, pochenden Schmerz in meiner rechten Seite.

»Hier.« Julian hält mir einen Becher mit einem Strohhalm hin. »Du musst Durst haben.«

Er führt ihn an meinen Mund, und ich schließe gehorsam meine Lippen um den Strohhalm, ziehe ein wenig Wasser in meinen Mund. Mein Kopf ist noch benommen, und einen Augenblick lang beginnt die Mauer zwischen den guten und den bösen Erinnerungen zu bröckeln. Ich erinnere mich an den ersten Tag auf der Insel, als Julian mir eine Flasche Wasser angeboten hat, und ein ungewollter Schauer läuft mir über den Rücken. In diesem Moment ist Julian nicht der Mann, den ich liebe; er ist wieder mein Feind, derjenige, der mich entführt und mich gegen meinen Willen zu seinem Eigentum gemacht hat.

»Kalt?«, möchte er wissen und stellt den Becher zur Seite, bevor er sich nach vorne lehnt, um mir die Decke weiter nach oben zu ziehen, bis sie meine Schultern bedeckt.

»Ja, ein wenig.« *Ich bin nicht mehr auf der Insel. Oh mein Gott, ich bin nicht mehr auf der Insel.* Mein Kopf dreht sich. Ich fühle mich hin- und hergerissen, so als sei ich zwei verschiedene Menschen – das ängstliche Mädchen, welches darauf besteht, die Chance zur Flucht zu nutzen, und die Frau, die sich verzweifelt nach Julians Berührungen sehnt.

»Sie haben dir den Blinddarm herausgenommen«, erklärt mir Julian und streicht mir die Haarsträhne aus dem Gesicht, die mich auf der Stirn gekitzelt hat. »Die Operation verlief problemlos, und es sollten keine Komplikationen auftreten. Nicht wahr, Angela?« Er schaut nach links.

»Ja, Herr Esguerra.«

Esguerra? Ist das Julians Nachname? Ich erkenne die Stimme von zuvor wieder und drehe den Kopf. Ich sehe eine zierliche, junge Frau in weißer Bekleidung. Ihre glatte Haut hat eine wunderschöne, hellbraune Farbe, und ihr Haar und ihre Augen sind dunkel, fast schwarz. Für mich sieht sie wie eine Philippinerin oder eine

Thailänderin aus – aber ich kann nicht behaupten, ein Experte zu sein, was diese Nationalitäten betrifft.

Was ich weiß, ist, dass sie die erste Person außer Julian und Beth ist, die ich in fünfzehn Monaten sehe.

Ich bin nicht mehr auf der Insel. Oh mein Gott, ich bin nicht mehr auf der Insel. Zum ersten Mal seit meiner Entführung gibt es eine wirkliche Fluchtmöglichkeit.

»Wo bin ich?«, frage ich und blicke die junge Krankenschwester an. Ich kann gar nicht glauben, dass Julian es zulässt, dass andere Menschen mich sehen – mich, das Mädchen, welches er entführt hat.

»Du bist in einem Privatkrankenhaus auf den Philippinen«, antwortet Julian, als die Frau mich nur anlächelt. »Angela ist die Krankenschwester, die sich um dich kümmern wird.«

In diesem Moment öffnet sich die Tür und Beth tritt ein. »Oh, schau, wer da wach ist«, ruft sie aus und kommt zu mir. »Wie fühlst du dich?«

»Ich denke, okay«, antworte ich ihr vorsichtig. *Heilige Scheiße, ich bin nicht mehr auf dieser verdammten Insel.*

»Sie sagen, Julian hat dich gerade noch rechtzeitig hierhergebracht«, erzählt mir Beth und zieht sich einen Stuhl heran, um sich an mein Bett zu setzen. »Dein Blinddarm hatte sich schon fast geöffnet. Sie haben ihn herausgeschnitten und dich gleich wieder zugenäht, also solltest du bald wieder ganz die Alte sein.«

Ich lache nervös auf … und muss sofort stöhnen, da die Bewegung an den Stichen auf meiner Seite zieht.

»Hast du Schmerzen?« Julian schaut mich besorgt an. Er dreht sich zu Angela und befiehlt ihr: »Gib ihr mehr Schmerzmittel.«

»Das ist schon okay, ich bin nur ein wenig wund«, versuche ich ihn zu beruhigen. »Ich brauche wirklich keine weiteren Medikamente.« Das Letzte, was ich möchte, ist, dass mir jetzt etwas meinen Verstand vernebelt. Ich bin nicht mehr auf der Insel, und ich muss mir überlegen, was ich tun werde. Ich gebe meine Bestes, um ruhig zu bleiben, aber ich muss meine ganze Willenskraft aufwenden, um nicht zu schreien oder etwas anderes Dummes zu machen. Die Freiheit ist so nah, dass ich sie quasi schon schmecken kann.

»Natürlich, Herr Esguerra.« Angela ignoriert meine Einwände völlig und kommt ans Bett, um etwas an dem durchsichtigen Beutel einzustellen, der mit meinem intravenösen Zugang verbunden ist.

Julian beugt sich über das Bett und küsst mich sanft auf die Lippen. »Du musst dich ausruhen«, sagt er sanft. »Ich möchte, dass du wieder gesund wirst. Hast du mich verstanden?«

Ich nicke, und meine Augenlider werden schwer, als das Medikament zu wirken beginnt. Einen Augenblick lang fühle ich mich, als würde ich schweben, und dann bekomme ich nichts weiter mit.

~

ALS ICH AUFWACHE, BIN ICH ALLEIN IM ZIMMER. HELLES SONNENLICHT scheint durch die großen Fenster, und verschiedene Pflanzen blühen fröhlich auf der Fensterbank. Es ist alles sehr gemütlich. Wenn es den Krankenhausgeruch und die verschiedenen Geräte und Monitore nicht gäbe, würde ich denken, ich befände mich in einem Schlafzimmer. Was auch immer das für eine Privatklinik ist, sie ist sehr luxuriös – eine Tatsache, die mir vorher gar nicht aufgefallen war.

Die Tür öffnet sich, und Angela kommt herein. Sie schenkt mir ein strahlendes Lächeln und fragt mit einer fröhlichen Stimme: »Wie fühlen Sie sich, Nora?«

»Okay«, antworte ich ein wenig misstrauisch. »Wo ist Julian?« Irgendetwas an dieser Frau stört mich, aber ich kann nicht genau sagen, was. Ich weiß, dass sie wahrscheinlich meine beste Möglichkeit ist, zu entkommen, aber ich weiß nicht, ob ich ihr trauen kann. Sie könnte ja auch leicht eine von Julians Angestellten sein, so wie Beth.

»Herr Esguerra musste für ein paar Stunden weg«, erklärt sie mir und lächelt mich immer noch an. »Beth ist aber hier. Sie ist nur kurz im Bad.«

»Oh, gut.« Ich schaue sie an und versuche, meinen ganzen Mut zusammenzukratzen. Ich muss ihr sagen, dass ich entführt wurde. Ich muss es einfach. Das ist meine einzige Gelegenheit, zu entkommen. Sie mag Julian gegenüber loyal sein, aber ich muss es trotzdem versuchen, weil es sein kann, dass sich mir niemals eine bessere Möglichkeit bieten wird, meine Freiheit wiederzuerlangen.

Angela kommt zum Bett und reicht mir einen Becher mit einem Strohhalm. »Hier, bitte«, sagt sie mit der gleichen fröhlichen Stimme. »Ich bringe Ihnen auch gleich etwas zu essen.«

Ich hebe meinen Arm und nehme den Becher von ihr. Dabei zucke ich zusammen, als die Bewegung an meinen Stichen zieht. »Danke«, sage ich und trinke gierig das Wasser. Ich muss ihr wirklich sagen, dass sie die Polizei rufen muss, oder wie die örtlichen Ordnungskräfte hier auch immer heißen mögen, aber aus irgendeinem Grund mache ich das nicht. Stattdessen trinke ich das Wasser und sehe ihr dabei zu, wie sie aus dem Raum geht und mich wieder allein lässt.

In Gedanken stöhne ich auf. Was ist mit mir los? Zum ersten Mal seit über einem Jahr gibt es eine reelle Möglichkeit, zu entkommen, und ich schwanke und zaudere. Ich rede mir ein, dass ich einfach vorsichtig bin, weil ich nicht möchte, dass irgendjemand verletzt wird – nicht Angela und mit Sicherheit niemand zu Hause –, aber tief in mir drin kenne ich die Wahrheit.

So verlockend die Freiheit auch ist, sie macht mir gleichzeitig Angst. Ich bin jetzt so lange gefangen gehalten worden, dass ich mich nach der Bequemlichkeit meines Käfigs sehne; mich hier in diesem unbekannten Zimmer zu befinden stresst mich, ängstigt mich, und ein Teil von mir möchte einfach nur auf die Insel zurück, die normale Routine wiederhaben. Das Ausschlaggebende ist aber, dass Freiheit gleichzeitig bedeutet, Julian zu verlassen, und das kann ich nicht über mich bringen.

Ich möchte nicht von dem Mann weg, der mich entführt hat.

Ich sollte den Gedanken mögen, dass die Polizei kommt und ihn festnimmt, aber stattdessen erfüllt er mich mit Schrecken. Ich möchte nicht, dass Julian ins Gefängnis geht. Ich möchte nicht von ihm getrennt sein, nicht einmal für eine Minute.

Ich schließe die Augen und sage mir, dass ich ein Idiot bin, ein Idiot nach einer Gehirnwäsche, aber das ist egal.

Während ich hier in diesem Krankenhausbett liege, versöhne ich mich mit der Tatsache, nicht länger eine unwillige Gefangene zu sein. Stattdessen bin ich einfach eine Frau, die zu Julian gehört – genauso, wie er zu mir gehört.

~

DIE NÄCHSTE WOCHE erhole ich mich im KRANKENHAUS. JULIAN besucht mich jeden Tag und verbringt einige Stunden an meiner Seite, genauso wie Beth. Angela kümmert sich die meiste Zeit um mich, auch wenn einige Ärzte vorbeigekommen sind, um sich meine Akte anzuschauen und meine Schmerzmitteldosis anzupassen.

Ich habe immer noch niemandem gesagt, ein Entführungsopfer zu sein, und ich habe es auch gar nicht mehr vor. Ich nehme außerdem an, dass das Personal dafür bezahlt wird, diskret zu sein. Niemand scheint sich auch nur im Geringsten dafür zu interessieren, was ein amerikanisches Mädchen auf den Philippinen macht. Mir werden überhaupt keine persönlichen Fragen gestellt. Das Einzige, was Angela von mir wissen möchte, ist, ob ich Schmerzen, Durst oder Hunger habe und ob ich das Badezimmer aufsuchen möchte. Ich bin mir ziemlich sicher, dass sie einfach lächeln und mir mehr Schmerzmittel geben würde, sollte ich sie bitten, für mich die Polizei zu rufen.

Ich habe außerdem Wachen auf dem Gang vor dem Zimmer gesehen. Ich kann immer einen Blick auf sie werfen, wenn sich die Tür öffnet. Sie sind bis zu den Zähnen bewaffnet und sehen unheimlich aus. Sie erinnern mich an den Schläger, der bei Jake war.

Als ich Julian auf sie anspreche, gibt er bereitwillig zu, dass es sich dabei um seine Angestellten handelt. »Sie sind hier, um dich zu beschützen«, erklärt er mir und setzt sich auf mein Bett. »Ich habe dir ja schon erzählt, dass ich Feinde habe.«

Das hat er wirklich, aber bis jetzt hatte ich das volle Ausmaß der Gefahr nicht erkannt. Laut Beth ist eine kleine Armee von Bodyguards im und rund um das Krankenhaus stationiert, die uns alle vor dem beschützen sollen, um das sich Julian Sorgen macht.

»Was für Feinde?«, frage ich neugierig und schaue ihn an. »Wer ist hinter dir her?«

Er lächelt mich an. »Darüber musst du dir keine Gedanken machen, mein Kätzchen«, sagt er zärtlich, aber unter der Wärme seines Lächelns lauert etwas Kaltes und Tödliches. »Ich werde mich bald um sie kümmern.«

Ich erschaudere ein wenig und hoffe, dass Julian es nicht mitbekommt. Manchmal kann mein Liebhaber sehr, sehr angsteinflößend sein.

»Morgen gehen wir nach Hause«, wechselt er das Thema. »Die Ärzte sagen, du sollst es in den nächsten Wochen ruhig angehen lassen, aber es gibt keinen Grund, weshalb du noch länger hierbleiben solltest. Du kannst dich genauso gut zu Hause erholen.«

Ich nicke, und mein Magen zieht sich mit einer Mischung aus Furcht und Freude zusammen. Nach Hause. Nach Hause auf die Insel. Dieses eigenartige Intermezzo in dem Krankenhaus – so nahe an der Freiheit – ist fast vorbei.

Morgen beginnt mein wahres Leben wieder.

POP! POP! DAS EXPLODIERENDE GERÄUSCH EINES FEHLZÜNDENDEN Autos reißt mich aus dem Schlaf. Mein Herz hämmert, ich schnippe wie ein Klappmesser in eine Sitzposition und drücke danach mit einem Schmerzenslaut meine Hand gegen die Stiche in meiner Seite.

Pop! Pop! Pop! Das Geräusch wiederholt sich, und ich erstarre. Kein Auto hat solche Fehlzündungen.

Ich höre Schüsse. Schüsse und gelegentliche Schreie.

Es ist dunkel, und das einzige Licht kommt von den Monitoren, an denen ich hänge. Ich liege auf meinem Bett mitten im Raum – und bin das Erste, was jemand sehen würde, der die Tür öffnet. Mir fällt auf, dass ich genauso gut mit einer auf die Stirn gemalten Zielscheibe hier sitzen könnte.

Ich versuche, meine unregelmäßige Atmung zu kontrollieren, und ziehe die Nadel aus meinem Arm, um aufzustehen. Ich habe immer noch Schmerzen beim Gehen, aber ich ignoriere sie. Ich bin mir sicher, dass Kugeln schlimmer sind.

Ich trippele barfuß zur Tür und öffne sie einen klitzekleinen Spalt, um in den Flur zu schauen. Mir wird schlecht. Ich kann nicht einen einzigen Bodyguard sehen; der ganze Flur ist völlig leer.

Scheiße. Scheiße, Scheiße, Scheiße.

Ich werfe einen panischen Blick um mich und suche nach einem Versteck. Der einzige Schrank im Zimmer ist zu klein, dort passe ich nicht hinein. Einen anderen Platz, an dem ich mich verbergen könnte, gibt es nicht. Hierzubleiben wäre glatter Selbstmord. Ich muss also aus dem Zimmer heraus, und zwar sofort.

Ich ziehe den Krankenhauskittel fester um mich und trete vorsichtig auf den Gang. Der Boden unter meinen Füßen ist kalt und verstärkt die eisige Kälte in mir. Hier draußen fühle ich mich bloßgestellt und verletzlich, was meinen Drang, mich zu verstecken, fast unerträglich macht. Ich sehe einige Türen am anderen Ende des Gangs, und ich wähle eine davon aus, die ich langsam öffne. Zu meiner Erleichterung befindet sich niemand darin. Ich trete ein und schließe die Tür leise hinter mir.

Das Geräusch der Schüsse geht in unregelmäßigen Abständen weiter und kommt immer näher. Ich gehe in die Ecke hinter der Tür und drücke mich gegen die Wand. Ich versuche, meine aufsteigende Panik zu kontrollieren. Ich weiß nicht, wer diese Schützen sind, aber alle Möglichkeiten, die mir einfallen, sind nicht beruhigend.

Julian hat Feinde. Was, wenn er da draußen gerade mit seinen Bodyguards gegen sie kämpft? Ich stelle mir vor, dass er verletzt oder tot ist, und die Kälte in mir breitet sich aus, dringt bis tief in meine Knochen ein. Bitte nicht, Gott. Alles, aber das nicht. Ich würde lieber sterben, als ihn zu verlieren.

Mein ganzer Körper zittert, und ich kann den kalten Schweiß meinen Rücken hinunterlaufen spüren. Die Schüsse haben aufgehört, und die Stille ist schlimmer als der betäubende Lärm zuvor. Ich kann die Angst schmecken; sie ist scharf und metallisch auf meiner Zunge, und mir wird klar, dass ich mir auf die Innenseite der Wange gebissen habe.

Die Zeit vergeht quälend langsam. Jede Minute fühlt sich wie eine Stunde an, und jede Sekunde wie eine Ewigkeit. Endlich höre ich vom Flur Stimmen und schwere Schritte. Es hört sich an, als gingen dort mehrere Männer, die sich in einer Sprache unterhalten, die ich nicht verstehe – eine Sprache, die sich für mich barsch und kehlig anhört.

Ich kann hören, wie Türen geöffnet werden, und weiß, dass sie nach etwas suchen … oder nach jemandem. Ich traue mich kaum, zu atmen, ich versuche, mit der Wand zu verschmelzen, mich so klein zu machen, dass ich für die Männer mit den Waffen dort draußen auf dem Gang unsichtbar bin.

»Wo ist sie?«, will eine grobe, männliche Stimme mit einem starken Akzent wissen. »Sie sollte hier sein, auf dieser Etage.«

»Nein, ist sie nicht.« Die Stimme, die ihm antwortet, ist Beths, und ich unterdrücke einen entsetzten Aufschrei, als mir klar wird, dass diese Männer sie gefangen genommen haben müssen. Sie hört sich trotzig an, aber ich kann auch einen ängstlichen Unterton aus ihrer Stimme heraushören. »Ich habe euch gesagt, dass Julian sie schon mitgenommen hat ...«

»Lüg mich verdammt noch mal nicht an«, brüllt der Mann, und sein Akzent wird stärker. Auf das Geräusch eines Schlages folgt ein schmerzlicher Aufschrei von Beth. »Wo zum Teufel ist sie?«

»Ich weiß es nicht«, schluchzt Beth hysterisch. »Sie ist weg, habe ich euch doch gesagt, weg ...«

Der Mann bellt etwas in seiner eigenen Sprache, und ich kann hören, wie weitere Türen geöffnet werden. Sie kommen näher zu dem Zimmer, in dem ich mich verstecke, und ich weiß, dass es nur noch eine Frage der Zeit ist, bis sie mich finden. Ich weiß nicht, warum sie mich suchen, aber ich weiß, dass ich die fragliche »Sie« bin. Sie wollen mich finden, und sie sind bereit, Beth Schmerzen zuzufügen, um ihr Ziel zu erreichen.

Ich zögere einen Moment, bevor ich aus dem Zimmer trete. Auf der anderen Seite des Flurs kann ich Beth zusammengekauert auf dem Boden liegen sehen. Sie wird an einem Arm von einem schwarz gekleideten Mann festgehalten. Ein Dutzend weitere, mit Sturmgewehren und Maschinenpistolen bewaffnete Männer stehen um sie herum. Sobald ich aus dem Zimmer trete, richten sich alle Waffen auf mich.

»Sucht ihr mich?«, frage ich ruhig. Ich hatte in meinem ganzen Leben noch nie solche Angst, aber meine Stimme ist fest, klingt fast belustigt. Ich wusste nicht, dass die Angst einen betäuben kann, aber genauso fühle ich mich gerade – ich bin so verängstigt, dass ich keine Furcht mehr spüre.

Meine Gedanken sind eigenartig klar, und ich nehme verschiedene Dinge auf einmal wahr. Die Männer sehen mit ihrer olivfarbenen Haut und dem dunklen Haar nach Nahem Osten aus. Einige von ihnen sind rasiert, aber die Mehrheit hat dicke, schwarze Bärte.

Wenigstens zwei von ihnen sind verwundet und bluten. Und trotz der ganzen Waffen sehen sie ängstlich aus, so als befürchteten sie, jederzeit angegriffen zu werden.

Der Mann, der Beth festhält, gibt ein weiteres Kommando in einer Sprache, die ich jetzt als Arabisch erkenne, und ich bemerke, dass es sich dabei um den gleichen Mann handelt, der vorher Englisch gesprochen hat. Er scheint der Anführer zu sein. Auf seinen Befehl hin kommen zwei Männer auf mich zu und ergreifen mich an den Armen, um mich zu ihm zu ziehen. Ich schaffe es, nicht zu stolpern, obwohl meine Stiche mit erneuter Stärke schmerzen.

»Ist sie das?«, faucht er Beth an und schüttelt sie grob. »Ist das Julians kleine Nutte?«

»Das bin ich«, erkläre ich ihm, bevor Beth antworten kann. Meine Stimme ist immer noch unnatürlich ruhig. Ich denke, ich habe die Gefahr, in der ich mich befinde, noch nicht völlig erkannt. Das Einzige, was ich gerade machen möchte ist, sie davon abzubringen, Beth weiterhin wehzutun. Gleichzeitig verarbeite ich in meinem Hinterkopf die Tatsache, dass sie mich wollen, weil ich Julians Geliebte bin. Das kann nur eines bedeuten: Julian lebt, und sie möchten mich gegen ihn benutzen. Ich unterdrücke einen Schauer der Erleichterung.

Ihr Anführer starrt mich an und ist offensichtlich ganz überrascht von meinem ungewöhnlichen Mut. Er lässt von Beth ab, kommt zu mir und greift sich mit harten, grausamen Fingern mein Kinn. Er beugt sich nach vorne und betrachtet mich mit kalt leuchtenden Augen. Er ist klein für einen Mann, höchstens eins siebzig groß, und sein Atem, der über mein Gesicht weht, hüllt mich in eine Wolke aus Tabak- und Knoblauchgestank ein. Ich kämpfe gegen meinen Würgereiz und halte trotzig seinem Blick stand.

Nach einigen Augenblicken lässt er mich los und sagt etwas auf Arabisch zu seinen Leuten. Zwei der Männer kommen und ergreifen Beth. Sie schreit und beginnt, sich zu wehren, aber einer von ihnen schlägt sie mit seiner Rückhand, und sie verstummt. Gleichzeitig schließt sich die Hand des Anführers um meinen Oberarm und drückt ihn schmerzhaft. »Lasst uns gehen«, sagt er beißend, und ich lasse mich zur Tür am Ende des Gangs führen.

Die Tür führt in ein Treppenhaus, und ich bemerke, dass wir uns in der zweiten Etage des Gebäudes befinden. Die Soldaten umkreisen mich, ihren Anführer und Beth, und wir alle gehen die Treppe hinunter und durch eine Tür, die zu einer unbefestigten, nicht überdachten Fläche außerhalb des Krankenhauses führt. Im Treppenhaus kamen wir an einer Leiche vorbei, und hier draußen liegen weitere. Ich wende meine Augen ab und schlucke die Galle hinunter, die meinen Hals hochsteigt. Die Sonne ist hell, und die Luft ist heiß und feucht, aber ich kann die Wärme auf meiner Haut kaum spüren. Die Wirklichkeit meiner Lage beginnt mir bewusst zu werden, und ich fange an zu zittern, so dass kleine Beben meinen Körper erschüttern.

Einige schwarze Geländewagen warten schon auf uns, und die Männer zerren Beth und mich zu einem davon, zwingen uns, hinten einzusteigen. Zwei von ihnen steigen zu uns, und wir müssen uns zusammendrängen. Ich kann spüren, wie Beth zittert, und strecke mich nach ihr aus. Ich will ihre kalte Hand mit meiner drücken und ein wenig Trost aus dieser menschlichen Berührung ziehen. Sie schaut mich an, und die Panik in ihren Augen lässt mein Blut gefrieren. Ihr sommersprossiges Gesicht ist blass, und ihre rechte Wange, auf der sich gerade ein Bluterguss zu bilden beginnt, ist geschwollen. Ihre Oberlippe ist an zwei Stellen aufgeplatzt, und auf ihrem Kinn ist Blut. Wer immer diese Männer sind, sie haben kein Problem damit, Frauen zu verletzen.

Ich möchte sie unbedingt fragen, was sie weiß, aber ich bleibe stumm. Ich möchte nicht mehr Aufmerksamkeit auf uns ziehen als nötig. Meine Gedanken gehen zurück zu den toten Körpern, an denen wir gerade vorbeigegangen sind, und ich kämpfe gegen das Bedürfnis an, mich zu übergeben. Ich weiß nicht, was diese Leute mit uns vorhaben, aber ich vermute ganz stark, dass unsere Chancen, lebend aus dieser Sache herauszukommen, minimal sind. Jede Minute, die wir überleben, jede Minute, die sie uns allein lassen, ist wertvoll, und wir müssen tun, was wir können, um diese Minuten so lange wie möglich auszudehnen.

Das Auto wird gestartet und fährt los. Ich halte immer noch Beths Hand und schaue aus dem Fenster. Das weiße Krankenhausgebäude verschwindet hinter uns. Die Straße, auf der wir uns befinden, ist nicht asphaltiert und holprig. Die Männer, die mit uns auf dem Rücksitz sitzen, halten ihre Waffen fest, und ich kann wieder spüren, dass sie Angst vor etwas haben … oder jemandem.

Ich frage mich, ob es Julian ist. Weiß er, was passiert ist? Ist er vielleicht schon auf dem Weg zum Krankenhaus? Ich blicke mit trockenen und brennenden Augen aus dem Fenster. So war das nicht geplant gewesen. Heute sollte ich zurück auf die Insel kommen, zu dem ruhigen Leben zurückkehren, welches ich im vergangenen Jahr geführt hatte. Es ist ein Leben, nach dem ich mich mit einer verzweifelten Intensität sehne. Ich möchte in Julians Umarmung liegen, seine Berührung fühlen und den warmen, reinen Geruch seiner Haut einatmen. Ich möchte, dass er mich besitzt und mich beschützt. Mich vor allem und jedem außer ihm selbst in Sicherheit bringt.

Aber er ist nicht hier. Stattdessen holpert das Auto die Straße entlang und fährt uns immer weiter von der Sicherheit weg. Es ist heiß hier drin, und ich rieche die würzige Geruchsmischung aus ungewaschenen Männerkörpern und Schweiß. Sie zieht durch das ganze Auto, und ich habe das Gefühl, daran zu ersticken. Beth scheint sich in einem Schockzustand zu befinden. Ihr Gesicht ist weiß und verschlossen. Ich möchte sie umarmen, aber wir sind zu eng zusammengedrängt, weshalb ich nur ihre Hand liebevoll drücke. Ihre Finger liegen leblos und klamm in meiner Hand.

Die Fahrt scheint ewig zu dauern. In Wirklichkeit ist aber nur etwa eine Stunde vergangen, denn die Sonne steht immer noch nicht ganz am Himmel, als wir an unserem Ziel ankommen. Es handelt sich dabei um eine Landebahn mitten im Nichts und darauf befindet sich ein riesiges Flugzeug. Auf mich wirkt es ein wenig militärisch. Die Männer drängen uns aus dem Auto und zerren uns zum Flugzeug. Ich gebe mein Bestes, dorthin zu gehen, wo sie uns haben wollen, da ich nicht möchte, dass sich meine frische Narbe öffnet. Beth wehrt sich auch nicht, aber sie scheint zu erschüttert zu sein, um geradeaus laufen zu können, weshalb sie quasi hineingetragen werden muss.

Die Innenausstattung des Flugzeugs ist weit entfernt davon, luxuriös zu sein. Wie ich vermutet hatte, besitzt es eine Militärausstattung mit Sitzen, die an der Wand entlanglaufen, anstatt in hintereinander angeordneten Reihen. Es ist die Art von Flugzeug, die ich in Filmen gesehen habe. Normalerweise springen aus ihnen die Navy SEALs mit Fallschirmen. Die Männer schnallen Beth und mich in zwei Sitzen fest, und wir bekommen auch noch Handschellen umgelegt, bevor sie sich selbst setzen.

Der Motor heult auf, und dann heben wir ab. Die Sonne scheint mir grell in die Augen.

ALS WIR EIN PAAR STUNDEN SPÄTER LANDEN, BIN ICH AM VERDURSTEN und muss dringend aufs Klo. Ich werfe einen Blick auf Beth und sehe, dass es ihr sogar noch schlechter geht. Ihre Augen glänzen und sehen fiebrig aus. Die Schwellung in ihrem Gesicht hat sich in einen hässlichen Bluterguss verwandelt, und ihre Lippen sind blutverkrustet. Mit meinen gefesselten Händen kann ich nicht einmal hinübergreifen und sie tröstend am Arm berühren.

Sobald das Flugzeug den Boden berührt, schnallen sie uns los und schleifen uns hinaus. Unsere Hände sind immer noch vor unsere Körper gebunden. Der Anführer kommt und wirft einen schnellen Blick auf uns, bevor er auf einen schwarzen Geländewagen zeigt, der einige Meter entfernt steht. Er verteilt einige Befehle an seine Männer, und ich denke, das bedeutet, dass unsere Reise noch weitergeht. Bevor sie uns in das Fahrzeug drängen können, spreche ich sie aber an. »Hey«, sage ich ruhig, »ich muss aufs Klo.«

Beth wirft mir einen panikerfüllten Blick zu, aber ich ignoriere sie und konzentriere mich auf den Anführer. Ich bin mir ziemlich sicher, dass ich lieber sterben würde, als mir in die Hose zu machen – oder meinen Krankenhauskittel in diesem Fall. Er zögert einen Moment, schaut mich an und zeigt dann mit dem Daumen auf die Büsche. »Geh, Schlampe«, sagt er harsch. »Ich gebe dir eine Minute.«

Ich stolpere zu den Büschen und ignoriere den Mann mit der Maschinenpistole, der mir folgt. Zum Glück schaut er weg, als ich mein Hemdchen anhebe und mich hinhocke, um mich zu erleichtern. Mein Gesicht ist knallrot, weil mir das Ganze so peinlich ist. Aus den Augenwinkeln kann ich sehen, dass Beth meinem Beispiel in einigen Metern Entfernung folgt.

Als wir beide fertig sind, steigen wir erneut in ein heißes, stickiges Auto. Dieses Mal dauert die Fahrt sogar noch länger, und die Straße windet sich durch eine Art Dschungel. Als wir an einem unauffälligen, warenhausähnlichen Gebäude ankommen – unserem endgültigen Ziel –, bin ich schweißnass und völlig dehydriert. Ich habe auch Hunger, aber das ist zweitrangig bei dem Durst, den ich gerade habe.

Als wir das Gebäude betreten, werden wir zu zwei Metallstühlen geführt, die in der Ecke stehen. Meine Handschellen werden abgemacht, aber bevor ich die Möglichkeit habe, mich darüber zu freuen, bindet mir der gleiche Mann, der mich bei den Büschen bewacht hat, meine Handgelenke wieder hinter dem Rücken zusammen. Danach befestigt er meine beiden Knöchel jeweils an einem Stuhlbein, bevor er ein Seil um meinen Körper wickelt, um mich an den Stuhl zu schnüren. Er berührt meine Haut desinteressiert, unpersönlich; ich bin nur eine Sache für ihn, keine Frau. Ich drehe meinen Kopf zur Seite und sehe, dass das Gleiche mit Beth geschieht. Der Unterschied ist allerdings, dass ihr Betreuer es zu genießen scheint, ihr Schmerzen zuzufügen, indem er ihre Beine rau auseinanderreißt, um sie am Stuhl zu befestigen. Sie gibt kein Geräusch von sich, aber ihr Gesicht wird noch blasser, und ihre aufgeplatzten Lippen zittern leicht.

Ich beobachte das mit hilfloser Wut, bis der Mann sie in Ruhe lässt. Dann schaue ich weg und widme meine Aufmerksamkeit stattdessen unserer Umgebung.

Es scheint, als sei mein erster Eindruck richtig gewesen. Wir sind in einem Lagerhaus, mit großen Kisten und Metallregalen, die in ihrer Mitte ein Labyrinth bilden. Jetzt, sicher an unsere Stühle gebunden, lassen uns die Männer allein und versammeln sich an einem langen Tisch in der anderen Ecke.

Beth und ich können endlich ungestört reden.

»Bist du okay?«, frage ich sie und achte darauf, meine Stimme ganz leise zu halten. »Haben sie dich verletzt? Bevor ich aus dem Zimmer kam, meine ich …«

Sie schüttelt ihren Kopf, und ihr Mund wird hart. »Sie haben mich nur ein wenig geschlagen«, sagt sie ruhig. »Es ist nichts weiter. Du hättest nicht rauskommen sollen, Nora. Das war dumm.«

»Sie hätten mich sowieso gefunden. Es war nur eine Frage der Zeit.« Davon bin ich überzeugt. »Weißt du, wer sie sind oder was sie von uns wollen?«

»Ich bin mir nicht sicher, aber ich habe eine Vermutung«, erwidert sie, und ihre Hände verkrampfen sich auf ihrem Schoß. »Ich denke, sie sind ein Teil der dschihadistischen Terroristengruppe, von der mir Julian vor einigen Monaten erzählt hat. Offensichtlich sind sie verärgert darüber, dass Julian ihnen eine kürzlich von seinem Unternehmen entwickelte Waffe nicht verkaufen wollte.«

»Warum nicht?«, frage ich neugierig. »Warum wollte er sie ihnen nicht verkaufen?«

Sie zuckt mit den Schultern. »Das weiß ich nicht. Julian ist sehr wählerisch, was seine Geschäftspartner betrifft, und es könnte sein, dass er ihnen nicht ausreichend vertraut hat.«

»Also wollen sie ihn mit uns erpressen?«

»Ja, das denke ich zumindest«, erwidert sie leise. »Zumindest ist das der Grund, weshalb du hier bist. Jemand im Krankenhaus muss für sie gearbeitet haben, denn sie wussten, wer du warst und was du Julian bedeutest. Ich habe in einem der Zimmer in der unteren Etage geschlafen, als sie mich gefunden haben. Danach sind sie direkt in die zweite Etage gegangen, zu deinem Zimmer. Ich vermute, sie haben vor, dich dazu zu benutzen, um Julian zu zwingen, ihnen diese Waffe zu geben.«

Ich atme zitternd ein. »Ich verstehe.« Ich kann mir nur vorstellen, wie Männer, die psychotisch genug sind, unschuldige Zivilisten zu töten, Julian zu etwas zwingen wollen. Grauenhafte Bilder von verstümmelten Körperteilen tanzen durch meinen Kopf, und ich schiebe sie angestrengt beiseite, da ich mich nicht der Panik hingeben möchte, die mich gerade zu verschlingen droht.

»Zum Glück war Julian nicht im Krankenhaus, als sie kamen«, meint Beth und unterbricht meine düsteren Gedanken. »Sie haben jeden getötet, alle sechzehn Männer von Julian, die uns beschützen sollten.«

Ich schlucke trocken. »Sechzehn Männer?«

Beth nickt. »Sie hatten unglaublich mächtige Waffen und kamen mit dreißig oder vierzig Männern. Du hast das Schlimmste nicht gesehen, da sie von hinten eingedrungen sind. Fast zwei Meter hoch waren die Leichen in dem anderen Treppenhaus gestapelt, und viele davon waren von ihrer Seite.«

Ich starre sie an und versuche, meine Atmung zu kontrollieren. Scheiße. Scheiße, scheiße, scheiße. Was auch immer das für eine Waffe ist, die sie von Julian haben wollen, es muss eine Hammerwaffe sein, wenn sie dafür so viele Kameraden opfern. Wird er sie ihnen geben, um uns zu retten? Sind Beth und ich ihm wichtig genug? Ich weiß, dass er mich will – und sich irgendwie auch Gedanken um mein Wohlbefinden macht –, aber ich habe keine Ahnung, ob er mich vor seine Geschäftsinteressen stellen würde.

Selbst wenn er ihnen das geben würde, was sie möchten, gibt es keine Garantie dafür, dass sie uns am Leben lassen werden. Ich erinnere mich an das, was mir Julian über Marias Tod erzählt hat … darüber, wie sie getötet wurde, um ihn für einen Überfall auf ein Lagerhaus zu bestrafen. In Julians Welt haben Taten Konsequenzen. Sehr brutale Konsequenzen.

»Denkst du, er wird nach uns suchen?«, frage ich Beth ruhig. Die Ironie des Ganzen entgeht mir nicht. Ich sehe Julian jetzt als meinen potentiellen Retter an, meinen Ritter in glänzender Rüstung. Er ist nicht mehr derjenige, vor dem ich gerettet werden muss.

Sie schaut mich an, und ihre Augen sehen in dem blassen Gesicht besonders dunkel aus. »Das wird er«, antwortet sie sanft. »Er wird uns suchen kommen. Ich weiß nur nicht, ob es uns dann noch etwas nutzen wird.«

~

DIE NÄCHSTEN STUNDEN VERGEHEN. DIE MÄNNER IGNORIEREN UNS weitestgehend, auch wenn ich gesehen habe, wie einige von ihnen auf meine nackten Beine geschaut haben, wenn ihr Anführer es nicht mitbekam. Zum Glück ist dieser Krankenhauskittel recht formlos und aus einem dicken Material – das so ziemlich unerotischste Outfit, welches ich mir vorstellen kann. Der Gedanke daran, einer von ihnen könnte mich berühren – oder mehrere –, lässt meine Haut jucken.

Sie geben uns auch nichts zu essen oder zu trinken. Das ist kein gutes Zeichen; es bedeutet, dass es ihnen egal ist, ob wir leben oder tot sind. Mein Durst wird so quälend, dass ich nur noch an Wasser denken kann, und in meinem Magen habe ich ein leeres, nagendes Gefühl. Am schlimmsten sind aber die kalte Angst, die mich in Wellen überkommt, und die düsteren Bilder, die wie in einem schlechten Horrorfilm durch meinen Kopf jagen.

Ich versuche, mit Beth zu reden, um nicht auszurasten, aber nach unserer anfänglichen Unterhaltung wird sie still und zieht sich zurück, antwortet höchstens noch einsilbig. Es ist so, als sei sie nur noch körperlich anwesend. Ich beneide sie. Ich würde auch gerne auf diese Weise flüchten können, aber ich kann es nicht. Damit meine Gedanken sich lösen können, brauche ich Julian und diese ganz spezielle erotische Qual.

Als ich fast frustriert schreien muss, betreten zwei weitere Männer das Lagerhaus. Zu meiner Überraschung sieht einer von ihnen wie ein Geschäftsmann aus. Sein Nadelstreifenanzug ist elegant und maßgeschneidert, und er trägt eine iPad-Tasche von Strotter im Messenger-Stil quer über dem Oberkörper. Er ist außerdem ziemlich jung, wahrscheinlich erst in seinen Dreißigern, und er scheint gut in Form zu sein. Er ist glattrasiert, hat eine olivfarbene Haut und glänzendes, schwarzes Haar. Er hätte auf dem Cover der GQ sein können – wenn er nicht höchstwahrscheinlich ein Terrorist wäre.

Er wechselt ein paar Worte mit den Männern auf der anderen Seite des Lagerhauses und kommt dann zu Beth und mir. Er nähert sich uns, und ich bemerke das kalte Glänzen in seinen Augen und die Art und Weise, wie sich seine Nasenflügel leicht blähen. Sein starres Blicken, ohne zu blinzeln, hat etwas Reptilienhaftes, und ich unterdrücke einen Schauer, als er einen Meter vor uns zum Stehen kommt und mich mit zur Seite geneigtem Kopf betrachtet.

Ich erwidere seinen Blick, und mein Herz schlägt heftig in meiner Brust. Objektiv gesehen könnte er als hübsch bezeichnet werden, aber ich fühle mich nicht im Geringsten von ihm angezogen. Das Einzige, was ich fühle, ist Angst. Das ist eigentlich eine Erleichterung für mich; ein Teil von mir hatte sich schon gefragt, ob etwas mit mir nicht stimmt – ob es mein Schicksal ist, Männer zu begehren, die mir Angst machen. Jetzt erkenne ich, dass es sich dabei um ein Julian-spezifisches Phänomen handelt. Ich habe Angst vor dem Kriminellen, der vor mir steht, und bin abgestoßen – eine völlig normale Reaktion, die ich begrüße.

»Wie lange kennst du Esguerra schon?«, fragt der Mann mich. Er hat einen britischen Akzent, der mit etwas Fremdem und Exotischem vermischt ist. Bei dem Klang seiner Stimme schaut Beth überrascht hoch, und ich kann sehen, dass sie innerhalb eines Augenblicks wieder bei uns ist.

Ich zögere eine Sekunde lang, bevor ich ihm antworte. »Etwa fünfzehn Monate«, sage ich schließlich. Ich kann nichts Schlimmes darin sehen, das preiszugeben.

Er hebt seine Augenbrauen an. »Und er hat dich die ganze Zeit versteckt gehalten? Beeindruckend …«

Ich unterdrücke meinen plötzlichen Drang, zu kichern. Julian hat mich wortwörtlich auf seiner Insel versteckt gehalten, also hat der Typ mehr recht, als er denkt. Meine Lippen zucken ungewollt, und ich kann Überraschung auf dem Gesicht des Mannes aufflackern sehen.

»Du bist eine mutige, kleine Hure, stimmt's?«, stellt er langsam fest und betrachtet mich mit seinem düsteren Blick. »Oder denkst du, das alles hier ist ein Witz?«

Ich antworte ihm nicht. Was könnte ich auch sagen? *Nein, ich denke nicht, dass das ein Witz ist. Ich weiß, Sie werden mich quälen und mich wahrscheinlich töten, um Julian eins auszuwischen.* Irgendwie hört sich das nicht so gut an.

Seine Augen verengen sich, und mir fällt auf, dass ich ihn irgendwie verärgert habe. Er sieht aus wie eine Kobra, die gleich angreift. Meine Herzfrequenz schießt nach oben, und ich spanne mich an, bereite mich auf einen Schlag vor, aber er greift einfach nur nach seiner Tasche, öffnet sie und holt sein iPad heraus. Er blickt darauf, schreibt schnell eine Mail und sieht dann wieder zu mir. »Dann schauen wir mal, ob Esguerra denkt, das sei ein Witz«, sagt er ruhig und schließt seine Tasche. »Ich hoffe für dich, dass das nicht der Fall sein wird.«

Dann dreht er sich herum und geht weg, wieder dorthin zurück, wo die anderen Männer versammelt sind.

~

Trotz meiner Angst und meiner unbequemen Position schaffe ich es irgendwie, in diesem Stuhl einzuschlafen. Mein Körper erholt sich immer noch von der Operation, und ich bin körperlich und emotional erschöpft von den Ereignissen des letzten Tages.

Ich wache auf, weil ich Stimmen höre. Der Typ im Anzug und der Kleine, den ich als Anführer vermutet hatte, stehen vor mir und stellen etwas auf, was wie eine große Kamera auf einem hohen Dreibein aussieht.

Ich schlucke und sehe ihnen zu. Mein Mund ist so trocken wie die Sahara, und trotz der ganzen Zeit, die vergangen ist, habe ich überhaupt nicht das Bedürfnis, meine Blase zu entleeren. Ich denke, das bedeutet, dass ich völlig dehydriert bin.

Als er sieht, dass ich wach bin, schenkt mir der Anzug – so nenne ich ihn in meinen Gedanken – ein dünnlippiges Lächeln. »Es ist Showtime. Lasst uns herausfinden, wie sehr Esguerra seine kleine Hure zurückbekommen möchte.«

Übelkeit wühlt meinen leeren Magen auf, und ich drehe meinen Kopf zu Beth, um einen Blick auf sie zu werfen. Sie starrt geradeaus. Ihr Gesicht ist weiß, und ihr Blick leer. Ich weiß nicht, ob sie überhaupt geschlafen hat, aber sie scheint noch abwesender zu sein als zuvor.

Sie richten die Kamera auf uns und kontrollieren einige Male den Winkel. Danach kommt Anzug herüber und stellt sich neben mich. Sobald die Lichter der Kamera angehen, legt er seine Hand auf meinen Kopf und streicht grob über mein zerzaustes Haar. »Du weißt, was ich will, Esguerra«, sagt er ruhig und schaut in die Kamera. »Du hast bis morgen um Mitternacht Zeit, es zu mir zu bringen. Mach das – und der Schlampe passiert nichts. Ich werde sie dir sogar zurückgeben. Falls nicht, dann … bekommst du sie trotzdem zurück.« Er hält inne und lächelt grausam. »Stück für Stück.«

Ich starre in die Kamera und die Galle kommt mir hoch. Mir ist – noch – nichts passiert, aber ich kann die Gewalt in diesem Mann spüren. Es ist die gleiche Dunkelheit, die Julians Seele verschmutzt. Männer wie diese sind anders. Sie halten sich nicht an gesellschaftliche Konventionen. Sie spielen nicht nach den gleichen Regeln wie alle anderen.

Anzugs Hand verlässt mein Haar, und er geht einen Schritt auf Beth zu. »Vielleicht zweifelst du an mir, Esguerra«, fährt er fort und spricht dabei weiterhin in die Kamera. »Vielleicht denkst du, mir fehlt es an Entschlossenheit. Lass mich einfach kurz demonstrieren, was mit deiner hübschen Hure passiert, wenn ich nicht bekomme, was ich möchte. Wir beginnen mit dem Rotschopf und machen dann mit ihr weiter ...«, er macht eine Kopfbewegung in meine Richtung, »morgen nach Mitternacht.«

»Nein!«, schreie ich, als mir aufgeht, was er vorhat. »Fass sie nicht an!« Ich versuche, mich zu befreien, aber die Stricke, die mich halten, sind zu fest. Es gibt nichts, was ich machen kann, außer hilflos dabei zuzuschauen, wie er seine Hand um Beths Hals legt und beginnt, zuzudrücken. »Fass sie verdammt nochmal nicht an! Julian wird dich dafür umbringen! Er wird dich verdammt noch mal töten ...«

Anzug ignoriert meine Schreie, gibt einen Befehl auf Arabisch, und ein Mann tritt hervor, um Beths Fesseln mit einem scharfen Messer durchzuschneiden. Ich erhasche einen Blick auf ihre panikerfüllten Augen, und dann werfen sie sie mit dem Gesicht nach unten auf den Boden. Der Anzug drückt sein Knie gegen ihren Rücken und zieht an ihrem Haar, um ihren Kopf nach oben zu biegen. Ich kann sehen, wie ihre Beine nutzlos gegen den Boden klopfen, und meine Schreie werden lauter, als Anzug ein kurzes, dünnes Messer hervorholt und beginnt, in Beths Wange zu schneiden.

Sie schreit, wehrt sich, und ich kann das Blut überall hinspritzen sehen, als er ihr Gesicht aufschneidet und eine tiefe, blutige Wunde hinterlässt. Ich würge, mein Magen protestiert, aber er ist noch lange nicht fertig. Beths andere Wange ist als Nächstes dran, und danach rammt er sein Messer in ihren Oberarm, um ihr ein Stück Fleisch herauszuschneiden. Ihre qualvollen Schreie hallen durch die gesamte Lagerhalle und werden von meinen eigenen hysterischen Lauten begleitet. Ich kann ihren Schmerz fühlen, als sei er meiner, und das kann ich nicht ertragen. »Lass sie in Ruhe!«, kreische ich. »Du dreckiger Bastard! Lass sie in Ruhe!«

Das macht er natürlich nicht. Er fährt damit fort, sie aufzuschneiden, und seine dunklen Augen glänzen erregt. Er genießt das, bemerke ich mit krankem Grauen; er macht das nicht nur für die Kamera. Beths Gegenwehr wird schwächer, und ihre Schreie verwandeln sich in schluchzendes Stöhnen. Überall ist Blut; Beth ertrinkt quasi darin. Ich weiß nicht, wie sie in der Lage ist, die ganze Zeit bei Bewusstsein zu bleiben. Schwarze Punkte schwimmen vor meiner Sicht, und ich fühle mich, als würden die Wände um mich herum näherkommen und mich einschließen. Meine Rippen drücken auf meine Lungen, und ich kann nicht mehr atmen.

Plötzlich zuckt Beths Körper, und es ertönt ein seltsames Gurgeln, bevor sie still wird. Alles, was ich jetzt hören kann, ist das Geräusch meiner eigenen schweren, schluchzenden Atemzüge. Beth liegt bewegungslos da, und um ihre Halsgegend bildet sich eine riesige Blutlache. Der Anzug steht auf, wischt sich das Messer an seiner Hose ab und dreht sich zur Kamera. »Das war eine Expressvorführung für dich, Esguerra«, sagt er und lächelt strahlend. »Ich wollte es nicht allzu sehr in die Länge ziehen, da ich weiß, dass du Zeit für das brauchst, was ich von dir will. Natürlich wird die nächste Vorführung sehr viel länger sein, sollte ich es nicht bekommen.« Er macht einen Schritt auf mich zu und streicht mit einem blutigen Finger über meine Wange. »Deine kleine Hure ist so hübsch, vielleicht lasse ich meine Männer ein wenig Spaß mit ihr haben, bevor ich beginne …«

Dieses Mal kann ich mich nicht beherrschen. Heiße Galle steigt in meinen Hals, und ich kann gerade noch meinen Kopf zur Seite drehen, bevor sie aus mir herausschießt und auf den Boden spritzt.

Nora

NACHDEM DIE KAMERA AUSGESCHALTET IST, LASSEN SIE MICH WIEDER allein. Beths Körper wird entfernt und der Boden oberflächlich gewischt, so dass danach einige rotbraune Streifen zurückbleiben. Ich starre sie an, und meine Gedanken sind langsam und schwerfällig, so als befände ich mich in einem Vollrausch. Ich zittere nicht länger, obwohl ab und an ein Schauer durch meinen Körper läuft. Meine Stiche schmerzen dumpf, und ich frage mich, ob wohl einige von ihnen während meiner Bemühungen, mich loszureißen, aufgegangen sind. Ich kann kein Blut durch meine Krankenhauskleidung sehen, also ist das vielleicht nicht der Fall.

Ein wenig später bringen sie mir etwas Wasser. Ich trinke gierig den ganzen Becher, was einige der Männer dazu veranlasst, zu lachen, während sie etwas auf Arabisch sagen und sich dabei anzüglich in den Schritt fassen. Ich habe fast den Eindruck, dass sie darauf hoffen, dass Julian nichts macht, damit sie noch ein wenig Spaß mit mir haben können, bevor der Anzug mit seiner Arbeit beginnt.

Im Moment lassen sie mich zum Glück in Ruhe. Ich darf sogar kurz nach draußen, um die Toilette zu benutzen, und der gleiche Typ wie zuvor – der unpersönliche – begleitet mich zu den Büschen. Ich denke, er ist jetzt meine offizielle Badezimmerbegleitung, und ich beginne, ihn in Gedanken Toilettentyp zu nennen.

Zwei der anderen bekommen auch Namen von mir. Den mit dem schwarzen Bart bis zur Mitte der Brust nenne ich Schwarzbart. Den mit dem sich zurückziehenden Haaransatz Glätzchen. Der kleine Mann, der den Angriff auf das Krankenhaus geleitet hat, ist Knoblauchatem.

Ich mache das, um meine Gedanken von Beth abzulenken. Ich kann noch nicht zulassen, an sie zu denken – nicht, wenn ich nicht verrückt werden möchte. Ich werde hier lebend herauskommen, und dann werde ich um die Frau trauern, die meine Freundin geworden war. Wenn ich überlebe, werde ich mir erlauben zu weinen und zu trauern, vor Wut über die sinnlose Gewalttätigkeit ihres Todes außer mir sein. Aber im Augenblick kann ich nur von einem Moment zum nächsten existieren, mich auf die belanglosesten und lächerlichsten Sachen konzentrieren, um nicht von dem Gewicht der brutalen Realität erdrückt zu werden.

Die Zeit vergeht langsam. Es wird dunkel, und ich starre auf den Boden, die Wände und die Decke. Ich denke, ich bin sogar ein paar Male weggenickt, aber beim kleinsten Geräusch wache ich mit rasendem Herzen auf. Sie haben mir immer noch nichts zu essen gegeben, und der Hunger quält mich mit nagenden Magenschmerzen. Das ist aber egal. Ich bin einfach dankbar dafür, noch am Leben zu sein – ein Zustand, von dem ich weiß, dass er nicht mehr lange anhalten wird, außer Julian bringt die Waffe.

Ich schließe meine Augen und stelle mir vor, dass ich zu Hause auf der Insel bin und ein Buch auf der Veranda lese. Ich versuche, mir einzureden, dass ich jederzeit ins Haus zurückgehen kann und Beth dort finde, die gerade etwas zu essen für uns zubereitet. Ich versuche, mich davon zu überzeugen, dass Julian sich nur auf einer Geschäftsreise befindet und ich ihn bald wiedersehen werde. Ich stelle mir sein Lächeln vor, die Art und Weise, auf die sich sein Haar um sein Gesicht wellt und diese harte, männliche Perfektion einrahmt. Ich sehne mich nach ihm, nach der Wärme und Sicherheit seiner starken Umarmung, auch dann noch, als ich langsam in einen unruhigen Schlaf falle.

～

EINE GROSSE HAND LEGT SICH FEST ÜBER MEINEN MUND UND REISST mich aus dem Schlaf. Ich öffne die Augen, und Adrenalin schießt durch meine Adern. Verängstigt versuche ich, mich zu wehren ... und dann höre ich, wie eine vertraute Stimme in mein Ohr flüstert: »Schscht, Nora. Ich bin's. Du musst jetzt ruhig bleiben, okay?«

Ich nicke leicht, und mein Körper zittert vor Erleichterung. Seine Hand gibt meinen Mund frei. Ich drehe meinen Kopf und blicke Julian ungläubig an.

Ganz in Schwarz gekleidet kniet er neben mir. Eine kugelsichere Weste bedeckt seine Brust und seine Schultern. Sein Gesicht ist mit diagonalen, schwarzen Streifen bemalt. Über seiner Schulter hängt eine Maschinenpistole, und eine ganze Waffensammlung hängt an seinem Gürtel. Er sieht wie ein tödlicher Fremder aus. Nur seine Augen sind vertraut und eigenartig hell in diesem dunkel angemalten Gesicht.

Eine Sekunde lang bin ich davon überzeugt, zu träumen. Er kann nicht hier stehen, in diesem Lagerhaus mitten im Nichts, und mit mir reden. Nicht, wenn seine Feinde sich weniger als dreißig Meter entfernt befinden. Mein Herz rast, und ich blicke mich schnell im Lagerhaus um.

Die Männer in der Ecke scheinen zu schlafen, haben sich auf Laken auf dem Boden ausgestreckt. Ich zähle acht – was bedeutet, dass einige von ihnen sich wahrscheinlich draußen befinden und das Gebäude bewachen. Ich sehe den Anzug nirgends, also muss er auch draußen sein.

Ich wende meine Aufmerksamkeit wieder Julian zu und sehe, dass er die Fesseln an meinen Knöcheln mit einem gefährlich aussehenden Messer durchschneidet. »Wie bist du hier hereingekommen?«, flüstere ich und blicke ihn mit benommener Verwunderung an.

Er macht eine kurze Pause und schaut mich an. »Sei still«, sagt er, und seine Worte sind fast unhörbar. »Ich muss dich hier rausholen, bevor sie aufwachen.«

Ich nicke und schweige, während er meine Fesseln weiter durchschneidet. Trotz unserer gefährlichen Situation ist mir vor Freude fast schwindelig. Julian ist hier. Bei mir. Er ist für mich gekommen. Die Welle meiner Liebe und Dankbarkeit ist so stark, dass ich sie kaum in mir halten kann. Ich möchte aufspringen und ihn umarmen, aber ich bleibe bewegungslos sitzen, während er seine Aufgabe beendet und das restliche Seil loslöst.

Sobald ich frei bin, stellt er mich auf meine Füße, schlingt seine Arme um mich und drückt mich fest an sich. Ich kann das leichte Zittern in seinem kräftigen Körper spüren, bevor er mich wieder loslässt und einen kleinen Schritt zurücktritt. Er umfasst mein Gesicht mit seinen Händen und schaut mich an. Seine blauen Augen blicken hart und besitzergreifend. Es ist ein Augenblick wortloser Kommunikation zwischen uns, in dem ich vieles verstehe. Ich weiß, was er mir gerade nicht sagen kann.

Ich weiß, er würde mich immer suchen.

Ich weiß, er würde für mich töten.

Ich weiß, er würde für mich sterben.

Er nimmt seine Arme herunter, um meine Hand zu nehmen. »Lass uns gehen«, sagt er ruhig und sieht mich immer noch an. »Wir haben nicht viel Zeit.«

Ich umklammere seine Hand und lasse mich von ihm zu dem dunklen Bereich in der Nähe der gegenüberliegenden Wand führen, dorthin, wo auch die Männer schlafen. Das Labyrinth aus Regalen und Boxen in der Mitte der Lagerhalle schützt uns schnell vor ihrem Blick, und Julian hockt sich wieder hin. Gleichzeitig lässt er meine Hand los. Ich höre ein wühlendes Geräusch, so als würde eine Hand etwas auf dem Boden suchen. Plötzlich höre ich ein leises Knarren, so als ob er ein Brett vom Boden löst und es zur Seite legt.

Auf dem Boden vor uns befindet sich eine große, quadratische Öffnung.

Ich knie mich neben sie und starre in die Dunkelheit hinunter.

»Steig dort hinein«, flüstert Julian in mein Ohr und legt seine Hand auf mein Knie, um es leicht zu drücken. Die vertraute Berührung beruhigt mich ein wenig. »Es gibt eine Leiter.«

Ich schlucke und strecke meine Hand nach vorn, um die besagte Leiter zu finden. Woher weiß er das?

»Ich habe mich in ihren Rechner gehackt und den Grundriss des Gebäudes gefunden«, erklärt er mir ruhig, so als könne er meine Gedanken lesen. »Unter uns befindet sich ein Lagerraum, von dem aus eine Abwasserleitung nach draußen führt. Finde sie und krieche in ihr nach draußen.« Seine Hände ziehen sich von meinen Knien zurück, und ich fühle mich ohne sie ganz nackt. Die Gefahr, in der wir uns befinden, wird mir schlagartig wieder bewusst.

Meine Finger finden die Metalleiter, und ich greife zu, bewege mich langsam zu ihr. Julian hält mich am Arm fest, bis ich einen sicheren Stand habe und vorsichtig mit dem Abstieg beginne. Es ist stockdunkel hier unten, und unter normalen Umständen würde ich zögern, in diesen unbekannten Keller hinabzusteigen. In diesem Moment macht mir allerdings nichts mehr Angst als diese Männer, vor denen wir gerade flüchten.

Ich steige einige Stufen hinunter und sehe dann nach oben. Julian steht immer noch dort. Der Ausdruck auf seinem Gesicht ist angespannt und alarmiert, so als höre er etwas.

Und dann kann auch ich es hören – leises Geflüster, dem ein Schreien auf Arabisch folgt.

Meine Abwesenheit ist entdeckt worden.

Julian stellt sich mit einer geschmeidigen Bewegung hin und schaut zu mir herab. Seine Hand umfasst die Maschinenpistole. »Geh«, befiehlt er mit leiser, harter Stimme. »Jetzt, Nora. Such das Rohr und krieche raus. Ich werde sie aufhalten.«

»Was? Nein!« Ich blicke ihn entsetzt und schockiert an. »Komm mit mir …«

Er schaut mich wütend an. »Geh«, zischt er. »Sofort, oder wir sind beide tot. Ich kann mich nicht um dich kümmern und sie abwehren.«

Ich zögere einen Moment, da ich mich wie zerrissen fühle. Ich möchte ihn nicht zurücklassen, aber ich möchte ihm auch nicht im Weg stehen. »Ich liebe dich«, sage ich ruhig. Als ich zu ihm hinaufschaue, sehe ich kurz weiße Zähne aufblitzen.

»Geh, Baby«, erwiderte er mit einem viel sanfteren Ton. »Ich bin bald bei dir.«

Mein Herz rast, und ich folge seinen Anweisungen. So schnell ich kann, klettere ich die Leiter hinunter. Die Schreie werden lauter, und ich weiß, dass die Männer das Lagerhaus absuchen und mit dem Labyrinth in der Mitte anfangen. Es ist nur eine Frage der Zeit, bevor sie zu dem dunklen Gebiet an dieser Wand kommen. Mein ganzer Körper zittert aus einer Kombination von Nervosität und Adrenalin, und ich konzentriere mich darauf, nicht zu fallen, während ich tiefer in die Dunkelheit hinabsteige.

Rat-tat-tat! Das Geräusch von Schüssen erschreckt mich, und ich klettere noch schneller, obwohl ich schon schwer und unregelmäßig atme. Sobald meine Füße den Boden berühren, strecke ich meine Arme aus und beginne, in der Dunkelheit nach der Wand mit dem Abwasserrohr zu suchen.

Weitere Schüsse. Gebrüll. Schreie. Mein Herz schlägt so schnell, dass es sich in meinen Ohren wie eine Trommel anhört.

Irgendetwas quiekt unter meinem Fuß, und winzige Pfötchen rennen über meine nackten Zehen. Ich ignoriere das und suche verzweifelt nach dem Rohr. Ratten interessieren mich gerade nicht. Irgendwo da oben befindet sich Julian in Lebensgefahr. Ich weiß nicht, ob er allein ist oder Verstärkung dabeihat. Der Gedanke daran, er könne verletzt oder getötet werden, ist so schmerzhaft, dass ich ihn beiseiteschieben muss, wenn ich überleben möchte.

Meine Hände berühren die Wand, aber ich kann keine Öffnung finden. Es ist zu dunkel. Keuchend gehe ich an ihr entlang und wische mit meinen Händen über die glatte Oberfläche, immer hoch und runter. Meine Stiche schmerzen, aber ich bekomme das kaum mit. Ich muss einen Weg nach draußen finden. Sollten sie mich noch einmal fangen, werde ich nicht mehr lange leben.

Erneute Schüsse, gefolgt von mehr Geschrei.

Ich suche weiter, während meine Panik und meine Verzweiflung langsam größer werden. *Julian. Julian ist dort oben.* Ich versuche, nicht daran zu denken, aber ich kann es nicht. Ich kann ihm nicht helfen; rational gesehen weiß ich das auch. Ich bin barfuß in einem Krankenhauskittel und habe nicht einmal so etwas wie eine Gabel, um mich zu verteidigen. Er dagegen ist bis an die Zähne bewaffnet und trägt eine schusssichere Weste.

Aber natürlich hat die Logik nichts mit der quälenden Angst zu tun, die ich bei dem Gedanken bekomme, ihn zu verlieren.

Er wird überleben, spreche ich mir gut zu, während ich weiterhin nach dem Abflussrohr suche. Julian weiß, was er tut. Das ist seine Welt, sein Spezialgebiet. Das ist der Teil seines Lebens, vor dem er mich auf der Insel geschützt hat.

Meine Hände berühren etwas Hartes an der Wand, etwa auf der Höhe meiner Knie, und dann kann ich die Öffnung ertasten.

Das Abwasserrohr. Ich habe es gefunden.

Ich höre ein weiteres schrilles Quieken, und etwas kommt aus dem Rohr auf mich zu. Ich springe erschrocken zurück, begebe mich dann aber auf alle viere und krieche entschlossen hinein, nachdem ich mich psychisch für weitere potentielle Zusammenstöße mit Nagern gewappnet habe.

Wenn ich auf meine Hände und Knie gestützt bin, ist das Rohr breit genug für mich, und ich krieche so schnell ich kann, ignoriere den abgestandenen Geruch nach Abwasser und Rost. Zum Glück ist es nur leicht feucht hier drin, und ich versuche, nicht darüber nachzudenken, was genau diese Nässe ist.

Endlich erreiche ich das andere Ende. Ich rolle mich zu einem kleinen Ball zusammen, drehe mich herum und klettere mit den Füßen zuerst hinaus.

Ich gehe ein wenig von dem Rohr weg und schaue mich erst einmal um. Der Himmel über mir ist voller Sterne, und die Luft riecht stark nach warmer Erde und Regenwald. Auf einem kleinen Hügel, weniger als fünfzig Meter von mir entfernt, kann ich das Lagerhaus erkennen.

Ich betrachte es, krank vor Sorge um Julian. Ich höre erneut Schüsse, die von hellen Lichtblitzen begleitet werden. Das Waffengefecht dauert immer noch an, was ja ein gutes Zeichen ist, wie ich mir selbst einrede. Wäre Julian tot – hätten die Terroristen gewonnen –, würde ich keine Schüsse mehr hören. Er muss doch mit Verstärkung gekommen sein.

Ich umarme mich selbst und lehne mich gegen einen Baum, da meine Knie von einer Kombination aus Terror und Adrenalin zittern.

In diesem Moment erhellt sich der Himmel, und das Gebäude explodiert ... und eine Druckwelle glutheißer Luft wirft mich etwa einen Meter weit nach hinten ins Gebüsch.

 Nora

An die nächsten vierundzwanzig Stunden habe ich nur undeutliche Erinnerungen.

Nachdem ich wieder aufgestanden bin, fühle ich mich benommen und verwirrt. Mein Kopf tut weh, und mein Körper fühlt sich wie ein einziger blauer Fleck an. Ich habe ein Rauschen in den Ohren, und alles scheint sich in weiter Entfernung zu befinden.

Ich muss durch die Druckwelle ohnmächtig geworden sein, aber ich bin mir nicht sicher. Als ich mich wieder genug erholt habe, um laufen zu können, ist das Feuer, welches das Gebäude verschlingt, schon fast erloschen.

Benebelt stolpere ich den Hügel hinauf und durchsuche die qualmenden Überreste des Lagerhauses. Ab und an finde ich ein verkohltes Körperteil, und einige Male treffe ich auf Körper, die fast intakt sind, bei denen vielleicht nur der Kopf oder ein Bein fehlt. Ich nehme diese Sachen irgendwie wahr, aber ich verarbeite sie nicht. Ich fühle mich seltsam losgelöst, so als sei ich nicht wirklich hier. Nichts berührt mich. Nichts stört mich. Selbst meine körperlichen Empfindungen sind durch den Schock abgedämpft.

Ich suche stundenlang nach ihm. Als ich damit aufhöre, steht die Sonne hoch am Himmel, und ich bin schweißnass.

Ich habe keine andere Wahl, als die Wahrheit zu akzeptieren.

Es gibt keine Überlebenden. So einfach ist das.

Ich sollte weinen. Ich sollte schreien. Ich sollte irgendetwas fühlen.

Aber das mache ich nicht.

Ich fühle mich einfach nur taub.

Ich verlasse das Lagerhaus und gehe weg. Ich weiß nicht, wohin ich gehe, und es interessiert mich auch nicht. Alles, was ich machen kann, ist, einen Fuß vor den anderen zu setzen.

Als es dunkel zu werden beginnt, treffe ich auf eine Ansammlung von kleinen Häusern, die aus Holzbohlen und Karton gefertigt sind. Durch die Siedlung läuft ein seichter Wasserlauf, und ich sehe einige Frauen, die dort ihre Handwäsche erledigen.

Ihre entsetzten Gesichter sind das Letzte, an das ich mich erinnere, bevor ich einige Meter von ihnen entfernt zusammenbreche.

～

»Frau Leston, könnten sie mir einige Fragen beantworten? Ich bin Agent Wilson, und das hier ist Agent Bosovsky.«

Ich schaue auf den gedrungenen Mann mittleren Alters, der neben meinem Bett steht. Er sieht überhaupt nicht so aus, wie ich mir FBI-Beamte vorstelle. Sein Gesicht ist rund und sieht mit seinen geröteten Wangen und den tanzenden blauen Augen fast aus wie das einer Putte. Wenn Agent Wilson einen roten Hut und einen weißen Bart tragen würde, könnte er großartig einen Weihnachtsmann imitieren. Im Gegensatz zu ihm ist sein Partner – Agent Bosovsky – spindeldürr, und sein schmales Gesicht ist überzogen mit tiefen Sorgenfalten.

In den letzten zwei Tagen habe ich mich in einem Krankenhaus in Bangkok erholt. Eine der Frauen vom Fluss hat wohl den örtlichen Behörden Bescheid gegeben, dass ein Mädchen durch ihr Dorf wandert. Ich kann mich vage daran erinnern, von ihnen befragt worden zu sein, aber ich bezweifle, dass irgendetwas, was ich ihnen erzählt habe, einen Sinn ergeben hat. Sie haben trotzdem genug verstanden, um für mich die amerikanische Botschaft zu kontaktieren, und dann haben die US-Behörden meinen Fall übernommen.

»Ihre Eltern sind schon auf dem Weg hierher«, erklärt Agent Bosovsky, als ich die beiden weiterhin einfach nur anschaue, ohne etwas zu sagen. »Ihr Flug landet in einigen Stunden.«

Ich blinzele, da seine Worte es schaffen, durch diese Eisschicht hindurchzudringen, die mich seit der Explosion von allem und jedem abgeschottet hat. »Meine Eltern?«, krächze ich, und mein Hals fühlt sich seltsam geschwollen an.

Der dünne Agent nickt. »Ja, Frau Leston. Sie wurden gestern benachrichtigt, und wir haben sie in das erste Flugzeug nach Bangkok gesetzt. Sie wollten mit Ihnen sprechen, aber zu dem Zeitpunkt hatten Sie starke Beruhigungsmittel bekommen.«

Ich verarbeite diese Information. Die Ärzte haben mich schon davon in Kenntnis gesetzt, dass ich eine leichte Gehirnerschütterung sowie Verbrennungen ersten Grades und Schnittwunden an den Füßen habe. Davon abgesehen waren sie beeindruckt von meinem guten Gesundheitszustand – trotz Dehydration, einer kürzlichen Operation und verschiedenen Blutergüssen. Sie hatten mir trotzdem Beruhigungsmittel gegeben, um mich zur Ruhe kommen zu lassen.

»Denken Sie, Sie könnten uns einige Fragen beantworten, bevor Ihre Eltern ankommen?«, fragt Agent Wilson freundlich, als ich weiterhin schweige.

Ich nicke unmerklich, und er zieht sich einen Stuhl heran. Agent Bosovsky folgt seinem Beispiel.

»Frau Leston, Sie wurden letztes Jahr im Juni entführt«, beginnt Agent Wilson, und sein Gesichtsausdruck ist warm und verständnisvoll. »Können Sie uns etwas über Ihre Entführung erzählen?«

Ich zögere einen Augenblick. Möchte ich ihnen irgendetwas von Julian erzählen? Und dann erinnere ich mich daran, dass er tot ist, und dass das alles egal ist. Eine Sekunde lang ist der Schmerz so stark, dass es mir die Luft nimmt. Dann beginnt mich die betäubende Eiswand wieder zu umhüllen. »Natürlich«, sage ich äußerlich ruhig. »Was möchten Sie denn wissen?«

»Kennen Sie seinen Namen?«

»Julian Esguerra. Er ist …«, ich schlucke hart, »er war ein Waffenhändler.«

Die Augen des FBI-Beamten weiten sich. »Ein Waffenhändler?«

Ich nicke und erzähle ihm, was ich über Julians Unternehmen weiß. Agent Bosovsky schreibt so schnell mit, wie er nur kann, während Agent Wilson mir weitere Fragen über Julians Geschäfte und die Terroristen stellt, die mich von ihm gestohlen hatten. Sie scheinen enttäuscht darüber zu sein, dass er tot ist – und dass ich so wenig weiß. Ich erkläre ihnen, die ganze Zeit seit meiner Entführung auf der Insel gewesen zu sein.

»Er hat sie dort die gesamten fünfzehn Monate lang festgehalten?«, fragt Agent Bosovsky, und die Falten auf seinem Gesicht vertiefen sich. »Nur Sie und diese Frau, Beth?«

»Ja.«

Die Beamten tauschen einen Blick aus, und ich schaue sie an, weil ich weiß, was sie denken. *Armes Mädchen. Sie wurde zur Unterhaltung des Kriminellen wie ein Tier im Käfig gehalten.* Ich habe mich auch einst so gefühlt, aber das ist schon lange vorbei. Jetzt würde ich alles dafür geben, die Uhr zurückdrehen zu können und wieder Julians Gefangene zu sein.

Agent Wilson dreht sich zu mir und räuspert sich. »Frau Leston, heute Nachmittag wird eine Beraterin für Opfer sexuellen Missbrauchs mit Ihnen reden. Sie ist sehr gut ...«

»Das ist nicht nötig«, unterbreche ich. »Mir geht es gut.«

Und das geht es mir auch. Ich fühle mich nicht wie ein Opfer oder benutzt. Ich fühle mich einfach betäubt.

Sie stellen mir noch ein paar weitere Fragen und lassen mich dann allein. Ich erzähle ihnen keine Details über meine Beziehung zu Julian, aber ich denke, das Wesentliche haben sie verstanden.

Der Phantombildzeichner des FBI kommt als Nächstes zu mir, und ich beschreibe ihm Julian. Er wirft mir komische Blicke zu, als ich seine Interpretationen meiner Beschreibungen korrigiere. »Nein, seine Augenbraue ist ein wenig dicker, ein wenig gerader. Sein Haar ist ein wenig welliger, ja, genau so ...«

Besonders schwer fällt es ihm, Julians Mund zu zeichnen. Es ist schwer, diese Schönheit seines dunklen Engelslächelns zu beschreiben. »Die Oberlippe bitte ein wenig voller ... nein, das ist zu voll – sie sollte sinnlicher sein, fast schön ...«

Endlich sind wir fertig, und Julians Gesicht blickt mich von dem weißen Blatt Papier an. Ein Schmerzensblitz fährt durch mich hindurch, aber die Taubheit rettet mich sofort, so wie sie es auch davor getan hatte.

»Das ist ein hübscher Mann«, bemerkt der Zeichner, als er sein Werk betrachtet. »Solche Männer trifft man nicht jeden Tag.«

Meine Hände ballen sich zu festen Fäusten, und meine Nägel bohren sich in meine Haut. »Nein, das tut man nicht.«

Die nächste Person, die mein Zimmer betritt, ist die Beraterin für Opfer sexuellen Missbrauchs, die mir schon angekündigt worden war. Sie ist eine leicht übergewichtige Brünette, die Ende vierzig zu sein scheint. Irgendetwas an ihrem direkten Blick erinnert mich an Beth.

»Ich bin Diane«, stellt sie sich vor, als sie sich einen Stuhl an mein Bett zieht. »Darf ich Sie Nora nennen?«

»Ja, klar«, sage ich matt. Ich möchte nicht besonders gerne mit dieser Frau reden, aber der entschlossene Ausdruck auf ihrem Gesicht sagt mir, dass sie nicht eher gehen wird, bis ich mit ihr gesprochen habe.

»Nora, können Sie mir etwas über Ihre Zeit auf der Insel erzählen?«, fragt sie und schaut mich an.

»Was möchten Sie denn wissen?«

»Was immer Sie mir gerne erzählen möchten.«

Ich denke einen Augenblick lang darüber nach. Eigentlich ist es mir recht, ihr alles zu erzählen. Aber wie kann ich ihr die Gefühle beschreiben, die Julian in mir ausgelöst hat? Wie kann ich ihr die Höhen und Tiefen unserer unorthodoxen Beziehung beschreiben? Ich weiß, was sie denken wird – dass ich verrückt bin, ihn zu lieben. Dass meine Gefühle nicht echt sind, sondern das Ergebnis meiner Gefangenschaft.

Und wahrscheinlich hätte sie recht – aber das ist nicht mehr wichtig. Es gibt Richtig und Falsch, und dann gibt es noch das, was Julian und ich hatten. Nichts und niemand wird jemals in der Lage sein, diese Leere in mir zu füllen. Keine Beratung, egal wie lange sie andauert, würde den Schmerz über seinen Verlust verschwinden lassen.

Ich lächele Diane freundlich an. »Es tut mir leid«, erkläre ich ihr ruhig. »Jetzt gerade möchte ich doch lieber nicht mit Ihnen darüber reden.«

Sie nickt und scheint kein bisschen überrascht zu sein. »Das verstehe ich. Oftmals fühlen wir Opfer uns verantwortlich für das, was passiert ist. Wir denken, wir haben etwas getan, das diese Sache, die uns zugestoßen ist, verursacht hat.«

»Das denke ich nicht«, sage ich stirnrunzelnd. Okay, vielleicht ist mir dieser Gedanke ganz am Anfang meiner Gefangenschaft kurz durch den Kopf geschossen, aber Julian kennenzulernen hat mich schnell davon abgebracht. Er war ein Mann, der sich einfach genommen hat, was er wollte – und er wollte mich.

»Ich verstehe«, erwidert sie und sieht dabei leicht irritiert aus. Dann glättet sich ihre Stirn wieder, als sie denkt, sie habe das Rätsel in ihrem Kopf gelöst. »Er war ein sehr gutaussehender Mann, stimmt's?«, vermutet sie und blickt mich an.

Ich erwidere ihren Blick schweigend, da ich nichts zugeben möchte. Ich kann jetzt nicht über meine Gefühle sprechen, nicht, wenn ich diese eisige Distanz, die mich schützt, behalten möchte.

Sie blickt mich kurz an, steht dann auf und reicht mir ihre Visitenkarte. »Falls Sie irgendwann reden möchten, Nora, rufen Sie mich bitte an«, sagt sie sanft. »Sie können das nicht alles in sich verschlossen halten. Es wird Sie irgendwann auffressen …«

»Okay, ich werde Sie anrufen«, unterbreche ich sie, nehme ihre Karte und lege sie auf meinen Nachttisch. Ich lüge sie an, und ich denke, das weiß sie auch.

Ihre Mundwinkel ziehen sich zu einem leichten Lächeln nach oben, und dann verlässt sie den Raum. Endlich bin ich mit meinen Gedanken allein.

FÜR DIE ANKUNFT MEINER ELTERN BESTEHE ICH DARAUF, AUFZUSTEHEN und normale Kleidung anzuziehen. Ich möchte nicht, dass sie mich in einem Krankenhausbett liegend vorfinden. Ich bin mir sicher, dass sie schon zu viel Zeit damit verbracht haben, sich Sorgen um mich zu machen, und ich möchte es vermeiden, ihre Furcht zu verstärken.

Eine der Schwestern gibt mir eine Jeans und ein T-Shirt. Ich ziehe die Sachen dankbar an. Sie passen mir gut. Die Schwester ist eine kleine Thailänderin, und wir sind etwa gleich groß. Es fühlt sich komisch an, wieder solche Kleidung zu tragen. Ich hatte mich an leichte Sommerkleider gewöhnt, und die Jeans fühlen sich auf meiner Haut ungewöhnlich rau und schwer an. Ich trage keine Schuhe, da die Verbrennungen an meinen Füßen, die ich mir bei der Durchsuchung der Trümmer der Lagerhalle zugezogen habe, immer noch heilen müssen.

Als meine Eltern endlich das Zimmer betreten, sitze ich in einem Stuhl und warte auf sie. Meine Mutter kommt zuerst herein. Sobald sie mich sieht, verzieht sich ihr Gesicht, und Tränen laufen ihre Wangen hinunter. Sie läuft schnell durch das Zimmer, um zu mir zu gelangen. Mein Vater kommt gleich hinter ihr, und bald drücken sie mich beide, reden wie Wasserfälle und schluchzen vor Freude.

Ich lächele sie strahlend an und erwidere ihre Umarmung. Ich gebe mein Bestes, ihnen zu versichern, dass es mir gut geht, und dass es nichts gibt, um was sie sich Sorgen machen müssten. Aber ich weine nicht. Ich kann nicht. Alles fühlt sich dumpf und wie in weiter Entfernung an. Selbst meine Eltern wirken auf mich eher wie geliebte Erinnerungen als wie echte Menschen. Trotzdem gebe ich mir Mühe, mich normal zu verhalten; ich habe ihnen schon viel zu viel Stress und Sorge bereitet.

Nach einer Weile beruhigen sie sich und nehmen Platz.

»Er hat sich mit euch in Verbindung gesetzt, stimmt's?«, frage ich, als ich mich an Julians Versprechen erinnere. »Er hat euch gesagt, dass ich am Leben bin?«

Mein Vater nickt, und sein Gesicht spannt sich an. »Einige Wochen nach deinem Verschwinden haben wir eine Überweisung auf unser Konto erhalten«, erklärt er ruhig. »Eine Überweisung in Höhe von einer Million Dollar von einem nicht nachvollziehbaren Offshore-Konto. Angeblich hatten wir in einer Lotterie gewonnen.«

Meine Kinnlade klappt nach unten. »Was?« Julian hat meinen Eltern Geld gegeben?

»Zur gleichen Zeit haben wir eine Mail bekommen«, fährt mein Vater mit zitternder Stimme fort. »Der Betreff war: In Liebe von eurer Tochter. Es war ein Bild von dir angehängt. Du lagst am Strand und hast ein Buch gelesen. Du sahst so wunderschön aus, so friedlich …« Er muss schlucken. »In der E-Mail stand, dir ginge es gut und es sei jemand bei dir, der für dich sorgt – und dass wir das Geld dazu nutzen sollten, unseren Kredit für das Haus abzuzahlen. Außerdem sollten wir nicht mit dieser Information zur Polizei gehen, da wir damit dein Leben in Gefahr bringen würden.«

Ich blicke ihn amüsiert an und versuche mir vorzustellen, was sie damals gedacht haben mussten. Eine Million Dollar …

»Wir wussten nicht, was wir machen sollten«, meint meine Mutter, und ihre Hände sind ängstlich ineinander verknotet. »Wir dachten, das könnte eine nützliche Spur für die Nachforschungen sein, aber gleichzeitig wollten wir dein Leben nicht aufs Spiel setzen, wo immer du auch warst …«

»Also, was habt ihr gemacht?«, frage ich fasziniert. Das FBI hat nichts von der einen Million Dollar gesagt, also hatten meine Eltern wohl nicht mit ihnen darüber gesprochen. Ich kann mir aber auch nicht vorstellen, dass sie einfach das Geld genommen haben und der Sache nicht weiter nachgegangen sind.

»Wir haben das Geld dafür genutzt, Privatdetektive zu engagieren«, erzählt mein Vater. »Die besten, die wir finden konnten. Sie verfolgten das Konto bis zu einer Briefkastenfirma auf den Cayman Islands zurück, aber die Spur verlor sich dort.« Er hält inne und schaut mich an. »Wir haben das Geld die ganze Zeit dazu benutzt, nach dir zu suchen.«

»Was ist passiert, Süße?«, fragt meine Mutter und beugt sich in ihrem Stuhl nach vorn. »Wer hat dich entführt? Woher kam das Geld? Wo bist du die ganze Zeit über gewesen?«

Ich lächele und beginne, ihre Fragen zu beantworten. Gleichzeitig betrachte ich sie und sauge ihre vertrauten Züge auf. Meine Eltern sind ein hübsches Paar. Beide sind gesund und in guter Verfassung. Sie bekamen mich mit Anfang zwanzig, weshalb sie noch ziemlich jung sind. Mein Vater hat nur wenige graue Spuren in seinem Haar, auch wenn ich jetzt mehr entdecken kann als das, an was ich mich erinnere.

»Also warst du wirklich im Ozean schwimmen und hast Bücher am Strand gelesen?« Meine Mutter blickt mich ungläubig an, als ich ihr einen meiner typischen Tage auf der Insel beschreibe.

»Ja.« Ich schenke ihr ein strahlendes Lächeln. »Teilweise war es wie ein richtig langer Urlaub. Und er hat für mich gesorgt, so wie er es euch geschrieben hatte.«

»Aber warum hat er dich mitgenommen?«, fragt mein Vater frustriert. »Warum hat er dich gestohlen?«

Ich zucke mit den Schultern, da ich keine detaillieren Erklärungen über Maria oder Julians extremes Besitzverhalten abgeben möchte. »Weil er einfach die Art von Mann war, denke ich«, sage ich beiläufig. »Weil er mich wegen seines Berufes nicht ganz normal kennenlernen und ausführen konnte.«

»Hat er dir wehgetan, mein Liebling?«, fragt meine Mutter, und ihre dunklen Augen sind voller Mitgefühl. »War er grausam zu dir?«

»Nein«, erwidere ich sanft. »Er war überhaupt nicht grausam zu mir.«

Ich kann meinen Eltern die Komplexität meiner Beziehung zu Julian nicht erklären, also versuche ich es erst gar nicht. Stattdessen beschönige ich viele Aspekte meiner Gefangenschaft, indem ich mich nur auf die positiven Aspekte konzentriere. Ich erzähle ihnen von meinen Ausflügen zum Fischen mit Beth ganz früh morgens und meine neu entdeckte Leidenschaft fürs Malen. Ich beschreibe ihnen, wie schön die Insel war und wie ich wieder angefangen habe zu laufen. Als ich eine Pause mache, um zu Atem zu kommen, schauen sie mich beide mit eigenartigen Gesichtsausdrücken an.

»Nora, Liebling«, fragt meine Mutter unsicher, »bist du … bist du in diesen Julian verliebt?«

Ich lache, aber es hört sich rau und leer an. »Liebe? Nein, natürlich nicht!« Ich bin mir nicht sicher, weshalb sie diesen Eindruck bekommen hat, da ich es vermieden habe, überhaupt etwas zu Julian zu sagen. Je mehr ich an ihn denke, desto mehr habe ich das Gefühl, die Eisschicht um mich herum könnte Risse bekommen und ich könnte im Schmerz versinken.

»Natürlich nicht«, wiederholt mein Vater und sieht mich prüfend an. Ich kann sehen, dass er mir nicht glaubt.

Irgendwie können meine Eltern die Wahrheit spüren – ich bin viel traumatisierter durch meine Rettung als durch meine Entführung.

2 5

IN DEN NÄCHSTEN VIER MONATEN VERSUCHE ICH, DIE SCHERBEN MEINES Lebens aufzusammeln.

Nach einem weiteren Tag im Krankenhaus in Bangkok erachtet man mich als gesund genug, um reisen zu können, und ich fliege nach Hause, zurück nach Illinois mit meinen Eltern. Wir werden von zwei FBI-Beamten begleitet – Agent Wilson und Agent Bosovsky – die diesen vierundzwanzigstündigen Flug dazu nutzen, mir noch mehr Fragen zu stellen. Beide scheinen extrem frustriert darüber zu sein, dass laut ihrer Datenbank einfach kein Julian Esguerra existiert.

»Sie haben nicht zufällig gehört, dass er andere Alias benutzt hat?«, fragt mich Agent Bosovsky zum dritten Mal, nachdem auch die Anfrage bei Interpol ergebnislos verlaufen ist.

»Nein«, sage ich geduldig. »Ich kannte ihn nur als Julian. Die Terroristen nannten ihn Esguerra.«

Beths Vermutung über die Identität der Männer, die uns aus Julians Krankenhaus entführt hatten, erwies sich als richtig. Sie waren wirklich ein Teil einer besonders gefährlichen dschihadistischen

Organisation mit dem Namen Al-Quadar – so viel hatte das FBI herausfinden können.

»Das ergibt einfach keinen Sinn«, meint Agent Wilson, und seine runden Wangen beben frustriert. »Jeder mit einer solchen Macht sollte auf unserem Radar gewesen sein. Wenn er der Kopf einer illegalen Organisation war, die hochmoderne Waffen herstellt und vertreibt, wie ist es dann möglich, dass nicht eine einzige Regierungsbehörde von seiner Existenz wusste?«

Ich weiß nicht, was ich ihm darauf antworten soll, also zucke ich nur mit den Schultern. Die Privatdetektive, die meine Eltern angeheuert hatten, hatten ja auch nichts über ihn herausfinden können.

Meine Eltern und ich hatten überlegt, dem FBI von Julians Geld zu erzählen, entschieden uns aber letztendlich dagegen. Diese Information, zu einem so späten Zeitpunkt, würde meine Eltern nur in Schwierigkeiten bringen, und das FBI könnte denken, ich sei Julians Komplize gewesen. Welcher Entführer schickt denn schon der Familie seines Opfers Geld?

Als wir zu Hause ankommen, bin ich erschöpft. Ich habe genug davon, dass meine Eltern mir die ganze Zeit nicht von der Seite weichen, und ich kann das FBI mit den Millionen Fragen, die ich nicht beantworten kann, nicht mehr ertragen. Und die größten Schwierigkeiten habe ich mit dieser riesigen Anzahl an Menschen um mich herum. Nach über einem Jahr, in dem ich nur einen minimalen Kontakt zu anderen Personen gehabt habe, sind mir diese Massen am Flughafen einfach zu viel.

Mein altes Zimmer im Haus meiner Eltern ist unberührt. »Wir haben immer darauf gehofft, dass du zurückkommst«, erklärt mir meine Mutter, und ihr Gesicht glüht glücklich. Ich lächele und umarme sie, bevor ich sie sanft aus meinem Zimmer schiebe. Das, was ich gerade mehr als alles andere möchte, ist allein sein – weil ich nicht weiß, wie lange ich meine Fassade der Normalität noch aufrechterhalten kann.

In dieser Nacht gebe ich endlich meiner Trauer nach und weine, während ich in meinem alten Bad aus Kindertagen unter der Dusche stehe.

～

Zwei Wochen nach meiner Rückkehr nach Hause ziehe ich bei meinen Eltern aus. Sie wollen mir das ausreden, aber ich überzeuge sie davon, dass ich das brauche – dass ich allein und unabhängig sein muss. Die Wahrheit ist, dass ich nicht sieben Tage die Woche vierundzwanzig Stunden lang bei meinen Eltern sein kann, auch wenn ich sie sehr liebe. Ich bin nicht länger das sorgenfreie Mädchen, an das sie sich erinnern, und ich finde es zu anstrengend, so zu tun, als sei ich es immer noch.

In dem kleinen Ein-Zimmer-Apartment, welches ich ganz in der Nähe miete, kann ich viel besser ich selbst sein.

Meine Eltern wollen mir den Rest von Julians Geschenk geben – etwas über eine halbe Million – aber ich lehne das ab. So, wie ich das sehe, war das Geld dafür bestimmt, den Kredit meiner Eltern abzuzahlen, und ich möchte, dass es auch dafür verwendet wird. Nach endlosen Streitgesprächen finden wir eine Einigung: Sie zahlen den Großteil ihres Kredits zurück, und der Rest des Geldes geht auf mein Sparbuch für die Uni.

Auch wenn ich eigentlich eine Zeit lang nicht arbeiten müsste, suche ich mir einen Job als Kellnerin. So komme ich raus aus der Wohnung, aber es ist nicht anspruchsvoll – also genau das, was ich momentan brauche. Es gibt Nächte, in denen ich nicht schlafe und Tage, an denen das Aufstehen eine Qual ist. Die Leere in mir erdrückt mich, und die Trauer lässt mich fast ersticken. Ich benötige meine ganze Stärke, um halbwegs normal zu funktionieren.

Wenn ich schlafe, habe ich Albträume. Mein Kopf spielt immer wieder Beths Tod und die Explosion des Lagerhauses ab, bis ich von kaltem Schweiß völlig durchnässt aufwache. Nach diesen Träumen kann ich nicht mehr schlafen und sehne mich nach Julian, nach der Wärme und Sicherheit seiner Umarmung. Ohne ihn fühle ich mich verloren, wie ein Ruderboot im Meer. Seine Abwesenheit ist wie eine eitrige Wunde, die nicht heilen will.

Beth vermisse ich auch. Ich vermisse ihre trockene Einstellung, ihren nüchternen Umgang mit dem Leben. Wenn sie hier wäre, wäre sie die Erste, die mir sagen würde, dass Mist passiert und dass ich einfach damit klarkommen muss. Sie würde wollen, dass ich darüber hinwegkomme.

Und das versuche ich … aber ihr sinnloser, gewalttätiger Tod frisst mich auf. Julian hatte recht – vorher kannte ich keinen wahren Hass. Ich wusste nicht, wie es sich anfühlte, jemanden verletzen zu wollen, sich nach seinem Tod zu sehnen. Jetzt mache ich es. Wenn ich in der Zeit zurückgehen und den Terroristen töten könnte, der Beth so brutal umgebracht hat, würde ich das, ohne zu zögern, tun. Es reicht mir nicht, dass er bei der Explosion umgekommen ist. Ich wünsche mir, ich hätte sein Leben beendet.

Meine Eltern bestehen darauf, dass ich einen Therapeuten aufsuche. Um sie zu beruhigen, gehe ich einige Male hin. Es hilft mir nicht. Ich bin nicht bereit, mein Herz und meine Seele einem Fremden zu öffnen, und unsere Sitzungen sind eine Zeit- und Geldverschwendung. Ich bin nicht in der richtigen Verfassung, um Therapie anzunehmen – mein Verlust ist zu frisch, und meine Gefühle sind zu roh.

Ich beginne wieder mit dem Malen, aber ich kann nicht die gleichen sonnigen Landschaften wie zuvor darstellen. Meine Kunst ist jetzt düsterer, chaotischer. Ich male immer wieder die Explosion, um sie aus meinem Kopf zu bekommen, und jedes Mal sieht sie anders aus, ein wenig abstrakter. Ich male auch Julians Gesicht. Ich mache das aus meiner Erinnerung heraus, und es stört mich, die zerstörerische Perfektion seiner Gesichtszüge nicht ganz genau festhalten zu können. Egal, was ich tue, ich scheine es nie richtig zu machen.

Alle meine Freunde sind zum Studieren weg aus der Stadt, weshalb ich die ersten Wochen nur per Skype oder per Telefon mit ihnen spreche. Sie wissen nicht so recht, wie sie sich in meiner Gegenwart verhalten sollen, und ich kann ihnen keinen Vorwurf daraus machen. Ich versuche, unsere Unterhaltungen oberflächlich zu halten, und konzentriere mich hauptsächlich auf das, was seit dem Schulabschluss in ihren Leben passiert ist. Ich weiß, sie fühlen sich unwohl dabei, mit jemandem über Beziehungsprobleme und Prüfungen zu reden, den sie als Opfer eines furchtbaren Verbrechens ansehen. Sie schauen mich mitleidig und mit einer beunruhigenden Neugier in den Augen an, und ich kann einfach nicht mit ihnen über meine Erlebnisse auf der Insel sprechen.

Als Leah von der Universität aus Michigan nach Hause kommt, treffen wir uns trotzdem, um Zeit miteinander zu verbringen. Nach ein paar Umarmungen verfliegt der Großteil der anfänglichen Unsicherheit, und sie ist wieder das gleiche Mädchen, das während der Schulzeit meine beste Freundin war.

»Ich mag dein Apartment«, bemerkt sie, als sie durch mein Studio wandert und die Bilder betrachtet, die an den Wänden hängen. »Coole Bilder hast du. Wo hast du die gefunden?«

»Ich habe sie gemalt«, erkläre ich ihr und ziehe meine Stiefel an. Wir wollen zum Abendessen zu einem Italiener in der Nähe gehen. Ich habe ein Paar enge Jeans und ein schwarzes Top an, und es fühlt sich genauso an wie in der guten alten Zeit.

»Hast du?« Leah wirft mir einen erstaunten Blick zu. »Seit wann malst du?«

»Ich habe kürzlich damit angefangen«, erwidere ich und schnappe mir meinen Trenchcoat. Wir haben schon Herbst, und es beginnt kühl zu werden. Ich hatte mich an das tropische Klima der Insel gewöhnt, und selbst sechzehn Grad fühlen sich für mich kalt an.

»Scheiße, Nora, das ist wirklich gut«, sagt sie und geht zu einem der Explosionsbilder, um es sich aus der Nähe anzuschauen. Das sind die einzigen, die ich aufgehängt habe – meine Portraits von Julian sind privat. »Ich wusste gar nicht, dass du so ein Talent hast.«

»Danke.« Ich grinse sie an. »Fertig zum Losgehen?«

WIR HABEN EIN TOLLES ABENDESSEN. LEAH ERZÄHLT MIR, WIE ES IST, IN Michigan zur Uni zu gehen, und über Jason, ihren neuen Freund. Ich höre ihr aufmerksam zu, und wir machen uns über Jungen und ihr unerklärliches Bedürfnis lustig, Handstände auf einem Bierfass zu machen.

»Wann bewirbst du dich an den Unis?«, fragt sie beim Dessert. »Du wolltest ja eigentlich von hier weg. Hast du das immer noch vor?«

Ich nicke. »Ja, ich denke, ich werde mich zum Frühjahrssemester bewerben.« Auch wenn ich es mir jetzt leisten kann, überall zu studieren, möchte ich meine Pläne nicht ändern. Das Geld, welches sich auf meinem Konto befindet, kommt mir irreal vor, und ich kann mich nicht überwinden, es zu benutzen.

»Das ist toll«, meint Leah grinsend. Sie scheint ein wenig überdreht zu sein, so als freue sie sich extrem über etwas.

Und gleich werde ich auch erfahren, was dieses Etwas ist.

»Hallo Nora«, sagt eine vertraute Stimme hinter mir, als ich gerade bezahlen möchte.

Ich springe erschrocken auf. Ich drehe mich um und erblicke

Jake – den Jungen, mit dem ich in der schicksalsträchtigen Nacht verabredet war, in der Julian mich entführt hat.

Der Junge, den Julian verletzt hatte, um mich gefügig zu machen.

Er sieht fast noch genauso aus wie damals: Haare, die mit sonnengebleichten Strähnen durchzogen sind, warme, braune Augen und ein großartiger Körper. Nur sein Gesichtsausdruck hat sich verändert. Er ist erschöpft und angespannt.

»Jake …« Ich fühle mich, als stünde ich einem Geist gegenüber. »Ich wusste gar nicht, dass du in der Stadt bist. Ich dachte, du seist in Michigan …«

Und dann verstehe ich es. Ich drehe mich herum und schaue Leah vorwurfsvoll an. Sie dagegen schenkt mir ein breites Lächeln. »Ich hoffe, das macht dir nichts aus, Nora«, sagt sie strahlend. »Ich habe Jake erzählt, dass ich dieses Wochenende hier bin, um mich mit dir zu treffen, und er hat gefragt, ob er mitkommen könnte. Ich war mir nicht sicher, was du dazu sagen würdest, nach allem, was passiert ist …« Mit leicht errötetem Gesicht fährt sie fort: »Also habe ich nur erwähnt, dass wir heute Abend hier sein würden.«

Ich blinzele, und meine Handflächen beginnen zu schwitzen. Leah weiß nicht, dass Jake meinetwegen zusammengeschlagen wurde. Dieses kleine Detail habe ich nur dem FBI mitgeteilt. Sie befürchtet wahrscheinlich, Jake zu sehen könnte schmerzhafte Erinnerungen an meine Entführung zurückbringen, aber sie kann mit Sicherheit nicht ahnen, wie schlecht mir gerade vor Schuldgefühlen und Beklommenheit ist.

Jake dagegen weiß, dass ich dafür verantwortlich bin. Ich kann es daran erkennen, wie er mich ansieht.

Ich zwinge mich dazu, zu lächeln. »Natürlich macht es mir nichts aus«, lüge ich glatt. »Bitte, setze dich doch. Möchtest du einen Kaffee?« Ich zeige auf die uns gegenüberliegende Sitzbank und nehme wieder Platz. »Wie geht's dir?«

Er erwidert mein Lächeln, und in den Ecken seiner Augen bilden sich diese kleinen Fältchen, die ich damals so schön fand. Er ist immer noch der süßeste Typ, den ich jemals getroffen habe, aber ich fühle mich nicht länger zu ihm hingezogen. Diese Verknalltheit, die ich einst für ihn gefühlt habe, verblasst im Gegensatz zu meiner völligen Besessenheit von Julian – zu der dunklen und verzweifelten Sehnsucht, deretwegen ich mich nachts hin und her wälze.

Wenn ich nicht schlafen kann, denke ich oft an die Dinge, die

Julian und ich zusammen gemacht haben – die Sachen, die er mich machen lassen hat ... die Sachen, die er mir antrainiert hat, und die ich jetzt will. In der Dunkelheit der Nacht masturbiere ich zu verbotenen Fantasien. Fantasien voller köstlicher Schmerzen und erzwungener Erregung, von Gewalt und Lust. Es schmerzt mich vor Verlangen danach, genommen und benutzt zu werden. Ich sehne mich nach Julian – dem Mann, der diese Seite in mir erweckt hat.

Dem Mann, der jetzt tot ist.

Ich schiebe diesen quälenden Gedanken beiseite und konzentriere mich auf das, was Jake mir erzählt.

»... konnte monatelang nicht in diesen Park gehen«, sagt er, und ich bemerke, dass er mir von seiner Zeit nach der Entführung erzählt. »Jedes Mal, wenn ich das tat, musste ich an dich denken und fragte mich, wo du sein könntest ... Die Polizei meinte, es schien, als seist du einfach von dem Planeten verschwunden ...«

Während ich ihm zuhöre, werden das Schamgefühl und die Selbstverachtung in mir immer größer. Wie kann ich nur solche Gefühle für einen Mann haben, der eine so furchtbare Sache getan hat und dabei so vielen Menschen wehgetan hat? Wie krank muss ich sein, jemanden zu lieben, der so böse sein kann? Julian war kein gequälter, missverstandener Held, der durch Umstände, die er nicht kontrollieren konnte, gezwungen wurde, böse Dinge zu machen. Er war einfach ein Monster.

Ein Monster, welches ich mit jeder Faser meines Körpers vermisse.

»Es tut mir so leid, Nora«, sagt Jake und lenkt mich damit von meiner Selbstgeißelung ab. »Es tut mir so leid, dass ich dich in jener Nacht nicht beschützen konnte ...«

»Warte ... Was?« Ich blicke ihn ungläubig an. »Bist du verrückt? Weißt du, mit wem du es da zu tun hattest? Du hattest gar nicht die Möglichkeit, irgendetwas zu machen ...«

»Ich hätte es aber versuchen müssen.« Jakes Stimme ist voller Schuldgefühle. »Ich hätte irgendetwas unternehmen müssen, irgendetwas ...«

Ich greife über den Tisch und lege meine Hand aus einem Impuls heraus auf seine. »Nein«, sage ich bestimmt. »Du bist in keinster Weise schuld daran.« Ich kann aus den Augenwinkeln Leah sehen; sie beschäftigt sich mit ihrem Telefon und tut so, als sei sie gar nicht hier.

Ich ignoriere sie. Ich muss Jake davon überzeugen, dass er es nicht versaut hat, ihm helfen, darüber hinwegzukommen.

Seine Haut fühlt sich unter meinen Fingern warm an, und ich spüre die Anspannung, die in ihm vibriert. »Jake«, sage ich sanft und erwidere seinen Blick, »Niemand hätte das jemals verhindern können. Niemand. Julian hat – *hatte* – solche Ressourcen, die jedes SWAT-Team neidisch machen würde. Wenn irgendjemand Schuld daran hat, bin ich das. Du bist meinetwegen da hineingezogen worden, und das tut mir wirklich leid.« Ich entschuldige mich für mehr als die Nacht im Park, und er weiß das.

»Nein, Nora«, entgegnet er ruhig, und seine braunen Augen haben sich mit Schatten gefüllt. »Du hast recht. Es ist seine Schuld, nicht unsere.« Mir wird klar, dass er mir auch Absolution anbietet – dass er mich auch von meiner Schuld befreien möchte.

Ich lächele und drücke seine Hand, akzeptiere schweigend seine Vergebung.

Ich wünschte, ich könnte mir auch so leicht vergeben, aber das kann ich nicht.

Selbst jetzt, während ich hier sitze und Jakes Hand halte, kann ich nicht aufhören, Julian zu lieben.

Egal, was er getan hat.

Nora

»Weißt du, ich glaube, dass er immer noch an dir interessiert ist«, meint Leah, als sie mich nach Hause fährt. »Ich bin auch überrascht, dass er dich nicht gleich dort gefragt hat, ob du dich mit ihm treffen würdest.«

»Mich fragen, ob ich mich mit ihm treffen würde? Jake?« Ich schaue sie ungläubig an. »Ich bin das letzte Mädchen, mit dem er ausgehen würde.«

»Da wäre ich mir nicht so sicher«, sagt sie nachdenklich. »Ihr hattet vielleicht nur eine Verabredung, aber er war ernsthaft deprimiert, als du verschwunden bist. Und so, wie er dich heute Abend angeschaut hat …«

Ich lache nervös auf. »Leah bitte, das ist doch verrückt. Jake und ich, wir haben eine komplizierte Vergangenheit. Heute Abend wollte er damit abschließen, das ist alles.« Die Vorstellung daran, mich mit Jake zu treffen – mich mit irgendwem zu treffen –, fühlt sich eigenartig an. In meinem Kopf gehöre ich immer noch Julian, und der Gedanke daran, mich von einem anderen Mann berühren zu lassen, macht mir unerklärlicherweise Angst.

»Na klar, abschließen.« Leahs Stimme tropft vor Sarkasmus. »Den ganzen Abend lang hat er dich angestarrt, als seist du das heißeste Ding, das er jemals gesehen hat. Was er mit dir will, ist keinesfalls abschließen, dafür lege ich meine Hand ins Feuer.«

»Ach Quatsch …«

»Nein, ernsthaft«, beharrt Leah und wirft mir an der roten Ampel einen kurzen Blick zu. »Du solltest dich mit ihm treffen. Er ist ein großartiger Typ, und ich weiß, wie sehr du ihn gemocht hast, bevor …«

Ich schaue sie an, und mein Wunsch, ihr alles zu erklären, kämpft gegen mein tief verwurzeltes Bedürfnis, mich zu schützen. »Leah, das war davor«, sage ich langsam und entschließe mich dazu, ihr einen Teil der Wahrheit zu enthüllen. »Ich bin nicht mehr die gleiche Person. Ich kann nicht mit einem Typen wie Jake ausgehen … nicht nach Julian.«

Sie verstummt und wendet ihre Aufmerksamkeit wieder der Straße zu, als die Ampel grün wird.

Als sie vor dem Haus, in dem ich wohne, hält, dreht sie sich zu mir um. »Es tut mir leid«, sagt sie ruhig. »Das war dumm und unüberlegt von mir. Du wirkst so normal, dass ich einen Moment vergessen habe …« Sie schluckt, und Tränen glitzern in ihren Augen. »Falls du jemals darüber reden möchtest, bin ich für dich da – das weißt du doch, oder?«

Ich nicke und lächele sie an. Ich habe Glück, eine Freundin wie sie zu haben, und eines nicht allzu weit entfernten Tages nehme ich vielleicht ihr Angebot an. Aber jetzt noch nicht – nicht, solange ich mich innerlich so roh und zerfetzt fühle.

～

Die nächsten Wochen ziehen sich ewig in die Länge. Ich existiere von Moment zu Moment und arbeite einen Tag nach dem anderen ab. Jeden Morgen mache ich mir eine Liste von Sachen, die ich an dem Tag erledigen möchte und halte mich sorgfältig daran, auch wenn ich mich noch so gerne unter meiner Bettdecke verkriechen und nie wieder hervorkommen möchte.

Meistens stehen sehr alltägliche Aktivitäten auf meiner Liste, so etwas wie Essen, Laufen, zur Arbeit gehen, Lebensmittel einkaufen und meine Eltern anrufen. Manchmal füge ich aber auch ehrgeizigere

Projekte hinzu, solche wie „für das Frühlingssemester an der Uni bewerben" – was ich auch mache, genau so, wie ich es Leah gesagt habe.

Ich melde mich auch für Schießunterricht an. Zu meiner Überraschung stellt sich heraus, dass ich sehr gut darin bin, mit einer Waffe umzugehen. Mein Lehrer sagt, ich sei ein Naturtalent, und ich informiere mich darüber, was ich benötige, um eine Waffenerlaubnis für Illinois zu bekommen. Ich nehme auch einen Selbstverteidigungskurs in Angriff, um ein paar grundlegende Bewegungen zu lernen, mit denen ich mich schützen kann. Ich werde nie gegen jemanden wie Julian oder die Männer, die Beth und mich verschleppt haben, gewinnen können. Ich fühle mich aber besser, schießen und kämpfen zu können, so als habe ich mehr Kontrolle über mein Leben.

Mit all diesen neuen Aktivitäten, meiner Arbeit und meiner Kunst bin ich zu beschäftigt, um wegzugehen, und das passt mir gut. Ich bin nicht in der Stimmung, neue Leute kennenzulernen, und alle meine alten Freunde sind nicht mehr in der Stadt.

Jake und Leah sind auch beide wieder zurück in Michigan. Er pingt mich auf Facebook an, und wir chatten einige Male. Er fragt mich allerdings nicht, ob wir uns einmal treffen wollen.

Ich bin froh darüber. Selbst wenn er nicht auf eine dreieinhalb Stunden entfernt liegende Uni gehen würde, könnte das mit uns niemals funktionieren. Jake ist clever genug, um zu erkennen, dass niemals etwas Gutes dabei herauskäme, sich mit jemandem wie mir einzulassen – jemandem, der eigentlich immer noch Julians Gefangener ist.

Ich träume fast jede Nacht von ihm. Wie ein Albtraum kommt mein ehemaliger Peiniger im Dunkeln zu mir, wenn ich am verletzlichsten bin. Er dringt rücksichtslos in meinen Kopf ein, genauso, wie er einst meinen Körper genommen hat. Wenn ich nicht erneut seinen Tod durchlebe, sind meine Träume beunruhigend sexuell. Ich träume von seinem Mund, seinem Schwanz, seinen Händen. Sie sind überall, auf meinem ganzen Körper, in mir. Ich träume von seinem erschreckend schönen Lächeln, der Art und Weise, wie er mich immer gehalten und gestreichelt hat.

Ich erlebe erneut, wie er mich gequält hat, bis ich alles vergessen und mich in ihm verloren habe.

Ich träume von ihm ... und wache nass und pochend auf, mit

einem leeren Körper, der danach verlangt, von ihm in Besitz genommen zu werden. Wie ein Abhängiger, der einen Entzug durchmacht, sehne ich mich verzweifelt nach einer Erleichterung, nach etwas, was mein Verlangen dämpft.

Ich bin noch nicht so weit, mich mit Männern zu treffen, aber meinen Körper interessiert das nicht – und schließlich entscheide ich mich dafür, ihm nachzugeben.

Ich mache mich hübsch, schnappe mir meinen alten gefälschten Ausweis und gehe in die örtliche Bar.

∾

DIE MÄNNER UMSCHWÄRMEN MICH WIE DIE FLIEGEN. ES IST SO einfach, so verdammt einfach. Ein Mädchen allein in einer Bar – das ist die ganze Ermutigung, die sie brauchen. Wie Wölfe, die ein Opfer riechen, spüren sie meine Verzweiflung, meinen Wunsch danach, heute Nacht mehr als ein kaltes, einsames Bett zu wollen.

Ich lasse mir von einem Getränke ausgeben. Erst einen Wodka, dann einen Tequila ... Als er mich irgendwann fragt, ob wir gehen wollen, ist alles um mich herum verschwommen. Ich nicke und lasse mich von ihm zu seinem Auto führen.

Er ist ein gutaussehender Mann in den Dreißigern, mit sandfarbenem Haar und blaugrauen Augen. Nicht besonders groß, aber recht gut gebaut. Er ist ein Schiedsrichter, erzählt er mir, als er uns zu einem nahegelegenen Motel fährt.

Ich schließe die Augen, während er weiterredet. Mir ist es egal, wer er ist oder was er macht. Ich möchte einfach nur von ihm gefickt werden, will, dass er diese gähnende Leere in mir ausfüllt. Er soll die Kälte wegnehmen, die bis tief in meine Knochen eingedrungen ist.

Er mietet an der Rezeption einen Raum, und wir gehen nach oben. Als wir in das Zimmer kommen, nimmt er mir den Mantel ab und beginnt, mich zu küssen. Ich kann auf seiner Zunge Bier und einen Hauch Taco schmecken. Er drückt mich an sich, seine Hände sind heiß und begierig, als sie anfangen, meinen Körper zu erkunden – und plötzlich ertrage ich das nicht mehr.

»Halt.« Ich schiebe ihn so hart weg, wie ich kann. Überrascht stolpert er ein paar Schritte zurück.

»Was zum Teufel ...« Er starrt mich mit einem ungläubig geöffneten Mund an.

222

»Es tut mir leid«, sage ich schnell und greife nach meinem Mantel. »Es liegt nicht an dir, versprochen.«

Und bevor er auch nur ein Wort sagen kann, renne ich aus dem Zimmer.

Ich nehme mir ein Taxi und fahre nach Hause. Mir ist schlecht von dem ganzen Alkohol, und ich fühle mich absolut elend. Es gibt kein Mittel gegen meine Abhängigkeit, keinen Weg, um meinen Durst zu löschen.

Selbst betrunken kann ich die Berührung eines anderen Mannes nicht ertragen.

Nora

Es beginnt wie ein weiterer erotischer Traum.

Kräftige Hände gleiten an meinem nackten Körper nach oben, raue Handflächen reiben an meiner Haut, als er meine Brüste drückt, seine Daumen gegen meine aufgestellten, empfindlichen Nippel reiben. Ich biege mich ihm entgegen, fühle die Wärme seiner Haut. Das schwere Gewicht seines kräftigen Körpers presst mich in die Matratze. Seine muskulösen Beine zwingen meine Oberschenkel, sich zu öffnen, und seine Erektion stößt gegen mein Geschlecht. Seine dicke Eichel gleitet zwischen meine sanften Falten und übt leichten Druck auf meine Klitoris aus.

Ich stöhne, reibe mich gegen ihn, und meine inneren Muskeln ziehen sich vor Verlangen zusammen, ihn endlich tief in mir aufzunehmen. Ich bin nass und keuche. Meine Hände umfassen seinen festen, muskulösen Po und versuchen, ihn in mich hineinzuzwingen, ihn dazu zu bewegen, mich zu ficken.

Er lacht leise und verführerisch, und seine großen Hände fassen nach meinen Handgelenken und halten sie über meinem Kopf fest. »Vermisst du mich, mein Kätzchen?«, murmelt er in mein Ohr, und sein heißer Atem lässt kochende Wellen über diese Seite meines Körpers laufen.

Mein Kätzchen? Julian spricht niemals zu mir in meinen Träumen …

Ich schnappe nach Luft und schlage meine Augen auf … und in dem Dämmerlicht des frühen Morgens sehe ich ihn.

Julian.

Nackt und erregt liegt er auf mir und hält mich auf meinem Bett fest. Sein dunkles Haar ist kürzer als zuvor, und sein prächtiges Gesicht ist angespannt vor Lust.

Ich erstarre, blicke zu ihm hoch, und plötzlich dröhnt mein Herz in meinem Brustkorb. Einen Moment lang denke ich immer noch, dass ich träume – dass mein Kopf grausame Spiele mit mir spielt. Mir wird schwarz vor Augen, alles verschwimmt, und mir wird klar, dass ich wirklich einen Augenblick lang aufgehört habe zu atmen, dass der Schock mir die ganze Luft aus den Lungen gedrückt hat.

Immer noch erstarrt, hole ich scharf Luft. Er beugt seinen Kopf nach unten, und sein Mund legt sich auf meinen. Seine Zunge drängt sich zwischen meine geöffneten Lippen hindurch, dringt in mich ein, und von seinem quälend vertrauten Geschmack wird mir ganz schwindelig.

Ich habe keine Zweifel mehr.

Das ist wirklich Julian – er ist am Leben und so vital wie immer.

Plötzlicher, scharfer Zorn durchfährt mich. Er ist am Leben – er war die ganze Zeit am Leben! Die komplette Zeit, die ich um ihn getrauert habe, in der ich versucht habe, meine zerbrochene Seele zu kitten, war er gesund und lebendig und hat mit Sicherheit über meine pathetischen Versuche gelacht, mein Leben weiterzuführen.

Ich beiße in seine Lippe. Hart, getrieben von dem wilden Verlangen, ihm wehzutun – ihm sein Fleisch herauszureißen, so wie er mein Herz zerrissen hat. Ein leichter Eisengeschmack von Blut breitet sich in meinem Mund aus, und er zuckt fluchend zurück. Seine Augen sind vor Ärger ganz dunkel.

Ich habe aber keine Angst. Nicht mehr. »Lass mich los«, fauche ich wütend und wehre mich gegen seinen Griff. »Du verdammtes Arschloch! Du Bastard! Du warst niemals tot! Du warst verdammt noch mal niemals tot!« Zu meiner völligen Blamage kommt der letzte Satz als ein verschlucktes Schluchzen aus mir heraus, und meine Stimme ist am Ende weg.

Sein Unterkiefer spannt sich an, als er mich anblickt. Die sinnliche Perfektion seiner Lippen wird getrübt durch den blutigen Abdruck meiner Zähne. Er hält mich problemlos fest, und sein harter Schwanz verharrt vor dem weichen Eingang zu meinem Körper. Wütend drehe ich mich zur Seite, versuche, ihn noch einmal zu beißen. Er schiebt meine Handgelenke zu seiner linken Hand und hält mich nur mit dieser fest, während seine andere in mein Haar greift. Jetzt kann ich mich überhaupt nicht mehr bewegen; alles, was ich noch machen kann, ist, ihn böse anzustarren, während Tränen vor Wut und Frust in meinen Augen brennen.

Unerwartet wird sein Gesichtsausdruck sanft. »Es scheint, mein Kätzchen hat Krallen bekommen«, murmelt er, und seine Stimme ist voller dunkler Belustigung. »Ich mag das.«

Jetzt sehe ich im wahrsten Sinne des Wortes rot. »Fick dich!«, kreische ich und werfe mich gegen ihn, achte nicht auf unsere nackten Körper, die sich aneinander reiben. »Fick dich und was du magst …«

Sein Mund senkt sich auf mich hinab und verschluckt meine verärgerten Worte. Meine Zähne schnappen nach ihm, um ihn erneut zu beißen. Er zuckt in der letzten Sekunde zurück und lacht sanft. Gleichzeitig beginnt er einzudringen. Vollkommen außer mir schreie ich – und seine rechte Hand lässt mein Haar los und legt sich auf meinen Mund. »Schscht«, flüstert er in mein Ohr und ignoriert meine erstickten Schreie. »Wir möchten doch nicht, dass deine Nachbarn uns hören, oder etwa doch?«

In diesem Moment ist es mir völlig egal, ob die ganze Welt uns hört. Ich fühle einfach nur noch dieses primitive Verlangen danach, ihn zu schlagen, ihm genauso wehzutun, wie er mir wehgetan hat. Wenn ich eine Waffe hier hätte, würde ich gerne auf ihn schießen, damit er die gleichen Qualen erleidet, die ich seinetwegen hatte.

Aber ich habe keine Waffe. Ich habe gar nichts, und er dringt langsam immer weiter in meine empfindliche Öffnung ein. Sein dicker Schwanz dehnt mich aus, füllt mich mit seiner erhitzten Härte. Ich bin immer noch nass von meinem vorangegangenen »Traum«, aber ich bin gleichzeitig ganz angespannt vor Wut. Mein Körper wehrt sich gegen den Eindringling, indem sich alle meine Muskeln zusammenziehen, um ihn nicht hineinzulassen. Es ist wieder wie unser erstes Mal – nur dass die Gefühlsmischung in meiner Brust gerade sehr viel komplizierter ist als die Angst, die ich damals gespürt habe. Meine Gegenwehr nimmt langsam ab, ich blicke zu ihm nach oben, und mein Kopf dreht sich durch den Schock seiner Rückkehr.

Als er sich vollständig in mir befindet, macht er eine Pause und entfernt langsam seine Hand von meinem Mund.

Ich bleibe still liegen, und Tränen laufen aus meinen Augenwinkeln.

Er beugt seinen Kopf nach unten und küsst mich zärtlich, so als entschuldige er sich dafür, mich so schonungslos zu nehmen. Meine Lungen hören auf zu arbeiten; wie immer bringt mich diese einzigartige Mischung aus Grausamkeit und Zärtlichkeit völlig durcheinander, löst ein Chaos in meinem ohnehin schon mit widersprüchlichen Gedanken gefüllten Kopf aus.

»Es tut mir leid, Baby«, murmelt er, und seine Lippen streichen an meiner tränennassen Wange entlang. »So war das nicht geplant. Ich hätte dich beschützen müssen, und ich habe es versaut. Ich habe das so unglaublich versaut …« Er atmet sanft aus. »Ich hatte niemals vor, dich gehen zu lassen, dich jemals zu verlassen …«

»Das hast du aber.« Meine Stimme ist klein und verletzt, wie die eines verwundeten Kindes. »Du hast mich glauben lassen, du seist tot …«

»Nein.« Er lässt meine Handgelenke los, um sich auf seine Ellenbogen zu stützen und sein Gesicht in seinen Händen abzulegen. Seine Augen brennen sich mit ihrer ganzen Intensität in meine, und ich habe das Gefühl, als würde er mich mit seinem Blick verspeisen. »So war das nicht. So war das überhaupt nicht.«

Meine Hände wandern langsam zu seinen Schultern. »Wie war es dann?«, frage ich bitter. Wie konnte er mir das nur antun? Wie konnte er mich nur stehlen, mir alles nehmen, nur um mich dann so grausam zu verlassen?

»Ich werde dir alles erklären«, verspricht er mir mit leiser und lustvoller Stimme. Auf seinen Brauen haben sich Schweißperlen gebildet, und ich kann spüren, wie sein Schwanz tief in mir pulsiert. Seine Kontrolle hängt an einem seidenen Faden. »Aber jetzt gerade brauche ich dich, Nora. Ich brauche das …« Er schiebt seine Hüften nach vorn, und ich stöhne, als er auf meinen G-Punkt stößt und eine Gefühlswelle durch meine Nervenenden schickt.

»Das ist gut«, flüstert er rau und wiederholt die Bewegung. »Ich brauche das. Ich will deine enge, kleine Muschi wie einen Handschuh um mich fühlen. Ich will dich ficken, und ich will dich verdammt nochmal verschlingen. Jeder einzelne Millimeter von dir gehört mir, Nora, nur mir ...« Er senkt wieder seinen Kopf und verschließt meinen Mund mit einem innigen, einnehmenden Kuss, während er weiterhin mit einem langsamen, erbarmungslosen Rhythmus in mich stößt.

Meine Atmung wird schneller, und eine Hitzewelle überflutet meinen Körper. Meine Finger krampfen sich in seine Schultern, und meine Beine schlingen sich um seine muskulösen Oberschenkel, um ihn tiefer in mich aufzunehmen. Nach monatelanger Abstinenz ist das fast zu viel, aber ich begrüße das leichte Brennen, den leichten Lustschmerz, mit dem er mich in Besitz nimmt. Ich spüre, wie sich die Anspannung in mir aufbaut, das köstliche Prickeln der Lust vor dem Orgasmus, und dann explodiere ich mit einem unterdrückten Schrei. Meine inneren Muskeln krampfen sich um seinen dicken Schwanz.

»Ja, Baby, genau so«, stöhnt er rau, und seine Bewegungen werden schneller, bis er mit einem letzten, kräftigen Stoß seinen eigenen Höhepunkt erreicht und tief in mir pulsiert. Ich kann die Wärme seiner Entladung in mir spüren, und ich drücke ihn fest an mich, als er auf mir kollabiert. Sein großer Körper ist schwer und schweißbedeckt.

~

»Möchtest du Kaffee oder Tee?«, frage ich und werfe einen Blick auf Julian, während ich in der kleinen Küche in der Ecke meines Studios werkele. Er sitzt an dem Tisch an der Wand und trägt ein Paar Jeans – das Einzige, was er sich nach dem Duschen angezogen hat. Sein gebräunter, muskelbepackter Oberkörper zieht meinen Blick auf sich, und meine Hand zittert leicht, als ich nach einem Becher greife. Mit seinem kurz geschnittenen Haar erscheinen seine Wangenknochen markanter und seine Gesichtszüge noch gemeißelter als zuvor. Ich runzele die Stirn und schaue genauer hin. Er scheint dünner zu sein als in meiner Erinnerung, fast so, als habe er Gewicht verloren.

Julian ignoriert meinen starrenden Blick, lehnt sich in dem zerbrechlichen Stuhl von Ikea zurück und streckt seine langen Beine aus. Seine Füße sind nackt und beeindruckend männlich. »Kaffee wäre super«, antwortet er faul und schaut mich mit schweren Augenlidern an.

Er erinnert mich an einen Panther, der seine Beute verfolgt.

Ich schlucke, stelle den Becher auf die Arbeitsfläche und greife nach der Kaffeemaschine. Im Gegensatz zu ihm trage ich Jeans, dicke Socken und eine Fleecejacke. Vollständig angezogen fühle ich mich weniger verletzlich, so als hätte ich mehr Kontrolle.

Das Ganze ist völlig surreal. Wenn ich nicht dieses leichte Wundsein zwischen meinen Beinen spüren würde, wäre ich davon überzeugt, zu halluzinieren. Aber nein, mein Entführer – der Mann, um den sich so lange mein Dasein gedreht hat – befindet sich hier in meiner winzigen Wohnung und beherrscht sie mit seiner machtvollen Gegenwart.

Als der Kaffee fertig ist, schenke ich jedem von uns einen Becher ein und setze mich zu ihm an den Tisch. Ich fühle mich aus dem Gleichgewicht gebracht, so als würde ich auf einem Hochseil balancieren. In einer Sekunde möchte ich vor Freude schreien, in der nächsten möchte ich ihn töten, weil er mich diese Qualen erleiden ließ. Und die ganze Zeit bin ich mir in meinem Hinterkopf im Klaren darüber, dass keine dieser beiden Reaktionen eine angemessene Antwort auf diese Situation wäre. Eigentlich sollte ich versuchen, zu flüchten und die Polizei rufen.

Julian scheint diese Möglichkeit überhaupt nicht zu fürchten. Er fühlt sich in meinem Appartement wohl und ist genauso voller Selbstvertrauen wie auf seiner Insel. Er hebt seinen Becher hoch, um einen Schluck seines Kaffees zu trinken, und schaut mich an. Um seine Lippen kann ich ein hypnotisierendes, leichtes Lächeln erkennen.

Ich umschließe meinen eigenen Becher mit den Händen und genieße die Wärme, die vom Becher ausstrahlt. »Wie hast du die Explosion überlebt?«, frage ich ruhig und erwidere seinen Blick.

Sein Mund zuckt leicht. »Fast hätte ich das nicht. Als sie erkannten, dass sie verlieren würden, hat eines dieser suizidgefährdeten Arschlöcher eine Bombe hochgehen lassen. Zwei meiner Männer und ich waren gerade in der Nähe der Leiter zum Keller, und wir sind im letzten Moment hinuntergesprungen. Ein Teil der Decke fiel auf mich, und ich verlor das Bewusstsein. Einer der Männer, die bei mir waren, wurde von ihr erschlagen. Ich hatte Glück, dass der andere – Lucas –

überlebte und bei Bewusstsein blieb. Er hat es geschafft, uns beide in das Abwasserrohr zu schaffen, und dort gab es genug frische Luft von außen, so dass wir nicht an einer Rauchvergiftung starben.«

Ich atme zitternd ein. Das Abwasserrohr. Das war der einzige Ort, an dem ich an diesem schrecklichen Tag nicht nachgesehen hatte, als ich stundenlang die brennenden Überreste des Gebäudes durchkämmt hatte. Ich war so benebelt und neurotisch gewesen, dass es mir gar nicht in den Sinn gekommen war, dort nach Überlebenden zu suchen.

»Als Lucas uns beide endlich zu einem Krankenhaus gebracht hatte, war ich in einer ziemlich schlimmen Verfassung«, fährt Julian fort, während er mich anschaut. »Ich hatte einen Schädelbruch und einige gebrochene Knochen. Die Ärzte haben mich in ein künstliches Koma versetzt, um meine Gehirnschwellung zu behandeln, und ich bin erst vor einigen Wochen wieder aufgewacht.« Er hebt seine Hand, um sein kurzes Haar zu berühren, und ich verstehe auf einmal, warum er diesen neuen Haarschnitt trägt. Sie mussten in dem Krankenhaus seine Haare wegrasiert haben.

Meine Hand zittert, als ich meinen Becher für einen weiteren Schluck anhebe. Er war fast gestorben – nicht, dass ich deshalb seine Abwesenheit in den vergangenen Wochen entschuldigen könnte. »Warum hast du mich dann nicht gleich kontaktiert? Warum hast du mir nicht Bescheid gegeben, dass du noch lebst?« Wie konnte er es nur zulassen, dass meine Qualen auch nur einen Tag länger andauerten als unbedingt nötig?

Er legt seinen Kopf zur Seite. »Und dann was?«, fragt er mit einer gefährlich seidigen Stimme. »Was hättest du dann getan, mein Kätzchen? Wärst du nach Thailand geeilt, um an meiner Seite zu sein? Oder hättest du deinen Kumpels beim FBI mitgeteilt, wo sie mich finden können, damit sie mich kriegen, solange ich schwach und hilflos bin?«

Ich hole scharf Luft. »Ich hätte ihnen niemals gesagt …«

»Nein?« Er wirft mir einen sardonischen Blick zu. »Denkst du, ich weiß nicht, dass du mit ihnen gesprochen hast? Dass sie jetzt meinen Namen und mein Bild haben?«

»Ich habe nur mit ihnen gesprochen, weil ich dachte du seist tot!« Ich springe auf und kippe dabei fast meinen Kaffee um. Meine ganze Wut bricht auf einmal durch. Zornig umfasse ich die Tischkante und starre ihn an. »Ich habe dich niemals betrogen, nicht einmal, als ich es besser getan hätte ...«

Er steht auf und richtet seinen großen, muskulösen Körper mit athletischer Anmut auf. »Ja, das hättest du vielleicht«, stimmt er mir sanft zu, und seine Augen werden dunkler, als wir uns über den Tisch hinweg anstarren. »Du hättest dich in dem Krankenhaus auf den Philippinen von mir abwenden sollen, um so weit und so schnell zu rennen, wie du es kannst, mein Kätzchen.«

Ich lecke mit meiner Zunge über meine trockenen Lippen. »Hätte das geholfen?«

»Nein, ich hätte dich überall gefunden.«

Mein Magen krampft sich vor Aufregung und einem Schuss Angst zusammen. Er macht keinen Witz. Das kann ich auf seinem Gesicht erkennen. Er hätte mich gesucht, und niemand hätte ihn aufhalten können.

»Wer bist du?« Ich atme und blicke ihn ungläubig an. »Warum gab es von dir keine Aufzeichnungen in den Datenbanken der Regierung? Wenn du ein großer Waffenhändler bist, warum hat das FBI dann noch nie etwas von dir gehört?«

Er schaut mich an, und seine Augen strahlen im Kontrast zu seiner dunkel gebräunten Haut. »Weil ich ein großes Netzwerk von Beziehungen habe, Nora«, antwortet er mir ruhig. »Und weil ich bei meinen Interaktionen mit meinen Kunden manchmal auf Informationen stoße, die für die Regierung der Vereinigten Staaten von einigem Wert sind – Informationen, die mit der Sicherheit und Gefahrenabwehr für die amerikanische Bevölkerung zu tun haben.«

Meine Kinnlade fällt nach unten. »Du bist ein Spion?«

»Nein.« Er lacht. »Nicht im traditionellen Sinn. Ich stehe auf keiner Gehaltsliste – wir tauschen einfach Gefallen aus. Ich helfe der Regierung, und dafür macht sie mich für alle unsichtbar. Nur einige wenige auf den höchsten Ebenen der CIA wissen überhaupt, dass es mich gibt.« Er hält inne und fügt sanft hinzu: »Oder zumindest war das der Fall, bevor das FBI dich in die Finger bekommen hat, mein Kätzchen. Jetzt ist es ein wenig komplizierter, und ich muss einige Gefallen einlösen, damit diese Information wieder verschwindet.«

»Ich verstehe«, sage ich äußerlich ruhig. Mein Kopf dreht sich. Der Mann, der mich entführt hat, arbeitet mit meiner Regierung zusammen. Das ist fast mehr, als ich gerade verarbeiten kann.

Er lächelt und genießt ganz offensichtlich meine Verwirrung.

»Denk nicht zu viel darüber nach, mein Kätzchen«, rät er mir, und seine Augen glänzen vor Belustigung. »Nur weil ich ab und an helfe, einen Angriff von Terroristen zu verhindern, bin ich noch lange kein guter Mensch.«

»Das stimmt«, bestätige ich. »Das bist du nicht.« Ich drehe mich weg und gehe zu dem kleinen Fenster, um hinauszuschauen. Die Sonne beginnt gerade aufzugehen, und der Boden ist mit einer leichten Schneedecke überzogen.

Der erste Schnee in diesem Jahr – er muss in der Nacht gefallen sein.

Ich höre nicht, wie er sich bewegt, aber plötzlich steht er hinter mir, und seine langen Arme legen sich um mich, drücken mich an ihn. Ich kann den sauberen, männlichen Duft seiner Haut riechen, und ein Teil meiner Anspannung verschwindet. Julian lebt.

»Also, wo gehen wir hin?«, frage ich und betrachte den Schnee. »Bringst du mich wieder auf die Insel zurück?«

Einen Moment lang schweigt er. »Nein«, sagt er schließlich. »Das kann ich nicht. Nicht, ohne dass Beth dort ist.« Seine Stimme klingt angespannt, und mir wird klar, dass er sie auch vermisst, dass er ihren Verlust genauso schmerzlich fühlt wie ich.

Ich drehe mich in der Umarmung um, schaue zu ihm hoch und lege meine Hände auf seine Brust. »Ich bin froh, dass diese Arschlöcher tot sind!« Die Worte kommen als leises, scharfes Fauchen heraus. »Ich bin froh, dass du sie alle getötet hast.«

»Ja«, stimmt er zu, und ich sehe das Spiegelbild meiner Wut und meines Schmerzes in dem harten Glitzern in seinen Augen. »Die Männer, die ihr wehgetan haben, sind tot, und ich unternehme gerade Schritte, ihre ganze Organisation auszulöschen. Wenn ich mit der Al-Quadar fertig sein werde, werden sie nichts weiter als eine Akte in den Archiven der Regierung sein.«

Ich erwidere seinen Blick, ohne zu blinzeln. »Gut.« Ich möchte, dass sie alle zerstört werden. Ich möchte, dass Julian sie in Stücke reißt.

In diesem Moment verstehen wir uns perfekt. Er ist ein Killer, und das ist genau das, was ich im Moment von ihm brauche. Ich möchte keinen süßen, netten Mann mit einem Gewissen – ich will ein Monster, welches brutal den Tod von Beth rächt.

Ein leichtes Lächeln umspielt seine Mundwinkel. Er beugt sich nach unten und küsst mich sanft auf die Stirn. Dann lässt er mich los und geht zum Bett, wo sich seine restlichen Sachen befinden.

Ich runzele die Stirn und sehe ihm dabei zu, wie er sich ein langärmliges T-Shirt, Strümpfe und ein Paar Stiefel anzieht. »Gehst du?«, frage ich und fühle, wie sich bei dem Gedanken eine kalte Faust um mein Herz legt.

»Nein«, antwortet er, zieht sich seine Lederjacke über und geht zu meinem Kleiderschrank. »Wir gehen.« Er öffnet die Schranktür und nimmt meinen Wintermantel sowie warme Stiefel heraus, um sie zu mir herüberzuwerfen.

Ich fange den Mantel automatisch und ziehe ihn über. »Entführst du mich wieder?«, möchte ich wissen, während ich meine Stiefel anziehe.

»Ich weiß nicht.« Er kommt zu mir herüber, nimmt mein Gesicht in seine Hände und fährt mit seinem Daumen leicht über meine Unterlippe. »Tue ich das?«

Ich weiß es auch nicht. Zum ersten Mal seit Monaten fühle ich mich lebendig. Ich habe wieder Gefühle, deutlich und klar. Angst, Aufregung, Freude.

Liebe.

Es ist nicht die süße und zärtliche Liebe, von der ich immer geträumt habe, aber es ist Liebe. Dunkel, pervers und besessen. Sie ist ein Zwang und eine Sucht. Ich weiß, dass die Welt mich für meine Entscheidungen verurteilen wird, aber ich brauche Julian genauso sehr, wie er mich braucht.

»Was passiert, wenn ich nicht mit dir mitkommen möchte?« Ich weiß auch nicht, warum ich ihn das fragen muss. Ich kenne die Antwort schon.

Er lacht. Er nimmt seine Hand von meinem Gesicht und fasst in seine Jackentasche, aus der er eine kleine Spritze hervorholt, die er mir zeigt.

»Ich verstehe«, sage ich ruhig. Er ist auf alles vorbereitet.

Er steckt die Spritze weg und hält mir seine Hand hin. Ich zögere einen Moment, bevor ich meine Hand auf seine große Handfläche lege. Er umfasst meine Finger mit seinen, und seine Augen sehen in diesem Moment unglaublich blau aus, fast strahlend.

Zusammen verlassen wir die Wohnung, händchenhaltend wie ein Paar. Er führt mich zu einem Auto, das auf uns wartet – ein schwarzes

Auto mit einem Fensterglas, welches ungewöhnlich dick aussieht. Wahrscheinlich kugelsicher.

Er öffnet mir die Tür, und ich steige ein.

Als das Auto wegfährt, zieht er mich näher an sich heran, und ich vergrabe mein Gesicht an seinem Hals, atme seinen vertrauten Geruch ein.

Zum ersten Mal seit Monaten fühle ich mich zu Hause.

KEEP ME—VERWANDELT

VERSCHLEPPT 2

I

DIE ANKUNFT

$$1$$

ulian

Es gibt Tage, an denen der Drang, zu verletzen und zu töten, einfach zu stark ist, um ihn zu verleugnen. Tage, an denen der dünne Mantel aus Zivilisation, der mich umgibt, fast bei der kleinsten Provokation abfällt und das Monster in meinem Inneren freilegt.

Heute ist einer dieser Tage.

Heute habe ich sie bei mir.

Wir sind im Auto auf dem Weg zum Flughafen. Sie sitzt eng an mich gedrückt, ihre schlanken Arme sind um mich geschlungen, und ihr Gesicht ist in meinem Hals vergraben.

Ich wiege sie in einem Arm, ich streichele ihr Haar und genieße seine seidige Struktur. Es ist jetzt lang und reicht bis zu ihrer schlanken Taille hinunter. Ihre Haare sind seit neunzehn Monaten nicht mehr geschnitten worden.

Nicht, seit ich sie zum ersten Mal entführt habe.

Ich atme ein und nehme ihren Duft auf – leicht, blumig, köstlich feminin. Es ist eine Mischung aus einem Shampoo und ihrer körpereigenen Chemie, und mir läuft davon das Wasser im Mund zusammen. Ich will ihr die Klamotten vom Leib reißen und diesem Geruch überallhin folgen, jede Kurve und jede Mulde ihres Körpers erkunden.

Mein Schwanz zuckt, und ich erinnere mich selbst daran, dass ich sie gerade erst gefickt habe. Das ist aber egal. Meine Lust auf sie ist allgegenwärtig. Dieses besessene Verlangen hat mich anfangs gestört, aber jetzt habe ich mich daran gewöhnt. Ich habe es akzeptiert, verrückt nach ihr zu sein.

Sie scheint ruhig zu sein, sogar zufrieden. Ich mag das. Ich mag es, wenn sie sich an mich kuschelt, so sanft, so vertrauensvoll. Sie kennt meine wahre Natur, und trotzdem fühlt sie sich bei mir sicher. Ich habe sie dazu erzogen, so zu fühlen.

Ich habe sie dazu gebracht, mich zu lieben.

Nach ein paar Minuten bewegt sie sich in meinen Armen und hebt ihren Kopf, um mich anzuschauen. »Wohin fahren wir?«, fragt sie blinzelnd, und ihre langen, schwarzen Wimpern schwingen wie Fächer nach oben und unten. Sie hat diese Augen, die einen Mann auf die Knie gehen lassen – sanfte, dunkle Augen, bei deren Anblick ich an zerwühlte Laken und nacktes Fleisch denken muss.

Ich zwinge mich dazu, mich zu konzentrieren. Es gibt nichts, was meine Konzentration so sehr stört wie diese Augen. »Wir fliegen zu mir nach Hause, nach Kolumbien«, beantworte ich ihre Frage. »An den Ort, an dem ich aufwuchs.«

Ich war seit Jahren nicht mehr dort – nicht, seit meine Eltern ermordet worden sind. Aber die Residenz meines Vaters ist eine Festung, und das ist genau das, was wir jetzt brauchen. In den letzten Wochen habe ich zusätzliche Sicherheitsmaßnahmen einbauen lassen, so dass dieser Ort jetzt praktisch unbezwingbar ist. Niemand wird mir Nora jemals wieder wegnehmen – das habe ich sichergestellt.

»Wirst du bei mir bleiben?« Ich kann den hoffnungsvollen Ton in ihrer Stimme hören und nicke lächelnd.

»Ja, mein Kätzchen, das werde ich.« Jetzt, da ich sie wiederhabe, ist die Notwendigkeit, sie bei mir zu haben, zu stark, um sie verleugnen zu können. Die Insel war einst der sicherste Ort für sie, aber jetzt ist sie es nicht mehr. Jetzt wissen sie von ihrer Existenz – und sie wissen, dass sie meine Achillesferse ist. Ich muss sie bei mir haben, wo ich sie beschützen kann.

Sie leckt sich ihre Lippen, und meine Augen folgen dem Weg ihrer süßen, rosafarbenen Zunge. Ich möchte ihr dickes Haar um meine

Faust wickeln und ihren Kopf in meinen Schoß drücken, aber ich widerstehe diesem Drang. Dafür wird später Zeit sein, wenn wir an einem sichereren – und weniger öffentlichen – Ort sind.

»Wirst du meinen Eltern wieder eine Million Dollar schicken?« Ihre Augen sind groß und unschuldig, während sie mich anschaut, aber ich kann die unterschwellige Herausforderung in ihrer Stimme hören. Sie stellt mich auf die Probe – testet die Grenzen dieser neuen Phase unserer Beziehung.

Mein Lächeln verstärkt sich, und ich strecke mich nach ihr aus, um ihr eine Haarsträhne hinter dem Ohr festzustecken. »Möchtest du, dass ich sie ihnen schicke, mein Kätzchen?«

Sie blickt mich ohne zu zwinkern an. »Nicht wirklich«, erwidert sie sanft. »Ich würde sie stattdessen viel lieber anrufen.«

Ich halte ihren Blick. »Okay. Du kannst sie anrufen, sobald wir da sind.«

Ihre Augen werden riesig, und ich kann sehen, dass ich sie überrascht habe. Sie hatte erwartet, wieder meine Gefangene zu sein, abgeschnitten von der Außenwelt. Was sie noch nicht erkannt hat, ist, dass das nicht länger nötig ist.

Ich habe das erreicht, was ich mir vorgenommen hatte.

Sie gehört jetzt ganz und gar mir.

»Einverstanden«, sagt sie langsam, »das werde ich tun.«

Sie schaut mich an, als könne sie mich nicht einordnen – so als sei ich ein exotisches Tier, das sie niemals zuvor gesehen hat. Sie schaut mich oft so an, mit dieser Mischung aus Vorsicht und Faszination. Sie fühlt sich von mir angezogen – das hat sie von Anfang an – und doch hat sie unterschwellig Angst vor mir.

Ein Raubtier wie ich mag das. Ihre Angst, ihr Zögern – das rundet die ganze Sache ab. Das macht es noch süßer, sie zu besitzen, zu spüren, wie sie sich jede Nacht in meine Arme schmiegt.

»Erzähl mir von deiner Zeit zu Hause«, sage ich leise und ziehe sie an mich heran, bis sie bequemer an meiner Schulter liegt. Ich kämme mit meinen Fingern ihre Haare zurück und blicke auf ihr Gesicht, welches zu mir nach oben schaut. »Was hast du die ganzen Monate lang gemacht?«

Ihre weichen Lippen verziehen sich zu einem selbstironischen Lächeln. »Du meinst, außer dich zu vermissen?«

Ein warmes Gefühl breitet sich in meiner Brust aus. Ich möchte es nicht zulassen. Ich möchte nicht, dass es etwas bedeutet. Ich möchte, dass sie mich liebt, weil ich das kranke Bedürfnis habe, sie ganz und gar zu besitzen – nicht, weil ich ihre Gefühle erwidere. »Ja, genau«, antworte ich ruhig und denke an die vielen Arten, auf die ich sie nehmen werde, sobald wir wieder allein sind.

»Also, ich habe mich mit Freunden getroffen«, beginnt sie, und ich höre ihr dabei zu, wie sie mir von dem berichtet, was sie in den letzten vier Monaten getan hat. Vieles davon wusste ich schon. Lucas hatte von sich aus dafür gesorgt, dass Nora diskret beobachtet wurde, während ich mich im Koma befand. Sobald ich aufwachte, erhielt ich einen detaillierten Bericht über alles, was Nora machte.

Dafür schulde ich ihm etwas – und dafür, dass er mir mein Leben gerettet hat. Während der letzten Jahre war Lucas Kent ein unschätzbar wertvolles Mitglied meiner Organisation geworden. Nur wenige andere hätten den Mut gehabt, sich so einzusetzen. Selbst ohne die genaue Wahrheit über Nora zu kennen, war er clever genug gewesen zu erkennen, dass sie mir etwas bedeutete, und hatte dafür gesorgt, dass sie sich in Sicherheit befand.

Sie hat davon nichts mitbekommen. »Und, hast du ihn gesehen?«, wollte ich wie nebenbei von ihr wissen und hob meine Hand, um mit ihrem Ohrläppchen zu spielen. »Jake, meine ich.«

Ihr Körper versteinert in meinen Armen. Ich kann die feste Anspannung jedes einzelnen Muskels spüren. »Ich habe ihn zufällig kurz nach einem Essen mit meiner Freundin Leah getroffen«, antwortet sie ruhig und schaut mich an. »Wir haben einen Kaffee zusammen getrunken, wir drei, und danach habe ich ihn nicht wieder gesehen.«

Ich erwidere einen Moment lang ihren Blick und nicke dann zufrieden. Sie lügt mich nicht an. Das Gleiche hatte auch in den Berichten gestanden. Als ich es das erste Mal gelesen habe, wollte ich den Jungen mit meinen bloßen Händen umbringen.

Das würde ich immer noch tun, sollte er sich jemals wieder in Noras Nähe begeben.

Der Gedanke an einen anderen Mann in ihrer Nähe erfüllt mich mit blanker Wut. Den Berichten zufolge hat sich Nora während meiner Abwesenheit aber mit niemandem getroffen – mit einer einzigen Ausnahme. »Was ist mit dem Richter?«, frage ich sanft und bemühe mich nach Kräften, meine kochende Wut zu unterdrücken. »Hattet ihr beiden eine schöne Zeit?«

Sie erblasst unter ihrem goldfarbenen Teint. »Ich habe nichts mit ihm gemacht«, erwidert sie, und ich kann Besorgnis aus ihrer Stimme heraushören. »In jener Nacht ging ich aus, weil du mir gefehlt hast, weil ich es satthatte, alleine zu sein. Es ist allerdings nichts passiert. Ich trank eine Menge, aber konnte es trotzdem nicht tun.«

»Nein?« Ein Großteil meines Ärgers verfliegt. Ich kann sie gut genug lesen, um zu wissen, wann sie lügt – und gerade sagt sie mir die Wahrheit. Ich behalte trotzdem im Hinterkopf, diese Sache näher zu untersuchen. Sollte der Richter sie berührt haben, wird er dafür bezahlen.

Sie blickt mich an, und ich kann fühlen, wie ihre eigene Anspannung nachlässt. Sie kann meine Stimmungen spüren wie kein anderer. So, als sei sie irgendwie auf mich abgestimmt. So war das von Anfang an mit ihr. Im Gegensatz zu den meisten Frauen konnte sie schon immer mein wirkliches Ich spüren

»Nein.« Ihre Mundpartie wird hart. »Ich konnte seine Berührung nicht zulassen. Ich bin schon zu verändert, um noch mit einem normalen Mann zusammen sein zu können.«

Ich hebe meine Augenbrauen und bin unfreiwillig belustigt. Sie ist nicht mehr das verängstigte Mädchen, das ich auf meine Insel gebracht hatte. In der Zwischenzeit waren meinem kleinen Kätzchen scharfe Krallen gewachsen, und es hat angefangen, sie auch zu benutzen.

»Das ist gut.« Ich lasse meine Finger spielerisch über ihren Hals gleiten und nähere mich mit meinem Kopf, um ihren süßen Duft einzuatmen. »Niemand darf dich anfassen, Baby. Niemand außer mir.«

Sie antwortet nicht, sondern blickt mich einfach weiterhin an. Sie braucht nichts zu sagen. Wir verstehen uns perfekt. Ich weiß, ich werde jeden Mann umbringen, der Hand an sie legt, und sie weiß das auch.

Es ist eigenartig. Niemals zuvor war ich so besitzergreifend bei einer Frau. Das ist Neuland für mich. Vor Nora waren alle Frauen in meinem Kopf austauschbar – nur weiche, hübsche Kreaturen, die durch mein Leben rauschten. Sie kamen freiwillig zu mir, wollten Sex, wollten Schmerzen spüren, und ich erfüllte ihre Verlangen. Gleichzeitig wurden meine eigenen körperlichen Bedürfnisse befriedigt.

Meine erste Frau nahm ich mit vierzehn Jahren, kurz nach dem Tod meiner Mutter. Sie war eine der Huren meines Vaters; er sandte sie zu mir, nachdem ich zwei von Marias Mördern umgebracht hatte, indem ich sie in ihrem eigenen Hause kastrierte. Ich denke, mein Vater hatte die Hoffnung, dass die sexuelle Verlockung mich von meinen Racheplänen abbringen würde.

Ich muss wohl nicht extra sagen, dass dieser Plan nicht aufging.

Sie trat mit einem engen schwarzen Kleid bekleidet in mein Zimmer. Ihr Make-up war perfekt, und ihr satter, voller Mund glänzte rot. Als sie damit begann, sich vor mir zu entkleiden, reagierte ich genauso wie jeder Teenager – mit sofortiger, heftiger Lust. Aber ich war zu diesem Zeitpunkt nicht irgendein Teenager. Ich war ein Mörder; und das schon seit meinem achten Lebensjahr.

In jener Nacht nahm ich die Hure grob. Ich war zu unerfahren, um mich zu kontrollieren, und wollte meinem Vater – und der ganzen beschissenen Welt – eins auswischen. Ich ließ meinen ganzen Frust an ihrem Fleisch aus, hinterließ Schrammen und Bissspuren – und sie kam in der darauffolgenden Nacht zurück, weil sie mehr wollte, dieses Mal ohne das Wissen meines Vaters. So ging das einen ganzen Monat lang. Sie schlich sich, wann immer sie die Gelegenheit dazu hatte, in mein Zimmer und lehrte mich, was sie mochte … was ihrer Meinung nach viele Frauen mochten. Sie wollte keinen süßen und zärtlichen Sex; sie wollte Schmerz und Gewalt. Sie wollte jemanden, bei dem sie sich lebendig fühlte.

Und mir fiel auf, dass ich das mochte. Ich mochte es, sie schreien und betteln zu hören, während ich ihr wehtat und sie kommen ließ. Die Gewalt, die in mir wohnte, hatte ein anderes Ventil gefunden, und ich ließ sie heraus, sooft ich Gelegenheit dazu fand.

Das reichte natürlich nicht. Die Wut, die tief in mir brodelte, konnte nicht so leicht beruhigt werden. Marias Tod hatte etwas in meinem Inneren geändert. Sie war das einzige Reine und Schöne in meinem Leben gewesen, und jetzt war sie weg. Ihr Tod erreichte mehr als die Ausbildung durch meinen Vater: sie tötete den letzten Rest meines Gewissens, falls ich jemals eines besessen haben sollte. Ich war nicht länger der Junge, der zögerte, in die Fußstapfen seines Vaters zu treten. Ich war das Raubtier, das nach Blut und Rache dürstete. Ich ignorierte die Anweisung meines Vaters, die Angelegenheit auf sich beruhen zu lassen. Ich spürte einen nach dem anderen auf und ließ sie bezahlen, berauschte mich an ihren Schmerzensschreien und ihrem Flehen nach einem schnelleren Tod.

Darauf folgten Gegenschläge, die wiederum vergolten wurden.

Menschen starben. Die Männer meines Vaters. Die Männer seines Rivalen. Die Gewalt eskalierte so lange, bis mein Vater beschloss, seine Partner zu beschwichtigen, indem er mich aus dem Geschäft ausschloss. Ich wurde weggeschickt, nach Europa und Asien … und dort fand ich Dutzende weiterer Frauen wie diejenige, die mich in den Sex eingeführt hatte. Wunderschöne, willige Frauen, die meine eigenen Neigungen widerspiegelten. Ich erfüllte ihnen ihre dunkelsten Fantasien, und sie gaben mir vorübergehendes Vergnügen – ein Arrangement, das perfekt in mein Leben passte. Besonders dann, als ich zurückkehrte, um die Leitung des Unternehmens meines Vaters zu übernehmen.

Erst vor neunzehn Monaten, auf einer Geschäftsreise nach Chicago, hatte ich *sie* gefunden.

Nora.

Die Reinkarnation meiner Maria.

Das Mädchen, welches ich für immer behalten will.

2

Nora

WÄHREND ICH IN JULIANS UMARMUNG SITZE, FÜHLE ICH DIE VERTRAUTE Mischung aus Aufregung und Angst. Unsere Trennung hat ihn überhaupt nicht verändert. Er ist immer noch der gleiche Mann, der fast Jake getötet hatte und nicht zögerte, das Mädchen zu entführen, welches er wollte.

Er ist auch der Mann, der fast gestorben ist, um mich zu retten.

Jetzt, da ich weiß, was mit ihm passiert ist, kann ich die körperlichen Anzeichen seiner Qualen erkennen. Er ist schlanker als zuvor, und seine gebräunte Haut spannt leicht auf den scharfkantigen Wangenknochen. Auf seinem Ohr befindet sich eine ungleichmäßige rosafarbene Narbe, und sein dunkles Haar ist sehr kurz. Auf der linken Seite seines Schädels wachsen die Haare etwas unebenmäßig, so, als versteckten sie dort eine weitere Narbe.

Trotz dieser kleinen Makel ist er immer noch der umwerfendste Mann, den ich jemals gesehen habe. Ich kann meinen Blick nicht von ihm abwenden.

Er lebt. Julian lebt, und ich bin wieder bei ihm.

Es fühlt sich immer noch so unwirklich an. Bis heute Morgen

dachte ich, er sei tot. Ich war überzeugt davon gewesen, dass er bei der Explosion umgekommen war. Vier unendlich scheinende Monate lang hatte ich mich gezwungen, stark zu sein, mein Leben weiterzuleben und den Mann zu vergessen, der jetzt neben mir sitzt.

Der Mann, der mir meine Freiheit gestohlen hat.

Der Mann, den ich liebe.

Ich hebe meine linke Hand und fahre zärtlich den Umriss seiner Lippen mit meinem Zeigefinger nach. Er hat den unglaublichsten Mund, den ich jemals gesehen habe – einen Mund zum Sündigen. Als ich ihn berühre, öffnen sich seine wundervollen Lippen, und er fängt meine Fingerspitze mit seinen scharfen, weißen Zähnen. Er beißt leicht hinein, bevor er den Finger in seinen Mund hineinsaugt.

Eine Welle der Erregung rollt über mich hinweg, als seine nasse Zunge mit meinem Finger spielt. Meine inneren Muskeln ziehen sich zusammen, und ich spüre, dass meine Unterwäsche feucht wird. Ich bin für ihn so leicht zu haben. Ein Blick, eine Berührung – und ich begehre ihn. Mein Geschlecht fühlt sich geschwollen und etwas wund an, seit er mich vorhin genommen hat, aber mein Körper sehnt sich danach, sich erneut mit ihm zu vereinigen.

Julian lebt, und er nimmt mich wieder einfach mit.

Als mir diese Tatsache bewusst wird, ziehe ich meine Finger von seinen Lippen zurück. Plötzlich fühle ich eine leichte Kälte auf meiner Haut, und mein Verlangen lässt nach. Jetzt gibt es kein Zurück mehr. Ich kann meine Meinung nicht mehr ändern. Julian hat erneut die Kontrolle über mein Leben übernommen, und diesmal habe ich mich sogar freiwillig in sein Spinnennetz begeben, mich seiner Gnade ausgesetzt.

Natürlich hätte es auch nichts geändert, wenn ich nicht zugestimmt hätte, rufe ich mir in Erinnerung. Ich denke an die Spritze in Julians Tasche und weiß, dass das Ergebnis immer das Gleiche gewesen wäre. Bei Bewusstsein oder betäubt, in jedem Fall hätte ich ihn heute begleitet. Aus irgendeinem nicht ganz logischen Grund fühle ich mich mit diesem Wissen besser. Ich lege meinen Kopf zurück an Julians Schulter und entspanne mich.

Es ist sinnlos, gegen das Schicksal zu kämpfen, und ich fange an, diese Tatsache zu akzeptieren.

~

Wegen des Straßenverkehrs dauert unsere Fahrt zum Flughafen etwas mehr als eine Stunde. Zu meiner Überraschung ist es nicht O'Hare. Stattdessen kommen wir bei einer kleinen Piste an, auf der ein großes Flugzeug auf uns wartet. Ich kann die Kennung »G650« auf seinem Heckflügel sehen.

»Gehört das Flugzeug dir?«, frage ich, als Julian mir die Autotür öffnet.

»Ja.« Er schaut mich weder an noch geht er näher darauf ein. Stattdessen fährt sein Blick unsere Umgebung ab, so als würde er sie nach versteckten Bedrohungen absuchen. Sein Benehmen zeigt eine Wachsamkeit, die ich vorher noch nie gesehen habe. Zum ersten Mal wird mir klar, dass die Insel auch sein Rückzugsort gewesen war, ein Ort, an dem er sich wirklich entspannen und nicht ständig auf der Hut sein musste.

Sobald ich aussteige, umfasst Julian meinen Arm und drängt mich zum Flugzeug. Der Fahrer folgt uns. Ich hatte ihn davor nicht sehen können, da eine Verkleidung den hinteren Sitzbereich von den Sitzen vorne getrennt hatte. Jetzt erhasche ich einen Blick auf ihn, während wir zum Flugzeug gehen.

Dieser Mann muss einer von Julians Navy SEALs sein. Sein blondes Haar ist kurz geschnitten, und die blassen Augen in diesem eckigen Gesicht sind eiskalt. Er ist sogar noch größer als Julian und bewegt sich mit der gleichen athletischen Anmut wie ein Krieger. Jede seiner Bewegungen ist kontrolliert. In seiner Hand befindet sich ein großes Sturmgewehr, und ich zweifele nicht daran, dass er genau weiß, wie man damit umgeht. Noch ein gefährlicher Mann … einer, den viele Frauen wegen seiner gleichmäßigen Gesichtszüge und seines muskulösen Körpers zweifellos attraktiv finden. Auf mich trifft das nicht zu, aber ich bin auch verwöhnt. Nur wenige Männer können mit dieser Anziehungskraft eines dunklen Engels mithalten, die Julian ausstrahlt.

»Was für ein Flugzeug ist das?«, frage ich ihn, als wir die Stufen hinaufgehen und eine luxuriöse Kabine betreten. Ich verstehe nichts von Privatjets, aber dieser hier sieht beeindruckend aus. Ich versuche, nicht alles anzustarren, aber ich versage kläglich. Die cremefarbenen Ledersitze im Inneren sind riesig, und es gibt ein richtiges Sofa mit einem Kaffeetisch davor. Ich sehe außerdem eine offene Tür, die in den hinteren Teil des Flugzeugs führt, und erhasche einen Blick auf das Kingsize-Bett, welches sich darin befindet.

Meine Kinnlade klappt vor Erstaunen nach unten. *Dieses Flugzeug hat ein Schlafzimmer.*

»Es ist eines der luxuriöseren Gulfstream-Flugzeuge«, antwortet er und dreht mich herum, um mir meinen Mantel abzunehmen. Seine warme Hand berührt dabei meinen Hals, und ein angenehmer Schauer durchfährt mich. »Ein Geschäftsjet für extra lange Strecken. Er kann uns ohne nachzutanken bis zu unserem Ziel bringen.«

»Sehr nett«, sage ich und schaue Julian dabei zu, wie er meinen Mantel in den Schrank neben der Tür hängt und danach seine eigene Jacke auszieht. Ich kann mich von diesem Anblick nicht abwenden, und mir wird bewusst, dass ein Teil von mir immer noch Angst hat, dass das hier nicht real ist – dass ich aufwachen und herausfinden werde, dass es sich nur um einen Traum handelt und Julian in Wirklichkeit bei der Explosion umgekommen ist.

Der Gedanke lässt mich erzittern, und Julian bemerkt meine ungewollte Bewegung. »Ist dir kalt?«, fragt er und kommt auf mich zu. »Ich kann die Temperatur erhöhen lassen.«

»Nein, es ist alles in Ordnung.« Trotzdem genieße ich Julians Wärme, als er mich zu sich heranzieht und einige Sekunden lang über meine Arme reibt. Ich kann die Wärme seines Körpers durch meine Kleidung spüren, und sie verjagt die Erinnerung an diese furchtbaren Momente, in denen ich dachte, ich hätte ihn verloren.

Ich schlinge meine Arme um Julians Taille und drücke ihn fest. Er lebt, und ich habe ihn bei mir. Das ist im Moment alles, was zählt.

»Wir sind startklar.« Eine unbekannte Stimme erschreckt mich, und ich lasse Julian los, um mich umzusehen. Der blonde Fahrer steht da und blickt uns mit einem unlesbaren Ausdruck auf seinem harten Gesicht an.

»Gut.« Julian lässt seinen Arm auf mir liegen und hält mich fest an seiner Seite, als ich versuche, wegzugehen. »Nora, das ist Lucas. Er ist derjenige, der mich aus dem Lagerhaus gezogen hat.«

»Oh, ich verstehe.« Ich sehe den Mann mit einem strahlenden und ehrlichen Lächeln an. Dieser Mann hat Julians Leben gerettet. »Ich freue mich sehr, Sie kennenzulernen, Lucas. Ich weiß gar nicht, wie ich Ihnen für das, was Sie getan haben, danken soll …«

Seine Augenbrauen zucken leicht, so als sei er über das, was ich ihm gerade gesagt habe, überrascht. »Ich habe nur meine Arbeit gemacht«, erklärt er mit einer tiefen, leicht belustigten Stimme.

Julians Mundwinkel verzieht sich zu einem leichten Lächeln, aber er antwortet nicht darauf. Stattdessen fragt er: »Ist auf dem Anwesen alles vorbereitet?«

Lucas nickt. »Alles ist bereit.« Dann schaut er mich an, und sein Gesicht ist genauso ausdruckslos wie vorher. »Es freut mich auch, Sie kennenzulernen, Nora.« Danach dreht er sich um und verschwindet im Cockpit.

»Er ist dein Fahrer *und* dein Pilot?«, möchte ich von Julian wissen, nachdem Lucas weg ist.

»Er ist sehr vielseitig«, erwidert Julian und führt mich zu den weichen Sesseln. »Wie die meisten meiner Männer.«

Sobald wir sitzen, kommt eine umwerfend schöne dunkelhaarige Frau aus dem vorderen Bereich des Flugzeugs in die Kabine. Ihr weißes Kleid sieht aus, als sei es auf ihre Kurven gegossen worden. Mit ihrem perfekten Make-up sieht sie genauso glamourös aus wie ein Filmstar – abgesehen von dem Tablett mit der Flasche Champagner und den beiden Gläsern, das sie in ihren Händen hält.

Ihr Blick streift mich, bevor er zu Julian gleitet. »Möchten Sie sonst noch etwas, Herr Esguerra?«, fragt sie, während sie sich nach vorne beugt, um das Tablett auf den Tisch zwischen unseren Sitzen zu stellen. Ihre Stimme ist sanft und melodisch, und der hungrige Blick, mit dem sie Julian anschaut, lässt mich mit den Zähnen knirschen.

»Für den Moment ist das alles. Danke, Isabella«, erwidert er und lächelt sie kurz an. Ich fühle ein kurzes, schmerzhaftes Aufflackern von Eifersucht. Julian hatte mir einmal gesagt, er habe seit unserer Begegnung keinen Sex mit anderen Frauen gehabt, aber ich frage mich trotzdem, ob er in der Vergangenheit Sex mit dieser Frau hatte. Sie ist eine Sexbombe, und ihr Verhalten macht deutlich, dass sie mehr als bereit dazu wäre, Julian alles zu servieren, was er möchte – auch sich selbst, nackt auf einem Silbertablett.

Bevor meine Gedanken noch weiter in diese Richtung abdriften können, atme ich tief durch und zwinge mich dazu, aus dem Fenster auf den fallenden Schnee zu schauen. Ein Teil von mir weiß, dass es krank und unlogisch ist, so besitzergreifend zu sein. Jede rational denkende Frau wäre erfreut darüber, wenn der Entführer seine Aufmerksamkeit auf jemand anderes lenken würde. Aber was Julian betrifft, bin ich nicht mehr rational.

Stockholm-Syndrom. Bindung während der Gefangenschaft. Traumatische Bindung. Meine Therapeutin hatte diese Begriffe während unserer wenigen Sitzungen benutzt. Sie hatte versucht, mit mir über meine Gefühle für Julian zu sprechen, aber es war zu schmerzvoll für mich gewesen, über den Mann zu reden, den ich verloren hatte. Ich hörte auf, zu ihr zu gehen. Ich schlug die Begriffe aber später nach, und ich kann verstehen, warum sie auf meine Erlebnisse angewendet werden können. Ich weiß aber nicht, ob es so einfach ist. Oder ob es überhaupt wichtig ist. Eine Sache verschwindet nicht, nur weil man ihr einen Namen gibt. Was auch immer der Grund für meine emotionale Bindung zu Julian ist, ich kann sie nicht abstellen. Ich kann ihn nicht weniger lieben.

Als ich mich wieder umdrehe, um Julian anzuschauen, hat die Flugbegleiterin die Kabine schon verlassen. Ich höre, wie die Motoren aufheulen, und lege automatisch meinen Gurt um, genauso, wie ich es mein ganzes Leben lang gemacht habe.

»Champagner?«, fragt er und greift nach der Flasche auf dem Tisch.

»Na klar, warum nicht«, sage ich und schaue ihm dabei zu, wie er mir ein Glas einschenkt.

Er reicht es mir, und ich lehne mich in dem geräumigen Sitz nach hinten und nehme einen Schluck von dem prickelnden Getränk, während das Flugzeug zu rollen beginnt.

Mein neues Leben mit Julian hat begonnen.

3

 ulian

ICH NEHME EINEN SCHLUCK AUS MEINEM GLAS UND BETRACHTE NORA,
wie sie durch das Fenster auf die immer kleiner werdende Landschaft
blickt. Sie trägt Jeans, ein Sweatshirt aus blauem Fleece, und ihre
Füße stecken in einem grob aussehenden Paar Stiefel aus Schafsfell.
Ich glaube, die heißen Uggs. Trotz dieser abschreckenden Schuhe
sieht sie immer noch sexy aus – aber ich sehe sie lieber in
Sommerkleidern, in denen ihre weiche Haut in der Sonne
schimmert.

Ich betrachte ihren ruhigen Gesichtsausdruck und frage mich, was
sie wohl gerade denkt; ob sie es bedauert, mich begleitet zu haben.

Das sollte sie nicht. Ich hätte sie sowieso mitgenommen.

Als spürte sie meinen Blick auf sich, dreht sie sich zu mir herum.
»Wie haben sie von mir erfahren?«, will sie mit ruhiger Stimme
wissen. »Die Männer, die mich entführt haben, meine ich. Woher
wussten sie, dass ich existiere?«

Bei ihrer Frage spannt sich mein ganzer Körper an. Meine
Gedanken wandern zurück zu diesen höllischen Stunden nach dem

Angriff in der Klinik, und ich werde von der gleichen Mischung aus brennendem Hass und lähmender Angst ergriffen.

Sie hätte sterben können. Sie hätte sterben können, wenn ich sie nicht rechtzeitig gefunden hätte. Auch wenn ich ihnen das gegeben hätte, was sie verlangten, hätten sie sie immer noch umgebracht, um mich dafür zu bestrafen, ihren Forderungen nicht eher nachgegeben zu haben. Ich hätte sie verloren. Genauso, wie ich Maria verloren habe.

Genauso, wie wir beide Beth verloren haben.

»Es war die Schwesternhelferin in der Klinik.« Meine Stimme klingt kalt und entfernt, als ich mein Champagnerglas zurück aufs Tablett stelle. »Angela. Sie arbeitete die ganze Zeit für die Al-Quadar.«

Noras Augen funkeln. »Dieses Miststück«, flüstert sie, und ich kann Schmerz und Wut aus ihrer Stimme heraushören. Ihre Hand zittert, als sie ihr Glas auf dem Tisch abstellt. »Dieses dreckige Miststück.«

Ich nicke und versuche meine eigene Wut zu kontrollieren, während in meinem Kopf Bilder des Videos hochkommen, welches Majid mir geschickt hatte. Sie folterten Beth, bevor sie sie umbrachten. Sie musste leiden. Beth, deren Leben nichts als Leid gewesen war, seit ihr Arschloch von einem Vater sie mit dreizehn an ein Bordell auf der anderen Seite der Grenze nach Mexiko verkauft hatte. Sie war einer der wenigen Menschen gewesen, dessen Loyalität ich niemals in Frage gestellt habe.

Sie musste leiden … und jetzt werde ich sie schlimmer leiden lassen.

»Wo ist sie jetzt?« Noras Frage reißt mich aus der schönen Erinnerung daran, wie jedes Mitglied der Al-Quadar aufgehängt und meiner Gnade ausgesetzt war. Als ich sie fragend anschaue, fügt sie hinzu: »Angela.«

Ich lächele über ihre naive Frage. »Du musst dir um sie keine Gedanken machen, mein Kätzchen.« Alles, was von Angela noch übrig ist, ist Asche, welche auf dem Rasen der Klinik auf den Philippinen verstreut wurde. Peters Art der Befragung ist brutal, aber sehr effektiv. Außerdem entsorgt er hinterher die Beweise. »Sie hat für ihren Verrat bezahlt.«

Nora schluckt, und sie weiß genau, was ich meine. Sie ist nicht mehr das gleiche Mädchen, das ich in dem Klub in Chicago getroffen habe. Ich kann die Schatten in ihren Augen sehen, und ich weiß, dass ich dafür verantwortlich bin. Trotz all meiner Anstrengungen, sie auf der Insel in Sicherheit zu wahren, hat die Hässlichkeit meiner Welt sie berührt und ihre Unschuld verdorben.

Auch dafür wird die Al-Quadar bezahlen.

Die Narbe auf meinem Kopf beginnt zu jucken, und ich berühre sie leicht mit meiner linken Hand. Manchmal bekomme ich noch Kopfschmerzen, aber ansonsten bin ich fast wieder der Alte. Wenn ich bedenke, wie ich einen Großteil der letzten vier Monate verbracht habe, bin ich ziemlich zufrieden mit dem jetzigen Stand der Dinge.

»Ist bei dir alles in Ordnung?« Nora hat einen besorgten Gesichtsausdruck, als sie sich ausstreckt, um die Stelle über meinem linken Ohr zu berühren. Ihre schlanken Finger streichen sanft über meinen Schädel. »Hast du noch Schmerzen?«

Ihre Berührung jagt wohlige Schauer durch mich hindurch. Das will ich von ihr. Ich will, dass sie sich um mein Wohlbefinden sorgt. Ich will, dass sie mich liebt, obwohl ich ihre Freiheit gestohlen habe – auch wenn sie mich eigentlich dafür hassen sollte.

Ich mache mir über mich keine Illusionen. Ich bin einer der Männer, die in den Nachrichten gezeigt werden – einer derjenigen, vor denen jeder Angst hat und die von allen verabscheut werden. Ich habe eine junge Frau entführt, weil ich sie wollte. Aus keinem anderen Grund.

Ich nahm sie mit, und jetzt gehört sie mir.

Ich entschuldige mich nicht für das, was ich getan habe. Ich fühle mich auch nicht schuldig. Ich wollte Nora, und jetzt ist sie hier bei mir und blickt mich an, als sei ich die wichtigste Person auf der ganzen Welt.

Und das bin ich auch. Ich bin genau das, was sie jetzt braucht … wonach sie sich sehnt. Ich werde ihr alles geben und ihr gleichzeitig alles nehmen. Ihren Körper, ihren Geist, ihre Hingabe – ich will alles. Ich will ihren Schmerz und ihre Lust, ihre Angst und ihre Freude.

Ich will ihr einziger Lebensinhalt sein.

»Nein, es ist alles in Ordnung«, komme ich auf ihre Frage zurück. »Es ist fast verheilt.«

Sie zieht ihre Finger weg, aber ich halte ihre Hand fest, da ich noch nicht auf ihre Berührung verzichten möchte. Sie fühlt sich in meinem Griff schlank und zerbrechlich an, die Haut weich und warm. Sie versucht aus einem Reflex heraus, ihre Hand herauszuwinden, aber das lasse ich nicht zu. Meine großen Finger schließen sich fester um ihre kleinen, und ihre Kraft ist unerheblich im Vergleich zu meiner; nur wenn ich beschließe, sie gehen zu lassen, wird sie sich befreien können.

Aber sie möchte eigentlich gar nicht, dass ich sie loslasse. Ich kann ihre steigende Erregung spüren, und mein Körper versteift sich, als ein dunkler Hunger in mir wiedererwacht. Ich greife über den Tisch, um langsam und zielstrebig ihren Sicherheitsgurt zu öffnen.

Danach stehe ich, ohne ihre Hand loszulassen, auf und führe sie zu dem Schlafzimmer im hinteren Teil des Flugzeugs.

SIE SCHWEIGT, ALS WIR DEN RAUM BETRETEN, UND ICH SCHLIEßE DIE Tür hinter uns. Der Raum hier ist zwar nicht schallisoliert, aber da Lucas und Isabella sich im vorderen Teil des Flugzeugs befinden, sollten wir ein wenig Privatsphäre haben. Normalerweise ist es mir egal, ob irgendjemand sieht oder hört, wenn ich Sex habe, aber mit Nora ist das etwas anderes. Sie gehört mir, und ich habe nicht vor, sie zu teilen. Auf keine erdenkliche Art.

Ich lasse ihre Hand los, gehe zum Bett hinüber und setze mich darauf. Dann lehne ich mich zurück und schlage meine Füße übereinander. Eine gewöhnliche Haltung, auch wenn an dem, was ich fühle wenn ich sie anschaue, nichts gewöhnlich ist.

Der Wunsch, sie zu besitzen, ist gewaltig, verzehrend. Es ist eine Besessenheit, die weit über ein sexuelles Bedürfnis hinausgeht, auch wenn mein Körper sich nach ihr verzehrt. Ich will nicht einfach Sex mit ihr haben, ich will mich in ihr verewigen, sie von innen heraus markieren, damit sie nie wieder einem anderen Mann als mir gehören wird.

Ich will sie ganz und gar besitzen.

Ich muss mich beherrschen, ihr nicht die Kleider vom Körper zu reißen, sie auf das Bett zu werfen und ihr Fleisch zu penetrieren, bis ich explodiere.

Ich behalte mich unter Kontrolle, weil ich keinen schnellen Sex möchte. Heute habe ich etwas anderes mit ihr vor.

Ich atme tief durch und zwinge mich, still dazustehen und ihr dabei zuzusehen, wie sie sich langsam auszieht. Ihr Gesicht ist errötet, ihr Atem geht schneller, und ich weiß, dass sie schon erregt ist, dass sie schon heiß, feucht und bereit für mich ist. Gleichzeitig kann ich das Zögern in ihren Bewegungen spüren, die Wachsamkeit in ihren Augen erkennen. Ein Teil von ihr fürchtet sich immer noch vor mir, weiß, wozu ich fähig bin.

Sie hat zu Recht Angst. Ich habe etwas in mir, was durch den Schmerz anderer aufblüht, was ihnen wehtun will.

Was *ihr* wehtun will.

Zuerst zieht sie ihren Fleecepulli aus, unter dem ein schwarzes Tanktop zum Vorschein kommt. Ihre rosafarbenen BH-Träger sind darunter zu erkennen, und diese unschuldige Farbe erregt mich aus irgendeinem Grund, schickt einen frischen Schwall Blut in mein Geschlecht. Als Nächstes ist das Tanktop dran. Als sie bei Schuhen und Jeans ankommt, bin ich kurz davor, zu explodieren.

In ihrem BH und dazu passendem Höschen ist sie die köstlichste Kreatur, die ich jemals gesehen habe. Ihr zierlicher Körper wohlgeformt und durchtrainiert, die Muskeln in ihren Armen und Beinen sind fein definiert. Obwohl sie so schlank ist, ist sie sehr weiblich, ihr Po ist perfekt geformt, und ihre kleinen Brüste sind überraschend rund. Mit dem langen Haar, welches ihren Rücken hinabfällt, sieht sie wie eine Miniaturausgabe eines Victoria's-Secret-Models aus. Der einzige Makel ist eine kleine Narbe auf der rechten Seite ihres flachen Bauches – die Erinnerung an ihre Blinddarmentzündung.

Ich muss sie einfach berühren.

»Komm her«, befehle ich rau, und mein Glied drückt schmerzhaft gegen den Reißverschluss meiner Jeans.

Während sie mich eindringlich mit ihren großen, dunklen Augen anblickt, nähert sie sich mir vorsichtig. Unsicher, so als ob ich sie jederzeit anfallen könnte.

Ich atme noch einmal tief durch, um genau das zu verhindern. Als sie bei mir ankommt, beuge ich mich stattdessen nach vorne und umfasse fest ihre Taille. Ich ziehe sie so an mich heran, dass sie zwischen meinen Beinen stehen bleibt. Ihre Haut fühlt sich kalt und weich an. Ihre Rippen sind so schmal, dass ich ihre Taille fast mit meinen Händen umfassen kann. Es wäre so einfach, ihr Schaden zuzufügen, sie zu zerbrechen. Ihre Verletzlichkeit erregt mich fast so sehr wie ihre Schönheit.

Ich greife nach oben, finde den Verschluss ihres BHs und befreie ihre Brüste aus ihrem Gefängnis.

Als der BH an ihren Armen heruntergleitet, wird mein Mund trocken, und mein ganzer Körper spannt sich an. Auch wenn ich sie schon hundertmal nackt gesehen habe, ist jedes Mal eine Offenbarung. Ihre Nippel sind klein, von rosa-bräunlicher Farbe, und ihre Brüste haben die gleiche leicht goldene Tönung wie der Rest ihres Körpers. Ich kann nicht widerstehen und bedecke diese weichen, runden Hügel mit meinen Händen, um sie leicht zu drücken und zu kneten. Ihr Fleisch ist straff und fest, ihre Nippel drücken hart gegen meine Handflächen. Ich kann hören, wie sie nach Luft schnappt, als meine Daumen über diese aufgestellten Spitzen reiben, und mein Hunger verstärkt sich.

Ich lasse ihre Brüste los und schiebe meine Finger unter den Bund ihres Höschens. Ich ziehe es an ihren Beinen hinunter und bedecke mit meiner rechten Hand ihr Geschlecht. Mein Mittelfinger stößt in ihre kleine Öffnung, und mein Penis zuckt wegen der warmen Feuchtigkeit, die ich dort vorfinde. Ihr Atem stockt, als mein rauer Daumen sich auf ihre Klitoris presst, und ihre Hände krallen sich in meine Schultern, ihre scharfen Nägel graben sich in meine Haut.

Ich kann nicht länger warten. Ich muss sie haben.

»Geh aufs Bett.« Meine Stimme ist belegt, als ich meine Hände von ihr entferne. »Ich will dich auf dem Bauch.«

Sie beeilt sich, mir zu gehorchen, und ich stehe auf, um mich auszuziehen.

Ich habe sie gut erzogen. Als ich meine eigene Kleidung abgelegt habe, liegt sie komplett nackt auf dem Bauch, und ein Kissen hebt ihren kleinen kurvigen Po an. Ihre Arme hat sie unter ihrem Kopf verschränkt, und ihr Gesicht ist zu mir gedreht. Sie schaut mich mit diesen von dicken Wimpern umrandeten Augen an, und ich kann ihre nervöse Vorfreude spüren. In diesem Moment begehrt und fürchtet sie mich.

Dieser Blick erregt mich, aber er erweckt auch eine andere Art von Hunger in mir. Ein dunkleres, perverseres Bedürfnis. Aus dem Augenwinkel sehe ich den Gürtel meiner Jeans, der auf dem Boden liegt. Ich hebe ihn auf und wickele das Ende mit der Schnalle um meine Hand, bevor ich zum Bett gehe.

Nora bewegt sich nicht, aber ich kann die ängstliche Anspannung in ihrem Körper sehen. Meine Lippen zucken. *So ein braves Mädchen.* Sie weiß, es wäre schlimmer für sie, wenn sie Widerstand leisten würde. Natürlich hat sie jetzt auch schon verstanden, dass ich ihren

Schmerz mit Lust belohnen werde und sie ihn deshalb auch genießen wird.

Ich mache am Ende des Bettes halt, strecke meine freie Hand aus und fahre mit meinen Fingern ihre Wirbelsäule entlang. Sie erzittert unter meiner Berührung, und diese Reaktion lässt dunkle Erregung durch mich hindurchfahren. Das ist genau das, was ich will, was ich brauche – diese tiefe verdrehte Verbindung, die zwischen uns existiert. Ich will mich in ihrer Angst, ihrem Schmerz baden. Ich will ihre Schreie hören, ihre hilflose Gegenwehr fühlen – bis sie dann in meinen Armen dahinschmilzt und ich sie immer wieder in Ekstase versetze.

Dieses Mädchen setzt das Schlimmste in mir frei, lässt mich auch die letzten Reste meiner Moral vergessen. Sie ist die einzige Frau, die ich jemals in mein Bett gezwungen habe, die Einzige, die ich jemals so sehr gewollt habe … und auf eine so falsche Weise. Sie hier zu haben, meiner Gnade ausgesetzt, ist mehr als berauschend – es ist die stärkste Droge, die ich jemals probiert habe. Ich habe noch niemals solche Gefühle für ein anderes menschliches Wesen empfunden, und das Wissen, dass sie mir gehört, dass ich alles mit ihr machen kann, was ich möchte, ist ein Rausch, der mit nichts zu vergleichen ist. Mit den ganzen anderen Frauen war es einfach nur ein Spiel, eine Art und Weise, die gegenseitigen Bedürfnisse zu befriedigen. Mit Nora ist das anders. Mit ihr ist es mehr.

»Wunderschön«, murmele ich und streichele die weiche Haut ihrer Oberschenkel und ihres Hinterns. Bald werden sie Spuren aufweisen, aber im Moment genieße ich ihre Glätte. »So unglaublich schön.« Ich beuge mich über sie und küsse sie sanft auf den untersten Punkt ihrer Wirbelsäule. Ich atme ihren warmen weiblichen Duft ein und lasse die Vorfreude wachsen. Ein Schauer durchfährt sie, und ich lächele, während das Adrenalin durch meine Venen rauscht.

Ich stelle mich auf, trete einen Schritt zurück und schlage mit dem Gürtel zu.

Ich benutze nicht viel Kraft, aber trotzdem zuckt sie zusammen, als mein Gürtel auf den runden Hügeln ihres Pos landet. Ein leises Wimmern entfährt ihren Lippen. Sie versucht nicht, sich zu bewegen oder wegzukrabbeln; stattdessen krallen sich ihre kleinen Fäuste fest in das Laken, und ihre Augen sind fest geschlossen. Ich schlage das zweite Mal härter zu, und dann immer wieder. Meine Bewegungen bekommen einen hypnotischen, tranceähnlichen Rhythmus. Mit jedem Gürtelschlag versinke ich tiefer in die Schwärze, und meine Welt verengt sich, bis ich nur noch sie sehen, hören und fühlen kann. Die Rötung ihres zarten Fleisches, die schmerzerfüllten Aufschreie und das Schluchzen, welches ihr entweicht, die Art, wie ihr Körper bei jedem Schlag erzittert und erschaudert – ich bade darin, befriedige meine Sucht, stille den verzweifelten Hunger, der mich innerlich auffrisst.

Zeit verschwimmt und dehnt sich aus. Ich weiß nicht, ob Minuten vergehen oder Stunden. Als ich endlich aufhöre, liegt sie schlaff und bewegungslos da. Ihre Pobacken und Oberschenkel sind mit roten Striemen übersät. Ihr tränennasses Gesicht hat einen verträumten, fast glückseligen Ausdruck, und ihr schlanker Körper zittert. Kleine Schauer durchfahren sie.

Ich lasse den Gürtel auf den Boden fallen und nehme sie vorsichtig hoch. Ich setze mich auf das Bett und halte sie zusammengekauert auf meinem Schoß fest. Mein eigenes Herz hämmert in der Brust, und mein Kopf dreht sich immer noch von dem unglaublichen Rausch, den ich gerade erlebt habe. Sie zittert immer noch, verbirgt ihr Gesicht an meiner Schulter und beginnt zu weinen. Ich streichele ihr Haar, beruhige sie und helfe ihr dabei, von ihrem Endorphinrausch herunterzukommen.

Das brauche ich jetzt – sie zu trösten und sie in meinen Armen zu spüren. Ich will alles für sie sein: ihr Beschützer und derjenige, der sie quält, ihre Freude und ihr Leid. Ich will sie körperlich und emotional an mich binden, mich so in ihren Kopf und ihre Seele brennen, dass sie niemals auf die Idee kommt, mich zu verlassen.

Als ihr Schluchzen nachlässt, kommt mein Hunger auf Sex zurück. Meine beruhigenden zärtlichen Berührungen werden zielgerichteter. Jetzt fahren meine Hände nicht mehr über ihren Körper, um sie zu beruhigen, sondern um sie zu erregen. Meine rechte Hand gleitet zwischen ihre Oberschenkel, und meine Finger drücken auf ihre Klitoris. Gleichzeitig ergreift meine andere Hand ihre Haare und zieht an ihnen, bis sie meinen Blick erwidern muss. Sie sieht immer noch benommen aus. Ihre weichen Lippen öffnen sich, als sie mich ansieht, und ich beuge mich nach unten, um ihren Mund tief und innig zu küssen. Sie stöhnt in meinen Mund, ihre Hände graben sich in meine Schultern, und ich kann spüren, wie die Hitze zwischen uns aufsteigt. Meine Hoden schmiegen sich eng an meinen Körper, und mein Geschlecht verlangt nach ihrem feuchten, warmen Fleisch.

Ich stehe mit ihr in meinen Armen auf und lege sie aufs Bett. Sie winselt, und mir wird klar, dass die Laken gegen ihre Striemen reiben und ihr das wehtut. »Dreh dich um, Baby«, flüstere ich und möchte ihr jetzt nur noch Lust verschaffen. Sie rollt sich folgsam auf ihren Bauch, in die gleiche Position wie zuvor, und ich rücke sie so zurecht, dass sie mit gebeugten Armen auf den Händen und den Knien ruht.

Auf allen vieren, mit ihrem Po nach oben gestreckt und einem leicht gebogenen Rücken, ist sie das Erregendste, was ich jemals gesehen habe. Ich kann alles sehen – die Hügel ihrer zarten Muschi, das kleine Loch ihres Anus, die köstlichen Kurven ihrer Pobacken, auf denen die pinkfarbenen Striemen vom Gürtel zu sehen sind. Mein Herz klopft zum Zerspringen in meiner Brust, und mein Penis pocht schmerzhaft, als ich ihre Hüften ergreife, meine Eichel an ihre Öffnung presse, bevor ich in sie eindringe.

Heißes, nasses Fleisch umgibt mich, umhüllt mich mit fester, feuchter Perfektion. Sie stöhnt, biegt sich mir entgegen und versucht, mich tiefer in sich aufzunehmen. Ich beuge mich ihrem Wunsch, indem ich mich erst ein wenig zurückziehe, um danach wieder in sie einzudringen. Ihr entfährt ein Schrei, und ich wiederhole diese Bewegung. Meine Wirbelsäule kribbelt dabei vor Lust durch diesen festen Griff ihres engen Kanals. Hitzewellen überrollen mich, und ich beginne, hemmungslos zuzustoßen. Ich bemerke kaum, dass meine Finger sich in die weiche Haut auf ihren Hüften graben. Ihr Stöhnen und ihre Schreie verstärken sich, bis ich merke, dass sie ihren Höhepunkt erreicht. Ihre inneren Muskeln krampfen sich um mein Geschlecht und melken es. Ich kann mich unmöglich noch länger zurückhalten und explodiere. Mein Samen wird mit einer solchen Kraft in sie hineingeschossen, dass ich einen Moment lang nur verschwommen sehen kann.

Keuchend lasse ich mich auf die Seite fallen und ziehe sie mit mir. Unsere Haut ist schweißgebadet, und wir kleben aneinander. Mein Herz rast. Ihr Atem geht auch schwer, und ich fühle, wie sich ihr Geschlecht um meinen erschlaffenden Penis klammert, als die letzten Schauer des Orgasmus durch sie hindurchfahren.

Wir liegen verschlungen da, während unser Atem langsamer wird. Ich halte sie in der Löffelchen-Stellung an mich gedrückt. Die sanfte Kurve ihres Pos presst sich gegen meine Lende, und langsam überkommt mich das Gefühl von Ruhe und Zufriedenheit. So war es schon immer mit ihr. Sie hat etwas an sich, was meine Dämonen so weit beruhigt, dass ich mich fast normal fühle. Fast … glücklich. Es ist nichts, was ich erklären oder rational greifen kann; es ist einfach da. Deshalb brauche ich sie so dringend, so verzweifelt.

So gefährlich krankhaft.

»Sag mir, dass du mich liebst«, flüstere ich und streiche ihr über die Außenseite ihrer Oberschenkel. »Sag mir, dass du mich vermisst hast, Baby.«

Sie bewegt sich in meinen Armen, um sich zu mir herumzudrehen und mich anzuschauen. Ihre dunklen Augen sind ernst, und sie erwidert meinen Blick. »Ich liebe dich, Julian«, erklärt sie sanft, und ihre zarte Handfläche fährt mein Kinn entlang. »Ich habe dich mehr vermisst als das Leben. Das weißt du.«

Das stimmt – aber ich muss es trotzdem von ihr hören. In den letzten Monaten ist diese emotionale Seite genauso wichtig für mich geworden wie die körperliche. Dieser eigenwillige Spleen von mir amüsiert mich. Ich will, dass meine kleine Gefangene mich liebt, sich Sorgen um mich macht. Ich will mehr für sie sein als nur das Monster ihrer Albträume.

Ich schließe meine Augen, ziehe sie noch näher an mich heran und entspanne mich.

In wenigen Stunden wird sie wirklich ganz und gar mir gehören.

4

ICH MUSS IN JULIANS ARMEN EINGESCHLAFEN SEIN, DENN ALS ICH
aufwache, beginnt das Flugzeug schon mit dem Landeanflug. Ich
öffne die Augen und betrachte diese unbekannte Umgebung. Mein
Körper ist wund und schmerzt von dem Sex, den wir gerade hatten.

Ich hatte vergessen, wie es mit Julian war, wie zerstörerisch und
reinigend diese Achterbahnfahrt aus Schmerz und Ekstase sein
konnte. Ich fühle mich gleichzeitig leer und beschwingt,
ausgewrungen und doch belebt durch diesen Wirbelsturm der
Gefühle.

Ich setze mich vorsichtig auf und zucke zusammen, als mein mit
Blutergüssen übersäter Po die Laken berührt. Es war einer der
intensiveren Einsätze des Gürtels gewesen; ich wäre nicht überrascht,
wenn die blauen Flecken eine Weile sichtbar bleiben würden. Ich
schaue mich im Raum um und sehe eine Tür, von der ich denke, dass
sie zum Badezimmer führt. Da Julian nicht im Zimmer ist, stehe ich
auf und gehe zu dieser Tür, da ich mich waschen muss.

Zu meiner Überraschung gibt es neben einem echten
Waschbecken und einer Toilette auch eine kleine Dusche in diesem

Badezimmer. Mit diesen ganzen Annehmlichkeiten wirkt Julians Jet eher wie ein fliegendes Hotel als wie eines der Linienflugzeuge, mit denen ich schon geflogen bin. Ich finde sogar eine in Plastik eingeschweißte Zahnbürste, Zahnpasta und Mundspülung in einem kleinen Regal an der Wand. Ich benutze alles und dusche danach noch schnell. Nachdem ich mich unendlich frischer fühle, gehe ich ins Schlafzimmer zurück und ziehe mich an.

Als ich die Hauptkabine betrete, sitzt Julian auf dem Sofa mit einem geöffneten Laptop vor sich auf dem Tisch. Die Ärmel seines Hemdes sind hochgeschoben und legen seine muskulösen Unterarme frei. Von den Falten auf seiner Stirn kann ich ablesen, dass er sich konzentriert. Er sieht so ernst aus – und so umwerfend schön, dass ich einen Moment lang die Luft anhalte.

Als würde er meine Gegenwart spüren, schaut er auf, und seine blauen Augen leuchten. »Wie geht es dir, mein Kätzchen?«, fragt er mit leiser und vertrauter Stimme, und ich merke, wie mein Körper von einer heißen Welle überrollt wird.

»Mir geht es gut.« Ich weiß nicht, was ich sonst sagen soll. *Mein Hintern schmerzt, weil du mich ausgepeitscht hast, aber das ist okay, weil du mir antrainiert hast, es zu genießen?* Ja, sicher.

Seine Lippen verziehen sich zu einem leichten Lächeln. »Gut. Es freut mich, das zu hören. Ich wollte dich gerade holen kommen. Du solltest dich auf deinen Platz setzen – wir landen bald.«

Ich folge seinem Vorschlag und versuche, nicht wegen des Schmerzes zusammenzuzucken, der durch etwas so Einfaches wie Hinsetzen hervorgerufen wird. Ich werde definitiv noch ein paar Tage lang blaue Flecken haben.

Ich schnalle mich an und schaue aus dem Fenster. Ich bin neugierig auf das Ziel unserer Reise. Als das Flugzeug die Wolkendecke durchbricht, sehe ich eine große Stadt, die sich unter uns ausbreitet und an deren Ende Berge aufsteigen. »Welche Stadt ist das?«, frage ich und drehe mich zu Julian um.

»Bogotá«, antwortet er und schließt seinen Laptop. Er nimmt ihn in die Hand und kommt zu mir, um sich neben mich zu setzen. »Wir werden uns aber nur wenige Stunden dort aufhalten.«

»Hast du dort geschäftlich zu tun?«

»Das könnte man so nennen.« Er schaut mich leicht belustigt an. »Es gibt etwas, was ich gerne noch erledigen würde, bevor wir zu dem Anwesen fliegen.«

»Und was?«, hake ich vorsichtig nach. Wenn Julian sich amüsiert, ist das selten ein gutes Zeichen.

»Das wirst du schon bald sehen.« Und damit öffnet er seinen Laptop wieder und konzentriert sich wieder auf das, womit er sich vorher beschäftigt hatte.

~

Ein schwarzes Auto, welches dem ähnelt, das uns am Flughafen abgesetzt hat, wartet schon auf uns, als wir aus dem Flugzeug steigen. Lucas schlüpft wieder in die Rolle des Fahrers, während Julian weiterhin vertieft an seinem Laptop arbeitet.

Mich stört das nicht. Ich bin viel zu sehr damit beschäftigt, alles anzuschauen, während wir durch die geschäftigen Straßen fahren. Bogotá hat eine gewisse Alte-Welt-Ausstrahlung, die ich faszinierend finde. Überall kann ich Spuren des spanischen Erbes sehen, die sich mit einem einzigartigen Latino-Flair mischen. Mich überkommt eine unheimliche Lust auf Arepas – eine Art Pfannkuchen aus Mais, die ich häufig bei einem Kolumbianer in Chicago gekauft habe.

»Wohin gehen wir?«, frage ich Julian, als das Auto vor einer beeindruckenden alten Kirche in einem reich anmutenden Viertel hält. Ich hätte nicht gedacht, dass mein Entführer ein Kirchengänger ist.

Anstatt mir zu antworten, steigt er aus dem Auto und hält mir seine Hand hin. »Komm, Nora«, fordert er mich auf. »Wir haben nicht viel Zeit.«

Zeit für was? Ich hätte ihm gerne noch ein paar Fragen gestellt, aber ich weiß, dass es keinen Sinn hat. Er wird mir nicht antworten, solange er keine Lust dazu hat. Ich lege meine kleine Hand in seine große, steige aus dem Auto und lasse mich von ihm zu der Kirche führen. Soweit ich weiß, werden wir hier jetzt einige seiner Geschäftspartner treffen – aber warum er mich dabeihaben möchte, verstehe ich nicht.

Wir gehen durch eine kleine Seitentür hinein und kommen in einen kleinen, aber wunderschön dekorierten Raum. An den Wänden stehen altmodische hölzerne Bänke, und am vorderen Ende befindet sich eine Kanzel mit einem beeindruckenden Kreuz.

Irgendwie macht mich dieser Anblick nervös. Ein kranker, unmöglicher Gedanke kommt mir in den Sinn, und meine

Handflächen beginnen zu schwitzen. »Julian …«, ich schaue auf und bemerke, dass er mich mit einem eigenartigen Lächeln anblickt. »Warum sind wir hier?«

»Kannst du das nicht erraten, mein Kätzchen?«, entgegnet er sanft und dreht sich zu mir um. »Wir sind hier, um zu heiraten.«

Einen Moment lang kann ich ihn nur sprachlos vor Entsetzen anschauen. Dann lache ich nervös auf. »Du machst Witze, stimmt's?«

Er hebt seine Augenbrauen an. »Witze? Nein, überhaupt nicht.« Er nimmt meine Hand, und ich spüre, wie er etwas auf meinen linken Ringfinger schiebt.

Mein Herz rast, und ich schaue ungläubig auf meine linke Hand. Der Ring schaut wie der eines Hollywood-Stars aus – ein dünner, mit Diamanten besetzter Ring, in dessen Mitte ein großer, runder Stein funkelt. Er ist zierlich, aber gleichzeitig prunkvoll, und passt perfekt, so als sei er extra für mich angefertigt worden.

Der Raum verschwimmt vor meinen Augen, und ich sehe helle Punkte. Mir wird klar, dass ich kurz aufgehört haben muss zu atmen. Ich schnappe verzweifelt nach Luft, schaue Julian an, und mein ganzer Körper beginnt zu zittern. »Du … möchtest mich heiraten?« Diese Worte kommen in einem entsetzten Flüstern aus mir heraus.

»Natürlich möchte ich das.« Seine Augen verengen sich leicht. »Warum sollte ich dich sonst hierherbringen?«

Darauf habe ich keine Antwort: alles, zu dem ich gerade noch fähig bin, ist, dazustehen und ihn anzustarren. Ich fühle mich, als würde ich hyperventilieren.

Hochzeit. Hochzeit mit Julian.

Das will mir einfach nicht in den Kopf. Hochzeit und Julian sind in meinem Kopf so weit voneinander entfernt, dass sie sich genauso gut an den gegenüberliegenden Polen dieses Planeten befinden könnten. Wenn ich an Hochzeit denke, dann im Zusammenhang mit einer schönen, aber weit entfernten Zukunft – einer Zukunft mit einem hingebungsvollen Ehemann und zwei lauten Kindern. In diesem Bild gibt es einen Hund und ein Haus in der Vorstadt, Fußballspiele und Schulveranstaltungen. Was es dort nicht gibt, ist ein Mörder mit dem Gesicht eines gefallenen Engels, kein wunderschönes Monster, das mich in seinen Armen zum Schreien bringt.

»Ich kann dich nicht heiraten.« Diese Worte platzen aus mir heraus, bevor ich es mir besser überlegen kann. »Es tut mir leid Julian, aber ich kann das nicht.«

Sein Gesichtsausdruck verdunkelt sich. In null Komma nichts ist er bei mir. Einen Arm hat er um meine Taille geschlungen, um mich an sich zu pressen, und mit der anderen Hand hat er mein Kinn ergriffen. »Du hast gesagt, dass du mich liebst.« Seine Stimme ist sanft und weich, aber ich spüre die dunkle Wut darunter. »War das eine Lüge?«

»Nein!« Zitternd erwidere ich Julians wütenden Blick, und meine Hände drücken hilflos gegen seine starke Brust. Ich kann das Gewicht des Ringes an meinem Finger spüren, und es verstärkt meine Panik. Ich weiß nicht, wie ich ihm etwas erklären soll, was ich selbst kaum verstehe. Ich möchte mit Julian zusammen sein. Ich kann ohne ihn nicht leben. Aber Ehe ist etwas völlig anderes, etwas, was nicht in unsere verkorkste Beziehung gehört. »Ich liebe dich! Und das weißt du auch …«

»Also warum weigerst du dich dann?«, will er wissen, und seine Augen sind vor Wut ganz dunkel. Sein Griff um mein Kinn verstärkt sich, und seine Finger drücken sich in meine Haut.

Meine Augen beginnen zu brennen. Wie kann ich meinen Unwillen erklären? Wie kann ich ihm sagen, dass er niemand ist, den ich mir als meinen Ehemann vorstellen kann? Dass er Teil eines Lebens ist, welches ich mir nie vorgestellt hatte, nie gewollt habe, und dass ihn zu heiraten für mich bedeuten würde, diesen vagen Traum einer normalen Zukunft in weiter Ferne aufzugeben? »Warum willst du mich heiraten?«, frage ich verzweifelt. »Warum möchtest du etwas so Traditionelles tun? Ich gehöre dir doch schon …«

»Ja, das tust du.« Er beugt sich nach unten, bis sein Gesicht nur noch Zentimeter von meinem entfernt ist. »Und ich möchte ein legales Dokument, welches diese Tatsache bestätigt. Du wirst meine Frau sein, und niemand kann dich mir jemals wieder wegnehmen.«

Ich starre Julian an, und mein Brustkorb zieht sich zusammen, als ich beginne, es zu verstehen. Das ist keine süße, romantische Geste von ihm. Er macht das nicht, weil er mich liebt und eine Familie gründen will. So funktioniert Julian nicht. Eine Ehe würde seinen Besitzanspruch, mich betreffend, legalisieren – so einfach ist das. Es wäre eine andere Form von Besitz. Eine dauerhaftere … und etwas in mir erschaudert bei dem Gedanken daran.

»Es tut mir leid«, sage ich ruhig und nehme meinen ganzen Mut zusammen. »Ich bin noch nicht bereit dafür. Können wir das zu einem späteren Zeitpunkt besprechen?«

Sein Gesicht verhärtet sich, und seine Augen werden zu blauen Eissplittern. Er lässt mich abrupt los und tritt einen Schritt zurück. »In Ordnung.« Seine Stimme ist genauso kalt wie sein Blick. »Wenn du so spielen möchtest, mein Kätzchen, werden wir das tun.«

Er greift in seine Hosentasche, zieht ein Smartphone heraus und beginnt, auf ihm zu tippen.

Übelkeit breitet sich in meinem Magen aus. »Was machst du da?« Als er nicht antwortet, wiederhole ich meine Frage und versuche, mich nicht so panisch anzuhören, wie ich mich gerade fühle. »Julian, was machst du da?«

»Etwas, was ich schon vor langer Zeit hätte tun sollen«, antwortet er endlich und schaut zu mir auf, während er das Handy wieder wegsteckt. »Du träumst immer noch von ihm, stimmt's? Von diesem Jungen, den du wolltest?«

Mein Herzschlag setzt eine Sekunde lang aus. »Wie bitte? Nein, das mache ich nicht! Julian, ich schwöre dir, dass Jake nichts damit zu tun hat …«

Er unterbricht mich mit einer kurzen, ablehnenden Geste. »Ich hätte ihn schon vor langer Zeit aus deinem Leben entfernen sollen. Jetzt werde ich diesen Fehler beheben. Vielleicht wirst du dann akzeptieren, dass du jetzt mit mir zusammen bist und nicht mit ihm.«

»Ich *bin* mit dir zusammen!« Ich weiß nicht, was ich sagen soll, damit Julian es nicht macht. Ich gehe zu ihm, ergreife seine Hände, und die Hitze seiner Haut brennt an meinen eiskalten Fingern. »Hör mir zu, ich liebe *dich*, nur dich … Er bedeutet mir nichts – und das seit einer langen Zeit schon nicht mehr!«

»Gut.« Sein Ausdruck wird nicht weicher, als seine Finger sich um meine legen und sie in seinem Griff festhalten. »Dann sollte es dir auch egal sein, was mit ihm passiert.«

»Nein, so funktioniert das nicht! Mir ist es nicht egal, weil er ein menschliches Wesen ist, ein unschuldiger Zuschauer, und aus keinem anderen Grund!« Jetzt zittere ich schon so stark, dass meine Zähne aufeinanderschlagen. »Er hat es nicht verdient, für meine Sünden bestraft zu werden …«

»Es ist mir egal, was er verdient.« Julians Stimme schlägt auf mich nieder wie eine Peitsche, während er mich mit seinem festen Griff näher an sich zieht. Er beugt sich nach unten und knirscht zwischen seinen Zähnen hervor: »Ich will ihn aus deinem Kopf und aus deinem Leben haben, hast du mich verstanden?«

Das Brennen in meinen Augen wird schlimmer, und ich kann wegen der unvergossenen Tränen kaum noch etwas sehen. Durch die Panik hindurch, die meinen Kopf benebelt, wird mir klar, dass es nur eine Sache gibt, die ich tun kann, um das zu stoppen – es nur einen Weg gibt, Jakes Tod zu verhindern.

»In Ordnung«, flüstere ich geschlagen und blicke auf das Monster, in das ich mich verliebt habe. »Ich werde es tun. Ich werde dich heiraten.«

~

DIE NÄCHSTE STUNDE FÜHLT SICH UNWIRKLICH AN.

Nachdem Julian seinen Handlanger zurückgepfiffen hat, stellt er mich einem runzeligen, alten Mann vor, der die Robe eines katholischen Priesters trägt. Der Mann spricht kein Englisch, also nicke ich und tue so, als könne ich dem folgen, was er mir in maschinengewehrartigem Spanisch erzählt. Es ist mir unangenehm, das zuzugeben, aber meine einzigen Spanischkenntnisse habe ich von dem Unterricht in der Highschool. Als ich aufwuchs, wurde zu Hause Englisch gesprochen, und ich habe nicht genug Zeit mit meiner Abuela verbracht, um etwas mehr als ein paar einfache Sätze zu lernen.

Nachdem die Vorstellung bei dem Priester vorbei ist, führt Julian mich in einen anderen Raum – ein kleines Büro mit einem Schreibtisch und zwei Stühlen. Sobald wir dort ankommen, betreten zwei junge Frauen das Zimmer. Eine von ihnen trägt ein langes, weißes Kleid, und die andere Schuhe und Accessoires. Sie sind freundlich und aufgeregt und reden mit mir in einer Mischung aus Spanisch und Englisch, während sie mein Haar frisieren. Ich versuche, ihnen genauso zu antworten, aber das, was ich sage, klingt eigenartig und hölzern. Der wachsende Angstknoten in meiner Brust lässt es nicht zu, dass ich mich verhalte wie die aufgeregte junge Braut, die sie erwarten. Julian, der meinen mangelnden Enthusiasmus bemerkt, wirft mir einen dunklen Blick zu, bevor er verschwindet und mich den beiden Frauen überlässt.

Als sie damit fertig sind, mich zu verschönern, bin ich geistig und körperlich erschöpft. Obwohl Chicago und Bogotá sich in der gleichen Zeitzone befinden, fühle ich mich unglaublich ausgelaugt, so als leide ich unter Jetlag. Eine eigenartige Taubheit hüllt mich ein und dämpft die brodelnde Anspannung in meinem Magen.

Es passiert. Es passiert wirklich. Julian und ich, wir heiraten.

Die Panik, die mich vorher fest in ihrem Griff hatte, ist einer Art schwachen Resignation gewichen. Ich weiß nicht, was ich von einem Mann erwartet habe, der mich fünfzehn Monate lang gefangen gehalten hat. Eine vernünftige Diskussion über die Vor- und Nachteile des Heiratens an diesem Punkt unserer Beziehung? Ich pruste innerlich. *Ja, klar.* Zurückblickend wird mir klar, dass unsere viermonatige Trennung meine Erinnerungen an diese anfänglichen entsetzlichen Wochen auf der Insel abgeschwächt hat – dass ich es irgendwie geschafft hatte, meinen Entführer in meinen Gedanken zu verklären. Ich hatte dummerweise begonnen zu denken, dass es zwischen uns anders sein könnte, und zu glauben, ich hätte etwas zu sagen, was mein Leben betraf.

»Fertig.« Die Frau, die mich frisiert hat, lächelt mich strahlend an und unterbricht damit meine Überlegungen. »Sehr schön, Señorita, sehr, sehr schön. Jetzt bitte das Kleid anziehen, und danach kümmern wir uns um das Gesicht.«

Sie reichen mir ein seidenes Unterkleid, welches zu dem Kleid gehört, und drehen sich danach taktvoll um, um mir ein wenig Privatsphäre zu geben. Da ich das Ganze nicht unnötig in die Länge ziehen möchte, ziehe ich mich schnell um und schlüpfe in das Kleid – das genau wie der Ring perfekt sitzt.

Jetzt fehlen nur noch Make-up und Accessoires, und das erledigen die beiden Frauen schnell. Zehn Minuten später bin ich bereit für meine Hochzeit.

»Komm, schau mal«, sagt eine der beiden und führt mich in eine Ecke des Raumes. Dort befindet sich ein mannshoher Spiegel, den ich zuvor nicht bemerkt hatte. Ich blicke in überraschtem Schweigen auf mein Spiegelbild und kann das, was ich dort sehe, kaum wiedererkennen.

Das Mädchen im Spiegel ist wunderschön mit ihrer Hochsteckfrisur und ihrem geschmackvollen Make-up. Das ausgestellte Kleid ist genau passend für ihre schlanke Figur, und der herzförmige Ausschnitt des Oberteils betont die anmutige Linie ihres Halses und ihrer Schultern. Tränenförmige Diamantenohrringe verzieren ihre kleinen Ohrläppchen, und eine dazu passende Kette funkelt an ihrem Hals. Sie hat alles, was eine Braut haben muss ... besonders, wenn man die Schatten in ihren Augen ignoriert.

Meine Eltern wären so stolz gewesen.

Dieser Gedanke kommt aus dem Nichts, und zum ersten Mal wird mir klar, dass ich ohne meine Familie heiraten werde. Meine Eltern werden ihr einziges Kind an diesem besonderen Tag nicht sehen. Bei diesem Gedanken breitet sich ein dumpfer Schmerz in meiner Brust aus. Es wird kein Einkaufen des Hochzeitskleids mit meiner Mutter und kein Testessen der Kuchen mit meinem Vater geben.

Keine Junggesellinnenabschiedsparty mit meinen Freundinnen in einem Strip-Klub mit männlichen Strippern.

Ich versuche, mir vorzustellen, wie Julian wohl darauf reagieren würde, und ich kann ein plötzliches Kichern nicht unterdrücken. Ich bin mir ziemlich sicher, dass die armen Stripper den Klub in Leichensäcken verlassen würden, sollte ich es wagen, mich ihnen zu nähern.

Ein Klopfen an der Tür reißt mich aus meinen halb hysterischen Gedanken. Die Damen eilen hin, und ich höre, wie Julian ihnen etwas auf Spanisch sagt. Sie drehen sich zu mir um, winken zum Abschied und verlassen dann schnell das Zimmer.

Sobald sie hinausgeeilt sind, kommt Julian herein.

Trotz allem kann ich meinen Blick nicht von ihm abwenden. Er trägt einen eleganten schwarzen Smoking, der seinen großen, starken Körper perfekt einrahmt. Mein zukünftiger Ehemann sieht einfach umwerfend aus. In meinen Gedanken blitzt unser Sex aus dem Flugzeug auf, und eine feuchte Hitze beginnt sich zwischen meinen Beinen zu sammeln, obwohl die blauen Flecken bei dieser Erinnerung zu schmerzen beginnen. Er betrachtet mich ebenfalls eingehend. Sein Blick ist heiß und besitzergreifend, während er über meinen Körper wandert.

»Bringt es nicht Unglück, wenn der Bräutigam die Braut vor der Zeremonie sieht?« Meine Stimme ist so sarkastisch, wie sie nur sein kann, und ich versuche dabei, die Wirkung zu ignorieren, die Julian auf mich hat. In diesem Moment hasse ich ihn fast so sehr, wie ich ihn liebe, und die Tatsache, dass ich ihm am liebsten die Kleidung vom Leibe reißen möchte, ärgert mich maßlos. Ich sollte mich mittlerweile daran gewöhnt haben, aber ich finde es immer noch beunruhigend, wie mein Kopf und mein Körper in seiner Gegenwart einfach nicht kommunizieren können.

Ein leichtes Lächeln umspielt seine sinnlichen Mundwinkel. »Mach dir keine Gedanken, mein Kätzchen. Ich denke, du und ich, wir haben diese Bedenken schon hinter uns. Bist du bereit?«

Ich nicke und gehe zu ihm. Es hat keinen Sinn, das Unvermeidbare hinauszuschieben; wir werden sowieso heute heiraten. Julian hält mir seinen Arm hin, und ich hake mich bei ihm ein, lasse mich von ihm zurück in diesen wunderschönen Raum mit der Kanzel führen.

Der Priester wartet schon auf uns, ebenso wie Lucas. Ich sehe außerdem eine große Kamera, die auf einem Stativ steht.

»Ist die für die Hochzeitsfotos?«, frage ich überrascht und bleibe im Türrahmen stehen.

»Natürlich.« Julians Augen leuchten mich an. »Erinnerungen und das ganze andere Zeug.«

Aha. Ich kann nicht verstehen, warum Julian das alles möchte – das Kleid, den Smoking, die Kirche. Mich verwirrt das Ganze. Wir gehen keine liebende Verbindung ein; er bindet mich nur enger an sich, indem er seinen Besitz formalisiert. Diese ganze Ausstaffierung ist bedeutungslos, besonders da Lucas der einzige ist, der dieses Ereignis bezeugen kann.

Bei diesem Gedanken zieht sich mein Brustkorb erneut zusammen. »Julian«, sage ich ruhig und schaue zu ihm hoch, »kann ich meine Eltern anrufen? Ich möchte es ihnen erzählen. Ich möchte, dass sie wissen, dass ich jetzt heiraten werde.« Ich bin mir ziemlich sicher, dass er meinen Wunsch ablehnen wird, aber ich muss ihn einfach fragen.

Zu meiner Überraschung lächelt er mich an. »Wenn du das möchtest, mein Kätzchen. Sobald du fertig bist, mit ihnen zu sprechen, könnten sie sich die Hochzeitszeremonie doch eigentlich auch gleich auf einem Live-Video-Feed anschauen. Lucas kann das für uns einrichten.«

Ich starre ihn überrascht an. Er möchte, dass meine Eltern bei der Hochzeit zuschauen? *Ihn* sehen – den Mann, der ihre Tochter entführt hat? Einen Moment lang fühle ich mich, als habe ich ein Paralleluniversum betreten, aber dann dämmert mir, wie unglaublich genial sein Plan ist.

»Du möchtest, dass ich dich ihnen vorstelle, stimmt's?«, flüstere ich, während ich ihn anstarre. »Du willst, dass ich ihnen sage, dass ich mit dir mitgegangen bin, weil ich das wollte. Du willst ihnen zeigen, wie glücklich wir zusammen sind. Dann musst du dir keine Gedanken darüber machen, dass die Behörden oder irgendjemand anderes hinter dir her ist. Ich werde nur ein weiteres dieser Mädchen sein, das sich in einen gutaussehenden, reichen Mann verliebt hat und mit ihm durchgebrannt ist. Diese Bilder ... das Video ... das alles dient dazu, eine gute Vorstellung abzugeben ...«

Sein Lächeln verstärkt sich. »Wie du dich verhältst und was du ihnen erzählst, ist ganz dir überlassen, mein Kätzchen«, sagt er mit seidiger Stimme. »Sie können ein freudiges Ereignis sehen – oder du kannst ihnen sagen, dass du erneut entführt worden bist. Es ist deine Entscheidung, Nora. Du kannst tun, was immer du möchtest.«

5

Julian

IHRE DUNKLEN AUGEN SIND GROß UND BLICKEN MICH AN, OHNE ZU
blinzeln. Ich weiß schon genau, wofür sie sich entscheiden wird. Für
ihre Eltern wird sie die glücklichste Braut der Welt sein.

Sie wird die Rolle ihres Lebens spielen.

Wut und noch etwas – etwas, was ich jetzt nicht näher
untersuche – schäumt in meinem Bauch. Rational verstehe ich ihr
Zögern. Ich weiß, was ich bin und was ich ihr angetan habe. Eine
clevere Frau würde so schnell wegrennen, wie sie nur könnte – und
Nora war immer cleverer und scharfsinniger als die meisten.

Sie ist auch sehr jung. Ich vergesse das manchmal. In der
bequemen Welt der amerikanischen Mittelklasse heiraten nur wenige
Frauen in ihrem Alter. Es ist möglich, dass sie noch gar nicht an
Heiraten gedacht hatte; es ist sogar sehr wahrscheinlich, da sie ja noch
zur Highschool ging, als ich sie traf.

Rational verstehe ich das alles … aber Rationalität hat nichts mit
den wütenden Gefühlen zu tun, die in mir brodeln. Ich will sie fesseln,
sie auspeitschen und sie dann ficken, bis sie roh ist und um Gnade

bettelt – bis sie eingesteht, dass sie mir gehört und dass sie nicht ohne mich leben kann.

Ich mache aber nichts von alledem. Stattdessen lächele ich kühl und warte ihre Entscheidung ab.

Sie neigt ihren Kopf und nickt kurz. »In Ordnung.« Ihre Stimme ist kaum hörbar. »Ich werde es tun. Ich werde ihnen alles über unsere Liebesgeschichte erzählen.«

Ich lasse mir meine Befriedigung nicht anmerken. »Wie du möchtest, mein Kätzchen. Ich werde Lucas anweisen, eine sichere Verbindung für dich herzustellen.«

Damit lasse ich sie stehen und gehe zu Lucas, um mit ihm den Ablauf dieser speziellen Operation zu besprechen.

~

ICH BITTE PADRE DIAZ, DIE ZEREMONIE ERST IN EINER STUNDE beginnen zu lassen, und setze mich dann auf eine der Bänke, um Nora ungestört mit ihren Eltern reden zu lassen. Natürlich höre ich die Unterhaltung mit Hilfe des kleinen Bluetooth-Apparats in meinem Ohr mit, aber das braucht sie nicht zu wissen.

Ich lehne mich bequem an die Wand an und bereite mich auf die Unterhaltung vor.

Ihre Mutter nimmt beim ersten Klingeln ab.

»Hallo Mami ... ich bin's.« Noras Stimme klingt fröhlich und aufgekratzt. Sie sprudelt vor Aufregung fast über. Ich unterdrücke ein Lächeln; sie ist sogar noch besser, als ich dachte.

»Nora, Süße!« Gabriela Leston hört sich erleichtert an. »Ich bin so froh, dass du anrufst. Ich habe heute schon fünf Mal versucht, dich zu erreichen, aber ich hatte immer nur den Anrufbeantworter dran. Ich wollte gerade bei dir vorbeischauen – oh, was ist das für eine Nummer, von der aus du anrufst?«

»Jetzt rege dich bitte nicht auf, Mami, aber ich bin nicht zu Hause.« Noras Ton ist beruhigend, aber ich zucke innerlich zusammen. Ich weiß nicht viel über normale Eltern, aber ich bin mir ziemlich sicher, dass die Worte »rege dich nicht auf« genau den gegenteiligen Effekt haben.

»Wie meinst du das?« Die Stimme ihrer Mutter wird augenblicklich schärfer. »Wo bist du?«

Nora räuspert sich. »Ich bin gerade in Kolumbien.«

»*Was?*« Ich zucke bei dem ohrenbetäubenden Ausruf zusammen. »Was meinst du damit, dass du in Kolumbien bist?«

»Mama, es gibt tolle Neuigkeiten …« Und Nora beginnt zu erklären, wie wir uns auf der Insel verliebt haben, wie fertig sie gewesen war, als sie dachte, ich sei tot – und wie überglücklich sie war, als sie erfuhr, dass ich doch noch lebe.

Nachdem sie ihre Geschichte beendet hat, herrscht Stille im Telefon. »Und du willst mir gerade erzählen, dass du mit ihm zusammen bist?«, fragt ihre Mutter schließlich mit rauer und angespannter Stimme. »Dass er deinetwegen zurückgekommen ist?«

»Ja, genau.« Noras Ton ist jubelnd. »Ich konnte vorher nicht mit dir darüber reden, weil es zu schwierig war – weil ich dachte, ich hätte ihn verloren. Aber jetzt sind wir wieder zusammen, und es gibt da etwas … etwas Fantastisches, was ich dir sagen muss.«

»Was denn?« Ihre Mutter hört sich verständlicherweise misstrauisch an.

»Wir werden gleich heiraten!«

Wieder folgt ein langes Schweigen am anderen Ende der Leitung. Dann: »Du wirst … *ihn* heiraten?«

Ich unterdrücke ein weiteres Lächeln, als Nora beginnt, ihre Mutter davon zu überzeugen, dass ich gar nicht so schlecht bin, wie sie denken – dass es eine Anhäufung unglücklicher Umstände war, die zu ihrer Entführung geführt hatten und dass die Dinge zwischen uns jetzt völlig anders sind. Ich bin mir nicht sicher, ob Gabriela Leston das glaubt, aber das braucht sie ja auch nicht. Die Aufzeichnung dieser Unterhaltung wird Schlüsselpersonen in bestimmten Regierungsbüros zugespielt werden und dabei helfen, ihre Gemüter zu besänftigen. Ich bin zu wertvoll für sie, um sich mit mir anzulegen, aber es schadet ja nichts, so zu tun, als ob. Wahrnehmung ist alles, und Nora als meine Frau gefällt ihnen besser als meine Gefangene.

Ich hätte sie auch eher heiraten können, aber ich habe versucht, sie zu verstecken, sie zu beschützen. Deshalb habe ich sie entführt und sie auf meine Insel gebracht: damit niemand herausfinden kann, dass sie existiert und wie wichtig sie für mich ist. Jetzt, da das Geheimnis bekannt ist, möchte ich, dass die ganze Welt weiß, dass sie mir gehört – und dass sie dafür zahlen werden, wenn sie versuchen, sie zu berühren. Die Nachricht meiner Vendetta gegen die Al-Quadar beginnt durch die Kanalisation der Unterwelt zu sickern, und ich habe sichergestellt, dass die Gerüchte noch brutaler ausfallen, als die Wirklichkeit sowieso schon ist.

Es sind diese Gerüchte, die Noras Familie in Sicherheit leben lassen werden – sie, und die kleine Sicherheitsüberwachung, die ich auf ihre Eltern angesetzt habe. Es ist unwahrscheinlich, dass jemand versuchen wird, über meine Schwiegereltern an mich heranzukommen – ich bin nicht gerade als Familienmensch bekannt –, aber ich möchte kein Risiko eingehen. Das Letzte, was ich möchte, ist, dass Nora genauso um ihre Eltern trauert, wie sie es immer noch um Beth tut.

Als Nora mit ihrem Gespräch fast fertig ist, wird Padre Diaz ungeduldig. Ich werfe ihm einen warnenden Blick zu, und er hört sofort auf, zu drängeln. Alle sichtbaren Zeichen des Unmuts verschwinden aus seinem Gesicht. Der gute Padre kennt mich, seit ich ein Junge war, und er weiß, wann er vorsichtig sein sollte.

Als ich wieder zu Nora blicke, gibt sie mir ein Zeichen, zu ihr zu kommen. Ich stehe auf, um zu ihr zu gehen, und schalte unterwegs mein Bluetooth-Gerät aus. Als ich fast bei ihr bin, höre ich sie sagen: »Mami, ich möchte ihn dir gerne vorstellen, ja? Ich werde ihn bitten, die Videoverbindung zu aktivieren – dann ist es fast so, als würdet ihr ihn persönlich treffen … Ja, wir stellen in ein paar Minuten eine Verbindung zu euch her.« Dann legt sie auf und schaut mich erwartungsvoll an.

»Lucas.« Ich spreche kaum lauter, aber er ist sofort mit einem Laptop mit einer sicheren Verbindung zur Stelle. Ich stelle ihn auf eine Fensterbank, und er klappt ihn so weit auf, dass die kleine Kamera auf uns zeigt. Eine Minute später ist der Videoanruf aufgebaut, und der Bildschirm ist mit Gabriela Lestons Gesicht ausgefüllt. Tony Leston – Noras Vater – steht hinter ihr. Die beiden dunklen Augenpaare wenden sich sofort mir zu und betrachten mich mit einer Mischung aus Feindseligkeit und Neugier.

»Mama, Papa, das ist Julian«, sagt Nora sanft, und ich nicke leicht lächelnd mit dem Kopf. Lucas geht zurück zum anderen Ende des Raumes, um uns allein zu lassen.

»Ich freue mich sehr, Sie beide kennenzulernen.« Ich behalte extra eine kühle und gleichmäßige Stimme bei. »Ich bin mir sicher, Nora hat euch schon alles erzählt. Ich möchte mich für die Geschwindigkeit entschuldigen, mit der alles passiert, aber ich würde es sehr schön finden, wenn ihr an unserer Hochzeit teilnehmen könntet. Ich weiß, dass es Nora viel bedeuten würde, ihre Eltern dabeizuhaben, auch wenn es nur via Internet ist.« Es gibt nichts, was ich den Lestons sagen könnte, um mich für das, was ich getan habe, zu entschuldigen. Oder sie sogar dazu zu bringen, mich zu mögen. Also versuche ich es gar nicht erst. Nora gehört jetzt mir, und sie werden lernen müssen, diese Tatsache zu akzeptieren.

Noras Vater öffnet den Mund, um etwas zu sagen, aber der Ellenbogen seiner Frau, der ihn trifft, unterbricht ihn. »In Ordnung, Julian«, sagt sie langsam und schaut mich mit Augen an, die denen ihrer Tochter unglaublich ähnlich sehen. »Du heiratest also Nora. Darf ich fragen, wo ihr danach leben werdet und ob wir sie wiedersehen können?«

Ich lächele sie an. Noch eine clevere, intuitive Frau. »Die ersten Monate lang bleiben wir wahrscheinlich hier in Kolumbien«, erkläre ich ihr in einem leichten und freundlichen Ton. »Ich muss mich noch um ein paar geschäftliche Angelegenheiten kümmern. Danach würden wir uns allerdings freuen, euch zu besuchen – oder euch zu Besuch zu haben.«

Gabriela nickt. »Ich verstehe.« Ihr Gesicht bleibt angespannt, aber in ihren Augen flackert kurz Erleichterung auf. »Und was wird aus Noras Zukunftsplänen? Was ist mit ihrem Studium?«

»Ich werde sicherstellen, dass sie eine gute Ausbildung bekommt und auch weiterhin ihrer Kunst nachgehen kann.« Ich schaue die Lestons ruhig an. »Natürlich bin ich mir sicher, dass Sie wissen, dass Nora sich keine Sorgen mehr um Geld machen muss. Und Sie auch nicht. Ich habe finanziell gesehen mehr als ausgesorgt.«

Tony Lestons Augen verengen sich wütend. »Sie können unsere Tochter nicht kaufen …«, beginnt er zu sagen, um erneut zu verstummen, als er wieder den Ellenbogen seiner Frau zu spüren bekommt. Noras Mutter hat die Lage ganz offensichtlich richtig erkannt; ihr ist klar, dass dieses Gespräch auch gar nicht stattfinden müsste.

Ich gehe näher an die Kamera heran. »Tony, Gabriela«, sage ich ruhig, »Ich verstehe eure Bedenken. Allerdings wird Nora in weniger als einer halben Stunde meine Frau sein – und ich bin dann für sie verantwortlich. Ich versichere euch, dass ich für sie sorgen und mein Bestes geben werde, um sie glücklich zu machen. Es gibt nichts, worüber ihr euch Sorgen machen müsstet.«

Tonys Kinn spannt sich an, aber diesmal sagt er nichts. Gabriela ist diejenige, die als Erste wieder spricht. »Wir würden es sehr zu schätzen wissen, wenn wir regelmäßig mit ihr reden könnten«, sagt sie ruhig. »Ich möchte sichergehen, dass sie genauso glücklich ist, wie sie heute zu sein scheint.«

»Selbstverständlich.« Ich habe kein Problem damit, dieses Zugeständnis zu machen. »Die Zeremonie beginnt in wenigen Minuten, und dafür müssen wir einen besseren Videostream aufsetzen. Ich habe mich gefreut, Sie beide kennenzulernen«, erkläre ich höflich, bevor ich den Laptop schließe.

Als ich mich umdrehe, beobachtet Nora mich leicht amüsiert. In dem weißen Kleid und mit dieser Frisur sieht sie wie eine Prinzessin aus – was mich dann wohl zu dem bösen Drachen macht, der die Prinzessin stiehlt.

Dieser Gedanke belustigt mich, und ich hebe meine Hand, um mit meinen Fingern ihre babyweichen Wangen entlangzustreichen. »Bist du bereit, mein Kätzchen?«

»Ja, ich denke schon«, murmelt sie und sieht mich an. Diese Frauen, die ich angeheuert habe, müssen etwas mit ihren Augen gemacht haben, denn sie sehen noch größer und geheimnisvoller aus als sonst. Ihr Mund scheint auch weicher und glänzender zu sein. Sofort denke ich an Sex. Eine scharfe Lustwelle überrollt mich unvorbereitet, und ich zwinge mich, einen Schritt nach hinten zu treten, bevor ich bei meiner eigenen Hochzeit frevele.

»Der Videostream ist vorbereitet«, lässt mich Lucas wissen, als er zu uns kommt.

»Danke, Lucas«, antworte ich ihm. Dann wende ich mich Nora zu und führe sie zu Padre Diaz.

6

DIE ZEREMONIE SELBST DAUERT NUR ETWA ZWANZIG MINUTEN. DA MIR bewusst ist, dass die Kamera auf uns gerichtet ist, lächele ich und gebe mein Bestes, um wie eine glückliche, strahlende Braut auszusehen.

Ich verstehe meine eigene Ablehnung immer noch nicht ganz. Schließlich heirate ich den Mann, den ich liebe. Als ich dachte, er sei tot, wollte ich auch sterben, und ich musste meine ganze Kraft aufwenden, um von einem Tag zum nächsten zu überleben. Ich möchte mit niemand anderem als mit Julian zusammen sein ... und trotzdem kann ich die Kälte in mir nicht abschütteln.

Er ist souverän mit meinen Eltern fertiggeworden, das muss ich ihm lassen. Ich bin mir nicht sicher, was ich erwartet hatte, aber es war nicht diese ruhige, fast zivilisierte Unterhaltung, die dann stattgefunden hatte. Er hat die ganze Zeit über die Kontrolle behalten, und seine Das-sind-Tatsachen Herangehensweise hatte auch keinen Platz für Anschuldigungen und gegenseitige Vorwürfe gelassen. Er hat sich für die schnelle Hochzeit entschuldigt, aber nicht dafür, mich entführt zu haben – und ich weiß, dass der Grund dafür ist, dass er sich nicht schuldig fühlt. Er denkt, er habe ein Anrecht auf mich. So einfach ist das.

Nach einer recht langen Rede auf Spanisch beginnt Padre Diaz, zu Julian zu sprechen. Ich schnappe ein paar Worte auf – etwas mit Ehemann, Liebe, Schutz – und dann höre ich, wie Julian mit tiefer Stimme antwortet: »Si, quiero.«

Dann bin ich an der Reihe. Ich blicke auf, und unsere Blicke treffen sich. Er hat ein warmes Lächeln auf den Lippen, aber seine Augen sagen etwas anderes. In ihnen spiegeln sich Hunger und Bedürfnis wider, und ganz tief drin ein alles überschattender Besitzhunger.

»Si, quiero«, sage ich ruhig und wiederhole somit Julians Worte. *Ja, das tue ich. Ja, ich will.* Mein rudimentäres Spanisch ist gut genug, um zumindest das zu übersetzen.

Julians Lächeln verstärkt sich. Er greift in seine Tasche und nimmt einen weiteren Ring heraus – einen schmalen, diamantenbesetzten Reifen, der zum Verlobungsring passt – und steckt ihn auf meinen kraftlosen Finger. Danach drückt er einen Ring aus Platin in meine Handfläche und hält mir seine linke Hand hin.

Seine Handfläche ist fast zweimal so groß wie meine, und seine Finger sind lang und männlich. Er hat Männerhände – kräftig und mit rauer Hornhaut. Hände, die genauso leicht Freude bereiten wie verletzen können.

Ich atme tief durch und stecke den Ehering auf Julians linken Ringfinger. Danach schaue ich ihn wieder an und höre kaum noch zu, als Padre Diaz die Zeremonie beendet. Ich betrachte Julians wunderschöne Gesichtszüge, und alles, was ich denken kann, ist, dass es geschehen ist.

Der Mann, der mich entführt hat, ist jetzt mein Ehemann.

~

NACH DER ZEREMONIE VERABSCHIEDE ICH MICH VON MEINEN ELTERN und versichere ihnen, mich bald wieder zu melden. Meine Mutter weint, und der Gesichtsausdruck meines Vaters ist versteinert, so wie immer, wenn er extrem verärgert ist.

»Mami, Papi, ich verspreche euch, ich werde mich bei euch melden«, beteuere ich ihnen und versuche, meine Tränen zurückzuhalten. »Ich werde nicht wieder verschwinden. Alles wird gut. Ihr müsst euch um nichts Sorgen machen …«

»Ich verspreche euch, dass sie euch sehr bald anrufen wird«, fügt Julian hinzu, und nach einigen weiteren tränenreichen Verabschiedungen beendet Lucas die Videoverbindung.

Die nächste halbe Stunde verbringen wir damit, Fotos in dieser wunderschönen Kirche aufzunehmen. Danach ziehen wir wieder unsere normale Kleidung an und fahren zurück zum Flughafen.

Jetzt ist es schon Abend, und ich bin völlig kaputt. Durch den Stress der letzten Stunden und die Reise fühle ich mich fast wie bewusstlos. Ich schließe die Augen und lehne mich zurück, während das Auto sich durch die dunklen Straßen Bogotás bewegt. Ich denke an gar nichts; ich möchte einfach nur meinen Kopf leeren und mich entspannen. Ich rutsche hin und her, um eine bessere Position zu finden, eine, in der nicht allzu viel Gewicht auf meinem immer noch wunden Po lastet.

»Müde, Baby?«, fragt Julian leise und legt seine Hand auf mein Knie. Seine Finger drücken es leicht und massieren meinen Oberschenkel. Ich zwinge mich dazu, meine schweren Augenlider zu öffnen.

»Ein wenig«, gebe ich zu und drehe mich zu ihm herum. »Ich bin nicht daran gewöhnt, so viel zu fliegen – und zu heiraten.«

Er grinst mich an, und seine weißen Zähne blitzen in der Dunkelheit auf. »Zum Glück wirst du Letzteres nicht noch einmal tun müssen. Heiraten, meine ich. Was das Fliegen betrifft, kann ich dir nichts versprechen.«

Vielleicht bin ich einfach nur übermüdet, aber ich finde das aus irgendeinem Grund unglaublich komisch. Ich kann ein Kichern nicht unterdrücken. Ich lache einmal auf, dann noch einmal, bis ich unkontrolliert lache und mich dabei auf dem Rücksitz des Autos umherrolle.

Julian betrachtet mich ruhig dabei, und als ich mich endlich beruhige, zieht er mich auf seinen Schoß und küsst mich. Er nimmt meinen Mund mit einem langen, leidenschaftlichen Kuss in Besitz, der mir wortwörtlich den Atem nimmt. Als er mich endlich wieder zu Luft kommen lässt, kann ich mich kaum an meinen eigenen Namen erinnern, und noch weniger daran, worüber ich vorher gelacht habe.

Wir keuchen beide, und unser Atem vermischt sich, als wir uns gegenseitig anschauen. In seinem Blick erkenne ich Hunger. Aber da ist auch noch etwas anderes – eine fast gewalttätige Sehnsucht, die tiefer geht als einfache Lust. Eine eigenartige Enge macht sich in meiner Brust breit, und ich fühle mich, als würde ich immer weiter fallen, mich noch mehr verlieren. »Was willst du von mir, Julian?«, flüstere ich und hebe meine Hand, um den harten Umriss seines Kinns entlangzufahren. »Was brauchst du?«

Er antwortet nicht, aber seine große Hand bedeckt meine und drückt sie einige Augenblicke lang gegen sein Gesicht. Er schließt seine Augen, so als nehme er dieses Gefühl in sich auf. Als er sie wieder öffnet, ist dieser besondere Moment vorbei.

Er schiebt mich von seinem Schoß, legt seinen schweren Arm um meine Schultern und platziert mich bequem an seiner Seite. »Ruh dich ein wenig aus, mein Kätzchen«, murmelt er in mein Haar. »Wir haben noch einiges an Weg vor uns, bevor wir zu Hause ankommen.«

~

IM FLUGZEUG SCHLAFE ICH WIEDER EIN, WESHALB ICH KEINE AHNUNG habe, wie lange der Flug dauert. Julian weckt mich, nachdem wir gelandet sind, und ich folge ihm schläfrig aus dem Flugzeug.

Als ich aussteige, pralle ich auf eine Wand aus warmer, feuchter Luft. Sie ist so dick, dass sie sich wie ein feuchtes Laken um mich legt. In Bogotá war es mit einer Temperatur von etwa 20 Grad schon viel wärmer als in Chicago gewesen. Hier aber fühlt es sich an, als würde ich eine feuchte Sauna betreten. Mit meinen Winterstiefeln und einem Sweatshirt aus Fleece fühle ich mich, als würde ich bei lebendigem Leib gekocht werden.

»Bogotá liegt um einiges höher«, erklärt Julian, als lese er meine Gedanken. »Hier unten, das ist die Tierra Caliente – die niedrig gelegene heiße Zone.«

»Wo sind wir?«, möchte ich wissen, da ich langsam wacher werde. Ich kann das Zirpen von Insekten hören, und in der Luft liegt der Geruch von saftiger, grüner Vegetation, wie die der Tropen. »Welcher Teil des Landes, meine ich?«

»Der Südosten«, antwortet Julian und führt mich zu einem Geländewagen, der auf der anderen Seite der Piste wartet. »Wir befinden uns gerade genau am Rand des Regenwaldes.«

Ich hebe eine Hand, um mir meine Augen zu reiben. Ich weiß nicht viel über kolumbianische Geografie, aber das hört sich für mich sehr abgelegen an. »Gibt es hier in der Nähe Dörfer oder Städte?«

»Nein«, erwidert Julian. »Das ist ja gerade das Schöne an diesem

Ort, mein Kätzchen. Wir sind völlig isoliert und sicher. Niemand wird uns hier belästigen.«

Wir kommen beim Auto an, und er hilft mir beim Einsteigen. Lucas kommt nach einigen Minuten nach, und wir fahren los. Wir folgen einer unbefestigten Straße durch ein stark bewaldetes Gebiet.

Draußen ist es stockdunkel. Die Scheinwerfer des Autos sind die einzige Lichtquelle, und ich schaue neugierig in die Dunkelheit, um das Ziel unserer Reise zu erahnen. Allerdings kann ich nur Bäume und noch mehr Bäume erkennen.

Ich gebe diesen sinnlosen Versuch auf und beschließe, es mir stattdessen bequem zu machen. Dank der voll angestellten Klimaanlage ist es im Auto zwar kühler, aber immer noch zu warm für ein Sweatshirt. Ich ziehe es aus und bin froh, darunter ein Tanktop anzuhaben. Als die kühle Luft über meine erhitzte Haut bläst, seufze ich vor Erleichterung und fächere mir Luft zu, um den Abkühlungsprozess zu beschleunigen.

»Ich habe Kleidung für dich, die für dieses Wetter geeigneter ist«, meint Julian, der mich leicht lächelnd beobachtet. »Ich hätte wahrscheinlich daran denken sollen, sie mitzubringen, aber ich hatte es zu eilig, dich zurückzubekommen.«

»Ach?« Ich schaue ihn an und freue mich absurderweise über sein Geständnis.

»Ich bin dir so schnell gefolgt, wie ich konnte«, murmelt er, und seine Augen leuchten im dunklen Inneren des Autos. »Du hast doch nicht gedacht, ich würde dich lange alleine lassen, oder?«

»Nein, das habe ich nicht«, antworte ich leise. Und das ist auch die Wahrheit. Wenn es eine Sache gibt, bei der ich mir hundertprozentig sicher bin, dann, dass Julian mich will. Ich bin mir nicht sicher, ob er mich liebt – ob er überhaupt fähig ist, jemanden zu lieben – aber ich habe nie an der Stärke seines Verlangens nach mir gezweifelt. Er hat in jenem Lagerhaus sein Leben für mich riskiert, und ich weiß, er würde es wieder tun. Das ist eine Sicherheit, die sich bis in Mark und Bein ausbreitet und die sich eigenartig behaglich anfühlt.

Ich schließe die Augen und lasse mich mit einem weiteren Seufzer gegen die Lehne fallen. Dieser Zwiespalt meiner Gefühle löst bei mir Kopfschmerzen aus. Wie kann ich nur so wütend darauf sein, dass Julian mich zwingt, ihn zu heiraten, und mich gleichzeitig dermaßen darüber freuen, dass er es nicht erwarten konnte, mich wieder zu entführen? Welcher gesunde Mensch fühlt so?

»Wir sind da«, unterbricht Julian meine Überlegungen, und ich öffne die Augen, als ich bemerke, dass das Auto angehalten hat.

Vor uns erstreckt sich ein zweistöckiges Herrenhaus, welches von mehreren kleinen Gebäuden umgeben ist. Helle Außenlichter beleuchten alles, was sich in ihrer Nähe befindet. Ich kann sich lang erstreckenden grünen Rasen und saftige, akribisch gepflegte Pflanzen sehen. Julian hat nicht übertrieben, als er diesen Ort ein Anwesen nannte.

Ich kann auch einige der Sicherheitsmaßnahmen erkennen. Ich blicke mich neugierig um, als Julian mir aus dem Auto hilft und mich zum Hauptgebäude führt. An den äußersten Enden seines Besitzes befinden sich Türme. Diese stehen jeweils in einem Abstand von circa elf Metern voneinander, und auf ihnen befinden sich bewaffnete Männer.

Es ist fast so, als befänden wir uns in einem Gefängnis, nur dass diese Wächter dazu bestimmt sind, die bösen Menschen nicht herein-, anstatt nicht hinauszulassen.

»Du bist hier aufgewachsen?«, will ich von Julian wissen, als wir uns dem Haus nähern. Es ist ein wunderschönes weißes Gebäude mit herrschaftlichen Säulen auf der Vorderseite. Es erinnert mich ein wenig an die Plantage von Scarlett O'Hara in *Vom Winde verweht*.

»Das bin ich.« Er wirft mir einen Blick von der Seite zu. »Bis ich sieben oder acht Jahre alt war, habe ich die meiste Zeit hier verbracht. Danach habe ich meinen Vater normalerweise in die Städte begleitet, um ihm bei den Geschäften zu helfen.«

Nachdem wir die Treppen zum Eingang hochgegangen sind, hält Julian vor der Tür an und beugt sich zu mir herunter, um mich in seine Arme zu nehmen. Bevor ich irgendetwas sagen kann, trägt er mich schon über die Schwelle, um mich drinnen wieder abzusetzen. »Es gibt keinen Grund dafür, mit dieser kleinen Tradition zu brechen«, meint er leise mit einem verschmitzten Lächeln. Er bleibt neben mir stehen und schaut mich an.

Ich muss anfangen zu lächeln. Ich kann Julian nie widerstehen, wenn er so spielerisch ist wie gerade. »Ah stimmt, ich hatte ganz vergessen, dass du ja heute Herr Traditionell bist«, necke ich ihn und versuche dabei, nicht daran zu denken, dass er die Heirat erzwungen hat. Es ist wichtig für meine geistige Gesundheit, die guten Zeiten von den schlechten zu trennen und so viel wie möglich in dem Moment zu leben. »Und ich dachte gerade, du wolltest mich einfach nur mal hochheben.«

»Das wollte ich auch«, gibt er zu, und sein Grinsen verstärkt sich. »Es ist das erste Mal, dass meine Intentionen und die Tradition übereinstimmen, also warum nicht die Traditionen achten?«

»Ich bin dabei«, erwidere ich sanft und blicke ihn an. In diesem Moment sind meine Gedanken hundertprozentig in der Gute-Zeiten-Schublade, und ich würde mit Freuden alles machen, was er möchte.

»Señor Esguerra?« Eine unsichere weibliche Stimme unterbricht uns, und als ich mich umschaue, sehe ich eine Frau mittleren Alters. Sie trägt ein kurzärmeliges schwarzes Kleid mit einer weißen Schürze um ihre Taille. »Alles ist bereit, genauso, wie Sie es verlangt haben«, sagt sie in einem Englisch mit Akzent und beobachtet uns mit kaum versteckter Neugier. »Soll ich das Abendessen servieren?«

»Nein danke, Ana«, erwidert Julian, und seine Hand ruht dabei besitzergreifend auf meiner Hüfte. »Bitte bring uns nur ein paar Sandwiches auf unser Zimmer. Nora ist müde von der Reise.« Danach blickt er mich an. »Nora, das ist Ana, unsere Haushälterin. Ana, das ist meine Frau Nora.«

Anas braune Augen werden groß. Offensichtlich ist die *Frau* genauso eine Überraschung für sie, wie sie es für mich gewesen ist. Sie erholt sich aber schnell von der Überraschung. »Ich freue mich sehr, Sie kennenzulernen, Señora«, erwidert sie und lächelt mich strahlend an. »Willkommen.«

»Danke, Ana. Ich freue mich auch, dich kennenzulernen.« Ich lächele zurück und ignoriere den stechenden Schmerz in meiner Brust. Diese Haushälterin hat keinerlei Ähnlichkeiten mit Beth, aber trotzdem muss ich an die Frau denken, die meine Freundin geworden war – und an ihren grausamen, sinnlosen Tod.

Nein, nicht daran denken, Nora. Das Letzte, was ich jetzt noch gebrauchen kann, ist, wieder wegen eines Albtraums schreiend aufzuwachen.

»Bitte sorge dafür, dass wir heute Nacht nicht gestört werden, außer es ist etwas Wichtiges«, weist Julian Ana an.

»Ja, Señor«, murmelt sie und verschwindet durch die breite Doppeltür, die aus der Eingangshalle führt.

»Ana ist eine der Angestellten des Anwesens«, erklärt mir Julian, während er mich zu einer breiten, gewundenen Treppe führt. »Sie arbeitet schon fast ihr ganzes Leben lang für uns.«

»Sie scheint sehr nett zu sein«, sage ich und betrachte mein neues Zuhause, während wir die Stufen hinaufgehen. Ich war noch niemals zuvor in einer so prunkvollen Villa und kann kaum glauben, dass ich hier leben werde. Die Einrichtung, mit den glänzenden Holzböden und den abstrakten Gemälden an der Wand, ist eine geschmackvolle Mischung aus altmodischem Charme und moderner Eleganz. Ich vermute, dass allein die vergoldeten Bilderrahmen mehr kosten als die komplette Einrichtung meines kleinen Apartments in Chicago. »Wie viele Angestellte gibt es hier?«

»Es gibt zwei, die sich immer um das Haus kümmern«, erklärt mir Julian. »Ana, die du gerade kennengelernt hast, und Rosa, das Dienstmädchen. Wahrscheinlich wirst du ihr morgen begegnen. Außerdem gibt es verschiedene Gärtner, Hilfsarbeiter und andere, die auf das Anwesen aufpassen.« Oben bleibt er vor einer der Türen stehen und öffnet sie für mich. »Wir sind da. Unser Schlafzimmer.«

Unser Schlafzimmer. Das hört sich sehr nach Zuhause an. Auf der Insel hatte ich mein eigenes Zimmer. Auch wenn Julian die meisten Nächte bei mir verbracht hat, hatte ich immer noch das Gefühl, einen Raum für mich allein zu haben – etwas, was ich hier nicht haben werde.

Ich trete ein und schaue mich vorsichtig um.

Wie der Rest des Hauses wirkt es trotz der modernen Einrichtung opulent und altmodisch. Auf dem Boden liegt ein dicker, blauer Teppich, und in der Mitte steht ein riesiges Himmelbett. Alles ist in Blau- und Cremetönen gehalten, in die sich ab und an Gold und Bronze mischen. Die Vorhänge vor den Fenstern sind wie in einem Luxushotel, dick und schwer, und an den Wänden hängen weitere abstrakte Gemälde.

Es ist wunderschön und gleichzeitig furchteinflößend, genauso wie der Mann, der jetzt mein Ehemann ist.

»Wollen wir ein Bad nehmen?«, fragt Julian sanft und tritt hinter mich. Seine starken Arme legen sich um mich, und seine Finger greifen nach meiner Gürtelschnalle. »Ich glaube, wir könnten beide eins gebrauchen.«

»Das hört sich gut an«, murmele ich und lasse mich von ihm entkleiden. Ich fühle mich wie eine Puppe – oder vielleicht auch wie eine Prinzessin in dieser Umgebung. Als Julian mein Shirt und meine Hose auszieht, berühren seine Hände meine nackte Haut und senden ein Kribbeln bis in mein Innerstes.

Unsere Hochzeitsnacht. Diese Nacht ist unsere Hochzeitsnacht. Meine Atmung beschleunigt sich durch die Kombination aus Erregung und Nervosität. Ich weiß nicht, was Julian mit mir vorhat, aber sein hartes Geschlecht, das sich gegen meinen unteren Rücken presst, lässt keine Zweifel darüber aufkommen, dass er mich nehmen möchte.

Als ich vollkommen nackt bin, drehe ich mich um und betrachte ihn dabei, wie er sich auszieht. Seine wohlgeformten Muskeln leuchten im sanften Licht, welches von den eingelassenen Deckenleuchten ausgestrahlt wird. Sein Körper ist schlanker als zuvor, und er hat eine neue Narbe unter seinen Rippen. Er ist trotzdem immer noch der umwerfendste Mann, den ich jemals gesehen habe. Er ist schon vollständig erregt, und sein dickes, langes Geschlecht ragt in meine Richtung. Ich schlucke, und mein Unterleib zieht sich bei diesem Anblick zusammen. Gleichzeitig macht sich das unterschwellige Wundsein in mir bemerkbar und erinnert mich daran, dass die Haut meines geschlagenen Pos immer noch empfindlich ist.

Ich will ihn, aber ich weiß nicht, ob ich heute weitere Schmerzen ertragen kann.

»Julian ...« Ich zögere, weil ich nicht weiß, wie ich es am besten sagen soll. »Wäre es möglich ... Könnten wir ...?«

Er macht einen Schritt auf mich zu und nimmt mein Gesicht in seine großen Hände. Seine Augen funkeln, als er mich anschaut. »Ja«, beantwortet er flüsternd meine unausgesprochene Frage. »Ja, Baby, das können wir. Du wirst die Hochzeitsnacht deiner Träume haben.«

7

*J*ulian

ICH BEUGE MICH NACH UNTEN UND GREIFE UNTER IHRE KNIE, UM SIE hochzuheben. Sie wiegt kaum etwas. Ihr Körper fühlt sich unglaublich leicht an, stelle ich erneut fest, während ich sie zu dem Badezimmer trage, in dem Ana den Whirlpool für uns vorbereitet hat.

Meine Frau. Nora ist jetzt meine Frau. Die starke Zufriedenheit, die mich bei diesem Gedanken überkommt, ist nicht zu erklären, aber ich habe nicht vor, weiter darüber nachzudenken. Sie gehört mir, und das ist alles, was zählt. Ich will Sex mit ihr haben, sie verwöhnen, und sie wird mir jeden Wunsch erfüllen, egal wie dunkel oder pervers. Sie wird sich mir ganz hingeben, und ich werde sie nehmen.

Ich werde alles von ihr nehmen und noch mehr verlangen.

Heute Nacht aber werde ich ihr geben, was sie möchte. Ich werde süß und zärtlich sein, so wie jeder Ehemann zu seiner frischgebackenen Ehefrau. Der Sadist in mir ist gerade ruhig, zufrieden. Ich werde später noch jede Menge Zeit haben, sie für ihr Zögern in der Kirche zu bestrafen. In diesem Moment verspüre ich keinen Wunsch, ihr wehzutun – ich möchte sie nur in meinen Armen

288

halten, ihre seidige Haut streicheln und spüren, wie sie in meinen Armen vor Lust erschaudert. Mein Geschlecht ist hart und pocht vor Verlangen, aber der Hunger ist jetzt anders, kontrollierter.

Als ich an dem großen, runden Whirlpool ankomme, steige ich ein und setze uns beide in das blubbernde Wasser. Nora habe ich auf meinem Schoß platziert. Sie seufzt wohlig und entspannt sich an mich gelehnt. Sie schließt die Augen und legt ihren Kopf auf meine Schulter. Ihr glänzendes Haar, dessen lange Enden im Wasser treiben, kitzelt auf meiner Haut. Ich rücke mich leicht zurecht, um mir von den starken Düsen meinen Rücken massieren zu lassen, und spüre, wie die Anspannung trotz meiner unterschwelligen Erregung langsam von mir abfällt.

Einige Minuten lang bin ich zufrieden damit, einfach nur dazusitzen und sie angekuschelt in meinen Armen zu halten. Trotz der brütenden Hitze draußen ist es im Haus kühl, und ich genieße das heiße Wasser auf meiner Haut. Es ist beruhigend. Ich kann mir vorstellen, dass es Nora auch gefällt und dass es den Schmerz der Verletzungen lindert, die ich ihr zugefügt habe.

Ich hebe meine Hand und streichele ihr langsam ihren Rücken, genieße die Weichheit ihrer goldenen Haut. Mein Glied zuckt und verlangt nach mehr, aber diesmal habe ich es nicht eilig. Ich möchte diesen Moment in die Länge ziehen, die Vorfreude für uns beide erhöhen.

»Das ist schön«, murmelt sie nach einer Weile und legt ihren Kopf nach hinten, um mich anzusehen. Ihre Wangen sind von der Hitze des Wassers gerötet, und ihre Augen sind halb geschlossen. Sie sieht aus, als habe sie schon intensiven Sex gehabt. »Ich wünschte, ich könnte jeden Tag so ein Bad nehmen.«

»Das kannst du«, erwidere ich sanft und drehe sie auf meinem Schoß, bis sie mich anschaut. Dann greife ich unter das Wasser und nehme ihren rechten Fuß in meine Hand. »Du kannst hier tun, was immer du möchtest. Das ist jetzt dein Zuhause.«

Mit einem leichten Druck beginne ich, ihre Fußsohle zu massieren, so, wie sie es mag. Ich genieße das leise Aufstöhnen, welches ihren Lippen bei meinen Berührungen entweicht. Ihre Füße sind klein und hübsch, wie der Rest von ihr. Sogar sexy mit diesem rosafarbenen Nagellack auf ihren schlanken Zehen. Ich gebe einem plötzlichen Verlangen nach und hebe ihren Fuß an meinen Mund, um leicht an ihm zu saugen und jeden ihrer kleinen Zehen mit meiner

Zunge zu umkreisen. Sie schnappt hörbar nach Luft. Ihre Augen werden vor Erregung dunkler und ihre Atmung beschleunigt sich. Das erregt sie, bemerke ich, und dieses Wissen lässt mein Geschlecht noch härter werden.

Ich wende meinen Blick nicht von ihr ab, als ich nach ihrem anderen Fuß greife und mit ihm das Gleiche mache. Ihre Zehen schließen sich, als meine Zunge sie berührt, und ihre Atmung wird unregelmäßig. Sie befeuchtet sich die Lippen mit ihrer Zunge. Der Schmerz in meinem Lendenbereich wird stärker, und ich lasse ihren Fuß los. Mit meiner Hand fahre ich langsam die Innenseite ihres Beines hoch. Ich kann spüren, wie ihre Oberschenkelmuskeln zittern, als ich mich ihrem Geschlecht nähere. Meine Finger berühren sie, öffnen die zarten Falten. Dann schiebe ich die Spitze meines Mittelfingers in ihre enge Öffnung und benutze gleichzeitig meinen Daumen, um ihre Klitoris zu massieren.

Innen ist sie unglaublich heiß und feucht. Sie zieht sich so fest um meinen Finger, dass mein Glied mit einem weiteren Zucken darauf reagiert. Sie stöhnt leise auf und schiebt ihre Hüften in meine Richtung, so dass meine Finger tiefer in sie hineingleiten. Ein leiser Schrei entweicht ihrem Mund. Sie zuckt zurück, so als versuche sie, sich zurückzuziehen, aber ich lege meine freie Hand um ihren Arm und ziehe sie neben mich. »Kämpfe nicht dagegen an, Baby«, flüstere ich und halte sie fest, während ich beginne, sie mit meinem Finger zu nehmen, während mein Daumen einen gleichmäßigen rhythmischen Druck auf ihre Klitoris ausübt. »Fühle es einfach nur ... ja, genau so ...«

Ihr Kopf fällt zurück, und ihre Augen schließen sich. Auf ihrem Gesicht spiegelt sich intensive Verzückung wider, als sie ein weiteres Mal aufstöhnt.

Wunderschön. Sie ist so wunderschön. Ich kann meinen Blick nicht von ihr abwenden, genieße den Anblick, wie sie in meinen Armen zerfließt. Ihr schlanker Körper biegt sich und spannt sich an, bis sie aufschreit und ihr Fleisch vor Erlösung um meinen Finger zuckt. Mein Geschlecht pocht vor schmerzlichem Verlangen durch dieses Zusammenziehen.

Ich halte das nicht länger aus. Ich ziehe meinen Finger heraus, lasse meine Hände unter ihren Körper gleiten und nehme sie mit mir, als ich mich aufstelle. Sie öffnet die Augen, schlingt ihre Arme um meinen Hals und betrachtet mich intensiv, während ich aus dem

Whirlpool steige und sie ins Schlafzimmer trage. Wir tropfen beide, aber ich ertrage es nicht, auch nur einen Moment lang innezuhalten. Es ist mir gerade egal, ob die Laken nass werden – mich interessiert in dem Moment nichts, nur sie.

Als ich das Bett erreiche, lege ich sie ab. Meine Hände zittern vor Lust. In jeder anderen Nacht wäre ich schon lange in ihr und würde ihre kleine Muschi penetrieren, bis ich explodiere. Aber nicht heute Nacht. Diese Nacht ist für sie. Heute Nacht werde ich ihr das geben, was sie möchte – eine Hochzeitsnacht mit einem Liebhaber, nicht mit einem Monster.

Sie beobachtet mit ihren dunklen, lustvollen Augen, wie ich auf das Bett und zwischen ihre Schenkel steige, um mich über das weiche, zarte Fleisch zu beugen. Ich ignoriere meinen schmerzenden Schwanz und beginne, die Innenseiten ihrer Oberschenkel mit zarten Küssen zu bedecken. Ich bewege mich nach oben, bis ich mein Ziel erreiche: ihre nasse Spalte, die von ihrem Orgasmus ganz rosa und geschwollen ist.

Ich öffne ihre Schamlippen und lecke um ihre Klitoris herum. Ich schmecke ihr Aroma, bevor ich mit meiner Zunge, so tief ich kann, in sie eindringe. Sie erschaudert, und ihre Hände finden von allein ihren Weg zu meinem Kopf, wo sich ihre Fingernägel in meinen Schädel bohren. Einer ihrer Finger berührt meine Narbe, und eine Welle des Schmerzes überrollt mich. Aber auch das ignoriere ich und konzentriere mich einzig und allein darauf, ihr Lust zu bereiten, sie kommen zu lassen. Ich genieße jeden Tropfen Feuchtigkeit, den ich aus ihrem Körper wringen kann, und jedes Stöhnen, das ihr entweicht, während meine Zunge mit der Nervenansammlung an der Spitze ihres Geschlechts spielt. Sie beginnt zu zittern, ihre Oberschenkel vibrieren voller Anspannung, und ich schmecke einen Strahl salzig-süßer Feuchtigkeit, als sie mit einem hilflosen Schrei kommt. Sie hebt ihre Hüfte an und reibt sich an meiner Zunge entlang.

Als sie endlich schwer atmend erschlafft, krieche ich auf sie und küsse ihre zarten Ohrmuscheln. Ich bin noch nicht fertig mit ihr, noch lange nicht.

»Du bist so süß«, flüstere ich und fühle, wie sie durch die Hitze meines Atems erschaudert. Mein Glied pocht stärker, meine Hoden sind zum Zerplatzen gefüllt und meine nächsten Worte klingen leise und rau, fast kehlig. »So unglaublich süß … ich will dich unbedingt nehmen, aber ich werde es nicht tun …«. Ich streichele die Unterseite ihres Ohrläppchens mit meiner Zunge, woraufhin sich ihre Hände krampfartig in meine Seite krallen. »Nicht, bis du noch einmal für mich gekommen bist. Meinst du, du kannst für mich kommen, Baby?«

»Ich … Ich glaube nicht …« Sie schnappt nach Luft und windet sich in meinen Armen, als mein Mund ihren glatten Hals hinunterfährt und eine warme, feuchte Spur auf ihrer Haut hinterlässt.

»Aber ich denke, dass du es kannst«, murmele ich, und meine rechte Hand wandert ihren Körper hinunter, um ihre klatschnasse Spalte zu spüren. Während meine Lippen über ihre Schultern und ihr Dekolletee wandern, massiere ich mit meinen Fingern ihre geschwollene Klitoris. Erneut beginnt sie zu keuchen, und ihre Atmung wird unregelmäßig, als sich mein Mund ihren Brüsten nähert. Ihre rosigen Nippel betteln geradezu darum, von mir berührt zu werden. Ich schließe meine Lippen um eine ihrer Knospen und sauge stark daran. Ein Laut entweicht ihrem Mund, der eine Mischung aus Stöhnen und Winseln ist, und ich wende mich dem anderen Nippel zu. Ich sauge so lange an ihm, bis sie unter mir zittert und ihre Nässe meine Hand überschwemmt. Bevor sie kommen kann, gleite ich jedoch an ihrem Körper hinab und schmecke sie erneut. Meine Zunge dringt genau dann in sie ein, als ihre Kontraktionen beginnen.

Ich lecke sie, bis ihr Orgasmus vorüber ist, bewege mich dann wieder nach oben und stütze mich auf meinem rechten Ellenbogen ab. Ich benutze meine linke Hand, um nach ihrem Kinn zu greifen, und zwinge sie dazu, meinen Blick zu erwidern. Ihre Augen schauen unfokussiert, sind von den Nachwirkungen der Lust ganz benebelt. Ich beuge mich nach unten und nehme ihren Mund mit einem tiefen, innigen Kuss in Besitz. Ich weiß, dass sie sich selbst auf meinen Lippen schmecken kann, und dieser Gedanke erregt mich so sehr, dass mein Puls anfängt zu rasen. Gleichzeitig legen sich ihre Arme um meinen Hals und sie drückt mich an sich. Ich fühle ihre Brüste, die sich gegen meinen Oberkörper drücken, spüre ihre Nippel, die so hart sind wie kleine Kieselsteine.

Verdammt. Ich muss sie haben. Jetzt.

Meine Selbstkontrolle ist aufgebraucht, und ich küsse sie weiterhin, während meine Knie ihre Oberschenkel auseinanderschieben. Ich presse meine Eichel gegen ihre Öffnung und vergrabe meine linke Hand in ihrem Haar, um ihren Hinterkopf zu kraulen.

Dann beginne ich, in ihren Körper einzudringen.

Sie ist auch innen klein, ihr Kanal enger als alle, die ich zuvor erlebt habe. Ich kann fühlen, wie ihr nasses Fleisch mich nach und nach umhüllt, sich für mich weitet. Meine Wirbelsäule prickelt, und meine Hoden drücken sich an meinen Körper. Ich bin noch nicht einmal ganz in ihr und könnte schon vor überwältigender Lust kommen. *Langsam,* erinnere ich mich grob. *Mach langsam.*

Sie zieht ihren Mund von meinem weg, und ihr Atem streift in einem weichen kurzatmigen Stöhnen mein Ohr. »Ich will dich«, flüstert sie und hebt ihre Beine, um meine Hüfte zu umklammern. Diese Bewegung lässt mich tiefer in sie eindringen, und ich muss mit verzweifeltem Verlangen aufstöhnen. »Bitte, Julian …«

Ihre Worte zerstören den letzten Rest meiner Selbstbeherrschung. *Zum Teufel mit langsam.* Ein tiefes Knurren vibriert in meiner Brust, und meine Hände verkrallen sich in ihrem Haar, als ich beginne, in sie zu stoßen. Wild und unnachgiebig. Sie schreit auf, ihre Umarmung wird fester, und ihr Körper begrüßt erfreut meinen gnadenlosen Überfall.

Mein Geist explodiert durch die Sensationen, die überwältigende Ekstase. Das, genau das ist es, was ich möchte, was ich brauche. Ich werde sie nie wieder gehen lassen. Unsere Körper spannen sich auf dem Bett an, nasse Laken wickeln sich um unsere Schenkel, und ich verliere mich in ihr, in den Geräuschen und Gerüchen von heißem, ungebremstem Sex. Nora fühlt sich in meinen Armen wie heißes Feuer an. Ihr schlanker Körper biegt sich mir entgegen, ihre Beine umspannen meine Oberschenkel. Jeder Stoß lässt mich tiefer in sie eindringen, bis ich das Gefühl habe, dass wir uns vereinigen, dass wir miteinander verschmelzen.

Sie erreicht ihren Höhepunkt zuerst und drückt mich noch fester zusammen. Ich höre ihren unterdrückten Aufschrei als sie auf dem Höhepunkt ihres Orgasmus in meine Schulter beißt, und dann komme ich auch. Ich erzittere über ihr, als mein Samen in unendlichen heißen Schwallen in sie hineinschießt.

Schwer atmend sinke ich auf sie, da meine Arme mich nicht länger tragen können. Jeder Muskel meines Körpers zittert von der Gewalt meiner Entladung, und ich bin mit einem dünnen Schweißfilm bedeckt. Nach einigen Augenblicken nehme ich alle meine Kraft zusammen, rolle mich auf den Rücken und lege sie auf mich.

Es sollte sich eigentlich nicht so intensiv anfühlen, zumindest nicht nach der Art und Weise unseres letzten Sexes. So ist es jedes Mal. Es gibt nie einen Moment, in dem ich sie nicht begehre, in dem ich nicht an sie denke. Wenn ich sie jemals verlieren würde …

Nein. Ich weigere mich, daran zu denken. Das wird nicht passieren. Das werde ich nicht zulassen.

Ich werde alles tun, um sie in Sicherheit zu behalten.

Sicher vor jedem außer mir.

8

Als ich am nächsten Morgen aufwache, ist Julian schon weg.

Ich steige aus dem Bett und gehe unter die Dusche, da ich mich nach letzter Nacht schmutzig und klebrig fühle. Wir sind beide sofort nach dem Sex eingeschlafen, waren beide zu kaputt, um uns noch zu waschen oder die nassen Laken zu wechseln. Kurz vor Sonnenaufgang hat Julian mich dann aufgeweckt, indem er wieder in mich geglitten ist und ich dank seiner geübten Finger schon einen Orgasmus hatte, bevor ich überhaupt richtig wach war. Es ist, als könne er nach unserer langen Trennung einfach nicht genug von mir bekommen, als sei seine sowieso schon sehr ausgeprägte Libido übersteuert.

Natürlich kann ich auch nicht genug von ihm bekommen.

Ein Lächeln schleicht sich auf meine Lippen, als ich an die brennende Leidenschaft der letzten Nacht denke. Julian versprach mir die Hochzeitsnacht meiner Träume, und dieses Versprechen hat er definitiv gehalten. Ich weiß nicht einmal, wie viele Orgasmen ich in den letzten vierundzwanzig Stunden hatte. Natürlich bin ich jetzt noch wunder – ich bin innen ganz roh von so viel Sex.

Trotzdem fühle ich mich heute unglaublich viel besser, körperlich und geistig. Die Striemen an meinen Oberschenkeln sind heute schon viel unempfindlicher, und ich bin auch nicht mehr ganz so überwältigt. Selbst der Gedanke, mit Julian verheiratet zu sein, ist im Morgenlicht nicht mehr ganz so furchteinflößend. Nichts hat sich wirklich geändert, außer dass es jetzt ein Stück Papier gibt, welches uns bindet und die ganze Welt wissen lässt, dass ich ihm gehöre. Entführer, Liebhaber oder Ehemann – es ist alles das Gleiche; das Etikett verändert nichts an der Wirklichkeit unserer dysfunktionalen Beziehung.

Ich stelle mich unter die Dusche, lege meinen Kopf nach hinten und lasse das heiße Wasser über mein Gesicht laufen. Die Dusche ist genauso luxuriös wie der Rest des Hauses. In der runden Kabine könnten problemlos zehn Personen Platz finden. Ich wasche und bürste jeden Zentimeter meines Körpers, bis ich mich wieder halbwegs menschlich fühle. Danach gehe ich zurück ins Schlafzimmer und ziehe mich an.

Ich finde einen riesigen Kleiderschrank auf der anderen Seite des Raumes, der hauptsächlich mit leichten Sommersachen gefüllt ist. Ich erinnere mich an die brütende Hitze draußen und wähle ein einfaches blaues Sommerkleid und ein Paar braune Flipflops aus. Es ist kein besonders schickes Outfit, aber es reicht.

Ich bin bereit, mein neues Zuhause zu erforschen.

～

DAS ANWESEN IST RIESIG, VIEL GRÖSSER, ALS ES MIR GESTERN VORKAM. Neben dem Haupthaus gibt es auch Baracken für die über zweihundert Wachmänner, die das Gelände überwachen, und weitere Häuser für die restlichen Beschäftigten und ihre Familien. Es ist fast wie eine kleine Stadt – oder vielleicht eine Art militärische Sperrzone.

Das alles erfahre ich von Ana während des Frühstücks. Offensichtlich hat Julian Anweisungen hinterlassen, mir etwas zu essen zu geben und mir das Anwesen zu zeigen, wenn ich wach bin. Julian selbst ist mit seiner Arbeit beschäftigt, wie immer.

»Señor Esguerra hat ein wichtiges Treffen«, erklärt mir Ana während sie mir ein Gericht serviert, welches sie *Migas de Arepa* nennt – Rühreier mit Stücken von Maisküchlein und einer Tomaten-Zwiebel-Sauce. »Er hat mich gebeten, mich heute um Sie zu kümmern, also sagen Sie bitte Bescheid, wenn Sie etwas brauchen. Nach dem Frühstück könnte Rosa sie herumführen, wenn Sie möchten.«

»Danke, Ana«, entgegne ich und beginne zu essen. Es ist unglaublich köstlich. Die Süße der Arepas passt hervorragend zu dem pikanten Geschmack der Eier. »Eine Tour wäre toll.«

Wir unterhalten uns ein wenig, während ich esse. Neben dem, was ich über das Anwesen erfahre, finde ich auch heraus, dass Ana die meiste Zeit ihres Lebens in diesem Haus verbracht hat. Ursprünglich hatte sie als junges Dienstmädchen für Julians Vater hier angefangen. »So habe ich Englisch gelernt«, erklärt sie und schenkt mir eine Tasse schaumige heiße Schokolade ein. »Señora Esguerra war Amerikanerin, genau wie Sie, und sprach kein Spanisch.«

Ich nicke und erinnere mich an das, was Julian mir über seine Mutter erzählt hat. Sie war Model in New York City gewesen, bevor sie Julians Vater geheiratet hatte. »Also kannten Sie Julian, als er ein Kind war?«, frage ich und nehme einige Schlucke des heißen, wohlschmeckenden Getränks. Wie bei den Eiern ist der Geschmack ungewöhnlich intensiv. Ich erkenne das Aroma von Nelken, Zimt und Vanille.

»Das habe ich.« Hier hält Ana inne, als habe sie Angst, zu viel zu verraten. Ich lächele ihr ermutigend zu und hoffe, sie dazu bewegen zu können, mir mehr zu erzählen, aber stattdessen räumt sie die Teller ab und signalisiert somit das Ende der Unterhaltung.

Seufzend trinke ich meine heiße Schokolade aus und stehe auf. Ich möchte mehr über meinen Ehemann erfahren, aber ich habe den Eindruck, dass Ana genauso schweigsam bei diesem Thema ist wie Beth.

Beth. Der vertraute Schmerz stellt sich wieder ein, und mit ihm kommt diese brennende Wut. Die Erinnerung an ihren gewaltsamen Tod ist nie weit entfernt und sie droht mich in Hass ersticken zu lassen, wenn ich es nur zulasse. Als Julian mir zum ersten Mal erzählte, was er mit Marias Peinigern angestellt hatte, war ich entsetzt … aber jetzt verstehe ich es. Ich wünschte, ich könnte den Terroristen zu fassen bekommen, der Beth getötet hatte, und ihn dafür bezahlen lassen. Selbst das Wissen, dass er tot ist, beschwichtigt meine Wut nicht; sie ist immer da und nagt an mir, vergiftet mich von innen heraus.

»Señora, das ist Rosa«, sagt Ana, und ich drehe mich zur

Eingangstür des Esszimmers um, in der eine junge, dunkelhaarige Frau steht. Sie sieht so aus, als sei sie in meinem Alter, und hat ein rundes Gesicht mit einem strahlenden Lächeln. Wie Ana trägt sie ein kurzärmeliges, schwarzes Kleid mit einer weißen Schürze. »Rosa, das ist Señor Esguerras neue Frau, Nora.«

Rosas Lächeln verstärkt sich. »Oh, Guten Tag Señora Esguerra. Ich freue mich, Sie kennenzulernen.« Ihr Englisch ist sogar noch besser als Anas, und ihr Akzent fast unhörbar.

»Danke schön, Rosa«, erwidere ich und mag das Mädchen sofort. »Ich freue mich auch, dich kennenzulernen. Und bitte, nenne mich Nora.« Ich schaue in Richtung Haushälterin. »Und du bitte auch, Ana, wenn es dir nichts ausmacht. Ich bin nicht an *Señora* gewöhnt.« Und das ist die Wahrheit. Und es ist besonders komisch, mit Señora Esguerra angesprochen zu werden. Bedeutet das, dass ich jetzt Julians Nachnamen habe? Wir haben das nicht besprochen, aber ich vermute, dass Julian auch in diesem Punkt der Tradition folgen will.

Nora Esguerra. Mein Herz schlägt bei diesem Gedanken schneller, und ein Teil der irrationalen Angst von gestern kehrt zurück. Neunzehneinhalb Jahre lang war ich Nora Leston. Das ist der Name, an den ich gewöhnt bin, mit dem ich mich wohlfühle. Mir ist nicht wohl bei dem Gedanken, ihn zu ändern. Es ist so, als würde ich einen weiteren Teil von mir verlieren. So, als würde mir Julian alles wegnehmen, an was ich gewöhnt bin, und mich in jemanden verwandeln, den ich kaum wiedererkenne.

»Natürlich«, antwortet Ana und unterbricht damit meine ängstlichen Überlegungen. »Wir nennen dich gerne so, wie du möchtest.« Rosa nickt zustimmend und strahlt mich an. Ich atme einige Male tief durch, um mein rasendes Herz zu beruhigen.

»Danke schön.« Ich schaffe es, sie anzulächeln. »Ich weiß das wirklich zu schätzen.«

»Würdest du gerne das Haus sehen, bevor wir nach draußen gehen?«, möchte Rosa wissen und streicht sich ihre Schürze mit den Handflächen glatt. »Oder würdest du lieber draußen beginnen?«

»Wir können drinnen anfangen, wenn dir das recht ist«, schlage ich vor. Ich bedanke mich bei Ana für das Frühstück und beginne die Tour mit Rosa.

Zuerst zeigt sie mir das Erdgeschoss. Dort gibt es über ein Dutzend Zimmer, einschließlich einer großen Bibliothek mit einer Vielzahl an Büchern, ein Theater mit einer Leinwand, die die ganze

Wand einnimmt, und einen großen Fitnessraum, ausgestattet mit den modernsten Geräten. Ich freue mich auch darüber, festzustellen, dass Julian sich daran erinnert hat, dass ich male; einer der Räume ist, mit vor dem Fenster aufgereihten weißen Leinwänden, als Atelier eingerichtet. »Señor Esguerra ließ das alles einige Wochen vor deiner Ankunft einrichten«, erklärt mir Rosa, während sie mich von einem Raum zum nächsten führt. »Es ist alles ganz neu.«

Ich blinzele, weil ich mich wundere, das zu hören. Ich hatte angenommen, dass das Atelier neu war, da Julian nicht malt. Ich hatte aber nicht angenommen, dass er das ganze Haus renovieren und neu einrichten würde. »Er hat aber nicht noch extra einen Pool bauen lassen?«, scherze ich, als wir den Flur entlanggehen.

»Nein, der Pool war schon da«, antwortet Rosa völlig ernst. »Aber er hat ihn erneuern lassen.« Sie führt mich zu einer verdeckten Hintertür und zeigt mir einen Pool mit Olympiamaßen, der von tropischen Pflanzen umgeben ist. Neben dem Pool stehen Sonnenliegen, die unglaublich bequem aussehen, große Sonnenschirme, die Schutz vor der Sonne bieten, sowie einige Tische mit Stühlen.

»Nett«, murmele ich und spüre die heiße, feuchte Luft auf meiner Haut. Ich habe das Gefühl, dass der Pool bei diesem Wetter ziemlich praktisch sein wird.

Wir gehen wieder hinein und führen die Tour oben fort. Neben dem Hauptschlafzimmer gibt es noch weitere Schlafzimmer, von denen jedes größer ist als meine Wohnung in Chicago. »Warum ist das Haus so groß?«, frage ich Rosa, nachdem wir jeden dieser verschwenderisch dekorierten Räume gesehen haben. »Hier wohnen doch nur wenige Menschen, oder etwa nicht?«

»Ja, das stimmt«, bestätigt Rosa. »Aber dieses Haus wurde von dem älteren Señor Esguerra gebaut, und so wie ich das verstanden habe, lud er häufiger Geschäftspartner ein, um sie dann hier zu unterhalten.«

»Wie kommt es, dass du hier arbeitest?« Ich blicke Rosa neugierig an, während wir die geschwungene Treppe hinuntergehen. »Und wo hast du so gut Englisch gelernt?«

»Ich wurde hier auf dem Anwesen der Esguerras geboren«, sagt sie leichthin. »Mein Vater war einer der Wächter des älteren Señors, und meine Mutter und mein Bruder arbeiteten auch für ihn. Die Frau des Señors – sie war Amerikanerin – hat mir Englisch beigebracht, als ich noch ein Kind war. Ich glaube, dass sie sich hier ein wenig gelangweilt hat und deshalb allen Angestellten und jedem anderen, den es interessierte, Englischunterricht gegeben hat. Danach hat sie darauf bestanden, dass wir im Haus Englisch sprechen, auch untereinander, damit wir ein wenig Übung bekommen.«

»Ich verstehe.« Rosa schien redseliger zu sein als Ana, also stelle ich ihr die gleiche Frage, die ich schon der Haushälterin gestellt habe. »Wenn du hier aufgewachsen bist, kanntest du Julian dann damals schon?«

»Nein, nicht wirklich.« Sie schaut mich kurz an, während wir auf den überdachten Eingang zugehen. »Ich war sehr jung, nur etwa vier Jahre alt, als dein Ehemann das Land verlassen hat. Deshalb kann ich mich nicht mehr wirklich daran erinnern, wie er als Junge war. Bis vor einigen Wochen habe ich ihn hier nur einmal kurz gesehen, nachdem ...« Sie schluckt und schaut auf den Boden. »Nachdem es passiert ist.«

»Nach dem Tod seiner Eltern?«, frage ich ruhig. Ich erinnere mich, dass Julian einmal erwähnt hat, dass seine Eltern umgebracht worden sind, aber er hat nie erzählt, wie es passiert ist. Das Einzige, was er gesagt hat, war, dass es einer der Rivalen seines Vaters getan hat.

»Ja«, sagt Rosa düster, und in ihrem Gesicht ist keine Spur eines Lächelns mehr zu entdecken. »Einige Jahre, nachdem Julian das Haus verlassen hatte, versuchte eines der Kartelle aus dem Nordwesten die Esguerra-Organisation zu übernehmen. Sie behinderten viele ihrer Schlüsseloperationen und kamen sogar hierher, zum Anwesen. Viele Menschen starben an jenem Tag. Auch mein Vater und mein Bruder.«

Ich bleibe stehen und blicke sie an. »Oh Gott, Rosa, das tut mir so leid ...« Ich fühle mich furchtbar, so ein schmerzhaftes Thema angesprochen zu haben. Ich hatte mir keine Gedanken darüber gemacht, dass andere Menschen auch von den Ereignissen betroffen sein könnten, die Julian geformt hatten. »Es tut mir so leid ...«

»Das ist in Ordnung«, erwidert sie mit einem immer noch angespannten Gesichtsausdruck. »Es ist schon fast zwölf Jahre her.«

»Du musst damals noch sehr jung gewesen sein«, sage ich sanft. »Wie alt bist du jetzt?«

»Einundzwanzig«, antwortet sie, als wir beginnen, die Verandatreppe hinunterzugehen. Dann blickt sie mich neugierig an, und ein Teil ihrer düsteren Stimmung verfliegt. »Und du, Nora, wenn ich fragen darf? Du scheinst auch noch sehr jung zu sein.«

Ich grinse sie an. »Neunzehn. In einigen Monaten zwanzig.« Ich freue mich, dass sie sich in meiner Gegenwart wohl genug fühlt, um mir persönliche Fragen zu stellen. Ich möchte hier nicht die *Señora* sein, möchte nicht wie die Herrin des Anwesens behandelt werden.

Sie grinst zurück, und ihre düstere Stimmung scheint vollständig verschwunden zu sein. »Das dachte ich mir«, sagt sie mit offensichtlicher Zufriedenheit. »Ana dachte, du seist jünger, als sie dich letzte Nacht sah. Allerdings ist sie ja auch fast fünfzig, und wahrscheinlich sieht für sie jeder in deinem Alter wie ein Baby aus. Ich hatte heute Morgen auf zwanzig getippt und hatte recht.«

Ich lache, weil ich mich über ihre Offenheit freue. »Das hattest du in der Tat.«

Während des Rests unserer Tour überhäuft mich Rosa mit Fragen über mich und mein altes Leben in den Staaten. Amerika scheint sie zu faszinieren, da sie eine Menge amerikanischer Filme gesehen hat, um ihr Englisch zu verbessern. »Ich hoffe, eines Tages dorthin zu fahren«, sagt sie sehnsüchtig. »Ich möchte New York City sehen, den Times Square zwischen all diesen hellen Lichtern entlanggehen …«

»Das solltest du definitiv tun«, erwidere ich. »Ich war nur ein einziges Mal in New York, und es war toll. Es gibt eine Menge Sachen, die man als Tourist dort machen kann.«

Während wir uns unterhalten, führt sie mich auf dem Anwesen herum, zeigt mir die Baracken der Wächter, die Ana erwähnt hatte, und den Trainingsplatz der Männer auf der anderen Seite des Geländes. Der Trainingsplatz besteht aus einen Boxring drinnen, einem Schießstand draußen und einem Hindernisparcours auf einem großen, grasbewachsenen Feld. »Die Wachen sind gerne in Bestform«, erklärt mir Rosa, als wir an einer Gruppe von Männern mit harten Gesichtern vorbeigehen, die eine Art Kampfsport praktizieren. »Die meisten von ihnen waren vorher beim Militär und sind alle sehr gut in dem, was sie machen.«

»Julian trainiert auch mit ihnen, stimmt's?«, möchte ich von ihr wissen, als ich fasziniert dabei zusehe, wie einer der Männer seinen Gegner mit einem kräftigen Tritt gegen den Kopf bewusstlos zurücklässt. Ich weiß durch den Unterricht, den ich in Chicago genommen habe, ein wenig über Selbstverteidigung, aber das ist Kinderkram im Vergleich zu dem hier.

»Oh, ja.« Rosas Stimme wird ehrfürchtig. »Ich habe Señor

Esguerra auf dem Feld gesehen, und er ist genauso gut wie jeder seiner Männer.«

»Ja, mit Sicherheit ist er das«, erwidere ich und erinnere mich daran, wie Julian mich aus der Lagerhalle gerettet hat. Er war völlig in seinem Element gewesen, als er nachts wie ein Todesengel erschienen war. Einen Moment lang drohen die dunklen Erinnerungen mich wieder zu überwältigen, aber es gelingt mir, sie beiseitezuschieben, da ich entschlossen bin, nicht über die Vergangenheit nachzudenken. Ich wende mich von den Kämpfenden ab und frage Rosa: »Weißt du zufällig, wo er heute ist? Ana sagte, er sei bei einem Treffen.«

Sie zuckt mit den Schultern. »Wahrscheinlich ist er in seinem Büro. In diesem Gebäude dort drüben.« Sie zeigt auf einen kleinen, modern aussehenden Bau nahe dem Haupthaus. »Das hat er auch umgebaut und verbringt seit seiner Rückkehr sehr viel Zeit dort. Ich habe gesehen, dass Lucas, Peter und noch einige andere heute Morgen dort hineingegangen sind, also nehme ich an, dass Julian sich mit ihnen trifft.«

»Wer ist Peter?«, frage ich. Lucas kenne ich schon, aber den Namen Peter höre ich gerade zum ersten Mal.

»Er ist einer von Señor Esguerras Angestellten«, erklärt mir Rosa, während wir zum Haus zurückgehen. Er kam vor einigen Wochen hierher, um die Sicherheitsmaßnahmen zu überwachen.«

»Ich verstehe.«

Als wir am Haus ankommen, klebt meine Kleidung durch die extreme Feuchtigkeit an meiner Haut. Es ist eine Erleichterung wieder drinnen zu sein, wo die Klimaanlage die Temperaturen angenehm kühl hält. »Das ist der Amazonas«, meint Rosa und lacht, als ich ein Glas kaltes Wasser, das ich mir aus der Küche geholt habe, in einem Zug austrinke. »Wir befinden uns am Rand des Regenwaldes, und draußen fühlt es sich immer wie in einer Dampfsauna an.«

»Das stimmt«, grummele ich und habe das dringende Bedürfnis, noch einmal zu duschen. Auf der Insel war es auch heiß gewesen, aber der Wind, der vom Ozean wehte, hatte die Temperaturen erträglich, ja sogar angenehm gemacht. Hier dagegen ist die Hitze einfach erdrückend. Es geht kein Lüftchen, und alles ist feucht.

Ich stelle das leere Glas auf den Tisch und drehe mich zu Rosa um. »Ich glaube, ich werde in den Pool gehen, den du mir vorhin gezeigt hast«, lasse ich sie wissen, und bin entschlossen, die Annehmlichkeiten zu nutzen. »Hast du Lust, mitzukommen?«

Rosa bekommt große Augen. Offensichtlich überrascht sie meine Einladung. »Oh, das würde ich gerne«, antwortet sie ehrlich, »aber ich muss Ana bei der Vorbereitung des Mittagessens helfen und danach die Schlafzimmer oben reinigen …«

»Natürlich.« Es ist mir ein wenig unangenehm, dass ich einen Moment lang vergessen hatte, dass Rosa nicht nur hier ist, um mir Gesellschaft zu leisten, sondern eigentlich im Haus beschäftigt ist. »In dem Fall: Danke für die Führung. Sie hat mir wirklich Spaß gemacht.«

Sie grinst mich an. »Die Freude war ganz meinerseits, jederzeit gerne wieder.«

Und während sie sich in der Küche nützlich macht, gehe ich nach oben, um mir einen Badeanzug anzuziehen.

9

ICH FINDE NORA AM POOL, WO SIE MIT EINEM BUCH AUF EINEM Liegestuhl unter einem der Sonnenschirme liegt. Ihre schlanken Beine sind an den Knöcheln übereinandergeschlagen, und sie trägt einen trägerlosen, weißen Bikini. Auf ihrer goldenen Haut glänzen Wassertropfen. Sie muss gerade schwimmen gewesen sein.

Als sie meine Schritte hört, setzt sie sich hin und legt ihr Buch auf einen kleinen Beistelltisch. »Hallo«, sagt sie sanft, als ich mich ihrem Liegestuhl nähere. Ihre Sonnenbrille ist zu groß für ihr schmales Gesicht, und sie sieht ein wenig wie eine Libelle aus. Ich beschließe, ihr von meinem nächsten Besuch in Bogotá eine passendere mitzubringen.

»Hallo, mein Kätzchen«, murmele ich und setze mich auf einen Stuhl. Ich hebe meine Hand, ziehe ihr die Sonnenbrille von der Nase und beuge mich nach vorne, um ihr einen schnellen, intensiven Kuss zu geben. Sie schmeckt nach Sonnenlicht, und ihre Lippen sind weich und nachgiebig. Mein Geschlecht wird so nahe an ihrem fast nackten Körper sofort hart. Heute Nacht, verspreche ich mir selbst, als ich

304

widerstrebend meinen Kopf hebe. Ich werde sie heute Nacht wieder haben.

»Um was ging es bei deinem Geschäftstreffen heute Morgen?«, möchte sie wissen und atmet leicht ungleichmäßig nach dem Kuss. Als sie mich anblickt, spiegeln sich in ihren Augen Neugier und ein Hauch von Vorsicht wider. Sie testet schon wieder ihre Grenzen. Diesmal möchte sie herausfinden, wie viel sie jetzt von allem wissen darf.

Ich denke einen Moment lang darüber nach. Es ist reizvoll, sie weiterhin im Dunkeln zu lassen. Trotz allem ist Nora noch so naiv, so ignorant, was das wirkliche Leben anbelangt. Sie hat eine Kostprobe davon in jenem Lagerhaus mitbekommen, aber das war nichts im Vergleich zu den Sachen, mit denen ich jeden Tag zu tun habe. Ich möchte sie gerne weiterhin von der brutalen Natur meiner Wirklichkeit abschirmen, aber Ignoranz ist nicht länger eine Sicherheit – nicht, wenn meine Feinde über sie Bescheid wissen. Außerdem habe ich das Gefühl, dass meine junge Frau stärker ist, als ihre zarte Erscheinung vermuten lassen würde.

Das muss sie sein, wenn sie mich überleben will.

Als ich zu dieser Einsicht gelange, lächele ich sie kühl an. »Wir haben gerade Informationen über zwei Al-Quadar-Zellen bekommen«, sage ich und beobachte ihre Reaktion. »Und jetzt überlegen wir, wie wir sie ausradieren und dabei einige ihrer Mitglieder gefangen nehmen können. Das Treffen fand statt, um die Abläufe dieser Operation zu planen.«

Ihre Augen weiten sich leicht, aber sie hat sich gut im Griff und lässt sich ihre Überraschung über meine Enthüllungen nicht anmerken. »Wie viele Zellen gibt es?«, fragt sie und rutscht ein wenig in ihrem Stuhl nach vorne. Ich kann sehen, wie sie ihre rechte Hand neben ihrem Bein zu einer Faust ballt, auch wenn ihre Stimme ruhig bleibt. »Wie groß ist ihre Organisation?«

»Das weiß niemand außer ihren höchsten Anführern. Das ist auch der Grund dafür, weshalb es so schwierig ist, sie auszulöschen – sie sind auf der ganzen Welt verstreut, wie Ungeziefer. Sie haben aber einen Fehler gemacht, als sie versucht haben, sich mit mir anzulegen. Ich bin sehr gut darin, Ungeziefer unschädlich zu machen.«

Nora schluckt aus einem Reflex heraus, aber erwidert weiterhin meinen Blick. *Mutiges Mädchen.* »Was wollten sie von dir?«, möchte sie wissen. »Warum haben sie beschlossen, sich mit dir anzulegen?«

Ich zögere einen Augenblick lang, bevor ich beschließe, sie einzuweihen. An diesem Punkt kann sie auch die ganze Geschichte erfahren. »Mein Unternehmen hat eine neuartige Waffe entwickelt – einen starken Sprengstoff, der fast unmöglich zu entdecken ist«, erkläre ich ihr. »Mit einigen Kilos davon könnte man einen mittelgroßen Flughafen und mit einem Dutzend Kilos eine kleine Stadt in die Luft jagen. Er hat die Sprengkraft einer Nuklearbombe, aber ohne radioaktiv zu sein. Die Substanz, aus der er hergestellt wird, ist Plastik sehr ähnlich, weshalb es zu allem geformt werden kann ... sogar Kinderspielzeug.«

Sie starrt mich an und erblasst. Sie beginnt, die Auswirkungen zu verstehen. »Ist das der Grund dafür, dass du sie nicht damit beliefern wolltest?«, fragt sie. »Weil du so eine gefährliche Waffe nicht in die Hände von Terroristen gelangen lassen wolltest?«

»Nein, nicht wirklich.« Ich schaue sie amüsiert an. Es ist süß von ihr, mir edle Motive zu unterstellen, auch wenn sie das zu diesem Zeitpunkt schon besser wissen sollte. »Der Grund ist einfach nur, dass es schwierig ist, große Mengen davon herzustellen, und ich habe schon eine lange Warteliste von Käufern. Al-Quadar war ganz unten auf der Liste, und deshalb hätten sie ein paar Jahre wenn nicht Jahrzehnte warten müssen, um ihn von mir zu bekommen.«

Bewundernswerterweise ändert sich Noras Gesichtsausdruck nicht. »Und wer steht ganz oben auf deiner Liste?«, fragt sie ruhig. »Eine andere Terroristengruppe?«

»Nein.« Ich lache leise. »Nicht mal annähernd. Es ist deine Regierung, mein Kätzchen. Sie haben eine so große Bestellung aufgegeben, dass meine Fabriken jahrelang damit beschäftigt sein werden.«

»Ich verstehe.« Zuerst scheint sie erleichtert zu sein, aber dann runzelt sie erstaunt ihre glatte Stirn. »Also kaufen auch legitime Regierungen deine Produkte? Ich dachte immer, das US-Militär entwickele seine eigenen Waffen ...«

»Das tut es auch.« Ich muss wegen ihrer Naivität lächeln. »Aber es würde sich niemals die Gelegenheit entgehen lassen, so etwas in seine Finger zu bekommen. Und je mehr sie mir abnehmen, desto weniger kann ich an andere verkaufen. Das ist ein Arrangement, das für alle sehr gut funktioniert.«

»Aber warum nehmen sie es dir nicht einfach mit Gewalt weg? Oder schließen deine Fabriken?« Sie schaut mich verwirrt an. »Und überhaupt, wenn sie von deiner Existenz wissen, warum lassen sie es dann zu, dass du illegale Waffen herstellst?«

»Wenn ich es nicht tue, dann macht es jemand anders – und diese Person könnte weniger rational oder pragmatisch sein als ich.« Ich kann Noras ungläubigen Gesichtsausdruck sehen, und mein Grinsen verstärkt sich. »Ja, mein Kätzchen, es ist zwar kaum zu glauben, aber die US-Regierung macht lieber Geschäfte mit jemandem wie mir, der nichts gegen Amerika hat, als jemanden wie Majid in einer ähnlichen Position wie der meinen zu sehen.«

»Majid?«

»Der Hurensohn, der Beth umgebracht hat.« Meine Stimme wird hart, und meine Belustigung verschwindet spurlos. »Derjenige, der für deine Entführung aus der Klinik verantwortlich war.«

Nora versteift sich, als Beths Name fällt, und ich sehe, wie sich ihre Hände wieder zu Fäusten ballen. »Der Anzug – wie ich ihn in Gedanken genannt habe«, murmelt sie, und ihr Blick wird einen Moment lang abwesend. »Weil er einen Anzug trug, verstehst du …« Sie blinzelt und wendet dann ihre Aufmerksamkeit wieder mir zu. »Das war Majid?«

Ich nicke und behalte mein ausdrucksloses Gesicht bei, obwohl ich innerlich vor Wut koche. »Ja. Das war er.«

»Ich wünschte, er wäre nicht bei der Explosion gestorben«, sagt sie und überrascht mich kurz. Ihre Augen glitzern dunkel im Sonnenlicht. »Er hatte keinen so leichten Tod verdient.«

»Nein, das hatte er nicht«, stimme ich ihr zu und verstehe jetzt, was sie meint. Wie ich wünscht sie sich, dass Majid gelitten hätte. Sie sehnt sich nach Rache; ich kann das in ihrer Stimme hören und auf ihrem Gesicht ablesen. Ich frage mich, was wohl passiert wäre, hätte sich Majid ihrer Gnade ausgesetzt gesehen. Wäre sie wirklich fähig gewesen, ihm Schmerzen zuzufügen? Ihn so zu quälen, dass er um seinen Tod gebettelt hätte?

Diesen Gedanken finde ich mehr als spannend.

»Hast du Beth jemals hierhergebracht?«, möchte sie wissen und unterbricht meine Gedankengänge. »Auf dieses Anwesen, meine ich?«

»Nein.« Ich schüttele meinen Kopf. »Bevor sie auf der Insel lebte, ist Beth mit mir gereist und ich kam für lange Zeit nicht hierher.«

»Warum nicht?«

Ich zucke mit den Schultern. »Ich mochte diesen Ort nicht besonders gerne, denke ich«, erwidere ich leichthin und verdränge die dunklen Erinnerungen, die sich durch ihre unschuldige Frage in meinem Kopf ausbreiten. Das Anwesen, auf dem ich den Großteil meiner Kindheit verbracht habe, war der Ort, an dem mein Vater mit Gürtel und Fäusten regierte, bis ich alt genug war, zurückzuschlagen. Der Ort, an dem ich meinen ersten Mann getötet habe – und an den ich vor zwölf Jahren zurückkkam, um den blutigen Leichnam meiner Mutter abzuholen. Erst als ich das Haus komplett erneuert hatte, konnte ich den Gedanken ertragen, wieder hier zu leben, und selbst jetzt ist es allein Noras Gegenwart, die es erträglich für mich macht.

Sie legt ihre Hand auf mein Knie und holt mich damit in die Gegenwart zurück. »Julian …« Sie macht eine kurze Pause, so als sei sie sich unsicher darüber, ob sie weitersprechen sollte. Dann entscheidet sie sich offensichtlich dazu, es zu wagen. »Es gibt etwas, was ich dich gerne fragen würde«, sagt sie ruhig, aber bestimmt.

Ich hebe die Augenbrauen. »Was denn, mein Kätzchen?«

»Ich habe in Chicago Unterricht genommen«, erklärt sie, und der Griff ihrer Hand auf meinem Knie verstärkt sich. »Selbstverteidigung und schießen, solche Sachen … und ich würde hier gerne damit weitermachen, wenn das geht.«

»Ich verstehe.« Ein leichtes Lächeln umspielt meinen Mund. Es sieht so aus, als seien meine Vermutungen richtig gewesen. Sie ist nicht das gleiche verängstigte, hilflose Mädchen, welches ich auf die Insel gebracht habe. Diese Nora ist stärker, belastbarer … und noch anziehender. Ich erinnere mich daran, in Lucas' Berichten über ihren Unterricht gelesen zu haben, weshalb ihre Bitte nicht völlig unerwartet für mich kommt. »Du hättest gerne, dass ich dir Kämpfen und den Umgang mit Waffen beibringe?«

Sie nickt. »Ja. Oder auch jemand anders, wenn du zu viel zu tun hast.«

»Nein.« Der Gedanke daran, dass einer meiner Männer Hand an sie legt, und sei es auch nur zu Trainingszwecken, lässt mich rotsehen. »Ich werde dich selbst trainieren.«

～

ICH BESCHLIEẞE, NUR NOCH EINIGE WICHTIGE MAILS ZU BEANTWORTEN und dann gleich heute Nachmittag mit Noras Unterricht zu beginnen. Irgendwie mag ich die Idee, ihr Selbstverteidigung beizubringen. Ich habe nicht vor, sie jemals wieder einer solch gefährlichen Situation auszusetzen, aber sollte sie es jemals brauchen, möchte ich, dass sie weiß, wie sie sich schützen kann.

Die Ironie des Ganzen entgeht mir nicht. Die meisten Menschen würden wohl sagen, dass ich derjenige bin, vor dem sie beschützt werden muss. Und wahrscheinlich hätten sie damit recht. Aber das kümmert mich nicht. Nora gehört jetzt mir, und ich werde tun, was getan werden muss, um sie in Sicherheit zu wissen – auch wenn das beinhaltet, ihr beizubringen, wie man jemanden wie mich tötet.

Als ich mit meinen E-Mails fertig bin, gehe ich sie im Haus suchen. Diesmal finde ich sie im Fitnessraum, wo sie gerade das Laufband auf voller Geschwindigkeit nutzt. Dem Schweiß nach zu urteilen, der ihren schlanken Rücken hinabläuft, rennt sie schon eine ganze Weile in dieser Geschwindigkeit.

Um sicherzugehen, sie nicht zu erschrecken, nähere ich mich ihr von der Seite.

Als sie mich sieht, dreht sie die Geschwindigkeit des Laufbandes auf ein leichtes Joggen herunter. »Hallo«, sagt sie atemlos und greift nach einem kleinen Handtuch, um sich ihr Gesicht abzuwischen. »Beginnen wir schon mit dem Training?«

»Ja, ich habe jetzt ein paar Stunden Zeit.« Meine Worte klingen tief und heiser, als eine vertraute Welle der Erregung mein Geschlecht hart werden lässt. Ich liebe es, sie so zu sehen, völlig außer Atem und mit einer feuchten und glühenden Haut. Es erinnert mich daran, wie sie nach besonders ungehemmtem Sex aussieht. Natürlich hilft auch die Tatsache nicht, dass sie nur eine Laufhose und einen Sport-BH trägt. Ich möchte die Schweißtropfen von ihrem glatten, flachen Bauch lecken und sie danach für einen schnellen Quickie auf die nächstliegende Matratze schmeißen.

»Perfekt.« Sie lächelt mich strahlend an und drückt den Stopp-Knopf des Laufbandes. Dann hüpft sie von der Maschine und schnappt sich ihre Wasserflasche. »Ich bin so weit.«

Sie sieht so aufgeregt aus, dass ich den Matratzensex für den Moment verschieben werde. Verzögerte Befriedigung kann auch eine gute Sache sein, und ich habe mir diese Zeit auch extra für ihr Training freigeschaufelt.

»In Ordnung«, antworte ich. »Lass uns gehen.« Ich nehme sie an der Hand und führe sie aus dem Haus.

Wir gehen zu dem Feld, auf dem ich normalerweise mit meinen Männern trainiere. Zu dieser Tageszeit ist es zu heiß für ernsthafte

Übungen, also ist die Fläche größtenteils leer. Als wir vorbeigehen, sehe ich allerdings, wie einige der Wachen verstohlen auf Nora starren. Ich möchte ihnen die Augen herausreißen. Ich denke, das erkennen sie auch – denn sie schauen weg, sobald sie meinen Blick sehen. Ich weiß, dass es irrational ist, so besitzergreifend zu sein, aber das ist mir egal. Sie gehört mir, und allen muss das klar sein.

»Was machen wir zuerst?«, möchte sie wissen, als wir uns einem Lagerschuppen in der Ecke der Trainingsfläche nähern.

»Schießen.« Ich schaue sie von der Seite an. »Ich möchte sehen, wie gut du mit einer Pistole umgehen kannst.«

Sie lächelt, und ihre Augen leuchten voller Vorfreude. »Ich bin nicht schlecht«, sagt sie, und ich muss über das Vertrauen in ihrer Stimme grinsen. Es sieht so aus, als habe mein Kätzchen während meiner Abwesenheit einige Dinge gelernt. Ich kann es kaum erwarten, zu sehen, wie sie mir ihre neuen Talente vorführt.

In dem Schuppen befinden sich einige Waffen und Trainingsbekleidung. Ich gehe hinein und wähle einige der meistbenutzten Modelle aus – von einer 9-mm-Handfeuerwaffe bis hin zu einem M16-Sturmgewehr. Ich nehme sogar eine AK-47, auch wenn Nora zu klein sein könnte, um sie bequem zu benutzen.

Danach gehen wir hinaus zum Schießplatz.

Dort sind Ziele in verschiedenen Entfernungen aufgestellt. Ich lasse sie mit dem nächstliegenden Ziel beginnen: ein dutzend leere Bierdosen, auf einem hölzernen Tisch, in etwa fünfzehn Metern Entfernung. Ich reiche ihr die 9 mm, erkläre ihr, wie sie sie benutzen muss, und lasse sie dann auf die Dosen schießen.

Zu meinem Entsetzen trifft sie zehn der zwölf Dosen beim ersten Versuch. »Verdammt«, murmelt sie und lässt die Waffe sinken. »Ich kann gar nicht glauben, dass ich diese beiden verfehlt habe.«

Überrascht und beeindruckt lasse ich sie die anderen Waffen ausprobieren. Sie kommt mit den meisten Handfeuerwaffen und Sturmgewehren gut zurecht. Wieder trifft sie fast alle Ziele, aber ihre Arme zittern, als sie versucht, die AK-47 abzufeuern.

»Du musst kräftiger werden, um diese zu benutzen«, erkläre ich ihr und nehme sie ihr ab.

Sie nickt zustimmend und greift nach ihrer Wasserflasche. »Ja«, sagt sie zwischen zwei Schlucken. »Ich will stärker werden. Ich will mit all diesen Waffen umgehen können, genauso wie du.«

Ich kann ein Lachen nicht unterdrücken. Trotz ihres eigentlich sehr unkomplizierten Naturells hat Nora eine starke kompetitive Seite. Das ist mir auch schon bei unserem Fünf-Kilometer-Lauf auf der Insel aufgefallen.

»Einverstanden«, erwidere ich, immer noch lachend. Ich nehme ihre Flasche, trinke etwas von dem Wasser und gebe sie ihr wieder zurück. »Ich kann dich auch beim Krafttraining unterstützen.«

Nach einigen weiteren Schüssen bringen wir die Waffen wieder zum Schuppen zurück. Ich gehe mit ihr in den Trainingsraum, um ihr einige grundlegende Bewegungen beizubringen.

Lucas ist auch dort, zum Sparring mit drei der Wächter. Als er sieht, dass wir den Raum betreten, macht er eine Pause und nickt Nora respektvoll zu, ohne seine Augen von ihrem Gesicht abzuwenden. Er weiß jetzt, was ich für sie empfinde, und er ist clever genug, kein Interesse an ihrem schlanken, halbnackten Körper zu zeigen. Seine Sparringpartner sind allerdings nicht so klug, und ich muss ihnen erst einen mörderischen Blick zuwerfen, bevor sie aufhören, sie weiter anzustarren.

»Hallo Lucas«, sagt Nora und ignoriert das kleine Zwischenspiel. »Ich freue mich, Sie wiederzusehen.«

Lucas lächelt sie vorsichtig, neutral an. »Ich mich auch, Frau Esguerra.«

Zu meinem Ärger zuckt Nora bei dieser Anrede sichtbar zusammen, und meine leichte Verärgerung mit den Wachen verwandelt sich in eine plötzliche Wut auf sie. Ihr ursprünglicher Unwille, mich zu heiraten, sitzt wie ein eitriger Splitter in meinem Hinterkopf, und schon eine Kleinigkeit reicht aus, damit ich mich wieder fühle wie in der Kirche.

Trotz all ihrer angeblichen Liebe zu mir weigert sie sich immer noch, unsere Heirat zu akzeptieren, und ich habe nicht vor, noch länger verständnisvoll und nachsichtig zu sein.

»Raus«, schnauze ich Lucas und die Wachen an, während ich gleichzeitig mit dem Daumen auf die Tür zeige. »Wir brauchen diesen Platz.«

Innerhalb von Sekunden verschwinden sie und lassen Nora und mich allein.

Sie tritt einen Schritt zurück und sieht plötzlich verängstigt aus. Sie kennt mich gut, und ich weiß, sie fühlt, dass etwas nicht stimmt.

Wie immer kann sie sich denken, was es ist. »Julian«, sagt sie vorsichtig, »ich habe das nicht absichtlich getan. Ich bin einfach nicht daran gewöhnt, so genannt zu werden, das ist alles ...«

»Ist das so, mein Kätzchen?« Meine Stimme hört sich an wie gebürstete Seide und spiegelt nichts von der kochenden Wut in mir wider. Ich gehe zu ihr, hebe meine Hand und fahre langsam mit meinen Fingern ihr Kinn entlang. »Wäre es dir lieber, *nicht* so genannt zu werden? Vielleicht wäre es dir sogar lieber, wenn ich überhaupt nicht zu dir zurückgekommen wäre?«

Ihre großen Augen werden noch größer. »Nein, natürlich nicht! Ich habe dir doch schon gesagt, dass ich hier bei dir sein möchte ...«

»Lüge mich nicht an.« Diese Worte kommen kalt und scharf aus meinem Mund, während ich meine Hand fallen lasse. Es macht mich wütend, dass mich das Ganze berührt, dass so etwas Unwichtiges wie Noras Gefühle mich stören. Was macht es schon, ob sie mich liebt oder nicht. Ich sollte das nicht wollen, sollte es nicht von ihr erwarten. Aber ich mache es trotzdem – es ist Teil dieser beschissenen Besessenheit von ihr.

»Ich lüge nicht«, streitet sie vehement ab und geht einen Schritt zurück. Ihr Gesicht sieht blass aus in dem gedämpften Licht des Raumes, aber ihr Blick ist direkt und unbewegt, als sie mich anblickt. »Ich sollte nicht mit dir zusammen sein wollen, aber ich will es. Denkst du, ich verstehe nicht, wie falsch das ist? Wie kaputt? Du hast mich entführt, Julian ... Du hast mich gezwungen.«

Der Vorwurf hängt stark und schwer zwischen uns. Wäre ich ein anderer Mann, würde ich jetzt wegschauen. Und ich würde Reue für das empfinden, was ich getan habe.

Aber das mache ich nicht.

Ich bin kein Typ für Selbsttäuschung. Das bin ich nie gewesen. Als ich Nora entführte, wusste ich, dass ich eine Grenze überschritt, dass ich einen neuen Tiefpunkt erreicht hatte. Ich habe das mit dem vollen Wissen darüber getan, was das aus mir macht: ein irreparables Monster, einen Zerstörer der Unschuld. Mit diesem Etikett kann ich leben, um sie zu haben.

Ich würde alles tun, um sie zu haben.

Also erwidere ich ihren Blick, anstatt wegzuschauen. »Ja«, sage ich ruhig. »Das habe ich.« Meine Wut ist verraucht und durch ein anderes Gefühl ersetzt worden. Ein Gefühl, das ich nicht zu sehr analysieren möchte. Ich gehe auf sie zu, hebe meine Hand wieder an und streichele ihre sanfte, weiche Oberlippe mit meinem Daumen. Ihre

Lippen öffnen sich unter meiner Berührung, und der Hunger, den ich den ganzen Tag unterdrückt habe, verschlimmert sich.

Ich will sie.

Ich will sie, und ich werde sie mir nehmen.

Danach wird sie keine Zweifel mehr daran hegen, dass sie zu mir gehört.

10

Nora

ICH BLICKE MEINEN EHEMANN AN UND KÄMPFE GEGEN DEN DRANG, mich zurückzuziehen. Ich hätte es nicht zulassen sollen, dass Julian meine Reaktion auf meinen neuen Namen sieht, aber ich hatte so viel Spaß bei der Schießstunde – und in Julians Gesellschaft –, dass ich die Wirklichkeit meiner neuen Situation vergessen hatte. *Das »Frau Esguerra« von Lucas hat mich aufgeschreckt, mir das beunruhigende Gefühl von verlorener Identität zurückgebracht, und einen Augenblick lang war ich nicht in der Lage gewesen, meine Bestürzung zu verbergen.*

Dieser Augenblick genügte, um Julian von einem lachenden, scherzenden Begleiter in den angsteinflößenden, unberechenbaren Mann zu verwandeln, der mich auf seine Insel gebracht hatte.

Ich kann das schnelle Schlagen meines Pulses spüren, als sein Daumen meine Lippen streichelt. Seine Berührung ist zärtlich, trotz der Dunkelheit, die in seinen Augen schimmert. Er scheint sich über meine waghalsige Anschuldigung nicht zu ärgern, wenn überhaupt, sieht er jetzt ruhiger aus, fast belustigt. Ich bin mir nicht sicher, was ich erwartet hatte, als ich ihm diese Worte entgegenschleuderte, aber bestimmt nicht, dass er seine Verbrechen so leicht zugibt. Sogar ohne jede Spur von Schuldgefühl oder Reue. Die meisten Menschen versuchen, ihre Handlungen vor sich und anderen zu rechtfertigen, verdrehen Tatsachen zu ihren Gunsten, aber Julian ist nicht wie die meisten Menschen. Er sieht Dinge so, wie sie sind; ihn stört der Gedanke nicht, Sachen zu machen, vor denen die meisten Menschen zurückschrecken würden. Statt eines verblendeten Psychopathen, der denkt, er tue das Richtige, ist mein neuer Ehemann einfach ein Mann ohne Gewissen.

Ein Mann, den ich gerade gleichzeitig liebe und fürchte.

Ohne ein weiteres Wort zu sagen, entfernt Julian seine Finger aus meinem Gesicht, ergreift meinen Oberarm und führt mich zu einer der Wrestlingmatten an der Wand. Während wir dort hingehen, erhasche ich einen Blick auf die Beule in seiner Hose, und sofort lässt mich eine Kombination aus Angst und ungewollter Lust schneller atmen.

Julian hat vor, mich hier zu nehmen, genau hier, wo alle hereinplatzen können.

Eine unangenehme Gefühlsmischung aus Lust und Verlegenheit lässt meine Haut brennen. Die Logik sagt mir, dass es wohl kaum sehr romantischer Sex werden wird. Mein Körper allerdings kennt den Unterschied zwischen Bestrafungssex und zärtlichem Liebemachen nicht. Er kennt nur Julian und ist darauf trainiert, sich nach dessen Berührung zu sehnen.

Zu meiner großen Überraschung fällt Julian nicht sofort über mich her. Stattdessen lässt er meinen Arm los und schaut mich an. Sein sinnlicher Mund verzieht sich zu einem kalten, fast grausamen Lächeln. »Warum zeigst du mir nicht, was du in dem Selbstverteidigungskurs gelernt hast, mein Kätzchen?«, sagt er sanft. »Zeige mir einige der Bewegungen, die sie dir beigebracht haben.«

Ich blicke ihn an, und mein Herz klopft mir bis zum Hals, als ich verstehe, worauf Julian hinauswill. Er will, dass ich gegen ihn kämpfe, mich wehre – auch wenn es an dem Ergebnis nichts ändert.

Auch wenn ich mich einfach nur hilflos und besiegt fühlen werde, sobald ich verliere.

»Warum?«, frage ich verzweifelt und versuche, das Unvermeidbare hinauszuzögern. Ich weiß, Julian spielt nur mit mir, aber ich möchte dieses Spiel nicht spielen. Nicht nach allem, was zwischen uns vorgefallen ist. Ich möchte diese erste Zeit auf der Insel vergessen und sie nicht auf eine so verdrehte Weise erneut erleben.

»Warum nicht?« Er beginnt, um mich zu kreisen, was meine Angst erhöht. »Ist das nicht der Grund dafür, dass du diesen Kurs besucht hast? Um dich vor Männern wie mir zu schützen? Männer, die dich nehmen und benutzen wollen?«

Meine Atmung beschleunigt sich weiter, und Adrenalin überflutet meinen Körper, als mein Kämpfen-oder-Fliehen-Instinkt die Oberhand gewinnt. Ich drehe mich instinktiv um und versuche, ihn die ganze Zeit über im Blick zu behalten, so als sei er ein gefährliches Raubtier – was er auch gerade ist.

Ein wunderschönes, tödliches Raubtier, welches mich als seine Beute auserkoren hat.

»Los, Nora«, murmelt er und hält inne, als ich mit dem Rücken an der Wand stehe. »Kämpfe!«

»Nein.« Ich versuche, nicht zusammenzuzucken, als er nach mir greift und sich seine Hand um mein Handgelenk legt. »Das werde ich nicht tun, Julian. Nicht so.«

Seine Nasenlöcher beben. Er ist es nicht gewohnt, dass ich ihm etwas abschlage, und ich höre auf zu atmen, während ich abwarte, was er tun wird. Mein Herz rast schmerzhaft in meiner Brust, und ein leichtes Rinnsal aus Schweiß läuft meinen Rücken hinunter. Ich habe verstanden, dass Julian mir nicht wirklich etwas antun wird, das bedeutet aber nicht, dass er meinen Ungehorsam nicht bestrafen wird.

»In Ordnung«, erwidert er sanft. »Wie du möchtest.« Seine Hände um meine Handgelenke drehen meine Arme nach oben und zwingen mich auf meine Knie. Mit seiner freien Hand macht er den Reißverschluss seiner Shorts auf und lässt seine Erektion hervorspringen. Er wickelt meine Haare um seine Faust und drückt meinen Mund zu seinem Geschlecht hinunter. »Nimm ihn in den Mund«, befiehlt er rau und blickt mich dabei an.

Ich folge seiner Anordnung und bin erleichtert, dass es so einfach ist. Meine Lippen schließen sich um seinen dicken Schaft. Er schmeckt nach Salz und Mann. Seine Spitze ist von Lusttropfen ganz feucht, und ein Teil meiner Angst verschwindet, wird von wachsendem Verlangen verdrängt. Ich liebe es, ihm auf diese Weise Lust zu bereiten, und als sich Julians Griff um meine Handgelenke lockert, bedecke ich seinen Hoden mit meinen Händen, massiere und knete ihn mit festem Druck.

Er stöhnt, schließt die Augen, und ich beginne, meinen Mund vor-

und zurückzubewegen. Mit einer saugenden Bewegung nehme ich ihn jedes Mal tiefer in mich auf. So, wie er meine Haare festhält, tut er mir weh, aber dieser leichte Schmerz erregt mich nur noch mehr. Julian hatte recht, als er mir sagte, ich hätte masochistische Züge. Ob es in meiner Natur liegt oder er es mir antrainiert hat, weiß ich nicht, aber Schmerz erregt mich. Mein Körper sehnt sich nach diesen Empfindungen.

Ich schaue in sein Gesicht und genieße den gequälten Ausdruck darin, den kleinen Hauch von Macht, den er mir zugesteht.

Allerdings lässt er mich heute nicht lange die Führung übernehmen. Stattdessen schiebt er seine Hüfte nach vorne und drückt sein Geschlecht tiefer in meinen Hals hinein. Ich würge und spucke etwas Speichel aus. Das scheint ihm zu gefallen, denn er murmelt genüsslich: »Ja, genau so, Baby.« Er öffnet seine Augen und beginnt, meinen Mund in einem harten, unnachgiebigen Rhythmus zu nehmen. Ich würge erneut, und noch mehr Speichel rinnt aus meinem Mund über mein Kinn, überzieht seinen Schwanz mit dickflüssiger Feuchtigkeit.

Plötzlich lässt er von mir ab. Bevor ich zu Atem kommen kann drückt er mich mit dem Gesicht auf die Matte, und ich falle auf meine Hände. Danach begibt er sich hinter mich, und ich spüre, wie er meine Shorts und mein Höschen bis zu den Knien herunterzieht. Mein Geschlecht zuckt vor hungriger Vorfreude … Aber das ist nicht das, was er heute von mir will. Er wendet seine Aufmerksamkeit der anderen Öffnung zu, und ich spanne mich instinktiv an, als ich spüre, wie sich seine Eichel zwischen meine Pobacken schiebt.

»Entspann dich, mein Kätzchen«, flüstert er und greift nach meinen Hüften, um mich festzuhalten, während er beginnt, in mich einzudringen. »Entspann dich einfach … Ja, braves Mädchen …«

Ich atme flach und kurz, während ich versuche, auf Julians Rat zu hören. Er stößt langsam tiefer in mich vor, und ich kämpfe dagegen an, mich zu versteifen. Aus Erfahrung weiß ich, dass es weniger schmerzhaft ist, wenn ich nicht so angespannt bin. Mein Körper allerdings scheint entschlossen zu sein, dieses Eindringen zu verhindern. Nach Monaten seiner Abwesenheit bin ich dort fast wieder jungfräulich, und ich spüre einen starken, brennenden Druck, als mein Schließmuskel mit Gewalt geöffnet wird.

»Julian, bitte …« Diese Worte sind ein leises und flehendes Flüstern, als er gnadenlos immer tiefer in mich eindringt und der

Speichel auf seinem Glied das einzige Gleitmittel ist. Meine Eingeweide krümmen sich, und mir bricht der Schweiß aus, als mein enger Muskelring schließlich nachgibt und seinen riesigen Schwanz hineinlässt.

»Bitte was?«, haucht er und schiebt einen muskulösen Arm unter meine Hüfte, um mich festzuhalten. Gleichzeitig ergreift seine andere Hand erneut mein Haar und zwingt meinen Körper, sich nach hinten zu biegen. Dieser neue Winkel lässt ihn tiefer eindringen, und ich schreie auf, fange an zu zittern. Das ist zu viel. Das halte ich nicht aus. Aber Julian lässt mir keine Wahl. Das ist meine Bestrafung, gefickt zu werden wie ein Tier auf einer dreckigen Matte ohne Rücksicht oder Vorspiel. Es soll sich krank anfühlen, alle Spuren von Lust auslöschen, aber trotzdem bin ich erregt, und mein Körper sehnt sich nach jeder Art von Gefühlen, die Julian ihm entlockt. »Bitte was?«, wiederholt er leise und rau. »Bitte fick mich? Bitte gib mir mehr?«

»Ich … ich weiß nicht …« Ich kann kaum sprechen, weil meine Sinne so überwältigt sind. Er hält still, bewegt sich nicht, und ich bin dankbar für diese kleine Gnade, da sie mir die Gelegenheit gibt, mich an die brutale Härte in mir zu gewöhnen. Ich versuche, meine Atmung zu normalisieren, und der Schmerz macht langsam einem anderen Gefühl Platz – einer kribbelnden Hitze, die meine Nervenenden durchfährt.

Er beginnt erneut, sich mit langsamen und tiefen Stößen zu bewegen, was die Hitze steigert, die sich jetzt tief in mir sammelt. Meine Nippel versteifen sich, und mein Geschlecht wird von einer Welle von Nässe überschwemmt. Trotz des unangenehmen Gefühls ist es irgendwie pervers erotisch, so genommen zu werden, auf eine so schmutzige und verbotene Weise benutzt zu werden.

Ich schließe die Augen und lasse mich auf den Rhythmus seiner Bewegungen ein, seiner Bewegung des Zustoßens und Zurückziehens, die mich vor Schmerz und Lust zergehen lässt. Meine Klitoris schwillt an, wird empfindlicher, und ich weiß, dass ich nur einige leichte Berührungen benötige, um zu kommen – um die Spannung, die sich in mir aufgebaut hat, zu lösen.

Aber er berührt meine Klitoris nicht. Stattdessen lässt er mein Haar los, und seine Hand fährt an meinem Hals hinunter. Sie umfasst ihn und zwingt mich dazu, mich zu erheben, bis ich mit einem leicht gebeugten Rücken knie. Ich schlage meine Augen auf, und meine Hände strecken sich nach oben, krallen sich in den Fingern fest, die mich gerade würgen. Aber ich kann nichts machen, um seinen Griff zu lockern. In dieser Stellung ist er noch tiefer in mir, und ich kann kaum atmen. Mein Herz beginnt durch diese neue, unbekannte Angst zu hämmern.

Dann beugt er sich vornüber, und ich spüre, wie seine Lippen mein Ohr berühren. »Dein ganzes Leben lang wirst du mir gehören«, flüstert er rau, und die Wärme seines Atems löst eine Gänsehaut bei mir aus. »Verstehst du mich, Nora? Alles an dir – deine Muschi, dein Po, deine geheimsten Gedanken … Das alles gehört mir, und ich werde es benutzen und ausnutzen, wann und wie ich will. Ich besitze dich innerlich und äußerlich, auf jede erdenkliche Art und Weise …« Seine scharfen Zähne versinken in meinem Ohrläppchen, und wegen des plötzlichen Schmerzes muss ich nach Luft schnappen. »Verstehst du mich?« Seine Stimme hat einen dunklen Unterton, der mir Angst bereitet. Das ist neu – das hat er noch nie mit mir gemacht – und mein Puls rast, während sich seine Finger um meinen Hals weiter zusammenziehen, um mir langsam, aber unaufhaltsam die Luftzufuhr abzuschneiden.

Meine Panik steigt, und ich bin voller Adrenalin. »Ja …«, gelingt es mir herauszupressen. Meine Finger sind immer noch in seine Hand gekrallt und versuchen, sie zu entfernen. Entsetzt bemerke ich, dass ich anfange, Sterne zu sehen. Der Raum verschwimmt vor meinen Augen, bevor alles um mich herum dunkel wird. *Er hat bestimmt nicht vor, mich umzubringen … Er hat bestimmt nicht vor, mich umzubringen …* Ich habe Angst, aber trotzdem pocht mein Geschlecht, und elektrische Schauer durchfahren mich, als meine Erregung ins Unermessliche steigt.

»Gut. Und jetzt sag mir … wessen Ehefrau bist du?« Seine Finger drücken sich weiter zusammen, und die Sterne explodieren, als mein Gehirn versucht, genügend Sauerstoff zu bekommen. Mein Körper ist kurz davor, zu ersticken, und trotzdem bin ich in diesem Moment lebendiger als jemals zuvor. Meine Sinne sind geschärft und hochempfindlich. Die brennende Dicke seines Geschlechts in meinem Po, die Hitze seines Atems auf meinen Schläfen, das Pulsieren meiner geschwollenen Klitoris – das ist zu viel und gleichzeitig nicht genug. Ich möchte schreien und mich wehren, aber ich kann mich nicht bewegen, kann nicht atmen … und wie aus ganz weiter Entfernung höre ich, wie Julian erneut fragt: »Wessen Ehefrau?«

Kurz bevor ich das Bewusstsein verliere, lockert er seinen Griff um meinen Hals, und ich spucke aus: »Deine«. Genau in diesem Moment zuckt mein Körper in einem Krampf aus Angst und Ekstase. Der Orgasmus überkommt mich plötzlich und unerwartet intensiv, als der dringend benötigte Sauerstoff in meinen Lungen ankommt.

Ich schnappe verzweifelt nach Luft und falle zitternd gegen ihn. Ich kann nicht glauben, einfach so gekommen zu sein, ohne dass Julian mein Geschlecht berührt hat.

Ich kann nicht glauben, dass ich gekommen bin, als ich dachte, ich würde gleich sterben.

Nach einem Moment spüre ich seine Lippen, die an meinem schweißnassen Hals entlangfahren »Ja«, murmelt er, während seine Hand zärtlich meinen Hals streichelt, »so ist es richtig, Baby …« Er ist immer noch tief in mir. Sein hartes Geschlecht bricht mich auf, dringt in mich ein. »Und wie heißt du?«

»Nora«, erwidere ich heiser und erschaudere, als seine Finger von meinem Hals zu meinen Brüsten wandern. Ich trage immer noch meinen Sport-BH, und seine Hand schiebt sich unter das enganliegende Material und umfasst meine Brust.

»Nora, und weiter?«, bohrt er während seine Finger meinen Nippel zusammendrücken. Er ist durch den Orgasmus hart und empfindlich, und Julians Berührung lässt einen erneuten Hitzeschauer durch mich hindurchfahren. »Nora, und weiter?«

»Nora Esguerra«, flüstere ich und schließe die Augen. Das ist eine Tatsache, die ich jetzt nie wieder vergessen werde – und während Julian weitermacht, weiß ich, dass Nora Leston nie wieder existieren wird.

Sie ist für immer weg.

II

DAS ANWESEN

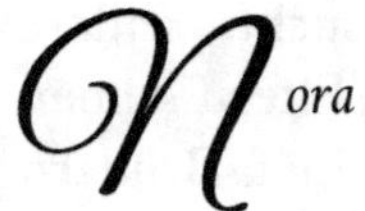

Nora

IN DEN FOLGENDEN WOCHEN GEWÖHNE ICH MICH LANGSAM AN MEIN neues Zuhause. Das Anwesen ist faszinierend, und ich verbringe die meiste Zeit damit, es zu erkunden und seine Bewohner kennenzulernen.

Außer den Wächtern leben noch ein paar Dutzend weitere Menschen hier, einige allein, andere mit ihren Familien. Sie alle arbeiten, von der ältesten bis zur jüngsten Generation, in den verschiedensten Positionen für Julian. Einige – so wie Ana und Rosa – kümmern sich um das Haus und die Außenanlage, während andere mit Julians Geschäften zu tun haben. Er mag zwar gerade erst wieder hierher zurückgekommen sein, aber viele seiner Angestellten leben hier seit der Zeit, als Juan Esguerra – Julians Vater – einer der mächtigsten Drogenbosse des Landes war. Für einen Amerikaner wie mich ist so eine Loyalität zum Arbeitgeber unverständlich.

»Sie bekommen eine gute Bezahlung, freie Unterkünfte, und dein Ehemann hat vor einigen Jahren sogar einen Lehrer für ihre Kinder eingestellt«, erklärt mir Rosa, als ich sie danach frage. »Er mag vielleicht nicht persönlich hier gewesen sein, aber er hat sich immer um seine Angestellten gekümmert. Sie könnten jederzeit gehen, sollten sie das wünschen, aber sie wissen, wie unwahrscheinlich es ist, dass sie etwas Besseres finden. Außerdem sind sie hier geschützt, während sie und ihre Familien dort draußen leichte Beute für neugierige Polizisten oder jeden anderen sind, der Informationen über die Esguerra-Organisation bekommen möchte.« Sie lächelt mich schief an und fügt hinzu: »Meine Mutter sagt, wenn du einmal Teil dieses Lebens geworden bist, dann bleibst du es für immer. Es gibt kein Zurück.«

»Aber warum haben sie dieses Leben gewählt?«, frage ich und versuche zu verstehen, wer auf das isolierte Anwesen eines Drogendealers am Rande des Regenwalds ziehen würde. Ich kenne nicht viele geistig gesunde Menschen, die so etwas freiwillig tun würden – besonders dann nicht, wenn sie wüssten, dass es keinen leichten Weg zurück gibt.

Rosa zuckt mit den Schultern. »Jeder hat da seine eigene Geschichte. Einige wurden von den Behörden gesucht; andere machten sich gefährliche Menschen zu Feinden. Meine Eltern kamen hierher, um der Armut zu entfliehen und mir und meinen Brüdern ein besseres Leben zu bieten. Sie wussten, dass sie ein Risiko eingingen, aber es kam ihnen so vor, als hätten sie keine andere Wahl. Bis heute ist meine Mutter davon überzeugt, die richtige Entscheidung für sich und ihre Kinder getroffen zu haben.«

»Sogar nach …?«, beginne ich zu fragen, aber schließe meinen Mund, als mir klar wird, dass ich gerade im Begriff, bin Rosas schmerzvolle Erinnerungen erneut anzusprechen.

»Ja, sogar danach noch«, beantwortet sie meine unausgesprochene Frage. »Es gibt keine Garantien im Leben. Sie hätten auch anders sterben können. Mein Vater und Eduardo – mein ältester Bruder – starben, während sie ihrer Arbeit nachgingen, aber wenigstens hatten sie welche. Im Dorf meiner Eltern gab es keine Arbeit, und in den Städten sah es noch schlimmer aus. Meine Eltern versuchten alles, um uns zu ernähren, aber es reichte einfach nicht. Als meine Mutter mit mir schwanger wurde, ging der damals zwölfjährige Eduardo zu Medellín, um Drogenkurier zu werden – damit die Familie nicht verhungerte. Mein Vater folgte ihm, um ihn aufzuhalten und dabei stießen die beiden auf Juan Esguerra, der sich gerade wegen Verhandlungen mit dem Medellín-Kartell in der Stadt aufhielt. Er bot beiden eine Arbeit in seiner Organisation an, und der Rest ist

Geschichte.« Sie hält inne und lächelt mich an, bevor sie weiterspricht, »Deshalb, Nora, war es die beste Alternative für meine Familie, für Señor Esguerra zu arbeiten. Wie meine Mutter sagt, habe ich mich im Gegensatz zu ihr in meiner Jugend nicht für Essen verkaufen müssen.«

Rosa sagt den letzten Teil ohne Bitterkeit oder Selbstmitleid und sieht es wirklich als ein Glück an, hier auf dem Esguerra-Anwesen geboren worden zu sein. Sie ist Julian und seinem Vater dankbar dafür, ihrer Familie zu einem guten Leben verholfen zu haben, und trotz ihres Wunsches, Amerika zu sehen, macht es ihr nichts aus, hier so abseits von alldem zu leben. Für sie ist dieses Anwesen ihr Zuhause.

Das alles erfahre ich während unserer Spaziergänge. Rosa mag zwar nicht joggen, aber sie liebt es, mit mir einen kurzen Spaziergang am frühen Morgen zu machen, bevor es zu heiß und stickig wird. Wir haben mit diesen Spaziergängen an meinem dritten Tag hier begonnen, und seitdem sind sie zu einer Art täglicher Routine geworden. Ich verbringe sehr gerne Zeit mit Rosa. Sie ist intelligent und freundlich, weshalb sie mich ein wenig an meine Freundin Leah erinnert. Rosa scheint meine Gesellschaft auch zu genießen – obwohl ich mir sicher bin, dass sie schon wegen meiner Stellung hier nett zu mir wäre. Jeder auf diesem Anwesen behandelt mich freundlich und respektvoll.

Immerhin bin ich ja die Ehefrau des Señors.

Nach dem Zwischenfall im Trainingsraum habe ich mir alle Mühe gegeben, die Tatsache zu akzeptieren, jetzt Julians Frau zu sein – dass dieser wunderschöne, unmoralische Mann, der mich entführt hat, jetzt mein Ehemann ist. Die Idee stört mich immer noch ein wenig, aber mit jedem Tag, der vergeht, gewöhne ich mich mehr daran. Mein Leben hat sich an dem Tag unwiderruflich geändert, als Julian mich gestohlen hat, und ich hätte diesen Traum von einer *normalen* Zukunft schon lange aufgeben sollen. An ihm festzuhalten, während ich mich in meinen Entführer verliebte, war genauso irrational, wie Gefühle für ihn zu entwickeln.

Statt eines Hauses in der Vorstadt mit den durchschnittlichen 1,9 Kindern besteht meine Zukunft aus einem schwerbewachten Anwesen in der Nähe des Amazonas und einem Mann, der mich erregt und mir gleichzeitig Angst einflößt. Es ist unmöglich für mich, mir gemeinsame Kinder mit Julian vorzustellen. Ich habe jetzt schon panische Angst vor der Tatsache, dass das Verhütungsimplantat für drei Jahre, welches ich mir mit siebzehn Jahren einsetzen ließ, in wenigen Monaten aufhören wird zu wirken. Ich werde das Thema mit Julian besprechen müssen, aber im Moment versuche ich einfach, nicht daran zu denken. Ich bin genauso wenig darauf vorbereitet, Mutter zu werden, wie ich es war, zu heiraten. Die Möglichkeit, in diesem Fall keine Wahl zu haben, lässt bei mir kalten Schweiß ausbrechen. Ich liebe Julian, aber ein Kind mit einem Mann aufzuziehen, der Töten und Vergewaltigen normal findet? Das ist eine ganz andere Sache.

Meine Eltern und meine Freunde zu Hause sind auch keine Hilfe. Ich habe einmal mit Leah darüber gesprochen und ihr von meiner übereilten Hochzeit erzählt. Sie war entsetzt, um es milde auszudrücken,

»Du hast den Waffenhändler geheiratet?«, hat sie ungläubig ausgerufen. »Nach allem, was er dir und Jake angetan hat? Bist du wahnsinnig? Du bist gerade mal neunzehn – und er sollte im Gefängnis sitzen!« Und egal wie sehr ich versuchte, die ganze Angelegenheit in ein günstiges Licht zu rücken, am Ende des Telefonats war ich mir sicher, dass sie dachte, ich hätte sie nicht mehr alle seit der Entführung.

Meine Eltern sind noch schlimmer. Jedes Mal, wenn ich mit ihnen rede, muss ich ihre bohrenden Fragen zu meiner überraschenden Hochzeit und Julians Plänen für unsere Zukunft über mich ergehen lassen. Ich kann ihnen keinen Vorwurf machen, meine eigenen Ängste zu verstärken; ich weiß, dass sie krank vor Sorge um mich sind. Bei unserem letzten Videotelefonat waren die Augen meiner Mutter rot und geschwollen, so als habe sie geweint. Offensichtlich hat die Geschichte, die ich mir schnell wegen der Hochzeit ausgedacht hatte, ihre Bedenken nicht wirklich zerstreut. Meine Eltern wissen, wie die Beziehung mit Julian begonnen hat, und es fällt ihnen schwer, zu glauben, dass ich mit dem Mann glücklich sein könnte, den sie als das personifizierte Böse betrachten.

Abgesehen von meinen Grübeleien über die Zukunft *bin* ich allerdings wirklich glücklich. Die eisige Leere in mir ist weg. Sie wurde von einer umwerfenden Vielfalt an Gefühlen und Empfindungen abgelöst. Es ist fast so, als sei der Schwarz-weiß-Film meines Lebens in Farbe neu aufgelegt worden.

Wenn ich mit Julian zusammen bin, fühle ich mich auf eine Art glücklich und vollkommen, die ich nicht ganz verstehe und an die ich mich nicht wirklich gewöhnen kann. Nicht, dass es mir schlecht gegangen wäre, bevor ich ihn getroffen habe. Ich hatte tolle Freunde und die Aussicht auf ein gutes, wenn auch durchschnittliches Leben. Ich war sogar verknallt – in Jake – und hatte Schmetterlinge im Bauch. Es hat keinen Sinn, dass ich so etwas Perverses brauchte wie diese Beziehung mit Julian, die mein Leben bereichert und mir etwas gibt, was ich vorher vermisst habe.

Aber ich bin auch kein Psychiater. Vielleicht gibt es eine Erklärung für meine Gefühle – irgendein Kindheitstrauma, das ich unterdrückt habe, oder eine chemische Unausgeglichenheit in meinem Gehirn. Vielleicht ist es einfach Julians entschiedene Art, mit der er meine physischen und emotionalen Reaktionen seit der Ankunft auf der Insel geformt hat. Ich bin mir seiner erzieherischen Maßnahmen bewusst, aber sie zu erkennen ändert nichts an ihrer Effektivität. Es ist eigenartig, zu wissen, dass man manipuliert wird, und gleichzeitig die Ergebnisse dieser Manipulation zu genießen.

Aber ich genieße sie definitiv. Mit Julian zusammen zu sein ist aufregend – gleichzeitig beängstigend und aufheiternd, so wie einen wilden Tiger zu reiten. Ich weiß nie, mit welcher Seite von ihm ich gerade zu tun habe: dem charmanten Liebhaber oder dem grausamen Meister. Und so verrückt das auch ist, ich will sie beide – ich bin nach beiden süchtig. Die Helligkeit und die Dunkelheit, die Gewalt und die Zärtlichkeit – alles gehört zusammen, vermischt sich zu einem schwindelerregenden Cocktail, der mich aus dem Gleichgewicht bringt und mich noch tiefer in Julians Zauber versinken lässt.

Natürlich ist auch die Tatsache, ihn jeden Tag zu sehen, nicht besonders hilfreich. Auf der Insel hatte ich durch Julians häufige Abwesenheit Zeit, mich von dem starken Effekt, den er auf meinen Geist und meinen Körper ausübte, zu erholen und eine emotionale Ausgeglichenheit beizubehalten. Hier allerdings kann ich mich seiner magnetischen Anziehungskraft nicht entziehen, kann mich nicht gegen seinen berauschenden Charme schützen. Mit jedem Tag, der vergeht, verliere ich ein wenig mehr meiner Seele an ihn, mein Verlangen nach ihm wird immer stärker, anstatt mit der Zeit abzunehmen.

Das Einzige, was mich davon abhält, durchzudrehen, ist das Wissen, dass Julian von mir genauso stark angezogen wird. Ich weiß nicht, ob es meine Ähnlichkeit mit Maria oder einfach eine unerklärliche Chemie ist, aber ich weiß, dass die Abhängigkeit auf Gegenseitigkeit beruht.

Julians Hunger auf mich kennt keine Grenzen. Er nimmt mich jede Nacht mehrere Male – und häufig auch tagsüber –, und trotzdem habe ich das Gefühl, dass er mehr möchte. Ich kann es an der Intensität seines Blickes erkennen, an der Art, wie er mich immer berührt, mich hält. Er kann seine Finger nicht von mir lassen – und deshalb fühle ich mich auch besser, was meine eigene hilflose Hingezogenheit zu ihm betrifft.

Er scheint auch unsere gemeinsame Zeit außerhalb des Schlafzimmers zu genießen. Er hat sein Versprechen gehalten und bringt mir bei, zu kämpfen und verschiedene Waffen zu benutzen. Nach unserem holperigen Start hat sich herausgestellt, dass er ein hervorragender Lehrer ist – fachkundig, geduldig und erstaunlich engagiert. Wir trainieren fast jeden Tag zusammen, und ich habe in diesen paar Wochen schon mehr gelernt als in drei Monaten in meinem Selbstverteidigungskurs. Natürlich wäre es irreführend das, was er mir beibringt, Selbstverteidigung zu nennen; Julians Unterricht ist eher ein Bootcamp für Mörder.

»Dein Ziel muss es immer sein, zu töten«, weist er mich während einer unserer Nachmittagsstunden an, als er mich Messer auf ein schmales Ziel an der Wand werfen lässt. »Du besitzt weder die Größe noch die Stärke, also kommt es bei dir auf Schnelligkeit, Reflexe und Entschiedenheit an. Du musst deine Gegner unvorbereitet treffen und sie eliminieren, bevor sie erkennen, wie gut du bist. Jeder Schlag muss tödlich sein; jede Bewegung zählt.«

»Was, wenn ich sie gar nicht umbringen möchte?«, frage ich und schaue ihn an. »Was, wenn ich sie nur verwunden möchte, um wegrennen zu können?«

»Ein verwundeter Mann kann dich immer noch verletzen. Man braucht nicht viel Kraft, um eine Pistole abzufeuern oder ein Messer in dich hineinzustechen. Außer es gibt einen guten Grund dafür, dass dein Feind am Leben bleiben soll, muss dein Ziel immer sein, ihn zu töten, Nora. Hast du mich verstanden?«

Ich nicke und werfe ein kleines Messer an die Wand. Es schlägt träge gegen das Ziel und fällt danach herunter, fast ohne eine Spur am Holz zu hinterlassen. Nicht mein erfolgreichster Versuch, aber besser als die fünf vorherigen.

Ich weiß nicht, ob ich das tun kann, was Julian sagt, aber ich weiß, dass ich mich nie wieder wehrlos fühlen möchte. Wenn das bedeutet, das Handwerk eines Mörders zu erlernen, mache ich das gerne. Ich sage nicht, diese Fähigkeiten jemals anwenden zu wollen, aber ich fühle mich stärker, weil ich weiß, dass ich mich schützen kann. Sie helfen mir dabei, mit den Albträumen, die die Zeit bei den Terroristen hinterlassen hat, zurechtzukommen.

Zu meiner Erleichterung sind sie schon besser geworden. So als wisse mein Unterbewusstsein, dass Julian bei mir ist – dass ich bei ihm in Sicherheit bin. Natürlich hilft es auch, dass er da ist und mich in den Arm nimmt, wenn ich schreiend aufwache. Er beruhigt mich und verjagt den Albtraum.

Meinen ersten habe ich in der dritten Nacht nach meiner Ankunft auf diesem Anwesen. Ich träume wieder einmal von Beths Tod, von diesem Meer aus Blut, in dem ich ertrinke. Aber diesmal ergreifen mich starke Arme und retten mich aus dem bösartigen Sog der Strömung. Dieses Mal bin ich nicht allein, als ich meine Augen in der Dunkelheit öffne. Julian hat die Nachttischlampe angemacht und rüttelt mich mit einem besorgten Ausdruck auf seinem wunderschönen Gesicht wach.

»Ich bin jetzt da«, beruhigt er mich und zieht mich auf seinen Schoß, als ich nicht aufhöre zu zittern und Tränen des Entsetzens über mein Gesicht rollen. »Alles ist gut, das verspreche ich dir ...« Er streichelt mein Haar, bis mein Schluchzen nachlässt und meine Atmung sich beruhigt. Dann fragt er sanft: »Was ist los, Baby? Hast du schlecht geträumt? Du hast meinen Namen gerufen ...«

Ich nicke und klammere mich mit aller Kraft an ihn. Ich kann die Wärme seiner Haut spüren, das gleichmäßige Schlagen seines Herzens, und der Albtraum beginnt langsam zu verschwinden, lässt mich in die Gegenwart zurückkehren. »Es war Beth«, flüstere ich, sobald ich wieder reden kann, ohne dass meine Stimme wegbricht. »Er hat sie gequält ... sie getötet.«

Julians Umarmung wird fester. Er sagt zwar nichts, aber ich kann seine Wut, seinen brennenden Zorn spüren. Beth war für ihn mehr als nur eine Haushälterin gewesen, auch wenn die genaue Natur ihrer Beziehung ein Geheimnis für mich geblieben ist.

In dem verzweifelten Versuch, mich von den blutigen Bildern abzulenken, die immer noch in meinem Kopf spuken, beschließe ich, meiner Neugier endlich nachzugeben. »Wie habt ihr euch kennengelernt, du und Beth?«, frage ich und rücke ein Stück von

Julian ab, um sein Gesicht anzuschauen. »Wie kam es dazu, dass sie mit mir auf der Insel war?«

Er schaut mich an, und seine Augen werden durch seine Erinnerungen ganz dunkel. Früher hätte er mich abgewimmelt oder das Thema gewechselt, wenn ich ihm diese Art von Fragen gestellt hätte, aber es hat sich einiges zwischen uns geändert. Julian scheint gewillter zu sein, mit mir zu reden, mich mehr in sein Leben einzubeziehen.

»Vor sieben Jahren war ich wegen eines Treffens mit einem der Kartelle in Tijuana«, beginnt er nach einem kurzen Zögern. »Nachdem meine Geschäfte abgeschlossen waren, habe ich im Norden der Stadt, dem Rotlichtviertel, nach ein wenig Unterhaltung gesucht. Ich ging eine der Straßen entlang, als ich sie sah ... eine schreiende, weinende Frau, die über eine kleine Figur auf dem Boden gebeugt war.«

»Beth«, flüstere ich und erinnere mich an das, was sie mir über ihre Tochter erzählt hatte.

»Ja, Beth«, bestätigt er. »Es ging mich eigentlich nichts an, aber ich hatte schon etwas getrunken und war neugierig. Also ging ich näher heran ... und da sah ich, dass die kleine Figur auf dem Boden ein Kind war. Ein wunderschönes kleines Mädchen mit roten Locken, eine kleine Replik der Frau, die über ihr weinte.« Seine Augen füllen sich mit einem wilden, wütenden Glitzern. »Das Kind lag in einer Blutlache und hatte eine Schusswunde in seiner kleinen Brust. Es war offensichtlich vom Zuhälter getötet worden, um die Mutter zu bestrafen, die ihre Tochter nicht einem Freier mit *besonderen* Vorlieben überlassen wollte.«

Übelkeit steigt mir im Hals hoch. Trotz allem, was ich erlebt habe, schockiert es mich immer noch, zu erfahren, dass es solche Monster gibt. Monster, die noch schlimmer sind als das, in das ich mich verliebt habe.

Es ist kein Wunder, dass Beth die Welt als einen so dunklen Ort angesehen hat; ihr Leben war von Dunkelheit überschattet gewesen.

»Als ich die ganze Geschichte gehört hatte, nahm ich Beth und ihre Tochter mit mir mit«, fuhr Julian mit leiser, harter Stimme fort. »Es ging mich eigentlich noch immer nichts an, aber ich konnte so eine Sache nicht einfach so durchgehen lassen – zumindest nicht, nachdem ich die Leiche dieses Mädchens gesehen hatte. Wir begruben die Tochter auf einem Friedhof gleich außerhalb Tijuanas.

Danach nahm ich mir eine Handvoll Männer und kehrte mit Beth zurück, um den Zuhälter zu finden.« Ein kleines, grausames Lächeln umspielt seine Lippen, als er sanft sagt: »Beth hat ihn persönlich umgebracht. Ihn und seine zwei Schläger, die beiden, die geholfen hatten, ihre Tochter zu ermorden.«

Ich atme langsam ein, da ich nicht wieder anfangen möchte zu weinen. »Und danach hat sie angefangen, für dich zu arbeiten? Nachdem du ihr geholfen hast?«

Julian nickt. »Ja. Sie war in Tijuana nicht mehr sicher, und deshalb habe ich ihr einen Job als meine persönliche Köchin und mein Dienstmädchen angeboten. Sie hat natürlich angenommen – es war ja besser als auf dem Straßenstrich in Mexiko zu arbeiten – und danach ist sie mit mir überallhin gereist. Erst als ich dich hatte, habe ich ihr angeboten, die ganze Zeit über auf der Insel zu bleiben, und den Rest der Geschichte kennst du ja.«

»Ja, das tue ich«, flüstere ich und drücke gegen seine Brust, um mich aus seiner Umarmung zu lösen – einer Umarmung, die sich plötzlich eher erdrückend als beruhigend anfühlt. Der *Dich-haben*-Teil der Geschichte ist eine unschöne Erinnerung daran, wie ich hierhergekommen bin … an die Tatsache, dass der Mann an meiner Seite rücksichtslos meine Entführung geplant und durchgeführt hatte. Auf einer Skala des Bösen mag Julian sich vielleicht nicht im Maximalbereich befinden, aber er ist auch nicht allzu weit davon entfernt.

Und trotzdem, je mehr Tage vergehen, desto weniger Albträume habe ich. Es ist zwar pervers, aber erst jetzt, da ich wieder bei meinem Entführer bin, beginne ich, das zu verarbeiten, was geschehen ist, als ich ihm gestohlen wurde. Langsam beginne ich, gesund zu werden. Selbst meine Kunst ist friedlicher geworden. Ich fühle mich immer noch gezwungen, die Flammen der Explosion zu malen, aber ich interessiere mich auch wieder für Landschaften. Ich habe die wilde Schönheit des Regenwaldes, der an das Anwesen angrenzt, schon auf Leinwand eingefangen.

Julian unterstützt mein Hobby weiterhin. Neben dem Studio, welches er für mich einrichten ließ, hat er auch einen Kunstlehrer eingestellt – einen dünnen, älteren Mann aus Südfrankreich, dessen Englisch einen starken Akzent hat. Monsieur Bernard hat in den besten Kunstschulen Europas unterrichtet, bevor er in seinen späten Siebzigern in Rente gegangen ist. Ich habe keine Ahnung, wie Julian es geschafft hat, ihn davon zu überzeugen, auf das Anwesen zu kommen, aber ich bin ihm sehr dankbar dafür. Die Techniken, die er mir beigebracht hat, sind deutlich fortgeschrittener als das, was ich durch meine Malkurs-Videos gelernt hatte. Ich beginne eine Verbesserung meiner Bilder zu erkennen – so wie auch Monsieur Bernard.

»Sie haben Talent, Señora«, sagt er mit seinem starken französischen Akzent, während er meinen neuesten Versuch begutachtet, einen Sonnenuntergang im Dschungel zu malen. Die Bäume sehen vor dem glühenden Orange und Pink der untergehenden Sonne dunkel aus, die Ränder des Bildes sind verschwommen und unscharf. »Dieses hier hat eine … wie sagt man? Eine fast *unheimliche* Ausstrahlung?« Er schaut mich an, und sein Blick schärft sich plötzlich, ist voller Neugier. »Ja«, fährt er sanft fort, nachdem er mich einige weitere Minuten lang betrachtet hat. »Sie haben Talent und noch etwas anderes – etwas in Ihnen, was durch die Kunst zum Vorschein kommt. Eine Dunkelheit, die ich selten in so jungen Personen gesehen habe.«

Ich weiß nicht, was ich ihm darauf erwidern soll, also lächele ich ihn einfach an. Ich bin mir nicht sicher, ob Monsieur Bernard weiß, was mein Mann beruflich macht, aber ich bin mir ziemlich sicher, dass der alte Lehrer keine Ahnung davon hat, wie meine Beziehung zu Julian begann.

Für die Welt um mich herum bin ich die verwöhnte junge Frau eines gutaussehenden, reichen Mannes, und das ist alles.

~

»ICH HABE DICH FÜR DAS WINTERSEMESTER IN STANFORD eingeschrieben«, erwähnt Julian ganz nebenbei eines Abends beim Essen. »Sie haben ein neues Online-Programm. Es befindet sich noch in der Testphase, aber die ersten Rückmeldungen sind sehr positiv. Es sind die gleichen Professoren wie in den Kursen auf dem Campus, allerdings sind die Vorlesungen aufgenommen, anstatt live.«

Meine Kinnlade klappt nach unten. Ich bin in *Stanford* eingeschrieben? Ich hatte keine Ahnung, dass irgendeine Universität – und schon gar nicht eine der Top-Ten-Universitäten – überhaupt zur Debatte stand. »Wie bitte?«, frage ich ungläubig nach und lege meine Gabel ab. Ana hat uns ein köstliches Mahl zubereitet, aber ich interessiere mich nicht länger für das Essen. Meine ganze Aufmerksamkeit wendet sich Julian zu.

Er lächelt mich ruhig an. »Ich habe deinen Eltern versprochen, du würdest eine gute Ausbildung bekommen, und dieses Versprechen will ich halten. Magst du Stanford nicht?«

Ich starre ihn fassungslos an. Ich habe keine Meinung zu Stanford, weil ich nie die Möglichkeit in Betracht gezogen hatte, dorthin gehen zu können. Meine Schulnoten waren zwar gut gewesen, aber meine Einstufung für die Uni nicht bahnbrechend. Meine Eltern hätten sich so eine teure Ausbildung niemals leisten können. Die Universität der Gemeinde und später der Wechsel auf eine staatliche Einrichtung wäre der Weg gewesen, den ich normalerweise eingeschlagen hätte. Aus dem Grund hatte ich auch nie an Stanford oder eine ähnliche Uni gedacht. »Wie hast du es geschafft, dass sie mich aufgenommen haben?«, bringe ich schließlich heraus. »Ist ihre Aufnahmequote nicht im einstelligen Bereich? Oder ist das Online-Programm weniger beliebt?«

»Nein, es ist sogar noch begehrter, meine ich«, erwidert Julian und nimmt sich noch etwas vom Hühnchen. »Ich glaube, sie akzeptieren für dieses Jahr nur etwa einhundert Studenten von den über zehntausend Bewerbern für dieses Programm.«

»Aber wie hast du es dann geschafft …«, beginne ich zu fragen. Ich verstumme allerdings, als mir klar wird, dass es für jemanden mit Julians Reichtum und Kontakten ein Kinderspiel ist, mich in einer Elite-Universität anzumelden. »Ich fange also im Januar an?«, möchte ich stattdessen wissen, und mein anfängliches Entsetzen verwandelt sich in Aufregung. *Stanford. Oh mein Gott, ich werde nach Stanford gehen.* Ich sollte wahrscheinlich ein schlechtes Gewissen haben, dass ich nicht meiner eigenen Leistungen wegen angenommen wurde – oder wenigstens wütend sein, dass Julian über meinen Kopf hinweg gehandelt hat – aber alles, woran ich denken kann, ist die Reaktion meiner Eltern, wenn ich ihnen diese Neuigkeit mitteilen werde. *Ich werde nach Stanford gehen!*

Julian nickt und greift nach dem Reis. »Ja, dann beginnt das Wintersemester. Sie sollten dir in den kommenden Tagen ein Informationspaket schicken, damit du dir die Lehrbücher bestellen kannst, sobald du weißt, welche du für deine Kurse benötigst. Ich werde sicherstellen, dass sie pünktlich hierhergeliefert werden.«

»Wow, okay.« Ich weiß, dass das kaum eine angemessene Antwort auf etwas dieser Größenordnung ist, aber mir fällt nichts Besseres ein. In weniger als zwei Wochen werde ich an einer der angesehensten Universitäten der Welt studieren – das ist etwas, womit ich überhaupt nicht gerechnet hatte, als Julian mich wieder zu sich holte. Zugegeben, es handelt sich um ein Online-Studium, aber es ist trotzdem besser als alles, was ich mir jemals hätte erträumen können.

Ich habe jede Menge Fragen. »Was ist mein Hauptfach? Was werde ich studieren?«, möchte ich wissen und frage mich, ob Julian auch diese Entscheidung für mich getroffen hat. Es überrascht mich nicht, dass er über meine Ausbildung entschieden hat; immerhin ist er der Mann, der mich entführt und mich gezwungen hat, ihn zu heiraten. Er ist nicht besonders gut darin, mir eine Wahl zu lassen.

Julian lächelt mich nachsichtig an. »Was auch immer du möchtest, mein Kätzchen. Ich glaube, es gibt einige allgemeine Kurse, die du besuchen musst. Du hast also noch ein bis zwei Jahre Zeit, dich für ein Hauptfach zu entscheiden. Weißt du denn, was du studieren möchtest?«

»Nein, nicht wirklich.« Ich hatte vorgehabt, Kurse aus verschiedenen Gebieten zu belegen, um herauszufinden, was ich machen möchte, und ich bin froh, dass Julian mir diese Möglichkeit offengelassen hat. Auf der Highschool war ich in fast allen Fächern gleich gut gewesen, weshalb ich Schwierigkeiten hatte, meine Auswahl einzugrenzen.

»Du hast ja noch Zeit, dir Gedanken darüber zu machen«, meint Julian und hört sich dabei an wie ein Berufsberater. »Es eilt nicht.«

»Okay.« Ein Teil von mir kann gar nicht glauben, dass wir diese Unterhaltung führen. Vor weniger als zwei Stunden schnappte mich Julian am Pool und nahm mich auf einer der Liegen, bis ich nicht mehr wusste, wer ich war. Vor weniger als fünf Stunden brachte er mir bei, wie ich einen Mann außer Gefecht setze, indem ich ihm ein Auge mit meinem Finger aussteche. Vor zwei Nächten band er mich an unserem Bett fest und schlug mich mit einer Riemenpeitsche. Und jetzt besprechen wir gerade mein zukünftiges Hauptfach an der Uni? Während ich versuche, diese überraschende Tatsache aufzunehmen, frage ich Julian ganz automatisch: »Und was hast du an der Uni studiert?«

Sobald diese Worte heraus sind, wird mir klar, dass ich keine Ahnung habe, ob Julian überhaupt eine Uni besucht hat – dass ich überhaupt noch sehr wenig über den Mann weiß, mit dem ich jede

Nacht schlafe. Mit krauser Stirn rechne ich kurz nach. Nach dem, was Rosa gesagt hat, wurden Julians Eltern vor zwölf Jahren getötet, und er übernahm das Geschäft seines Vaters. Da Beth mir vor mehr oder weniger zwanzig Monaten erzählt hat, Julian sei neunundzwanzig, müsste er jetzt etwa einunddreißig sein – was bedeutet, dass er das Geschäft seines Vaters mit ungefähr neunzehn Jahren übernommen hat.

Zum ersten Mal fällt mir auf, dass Julian so alt gewesen war wie ich jetzt, als er die Stelle seines Vaters als Kopf einer illegalen Drogenorganisation einnahm und sie in eines der wegbereitenden – wenn auch illegalen – Waffenimperien umwandelte.

Zu meiner Überraschung antwortet Julian: »Ich habe Elektrotechnik studiert.«

»Was?« Ich kann meine Überraschung nicht verbergen. »Aber du warst doch noch so jung, als du das Geschäft deines Vaters übernommen hast …«

»Das war ich.« Julian wirft mir einen belustigten Blick zu. »Nach eineinhalb Jahren bin ich von der Caltech weg. Aber solange ich dort war, habe ich in einem Schnellstudium Elektrotechnik studiert.«

Caltech? Ich blicke Julian respektvoll an. Ich habe immer gewusst, dass er clever ist, aber ein Ingenieurstudium an der Caltech ist eine ganz neue Dimension. »Hast du dich deshalb dafür entschieden, in den Waffenhandel einzusteigen? Weil du einen Ingenieurhintergrund hast?«

»Ja, teilweise. Und auch, weil ich darin mehr Möglichkeiten als im Drogenhandel sah.«

»Mehr Möglichkeiten?« Ich nehme meine Gabel wieder auf und spiele mit ihr herum, während ich versuche zu verstehen, warum jemand eine kriminelle Aktivität einer anderen vorzieht. Mit Sicherheit könnte jemand mit seiner Intelligenz und seinem Elan etwas Besseres gewählt haben – etwas weniger Gefährliches und Tödliches. »Warum hast du dein Studium an der Caltech nicht abgeschlossen und etwas Legales damit gemacht?«, frage ich ihn nach einigen Augenblicken. »Bestimmt hättest du jeden Job bekommen können, den du wolltest – oder dich einfach selbstständig machen können, falls du nicht für jemanden arbeiten möchtest.«

Er schaut mich mit einem unleserlichen Gesichtsausdruck an. »Ich habe darüber nachgedacht«, erwidert er, was mich erneut überrascht. »Als ich nach Marias Tod Kolumbien verließ, wollte ich mit dieser

Welt nichts mehr zu tun haben. Meine restlichen Teenager-Jahre habe ich versucht, das zu vergessen, was mir mein Vater beigebracht hat, die Gewalt in mir zu kontrollieren. Das ist auch der Grund dafür, weshalb ich mich in Caltech eingeschrieben hatte – weil ich dachte, ich könnte einen anderen Weg einschlagen … jemand anderes werden als derjenige, der ich werden sollte.«

Ich betrachte ihn, und mein Puls wird schneller. Zum ersten Mal hat Julian zugegeben, dass er einmal ein anderes Leben führen wollte als das, was er jetzt hat. »Und warum hat es nicht geklappt? Es gab doch nichts, was dich noch mit dieser Welt verband, als dein Vater verstorben war …«

»Da hast du recht.« Julian lächelt mich schwach an. »Ich hätte den Tod meines Vaters einfach ignoriert haben und zulassen können, dass das andere Kartell seine Organisation übernimmt. Das wäre leicht gewesen. Sie wussten nicht, wo ich war oder welchen Namen ich zu diesem Zeitpunkt gerade benutzte. Ich hätte frisch anfangen, mein Studium beenden und in einem der Start-up-Unternehmen im Silicon Valley einen Job bekommen können. Und wahrscheinlich hätte ich das auch getan – wenn sie nicht meine Mutter umgebracht hätten.«

»Deine Mutter?«

»Ja.« Seine wunderschönen Gesichtszüge verwandeln sich zu einer hassverzerrten Maske. »Sie haben sie hier auf dem Anwesen erschossen, zusammen mit dutzenden anderen. Das konnte ich nicht hinnehmen.«

Das konnte er natürlich nicht. Nicht jemand wie Julian, der schon aus Hass getötet hatte. Ich erinnere mich an das, was mit den Männern geschehen war, die Maria umgebracht hatten, und fühle, wie ich eine Gänsehaut bekomme. »Also bist du zurückgekommen und hast sie getötet?«

»Ja. Ich habe alle verbliebenen Männer meines Vaters versammelt und ein paar neue dazugenommen. Wir haben sie mitten in der Nacht angegriffen und die Führer des Kartells bei sich zu Haus erwischt. Da sie nicht mit einer so schnellen Vergeltung gerechnet hatten, konnten wir sie unvorbereitet überraschen.« Seine Lippen verziehen sich zu einem dunklen Lächeln. »Als die Sonne aufging, gab es keine Überlebenden – und ich wusste, es war dumm von mir gewesen, zu denken, ich könnte ignorieren, was ich bin … mir vorzustellen, etwas anderes zu sein als der Mörder, als der ich geboren wurde.«

Jetzt bin ich vollständig mit Gänsehaut überzogen. Diese Seite

Julians macht mir Angst, und unter dem Tisch verschlinge ich meine Hände ineinander, damit sie nicht zittern. »Du hast mir einmal erzählt, dass du nach dem Tod deiner Eltern in Therapie warst. Weil du mehr Menschen töten wolltest.«

»Ja, mein Kätzchen.« Er hat einen wilden Glanz in seinen blauen Augen. »Ich habe die Anführer des Kartells und ihre Familien getötet. Und als das alles vorbei war, wollte ich mehr Blut ... weitere Tode. Das Bedürfnis in mir hatte sich in den Jahren, in denen ich weg war, nur verstärkt; ein sogenanntes ›normales‹ Leben zu führen, hatte es nur verstärkt, nicht gemindert.« Er macht eine Pause, und ich erschaudere, als ich die schwarzen Schatten in seinem Blick sehe. »Einen Therapeuten aufzusuchen war ein allerletzter Versuch, gegen meine Natur anzukämpfen. Ich brauchte nicht lange, um zu verstehen, dass es sinnlos war, dass die einzige Möglichkeit, weiterzuleben, die war, sie anzunehmen und mein Schicksal zu akzeptieren.«

»Und das hast du getan, indem du mit dem Waffenhandel begonnen hast?« Ich versuche, meine Stimme ruhig zu halten. »Indem du ein Krimineller geworden bist.«

In diesem Moment betritt Ana das Esszimmer und beginnt damit, die Teller wegzuräumen. Ich beobachte sie dabei und reibe mir langsam die Arme, um die Kälte in mir zu vertreiben. Irgendwie macht sein Geständnis die ganze Sache noch schlimmer. Julian hatte eine Wahl und hat sich bewusst dafür entschieden, dem dunkelsten Teil in sich nachzugeben. Das macht mir klar, dass es keine Hoffnung auf Veränderung gibt, keine Möglichkeit, ihm begreiflich zu machen, dass das, was er tut, falsch ist. Schließlich hatte er gewusst, dass es eine Alternative zu dem Leben als Krimineller gibt; er hatte ein solches Leben sogar gelebt und sich danach dagegen entschieden.

»Kann ich noch etwas bringen?«, möchte Ana von uns wissen, und ich schüttele schweigend den Kopf. Ich bin viel zu verstört, um über Nachtisch nachzudenken. Julian jedoch bestellt sich eine Tasse heiße Schokolade und hört sich dabei genauso ruhig an wie immer.

Als Ana den Raum verlässt, lächelt Julian mich an, so als könne er meine Gedanken erahnen. »Ich war immer ein Verbrecher, Nora«, sagt er sanft. »Mit acht Jahren habe ich zum ersten Mal getötet, und ich wusste sofort, dass es keinen Weg zurück gab. Ich habe versucht, dieses Wissen eine Weile zu ignorieren, aber es war immer da und hat darauf gewartet, dass ich wieder zur Vernunft komme.« Er lehnt sich in seinem Stuhl zurück. Seine Haltung ist träge und trotzdem die eines Jägers, so wie das faule Räkeln einer Raubkatze. »Die Wahrheit ist, dass ich diese Art von Leben brauche, mein Kätzchen. Die Gefahr, die Gewalt – und die Macht, die damit einhergeht –, das alles gibt mir etwas, was mir ein normaler, langweiliger Job niemals geben könnte.« Er macht eine kurze Pause, und seine Augen glitzern. »Das Gefühl, zu leben.«

∿

ALS WIR AN JENEM ABEND ZU BETT GEHEN, DUSCHE ICH MICH SCHNELL, während Julian einige wichtige E-Mails seine Arbeit betreffend auf seinem iPad beantwortet. Als ich in ein Handtuch gewickelt aus dem Badezimmer komme, hat er das Tablet zur Seite gelegt und beginnt damit, sich auszuziehen. Er fängt mit seinem T-Shirt an, und ich kann eine ungewöhnliche Aufregung spüren, eine angestaute Energie in seinen Bewegungen, die ich vorher nicht bemerkt hatte.

»Was ist passiert?«, frage ich vorsichtig und denke dabei immer noch an unsere Unterhaltung beim Essen. Dinge, die Julian erregen, sind in den meisten Fällen Sachen, die mich erschaudern lassen. Ich halte neben dem Bett an und rücke mein Handtuch zurecht. Eigenartigerweise zögere ich, mich jetzt nackt seinem Blick auszusetzen.

Er lächelt mich strahlend an, während er sich auf das Bett setzt, um sich seine Strümpfe auszuziehen. »Erinnerst du dich daran, dass ich dir erzählt habe, wir hätten Informationen über zwei Al-Quadar-Zellen?« Als ich nicke, fährt er fort: »Wir haben es geschafft, sie zu zerstören, und dabei sogar drei ihrer Terroristen gefangen genommen. Lucas lässt sie zum Befragen hierherbringen, und schon morgen früh sollten sie hier ankommen.«

»Oh.« Ich blicke ihn an, und mein Magen zieht sich wegen einer beunruhigenden Mischung von Gefühlen zusammen. Ich weiß, was *Befragen* in Julians Welt bedeutet. Ich sollte entsetzt und angeekelt davon sein, dass mein Ehemann diese Männer höchstwahrscheinlich foltern wird – aber tief in mir drin spüre ich eine Art kranke, rachsüchtige Freude. Dieses Gefühl verstört mich viel mehr als der Gedanke daran, dass Julian diese Männer morgen befragen wird. Ich weiß, dass das nicht die gleichen Männer sind, die Beth getötet haben, aber das ändert nichts daran, was ich für sie empfinde. Ein Teil von mir möchte, dass sie für Beths Tod bezahlen ... für das leiden müssen, was Majid getan hat.

Julian missversteht meine Reaktion ganz offensichtlich. Er steht auf und meint sanft: »Mach dir keine Sorgen, mein Kätzchen. Sie werden dir nicht wehtun – das werde ich sicherstellen.« Und bevor ich antworten kann, schiebt er seine Jeans nach unten und enthüllt eine wachsende Erektion.

Als ich seinen nackten Körper sehe, werde ich von einer Lustwelle überrollt, die mich trotz meiner aufgewühlten Gedanken von innen erhitzt. In den letzten Wochen hat Julian einen Teil der Muskelmasse, die er während seines Komas verloren hat, wieder aufgebaut und sieht umwerfender aus als zuvor. Seine Schultern sind unglaublich breit, und seine Haut ist durch die heiße Sonne dunkelbraun gebrannt. Ich hebe meinen Blick um ihm ins Gesicht zu schauen und frage mich zum hundertsten Mal, wie jemand, der so schön ist, innerlich so böse sein kann – und ob etwas von diesem Bösen auf mich abfärben wird.

»Ich weiß, dass sie mir hier nicht wehtun werden«, entgegne ich ruhig, als er nach mir greift. »Ich habe keine Angst vor ihnen.«

Ein sardonisches Halblächeln umspielt seine Lippen, als er das Handtuch von meinem Körper entfernt und es achtlos auf den Boden fallen lässt. »Hast du Angst vor *mir*?«, flüstert er und tritt näher auf mich zu. Er hebt seine Hände, bedeckt mit seinen großen Handflächen meine Brüste und drückt sie, während seine Daumen mit meinen Brustwarzen spielen. Als er an mir herunterblickt, bemerke ich ein belustigtes und gleichzeitig leicht grausames Aufblitzen in seinen Augen.

»Sollte ich?« Mein Herzschlag wird schneller, und mein Innerstes zieht sich zusammen, als sein hartes Geschlecht meinen Bauch berührt. Seine Hände sind heiß und rau auf der empfindlichen Haut meiner nackten Brüste, und ich ziehe scharf Luft ein, als sich meine Nippel durch seine Berührungen versteifen. »Wirst du mir heute Nacht wehtun?«

»Möchtest du das, mein Kätzchen?« Er kneift kraftvoll in meine Nippel und rollt sie dann zwischen seinen Fingern. Ich muss ein mit Schmerz vermischtes lustvolles Stöhnen unterdrücken. Seine Stimme wird tiefer, dunkler und verführerischer. »Möchtest du, dass ich dir Schmerzen zufüge ... deine weiche Haut verfärbe und dich zum Schreien bringe?«

Ich lecke meine Lippen, und begierige Erregung durchfährt

meinen Körper. Ich sollte Angst haben, besonders nach unserer heutigen Unterhaltung, aber stattdessen bin ich unglaublich erregt. So pervers es auch ist, ich möchte das ebenso – ich möchte sein ungezügeltes Verlangen, die Grausamkeit seiner Zuneigung. Ich möchte mich selbst verlieren in dem verwirrenden Taumel seiner Umarmung, vergessen, was richtig und falsch ist, und einfach nur fühlen. »Ja«, flüstere ich und gebe damit zum ersten Mal zu, selbst dunkle Bedürfnisse zu haben – ein von der Regel abweichendes Verlangen, welches er in mir ausgelöst hat. »Ja, das möchte ich …«

Hitze flackert in seinen Augen auf, wild und vulkanisch, als wir wie ein Knäuel aus Gliedern und Fleisch auf das Bett fallen. Jetzt gibt es keine Spur von dem trügerisch zärtlichen Liebhaber oder dem kultivierten Sadisten, der meinen Geist und Körper jede Nacht manipuliert. Nein, dieser Julian ist pure männliche Lust, ungezähmt und unkontrolliert.

Seine Hände fahren über meinen Körper, und sein Mund ist auf mir, leckt, saugt und beißt jeden Millimeter meines Fleisches. Seine linke Hand findet ihren Weg zwischen meine Oberschenkel, und ein großer Finger dringt in mich ein, lässt mich nach Luft schnappen, als er erbarmungslos in mein nasses, zitterndes Geschlecht hinein- und hinausgleitet. Er ist grob, aber die Hitze in mir wird immer intensiver, so dass ich meine Nägel in seinen Rücken bohre und verzweifelt nach mehr verlange, während wir uns wie Tiere im Bett umherrollen.

Ich ende auf meinem Rücken. Sein muskulöser Körper drückt mich aufs Bett, meine Arme sind über meinem Kopf und werden an den Handgelenken von dem eisernen Griff seiner rechten Hand festgehalten. Es ist die Position des Bezwungenen, aber trotzdem schlägt mein Herz voller Vorfreude anstatt vor Angst, als ich seinen raubtierhaften Blick sehe.

»Ich werde dich nehmen«, sagt er rau, und seine Knie zwingen sich zwischen meine Oberschenkel, um sie weit zu spreizen. Seine Stimme ist nicht mehr verführerisch, sondern voller rauem, aggressivem Verlangen. »Ich werde dich nehmen, bis du um Gnade bettelst, und dann werde ich immer noch weitermachen. Hast du mich verstanden?«

Ich bekomme mit bebender Brust ein kleines Nicken zustande, während ich zu ihm aufschaue. Ich atme schnell und schwer, und meine Haut brennt dort, wo er mich berührt. Einen Moment lang fühle ich die pochende Größe seiner Erektion, die meine

Oberschenkel entlangfährt, seine große und samtweiche Eichel. Dann ergreift er seinen Schwanz und führt ihn zu meiner Öffnung.

Ich bin mehr als feucht, aber trotzdem nicht einmal ansatzweise bereit für den brutalen Stoß, mit dem er unsere Körper vereint. Ein Schmerz durchfährt meine Nervenenden, als er sein Geschlecht in mich hineinrammt und mich fast zerreißt. Ein Schrei entweicht mir, und meine inneren Muskeln ziehen sich zusammen, um diesem rücksichtslosen Eindringen Widerstand zu leisten. Er gibt mir aber keine Zeit, mich daran zu gewöhnen. Stattdessen nimmt er mich in einem harten, verletzenden Rhythmus und einer Gewalt, die mich erzittern lässt und atemlos macht. Ich bin hilflos, kann nichts anderes tun, als dieses erbarmungslose Bearbeiten meines Körpers hinzunehmen.

Ich weiß nicht, wie lange er mich so nimmt – oder wie oft ich durch die schwindelerregende Kraft seiner Stöße komme. Ich weiß lediglich, dass ich mich heiser geschrien habe, als er seinen Höhepunkt erreicht und sich in mich ergießt. Ich bin so wund, dass es schmerzt, als er sich aus mir zurückzieht und die Nässe seines Samens auf meinem aufgeschürften Fleisch brennt.

Außerdem bin ich zu erschöpft, um mich zu bewegen, weshalb Julian aufsteht und zum Badezimmer geht, um mit einem kalten, feuchten Handtuch zurückzukommen. Dieses drückt er sanft gegen mein geschwollenes Geschlecht und säubert mich zärtlich, bevor er sich hinunterbeugt und seine Lippen und seine Zunge meinem erschöpften Körper einen weiteren Orgasmus abringen.

Danach schlafen wir eng umschlungen ein.

1 2

Julian

Am nächsten Morgen wache ich von dem Sonnenschein auf, der mein Gesicht berührt. Ich hatte gestern Nacht extra die Vorhänge offen gelassen, weil ich heute meinen Tag früh beginnen wollte. Für mich ist Licht der beste Wecker, und es stört Nora weniger, die mit ihrem Kopf auf meiner Brust schläft.

Einige Minuten lang liege ich einfach nur da und genieße dieses Gefühl ihrer warmen Haut auf meiner, ihr sanftes Ausatmen und die Art, wie ihre langen Wimpern wie dunkle Sicheln auf ihren Wangen liegen. Vor ihr wollte ich niemals mit einer Frau schlafen, hatte nie verstanden, weshalb man eine andere Person in seinem Bett haben wollte, außer um Sex mit ihr zu haben. Erst durch meine Gefangene habe ich diese einfache Freude kennengelernt, während des Einschlafens ihren schlanken Körper zu halten … sie die ganze Nacht über neben mir zu spüren.

Ich atme tief ein und schiebe Nora zärtlich von mir herunter. Ich muss aufstehen, auch wenn die Versuchung, hier liegen zu bleiben und nichts zu tun, groß ist. Sie wacht nicht auf, als ich mich aufsetze, sondern rollt sich einfach auf die Seite und schläft weiter. Das Laken rutscht von ihrem Körper und ihr fast vollständig unbedeckter Rücken ist mir zugedreht. Unfähig, zu widerstehen, beuge ich mich nach vorne, um eine ihrer schmalen Schultern zu küssen. Ich sehe einige Kratzer und blaue Flecken, die ihre glatte Haut verunstalten – Verletzungen, die ich ihr letzte Nacht zugefügt haben muss.

Es macht mich an, sie auf ihr zu sehen. Ich mag den Gedanken, ihr auf diese Art und Weise meinen Stempel aufzudrücken, auf ihrer empfindlichen Haut Zeichen meiner Inbesitznahme zurückzulassen. Sie trägt zwar schon meinen Ring, aber das reicht mir noch nicht. Ich will mehr. Mit jedem Tag, der vergeht, wächst mein Verlangen nach ihr, wird meine Besessenheit von ihr intensiver, anstatt mit der Zeit nachzulassen.

Diese Entwicklung beunruhigt mich. Ich hatte gehofft, dass dieser quälende Hunger nach Nora, der mein ständiger Begleiter ist, nachlässt, wenn ich sie jeden Tag sehe, sie meine Frau wäre. Aber es scheint so, als würde genau das Gegenteil passieren. Ich bedauere jede Minute, die ich nicht bei ihr bin, jeden Moment, an dem ich sie nicht berühre. So wie bei jeder Abhängigkeit scheine ich immer höhere Dosen meiner persönlichen Droge zu benötigen, mich dauernd nach einem neuen Schuss zu sehnen.

Ich weiß nicht, was ich tun würde, sollte ich sie jemals verlieren. Diese Angst lässt mich nachts schweißgebadet aufwachen, und häufig beherrscht sie meine Gedanken auch tagsüber. Ich weiß, dass sie hier auf dem Anwesen in Sicherheit ist – nur ein direkter Angriff einer bis an die Zähne bewaffneten Armee kann meine Sicherheitsvorkehrungen erschüttern – aber ich mache mir trotzdem Sorgen, habe Angst, sie könnte mir weggenommen werden. Es ist verrückt, aber manchmal würde ich sie am liebsten permanent an mich ketten, um zu wissen, dass es ihr gut geht.

Ich werfe einen letzten Blick auf ihren schlafenden Körper und stehe so leise auf wie möglich. Ich dusche mich und zwinge meine Gedanken, sich von dem Objekt meiner Besessenheit abzuwenden. Ich werde Nora am Abend wiedersehen, aber davor gibt es eine Lieferung, die meiner Aufmerksamkeit bedarf. Als sich meine Gedanken der bevorstehenden Aufgabe zuwenden, lächele ich in grimmiger Vorfreude.

Meine Al-Quadar-Gefangenen warten schon.

~

Lucas hat sie in den Vorratsschuppen auf der anderen Seite des Anwesens bringen lassen. Das Erste, was mir auffällt, als ich eintrete, ist der Gestank – eine saure Mischung aus Schweiß, Blut, Urin und Verzweiflung. Er sagt mir, dass Peter heute Morgen schon hart gearbeitet hat.

Als meine Augen sich an das dunkle Licht in dem Raum gewöhnen, sehe ich, dass zwei Männer an Metallstühle gebunden sind, während ein dritter an einem Haken von der Decke hängt. Seine Hände sind über dem Kopf mit einem Seil zusammengebunden, welches an einem Haken befestigt ist. Alle drei sind schmutz- und blutverkrustet, und es ist schwierig, ihr Alter oder ihre Nationalität zu bestimmen.

Ich nähere mich zunächst einem der beiden sitzenden Männer. Sein linkes Auge ist zugeschwollen, und seine Lippen sind aufgeplatzt und blutverkrustet. Mit seinem rechten Auge schaut er mich wütend und voller Verachtung an. Ein junger Mann, denke ich, als ich ihn eingehender betrachte. Anfang zwanzig oder etwas jünger, mit seinem kläglichen Versuch eines Bartes und seinem kurz geschnittenen schwarzen Haar. Ich bezweifele, dass er mehr als ein einfacher Fußsoldat ist, aber ich habe trotzdem vor, ihn zu befragen. Auch ein kleiner Fisch hat manchmal nützliche Informationen – und spuckt sie aus, wenn er überzeugend dazu befragt wird.

»Sein Name ist Ahmed«, sagt eine dunkle Stimme mit leichtem Akzent hinter mir. Ich drehe mich um und sehe, dass Peter dort steht. Sein Gesicht ist wie immer vollkommen ausdruckslos. Die Tatsache, dass ich ihn nicht gleich gesehen habe, überrascht mich nicht; Peter Sokolovs Stärke ist es, einfach unsichtbar zu sein. »Er wurde vor sechs Monaten in Pakistan rekrutiert.«

Ein noch kleinerer Fisch, als ich erwartet hatte. Ich bin enttäuscht, aber nicht überrascht.

»Was ist mit diesem da?«, frage ich und gehe zu dem Mann auf dem anderen Stuhl. Er scheint ein wenig älter zu sein, und sein schlankes Gesicht ist sauber rasiert. Wie Ahmed ist er ein wenig hart angefasst worden, aber ich kann keine Wut in seinem Blick erkennen, als er mich ansieht. Ich sehe nur eisigen Hass.

»John, auch bekannt als Yusuf. Er wurde als Sohn palästinensischer Immigranten in Amerika geboren und vor fünf

Jahren von der Al-Quadar rekrutiert. Das ist alles, was ich bis jetzt aus ihm herausbekommen habe«, erklärt Peter und deutet auf den Mann, der am Haken hängt. »John selbst hat bis jetzt noch nicht mit mir gesprochen.«

»Natürlich nicht.« Ich blicke John an und freue mich innerlich über diese Entwicklungen. Wenn er darauf trainiert ist, beachtliche Schmerzen und Folter aushalten zu können, arbeitet er zumindest auf dem mittleren Niveau der Organisation. Wenn wir es schaffen, ihn zu brechen, werden wir bestimmt einige wertvolle Einblicke bekommen.

»Und dieser da ist Abdul.« Peter zeigt auf den Mann, der von der Decke hängt. »Er ist Ahmeds Cousin. Hat sich wohl letzte Woche der Al-Quadar angeschlossen.«

Letzte Woche? Wenn das stimmt, ist dieser Mann alles andere als wertlos. Ich ziehe meine Stirn in Falten und sehe ihn mir genauer an. Als ich mich ihm nähere, spannt er sich an, und ich kann sehen, dass sein Gesicht ein einziger großer, geschwollener Bluterguss ist. Außerdem stinkt er nach Urin. Als ich vor ihm stehen bleibe, beginnt er, etwas auf Arabisch zu brabbeln, und seine Stimme ist dabei voller Angst und Verzweiflung.

»Er sagt, er hat uns alles erzählt, was er weiß.« Peter stellt sich neben mich. »Er behauptet, er habe sich seinem Cousin angeschlossen, weil sie ihm versprochen haben, seiner Familie zwei Ziegen zu schenken. Er schwört, er sei kein Terrorist, habe in seinem ganzen Leben niemandem wehtun wollen, habe nichts gegen Amerika usw.«

Ich nicke. So viel habe ich auch verstanden. Ich spreche zwar kein Arabisch, aber ich verstehe einiges. Ein kaltes Lächeln umspielt meine Lippen, als ich meine Schweizer Messer aus meiner Gesäßtasche ziehe und eine kleine Klinge ausklappe. Bei dem Anblick des Messers rüttelt Abdul frenetisch an dem Seil, an dem er hängt, und sein Betteln wird lauter. Er ist offensichtlich so unerfahren, wie man es nur sein kann – weshalb ich denke, dass er mir die Wahrheit sagt, wenn er behauptet, nichts zu wissen.

Das ist mir allerdings egal. Alles, was ich von ihm brauche, sind Informationen, und wenn er diese nicht liefern kann, ist er ein toter Mann. »Bist du sicher, dass dir nicht noch mehr einfällt?«, frage ich ihn und lasse das Messer zwischen meinen Fingern entlangwandern. »Vielleicht irgendetwas, was du gesehen hast oder über was du gestolpert bist? Irgendwelche Namen, Gesichter oder Ähnliches?«

Peter übersetzt meine Frage, und Abdul schüttelt den Kopf, während Tränen und Rotz sein aufgeplatztes, blutiges Gesicht hinablaufen. Er brabbelt etwas davon, dass er nur John, Ahmed und die anderen Männer kennen würde, die gestern bei ihrer Gefangennahme getötet wurden. Aus meinem Augenwinkel kann ich sehen, dass Ahmed ihn wütend anstarrt und sich zweifellos wünscht, sein Cousin würde den Mund halten. John dagegen scheint dieser verbale Durchfall nicht weiter zu beunruhigen. Die Tatsache, dass John sich keine Sorgen macht, bestätigt mir das, was mir meine Instinkte sagen: Abdul sagt die Wahrheit. Er weiß nichts weiter.

Als könne er meine Gedanken lesen, tritt Peter neben mich. »Möchten Sie – oder soll ich?« Sein Ton ist so beiläufig, als würde er mir gerade eine Tasse Kaffee anbieten.

»Ich werde es tun«, erwidere ich auf die gleiche Weise. In meinem Geschäft ist kein Platz für Nachgiebigkeit oder Sentimentalität. Ob Abdul schuldig oder unschuldig ist, ist unbedeutend; er hat sich mit meinen Feinden verbündet und damit sein Todesurteil unterschrieben. Die einzige Gnade, die ich ihm zuteilwerden lassen kann, ist das schnelle Ende seiner miesen Existenz.

Ich ignoriere das verzweifelte Flehen des Mannes und fahre mit meiner Klinge über Abduls Kehle. Danach trete ich einen Schritt zurück und schaue dabei zu, wie er ausblutet. Als es vorbei ist, wische ich mein Messer an dem T-Shirt des toten Mannes ab und wende mich den beiden verbliebenen Gefangenen zu.

»In Ordnung«, sage ich und lächele sie ruhig an. »Wer ist als Nächster dran?«

~

Zu meinem Ärger dauert es fast den ganzen Morgen, Ahmed zu brechen. Für einen frischen Rekruten ist er erstaunlich belastbar. Letzten Endes gibt er natürlich auf – das machen sie alle – und ich bekomme den Namen des Mannes, der als Kontaktmann zwischen ihrer Zelle und einer anderen mit einem erfahrenen Anführer fungiert. Ich erfahre außerdem von dem Plan, einen Tourbus in Tel Aviv in die Luft zu sprengen – eine Information, die meine Kontakte in der israelischen Regierung recht nützlich finden werden.

Ich lasse John bis zu Ahmeds letztem Atemzug bei allem zuschauen. Auch wenn John darauf trainiert sein sollte, Folter aushalten zu können, habe ich meine Zweifel daran, dass er psychologisch darauf vorbereitet ist, dabei zuzuschauen, wie sein Kollege Stück für Stück auseinandergenommen wird – und dabei zu wissen, dass er der Nächste sein wird. Nur wenige Menschen sind in der Lage, in einer solchen Situation ruhig zu bleiben – und ich weiß, dass John nicht zu ihnen gehört. Ich habe gesehen, wie sich sein Blick in einem besonders grausamen Moment zu Boden gesenkt hat. Dennoch bin ich mir im Klaren darüber, dass wir mindestens ein paar Stunden benötigen werden, um Informationen aus ihm herauszubekommen. Allerdings kann ich nicht den ganzen Tag meine Geschäfte vernachlässigen. John wird bis zum Nachmittag warten müssen, bis ich zu Mittag gegessen und einige Sachen aufgearbeitet habe.

»Ich kann schon anfangen, wenn Sie möchten«, meint Peter, als ich ihn meine Tagesplanung wissen lasse. »Sie wissen, dass ich das auch alleine tun kann.«

Das weiß ich. In dem Jahr, seit dem Peter schon bei mir arbeitet, hat er sich auf diesem Gebiet als mehr als fähig erwiesen. Trotzdem versuche ich, wenn möglich, immer dabei zu sein, Sachen selbst zu machen; bei meiner Art der Arbeit zahlt sich Mikromanagement oft aus.

»Nein, das ist in Ordnung«, erwidere ich, »Warum machen Sie nicht auch eine Mittagspause? Wir machen hier um drei weiter.«

Peter nickt und verschwindet aus der Halle, ohne sich darum zu kümmern, sich das Blut von den Händen zu waschen. Ich bin pingeliger, was diese Sachen anbelangt, und deshalb gehe ich zu dem Eimer Wasser, der an der Wand steht, und spüle mir die gröbsten blutigen Überbleibsel von Händen und Gesicht. Wenigstens muss ich mir keine Gedanken über meine Kleidung machen. Ich habe heute extra ein schwarzes T-Shirt und schwarze Shorts angezogen, auf denen man die Blutspritzer nicht sieht. Falls ich auf Nora treffen sollte, bevor ich mich umgezogen habe, würde ich wenigstens keine Albträume bei ihr auslösen. Sie weiß zwar, wozu ich fähig bin, aber wissen und sehen ist nicht das Gleiche. Meine kleine Frau ist manche Dinge betreffend immer noch unschuldig, und ich möchte, dass sie sich so viel wie möglich von dieser Unschuld bewahrt.

Ich begegne ihr nicht, als ich ins Hause gehe, was wahrscheinlich auch besser so ist. Kurz nachdem ich jemanden getötet habe, fühle ich mich immer sehr barbarisch, nervös und gleichzeitig erregt. Früher hat sie mich gestört, diese Freude an Dingen, die die meisten Menschen entsetzen würden. Jetzt mache ich mir allerdings keine Gedanken mehr darum. Ich bin derjenige, zu dem ich erzogen wurde. Selbstzweifel führen zu Schuldgefühlen und Bedauern, und ich weigere mich, solche sinnlosen Empfindungen zuzulassen.

Sobald ich im Haus bin, dusche ich mich gründlich und ziehe mir frische Kleidung an. Danach fühle ich mich um Einiges sauberer und ruhiger und gehe in die Küche, um schnell etwas zu essen.

Ana ist nicht da, weshalb ich mir selbst ein Sandwich mache, bevor ich mich hinsetze, um es in Ruhe am Tisch zu essen. Ich habe mein iPad dabei, und die nächste halbe Stunde lang beschäftige ich mich mit Produktionsproblemen in meiner Fabrik in Malaysia, melde mich bei meinem in Hong Kong ansässigen Lieferanten und schicke eine E-Mail wegen des geplanten Anschlags nach Israel.

Als ich mein Mittagessen beendet habe, muss ich immer noch ein paar Anrufe erledigen und mache mich auf den Weg in mein Büro, in dem ich sichere Gesprächsleitungen habe.

Als ich gerade dabei bin, das Haus zu verlassen, treffe ich auf Nora.

Sie kommt gerade lachend und mit Rosa redend die Treppe hinauf. Sie hat ein gemustertes gelbes Kleid an, und ihr offenes Haar fällt ihren Rücken hinab. Sie sieht aus wie ein Sonnenstrahl, mit ihrem breiten und strahlenden Lächeln.

Als sie mich erblickt, bleibt sie mitten auf den Stufen stehen, und ihr Lächeln wird schüchterner. Ich frage mich, ob sie an letzte Nacht denkt; meine Gedanken sind definitiv in diese Richtung gegangen, sobald ich sie erblickt habe.

»Hallo«, sagt sie sanft und schaut mich an. Rosa ist auch stehen geblieben und senkt respektvoll den Kopf. Ich nicke ihr kurz zu, bevor ich meine Aufmerksamkeit wieder Nora zuwende.

»Hallo, mein Kätzchen.« Diese Worte hören sich ungewollt rau an. Rosa, die offensichtlich merkt, dass sie gerade stört, murmelt etwas davon, in der Küche helfen zu müssen, und flüchtet sich ins Haus. Nora und ich bleiben allein vor dem Eingang zurück.

Nora muss über das plötzliche Verschwinden ihrer Freundin grinsen und kommt dann die letzten Stufen bis zu mir hoch. »Ich habe heute Morgen das Informationspaket von Stanford bekommen und mich auch schon für alle Kurse eingeschrieben«, erzählt sie mir mit kaum unterdrückter Aufregung. »Ich muss zugeben, dass sie wirklich *schnell* arbeiten ...«

Ich lächele sie an, bin froh, sie so glücklich zu sehen. »Ja, das tun sie …« Und das sollten sie auch – nach meiner großzügigen Spende für ihren Alumni-Fonds. Für drei Millionen Dollar erwarte ich von der Zulassungsstelle in Stanford, sich zu verbiegen, um meine Frau aufzunehmen.

»Ich werde heute Abend bei meinen Eltern anrufen.« Ihre Augen glänzen. »Sie werden so überrascht sein …«

»Ja, das werden sie mit Sicherheit«, bemerke ich trocken und stelle mir dabei Tonys und Gabrielas Reaktion vor. Ich habe bei weiteren Gesprächen zwischen Nora und ihren Eltern zugehört, und ich weiß, dass sie mir nicht geglaubt haben, als ich ihnen sagte, Nora würde eine gute Ausbildung bekommen. Es wird meinen Schwiegereltern guttun, zu verstehen, dass ich meine Versprechen halte – dass ich es ernst meine, wenn es darum geht, mich um ihre Tochter zu kümmern. Es wird ihre Meinung über mich natürlich nicht ändern, aber zumindest werden sie ein wenig beruhigter sein, was Noras Zukunft betrifft.

Nora muss wieder grinsen, wahrscheinlich stellt sie sich gerade das Gleiche vor. Dann allerdings verdunkelt sich ihr Gesichtsausdruck plötzlich. »Sind sie schon angekommen?«, möchte sie wissen, und ich höre den Hauch eines Zögerns in ihrer Stimme. »Die Al-Quadar-Männer, die du gefangen genommen hast?«

»Ja.« Ich gebe mir nicht die Mühe, es zu beschönigen. Ich möchte sie nicht traumatisieren, indem ich sie diesen Teil meiner Arbeit sehen lasse, aber ich werde ihn auch nicht vor ihr verheimlichen. »Ich habe damit begonnen, sie zu befragen.«

Sie blickt mich an, und die Aufregung von eben ist verschwunden. »Ich verstehe.« Ihre Augen wandern über meinen Körper und bleiben auf meiner frischen Kleidung hängen. Ich bin froh, dass ich vorsichtshalber geduscht und mich umgezogen habe.

Als sie ihren Blick hebt, um mich anzuschauen, hat sie einen eigenartigen Ausdruck in den Augen. »Hast du etwas Nützliches erfahren?«, will sie mit ruhiger Stimme wissen. »Bei der Befragung, meine ich.«

»Ja, das habe ich«, erwidere ich langsam. Es überrascht mich, dass sie so neugierig ist, nicht so erschüttert, wie ich es erwartet hätte. Ich weiß, dass sie hasst, was die Al-Quadar mit Beth getan hat, aber ich hätte trotzdem erwartet, dass der Gedanke an Folter sie abschreckt. Meine Lippen verziehen sich zu einem leichten Lächeln, und ich frage mich, wie dunkel mein Kätzchen wohl noch werden wird. »Soll ich dir davon erzählen?«

Wieder überrascht sie mich, als sie zustimmend nickt. »Ja«, antwortet sie ruhig und erwidert meinen Blick. »Erzähl es mir, Julian. Ich möchte es wissen.«

13

ICH WEISS NICHT, WAS MICH GERITTEN HAT, IHM SO ZU ANTWORTEN. ICH warte mit angehaltenem Atem darauf, dass Julian anfängt zu lachen und meine Bitte ablehnt. Er hat mir noch nie viel über seine Arbeit erzählt, und obwohl er sich mir gegenüber seit seiner Rückkehr geöffnet hat, habe ich den Eindruck, dass er mich vor den hässlicheren Seiten seines Lebens schützen möchte.

Zu meinem Entsetzen lehnt er weder ab noch macht er sich über mich lustig. Stattdessen hält er mir seine Hand hin. »In Ordnung, mein Kätzchen«, sagt er, und ein rätselhaftes Lächeln umspielt seine Lippen. »Wenn du mehr wissen möchtest, komm mit mir mit. Ich muss ein paar Anrufe erledigen.«

Mein Herz klopft, und ich lege zögernd meine Hand in seine, um mich die Treppen hinunterführen zu lassen. Während wir zu dem Gebäude hinübergehen, welches Julian als Büro dient, frage ich mich, ob ich nicht gerade einen Fehler mache. Bin ich wirklich bereit dafür, die fragwürdige Bequemlichkeit der Ignoranz aufzugeben und mich kopfüber in die finstere Kloake zu stürzen, die Julians Imperium ist? Ehrlich gesagt habe ich keine Ahnung.

Und trotzdem halte ich Julian nicht auf, sage ihm nicht, dass ich meine Meinung geändert habe … weil es nicht so ist. Weil ich tief in mir weiß, dass es nichts ändert, wenn ich meinen Kopf in den Sand stecke. Mein Mann ist ein gefährlicher, mächtiger Verbrecher, und nichts über seine Aktivitäten zu wissen beschönigt nichts an der Tatsache, dass mich unsere Verbindung auch brandmarkt. Dadurch, dass ich mich jede Nacht in seine Arme begebe – ihn trotz allem, was er getan hat, liebe –, unterstütze ich indirekt das, was er tut, und ich bin nicht so naiv, mir, was das betrifft, etwas vorzumachen. Ich habe zwar als Julians Opfer begonnen, aber ich weiß nicht, ob ich mich noch darauf berufen kann. Spritze hin oder her, ich bin mit ihm gegangen, obwohl ich sehr genau wusste, was er war und auf welches Leben ich mich einließ.

Außerdem bin ich jetzt voller dunkler Neugier. Ich will wissen, was er heute Morgen erfahren hat, welche Informationen ihm seine brutalen Methoden geliefert haben. Ich will wissen, was das für Telefonate sind, die er führen will und mit wem er sprechen wird. Ich will alles über Julian wissen, ganz egal, wie sehr mich die Realität seines Lebens entsetzen wird.

Als wir am Bürogebäude ankommen, fällt mir auf, dass die Tür aus Metall ist. Genau wie auf der Insel öffnet sie sich durch einen Augenscan – eine Sicherheitsmaßnahme, die mich nicht mehr überrascht. Da ich jetzt weiß, welche Art von Waffen Julians Unternehmen herstellt, ist seine Paranoia mehr als gerechtfertigt.

Als wir hineingehen, sehe ich, dass es darin nur einen großen Raum gibt. In ihm befindet sich ein großer ovaler Tisch in der Nähe des Eingangs und ein breiter Schreibtisch mit einigen Bildschirmen auf der Rückseite. Flatscreen-Monitore hängen an den Wänden, und um den Tisch stehen bequem aussehende Stühle. Alles sieht sehr luxuriös und nach Hightech aus. Auf mich wirkt Julians Büro wie eine Mischung aus dem Konferenzraum eines Vorstands und einem Zimmer, in dem sich die CIA für strategische Absprachen treffen könnte.

Während ich dastehe und mir alles anschaue, legt Julian von hinten seine Hände auf meine Schultern. »Willkommen in meiner Höhle«, murmelt er, und seine Finger versteifen sich für einen kurzen Moment. Dann lässt er mich los und setzt sich an seinen Schreibtisch.

Ich gehe brennend vor Neugier zu ihm.

Auf seinem Tisch stehen sechs Computerbildschirme. Auf dreien von ihnen scheinen Liveübertragungen von verschiedenen Überwachungskameras zu laufen, und zwei sind voller Tabellen und blinkender Zahlen. Der letzte Computer, der Julian am nächsten steht, zeigt ein ungewöhnlich aussehendes E-Mail-Programm.

Neugierig schaue ich mir das alles genauer an und versuche zu verstehen, was ich gerade sehe. »Beobachtest du deine Investitionen?«, frage ich mit einem Blick auf die Bildschirme mit den blinkenden Zahlen. Ich bin zwar kein Börsenguru, aber ich habe einige Filme über die Wallstreet gesehen. Der Schreibtisch von Julian erinnert mich von seinem Aufbau her an die der Broker, die darin vorkamen.

»Das könnte man so sagen.« Als ich mich umdrehe, um ihn anzuschauen, lehnt sich Julian in seinem Stuhl zurück und lächelt mich an. »Eine meiner Untergesellschaften ist eine Art Hedgefonds. Sie beschäftigt sich mit allem, von Währungen bis hin zu Öl. Ihr Fokus liegt auf speziellen Gegebenheiten und geopolitischen Ereignissen. Sie wird von einigen sehr qualifizierten Menschen geleitet, aber ich finde dieses Thema selbst sehr interessant und spiele manchmal gerne mit.«

»Ich verstehe …« Ich blicke ihn fasziniert an. Das ist eine weitere Seite von Julian, von der ich bis jetzt nichts wusste. Ich frage mich, wie viele Schichten seiner Persönlichkeit ich im Laufe der Zeit noch aufdecken werde. »Und wen willst du jetzt anrufen?«, möchte ich von Julian wissen, als ich mich an die Telefonate erinnere, die er vorhin erwähnt hat.

Julians Lächeln wird breiter. »Komm her, Baby, setz dich«, erwidert er und greift nach meinem Handgelenk. Bevor ich reagieren kann, sitze ich auch schon auf seinem Schoß, und seine Arme klemmen mich wirkungsvoll zwischen seiner Brust und der Tischkante ein. »Sitz einfach da und sei still«, flüstert er mir ins Ohr und schreibt etwas auf seiner Tastatur. Ich sitze regungslos da, atme seinen warmen Geruch ein und fühle seinen harten Körper, der mich umhüllt.

Ich höre, wie es mehrmals klingelt, bevor eine männliche Stimme aus dem Computer ertönt. »Esguerra. Ich habe mich schon gefragt, wann Sie sich melden würden.« Der Sprecher hat einen amerikanischen Akzent und hört sich gebildet, wenn auch ein wenig steif an. Ich stelle mir einen Mann in mittlerem Alter und im Anzug vor. Irgendein Bürokrat, allerdings auf einer höheren Ebene, dem Ton seiner Stimme nach zu urteilen. Einer von Julians Regierungskontakten vielleicht?

»Ich gehe davon aus, dass unsere israelischen Freunde Sie schon verständigt haben?«, erwidert Julian.

Ich halte den Atem an und höre aufmerksam zu, damit mir ja nichts entgeht. Ich weiß nicht, warum Julian sich dazu entschieden hat, mich auf diesem Wege Dinge erfahren zu lassen, aber ich habe nicht vor, mich darüber zu beschweren.

»Ich habe nicht viel hinzuzufügen«, fährt Julian fort. »Wie Sie schon erfahren haben, war die Operation ein Erfolg, und ich habe einige Gefangene, von denen ich Informationen bekommen kann.«

»Ja, so viel weiß ich schon.« Es ist kurz still, bevor der Mann sagt: »Wir würden es sehr zu schätzen wissen, solche Informationen das nächste Mal als Erste zu erfahren. Es wäre schön gewesen, wenn die Israelis das mit dem Bus von uns gehört hätten, anstatt andersherum.«

»Oh Frank …« Julian seufzt, legt seinen Arm um meine Taille und zieht mich leicht nach links. Ich verliere mein Gleichgewicht und kralle mich an Julian fest, während ich versuche, kein Geräusch zu machen, während er mich bequemer auf sein Knie setzt. »Sie wissen doch, wie diese Dinge laufen. Wenn Sie derjenige sein wollen, der die Israelis mit Häppchen füttert, bräuchte ich eine Kleinigkeit, um mir den Deal zu versüßen.«

»Wir haben schon alle Ihre Spuren des Zwischenfalls mit dem Mädchen verwischt«, entgegnet Frank ruhig und ich versteife mich, als mir klar wird, dass er von meiner Entführung spricht.

Zwischenfall? Ehrlich? Eine Sekunde lang überkommt mich irrationale Wut, bevor ich durchatme und mich daran erinnere, dass ich gar nicht möchte, dass Julian für das bestraft wird, was er mir angetan hat – zumindest nicht, wenn ich dann wieder von ihm getrennt werde. Trotzdem wäre es nett gewesen, wenn sie wenigstens zugegeben hätten, dass Julian ein Verbrechen begangen hat, anstatt es einfach *Zwischenfall* zu nennen. Es ist irrational, aber ich fühle mich irgendwie nicht respektiert – so als zählte ich nicht.

Ohne zu wissen, dass ich über seine Wortwahl nachdenke, fährt Frank fort: »Es gibt nichts mehr, was wir Ihnen im Moment noch geben können …«

»Doch, da gibt es etwas …«, unterbricht ihn Julian. Er umarmt mich immer noch fest und streichelt meinen Arm in einer besitzergreifenden, beruhigenden Weise. Wie immer erwärmt mich seine Berührung innerlich, und ein Teil meiner Anspannung verfliegt. Wahrscheinlich versteht er, warum ich verärgert bin. Wie auch immer man es betrachtet, es ist einfach beleidigend, wenn so nebensächlich über die eigene Entführung gesprochen wird.

»Wie wäre es denn mit einem Deal?«, fährt Julian sanft fort. »Ich lasse Sie das nächste Mal die Helden sein – und Sie geben mir ein paar interessante Informationen für die Syrer? Ich bin mir sicher, dass es ein paar Kleinigkeiten gibt, die Ihnen herausrutschen könnten … und schon würde ich Ihnen sehr gerne behilflich sein.«

Nach einem weiteren Moment der Stille meint Frank schroff: »Gut. Betrachten Sie es als erledigt.«

»Hervorragend. Dann bis zum nächsten Mal«, verabschiedet sich Julian und greift nach vorne, um das Gespräch durch Berühren der Ecke des Bildschirms zu beenden.

Sobald er das getan hat, drehe ich mich um, damit ich ihn ansehen kann. »Wer war der Mann?«

»Frank, einer meiner Kontakte bei der CIA«, antwortet Julian und bestätigt damit meine Vermutung. »Ein Bürohengst, aber einer, der sehr gut in seinem Job ist.«

»Das habe ich mir gedacht.« Ich beginne, unruhig zu werden, und drücke gegen Julians Schulter, weil ich aufstehen muss. Er lässt mich los und schaut mir mit einem leichten Lächeln dabei zu, wie ich mich ein Stück von ihm entferne und mich dann mit meiner Hüfte an seinen Schreibtisch lehne. Ich schaue ihn fragend an. »Was war das mit den Israelis und dem Bus? Und Syrien?«

»Laut einem meiner Gäste der Al-Quadar soll es Pläne für einen Anschlag auf einen Tourbus in Tel Aviv geben«, erklärt mir Julian und lehnt sich in seinem Stuhl zurück. »Ich habe diese Information heute dem Mossad weitergegeben … dem israelischen Geheimdienst.«

»Oh.« Ich runzele die Stirn. »Und welches Problem hatte Frank damit?«

»Dass die Amerikaner ein Helfersyndrom haben – oder sie zumindest wollen, dass die Israelis das denken. Sie möchten diejenigen sein, die den Israelis solche Informationen geben, damit der Mossad ihnen einen Gefallen schuldet.«

»Ich verstehe.« Und das tue ich auch. Ich beginne zu verstehen, wie dieses Spiel gespielt wird. In der dunklen Welt der Geheimdienste und inoffiziellen Politik sind Gefallen die Währung – und mein Mann ist auf mehr als eine Art reich. Auch reich genug, um sicherzustellen, dass er niemals wegen solch belangloser Verbrechen wie Entführung oder illegalen Waffenhandels verurteilt werden würde. »Und du möchtest von Frank Informationen für Syrien haben, damit sie dir einen Gefallen schulden, stimmt's?«

Julian grinst mich so breit an, dass seine Zähne entblößt sind. »Ja, genau. Du lernst schnell, mein Kätzchen.«

»Warum hast du dich entschieden, mich heute zuhören zu lassen?«, möchte ich wissen und blicke ihn neugierig an. »Warum genau heute?«

Anstatt mir eine Antwort zu geben, steht er auf und kommt zu mir. Er bleibt neben mir stehen, beugt sich nach vorne und legt seine Hände auf beiden Seiten neben meinem Körper ab. Wieder bin ich gefangen. »Was denkst du denn, Nora?«, fragt er mit leiser Stimme und lehnt sich näher an mich heran. Ich fühle seinen warmen Atem auf meiner Wange, und seine Arme umgeben mich wie Eisenträger. Ich fühle mich wie ein kleines Tier in einer Falle – ein beunruhigendes Gefühl, das mich aber trotzdem erregt.

»Weil wir verheiratet sind?«, tippe ich mit einer unruhigen Stimme. Sein Gesicht ist nur wenige Zentimeter von meinem entfernt, und mein Unterleib zieht sich plötzlich stark erregt zusammen, als er seine Hüfte nach vorne schiebt und ich seine harte Erregung spüren kann.

»Ja, Baby, weil wir verheiratet sind«, sagt er rau, und seine Augen verdunkeln sich lustvoll, als meine steifen Nippel gegen seine Brust stoßen. »Außerdem denke ich, dass du nicht mehr so zerbrechlich bist, wie du aussiehst …«

Damit senkt er den Kopf und verschließt meinen Mund mit einem hungrigen, besitzergreifenden Kuss, während seine Hände zielstrebig meine Oberschenkel hinaufwandern.

~

IN DEN NÄCHSTEN TAGEN erfahre ich mehr über Julians dunkles Imperium, und ich beginne zu verstehen, wie wenig die meisten Menschen darüber wissen, was im Hintergrund vor sich geht. Nichts von dem, was ich in Julians Büro erfahre, taucht jemals in den Nachrichten auf … weil Köpfe rollen würden, wenn es so wäre, und einige sehr wichtige Menschen im Gefängnis landen würden.

Von meinem anhaltenden Interesse belustigt, lässt Julian mich bei weiteren Gesprächen zuhören. Einmal schaue ich sogar ungesehen von der Kamera bei einer Videokonferenz zu. Entsetzt stelle ich fest, dass ich einen der Männer auf dem Videostream wiedererkenne. Es handelt sich dabei um einen bekannten US-General – jemanden, den ich einige Male in beliebten Talkshows gesehen habe. Er möchte, dass Julian seine Waffen nicht mehr in Thailand produziert. Er befürchtet, dass die politische Instabilität der Region die nächste Schiffslieferung des neuen Sprengstoffs verzögern könnte – eine Lieferung an die US-Regierung.

Mein ehemaliger Entführer hatte nicht gelogen, als er mir erzählte, er habe Verbindungen; wenn überhaupt hatte er untertrieben, was die Ausmaße betraf.

Natürlich sind die Politiker, Militärfunktionäre und andere in dieser Klasse nur eine kleine Auswahl der Personen, mit denen Julian täglich zu tun hat. Meistens hat er mit Kunden, Zulieferern und verschiedenen Zwischenhändlern zu tun – zwielichtige und normalerweise angsteinflößende Gestalten aus der ganzen Welt. Seine Kontakte reichen von der russischen Mafia und libyschen Rebellen bis hin zu Diktatoren in undurchsichtigen afrikanischen Ländern. Was den Verkauf von Waffen betrifft, ist mein Mann sehr unvoreingenommen. Terroristen, Drogenbosse, legitime Regierungen – er macht mit allen Geschäfte.

Mir wird schlecht davon, aber ich kann mich trotzdem nicht von Julians Büro fernhalten. Jeden Tag folge ich ihm getrieben von morbider Neugier dorthin. Es ist so ähnlich, wie sich Enthüllungen von verdeckten Ermittlern anzuschauen; die Dinge, die ich lerne, sind faszinierend und gleichzeitig verstörend.

Julian benötigt zwar drei Tage dafür, aber schließlich bricht er den letzten Al-Quadar-Gefangenen. Er erzählt mir nicht, wie, und ich frage ihn auch nicht danach. Ich weiß, dass er ihn foltert, aber ich weiß nichts Genaueres. Ich weiß nur, dass Julian die Informationen, die er erhält, dazu nutzt, zwei weitere Al-Quadar-Zellen zu lokalisieren – und dass die CIA ihm noch einen weiteren Gefallen schuldet.

Seit Julian sich dazu entschlossen hat, mich mit in diesen Teil seines Lebens einzubeziehen, verbringen wir noch mehr Zeit miteinander. Er mag es, wenn ich mit ihm in seinem Büro bin. Das ist nicht nur sehr praktisch, wenn er Sex möchte – und das ist mindestens einmal am Tag –, sondern er scheint auch die Geschwindigkeit zu genießen, mit der ich lerne. Ich bin sehr aufmerksam, sagt er. Intuitiv. Ich sehe Dinge, wie sie sind, und nicht so, wie ich sie gerne hätte – ein seltenes Geschenk, meint Julian.

»Die meisten Menschen tragen Scheuklappen«, kommentiert er eines Tages beim Mittagessen, »aber du nicht, mein Kätzchen. Du stellst dich der Wirklichkeit … und deshalb kannst du auch unter die Oberfläche schauen.«

Ich danke ihm für das Kompliment, aber innerlich wundere ich mich, ob das wirklich so eine gute Sache ist, unter die Oberfläche zu sehen. Wenn ich mir vorgaukeln könnte, dass Julian tief in seinem Inneren ein guter Mann ist – dass er einfach falsch verstanden wird und letztendlich reformiert werden kann –, wäre das alles viel einfacher für mich. Wenn ich der Natur meines Ehemannes gegenüber blind wäre, würde ich mich nicht so zerrissen fühlen, was meine Gefühle für ihn betrifft.

Ich würde mir keine Gedanken darüber machen, mich in den Teufel verliebt zu haben.

Aber ich sehe ihn so, wie er ist – ein Dämon in der Verkleidung eines attraktiven Mannes. Ein Monster, das eine wunderschöne Maske trägt. Und ich frage mich, ob das bedeutet, dass ich auch ein Monster bin … dass ich böse bin, weil ich ihn liebe.

Ich wünschte, ich könnte mit Beth darüber reden. Ich weiß, dass sie nicht gerade eine Expertin für normale Dinge war, aber ich vermisse trotzdem ihre unorthodoxen Ansichten, die Art und Weise, mit der sie alles auf den Kopf stellen konnte und es trotzdem noch einen verdrehten Sinn ergab. Ich bin mir ziemlich sicher, zu wissen, was sie zu meiner Situation zu sagen hätte. Sie würde mir sagen, dass ich Glück habe, mit jemandem wie Julian zusammen zu sein – dass wir füreinander bestimmt sind und alles andere Unfug ist.

Und wahrscheinlich hätte sie recht. Wenn ich an diese einsamen, leeren Monate vor Julians Rückkehr zurückdenke – in denen ich meine Freiheit hatte und ein normales Leben führte, aber ohne *ihn* – verschwinden alle meine Zweifel. Egal, was er ist oder was er tut, ich würde lieber sterben, anstatt mich noch einmal so elend zu fühlen.

Was auch immer passiert, ich bin ohne Julian nicht mehr vollständig, und da hilft auch keine Selbstgeißelung.

∼

Eine Woche nach Julians Gespräch mit Frank klopfe ich fest an die schwere Metalltür und warte darauf, dass er mich einlässt. Ich hatte den Morgen damit verbracht, mit Rosa spazieren zu gehen und mich auf mein baldiges Studium vorzubereiten, während Julian sich um Papierkram für seine Offshore-Konten kümmerte. Offensichtlich müssen sich sogar Köpfe von kriminellen Unternehmen mit Steuern und Rechtsangelegenheiten auseinandersetzen; niemand scheint dieses universelle Übel vermeiden zu können.

Als sich die Tür öffnet, bin ich überrascht, einen großen, dunkelhaarigen Mann gegenüber von Julian an dem großen, ovalen Tisch sitzen zu sehen. Es sieht aus, als sei er mit Mitte dreißig ein paar Jahre jünger als mein Mann. Ich habe ihn zuvor schon auf dem Anwesen gesehen, aber hatte nie persönlich mit ihm zu tun gehabt. Aus der Entfernung erinnert er mich an ein geschmeidiges, dunkles Raubtier. Dieser Eindruck verstärkt sich durch die Art, wie er mich anschaut, wie seine grauen Augen jeder meiner Bewegungen mit einer eigenartigen Mischung aus Achtsamkeit und Desinteresse folgen.

»Komm herein, Nora«, sagt Julian und bedeutet mir, mich zu ihnen zu gesellen. »Das ist Peter Sokolov, unser Sicherheitsberater.«

»Hallo. Schön, Sie kennenzulernen.« Als ich zum Tisch gehe, lächele ich Peter vorsichtig an und setze mich neben Julian. Peter ist ein gutaussehender Mann mit einem starken Kiefer und exotisch geformten Wangenknochen. Aber aus irgendeinem Grund stellen sich mir in seiner Gegenwart die Nackenhaare auf. Es ist nicht das, was er sagt oder tut – er nickt mir freundlich zu, während er dort sitzt, und seine Haltung ist täuschend ruhig und entspannt –, es ist das, was ich in seinen stahlgrauen Augen sehe.

Wut. Reine, pure Wut. Ich spüre sie in Peter, kann fühlen, wie sie aus seinen Poren strömt. Es handelt sich nicht um Zorn oder einen Ausbruch in diesem Augenblick. Nein, dieses Gefühl geht tiefer. Es ist Teil von ihm, wie sein muskelbepackter Körper oder die weiße Narbe, die seine linke Augenbraue in zwei Hälften teilt.

Trotz seines sorgfältig kontrollierten Auftretens ist dieser Mann ein tödlicher Vulkan, der nur darauf wartet, zu explodieren.

»Wir sind gerade am Ende«, sagt Julian, und ich bemerke eine leichte Verstimmung in seiner Stimme. Ich wende meine Augen von Peter ab und sehe, wie ein kleiner Muskel an Julians Kinn zuckt. Ich muss Peter zu lange angeschaut haben, ohne mir dessen bewusst gewesen zu sein. Mein Ehemann hat meine unbeabsichtigte Faszination natürlich sofort als Interesse gedeutet.

Mist. Ein eifersüchtiger Julian ist nichts Gutes. Es ist sogar etwas ziemlich Schlechtes.

Während ich mir den Kopf darüber zerbreche, wie ich diese Situation entschärfen könnte, steht Peter auf. »Wir können morgen weitermachen, wenn Sie möchten«, sagt er ruhig zu Julian. Ich bemerke, dass Peter sich im Gegensatz zu den meisten Menschen, die hier auf dem Anwesen leben, meinem Mann nicht unterwirft. Stattdessen spricht er mit Julian, als seien sie gleichwertig. Sein Auftreten ist respektvoll und dennoch selbstsicher. Ich höre einen leichten osteuropäischen Akzent, als er spricht, und frage mich, woher er kommt. Polen? Russland? Ukraine?

»Ja«, antwortet Julian und steht ebenfalls auf. Sein Ausdruck ist immer noch dunkel, aber seine Stimme hört sich jetzt weich und ruhig an. »Wir sehen uns morgen.«

Peter verschwindet, und ich stehe langsam auf, meine Handflächen beginnen zu schwitzen. Ich habe nichts Falsches getan, aber Julian davon zu überzeugen wird nicht leicht sein. Sein Besitzanspruch grenzt an Besessenheit, und es überrascht mich, dass er mich nicht in seinem Schlafzimmer unter Verschluss hält, damit andere Männer mich niemals zu Gesicht bekommen.

Und wirklich, kaum schließt sich die Tür hinter Peter, kommt Julian zu mir. »Mochtest du Peter, mein Kätzchen?«, fragt er sanft und bedeckt mich mit seinem kräftigen Körper, bis ich mich auf dem Tisch abstützen muss. »Stehst du auf russische Männer?«

»Nein.« Ich schüttele den Kopf und erwidere Julians Blick. Ich hoffe, er kann die Wahrheit von meinem Gesicht ablesen. Peter mag gutaussehend sein, aber er ist genauso furchteinflößend – und der einzige Mann, den ich will, ist der, der mich gerade anfunkelt. »Nicht im Geringsten. Das war nicht der Grund dafür, dass ich ihn angeschaut habe.«

»Nein?« Julian kneift seine Augen zusammen, während er mein Kinn ergreift. »Warum dann?«

»Weil er mir Angst macht«, gebe ich zu, da ich mir denke, dass Ehrlichkeit hier die beste Vorgehensweise ist. »Er hat etwas an sich, was mich beunruhigt.«

Julian betrachtet mich einen Augenblick lang eindringlich, bevor er mein Kinn loslässt. Ich atme erleichtert aus. *Sturm abgewehrt.*

»Genauso aufmerksam wie immer«, murmelt er, und ich kann reumütige Belustigung aus seiner Stimme heraushören. »Du hast recht, Nora. Etwas an Peter ist wirklich beunruhigend.«

»Was ist mit ihm?«, frage ich. Da Julian nicht mehr wütend auf mich ist, erwacht meine Neugier wieder. Ich weiß, dass Julian keine Chorknaben beschäftigt, aber das, was ich in Peter spüre, ist anders, unberechenbarer. »Wer ist er?«

Julian lächelt mich kurz hart an und setzt sich an seinen Schreibtisch. »Er ist ein ehemaliger Speznas – Russische Spezialeinheiten. Er war einer der Besten, bis seine Frau und sein Sohn umgebracht wurden. Jetzt will er Rache und kam in der Hoffnung zu mir, dass ich ihm helfen könnte.«

Mitleid flackert kurz in mir auf. Also ist es nicht einfach nur Wut; Peter ist außerdem voller Trauer und Schmerz.

»Wie helfen?«, frage ich und lehne mich nach hinten gegen den Tisch. Julians Sicherheitsberater wirkt auf mich nicht wie jemand, der bei vielen Dingen Hilfe benötigt.

»Indem ich meine Beziehungen dazu nutze, ihm eine Liste von Namen zu besorgen. Es sieht ganz so aus, als seien ein paar NATO-Soldaten daran beteiligt gewesen, und deshalb ist die Vertuschung sehr gründlich.«

»Oh.« Ich blicke Julian an und fühle mich unwohl. Ich kann mir vorstellen, was Peter mit den Soldaten vorhat. »Und du hast ihm diese Liste gegeben?«

»Noch nicht, aber ich arbeite daran. Ein Großteil dieser Informationen scheint geheim zu sein, und deshalb ist das nicht so einfach.«

»Kannst du nicht deinen Kontakt bei der CIA bitten, dir zu helfen?«

»Das habe ich schon. Frank zögert es hinaus, weil sich einige Amerikaner auf dieser Liste befinden.« Julian sieht einen Augenblick lang verärgert aus. »Letztendlich wird er sie rausrücken. So ist das immer bei ihm. Ich muss nur etwas haben, was die CIA unbedingt will.«

»Natürlich«, murmele ich. »Eine Hand wäscht die andere … Ist das der Grund, weshalb Peter für dich arbeitet? Weil du ihm diese Liste versprochen hast?«

»Ja, das ist unsere Abmachung.« Julian lächelt beißend. »Drei Jahre treue Dienste, um am Ende diese Namen zu bekommen. Ich bezahle ihn natürlich auch, aber Peter interessiert sich nicht für Geld.«

»Was ist mit Lucas?«, frage ich, weil ich gerade an Julians rechte Hand denken muss. »Hat er auch eine Geschichte?«

»Jeder hat eine Geschichte«, erwidert Julian. Er hört sich abgelenkt an, und seine Aufmerksamkeit wendet sich dem Computermonitor zu. »Sogar du, mein Kätzchen.«

Und bevor ich weiter nachbohren kann, wendet er sich seinen Mails zu und beendet damit unsere Unterhaltung.

14

_J_ulian

IN DEN NÄCHSTEN WOCHEN ERLEBE ICH SO VIEL HÄUSLICHES GLÜCK WIE nie zuvor. Außer einem Trip nach Mexiko, um mit dem Juarez-Kartell zu verhandeln, verbringe ich meine ganze Zeit mit Nora auf dem Anwesen.

Da Noras Kurse angefangen haben, ist sie den ganzen Tag mit Lehrbüchern, Aufsätzen und Klausuren beschäftigt. Sie hat so viel zu tun, dass sie häufig noch bis in den späten Abend hinein lernt – eine Angewohnheit, die ich nicht mag, aber hinnehme. Sie ist entschlossen, zu beweisen, dass sie mit den Studenten mithalten kann, die wegen ihrer Leistungen in das Programm von Stanford aufgenommen worden sind, und ich möchte sie nicht entmutigen. Ich weiß, dass sie das teilweise auch für ihre Eltern tut, die sich immer noch Sorgen um ihre Zukunft mit mir machen – und weil ihr die Herausforderung Spaß macht. Trotz des zusätzlichen Stresses scheint mein Kätzchen zurzeit aufzublühen. Ihre Augen leuchten vor Aufregung, und sie bewegt sich voller Energie.

Ich mag diese Entwicklung. Ich mag es, sie glücklich und

zuversichtlich zu sehen, zufrieden mit ihrem Leben und mit mir. Obwohl ihr Schmerz und ihre Angst das Monster in mir immer noch erregen, ziehen mich ihre wachsende Stärke und Widerstandskraft an. Ich hatte niemals vor, sie zu brechen, ich wollte nur, dass sie mir gehört – und es gefällt mir, zu sehen, dass sie mir auf mehr als eine Weise ebenbürtiger wird.

Ihr Studium nimmt zwar viel von ihrer Zeit in Anspruch, aber trotzdem nimmt sie weiterhin ihre Übungsstunden mit Monsieur Bernard wahr. Sie sagt, dass das Malen und Zeichnen sie entspannen. Sie besteht außerdem darauf, dass ich sie zweimal pro Woche in Selbstverteidigung und Schießen unterrichte – eine Bitte, die ich ihr nur zu gerne erfülle, da wir dabei Zeit miteinander verbringen können. Als ihr Training voranschreitet, bemerke ich, dass sie besser mit Schusswaffen als mit Messern umgehen kann, auch wenn sie mit beiden erstaunlich gut ist. Außerdem macht sie enorme Fortschritte bei bestimmten Kampfbewegungen, und ihr kleiner Körper verwandelt sich langsam, aber sicher in eine tödliche Waffe. Einmal gelingt es ihr sogar, mir meine Nase blutig zu schlagen, als ihr spitzer Ellenbogen schneller in meinem Gesicht ist, als ich die Möglichkeit habe, ihre schnelle Bewegung abzublocken.

Das ist eine Leistung, auf die sie stolz sein sollte, aber da Nora so ist, wie sie ist, hat sie augenblicklich entsetzliche Schuldgefühle.

»Oh Gott, das tut mir so leid!« Sie eilt zu mir und schnappt sich ein Handtuch, um die Blutung zu stoppen. Sie sieht so reuevoll aus, dass ich in Lachen ausbreche, obwohl meine Nase höllisch schmerzt. Das habe ich davon, wenn ich mich während des Trainings nicht konzentriere. Sie hat mich in einem Moment erwischt, als ich gerade ihre Brüste betrachtete und darüber fantasierte, ihren Sport-BH hochzuziehen.

»Julian! Worüber lachst du?« Noras Stimme wird immer höher, während sie das Handtuch auf mein Gesicht drückt. »Du solltest die Nase von einem Arzt anschauen lasen! Sie könnte gebrochen sein ...«

»Es ist alles in Ordnung, Baby«, beruhige ich sie zwischen Lachanfällen und nehme das Handtuch aus ihren zitternden Händen. »Ich versichere dir, dass ich schon Schlimmeres hatte. Wäre sie gebrochen, würde ich es wissen.« Meine Stimme hört sich wegen des auf meine Nase gedrückten Handtuchs nasal an, aber das Organ selbst fühlt sich unverletzt an, als ich es abtaste. Ich werde ein blaues Auge haben, aber das war es auch schon. Wenn ich mich nicht in der letzten

Sekunde noch nach rechts gedreht hätte, hätte dieser Schlag genau meine Nase erwischt und Knochenteile bis in mein Hirn gedrückt – ich wäre auf der Stelle tot gewesen.

»Das ist nicht in Ordnung!« Nora tritt zurück und sieht immer noch extrem aufgebracht aus. Ich hätte dich ernsthaft verletzen können!«

»Hätte ich das nicht verdient?«, frage ich sie nur halb im Scherz. Ich weiß, einem Teil von mir gefällt es immer noch nicht, wie ich sie mir genommen habe – und es wird ihm auch nie gefallen. Wenn ich sie wäre, würde ich mich nicht dafür entschuldigen, mir Schmerzen zugefügt zu haben. Ich würde immer nach Möglichkeiten Ausschau halten, mir einen Schlag zu verpassen.

Sie starrt mich wütend an, aber ich merke, wie sie beginnt, sich jetzt zu beruhigen, nachdem der erste Schreck vorüber ist. »Wahrscheinlich«, sagt sie in einem ruhigeren Ton. »Aber das bedeutet nicht, dass ich möchte, dass du leidest. So dumm und irrational bin ich, siehst du?«

Ich grinse sie an und nehme das Handtuch herunter. Es hat fast aufgehört zu bluten; wie ich vermutet hatte, war es nur ein leichter Schlag. »Du bist nicht dumm«, sage ich sanft und trete näher an sie heran. Obwohl meine Nase immer noch schmerzt, spüre ich ein erneutes stärker werdendes Ziehen in einer viel tiefer sitzenden Region meines Körpers. »Du bist genau so, wie ich es möchte.«

»Einer Gehirnwäsche unterzogen und verliebt in meinen Entführer?«, fragt sie trocken, als ich nach ihr greife und mein blutiges Handtuch auf den Boden fallen lasse.

»Ja, genau«, murmele ich und ziehe ihren Sport-BH aus, um ihre kleinen, perfekt geformten Brüste freizulegen. »Und sehr, sehr gut zu nehmen …«

Als ich sie auf die Matte lege, ist meine Verletzung das Letzte, woran ich denke.

~

ALS NORAS SEMESTER VORANSCHREITET, ENTWICKELN WIR EINE Routine. Normalerweise wache ich vor ihr auf und trainiere mit meinen Männern. Wenn ich zurückkomme, ist sie wach, und wir frühstücken. Danach mache ich mich auf den Weg ins Büro, während Nora einen Spaziergang mit Rosa macht und ihren Online-

Vorlesungen zuhört. Einige Stunden später komme ich nach Hause, und wir essen zusammen Mittag. Danach kehre ich wieder in mein Büro zurück, und Nora trifft sich entweder mit Monsieur Bernard für eine Kunststunde oder kommt zu mir ins Büro, um zu lernen, während ich arbeite oder an Meetings teilnehme. Auch wenn es so scheint, als würde sie dem keine Aufmerksamkeit schenken, weiß ich, dass sie es trotzdem tut – weil sie beim Abendessen oft Fragen zu meiner Arbeit stellt.

Ich habe nichts gegen ihre Neugier, auch wenn ich weiß, dass sie das, was ich tue, insgeheim verurteilt. Der Gedanke, dass ich Kriminelle mit Waffen versorge, und die oftmals brutalen Methoden, die ich anwende, um die Kontrolle über die Geschäfte zu behalten, sind ihr ein Dorn im Auge. Sie versteht nicht, dass, wenn ich es nicht täte, jemand anderes an meiner Stelle sitzen würde und das Ganze nicht unbedingt besser oder sicherer wäre. Drogenbosse und Diktatoren würden sich ihre Waffen trotzdem irgendwie besorgen. Die einzige Frage ist, wer davon profitieren würde – und mir ist es lieber, dass ich derjenige bin.

Ich weiß, dass Nora dieser Argumentation nicht zustimmt, aber das ist egal. Ich brauche ihre Erlaubnis nicht – alles, was ich brauche, ist sie.

Und ich habe sie. Sie verbringt so viel Zeit mit mir, dass ich anfange zu vergessen, wie es sich anfühlt, wenn ich sie nicht an meiner Seite habe. Selten sind wir länger als ein paar Stunden am Stück getrennt, und während dieser Zeit vermisse ich sie so sehr, dass es körperlich schmerzt. Ich habe keine Ahnung, wie ich es auf der Insel hinbekommen habe, sie tagelang oder manchmal sogar wochenlang allein zu lassen. Jetzt stört es mich schon, wenn Nora ohne mich laufen geht, weshalb ich mich bemühe, sie zu begleiten, wenn sie am späten Nachmittag ihre Runden über das Anwesen dreht.

Ich mache das, weil ich gerne Zeit mit meiner Frau verbringen will, aber auch, um sicherzustellen, dass sie in Sicherheit ist. Ich weiß zwar, dass meine Feinde sie nicht von hier entführen können, aber es gibt hier immer noch Schlangen, Spinnen und giftige Frösche. Außerdem leben im nahegelegenen Regenwald Jaguare und andere Raubtiere. Die Wahrscheinlichkeit, dass sie gestochen oder ernsthaft von einem wilden Tier verletzt werden könnte, ist klein, aber ich möchte das Risiko nicht eingehen. Ich kann den Gedanken, dass ihr etwas zustoßen könnte, einfach nicht ertragen. Als Nora ihre

Blinddarmentzündung hatte, bin ich vor lauter Panik fast wahnsinnig geworden – und das war, bevor meine Abhängigkeit von ihr diese neue, völlig verrückte Ebene erreichte.

Meine Angst davor, sie zu verlieren, beginnt pathologisch zu werden. Ich kann das erkennen, aber ich weiß nicht, wie ich es kontrollieren soll. Es ist eine Krankheit, für die es kein Heilmittel zu geben scheint. Ich mache mir die ganze Zeit Sorgen um Nora, wie besessen. Ich möchte jeden Tag, jeden Augenblick wissen, wo sie ist. Selten habe ich sie nicht im Blick, aber sobald ich sie nicht sehen kann, kann ich mich nicht konzentrieren. Mein Kopf füllt sich mit lauter Vorstellungen von tödlichen Unfällen, die ihr zustoßen könnten, und anderen angsteinflößenden Szenarien.

»Ich will, dass Sie zwei Wächter auf Nora ansetzen«, sage ich eines Morgens zu Lucas. »Ich will, dass diese ihr folgen, wenn sie auf dem Anwesen umherwandert, um sicherzustellen, dass ihr nichts zustößt.«

»In Ordnung.« Lucas zuckt trotz meines ungewöhnlichen Anliegens nicht einmal mit der Wimper. »Ich werde das mit Peter abklären und zwei unserer besten Männer freistellen.«

»Gut. Ich möchte jede volle Stunde einen Bericht zugeschickt bekommen.«

»Ist so gut wie erledigt.«

Die Wächter und die stündlichen Berichte halten meine Angst einige Wochen lang im Zaum – bis ich eine E-Mail erhalte, die meine ganze Welt auf den Kopf stellt.

~

»Majid lebt«, erzähle ich Nora beim Abendessen und betrachte genau, wie sie reagiert. »Ich habe das gerade von einem von Peters Kontakten aus Moskau erfahren. Er ist in Tadschikistan gesehen worden.«

Ihre Augen weiten sich vor Entsetzen und Bestürzung. »Bitte? Aber er starb doch bei der Explosion.«

»Nein, leider nicht.« Ich gebe mein Bestes, um meine Wut zu beherrschen. Die Tatsache, dass Beths Mörder noch lebt, bringt mich zum Kochen. »Er hatte wohl mit vier anderen die Lagerhalle schon zwei Stunden bevor ich dort ankam verlassen. Du hast ihn dort nicht gesehen, als ich dich holen kam, stimmt's?«

»Nein, das habe ich nicht.« Nora runzelt die Stirn. »Ich dachte, er würde außerhalb des Gebäudes sein und Wache halten oder so.«

»Das Gleiche habe ich auch gedacht. War er aber nicht. Er war gar nicht mehr in der Nähe, als die Explosion stattfand.«

»Woher weißt du das?«

»Die Russen haben einen der Männer gefangen genommen, die in jener Nacht bei Majid waren. Sie haben ihn geschnappt, als er gerade plante, die U-Bahn in die Luft zu sprengen.« Obwohl ich mir Mühe gebe, ruhig zu bleiben, hat meine Stimme einen wütenden Unterton, und ich kann die gleiche Anspannung bei Nora sehen. Wenn es etwas gibt, was mein Kätzchen wütend macht, dann sind das Beths Mörder. »Sie haben ihn befragt und erfahren, dass er sich die letzten Monate in Osteuropa und Zentralasien versteckt hat. Zusammen mit Majid und den drei anderen.«

Bevor Nora antworten kann, betritt Ana das Esszimmer.

»Hätten Sie gerne einen Nachtisch?«, fragt das Hausmädchen uns, und Nora schüttelt den Kopf. Ihr sonst so weicher Mund ist zu einer schmalen Linie zusammengepresst.

»Für mich nicht, vielen Dank«, entgegne ich kurz, und Ana lässt uns wieder allein.

»Und jetzt?«, möchte Nora wissen. »Wirst du ihn ausfindig machen?«

»Ja.« Und sobald ich ihn aufgespürt habe, werde ich ihn auseinandernehmen. Immer abwechselnd ein Stück Fleisch und ein Stück Knochen – aber das sage ich Nora nicht. Stattdessen erkläre ich ihr: »Sein Kollege hat zugegeben, Majid zuletzt in Tadschikistan gesehen zu haben, also werden wir dort mit unserer Suche beginnen. Offensichtlich ist es ihm in den letzten Monaten gelungen, eine recht große Gruppe neuer Anhänger zu gewinnen und somit frisches Blut in die Al-Quadar zu bringen.«

Diese letzte Information beunruhigt mich ein wenig. Obwohl wir dieser Terroristengruppe in den letzten Monaten ernsthaften Schaden zugefügt haben, ist die Al-Quadar so zersplittert, dass es immer noch ein Dutzend funktionierende Zellen auf der Welt geben könnte. Zusammen mit den neuen Rekruten könnten diese Zellen gerade mächtig genug sein, um gefährlich zu werden – und nach den Informationen, die Peter von seinen Kontakten bekommen hat, bereitet Majid sich auf etwas Großes vor … in Lateinamerika.

Er trifft Vorbereitungen, um zurückzuschlagen.

Er kann natürlich die Sicherheitsvorkehrungen auf meinem Anwesen nicht überwinden. Aber allein der Gedanke, dass diese Arschlöcher sich in einem Umkreis von zweihundert Kilometern von Nora entfernt befinden, löst eine Wut und Angst in mir aus, die ich nicht abschütteln kann.

Diese starke, irrationale Angst, sie zu verlieren.

Über zweihundert hochausgebildete Männer bewachen das Anwesen, und dutzende Drohnen auf Militärniveau kontrollieren das ganze Gebiet. Niemand kann hier an sie herankommen, aber das ändert nichts an dem, was ich fühle, ich kann diese primitive Angst, die in meinen Eingeweiden rumort, nicht besänftigen. Ich möchte Nora am liebsten packen und sie so weit wie möglich wegschaffen. An einen Ort, an dem niemand sie jemals finden wird ... wo sie mir gehören wird, mir ganz allein.

Aber so einen Ort gibt es nicht mehr. Meine Feinde wissen von ihr, und sie wissen, dass sie wichtig für mich ist. Ich habe das bewiesen, als ich kam, um sie zu retten. Wenn sie immer noch den Sprengstoff wollen – und ich bin mir sicher, dass das der Fall ist –, werden sie wieder versuchen, sie in ihre Gewalt zu bekommen. Immer wieder, so lange, bis sie ausgerottet sind.

Diese neue Information zwingt mich dazu, zusätzliche Vorsichtsmaßnahmen zu ergreifen, um Noras Sicherheit zu garantieren.

Ich muss sicherstellen, immer eine Verbindung zu ihr zu haben.

»Worüber denkst du nach?«, fragt Nora mit einem besorgten Gesichtsausdruck. Erst jetzt fällt mir auf, dass ich sie einige Minuten wortlos angestarrt haben muss.

Ich zwinge mich dazu, zu lächeln. »Nicht viel, mein Kätzchen. Ich möchte einfach nur sichergehen, dass du dich in Sicherheit befindest. Das ist alles.«

»Warum sollte ich mich denn nicht in Sicherheit befinden?« Sie schaut eher erstaunt als besorgt aus.

»Weil das Gerücht umgeht, dass Majid etwas in Lateinamerika planen könnte«, erkläre ich ihr so ruhig wie möglich. Ich möchte ihr keine Angst machen, aber ich möchte, dass sie versteht, weshalb ich diese Vorsichtsmaßnahmen ergreifen muss.

Warum ich das tun muss, was ich mit ihr vorhabe.

»Du denkst, dass sie hierherkommen werden?« Sie erblasst ein wenig, aber ihre Stimme bleibt ruhig. »Du denkst, dass sie dieses Anwesen angreifen werden?«

»Sie könnten. Das bedeutet zwar nicht, dass sie damit Erfolg haben würden, aber höchstwahrscheinlich werden sie es versuchen.« Ich greife über den Tisch und umschließe ihre zarte Hand mit meinen Fingern, um sie zu beruhigen. Ihre kalte Haut verrät, wie aufgeregt sie ist, und ich massiere sie leicht, um sie aufzuwärmen. »Das ist auch der Grund dafür, dass ich sichergehen möchte, dich jederzeit finden zu können, Baby – dass ich immer weiß, wo du bist.«

Sie runzelt die Stirn, und ich kann spüren, dass ihre Hand noch kälter wird, bevor sie sie mir entzieht. »Was meinst du?« Ihre Stimme ist ruhig, aber ich kann an ihrem Halsansatz sehen, dass ihr Puls schneller wird. Genau wie ich es vorausgesehen hatte, gefällt ihr dieser Gedanke nicht allzu sehr.

»Ich möchte dich mit Trackern ausstatten«, erkläre ich ihr und schaue sie weiterhin an. »Sie werden an einigen Stellen in deinen Körper eingesetzt. Solltest du also jemals von mir gestohlen werden, könnte ich dich sofort lokalisieren.«

»Tracker? Du meinst ... wie GPS-Chips? Wie etwas, was man benutzen würde, um Vieh zu markieren?«

Meine Lippen werden schmal. Sie wird Schwierigkeiten machen, das kann ich jetzt schon sagen. »Nein, nicht so«, erwidere ich ruhig. »Diese Tracker sind speziell für die Benutzung bei Menschen gedacht. Sie haben GPS-Chips, ja, aber sie haben außerdem Sensoren, die deinen Herzschlag und die Körpertemperatur messen. Durch sie werde ich immer wissen, ob du am Leben bist.«

»Und du wirst immer wissen, wo ich bin«, entgegnet sie ruhig, und ihre Augen sehen in ihrem blassen Gesicht besonders dunkel aus.

»Ja. Ich werde immer wissen, wo du bist.« Dieser Gedanke erleichtert und befriedigt mich enorm. Ich hätte das schon vor Wochen machen sollen, gleich, als ich sie aus Illinois abholte. »Das ist zu deiner eigenen Sicherheit, Nora«, füge ich hinzu, da ich diesen Punkt betonen möchte. »Hättest du diese Tracker gehabt, als du und Beth entführt worden seid, hätte ich euch gleich gefunden.«

Und Beth wäre immer noch am Leben. Das Letzte spreche ich nicht laut aus, aber das brauche ich auch nicht. Bei meinen Worten zuckt Nora zusammen, so als hätte ich sie gerade geschlagen, und ihr Gesicht verzieht sich voller Schmerz.

Eine Sekunde später hat sie sich wieder im Griff. »Also, lass es mich noch einmal zusammenfassen ...« Sie lehnt sich nach vorne und legt ihre Unterarme auf dem Tisch ab. Ich kann sehen, dass ihre Finger fest ineinander verschlungen und ihre Knöchel vor Anspannung weiß sind. »Du möchtest mir einige Chips *in meinen Körper* implantieren, die dich *jederzeit wissen* lassen, wo ich bin – damit ich auf einem abgeschiedenen Anwesen, das über bessere Sicherheitsvorkehrungen verfügt als das Weiße Haus, sicher bin?«

Ihr Ton ist sarkastisch, und ich spüre, wie ich wütend werde. Ich komme ihr bei vielen Sachen entgegen, aber ihre Sicherheit werde ich nicht riskieren. Es wäre einfacher gewesen, hätte sie sich dazu entschlossen, zu kooperieren. Ihr Widerstand wird mich auch nicht davon abhalten, das zu tun, was ich vorhabe.

»Ja, mein Kätzchen, genau«, erwidere ich ihr seidig und erhebe mich aus meinem Stuhl. »Genau das möchte ich. Du wirst diese Tracker heute bekommen. Um genau zu sein, jetzt.«

15

GESCHOCKT SCHAUE ICH JULIAN AN, UND MEIN HERZSCHLAG DRÖHNT IN meinen Ohren. Ein Teil von mir kann gar nicht glauben, dass er das gegen meinen Willen mit mir machen wird – mich wie ein Stück Vieh zu kennzeichnen und mich jeder Illusion von Privatsphäre und Freiheit zu berauben. Alles in mir schreit, dass ich ein Idiot gewesen bin. Ich hätte wissen müssen, dass ein Tiger sich nie ändern wird.

Die letzten Wochen waren einfach so anders gewesen als alles davor. Ich hatte angefangen zu denken, dass sich Julian mir öffnen und mich wirklich in sein Leben lassen würde. Trotz seiner Dominanz im Schlafzimmer und der Kontrolle, die er über alle Aspekte meines Lebens ausübt, hatte ich begonnen, mich weniger als sein Sexspielzeug und mehr als seine Partnerin zu fühlen. Ich habe geglaubt, wir würden so etwas wie ein normales Paar werden, dass er gerade anfing, echte Gefühle für mich zu entwickeln ... mich zu respektieren.

Wie ein Idiot hatte ich mich der Illusion hingegeben, ein normales Leben mit meinem Entführer zu führen – mit einem Mann, der kein Gewissen und keine Moral kennt.

372

Wie dumm, wie leichtgläubig von mir. Ich möchte mich treten und gleichzeitig weinen. Ich habe immer gewusst, was für ein Mann Julian ist, aber ich habe mich trotzdem von seinem Charme einwickeln lassen, von der Art und Weise, mit der er mich wollte, mich zu brauchen schien.

Ich habe es zugelassen, zu glauben, für ihn mehr als nur sein Besitz zu sein.

Als ich bemerke, dass ich hier sitze und sich mein Kopf durch diese schmerzhafte Enttäuschung dreht, stoße ich meinen Stuhl zurück und stehe auf. Die plötzliche Übelkeit in meinem Magen ist immer noch da, aber jetzt ist da auch Wut. Rein und intensiv breitet sie sich in meinem Körper aus und verdrängt die Überreste des Entsetzens und des Schmerzes.

Diese Tracker haben nichts mit meiner Sicherheit zu tun. Ich kenne das Ausmaß der Sicherheitsvorkehrungen auf diesem Anwesen, und ich weiß, dass die Wahrscheinlichkeit, dass mich noch einmal jemand entführen kann, weniger als winzig ist. Nein, die erneute Bedrohung durch die Terroristen ist nur ein Vorwand, eine bequeme Entschuldigung für Julian, um das zu tun, was er wahrscheinlich schon die ganze Zeit vorhatte. Es liefert ihm einen Grund, seine Kontrolle über mich zu verstärken, mich so eng an sich zu binden, dass ich nicht einmal mehr atmen kann, ohne dass er davon weiß.

Diese Tracker werden mich für den Rest meines Lebens zu seiner Gefangenen machen … und so sehr ich Julian auch liebe, bin ich nicht bereit, ein solches Schicksal zu akzeptieren.

»Nein«, erwidere ich und bin erstaunt, wie ruhig und ebenmäßig meine Stimme klingt. »Ich werde diese Implantate nicht bekommen.«

Julian hebt seine Augenbrauen. »Nein?« Seine Augen glitzern amüsiert. »Und wie möchtest du das verhindern, mein Kätzchen?«

Ich hebe mein Kinn, und mein Herzschlag wird noch schneller. Trotz meines ganzen Trainings bin ich im Kampf immer noch kein ebenbürtiger Gegner für Julian. Er kann mich in dreißig Sekunden unterwerfen – nicht zu reden von den ganzen Wachen, die auf seinen Befehl hören. Wenn er sich in den Kopf gesetzt hat, mir diese Tracker zu implantieren, werde ich ihn nicht davon abhalten können.

Aber das bedeutet nicht, dass ich es nicht wenigstens versuchen werde.

»Ich scheiß' auf dich«, sage ich klar und betone jedes Wort. »Ich scheiß' auf dich und deine Chips.« Und aus einem rein adrenalingesteuerten Instinkt heraus stoße ich die Teller über den Tisch und schieße auf die Tür zu.

Das Geschirr knallt scheppernd zu Boden, und ich höre, wie Julian flucht, während er versucht zu vermeiden, mit Essen bekleckert zu werden. Einen Moment lang ist er abgelenkt, und das ist genau die Zeit, die ich brauche, um zur Tür hinaus in die Eingangshalle zu rennen. Ich weiß weder, wohin ich möchte, noch habe ich so etwas wie einen Plan. Alles, was ich weiß, ist, dass ich nicht hierbleiben und mich lammfromm dieser erneuten Demütigung hingeben kann.

Ich kann nicht wieder Julians kleines, untergebenes Opfer sein.

Ich höre, wie er hinter mir herjagt, als ich durch das Haus renne, und plötzlich sehe ich mich wieder an meinem ersten Tag auf der Insel. Da bin ich auch gerannt und habe versucht, dem Mann zu entkommen, der mein ganzes Leben werden würde. Ich erinnere mich daran, wie viel Angst ich spürte und wie benebelt ich von den ganzen Drogen gewesen war, die er mir eingeflößt hatte. Das war der erste Tag, an dem Julian mich den zerstörerischen Lust-Schmerz seiner Berührung hatte spüren lassen. Der Tag, an dem ich zum ersten Mal begriff, dass ich nicht länger die Kontrolle über mein Leben hatte.

Ich weiß eigentlich nicht, warum mich dieser Tracker überrascht. Julian hat nie behauptet, dass er es bereuen würde, mich meiner Entscheidungen beraubt zu haben. Er hat sich auch nie dafür entschuldigt, mich entführt oder zur Heirat gezwungen zu haben. Er behandelt mich gut, weil er das so möchte, nicht weil es für ihn irgendwelche nachteiligen Konsequenzen hätte, wenn er es nicht täte. Niemand kann ihn davon abhalten, mit mir das zu machen, was er will, es gibt kein Abbruchswort, das ich benutzen kann, um meine Grenzen zu sichern.

Ich bin zwar seine Frau, aber mehr als alles andere bin ich immer noch seine Gefangene.

Ich bin jetzt an der Eingangstür angekommen, drücke die Klinke hinunter und öffne die Tür. Aus dem Augenwinkel sehe ich Ana, die an der Wand steht und mich anstarrt, als ich kurz vor Julian aus der Tür stürme. Ich renne so schnell, dass es mir nur ein kleines bisschen unangenehm ist, dass sie uns so sieht. Ich nehme an, dass unsere Haushälterin die BDSM-Natur unserer Beziehung erahnt – meine Sommerkleidung bedeckt nicht immer alle Spuren, die Julian auf meiner Haut hinterlässt. Deshalb hoffe ich, dass sie diesen Zwischenfall als eines unserer perversen Spielchen abtut.

Ich habe keine Ahnung, wohin ich renne, als ich die Stufen hinunterfliege, aber das ist auch unwichtig. Alles, was ich möchte, ist, einige Momente ohne Julian zu haben, ein wenig Zeit zu schinden. Ich weiß nicht, was ich davon haben werde, aber ich weiß, dass ich das brauche – dass ich das Gefühl haben muss, mich gegen ihn gewehrt zu haben, dass ich mich nicht einfach dem Unausweichlichen gebeugt habe.

Ich bin in der Mitte der weitläufigen grünen Rasenfläche, als ich bemerke, dass Julian aufholt. Ich kann sein schweres Atmen hören – er muss auch so schnell gerannt sein, wie er kann – und dann schließt sich seine Hand um meinen linken Oberarm. Er dreht mich herum und zieht mich an seinen harten Körper.

Der Aufprall betäubt mich kurz, da ich einen Moment lang keine Luft bekomme. Dann reagiert mein Körper wie im Autopilot, und mein Selbstverteidigungstraining wirkt. Anstatt mich von Julian wegzuschieben, lasse ich mich wie ein Stein zu Boden fallen, damit er seine Balance verliert. Gleichzeitig ziehe ich meine Knie an und ziele damit auf seine Hoden, während meine Faust gleichzeitig auf sein Kinn zuschießt.

Als er meine Strategie durchschaut, dreht er sich im letzten Moment weg, so dass meine Faust sein Gesicht nicht trifft und meine Knie auf seinen Oberschenkeln aufschlagen. Bevor ich die Möglichkeit habe, irgendetwas anderes zu versuchen, lässt er mich fallen. Sobald mein Rücken auf dem Boden aufkommt, nagelt er mich mit seinem vollen Gewicht fest, benutzt seine Beine, um meine zu kontrollieren, und packt meine Handgelenke, um meine Arme über meinem Kopf zu fixieren.

Ich bin jetzt völlig außer Gefecht gesetzt, so hilflos wie immer, und Julian weiß es.

Ein sanftes Lachen entweicht ihm, als er meinem wütenden Blick begegnet. »Du bist ein gefährliches kleines Ding, stimmt's?«, murmelt er und rückt sich bequemer auf mir zurecht. Zu meinem Ärger wird seine Atmung schon wieder normal, und seine blauen Augen funkeln vergnügt und mit unverhohlener Belustigung. »Weißt du eigentlich, dass es sogar funktioniert haben könnte, wenn nicht ich dir beigebracht hätte, dich so zu bewegen?«

Mit wogender Brust starre ich ihn wütend an, und in mir brodelt der Drang, ihm wehzutun. Die Tatsache, dass er diese Situation genießt, steigert meine Wut, und ich stemme mich mit aller Macht nach oben, um ihn abzuwerfen. Das ist natürlich sinnlos; er ist mehr als doppelt so schwer wie ich, und jeder Millimeter seines Körpers ist voller stahlharter Muskeln. Alles, was ich erreiche, ist, ihn noch mehr zu amüsieren.

Das, und ihn zu erregen – wie ich an der harten Beule an meinem Bein spüren kann.

»Lass mich los«, zische ich mit zusammengebissenen Zähnen, während ich mir deutlich der automatischen Reaktion meines Körpers auf seine Erregung bewusst bin, auf seinen Körper, der sich so auf meinen presst. So festgehalten zu werden ist nun einmal etwas, was ich mit Sex verbinde, und ich hasse es, dass ich gerade erregt bin. Mein Innerstes pulsiert mit heißem Verlangen, obwohl ich wütend bin und mich dagegen wehre. Das ist eine weitere Sache, über die ich keine Kontrolle habe. Mein Körper ist darauf konditioniert, auf Julians Dominanz zu reagieren, egal um was es sich dabei handelt.

Auf seinen sinnlichen Lippen erscheint ein zufriedenes Halblächeln. Dieser Bastard ist sich meiner unfreiwilligen Erregung zweifellos bewusst. »Oder was, mein Kätzchen?«, haucht er und blickt mich an, während er meine angespannten Beine mit seinen Knien auseinanderzwingt. »Was wirst du tun?«

Ich schaue ihn feindselig an und gebe mein Bestes, die Bedrohung seiner steinharten Erektion, die sich gegen meinen Eingang presst, zu ignorieren. Nur seine Jeans und meine dünne Unterwäsche trennen uns noch, und ich weiß, dass Julian dieses Hindernis sofort beseitigen kann. Das Einzige, was ihn davon abhält, mich hier zu nehmen – und auf das ich mich verlasse –, ist die Tatsache, dass wir uns in voller Sichtweite der Wächter und aller anderen befinden, die sich gerade in der Nähe des Hauses aufhalten. Exhibitionismus ist nicht Julians Sache – er ist zu besitzergreifend dafür – und ich bin mir ziemlich sicher, dass er mich nicht in aller Öffentlichkeit anfassen wird.

Er mag mir andere Sachen antun, aber für den Moment bin ich sicher vor sexueller Bestrafung.

Diese Tatsache und meine Wut lassen mich ungebremst antworten. »Die wirkliche Frage ist doch aber, was *du* tun wirst, Julian«, sage ich mit leiser und bitterer Stimme. »Wirst du mich schreiend und tretend mit dir mitschleifen, um mir diese Tracker einsetzen zu lassen? Das wirst du nämlich machen müssen – ich habe nicht vor, in diesem Punkt wie eine gute kleine Gefangene nachzugeben. Ich habe es satt, diese Rolle zu spielen.«

Sein Lächeln verschwindet und macht einem Ausdruck rücksichtsloser Entschlossenheit Platz. »Ich werde tun, was immer gemacht werden muss, um dich in Sicherheit zu wissen, Nora«, sagt er harsch und zieht mich mit sich nach oben, als er aufsteht.

Ich wehre mich, aber das ist sinnlos; innerhalb eines Augenaufschlags hat er mich in seine Arme gehoben. Eine seiner Hände hält meine Handgelenke fest, und sein anderer Arm ist fest unter meinen Knien verankert, weshalb ich meine Beine nicht mehr bewegen kann. Wütend strecke ich meinen Rücken durch, um seinen Griff zu schwächen, aber er hält mich zu fest für solche Manöver. Das Einzige, was ich damit erreiche, ist, dass ich nach einigen Minuten ermüde. Frustriert keuchend höre ich damit auf, während Julian mich wie ein hilfloses Kind zum Haus zurückträgt.

»Du kannst so viel schreien, wie du willst«, lässt er mich wissen, als wir die Treppen zur Eingangstür erreichen. Seine Stimme ist ruhig und gefasst, und sein Gesicht ist emotionslos, als er auf mich herabblickt. »Es wird zwar nichts ändern, aber du kannst es gerne versuchen.«

Ich weiß, dass er wahrscheinlich diese ungerechtfertigte Operation an mir durchführen lassen wird, aber trotzdem bleibe ich still, als er die Tür mit seinem Rücken aufstößt und das Haus betritt. Meine Wut verfliegt langsam, und an ihre Stelle tritt erschöpfte Resignation. Ich wusste immer, dass es keinen Sinn hat, gegen Julian zu kämpfen, und das, was gerade passiert, bestätigt das nur. Ich kann mich wehren, so viel ich möchte, aber es wird nichts ändern.

Als Julian mich in die Eingangshalle trägt, sehe ich Ana dort stehen, die uns entsetzt und fasziniert anschaut. Sie muss den Ausgang unserer Jagd durch das Fenster beobachtet haben. Als Julian wortlos an ihr vorübergeht, kann ich spüren, wie ihr Blick uns folgt.

Jetzt, nachdem der erste Adrenalinschub vorbei ist, ist mir das Ganze unglaublich peinlich. Es ist eine Sache, dass Ana immer einige leichte Blutergüsse auf meinen Oberschenkeln sieht. Uns so zu sehen ist dagegen eine völlig andere Sache. Ich bin mir sicher, dass sie schon schlimmere Dinge erlebt hat, immerhin arbeitet sie ja für einen Kartellboss – aber trotzdem kann ich das unangenehme Gefühl der Bloßstellung nicht abschütteln. Ich möchte nicht, dass die Menschen auf diesem Anwesen die Wahrheit meiner Beziehung zu Julian kennen; ich möchte nicht, dass sie mich mitleidig ansehen. Diese

Blicke hatte ich zur Genüge in Oak Lawn, und ich bin nicht scharf darauf, diese Erfahrung zu wiederholen.

»Wirst du die Tracker jetzt einfach hineinschieben?«, frage ich Julian, als er mich zu unserem Schlafzimmer bringt. »Ohne Betäubung?« Mein Ton ist zwar sarkastisch, aber eigentlich frage ich mich das gerade wirklich. Ich weiß, dass mein Ehemann es mag, mir manchmal Schmerzen zuzufügen, weshalb es nicht ganz auszuschließen ist, dass das hier eine Art Sexspiel für ihn ist.

Julians Kiefer ist angespannt, als er mich auf meine Füße stellt. »Nein«, erwidert er kurz, lässt mich los und tritt zurück. Meine Augen blicken sofort Richtung Tür, aber Julian befindet sich davor, während er zu einem kleinen Schränkchen geht und die Fächer durchwühlt. »Ich werde sicherstellen, dass du nichts spüren wirst.« Dann sehe ich, wie er eine kleine, vertraut aussehende Spritze hervorholt.

Innere Kälte erfasst mich. Ich erkenne diese Spritze wieder – es ist diejenige, die er in seiner Jackentasche hatte, als er mich erneut holte. Die Spritze, die er benutzt hätte, falls ich nicht freiwillig mit ihm mitgekommen wäre.

»Hast du mich mit so etwas betäubt, als du mich im Park entführt hast?« Meine Stimme ist ruhig. Sie verrät nichts davon, dass ich innerlich zusammenbreche. »Was für ein Mittel ist es?«

Julian seufzt und sieht unerklärlich erschöpft aus, als er zu mir kommt. »Es hat einen langen und komplizierten Namen, der mir gerade nicht einfällt – und ja, es ist das gleiche, das ich benutzt habe, um dich auf die Insel zu bringen. Es ist eines der besten Betäubungsmittel und hat sehr wenige Nebenwirkungen.«

»Wenige Nebenwirkungen? Wie nett.« Ich trete einen Schritt zurück und sehe mich hektisch im Raum nach etwas um, mit dem ich mich verteidigen kann. Es gibt allerdings nichts. Außer einer Handcremedose und einer Schachtel mit Taschentüchern am Bett ist der Raum völlig sauber und ohne überflüssige Gegenstände. Ich ziehe mich zurück, bis meine Knie das Bett berühren. In diesem Moment weiß ich, dass ich nicht weiterkann.

Ich sitze in der Falle.

»Nora ...« Julian befindet sich jetzt weniger als einen Meter von mir entfernt und hält die Spritze in seiner rechten Hand. »Mach es mir nicht schwerer als nötig.«

Schwerer als nötig? Meint er das ernst? Eine neue Zorneswelle erfasst mich und aktiviert meine letzten Energiereserven. Ich werfe mich auf das Bett und rolle mich darüber hinweg. Ich hoffe, dass ich es bis auf die andere Seite schaffen werde, damit ich die Tür erreichen kann. Bevor ich an der anderen Bettkante angekommen bin, ist Julian allerdings schon auf mir, und sein muskulöser Körper presst mich auf die Matratze. Mein Gesicht wird in das weiche Laken gedrückt, und ich kann kaum atmen. Bevor sich Panik in mir ausbreiten kann, verlagert Julian aber schon sein Gewicht, damit ich meinen Kopf zur Seite drehen kann. Während ich Luft hole, spüre ich, dass er sich erneut bewegt – da er die Spritze vorbereitet, wie mir mit einem eisigen Schauer klar wird –, und mir bleiben nur noch Sekunden, bevor er mich wieder betäuben wird.

»Mach das nicht, Julian.« Diese Worte sind ein verzweifeltes, gebrochenes Betteln. Ich weiß, dass es sinnlos ist, zu betteln, aber es ist das Einzige, was ich jetzt noch tun kann. Mein Herz schlägt zum Zerbrechen in meiner Brust, als ich mein letztes Ass aus dem Ärmel ziehe. »Bitte, falls du überhaupt etwas für mich empfindest – *falls du mich liebst* – bitte, tu das nicht …«

Ich kann hören, wie er die Luft anhält, und einen Moment lang keimt ein Funken Hoffnung in mir auf – ein Funken, der sofort erstickt wird, als er mir zärtlich mein verworrenes Haar aus dem Nacken streicht, um meine Haut freizulegen. »Es wird wirklich nicht so schlimm werden, Baby«, murmelt er, kurz bevor ich einen Stich an der Seite meines Halses spüre.

Die Betäubung wirkt augenblicklich. Meine Beine werden schwer, und alles verschwimmt vor meinen Augen. »Ich hasse dich«, kann ich noch flüstern, bevor die Dunkelheit mich wiederhat.

16

Julian

ICH HASSE DICH ... FALLS DU MICH LIEBST, TU DAS NICHT ...

Als ich Noras bewusstlosen Körper aufhebe, hallen ihre Worte immer wieder in meinem Kopf nach, wie eine Platte, die einen Sprung hat. Ich weiß, es sollte nicht so wehtun, aber das tut es. Mit ein paar einfachen Sätzen hat sie es irgendwie geschafft, unter meine Haut zu gelangen, die Mauer zu durchbrechen, die mich seit Marias Tod umschlossen hat – die Wand, die es mir ermöglicht hat, zu allem und jedem Abstand zu halten, außer zu ihr.

Sie hasst mich nicht wirklich. Das weiß ich. Sie will mich. Sie liebt mich, oder wenigstens denkt sie, dass sie das tut. Wenn das alles erst einmal vorbei ist, werden wir wieder in den Trott der letzten Monate zurückfallen, nur werde ich mich dann besser fühlen, sicherer.

Ich werde weniger Angst davor haben, sie zu verlieren.

Falls du mich liebst, tu das nicht ...

Scheiße. Ich weiß nicht, warum es mir nicht egal ist, dass sie das gesagt hat. Mit Sicherheit liebe ich sie nicht. Das kann ich nicht. Liebe ist für alle die, die edel und selbstlos sind, für Menschen, die noch so etwas wie ein Herz haben.

Das bin nicht ich. Das war ich noch nie. Was ich für Nora empfinde, ist nicht das sanfte, blühende Gefühl, das in allen Büchern und Filmen dargestellt wird. Es ist viel mehr, viel tiefgründiger als das. Ich brauche sie so gewaltig, dass sich alles in mir zusammenzieht, mit einer Sehnsucht, die mich zerstört und gleichzeitig aufbaut. Ich brauche sie wie Luft, und ich würde alles tun, was ich muss, damit sie bei mir bleibt.

Ich würde für sie sterben, aber ich würde sie niemals gehen lassen.

Ich halte ihren kleinen, schlaffen Körper in meinen Armen und trage sie aus dem Schlafzimmer ins Wohnzimmer. David Goldberg, der Arzt des Anwesens, ist schon da und wartet mit seiner Arzttasche und medizinischen Geräten auf der Couch. Ich hatte ihn heute Morgen gebeten, später vorbeizukommen, um die Prozedur so schnell wie möglich nach dem Abendbrot durchzuführen, und ich bin froh, dass er pünktlich ist. Ich habe Nora nur ein Viertel der Betäubung in der Spritze injiziert, und ich möchte sicher sein, dass alles gemacht sein wird, bevor sie aufwacht.

»Ist sie schon weg?«, fragt Goldberg und steht auf, um uns zu begrüßen. Er ist ein kleiner Mann mit immer schüttererem Haar in seinen Vierzigern und einer der talentiertesten Chirurgen, die ich jemals getroffen habe. Ich zahle ihm ein Vermögen, um kleinere Verletzungen zu behandeln, aber das ist es mir wert. In meinem Geschäft weiß man nie, wann man einen guten Arzt gebrauchen kann.

»Ja.« Ich lege Nora vorsichtig auf die Couch. Ihr linker Arm hängt herunter, und ich rücke sie in eine bequemere Haltung, gehe sicher, dass ihr Kleid ihre Beine bedeckt. Goldberg ist das alles egal – ihn mache eher ich als meine Frau an –, aber ich kann mich immer noch nicht mit dem Gedanken anfreunden, sie unnötig zur Schau zu stellen, nicht einmal vor einem Mann, der ganz offen schwul ist.

»Sie wissen, dass eine örtliche Betäubung gereicht hätte«, sagt er, während er die Werkzeuge hervorholt, die er benötigt. Jede seiner Bewegungen sitzt und ist effizient; er ist ein Meister in seinem Fach. »Es ist ein einfacher Eingriff – keiner, bei dem der Patient bewusstlos sein muss.«

»Es ist besser so.« Ich gebe keine weiteren Erklärungen ab, aber ich denke, Goldberg hat es verstanden, da er auch nichts mehr zu dem

Thema sagt. Stattdessen zieht er sich seine Handschuhe an, nimmt eine große Spritze mit einer dicken Injektionsnadel hervor und geht zu Nora.

Ich trete zurück, damit er genügend Platz hat.

»Wie viele Tracker hätten Sie denn gerne? Einen oder mehrere?«, fragt er und schaut in meine Richtung.

»Drei.« Ich habe darüber nachgedacht und bin der Meinung, dass das am meisten Sinn ergibt. Falls sie jemals geraubt wird, kommen meine Feinde vielleicht auf den Gedanken, einen Überwachungschip bei ihr zu suchen, aber es ist sehr unwahrscheinlich, dass sie nach drei Stück suchen.

»In Ordnung. Ich werde einen in ihren Oberarm, einen in ihre Hüfte und einen in die Innenseite ihres Oberschenkels einsetzen.«

»Das sollte funktionieren.« Die Tracker sind klein, etwa so groß wie ein Reiskorn, und Nora wird sie nach einigen Tagen nicht mehr spüren. Ich will auch, dass sie als Köder ein spezielles Armband trägt, welches einen vierten Tracker beherbergt. Falls ihre Entführer den Tracker im Armband finden, sind sie vielleicht dumm genug, zu glauben, dass sie ihn gefunden haben, und nicht ihren Körper danach untersuchen.

»Dann werde ich das tun«, sagt Goldberg und fährt mit einer Desinfektionslösung über Noras Oberarm, bevor er mit der Nadel in ihre Haut eindringt. Ein kleiner Tropfen Blut bildet sich, während der Tracker eingesetzt wird. Danach desinfiziert er die Stelle erneut und bindet eine kleine Bandage darüber.

Als Nächstes ist ihr Implantat an der Hüfte dran, gefolgt vom inneren Oberschenkel. In weniger als sechs Minuten nach Beginn des Eingriffs hat Nora alles friedlich überstanden.

»Alles fertig«, sagt Goldberg, zieht seine Handschuhe aus und packt seine Tasche. »In einer Stunde können Sie, sobald sie aufgehört hat zu bluten, die Bandage abnehmen und ein normales Pflaster aufkleben. Es kann sein, dass die Stellen ein paar Tage lang empfindlich sind, aber es sollten keine Komplikationen auftreten. Besonders dann nicht, wenn die Wunden sauber gehalten werden. Falls irgendetwas sein sollte, rufen Sie mich an, aber ich denke nicht, dass es Probleme geben wird.«

»Hervorragend, danke.«

»Es war mir eine Freude.« Und mit diesen Worten nimmt Goldberg seine Tasche und verlässt den Raum.

~

GEGEN DREI UHR MORGENS KOMMT NORA WIEDER ZU SICH.

Da ich einen sehr leichten Schlaf habe, werde ich sofort wach, als sie beginnt, sich zu bewegen. Ich weiß, dass sie wegen der Betäubung unter Kopfschmerzen und Übelkeit leidet, und ich habe eine Flasche Wasser neben dem Bett stehen, falls sie Durst haben sollte. Eigentlich sollte sie nur leichte Nebenwirkungen spüren, da ich ihr diesmal nur eine kleine Dosis gegeben habe. Als ich sie aus dem Park entführt habe, war die Dosis sehr viel höher gewesen. Ich hatte damals sichergehen wollen, dass sie die ganzen vierundzwanzig Stunden bis zur Insel betäubt war. Heute kann sie sich schneller erholen.

Ich hasse dich.

Nicht schon wieder. Ich schiebe die Erinnerung an ihr leises, vorwurfsvolles Geflüster beiseite und konzentriere mich auf die Gegenwart. Ich spüre, wie sie sich neben mir bewegt und leise aufstöhnt, als sie mit der empfindlichen Stelle an ihrem Oberarm die Matratze berührt. Dieses Geräusch ruft etwas in mir hervor, geht mir irgendwie unter die Haut. Ich möchte nicht, dass Nora Schmerzen hat – zumindest nicht davon –, und ich greife nach ihr, um sie näher an mich heranzuziehen und sie von hinten zu umarmen.

Sie versteift sich, als ich sie berühre. Ihr Körper spannt sich an, und ich weiß, dass sie wach ist, dass sie sich an das, was passiert ist, erinnert.

»Wie fühlst du dich?«, frage ich mit leiser und beruhigender Stimme, während ich mit meiner Hand über die sanfte Wölbung ihres äußeren Oberschenkels fahre. »Möchtest du Wasser oder etwas anderes?«

Sie antwortet nicht, aber ich merke, wie sich ihre Hand leicht bewegt, und deute das als Zustimmung.

»In Ordnung.« Ich fasse nach hinten und suche einen Moment im Dunkeln, um die Wasserflasche zu finden. Ich stütze mich auf einen Ellenbogen und mache meine Nachttischlampe an, um etwas zu sehen. Dann reiche ich Nora die Flasche.

Sie blinzelt einige Male gegen das Licht an, bevor sich ihre schlanken Finger um die Flasche schließen. Diese Bewegung führt dazu, dass die Decke hinunterrutscht und ihren Oberkörper freilegt. Ich habe sie ausgezogen, bevor ich sie ins Bett gelegt habe. Sie ist nackt, und nur ihr dickes Haar versteckt ihre hübschen Brüste hinter rosa Spitze vor meinem Blick. Vertraute Lust regt sich in mir, aber ich verdränge sie, da ich zuerst sichergehen möchte, dass es ihr gut geht.

Ich lasse sie erst einige Schlucke Wasser trinken, bevor ich sie frage: »Wie fühlst du dich?«

Sie zuckt mit den Schultern, ohne mich dabei anzuschauen. »Gut, nehme ich an.« Ihre Hand bewegt sich über ihren Körper bis zu ihrem Oberarm. Als sie den Verband berührt, kann ich sehen, wie ein Zittern ihren Körper durchfährt, so als sei ihr kalt. »Ich muss ins Bad«, sagt sie plötzlich und steigt aus dem Bett, ohne meine Antwort abzuwarten. Ich erhasche einen kurzen Blick auf ihren kleinen, runden Po, bevor sie durch die Badezimmertür verschwindet. Mein Geschlecht wird trotz des Befehls meines Gehirns, sich ruhig zu verhalten, hart.

Ich seufze und lehne mich zurück in die Kissen, während ich auf sie warte. Wem mache ich etwas vor? Mein Kätzchen hat immer diesen Effekt auf mich. Ich kann es genauso wenig ignorieren, wenn sie nackt ist, wie aufhören zu atmen. Fast unfreiwillig gleitet meine Hand unter die Decke, und meine Finger legen sich um meinen harten Penis. Ich schließe die Augen, stelle mir ihre heißen, samtenen Innenwände vor, die meinen Penis umschließen, ihre nasse und köstlich enge Muschi …

Ich hasse dich.

Scheiße. Ich reiße meine Augen auf, und ein Teil der Hitze in mir kühlt sich ab. Ich bin immer noch hart, aber jetzt ist die Lust mit einer eigenartigen Schwere in meiner Brust vermischt. Ich weiß nicht, wo diese auf einmal herkommt. Ich sollte jetzt, da sie die Tracker in sich hat, glücklicher sein, aber das bin ich nicht. Stattdessen fühle ich mich so, als hätte ich etwas verloren … etwas, von dem ich nicht einmal gewusst hatte, es zu haben.

Unzufrieden schließe ich meine Augen erneut und konzentriere mich auf das wachsende Ziehen in meinen Hoden, während meine Hand sich auf und ab bewegt, den Hunger verstärkt. Und selbst wenn sie mich hasst. Wahrscheinlich *sollte* sie mich hassen, wenn man bedenkt, was ich ihr alles angetan habe. Aber ich habe mich niemals von solchen Überlegungen von dem abbringen lassen, was ich tun wollte, und ich werde jetzt auch nicht damit anfangen. Nora wird sich an die Tracker gewöhnen, genauso wie sie sich daran gewöhnt hat, mir zu gehören. Sollte doch einmal jemand in das Anwesen eindringen können, wird sie ihrem Schutzengel für diese Vorsichtsmaßnahme danken.

Als ich die Badezimmertür höre, öffne ich die Augen und betrachte sie, als sie herauskommt. Sie schaut mich nicht direkt an. Stattdessen blicken ihre Augen auf den Boden, während sie zum Bett huscht und unter die Decke kriecht, welche sie bis zum Kinn hochzieht. Sie starrt ausdruckslos die Decke an, so als existiere ich überhaupt nicht.

Genauso gut hätte sie mir eine Ohrfeige verpassen können.

Die Lust in mir verschärft sich, wird dunkler. Ich werde dieses Verhalten nicht tolerieren, und das weiß sie auch. Ich kann dem Drang, sie zu bestrafen, kaum widerstehen, und allein das Wissen, dass sie schon Schmerzen hat, hält mich davon ab, sie zu fesseln und meinen sadistischen Fantasien nachzugeben.

Trotzdem werde ich das nicht durchgehen lassen. Heute Nacht nicht, und auch nicht zu einem anderen Zeitpunkt.

Ich werfe meine Decke ab, setze mich hin und befehle ihr scharf: »Komm her.«

Zuerst bewegt sie sich nicht, aber dann erhebt sie ihren Blick und schaut mir ins Gesicht. Ihr Blick spiegelt keine Angst wider, ich kann überhaupt keine Gefühle in ihm entdecken. Ihre großen, dunklen Augen sind leblos, genauso wie die einer wunderschönen Puppe.

Die Schwere in meiner Brust breitet sich aus. »Komm her«, wiederhole ich, und die Schärfe meiner Stimme versteckt die wachsende Anspannung in mir. »Jetzt.«

Sie gehorcht, als ihre Erziehung endlich die Oberhand gewinnt. Sie schlägt die Decke beiseite und kommt auf allen vieren quer über das Bett zu mir gekrabbelt. Ihr Po ist leicht angehoben. Sie bewegt sich genau so, wie ich das im Schlafzimmer gerne möchte. Mein Atem geht schneller, und mein Schwanz schwillt fast schmerzhaft an. Ich habe sie gut erzogen; auch wütend weiß mein Kätzchen immer noch, wie es mir gefällt.

»Braves Mädchen«, flüstere ich und greife nach ihr, sobald sie in meiner Reichweite ist. Ich lasse meine linke Hand in ihr Haar gleiten, lege meinen rechten Arm um ihre Taille und ziehe sie auf meinen Schoß, um sie an mich zu drücken. Dann verschließe ich ihre Lippen mit meinem Mund und küsse sie mit einem Hunger, der aus meinem tiefsten Inneren auszuströmen scheint.

Sie schmeckt nach der Minzzahnpasta und sich selbst, ihre Lippen sind weich und erwidern den Kuss, als ich in die seidigen Tiefen ihres Mundes eindringe. Im Laufe des Kusses schließen sich ihre Augen, und sie legt vorsichtig eine Hand auf meine Seite. Ich kann ihre Nippel an meiner Brust spüren, und die Erkenntnis, dass sie genauso reagiert wie immer, jagt eine Welle der Erleichterung durch mich hindurch, vermindert mein Unwohlsein.

In was für einer eigenartigen Stimmung sie auch sein mag, sie gehört immer noch ganz und gar mir.

Ohne den Kuss zu unterbrechen, lehne ich mich so weit nach vorne, bis wir beide flach auf dem Bett liegen und ich sie bedecke. Ich achte darauf, sanft zu ihr zu sein, damit ich keinen Druck auf ihre Verbände ausübe. Das Monster in mir sehnt sich nach ihren Schmerzen und ihren Tränen, aber dieses Verlangen verblasst gegen mein überwältigendes Bedürfnis, für sie da zu sein, diesen leblosen Blick aus ihren Augen verschwinden zu lassen.

Ich unterdrücke meine eigene Lust und beginne, mich auf die einzige Art und Weise um sie zu kümmern, die ich beherrsche. Ich küsse sie am ganzen Körper, koste ihre weiche, warme Haut, während ich mich von der sanften Kurve ihres Ohrs bis zu ihren Zehen bewege. Ich massiere ihre Hände, Arme, Füße, Beine und den Rücken und genieße ihr leichtes Aufstöhnen, während ich ihr die Steifheit aus den Muskeln reibe. Danach bringe ich sie mit meinem Mund und meinen Fingern zum Höhepunkt, auch wenn ich dadurch meine eigenen Bedürfnisse so weit zurückdränge, dass meine Hoden fast blau anlaufen.

Als ich endlich in sie eindringe, ist es wie nach Hause zu kommen. Ihre heiße, feuchte Scheide nimmt mich auf, drückt mich so fest, dass ich fast auf der Stelle explodiere. Ich beginne, mich in ihr zu bewegen, und ihre Arme schließen sich hinter meinem Rücken. Sie umarmen mich, halten mich fest, bis wir am anderen Ende detonieren, unsere Körper sich gemeinsam in einer gewaltigen Explosion entladen.

17

ora

ICH WACHE SPÄTER ALS GEWÖHNLICH AUF, UND MEIN KOPF UND MEIN Mund fühlen sich an, als seien sie mit Watte gefüllt. Einen Moment lang habe ich Schwierigkeiten, mich daran zu erinnern, was passiert ist – *habe ich zu viel getrunken?* –, aber dann kommen die Erinnerungen an letzte Nacht zurück. Mein Magen zieht sich zusammen, und Verzweiflung breitet sich in mir aus.

Julian hat letzte Nacht Liebe mit mir gemacht. Er hat Liebe mit mir gemacht, nachdem er sich an mir vergangen hat – nachdem er mich betäubt und die Tracker gegen meinen Willen in mich hineingezwungen hat – und ich habe das zugelassen. Nein, ich habe das nicht einfach nur zugelassen; ich habe seine Berührungen genossen. Ich habe den kalten Schmerz in meinem Inneren von seinen heißen Zärtlichkeiten schmelzen lassen, und wenn auch nur einen Moment lang die klaffende Wunde vergessen, die er meinem Herzen zugefügt hat.

Ich weiß nicht, weshalb mich von allen Dingen, die Julian mir angetan hat, dieses so stark belastet. Im Großen und Ganzen sind die Tracker, die er mir angeblich zu meiner eigenen Sicherheit implantieren ließ, nichts im Vergleich dazu, mich zu entführen, Jake zusammenschlagen zu lassen oder mich zu erpressen, ihn zu heiraten. Diese Tracker müssen ja auch nicht zwangsläufig für immer sein. Falls ich dieses Anwesen jemals verlassen sollte, kann ich zu einem Arzt gehen und mir die Implantate entfernen lassen, anstatt sie mein Leben lang zu behalten. Meine Angst von gestern war mit Sicherheit teilweise irrational; ich habe instinktiv gehandelt, ohne die Sache zu durchdenken.

Aber trotzdem hat es sich so angefühlt, als sei gestern Abend ein Teil von mir gestorben – so als habe der Stich der Spritze etwas in mir getötet. Vielleicht ist der Grund dafür, dass ich begonnen hatte zu spüren, wie Julian und ich uns näherkamen, dass wir mehr wie ein normales Paar wurden. Oder es war mein Stockholm-Syndrom – oder was auch immer mein psychologisches Problem ist –, welches mich Regenbögen und Einhörner sehen ließ, wo keine waren. Weshalb auch immer, das, was Julian getan hat, fühlte sich wie Hochverrat an. Als ich letzte Nacht das Bewusstsein wiedererlangte, fühlte ich mich derart zerstört, dass ich in ein Loch krabbeln und verschwinden wollte.

Aber Julian ließ mich nicht. Er liebte mich. Er liebte mich, als ich dachte, er würde mich auspeitschen – als ich seine Bestrafung dafür erwartete, nicht sein kleines, gehorsames Kätzchen gewesen zu sein. Er war zärtlich zu mir, als ich Grausamkeit erwartete; anstatt mich auseinanderzunehmen, setzte er mich wieder zusammen, auch wenn es nur für wenige Stunden war.

Und jetzt ... vermisse ich ihn. Ohne ihn an meiner Seite kommt schleichend die Kälte zurück, der Schmerz beginnt langsam wieder, mir von innen die Luft zu nehmen. Die Tatsache, dass Julian das gegen meinen Willen tat – er das tat, obwohl ich *ihn anbettelte, es nicht zu tun* –, kann ich fast nicht ertragen. Es sagt mir, dass er mich nicht liebt – dass er mich vielleicht niemals lieben wird.

Es sagt mir, dass der Mann, mit dem ich verheiratet bin, vielleicht niemals mehr als mein Entführer sein wird.

～

Zum Frühstück ist Julian nicht da, was zu meiner wachsenden Depression beiträgt. Ich habe mich so sehr daran gewöhnt, die Mehrzahl meiner Mahlzeiten mit ihm einzunehmen, dass seine

Abwesenheit sich wie eine Zurückweisung anfühlt – auch wenn ich nicht nachvollziehen kann, wie ich mich nach alledem immer noch nach seiner Gesellschaft sehnen kann.

»Señor Esguerra hat schon eine Kleinigkeit gegessen«, erklärt mir Ana, als sie mir Eier gemischt mit Bohnenpüree und Avocado serviert. »Er hat etwas erfahren, um was er sich sofort kümmern musste. Deshalb kann er heute Morgen nicht mit dir frühstücken. Er entschuldigt sich dafür und lässt dir ausrichten, dass du in sein Büro kommen kannst, wann immer du möchtest.« Ihre Stimme ist außergewöhnlich warm, und ich kann Mitleid in ihrem Gesicht sehen, als sie mich anschaut. Ich weiß nicht, ob sie alle Einzelheiten von dem weiß, was letzte Nacht passiert ist, aber ich habe den Eindruck, sie hat das grobe Geschehen mitbekommen.

Peinlich berührt senke ich meinen Blick und schaue auf meinen Teller. »In Ordnung, danke, Ana«, murmele ich und starre mein Essen an. Es sieht so köstlich aus wie immer, aber heute Morgen habe ich keinen Hunger. Ich weiß, dass ich nicht krank bin, aber ich fühle mich so. Mein Magen rumort, und meine Brust schmerzt. Die frischen Implantate in meinem Oberschenkel, meiner Hüfte und meinem Oberarm pochen dumpf. Alles, was ich gerade möchte, ist, mich unter meiner Decke zu verkriechen, aber leider kommt das nicht in Frage. Ich muss einen Aufsatz für meinen Kurs in englischer Literatur schreiben und hinke außerdem zwei Vorlesungen in Mathe hinterher. Allerdings habe ich meinen Morgenspaziergang mit Rosa abgesagt; ich habe keine Lust, meine Freundin zu sehen, solange ich mich so fühle.

»Hättest du gerne eine heiße Schokolade oder etwas anderes? Vielleicht Kaffee oder Tee?«, fragt Ana, die immer noch am Tisch steht. Wenn Julian und ich zusammen essen, verschwindet sie in der Regel, aber aus irgendeinem Grund scheint sie mich heute Morgen nicht allein lassen zu wollen.

Ich schaue von meinem Teller auf und zwinge mich dazu, sie anzulächeln. »Nein danke, ich habe alles, was ich brauche, Ana.« Ich nehme die Gabel in die Hand, spieße ein wenig Ei auf und führe sie zum Mund. Ich bin fest entschlossen, etwas zu essen, um die Besorgnis, die sich auf dem leicht gerundeten Gesicht der Haushälterin abzeichnet, zu zerstreuen.

Während ich kaue, sehe ich, wie Ana einen Moment zögert, so als würde sie noch etwas sagen wollen. Sie scheint es sich aber anders zu überlegen, denn kurz darauf verschwindet sie in der Küche und lässt mich mit meinem Frühstück allein. Die nächsten Minuten verbringe ich damit, mich zum Essen zu zwingen, aber da alles wie Sand schmeckt, gebe ich schließlich auf.

Ich erhebe mich und gehe zur Tür, da ich die Sonne auf meiner Haut spüren möchte. Die Kälte in mir scheint sich sekündlich weiter auszubreiten, und meine Niedergeschlagenheit nimmt zu, je weiter der Morgen voranschreitet.

Ich trete aus der Tür und gehe bis zum Ende der Veranda, um mich über das Geländer zu lehnen und die heiße, feuchte Luft einzuatmen. Als ich über den weitläufigen Rasen schaue und in der Entfernung die Wachen sehe, verschwimmt alles vor meinen Augen, als diese sich mit heißen Tränen füllen, welche danach beginnen, meine Wangen hinabzulaufen.

Ich weiß nicht, warum ich weine. Niemand ist gestorben, nichts wirklich Schlimmes ist passiert. Ich habe in den letzten zwei Jahren viel schlimmere Dinge erlebt und bin damit zurechtgekommen – ich habe mich angepasst und überlebt. Ich sollte mich wegen dieser relativ kleinen Sache nicht fühlen, als sei mein Herz herausgerissen worden.

Meine wachsende Überzeugung, dass Julian nicht in der Lage ist, zu lieben, sollte mich nicht so zerstören.

Eine Hand berührt zärtlich meine Schulter und reißt mich aus meinem Elend. Ich wische mir schnell mit meinem Handrücken über die Wangen, bevor ich mich herumdrehe. Zu meiner Überraschung ist es Ana, die mich unsicher anschaut.

»Señora Esguerra … Ich meine, Nora …« Sie stockt bei meinem Namen, und ihr Akzent ist stärker als normal. »Ich möchte nicht stören, aber ich habe mich gefragt, ob Sie nicht eine Minute Zeit für mich haben. Ich würde gerne mit ihnen reden.«

Ich nicke, da mich ihr ungewöhnliches Anliegen überrascht. »Natürlich, um was geht es denn?« Ana und ich stehen uns nicht besonders nahe; sie war in meiner Gegenwart immer irgendwie reserviert, höflich, aber nicht übermäßig freundlich. Rosa hat mir einmal gesagt, Ana sei so, weil Julians Vater das von seinen Angestellten verlangt hat und sie dieses Verhalten schlecht wieder ablegen kann.

Ana lächelt erleichtert über meine Antwort, kommt zu mir ans Geländer und stützt sich mit ihren Unterarmen auf dem bemalten

Holz ab. Ich schaue sie fragend an und wundere mich, was sie wohl besprechen möchte. Sie scheint es allerdings zu genießen, einfach nur einen Moment dazustehen und ihren Blick auf dem nahen Dschungel ruhen zu lassen.

Als sie endlich ihren Kopf zu mir dreht und spricht, werde ich von ihren Worten völlig überrascht. »Ich weiß nicht, ob du das weißt, Nora, aber dein Ehemann hat alle Menschen verloren, die ihm jemals etwas bedeutet haben«, sagt sie sanft, frei von ihrer sonstigen Reserviertheit. »Maria, seine Eltern … und viele andere, die er hier auf dem Anwesen und außerhalb kannte.«

»Ja, das hat er mir erzählt«, entgegne ich langsam und sehe sie vorsichtig an. Ich weiß nicht, warum sie plötzlich so entschlossen ist, mit mir über Julian zu reden, aber ich höre ihr mehr als gerne zu. Wenn ich meinen Ehemann besser verstehe, wird es vielleicht leichter für mich sein, emotionalen Abstand zu ihm zu halten.

Wenn er mir nicht so ein Rätsel wäre, würde ich mich vielleicht nicht so zu ihm hingezogen fühlen.

»Gut«, sagt Ana ruhig. »Dann hoffe ich, du verstehst, dass Julian dir letzte Nacht nicht wehtun wollte … und dass er das, was er getan hat, nur deshalb gemacht hat, weil du ihm wichtig bist.«

»Ich bin ihm wichtig?« Das Lachen, welches mir entweicht, ist scharf und bitter. Ich weiß nicht, warum ich darüber mit Ana rede, aber da der Damm jetzt einmal gebrochen ist, gibt es kein Zurück mehr. »Julian ist außer ihm selbst niemand wichtig.«

»Nein.« Sie schüttelt ihren Kopf. »Da liegst du falsch, Nora. Das stimmt nicht. Du bist ihm sehr wichtig. Das kann ich sehen. Er benimmt sich in deiner Gegenwart anders als bei allen anderen. Sehr anders.«

Ich blicke sie an. »Was meinst du?«

Sie seufzt und dreht sich mir jetzt vollständig zu. »Dein Ehemann war schon immer ein dunkles Kind«, sagt sie, und eine tiefe Trauer überzieht ihr Gesicht. »Ein wunderschöner Junge mit den Augen und Gesichtszügen seiner Mutter, aber innerlich hart. Ich denke, das war die Schuld seines Vaters. Der ältere Señor hat ihn niemals wie ein Kind behandelt. Sobald Julian alt genug war, um laufen zu können, trieb sein Vater ihn an und verlangte Sachen von ihm, die kein Kind tun sollte …«

Ich lausche gespannt und traue mich kaum zu atmen, als sie fortfährt.

»Als Julian klein war, hatte er Angst vor Spinnen. Hier gibt es sehr große, sehr angsteinflößende Exemplare. Auch einige giftige. Als Juan Esguerra das herausfand, führte er seinen fünf Jahre alten Sohn in den Wald und zwang ihn, ein Dutzend große Spinnen mit seinen nackten Händen zu fangen. Danach musste Julian sie langsam mit seinen Fingern töten, um zu lernen, wie man seine Ängste überwindet und seine Feinde leiden lässt.« Sie hält inne, und ihre Lippen sind wütend aufeinandergepresst. »Julian konnte danach zwei Nächte lang nicht schlafen. Als seine Mutter das herausfand, weinte sie, aber sie konnte nichts tun. Das Wort des Señors war hier das Gesetz, und jeder musste gehorchen.«

Ich schlucke die Galle hinunter, die mir hochkommt, und schaue weg. Das, was ich gerade erfahren habe, verstärkt meine Verzweiflung. Wie kann ich von Julian erwarten, dass er jemanden lieben kann, nachdem er so aufgezogen wurde? Die Tatsache, dass mein Ehemann ein eiskalter Mörder mit sadistischen Tendenzen ist, ist nicht verwunderlich; das einzig Erstaunliche ist, dass er nicht schlimmer ist.

Es ist hoffnungslos. Völlig hoffnungslos.

Ana spürt meine Verzweiflung und legt ihre Hand auf meinen Arm. Ihre Berührung ist warm und beruhigend, so wie die meiner Mutter.

»Eine lange Zeit lang dachte ich, Julian würde aufwachsen und dann genauso sein wie sein Vater«, sagt sie, als ich mich umdrehe, um sie anzuschauen. »Grausam, gefühllos und unfähig, Emotionen zu empfinden. Das dachte ich, bis ich ihn eines Tages im Alter von zwölf Jahren mit einem Kätzchen sah. Es war eine winzige Kreatur, flauschig und mit großen Augen. Das Kätzchen war kaum alt genug, um allein zu essen. Julian hatte es draußen gefunden, nachdem seiner Mutter etwas zugestoßen war, und brachte es ins Haus. Als ich ihn sah, war er gerade dabei, ihm Milch einzuflößen, und sein Gesichtsausdruck …« Sie blinzelt, und ihre Augen werden verdächtig feucht. »Er war so … so zärtlich. Er war so geduldig mit dem Kätzchen, so liebevoll. Und in diesem Moment wusste ich, dass sein Vater ihn nicht gebrochen hatte, dass der Junge immer noch Gefühle besaß.«

»Und was passierte mit dem Kätzchen?«, frage ich vorsichtig. Ich mache mich darauf gefasst, eine andere Horrorgeschichte zu hören, aber Ana zuckt einfach nur mit den Schultern.

»Es wuchs hier im Haus auf«, antwortet sie und drückt liebevoll meinen Arm, bevor sie ihre Hand wegnimmt. »Julian hat sie als Haustier behalten und gab ihr den Namen Lola. Er und sein Vater stritten darüber – der ältere Señor hasste Tiere –, aber damals war Julian schon alt genug, um sich seinem Vater gegenüber zu behaupten. Niemand traute sich, die kleine Kreatur anzufassen, solange sie sich unter Julians Schutz befand. Als er nach Amerika ging, nahm er die Katze mit. Soweit ich weiß, lebte sie ein schönes langes Leben und starb eines Tages an Altersschwäche.«

»Oh.« Ein Teil meiner Anspannung fällt von mir ab. »Das ist gut. Nicht gut, dass Julian sein Haustier verloren hat, aber gut, dass es lange lebte.«

»Ja. Das ist wirklich gut. Und weißt du Nora, genau so, wie er das Kätzchen angeschaut hat …« Sie beendet den Satz nicht und blickt mich stattdessen mit einem eigenartigen Lächeln an.

»Was?«, frage ich vorsichtig.

»Manchmal schaut er dich genauso an. Mit der gleichen Zärtlichkeit. Er zeigt dir das vielleicht nicht immer, aber du bedeutest ihm wirklich etwas, Nora. Auf seine eigene Art und Weise liebt er dich. Da bin ich mir sicher.«

Ich presse meine Lippen aufeinander und versuche, die Tränen zurückzuhalten, die erneut in meinen Augen aufsteigen. »Warum erzählst du mir das, Ana?«, frage ich, als ich mir sicher bin, wieder sprechen zu können. »Warum bist du zu mir herausgekommen?«

»Weil Julian für mich fast wie ein Sohn ist«, erklärt sie mir sanft. »Und weil ich möchte, dass er glücklich ist. Ich möchte, dass ihr beide glücklich seid. Ich weiß nicht, ob das irgendetwas für dich ändert, aber ich dachte, du solltest ein wenig mehr über deinen Ehemann wissen.« Sie nimmt meine Hand, drückt sie und geht dann wieder ins Haus. Ich bleibe verwirrter und mit verletzterem Herzen als vorher am Geländer zurück.

~

AN DIESEM NACHMITTAG GEHE ICH NICHT ZU JULIAN INS BÜRO. Stattdessen schließe ich mich in der Bibliothek ein und arbeite an dem Aufsatz. Ich versuche, mich dazu zu zwingen, nicht an meinen Ehemann und daran zu denken, wie gerne ich jetzt neben ihm sitzen würde. Ich weiß, dass ich mich in seiner Nähe besser fühlen würde, dass allein seine Gegenwart mir dabei helfen würde, mit meiner Wut und meiner Verletztheit besser zurechtzukommen. Aber irgendein masochistischer Impuls hält mich davon ab. Ich weiß nicht, was ich versuche, mir zu beweisen, aber ich bin entschlossen, mich für mindestens einige Stunden von ihm fernzuhalten.

Natürlich kann ich das zum Abendessen nicht tun.

»Du bist heute nicht gekommen«, bemerkt er und schaut mich an, während Ana uns als Vorspeise Pilzsuppe auftut. »Warum nicht?«

Ich zucke mit den Schultern und ignoriere den fragenden Blick, den Ana mir zuwirft, bevor sie wieder in der Küche verschwindet. »Mir ging es heute nicht so gut.«

Julian runzelt die Stirn. »Bist du krank?«

»Nein, ich war einfach nicht in Bestform. Außerdem musste ich einen Aufsatz zu Ende schreiben und ein paar Vorlesungen nachholen.«

»Ist das so?« Er blickt mich mit zusammengezogenen Augenbrauen an. Er beugt sich nach vorne und fragt sanft: »Schmollst du, mein Kätzchen?«

»Nein, Julian«, antworte ich ihm, so süß wie ich kann, und lasse meinen Löffel in die Suppe gleiten. »Schmollen würde ja voraussetzen, dass ich wütend auf etwas bin, was du getan hast. Aber ich darf ja gar nicht wütend sein, stimmt's? Du kannst mit mir alles machen, was du möchtest, und ich muss es einfach hinnehmen, richtig?« Während ich einen Löffel dieser aromatischen Suppe zu mir nehme, lächele ich ihn zuckersüß an und genieße die Art und Weise, auf welche seine Augen sich verengen. Ich weiß, dass ich den Tiger am Schwanz ziehe, aber heute Nacht möchte ich keinen süßen, zärtlichen Julian. Er ist zu irritierend und beunruhigend für meinen Seelenfrieden.

Zu meiner Frustration schluckt er den Köder nicht. Seine Wut verraucht sofort wieder, und im darauffolgenden Moment lehnt er sich zurück und ein langsames, sexy Lächeln deutet sich in seinen Mundwinkeln an. »Versuchst du, mir Schuldgefühle zu machen, Baby? Du solltest doch mittlerweile wissen, dass ich über solchen Empfindungen stehe.«

»Natürlich tust du das.« Ich wollte, dass diese Worte bitter klingen, aber stattdessen hören sie sich atemlos an. Selbst jetzt hat er die Macht, meine Sinne mit nichts mehr als einem Lächeln zu verwirren.

Er grinst, da er sich seiner Wirkung auf mich vollkommen bewusst ist und lässt seinen eigenen Löffel in die Suppe gleiten. »Lass uns einfach essen, Nora. Du kannst mir im Schlafzimmer zeigen, wie wütend du bist, das verspreche ich dir.« Und mit dieser verlockenden Drohung beginnt er, seine Suppe zu essen und lässt mir keine andere Wahl, als seinem Beispiel zu folgen.

Während der restlichen Mahlzeit überhäuft mich Julian mit Fragen über meine Kurse und darüber, wie mein Online-Programm bis jetzt läuft. Er scheint wirklich an dem interessiert zu sein, was ich zu sagen habe, und kurz darauf bin ich darin vertieft, über meine Probleme in Mathematik zu sprechen – *Wurde jemals ein langweiligeres Thema erfunden?* – und darüber zu diskutieren, ob ich nächstes Jahr einen Kurs in Geisteswissenschaften absolvieren sollte. Ich bin mir sicher, dass er meine Sorgen belustigend finden muss – es ist ja schließlich nur Schule –, aber falls dem so ist, zeigt er es nicht. Stattdessen fühle ich mich, als redete ich mit einem Freund oder einem Ratgeber, dem ich vertraue.

Das ist eines der Dinge, die Julian so unwiderstehlich machen: seine Fähigkeit, zuzuhören, mich fühlen zu lassen, als sei ich ihm wichtig. Ich weiß nicht, ob er das absichtlich macht, aber es gibt wenige Dinge, die verführerischer sind, als die ungeteilte Aufmerksamkeit von jemandem zu bekommen – und die erhalte ich von Julian. Vom ersten Tag an. Böser Entführer oder nicht, ich habe mich immer gewollt und begehrt gefühlt, so als sei ich der Mittelpunkt seiner Welt.

So als sei ich wirklich wichtig.

Während des ganzen Essens habe ich die Geschichte von Ana im Kopf, und ich freue mich teuflisch, dass Juan Esguerra tot ist. Wie konnte ein Vater das seinem Sohn antun? Was für ein Monster würde sein Kind mit Absicht zu einem Mörder erziehen? Ich stelle mir einen zwölfjährigen Julian vor, der sich diesem brutalen Menschen für ein wehrloses Kätzchen entgegenstellt, und ohne es zu wollen, bin ich stolz auf den Mut meines Ehemannes. Ich habe den Eindruck, dass es nicht einfach für ihn gewesen sein musste, das Haustier gegen den Wunsch seines Vaters zu behalten.

Ich kann Julian immer noch nicht vergeben. Als wir beim zweiten Gang angekommen sind, erwäge ich allerdings die Möglichkeit, dass etwas anderes als seine Tendenz, mich zu überwachen, hinter seinem Wunsch, mir diese Tracker zu implantieren, stecken könnte. Wäre es möglich, dass ich ihm wirklich wichtig bin? Könnte seine Liebe so dunkel und besitzergreifend sein? So verkorkst? Natürlich hatte ich von Marias Tod und dem seiner Eltern gewusst, aber ich hatte diese beiden Ereignisse nie miteinander verbunden. Ich hatte niemals daran gedacht, dass Julian alle Menschen verloren hat, die ihm etwas bedeuteten. Wenn Ana recht hat – und ich wirklich etwas so Besonderes für Julian bin –, ist es auch nicht besonders erstaunlich, dass er zu solchen Mitteln greift, um meine Sicherheit zu garantieren. Besonders nicht, wenn man bedenkt, dass er mich schon einmal fast verloren hätte.

Es ist krank und beängstigend, aber nicht besonders überraschend.

»Also, was war so dringend heute Morgen?«, frage ich, als ich meine zweite Portion des gebackenen Lachses aufesse, den Ana als Hauptgang zubereitet hat. Mein Appetit ist zurückgekommen, und alle Spuren meines Unwohlseins sind verschwunden. Es ist erstaunlich, was auch nur das kleinste bisschen von Julians Gesellschaft mit mir macht; seine Nähe ist besser als jedes Antidepressivum auf dem Markt. »Als du nicht mit mir frühstücken konntest, meine ich.«

»Richtig, das wollte ich dir noch erzählen«, erwidert Julian, und ich sehe, wie seine Augen mit dunkler Erregung leuchten. »Peters Kontakt in Moskau hat uns erlaubt, einzureisen, um Majid und den Rest der Al-Quadar-Kämpfer in Tadschikistan auszuheben. Sobald wir bereit sind – hoffentlich in etwa einer Woche –, werden wir zuschlagen.«

»Oh, wow.« Ich blicke ihn an und bin gleichzeitig aufgeregt und beunruhigt. »Wenn du *wir* sagst, meinst du deine Männer, stimmt's?«

»Ja, natürlich.« Julian sieht aus, als würde ihn meine Frage irritieren. »Ich werde mir etwa fünfzig unserer besten Soldaten nehmen und den Rest auf dem Anwesen lassen.«

»Du nimmst selbst an der Operation teil?« Mein Herzschlag setzt aus, während ich auf seine Antwort warte.

»Natürlich.« Es scheint ihn zu überraschen, dass ich etwas anderes annehmen könnte. »An solchen Unternehmungen nehme ich immer selbst teil, wenn ich kann. Außerdem habe ich noch etwas Geschäftliches in der Ukraine zu tun, um das ich mich am besten persönlich kümmere. Das kann ich gleich auf dem Rückweg erledigen.«

»Julian …« Plötzlich ist mir schlecht, und das ganze Essen liegt mir wie ein Stein im Magen. »Das hört sich wirklich gefährlich an … Warum musst du mitgehen?«

»Gefährlich?« Er lacht leise. »Machst du dir etwa Sorgen um mich, mein Kätzchen? Ich kann dir versichern, dass das unnötig ist. Der Feind ist zahlenmäßig und waffentechnisch unterlegen. Sie haben keine Chance, glaub mir.«

»Das weißt du nicht! Was ist, wenn sie eine Bombe oder etwas in der Art zünden?« Meine Stimme wird schriller, als ich mich an die schreckliche Explosion der Lagerhalle erinnere. »Was ist, wenn sie dir eine Falle stellen? Du weißt, dass sie dich töten möchten …«

»Na ja, eigentlich möchten sie mich zwingen, ihnen Sprengstoff zu geben«, korrigiert er mich, und ein dunkles Lächeln zeichnet sich auf seinen Lippen ab, »und erst *danach* wollen sie mich töten. Aber es gibt nichts, worüber du dir Sorgen machen müsstest, Baby. Wir werden ihr Lager auf Bomben überprüfen, bevor wir es betreten, und wir tragen alle Ganzkörperschutzkleidung, der nur eine Raketenexplosion etwas anhaben kann.«

Das beruhigt mich überhaupt nicht, und ich schiebe meinen Teller weg. »Lass mich das zusammenfassen … Du zwingst mich dazu, hier diese Tracker zu tragen. Hier, wo niemand mir auch nur ein einziges Haar krümmen kann, und planst gleichzeitig, nach Tadschikistan zu reisen, um ›Fang den Terroristen‹ zu spielen?«

Julians Lächeln verschwindet, und seine Gesichtszüge verhärten sich. »Ich spiele nicht, Nora. Die Al-Quadar ist eine wirkliche Bedrohung und muss so schnell wie möglich eliminiert werden. Wir müssen sie zerschlagen, bevor sie uns angreifen, und das hier ist die perfekte Gelegenheit dazu.«

Ich starre ihn wütend an, und die schiere Ungerechtigkeit des Ganzen lässt meinen Blutdruck ansteigen. »Aber warum musst du persönlich dabei sein? Du befehligst diese ganzen Soldaten und Söldner – mit Sicherheit brauchen sie dich dort nicht …«

»Nora …« Seine Stimme ist freundlich, aber seine Augen sind hart und kalt wie Eiszapfen. »Ich werde darüber nicht diskutieren. Der Tag, an dem ich beginne, Angst vor meinem eigenen Schatten zu haben, ist der, an dem ich aus dem Geschäft aussteigen muss – denn das würde bedeuten, dass ich weich geworden bin. Weich und faul wie die Männer, deren Fabrik ich mir nahm, als ich anfing …« Er lächelt erneut, als er meinen entsetzten Blick sieht. »Mein Kätzchen, was denkst du denn, wie ich von Drogen zu Waffen gewechselt habe? Ich habe das existierende Geschäft eines anderen übernommen und darauf aufgebaut. Mein Vorgänger befehligte auch Soldaten und Söldner, aber er war nur ein verweichlichter Bürohengst, und alle wussten es. Er hatte die Zügel seines Unternehmens nicht in der Hand, und es war einfach, einige seiner Männer zu bestechen, um ihn zu überrumpeln und seine Raketenfabrik zu übernehmen.« Julian macht eine kurze Pause, damit ich das eben Gehörte verarbeiten kann, und fügt danach hinzu: »Dieser Mann werde ich nicht werden, Nora. Diese Mission ist zu wichtig für mich, und ich habe vor, sie persönlich zu beaufsichtigen. Diesmal wird Majid nicht überleben – das werde ich sicherstellen.«

18

Julian

NACHDEM DAS ESSEN VORÜBER IST, FÜHRE ICH NORA IN UNSER Schafzimmer. Meine Hand liegt auf ihrem schmalen Rücken, während wir die Stufen hinaufgehen. Sie ist still, wie schon die ganze Zeit, seit ich ihr von der bevorstehenden Operation berichtet habe. Ich weiß auch, dass sie wegen der Sache mit den Trackern immer noch wütend auf mich ist.

Ich finde ihre Sorgen rührend, sogar niedlich, aber ich habe nicht vor, mir diese Gelegenheit, Majid in die Finger zu bekommen, entgehen zu lassen. Mein Kätzchen versteht den dunklen Nervenkitzel, an einer solchen Aktion teilzunehmen, nicht. Sie weiß nicht wie es ist, den Adrenalinschub zu spüren und das Geräusch umherfliegender Kugeln zu hören. Sie erkennt nicht, dass Menschen wie ich sich nach dem Anblick von Blut und dem Schreien der Feinde fast genauso sehnen wie nach Sex, es sie ähnlich erregt. Dieser Charakterzug ist der Grund dafür, dass mein Psychiater dachte, ich könne ein Borderline-Soziopath sein … das, und meine generelle Unfähigkeit, Reue zu spüren. Das ist ein Etikett, welches mich niemals besonders gestört hat – zumindest nicht mehr, nachdem ich die kindliche Illusion überwunden hatte, ich könnte eines Tages ein *normales* Leben führen.

Als wir das Schlafzimmer betreten, verstärkt sich mein Hunger, den ich seit gestern unterdrücke, und das Monster in mir fordert seine Rechte ein. Die Distanziertheit von Nora macht es nur noch schlimmer. Ich kann die Mauern spüren, die sie versucht zwischen uns zu errichten. Ich fühle, wie sie mich aus ihren Gedanken verbannen möchte, und es macht mich wahnsinnig, nährt den Sadisten in mir, der nach Befriedigung verlangt.

Heute Nacht werde ich diese Mauern einreißen. Ich werde sie niederwalzen, bis Nora keine Verteidigung bleibt – bis ich ihre Gedanken wieder völlig beherrsche.

Sie entschuldigt sich, um sich schnell zu duschen, und ich erhebe keine Einwände. Ich gehe zum Bett und warte darauf, dass sie zurückkommt. Ich habe schon eine leichte Erektion, mein Geschlecht ist voller Vorfreude auf das, was ich mit ihr machen werde. Meine Hose fühlt sich unangenehm eng an. Als ich höre, dass sie das Wasser aufdreht, ziehe ich mich aus und greife in die Schublade des Nachttisches, um die Werkzeuge zu entnehmen, die ich heute Nacht benutzen will.

Nora hält ihr Wort und braucht nicht lange. Fünf Minuten später kommt sie mit einem weißen Frotteehandtuch um ihren Körper gewickelt aus dem Badezimmer. Ihre Haare hat sie sich zu einem unordentlichen Knoten auf dem Kopf zusammengebunden, und ihre goldene Haut ist immer noch feucht. Ich sehe die Wassertropfen auf ihrem Nacken und ihren Schultern. Sie muss sich zum Duschen die Pflaster abgenommen haben, denn ich sehe Schorf und einen kleinen Kratzer an der Stelle auf ihrem Arm, an der der Tracker eingesetzt wurde. Dieser Anblick löst in mir eine eigenartige Gefühlsmischung aus – Erleichterung, dass ich jetzt immer weiß, wo sie sich befindet, und etwas, was sich seltsamerweise wie Bedauern anfühlt.

Ihr Blick fällt auf das Bett, und sie hält abrupt inne. Ihre Augen weiten sich, als sie auf die Objekte schaut, die ich dort ausgebreitet habe.

Ich lächele und genieße ihren überraschten Gesichtsausdruck. Wir haben eine ganze Zeit lang nichts mit Spielzeugen gemacht – zumindest nicht in diesem Ausmaß. »Lass das Handtuch fallen und geh aufs Bett«, befehle ich ihr, stehe auf und greife nach der Augenbinde.

Sie schaut mich an. Ihre Lippen sind geöffnet, ihre Haut leicht gerötet, und ich weiß, dass es sie erregt – dass ihre Wünsche jetzt meine spiegeln. Mit einem unmerklichen Zögern in ihren Bewegungen wickelt sie sich aus ihrem Handtuch, lässt es zu Boden fallen und steht dann komplett nackt vor mir.

Während ich den Anblick ihres schlanken, wohlgeformten Körpers genieße, ziehen sich meine Hoden zusammen, und mein Herzschlag wird schneller. Rational weiß ich, dass es schönere Frauen als Nora geben muss, aber mir fällt keine einzige ein. Vom Scheitel bis zur Sohle ist sie genau das, was ich will. Mein Körper verlangt nach ihr mit einer Intensität, die jeden Tag stärker zu werden scheint, mit einer Verzweiflung, die ich kaum ertragen kann.

Sie klettert auf das Bett und kniet sich hin. Ihren festen, runden Po legt sie auf ihren Füßen ab. Ihre Bewegungen sind flüssig und anmutig, wie die einer schlanken, kleinen Katze.

Ich knie mich hinter sie, streiche ihr Haar von ihren Schultern und küsse ihr zärtlich den Nacken. Ich genieße die Art und Weise, wie ihre Atmung sich als Antwort darauf verändert. Sie riecht nach warmer, weiblicher Haut und Seife mit Blumenduft, eine Mischung, von der mir schwindelig wird und mein Schwanz vor Verlangen pocht. In manchen Nächten ist das alles, was ich von ihr möchte – die Süße ihrer Reaktion, das Gefühl, sie in meinen Armen zu halten. In manchen Nächten will ich sie wie die zerbrechliche Kreatur behandeln, die sie ist.

Heute will ich allerdings etwas anderes.

Ich lehne mich zurück und lege ihr die Augenbinde um, damit sie nichts sehen kann. Ich will, dass sie sich einzig und allein auf die Gefühle konzentriert, die sie erleben wird, dass sie alles so genau wie möglich spürt. Als Nächstes nehme ich ein Paar gepolsterte Handschellen und lege sie ihr um die Handgelenke, welche ich hinter ihrem Rücken festhalte.

»Julian …« Sie befeuchtet ihre Lippen mit ihrer Zunge. »Was hast du mit mir vor?«

Ich lächele, da mich dieser Hauch von Angst in ihrer Stimme nur noch mehr erregt. »Was denkst du denn, was ich mit dir machen werde, mein Kätzchen?«

»Mich auspeitschen?«, rät sie mit leiser und leicht rauer Stimme.

Ich kann sehen, wie sich ihre Nippel versteifen, während sie spricht, und ich weiß, dass sie diese Idee nicht gerade abstoßend findet.

»Nein, Baby«, murmele ich und greife nach den anderen Spielzeugen, die ich vorbereitet habe – ein Paar Klammern, die mit einer dünnen Metallkette verbunden sind. »Dafür bist du noch nicht ausreichend verheilt. Heute habe ich andere Sachen mit dir vor.« Ich nehme die Klammern hoch, lege meine Arme von hinten um sie herum und drücke ihren linken Nippel mit meinen Fingern zusammen. Dann klemme ich eine der Klammern an ihre harte Brustwarze und drehe die Schraube so weit zusammen, bis Nora zwischen zusammengebissenen Zähnen schwer ausatmet.

»Wie fühlt sich das an?«, frage ich sanft und beuge mich vornüber, um ihr Ohr zu küssen, während ich nach ihrem rechten Nippel greife. Ihre gefesselten Hände, die sie fest zu Fäusten geballt hat, drücken in meinen Bauch und erinnern mich an ihre Hilflosigkeit. »Ich möchte hören, wie du es beschreibst ...«

Sie atmet zitternd ein, und ihre Brust hebt sich. »Es tut weh ...« beginnt sie zu sagen, bevor sie aufschreit, als ich die zweite Klammer an ihrem Nippel befestige und sie auch wieder festziehe.

»Gut ...« Ich beiße leicht in ihr Ohrläppchen. Meine Erektion streift ihren unteren Rücken, und diese Berührung sendet Lustschauer bis in meine Hoden. »Und jetzt?«

»Jetzt ... schmerzt es noch mehr ...« Ihre Worte sind ein abgehaktes Flüstern. Ich spüre, dass ihr Rücken angespannt ist, und weiß, dass sie die Wahrheit sagt, dass ihre empfindlichen Nippel wegen des gemeinen Bisses des Spielzeuges wahrscheinlich schmerzen. Ich habe schon einmal auf der Insel Klemmen bei ihr benutzt. Allerdings waren diese eine nettere Version, die nur leichten Druck ausübten. Diese hier sind um einiges härter, und ich lächele dunkel, als ich mir vorstelle, wie es schmerzen wird, wenn sie gelöst werden.

Ich bedecke die Unterseite ihrer Brüste mit meinen Händen, drücke sie leicht und knete das weiche Fleisch mit meinen Fingern. »Ja, das tut weh, nicht wahr?«, murmele ich, als sie vor Schmerz zusammenzuckt, da die Bewegung meiner Hände an der Kette zwischen ihren Nippeln zieht. »Mein armes Baby, so süß, so missbraucht ...«

Ich gebe ihre Brüste frei und lasse meine Hand auf ihrem flachen Bauch hinuntergleiten, bis ich die sanfte Falte zwischen ihren Beinen erreiche. Wie ich vermutet hatte, ist sie trotz des Schmerzes – oder, was wahrscheinlicher ist, wegen des Schmerzes – triefnass, ihre Muschi schon flüssig voller Verlangen. Mein Schwanz reagiert darauf mit Pochen. Sie kann nichts sehen, ihre empfindlichen Nippel sind geklammert und schmerzen. Ich finde das so anziehend, dass mein alter Psychiater es zweifellos verstörend finden würde. Ich gebe mein Bestes, um meinen Hunger zu kontrollieren, und berühre ihre kleine Klitoris mit dem Daumen. Ich drücke leicht zu, und sie stöhnt auf, lehnt sich gegen meine Brust, und ihre Hüften heben sich, um stumm nach mehr zu betteln.

»Sag mir, was du jetzt fühlst.« Absichtlich übe ich nur einen federleichten Druck auf sie aus. »Sag es mir, Nora.«

»Ich … Ich weiß nicht …«

»Sag mir, wie sich diese kleinen Nippel anfühlen. Ich möchte es aus deinem Mund hören.« Ich begleite diesen Befehl mit einem festen Kniff in die Klitoris. Sie schreit auf und krümmt sich gegen mich, da sie der plötzliche Schmerz überrascht.

»Sie tun immer noch weh«, keucht sie, als sie sich wieder erholt hat, »aber jetzt ist es ein anderer Schmerz, weniger stark und eher wie ein anhaltendes Pochen …«

»Braves Mädchen …« Zur Belohnung streichele ich ihr sanft über die geschwollene Klitoris. »Und wie fühlt es sich an, wenn ich dich so berühre?«

Ihre kleine Zunge fährt über ihre Unterlippe. »Es fühlt sich gut an«, flüstert sie, »wirklich gut … Bitte, Julian …«

»Bitte was?«, frage ich nach, weil ich will, dass sie bettelt. Sie hat die perfekte Stimme zum Betteln: süß und unschuldig sexy. Ihr Betteln bewirkt bei mir genau das Gegenteil dessen, was sie möchte – es bringt mich dazu, sie weiter quälen zu wollen.

»Bitte berühr mich …« Sie hebt erneut ihre Hüften an und versucht, den Druck auf ihr Geschlecht zu intensivieren.

»Wo soll ich dich denn berühren?« Ich bewege meine Hand so, dass ich sie gar nicht mehr berühre. »Sag mir ganz genau, wo du von mir berührt werden möchtest, mein Kätzchen.«

»An meiner … meiner Klitoris …«, stöhnt sie atemlos. Ich kann den dünnen Schweißfilm auf ihrer Stirn sehen, und ich weiß, dass meine Folter wirkt, dass die Gefühle, die sie verspürt, so intensiv sind, wie ich es beabsichtigt hatte.

»In Ordnung, Baby.« Ich berühre sie wieder, drücke meinen

Finger auf ihren feuchten Spalt und stimuliere die Nerven mit leichten, gleichmäßigen Schlägen. »So?«

»Ja.« Jetzt atmet sie schneller, und ihre Brust hebt und senkt sich, während sie auf ihren Orgasmus zusteuert. »Ja, genau so …« Ihre Stimme verliert sich, und ihr Körper spannt sich an, bevor sie aufschreit und in meinen Armen zuckt, als sie ihren Höhepunkt erreicht. Ich halte sie weiterhin fest in meinen Armen und übe einen gleichmäßigen Druck auf ihre Klitoris aus bis ihre Kontraktionen vorüber sind. Danach greife ich nach einem anderen Spielzeug, das ich vorbereitet habe.

Es ist ein Dildo, der in etwa die Größe meines eigenen Penis hat. Er besteht aus einer speziellen Silikon-und-Plastik-Mischung, die das Gefühl menschlichen Fleisches imitieren soll, genauso wie die hautartige Textur außen. Das ist der einzige andere Mann, den Nora jemals spüren wird.

Ich drücke sie mit einem Arm an mich, nähere mich mit dem Dildo ihrem Geschlecht und presse die dicke Eichel gegen ihre zitternde Öffnung. »Sag mir, was du jetzt fühlst«, befehle ich ihr und beginne damit, das Objekt in sie hineinzuschieben.

Sie atmet hörbar ein, und ihre Atmung beschleunigt sich wieder. Ich spüre, wie sie sich dreht und windet, als das große Spielzeug langsam eindringt. Ihre Finger schließen und öffnen sich schnell an meinem Bauch, und ihre Nägel zerkratzen meine Haut. »Ich … Ich …«

»Was?« Mein Ton wird schärfer, als ihre Stimme verklingt. »Sag mir, wie es sich für dich anfühlt.«

»Es fühlt sich … dick und hart an.« Das Zittern in ihrer Stimme sorgt dafür, dass mein Geschlecht noch steifer wird.

»Und?«, bohre ich nach und schiebe das Objekt weiter in sie hinein. Der Dildo sieht fast so aus, als sei er zu groß für ihren zarten Körper, und der Anblick, wie ihre enge Scheide ihn langsam umschließt, ist schmerzhaft erotisch.

»Und …«, atmet sie scharf aus, während ihr Kopf gegen meine Schulter sinkt, »und es fühlt sich an, als ob er mich dehnen und ausfüllen würde …«

»Ja, Baby, genau so ist es gut.« Mittlerweile ist der Dildo vollständig in ihr, und nur das Ende schaut noch heraus. Ich belohne ihre Ehrlichkeit, indem ich mit meinen Fingern über ihre Klitoris fahre und ihre Feuchtigkeit von ihrer tropfenden Öffnung auf alle

Fältchen verschmiere. Als sie erneut nach Luft schnappt und ihre Hüften gegen meine Hand drückt, höre ich auf, bevor sie kommen kann, lasse sie los und bewege mich ein Stück nach hinten. Dann schiebe ich sie nach vorne, drücke ihr Gesicht gegen die Matratze, ziehe ihre Beine unter ihr hervor und lege sie flach auf ihren Bauch.

So gerne ich auch weiter mit ihr spielen möchte, ich kann nicht länger warten, sie zu nehmen.

Ohne meine Berührung und mit den abgeklemmten Nippeln, die gegen das Laken reiben, wimmert sie und versucht, sich auf die Seite zu rollen. Ich lasse sie aber nicht, sondern drücke sie mit einer Hand weiter nach unten, während ich mit der anderen ein Kissen unter ihre Hüfte schiebe. Dann nehme ich mir Gleitcreme und schmiere sie direkt auf die kleine gekräuselte Öffnung zwischen ihren Pobacken, genau über der Stelle, wo ihr Dildo aus ihrer gedehnten, glänzenden Muschi ragt.

Sie spannt sich an, als sie versteht, was ich vorhabe, und ich schlage ihr mit einer Hand auf ihren Po, um jeden Protest, den sie äußern könnte, im Keim zu ersticken. »Ruhig jetzt. Du musst mir erzählen, wie sich das anfühlt, verstehst du, mein Kätzchen?«

Sie wimmert, als ich ihre Beine spreize und meine Eichel in ihren kleinen Anus drücke. Ich merke allerdings, wie sie versucht, sich unter mir zu entspannen, genauso wie ich es ihr beigebracht habe. Sie fühlt sich mit Analverkehr immer noch nicht völlig wohl, und ihre Zurückhaltung reizt mich auf eine perverse Art und Weise. Es zeigt mir, wie weit ich mit meinem Training schon gekommen bin und wie viel ich noch vor mir habe.

»Verstehst du?«, wiederhole ich in einem schärferen Ton, als sie still liegen bleibt und, mit ihren Händen fest hinter ihrem Rücken gebunden, schwer in die Matratze atmet. Ich möchte mein Geschlecht einfach nur bis zum Anschlag hineinschieben, aber ich begnüge mich damit, sie nur damit anzustoßen, die Gleitcreme um ihre hintere Öffnung zu verschmieren. Heute Nacht möchte ich genauso in ihren Kopf wie in ihren Körper eindringen, und ich werde mich nicht mit weniger zufriedengeben.

»Ja ...« Ihre Worte werden durch die Decke gedämpft, als ich nach vorne drücke und beginne, in ihren Po einzudringen. Ich ignoriere dabei ihre Versuche, sich mir zu entwinden. »Es fühlt sich ... oh Gott ... ich kann nicht ... Julian, bitte, das ist zu viel ...«

»Sag's mir«, befehle ich und stoße weiter nach vorne, überwinde ihren Schließmuskel. Da in ihrem Geschlecht schon der Dildo steckt, ist ihr Po um meinen Schwanz so eng, dass ich anfange zu zittern. Ich kann mich kaum beherrschen. Meine Stimme ist vor Lust belegt, und ich sage heiser: »Ich will alles hören.«

»Es … es brennt …« Sie keucht, und ich kann sehen, dass sich zwischen ihren Schulterblättern Schweißtropfen sammeln. Die Strähnen ihres langen Haares bleiben an ihrer feuchten Haut kleben. »Ich bin zu voll … Es ist zu intensiv …«

»Ja, das ist gut … Sprich weiter …« Ich bin jetzt fast vollständig drin, und ich kann spüren, wie mein Geschlecht gegen den Dildo reibt, da beide nur durch eine dünne Wand voneinander getrennt sind. Jetzt zittert sie unter mir. Ihr Körper ist von den Empfindungen völlig überwältigt. Ich streichele ihren Rücken in einer ruhigen Bewegung, als ich das letzte Stück hineinschiebe und tief in ihrem Hintern vergrabe.

Sie gibt zusammenhanglose Laute von sich, ihre Schultern beginnen zu zittern, und ihre Schließmuskeln spannen sich in dem sinnlosen Versuch an, mich hinausdrängen zu wollen. Diese Bewegung verlagert den Dildo in ihr, und sie schreit unter stärkerem Zittern auf. »Ich kann nicht … Julian, bitte, ich kann nicht …«

Ich stöhne auf, als ihr Po sich um mein Geschlecht zusammenzieht und ein explosiver Lustschauer durch meine Hoden jagt. Meine Kontrolle lässt nach, und ich ziehe mich halb aus ihr zurück, um dann erneut zuzustoßen. Ich genieße das Gefühl des Widerstandes ihres Körpers, die fast schmerzhafte Enge ihres heißen, glatten Tunnels um mein Geschlecht.

Sie schreit in die Decke, als ich sie ernsthaft nehme, und eine Mischung aus Schluchzen und keuchendem Bitten entweicht ihr, als ich ein hartes und rhythmisches Tempo vorgebe. Ich lehne mich nach vorne, umarme sie mit einer Hand und lasse die andere unter ihre Hüften zu ihrem Geschlecht gleiten. Jetzt drückt jeder Stoß meiner Hüfte ihre Klitoris gegen meine Finger, und ihre Schreie verändern sich. Jetzt sind es Schreie unfreiwilliger Lust, eine Mischung aus Ekstase und Schmerz. Ich fühle, wie sich der Dildo bewegt, während ich sie nehme, und mein Orgasmus kocht mit einer solchen Intensität auf, dass sich meine Wirbelsäule versteift und meine Hoden sich fest an meinen Körper drücken. Gerade als ich dabei bin, zu explodieren, krampft sich ihr Po um mich, und ich erkenne mit dunkler Freude, dass sie auch kommt, als ihre Muskeln um mich krampfen und sie unter mir aufschreit. Dann durchfährt mich der Orgasmus wie eine Schockwelle, und Lust erfüllt meinen Körper, während sich mein Sperma in Schwallen in ihre heißen Tiefen entlädt. Die Kraft meiner Entladung lässt mich benommen und atemlos zurück.

Als sich mein Herz nicht mehr anfühlt, als würde es gleich explodieren, ziehe ich mich vorsichtig aus ihrem Po zurück und entferne den Dildo aus ihr. Sie liegt schlaff und weich auf dem Bett, und sie bebt vor leichtem Schluchzen, als ich die Handschellen aufschließe und ihre zarten Handgelenke massiere. Als Nächstes nehme ich ihr die Augenbinde ab. Der seidige Stoff ist von Noras Tränen durchnässt, und als ich sie sanft herumdrehe, sehe ich nasse Schlieren auf ihren vom Laken zerknitterten Wangen. Sie blinzelt mich an, kneift wegen des grellen Lichts die Augen zusammen, und ich fasse nach ihren Nippeln, befreie zuerst den einen und danach den anderen. Einen Moment lang reagiert sie nicht, aber dann zuckt ihr ganzer Körper, als das Blut in die misshandelten Brustwarzen fließt. Nora stöhnt auf, und ihre Augen füllen sich mit frischen Tränen. Sie hebt ihre Hände, um ihre Brüste zu bedecken und sie vor den Schmerzen zu schützen.

»Schschsch …«, beruhige ich sie und beuge mich nach vorn, um sie zu küssen. Ihre Lippen schmecken wegen ihrer Tränen salzig, und Erregung flackert wie eine kleine Flamme in mir auf. Mein Geschlecht, welches nicht mehr hart ist, bewegt sich, da mich ihr Schmerz trotz meiner völligen Befriedigung erregt. Ich bin aber noch nicht bereit für Runde zwei, und anstatt den Kuss zu vertiefen, hebe ich widerwillig meinen Kopf, um sie anzuschauen.

Sie sieht mit einem leicht ziellosen Blick zu mir, und mir wird klar, dass sie sich immer noch von der Intensität dieser Erfahrung erholt, die ich sie machen ließ. In diesem Moment ist sie völlig wehrlos. Ihr Kopf und ihr Körper sind mir schutzlos ausgesetzt, und ich nutze ihren geschwächten Zustand zu meinem Vorteil aus. »Sag mir, wie du dich jetzt fühlst«, murmele ich und erhebe eine Hand, um zärtlich ihr Kinn zu streicheln. »Sag's mir, Baby.«

Sie schließt die Augen, und ich sehe, wie eine einzelne Träne ihre Wange hinunterrollt. »Ich fühle mich … gleichzeitig leer und voll, zerstört und doch erfrischt«, flüstert sie fast unhörbar. »Ich fühle mich, als hättest du mich in Stücke gerissen und dann aus diesen Stücken etwas anderes gemacht, etwas, was nicht mehr ich bin … etwas, was dir gehört …«

»Ja.« Ich sauge ihre Worte hungrig auf. »Und was noch?«

Sie öffnet die Augen, unsere Blicke treffen sich, und ich erblicke eine eigenartige Hoffnungslosigkeit, die in ihr Gesicht gebrannt ist. »Und ich liebe dich«, sagt sie ruhig. »Ich liebe dich, auch wenn ich dich als das sehe, was du bist – obwohl ich weiß, was du mit mir machst. Ich liebe dich, weil ich nicht länger in der Lage bin, dich *nicht* zu lieben … weil du jetzt, was auch immer geschieht, ein Teil von mir bist.«

Ich erwidere ihren Blick, und die dunklen Ecken meiner Seele saugen ihre Worte auf wie eine Wüstenpflanze das Wasser. Ihre Liebe mag vielleicht nicht freiwillig gegeben worden sein, aber sie gehört mir. Sie wird immer mir gehören. »Und du bist ein Teil von mir, Nora«, gebe ich mit leiser und ungewöhnlich rauer Stimme zu. Das ist das Einzige, was ich ihr sagen kann, um sie wissen zu lassen, wie viel sie mir bedeutet, wie tief mein Verlangen nach ihr in mir verwurzelt ist. »Ich hoffe, dass du das weißt, mein Kätzchen.«

Und bevor sie antworten kann, küsse ich sie erneut, schiebe meine Arme unter ihren Körper, hebe sie hoch und trage sie zum Badezimmer, um sie zu säubern.

19

DIE WOCHE VOR JULIANS ABREISE IST BITTERSÜß. ICH HABE IHM IMMER noch nicht ganz vergeben, die Tracker gegen meinen Willen eingesetzt zu haben – oder mich zu zwingen, das Armband mit einem weiteren Chip tragen zu müssen, welches er mir ein paar Tage später gegeben hat. Nichtsdestoweniger fühle ich mich definitiv besser, seit Julian mir an jenem Abend diesen Satz gesagt hat.

Ich weiß, dass es nicht unbedingt eine romantische Liebeserklärung war, aber von einem Mann wie Julian könnte es das sogar sein. Ana hat recht: Julian hat alle verloren, die ihm jemals wichtig waren. Jeden außer mir zumindest. Die Tatsache, dass er so brutal und besitzergreifend an mir hängt, mag vielleicht manchmal zu viel sein, aber es zeigt mir auch, was er für mich empfindet.

Seine Liebe zu mir ist auf viele Arten falsch und pervers, aber das macht sie nicht weniger real.

Natürlich weiß ich, dass das die Angst, die ich mir um Julians Sicherheit wegen seiner bevorstehenden Reise mache, verstärkt. Als sich seine Abreise nähert, verblasst meine Freude über sein Geständnis, und an seine Stelle tritt Angst.

Ich möchte nicht, dass Julian wegfährt. Jedes Mal, wenn ich daran denke, dass er auf diese Mission geht, erfasst mich das erstickende Gefühl von Furcht. Ich weiß, dass meine Angst teilweise irrational ist, aber das macht sie nicht weniger schlimm. Von der Gefahr, der sich Julian aussetzt, ganz abgesehen, habe ich einfach Angst davor, allein zu sein. Wir haben in den letzten Monaten so wenig Zeit getrennt verbracht, dass der Gedanke daran, auch nur ein paar Tage lang ohne ihn zu sein, mich stark belastet und anspannt.

Es hilft mir auch nicht, dass ich bis zum Hals in Examen und Aufsätzen stecke oder dass meine Eltern die ganze Zeit darauf drängen, dass ich sie besuchen komme – was Julian nicht erlauben wird, solange die Bedrohung durch die Al-Quadar nicht ganz aus der Welt geschafft ist.

»Du kannst zwar das Anwesen nicht verlassen, aber sie können uns hier besuchen kommen, wenn du möchtest«, sagt er mir eines Nachmittags während einer Schießstunde. »Ich würde dir aber davon abraten. Im Moment befinden sich deine Eltern mehr oder weniger außerhalb der Schusslinie, aber je mehr Kontakt du mit deiner Familie hast, desto größer ist die Gefahr, der sie ausgesetzt sind. Das ist aber deine Entscheidung. Du musst nur etwas sagen – und ich schicke ihnen ein Flugzeug.«

»Nein, das ist schon in Ordnung«, bemerke ich hastig. »Ich möchte keine unnötige Aufmerksamkeit auf sie lenken.« Damit hebe ich meine Waffe und schieße auf die Bierdosen am anderen Ende des Feldes. Der vertraute Rückschlag der Waffe hilft mir dabei, mich etwas zu entspannen.

Ein paar Tage, nachdem wir auf das Anwesen gekommen waren, habe ich erkannt, dass meine Eltern in Gefahr schweben. Zu meiner Erleichterung sagte mir Julian, er habe bereits eine diskrete Sicherheitsüberwachung für sie organisiert – hochtrainierte Bodyguards, deren Aufgabe es ist, meine Familie zu beschützen, während diese ihr Leben ganz normal weiterlebt. Die Alternative wäre, sie hier zu uns auf das Anwesen zu holen, hatte er mir erklärt – ein Vorschlag, den meine Eltern ablehnten, sobald ich ihn aussprach.

»Wie bitte? Wir ziehen doch nicht nach Kolumbien, um dort bei einem illegalen Waffenhändler zu leben!«, hatte mein Vater ausgerufen, als ich ihm von der potentiellen Gefahr erzählte. »Was denkt dieser Bastard, wer er ist? Ich habe gerade einen neuen Job angefangen – davon mal ganz abgesehen, dass wir nicht einfach alle unsere Freunde und Verwandten verlassen können!«

Und weiter wurde nicht darüber gesprochen. Ich kann nicht behaupten, meinen Eltern einen Vorwurf machen zu können, dass sie nicht ans andere Ende der Welt ziehen möchten, um auf dem Anwesen meines Entführers zu leben. Sie sind beide noch sehr jung, Anfang vierzig, und sie waren immer sehr aktiv und beschäftigt. Mein Vater spielt fast jedes Wochenende Lacrosse, und meine Mutter hat Freundinnen, mit denen sie sich regelmäßig zum Weintrinken und zum Tratschen trifft. Meine Eltern sind auch immer noch sehr verliebt ineinander. Mein Vater überrascht meine Mutter ständig mit kleinen Geschenken wie Blumen, Schokolade oder einem Restaurantbesuch. Als ich aufwuchs, hatte ich keine Zweifel daran, dass sie mich liebten, aber ich wusste genauso gut, dass ich nicht der absolute Mittelpunkt ihres Lebens war.

Nein, wenn das, was Julian sagt, stimmt – und ich vertraue ihm in diesem Punkt –, ist es am besten, wenn meine Eltern nicht zu sehr mit den Esguerra-Unternehmungen in Verbindung gebracht werden.

Nur dann können sie weiterhin ein normales Leben führen.

IN DER NACHT VOR JULIANS ABREISE BEREITET ANA EIN SPEZIELLES Abendessen für uns zu. Ich habe kürzlich herausgefunden, dass Julian eine Schwäche für Tiramisu hat, also wird das unser Dessert sein. Als Hauptgang macht Ana genau so eine Lasagne, wie sie Julians Mutter immer zubereitet hat. Die Haushälterin hat mir verraten, dass das als Kind sein Lieblingsgericht war.

Ich weiß nicht, warum ich das mache. Es ist ja schließlich nicht so, als ob gutes Essen Julian auf einmal davon überzeugen würde, auf das grausame Vergnügen zu verzichten, Majid in die Finger zu bekommen. Ich kenne meinen Ehemann gut genug, um zu verstehen, dass ihn nichts und niemand davon abbringen kann. Julian ist an Gefahr gewöhnt. Ich denke, er sehnt sich sogar auf eine gewisse Weise danach, und ich bin nicht so dumm, zu glauben, dass ich ihn mit einem Abendessen zähmen kann.

Aber trotzdem möchte ich, dass es ein besonderer Abend wird. Für mich muss er etwas Besonderes sein. Ich möchte nicht an Terroristen und Folter, an Entführung und Gehirnwäsche denken.

Nur für eine Nacht möchte ich so tun, als seien wir ein normales Ehepaar, als sei ich eine normale Ehefrau, die ihrem Ehemann eine Freude bereiten möchte.

Vor dem Abendessen dusche ich und föhne mein langes, braunes Haar, bis es weich und glänzend ist. Ich trage sogar ein wenig Lidschatten und Lipgloss auf. Normalerweise gebe ich mir nicht so viel Mühe mit meinem Aussehen, da Julian auch ohne solche Details schon unersättlich ist. Aber heute Abend möchte ich für ihn umwerfend aussehen. Das Kleid, das ich für diesen Anlass gewählt habe, ist knapp und trägerlos. Es ist elfenbeinfarben mit einem schwarzen Band auf Taillenhöhe, und meine Schuhe sind sexy schwarze Peep-Toes. Darunter trage ich einen schwarzen, trägerlosen Push-up-BH und einen dazugehörigen String, das sündigste Unterwäscheset, das ich in meinem Schrank habe.

Ich werde heute Abend Julian verführen, weil ich es möchte.

Er verspätet sich kurzfristig wegen logistischer Probleme, und ich warte an dem kerzenbeleuchteten Tisch einige Minuten auf ihn, während sich in meiner Brust Angst und Aufregung um die Vormacht streiten. Angst, weil mir schlecht wird, wenn ich an den morgigen Tag denke, und Aufregung, weil ich es nicht erwarten kann, Zeit mit Julian zu verbringen.

Als er den Raum endlich betritt, stehe ich auf und begrüße ihn. Sein Blick bleibt mit einer Intensität auf mir hängen, die mir den Atem nimmt. Er hält einige Zentimeter von mir entfernt an, und seine Augen wandern über meinen Körper. Als sich seine Augen wieder auf mein Gesicht richten, brennt tief in ihnen ein Feuer, welches einen elektrischen Schauer bis in mein Innerstes sendet. Ein langsames, sinnliches Lächeln umspielt seine Lippen, als er sanft sagt: »Du siehst umwerfend aus, mein Kätzchen … Absolut umwerfend.«

Ich erröte und bekomme vor Freude über sein Kompliment ein heißes Gesicht. »Danke schön«, flüstere ich und kann meine Augen nicht von seinem Gesicht abwenden. Er hat sich auch zum Essen umgezogen. Er trägt ein hellblaues Poloshirt mit einer khakifarbenen Hose, und beides sitzt wie angegossen an seinem großen, breitschultrigen Körper. Mit seinem dunklen, glänzenden Haar, welches wieder seine alte Länge erreicht hat, könnte Julian locker als Model oder Filmstar durchgehen, der gerade Ferien in einem Golfressort verbringt. Meine Stimme hört sich atemlos an, als ich ihm antworte: »Du siehst selber umwerfend aus.«

Sein Lächeln wird breiter, während er sich dem Tisch nähert und vor mir zum Stehen kommt. »Danke, Baby«, murmelt er, und seine starken Finger legen sich um meine Schultern. Er beugt seinen Kopf herunter und gibt mir einen intensiven und doch unglaublich zärtlichen Kuss. Ich schmelze auf der Stelle dahin. Mein Hals biegt sich unter dem hungrigen Druck seiner Lippen nach hinten, und erst als Ana sich hörbar räuspert, komme ich wieder genug zu mir, um zu bemerken, dass wir uns nicht in unserem Schlafzimmer befinden. Unangenehm berührt, schiebe ich ihn weg, und Julian akzeptiert das. Er lässt mich los und tritt mit einem Lächeln nach hinten.

»Zuerst essen, nehme ich an«, sagt er trocken und geht um den Tisch herum, um sich auf den Stuhl mir gegenüber zu setzen.

Ana serviert uns mit leicht geröteten Wangen Lasagne und schenkt jedem von uns ein Glas Wein ein. Danach verschwindet sie so schnell, dass ich ihr kaum ein kurzes Dankeschön zuwerfen kann.

»Lasagne …« Julian riecht genüsslich am Essen. »Ich kann mich gar nicht an das letzte Mal erinnern, an dem ich sie gegessen habe.«

»Ana hat mir erzählt, dass deine Mutter sie immer für dich gemacht hat, als du noch klein warst«, sage ich sanft und sehe ihm dabei zu, wie er sich den ersten Bissen in den Mund schiebt. »Ich hoffe, du magst sie immer noch.«

Er blickt von seinem Teller auf und schaut mir in die Augen, während er kaut. »Du hast das vorbereitet?«, fragt er, nachdem er heruntergeschluckt hat, und seine Stimme klingt eigenartig. Er deutet auf den Wein und die Kerzen, die an den Außenkanten des Tischs brennen. »Das alles war nicht Anas Idee?«

»Na ja, sie hat die ganze Arbeit gehabt«, gebe ich zu. »Ich habe sie lediglich um ein paar Dinge gebeten. Ich hoffe, du hast nichts dagegen.«

»Dagegen? Natürlich nicht.« Seine Stimme hört sich immer noch ein wenig eigenartig an, aber er bohrt nicht weiter nach. Stattdessen fängt er an, sich dem Essen zu widmen, und unsere Unterhaltung wendet sich den bevorstehenden Prüfungen zu.

Nachdem wir mit der Lasagne fertig sind, bringt Ana das Dessert. Es sieht genauso gehaltvoll und lecker aus wie das Tiramisu, das ich in italienischen Restaurants gesehen habe. Ich beobachte Julian, als Ana es vor ihm auf den Tisch stellt.

Falls er überrascht ist, zeigt er es zumindest nicht, sondern lächelt Ana warm an und dankt ihr für ihre Mühen. Erst als sie das Zimmer verlassen hat, dreht er sich zu mir und schaut mich an. »Tiramisu?«, fragt er leise, und seine Augen reflektieren das tanzende Licht der Kerzen. »Warum, Nora?«

Ich zucke mit den Schultern. »Warum nicht?«

Er betrachtet mich einen Moment lang ganz genau, und sein Blick ist ungewöhnlich nachdenklich, als er auf meinem Gesicht hängenbleibt. Ich warte darauf, dass er weiter nachbohrt. Aber das tut er nicht. Stattdessen nimmt er seine Gabel in die Hand. »Warum eigentlich nicht«, murmelt er und wendet seine Aufmerksamkeit dem köstlichen Dessert zu.

Ich folge seinem Beispiel, und kurze Zeit später sind unsere Teller blitzeblank.

~

Als wir nach oben gehen, führt Julian mich zum Bett. Anstatt mich sofort auszuziehen, nimmt er mein Gesicht zwischen seine Hände. »Danke schön für den wundervollen Abend, Baby«, flüstert er, und in seinen dunklen Augen sehe ich eine undefinierbare Regung.

Ich lächele ihn an und lege meine Hände auf seine Taille. »Gern geschehen.« Mein Herz fühlt sich an, als würde es vor Glück gleich zerfließen. »Es war mir eine Freude.«

Er sieht aus, als wolle er noch etwas sagen, aber dann legt er einfach seine Lippen auf meine und beginnt, mich mit tiefer, fast verzweifelter Leidenschaft zu küssen. Meine Augen schließen sich, als eine Spirale der Lust mich durchfährt. Seine Lippen sind unglaublich weich, seine Zunge spielt vorsichtig mit meiner, und sein vollmundiger, dunkler Geschmack sorgt dafür, dass mir schwindelig wird. Während wir uns küssen, gleitet seine Hand um meinen Rücken und drückt mich enger an ihn heran. Die Härte seiner Erektion an meinem Bauch sendet eine Hitzewelle direkt in mein Geschlecht. Ich kralle mich an ihm fest und bekomme weiche Knie, als seine Lippen von meinem Mund zu meinem Ohrläppchen und dann meinen Hals hinunterwandern.

»Du bist so unglaublich sexy«, murmelt er mit belegter Stimme. Sein Atem brennt auf meiner empfindlichen Haut. Ich stöhne, und mein Kopf fällt nach hinten, als er mich über seinen Arm legt und anfängt, an dieser empfindlichen Stelle oberhalb meines Schlüsselbeins zu knabbern. Meine Nippel versteifen sich, und mein

Geschlecht beginnt mit der vertrauten pochenden Intensität zu brennen, als Julian kalte Luft über diesen nassen Punkt bläst und damit erotische Schauer durch meinen Körper jagt.

Bevor ich mich erholen kann, zieht er mich wieder nach oben und dreht mich herum, so dass ich mit dem Rücken zu ihm stehe. Dann spüre ich, wie seine Hände auf der Rückseite meines Kleides den Reißverschluss öffnen. Das kleine Kleid fällt auf den Boden, und ich trage nichts weiter als meine schwarzen Absatzschuhe, Push-up-BH und String.

Julian zieht hörbar Luft ein. Ich drehe mich herum und lächele ihn auffordernd an. »Gefällt dir, was du siehst?«, flüstere ich und gehe einige Schritte zurück, damit er mich besser sehen kann. Sein Gesichtsausdruck lässt meinen Puls voller Vorfreude rasen. Er schaut mich an wie ein verhungernder Mann ein Stück Kuchen: mit quälendem Verlangen und purer Lust. Seine Augen sagen, dass er mich verschlingen und mich gleichzeitig genießen möchte … dass ich die anziehendste Frau bin, die er jemals in seinem Leben gesehen hat.

Anstatt zu antworten, kommt er zu mir, greift an meinen Rücken und öffnet meinen BH. Sobald meine Brüste frei liegen, bedeckt er sie mit seinen Händen, und seine Daumen streichen über meine sich verhärtenden Nippel. »Du bist so unglaublich köstlich«, flüstert er rau, während er mich weiterhin anschaut. Ich atme zitternd ein, da seine Worte und die Berührung seiner Hände mich innerlich erschaudern lassen. »Du bist alles, woran ich denken kann, Nora … alles, auf das ich mich konzentrieren kann …«

Ich bekomme weiche Knie bei seinem Geständnis. Zu wissen, dass ich diese Wirkung auf ihn habe – dass dieser mächtige, gefährliche Mann sich genauso nach mir verzehrt wie ich nach ihm –, lässt mein Herz in einem wilden, sprunghaften Rhythmus schlagen. Trotz unseres Anfangs gehört Julian jetzt mir, und ich will ihn genauso sehr wie er mich.

Ich schlinge meine Arme um seinen Hals und ziehe seinen Kopf an mich heran. Als sich unsere Lippen treffen, lege ich alles in diesen Kuss, lasse ihn fühlen, wie sehr ich ihn brauche, wie sehr ich ihn liebe. Meine Hände gleiten in sein dickes, seidiges Haar, während seine Arme sich hinter meinem Rücken verschließen und mich an ihn drücken. Meine steifen Nippel berühren die gerippte Baumwolle von seinem Shirt und erinnern mich an den quälenden Unterschied zwischen uns: Ich bin fast nackt, und er ist komplett angezogen. Seine harte Erektion drückt sich in meinen Bauch, und die Hitze in mir pulsiert, als unsere Münder in einer Symphonie aus Lust verschmelzen, mit einem explosiven Begehren zusammenkommen.

Ich weiß nicht genau, wie wir im Bett enden, aber auf einmal bin ich da. Ich reiße verzweifelt an Julians Kleidung, während heiße Küsse auf meine Brust und meinen Bauch niederprasseln. Seine Hand schließt sich um meinen Tanga und reißt ihn mir mit einer einzigen Bewegung vom Körper. Danach spüre ich seine Hand an meiner Öffnung, und zwei große Finger dringen so grob in mich ein, dass ich nach Luft schnappe und mich an ihn drücke. »Du bist so unglaublich feucht«, knurrt er und schiebt seine Finger in mich, um sie gleich darauf wieder herauszuziehen und sie vor mein Gesicht zu halten. »Schmecke, wie sehr du mich willst.«

Unerträglich erregt schließe ich meinen Mund um seine Finger und sauge an ihnen. Sie sind mit meiner Feuchtigkeit umhüllt, aber der Geschmack stößt mich nicht ab. Wenn überhaupt erregt er mich, lässt mich heißer brennen. Julian stöhnt, als ich seine Finger einsauge und meine Zunge um sie gleiten lasse, als seien sie sein Geschlecht. Dann entfernt er seine Hand. In einer einzigen Bewegung bäumt er sich auf, zieht sich sein T-Shirt über den Kopf und legt seine Muskelpakete frei. Als Nächstes ist seine Hose dran, und ich erhasche einen kurzen Blick auf seine Erektion, bevor er auf mich steigt, seine kräftigen Hände sich um meine Handgelenke legen und sie neben meine Schultern bringen. Seine Augen blicken in meine, und er drückt meine Beine mit seinen Knien auseinander, drückt seine Eichel gegen meinen Eingang.

Mein Herz rast voller Vorfreude, während ich seinen Blick erwidere. Sein Gesicht und sein Kinn sind vor Verlangen angespannt, als er langsam in mich eindringt. Ich habe erwartet, dass er mich hart nimmt, aber heute Nacht ist er vorsichtig. Er arbeitet sich so langsam nach vorne, dass es erregend und gleichzeitig frustrierend ist. Mein Körper passt sich ihm ohne Schmerzen an, dehnt sich aus, um ihn aufzunehmen. Ich fühle eine erregende Fülle, aber einem kranken Teil von mir reicht das nicht – er will Härte und Gewalt.

»Julian …« Ich fahre mir mit meiner Zunge über meine Lippen. »Ich möchte, dass du mich nimmst. Mich richtig nimmst.« Um meine Bitte zu unterstreichen, schlinge ich meine Beine um seine Hüften und ziehe ihn zu mir heran. Das Gefühl ist so intensiv, dass wir beide aufstöhnen, und ich sehe, wie sich seine Pupillen weiten, bis nur noch ein schmaler, blauer Rand um den schwarzen Punkt zu sehen ist.

»Du willst, dass ich dich nehme?« Seine Stimme ist so kehlig, so voller Hunger, dass ich die Worte kaum verstehen kann. Der Griff seiner Hände um meine Handgelenke verstärkt sich und schneidet mir fast das Blut ab. »Dass ich dich richtig nehme?«

Ich nicke und mein Puls überschlägt sich fast. Es fühlt sich immer noch falsch für mich an, zugeben zu müssen, dass ich etwas brauche, vor dem ich mich einst fürchtete.

Zu wissen, dass ich meinen Entführer darum bitte, mich zu benutzen.

Julian zieht scharf Luft ein, und ich spüre, wie der Damm seiner Kontrolle Risse bekommt. Sein Mund legt sich auf meinen, und seine Lippen und seine Zunge sind jetzt wild, fast grausam. Sein Kuss verzehrt mich, nimmt mir Atem und Seele. Gleichzeitig zieht er sein Geschlecht fast vollständig aus mir heraus, um mit einem so harten und brutalen Stoß wieder in mich einzudringen, dass es mich fast zerreißt. Meine Nervenenden brennen.

Ich schreie in seinen Mund, und meine Beine schlingen sich fester um seinen muskulösen, festen Po, als er beginnt, mich ohne Zurückhaltung zu nehmen. Es ist eine Inbesitznahme, die so brutal ist wie eine Vergewaltigung, aber ich genieße es, wie mein Körper sich dem gewalttätigen Überfall hingibt. Es ist genau das, was ich jetzt möchte, was ich brauche. Es kann sein, dass morgen Spuren sichtbar sein werden, aber alles, was ich in diesem Moment spüre, ist diese massive Anspannung, die sich in mir aufbaut, dieser Druck, der sich tief in meinem Geschlecht sammelt. Jeder kraftvolle Stoß zieht mich weiter und weiter auf, bis ich mich fühle, als müsse ich zerspringen … und das mache ich auch. Eine Explosion dunkler Lust schießt durch meinen Körper, als ich in Julians Armen komme.

Er kommt mit mir. Seinen Kopf hat er in schmerzhafter Ekstase zurückgeworfen, jeder Muskel in seinem Nacken ist versteift, während er mit einem rauen Aufschrei sein Geschlecht tiefer in mich hineinbohrt. Der Druck seiner Lende auf meiner Klitoris verlängert meine Kontraktionen, wringt alle Gefühle aus meinem Körper und saugt die Kraft aus meinen Muskeln.

Als es vorbei ist, rollt er von mir herunter, zieht mich an sich und umarmt mich von hinten. Sobald sich unsere Atmung beruhigt hat, fallen wir in einen tiefen und traumlosen Schlaf.

2 0

AM NÄCHSTEN MORGEN WACHE ICH WIE IMMER VOR NORA AUF. SIE schläft in ihrer Lieblingsposition: ihren Oberkörper auf meine Brust, und ein Bein über meine gelegt. Vorsichtig winde ich mich aus ihrer Umarmung, gehe duschen und versuche, nicht an die Versuchung ihres kleinen Körpers zu denken, der dort so weich und bettwarm liegt. Leider habe ich nicht die Zeit, mich heute Morgen an ihr zu sättigen; das Flugzeug wartet schon auf der Landebahn.

Sie hat es geschafft, mich letzte Nacht zu überraschen. Die ganze Woche lang hatte sie eine leichte, kaum wahrnehmbare Distanz ausgestrahlt. In jener Nacht war es mir vielleicht gelungen, ihre Mauern niederzureißen, aber sie hat sie schon ein Stück weit wieder aufgebaut. Sie hat weder geschmollt noch mich mit Schweigen bestraft, aber trotzdem spürte ich, dass sie mir nicht ganz vergeben hatte.

Bis gestern Abend.

Ich hatte geglaubt, dass ich ihre Vergebung nicht bräuchte, aber das leichte, fast euphorische Gefühl in meiner Brust straft mich Lügen.

Ich dusche in weniger als fünf Minuten. Als ich mich angezogen und fertig gemacht habe, gehe ich zum Bett, um Nora einen vorerst letzten Kuss zu geben. In dem Moment, in dem ich mich über sie beuge und meine Lippen ihre Wange berühren, schlägt sie die Augen auf.

Auf ihren Lippen zeichnet sich ein schläfriges Lächeln ab. »Guten Morgen …«

»Dir auch einen guten Morgen«, erwidere ich heiser und streiche ihr eine Haarsträhne aus dem Gesicht. Scheiße, sie macht Sachen mit mir. Sachen, die kein kleines Mädchen mit mir machen können sollte. Endlich bin ich drauf und dran, Rache an dem Mann zu nehmen, der Beth getötet und Nora entführt hat, und alles, woran ich denken kann, ist, wieder zu ihr ins Bett zurückzukehren.

Sie blinzelt einige Male, und ich sehe, wie ihr Lächeln verschwindet, als sie sich daran erinnert, dass heute nicht irgendein Tag ist. Alle Spuren von Verschlafenheit sind wie weggewischt, als sie sich aufsetzt und mich anblickt. Sie nimmt nicht einmal Rücksicht darauf, dass ihre Decke herunterfällt und ihren nackten Oberkörper entblößt.

»Du fährst schon?«

»Ja, Baby.« Ich versuche, meine Augen von ihren runden, verlockenden Brüsten abzuwenden, und setze mich neben sie aufs Bett. Ich nehme ihre Hand zwischen meine beiden, um sie sanft zu reiben. »Das Flugzeug ist startklar und wartet schon auf mich.«

Sie schluckt. »Wann wirst du zurück sein?«

»Wenn alles gut geht, in etwa einer Woche. Zuerst muss ich mich noch mit einigen Funktionären in Russland treffen, bevor ich nach Tadschikistan weiterreise.«

»Russland? Warum?« Ihre Stirn runzelt sich leicht. »Ich dachte, du hättest auf dem Rückweg geschäftlich in der Ukraine zu tun?«

»Das hatte ich auch, aber die Dinge haben sich geändert. Gestern Nachmittag habe ich einen Anruf von einem von Peters Kontakten in Moskau erhalten. Sie wollen, dass ich zuerst zu ihnen komme, ansonsten lassen sie uns nicht nach Tadschikistan einreisen.«

»Oh.« Jetzt sieht Nora noch besorgter aus, und die Falten auf ihrer Stirn werden tiefer. »Weißt du, wieso?«

Ich habe eine Vermutung, die ich ihr allerdings im Moment nicht sagen möchte. Sie ist jetzt schon viel zu besorgt. Russen sind schon immer unberechenbar gewesen, und die explosive Situation in dieser Region ist auch nicht besonders hilfreich.

»Ich habe schon in der Vergangenheit einige Male mit ihnen zu tun gehabt«, erwidere ich unbestimmt und stehe auf, bevor sie mir weitere Fragen stellen kann. »Ich muss jetzt los, Baby, aber wir sehen uns in ein paar Tagen. Viel Glück bei deinen Prüfungen!«

Sie nickt, und ihre Augen glänzen verdächtig, als sie mich anschaut. Ich bin nicht in der Lage, zu widerstehen, und beuge mich nach vorne, um sie ein allerletztes Mal zu küssen, bevor ich aus dem Zimmer gehe.

~

In Moskau ist es im März schweinekalt. Die Kälte dringt durch die Lagen meiner dicken Kleidung bis tief in meine Knochen ein, und ich habe das Gefühl, dass mir nie wieder warm werden wird. Ich habe Russland noch nie besonders gerne gemocht, und dieser Besuch bestätigt die schlechte Meinung, die ich über dieses Land habe.

Eisig. Schmutzig. Korrupt.

Mit den beiden letzten Punkten kann ich umgehen, aber alle drei auf einmal ist zu viel. Es wundert mich nicht, dass Peter gerne zurückgeblieben ist, um auf das Anwesen aufzupassen. Dieser Bastard wusste genau, worauf ich mich einließ. Ich konnte das Grinsen auf seinem Gesicht sehen, als das Flugzeug abhob. Nach der tropischen Hitze des Dschungels sind die eiskalten Temperaturen, die in Moskau in den letzten Zügen des Winters herrschen, einfach nur schmerzhaft – so wie die Verhandlungen mit der russischen Regierung.

Es dauert fast eine Stunde, zehn verschiedene Häppchen und eine halbe Flasche Wodka, bis Buschekov über den Grund des Treffens spricht. Ich toleriere das nur, weil meine Füße genauso lange brauchen, um nach den draußen herrschenden Minusgraden aufzutauen. Der Verkehr auf dem Weg ins Restaurant war so stark, dass Lucas und ich letztendlich ausgestiegen und die acht Straßen zu Fuß gegangen sind – und uns dabei den Arsch abgefroren haben.

Jetzt kann ich meine Zehen endlich wieder bewegen, und Buschekov scheint bereit zu sein, über Geschäftliches zu reden. Er ist einer der inoffiziellen Funktionäre hier: eine Person, die einen großen

Einfluss im Kreml ausübt, deren Name aber nie in den Nachrichten auftaucht.

»Ich habe ein delikates Anliegen, welches ich gerne mit Ihnen besprechen würde«, beginnt Buschekov, nachdem der Kellner einige der leeren Teller abgeräumt hat. Oder zumindest ist es das, was uns der Dolmetscher sagt, nachdem Buschekov auf Russisch gesprochen hat. Weder Lucas noch ich verstehen mehr als ein paar wenige Worte dieser Sprache, weshalb Buschekov eine junge Frau damit beauftragt hat, für uns zu übersetzen. Die hübsche blonde und blauäugige Yulia Tzakova sieht nur wenige Jahre älter aus als meine Nora, aber der russische Funktionär hat mir versichert, das Mädchen sei verschwiegen.

»Weiter«, antworte ich auf Buschekovs Aussage. Lucas sitzt neben mir und verzehrt seinen zweiten mit Kaviar gefüllten Blini. Er ist der Einzige, den ich zu diesem Treffen mitgenommen habe. Der Rest meiner Männer hält sich in der Nähe auf, falls Komplikationen auftreten sollten. Ich bezweifle, dass die Russen im Moment etwas versuchen werden, aber man kann nie vorsichtig genug sein.

Buschekov lächelt mich dünnlippig an und erwidert etwas auf Russisch.

»Ich bin mir sicher, dass Sie über die Schwierigkeiten in unserem Gebiet auf dem Laufenden sind«, übersetzt Yulia. »Wir möchten, dass Sie uns dabei helfen, diese Angelegenheit aus der Welt zu schaffen.«

»Inwiefern helfen?« Ich kann mir gut vorstellen, was die Russen wollen, aber ich werde trotzdem darauf warten, dass er es mir sagt.

»Es gibt da bestimmte Teile der Ukraine, die unsere Hilfe benötigen«, sagt Yulia auf Englisch, nachdem Buschekov geantwortet hat. »Aber wegen der derzeitigen Meinung weltweit wäre es problematisch, wenn wir einmarschieren und helfen würden.«

»Also soll ich das stattdessen tun?«

Er nickt, und seine farblosen Augen bleiben auf mich gerichtet, als Yulia seine Aussage übersetzt. »Ja, so etwas in der Art«, sagt er, »Wir hätten gerne, dass eine große Schiffsladung voller Waffen und anderer Waren die Freiheitskämpfer in Donezk erreicht. Sie würde dann nicht zu uns zurückverfolgbar sein. Als Gegenleistung würden Sie die normale Entschädigung bekommen – und eine sichere Reise nach Tadschikistan.«

Ich lächele ihn höflich an. »Ist das alles?«

»Es wäre uns außerdem wichtig, wenn Sie zurzeit Geschäfte mit der Ukraine vermeiden würden«, sagt er, ohne mit der Wimper zu zucken. »Zwei Stühle und ein Arsch und so.«

Ich nehme an, dass die letzte Aussage auf Russisch mehr Sinn ergibt, aber ich kann den groben Inhalt von dem, was er sagt, verstehen. Buschekov ist nicht der erste Kunde, der so etwas von mir verlangt, und er wird auch nicht der letzte sein. »Ich befürchte, dafür werde ich eine zusätzliche Entschädigung verlangen müssen«, sage ich ruhig, »Wie Sie wissen, bleiben wir normalerweise neutral bei derartigen Konflikten.«

»Ja, davon haben wir gehört.« Buschekov spießt ein Stück gesalzenen Fisch auf seine Gabel, schiebt ihn in seinen Mund und kaut langsam, während er mich dabei weiterhin anschaut. »Vielleicht könnten Sie in diesem Fall Ihre Position noch einmal überdenken. Die Sowjetunion mag zwar nicht mehr bestehen, aber unser Einfluss in der ganzen Gegend ist immer noch beträchtlich.«

»Ja, dessen bin ich mir bewusst. Weshalb, denken Sie, bin ich sonst gerade hier?« Mein Lächeln hat jetzt einen schärferen Zug angenommen. »Aber Neutralität aufzugeben ist eine teure Angelegenheit. Ich bin mir sicher, dass Sie das verstehen.«

Etwas Eisiges blitzt in Buschekovs Blick auf. »Das tue ich. Ich bin autorisiert, Ihnen zwanzig Prozent mehr als den normalen Preis für Ihre Kooperation in dieser Angelegenheit zu zahlen.«

»Zwanzig Prozent? Während gleichzeitig meine potentiellen Profite halbiert werden?« Ich lache leise. »Das glaube ich nicht.«

Er gießt sich einen weiteren Wodka ein, lässt ihn im Glas kreisen und schaut mich nachdenklich an. »Zwanzig Prozent mehr plus der gefangene Al-Quadar-Terrorist«, sagt er nach einem kurzen Moment. »Das ist mein letztes Angebot.«

Ich betrachte ihn eingehend und schenke mir dabei auch Wodka nach. Um ehrlich zu sein, ist das mehr, als ich gedacht hatte, und ich weiß es besser, als die Russen zu sehr zu drängen. »Einverstanden«, sage ich und hebe mein Glas zu einem ironischen Toast, bevor ich es in einem Zug leere.

～

MEIN AUTO WARTET AUF DER STRAßE, ALS WIR AUS DEM RESTAURANT kommen. Der Fahrer hat es geschafft, sich durch den Verkehr zu arbeiten, was für uns bedeutet, dass wir auf dem Weg ins Hotel nicht frieren müssen.

»Würde es Ihnen etwas ausmachen, mich zur nächsten U-Bahn-Haltestelle zu bringen?«, fragt Yulia, als Lucas und ich uns dem Auto nähern. Ich kann sehen, dass sie schon anfängt zu zittern. »Sie befindet sich etwa zehn Straßen von hier entfernt.«

Ich schaue sie abschätzend an, bevor ich Lucas ein Zeichen gebe, zu ihr zu gehen. »Durchsuche sie.«

Lucas tastet sie ab. »Sie ist sauber.«

»Also in Ordnung«, sage ich und öffne die Autotür für sie. »Steig ein.«

Sie folgt meiner Aufforderung und nimmt neben mir auf der Rückbank Platz, während sich Lucas nach vorne zum Fahrer setzt. »Danke schön«, sagt sie mit einem hübschen Lächeln. »Ich weiß das wirklich zu schätzen. Das ist einer der schlimmsten Winter der letzten Jahre.«

»Kein Problem.« Ich habe keine Lust auf Smalltalk, also hole ich mein Telefon heraus und beginne damit, meine E-Mails zu beantworten. Ich sehe eine von Nora und muss grinsen. Sie möchte wissen, ob ich sicher gelandet bin. *Ja,* antworte ich ihr. *Jetzt versuche ich nur noch, mir in Moskau nichts abzufrieren.*

»Bleiben Sie länger?« Yulias weiche Stimme unterbricht mich, als ich gerade dabei bin, einen Bericht über Noras Bewegungen auf dem Anwesen zu öffnen. Als ich aufblicke, lächelt mich das russische Mädchen an und schlägt seine Beine übereinander. »Ich könnte Ihnen die Stadt zeigen, wenn Sie möchten.«

Ihre Einladung hätte nicht deutlicher sein können, wenn sie meinen Schwanz angefasst hätte. Ich kann das hungrige Glitzern in ihren Augen sehen, und ich verstehe, dass sie eine dieser Frauen ist, die von Macht und Gefahr angezogen werden. Sie will mich wegen dem, was ich verkörpere – wegen des Kicks, den ihr das Spiel mit dem Feuer bereitet. Ich zweifele nicht daran, dass sie alles tun würde, was ich verlange, egal wie sadistisch oder pervers es ist, und dann noch um mehr betteln würde.

Sie ist genau der Typ Frau, den ich gerne gefickt hätte, bevor ich Nora getroffen habe. Allerdings hat Yulia jetzt Pech gehabt. Ihre blasse Schönheit spricht mich nicht an. Die einzige Frau, die ich in meinem Bett haben möchte, ist das dunkelhaarige Mädchen, welches sich gerade Tausende von Kilometern entfernt befindet.

»Danke für die Einladung«, erwidere ich und lächele Yulia kühl an. »Aber wir verlassen die Stadt bald, und ich befürchte, ich bin zu kaputt, um mich heute auf das Nachtleben einlassen zu können.«

»Natürlich.« Yulia lächelt mich unbeeindruckt von meiner Zurückweisung weiterhin an. Sie hat offensichtlich genug Selbstbewusstsein, um nicht beleidigt zu sein. »Falls Sie Ihre Meinung ändern, wissen Sie ja, wo Sie mich finden können.« Als das Auto vor der U-Bahn-Station zum Stehen kommt, steigt sie anmutig aus und lässt einen Hauch ihres teuren Parfums zurück.

Als das Auto anfängt, sich zu bewegen, dreht Lucas sich zu mir herum und schaut mich an. »Wenn Sie sie nicht möchten, würde ich mich freuen, sie heute Nacht zu unterhalten«, bietet er beiläufig an. »Natürlich nur, wenn Ihnen das recht ist.«

Ich grinse. Heiße Blondinen sind schon immer Lucas' Schwäche gewesen. »Warum nicht?«, antworte ich. »Sie gehört ganz Ihnen, wenn Sie sie möchten.« Wir werden nicht vor morgen früh abreisen, und ich habe eine Menge Sicherheitspersonal vor Ort. Wenn Lucas die Nacht gerne mit der Übersetzerin verbringen möchte, werde ich ihm nicht im Wege stehen.

Ich selbst habe dagegen vor, unter der Dusche Hand an mich zu legen und dabei an Nora zu denken, bevor ich schlafen gehe.

Morgen wird ein anstrengender Tag werden.

~

DER FLUG VON MOSKAU NACH TADSCHIKISTAN SOLLTE IN MEINER Boeing C-17 etwas mehr als sechs Stunden dauern. Die Boeing ist eines der drei Militärflugzeuge, die ich besitze. Sie ist groß genug für diese Mission; alle Männer und das Equipment passen mühelos hinein.

Alle Teilnehmer, ich eingeschlossen, haben die neueste Kampfausrüstung an. Unsere Anzüge sind kugelsicher und flammenhemmend, und wir sind voll bewaffnet mit Sturmgewehren, Granaten und Sprengstoff. Das mag übertrieben sein, aber ich möchte bei meinen Männern kein Risiko eingehen. Ich genieße die Gefahr, aber ich bin nicht selbstmordgefährdet, weshalb alle Risiken, die ich mit meinen Geschäften eingehe, sorgfältig kalkuliert sind. Noras Rettung in Thailand war wahrscheinlich die gefährlichste Operation, in die ich in den letzten

Jahren verwickelt gewesen war, und ich hätte das für niemand anderen gemacht.

Nur für sie.

Ich habe den Großteil des Fluges damit verbracht, die Baupläne unserer neuen Fabrik in Malaysia durchzugehen. Wenn alles klappt, kann ich vielleicht die Produktion von unserem derzeitigen Ort in Indonesien hierherverlegen. Die lokalen Behörden werden zu gierig, fordern jeden Monat höhere Schmiergelder, und ich bin nicht gewillt, ihre Kassen noch länger zu füllen. Ich beantworte außerdem die Fragen meines Portfolio-Managers aus Chicago; er ist gerade dabei, einen Dachfonds für eine meiner Tochtergesellschaften aufzusetzen, und dafür muss ich ihm einige Daten zukommen lassen.

Als wir uns einige hundert Kilometer von unserem Ziel entfernt über Usbekistan befinden, will ich ein paar Dinge mit Lucas abklären, der das Flugzeug steuert.

Er dreht sich zu mir um, sobald ich die Kabine betrete. »Wir sollten in anderthalb Stunden dort sein«, berichtet er mir, ohne dass ich ihn frage. »Die Landebahn ist noch vereist, aber wird gerade für uns vorbereitet. Die Hubschrauber sind betankt und startklar.«

»Hervorragend.« Unser Plan ist es, ein Dutzend Kilometer von der Stelle im Pamir-Gebirge entfernt zu landen, an dem sich angeblich das Lager der Terroristen befinden soll. »Gibt es irgendwelche ungewöhnlichen Aktivitäten in der Region?«

Er schüttelt den Kopf. »Nein, es ist alles ruhig.«

»Gut.« Ich betrete die Kabine und nehme neben Lucas auf dem Sitz des Copiloten Platz. »Wie war die Nacht mit dem russischen Mädchen?«

Eines seiner seltenen Lächeln blitzt auf seinem harten Gesicht auf. »Sehr befriedigend. Sie haben etwas verpasst.«

»Ja, da bin ich mir sicher«, sage ich, ohne auch nur das leiseste Bedauern zu spüren. Es gibt keinen One-Night-Stand, der auch nur ansatzweise die Intensität meiner Verbindung mit Nora hätte, und ich habe kein Bedürfnis, mich mit weniger zufriedenzugeben.

Lucas grinst – ein Ausdruck, der noch seltener auf seinem versteinerten Gesicht auftaucht. »Ich muss sagen, dass ich nie gedacht hätte, Sie jemals als einen glücklich verheirateten Mann zu sehen.«

Ich ziehe meine Augenbrauen in die Höhe. »Wirklich?« Das ist wahrscheinlich die persönlichste Anmerkung, die er jemals gemacht hat. In all den Jahren, die er schon in meiner Organisation arbeitet, hat Lucas niemals die Grenze zwischen einem treuen Angestellten zu einem Freund übertreten – ich habe ihn allerdings auch nicht dazu ermutigt. Ich habe noch nie leicht Menschen vertrauen können, und es gab nur wenige Personen, die ich jemals als Freunde bezeichnen konnte.

Er zuckt mit den Schultern, und sein Gesicht wird wieder eine teilnahmslose Maske, auch wenn sich in seinen Augen immer noch ein Hauch von Belustigung abzeichnet. »Sicher, Menschen wie wir werden nicht gerade als Kandidaten für perfekte Ehemänner angesehen.«

Ich muss unfreiwillig auflachen. »Ich weiß auch nicht, ob Nora mich direkt als den perfekten Ehemann bezeichnen würde.« Als ein Monster, das sie entführt und ihr Gehirn gewaschen hat, dagegen mit Sicherheit. Aber als guten Ehemann? Ich hege da so meine Zweifel.

»Falls sie es nicht tut, sollte sie ihre Meinung vielleicht ändern«, meint Lucas und widmet seine Aufmerksamkeit wieder den Armaturen. »Sie betrügen sie nicht, Sie sorgen gut für sie und haben schon Ihr Leben riskiert, um sie zu retten. Wenn das nicht ein guter Ehemann ist, dann weiß ich es auch nicht.« Als er spricht, beginnt er, seine Stirn in Falten zu legen, während er mit den Augen etwas auf dem Radar verfolgt.

»Was ist das?«, frage ich scharf, und alle meine Instinkte sind in Alarmbereitschaft.

»Ich bin mir nicht sicher«, fängt Lucas an, und in diesem Moment durchfährt ein so gewaltiger Ruck das Flugzeug, dass ich fast aus meinem Sitz geschleudert werde. Nur meinem Sitzgurt, den ich mir aus Gewohnheit umgelegt habe, ist es zu verdanken, dass ich nicht gegen die Decke schlage, als das Flugzeug plötzlich in einen Sturzflug verfällt.

Lucas greift nach dem Steuer und flucht, während er versucht, die Flugrichtung zu korrigieren. »Scheiße, scheiße, scheiße …«

»Was hat uns getroffen?« Meine Stimme ist äußerlich ruhig und mein Kopf unerwartet kühl, als ich die Situation analysiere. Ich höre ein mahlendes, stotterndes Geräusch, welches von den Motoren kommt. Ich kann Rauch riechen und höre Schreie im hinteren Teil des Flugzeugs, woraus ich schließe, dass es brennt. Es muss eine Explosion gegeben haben. Das wiederum bedeutet, dass entweder von einem anderen Flugzeug aus auf uns geschossen wurde oder ein Flugabwehrflugkörper in nächster Nähe explodiert ist und dabei einen oder mehrere Motoren beschädigt hat. Es kann kein direkter Treffer gewesen sein, weil die Boeing mit einem Raketenabwehrsystem ausgestattet ist, welches dafür entwickelt wurde, alle bis hin zu den allerneuesten Waffen abzuwehren – und weil wir noch am Leben sind und nicht in Stücke gerissen wurden.

»Ich bin mir nicht sicher«, sagt Lucas, während er mit der Steuerung kämpft. Das Flugzeug fängt sich einen Moment lang, bevor es wieder in den Sturzflug fällt. »Ist das nicht scheißegal?«

Ehrlich gesagt bin ich mir da nicht sicher. Der analytische Teil von mir möchte wissen, was – oder wer – für meinen Tod verantwortlich sein wird. Ich bezweifele, dass es die Al-Quadar ist; meinen Quellen zufolge haben sie keine derart ausgeklügelten Waffen. Bleibt die Möglichkeit, dass irgendein abzugsgeiler usbekischer Soldat einen Fehler begangen hat oder es sich um einen beabsichtigten Anschlag von jemand anderem handelt. Den Russen vielleicht, auch wenn ich mir den Grund dafür nicht erklären kann.

Lucas hat recht. Ich habe keine Ahnung, warum mir das wichtig ist. Die Wahrheit zu wissen wird nichts am Ergebnis ändern. Ich kann die schneebedeckten Gipfel des Pamir-Gebirges sehen, und ich weiß, wir werden es nicht bis dahin schaffen.

Lucas beginnt wieder, zu fluchen, während er darum kämpft, das Flugzeug unter Kontrolle zu bringen. Ich halte mich an der Kante des Sitzes fest, und mein Blick ist auf den Boden gerichtet, auf den wir mit einer angsteinflößenden Geschwindigkeit zuhalten. In meinen Ohren dröhnt es, und ich begreife, dass das mein eigener Herzschlag ist – dass ich das Blut durch meine Adern rauschen hören kann, als das Adrenalin meine Sinne verschärft.

Lucas gelingt es noch einige Male, das Flugzeug kurz aus dem Sturzflug zu reißen, was unseren Fall ein paar Sekunden verlangsamt. Den tödlichen Absturz scheint aber nichts aufhalten zu können.

Während ich uns dabei zuschaue, wie wir in unseren Tod rasen, gibt es nur eine einzige Sache, welche ich bedauere.

Ich werde Nora nie wieder in den Armen halten.

III

DER GEFANGENE

Nora

ZWEI TAGE OHNE JULIAN.

Ich kann gar nicht glauben, dass es zwei ganze Tage ohne Julian gewesen sind. Ich bin meinem Tagesablauf treu geblieben, aber ohne ihn hier fühlt sich alles anders an.

Leerer. Dunkler.

Es ist so, als habe sich die Sonne hinter einer Wolke versteckt und einen Schatten über meine Welt geworfen.

Es ist verrückt. Völlig krank. Ich war früher auch zeitweise ohne Julian. Als ich auf der Insel war, ging er ständig auf Reisen. Ich würde sogar sagen, dass er mehr Zeit nicht auf der Insel als auf ihr verbracht hat, und trotzdem habe ich irgendwie funktioniert. Dieses Mal muss ich allerdings die ganze Zeit über gegen eine furchtbare Unruhe ankämpfen, eine Angst, die mit jeder Stunde, die vergeht, zuzunehmen scheint.

»Ich weiß wirklich nicht, was mit mir nicht stimmt«, erkläre ich Rosa während einer unserer Morgenspaziergänge. »Ich habe achtzehn Jahre lang ohne ihn gelebt, und plötzlich halte ich es keine zwei Tage ohne ihn aus?«

Sie schmunzelt. »Natürlich. Ihr beiden seid unzertrennlich, weshalb mich das auch nicht gerade überrascht. Ich habe noch nie ein Paar gesehen, das so verliebt ist.«

Ich seufze und schüttele reumütig den Kopf. Obwohl sie so praktisch zu sein scheint, ist sie hoffnungslos romantisch. Vor einigen Wochen habe ich mich ihr endlich anvertraut und ihr erzählt, wie Julian und ich uns getroffen haben. Ich habe ihr auch von meiner Zeit auf der Insel berichtet. Ja, sie war schockiert gewesen, aber nicht ansatzweise so schockiert, wie ich es an ihrer Stelle gewesen wäre. Sie schien das ganze sogar eher als romantisch anzusehen.

»Er hat dich entführt, weil er ohne dich nicht leben konnte«, sagte sie verträumt zu mir, während ich versuchte, ihr zu erklären, warum ich immer noch meine Bedenken habe. »Es ist wie das, was man in Büchern liest oder in Filmen sieht …« Und als ich sie anblickte, weil ich meinen Ohren kaum glauben konnte, fügte sie sehnsüchtig hinzu: »Ich wünschte, jemand würde mich genug wollen, um *mich* zu entführen.«

Also ist Rosa wohl nicht die richtige Person, um mir den Kopf geradezurücken. Sie denkt, die Tatsache, dass ich ohne Julian verkümmere, sei das Ergebnis einer großen Liebesgeschichte anstatt etwas, was wahrscheinlich psychiatrische Hilfe benötigt.

Ana ist auch nicht besser.

»Es ist normal, dass du deinen Ehemann vermisst«, meint die Haushälterin, als ich mich kaum dazu zwingen kann, etwas zum Abendbrot zu essen. »Ich bin mir sicher, dass Julian dich genauso sehr vermisst.«

»Ich weiß nicht, Ana«, sage ich zweifelnd und schiebe den Reis auf meinem Teller umher. »Ich habe heute den ganzen Tag lang nichts von ihm gehört. Gestern hat er mir auf meine E-Mail geantwortet, aber heute habe ich ihm zwei geschickt – und nichts.« Das ist es, was mich mehr als alles andere beunruhigt. Entweder Julian ist es egal, ob ich mir Sorgen mache – oder er ist nicht in der Lage, mir zu antworten, weil er zu sehr damit beschäftigt ist, Terroristen zu bekämpfen.

Von beiden Möglichkeiten wird mir schlecht.

»Er könnte gerade irgendwohin fliegen«, sagt Ana vernünftigerweise und räumt meinen Teller ab. »Oder sich an einem Ort ohne Empfang befinden. Du solltest dir wirklich nicht solche

Sorgen machen. Ich kenne Julian, und er kann gut auf sich selbst aufpassen.«

»Ich bin mir sicher, dass er das kann, aber er ist auch nur ein Mensch. Er kann durch eine querschießende Kugel oder eine Bombe getötet werden, welche zum falschen Zeitpunkt losgeht.«

»Ich weiß, Nora«, erwidert Ana beruhigend, während sie meinen Arm streichelt, und ich sehe, dass sich die gleiche Sorge in ihren tiefen, braunen Augen widerspiegelt. »Ich weiß, aber denk nicht gleich an das Schlimmste. Ich bin mir sicher, dass du in ein paar Stunden von ihm hören wirst. Spätestens Morgen wird er sich bei dir melden.«

~

ICH SCHLAFE UNRUHIG UND WACHE ALLE PAAR STUNDEN AUF, UM MEINE E-Mails zu kontrollieren. Als ich am Morgen immer noch nichts von Julian gehört habe, stehe ich todmüde und übernächtigt, aber entschlossen auf.

Wenn Julian sich nicht bei mir meldet, werde ich die Sache in die eigene Hand nehmen.

Zuerst suche ich nach Peter Sokolov. Als ich ihn finde, spricht er gerade mit einigen Wachen am anderen Ende des Anwesens und scheint überrascht zu sein, als ich zu ihm gehe und ihn darum bitte, mit ihm allein reden zu können. Trotzdem kommt er meinem Wunsch umgehend nach.

Sobald wir außer Hörweite sind, frage ich ihn: »Haben Sie von Julian gehört?« Dieser russische Mann macht mir immer noch Angst, aber er ist der Einzige, der vielleicht Antworten für mich hat.

»Nein«, antwortet er mit seinem schweren Akzent. »Nicht, seitdem ihr Flugzeug gestern Moskau verlassen hat.« Während er spricht, sehe ich einen Hauch von Anspannung um seine Augen, und meine Angst verstärkt sich, als mir klar wird, dass Peter sich auch Sorgen macht.

»Sie hätten sich melden müssen, stimmt's?«, möchte ich von ihm wissen und blicke in sein auf exotische Weise schönes Gesicht. Meine Brust fühlt sich an, als könne ich nicht genügend Luft bekommen. »Irgendetwas ist schiefgegangen, habe ich recht?«

»Davon können wir noch nicht ausgehen.« Sein Ton ist vorsichtig neutral. »Es ist möglich, dass sie unsere Anrufe aus

Sicherheitsgründen nicht beantworten – weil sie nicht möchten, dass irgendjemand ihre Kommunikation abhört.«

»Das glauben Sie doch nicht wirklich.«

»Es ist unwahrscheinlich«, gibt Peter zu und schaut mich weiterhin mit seinen grauen Augen an. »Aber es ist kein ungewöhnliches Vorgehen in solchen Fällen.«

»Richtig, natürlich.« Ich kämpfe, so gut ich kann, gegen die übelkeitserregende Angst an, die mich überkommt, und frage ruhig: »Und was ist Plan B? Werden Sie ein Rettungsteam hinschicken? Haben Sie weitere Männer zur Verfügung, die als Ersatz einspringen können?«

Peter schüttelt den Kopf. »Wir können nichts machen, bis wir nicht mehr wissen«, erklärt er. »Ich habe meine Fühler schon bis nach Russland und Tadschikistan ausgestreckt, also sollten wir uns bald bessere Vorstellungen darüber machen können, was dort vor sich geht. Bis jetzt wissen wir nur, dass das Flugzeug problemlos in Moskau gestartet ist.«

Ich versuche, meine Panik zu kontrollieren, aber ganz kann ich sie nicht aus meiner Stimme verbannen. »Wann ist bald? Heute? Morgen?«

»Ich weiß es nicht, Frau Esguerra«, antwortet er, und ich kann einen Hauch von Mitleid in diesen erbarmungslosen grauen Augen erkennen. »Es kann jederzeit so weit sein. Ich werde Ihnen Bescheid geben, sobald ich etwas höre.«

»Danke, Peter«, erwidere ich und gehe zurück zum Haus, weil mir nichts Besseres einfällt.

DIE NÄCHSTEN SECHS STUNDEN KRIECHEN NUR SO DAHIN. ICH WANDERE im Haus umher, gehe von Zimmer zu Zimmer, unfähig, mich auf irgendetwas zu konzentrieren. Wann immer ich mich hinsetze und versuche zu lernen oder zu malen, spielen sich in meinem Kopf ein Dutzend verschiedene Szenarien ab, von denen eines schlimmer ist als das nächste. Ich möchte glauben, dass alles in Ordnung ist, dass Julians Flugzeug aus einem harmlosen Grund von der Bildfläche verschwunden ist, aber ich weiß es besser.

In der Welt, in der Julian und ich leben, gibt es keine Märchen, sondern nur die gnadenlose Wirklichkeit.

Ich habe den ganzen Tag nichts essen können, auch wenn Ana es mit allem, vom Steak bis hin zum Nachtisch, versucht hat. Um sie zu beruhigen, esse ich einen Happen Papaya zur Mittagszeit, bevor ich mein zielloses Umherwandern im Haus wiederaufnehme.

Am frühen Nachmittag ist mir vor Angst regelrecht schlecht. Mein Kopf dröhnt, und mein Magen fühlt sich an, als würde er sich selbst essen und die Säure ein Loch in meine Innereien brennen.

»Lass uns doch schwimmen gehen«, schlägt mir Rosa vor, als sie mich in der Bibliothek findet. Ich kann die Besorgnis auf ihrem Gesicht erkennen und weiß, dass Ana sie wahrscheinlich diskret zu mir geschickt hat. Rosa hat normalerweise tagsüber zu viel zu tun, um sich frei zu nehmen, aber heute macht sie ganz offensichtlich eine Ausnahme.

Mir ist zwar überhaupt nicht danach, schwimmen zu gehen, aber ich willige trotzdem ein. Rosas Gesellschaft ist besser, als mich allein vor Sorge verrückt zu machen.

Als wir aus der Bibliothek gehen, sehe ich Peter, der mit düsterem Gesicht auf uns zukommt.

Einen Augenblick lang setzt mein Herz aus, bevor es wild gegen meinen Brustkorb hämmert.

»Was ist passiert?« Mein Mund kann diese Worte kaum formulieren. »Haben Sie etwas gehört?«

»Das Flugzeug ist in Usbekistan einige hundert Kilometer vor der Grenze zu Tadschikistan abgestürzt«, eröffnet er mir ruhig, als er vor mir zum Stehen kommt. »Es sieht so aus, als habe es einen Kommunikationsfehler gegeben, und das usbekische Militär hat es abgeschossen.«

Mein Sichtfeld engt sich ein. »Sie sind abgeschossen worden?« Meine Stimme hört sich an, als käme sie aus weiter Entfernung und als käme das Gesagte von jemand anderem. Ich bekomme kaum mit, wie Rosa schützend einen Arm um meinen Rücken legt, aber ihre Berührung hält die Eiseskälte, die sich in mir ausbreitet, nicht auf.

»Wir suchen gerade nach dem Wrack«, sagt Peter fast sanft. »Es tut mir leid, Frau Esguerra, aber ich bezweifle, dass sie überlebt haben.«

2 2

ICH BIN NICHT SICHER, WIE ICH INS SCHLAFZIMMER GEKOMMEN BIN,
aber jetzt bin ich hier und liege zusammengerollt in stiller Qual auf
dem Bett, das Julian und ich teilen.

Ich kann weiche Hände auf meinem Haar spüren, höre Stimmen,
die leise auf Spanisch flüstern, und weiß, dass Ana und Rosa bei mir
sind. Die Haushälterin hört sich an, als würde sie weinen. Ich möchte
das auch tun, aber ich kann nicht. Der Schmerz ist noch zu frisch, zu
tief, um die Erleichterung durch Tränen zuzulassen.

Ich dachte, ich wüsste, wie es sich anfühlt, wenn einem das Herz
herausgerissen wird. Als ich fälschlicherweise dachte, Julian sei tot,
war ich am Boden zerstört gewesen. Diese Monate ohne ihn waren
die schlimmsten meines Lebens gewesen. Ich dachte, ich wüsste, wie
sich dieser Verlust anfühlt, dieses Wissen, nie wieder sein Lächeln zu
sehen oder die Wärme seiner Umarmung zu spüren.

Aber erst jetzt wird mir klar, dass es verschiedene Abstufungen
von Qualen gibt. Der Schmerz kann von niederschmetternd bis am
Boden zerstört reichen. Als ich Julian das letzte Mal verlor, war er der

Mittelpunkt meines Lebens gewesen. Jetzt dagegen ist er meine ganze Welt, und ich weiß nicht, wie ich ohne ihn existieren soll.

»Oh Nora ...« Anas Stimme ist tränenschwer, als sie über mein Haar streicht. »Es tut mir so leid, Kind ... Es tut mir so leid ...«

Ich möchte ihr sagen, dass es mir auch leid tut, dass ich weiß, wie viel Julian ihr bedeutet hat, aber ich kann nicht. Ich kann nicht sprechen. Alles scheint einer übermenschlichen Kraft zu bedürfen, so als hätten meine Lungen vergessen, wie sie funktionieren. Einen kleinen Zug hinein, einen kleinen Zug hinaus – das scheint alles zu sein, was ich im Moment tun kann.

Einfach weiteratmen. Einfach nicht sterben.

Nach einer Weile hört das leise Murmeln auf, und es streichelt mich auch niemand mehr. Ich bin allein, stelle ich fest. Sie müssen mich noch zugedeckt haben, bevor sie gegangen sind, weil ich ein weiches, lockeres Gewicht auf mir spüre. Das sollte mich wärmen, tut es aber nicht.

Alles, was ich spüre, ist ein eisiges, schmerzendes Loch an der Stelle, an der mein Herz saß.

~

»Nora, Kind ... Komm, trink etwas ...«

Ana und Rosa sind zurück, und ihre sanften Hände heben mich in eine sitzende Position. Sie halten mir einen Becher heiße Schokolade hin, den ich automatisch ergreife und der mir meine kalten Handflächen wärmt.

»Nur einen Schluck«, drängt mich Ana. »Du hast den ganzen Tag nichts gegessen. Julian würde das nicht wollen, das weißt du selbst ganz genau.«

Der Schmerz, der mich durchfährt, als sein Name fällt, ist so stark, dass mir fast der Becher aus der Hand fällt. Rosa greift nach ihm, legt meine Hände wieder fest darum und führt ihn sanft, aber unaufhaltsam zu meinen Lippen. »Komm, Nora«, flüstert sie mit mitleiderfülltem Gesicht. »Trink etwas davon.«

Ich zwinge mich dazu, ein paar Schlucke zu nehmen. Die vollmundige, warme Flüssigkeit läuft meinen Hals hinunter, und die kombinierte Wirkung von Koffein und Zucker lässt meine dumpfe Erschöpfung ein Stück weit verfliegen. Ich fühle mich ein wenig lebendiger. Als ich zum Fenster schaue, stelle ich zu meinem

Erschrecken fest, dass es schon dunkel ist – dass ich einige Stunden dagelegen haben muss, ohne zu bemerken, wie die Zeit vergeht.

»Gibt es etwas Neues von Peter?«, frage ich und schaue Ana und Rosa an. »Haben sie das Wrack gefunden?«

Rosa sieht erleichtert darüber aus, dass ich wieder rede. »Wir haben ihn seit dem Nachmittag nicht mehr gesehen«, antwortet sie, und Ana nickt mit roten und geschwollenen Augen.

»Okay.« Ich nehme noch ein paar Schlucke der heißen Schokolade und gebe den Becher danach an Ana zurück. »Danke schön.«

»Kann ich dir etwas zu essen bringen?«, fragt Ana hoffnungsvoll. »Vielleicht ein Sandwich oder ein wenig Obst?«

Mein Magen rebelliert bei dem Gedanken an Essen, aber ich weiß, dass ich etwas zu mir nehmen muss. Ich kann nicht mit Julian sterben, so attraktiv diese Option auch gerade zu sein scheint. »Ja, bitte.« Meine Stimme klingt angespannt. »Nur eine Scheibe Toast mit Käse, bitte.«

Rosa springt mit einem erfreuten Lächeln vom Bett auf. »So ist es richtig. Siehst du, Ana, ich habe dir doch gesagt, dass sie eine Kämpfernatur ist.« Und bevor ich meine Meinung ändern kann, eilt sie aus dem Zimmer, um mir etwas zum Essen zu holen.

»Ich gehe duschen«, sage ich zu Ana und stehe auf. Plötzlich habe ich das starke Bedürfnis, allein zu sein – weg von Anas sorgenvoller Miene. Mein Körper fühlt sich kalt und spröde an, wie ein Stück Eis, das jeden Moment zerspringen kann. Meine Augen brennen vor lauter unvergossener Tränen.

Konzentrier dich aufs Atmen. Ein kleiner Atemzug nach dem anderen.

»Natürlich, Kind.« Ana lächelt mich vorsichtig ganz leicht an. »Geh nur. Das Essen wird schon hier sein, wenn du fertig bist.«

Und während ich mich ins Badezimmer flüchte, sehe ich, wie sie das Zimmer verlässt.

~

»Nora! O mein Gott, Nora!«

Rosas Schreie und ihr wildes Klopfen gegen meine Badezimmertür schrecken mich aus meinem dumpfen, fast gelähmten Zustand. Ich habe keine Ahnung, wie lange ich unter der heißen Dusche gestanden habe, aber ich springe sofort heraus. Ich wickele mich in ein Handtuch, rase zur Tür und schlittere dabei mit meinen nassen Füßen über die kalten Fliesen.

Mein Herz hämmert in meinem Hals, als ich die Tür aufreiße. »Was ist los?«

»Er lebt!« Ich werde fast taub von Rosas Geschrei. »Nora, Julian lebt!«

»Er lebt?« Einen Moment lang kann ich gar nicht aufnehmen, was sie mir sagt, weil mein Gehirn durch Hunger und Trauer nur sehr langsam arbeitet. »Julian lebt?«

»Ja!«, kreischt sie, fasst meine Hände an und springt auf und nieder. »Peter hat gerade erfahren, dass er und ein paar seiner Männer am Leben waren, als man sie gefunden hat. Während wir sprechen, werden sie gerade ins Krankenhaus gebracht.«

Meine Knie werden weich und ich schwanke. »Ins Krankenhaus?« Ich kann kaum flüstern. »Und er lebt wirklich?«

»Ja!« Rosa umarmt mich so fest, dass sie mir fast die Rippen bricht, und tritt dann mit einem breiten Grinsen auf dem Gesicht zurück. »Ist das nicht fantastisch?«

»Ja, natürlich …« Mir ist ganz schwindelig vor Freude und Unglauben. Mein Puls rast. »Du hast gesagt, er wird gerade ins Krankenhaus gebracht?«

»Ja, das hat Peter gesagt.« Rosas Gesichtsausdruck wird nüchterner. »Er ist unten und spricht mit Ana. Ich bin nicht dageblieben, um ihm weiter zuzuhören – ich wollte dir so schnell wie möglich die Neuigkeiten überbringen.«

»Natürlich, danke schön!« Plötzlich stehe ich unter Strom, und mein Dämmerzustand und meine Verzweiflung lösen sich in Luft auf. *Julian lebt und wird ins Krankenhaus gebracht.*

Ich renne zum Schrank und ziehe das erste Kleid heraus, das ich in die Finger bekomme. Danach lasse ich mein Handtuch zu Boden fallen und ziehe mich an. Ich renne zur Tür und stürme mit Rosa an meinen Fersen die Treppe hinunter.

Peter steht neben Ana in der Küche. Die Augen der Haushälterin weiten sich, als sie mich mit nackten Füßen und tropfnassem Haar auf sich zuhalten sieht. Wahrscheinlich sehe ich aus, als sei ich verrückt, aber das ist mir egal. Das Einzige, was mich interessiert, ist, mehr über Julian zu erfahren.

»Wie geht es ihm?«, keuche ich und halte kurz vor den beiden an. »Wie ist sein Zustand?«

Etwas, was erschreckend nach einem Lächeln aussieht, blitzt kurz auf Peters Gesicht auf. »Sie werden noch ein paar Untersuchungen im Krankenhaus durchführen, aber im Moment sieht es so aus, als habe Ihr Ehemann den Absturz mit einem gebrochenen Arm, ein paar angeknacksten Rippen und einer hässlichen Verletzung auf der Stirn überlebt. Er ist zwar nicht bei Bewusstsein, aber das scheint hauptsächlich mit dem Blutverlust durch die Kopfverletzung zusammenzuhängen.«

Als ich Peter ungläubig mit offenem Mund anstarre, fährt er fort: »Das Flugzeug stürzte in ein dicht bewaldetes Gebiet, und die Bäume fingen den Aufprall zu einem Großteil ab. Das Cockpit, in dem sich Esguerra und Kent befanden, wurde dabei abgerissen, was ihnen das Leben gerettet zu haben scheint.« Dann verschwindet sein Lächeln, und seine metallischen Augen verdunkeln sich. »Die meisten anderen Männer starben. Der Tank im hinteren Teil des Flugzeugs explodierte und zerstörte einen Teil der Kabine. Nur drei der Soldaten, die sich hinten befanden, überlebten mit großflächigen Verbrennungen. Sie haben es nur der Kampfbekleidung zu verdanken, dass sie nicht tot sind.«

»Oh mein Gott.« Eine Welle des Entsetzens überkommt mich. Julian lebt, aber fast fünfzig seiner Männer sind umgekommen. Ich habe nur sehr wenig mit den meisten der Wachen zu tun gehabt, aber ich habe viele von ihnen auf dem Anwesen gesehen. Ich kenne sie, wenn auch nur vom Sehen. Sie waren alle starke Männer gewesen, hatten so unverwüstlich gewirkt. Und jetzt sind sie tot. Von uns gegangen – so wie Julian, wenn er nicht vorne gesessen hätte.

»Was ist mit Lucas?«, möchte ich wissen und beginne als verspätete Reaktion zu zittern. Ich fange an zu begreifen, dass Julian mit dem Flugzeug abgestürzt ist und *überlebt* hat. Dass er wie eine Katze mit neun Leben dem Tod erneut haarscharf entkommen ist.

»Kent hat ein gebrochenes Bein und eine ernste Gehirnerschütterung. Er war auch bewusstlos, als sie gefunden wurden.«

Erleichterung durchfährt mich, und meine Augen, die vorher vor Trockenheit gebrannt haben, füllen sich plötzlich mit Tränen. Tränen der Dankbarkeit, des Glücks, das so intensiv ist, dass ich meine Gefühle nicht unterdrücken kann. Ich möchte gleichzeitig lachen und weinen.

Julian lebt, genauso wie der Mann, der einst sein Leben rettete.

»Oh, Nora, Kind …« Anas kräftige Arme umschließen mich, als die Tränen aus mir herausbrechen. »Jetzt wird alles wieder gut … Alles wird wieder gut …«

Ich zittere, als ich das Schluchzen unterdrücke, und lasse einen Moment lang ihre mütterliche Umarmung zu. Danach entziehe ich mich ihr und lächele tränenüberströmt. Zum ersten Mal seit dem Absturz glaube ich, dass alles wieder gut werden wird. Dass das Schlimmste vorbei ist.

»Wie schnell können wir abfliegen?«, frage ich Peter, während ich mir die Tränen von meinen Wangen wische. »Kann das Flugzeug in einer Stunde startklar sein?«

»Wegfliegen?« Er wirft mir einen eigenartigen Blick zu. »Wir können nicht wegfliegen, Frau Esguerra. Ich habe strikte Anweisungen, auf dem Anwesen zu bleiben und sicherzustellen, dass Sie hier sicher sind.«

»Wie bitte?« Ich blicke ihn ungläubig an. »Aber Julian ist verletzt! Er ist im Krankenhaus und ich bin seine Frau …«

»Ja, das verstehe ich.« Peters Gesichtsausdruck verändert sich nicht. Seine Augen bleiben kalt und undurchsichtig, während er mich anschaut. »Aber ich befürchte, Esguerra wird mich im wahrsten Sinne des Wortes umbringen, wenn ich es zulasse, dass Sie sich in Gefahr begeben.«

»Sagen Sie mir gerade, ich könne meinen Ehemann nicht sehen, der gerade einen Flugzeugabsturz überlebt hat?« Meine Stimme wird lauter, als mich eine plötzliche Zorneswelle überkommt. »Dass ich hier sitzen und nichts machen soll, während Julian sich verletzt am anderen Ende der Welt befindet?«

Peter scheint mein Gefühlsausbruch nicht weiter zu beeindrucken. »Ich werde mich bemühen, eine sichere Telefonverbindung und vielleicht eine Videoverbindung für Sie zu arrangieren«, erwidert er ruhig. »Ich werde Sie auch weiterhin über seinen Gesundheitszustand auf dem Laufenden halten. Ich befürchte, dass es weiter nichts gibt, was ich im Moment noch für Sie tun kann. Ich arbeite auch gerade daran, die Sicherheitsvorkehrungen um das Krankenhaus, in dem Esguerra und die anderen sich befinden, zu verstärken. Also wird er hoffentlich gesund und wohlbehalten heimkehren, und Sie werden ihn schon bald wiedersehen.«

Ich möchte brüllen, schreien und mich streiten, aber ich weiß, dass es nichts helfen wird. Ich habe so viel Einfluss auf Peter wie auf

Julian – also gar keinen. »In Ordnung«, sage ich und atme tief durch, um mich zu beruhigen. »Machen Sie das – und ich möchte sofort Bescheid wissen, wenn er sein Bewusstsein wiedererlangt.«

Peter nickt. »Natürlich, Frau Esguerra. Sie werden umgehend darüber informiert werden.«

Julian

ZUERST NEHME ICH DIE GERÄUSCHE WAHR. LEISES WEIBLICHES Gemurmel, das mit einem rhythmischen Piepen einhergeht. Das Summen von Elektrizität im Hintergrund. Das alles wird überlagert von einem pochenden Schmerz auf meiner Stirn und einem starken Geruch nach Desinfektionsmitteln in meiner Nase.

Ein Krankenhaus. Ich bin in einem Krankenhaus.

Mein Körper schmerzt, und dieser Schmerz ist überall. Mein erster Instinkt ist, meine Augen zu öffnen und nach Antworten zu suchen. Aber ich bleibe unbeweglich liegen und lasse die Erinnerungen hochkommen.

Nora. Die Mission. Flug nach Tadschikistan. Ich durchlebe das alles noch einmal. Ich sehe mich selbst in der Kabine mit Lucas reden, fühle, wie das Flugzeug unter uns ruckelt. Ich höre das stotternde Heulen der Motoren und spüre erneut, wie sich mir der Magen umdreht, als das Flugzeug vom Himmel fällt. Ich ertrage die lähmende Angst dieser letzten Momente, in denen Lucas versucht, das Flugzeug über den Bäumen zu stabilisieren, um uns wertvolle Sekunden zu verschaffen – und dann fühle ich den heftigen Stoß des Aufpralls.

Danach gibt es nichts weiter, nur Dunkelheit.

Es sollte die andauernde Dunkelheit des Todes sein, und doch bin ich am Leben. Zumindest behauptet das der Schmerz in meinem geschundenen Körper.

Ich bleibe weiterhin bewegungslos liegen und analysiere meine neue Situation. Die Stimmen um mich herum klingen in einer fremden Sprache. Es hört sich an wie eine Mischung aus Russisch und Türkisch. Wahrscheinlich Usbekisch, wenn man bedenkt, wo wir uns zum Zeitpunkt des Abfluges befanden.

Es sind zwei Frauen, die sich miteinander unterhalten, und ihr Ton ist sehr entspannt, fast so, als würden sie tratschen. Es wäre logisch, wenn es sich dabei um Krankenschwestern dieses Krankenhauses handeln würde. Ich kann hören, wie sie sich bewegen, während sie miteinander reden, und ich öffne vorsichtig ein Auge, um mir meine Umgebung anzuschauen.

Ich bin in einem tristen Raum mit blassgrünen Wänden und einem kleinen Fenster an der gegenüberliegenden Wand. Neonlichter an der Decke geben ein leise summendes Geräusch von sich – dieses Stromsummen, welches ich zuvor bemerkt hatte. Ich werde mit einem Monitor überwacht und hänge am Tropf. Ich kann die Schwestern auf der anderen Seite des Zimmers stehen sehen. Sie wechseln die Bettwäsche des leeren Betts, welches dort steht. Ein dünner Vorhang trennt mich von ihnen, aber da er ein Stück offen steht, kann ich den ganzen Raum sehen.

Außer den beiden Schwestern ist niemand im Raum. Es gibt kein Zeichen meiner Männer. Mein Puls rast, als ich mir dessen bewusst werde, und ich versuche meine Atmung zu kontrollieren, bevor es ihnen auffällt. Ich möchte, dass sie weiterhin denken, dass ich bewusstlos bin. Es scheint keine offene Bedrohung zu geben, aber bis ich nicht weiß, was mit dem Flugzeug passiert ist und wie ich hierhergekommen bin, traue ich mich nicht, meine Vorsichtsmaßnahmen aufzuheben.

Ich bewege fast unmerklich meine Finger und Zehen, bevor ich die Augen schließe und mir einen geistigen Überblick über meine Verletzungen verschaffe. Ich fühle mich schwach, so als habe ich viel Blut verloren. Mein Kopf pocht, und ich kann den dicken Verband auf meiner Stirn spüren. Mein linker Arm, der unglaublich schmerzt, ist fixiert, so als sei er eingegipst. Mein rechter Arm scheint allerdings in Ordnung zu sein. Ich habe Schmerzen beim Atmen, also nehme ich an, dass ich irgendwie meine Rippen verletzt habe. Ansonsten kann ich alle meine Gliedmaßen spüren, und der Rest meines Körpers fühlt sich eher so an, als habe ich Kratzer und blaue Flecken anstatt gebrochener Knochen.

Nach einigen Minuten verschwindet die eine der Schwestern, und die andere kommt zu meinem Bett herüber. Ich bleibe ruhig und bewegungslos liegen, tue so, als sei ich nicht bei Bewusstsein. Sie zieht meine Bettdecke zurecht und kontrolliert danach meinen Kopfverband. Ich kann sie leise summen hören, als sie sich herumdreht, um ebenfalls das Zimmer zu verlassen. In diesem Moment höre ich die schweren Schritte, die sich dem Raum nähern.

Eine tiefe und autoritäre Männerstimme fragt etwas auf Usbekisch.

Ich mache meine Augen wieder einen kleinen Schlitz weit auf, um einen Blick auf den Flur zu werfen. Der Neuankömmling ist ein schlanker Mann mittleren Alters, der die Uniform eines Offiziers des Militärs trägt. Seinen Abzeichen nach zu urteilen muss er eine hohe Position bekleiden.

Die Krankenschwester antwortet ihm mit leiser und unsicherer Stimme, während der Mann sich meinem Bett nähert. Ich spanne mich an und bereite mich darauf vor, mich trotz meiner kraftlosen Muskeln im Notfall verteidigen zu müssen. Der Mann greift aber weder nach einer Waffe noch macht er etwas anderes, was als Bedrohung aufgefasst werden könnte. Stattdessen betrachtet er mich mit einem eigenartig neugierigen Gesichtsausdruck.

Meinem Instinkt folgend öffne ich die Augen und schaue ihn an. Mein Körper ist immer noch angespannt und bereit, einen eventuellen Angriff abzuwehren. »Wer sind Sie?«, frage ich ganz plump, da ich mir denke, dass hier die direkte Herangehensweise die beste ist. »Wo bin ich?«

Er sieht überrascht aus, aber erlangt seine Haltung fast sofort wieder. »Ich bin Oberst Sharipov, und Sie befinden sich in Taschkent, Usbekistan«, antwortet er und tritt einen halben Schritt zurück. »Ihr Flugzeug ist abgestürzt, und wir haben Sie hierhergebracht.« Er hat einen starken Akzent, aber sein Englisch ist erstaunlich gut. »Die russische Botschaft ist über Sie unterrichtet worden. Ihre Leute schicken ein anderes Flugzeug hierher, um Sie abzuholen.«

Er weiß also, wer ich bin. »Wo sind meine Männer? Was ist mit meinem Flugzeug passiert?«

»Wir untersuchen die Ursache des Absturzes noch«, erwidert Sharipov, und seine Augen wandern leicht zur Seite. »Zu diesem Zeitpunkt ist sie noch unklar …«

»Quatsch.« Meine Stimme ist ruhig. Ich sehe, wenn jemand lügt, und dieses Arschloch versucht definitiv, mir Scheiße zu erzählen. »Sie wissen, was passiert ist.«

Er zögert. »Ich bin nicht bevollmächtigt, mit Ihnen über die Untersuchung zu sprechen …«

»Hat Ihr Militär eine Rakete auf uns abgefeuert?« Ich benutze meinen rechten Arm, um mich in eine sitzende Position zu begeben. Meine Rippen protestieren bei dieser Bewegung, aber ich ignoriere die Schmerzen. Ich fühle mich zwar so schwach wie ein Kleinkind, aber es ist niemals ratsam, das seinen Feind wissen zu lassen. »Sie können es mir genauso gut jetzt sagen, weil ich die Wahrheit so oder so herausbekommen werde.«

Sein Gesicht spannt sich bei meiner unterschwelligen Drohung an. »Nein, wir waren es nicht. Im Moment sieht es zwar so aus, als sei einer unserer Raketenwerfer benutzt worden, aber niemand hat den Befehl dazu erteilt, Ihr Flugzeug abzuschießen. Uns ist von den Russen mitgeteilt worden, dass Sie durch unseren Luftraum fliegen würden, und wir sollten Sie passieren lassen.«

»Sie haben aber eine Ahnung, wer verantwortlich dafür sein könnte«, bemerke ich kalt. Jetzt, im Sitzen, fühle ich mich nicht mehr ganz so verletzlich – auch wenn ich mich noch besser fühlen würde, wenn ich eine Pistole oder ein Messer hätte. »Sie wissen, wer den Werfer benutzt haben könnte.«

Sharipov zögert erneut und gibt dann unwillig zu: »Es ist möglich, dass einer unserer Offiziere von der ukrainischen Regierung bestochen wurde. Wir gehen dieser Möglichkeit gerade nach.«

»Ich verstehe.« Und endlich ergibt das alles Sinn. Irgendwie hat die Ukraine von meiner Zusammenarbeit mit den Russen erfahren und beschlossen, mich zu eliminieren, bevor ich zur Bedrohung werde. *Diese Arschlöcher.* Das ist der Grund dafür, weshalb ich in diesen Konflikten keine Partei ergreifen möchte – es ist zu kostspielig, auf die eine oder andere Art.

»Wir haben einige Soldaten für diese Etage abgestellt«, sagt Sharipov und wechselt damit das Thema. »Sie werden hier in

Sicherheit sein, bis der russische Gesandte eintrifft und Sie nach Moskau bringt.«

»Wo sind meine Männer?« Ich wiederhole meine Frage von eben, und meine Augen verengen sich, als ich sehe, wie Sharipov erneut zur Seite blickt. »Sind sie hier?«

»Vier von ihnen«, erklärt er mir ruhig und schaut mich an. »Es tut mir leid, aber der Rest hat nicht überlebt.«

Ich behalte meinen neutralen Gesichtsausdruck bei, obwohl ich mich fühle, als würde sich ein spitzes Messer durch meine Eingeweide bohren. Mittlerweile sollte ich mich daran gewöhnt haben, dass Menschen um mich herum sterben, aber es belastet mich immer noch. »Wer sind die Überlebenden?«, frage ich, ohne die Stimme anzuheben. »Haben Sie ihre Namen?«

Er nickt und rattert eine Liste von Namen herunter. Zu meiner Erleichterung ist Lucas Kent unter ihnen. »Er hatte zwischenzeitlich kurz das Bewusstsein wiedererlangt«, erklärt Sharipov, »und hat uns dabei geholfen, die anderen zu identifizieren. Außer Ihnen ist er auch der Einzige, der bei der Explosion keine Verbrennungen davongetragen hat.«

»Ich verstehe.« Meine Erleichterung wird von sich langsam aufbauender Wut verdrängt. Fast fünfzig meiner besten Männer sind tot. Männer, mit denen ich trainiert habe. Männer, die ich kannte. Als ich darüber nachdenke, fällt mir auf, dass es nur eine Möglichkeit gibt, wie die Ukrainer von meinen Verhandlungen mit den Russen erfahren haben könnte.

Die hübsche russische Dolmetscherin. Sie war die einzige Außenstehende, die von den Gesprächen wusste.

»Ich brauche ein Telefon«, sage ich zu Sharipov, stelle meine Füße auf den Boden und stehe auf. Meine Knie zittern ein wenig, aber meine Beine können mein Gewicht halten. Das ist gut. Es bedeutet, dass ich aus eigener Kraft gehen kann.

»Ich brauche es jetzt sofort«, füge ich hinzu, als er mich mit offenem Mund anstarrt, während ich mir mit den Zähnen die Nadel aus dem Arm ziehe und die Sensoren des Monitors von meiner Brust reiße. Mein Krankenhauskittel und die nackten Füße sehen mit Sicherheit lächerlich aus, aber das ist mir scheißegal.

Ich muss mich um einen Verräter kümmern. Er greift in seine Hosentasche und zieht ein Handy hervor, welches er mir gibt. »Peter Sokolov wollte mit Ihnen sprechen, sobald Sie aufwachen.«

»Gut. Danke.« Ich lege das Handy in meine linke Hand, die aus dem Gips hinausragt, und wähle mit der rechten. Es ist eine sichere Verbindung, die sich durch so viele Netzwerke bewegt, dass nur ein Hacker auf Weltklasseniveau das Ziel bestimmen könnte. Als ich das vertraute Klicken und Piepen der Verbindung höre, nehme ich das Telefon in meine rechte Hand und sage Sharipov: »Bitte teilen Sie einer der Schwestern mit, dass ich gerne normale Kleidung hätte. Ich habe diesen Kittel satt.«

Der Oberst nickt und verlässt das Zimmer. Einige Sekunden, nachdem er weg ist, höre ich Peters Stimme in der Leitung. »Esguerra?«

»Ja, ich bin es.« Ich umfasse das Telefon fester. »Ich nehme an, Sie haben die Neuigkeiten gehört.«

»Ja, das habe ich.« Kurze Pause. »Ich habe Yulia Tzakova in Moskau festnehmen lassen. Es sieht so aus, als habe sie Verbindungen, die unsere Freunde im Kreml übersehen haben.«

Peter ist also schon bestens informiert. »Ja, es sieht ganz so aus.« Meine Stimme ist ruhig, obwohl ich innerlich vor Wut koche. »Ich muss wohl nicht extra sagen, dass wir die Mission abbrechen. Wann werden wir abgeholt?«

»Das Flugzeug ist unterwegs. In ein paar Stunden sollte es bei Ihnen sein. Ich habe Goldberg mitgeschickt, falls Sie einen Arzt brauchen sollten.«

»Gute Idee. Wir warten. Wie geht es Nora?«

Es herrscht kurz Stille. »Seit sie weiß, dass Sie am Leben sind, geht es ihr besser. Sie wollte zu Ihnen fliegen, sobald sie die Neuigkeiten gehört hat.«

»Das haben Sie aber nicht zugelassen.« Das ist eine Feststellung, keine Frage. Peter würde solch eine Dummheit nicht machen.

»Nein, natürlich nicht. Möchten Sie sie sehen? Ich könnte vielleicht eine Videoverbindung mit dem Krankenhaus aufbauen.«

»Ja, bitte.« Was ich eigentlich wirklich möchte, ist, sie persönlich zu sehen und im Arm zu halten, aber im Moment muss ich mich mit dem Video begnügen. »Ich gehe in der Zwischenzeit nach Lucas und den anderen schauen.«

~

Wegen des unhandlichen Gipsverbandes an meinem Arm ist es

ein Kampf, die Kleidung anzuziehen, die mir die Schwester bringt. Die Hose bekomme ich problemlos an, aber ich muss den halben Ärmel des Oberteils aufreißen, um den Gips an meinem linken Arm hindurchzuschieben. Meine Rippen schmerzen unerträglich, und jede Bewegung ist wahnsinnig anstrengend, da mein Körper sich einfach nur hinlegen und ausruhen möchte. Ich insistiere, und nach einigen Versuchen gelingt es mir schließlich, mich allein anzuziehen.

Zum Glück geht das Laufen einfacher. Ich kann eine gleichmäßige Geschwindigkeit beibehalten. Ich verlasse den Raum und sehe die Soldaten, die Sharipov erwähnt hatte. Es gibt fünf von ihnen, alle in Kampfanzügen und mit Uzis bewaffnet. Als sie mich in den Gang hinaustreten sehen, positionieren sie sich ruhig hinter mir, um mir auf die Intensivstation zu folgen. Sie haben einen Gesichtsausdruck, der bei mir die Frage aufwirft, ob sie hier sind, um mich zu beschützen, oder um andere vor mir zu beschützen. Ich kann mir nicht vorstellen, dass die usbekische Regierung erfreut darüber ist, einen illegalen Waffenhändler in einem ihrer zivilen Krankenhäuser zu haben.

Lucas ist nicht hier, also sehe ich zuerst nach den anderen. Wie Sharipov gesagt hatte, haben sie alle schlimme Verbrennungen, und der Großteil ihrer Körper ist mit Verbrennungen bedeckt. Sie stehen unter starken Medikamenten. Ich behalte im Hinterkopf, jedem von ihnen einen fetten Bonus auf ihre Bankkonten zu überweisen, damit sie die besten plastischen Chirurgen aufsuchen können. Diese Männer kannten das Risiko, für mich zu arbeiten, aber ich möchte trotzdem sichergehen, dass man sich um sie kümmern wird.

»Wo ist der vierte Mann?«, möchte ich von einem der Soldaten, die mich begleiten, wissen.

Er führt mich zu einem anderen Zimmer, und ich sehe, dass Lucas schläft. Zu meiner Erleichterung sieht er nicht ansatzweise so schlimm aus wie die anderen. Er wird mit mir nach Kolumbien zurückkehren können, sobald das Flugzeug hier ist. Die anderen Männer werden dagegen noch ein paar Tage hierbleiben müssen.

Als ich wieder in meinem Zimmer ankomme, befindet sich Sharipov dort, der gerade einen Laptop auf mein Bett stellt. »Ich wurde gebeten, Ihnen das zu geben«, erklärt er und reicht mir den Rechner.

»Hervorragend, danke.« Ich nehme den Laptop mit meiner rechten Hand hoch und setze mich auf das Bett. Oder besser gesagt kollabiere ich auf das Bett, da meine Beine von dem anstrengenden Rundgang durch das Krankenhaus zittern. Zum Glück sieht Sharipov mein unbeholfenes Manöver nicht, da er gerade Richtung Tür geht.

Sobald er das Zimmer verlassen hat, verbinde ich mich mit dem Internet und lade mir ein Programm herunter, welches meine Onlineaktivitäten verbergen soll. Danach rufe ich eine bestimmte Webseite auf und gebe ein Passwort ein. Ein Videochat-Fenster öffnet sich, und ich gebe ein weiteres Passwort ein, um mich mit dem Computer auf dem Anwesen zu verbinden.

Zuerst erscheint Peter. »Endlich sind Sie da«, sagt er, und im Hintergrund sehe ich das Wohnzimmer meines Hauses. »Nora kommt schon.«

Ein paar Sekunden später erscheint Noras kleines Gesicht auf dem Bildschirm. »Julian! Oh Gott, ich dachte, ich würde dich niemals wiedersehen!« Ihre Stimme ist tränenschwer, und auf ihren Wangen kann ich feuchte Überreste entdecken. Ihr Lächeln strahlt jedoch reine Freude aus.

Ich grinse sie an, und plötzlich sind meine Wut und meine Schmerzen vergessen. In diesem Moment bin ich einfach nur glücklich. »Hallo Baby, wie geht es dir?«

Sie starrt mich ungläubig an. »Wie es *mir* geht? Du bist doch derjenige, der gerade mit dem Flugzeug abgestürzt ist! Wie geht es *dir*? Ist das ein Gips an deinem Arm?«

»Sieht ganz danach aus.« Ich zucke kurz mit meiner rechten Schulter. Es ist mein linker Arm, und ich bin Rechtshänder, also ist das nicht so schlimm.

»Was ist mit deinem Kopf?«

»Ach, das?« Ich berühre den dicken Verband um meinen Kopf. »Ich bin mir nicht sicher, aber da ich herumgehen und sprechen kann, nehme ich an, dass es nicht so schlimm sein kann.«

Sie schüttelt ihren Kopf, schaut mich ungläubig an, und mein Grinsen verstärkt sich. Nora denkt wahrscheinlich, dass ich in ihrer Gegenwart sehr stark und männlich wirken möchte. Mein Kätzchen versteht nicht, dass diese Arten von Verletzungen wirklich Kleinigkeiten für mich sind; dass ich von meinem Vater schlimmere Prügel bekam.

»Wann kommst du nach Hause?«, möchte sie wissen und kommt mit ihrem Gesicht näher an die Kamera heran. Ihre Augen sehen riesig aus, ihre langen Wimpern sind stachelig durch die verbliebene Nässe. »Du kommst doch nach Hause, oder?«

»Ja, natürlich. Ich kann in meinem Zustand kaum etwas gegen die Al-Quadar ausrichten.« Ich deute mit meiner rechten Hand auf den Gips. »Das Flugzeug ist schon unterwegs, um Lucas und mich abzuholen, also sehen wir uns bald.«

»Ich kann es kaum erwarten«, sagt sie sanft, und meine Brust zieht sich zusammen, als ich die Zuneigung auf ihrem Gesicht sehe. Ein Gefühl wie Zärtlichkeit durchflutet mich und verstärkt meine Sehnsucht nach ihr, bis sie fast schmerzhaft wird.

»Nora …«, beginne ich zu sagen, als ich von einem scharfen *Knacken* unterbrochen werde, welches von draußen kommt. Ihm folgen weitere, schnelle Geräuschexplosionen, die ich sofort wiedererkenne.

Schüsse. Die Waffen sind mit Schalldämpfern ausgestattet, aber nichts kann den ohrenbetäubenden Lärm einer abfeuernden Maschinenpistole verbergen.

Sofort höre ich Schreie und Gegenfeuer. Diesmal ohne Schalldämpfer. Die Soldaten, die auf dem Flur stationiert sind, müssen auf eine Bedrohung reagiert haben, welche draußen aufgetaucht ist.

Innerhalb einer Millisekunde verlasse ich das Bett, und der Laptop fällt zu Boden. Adrenalin durchfährt mich und beschleunigt alles außer meiner Wahrnehmung, in der alles wie in Zeitlupe abläuft. Ich weiß, dass diese Verlangsamung der Zeit nur eine Illusion ist – dass mein Gehirn versucht, mit der großen Gefahr klarzukommen.

Dank meines lebenslangen intensiven Trainings handele ich rein instinktiv. Innerhalb einer Sekunde erfasse ich den Raum und sehe, dass es kein Versteck gibt. Das Fenster an der gegenüberliegenden Wand ist zu schmal, um mich hindurchzwängen zu können, selbst wenn ich das Risiko in Kauf nehmen würde, aus dem dritten Stock zu stürzen. Also bleiben mir nur noch die Tür und der Gang – die Richtung, aus der die Schüsse kommen.

Ich mache mir nicht die Mühe, herauszufinden, wer angreift. Im Moment ist das nebensächlich. Das Einzige, was jetzt zählt, ist, zu überleben.

Weitere Schüsse, denen ein Schrei folgt. Von draußen höre ich den dumpfen Aufschlag eines Körpers in nächster Nähe und wähle diesen Moment, um mich zu bewegen.

Ich drücke die Tür auf und mache einen Hechtsprung in die Richtung, aus der der Aufprall kam. Den Schwung der Bewegung nutze ich dazu, mich auf dem glatten Linoleumboden entlangrutschen zu lassen. Mein Gips knallt gegen die Wand, als ich in den toten Soldaten krache, aber ich nehme diesen Schmerz gar nicht wahr. Stattdessen ziehe ich den Mann auf mich und benutze seinen Körper als Schutzschild gegen die herumfliegenden Kugeln. Auf dem Boden sehe ich seine Waffe, nehme sie in die rechte Hand und feuere Schüsse in die Ecke an der gegenüberliegenden Seite des Gangs, wo sich maskierte Männer hinter einer Krankenhaustrage zusammenkauern.

Es sind zu viele. So viel kann ich erkennen. Sie sind zu viele, und ich habe nicht genügend Kugeln in meiner Waffe. Ich kann die leblosen Körper sehen, die den Gang bedecken – die fünf usbekischen Soldaten sowie einige der maskierten Angreifer sind niedergeschossen worden – und ich erkenne, dass es sinnlos ist, zu kämpfen. Sie werden mich bekommen. Eigentlich ist es sogar erstaunlich, dass ich nicht schon durchlöchert bin, ob mit oder ohne menschlichen Schild.

Sie wollen mich nicht umbringen.

Das wird mir genau in dem Moment klar, als meine Waffe ihren letzten Schuss abfeuert. Der Boden und die Wände um mich herum sind von Schüssen ganz durchlöchert, aber ich bin unverletzt. Da ich nicht an Wunder glaube, muss es bedeuten, dass die Angreifer nicht auf mich zielen.

Sie schießen um mich herum, um mich an einer Stelle festzuhalten.

Ich rolle den leblosen Körper von mir herunter und stehe langsam auf, ohne meinen Blick von den bewaffneten Männern am anderen Ende des Ganges abzuwenden. Das Feuer hört auf, als ich beginne, mich auf sie zuzubewegen. Diese Stille nach dem ganzen Lärm ist schon fast ohrenbetäubend.

»Was wollt ihr?« Ich hebe meine Stimme, um über den ganzen Flur hinweg gehört werden zu können. »Warum seid ihr hier?«

Ein Mann erhebt sich hinter der Trage und hält seine Waffe auf mich gerichtet, während er in meine Richtung geht. Er ist wie alle anderen maskiert, aber irgendetwas an ihm kommt mir bekannt vor. Als er ein paar Schritte vor mir zum Stehen kommt, kann ich das dunkle Glitzern seiner Augen durch die Maske sehen, und ich erkenne ihn wieder.

Majid.

Al-Quadar muss gehört haben, dass ich hier bin, in ihrer Reichweite.

Ich handele, ohne nachzudenken. In meiner Hand halte ich immer noch die leere Maschinenpistole, also werfe ich mich auf ihn. Ich schwinge die Pistole wie einen Baseballschläger und ziele nach oben, bevor ich damit nach unten zuschlage. Trotz meiner Verletzungen sind meine Reflexe hervorragend, und die Waffe trifft auf Majids Rippen, bevor ich gegen die Wand geworfen werde und in meiner linken Schulter ein quälender Schmerz explodiert. Meine Ohren rauschen von dem Aufprall, und ich gleite an der Wand herunter. Mir wird klar, dass ich angeschossen worden bin – dass er es geschafft hat, seine Waffe abzufeuern, bevor ich echten Schaden anrichten konnte.

Ich höre Schreie auf Arabisch, und eine raue Hand ergreift mich, um mich auf dem Boden entlangzuschleifen. Ich wehre mich mit meiner ganzen verbliebenen Kraft, aber ich spüre, wie mein Körper nachgibt, mein Herz sich anstrengen muss, die sich verringernde Blutmenge durch mich zu pumpen. Etwas drückt auf meine Schulter und verstärkt meine Schmerzen. Ich sehe schwarze Punkte.

Mein letzter Gedanke, bevor ich das Bewusstsein verliere, ist, dass Tod wahrscheinlich angenehmer als das wäre, was mich jetzt erwartet.

24

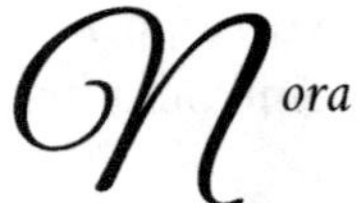

Nora

ICH BEMERKE NICHT, DASS ICH SCHREIE, BIS SICH EINE HAND ÜBER meinen Mund legt und meine hysterischen Laute abdämpft.

»Nora. Nora, hören Sie damit auf.« Peters ruhige Stimme zieht mich aus dem Strudel des Grauens und holt mich zurück in die Wirklichkeit. »Beruhigen Sie sich und erzählen Sie mir genau, was Sie gesehen haben. Sind Sie ruhig genug, um reden zu können?«

Ich bekomme ein kurzes Nicken hin und trete ein Stück zurück. Aus dem Augenwinkel sehe ich, dass Rosa und Ana auch in meiner Nähe sind. Anas Hände bedecken ihren Mund, und Tränen laufen ihre Wangen hinunter. Rosa sieht verängstigt und bestürzt aus.

»Ich habe …«, ich kann die Worte kaum aus meinem geschwollenen Hals pressen, »Ich habe nichts *gesehen*. Ich habe es nur gehört. Wir haben gesprochen, und plötzlich waren da Schüsse und Schreie und noch mehr Schüsse. Julian …« Meine Stimme stockt, als ich seinen Namen sage. »Julian muss den Computer fallen gelassen haben. Plötzlich stand alles auf dem Bildschirm Kopf, und ich konnte nur noch die Wand sehen. Ich habe es aber alles gehört – die Schüsse, die Schreie und noch mehr Schüsse …«

Mir fällt nicht auf, dass ich unkontrolliert schluchze, bis Peters Hände sich auf meine Schultern legen und er mich sanft zum Sofa führt.

Er zwingt mich, mich hinzusetzen, als ich anfange, vor Entsetzen über das gerade Erlebte zu zittern. Außerdem kommen die Erinnerungen daran hoch, wie ich vor einigen Monaten von der Al-Quadar auf den Philippinen entführt worden war. Einige schreckliche Momente lang vermischen sich Vergangenheit und Gegenwart. Ich bin erneut in dem Krankenhaus, höre die Schüsse und spüre die Angst so intensiv, dass mein Kopf nicht dagegen ankommt. Aber diesmal sind nicht Beth und ich in Gefahr.

Es ist Julian.

Sie wollten ihn haben – und ich weiß genau, wer *sie* sind.

»Es ist die Al-Quadar.« Meine Stimme ist heiser, als ich aufstehe und das Zittern ignoriere, welches durch meinen Körper fährt. »Peter, es sind die Al-Quadar.«

Er nickt zustimmend, und ich sehe, dass er schon am Telefon ist. »Da. Da, eto ya«, sagt er, und mir wird klar, dass er Russisch spricht. »V hospitale problema. Da, seychas-zhe.« Er nimmt das Telefon herunter und erklärt mir: »Ich habe den Vorfall im Krankenhaus gerade an die usbekische Polizei weitergegeben. Sie sind auf dem Weg dorthin, genauso wie weitere Soldaten. In wenigen Minuten werden sie dort ankommen.«

»Es wird zu spät sein.« Ich weiß nicht, weshalb ich mir da so sicher bin, aber ich kann es tief in mir spüren. »Sie haben ihn, Peter. Und falls er noch nicht tot ist, wird er es bald sein.«

Er schaut mich an, und ich kann sehen, dass er es auch weiß – dass er weiß, wie hoffnungslos diese ganze Sache ist. Wir haben es mit einer der gefährlichsten Terroristenorganisationen der Welt zu tun, und sie haben den Mann, der sie gejagt und ihre Truppenstärke verringert hat.

»Wir werden sie finden, Nora«, sagt Peter ruhig. »Wenn sie ihn noch nicht getötet haben, gibt es eine Chance, dass wir ihn dort herausholen können.«

»Das glaubst du nicht wirklich.« Ich kann es auf seinem Gesicht sehen. Er sagt das nur, um mich zu besänftigen. Majids Männer haben es monatelang geschafft, sich versteckt zu halten, und nur die zufällige Gefangennahme jenes Terroristen in Moskau hatte dazu geführt, ihren Aufenthaltsort herauszufinden. Sie werden wieder verschwinden und sich einen neuen Rückzugsort suchen, da ihr Versteck in Tadschikistan aufgeflogen ist.

Sie werden verschwinden, genau wie Julian.

Peter schaut mich unergründlich an. »Es ist unwichtig, was ich glaube. Tatsache ist, dass sie etwas von Ihrem Ehemann wollen: den Sprengstoff. Sie wollten ihn vorher, und ich bin mir sicher, dass sie ihn jetzt möchten. Es wäre dumm von ihnen, Julian sofort zu töten.«

»Sie denken, dass sie ihn erst foltern werden.« Galle steigt meinen Hals hoch, als ich mich an Beths Schreie und das Blut erinnere, welches überallhin floss, als Majid systematisch ihren Körper zerstückelte. »O Gott, sie denken, dass sie ihn foltern werden, bis er nicht mehr kann und ihnen den Sprengstoff gibt.«

»Ja«, sagt Peter, und seine grauen Augen blicken mir weiterhin ins Gesicht, als Ana leise an Rosas Schulter zu schluchzen beginnt. »Das tu ich. Und genau das gibt uns die Zeit, sie zu finden.«

»Nicht genug Zeit.« Ich starre ihn an und bin krank vor Angst. »Nicht ansatzweise genug Zeit. Peter, sie werden ihn quälen und töten, während wir dabei sind, ihn zu suchen.«

»Das können wir nicht mit Sicherheit wissen«, entgegnet er und zieht wieder sein Telefon hervor. »Ich werde unsere ganzen Ressourcen darauf ansetzen. Sobald die Al-Quadar auch nur kurz auf irgendeinem Radar aufblitzt, werden wir es wissen.«

»Aber das könnte Wochen, wenn nicht Monate dauern!« Meine Stimme wird schrill, als ich erneut hysterisch werde. Ich habe das Gefühl, verrückt zu werden, auf dieser Achterbahn der Gefühle aus Trauer, Freude und Terror der letzten Tage, die mich jetzt in ein tiefes Loch der Verzweiflung stürzt. Gestern noch hatte ich gedacht, Julian wieder verloren zu haben, bis ich erfahren habe, dass er lebt. Und jetzt, als es so aussah, als sei das Schlimmste vorbei, spielt uns das Schicksal den grausamsten Streich.

Die Monster, die Beth umgebracht haben, werden mir auch Julian wegnehmen.

»Das ist die einzige Möglichkeit die wir haben, Nora.« Peters Stimme ist beruhigend, so als würde er mit einem zerbrechlichen Kind sprechen. »Es gibt keine andere Möglichkeit. Esguerra ist hart. Er kann eine Weile durchhalten, egal, was sie mit ihm machen.«

Ich atme tief ein, um mich wieder in den Griff zu bekommen. Ich kann später zusammenbrechen, wenn ich allein bin. »Niemand ist stark genug, um sich pausenlos foltern zu lassen.« Meine Stimme ist fast ruhig. »Das weißt du selbst.«

Peter nickt mit dem Kopf, um mir zuzustimmen. Von dem, was ich über seine Fähigkeiten gehört habe, weiß er besser als jeder andere, wie effektiv Folter sein kann. Während ich ihn anschaue, kommt mir ein Gedanke – ein Gedanke, an dem ich niemals zuvor festgehalten hätte.

»Der Terrorist, den sie gefangen genommen haben«, frage ich langsam, während ich Peter weiterhin anblicke. »Wo ist er jetzt?«

»Er soll uns übergeben werden, aber noch ist er in Moskau.«

»Denken Sie, er könnte etwas wissen?« Meine Hände verkrallen sich in dem Rock meines Kleides, während ich meinen Blick nicht von Julians Foltermeister abwende. Ein Teil von mir kann gar nicht glauben, dass ich ihm gleich diese Frage stellen werde, aber meine Stimme ist fest, als ich von ihm wissen möchte: »Denken Sie, dass Sie ihn zum Reden bringen können?«

»Ja, ich bin mir sicher, dass ich das kann«, antwortet Peter langsam und schaut mich mit einem Ausdruck an, der an Respekt erinnert. »Ich weiß nicht, ob er weiß, wohin sie als Nächstes gehen werden, aber es ist einen Versuch wert. Ich werde sofort nach Moskau fliegen und schauen, was ich herausfinden kann.«

»Ich komme mit.«

Er widerspricht mir sofort. »Nein, Sie nicht«, sagt er und runzelt die Stirn. »Ich habe ausdrückliche Anweisungen, Sie hier in Sicherheit zu lassen.«

»Ihr Boss befindet sich in Gefangenschaft und wird gerade gefoltert, bevor er getötet werden wird.« Meine Stimme ist scharf und beißend, als ich jedes meiner Worte betone. »Und Sie denken, *meine* Sicherheit steht gerade an erster Stelle? Ihre Anweisungen sind nicht länger gültig, da die Terroristen Julian haben. Sie brauchen mich nicht länger als Druckmittel für ihn.«

»Also eigentlich würden sie es sehr begrüßen, Sie als Druckmittel zu haben. Sie könnten ihn um einiges schneller brechen, wenn sie auch seine Frau in ihrer Gewalt hätten.« Peter schüttelt den Kopf, und sein Gesichtsausdruck bleibt bedauernd, aber entschlossen. »Es tut mir leid, Nora, aber Sie müssen hierbleiben. Sollten wir Ihren Ehemann befreien, wäre er sehr ungehalten, zu erfahren, dass ich es zugelassen habe, dass Sie sich in Gefahr begeben.«

Ich drehe mich weg, als sich Angst und Frustration vermischen, sich gegenseitig nähren, bis ich mich fühle, als würde ich dadurch zerspringen. Ich fühle mich hilflos. Ganz und gar hilflos. Als ich entführt wurde, kam Julian. Er hat mich befreit – aber ich kann nicht das Gleiche für ihn tun.

Ich kann nicht einmal das Anwesen verlassen.

»Nora …« Es ist Rosa. Ich kann ihre Hand auf meinem Arm spüren, als ich ziellos aus dem Fenster starre und meine Gedanken durch alle Sackgassen rasen, wie Ratten in einem Labyrinth. »Nora, bitte … Komm, iss eine Kleinigkeit …«

Ich schüttele kurz ablehnend mit dem Kopf und ziehe meinen Arm weg, während mein Blick weiterhin auf den grünen Rasen gerichtet bleibt. In meinem Kopf schwirrt ein unvollständiger Gedanke, den ich nicht richtig greifen kann. Er hat etwas mit dem zu tun, was Peter gesagt hat … Ich höre, wie er den Raum verlässt, wie seine Schritte im Flur widerhallen. Plötzlich fällt es mir ein.

Ich drehe mich herum und renne ihm hinterher. Ich ignoriere das Entsetzen auf Rosas Gesicht, als ich sie aus dem Weg schubse. »Peter! Peter, warte!«

Er hält inne und schaut mich kühl an, als ich neben ihm zum Stehen komme. »Was ist denn?«

»Ich weiß es«, schnaufe ich atemlos. »Peter, ich weiß genau, was wir machen müssen. Ich weiß, wie wir Julian zurückbekommen.«

Sein Gesichtsausdruck verändert sich nicht. »Wovon sprechen Sie?«

Ich atme tief ein und beginne, ihm meinen Plan zu erklären. Ich spreche so schnell, dass ich mich verhaspele. Ich kann sehen, wie er den Kopf schüttelt, aber ich insistiere trotzdem. Ich spüre ein so dringendes Bedürfnis, zu handeln, wie niemals zuvor in meinem ganzen Leben. Ich muss Peter davon überzeugen, dass ich recht habe. Julians Leben hängt davon ab.

»Nein«, sagt er, als ich ausgeredet habe. »Das ist verrückt. Julian würde mich umbringen …«

»Aber er müsste *überleben*, um das machen zu können«, unterbreche ich ihn. »Es gibt keine andere Möglichkeit. Das wissen Sie genauso gut wie ich.«

Er schüttelt den Kopf und schaut mich bedauernd an. »Es tut mir leid, Nora …«

»Ich werde Ihnen die Liste geben«, sprudelt es aus mir heraus. Ich greife nach dem einzigen Strohhalm, den ich noch habe. »Wenn Sie das tun, werde ich Ihnen die Namensliste geben, bevor die drei Jahre vorüber sind. Julian wird sie Ihnen geben, sobald er sie in die Finger bekommt.«

Peter blickt mich an, und zum ersten Mal verändert sich sein Gesichtsausdruck. »Sie wissen von der Liste?«, will er mit einer so wütenden Stimme von mir wissen, dass ich gegen mein Verlangen zurückzutreten ankämpfen muss. »Die Liste, die Esguerra mir versprochen hat?«

Ich nicke. »Das tue ich.« Unter allen erdenklichen anderen Umständen hätte ich Angst davor, diesen Mann zu provozieren, aber in diesem Moment spüre ich schon keine Angst mehr. Meine Verzweiflung gibt mir außergewöhnlichen Mut und lässt mich alle Bedenken vergessen. »Und ich weiß, dass Sie sie nicht bekommen werden, sollte Julian sterben«, unterstreiche ich mein Anliegen. »Diese ganze Zeit, die Sie für ihn gearbeitet haben, wird umsonst gewesen sein. Sie werden sich niemals an den Menschen rächen können, die ihre Familie getötet haben.«

Sein unbeweglicher Ausdruck verschwindet, und sein Gesicht verwandelt sich in eine Maske aus kochender Wut. »Sie wissen einen Scheißdreck über meine Familie«, brüllt er, und diesmal trete ich einen Schritt zurück. Mein Überlebensinstinkt ist endlich geweckt worden, als ich gesehen habe, wie sich seine Hände zu Fäusten ballen. »Sie wagen es, sie gegen mich zu benutzen?«

Er geht einen Schritt auf mich zu, während ich mit klopfendem Herzen zurücktrete. Dann dreht er sich mit einer gezielten, gewaltgeladenen Bewegung um und schlägt gegen die Wand, durchbricht den Rigips. Ich zucke zusammen, springe weg, und er zielt erneut auf die Wand, um die Wut herauszulassen, die er zweifellos auf mich hat.

»Peter ...« Meine Stimme ist tief und beruhigend, so als spräche ich mit einem wilden Tier. Ich kann Rosa und Ana im Türrahmen stehen sehen, die gerade versuchen, diese Situation zu verstehen. »Peter, ich benutze sie nicht – ich spreche lediglich die Tatsachen aus. Ich möchte Ihnen helfen, aber zuerst brauche ich Ihre Hilfe.«

Er starrt mich an, und seine Brust bebt voller Wut. Ich kann sehen, wie er versucht, sich wieder unter Kontrolle zu bekommen. Ich zittere innerlich, aber blicke ihm weiterhin fest ins Gesicht. *Keine Angst zeigen. Was auch immer, bloß keine Angst zeigen.* Zu meiner riesigen

Erleichterung geht sein Atem wieder langsamer, und die Wut in seinem Gesicht lässt nach, als er wieder zu sich findet.

»Es tut mir leid«, sagt er nach einigen Augenblicken mit angespannter Stimme. »Ich hätte nicht so reagieren dürfen.« Er holt erneut tief Luft, und dann noch einmal. Langsam wird sein Gesicht wieder die kontrollierte Maske, die es normalerweise ist. »Und woher weiß ich, dass Sie Ihr Versprechen mit der Liste halten werden?«, fragt er mit normaler Stimme, aus der kein Ärger mehr herauszuhören ist. »Sie bitten mich, etwas zu tun, was Esguerra hassen wird. Woher weiß ich, dass er mir die Liste geben wird, wenn ich das hier tue?«

»Ich werde dafür sorgen, dass er sie Ihnen gibt.« Ich habe keine Ahnung, wie ich es schaffen könnte, dass Julian irgendetwas tut, was ich möchte, aber ich lasse mir meine Zweifel nicht anmerken. »Das schwöre ich Ihnen, Peter. Helfen Sie mir hierbei – und Sie werden Ihre Rache nehmen können, bevor die drei Jahre um sind.«

Er blickt mich an, und ich kann sein stummes Abwägen förmlich fühlen. Er weiß, dass meine Argumente hieb- und stichfest sind. Wenn er macht, worum ich ihn bitte, hat er die Möglichkeit, schneller an diese Namensliste zu kommen. Sollte Julian sterben, wird er die Liste überhaupt nicht bekommen.

»In Ordnung«, erwidert er, als er seine Entscheidung getroffen hat. »Machen Sie sich fertig. Wir fliegen in einer Stunde.«

ALS WIR AUF EINEM KLEINEN FLUGHAFEN IN DER NÄHE VON CHICAGO landen, ist der Boden mit einer dicken Schneedecke überzogen. Ich bin dankbar dafür, meine alten Ugg-Boots angezogen zu haben. Es ist bereits Abend, und der Wind der durch meinen Wintermantel dringt, ist bitterkalt. Ich nehme das allerdings kaum wahr, da mein Kopf sich auf das konzentriert, was passieren wird.

Kein kugelsicheres Auto wartet auf uns. Nichts zieht die Aufmerksamkeit auf unsere Ankunft. Peter ruft ein Taxi für mich, und ich steige hinten ein, während er zum Flugzeug zurückeilt.

Der Fahrer, ein netter Mann mittleren Alters, versucht eine Unterhaltung mit mir zu führen, wahrscheinlich in der Hoffnung, herauszufinden, wer ich bin. Ich bin mir ziemlich sicher, dass er denkt, ich sei irgendein Promi, weil ich in einem Privatjet angereist bin. Ich antworte einsilbig auf seine Fragen, und er bemerkt schnell, dass ich lieber ein wenig Zeit für mich hätte. Der Rest der Fahrt vergeht schweigend, während ich aus dem Fenster auf die dunkle, nächtliche Straße blicke. Mein Kopf schmerzt vor Jetlag, und mir ist übel. Hätte ich mich nicht gezwungen, im Flugzeug ein Sandwich zu essen, würde ich wahrscheinlich vor Erschöpfung in Ohnmacht fallen.

Als wir in der Oak Lawn ankommen, lasse ich mich von dem Taxi am Haus meiner Eltern absetzen. Sie erwarten mich nicht, aber das ist auch besser so. Das lässt alles echter aussehen, weniger gestellt.

Der Fahrer hilft mir dabei, einen kleinen Koffer auszupacken. Ich bezahle und gebe ihm zwanzig Dollar Trinkgeld, weil ich so unfreundlich zu ihm gewesen war. Er fährt weg, und ich schiebe meinen Koffer zur Tür des Hauses, in dem ich meine Kindheit verbracht habe.

Vor der vertrauten braunen Tür bleibe ich stehen und klingele. Ich weiß, dass meine Eltern zu Hause sind, weil ich das Licht im Wohnzimmer sehen kann. Sie brauchen einige Minuten, bis sie die Tür öffnen – einige Minuten, die sich in meinem erschöpften Zustand wie eine Stunde anfühlen.

Meine Mutter öffnet die Tür, und ihre Kinnlade klappt vor Überraschung nach unten, als sie mich hier mit meiner Hand am Griff des Koffers stehen sieht.

»Hallo Mama«, sage ich mit zitternder Stimme. »Kann ich hereinkommen?«

25

Julian

ZUERST NEHME ICH NUR DUNKELHEIT UND SCHMERZEN WAHR. Schmerz, der mich zerreißt. Schmerz, der mich von innen zerstört. Die Dunkelheit ist leichter zu ertragen. Dort gibt es keinen Schmerz, nur Erleichterung. Trotzdem hasse ich dieses Nichts, welches mich vereinnahmt während ich mich in diesem dunklen Zustand befinde. Ich hasse diese Leere des Nicht-Existierens. Je mehr Zeit vergeht, desto mehr sehne ich mich nach dem Schmerz, weil er das Gegenteil dieser Leere ist – weil etwas zu fühlen besser ist, als nichts zu fühlen.

Langsam zieht sich die Dunkelheit zurück, entlässt mich aus ihrer Umarmung. Jetzt habe ich neben den Schmerzen auch Erinnerungen. Einige gute, einige schlechte – die mich in Wellen überkommen. Das zärtliche Lächeln meiner Mutter, während sie mir eine Gute-Nacht-Geschichte vorliest. Die harte Stimme meines Vaters und seine noch härteren Fäuste. Ich, wie ich im Dschungel einem farbenfrohen Schmetterling hinterherrenne, so glücklich und sorglos, wie es nur ein Kind tun kann. Ich, wie ich meinen ersten Mann in dem Dschungel töte. Ich, wie ich mit meiner Katze Lola spiele, dann wie ich mit einem zwölf Jahre alten Mädchen mit strahlenden Augen spiele … mit Maria.

Marias entstellter und vergewaltigter Körper, ihr Leuchten und ihre Unschuld für immer zerstört.

Blut an meinen Händen und die Befriedigung, die Schreie ihrer Mörder zu hören. Sushi in dem besten Restaurant in Tokio. Fliegen, die um den Leichnam meiner Mutter schwirren. Der Nervenkitzel bei meinem ersten Geschäftsabschluss, die Verlockung des in Aussicht stehenden Geldes. Mehr Tod und Gewalt. Tod, den ich verursache, Tod, den ich genieße.

Und dann gibt es *sie*.

Meine Nora. Das Mädchen, welches ich entführt habe, weil sie mich an Maria erinnert hat.

Das Mädchen, das jetzt der Grund für meine Existenz ist.

Ich behalte ihr Bild im Kopf und lasse alle anderen Erinnerungen im Hintergrund verschwinden. Sie ist alles, woran ich denken möchte, alles, auf was ich mich konzentrieren will. Sie lässt meine Schmerzen abklingen und meine Dunkelheit verschwinden. Ich habe ihr zwar Leid zugefügt, aber sie hat mich zum ersten Mal seit meiner frühen Kindheit glücklich gemacht.

Während die Zeit vergeht, dringen andere Eindrücke in mich ein. Neben dem Schmerz höre ich Geräusche und werde mir weiterer Dinge bewusst. Ich höre Stimmen und fühle kalte Luft auf meinem Gesicht. Meine linke Schulter brennt, mein gebrochener Arm pocht, und ich sterbe vor Durst. Trotzdem scheine ich noch zu leben.

Ich bewege meine Finger, um sicherzugehen. Ja, ich bin am Leben. Fast zu schwach, um mich zu bewegen, aber ich bin am Leben.

Scheiße. Der Rest meiner Erinnerungen kommt hoch, und bevor ich die Augen öffne, weiß ich wo ich bin. Und ich weiß, ich sollte vielleicht besser nicht gegen die Dunkelheit angekämpft haben. Vergessen wäre besser gewesen als das hier.

»Herzlich willkommen zurück«, sagt eine Männerstimme sanft. Ich öffne die Augen und sehe Majids lächelndes Gesicht über mir. »Du warst lange genug weg. Es ist Zeit, dass wir anfangen.«

SIE SCHLEIFEN MICH ÜBER DEN HARTEN ZEMENTBODEN EINER ART Baustelle. So wie es aussieht, wird es ein Industriegebäude werden.

Der Raum, in den sie mich bringen, hat keine Fenster, nur eine Türöffnung. Ich denke darüber nach, mich zu wehren, bin allerdings durch meine Verletzungen zu schwach, um Erfolg haben zu können. Ich entschließe mich dazu, das bisschen Kraft, welches mir geblieben ist, aufzusparen. Ich denke, ich werde es brauchen, um mit dem fertigzuwerden, was sie mit mir vorhaben.

Sie beginnen damit, mich komplett zu entkleiden und mich an einem Seil in die Höhe zu ziehen, welches sie über einen Balken in der unvollendeten Decke wickeln. Sie gehen nicht gerade vorsichtig zu Werke, und der Gips an meinem linken Arm bricht, als sie meine Handgelenke zusammenbinden und meine Arme nach oben ziehen. Der quälende Schmerz in meinem verletzten Arm und meiner Schulter führen dazu, dass ich das Bewusstsein verliere und erst wieder zu mir komme, als sie eiskaltes Wasser über mein Gesicht gießen.

Irgendwie bewundere ich ihre Methoden. Sie wissen, was sie machen. Nimm einem Mann seine Bekleidung weg, und gleich wird er sich verwundbarer fühlen. Halte ihn kalt, schwach und verletzt, und schon wird er es schwerer haben, da seine Psyche genauso angegriffen sein wird wie sein Körper. Sie fangen mit dem rechten Fuß an. Wenn ich nicht das Gleiche mit anderen gemacht hätte, würde ich jetzt damit anfangen, zu betteln.

Aber mein Körper ist jetzt in einem vollständigen Kämpfe-oder-fliehe-Modus. Das Wissen, dass ich dem Tode so nahe bin – oder zumindest den entsetzlichsten Schmerzen –, lässt mein Herz in einem krankhaft schnellen Rhythmus schlagen. Ich möchte ihnen nicht die Befriedigung verschaffen, mich zittern zu sehen, aber ich kann spüren, wie Schauer über meine Haut fahren. Das kalte Wasser, welches sie in dem fast eisigen Raum über mich gegossen haben und das Übermaß an Adrenalin bleiben nicht ohne sichtbare Folgen. Sie haben mich so weit in die Höhe gezogen, dass ich nur noch mit meinen Zehenspitzen den Boden berühre. Der Großteil meines Gewichts wird von meinen zusammengebundenen Handgelenken getragen, weshalb mein verwundeter Arm und meine Schulter den Schmerz kaum noch aushalten können.

Während ich dort hänge und versuche, trotz des Schmerzes zu atmen, kommt Majid mit einem selbstgefälligen Lächeln auf den Lippen zu mir. »Wenn das nicht Esguerra höchstpersönlich ist«, sagt er gedehnt und klingt mit seinem britischen Akzent wie ein James

Bond aus dem Nahen Osten. »Wie nett von Ihnen, unseren Teil der Welt zu besuchen.«

Ich sage überhaupt nichts, sondern blicke ihn einfach nur verächtlich an, da ihn das am meisten irritieren wird. Ich weiß, was er fordern wird, und ich habe nicht vor, es ihm zu geben – nicht, wenn er mich sowieso auf die schmerzvollste Art und Weise umbringen wird, die ihm einfällt.

Meine fehlende Reaktion provoziert ihn. Ich kann die Wut in seinen Augen aufblitzen sehen. Majid Ben-Harid lebt von der Angst und dem Elend der anderen. Ich kann das verstehen, weil ich genauso bin. Und weil wir in diesem Punkt so seelenverwandt sind, weiß ich auch, wie ich ihm den Spaß verderben kann. Er wird meinen Körper zerstören, aber er wird es nicht im Entferntesten so sehr genießen, wie er das gern täte.

Ich werde ihn nicht lassen.

Das ist ein kleiner Trost für die Tatsache, dass ich einem quälenden Tod entgegenschaue, aber es ist alles, was ich im Moment habe.

Majids überhebliches Lächeln ist von seinem Gesicht verschwunden, als er näher auf mich zukommt. »Weißt du, eigentlich bin ich gar nicht in der Laune für Smalltalk«, erklärt er mir und hält mir ein großes Schlachtermesser vors Gesicht. »Lass uns gleich zum Punkt kommen.« Er fährt mit der Messerspitze meine Wange hinunter und ritzt sie dabei gerade tief genug ein, um Blut in einem leichten Rinnsal meine Wange hinunterlaufen zu lassen. »Du sagst mir, wo sich deine Sprengstofffabrik befindet und welche Sicherheitsvorkehrungen du getroffen hast, und ich …«, er lehnt sich so weit nach vorne, dass ich seine schwarzen Pupillen in der schlammbraunen Iris ausmachen kann, »ich werde dir einen schnellen Tod gewähren. Wenn nicht … bin ich mir sicher, dass ich dir die Alternative nicht weiter erklären muss. Was sagst du dazu? Möchtest du es uns leicht oder schwer machen? Das Ergebnis wird das gleiche sein.«

Ich antworte nicht und ich zucke nicht weg. Nicht einmal, als die Klinge ihre schmerzhafte Reise fortsetzt und meinen Hals, meine Brust und meinen Bauch entlangfährt, wo sie eine blutige Spur hinterlässt.

Es ist egal, was ich wähle, denn Majid hat nicht vor, sich an die Versprechungen zu halten, die er mir gibt. Er wird mich niemals schnell sterben lassen – nicht einmal, wenn ich ihm morgen den Sprengstoff persönlich überbringe. Ich habe der Al-Quadar in den letzten Monaten zu viel Schaden zugefügt, zu viele ihrer Pläne zerstört. Sobald ich ihm das gebe, was er möchte, wird er mich so grausam wie möglich auseinandernehmen, allein, um seinen Männern zu zeigen, was diejenigen erwartet, die sich ihm in den Weg stellen.

Das ist zumindest das, was ich an seiner Stelle machen würde.

Das Messer hält genau unter meinen Rippen an, und die scharfe Spitze sticht in mein Fleisch. Ich kann sehen, wie Majids Augen voller boshafter Freude funkeln. »Also?«, flüstert er. »Spielen oder nicht spielen, Esguerra? Es ist deine Entscheidung. Ich kann damit anfangen, einige deiner Organe zu entnehmen, um einen zusätzlichen Profit für uns herauszuschlagen – oder, falls dir das lieber ist, kann ich weiter unten mit dem Lieblingskörperteil deiner Frau beginnen …«

Ich unterdrücke den instinktiven männlichen Zwang, mich bei diesem letzten Vorschlag zu schütteln, und mein Gesichtsausdruck bleibt ruhig, fast belustigt. Ich weiß, dass er mit nichts beginnen wird, was zu großen Schaden hinterlässt – weil ich sofort verbluten würde, wenn er das täte. Ich habe allerdings schon zu viel Blut verloren, um noch weitere Verluste hinnehmen zu können. Das Letzte, was Majid möchte, ist, ein Opfer zu verlieren, welches gerade bei Bewusstsein ist. Wenn er wirklich diesen Sprengstoff haben möchte, wird er klein anfangen und sich dann langsam bis zu den brutalen Sachen hocharbeiten müssen, mit denen er mich gerade bedroht hat.

»Weiter«, sage ich kühl. »Gib dein Bestes.«

Und ich lächele ihn spöttisch an, während ich darauf warte, dass die Folter beginnt.

2 6

DER ABEND, AN DEM ICH ZU HAUSE ANKOMME, VERGEHT MIT NICHT enden wollenden Tränen, Umarmungen und Fragen darüber, was passiert sei und wie ich es geschafft habe, zurückzukommen.

Ich erzähle meinen Eltern so viel von der Wahrheit, wie ich kann, und spreche über den Flugzeugabsturz und die darauf folgende Entführung von Julian, durch die Terroristengruppe, gegen die er angekämpft hatte. Während ich spreche, kann ich sehen, wie sie gegen Entsetzen und Ungläubigkeit ankämpfen. Terroristen und Flugzeuge, die abgeschossen werden, liegen weit außerhalb ihres normalen Lebens, und ich weiß, wie schwer das alles für sie zu verarbeiten ist. Das war es für mich auch einst gewesen.

»Nora, Süße …« Die Stimme meiner Mutter ist sanft und mitfühlend. »Es tut mir so leid – ich weiß, dass du ihn trotz allem geliebt hast. Weißt du denn, was jetzt passieren wird?«

Ich schüttele den Kopf und versuche, meinen Vater nicht anzuschauen. Er denkt, dass das Ganze eine positive Entwicklung ist; das kann ich von seinem Gesicht ablesen. Er ist erleichtert, dass ich höchstwahrscheinlich den Mann loswerde, den er als meinen

467

Entführer ansieht. Ich bin mir sicher, dass meine Eltern beide denken, dass Julian genau das verdient, aber meine Mutter versucht zumindest, auf meine Gefühle Rücksicht zu nehmen. Mein Vater dagegen kann kaum verbergen, wie zufrieden er mit den neuesten Wendungen ist.

»Egal was passiert, ich bin froh, dass du nach Hause gekommen bist.« Meine Mutter greift nach meiner Hand. In ihren dunklen Augen steigen frische Tränen auf, als sie mich anblickt. »Wir sind für dich da, Süße. Das weißt du, stimmt's?«

»Das mache ich, Mama«, flüstere ich und habe dabei einen Kloß im Hals. »Deshalb bin ich zurückgekommen. Weil ich euch vermisst habe … und weil ich nicht alleine auf dem Anwesen sein konnte.«

Das stimmt auch, aber das ist nicht der eigentliche Grund dafür, dass ich hier bin. Aber den wahren Grund kann ich meinen Eltern nicht sagen.

Wenn sie wüssten, dass ich nach Hause gekommen bin, um mich von der Al-Quadar entführen zu lassen, würden sie mir das niemals verzeihen.

~

TROTZ MEINER MÜDIGKEIT KANN ICH IN DIESER NACHT KAUM schlafen. Ich weiß, dass es einen Moment dauern wird, bis die Al-Quadar auf meine Anwesenheit in der Stadt reagieren wird, aber trotzdem bin ich angespannt und nervös. Jedes Mal, wenn ich am Einschlafen bin, bekomme ich meine Albträume. Allerdings wird diesmal nicht Beth in Stücke geschnitten, sondern Julian. Diese blutigen Bilder sind so lebendig, dass ich zitternd in meiner nassgeschwitzten Bettwäsche aufwache und mir schlecht ist. Letztendlich gebe ich mein Vorhaben, zu schlafen, auf und nehme meine Malsachen aus meinem Koffer. Ich hoffe, dass das Malen mich davon abhalten wird, darüber nachzudenken, was sich in meinen Albträumen, vielleicht gerade genauso in einem Versteck der Al-Quadar, Tausende von Kilometern entfernt von hier, abspielt.

Als das Licht der aufgehenden Sonne in den Raum fällt, halte ich inne, um zu schauen, was ich gemalt habe. Zuerst sieht es abstrakt aus – rote, schwarze und braune Wirbel – aber bei näherem Hinsehen entpuppt es sich als etwas anderes. Die Wirbel sind Gesichter und Körper, die in einem Ausbruch von gewalttätiger Ekstase ineinandergeschlungen sind. Die Gesichter spiegeln Leid und Genuss, Qualen und Lust wider.

Das ist wahrscheinlich mein bestes Werk bis jetzt, und ich hasse es.

Ich hasse es, weil es mir zeigt, wie sehr ich mich verändert habe. Wie wenig von meinem alten Ich übrig geblieben ist.

»Wow, das ist fantastisch …« Die Stimme meiner Mutter reißt mich aus meinen Überlegungen, und als ich mich umdrehe, steht sie im Türrahmen. Sie blickt mich mit echter Bewunderung an. »Dein französischer Lehrer ist wirklich gut.«

»Ja, Monsieur Bernard ist hervorragend«, stimme ich ihr zu und versuche, die Müdigkeit aus meiner Stimme zu halten. Ich bin so kaputt, dass ich kollabieren möchte, aber das ist im Moment nicht möglich.

»Du hast nicht gut geschlafen, stimmt's?« Meine Mutter runzelt die Stirn und sieht mich besorgt an. Ich bin mir nicht sicher, ob es mir gelingt, meine Müdigkeit vor ihr zu verbergen. »Hast du an ihn gedacht?«

»Natürlich habe ich das.« Plötzlich ist meine Stimme ärgerlich. »Er ist mein Ehemann.«

Sie blinzelt völlig überrascht, und ich bereue meinen Ton. Es ist nicht die Schuld meiner Mutter, dass ich mich in einer solchen Situation befinde; wenn es jemanden gibt, den gar keine Schuld an den ganzen Entwicklungen trifft, dann meine Eltern. Sie haben meine schlechte Laune nicht verdient … besonders nicht, da mein verzweifelter Plan ihnen wahrscheinlich noch mehr Leid zufügen wird.

»Entschuldige bitte, Mami«, sage ich reumütig und gehe zu ihr, um sie zu umarmen. »Ich habe es nicht so gemeint.«

»Das ist schon in Ordnung, Süße.« Sie streichelt mir über den Kopf, und diese Berührung ist so zärtlich und beruhigend, dass ich weinen möchte. »Das verstehe ich.«

Ich nicke, auch wenn ich weiß, dass sie das Ausmaß meiner Anspannung nicht verstehen kann. Sie kann es nicht, weil sie nicht weiß, dass ich gerade warte.

Darauf warte, von den gleichen Monstern entführt zu werden, die Julian haben.

Darauf warte, dass die Al-Quadar den Köder schluckt.

∿

Der Morgen schleppt sich dahin. Heute ist Samstag, und meine Eltern sind zu Hause. Sie freuen sich darüber, aber ich nicht. Ich wünsche mir, sie wären arbeiten. Ich möchte allein sein, wenn Majids Männer mich holen kommen. Es war relativ sicher gewesen, die Nacht über hierzubleiben, da die Al-Quadar Zeit benötigen würde, um ihre Pläne in die Tat umzusetzen. Jetzt ist es aber schon Morgen, und ich möchte meine Eltern nicht in der Nähe haben. Die Sicherheitsvorkehrungen, die Julian für meine Familie getroffen hat, werden ihre Sicherheit gewährleisten. Allerdings könnten die gleichen Bodyguards bei meiner Entführung eingreifen, und das möchte ich auf gar keinen Fall.

»Shoppen?« Mein Vater schaut mich komisch an, als ich ihm eröffne, dass ich nach dem Frühstück einen Einkaufsbummel machen möchte. »Bist du sicher, Süße? Du bist gerade erst nach Hause gekommen. Und bei allem, was gerade passiert ...«

»Papa, ich habe monatelang völlig abgeschieden gelebt.« Ich werfe ihm meinen besten Männer-verstehen-das-nicht-Blick zu. »Du hast keine Ahnung, wie sich das für ein Mädchen anfühlt.« Als ich sehe, dass er nicht davon überzeugt ist, füge ich hinzu: »Ehrlich Papa, ich könnte die Ablenkung gut gebrauchen.«

»Da hat sie recht«, mischt sich meine Mutter ein. Sie dreht sich zu mir um, zwinkert mir verschwörerisch zu und erklärt meinem Vater: »Nichts funktioniert so gut wie Shoppen, um eine Frau auf andere Gedanken zu bringen. Ich werde Nora begleiten – genau wie in alten Zeiten.«

Langsam verzweifle ich. Meine Mutter kann nicht mitkommen, wenn ich weggehe, um meine Eltern vor potentiellen Gefahren zu schützen. »Es tut mir leid, Mama«, sage ich bedauernd, »aber ich habe schon Leah versprochen, mich mit ihr zu treffen. Es sind gerade Semesterferien, und sie ist zu Hause.« Diese Tatsache habe ich heute Morgen auf Facebook gesehen, also lüge ich nur teilweise. Meine Freundin ist wirklich in der Stadt – nur dass ich nicht vorhabe, sie heute zu sehen.

»Ach so.« Meine Mutter sieht einen Augenblick lang verletzt aus, schüttelt das Gefühl aber ab und lächelt mich strahlend an. »Mach dir keine Gedanken, Süße. Wir sehen uns, wenn du mit deinen Freunden fertig bist. Ich freue mich, dass du dich ablenkst. Das ist wirklich das Beste ...«

Mein Vater sieht immer noch misstrauisch aus, aber er kann nichts machen. Ich bin erwachsen, und ich frage auch nicht wirklich nach seiner Erlaubnis.

Sobald das Frühstück beendet ist, umarme ich beide, gebe ihnen einen Kuss und gehe zur Bushaltestelle auf der 95. Straße, um den Bus zu nehmen, der zur Chicago Ridge Mall fährt.

~

NA KOMMT, ENTFÜHRT MICH SCHON. ENTFÜHRT MICH ENDLICH.
Ich bin stundenlang durch das Einkaufszentrum gelaufen, und zu meiner Enttäuschung ist von der Al-Quadar immer noch nichts zu sehen. Entweder wissen sie nicht, dass ich hier bin, oder ich bin ihnen egal, jetzt, da sie Julian haben.

Ich weigere mich, die letztere Möglichkeit näher in Betracht zu ziehen, da diese bedeuten würde, dass Julian so gut wie tot ist.

Der Plan muss funktionieren. Es gibt keine Alternative. Majid braucht einfach mehr Zeit. Zeit, um herauszufinden, dass ich hier allein und ungeschützt bin – und ein nützliches Werkzeug, das sie benutzen können, um von Julian das zu bekommen, was sie möchten.

»Nora? Nora, bist du es wirklich?« Eine bekannte Stimme reißt mich aus meinen Gedanken. Als ich mich herumdrehe, sehe ich meine Freundin Leah, die mich völlig überrascht anschaut.

»Leah!« Einen Moment lang vergesse ich die Gefahr und umarme das Mädchen, das jahrelang meine beste Freundin gewesen ist. »Ich hatte keine Ahnung, dass du hier sein würdest!« Und das ist die Wahrheit – trotz der Lügen, die ich heute Morgen meinen Eltern erzählt habe, hatte ich nicht erwartet, hier auf Leah zu treffen. Im Nachhinein betrachtet hätte ich es wahrscheinlich tun sollen, da wir fast jedes Wochenende in diesem Einkaufszentrum verbracht haben, als wir jünger waren.

»Was machst du hier?«, möchte sie wissen, als ich mich wieder von ihr löse. »Ich dachte, du seist in Kolumbien!«

»Das war ich – ich meine, das bin ich.« Jetzt, nach der ersten Wiedersehensfreude, wird mir klar, dass es problematisch werden könnte, Leah getroffen zu haben. Ich möchte nicht, dass meine Freundin meinetwegen leiden muss. »Ich bin nur für einen Kurzbesuch hier«, erkläre ich schnell und schaue mich besorgt um. Alles scheint normal zu sein, also fahre ich fort: »Es tut mir leid, dass ich dir nicht Bescheid gesagt habe, dass ich zu Hause bin. Es war etwas hektisch bei mir und, na ja, du weißt ja, wie das ist ...«

»Richtig, du musst ja auch mit deinem neuen Ehemann und dem ganzen Kram zu tun haben«, sagt sie langsam, und ich kann fühlen, wie der Abstand zwischen uns wächst, obwohl wir uns nicht einen Zentimeter voneinander wegbewegt haben. Außer einigen kurzen Mails, die wir uns geschickt haben, haben wir nicht miteinander gesprochen, seit ich ihr von meiner Hochzeit erzählt habe. Ich kann sehen, dass sie immer noch an meinem psychischen Gesundheitszustand zweifelt ... dass sie mein neues Ich nicht mehr verstehen kann.

Ich kann ihr keinen Vorwurf daraus machen. Manchmal kann ich die Person, die ich geworden bin, selbst nicht mehr verstehen.

»Leah, Schatz, hier bist du ja!« Eine Männerstimme unterbricht unsere Unterhaltung, und mein Herz macht einen Sprung, als sich eine vertraute männliche Person Leah nähert.

Es ist Jake, der Junge, in den ich einmal verknallt gewesen war.

Der Junge, von dem mich Julian in dieser schicksalsträchtigen Nacht im Park gestohlen hat.

Nur, dass er jetzt kein Junge mehr ist. Seine Schultern sind jetzt breiter; sein Gesicht ist schmaler und härter. Während der letzten Monate ist er ein Mann geworden – ein Mann, der nur Augen für Leah hat. Er hält neben ihr an und beugt sich herunter, um ihr einen Kuss zu geben. Dann sagt er mit einer leisen, neckenden Stimme: »Schatz, ich habe das Geschenk für dich bekommen ...«

Leahs blasse Wangen werden feuerrot. »Äh, Jake«, murmelt sie und zupft an seinem Arm, um ihn auf mich aufmerksam zu machen, »schau mal, wen ich gerade getroffen habe.«

Er dreht sich zu mir um und reißt seine braunen Augen überrascht auf. »Nora? Was ... was machst du denn hier?«

»Also ... na ja, ein bisschen Bummeln ...« Ich hoffe, dass ich mich nicht so überrascht anhöre, wie ich es gerade bin. *Leah und Jake? Meine beste Freundin Leah und mein ehemaliger Schwarm Jake?* Das trifft mich völlig unerwartet. Ich wusste gar nicht, dass sie zusammen waren. Ich wusste nur, dass Leah vor einigen Monaten mit ihrem Freund Schluss gemacht hatte, weil sie es in einer E-Mail erwähnt hat. Allerdings hat sie nichts davon gesagt, Jake nähergekommen zu sein.

Ich schaue sie an, wie sie mit gleichermaßen betretenen Gesichtsausdrücken nebeneinander stehen, und mir wird klar, dass das gar nicht so abwegig ist. Sie gehen beide auf die Universität von Michigan und haben neben den gemeinsamen Bekannten aus der Highschool auch jetzt Freundeskreise, die sich überschneiden. Sie teilen ein traumatisches Erlebnis – meine Entführung –, was sie näher zusammengebracht haben könnte.

In diesem Moment wird mir klar, dass ich erleichtert bin, als ich sie so sehe.

Erleichtert, dass sie zusammen glücklich aussehen, dass die dunklen Erlebnisse durch mich Jakes Gesicht nicht nachhaltig gezeichnet haben. Ich fühle kein Bedauern darüber, dass nichts zwischen uns geschehen ist, keine Eifersucht – nur Angst, die mit jeder Minute stärker wird, weil sich Julian in den Händen der Al-Quadar befindet.

»Es tut mir leid, Nora«, sagt Leah und schaut mich vorsichtig an. »Ich hätte dir schon längst von uns erzählt haben sollen. Es ist nur, dass ...«

»Leah, bitte.« Ich schiebe meine Anspannung und meine Erschöpfung beiseite und schaffe es, sie beruhigend anzulächeln. »Du musst mir nichts erklären. Wirklich nicht. Ich bin verheiratet, und Jake und ich hatten uns nur ein einziges Mal verabredet. Du schuldest mir keine Erklärungen ... Ich war einfach überrascht, das ist alles.«

»Hast du Lust, einen Kaffee mit uns zu trinken?«, möchte Jake wissen und legt seinen Arm in einer ungewöhnlich beschützenden Geste um Leahs Taille. Ich frage mich, ob er sie vor mir schützen möchte. Falls das der Fall sein sollte, ist er noch cleverer, als ich dachte.

»Dann könnten wir uns gleich auf den neuesten Stand bringen, jetzt, da du schon mal in der Stadt bist«, fährt er fort. Ich schüttele ablehnend den Kopf.

»Das würde ich gerne machen, aber ich kann nicht«, antworte ich mit ehrlichem Bedauern. Ich möchte unglaublich gerne einen Kaffee mit ihnen trinken gehen, aber ich darf sie nicht in meiner Nähe haben, falls die Al-Quadar genau diesen Moment auswählt, um zuzuschlagen. Ich habe keine Vorstellung davon, wie die Terroristen mitten in einem belebten Einkaufszentrum an mich herankommen sollten, aber ich bin mir sicher, dass sie einen Weg finden werden. Ich schaue auf mein Handy und tue so, als würde ich mich über die Uhrzeit ärgern. »Es tut mir leid, aber ich bin schon spät dran ...«

»Ist dein Ehemann auch hier?«, fragt Leah stirnrunzelnd, und ich sehe, dass Jake erblasst. Wahrscheinlich hatte er bei seinem Vorschlag, Kaffee trinken zu gehen, nicht an die Möglichkeit gedacht, dass Julian in meiner Nähe sein könnte.

Ich schüttele den Kopf, und mein Hals schnürt sich zu, als die grausame Realität dieser Situation mir erneut den Boden unter den Füßen wegzuziehen droht. »Nein«, sage ich und hoffe, dass ich halbwegs normal klinge. »Er hat es zeitlich nicht geschafft.«

»Ach so.« Leahs Stirnrunzeln verstärkt sich, und sie sieht etwas verwirrt aus, während Jake dagegen einen Teil seiner Gesichtsfarbe zurückbekommt. Offensichtlich ist er erleichtert, dass er nicht auf den rücksichtslosen Kriminellem stoßen wird, der ihm so viel Leid zugefügt hat.

»Jetzt muss ich mich aber wirklich beeilen«, sage ich, und Jake nickt, während er seinen Griff um Leah verstärkt und sie näher zu sich heranzieht.

»Mach's gut«, sagt er zu mir, und ich kann sehen, dass er erleichtert darüber ist, dass ich weg muss. Er ist allerdings dazu erzogen worden, immer freundlich zu sein, und deshalb fügt er hinzu: »Es war schön, dich zu sehen«, auch wenn seine Augen etwas anderes sagen.

Ich lächele ihn verständnisvoll an. »Ich habe mich auch gefreut«, erwidere ich und winke Leah zum Abschied zu, bevor ich Richtung Ausgang gehe.

〰

Sobald ich auf den Parkplatz hinausgehe, vergesse ich Jake und Leah. Mit angespannten Nerven betrachte ich meine Umgebung, bevor ich langsam mein Handy hervorziehe und mir ein Taxi rufe. Ich würde noch länger im Einkaufszentrum bleiben, aber ich möchte das Risiko nicht eingehen, noch einmal auf meine Freunde zu stoßen. Mein nächster Halt wird die Michigan Avenue in Chicago sein, wo ich in einigen sündhaft teuren Boutiquen stöbern kann, während ich bete, endlich gefangen genommen zu werden, bevor ich durchdrehe.

Der kalte Wind dringt durch meine Bekleidung, als ich auf das Taxi warte. Mit meinem Caban, der nur bis knapp über meinen Po reicht, und einem dünnen Kaschmir Pullover bekleidet, bin ich vor den kühlen Temperaturen kaum geschützt. Es dauert eine halbe Stunde, bevor das Taxi endlich kommt. Zu dem Zeitpunkt bin ich schon halb erfroren und meine Nerven sind so angespannt, dass ich jeden Moment losschreien könnte.

Ich reiße die Tür hinten auf und steige ein. Das Taxi sieht sauber aus, und ein dickes Glas trennt den vorderen Teil von dem hinteren Bereich. Die Fenster sind leicht getönt. »In die Stadt bitte.« Meine Stimme ist schärfer als nötig. »Zu den Geschäften auf der Michigan Avenue.«

»Natürlich, Fräulein«, sagt der Fahrer leise, und ich schrecke bei dem leichten Akzent in seiner Stimme auf. Ich blicke hoch, und als ich seine Augen im Rückspiegel entdecke, versteife ich mich, da mich eine Welle puren Grauens durchfährt.

Er könnte einer der vielen Immigranten sein, die sich ihren Lebensunterhalt mit Taxifahren verdienen, aber das ist er nicht.

Er ist Al-Quadar. Ich kann es an der kalten Bösartigkeit in seinen Augen sehen.

Sie sind endlich zu mir gekommen.

Genau darauf habe ich gewartet, aber jetzt, da der Moment gekommen ist, bin ich vor Angst so gelähmt, das ich fast von innen heraus ersticke. In meinem Kopf spielen sich Szenen aus der Vergangenheit ab, und die Erinnerungen sind so intensiv, dass es sich anfühlt, als erlebte ich sie erneut. Ich fühle die Schmerzen meiner kaum verheilten Stiche an der Seite, sehe die Körper der Wächter in der Klinik, höre Beths Schreie ... und dann schmecke ich erneut die aufsteigende Übelkeit des Moments, in dem Majid mit blutbeschmierten Fingern über mein Gesicht fährt.

Ich muss so bleich wie ein Laken sein, denn der Blick des Fahrers verhärtet sich. Ich höre ein leises Klicken der Türen, als die Verriegelung aktiviert wird.

Dieses Geräusch reißt mich aus meiner Starre. Adrenalin rauscht durch meine Adern. Ich stürze mich auf die Tür und versuche, sie zu öffnen, während ich gleichzeitig schreie, so laut ich kann. Ich weiß, dass es sinnlos ist, aber ich muss es versuchen – und was noch viel wichtiger ist, ich muss den Eindruck erwecken, es zu versuchen. Ich kann nicht einfach ruhig dasitzen, während sie mich in die Hölle zurückbringen.

Sie dürfen nicht herausfinden, dass ich dieses Mal genau dahin zurückkehren möchte.

Als das Auto beginnt, sich zu bewegen, versuche ich immer noch, die Tür zu öffnen, und schlage gegen das Fenster. Der Fahrer ignoriert mich, während er mit Höchstgeschwindigkeit den Parkplatz verlässt. Keiner der Besucher des Einkaufszentrums scheint etwas Ungewöhnliches zu bemerken, da mich das getönte Fenster von allen Blicken abschirmt.

Wir fahren nicht weit. Anstatt die Autobahn zu nehmen, fährt das Auto auf die Rückseite des Gebäudes. Ich sehe, dass dort ein beigefarbener Van auf uns wartet, und verstärke meine Versuche, aus dem Auto herauszukommen. Meine Nägel brechen ab, als ich mich mit einer Verzweiflung in die Tür kralle, die nur teilweise vorgetäuscht ist. Ich hatte es so eilig gehabt, Julian zu retten, dass ich mir kaum Gedanken darüber gemacht hatte, was es bedeuten würde, von den Monstern meiner Albträume entführt zu werden – noch einmal etwas so Furchtbares durchzumachen. Das Grauen, welches mich überkommt, wird durch die Tatsache, dass ich es diesmal selbst herbeigeführt habe, nur leicht gemindert.

Der Fahrer hält neben dem Van an, und ich höre das Klicken der Türen, die entriegelt werden. Ich drücke die Tür auf, krieche auf allen vieren heraus, und meine Handflächen werden auf dem rauen Asphalt aufgeschürft. Bevor ich mich erheben kann, schlingen sich aber schon kräftige Arme um meine Taille, und eine behandschuhte Hand legt sich über meinen Mund, um meine Schreie zu dämpfen.

Ich höre, wie auf Arabisch Befehle gegeben werden, während ich, mich windend und um mich tretend, zum Van getragen werde. Plötzlich sehe ich eine Faust auf mein Gesicht zurasen.

Mein Kopf scheint vor Schmerzen zu explodieren, und danach kommt nichts mehr.

2 7

 *Julian*

IMMER WIEDER ERWACHE ICH AUS MEINER OHNMACHT, NUR UM GLEICH wieder in sie zurückzusinken. Die schmerzhaften Wachphasen sind durchsetzt mit kurzen Abschnitten von beruhigender Dunkelheit. Ich weiß nicht, ob es sich um Stunden, Tage oder Wochen handelt, aber ich fühle mich, als befände ich mich schon seit Ewigkeiten hier, der Gnade Majids und den Schmerzen ausgesetzt.

Ich habe nicht geschlafen. Sie lassen mich nicht schlafen. Selbst wenn mich mein Bewusstsein wegen der unerträglichen Schmerzen verlässt, haben sie Wege, mich zurückzuholen, sollte ich zu lange abwesend sein.

Sie beginnen mit Waterboarding. Auf eine perverse Art finde ich das lustig. Ich frage mich, ob sie das machen, weil sie wissen, dass ich zum Teil Amerikaner bin, oder ob sie einfach denken, dass es sich dabei um eine effiziente Methode handelt, um jemanden zu brechen, ohne ihm ernsthaft Schaden zuzufügen.

Sie wiederholen es einige Dutzend Male, und jedes Mal bin ich kurz davor, zu sterben, als sie mich zurückholen. Ich fühle mich, als

477

würde ich immer wieder ertrinken, und mein Körper kämpft mit einer Verzweiflung nach Luft, die der Situation unangemessen erscheint. Es wäre ja gar nicht so schlecht, wenn sie mich aus Versehen ersticken lassen würden; mein Kopf weiß das, aber mein Körper kämpft um sein Überleben. Jede Sekunde, die mein Gesicht mit einem feuchten Tuch bedeckt wird, fühlt sich wie eine Ewigkeit an, der Wasserstrom angsteinflößender als die schärfste Klinge.

Ab und an machen sie eine Pause und löchern mich mit Fragen. Sie versprechen mir, damit aufzuhören, wenn ich ihnen antworte. Und auch wenn meine Lungen sich anfühlen, als würden sie zerplatzen, möchte ich nicht aufgeben. Ich möchte das beenden – aber irgendetwas in mir lässt mich nicht. Diese Genugtuung kann ich ihnen nicht geben. Ich kann es nicht zulassen, dass sie gewinnen, dass sie mich mit dem Wissen töten werden, bekommen zu haben, was sie wollten.

Während mein Körper um Luft kämpft, höre ich die Stimme meines Vaters.

»Weinst du etwa gleich? Wirst du weinen, so als seist du Mamas hübscher kleiner Junge, oder wirst du mir wie ein Mann entgegentreten?«

Ich bin wieder vier Jahre alt und kauere mich in einer Ecke zusammen, während mein Vater wiederholt in meine Rippen tritt. Ich kenne die richtige Antwort auf diese Frage – ich weiß, ich muss mich ihm stellen –, aber ich habe Angst. Ich habe riesige Angst. Ich kann die Nässe auf meinem Gesicht spüren, und ich weiß, dass sie ihn verärgern wird. Ich will nicht weinen. Ich habe nicht mehr wirklich geweint, seit ich ein Baby war, aber der Schmerz in meinen Rippen lässt das Wasser in meine Augen steigen. Wäre meine Mutter hier, würde sie mich in den Arm nehmen und mich küssen, aber sie kommt nicht in meine Nähe, wenn mein Vater solche Launen hat. Sie hat zu viel Angst vor ihm.

Ich hasse meinen Vater. Ich hasse ihn, und gleichzeitig möchte ich sein wie er. Ich will keine Angst haben. Ich will derjenige sein, der die Macht hat, vor dem sich alle fürchten.

Ich rolle mich zu einem kleinen Ball zusammen und benutze den unteren Rand meines Hemdes, um die verräterische Nässe von meinem Gesicht zu wischen. Danach stehe ich auf, ohne auf meine Angst und meine schmerzenden Rippen zu achten.

»Ich werde nicht weinen.« Ich schlucke den Knoten in meinem Hals herunter und schaue nach oben, um den wütenden Blick meines Vaters zu erwidern. »Ich werde niemals weinen.«

Flüche auf Arabisch. Noch mehr Nässe auf meinem Gesicht.

Meine Gedanken werden gewalttätig zurück in die Gegenwart gezwungen. Ich zucke, würge und schnappe nach Luft, sobald das triefnasse Tuch entfernt wird. Meine Lungen weiten sich gierig, und durch das Rauschen in meinen Ohren kann ich hören, wie Majid den Mann anschreit, der mich gerade fast umgebracht hat.

Scheiße. Sieht ganz so aus, als sei dieser Spaß vorbei.

Als Nächstes beginnen sie mit den Nadeln. Lange, dicke Nadeln, die sie unter meine Finger- und Fußnägel einführen. Ich kann das besser aushalten. Mein Kopf spaltet sich von meinem gequälten Körper ab und trägt mich erneut in die Vergangenheit.

Jetzt bin ich neun. Mein Vater hat mich zu Verhandlungen mit seinen Lieferanten in die Stadt mitgenommen. Ich sitze auf den Stufen und beobachte den Eingang des Gebäudes. Im Gürtel unter meinem T-Shirt steckt eine Pistole. Ich weiß, wie ich mit ihr umgehen muss, ich habe schon zwei Männer damit getötet. Nach dem ersten habe ich mich übergeben, aber den zweiten umzubringen war leichter gewesen. Ich bin nicht einmal zusammengezuckt, als ich den Abzug gedrückt habe.

Ein paar Jungen im Teenager-Alter gehen hinaus auf die Straße. Ich erkenne ihre Tätowierungen wieder; sie gehören zur lokalen Gang. Mein Vater hat sie wahrscheinlich schon einmal dazu benutzt, seine Ware zu verteilen, aber jetzt gerade sehen sie gelangweilt aus, so als hätten sie nichts zu tun.

Ich sehe ihnen dabei zu, wie sie die Straße hinauf- und hinabwandern, gegen kaputte Flaschen treten und sich gegenseitig aufziehen. Ein Teil von mir ist neidisch auf diese leichte Kameradschaft. Ich habe nicht viele Freunde und die Jungen, mit denen ich ab und an spiele, scheinen alle Angst vor mir zu haben. Ich weiß nicht, ob das daran liegt, dass ich der Sohn vom Señor bin oder ob sie Sachen über mich gehört haben. Normalerweise stört mich ihre Angst nicht – ich ermutige sie sogar –, aber manchmal wünsche ich mir, ich könnte einfach wie ein normales Kind spielen.

Diese Teenager haben allerdings noch nie etwas von mir gehört. Das weiß ich, weil sie sehen, wie ich hier sitze und sie grinsend auf mich zukommen. Sie denken, sie hätten hier ein leichtes Opfer zum Tyrannisieren gefunden.

»Hey«, ruft einer von ihnen. »Was macht so ein kleiner Junge wie du hier? Das ist unser Gebiet. Hast du dich verlaufen, Kind?«

»Nein«, antworte ich und ahme ihr Grinsen nach. »Ich habe mich genauso wenig verlaufen wie du ... Kind.«

Der Junge, der zu mir gesprochen hatte, ärgert sich sichtlich. »Was, du kleines Arschloch ...«, kommt er auf mich zu und bleibt auf einmal wie angewurzelt stehen, als ich ohne mit der Wimper zu zucken meine Pistole auf ihn halte.

»Versuche es«, fordere ich ihn leise auf. »Komm doch noch ein wenig näher.«

Die Jungen beginnen, sich ein wenig zurückzuziehen. Sie sind nicht völlig dumm; sie sehen, dass ich weiß, wie ich mit der Waffe umzugehen habe.

In diesem Moment treten mein Vater und seine Männer aus dem Gebäude, und die Jungen verstreuen sich wie Ratten.

Ich erzähle meinem Vater, was passiert ist, und er nickt anerkennend. »Gut. Mach weiter so, Sohn. Erinnere dich immer daran – du nimmst dir das, was du möchtest, und du gibst niemals nach.«

Kaltes Wasser läuft über mein Gesicht, und ich bin wieder in der Gegenwart zurück. Sie haben mich jetzt an einen Stuhl gebunden. Meine Handgelenke sind hinter meinem Rücken fixiert und meine Knöchel an den Stuhl gefesselt. Meine Finger und Zehen pochen vor Schmerzen, aber ich bin immer noch am Leben – und bis jetzt ungebrochen.

Ich kann auf Majids Gesicht Frustration und Wut erkennen. Er ist nicht glücklich mit den derzeitigen Fortschritten, und ich habe das Gefühl, dass er seine Anstrengungen verstärken wird.

Ich habe recht. Er kommt mit einem Messer in der geballten Faust auf mich zu. »Letzte Chance, Esguerra ...« Er bleibt vor mir stehen. Ich gebe dir eine letzte Chance, bevor ich damit beginnen werde, dir einige nützliche Körperteile abzuschneiden. Wo ist die verdammte Fabrik, und wie können wir hineinkommen?«

Anstatt ihm zu antworten, sammele ich den letzten Rest an Speichel in meinem Mund zusammen und spucke ihn an. Rotgefärbter Speichel spritzt auf seine Nase und seine Wangen. Zufrieden sehe ich ihm dabei zu, wie er ihn mit seinem Ärmel abwischt und vor Ärger über diese Beleidigung bebt.

Ich habe nicht lange die Gelegenheit, mich über diese Reaktion zu freuen, da seine Finger sich in meinem Haar verkrallen und an ihm ziehen, so dass sich mein Hals unter Schmerzen nach hinten biegt.

»Ich möchte dir sagen, was jetzt passieren wird, du Stück Scheiße«, faucht er und presst das Messer gegen meine Wange. »Ich werde mit deinen Augen beginnen. Zuerst werde ich deinen linken Augapfel halbieren – und danach werde ich das Gleiche mit deinem rechten machen. Dann, wenn du blind bist, werde ich deinen Schwanz kürzen, Stück für Stück, bis nur noch ein kleiner Stummel übrig ist … Hast du mich verstanden? Wenn du jetzt nicht anfängst zu sprechen, wirst du niemals wieder etwas sehen oder ficken.«

Ich kämpfe gegen den Drang an, mich zu übergeben, und schweige, als er sein Messer nach oben führt, bis auf die dünne Haut unter meinem linken Auge. Auf dem Weg dorthin schneidet es meine Wange auf, und ich kann das warme Blut meinen kalten Hals hinunterlaufen spüren. Ich weiß, dass er nicht blufft, ich weiß aber auch, dass Zugeständnisse nichts am Ausgang des Ganzen ändern werden. Majid wird mich foltern, bis er Antworten bekommt – und wenn er sie erst einmal hat, wird er mich weiter foltern.

Wütend auf meine fehlende Reaktion drückt Majid das Messer tiefer in meine Haut. »Letzte Chance, Esguerra. Willst du dein Auge behalten – oder nicht?«

Ich antworte nicht, und er führt das Messer weiter nach oben, so dass sich meine Augenlider automatisch schließen.

»In Ordnung«, flüstert er und genießt die unkontrollierbaren Panikanfälle meines Körpers, als dieser versucht, aus seiner Reichweite zu fliehen … und dann spüre ich einen übelkeitserregenden Schmerz, als die Klinge mein Lid zerteilt und tief in mein Auge eindringt.

～

ICH MUSS WIEDER OHNMÄCHTIG GEWORDEN SEIN, DENN ES WIRD NOCH mehr Wasser über mich geschüttet. Ich zittere, und mein Körper fällt durch den quälenden Schmerz in einen Schockzustand. Ich kann mit meinem linken Auge nichts sehen – alles, was ich fühlen kann, ist eine brennende, auslaufende Leere. Mein Magen möchte Galle hochwürgen, und ich muss meine ganze Kraft aufwenden, ihm nicht nachzugeben.

»Wie sieht es denn mit dem zweiten Auge aus, Esguerra?« Majid lächelt mich mit dem blutigen Messer in der Hand an. »Wärst du lieber blind, während wir dein bestes Stück entfernen, oder möchtest du dabei zuschauen? Natürlich ist es noch nicht zu spät, das Ganze hier aufzuhalten … Sag uns einfach das, was wir wissen möchten, und es könnte sogar sein, dass wir dich am Leben lassen – weil du so mutig bist und das alles.«

Er lügt. Das kann ich an dem hämischen Unterton in seiner

481

Stimme hören. Er denkt, dass er mich fast gebrochen hat, dass ich so verzweifelt bin, den Schmerz zu stoppen, dass ich alles glauben werde, was er sagt.

»Du kannst mich mal«, flüstere ich mit meiner restlichen Energie. *Du gibst nicht nach. Du gibst nie nach.* »Du und deine jämmerlichen kleinen Drohungen, ihr könnt mich mal.«

Seine Augen verengen sich vor Wut, und das Messer kommt blitzschnell auf mein Gesicht zu. Ich kneife mein noch verbliebenes Auge zu und bereite mich auf die Schmerzen vor ... die nicht kommen.

Überrascht öffne ich mein unverletztes Auge und sehe, dass Majid von einem seiner Männer abgelenkt wird. Der Mann scheint aufgeregt zu sein und zeigt auf mich, während er schnell auf Arabisch spricht. Ich bemühe mich, einige der Wörter, die ich kenne, herauszuhören, aber er spricht zu schnell. Dem Lächeln nach zu urteilen, welches sich auf Majids Gesicht ausbreitet, müssen es gute Neuigkeiten für Majid sein – und das bedeutet gleichzeitig, dass es wahrscheinlich schlechte Neuigkeiten für mich sind.

Meine Vermutung bestätigt sich, als Majid sich zu mir umdreht und mit einem grausamen Lächeln sagt: »Für den Moment ist dein Auge in Sicherheit. Es gibt da etwas, von dem ich will, dass du es in einigen Stunden siehst.«

Ich starre ihn an und kann meinen Hass nicht verbergen. Ich weiß nicht, wovon er spricht, aber mein Magen zieht sich zusammen, als die Terroristen den fensterlosen Raum verlassen. Es gibt nur eine einzige Sache, die mich dazu bringen könnte, nachzugeben – und diese befindet sich heil und gesund auf meinem Anwesen. Sie können unmöglich von Nora reden, nicht mit den ganzen Sicherheitsmaßnahmen, die ich um sie herum ergriffen habe. Das muss ein neues Psychospiel sein, welches sie jetzt mit mir spielen. Sie wollen, dass ich denke, sie hätten noch etwas Schlimmeres in der Hand als das, was sie schon mit mir angestellt haben. Es ist eine Verzögerungstaktik, ein Weg, mein Leiden zu verlängern – nichts weiter.

Ich habe nicht vor, auf diesen Trick hereinzufallen, aber während ich, gefesselt und den schlimmsten Schmerzen meines Lebens ausgesetzt, warte, bin ich nicht stark genug, die in mir aufsteigende Angst zu verdrängen. Ich sollte dankbar für diese Atempause von der Folter sein, aber das bin ich nicht.

Ich wäre glücklich darüber, würde Majid mir jeden einzelnen Körperteil abschneiden, wenn ich dafür sicher sein könnte, dass Nora in Sicherheit ist.

Ich weiß nicht, wie viel Zeit ich damit verbringe, mich zu quälen, aber schließlich höre ich Stimmen von draußen. Die Tür öffnet sich, und Majid schiebt eine kleine Person herein. Sie ist mit einem Paar Uggs und einem Herrenhemd bekleidet, welches ihr bis zu den Knien geht. Ihre Arme sind hinter dem Rücken zusammengebunden, und auf der Unterseite ihres linken Armes erkenne ich eine Blutspur.

Mein Magen ist eine harte Kugel, und kaltes Entsetzen macht sich in meinem Körper breit, als sich Noras dunkle Augen auf mein Gesicht richten.

Meine schlimmste Angst hat sich bewahrheitet.

Sie haben die einzige Person dieser ganzen beschissenen Welt, die mir etwas bedeutet.

Sie haben meine Nora – und diesmal kann ich sie nicht retten.

28

ICH ZITTERE AM GANZEN KÖRPER, ALS ICH JULIAN ANSCHAUE, UND MEIN
Magen zieht sich bei seinem Anblick zusammen. Er hat einen groben,
schmutzig aussehenden Verband um seine Schulter, aus dem Blut
sickert, und sein nackter Körper ist eine Ansammlung von Schnitten,
Blutergüssen und Kratzern. Sein Gesicht sieht noch schlimmer aus.
Unter der alten Bandage um seine Stirn gibt es nicht eine Stelle, die
nicht verfärbt oder geschwollen ist. Das Erschreckendste von allem ist
allerdings die tiefe Schnittwunde, die sich über seine ganze linke
Wange zieht bis hoch zur Augenbraue – und das klaffende Loch an
der Stelle, an der sich sein Auge befunden hatte.

An der sich sein Auge befunden hatte.

Sie haben sein Auge herausgeschnitten.

Ich kann das in diesem Moment überhaupt nicht verarbeiten, also
versuche ich es auch gar nicht erst. Julian ist noch am Leben, und das
ist alles, was zählt.

Er ist an einem Metallstuhl festgebunden. Seine Beine sind
gespreizt und seine Arme hinter seinen Rücken gebunden. Ich kann
den Schrecken und das Entsetzen auf seinem Gesicht erkennen, als er

484

meine Gegenwart bemerkt. Ich möchte ihm sagen, dass alles gut wird – dass ich es dieses Mal bin, die *ihn* retten kommt –, aber das kann ich nicht. Noch nicht.

Nicht, bis Peter mit der Verstärkung kommt.

Mein Wangenknochen schmerzt an der Stelle, an der sie mich geschlagen haben, und die Unterseite meines linken Arms brennt wegen der offenen Wunde, die sich dort befindet. Sie haben mir meine Sachen ausgezogen und mein Verhütungsimplantat herausgeschnitten, da sie wahrscheinlich Angst hatten, es könne ein Tracker sein. Das hatte ich nicht erwartet – wenn überhaupt, hatte ich angenommen, sie würden einen der echten Tracker finden – aber so war es noch besser, als ich gehofft hatte. Nachdem sie das Implantat herausgenommen und festgestellt hatten, dass es nur ein einfaches Plastikstäbchen war, sahen sie mich nicht mehr als eine Bedrohung an. Sie sahen in mir genau das, was ich wollte: ein naives Mädchen, welches ihre Eltern besuchen gegangen ist, ohne sich jeglicher Gefahren bewusst zu sein. Ich bin froh darüber, das Armband mit dem Tracker vorsorglich auf dem Anwesen gelassen zu haben, um keinen Verdacht aufkommen zu lassen.

Zu meiner Erleichterung scheinen sie mich nicht weiter berührt zu haben. Oder falls sie etwas getan haben, während ich ohnmächtig war, spüre ich jetzt nichts davon. Zwischen meinen Beinen bin ich weder wund noch klebrig, und ich habe auch ansonsten keine Schmerzen. Ich bekomme eine Gänsehaut bei dem Gedanken, dass sie mich ausgezogen haben, aber es hätte auch problemlos etwas Schlimmeres passieren können. Als ich aufgewacht bin, hatte ich schon ein fremdes Hemd an und meine eigenen Uggs. Sie müssen sich das Highlight für den Moment aufgehoben haben, an dem ich mich vor Julian befinde.

Das ist genau der Teil des Plans, den Peter am riskantesten fand: die Zeit von meiner Gefangennahme bis zu meiner Ankunft im Versteck der Terroristen.

»Sie wissen, dass sie jeden Millimeter Ihres Körpers absuchen und alle drei Tracker finden können, die Julian Ihnen implantieren ließ«, meinte er, bevor wir das Anwesen verließen. »Und dann werden wir Sie beide verlieren. Und Sie wissen, was sie machen werden, um Julian zum Reden zu bringen?«

»Ja, das weiß ich, Peter«, antworte ich mit einem grimmigen Lächeln. »Das verstehe ich hervorragend. Es bleibt uns aber nichts anderes übrig. Außerdem sind die Tracker winzig, und die Wunden vom Einsetzen schon fast unsichtbar. Sie könnten einen oder zwei finden, aber ich glaube nicht, dass es alle drei sein werden – und selbst wenn sie sie finden sollten, hätten Sie eine Vorstellung von dem Ort, an dem sie sich zum Zeitpunkt befanden, als sie sie herausnahmen.«

»Vielleicht«, entgegnete er, und seine Augen sprechen Bände, was seine Meinung zu meinem Geisteszustand anbelangt. »Oder auch nicht. In dem Zeitraum zwischen Ihrer Gefangennahme und Ihrer Ankunft bei Julian können tausend Sachen schieflaufen.«

»Das ist ein Risiko, welches ich eingehen muss«, erklärte ich ihm und beendete die Diskussion damit. Ich wusste, wie gefährlich es sein würde, als menschliches Ortungsgerät zu fungieren, um die Terroristen ausfindig zu machen, aber mir fiel kein anderer Weg ein, rechtzeitig zu Julian zu gelangen – und seinem derzeitigen Zustand nach zu urteilen war es selbst jetzt schon fast zu spät.

Ich sehe, wie Julian versucht, sich zusammenzureißen, seine instinktive Reaktion auf meine Gegenwart zu unterdrücken, aber er schafft es nicht hundertprozentig. Nachdem der anfängliche Schock abgeklungen ist, spannt sich seine Kinnpartie an, und in seinem unverletzten Auge beginnt ungebremste Wut zu leuchten, als er meinen halbnackten Zustand wahrnimmt. Seine starken Muskeln spannen sich an und drücken gegen die Fesseln. Er sieht aus, als würde er am liebsten jeden in diesem Raum in Stücke reißen, und ich weiß, dass einzig das Seil, welches ihn an den Stuhl bindet, ihn davon abhält, unsere Peiniger anzugreifen, selbst wenn das einem Selbstmord gleichkäme. Die anderen Terroristen müssen das Gleiche denken, denn zwei von ihnen treten mit festgehaltenen Waffen näher an Julian heran.

Sie sehen sehr zufrieden mit der Wendung der Ereignisse aus. Majid lacht, hält meinen Arm in einem schmerzhaft festen Griff und zieht mich in die Mitte des Raumes. »Deine dumme, kleine Hure ist mir fast in den Schoß gefallen«, sagt er im Plauderton, während er seine Hand in meinem Haar vergräbt und mich auf meine Knie zwingt. »Wir haben sie gefunden, als sie gerade einen Einkaufsbummel machte, wie alle gierigen amerikanischen Flittchen. Ich dachte mir, wir bringen sie hierher, damit du ihr hübsches kleines Gesicht noch einmal sehen kannst, bevor wir es aufschneiden … Außer natürlich, du möchtest anfangen zu reden?«

Julian schweigt und starrt Majid hasserfüllt an, während ich flach atme, um mit meiner Angst fertigzuwerden. Wegen des Schmerzes auf meinem Kopf füllen sich meine Augen mit Tränen, und die Panik, die ich spüre, fühlt sich fast wie ein lebendiges Wesen an. Da meine Hände hinter meinen Rücken gebunden sind, kann ich nichts dagegen machen, dass Majid mir wehtut. Ich weiß nicht, wie lange Peter brauchen wird, um hierherzukommen, aber die Chancen sind hoch, dass er es nicht rechtzeitig schaffen wird. Ich kann das Blut an dem Messer sehen, welches an Majids Gürtel hängt, und mein Mageninhalt steigt nach oben, als mir klar wird, dass es sich dabei um Julians Blut handelt.

Wenn wir nicht bald gerettet werden, wird auch mein Blut daran kleben.

Zu meinem Entsetzen greift er nach dem Messer, ohne seinen Griff um meine Haare zu lösen. »Oh, ja«, flüstert er und drückt die flache Seite gegen meinen Hals, »ich denke, ihr Kopf wird eine nette kleine Trophäe sein – natürlich erst, nachdem ich ihn ein wenig aufgeschnitten habe …« Er drückt das Messer nach oben, und ich erstarre vor Angst, als ich merke, wie es in die weiche Haut unter meinem Kinn fährt, bevor ich dieses übelkeitserregende Gefühl von warmer Flüssigkeit verspüre, die meinen Hals herunterläuft.

Das Knurren, welches Julian entfährt, hört sich nicht einmal entfernt menschlich an. Bevor ich überhaupt nach Luft schnappen kann, schießt er nach vorne und stößt sich mit den Fersen ab, um sich und seinen Stuhl nach vorne zu katapultieren. Er handelt so unerwartet und gewalttätig, dass die beiden Männer, die sich neben ihm befinden, nicht schnell genug reagieren können. Julian kracht in einen von ihnen und bringt den bewaffneten Terroristen zu Boden. Mit einer Drehung seines Körpers schlägt er das metallene Bein seines Stuhls auf die Kehle des Mannes.

Die nächsten Sekunden sind eine undurchsichtige Mischung aus Blut und arabischem Geschrei. Majid lässt mich los und gibt schreiend Befehle aus, um die anderen zum Handeln zu bewegen, als er selbst eingreift.

Julian, der immer noch an den Stuhl gefesselt ist, wird von dem Körper des verletzten Mannes heruntergezogen. Ich sehe mit grausamer Faszination dabei zu, wie der Mann, den Julian angegriffen hat, sich auf dem Boden windet und seine Kehle hält, während aus seinem Mund gurgelnde Geräusche zu hören sind. Er stirbt – ich kann es an den schwächer werdenden Blutschwallen sehen, die aus seiner klaffenden Halswunde spritzen – aber seine Qualen scheinen mich nicht zu berühren. Es ist so, als schaue ich mir einen Film an, anstatt dabei zuzusehen, wie ein menschliches Wesen vor meinen Augen verblutet.

Majid und die anderen Terroristen eilen ihm zu Hilfe und versuchen, den Blutstrom zu stoppen. Aber es ist zu spät. Der verzweifelte Griff, mit dem der Mann seinen Hals umklammert, lässt langsam nach, und der Gestank des Todes – von Eingeweiden und Gewalt – erfüllt den Raum.

Er ist tot.

Julian hat ihn getötet.

Ich sollte mich ekeln und angewidert sein, aber ich bin es nicht. Vielleicht werde ich diese Gefühle später haben, aber im Moment erfüllt mich einfach nur eine Mischung aus Freude und Stolz: Freude darüber, dass einer dieser Mörder tot ist, und Stolz darüber, dass Julian derjenige war, der ihn getötet hat. Selbst gefesselt und von der Folter geschwächt schafft es mein Ehemann, einen seiner Feinde zu besiegen – einen bewaffneten Mann, der dumm genug war, sich in Julians tödlicher Reichweite zu befinden.

Mein fehlendes Mitgefühl verstört mich auf einer bestimmten Ebene, aber ich habe keine Zeit, mich mit solchen Dingen aufzuhalten. Ob Julian vorhatte, ein Durcheinander zu erzeugen oder nicht, das letztendliche Ergebnis ist, dass gerade niemand auf mich achtet – und sobald mir das klar wird, bewege ich mich.

Ich springe auf meine Füße und werfe einen schnellen Blick durch den Raum. Mein Blick bleibt an einem kleinen Messer auf dem Tisch hängen, der an der Wand steht, und ich schieße mit rasendem Puls darauf zu. Die Terroristen haben sich alle an der anderen Seite des Raumes um Julian versammelt, und ich kann Grunzen, Flüche und das Geräusch von Fäusten, welche auf Fleisch treffen, hören.

Sie bestrafen Julian für den Mord – und ignorieren mich in diesem Moment.

Ich drehe mich mit dem Rücken zum Tisch, nehme das Messer in meine Handfläche und schiebe es unter das Duct Tape, welches sie um meine Handgelenke gewickelt haben. Meine Hände zittern, wodurch das scharfe Messer meine Haut einritzt. Ich ignoriere den Schmerz und versuche, das dicke Tape durchzuschneiden, bevor sie merken, was gerade passiert. Mein Griff ist durch Blut und Schweiß rutschig, aber ich gebe nicht auf, bis meine Hände letztendlich befreit sind.

Zitternd schaue ich mich erneut im Raum um und erblicke ein Sturmgewehr, welches unbeachtet gegen eine Wand gelehnt wurde. Einer der Terroristen muss es in dem Durcheinander durch Julians unerwartetem Angriff dort stehen gelassen haben.

Mein Herz schlägt mir bis zum Hals, während ich mich Zentimeter für Zentimeter an der Wand entlang in Richtung Gewehr bewege. Ich habe keine Ahnung, was ich mit der Waffe gegen einen ganzen Raum voller bis an die Zähne bewaffneter Männer anstellen werde, aber irgendetwas muss ich tun.

Ich kann nicht einfach dastehen und dabei zusehen, wie sie Julian totprügeln.

Meine Hände umfassen das Gewehr, bevor irgendjemand etwas bemerkt, und ich atme zitternd vor Erleichterung ein. Es ist eine AK-47, eines der Sturmgewehre, mit denen ich während meines Trainings mit Julian geübt habe. Ich nehme die schwere Waffe in die Hände, hebe sie hoch und ziele auf die Terroristen. Ich versuche, das Zittern meiner Arme wegen meines hohen Adrenalinspiegels unter Kontrolle zu bekommen. Ich habe noch niemals zuvor auf eine Person geschossen – nur auf Bierdosen und Papierziele –, und ich weiß nicht, ob ich das besitze, was man braucht, um abzudrücken.

Während ich dabei bin, den Mut zu sammeln, um es durchzuziehen, erschüttert eine grelle Explosion den Raum und wirft mich auf den Boden.

ICH WEISS NICHT, OB ICH MIR DEN KOPF GESTOSSEN HABE ODER MICH DIE Explosion betäubt hat, aber das Nächste, an das ich mich erinnern kann, ist das Geräusch von Gewehrsalven auf der anderen Seite der Mauern. Der ganze Raum ist voller Rauch, und ich huste, als ich instinktiv versuche, mich hinzustellen.

»Nora! Bleib unten!« Das ist Julians Stimme, die vom Rauch ganz heiser ist. »Bleib unten, Baby, hörst du mich?«

»Ja!«, schreie ich zurück, und eine intensive Freude erfüllt jede Zelle meines Körpers, als mir bewusst wird, dass er lebt – und sein Zustand es zulässt, dass er spricht. Ich bleibe flach auf dem Boden liegen und spähe hinter dem Tisch hervor, der neben mich gefallen ist. Julian liegt im anderen Teil des Raumes auf seiner Seite und ist immer noch an den Stuhl gefesselt.

Ich kann auch erkennen, dass Rauch durch den Luftabzug in der Decke einströmt und dass sich außer uns beiden niemand im Raum befindet. Der Kampf, oder was auch immer gerade vor sich geht, findet draußen statt.

Peter und seine Wächter müssen angekommen sein.

Ich weine fast vor Erleichterung, hebe die AK-47 auf, die neben mir liegt, und rolle mich auf den Bauch. Dann krieche ich langsam flach auf dem Boden entlang zu Julian und halte den Atem an, um nicht allzu viel von dem Rauch einzuatmen.

In diesem Moment geht die Tür auf und ein bekannter Mann betritt den Raum.

Es ist Majid – und in seiner rechten Hand hält er eine Waffe.

Ihm muss klar geworden sein, dass die Al-Quadar verlieren werden, und deshalb ist er zurückgekommen, um Julian zu töten.

Eine Welle puren Hasses überrollt mich. Das ist der Mann, der Beth ermordet hat … der Julian gefoltert hat und der das Gleiche mit mir getan hätte. Ein bösartiger, psychotischer Terrorist, der zweifellos Dutzende unschuldiger Menschen umgebracht hat.

Er sieht nicht, dass ich hier bin. Seine ganze Aufmerksamkeit gilt Julian, als er seine Waffe hebt und sie auf meinen Ehemann richtet. »Mach's gut, Esguerra«, sagt er ruhig … und ich drücke ab.

Trotz meiner ungünstigen Position ziele ich perfekt. Mit Julian musste ich üben, sitzend, liegend und schließlich sogar rennend zu schießen. Das Sturmgewehr zuckt in meinen zitternden Armen und schlägt schmerzhaft gegen meine Schulter. Aber die zwei Kugeln treffen Majid genau dort, wo ich sie haben wollte – in sein rechtes Handgelenk und den Ellenbogen.

Die Schüsse katapultieren ihn an die Wand, und seine Waffe fällt aus der Hand. Schreiend hält er sich seinen blutenden Arm, und ich stehe auf, ohne auf die Gefahr der draußen umherfliegenden Kugeln zu achten. Ich kann hören, wie Julian mir etwas zuschreit, aber ich kann die genauen Worte wegen des Klingens in meinen Ohren nicht hören.

In diesem Moment ist es, als würde die ganze Welt ausgeblendet werden und es gäbe nur noch Majid und mich.

Unsere Blicke treffen sich, und zum ersten Mal sehe ich Angst in seinen dunklen, reptilienartigen Augen. Er weiß, dass ich diejenige bin, die auf ihn geschossen hat. Das kann er an der kalten Entschlossenheit auf meinem Gesicht erkennen.

»Bitte, nicht ...«, beginnt er zu sagen, und ich drücke erneut ab. Weitere fünf Kugeln treffen seinen Bauch und seine Brust.

In der kurzen Stille, die daraufhin folgt, sehe ich dabei zu, wie Majids Körper die Wand entlang langsam nach unten rutscht, fast wie in Zeitlupe. In seinem Gesicht zeichnet sich Entsetzen ab, und Blut fließt aus seinem Mundwinkel. Seine Augen sind offen und starren mich ungläubig an. Seine Lippen bewegen sich, so als wolle er etwas sagen, und ein ratterndes Gurgeln entweicht ihm, als mehr Blut aus seinem Mund strömt.

Ich senke die Waffe und trete näher an ihn heran, um aus einem eigenartigen Bedürfnis heraus zu sehen, was ich ausgelöst habe. Majids Augen betteln, bitten wortlos um Gnade. Ich halte seinen Blick, um den Moment in die Länge zu ziehen ... bevor ich mit der AK-47 auf seine Stirn ziele und abdrücke.

Sein Hinterkopf explodiert, und Blut sowie Stücke seiner Gehirnmasse spritzen gegen die Wand. Seine Augen werden glasig, und das Weiße um seine Iris herum wird Blutrot, als die Blutgefäße in seinen Augen zerspringen. Sein Körper erschlafft, und der Geruch von Tod, scharf und stechend, erfüllt zum zweiten Mal an diesem Tag den Raum.

Nur ist dieses Mal nicht Julian der Mörder.

Ich bin es.

Meine Hände sind ruhig, als ich die Waffe wieder herunternehme und dabei zusehe, wie das Blut an der Mauer hinter Majid herunterläuft. Dann gehe ich zu Julian, knie mich neben ihn und lege die Waffe vorsichtig auf den Boden, um seine Fesseln zu lösen.

Julian schweigt, während ich ihn losbinde, und ich sage auch nichts. Die Geräusche von Schüssen draußen flauen ab, und ich hoffe, dass das bedeutet, dass unsere Kräfte gewinnen. Wie dem auch sei, ich bin bereit für das, was kommen mag. Eine eigenartige Ruhe durchströmt mich trotz unserer immer noch gefährlichen Situation.

Als Julians Arme und Beine frei sind, tritt er den Stuhl weg und rollt sich auf den Rücken. Seine rechte Hand umschließt mein Handgelenk. Sein linker Arm, der immer noch teilweise eingegipst ist, hängt unbeweglich an seiner Seite herab, und auf seinem Gesicht und Körper ist mehr Blut wegen der Schläge, die er gerade erhalten hat. Der Griff, mit dem er mein Handgelenk festhält, ist erstaunlich fest, da er mich näher zu sich heranzieht und mich zwingt, mich neben ihm auf den Boden zu legen.

»Bleib unten, Baby«, flüstert er mit seinen geschwollenen Lippen. »Es ist fast vorbei … bitte, bleib unten.«

Ich nicke und strecke mich rechts neben ihm aus, ganz vorsichtig, um seine Verletzungen nicht zu berühren. Durch die offene Tür beginnt ein Teil des Rauchs langsam abzuziehen, und ich kann zum ersten Mal seit der Explosion wieder frei atmen.

Julian lässt mein Handgelenk los und schiebt seinen Arm unter meinen Hals, um mich neben sich in einer schützenden Umarmung zu halten. Meine Hand kommt ungewollt gegen seine Rippen, woraufhin er vor Schmerzen aufstöhnt. Als ich versuche, ein wenig mehr Abstand von ihm zu bekommen, drückt er mich nur noch fester an sich.

Als Peter und die Wächter einige Minuten später durch die Tür in den Raum treten, finden sie uns in einer Umarmung daliegend. Und mit einer von Julian auf die Tür gerichteten AK-47.

29

Julian

»Wie geht es ihr?«, fragt Lucas und setzt sich in den Stuhl neben meinem Bett. Um seinen Kopf ist eine dicke Bandage gewickelt, und er muss wegen seines gebrochenen Beines Krücken benutzen. Ansonsten geht es ihm schon besser. Er lag bewusstlos in einem anderen Raum, als die Al-Quadar das usbekische Krankenhaus angriffen, und hat deshalb den ganzen Spaß verpasst.

»Sie ist ... okay, denke ich.« Ich drücke auf einen Knopf, um mich in eine halb sitzende Position zu begeben. Meine Rippen schmerzen bei dieser Bewegung, aber das ignoriere ich. Schmerz ist seit dem Absturz ein treuer Begleiter geworden, und langsam habe ich mich an ihn gewöhnt.

Seit unserer Rettung von der Baustelle in Tadschikistan vor fünf Tagen erholen Nora und ich uns in einer speziellen Einrichtung in der Schweiz. Es handelt sich dabei um eine Privatklinik mit den weltweit besten Ärzten, und ich habe veranlasst, dass Lucas die Sicherheitsmaßnahmen hier überwacht. Natürlich ist die gefährlichste Al-Quadar-Zelle ausgelöscht und die akute Bedrohung ist zurückgegangen, aber es ist trotzdem besser, vorsichtig zu sein. Alle meine verletzten Männer habe ich ebenfalls hierherbringen lassen, damit sie sich schneller in einer netteren Umgebung erholen können.

Der Raum, den Nora und ich uns teilen, ist hochmodern und mit allen Extras von Videospielen bis zu einer eigenen Dusche ausgestattet. Es gibt zwei verstellbare Betten – eines für mich und eines für Nora – mit Bettwäsche aus ägyptischer Baumwolle und Memory-Foam-Matratzen. Selbst der Herzfrequenzmonitor und die Infusionshalter, die rund um das Bett stehen, sehen schick aus, eher dekorativ als medizinisch. Die ganze Ausstattung ist so luxuriös, dass ich fast vergessen kann, mich erneut in einem Krankenhaus zu befinden.

Fast, aber nicht ganz.

Wenn ich nie wieder ein Krankenhaus betreten müsste, würde ich glücklich sterben.

Zu meiner unermesslichen Erleichterung ist Nora nicht ernsthaft verletzt. Ihre Armwunde musste genäht werden, aber der Schlag auf ihr Gesicht hat nur ein hässliches Hämatom auf der Wange hinterlassen. Die Ärzte haben bestätigt, dass sie nicht sexuell belästigt worden war, obwohl sie sie ausgezogen hatten. Innerhalb weniger Stunden nach unserer Ankunft hier wurde Nora für gesund erklärt und war bereit, nach Hause zu gehen.

Ich dagegen bin ein wenig schlechter dran, aber lange nicht so schlimm, wie ich es hätte sein können.

Sie haben mich schon zwei Mal operiert – einmal, um mein angsteinflößendes Gesicht zu verschönern, und ein weiteres Mal, um mir ein künstliches Auge in die leere Höhle zu setzen, damit ich nicht aussehe wie ein Zyklop. Ich werde nie wieder etwas mit meinem linken Auge sehen können – zumindest nicht mit dem bisherigen technologischen Fortschritt der künstlichen Augen. Aber die Chirurgen haben mir versichert, dass ich wieder fast normal aussehen werde, sobald alles verheilt sein wird.

Meine anderen Verletzungen sind auch nicht so schlimm. Sie haben mir meinen gebrochenen Arm geschient und ihn neu eingegipst. Die Schusswunde in meiner linken Schulter heilt genauso gut wie meine angeknacksten Rippen. Dank Peters schneller Hilfe blieben mir weitere innere Verletzungen und mehr gebrochene Knochen erspart. Wenn das vorüber sein wird, werde ich einige Narben mehr haben – und wahrscheinlich einen schwächeren linken Arm – aber mein Äußeres wird keine kleinen Kinder erschrecken.

Dafür bin ich dankbar. Ich war niemals besonders eitel, was mein Aussehen anbelangt, aber ich möchte sicherstellen, dass Nora mich immer noch attraktiv findet, dass es sie nicht abstößt, mich zu berühren. Sie hat mir versichert, dass sie meine Narben und Blutergüsse nicht stören, aber ich weiß nicht, ob das wirklich so ist. Wegen meiner Verletzungen hatten wir seit unserer Rettung keinen Sex, und ich werde nicht wissen, was sie wirklich fühlt, bevor ich sie wieder in meinem Bett haben werde.

Ich weiß generell nicht, wie sich Nora in den letzten fünf Tagen gefühlt hat. Durch die ganzen Operationen und die ständigen Arztbesuche hatten wir noch keine Gelegenheit, über das zu reden, was passiert ist. Wann immer ich es anspreche, wechselt sie das Thema, so als wolle sie diese ganze Sache vergessen. Ich würde sie auch in Ruhe lassen – wäre sie nicht gleichzeitig so ungewöhnlich schweigsam. Wie zurückgezogen. Es scheint so, als habe das Erlebte dazu geführt, dass sie sich in sich selbst eingeigelt hat … ihre Gefühle irgendwie verdrängt hat.

»Also kommt sie damit zurecht?«, fragt Lucas, und ich weiß, er spricht über Majids Tod. Alle meine Männer wissen genau, wie Nora ihn niedergeschossen hat und welche Rolle sie bei meiner Rettung spielte. Sie bewundern sie für ihren Mut, während ich täglich dagegen ankämpfe, sie dafür zu erwürgen, dass sie ihr Leben aufs Spiel gesetzt hat. Und Peter – das ist noch einmal eine ganz andere Sache. Wenn er nicht plötzlich verschwunden wäre, nachdem er uns in die Klinik gebracht hat, hätte ich ihm den Kopf dafür abgerissen, sie einer solchen Gefahr auszusetzen.

»Das macht sie«, antworte ich auf Lucas' Frage. Meine Sorgen um Noras psychischen Zustand möchte ich nicht mit ihm besprechen. »Sie geht damit so gut um, wie man es nur erwarten kann. Das erste Mal jemanden umzubringen ist niemals leicht, aber sie ist stark. Sie wird es verkraften.«

»Ich bin mir sicher, dass sie das wird.« Lucas ergreift seine Krücken, steht auf und fragt: »Wie schnell möchtest du wieder nach Kolumbien zurückkehren?«

»Goldberg sagt, dass wir morgen gehen können. Er möchte mich noch eine Nacht hierbehalten, um sicherzustellen, dass alles so heilt, wie es soll, und wird dann auf dem Anwesen meine Pflege beaufsichtigen.«

»Hervorragend«, sagt Lucas. »Ich werde die nötigen Vorbereitungen treffen.«

Er humpelt aus dem Raum, und ich greife nach meinem Laptop, um zu sehen, wo Nora sich gerade aufhält. Sie wollte sich eine Kleinigkeit zu essen aus dem Café in der ersten Etage der Klinik holen, aber da sie schon länger als zehn Minuten weg ist, beginne ich, mir Sorgen zu machen.

Ich logge mich ein, rufe den Bericht der Tracker auf und sehe, dass sie auf dem Flur steht, etwa fünfzehn Meter vom Raum entfernt. Der Punkt, der ihren Aufenthaltsort anzeigt bewegt sich nicht; sie muss sich dort mit jemandem unterhalten.

Erleichtert schließe ich den Laptop und lege ihn wieder auf den Nachttisch.

Ich weiß, dass meine Angst um sie krankhaft ist, aber ich kann sie nicht kontrollieren. Majid dabei zuzusehen, wie er sein Messer an Noras Hals hält, war das Schlimmste, was ich jemals erlebt habe. Niemals zuvor hatte ich solche Angst wie in dem Augenblick, an dem Blut auf ihrer glatten Haut hinablief. Ich sah im wahrsten Sinne des Wortes Rot. Die Wut überkam mich so stark, dass ich auf einmal Kräfte hatte, von denen ich nicht gedacht hätte, sie noch aufbringen zu können.

Hätte ich klarer denken können, wäre mir etwas anderes eingefallen, um Majids Aufmerksamkeit von Nora abzulenken, bis die Verstärkung kommen würde.

Ich hatte begonnen zu vermuten, dass sie mich retten wollten, als Majid den Einkaufsbummel erwähnte. Es ergab einen schrecklichen Sinn. Nora wusste, dass meine Feinde sie als Köder haben wollten, und sie wusste, dass sie die Tracker eingepflanzt hatte. Ich konnte nicht glauben, dass sie sich so zur Schau stellen würde – oder dass Peter das zuließe –, aber das war das Einzige, was erklären könnte, wie es die Al-Quadar in meiner Abwesenheit geschafft hatte, sie in die Finger zu bekommen.

Anstatt auf dem Anwesen in Sicherheit zu bleiben, hatte Nora ihr Leben dafür riskiert, meines zu retten.

Obwohl sie wusste, zu was Majid fähig war, hat sie sich ihren Albträumen gestellt, um *mich* zu retten – den Mann, den sie eigentlich hassen sollte.

Ich weiß nicht, ob ich bis zu dem Moment wirklich geglaubt habe, dass sie mich liebt … bis zu dem Moment, in dem ich sie dort stehen sah, verängstigt, aber entschlossen, und ihr kleiner Körper in einem viel zu großen Herrenhemd. Niemand hatte jemals zuvor so etwas für mich getan. Selbst als ich noch ein Kind war, hatte meine Mutter sich zurückgezogen, sobald sich das erste Anzeichen von Verstimmung bei meinem Vater zeigte, und hatte mich seiner Gnade ausgesetzt. Außer den Wächtern, die ich eingestellt habe, hatte mich niemand jemals beschützt. Ich war immer auf mich allein gestellt gewesen.

Bis sie kam.

Bis Nora kam.

Als ich mich daran erinnere, wie kämpferisch sie aussah, als sie ihre Waffe auf Majid gerichtet hielt, geht die Tür auf und sie tritt ein.

Sie trägt Jeans und ein braunes, langärmeliges Oberteil. Ihre dicken Haare hat sie zu einem Pferdeschwanz gebunden und an ihren kleinen Füßen sehe ich ein Paar Ballerinas. Der Bluterguss an ihrer Wange ist noch da, aber sie hat ihn mit Make-up bedeckt, vielleicht, um mit Ihren Eltern per Videochat zu reden, ohne dass diese sich Sorgen machen. Seitdem wir in der Klinik sind, hat sie fast täglich Kontakt zu ihnen. Ich denke, sie fühlt sich schuldig, ihnen durch ihr Verschwinden erneut Angst eingejagt zu haben.

Sie isst einen Apfel, und ihre Zähne beißen mit sichtlichem Genuss in das Obststück.

Mein Herz schlägt vor Freude und Erleichterung kräftig gegen meine Rippen. So geht es mir jetzt jedes Mal, wenn ich sie sehe, und diese Reaktion ist immer da, egal, ob sie nur für fünfzehn Minuten weg war oder einige Stunden lang.

»Hallo.« Sie kommt zu mir und setzt sich auf meine rechte Bettkante. Sie beugt sich zu mir hinunter und drückt ihre weichen Lippen für einen schnellen Kuss auf meine Wange, bevor sie sich wieder aufrichtet und mich anlächelt. »Möchtest du etwas von dem Apfel?«

»Nein danke, Baby.« Meine Stimme wird rau, da ihre Berührung mir schmerzhaft ins Bewusstsein bringt, dass wir keinen Sex hatten, seit wir das Anwesen verlassen haben. »Iss ihn ruhig auf.«

»In Ordnung.« Sie beißt erneut in den Apfel. »Auf dem Flur habe ich Dr. Goldberg getroffen«, meint sie, nachdem sie heruntergeschluckt hat. »Er hat gesagt, dass es dir besser geht und wir morgen nach Hause können.«

»Ja, das stimmt.« Ich sehe, wie ihre kleine Zungenspitze aus dem Mund kommt, um ein Stückchen Apfel von ihrer Unterlippe zu entfernen, und eine Hitzewelle führt dazu, dass sich meine Hoden zusammenziehen. Es geht mir definitiv besser – oder zumindest glaubt das mein Geschlecht. »Wir werden abreisen, sobald er sagt, dass wir dürfen.«

Nora beißt noch ein Stück ihres Apfels ab und kaut es langsam, während sie mich mit einem eigenartigen Gesichtsausdruck anschaut.

»Was ist los, Baby?« Ich ergreife ihre freie Hand und führe sie an mein kratziges Gesicht, um mit ihrer Oberseite über meine Wangen zu streichen. Ich weiß, dass ich wahrscheinlich ihre weiche Haut mit meinen Stoppeln zerkratze – ich habe mich seit über einer Woche nicht rasiert –, aber ich kann der Versuchung, sie zu berühren, nicht widerstehen. »Sag mir, was dir durch den Kopf geht.«

Sie legt den Apfel auf eine Serviette auf meinem Nachttisch. »Wir sollten über Peter reden«, sagt sie ruhig. »Und über das Versprechen, welches ich ihm gegeben habe.«

Ich spanne mich an, und mein Griff um ihre Hand wird fester. »Welches Versprechen?«

»Die Liste.« Ihre Finger zucken in meiner Hand. »Die Liste der Namen, die du ihm für drei Jahre Dienst versprochen hast. Ich habe ihm gesagt, ich würde sie ihm geben, sobald du sie hättest – wenn er mir helfen würde, dich zu retten.«

»Verdammt.« Ich blicke sie ungläubig an. Ich hatte mich schon gefragt, wie sie es angestellt hatte, Peter dazu zu bekommen, einem direkten Befehl zuwiderzuhandeln, und hier ist die Erklärung. »Du hast ihm versprochen, du würdest ihm bei seinem Rachefeldzug helfen, wenn er dich bei dieser Dummheit unterstützt?«

Nora nickt, und ihre Augen sind dabei fest auf mich gerichtet. »Ja. Das war das Einzige, was mir zu jenem Zeitpunkt einfiel. Er wusste, dass er die Liste niemals bekommen würde, solltest du sterben – und ich sagte ihm, dass er sie eher bekommen würde, wenn er mir hilft.«

Meine Augenbrauen ziehen sich zusammen, als mich eine Wutwelle überrollt. Dieses russische Arschloch hat meine Frau tödlichen Gefahren ausgesetzt, und das ist nichts, was ich jemals vergeben oder vergessen könnte. Er hatte vielleicht mein Leben gerettet, aber hatte dabei Noras in Gefahr gebracht. Wenn er nach der Befreiung nicht verschwunden wäre, hätte ich ihn dafür getötet. Und jetzt will Nora, dass ich ihm die Liste gebe?

Das ist verdammt unwahrscheinlich.

»Julian, ich habe sie ihm versprochen«, beharrt sie, da sie meine unausgesprochene Antwort versteht. Ihr Blick ist ungewöhnlich bestimmt, als sie hinzufügt: »Ich weiß, dass du wütend auf ihn bist, aber der ganze Plan war meine Idee – und er wollte mir auch erst nicht helfen.«

»Richtig. Weil er wusste, dass deine Sicherheit an erster Stelle stand.« Ich bemerke, dass ich immer noch ihre Hand festhalte, und lasse sie los. »Dieser Bastard hat Glück, dass er noch am Leben ist.«

»Das verstehe ich.« Nora schaut mich ruhig an. »Und Peter auch, das kannst du mir glauben. Er wusste, dass du so reagieren würdest – deshalb ist er auch verschwunden, nachdem er uns hier abgeliefert hatte.«

Ich hole tief Luft und versuche, meine Wut zu kontrollieren. »Das war eine gute Entscheidung. Er weiß, ich könnte ihm jetzt nicht mehr vertrauen. Ich habe ihm den Befehl gegeben, dich auf dem Anwesen in Sicherheit zu bewahren, und was hat er gemacht?« Ich starre sie wütend an, als die Erinnerung daran, wie sie blutverschmiert und verängstigt in den fensterlosen Raum gezerrt wird, in mir hochkommt. »Er hat dich Majid ausgeliefert!«

»Ja, und dadurch hat er dein Leben gerettet …«

»Mein verdammtes Leben ist mir egal!« Ich setze mich auf und ignoriere den stechenden Schmerz in meinen Rippen. »Verstehst du das nicht, Nora? *Du* bist die einzige Person, die mir etwas bedeutet. *Du* – nicht ich, und auch sonst niemand!«

Sie blickt mich an, und ich kann sehen, wie die Tränen in ihren großen Augen aufsteigen. »Ich weiß, Julian«, flüstert sie blinzelnd. »Das weiß ich.«

Ich sehe sie an, und die ganze Wut verschwindet, um von einem unerklärlichen Drang ersetzt zu werden, ihr alles zu erklären. »Ich weiß nicht, ob du das tust, mein Kätzchen.« Meine Stimme ist ruhig, als ich nach ihrer Hand greife, weil ich ihre zerbrechliche Wärme brauche. »Du bist mein Ein und Alles. Wenn dir etwas zustieße, würde ich nicht mehr leben wollen – ich würde kein Leben haben wollen, ohne dass du ein Teil davon bist.«

Ihre Lippen zittern, und die Tränen sammeln sich in ihren Augen, bevor sie überlaufen. »Ich weiß, Julian …« Ihre Finger legen sich um meine Hand und drücken sie fest. »Ich weiß es, weil ich das Gleiche fühle. Als ich dachte, dass dein Flugzeug abgestürzt war …«, sie schluckt und ihre Stimme wird brüchig, »und danach, als ich die Schüsse während deines Anrufes hörte …«

Ich hole Luft, da ihr Leiden mir die Brust zusammenschnürt. »Nicht, Baby …« Ich führe ihre Hand an meine Lippen und küsse ihre Handflächen. »Denk nicht mehr daran. Es ist vorbei, und es gibt nichts mehr, vor dem du dich fürchten müsstest – Majid lebt nicht mehr, und wir sind gerade dabei, die letzten Reste der Al-Quadar zu zerstören …«

Während ich spreche, sehe ich, wie sich ihr Gesichtsausdruck verändert, ihr Blick eigenartig verschlossen wird. Es scheint, sie möchte ihre Gefühle verdrängen, eine Art geistige Barriere aufbauen, um sich selbst zu schützen. »Ich weiß«, sagt sie, und ihre Lippen verziehen sich zu dem leeren Lächeln, das ich seit unserer Rettung oft bei ihr gesehen habe. »Es ist vorbei. Er ist tot.«

»Tut es dir leid?«, frage ich sie und lasse ihre Hand herabsinken. Ich muss verstehen, warum sie sich zurückzieht, dem auf den Grund gehen, was sie dazu veranlasst, sich so zu verschließen. »Tut es dir leid, dass du ihn getötet hast, Baby? Ist es das, was dich in den letzten Tagen so sehr beschäftigt?«

Sie blinzelt, so als würde sie meine Frage überraschen. »Mich beschäftigt nichts.«

»Lüg mich nicht an, mein Kätzchen.« Ich lasse ihre Hand los und ergreife zärtlich ihr Kinn, um in ihre mit Schatten bedeckten Augen zu schauen. »Denkst du nicht, dass ich dich mittlerweile gut genug kenne? Ich sehe doch, dass du dich seit Tadschikistan verändert hast, und ich will verstehen, warum.«

»Julian …« Ihre Stimme hat einen flehenden Unterton. »Bitte, ich möchte nicht darüber reden.«

»Warum nicht? Denkst du, dass ich es nicht verstehen werde? Denkst du, dass ich nicht weiß, wie es ist, das erste Mal jemanden zu töten und mit dem Wissen leben zu müssen, einen Menschen ausgelöscht zu haben?« Ich mache eine Pause, um zu sehen, ob sie reagiert. Als sie nichts macht, fahre ich fort: »Wir beide wissen, dass Majid es verdient hat, aber es ist normal, sich danach beschissen zu fühlen. Du musst darüber reden, damit du beginnen kannst, alles was passiert ist zu verarbeiten …«

»Nein, Julian«, unterbricht sie mich, und durch den sorgsam neutralen Gesichtsausdruck bricht ein plötzliches Aufflackern von Wut. »Du verstehst es *nicht*. Ich weiß, dass Majid es verdient hat, zu sterben, und es tut mir nicht leid, ihn getötet zu haben. Ich zweifele nicht daran, dass die Welt ohne ihn besser ist.«

»Also was ist es dann?« Ich vermute, langsam zu wissen, wohin es führt, aber ich möchte, dass sie es ausspricht.

»Ich habe ihn getötet«, sagt sie ruhig und schaut mich dabei an. »Ich stand neben ihm, habe ihm in die Augen geschaut und abgedrückt. Ich habe ihn nicht getötet, um dich zu beschützen oder weil ich keine andere Wahl hatte. Ich habe ihn getötet, weil ich es tun wollte.« Sie macht eine Pause und fährt fort: »Ich habe ihn getötet, weil ich sehen wollte, wie er stirbt.«

JULIAN BLICKT MICH AN, UND SEIN GESICHTSAUSDRUCK UNTER DEN Bandagen bleibt auch nach meinem Geständnis unverändert. Ich möchte wegschauen, aber ich kann nicht. Seine Hand an meinem Kinn zwingt mich dazu, seinen Blick zu erwidern, während ich ihm das furchtbare Geheimnis anvertraue, welches mich seit unserer Rettung innerlich auffrisst.

Da er nicht reagiert, denke ich, dass er nicht richtig versteht, was ich ihm gerade sagen möchte.

»Ich habe ihn getötet, Julian«, wiederhole ich, da ich will, dass er mich versteht, weil er mich gezwungen hat, darüber zu reden. »Ich habe Majid kaltblütig umgebracht. Als er den Raum betrat, wusste ich, dass ich es tun wollte, und deshalb habe ich es getan. Ich habe ihm die Waffe aus der Hand geschossen – und als er unbewaffnet war, habe ich ihn erneut in den Bauch und in die Brust geschossen und dabei sichergestellt, nicht sein Herz zu treffen, damit er noch einige Minuten länger lebt. Ich hätte ihn sofort töten können, aber ich tat es nicht ...« Meine Hände formen sich zu Fäusten, und meine Nägel graben sich schmerzhaft in meine Haut als ich zugebe: »Ich habe ihn am Leben gelassen, damit ich ihm ins Gesicht schauen konnte, während ich ihm sein Leben nahm.«

Julians unverbundenes Auge leuchtet ein wenig dunkelblauer, und eine Welle brennenden Schamgefühls überkommt mich. Ich weiß, dass es keinen Sinn hat – ich weiß, dass ich mit einem Mann rede, der schon schlimmere Verbrechen begangen hat –, aber ich habe nicht seine Entschuldigung, eine unglückliche Kindheit verbracht zu haben. Niemand hat mich dazu gezwungen, ein Mörder zu werden. Als ich an jenem Tag Majid erschoss, tat ich das aus eigenem Antrieb.

Ich habe einen Mann getötet, weil ich ihn hasste und weil ich ihn sterben sehen wollte.

Ich warte darauf, dass Julian antwortet, dass er etwas Tröstliches oder etwas Verurteilendes sagt, aber stattdessen fragt er sanft: »Und wie hast du dich gefühlt, als alles vorüber war, mein Kätzchen? Als er tot auf dem Boden lag?« Seine Hand lässt mein Kinn los und bewegt sich nach unten, bis sie auf meinem Bein liegen bleibt. Seine große Hand bedeckt fast vollständig meinen Oberschenkel. »Warst du froh, ihn so zu sehen?«

Ich nicke und wende mein Gesicht ab, um seinem Blick zu entkommen. »Ja«, gebe ich zu, und ein Schauer durchfährt mich, als ich an das fast euphorische Hochgefühl denke, welches ich verspürte, als meine Kugeln durch Majids Fleisch drangen. »Als ich sah, wie das Leben aus seinen Augen verschwand, fühlte ich mich stark. Unbesiegbar. Ich wusste, dass er uns nicht mehr wehtun konnte und war froh darüber.« Ich nehme all meinen Mut zusammen und blicke wieder zu ihm hoch. »Julian ... ich habe einen Mann kaltblütig erschossen – und das, was mir Angst macht, ist, dass es mir überhaupt nicht leidtut.«

»Ich verstehe.« Ein leichtes Lächeln umspielt seine teilweise geheilten Lippen. »Du denkst, dass du ein böser Mensch bist, weil du dich nicht schuldig fühlst, einen mörderischen Terroristen getötet zu haben – du aber denkst, dass du es solltest.«

»Natürlich sollte ich.« Ich runzele die Stirn über die offensichtliche Belustigung in seiner Stimme. »Ich habe einen Mann erschossen – und du hast selbst gesagt, dass es normal ist, sich danach beschissen zu fühlen. Du hast dich nach deinem ersten Mal auch schlecht gefühlt, oder nicht?«

»Doch.« Julians Lächeln wird leicht bitter. »Das habe ich. Ich war ein Kind, und ich kannte den Mann nicht, auf den ich schießen musste. Er war jemand, der sich mit meinem Vater überworfen hatte, und bis heute habe ich keine Ahnung, was für ein Mensch er war … ob er ein schlimmer Krimineller war oder einfach nur jemand, der in die falsche Gesellschaft geraten war. Ich habe ihn nicht gehasst – eigentlich hatte ich gar keine Meinung über ihn. Ich habe ihn getötet, um zu beweisen, dass ich es kann. Ich wollte, dass mein Vater stolz auf mich ist.« Er macht eine Pause, und sein Gesichtsausdruck wird weich: »Wie du siehst, mein Kätzchen, war es anders. Als du Majid getötet hast, hast du die Welt von etwas Bösem befreit, während ich … na ja, das war eine völlig andere Geschichte. Du hast keinen Grund dafür, dich schlecht für das zu fühlen, was du getan hast, und du bist intelligent genug, das zu wissen.«

Ich schaue ihn an, und mein Hals wird mir eng, als ich mir einen acht Jahre alten Julian vorstelle, der abdrückt. Ich weiß nicht, was ich sagen soll, wie ich seine Schuldgefühle über das lang vergangene Ereignis beruhigen soll, und Wut auf Juan Esguerra steigt in mir auf. »Weißt du, wenn dein Vater noch leben würde, würde ich ihn auch erschießen«, sage ich entschlossen, und Julian lacht amüsiert auf.

»Ja, ich bin mir sicher, dass du das tun würdest«, sagt er und grinst mich dabei an. Dieser Gesichtsausdruck hätte auf seinem geschwollenen Gesicht eigentlich grotesk aussehen sollen, aber irgendwie wirkte er stattdessen sexy. Selbst zusammengeschlagen, verbunden wie eine Mumie und mit einem sieben Tage alten Stoppelbart auf seinem Kinn strahlt mein Ehemann eine animalische Anziehung aus, die stärker ist als jedes Aussehen. Die Ärzte haben uns gesagt, dass sein Gesicht wieder fast normal aussehen wird, wenn erst einmal alles verheilt ist. Aber sollte das nicht der Fall sein, vermute ich stark, dass Julian selbst mit einem Auge und weiteren Narben genauso anziehend sein wird.

Als ob er meine Gedanken errät, bewegt sich seine Hand auf meinem Oberschenkel weiter nach oben, zur Schnittstelle meiner Beine. »Mein unerschrockener kleiner Liebling«, murmelt er, und sein Grinsen verschwindet, während ein bekanntes heißes Funkeln in seinem Auge erscheint. »So zart, und doch so wild … Ich wünschte, du hättest dich an jenem Tag sehen können, Baby. Du warst wundervoll, als du Majid gegenüberstandest. So mutig und wunderschön …« Seine Finger drücken durch meine Jeans grob auf meine Klitoris, und ich atme überrascht ein, während sich meine

Nippel verhärten und sich Feuchtigkeit in meinem Geschlecht ausbreitet.

»Ja, so ist es gut, Baby«, flüstert er, und seine Finger bewegen sich hoch zu meinem Reißverschluss. »Du mit der Waffe war das Sexyste, was ich jemals gesehen habe. Ich konnte meine Augen gar nicht von dir abwenden.« Mein Reißverschluss öffnet sich mit einem eigenartig erotischen metallenen Geräusch, und mein Innerstes zieht sich mit einem plötzlichen verzweifelten Verlangen zusammen.

»Julian …« Meine Atmung ist unregelmäßig, und mein Herz schlägt schneller, als Julians Hand in meiner geöffneten Jeans verschwindet. »Was … was machst du da?«

Auf seinen Lippen erscheint ein verschmitztes Lächeln. »Nach was sieht es denn aus?«

»Aber … du kannst doch nicht …« Der Satz verwandelt sich in ein Stöhnen, als seine Finger ohne Umschweife in meine Unterwäsche fahren und sein Mittelfinger zwischen meinen nassen Falten verschwindet, um meine pochende Klitoris zu massieren. Die Hitze, die meine Nervenenden durchfährt, fühlt sich fast wie ein elektrischer Funken an, und jedes einzelne meiner Haare steht vom Körper ab. Ich hole scharf Luft, als sich die Anspannung in mir aufbaut, aber bevor ich meinen Höhepunkt erreichen kann, zieht Julian seine Finger zurück.

»Zieh dich aus und steig auf mich«, befiehlt er rau und zieht die Decke zurück. Darunter kommt die von einer riesigen Erektion ausgebeulte Krankenhausbekleidung zum Vorschein. »Ich muss Sex mit dir haben. Jetzt.«

Ich zögere einen Moment, weil ich mir Sorgen um seine Verletzungen mache, und Julians Kinn spannt sich verärgert an.

»Ich meine es ernst, Nora. Zieh dich aus.«

Ich schlucke und springe vom Bett. Ich kann es gar nicht glauben, dass ich selbst jetzt noch das Bedürfnis verspüre, ihm zu gehorchen. Sein linker Arm ist eingegipst, und er kann ihn kaum schmerzfrei bewegen. Trotzdem habe ich instinktiv Angst vor ihm – ich will ihn, und gleichzeitig fürchte ich mich vor ihm.

»Und verschließe die Tür«, befiehlt er, als ich beginne, mein T-Shirt auszuziehen. »Ich möchte nicht unterbrochen werden.«

»In Ordnung.«

Ich lasse mein Shirt an und eile zur Tür, um das Schloss zu verschließen, welches uns eine Privatsphäre ermöglicht. Jeder Schritt, den ich gehe, erinnert mich an die pulsierende Hitze zwischen meinen Beinen, meine enge Jeans reibt gegen meine empfindliche Klitoris und steigert meine Erregung.

Als ich zurückkomme, hat sich Julian in eine halbsitzende Position bewegt. Seine Bekleidung ist vorne geöffnet, und mit seiner Hand streichelt er seinen erigierten Penis. Er hat eine steife Bandage um die Rippen, aber sie hält die rohe Kraft seines muskulösen Körpers nicht zurück. Selbst verwundet beherrscht er den Raum, seine Anziehungskraft ist genauso magnetisch wie immer.

»Braves Mädchen«, murmelt er und schaut mich mit schweren Augenlidern an. »Und jetzt ziehe dich für mich aus, Baby. Ich möchte sehen, wie sich dein kleiner sexy Po aus der Hose herauswindet.«

Ich versenke meine Zähne tiefer in meiner Unterlippe, und die Hitze in seinem Blick erregt mich nur noch mehr. »In Ordnung«, flüstere ich und drehe ihm meinen Rücken zu. Ich beuge mich nach vorne und ziehe langsam meine Jeans herunter, wobei ich sicherstelle, meine Hüften sichtbar zu den Seiten zu bewegen, während ich meinen stringbekleideten Po enthülle.

Als die Jeans an meinen Knöcheln hängen, drehe ich mich wieder um und schaue ihn an. Ich ziehe meine Schuhe aus, bevor ich aus meiner Jeans trete und sie auf dem Boden liegen lasse. Julian beobachtet mich mit unverhohlener Lust, und seine Atmung wird schwer, als seine Eichel sich mit Flüssigkeit bedeckt. Er berührt seine Erektion, die der Erdanziehung trotzt, nicht mehr. Stattdessen krallen sich seine Hände in die Bettlaken, und ich weiß, dass er nahe daran ist, zu kommen.

Ich wende meinen Blick nicht von ihm ab, als ich mein Shirt ausziehe und es dabei in einer langsamen, spielerischen Bewegung über den Kopf führe. Darunter trage ich passend zu meinem Tanga einen seidigen weißen BH. Ich habe Anfang der Woche verschiedene Outfits gekauft und bin froh, mich auch für einige nettere Unterwäschesets entschieden zu haben. Ich liebe diesen Blick unkontrollierten Hungers auf Julians Gesicht – dieser Ausdruck, der sagt, dass er Berge versetzen würde, um mich in diesem Moment zu haben.

Als das Shirt auf die Erde fällt, sagt er rau: »Komm her, Nora.« Er verschlingt mich mit seinem Blick. »Ich muss dich anfassen.«

Ich atme ein, und mein Geschlecht ist nass, als ich ein paar Schritte auf sein Bett zugehe und vor ihm stehen bleibe. Er greift nach mir und streicht mit seiner Handfläche über meine Rippen und bewegt seine Hand dann höher Richtung BH. Seine Finger schließen sich um meine linke Brust und kneten sie durch das seidige Material, und ich ziehe Luft ein, als er meinen Nippel zusammendrückt, der sich daraufhin weiter verhärtet.

»Zieh den Rest aus.« Seine Hand zieht sich von meinem Körper zurück, und ich fühle mich einen Moment lang allein gelassen. Schnell öffne ich meinen BH und schiebe den String die Beine hinunter, bevor ich aus ihm heraustrete.

»Gut. Jetzt setz dich auf mich.«

Ich beiße in meine Lippe, klettere auf das Bett und setze mich rittlings auf Julians Hüften. Sein Geschlecht berührt die Innenseite meiner Oberschenkel, und ich umfasse ihn mit meiner rechten Hand, um ihn zu meinem Eingang zu führen.

»Ja, das ist gut so«, murmelt er und fasst nach meinen Hüften, als ich mich auf ihn setze. Ich lasse sein Geschlecht los, stütze mich mit den Händen auf dem Bett auf, und er stöhnt auf. »Ja, nimm mich auf, mein Kätzchen … Nimm mich ganz in dir auf …« Mit seinen Händen auf meinen Hüften zieht er mich weiter nach unten und dringt tiefer in mich ein. Ich stöhne, als er mich weitet und sich mein Körper seinem dicken, langen Geschlecht anpasst.

Es fühlt sich an wie die süßeste aller Erlösungen. Der Lustschmerz durch seine Inbesitznahme ist überraschend und gleichzeitig schmerzhaft vertraut. Als ich ihn beobachte und den Ausdruck von gequälter Lust auf seinem Gesicht genieße, geht mir plötzlich auf, dass das hier genauso gut nicht hätte passieren können – dass Julian statt unter mir auch ein Meter achtzig unter der Erde liegen könnte. Dass sein kräftiger Körper geschunden und zerstört sein könnte.

Mir ist nicht aufgefallen, dass ich irgendwelche Geräusche gemacht habe. Ich muss es aber trotzdem getan haben, denn Julians Augen verengen sich und seine Hände verstärken ihren Griff um meine Hüften. »Was ist los, Baby?«, fragt er scharf, und ich bemerke, dass ich angefangen habe zu zittern. Schauer überrollen meinen Körper, als ich ihn kalt und gebrochen vor mir liegen sehe. Meine Lust verfliegt und wird durch Terror und Angst ersetzt. Es ist so, als wäre ich mit einem Kübel Eiswasser überschüttet worden. Die schrecklichen Ereignisse, die wir erlebt haben, kommen hoch und nehmen mir die Luft zum Atmen.

»Nora, was ist los?« Julians Hand wandert zu meinem Hals und legt sich um meinen Nacken, um mein Gesicht näher an sich heranzuziehen. Seine Augen bohren sich in mich, als meine Hände sich auf beiden Seiten seiner Brust krampfartig im Bettlaken festkrallen. »Was ist los? Sag es mir!«

Ich möchte es ihm erklären, aber ich kann nicht sprechen. Meine Kehle ist wie zugeschnürt, als mein Herz hämmert und mir der kalte Schweiß ausbricht. Plötzlich kann ich nicht mehr atmen. Giftige Panik macht sich in meiner Brust breit und drückt meine Lunge zusammen. Ich beginne zu hyperventilieren, als vor meinen Augen schwarze Punkte entstehen.

»Nora!« Julians Stimme klingt für mich, als käme sie von ganz weit weg. »Scheiße … Nora …«

Ein brennender Schlag auf meine Wange lässt meinen Kopf zur Seite kippen, und ich schnappe nach Luft, während meine Hand nach oben schnellt, um die schmerzende Stelle zu berühren. Der unerwartete Schmerz reißt mich aus meiner Panik, und meine Lungen beginnen endlich zu arbeiten. Mein Brustkorb weitet sich, um der so dringend benötigten Luft Platz zu machen. Keuchend drehe ich mich ungläubig zu Julian um, und die Dunkelheit in meinem Kopf verschwindet langsam, als die Realität sich durchsetzt.

»Nora, Baby …« Jetzt streichelt er zärtlich meine Wange und stillt den Schmerz, den er hervorgerufen hat. »Es tut mir so leid, mein Kätzchen. Ich wollte dich nicht schlagen, aber du sahst so aus, als hättest du eine Panikattacke. Was ist passiert? Soll ich eine Krankenschwester rufen?«

»Nein …« Meine Stimme versagt durch die aufsteigenden Schluchzer, die mich überkommen. Tränen beginnen mein Gesicht hinunterzulaufen, als mir klar wird, dass ich völlig ausgerastet bin – und dass es während des Sexes passiert ist. Julian ist immer noch in mir, nur ein wenig weicher als zuvor, und trotzdem zittere ich und weine ich, so als sei ich verrückt. »Nein«, wiederhole ich mit erstickter Stimme. »Mir geht es gut … wirklich, gleich geht es mir wieder gut …«

»Ja, das wird es.« Seine Stimme nimmt einen harten Kommandoton an, als seine Hand sich zu meiner Kehle bewegt. »Schau mich an, Nora. Jetzt.«

Unfähig, irgendetwas anderes zu tun, gehorche ich ihm, und unsere Blicke treffen sich. Seine Augen glänzen in einem strahlenden, leidenschaftlichen Blau. Während ich ihn anschaue, verlangsamt sich meine Atmung, mein Schluchzen lässt nach, und meine verzweifelte Panik verschwindet langsam. Ich weine immer noch, aber jetzt geräuschlos. Es ist eher ein Reflex als irgendetwas anderes.

»Okay, gut«, sagt Julian in demselben harschen Ton. »Und jetzt wirst du mich reiten – und nicht an das denken, was dich so aufgeregt hat. Hast du mich verstanden?«

Ich nicke, und seine Anweisungen beruhigen mich. Mit dem Dahinschmelzen meiner Angst setzen sich andere Gefühle durch. Ich bemerke den sauberen, vertrauten Geruch seines Körpers, das raue Gefühl seiner Beinbehaarung, die gegen meine Waden reibt …

Wie er sich in mir anfühlt, warm, dick und hart.

Mein Körper reagiert wieder und lenkt mich von meiner Panik ab. Ich atme tief ein und beginne, mich zu bewegen. Nach oben und nach unten. Mein Innerstes wird feucht und weich, als die Lust sich in meinem Unterbauch ausbreitet.

»Ja, genau so, Baby«, murmelt Julian, während seine Hand an meinem Körper zu meiner Klitoris hinabgleitet und dadurch die Anspannung verstärkt, die sich in mir aufbaut. »Fick mich. Reite mich. Benutze mich, um deine Dämonen zu vergessen.«

»Ja«, flüstere ich. »Das werde ich.« Und während ich weiterhin sein Gesicht anschaue, werde ich schneller, lasse mich von der körperlichen Lust von der Dunkelheit wegtragen. Das Feuer unserer Leidenschaft verbrennt das ganze Grauen in mir.

Wir erreichen unseren Höhepunkt fast gleichzeitig, und unsere Körper verschmelzen genauso wie unsere Seelen.

AN DIESEM ABEND SCHLAFE ICH IN JULIANS BETT, NICHT IN MEINEM. Die Ärzte waren damit einverstanden, nachdem sie mir eingeschärft hatten, nicht an seine Rippen oder sein Gesicht zu kommen.

Ich liege an seiner rechten Seite und habe meinen Kopf auf seiner unverletzten Schulter abgelegt. Ich sollte schlafen, aber das tue ich nicht. Mein Kopf dröhnt wie ein Bienenstock. Eine Million Gedanken drehen sich in meinem Kopf, meine Gefühle reichen von Freude bis Traurigkeit.

Wir sind beide am Leben und mehr oder weniger intakt. Wir sind wieder zusammen und haben trotz allem überlebt. Ich zweifele nicht mehr daran, dass wir auf irgendeine kranke Art zusammengehören.

Ob es gut ist oder schlecht, wir passen jetzt perfekt zueinander. Unsere verkorksten und verletzten Teile fügen sich zusammen wie ein Puzzle.

Ich weiß nicht, was die Zukunft bringen wird, ob jemals wieder alles in Ordnung sein wird. Ich muss Julian immer noch davon überzeugen, das Versprechen, welches ich Peter gegeben habe, zu ehren. Und ich muss die Ärzte nach der Pille danach fragen, da keiner von uns beiden daran gedacht hat, zu verhüten. Ich weiß nicht, ob es möglich ist, so kurz nach dem Verlust eines Implantats schwanger zu werden, aber ich möchte nichts riskieren. Die Möglichkeit, ein Kind zu bekommen – ein hilfloses Baby, welches unserer Art zu leben ausgesetzt sein würde –, erschreckt mich jetzt mehr als jemals zuvor.

Vielleicht werde ich meine Meinung mit der Zeit ändern. Vielleicht werde ich in ein paar Jahren anders darüber denken. Weniger Angst haben. Im Moment allerdings ist mir deutlich bewusst, dass unser Leben niemals ein Märchen sein wird. Julian ist kein guter Mann – und ich bin nicht länger eine gute Frau.

Das sollte mir Sorgen machen … und vielleicht wird es das morgen auch. In diesem Moment spüre ich jedoch seine Wärme, die mich umhüllt, und ich fühle nur diesen Frieden, diese Sicherheit, dass alles in Ordnung ist.

Ich gehöre hierher.

Ich hebe meine Hand und fahre mit meinen Fingern seine halb verheilten Lippen nach, fühle ihre sinnliche Form in der Dunkelheit.

»Wirst du mich jemals gehen lassen?«, flüstere ich und erinnere mich an unsere Unterhaltung, die wir vor langer Zeit einmal hatten.

Seine Lippen formen sich zu einem leichten Lächeln. Er erinnert sich auch. »Nein«, erwidert er sanft. »Niemals.«

Wir liegen einige Augenblicke lang schweigend da, bevor er ruhig fragt: »Möchtest du, dass ich dich gehen lasse?«

»Nein, Julian.« Ich schließe meine Augen und lächele. »Niemals.«

HOLD ME - VERBUNDEN

VERSCHLEPPT 3

I

DIE RÜCKKEHR

1

EIN UNTERDRÜCKTER AUFSCHREI WECKT MICH AUF, REIßT MICH AUS meinem unruhigen Schlaf. Mein unverletztes Auge öffnet sich augenblicklich durch den Adrenalinrausch, und ich schnelle nach oben, was meine angebrochenen Rippen zu einem lautlosen Aufschrei veranlasst. Der Gips an meinem linken Arm knallt gegen den Herzfrequenzmonitor, der neben meinem Bett steht, und der Schmerz, der mich durchfährt, ist so intensiv, dass sich alles um mich herum übelkeitserregend dreht. Mein Puls hämmert, und ich brauche einen Moment, um zu begreifen, was mich aufgeweckt hat.

Nora.

Sie scheint schon wieder einen Albtraum zu haben.

Mein auf Kampf eingestellter Körper entspannt sich etwas. Wir befinden uns nicht in Gefahr, niemand ist gerade hinter uns her. Ich liege neben Nora in meinem luxuriösen Krankenhausbett, und wir befinden uns beide in Sicherheit. Dieses Schweizer Krankenhaus ist so sicher, wie Lucas es möglich machen kann.

Der Schmerz in meinen Rippen und meinem Arm hat leicht

nachgelassen, ist erträglicher geworden. Ich bewege mich vorsichtiger und lege meine rechte Hand auf Noras Schulter, um sie durch sanftes Schütteln aufzuwecken. Sie hat mir den Rücken zugedreht, und ihr Gesicht zeigt in die andere Richtung, weshalb ich nicht sehen kann, ob sie weint. Ihre Haut ist allerdings kalt und feucht von dem ganzen Schweiß. Sie muss schon eine ganze Weile in dem Albtraum gefangen sein. Außerdem zittert sie.

»Wach auf, Baby«, flüstere ich und streichele ihren schlanken Arm. Ich kann das Licht durch die Vorhänge hereinscheinen sehen und nehme an, dass es bereits Morgen sein muss. »Es ist nur ein Traum. Wach auf, mein Kätzchen …«

Sie versteift sich, als ich sie berühre, und ich weiß, dass sie noch nicht vollkommen wach ist, sondern immer noch von ihrem Albtraum gefangen gehalten wird. Sie atmet hörbar unregelmäßig, und ich spüre, dass sie zittert. Ihre Qualen zerreißen mich, verletzen mich mehr, als jede Wunde es könnte, und das Wissen, wieder einmal dafür verantwortlich zu sein – sie nicht in Sicherheit behalten zu haben –, verbrennt mich innerlich.

Ich bin wütend auf mich selbst und auf Peter Sokolov – den Mann, der es zugelassen hat, dass Nora ihr Leben riskierte, um meines zu retten.

Vor meiner verfluchten Reise nach Tadschikistan war sie gerade dabei gewesen, langsam über Beths Tod hinwegzukommen, hatte weniger Albträume. Jetzt sind die alten Träume jedoch zurück – und es geht Nora schlechter als jemals zuvor, wie die Panikattacke beweist, die sie gestern beim Sex hatte.

Ich möchte Peter dafür umbringen – und das werde ich auch, sollten sich unsere Wege erneut kreuzen. Der Russe hat mein Leben gerettet, aber dafür Noras aufs Spiel gesetzt – und das werde ich ihm niemals verzeihen können. Und seine verdammte Namensliste? Die kann er vergessen. Auf gar keinen Fall werde ich ihn dafür belohnen, mich derart hintergangen zu haben, egal, was Nora ihm versprochen hat.

»Komm schon, Baby, wach auf«, versuche ich es erneut und lasse mich mit Hilfe meines rechten Armes wieder auf das Bett sinken. Meine Rippen schmerzen bei dieser Bewegung, aber nicht so schlimm wie vorher. Ich schiebe mich vorsichtig näher an Nora heran, bis mein Körper sie von hinten berührt. »Du bist in Ordnung. Es ist alles vorbei, ich verspreche es dir.«

Sie atmet ein, als ob sie Schluckauf hätte, und ich spüre, wie ihre Spannung nachlässt, als sie begreift, wo sie sich befindet. »Julian?«, flüstert sie und dreht sich herum, um mich sehen zu können. Ich sehe, dass sie geweint hat, da ihre Wangen tränenfeucht sind.

»Ja. Du bist in Sicherheit. Es ist alles in Ordnung.« Ich strecke meine rechte Hand aus, um meine Finger über ihr Kinn gleiten zu lassen, während ich die zerbrechliche Schönheit ihres Gesichts bestaune. Meine Hand sieht auf ihrem zarten Gesicht riesig und rau aus, besonders durch meine abgebrochenen Nägel und die Verletzungen, die mir Majid mit den Nadeln zugefügt hat. Der Unterschied zwischen uns ist riesig – und das, obwohl Nora auch nicht ganz unverletzt ist. Die Reinheit ihrer goldenen Haut wird durch eine Verletzung auf ihrer linken Gesichtshälfte beeinträchtigt, die ihr diese Al-Quadar-Arschlöcher zugefügt haben, als sie sie bewusstlos schlugen.

Wenn sie nicht schon tot wären, würde ich sie mit meinen bloßen Händen dafür in Stücke reißen, dass sie sie verletzt haben.

»Wovon hast du geträumt?«, frage ich leise. »Von Beth?«

»Nein.« Sie schüttelt den Kopf, und ich kann sehen, dass sich ihre Atmung langsam wieder normalisiert. Aus ihrer Stimme kann ich allerdings immer noch Entsetzen heraushören, als sie rau erwidert: »Diesmal von dir. Majid hat dir deine Augen herausgeschnitten, und ich konnte ihn nicht aufhalten.«

Ich versuche, mir keine Reaktion anmerken zu lassen, aber das ist unmöglich. Ihre Worte bringen mich zurück in diesen kalten, fensterlosen Raum, zurück zu diesen übelkeitserregenden Empfindungen, die ich in den letzten Tagen vergessen wollte. Mein Kopf beginnt bei der Erinnerung an diese Qualen zu dröhnen, und meine halbverheilte Augenhöhle brennt wieder leer. Ich kann spüren, wie Blut und andere Flüssigkeiten mein Gesicht hinablaufen, und mein Magen krampft sich bei dieser Erinnerung zusammen. Schmerzen sind mir nicht gerade fremd, genauso wenig wie Folter – mein Vater glaubte, sein Sohn sollte allem standhalten können – aber mein Auge zu verlieren war das mit Abstand qualvollste Erlebnis meines Lebens.

Zumindest körperlich.

Emotional gesehen wird Noras Erscheinen in jenem Raum diese Ehre zuteil.

Ich muss meinen ganzen Willen aufbringen, um meine Gedanken

wieder der Gegenwart zuzuwenden, sie von dem betäubenden Entsetzen abzulenken, das ich verspürte, als Majids Männer sie in diesen Raum zerrten.

»Du hast ihn gestoppt, Nora.« Es bringt mich um, dies zuzugeben, aber nur ihrem Mut habe ich es zu verdanken, jetzt nicht in einem tadschikischen Müllcontainer zu verrotten. »Du bist zu mir gekommen und hast mich gerettet.«

Ich habe immer noch Schwierigkeiten, zu glauben, dass sie das getan hat – dass sie sich freiwillig in die Hände psychotischer Terroristen begeben hat, um mein Leben zu retten. Sie hat es nicht getan, weil sie der naiven Überzeugung war, dass sie ihr nichts antun würden. Nein, mein Kätzchen wusste ganz genau, wozu sie fähig waren, und hatte trotzdem den Mut, zu handeln.

Ich habe mein Leben dem Mädchen zu verdanken, das ich entführt habe, und ich weiß nicht so recht, wie ich damit umgehen soll.

»Warum hast du es getan?«, möchte ich von ihr wissen und fahre mit meinem Daumen den Rand ihrer Unterlippe entlang. Tief in mir weiß ich es, aber ich möchte hören, dass sie es zugibt.

Sie blickt mich an, und in ihren Augen sehe ich immer noch die Schatten ihrer Träume. »Weil ich nicht ohne dich überleben kann«, sagt sie ruhig. »Das weißt du, Julian. Du wolltest, dass ich dich liebe, und das tue ich. Ich liebe dich so sehr, dass ich für dich durch die Hölle gehen würde.«

Ich sauge ihre Worte mit gieriger, schamloser Freude auf. Ich kann nicht genug von ihrer Liebe bekommen. Ich kann nicht genug von ihr bekommen. Anfangs wollte ich sie wegen ihrer Ähnlichkeit zu Maria, aber meine Freundin aus Kindheitstagen hatte nie derartige Gefühle in mir hervorgerufen. Meine Zuneigung zu Maria war unschuldig und rein gewesen, genauso wie Maria selbst.

Meine Besessenheit von Nora ist etwas völlig anderes.

»Hör mir mal zu, mein Kätzchen …« Ich lasse ihr Gesicht los und lege meine Hände auf ihre Schultern. »Du musst mir versprechen, dass du nie wieder so etwas tun wirst. Selbstverständlich bin ich glücklich darüber, am Leben zu sein, aber ich wäre lieber gestorben, als dich einer solchen Gefahr ausgesetzt zu sehen. Du wirst nie wieder dein Leben für mich riskieren. Hast du mich verstanden?«

Ihr Nicken ist nur ganz leicht, fast nicht zu sehen, und sie hat ein rebellisches Funkeln in den Augen. Sie möchte nicht, dass ich wütend werde, also widerspricht sie mir nicht. Allerdings habe ich den starken Eindruck, dass sie das tun wird, was sie für richtig hält, egal, was sie jetzt gerade sagt.

Das schreit eindeutig nach härteren Maßnahmen.

»Gut«, sage ich seidig. »Denn das nächste Mal – sollte es ein nächstes Mal geben – werde ich jeden umbringen, der dir entgegen meiner Anweisungen hilft, und das langsam und schmerzvoll. Verstehst du mich, Nora? Wenn jemand auch nur ein Haar deines Kopfes in Gefahr bringt, ob um mich zu retten oder aus einem anderen Grund, wird diese Person einen sehr unangenehmen Tod haben. Habe ich mich klar ausgedrückt?«

»Ja.« Jetzt sieht sie blass aus und presst ihre Lippen zusammen, als müsse sie sich einen Widerspruch verkneifen. Sie ist wütend auf mich, hat aber gleichzeitig Angst vor mir. Nicht ihretwegen – diese Angst hat sie überwunden –, aber wegen der anderen. Mein Kätzchen weiß, dass ich genau das meine, was ich sage.

Sie weiß, dass ich ein gewissenloser Mörder bin, der nur eine einzige Schwäche hat.

Sie.

Ich verstärke meinen Griff an ihrer Schulter und beuge mich nach vorn, um sie auf ihren geschlossenen Mund zu küssen. Einen Moment lang sind ihre Lippen hart und widerstehen mir, aber sobald meine Hand unter ihren Hals gleitet und ihren Nacken umfasst, atmet sie hörbar aus, und ihre Lippen werden weich, um mich eindringen zu lassen. Die Hitze, die in meinem Körper aufsteigt, überkommt mich stark und plötzlich, und mein Geschlecht verhärtet sich unkontrollierbar, als ich sie schmecke.

»Entschuldigen Sie bitte, Herr Esguerra ...« Diese weibliche Stimme wird von einem schüchternen Klopfen an der Tür begleitet, und ich bemerke, dass es die Schwestern auf ihrem morgendlichen Rundgang sind.

Scheiße. Ich bin kurz versucht, sie zu ignorieren, aber ich denke, dass sie nach einer Weile wiederkommen werden – wahrscheinlich genau dann, wenn ich in Noras engem Gang stecke.

Ich lasse Nora widerstrebend los und rolle mich auf meinen Rücken, eine Bewegung die so stark schmerzt, dass ich nach Luft schnappen muss. Während ich darauf warte, dass der Schmerz nachlässt, sehe ich Nora dabei zu, wie sie vom Bett springt und sich schnell einen Bademantel überzieht.

»Soll ich ihnen die Tür öffnen?«, fragt sie, und ich nicke resigniert.

Die Krankenschwestern müssen meine Bandagen wechseln und überprüfen, ob es mir gut genug geht, um heute reisen zu können – ein guter Grund für mich, mit ihnen zu kooperieren.

Je schneller sie fertig sind, desto eher kann ich dieses verdammte Krankenhaus verlassen.

Sobald Nora die Tür öffnet, treten zwei weibliche Schwestern ein, die von David Goldberg begleitet werden, einem kleinen, glatzköpfigen Mann der mein persönlicher Arzt auf meinem Anwesen ist. Er ist ein hervorragender Unfallchirurg, weshalb er die Reparaturarbeiten an meinem Gesicht überwacht hat, um sicherzustellen, dass der plastische Chirurg es nicht versaut.

Ich möchte Nora nicht mit meinen Narben abschrecken, wenn es sich vermeiden lässt.

»Das Flugzeug wartet schon«, sagt Goldberg, als die Schwestern damit beginnen, die Bandagen an meinem Kopf zu entfernen. »Wenn es keine Anzeichen für eine Infektion gibt, sollten wir nach Hause fliegen können.«

»Hervorragend.« Ich liege still und ignoriere die Schmerzen der Untersuchung. Nora nimmt sich währenddessen einige Kleidungsstücke aus dem Schrank und verschwindet in das Badezimmer, welches an unseren Raum grenzt. Ich höre das Rauschen von Wasser, und mir wird klar, dass sie beschlossen haben muss, die Zeit für eine Dusche zu nutzen. Wahrscheinlich ist das ihre Art, mir ein wenig aus dem Weg zu gehen, da sie immer noch wütend wegen meiner Drohung ist. Mein Kätzchen ist sehr empfindlich, was Gewaltanwendungen bei Personen betrifft, die sie als unschuldig ansieht – wie bei diesem dummen Jungen Jake, den sie in der Nacht geküsst hat, als ich sie entführte.

Ich will immer noch seine Eingeweide dafür herausreißen, dass er sie geküsst hat … und vielleicht werde ich das eines Tages auch tun.

»Keine Anzeichen einer Infektion«, teilt mir Goldberg mit, als die Schwestern die Verbände abgenommen haben. »Die Wunden heilen gut.«

»Schön.« Ich atme tief ein, um den Schmerz zu kontrollieren, während die zwei Schwestern die Nähte reinigen und meine Rippen wieder verbinden. Ich habe in den letzten Tagen nur die Hälfte meiner verschriebenen Dosis an Schmerzmitteln genommen, und das spüre ich auch. In einigen Tagen werde ich gar keine Medikamente mehr nehmen, um zu verhindern, von ihnen abhängig zu werden.

Eine Abhängigkeit ist mehr als genug.

Als die Krankenschwestern mich gerade verbinden, kommt Nora aus dem Badezimmer. Sie ist frisch geduscht und trägt Jeans und eine kurze Bluse. »Alles in Ordnung?«, fragt sie und schaut zu Goldberg.

»Es geht ihm gut genug, um zu reisen«, erwidert er und lächelt sie warm an. Ich denke, er mag sie – was für mich in Ordnung ist, da er homosexuell ist. »Wie fühlen Sie sich?«

»Gut, danke.« Sie hebt ihren Arm, um ihm ein großes Wundpflaster an der Stelle zu zeigen, an der die Terroristen ihr fälschlicherweise ihr Verhütungsimplantat herausgeschnitten haben. »Ich bin froh. wenn die Stiche erst einmal draußen sind, aber es tut nicht besonders weh.«

»Schön, es freut mich, das zu hören.« Goldberg wendet sich wieder mir zu und fragt: »Für wann sollen wir den Abflug vorbereiten?«

»Lucas soll das Auto in zwanzig Minuten bereitstehen haben«, sage ich ihm und stelle vorsichtig meine Füße auf den Boden, als die Schwestern den Raum verlassen. »Ich werde mich anziehen, und dann können wir los.«

»In Ordnung«, erwidert Goldberg und dreht sich herum, um den Raum zu verlassen.

»Warten Sie, Dr. Goldberg, ich werde mit Ihnen nach draußen kommen«, sagt Nora schnell und hat dabei etwas in ihrer Stimme, was meine Aufmerksamkeit auf sich zieht. »Ich brauche etwas von unten«, erklärt sie.

Goldberg sieht überrascht aus. »Natürlich.«

»Was brauchst du denn, mein Kätzchen?« Ich stehe auf, obwohl ich nackt bin, und Goldberg wendet freundlicherweise seinen Blick ab, als ich Noras Arm ergreife, um sie davon abzuhalten, hinauszugehen. »Was brauchst du denn?«

Sie sieht betreten aus, und ihr Blick schweift unruhig umher.

»Was ist es, Nora?«, frage ich erneut, da meine Neugier geweckt ist. Mein Griff um ihren Arm verstärkt sich, als ich sie zu mir heranziehe.

Sie schaut zu mir auf. Ihre Wangen sind gerötet, und sie hat einen entschlossenen Zug um ihr Kinn. »Ich brauche die Pille danach, in Ordnung? Ich wollte sichergehen, sie zu bekommen, bevor wir abreisen.«

»Oh.« Einen Moment lang setzen meine Gedanken aus. Ich hatte gar nicht daran gedacht, dass Nora ohne das Implantat schwanger werden könnte. Ich habe sie jetzt seit zwei Jahren in meinem Bett, und die ganze Zeit über war sie durch das Implantat geschützt gewesen. Ich habe mich so sehr daran gewöhnt, dass ich nicht einmal auf den Gedanken gekommen bin, dass wir jetzt Verhütungsmittel benutzen müssen.

Offensichtlich hat Nora jedoch daran gedacht.

»Du möchtest die Pille danach?«, wiederhole ich langsam und versuche, mich an den Gedanken zu gewöhnen, dass Nora – meine Nora – schwanger sein könnte.

Schwanger mit meinem Kind.

Ein Kind, das sie offensichtlich nicht möchte.

»Ja.« Ihre dunklen Augen sehen riesig aus als sie mich anschaut. »Es ist natürlich unwahrscheinlich von diesem einen Mal, aber ich möchte es nicht riskieren.«

Sie möchte es nicht riskieren, mit einem Kind von mir schwanger zu sein. Meine Brust fühlt sich eigenartig eingeschnürt an, als ich die Angst erkenne, die sie unbedingt verstecken will. Sie macht sich Sorgen über meine Reaktion, hat Angst, dass ich sie davon abhalten werde, diese Pille zu nehmen.

Angst davor, dass ich sie zu einem ungewollten Kind zwingen werde.

»Ich bin direkt vor der Tür«, sagt Goldberg, der die Spannung in diesem Raum offensichtlich spüren kann und verschwindet, bevor ich etwas erwidern kann.

Nora hebt ihr Kinn und schaut mir in die Augen. Ich kann die Entschlossenheit auf ihrem Gesicht sehen, als sie sagt: »Julian, ich weiß, wir haben niemals darüber gesprochen, aber ...«

»Aber du bist nicht bereit«, unterbreche ich sie, und die Enge in meiner Brust verstärkt sich. »Du möchtest zum jetzigen Zeitpunkt kein Baby.«

Sie nickt mit aufgerissenen Augen. »Genau«, erwidert sie vorsichtig. »Ich habe noch nicht einmal meine Ausbildung beendet, und du bist verletzt ...«

»Und du bist dir nicht sicher, dass du ein Kind mit einem Mann wie mir haben möchtest.«

Sie schluckt nervös, aber leugnet es nicht und schaut auch nicht weg. Ihr Schweigen ist eindeutiger als jede Antwort, und aus dem engen Gefühl in meiner Brust wird ein eigenartiger Schmerz.

Ich lasse ihren Arm los und trete zurück. »Du kannst Goldberg ausrichten, dass er dir die Pille und das Verhütungsmittel geben kann, das er für das beste hält.« Meine Stimme klingt ungewöhnlich kalt und distanziert. »Ich werde mich jetzt waschen und anziehen.«

Und bevor sie die Gelegenheit hat, etwas zu sagen, gehe ich ins Badezimmer und schließe die Tür hinter mir.

Ich möchte die Erleichterung auf ihrem Gesicht nicht sehen.

Ich möchte nicht darüber nachdenken, wie sich das anfühlen würde.

2

FASSUNGSLOS BEOBACHTE ICH, WIE JULIANS NACKTER KÖRPER IM Badezimmer verschwindet. Seine Verletzungen sind offensichtlich, denn seine Bewegungen sind weniger geschmeidig als sonst, auch wenn sie immer noch anmutig sind. Selbst nach diesen höllischen Qualen ist sein muskulöser Körper stark und athletisch, und der weiße Verband um seine Rippen verstärkt die Breite seiner Schultern und den Bronzeton seiner Haut.

Er hat keine Einwände gegen die Pille danach.

Als ich diese Tatsache verdaut habe, bekomme ich vor Erleichterung weiche Knie, und die Anspannung und der erhöhte Adrenalinspiegel sind plötzlich weg. Ich war mir fast sicher gewesen, er würde es nicht zulassen; sein Gesichtsausdruck während unseres Gespräches war verschlossen, unleserlich … gefährlich in seiner Unleserlichkeit. Er hatte meine fadenscheinigen Ausreden über meine Schule und seine Verletzungen durchschaut, sein unverletztes Auge funkelte mit einem kalten, blauen Licht, das einen Angstknoten in meinem Magen hervorgerufen hat.

Aber er hat mir die Pille nicht verweigert. Im Gegenteil, er hat

524

sogar vorgeschlagen, dass ich außerdem ein neues Verhütungsmittel von Dr. Goldberg bekommen sollte.

Ich bin schon fast überschwänglich vor Freude. Julian muss trotz seiner eigenartigen Reaktion mit mir auf der Keine-Kinder-Seite stehen.

Da ich mein Glück nicht überstrapazieren möchte, verlasse ich schnell das Zimmer, um mir Dr. Goldberg zu schnappen. Ich möchte sichergehen, alles, was ich brauche, zu bekommen, bevor wir die Klinik verlassen.

Verhütungsimplantate sind im Dschungel nicht so leicht zu erhalten.

~

»Ich habe die Pille genommen«, teile ich Julian mit, als wir es uns in seinem Privatjet gemütlich gemacht haben – der gleichen Maschine, die uns nach Julians Rückkehr im Dezember von Chicago nach Kolumbien gebracht hatte. »Und das hier habe ich außerdem bekommen.« Ich hebe meinen Arm an und zeige ihm das kleine Pflaster an der Stelle, an der mir das neue Verhütungsimplantat eingesetzt wurde. Mein Arm schmerzt stumpf, aber ich bin so glücklich über das neue Implantat, dass mich das unangenehme Gefühl nicht stört.

Julian schaut von seinem Laptop auf und hat immer noch diesen verschlossenen Gesichtsausdruck. »Gut«, antwortet er kurz angebunden, bevor er sich wieder der E-Mail an einen seiner Ingenieure zuwendet. Er beschreibt gerade die genauen Spezifikationen der neuen Drohne, die er entwickeln möchte. Ich weiß das, weil ich ihn vor ein paar Minuten gefragt habe, was er macht, und er es mir erklärt hat. In den letzten Monaten ist er mir gegenüber viel offener geworden – weshalb ich es eigenartig finde, dass er dem Thema Geburtenkontrolle ausweicht.

Ich frage mich, ob er es vielleicht nicht besprechen möchte, weil Dr. Goldberg anwesend ist. Der Mann sitzt im vorderen Bereich der Maschine, also fast vier Meter von uns entfernt, aber wir sind nicht völlig ungestört. Wie dem auch sei, ich beschließe, es für den Moment gut sein zu lassen und es zu einem geeigneteren Zeitpunkt erneut anzusprechen.

Während das Flugzeug aufsteigt, betrachte ich die Schweizer

Alpen, bis wir über den Wolken sind. Danach lehne ich mich zurück und warte auf unsere hübsche Flugbegleiterin – Isabella – die uns unser Frühstück bringen wird. Wir haben das Krankenhaus heute Morgen so schnell verlassen, dass die Zeit nur für einen Kaffee gereicht hat.

Einige Minuten später betritt Isabella in einem hautengen roten Kleid die Kabine. In ihren Händen hält sie ein Tablett mit Kaffee und einem Teller voll Gebäck. Goldberg scheint eingeschlafen zu sein, also kommt sie mit einem verführerischen Lächeln auf den Lippen direkt zu uns.

Als Julian im Dezember kam, um mich zu holen und ich sie zum ersten Mal sah, war ich verrückt vor Eifersucht. In der Zwischenzeit habe ich erfahren, dass Isabella nie etwas mit Julian hatte und mit einem der Wächter des Anwesens verheiratet ist – zwei Tatsachen, die meine Eifersucht ein wenig beruhigt haben. Ich habe diese Frau in den letzten Monaten nur ein- oder zweimal gesehen; im Gegensatz zu den meisten Angestellten von Julian verbringt sie den Großteil ihrer Zeit außerhalb der Siedlung, da sie für ihn ihre Augen und Ohren bei verschiedenen luxuriösen Privatjetanbietern offen hält.

»Du wärst überrascht, wie sehr sich nach ein paar Drinks in neuntausend Metern Höhe bei den Menschen die Zungen lösen«, hat Julian mir einmal erklärt. »Geschäftsführer, Politiker, Kartellbosse … Sie alle mögen es, Isabella bei sich zu haben, und achten nicht immer auf das, was sie in ihrer Gegenwart sagen. Ich habe es ihr zu verdanken, alle möglichen Informationen, angefangen von internen Börsentipps bis hin zu Drogendeals, in unserem Gebiet erfahren zu haben.«

Aus diesem Grund bin ich nicht länger ganz so eifersüchtig auf Isabella, finde aber immer noch, dass ihr Verhalten Julian gegenüber für eine verheiratete Frau ein wenig zu kokett ist. Andererseits bin ich wahrscheinlich nicht die geeignetste Person, um angemessenes Verhalten von verheirateten Frauen beurteilen zu können. Sollte ich einen Mann länger als eine Sekunde anschauen, wäre das sein Todesurteil.

Julian hebt das Konzept des Besitzanspruchs auf ein ganz neues Niveau.

»Möchten Sie einen Kaffee?«, fragt Isabella, als sie neben seinem Stuhl steht. Heute starrt sie ihn weniger an, aber trotzdem spüre ich immer noch den Drang, sie für das einladende Lächeln, das sie meinem Ehemann schenkt, in ihr hübsches Gesicht zu schlagen.

Ich muss zugeben, dass Julian wohl nicht der Einzige ist, der Besitzansprüche stellt. So eigenartig das auch sein mag, dieser Mann, der mich entführt hat, gehört mir. Das ergibt keinen Sinn, aber ich habe es schon vor langer Zeit aufgegeben, einen Sinn in der verrückten Beziehung mit Julian zu suchen.

Es ist leichter, sie einfach zu akzeptieren.

Auf Isabellas Frage hin schaut Julian von seinem Laptop auf. »Gerne«, erwidert er, bevor er in meine Richtung schaut. »Nora?«

»Ja, bitte«, sage ich höflich. »Und einige von diesen Croissants bitte.«

Isabella schenkt jedem von uns eine Tasse ein, stellt den Teller mit dem Gebäck auf meinen Tisch und stolziert mit einem aufreizenden Hüftschwung zurück zum vorderen Teil des Flugzeugs. Einen Moment lang bin ich wieder eifersüchtig, bis ich mich daran erinnere, dass Julian mich will.

Er will mich sogar zu sehr, aber das ist ein anderes Thema.

Die nächste halbe Stunde verbringe ich mit lesen, Croissants essen und Kaffee trinken. Julian scheint stark mit seiner E-Mail über das neue Drohnendesign beschäftigt zu sein, und ich möchte ihn nicht stören. Ich versuche, mich stattdessen auf mein Buch zu konzentrieren, einen Science-Fiction-Thriller, den ich im Krankenhaus gekauft habe. Meine Aufmerksamkeit lässt allerdings zu wünschen übrig, und alle paar Seiten streifen meine Gedanken ab.

Es fühlt sich eigenartig an, hier zu sitzen und zu lesen. Irgendwie surreal. So als sei nichts passiert. So, als hätten wir nicht gerade erst Qualen und Folter überlebt.

So, als hätte ich nicht kaltblütig einem Mann das Gehirn weggeschossen.

So, als hätte ich nicht fast schon wieder Julian verloren.

Mein Herz beginnt schneller zu schlagen, und die Bilder meines Albtraums von heute Morgen steigen wieder klar und deutlich in meinem Kopf auf. *Blut ... Julians Körper aufgeschnitten und verstümmelt ... Sein wunderschönes Gesicht mit leeren Augenhöhlen ...* Das Buch rutscht aus meinen zitternden Händen und fällt auf den Boden, als ich versuche, durch meine plötzlich zugeschnürte Kehle Luft einzuatmen.

»Nora?« Starke, warme Finger schließen sich um meine

Handgelenke und durch den panischen Schleier der meinen Blick vernebelt sehe ich Julians bandagiertes Gesicht vor mir. Er hält mich in einem festen Griff, während sein Laptop vergessen auf dem Tisch neben ihm liegt. »Nora, kannst du mich hören?«

Es gelingt mir, zu nicken, und meine Lippen mit der Zunge zu befeuchten. Mein Mund ist vor Angst ganz trocken, und meine Bluse klebt durch den Schweiß an meinem Rücken. Meine Hände umklammern die Kante meines Sitzes, und meine Nägel graben sich in das weiche Leder. Ein Teil von mir weiß, dass mir mein Kopf einen Streich spielt – dass diese panische Angst unbegründet ist –, aber mein Körper reagiert so, als sei die Bedrohung real.

So, als seien wir wieder zurück auf der Baustelle in Tadschikistan und der Gnade Majids und der anderen Terroristen ausgesetzt.

»Atme, Baby.« Julians Stimme ist beruhigend, als er seine Hand hebt, um mein Kinn zu liebkosen. »Atme langsam, tief … So ist es gut, braves Mädchen …«

Ich mache, was er sagt, und schaue ihm ins Gesicht, während ich tief einatme, um meine Panik in den Griff zu bekommen. Nach einer Minute verlangsamt sich mein Herzschlag, und meine Hände lösen sich vom Rand meines Sitzes. Ich bin immer noch zittrig, aber die erstickende Angst ist verschwunden.

Der Vorfall ist mir unangenehm, und ich umfasse Julians Hand, um sie von meinem Gesicht wegzuziehen. »Es ist alles in Ordnung«, kann ich mit einer halbwegs ruhigen Stimme sagen. »Es tut mir leid. Ich weiß nicht, was gerade mit mir los war.«

Er blickt mich mit funkelnden Augen an, und ich erkenne in seinem Blick eine Mischung aus Wut und Frustration. Seine Finger halten die meinen noch immer umfasst, so als widerstrebe es ihm, mich loszulassen. »Mit dir ist nicht alles in Ordnung, Nora«, sagt er harsch. »Ganz im Gegenteil.«

Er hat recht. Ich möchte es nicht zugeben, aber er hat recht. Seit Julian das Anwesen verlassen hat, um die Terroristen zu jagen, ist mit mir nichts mehr in Ordnung. Seit seiner Abreise bin ich ein Wrack gewesen – und jetzt, da er wieder da ist, scheint es noch schlimmer zu sein.

»Mir geht es gut«, erwidere ich, damit er nicht denkt, ich sei schwach. Julian wurde gefoltert und scheint damit zurechtzukommen, während ich ohne einen guten Grund zerbreche.

»Gut?« Er zieht die Augenbrauen in die Höhe. »Du hattest

innerhalb der letzten vierundzwanzig Stunden zwei Panikattacken und einen Albtraum. Das ist nicht gut, Nora.«

Ich schlucke und schaue auf meinen Schoß, auf dem er meine Hand in einem festen, besitzergreifenden Griff hält. Ich hasse die Tatsache, dass ich das ganze Zeug nicht einfach abstreifen kann, so wie das bei Julian der Fall zu sein scheint. Er hat zwar immer noch Albträume von Maria, aber das Foltern durch die Terroristen scheint ihn kaum berührt zu haben. Dabei sollte er eigentlich derjenige sein, der ausrastet, nicht ich. Ich bin kaum angefasst worden, während er tagelang gequält wurde.

Ich bin schwach, und ich hasse es.

»Nora, Baby, hör mir zu.«

Ich blicke auf, da mich die sanfte Note in Julians Stimme überrascht, und sehe, dass er mich eindringlich anschaut.

»Das ist nicht deine Schuld«, sagt er ruhig. »Nichts davon. Du hast eine Menge durchgemacht, und du bist traumatisiert. Du musst mir nichts vormachen. Wenn du anfängst, eine Panikattacke zu bekommen, sag mir bitte Bescheid, und ich helfe dir dabei, sie zu überwinden. Hast du mich verstanden?«

»Ja«, flüstere ich und bin eigenartig erleichtert, dass er mir das gesagt hat. Ich weiß, dass es ironisch ist, dass gerade der Mann, der die Dunkelheit in mein Leben gebracht hat, mir dabei hilft, mit ihr zurechtzukommen, aber genau so war es von Anfang an.

Schon immer habe ich in den Armen meines Entführers Trost gefunden.

»Gut. Vergiss das nicht.« Er beugt sich zu mir, um mich zu küssen, und ich treffe ihn auf halbem Wege, da ich an seine verletzten Rippen denke. Seine Lippen sind ungewöhnlich weich, als sie meine berühren, und ich schließe die Augen, als auch der letzte Rest meiner Angst durch die Hitze, die mich bis ins Innerste erwärmt, verfliegt. Meine Hände finden sich auf seinem Nacken zusammen, und ein Stöhnen vibriert leise in meiner Kehle, als seine Zunge mit ihrem vertrauten Geschmack und ihrer dunklen Sinnlichkeit in meinen Mund eindringt.

Er stöhnt auf, als ich seinen Kuss erwidere und meine Zunge um seine schlinge. Sein rechter Arm schlingt sich um meinen Rücken, und ich fühle die wachsende Anspannung in seinem starken Körper. Er atmet schneller, sein Kuss wird hart und verschlingend, und mein Körper beginnt zu pulsieren.

»Schlafzimmer. Jetzt.« Er knurrt diese Worte fast, während er seinen Mund wegreißt, sich hinstellt und mich von meinem Sitz hochzieht. Bevor ich etwas erwidern kann, schlingt er seine Finger um meine Handgelenke und schiebt mich zum hinteren Teil des Flugzeugs. Ich bin dankbar dafür, dass Dr. Goldberg fest schläft und Isabella sich wieder im vorderen Teil des Flugzeugs befindet; so gibt es niemanden, der sehen könnte, wie Julian mich ins Bett schleift.

Als wir uns in dem kleinen Raum befinden, schließt er die Tür mit einem Tritt und zieht mich zum Bett hinüber. Selbst verletzt ist er immer noch unglaublich stark. Seine Stärke erregt mich, aber macht mir gleichzeitig Angst. Nicht, weil ich befürchte, dass er mir wehtun wird – ich weiß, dass er es wird, und ich weiß, dass ich es genießen werde –, sondern weil ich gesehen habe, wozu er fähig ist.

Ich habe gesehen, wie er einen Mann nur mit einem Stuhlbein bewaffnet umgebracht hat.

Diese Erinnerung sollte mich abschrecken, aber irgendwie ist dieser Gedanke genauso erregend wie angsteinflößend. Und Julian ist ja schließlich nicht der Einzige, der diese Woche ein Leben genommen hat.

Jetzt sind wir beide Mörder.

»Zieh dich aus«, weist er mich an, bleibt einige Zentimeter vor dem Bett stehen und lässt meine Handgelenke los. Ein Ärmel seines Shirts ist abgetrennt worden, um Platz für den Gips an seinem linken Arm zu machen, und mit dem Verband um sein Gesicht sieht er gleichzeitig verwundet und gefährlich aus – wie ein moderner Pirat nach einem Raubzug. An seinem rechten Arm zeichnen sich die Muskeln ab, und sein unbedecktes Auge strahlt blau in seinem gebräunten Gesicht.

Ich liebe ihn so sehr, dass es schmerzt.

Ich gehe einen Schritt zurück und beginne, mich auszuziehen. Meine Bluse ist zuerst dran, danach kommt die Jeans an die Reihe. Als ich nur noch einen weißen Tanga und einen dazu passenden BH trage, sagt Julian rau: »Steig auf das Bett. Ich will dich auf allen vieren mit dem Po zu mir gedreht haben.«

Hitze bahnt sich ihren Weg meine Wirbelsäule entlang nach unten und intensiviert das wachsende Verlangen zwischen meinen Schenkeln. Ich drehe mich herum, tue, was er möchte, und mein Herz schlägt voller nervöser Vorfreude. Ich erinnere mich an das letzte Mal, an dem wir in diesem Flugzeug Sex hatten – und an die blauen

Flecken, die meine Schenkel die nächsten Tage geschmückt haben. Ich weiß, dass es Julian noch nicht wieder gut genug geht, um etwas ähnlich Anstrengendes zu tun, aber dieses Wissen verringert weder meine Angst noch meinen Hunger.

Mit meinem Ehemann gehen Angst und Verlangen Hand in Hand.

Als sich mein Po auf seiner Lendenhöhe befindet, ist Julian mit meiner Stellung zufrieden und tritt näher an mich heran, schiebt seine Finger unter das Bündchen meines Tangas und zieht ihn bis zu meinen Knien herunter. Ich erschaudere bei seiner Berührung, mein Geschlecht zieht sich zusammen, und er stöhnt, als seine Hand meine Schenkel entlangfährt, um schließlich in meine Falten einzutauchen. »Du bist so unglaublich feucht«, flüstert er rau, als er zwei große Finger in mich hineinschiebt. »So nass für mich, und gleichzeitig so eng … Du willst das, oder etwa nicht, Baby? Du willst, dass ich dich nehme, dich ficke …«

Ich stöhne, als er die Finger krümmt und einen Punkt berührt, der meinen ganzen Körper versteifen lässt. »Ja …« Ich kann kaum sprechen, als die Hitzewellen über mich hinwegrollen und meinen Kopf vernebeln. »Ja, bitte …«

Er lacht auf, ein Laut, der leise und voller dunkler Lust ist. Er zieht seine Finger zurück und hinterlässt mich leer und pulsierend. Bevor ich protestieren kann, höre ich das Geräusch eines Reißverschlusses, der geöffnet wird, und spüre den weichen, großen Kopf seines Geschlechts, der gegen meine Schenkel stößt.

»Das werde ich«, flüstert er mit belegter Stimme, während er sich meiner Öffnung nähert. »Ich werde dir so viel Lust bereiten«, seine Spitze dringt in mich ein, und mir stockt der Atem, »dass du für mich schreien wirst. Das wirst du doch, Baby?«

Und ohne meine Antwort abzuwarten, ergreift er meine rechte Hüfte und dringt vollständig in mich ein. Ich schreie stöhnend auf. Wie immer ist sein Eindringen zu viel für meine Sinne, seine Größe dehnt mich so weit aus, dass es schon fast schmerzhaft ist. Wäre ich nicht so erregt, würde er mir wehtun. In diesem Fall ist seine Rauheit allerdings ein köstliches Extra, das meine Erregung steigert und mein Geschlecht noch feuchter werden lässt. Mit meinem Slip um den Knien kann ich meine Beine nicht weiter spreizen, und er fühlt sich riesig in mir an, jeder Millimeter ist hart und brennend heiß.

Ich erwarte, dass er passend zu dem ersten Stoß eine brutale Geschwindigkeit vorgeben wird, aber jetzt, da er sich in mir befindet, bewegt er sich langsam. Langsam und bedächtig, jede Bewegung so kalkuliert, dass sie meine Lust maximiert. *Rein und raus, rein und raus ...* Es fühlt sich an, als würde er mich von innen heraus streicheln, jedes Gefühl herauskitzeln, zu dem mein Körper fähig ist. *Rein und raus, rein und raus ...* Ich bin kurz vor meinem Orgasmus, aber ich kann nicht kommen, nicht, solange er sich in diesem Schneckentempo bewegt. *Rein und raus ...*

»Julian«, stöhne ich, und er wird noch langsamer, so dass ich frustriert wimmere.

»Sag mir, was du willst, Baby«, flüstert er und zieht sich fast vollständig aus mir zurück. »Sag mir ganz genau, was du willst.«

»Fick mich«, hauche ich, und meine Hände krallen sich zu Fäusten geballt in die Laken. »Bitte, lass mich kommen.«

Er lacht erneut auf, aber diesmal hört es sich angespannt an, sein Atem wird schwer und ungleichmäßig. Ich spüre sein Geschlecht tiefer in mir, und ich spanne meine inneren Muskeln um ihn, zwinge ihn, sich nur ein kleines bisschen schneller zu bewegen, mir das kleine bisschen mehr zu geben, das ich brauche ...

Und endlich gibt er nach.

Er hält meine Hüfte fest und nimmt mich härter und schneller. Seine Stöße vibrieren in mir, senden aus meinem Innersten Lustwellen aus. Meine Hände krallen sich in das Bettlaken, und meine Schreie werden mit der steigenden Anspannung in mir lauter, bis das Gefühl unerträglich wird ... und dann explodiere ich in eine Million Stücke, während sich mein Körper hilflos um sein massives Geschlecht krampft. Er stöhnt, seine Finger graben sich in mein Fleisch, als sich sein Griff an meiner Hüfte verstärkt und ich fühle, wie er sich gegen meinen Po reibt und in mir zuckt, als er sich entlädt.

Als alles vorbei ist, zieht er sich aus mir zurück und nimmt Abstand. Ich zittere wegen der Intensität meines Orgasmus, lasse mich auf die Seite fallen und drehe meinen Kopf, um ihn anzusehen.

Er steht mit seiner geöffneten Jeans da, und seine Brust hebt und senkt sich mit seinem schweren Atmen. Sein Blick ist voller unterschwelliger Lust, als er mich anblickt, und seine Augen sind auf meine Schenkel geheftet, wo gerade sein Samen aus meiner Öffnung rinnt.

Ich erröte und schaue mich auf der Suche nach einem Taschentuch im Raum um. Zum Glück finde ich eine Box auf einem Regal in der

Nähe des Betts. Ich greife danach und wische den Beweis unserer Vereinigung weg.

Julian beobachtet meine Handlungen schweigend. Dann tritt er zurück, und sein Gesichtsausdruck wird verschlossener, als er sein weiches Geschlecht zurück in seine Jeans schiebt und den Reißverschluss nach oben zieht.

Ich nehme mir die Decke und ziehe sie auf mich, um meinen nackten Körper zu bedecken. Mir ist kalt, und ich fühle mich plötzlich bloßgestellt, während die Hitze in mir verschwindet. Normalerweise würde Julian mich nach dem Sex in seinen Armen halten, unsere Nähe verstärken und durch Zärtlichkeiten die Rauheit ausbalancieren. Heute scheint er das allerdings nicht vorzuhaben.

»Ist alles in Ordnung?«, frage ich zögerlich. »Habe ich etwas falsch gemacht?«

Er lächelt mich kalt an und setzt sich neben mich auf das Bett. »Was hättest du denn falsch gemacht haben können, mein Kätzchen?« Er schaut mich an, nimmt eine meiner Locken in seine Hand und reibt sie zwischen seinen Fingern. Trotz dieser spielerischen Geste glänzt sein Auge hart und verstärkt meine Furcht.

Und plötzlich habe ich eine Eingebung. »Es ist die Pille danach, habe ich recht? Du bist wütend, weil ich sie genommen habe?«

»Böse? Weil du kein Kind mit mir haben möchtest?« Er lacht, aber die Kälte dieses Geräusches erzeugt einen Knoten in meinem Magen. »Nein, mein Kätzchen, ich bin nicht böse. Ich wäre ein furchtbarer Vater, und das weißt du auch.«

Ich blicke ihn an und versuche zu verstehen, wieso ich mich wegen seiner Worte schuldig fühle. Er ist ein Mörder, ein Sadist, ein Mann der mich rücksichtslos entführt, mich gefangen gehalten hat, und trotzdem fühle ich mich schlecht – so als hätte ich ihm ungewollt wehgetan.

So als hätte ich etwas falsch gemacht.

»Julian ...« Ich weiß nicht, was ich sagen soll. Ich kann nicht lügen und behaupten, dass er ein guter Vater sein würde. Er würde das durchschauen. Also frage ich vorsichtig: »Möchtest du Kinder haben?«

Dann halte ich die Luft an, während ich auf seine Antwort warte.

Er schaut mich an, und sein Gesichtsausdruck ist wieder unleserlich. »Nein, Nora«, sagt er ruhig. »Kinder sind das Letzte, was wir gerade gebrauchen könnten. Du kannst alle

Verhütungsimplantate haben, die du möchtest. Ich werde dir keine Schwangerschaft aufzwingen.«

Ich atme hörbar erleichtert auf. »Gut. Aber warum …«

Bevor ich meine Frage zu Ende aussprechen kann steht Julian auf und beendet damit unsere Unterhaltung. »Ich bin in der Hauptkabine«, sagt er ruhig. »Ich muss arbeiten. Komm doch zu mir, wenn du angezogen bist.«

Und damit verschwindet er aus dem Zimmer und lässt mich nackt und verwirrt im Bett zurück.

3

ICH HABE GERADE ZUR HÄLFTE DEN BERICHT MEINES PORTFOLIO-Managers über eine potentielle Investition durchgelesen, als Nora leise in dem Sitz neben mir Platz nimmt. Als sie damit beginnt, ihr Buch zu lesen, kann ich einfach nicht widerstehen und drehe mich zu ihr, um sie anzuschauen.

Nach diesen wenigen Minuten getrennt von ihr ist mein irrationales Bedürfnis, auszuholen und sie zu verletzen, verschwunden. An seine Stelle ist eine unerklärliche Traurigkeit getreten … ein eigenartiges und unerwartetes Gefühl von Verlust.

Ich verstehe das nicht. Ich habe Nora nicht angelogen, als ich ihr gesagt habe, ich wolle keine Kinder. Ich habe über dieses Thema nie viel nachgedacht, aber jetzt, da das Thema aufgetaucht ist, kann ich mir nicht vorstellen, ein Vater zu sein. Was würde ich mit einem Kind tun? Es wäre nur eine weitere Schwäche, die meine Feinde ausnutzen könnten. Babys interessieren mich nicht, und ich habe auch keine Ahnung davon, wie man sie aufzieht. Meine Eltern waren in dieser Hinsicht mit Sicherheit keine guten Vorbilder. Ich sollte glücklich darüber sein, dass Nora keine Kinder möchte, aber stattdessen habe ich mich gefühlt, als habe sie mir in die Eier getreten, als sie die Pille danach ansprach.

Als sei es die schlimmste Zurückweisung.

Ich hatte versucht, nicht weiter darüber nachzudenken, aber als ich gesehen habe, wie sie sich mein Sperma von ihren Schenkeln gewischt hat, kamen diese unwillkommenen Gefühle wieder hoch und haben mich daran erinnert, dass sie das nicht von mir möchte.

Dass sie das niemals von mir wollen wird.

Ich verstehe nicht, warum das so wichtig ist. Ich habe niemals vorgehabt, eine Familie mit Nora zu gründen. Die Hochzeit war ein Mittel gewesen, um unsere Verbindung zu festigen. Sie ist mein Kätzchen … meine Obsession und mein Eigentum. Sie liebt mich, weil ich sie dazu gebracht habe, mich zu lieben, und ich will sie, weil ich sie brauche, um zu leben. Kinder sind kein Teil dieser Dynamik.

Das können sie nicht sein.

Nora erwischt mich dabei, wie ich sie betrachte, und lächelt mich vorsichtig an. »An was arbeitest du?«, fragt sie und legt ihr Buch aufgeschlagen auf ihrem Schoß ab. »Immer noch an dem Design der Drohne?«

»Nein, Baby.« Ich zwinge mich dazu, mich auf die Tatsache zu konzentrieren, dass sie für mich nach Tadschikistan gekommen ist – dass sie mich genug liebt, um etwas so Krankes zu machen – und meine Stimmung beginnt sich zu heben, bis die restliche Enge in meiner Brust verschwindet.

»Was ist es dann?«, bohrt sie nach, und ich muss ungewollt lächeln, da mich ihre Neugier amüsiert. Nora gibt sich nicht länger damit zufrieden, nur einen Bruchteil meines Lebens mit mir zu teilen; sie möchte alles wissen, und sie wird zielstrebiger in ihrem Wunsch, Antworten zu bekommen.

Würde das jemand anderes machen, würde ich wütend werden. Bei Nora macht es mir allerdings nichts aus. Ich genieße ihre Neugier. »Ich lese mir einen Bericht über ein mögliches Investment durch«, erkläre ich ihr.

Sie schaut interessiert aus, also erzähle ich ihr, dass es sich um ein biotechnisches Start-up-Unternehmen handelt, welches sich auf Medikamente für chemische Vorgänge im Kopf spezialisiert hat. Falls ich mich dazu entscheiden sollte, einzusteigen, wäre ich ein sogenannter Engelsinvestor – einer der Ersten, der das Unternehmen unterstützt. Risikokapital hat mich schon immer interessiert; ich mag es, an der Spitze der Neuheiten in allen möglichen Bereichen zu stehen und davon so gut wie möglich zu profitieren.

Sie hört meinen Erklärungen offensichtlich fasziniert zu, ihre dunklen Augen sind die ganze Zeit auf mein Gesicht gerichtet. Ich mag das, die Art, wie sie wie ein Schwamm Wissen aufsaugt. Es macht mir Spaß, ihr Dinge beizubringen, ihr verschiedene Bereiche meiner Welt zu zeigen. Die wenigen Fragen, die sie mir stellt, sind clever und zeigen mir, dass sie ganz genau versteht, worüber ich rede.

»Wenn dieses Medikament Erinnerungen auslöschen kann, könnte es dann nicht auch zur Behandlung des posttraumatischen Belastungssyndroms und dergleichen verwendet werden?«, möchte sie wissen, nachdem ich ihr von einem der vielversprechendsten Produkte des Start-up-Unternehmens erzählt habe, und ich bejahe ihre Frage, weil ich vor einigen Minuten zu der gleichen Erkenntnis gekommen bin.

Das hatte ich nicht vorausgesehen, als ich sie entführt habe – diese wahre Freude daran, Zeit mit ihr zu verbringen. Als ich sie entführte, war sie ein reines Sexualobjekt, ein wunderschönes Mädchen, von dem ich so besessen war, dass ich sie nicht mehr aus meinen Gedanken drängen konnte. Ich hatte nicht erwartet, dass sie neben meiner Bettgefährtin auch meine Partnerin und meine Freundin werden würde, hatte nicht geahnt, dass ich es genießen würde, einfach Zeit mit ihr zu verbringen.

Ich wusste nicht, dass sie mich genauso sehr besitzen würde wie ich sie.

Es ist wirklich das Beste, dass sie daran gedacht hat, die Pille zu nehmen. Wenn wir erst einmal beide geheilt sein werden, kann wieder Normalität in unser Leben einkehren.

Unsere Normalität zumindest.

Ich werde Nora bei mir haben und sie nie wieder aus dem Blick verlieren.

∼

ALS WIR LANDEN, IST ES DUNKEL. ICH FÜHRE EINE SCHLÄFRIGE NORA aus dem Flugzeug, und wir steigen in das Auto, welches uns nach Hause bringen wird.

Nach Hause. Es ist eigenartig, diesen Ort wieder als Zuhause anzusehen. Es war mein Zuhause, als ich ein Kind war, und ich habe es gehasst. Ich habe alles an ihm gehasst, von der feuchten Hitze bis zu dem aufdringlichen Geruch der feuchten Dschungelvegetation. Als ich älter wurde, fühlte ich mich allerdings zu genau solchen Orten hingezogen – zu tropischen Plätzen, die mich an den Dschungel erinnerten, in dem ich aufgewachsen bin.

Ich brauchte Noras Gegenwart hier, um zu verstehen, dass ich das Anwesen doch nicht hasse. Dieser Ort war niemals das Objekt meines Hasses – das war immer die Person, der es gehörte.

Mein Vater.

Nora unterbricht meine Überlegungen, als sie sich auf dem Rücksitz näher an mich anschmiegt und sanft in meine Schulter gähnt. Das Geräusch ist einer Katze so ähnlich, dass ich lache und meinen Arm um ihre Taille lege, um sie näher an mich zu ziehen. »Müde?«

»Hmm.« Sie reibt ihr Gesicht an meinem Hals. »Du riechst gut«, murmelt sie.

Und schon werde ich steinhart, da ich auf das Gefühl ihrer Lippen auf meiner Haut reagiere.

Scheiße. Ich atme frustriert aus, als das Auto vor dem Haus anhält. Ana und Rosa stehen auf der vorderen Veranda, um uns zu begrüßen, und mein Schwanz beult meine Hose aus. Ich rutsche zur Seite und versuche, Nora ein wenig von mir wegzuschieben, damit meine Erektion verschwinden kann. Ihr Ellenbogen streicht an meinen Rippen entlang, und ich spanne mich vor Schmerzen an, während ich in Gedanken Majid zur Hölle und zurück wünsche.

Ich kann es nicht abwarten, endlich geheilt zu sein. Selbst der Sex heute hat geschmerzt, besonders, als ich am Ende schneller wurde. Nicht dass es meine Lust stark beeinträchtigt hätte – ich bin mir sicher, ich könnte Nora auf meinem Totenbett nehmen und es genießen – aber es hat mich trotzdem gestört. Ich mag Schmerzen beim Sex, aber nur, wenn ich sie zufüge.

Das Gute ist allerdings, dass meine Erektion jetzt nicht mehr ganz so sichtbar ist.

»Wir sind da«, sage ich zu Nora, als sie sich ihre Augen reibt und erneut gähnt. »Ich würde dich über die Schwelle tragen, aber ich befürchte, dass ich es diesmal nicht schaffen werde.«

Sie blinzelt, schaut einen Augenblick lang verwirrt aus, und dann breitet sich ein strahlendes Lächeln auf ihrem Gesicht aus. Sie erinnert sich auch daran. »Ich bin ja keine frischverheiratete Braut mehr«, entgegnet sie grinsend. »Also bist du aus dem Schneider.«

Ich grinse mit einem ungewöhnlich freudigen Gefühl in der Brust zurück und öffne die Autotür.

Sobald wir aussteigen, werden wir von zwei weinenden Frauen überfallen. Oder, um genauer zu sein, wird Nora überfallen. Ich sehe amüsiert dabei zu wie Ana und Rosa sie lachend und gleichzeitig weinend umarmen. Nachdem sie mit Nora fertig sind, drehen sie sich zu mir um, und Anas Schluchzen verstärkt sich, als sie mein bandagiertes Gesicht sieht. »Pobrecito ...« Sie verfällt ins Spanische, was ihr häufig passiert, wenn sie aufgebracht ist, und Nora und Rosa versuchen sie damit zu beruhigen, dass ich mich erholen werde, und das Wichtigste sei, dass ich am Leben bin.

Die Besorgnis der Haushälterin ist zugleich rührend und besorgniserregend. Ich habe schon immer vermutet, dass die ältere Frau sich um mich sorgt, aber ich hatte nie bemerkt, dass sie so starke Gefühle für mich hegt. Solange ich zurückdenken kann, war Ana eine warme und beruhigende Person auf meinem Anwesen – jemand, der mich mit Essen versorgt hat, für mich geputzt hat und meine Verletzungen in der Kindheit versorgt hat. Ich habe sie trotzdem niemals zu nahe an mich herankommen lassen, und zum ersten Mal bereue ich es ein wenig. Weder sie noch Rosa, die Angestellte, mit der sich Nora angefreundet hat, versuchen mich zu umarmen, wie sie es bei meiner Frau getan haben. Sie denken, ich würde es nicht mögen, und wahrscheinlich haben sie recht.

Die einzige Person, deren Zuneigung ich möchte – nein, nach deren Zuneigung ich mich sehne –, ist Nora, und das ist auch erst seit Neuestem so.

Nachdem die drei Frauen ihre gefühlvolle Wiedervereinigung beendet haben, gehen wir alle ins Haus. Obwohl es schon so spät ist, sind Nora und ich hungrig, und wir verschlingen das Essen, das Ana uns in Rekordzeit zubereitet, bevor wir uns satt und müde in unser Schlafzimmer zurückziehen.

Eine schnelle Dusche und einen ebenso schnellen Quickie später schlafe ich mit Noras Kopf auf meiner unverletzten Schulter ein.

Ich bin bereit dafür, mein normales Leben wieder aufzunehmen.

~

DER SCHREI, DER MICH AUFWECKT, LÄSST DAS BLUT IN MEINEN ADERN gerinnen. Voller Verzweiflung und Grauen hallt es von den Wänden wider, und Adrenalin schießt durch meine Adern.

Ich bin aus dem Bett und stehe, noch bevor ich verstehe, was gerade passiert. Als das Geräusch nachlässt, nehme ich meine Waffe aus dem Versteck in meinem Nachttisch und mache gleichzeitig mit meinem Handrücken das Licht an.

Meine Nachttischlampe beleuchtet den Raum, und ich kann sehen, dass Nora in der Mitte des Bettes zitternd unter ihrer Decke liegt.

Niemand sonst befindet sich in dem Raum, wir sind nicht in Gefahr.

Mein Herzrasen beginnt sich zu verlangsamen. Wir sind nicht angegriffen worden. Der Schrei muss von Nora gekommen sein.

Sie hatte wieder einen Albtraum.

Scheiße. Der Drang, etwas Gewalttätiges zu tun, ist fast zu stark, um ihn unterdrücken zu können. Er füllt jede Zelle meines Körpers, und ich zittere vor Wut, mit dem Wunsch, jedes einzelne Arschloch zu töten und zu zerstören, das dafür verantwortlich ist.

Mit mir angefangen.

Ich drehe mich weg und atme einige Male tief durch, um die in mir schäumende Wut zurückzuhalten. Es gibt hier niemanden, an dem ich mich auslassen könnte, keinen Feind, den ich zerstören kann, um meinen Zorn zu mindern.

Nur Nora ist hier, und für sie muss ich ruhig und rational sein.

Nachdem einige Sekunden vergehen und ich sicher bin, ihr nichts anzutun, drehe ich mich wieder herum und lege die Waffe zurück in die Schublade meines Nachttisches. Dann gehe ich ins Bett zurück. Meine Rippen und Schultern schmerzen dumpf, und mein Kopf pocht wegen meiner plötzlichen Bewegung, aber dieser Schmerz ist nichts im Vergleich zu der Schwere in meiner Brust.

»Nora, Baby ...« Ich beuge mich über sie, ziehe die Decke von ihrem nackten Körper und lege meine rechte Hand auf ihre Schulter, um sie zu wecken. »Wach auf, mein Kätzchen. Es ist nur ein Traum.« Ihre Haut fühlt sich unter meiner Berührung feucht an, und die wimmernden Geräusche, die sie von sich gibt, schmerzen mehr als jede Folter Majids. Frische Wut steigt in mir hoch, aber ich unterdrücke sie, um weiterhin eine leise und ruhige Stimme zu haben. »Wach auf, Baby. Du träumst. Das ist nicht real.«

Sie rollt sich auf den Rücken, und ich sehe, dass ihre Augen geöffnet sind.

Offen und ins Leere starrend, während ihre Brust sich senkt und hebt und ihre Hände sich verzweifelt ins Bettlaken krallen.

Sie träumt nicht – sie befindet sich mitten in einer ausgewachsenen Panikattacke, die wahrscheinlich von einem Albtraum ausgelöst wurde.

Ich möchte meinen Kopf in den Nacken werfen und meine Wut herausbrüllen, aber das tue ich nicht. Sie braucht mich jetzt, und ich werde sie nicht im Stich lassen.

Niemals wieder.

Ich knie mich hin, grätsche mich über ihre Hüfte und beuge mich nach unten, um ihr Kinn mit meiner rechten Hand festzuhalten. »Nora, schau mich an.« Ich sage diese Worte im Befehlston, harsch und fordernd. »Schau mich an, mein Kätzchen. Jetzt.«

Trotz ihrer Panik gehorcht sie, da ich sie zu stark konditioniert habe, als dass sie sich mir widersetzen könnte. Ihre Augen wenden sich mir zu, um meinen Blick zu erwidern, und ich sehe, dass ihre Pupillen erweitert sind, ihre Iris geradezu schwarz zu sein scheinen. Außerdem hyperventiliert sie mit offenem Mund, während sie versucht, genug Luft einzuatmen.

Scheiße und nochmal Scheiße. Mein erster Instinkt ist, sie an mich zu drücken, zärtlich und beruhigend zu sein, aber dann erinnere ich mich an ihre Panikattacke der vergangenen Nacht, als wir gerade Sex hatten, und dass ihr nichts zu helfen schien.

Nichts außer Gewalt.

Also anstatt ihr endlos süße Worte zuzuflüstern, beuge ich mich nach vorn, stütze mich auf meinen rechten Ellenbogen und küsse sie hart und brutal, während ich sie mit meiner Hand an ihrem Kinn festhalte, damit sie sich nicht wegdrehen kann. Meine Lippen prallen gegen ihre, und meine Zähne versinken in ihrer Unterlippe, als ich meine Zunge grob in sie schiebe, in sie eindringe und ihr wehtue. Das sadistische Monster in mir ist höchst erfreut über den metallenen Geschmack ihres Blutes, während der andere Teil von mir unter den Qualen ihrer Psyche leidet.

Sie stöhnt in meinen Mund, aber das Geräusch ist jetzt anders, eher erschreckt als verzweifelt. Ich kann spüren, wie sich die Anspannung ihres Brustkorbs löst, als sie tief einatmet, und ich verstehe, dass meine raue Art und Weise, zu ihr durchzudringen, funktioniert, dass sie sich jetzt mehr auf ihren körperlichen Schmerz konzentriert und weniger auf ihren geistigen. Ihre Fäuste entspannen sich, ihre Hände krallen sich nicht länger im Bettlaken fest und sie beruhigt sich unter mir, während sich ihr Körper aus einer anderen Art der Angst anspannt.

Eine Angst, die meinen dunkelsten, raubtierhaftesten Teil erregt – den Teil, der sie bezwingen und verschlingen will.

Die Wut, die immer noch in mir brodelt, verstärkt diesen Hunger, vermischt sich mit ihm und nährt sich an ihm, bis ich dieses Bedürfnis, dieses gedankenlose, furchtbare Verlangen verspüre. Mein Blickfeld engt sich ein, bis alles, was ich noch wahrnehme, das seidige Gefühl ihrer blutig schmeckenden Lippen und die Wölbungen ihres nackten Körpers sind, der sich klein und hilflos unter mir befindet. Mein Geschlecht versteift sich schmerzhaft, als sie meinen rechten Unterarm mit beiden Händen umfasst und ein leises, gequältes Geräusch von sich gibt.

Plötzlich ist der Kuss nicht länger genug. Ich muss alles von ihr haben.

Ich lasse ihr Kinn los und drücke mich mit einem Arm nach oben, um mich hinzuknien. Sie blickt mich mit ihren geschwollenen, blutroten Lippen an. Sie keucht immer noch, und ihre Brust bewegt sich schnell, aber der leere Blick in ihren Augen ist verschwunden. Sie ist bei mir – sie ist geistig komplett anwesend –, und das ist das Einzige, wonach mein innerer Dämon gerade verlangt.

In einer schnellen Bewegung gehe ich von ihr herunter, ignoriere den Schmerz in meinen Rippen und fasse erneut in meine Nachttischschublade. Allerdings ziehe ich diesmal keine Waffe, sondern eine geflochtene Riemenpeitsche aus Leder hervor.

Noras Augen weiten sich. »Julian?« Ihre Stimme ist durch die Nachwirkungen der Panikattacke immer noch atemlos.

»Dreh dich herum.« Meine Stimme ist rau und verrät das gewalttätige Verlangen, das in mir brodelt. »Jetzt.«

Sie zögert einen Moment, bevor sie sich auf den Bauch rollt.

»Auf deine Knie.«

Sie stellt sich auf alle viere und dreht ihren Kopf zu mir, um auf weitere Anweisungen zu warten.

So ein gut erzogenes Kätzchen. Ihre Folgsamkeit steigert meine Lust, meinen verzweifelten Hunger, sie zu besitzen. In dieser Stellung sind ihr Po und ihre Muschi deutlich zu sehen, weshalb mein Geschlecht noch weiter anschwillt. Ich will sie ganz verschlingen, will jeden Millimeter ihres Körpers für mich beanspruchen. Meine Muskeln spannen sich an, und fast ohne zu denken schwinge ich die Peitsche, lasse die Lederriemen auf die weiche Haut ihres Hinterns knallen.

Sie schreit auf, ihre Augen schließen sich, als ihr Körper sich anspannt und die Dunkelheit in mir mich übermannt und alle Überreste des rationalen Denkens unterdrückt. Ich betrachte fast wie aus einer Entfernung, wie die Peitsche ihre Haut immer wieder küsst, rosafarbene Spuren und errötende Striemen auf ihrem Rücken, Po und Oberschenkeln hinterlässt. Sie zuckt bei den ersten Schlägen zusammen, schreit vor Schmerzen auf, bis ich einen Rhythmus finde und ihr Körper sich zum Takt der Schläge entspannt, auf sie wartet, anstatt dem Schmerz zu widerstehen. Sie schreit leise, und ihre intimen Falten beginnen durch die Feuchtigkeit, die sich in ihnen sammelt, zu glänzen.

Sie reagiert auf das Auspeitschen wie auf sanfte Zärtlichkeiten.

Meine Hoden spannen sich an, als ich die Peitsche fallen lasse, mich hinter sie begebe und meinen Unterarm unter ihre Hüfte gleiten lasse, um sie zu mir zu ziehen. Mein Geschlecht drückt sich gegen ihren Eingang, und ich spüre die feuchte Hitze, die meine Eichel mit einer cremigen Schicht überzieht. Sie stöhnt, drückt sich nach hinten, und ich dringe in sie ein, zwinge ihr Fleisch, mich zu umhüllen, mich aufzunehmen.

Ihr Geschlecht ist unglaublich eng, und ihre inneren Muskeln drücken mich wie eine Faust zusammen. Es ist egal, wie oft ich sie nehme; jedes Mal ist es irgendwie anders, die Gefühle intensiver und reicher als in meiner Erinnerung. Ich könnte für immer in ihr bleiben, ihre Weichheit und feuchte Hitze spüren. Aber ich kann es nicht – dieser primitive Drang, mich zu bewegen, in sie zu stoßen, ist zu stark, um ihm nicht nachzugeben. Mein Herzschlag dröhnt in meinen Ohren, und mein Körper pulsiert mit wildem Verlangen.

Ich bleibe bewegungslos, solange ich kann, bevor ich beginne, mich zu bewegen, meine Lende mit jedem Stoß gegen ihren rosafarbenen, frisch verprügelten Hintern zu drücken. Sie stöhnt bei jedem Stoß, ihr Körper spannt sich um mein eindringendes Geschlecht, und die Empfindungen steigern sich, werden so intensiv, dass sie kaum zu ertragen sind. Meine Haut prickelt durch meinen sich nähernden Orgasmus und ich beginne, sie schneller und härter zu nehmen, bis ich spüre, dass sie anfängt zu kommen, sich ihre Muschi um mich krampft, während sie meinen Namen ruft.

Das lässt meine Dämme brechen. Der Orgasmus, den ich zurückgehalten habe, überkommt mich mit explosiver Stärke, und ich ergieße mich mit einem rauen Stöhnen in sie, während mein Körper von einer unglaublichen Lust überkommen wird. Es ist ein Glücksgefühl wie kein anderes – eine Ekstase, die weit über körperliche Befriedigung hinausgeht. Es ist etwas, was ich nur mit Nora kennengelernt habe.

Was ich nur mit Nora erleben werde.

Schwer atmend ziehe ich mich aus ihrem Körper zurück und lasse sie aufs Bett fallen. Dann lasse ich mich auf meine rechte Seite gleiten und ziehe sie an mich, weil ich weiß, dass sie nach der Gewalt Zärtlichkeiten braucht.

Und auf eine gewisse Art und Weise brauche ich sie auch. Ich muss sie trösten, sie beruhigen. Ich muss sie an mich binden, wenn sie am verletzlichsten ist, damit ich ihrer Liebe sicher sein kann.

Das mag ein wenig kaltblütig sein, aber ich überlasse solche wichtigen Dinge nicht dem Zufall.

Sie dreht sich herum, um mich anzuschauen, und vergräbt ihr Gesicht in meiner Halsbeuge, während ihre Schultern zittern, da sie leise schluchzt. »Halte mich fest, Julian«, flüstert sie, und ich komme ihrem Wunsch nach.

Ich werde sie immer festhalten, egal was passiert.

II

DIE HEILUNG

4

»Julian, hast du mal eine Minute für mich?«

Ich betrete das Büro meines Mannes und gehe zu seinem Schreibtisch hinüber. Er blickt auf, um mich zu begrüßen, und ich kann den enormen Fortschritt seiner Heilung in den letzten sechs Wochen immer noch kaum glauben.

Sein Gips am Arm ist genauso verschwunden wie seine restlichen Verbände. Julian ist seine Heilung genauso angegangen wie jedes seiner Vorhaben: mit einzigartiger Rücksichtslosigkeit und Entschiedenheit. Sobald Dr. Goldberg damit einverstanden gewesen war, den Gips zu entfernen, hat sich Julian in die Physiotherapie gestürzt und jeden Tag stundenlang damit verbracht, die Übungen zu trainieren, die die Mobilität und Funktionalität seiner linken Körperhälfte wiederherstellen sollten. Da auch seine Narben langsam verschwinden, gibt es Tage, an denen ich fast vergesse, wie schwer er verletzt worden war – dass er durch die Hölle gegangen ist und relativ unversehrt wieder zurückgekommen ist.

Selbst sein Augenimplantat stört mich nicht mehr. Unser Aufenthalt in der Schweizer Klinik und die ganzen Prozeduren

547

kosten Julian zwar Millionen – ich habe die Rechnung in seinem Posteingang gesehen –, aber die Ärzte haben an seinem Gesicht phänomenale Arbeit geleistet. Das Implantat ähnelt seinem echten Auge so sehr, dass es fast unmöglich ist es als ein künstliches zu erkennen, wenn Julian einen direkt anschaut. Ich habe keine Ahnung, wie sie es hinbekommen haben, genau den richtigen Blauton zu treffen, aber das haben sie, und zwar bis hin zu allen Schlieren und natürlichen Farbvariationen. Dank eines Biofeedback-Apparates, den Julian als Uhr trägt, verkleinert sich die künstliche Pupille sogar bei grellem Licht und vergrößert sich, wenn er aufgeregt oder erregt ist. Diese Uhr misst seinen Puls und seine elektrodermale Aktivität und sendet diese Informationen zu dem Implantat, damit es möglichst natürliche Reaktionen aufweist. Das Einzige, was das Implantat nicht kann, ist, die Bewegung des normalen Auges nachzuahmen ... und Julian kann damit nichts sehen.

»Dieser Teil – die Verbindung zum Gehirn – wird noch einige Jahre dauern«, hat Julian mir vor einigen Wochen gesagt. »Sie arbeiten gerade in einem Labor in Israel daran.«

Das Implantat ist also ziemlich lebensecht. Und Julian lernt gerade, den eigenartigen Anblick, dass sich nur ein Auge bewegt, dadurch zu minimieren, dass er seinen ganzen Kopf dreht, wenn er jemanden anblicken möchte – so wie er es gerade mit mir tut.

»Was ist los, mein Kätzchen?«, fragt er lächelnd. Seine wunderschönen Lippen sind jetzt vollständig geheilt, und die verblassenden Narben auf seiner linken Wange geben seinem Aussehen eine gefährliche, aber trotzdem anziehende Nuance. Es scheint, als würde sich ein Teil seiner inneren Dunkelheit jetzt auch auf seinem Gesicht widerspiegeln, und anstatt abschreckend auf mich zu wirken, zieht es mich nur noch mehr an.

Wahrscheinlich, weil ich diese Dunkelheit jetzt brauche – sie ist das Einzige, was mich im Moment bei gesundem Verstand hält.

»Monsieur Bernard hat mir gerade erzählt, dass er einen Freund hat, der daran interessiert wäre, meine Bilder auszustellen«, sage ich und versuche so zu klingen, als würde ich häufig solche Angebote von Weltklasse-Kunstlehrern bekommen. »Er besitzt wohl eine Kunstgalerie in Paris.«

Julian zieht seine Augenbrauen in die Höhe. »Wirklich?«

Ich nicke und kann meine Aufregung kaum verbergen. »Ja, kannst du das glauben?« Monsieur Bernard hat ihm Bilder meiner letzten

Arbeiten geschickt, und der Galeriebesitzer meinte, dass sie genau das seien, wonach er gesucht hat.

»Das ist großartig, Baby.« Julians Lächeln wird stärker, und er streckt sich nach mir aus, um mich auf seinen Schoß zu ziehen. »Ich bin so stolz auf dich.«

»Danke schön.« Am liebsten möchte ich herumspringen, aber ich begnüge mich damit, meine Arme um seinen Hals zu schlingen und ihm einen dicken Kuss auf den Mund zu geben. Natürlich übernimmt Julian die Führung, sobald sich unsere Münder berühren, und verwandelt meine Dankbarkeitsbezeugung in einen verlängerten, sinnlichen Überfall, der mich atemlos und benebelt zurücklässt.

Als er mich endlich wieder Luft holen lässt, brauche ich einige Sekunden, um mich daran zu erinnern, wie ich auf seinem Schoß gelandet bin.

»Ich bin so stolz auf dich«, wiederholt Julian mit sanfter Stimme und schaut mich dabei an. Ich kann die Ausbeulung seiner Erektion spüren, aber er geht nicht weiter. Stattdessen lächelt er mich warm an und sagt: »Ich muss Monsieur Bernard dafür danken, diese Fotos gemacht zu haben. Falls der Galeriebesitzer deine Arbeit ausstellen sollte, sollten wir vielleicht eine kleine Reise nach Paris machen.«

»Wirklich?« Ich starre ihn an. Das ist das erste Mal, dass Julian vorschlägt, nicht die ganze Zeit auf dem Anwesen zu bleiben. Und nach Paris reisen? Ich kann meinen Ohren kaum glauben.

Er nickt und lächelt dabei immer noch. »Natürlich. Al-Quadar ist keine Bedrohung mehr. Sicherer als jetzt werden wir wahrscheinlich niemals sein, also sehe ich keinen Grund dafür, warum wir uns nicht mit genügend Sicherheitspersonal ein wenig Paris anschauen sollten – ganz besonders, wenn es so einen überwältigenden Grund dafür gibt.«

Ich grinse ihn an und versuche, nicht darüber nachzudenken, warum die Al-Quadar keine Bedrohung mehr ist. Julian hat mir nicht viel über diese Operation erzählt, aber das Wenige, was ich weiß, ist schon ausreichend. Als unsere Retter die Baustelle in Tadschikistan untersuchten, fanden sie einen riesigen Berg wertvoller Informationen. Nach unserer Rückkehr auf das Anwesen wurde jede Person, die auch nur die kleinste Verbindung zu der Terrororganisation hatte, umgebracht, einige schnell und andere langsam und schmerzhaft. Ich weiß nicht, wie viele Menschen in den letzten Wochen ihr Leben verloren haben, aber es würde mich nicht wundern, wenn ihre Anzahl eine dreistellige Nummer wäre.

Der Mann, der mich gerade in seinen Armen hält, ist für diesen Massenmord verantwortlich – und trotzdem liebe ich ihn mit meinem ganzen Herzen.

»Eine Reise nach Paris wäre toll«, erwidere ich und schiebe alle Gedanken an Al-Quadar beiseite. Stattdessen konzentriere ich mich auf diese unfassbare Möglichkeit, dass meine Bilder in einer echten Kunstgalerie ausgestellt werden könnten. Meine Bilder. Es ist so schwer zu glauben, dass ich Julian vorsichtig frage: »Du hast Monsieur Bernard nicht gebeten, das zu tun, stimmt's? Oder seinen Freund bestochen?« Da Julian seine finanziellen Mittel genutzt hat, um mich in das heiß umkämpfte Online-Programm der Stanford University zu schleusen, würde ich ihm auch das zutrauen.

»Nein, Baby.« Julians Lächeln wird breiter. »Ich habe nichts damit zu tun, ich schwöre es. Du hast wirklich Talent, und dein Lehrer weiß das.«

Ich glaube ihm, wenn auch nur aus dem Grund, dass Monsieur Bernard in den letzten Wochen von meinen Werken geschwärmt hat. Die Dunkelheit und Komplexität, die er von Anfang an in meiner Kunst gesehen hatte, ist jetzt deutlicher zu erkennen. Malen ist einer der Wege, auf denen ich mit meinen Albträumen und meinen Panikattacken fertigwerde. Sexueller Schmerz ist ein anderer – aber das ist eine andere Sache.

Da ich nicht weiter über meinen kaputten psychischen Zustand nachdenken möchte, springe ich von Julians Schoß. »Ich werde es meinen Eltern erzählen«, sage ich strahlend, während ich auf die Tür zugehe. »Sie werden ganz aus dem Häuschen sein.«

»Mit Sicherheit werden sie das.« Er lächelt mich ein letztes Mal an und wendet seine Aufmerksamkeit dann wieder dem Computerbildschirm zu.

~

Das Videogespräch mit meinen Eltern dauert fast eine ganze Stunde. Wie immer habe ich zuerst ganze zwanzig Minuten damit verbringen müssen, meiner Mutter zu versichern, dass ich in Sicherheit bin, dass ich immer noch auf dem Anwesen in Kolumbien bin und dass niemand hinter uns her ist. Nachdem ich aus der Chicago Ridge Mall verschwunden bin, sind meine Eltern nun davon überzeugt, dass Julians Feinde überall sind und jederzeit zuschlagen können. Wenn ich mich im Moment nicht täglich entweder telefonisch oder per E-Mail bei meinen Eltern melde, geraten sie in helle Panik.

Natürlich denken sie auch nicht, dass ich bei Julian sicher bin. In ihren Köpfen ist er nicht anders als die Terroristen die mich entführt haben. Um ganz ehrlich zu sein, denkt mein Vater sogar, dass Julian schlimmer ist – schließlich hat er mich ja entführt, und das gleich zweimal.

»Eine Galerie in Paris? Das ist wundervoll, Süße!«, ruft meine Mutter aus, als ich endlich dazu komme, ihr die Neuigkeiten mitzuteilen. »Wir freuen uns so sehr für dich!«

»Konzentrierst du dich auch noch auf die Uni?«, fragt mein Vater stirnrunzelnd. Er ist weniger begeistert von meinem Malen. Ich denke, er hat Angst, ich werde jeden Gedanken an die Universität verbannen und ein hungernder Künstler werden – eine Angst, die unter den gegebenen Umständen mehr als absurd ist. Wenn ich mir über eines keine Sorgen machen muss, dann ist es Geld. Julian hat mir erst neulich erzählt, dass er einen Treuhandfonds in meinem Namen eingerichtet und mich auch in seinem Testament als einzigen Erben festgelegt hat. Falls ihm etwas zustoßen sollte, wäre finanziell für mich gesorgt – genauer gesagt hätte ich genug Geld, um ein kleines Land zu bewirtschaften.

»Ja, Papa«, sage ich geduldig. »Mach dir keine Sorgen – ich konzentriere mich immer noch auf die Uni. Ich habe dir doch gesagt, dass ich dieses Jahr einfach weniger Kurse besuche. Im Sommer werde ich dafür mehr besuchen, und das Ganze wird sich wieder ausgleichen.«

Julian hat, als wir zurückgekommen sind, darauf bestanden, dass ich dieses Jahr einen Gang zurückschalte, und trotz meiner anfänglichen Einwände bin ich froh, dass er es getan hat. Aus irgendeinem Grund fühlt sich in diesem Vierteljahr alles schwerer an. Ich brauche ewig, um meine Hausarbeiten zu schreiben, und ich bin völlig erledigt, wenn ich für Prüfungen lernen muss. Selbst mit diesen wenigen Kursen fühle ich mich überfordert, aber das ist nichts, was ich meinen Eltern erzählen möchte. Es ist schon schlimm genug, dass Julian sich Sorgen macht.

So große Sorgen, dass er für mich einen Psychiater auf das Anwesen gebracht hat.

»Bist du sicher, Süße?«, fragt meine Mutter und betrachtet mich besorgt. »Vielleicht solltest du dir im Sommer freinehmen und dich einige Monate entspannen. Du siehst wirklich erschöpft aus.«

Scheiße. Ich hatte gehofft, dass meine dunklen Augenringe bei einem Videogespräch nicht ganz so deutlich zu erkennen sein würden.

»Mir geht es gut, Mama«, sage ich. »Ich bin einfach spät ins Bett gegangen, weil ich noch lange gelernt und gemalt habe, das ist alles.«

Ich bin außerdem mitten in der Nacht schreiend aufgewacht und konnte nicht wieder einschlafen, bis Julian mich ausgepeitscht und genommen hat, aber das müssen meine Eltern ja nicht wissen. Sie würden nicht verstehen, dass Schmerzen auf mich jetzt eine therapeutische Wirkung haben und dass ich jetzt etwas brauche, was ich früher gefürchtet habe.

Dass ich diese grausame Seite Julians von ganzem Herzen angenommen habe.

Als wir dabei sind, unsere Unterhaltung zu beenden, erinnere ich mich an etwas, was mir Julian einst versprochen hat: dass er mit mir meine Familie besuchen würde, wenn die Gefahr durch die Al-Quadar abgewendet wäre. Mein Herz zerspringt fast vor Freude, aber ich beschließe, nichts davon zu sagen, solange ich nicht mit Julian beim Abendessen darüber gesprochen habe. Ich sage meinen Eltern einfach nur, dass wir uns bald wiederhören werden, und logge mich aus der sicheren Verbindung aus.

Es gibt zwei Dinge, die ich heute Abend mit Julian besprechen muss ... und beide werden nicht ganz einfach sein.

～

»Eine Reise nach Chicago?« Julian sieht etwas überrascht aus, als ich dieses Thema anspreche. »Aber du hast deine Eltern doch erst vor weniger als zwei Monaten gesehen.«

»Genau, an dem Abend, bevor die Al-Quadar mich entführt hat.« Ich puste in meine Pilzcremesuppe, bevor ich meinen Löffel in die heiße Flüssigkeit sinken lasse. »Ich war so krank vor Sorge um dich, dass ich mir nicht sicher bin, ob dieser Abend als Zeit mit meiner Familie angesehen werden kann.«

Julian betrachtet mich einen Augenblick lang, bevor er murmelt: »In Ordnung. Damit könntest du recht haben.« Dann beginnt er, seine Suppe zu essen, während ich ihn anblicke und es kaum glauben kann, dass das so einfach war.

»Also werden wir hinfliegen?« Ich möchte sichergehen, dass ich nichts falsch verstanden habe.

Er zuckt mit den Schultern. »Wenn du möchtest. Sobald deine Prüfungen vorbei sind, können wir fliegen. Wir müssen die Sicherheitsmaßnahmen am Haus deiner Eltern verstärken und ein paar zusätzliche Maßnahmen ergreifen, aber es sollte möglich sein.«

Ich beginne zu lächeln, bis ich mich an etwas erinnere, was er mir einmal gesagt hat. »Denkst du, dass wir meine Eltern in Gefahr bringen, wenn wir dorthin fliegen?«, frage ich, und plötzlich ist mir schlecht. »Könnten sie ein Ziel werden, wenn du so engen Kontakt zu ihnen hast?«

Julian schaut mich ruhig an. »Das ist möglich. Eher unwahrscheinlich, aber nicht völlig von der Hand zu weisen. Die Gefahr wäre viel größer, sollten Terroristen gerade auf Rache aus sein, aber ich habe noch andere Feinde. Keiner von ihnen ist allerdings derart entschlossen, mir etwas anzutun – zumindest nicht, soweit ich weiß – aber trotzdem gibt es einige Individuen und Organisationen, die mich gerne in ihre Finger bekommen würden.«

»Okay.« Ich schlucke einen Löffel Suppe hinunter und bereue es sofort, da die cremige Flüssigkeit meine Übelkeit nur verstärkt. »Und du denkst, sie könnten meine Eltern als Geiseln nehmen?«

»Es ist unwahrscheinlich, aber ich kann es nicht völlig ausschließen. Deshalb habe ich von Anfang an Sicherheitsmaßnahmen für deine Familie ergriffen. Es ist eine Vorsichtsmaßnahme, sonst nichts – aber meiner Meinung nach ist es eine nötige Vorsichtsmaßnahme.«

Ich atme tief ein und gebe mein Bestes, um meinen aufgewühlten Magen zu ignorieren. »Also würde es ihre Gefahr erhöhen, wenn wir nach Chicago reisten?«

»Ich weiß es nicht, mein Kätzchen.« Julian sieht fast so aus, als täte ihm das leid. »Ich nehme an, dass es das nicht tut, aber ich kann es nicht garantieren.«

Ich nehme mein Glas in die Hand und trinke einen Schluck Wasser, um den fettigen Geschmack der Suppe von meiner Zunge zu spülen, von dem mir gerade so schlecht wird. »Was wäre, wenn ich allein flöge?«, schlage ich, ohne großartig darüber nachzudenken, vor. »Dann käme niemand auf den Gedanken, dass du ein enges Verhältnis zu deinen Schwiegereltern hast.«

Julians Gesicht verdunkelt sich sofort. »Du allein?«

Ich nicke und spanne mich durch seinen Stimmungswechsel instinktiv an. Auch wenn ich weiß, dass Julian mir nichts antun würde, kann ich nichts dagegen tun, dass ich Angst vor seinen Launen habe. Ich bin zwar jetzt aus freiem Willen mit ihm zusammen, aber er hat immer noch die absolute Kontrolle über mein Leben – genauso wie damals, als ich noch seine Gefangene auf der Insel war.

Trotzdem ist er immer noch ein gefährlicher Mörder ohne Moral.

»Du wirst nirgendwo allein hingehen.« Julians Stimme ist sanft, aber seine Augen blicken hart wie Stahl. »Wenn du mit mir nach Chicago fliegen möchtest, können wir das tun – aber ohne mich wirst du dieses Anwesen nicht verlassen. Hast du mich verstanden, Nora?«

»Ja.« Ich nehme noch ein paar Schlucke Wasser, da ich in meinem Hals immer noch den Nachgeschmack der Suppe habe. Was hat Ana da heute Abend hineingetan? Sogar der Geruch ist unangenehm. »Ich verstehe.« Meine Worte klingen eher ruhig als aufgebracht – hauptsächlich, weil mir zu schlecht ist, um mich über Julians selbstherrliche Einstellung zu ärgern. Ich leere mein Wasserglas und meine: »Es war ja nur ein Vorschlag.«

Julian blickt mich einige Minuten lang an und nickt dann leicht. »In Ordnung.«

Bevor er etwas hinzufügen kann, betritt Ana den Raum und bringt den nächsten Gang – Fisch mit Reis und Bohnen. Als sie meine fast unberührte Suppe sieht, runzelt sie die Stirn. »Magst du die Suppe nicht, Nora?«

»Doch, sie ist köstlich«, lüge ich. »Ich bin einfach nicht sehr hungrig und will noch Platz für den Hauptgang haben.«

Ana schaut mich besorgt an, räumt aber den Tisch ab, ohne noch etwas dazu zu sagen. Seit unserer Rückkehr ist mein Appetit sehr schwankend gewesen, es ist also nicht das erste Mal, dass ich nichts gegessen habe. Ich habe mich zwar nicht gewogen, aber ich würde sagen, dass ich in den letzten Wochen ein paar Pfund abgenommen habe – was in meinem Fall nichts Gutes ist.

Auch Julian runzelt die Stirn, aber sagt nichts, als ich beginne, mit dem Reis auf meinem Teller zu spielen. Ich möchte gerade wirklich nichts essen, aber ich zwinge mich dazu, mir eine Gabel Reis in den

Mund zu schieben. Der Reis schmeckt auch zu intensiv, aber ich bin entschlossen, zu kauen und zu schlucken, da ich nicht möchte, dass Julian sich darauf konzentriert, dass ich nichts esse.

Ich muss etwas Wichtigeres mit ihm besprechen.

Sobald Ana das Zimmer verlassen hat, lege ich meine Gabel beiseite und blicke meinen Ehemann an. »Ich habe eine weitere Nachricht erhalten«, erkläre ich ihm ruhig.

Julians Kiefer spannt sich an. »Ich weiß.«

»Du überwachst meine E-Mails?« Mein Magen zieht sich erneut zusammen, diesmal mit einer Mischung aus Übelkeit und Wut. Ich sollte wohl nicht überrascht sein, denn schließlich habe ich ja auch die Tracker immer noch in meinem Körper, aber irgendetwas an diesem selbstverständlichen Eindringen in meine Privatsphäre ärgert mich.

»Natürlich.« Er sieht nicht so aus, als würde er es auch nur ein kleines bisschen bereuen. »Ich habe mir gedacht, dass er dich erneut kontaktieren würde.«

Ich atme langsam ein und erinnere mich daran, dass es sinnlos ist, mich mit ihm darüber zu streiten. »Dann weißt du auch, dass Peter uns nicht in Ruhe lassen wird, bis du ihm die Liste gegeben hast«, erwidere ich so ruhig wie möglich. »Er weiß irgendwoher, dass du sie letzte Woche von Frank bekommen hast. In seiner Nachricht stand, dass es Zeit ist, dich an dein Versprechen zu erinnern. Er wird es nicht auf sich beruhen lassen, Julian.«

»Wenn er dich per E-Mail bedroht, werde ich sichergehen, dass er uns in Ruhe lässt.« Julians Stimme wird hart. »Er weiß, dass es keinen Sinn hat, über dich zu mir durchzudringen.«

»Er hat dein Leben und mein Leben gerettet«, erinnere ich ihn zum tausendsten Mal. »Ich weiß, dass du wütend bist, weil er sich deinen Anordnungen widersetzt hat, aber hätte er das nicht getan, wärst du jetzt tot.«

»Und du hättest keine Albträume und Panikattacken.« Julians sinnliche Lippen beben. »Das geht jetzt seit sechs Wochen so und wird überhaupt nicht besser, Nora. Du schläfst kaum, isst fast nichts, und ich kann mich gar nicht daran erinnern, wann du das letzte Mal laufen warst. Er hätte dich niemals dieser Gefahr aussetzten dürfen ...«

»Er hat das gemacht, was nötig war!« Ich schlage mit meinen Handflächen auf die Tischplatte und stehe auf, da ich nicht länger still dasitzen kann. »Denkst du, dass ich mich besser fühlen würde, wenn du gestorben wärst? Denkst du, dass ich keine Albträume hätte, wenn Majid uns deinen Körper stückweise zugesendet hätte? Mein kranker Kopf ist nicht Peters Schuld, also hör endlich damit auf, ihn für das ganze Schlamassel verantwortlich zu machen! Ich habe ihm die Liste versprochen, und ich möchte sie ihm geben!« Als ich den letzten Satz ausspreche, schreie ich schon, weil ich so wütend bin, dass mir Julians Laune egal ist.

Er blickt mich mit zusammengekniffenen Augen an. »Setz dich hin, Nora.« Seine Stimme klingt gefährlich sanft. »Jetzt.«

»Oder was?«, fordere ich ihn ungewöhnlich risikobereit heraus. »Oder was, Julian?«

»Willst du wirklich damit weitermachen, mein Kätzchen?«, fragt er mit leiser Stimme. Als ich ihm nicht antworte, deutet er auf meinen Stuhl. »Setz dich hin und iss das Essen auf, das Ana für dich gekocht hat.«

Ich erwidere seinen Blick einige Sekunden länger, weil ich nicht nachgeben möchte, setze mich dann aber wieder hin. Diese Welle trotziger Wut die mich so plötzlich übermannt hatte, ist verschwunden, und ich fühle mich ausgelaugt und möchte weinen. Ich hasse die Tatsache, dass Julian Kämpfe so leicht gewinnen kann und ich immer noch zu viel Angst habe, um seine Grenzen zu testen.

Zumindest, wenn es um so etwas Unwichtiges geht, wie dieses Essen zu beenden.

Wenn ich mich durchsetzen möchte, dann bei etwas Wichtigem.

Ich richte meinen Blick auf meinen Teller, nehme meine Gabel wieder zur Hand, spieße ein Stück Fisch auf und versuche, meine stärker werdende Übelkeit zu ignorieren. Mein Magen protestiert bei jedem Bissen, aber ich zwinge mich so lange zum Essen, bis ich fast meine halbe Portion verspeist habe. Julian hat in der Zwischenzeit seinen ganzen Teller geleert, da unser Streit seinen Appetit offensichtlich nicht beeinträchtigt.

»Nachtisch? Tee? Kaffee?«, fragt Ana, als sie zurückkommt, um unsere Teller abzuräumen, und ich schüttele schweigend meinen Kopf, da ich diese angespannte Mahlzeit nicht unnötig in die Länge ziehen möchte.

»Nein danke, ich möchte auch nichts, Ana«, erwidert Julian höflich. »Alles war wie immer hervorragend.«

Ana strahlt ihn erfreut an. Mir ist aufgefallen, dass Julian sie seit unserer Rückkehr häufiger lobt – dass sein Verhalten ihr gegenüber generell etwas wärmer geworden ist. Ich weiß nicht, was diesen Wandel hervorgerufen hat, aber Ana ist sehr glücklich darüber. Rosa hat mir erzählt, dass die Haushälterin in den letzten Wochen nicht besonders gut drauf war.

Als Ana damit beginnt, den Tisch abzuräumen, steht Julian auf und kommt zu mir, um mir seinen Arm anzubieten. Ich hake mich bei ihm ein, und wir gehen schweigend nach oben. Während wir die Treppen hinaufsteigen, schlägt mein Herz immer schneller, und meine Übelkeit verstärkt sich.

Der Streit von heute Abend bestätigt das, was ich schon seit Längerem weiß: Julian wird nie Vernunft annehmen, was die Liste für Peter betrifft. Wenn ich mein Versprechen halten möchte, muss ich die Angelegenheit selbst in die Hand nehmen und es in Kauf nehmen, meinen Ehemann zu verärgern.

Auch, wenn mir allein von dem Gedanken daran noch schlechter wird.

5

 Julian

SOBALD WIR DAS SCHLAFZIMMER BETRETEN GEHT NORA SICH FRISCH machen.

Sie verschwindet im Badezimmer, während ich mich ausziehe und meine neue Freiheit ohne Gipsarm genieße. Meine linke Schulter schmerzt während des Trainings noch, aber langsam kehren meine Kraft und mein Bewegungsradius zurück. Selbst der Verlust meines Auges scheint mich nicht mehr so sehr zu stören; die Kopfschmerzen und die Sehstörungen werden mit jedem Tag weniger, und ich habe gelernt, den blinden Fleck auf meiner linken Seite dadurch auszugleichen, dass ich meinen Kopf mehr drehe.

Alles in allem fühle ich mich also wieder recht normal – etwas, was ich von Nora nicht behaupten kann.

Jedes Mal, wenn mich ihre Schreie aufwecken, jedes Mal, wenn sie plötzlich anfängt zu hyperventilieren, baut sich in meiner Brust eine giftige Mischung aus Wut und Schuldgefühlen auf. Ich war niemals jemand, der viel über die Vergangenheit grübelt, aber ich kann gerade nichts gegen meinen Wunsch tun, irgendwie die Uhr zurückdrehen

558

zu können, die ungewollten Konsequenzen meiner kranken Entscheidungen rückgängig zu machen.

Nora wieder zurückzubekommen – meine Nora.

Einige Minuten später kommt sie geduscht und in einen weißen Fleecebademantel gehüllt aus dem Badezimmer. Ihre weiche Haut leuchtet von dem heißen Wasser, und ihr langes dunkles Haar ist wirr auf ihrem Kopf aufgetürmt, was ihren schlanken Hals freilegt.

Ein Hals, der durch ihren Gewichtsverlust langsam viel zu zart, fast schon zerbrechlich aussieht.

»Komm her, Baby«, flüstere ich und klopfe neben mir auf das Bett. Ich hatte vorgehabt, sie für ihre Explosion beim Abendessen zu bestrafen, aber alles, was ich jetzt möchte, ist, sie festzuhalten. Also sie zu nehmen und sie festzuhalten, aber der Sex kann erst einmal warten.

Sie kommt auf mich zu, und ich strecke mich nach ihr aus, sobald sie in meiner Reichweite ist. Sie fühlt sich beunruhigend leicht an, als ich sie auf meinen Schoß ziehe, und ihre Augenringe verraten wie erschöpft sie ist.

Sie ist völlig ausgelaugt, und ich weiß nicht, was ich machen soll. Der Therapeut, den ich vor drei Wochen auf das Anwesen gebracht habe, scheint nutzlos zu sein, und Nora weigert sich, die Medikamente zu nehmen, die der Arzt ihr gegen ihre Angstzustände verschrieben hat. Ich könnte sie natürlich zwingen, sie zu nehmen, aber ich misstraue den Tabletten selbst. Auf gar keinen Fall möchte ich, dass Nora von ihnen abhängig wird.

Das Einzige, was ihr zu helfen scheint – zumindest zeitweilig –, ist der Gefühlsausbruch durch sexuellen Schmerz. Es ist etwas, was sie jetzt braucht, etwas, um was sie mich fast jede Nacht anbettelt.

Mein Kätzchen ist genauso abhängig davon, Schmerzen zu erfahren, wie ich es bin, diese zuzufügen – und diese Entwicklung gefällt mir und zerstört mich gleichzeitig.

»Du hast wieder kaum etwas gegessen«, sage ich sanft und schiebe sie auf meinen Knien zurecht. Ich greife nach oben, befreie ihr Haar von der Spange, die es hochhält, und sehe dabei zu, wie die dunkle Masse in einem dicken, glänzenden Teppich ihren Rücken hinunterfällt. »Warum nicht, Baby? Stimmt etwas mit Anas Art und Weise, zu kochen, nicht?«

»Was? Nein...«, beginnt sie zu sagen, aber danach verbessert sie sich. »Na ja, vielleicht. Ich mochte die Suppe heute nicht. Sie war zu reichhaltig.«

»Ich werde Ana bitten, sie nicht mehr zu kochen.« Ich erinnere mich mit absoluter Sicherheit daran, dass Nora die Suppe schon andere Male gegessen hat und sie bis jetzt immer mochte, aber ich werde sie jetzt nicht daran erinnern. Mir ist es egal, was sie isst, solange sie gesund bleibt.

»Und bitte sage ihr nicht, dass ich mich beschwert habe.« Noras Blick ist besorgt. »Ich möchte sie nicht vor den Kopf stoßen.«

»Natürlich nicht.« Ich kann mir ein Lächeln nicht völlig verkneifen. »Ich werde dein Geheimnis mit ins Grab nehmen, versprochen.«

Ein Lächeln erscheint auf ihrem Gesicht, erleuchtet ihre Züge, und ich spüre, wie ein Großteil der Spannung zwischen uns verschwindet. »Danke«, flüstert sie und blickt mich an. Dann legt sie eine ihrer kleinen Hände auf meine Schulter und die andere in meinen Nacken, schließt die Augen und drückt ihre weichen Lippen auf meine.

Ich atme scharf ein, und mein Körper spannt sich durch die plötzlich aufkeimende Lust an. Ihr Atem ist süß mit einer Minznote, und ihr leichter Körper liegt warm in meinen Armen. Ich kann ihre schlanken Finger auf meiner Haut spüren, rieche ihren zarten Duft, und meine Wirbelsäule prickelt mit wachsendem Hunger, als mein Geschlecht sich an der Wölbung ihres Pos verhärtet.

Diesmal allerdings wird mein Hunger nicht von dem Bedürfnis begleitet, ihr wehzutun. Stattdessen ist er voller Zärtlichkeit. Die dunkleren Impulse sind da, aber sie werden davon überschattet, dass ich mir ihrer Zerbrechlichkeit vollkommen bewusst bin. Heute Nacht will ich sie noch stärker beschützen als sonst, will die Wunden heilen die sie niemals erhalten haben sollte. Ich möchte ihr Held sein, ihr Retter.

Für eine Nacht möchte ich der Ehemann ihrer Träume sein.

Ich schließe die Augen, konzentriere mich auf ihren Geschmack und auf die Art und Weise, wie ihre Atmung sich verändert, als ich den Kuss vertiefe. Darauf, wie ihr Kopf nach hinten fällt und ihr Körper an meinem schmilzt, ihre Fingernägel sanft meine Kopfhaut kratzen, als ihre Hand in mein Haar gleitet. Sie ist meine Welt, mein Ein und Alles, und ich will sie so sehr, dass es schmerzt.

Sie ist immer noch in ihren Fleecebademantel gehüllt, dessen Stoff ich weich auf meinen nackten Oberschenkeln und meinem

Geschlecht spüre. So gut sich das auch anfühlt, ich weiß, dass sich ihr nacktes Fleisch noch besser anfühlt, und greife mir ihren Gürtel, um ihn aufzuziehen. Gleichzeitig hebe ich meinen Kopf an und öffne die Augen, um sie anzuschauen.

Als der Knoten ihres Gürtels sich löst, öffnet sich ihr Bademantel und gibt den Blick auf ein Stück glatte, gebräunte Haut frei. Ich kann die Innenseite ihrer Brüste sehen und ihren straffen, flachen Bauch, der Rest ist noch bedeckt.

Es ist ein sehr erotischer Anblick, besonders weil sich ihr Brustkorb in einem schnellen und keuchenden Rhythmus hebt und senkt, während sie atmet. Ihre Lippen sind von dem Kuss gerötet, und ihre Haut ist leicht erhitzt.

Mein Kätzchen ist erregt.

Als würde sie meinen Blick auf sich spüren, öffnet sie ihre Augen mit einem Aufschlag ihrer langen Wimpern. Unsere Blicke treffen sich, und das schmerzhafte Bedürfnis, sie zu nehmen, wächst weiter in mir an. Es ist ein Gefühl, das sich von der aufsteigenden Lust, die durch meinen Körper zieht, unterscheidet, ein komplexes Verlangen, das sich über mein normales Begehren gelegt hat.

Eine Sehnsucht, die mir mit ihrer Intensität Angst macht.

»Sage mir, dass du mich liebst.« Plötzlich muss ich es von ihr hören. »Sage es mir, Nora.«

Sie blinzelt nicht. »Ich liebe dich.«

Meine Arme schließen sich fester um sie. »Noch einmal.«

»Ich liebe dich, Julian.« Sie erwidert meinen Blick mit ihren sanften dunklen Augen. »Mehr als alles andere auf der Welt.«

Scheiße. Meine Brust verengt sich, und der Schmerz wird stärker, anstatt abzuebben. Es ist zu viel, aber trotzdem nicht genug.

Ich beuge meinen Kopf nach unten und nehme ihre Lippen erneut in Besitz, lege alle diese Dinge, die ich nicht aussprechen kann, in diesen Kuss. Ich spüre, wie ihre Atmung flacher wird, und ich weiß, dass ich sie zu fest halte, aber ich kann es nicht ändern. Dieses überwältigende Verlangen ist mit einer eigenartigen, irrationalen Angst vermischt.

Der Angst, sie zu verlieren. Der Angst, sie könnte mir entgleiten wie ein wunderschöner, flüchtiger Traum.

Nein. Ich beuge meinen Kopf noch ein Stück weiter nach unten, um tiefer in ihren Mund eindringen zu können, bis ihr Geschmack und ihr Duft mich aufnehmen und die Schatten vertreiben. Sie wird mir nicht entgleiten. Das werde ich nicht zulassen. Sie ist echt, und sie gehört mir. Ich küsse sie, bis wir beide nach Luft schnappen müssen, bis die Angst in mir abnimmt, durch die glühende Hitze weggebrannt wird.

Danach liebe ich sie, so zärtlich ich kann.

Als ich einige Zeit später einschlafe, liegt Nora sicher eingehüllt in meinen Armen.

6

ICH MUSS MEINE GANZE WILLENSKRAFT AUFBRINGEN, UM WACH ZU bleiben, als ich Julians gleichmäßiges Atmen höre, welches mir signalisiert, dass er schläft. Meine Augenlider fühlen sich schwer an, und mein Körper ist durch Erschöpfung und sexuelle Befriedigung lethargisch. Ich möchte einfach nur noch meine Augen schließen und mich von der angenehmen Dunkelheit, die mich umgibt verschlucken lassen, aber das geht nicht.

Zuerst habe ich noch etwas zu erledigen.

Ich warte, bis ich mir sicher bin, dass Julian schläft, bevor ich mich vorsichtig aus seiner Umarmung winde. Zu meiner Erleichterung regt er sich nicht, während ich aufstehe und mir den Bademantel nehme, der, während wir Sex hatten, auf den Boden gefallen ist.

Leise ziehe ich ihn mir über und gehe barfuß ins Badezimmer. Mein Magen hat immer noch mit dem Abendessen zu kämpfen, wird andauernd von Übelkeitswellen heimgesucht, und ich muss mehrere Male schlucken, damit das Essen unten bleibt.

Wahrscheinlich ist es keine besonders gute Idee, es genau dann zu machen, wenn mir übel ist. Das weiß ich – ich weiß aber auch, dass mir vielleicht der Mut dazu fehlen wird, wenn ich es auf ein anderes Mal verschiebe. Und ich muss es machen. Ich muss mein Versprechen halten, meine Schulden bei Peter begleichen. Das ist wichtig für mich. Ich möchte nicht das Mädchen sein, das nichts allein entscheiden kann, die Ehefrau, die immer im Schatten ihres Ehemanns steht.

Ich will nicht für den Rest meines Lebens Julians kleines Kätzchen sein.

Während ich mir Wasser ins Gesicht spritze, atme ich einige Male tief durch, um meine Übelkeit zu besänftigen, und gehe dann zurück ins Schlafzimmer. Der Lichtschutz ist nur einen kleinen Spalt breit geöffnet, aber heute Nacht ist Vollmond, weshalb die Beleuchtung für mich ausreicht, um meinen Weg zu sehen.

Mein Ziel ist die Kommode, auf der sich Julians Laptop befindet. Er bringt den Rechner nicht immer mit ins Schlafzimmer, aber heute Nacht hat er es getan – ein weiterer Grund dafür, meinen Plan nicht zu verschieben.

Der Plan als solcher ist mehr als einfach. Ich werde den Laptop nehmen, mir Zugriff auf Julians E-Mails verschaffen und Peter die Liste schicken. Sollte alles gut gehen, wird Julian eine Zeit lang nichts davon erfahren. Und wenn er es dann erfährt, wird es zu spät sein. Ich werde meine Schulden bei Julians ehemaligem Sicherheitsberater beglichen haben, und mein Gewissen wird rein sein.

So rein es eben sein kann, wenn man weiß, dass Peter die Menschen auf der Liste auf erschreckende Art und Weise umbringen wird.

Nein, denke nicht darüber nach. Ich erinnere mich daran, dass diese Menschen verantwortlich für den Tod von Peters Frau und Sohn sind. Sie sind keine unschuldigen Zivilisten, und ich sollte auch nicht so über sie denken.

Das Einzige, worüber ich mir momentan Sorgen machen sollte, ist, die Liste zu Peter zu schicken, ohne Julian zu wecken.

Ich durchquere so leise wie möglich den Raum, während mein Herz in meiner Brust hämmert. Als ich die Kommode erreiche, halte ich inne und lausche.

Alles ist ruhig. Julian muss schlafen.

Ich beiße mir auf die Lippen, strecke mich nach dem Laptop aus und nehme ihn in die Hand. Danach halte ich erneut inne, um zu lauschen.

Im Raum ist immer noch alles still.

Ich atme langsam aus und gehe, mit dem Laptop an die Brust gedrückt, zum Badezimmer zurück. Als ich dort ankomme, schlüpfe ich hinein, schließe die Tür hinter mir ab und setze mich auf die Kante des Whirlpools.

So weit, so gut. Ich ignoriere das Zusammenziehen meines Magens und öffne den Laptop.

Eine Passwortabfrage poppt auf.

Ich atme erneut tief ein und bekämpfe meine sich verschlimmernde Übelkeit. Das hatte ich erwartet. Julian ist paranoid, was Sicherheitsmaßnahmen betrifft, und ändert sein Passwort mindestens einmal pro Woche. Das letzte Mal hat er es am Tag nach der E-Mail mit der Liste von Frank, Julians Kontakt bei der CIA, geändert.

Julian hat ein neues Passwort gewählt, als ich schon meinen Plan ausbrütete – und ich habe sichergestellt, dass er es tat, als ich dabei war. Natürlich habe ich nicht auf den Laptop gestarrt. Das wäre zu auffällig gewesen. Stattdessen habe ich ihn mit meinem Smartphone gefilmt, während ich so tat, als würde ich meine E-Mails checken.

Und wenn ich seinen aufgezeichneten Tastenanschlag richtig deute …

Ich halte die Luft an, gebe »NML_#042160« ein und drücke auf Enter.

Der Computerbildschirm blinkt … und ich bin drin.

Ich atme erleichtert auf. Jetzt muss ich nur noch die E-Mail von Frank finden, den Anhang öffnen, mich in meinen eigenen E-Mail-Account einloggen und die Liste an dieselbe E-Mail-Adresse schicken, von der aus Peter mir geschrieben hat.

Das sollte einfach sein, besonders dann, wenn ich mein Abendessen bei mir behalten kann.

»Nora?« Ein Klopfen erschreckt mich dermaßen, dass ich fast den Computer fallenlasse. Meine Lungen ziehen sich aus lauter Panik zusammen und ich starre auf die Tür.

Julian klopft erneut. »Nora, Baby, geht es dir gut?«

Er weiß nicht, dass ich seinen Laptop habe. Diese Erkenntnis befreit meine Lungen aus ihrer Enge.

»Ich bin nur auf der Toilette«, rufe ich und hoffe dabei, dass Julian nicht hört, dass meine Stimme durch meinen Adrenalinrausch zittert. Gleichzeitig öffne ich Julians E-Mail-Programm und suche nach Franks Namen. »Ich bin gleich wieder zurück.«

»Natürlich, Baby, lass dir Zeit.« Die Worte werden von dem Geräusch sich entfernender Schritte begleitet.

Ich atme erleichtert aus. Ich habe noch ein paar Minuten Zeit.

Ich beginne, die E-Mails zu überfliegen, die das Wort »Frank« beinhalten. Es gibt über ein Dutzend von letzter Woche, aber diejenige, nach der ich suche, sollte einen Anhang haben … Ja! Da ist sie. Ich öffne sie schnell.

Es gibt eine Tabelle mit Namen und Adressen. Ich überfliege sie automatisch. Sie umfasst über ein Dutzend Zeilen, und die Adressen umfassen einige Städte in Europa und weitere in Amerika. Eine sticht mir besonders in Auge: Homer Glen, Illinois.

Das liegt in der Nähe von Oak Lawn, meiner Heimatstadt. Weniger als fünfundvierzig Minuten vom Haus meiner Eltern entfernt.

Erschrocken lese ich den Namen neben der Adresse.

George Cobakis.

Zum Glück ist es niemand, den ich kenne.

»Nora?« Julians Stimme ist zurück, und ich bekomme Herzklopfen durch die angespannte Note in seiner Stimme. Seine nächsten Worte bestätigen meine Befürchtung. »Nora, hast du meinen Computer?«

»Was? Warum?« Ich hoffe, ich höre mich nicht so schuldbewusst an, wie ich mich fühle. *Scheiße. Scheiße, scheiße, scheiße.* Frenetisch sichere ich die Liste auf dem Desktop und öffne einen neuen Browser.

»Weil mein Laptop verschwunden ist.« Seine Stimme ist angespannt, wie immer, wenn er wütend wird. »Hast du ihn bei dir im Badezimmer?«

»Was? Nein!« Sogar ich kann an meiner Stimme hören, dass ich lüge. Meine Hände beginnen zu zittern, aber ich öffne die Gmail-Seite und gebe meinen Benutzernamen und mein Passwort ein.

Die Türklinke wird gedrückt. »Nora, öffne die Tür. Jetzt sofort.«

Ich antworte nicht. Meine Hände zittern so stark, dass ich das Passwort falsch eingebe und es wiederholen muss.

»Nora!« Julian schlägt gegen die Tür. »Öffne diese verdammte Tür, bevor ich sie eintrete!«

Endlich bin ich in meinem Gmail-Account. Mein Herz hämmert in meiner Brust, als ich nach der letzten E-Mail von Peter suche.

Bang. Die Tür erzittert unter dem starken Tritt.

Meine Übelkeit verschlimmert sich, und mein Puls rast, als ich die

E-Mail endlich finde.

Bumm. Bumm. Während ich auf »antworten« drücke und die Liste anhänge, erschüttern weitere Tritte die Tür.

Bumm. Bumm. Bumm.

Ich drücke schnell auf »senden« – und die Tür fliegt aus der Angel und knallt vor mir auf den Boden.

Julian steht nackt im Türrahmen, und seine Augen sind eisblaue Schlitze in seinem wunderschönen Gesicht. Seine kräftigen Hände sind zu Fäusten geballt, seine Nasenlöcher beben, und auf seinen Wangen sehe ich rote Flecken.

Er ist überwältigend und angsteinflößend wie ein zorniger Erzengel.

»Gib mir den Laptop, Nora.« Seine Stimme ist beängstigend ruhig. »Jetzt.«

Galle steigt in meinem Hals auf und ich muss krampfhaft schlucken. Ich stehe auf, gehe mit zitternden Beinen zu ihm und gebe ihm den Computer.

Er nimmt ihn mir mit einer Hand ab, und bevor ich zurückweichen kann, schlingt er seine andere um mein rechtes Handgelenk, um mich festzuhalten.

Er schaut auf den Bildschirm.

Ich kann den genauen Moment erkennen, in dem er versteht, was ich getan habe.

»Du hast sie ihm geschickt?« Er stellt den Laptop auf den Badezimmerschrank, greift nach meinem anderen Arm und zieht mich näher zu sich heran. Seine Augen funkeln zornig. »Du hast sie zu ihm geschickt?« Er schüttelt mich hart, und seine Finger krallen sich in meine Haut.

Mein Magen dreht sich um, und ich werde von einer Übelkeitswelle übermannt. »Julian, lass los …«

Ich reiße mich mit verzweifelter Kraft von ihm los und renne zur Toilette, die ich gerade so erreiche bevor ich mich übergebe.

~

»Wie lange hast du diese Übelkeit schon?« Dr. Goldberg misst meinen Puls, während ich im Bett liege und Julian wie ein eingesperrter Jaguar im Zimmer hin und her läuft.

»Ich weiß es nicht«, sage ich und verfolge mit meinen Augen

Julians Bewegungen. Er hat sich jetzt ein T-Shirt und eine Jeans angezogen, aber ist immer noch barfuß. Jeder seiner Muskeln ist angespannt, genauso wie sein Kiefer, während er vor dem Bett im Kreis läuft.

Er ist entweder immer noch wütend auf mich oder extrem besorgt um mich. Ich nehme an, es ist eine Mischung aus beidem. Nur wenige Minuten, nachdem ich mich übergeben musste, war der Arzt schon in unserem Schlafzimmer und ich wurde aufs Bett gelegt.

Das erinnert mich daran, wie schnell er reagiert hat, als ich die Blinddarmentzündung auf der Insel bekommen hatte.

»Ich denke, ich habe einfach etwas Falsches gegessen oder mir einen Virus eingefangen«, sage ich und wende meine Aufmerksamkeit wieder dem Arzt zu. »Meine Übelkeit hat während des Abendessens angefangen.«

»Okay.« Dr. Goldberg nimmt eine in Plastik eingeschweißte Nadel mit einem Schlauch, welcher zu einer Phiole führt. »Darf ich?«

»Natürlich.« Ich bin nicht besonders scharf darauf, dass er mir Blut abnimmt, aber ich habe den Eindruck, dass Julian eine Weigerung nicht akzeptieren würde. »Bitte.«

Der Arzt findet eine Vene in meinem Arm und lässt die Nadel hineingleiten, während ich wegschaue. Mir ist immer noch leicht schlecht, und ich will die Stärke meines Magens nicht durch den Anblick von Blut überstrapazieren.

»Fertig«, sagt er nach einem Augenblick, entfernt die Nadel und wischt mit einem alkoholgetränkten Wattebausch über meine Haut. »Ich werde einige Tests durchführen und Ihnen dann Bescheid sagen, sobald ich etwas herausgefunden habe.«

»Sie ist außerdem ständig müde«, sagt Julian mit leiser Stimme und bleibt neben dem Bett stehen. Er schaut mich dabei nicht an, was mich ein wenig ärgert. »Und sie schläft schlecht wegen der Albträume.«

»In Ordnung.« Der Arzt steht mit seiner Phiole in der Hand auf. »Ich muss das Blut in mein Labor bringen. In einer Stunde bin ich zurück.«

Er eilt aus dem Zimmer, und Julian setzt sich zu mir aufs Bett und blickt mich an. Sein Gesicht ist ungewöhnlich blass, und seine Stirn ist gerunzelt. »Warum hast du mir nicht gesagt, dass dir schlecht war, Nora?«, fragt er ruhig und streckt sich aus, um meine Hand in seine zu nehmen. Seine Finger fühlen sich auf meiner Handfläche warm an, und sein Griff ist zärtlich, obwohl ich seine Aufgewühltheit spüren kann.

Ich blinzele erstaunt. Ich dachte, er würde mich zu Peters Liste befragen und nicht zu meinem Gesundheitszustand. »So schlimm war es beim Abendessen noch nicht«, erwidere ich vorsichtig. »Nachdem ich mich geduscht hatte und wir … na ja, du weißt schon, ging es mir besser.« Ich deute mit einer Handbewegung Richtung Bett.

»Wir Sex hatten?« Julians Gesichtsausdruck entspannt sich leicht, und in seinen Augen flackert unerwartete Belustigung auf.

»Genau.« Hitze steigt in meinem Körper auf, als seine Worte Erinnerungen in mir hochkommen lassen. Offensichtlich bin ich nicht zu krank, um erregt zu werden. »Danach habe ich mich besser gefühlt.«

»Ich verstehe.« Julian betrachtet mich nachdenklich, während er die Innenseite meines Handgelenks mit seinem Daumen streichelt. »Und da es dir wieder so gut ging, hast du dir gedacht, du hackst dich in meinen Computer ein?«

Und hier ist es. Das Thema, auf das ich gewartet hatte. Nur dass Julian nicht mehr ganz so wütend zu sein scheint wie zuvor, seine Berührung ist beruhigend, und nicht bestrafend.

Es sieht so aus, als würde die Lebensmittelvergiftung – oder was immer ich habe – auch positive Nebeneffekte mit sich bringen.

Ich lächele ihn vorsichtig an. »Also, ja. Ich nahm an, diese Gelegenheit sei genauso gut wie jede andere.« Ich halte mich nicht damit auf, mich zu entschuldigen oder meine Handlung zu leugnen. Das hat keinen Sinn. Es ist geschehen. Ich habe meine Schulden bei Peter bezahlt.

»Woher wusstest du mein Passwort?« Julians Daumen bewegt sich weiterhin in kreisenden Bewegungen über mein Handgelenk. »Ich habe es dir niemals gesagt.«

»Ich habe dich gefilmt, als du es vor einigen Tagen geändert hast. Nachdem ich herausgefunden hatte, dass Frank dir die Liste geschickt hat.«

Julians Mundwinkel zucken kaum wahrnehmbar. »Das habe ich mir gedacht. Ich habe mich gewundert, weshalb du an dem Tag so sehr mit deinem Telefon beschäftigt warst.«

Ich befeuchte meine Lippen. »Wirst du mich bestrafen?« Julian sieht im Moment eher amüsiert als verärgert aus, aber ich kann mir nicht vorstellen, dass er mich einfach so damit davonkommen lässt.

»Natürlich, mein Kätzchen.« Es ist keine Spur eines Zögerns aus seiner Stimme herauszuhören.

Mein Puls wird schneller. »Wann?«

»Wann es mir passt.« Seine Augen leuchten, als er meine Hand loslässt. »Hättest du gerne etwas zu trinken oder etwas anderes?«

»Ein paar Kräcker und Kamillentee wären schön«, erwidere ich automatisch, während ich ihn weiter anblicke. Ich hatte es natürlich erwartet, aber ich kann trotzdem nichts dagegen tun, dass ich Angst habe.

»Ich werde dir die Sachen holen.« Julian steht auf. »Ich bin gleich wieder zurück.«

Er verschwindet durch die Tür, und ich schließe die Augen, da meine Müdigkeit durch meinen Adrenalinabfall zurückkommt. Vielleicht kann ich noch ein wenig schlafen, bevor Julian zurückkommt …

Ich werde durch ein Klopfen an der Tür aufgeschreckt und setze mich schnell hin. »Ja?«

»Nora, hier ist David Goldberg. Kann ich hereinkommen?«

»Natürlich.« Ich lege mich wieder hin, da mein Herz noch rast. »Sind Sie schon fertig mit den Tests?«, frage ich, als der Arzt den Raum betritt.

»Ja.« Er hat einen eigenartigen Gesichtsausdruck als er neben meinem Bett stehenbleibt. »Nora, Sie sind in letzter Zeit recht müde gewesen, stimmt's? Und ungewöhnlich gestresst?«

»Ja.« Ich runzele die Stirn und beginne, mir Sorgen zu machen. »Warum?«

»Sind Ihnen auch noch andere Dinge aufgefallen? Stimmungsschwankungen? Untypische Essensgelüste oder Abneigungen? Vielleicht Spannungen in den Brüsten?«

Ich blicke ihn an, und mein Brustkorb verengt sich. »Was möchten Sie mir sagen?« Die Symptome, die er aufgezählt hat – er kann doch nicht meinen …

»Nora, die Bluttests die ich durchgeführt habe zeigen einen hohen Anteil an HCG-Hormonen«, erklärt Dr. Goldberg ruhig. »Sie sind schwanger.« Er macht eine Pause und fügt ruhig hinzu: »Wenn man den Zeitpunkt bedenkt, zu dem Ihr Implantat entfernt wurde, wäre meine Schätzung, dass Sie sich etwa in der sechsten Schwangerschaftswoche befinden.«

7

Julian

MIT EINEM TABLETT MIT KRÄCKERN UND TEE STEIGE ICH DIE TREPPEN zum Schlafzimmer hinauf. Ich sollte wütend auf Nora sein, aber stattdessen sind meine Sorgen um sie mit einem Hauch von Bewunderung vermischt.

Sie hat sich mir widersetzt. Sie hat sich ins Badezimmer eingeschlossen, sich in meinen Computer gehackt und eine Schuld beglichen, von der sie glaubte, sie begleichen zu müssen. Sie musste gewusst haben, dass sie erwischt werden würde, aber trotzdem hat sie es getan – und ich kann nichts dagegen tun, sie dafür zu bewundern.

Ich hätte an ihrer Stelle das Gleiche getan.

Zurückblickend muss ich sagen, ich hätte es voraussehen müssen. Sie hatte darauf bestanden, Peter die Liste zuzuschicken, also ist es nicht überraschend, dass sie allein gehandelt hat. Von Anfang an habe ich eine ruhige, unnachgiebige Stärke bei ihr gespürt, einen Stahlkern, der im Widerspruch zu ihrer zarten Erscheinung steht.

Mein Kätzchen mag die meiste Zeit folgsam sein, aber nur, weil sie

571

clever genug ist, ihre Schlachten sorgfältig auszuwählen – und es hätte mir klar sein müssen, dass sie sich für diese entscheiden würde.

Als ich fast am Schlafzimmer angekommen bin, höre ich Stimmen und erkenne Goldbergs leicht nasalen Einschlag.

Er ist mit den Resultaten zurück, und Nora hört sich aufgebracht an.

Scheiße. Angst, eisig und scharf, durchfährt mich. Wenn es etwas Ernstes ist, wenn sie wirklich krank ist … Ich beeile mich und bin nach zwei großen Schritten bei der Tür. Tee schwappt über den Rand der Tasse, aber ich bemerke das kaum, da meine Aufmerksamkeit Nora gilt.

Ich nehme das Tablett in eine Hand, schiebe mit der anderen die Tür auf und trete ein.

Sie sitzt auf ihrem Bett, und ihre Augen sehen in ihrem blassen Gesicht riesig aus, als Goldberg sagt: »Ich befürchte es ist möglich …«

Mein Herz gefriert. »Was ist möglich?«, frage ich scharf. »Was stimmt nicht mit ihr?«

Goldberg dreht sich herum und schaut mich an. »Ah, Sie sind da.« Er hört sich erleichtert an. »Ich habe gerade Ihrer Frau erklärt, dass die Pille danach nur eine Wirksamkeit von fünfundneunzig Prozent hat, wenn sie innerhalb der ersten 24 Stunden genommen wird, und auch wenn die Wahrscheinlichkeit einer Empfängnis wegen der erst kürzlichen Entfernung des Verhütungsimplantats sehr gering war, besteht trotzdem die Möglichkeit einer Schwangerschaft …«

»Schwangerschaft?« Ich habe den Eindruck, dass er in einer fremden Sprache mit mir spricht. »Wovon reden Sie?«

Goldberg seufzt und sieht müde aus. »Julian, Nora ist in der sechsten Schwangerschaftswoche. Es sieht so aus, als habe die Pille danach nicht gewirkt.«

Ich starre ihn ungläubig an, und er sagt: »Ich weiß, das ist nicht leicht zu verarbeiten. Warum besprechen Sie das nicht in Ruhe unter vier Augen, und ich werde alle Ihre möglichen Fragen morgen früh beantworten? Jetzt wäre es am besten, wenn Nora sich ein wenig ausruhen würde. Stress ist nicht gut in ihren Umständen.«

Ich nicke, da ich immer noch nicht sprechen kann, und er verabschiedet sich schnell, um Nora und mich allein zu lassen.

Nora sitzt da wie eine Wachspuppe, ihr Gesicht ist fast so weiß wie der Bademantel, den sie trägt.

Heiße Flüssigkeit läuft über meine Hand und verbrennt mich,

bevor mir auffällt, dass ich das Tablett in meiner Hand völlig vergessen habe. Durch den Schmerz bekomme ich einen klaren Kopf und kann Goldbergs Worte endlich verarbeiten.

Nora ist schwanger.

Nicht krank. Schwanger.

Die eisige Angst verschwindet und wird durch ein neues, völlig fremdartiges Gefühl ersetzt.

Ich stelle das Tablett mit der halb vollen Teetasse auf den Nachttisch, setze mich neben meine Frau und nehme ihre kleinen Handflächen in meine Hände. »Nora.« Ich ziehe an ihren Händen, damit sie mich anschaut, und bemerke an ihrem ausdruckslosen und entfernten Blick, dass sie immer noch zutiefst erschüttert ist. »Nora, Baby, rede mit mir.«

Sie blinzelt, so als würde sie wieder zu sich kommen, und ihre Hände zucken in meinem Griff. Ich lasse sie gehen und sehe ihr dabei zu, wie sie sich zurückzieht, ihre Knie an die Brust zieht und ihre Arme um ihre Beine schlingt. Ihr Blick trifft auf meinen, und wir blicken uns eine ganze Weile in die Augen.

»Hast du das getan?«, fragt sie schließlich, und ihre Stimme ist ein angespanntes Flüstern. »Hast du Dr. Goldberg gebeten, mir ein Placebo anstatt der Pille danach zu geben? Ist das neue Implantat in meinem Arm eine Attrappe?«

»Nein.« Ich bin nicht einmal wütend über ihre Anschuldigungen. Wenn ich gewollt hätte, dass sie schwanger wird, hätte ich in Betracht gezogen, etwas Derartiges zu tun, und Nora ist clever genug das zu wissen. »Nein, mein Kätzchen. Es ist genauso ein Schock für mich wie für dich.«

Sie nickt, und ich weiß, dass sie mir glaubt. Ich habe keinen Grund, sie anzulügen. Sie gehört mir und muss das tun, was ich möchte. Hätte ich sie absichtlich geschwängert, würde ich es nicht abstreiten.

»Komm her«, flüstere ich und strecke mich nach ihr aus. Sie bleibt steif, als ich sie zu mir heranziehe, aber ich ignoriere ihren Widerstand. Ich muss sie festhalten, sie in meinen Armen spüren. Ihr Haar kitzelt mich an meinem Kinn, als ich sie auf meinen Schoß hebe, und ich atme den Duft mit geschlossenen Augen ein.

Nora ist nicht krank.

Sie trägt mein Kind in sich.

Das Ganze ist surreal, unnatürlich. Sie fühlt sich in meinen Armen so winzig an, kaum größer als ein Kind. Und trotzdem wird sie eine Mutter sein – und ich ein Vater.

Ein Vater wie der Mann, der mich erschaffen hat und mich zu dem geformt hat, was ich heute bin.

Ungewollt kommt eine alte Erinnerung in mir hoch.

»Fang!« Er wirft mir lachend den Ball zu. Ich springe, um ihn zu fangen, und meine fünf Jahre alten Hände schließen sich um ihn, ergreifen ihn mitten in der Luft.

»Ich habe ihn!« Ich bin so stolz auf mich, so glücklich. »Vater, ich habe ihn beim ersten Versuch gefangen!«

»Gut gemacht, Sohn.« Er grinst mich an, und in diesem Moment liebe ich ihn. Sein Lob bedeutet mir mehr als alles andere auf der Welt. Ich vergesse die häufigen Schläge seines Gürtels, die ganzen Male, die er mich angeschrien hat und mich nutzlos genannt hat.

Er ist mein Vater, und in diesem Moment liebe ich ihn.

Ich reiße meine Augen auf und blicke ausdruckslos die Wand an während ich Nora immer noch festhalte. Ich kann nicht glauben, diesen Mann jemals geliebt zu haben. Er ist so lange das Objekt meines Hasses gewesen, dass ich solche Momente völlig vergessen hatte.

Ich hatte vergessen, dass er mich manchmal auch glücklich gemacht hat.

Würde ich mein Kind glücklich machen? Oder würde er oder sie mich hassen? Ich habe Nora gesagt, dass ich ein grauenhafter Vater wäre, aber ich weiß nicht, ob das wirklich der Wahrheit entspricht. Zum ersten Mal stelle ich mir vor, wie ich ein Neugeborenes halte, mit einem pausbäckigen Kleinkind spiele und einem fünf Jahre alten Kind das Schwimmen beibringe … Diese Bilder kommen wie von allein in meinen Kopf und erfüllen mich mit einer beunruhigenden Mischung aus Angst und Sehnsucht.

Mit einem Wunsch nach etwas, von dem ich nicht gewusst hatte, dass ich es wollte.

Ein unterdrücktes Schluchzen schreckt mich auf, und ich bemerke, dass es von Nora kommt.

Sie weint, und ihr schlanker Körper zittert in meinen Armen. Ich kann die Nässe ihrer Tränen auf meinem Hals spüren, und sie brennt wie Säure.

Einen Moment lang hatte ich vergessen, dass sie dieses Kind nicht möchte.

Wie sehr sie kein Kind mit mir möchte.

»Schscht, mein Kätzchen.« Diese Worte klingen gröber, als ich es wollte, aber ich kann nichts daran ändern. Die unangenehme Enge in meiner Brust ist zurück, und mit ihr der irrationale Drang, ihr Schmerzen zuzufügen. Ich kämpfe dagegen an und sage in einem sanfteren Ton: »Das ist nicht das Ende der Welt, glaube mir.«

Sie beruhigt sich, verstummt einen Moment lang, aber dann erzittert ihr Körper erneut durch ein Schluchzen. Und noch einmal.

Ich kann das nicht mehr ertragen. Ihr Elend fühlt sich an, als würde mir jemand ein heißes Messer in die Seite stechen – quälend und unerträglich.

Ich schiebe meine Hand in ihr Haar, schließe meine Faust um ihre seidigen Strähnen, ziehe ihren Kopf nach hinten und zwinge sie dazu, mich anzuschauen. Ihre Augen sind groß und entsetzt, als sich unsere Blicke treffen. Ich kann die Tränen auf ihren Wimpern glitzern sehen, und dieser Anblick steigert meine Wut, weckt das Untier in mir.

Ihre Lippen zittern, öffnen sich, als würde sie etwas sagen wollen, aber ich beuge meinen Kopf nach unten und verschlucke ihre Worte mit einem tiefen, harten Kuss. Lust, scharf und überwältigend, fließt durch meine Adern, versteift mein Geschlecht und benebelt mein Gehirn. Ich will sie, und ich will sie gleichzeitig bestrafen. Ich kann spüren, wie sie sich mir widersetzt, das Salz ihrer Tränen schmecken, und es heizt mich an, verstärkt meinen perversen Hunger.

Ich weiß nicht, wie wir auf dem Bett enden, auf dem sie hilflos neben mir ausgestreckt liegt, aber die Bekleidung, die wir tragen ist eine untolerierbare Barriere, die ich wegreißen muss. Ich fühle mich gerade eher wie ein Tier als wie ein Mann. Meine Finger schließen sich um ihre Handgelenke, führen sie beide in meine linke Hand, und meine Knie stoßen zwischen ihre Oberschenkel, um sie rau zu öffnen.

Ich kann Noras Betteln hören, damit aufzuhören, aber ich kann nicht. Mein Bedürfnis, sie zu besitzen, brennt wie Feuer unter meiner Haut, versengt alle rationalen Überlegungen. Ich ergreife mein Geschlecht mit meiner freien Hand, führe es zu ihrer Öffnung und dringe mit einem tiefen Stoß in sie ein, um ihren Körper in Besitz zu nehmen, genauso wie ich ihr Herz und ihre Seele besitzen möchte.

Sie fühlt sich um mich so klein und eng an, ihre Muskeln verkrampfen sich verzweifelt, um mein Eindringen zu verhindern, aber dieser Druck verstärkt meinen gewalttätigen Drang, sie zu nehmen, nur noch mehr. Ihr Widerstand treibt mich in den

Wahnsinn, bringt mich dazu, sie noch härter zu nehmen, sie mit meinem Geschlecht zu verprügeln, während ich sie mit meinem Körper festhalte. Jeder Stoß ist ein gnadenloser Besitzanspruch, eine brutale Eroberung dessen, was mir schon lange gehört. Ich nehme sie gefühlte Stunden und verspüre nichts als den übermächtigen Hunger, der in mir brodelt.

Der Lustnebel verschwindet erst langsam wieder, als ich schwer atmend nach meinem explosiven Orgasmus auf ihr kollabiere und mir klar wird, was ich getan habe.

Ich gebe ihre Handgelenke frei, stütze mich auf meinen Ellenbogen auf und schaue sie an, ohne mein Geschlecht aus ihr zu entfernen. Sie liegt mit fest zusammengekniffenen Augen und blassem Gesicht unter mir. Ich kann verschmiertes Blut auf ihrer Unterlippe sehen. Ich habe sie entweder mit meinen Zähnen aufgeschnitten oder sie hat sich vor Schmerzen daraufgebissen.

Während ich sie anschaue, öffnet sie langsam ihre Augen, erwidert meinen Blick ... und zum ersten Mal seit Jahrzehnten schmecke ich das bittere Aroma von Reue.

8

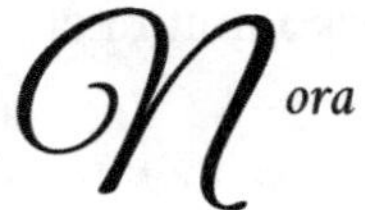

Mein Kopf ist leer, völlig frei von Gedanken, als ich Julian ansehe. Ich bekomme am Rande mit, dass er sich immer noch in mir befindet, aber das ist alles, was ich im Moment aufnehmen kann. Ich fühle mich gebrochen, zerstört, und der wunde Schmerz meines Körpers wird durch tiefen, stechenden Schmerz in meiner Seele verstärkt.

Ich weiß nicht, weshalb sich dieser harte Sex so sehr wie eine Vergewaltigung anfühlt. Warum es mich an die ersten Tage auf der Insel erinnert, als Julian mein grausamer Entführer war und nicht der Mann, den ich liebe. Vor nur wenigen Tagen hat er mich mit einer Peitsche und Nippelklemmen gefoltert, und ich habe es genossen, ihn um mehr angefleht.

Heute habe ich ihn auch angebettelt, aber nicht, weil ich mehr wollte. Ich wollte keinen Sex – nicht, wenn mein Herz wegen des kleinen Lebens, das in mir wächst, zerbricht.

Wegen eines unschuldigen Kindes, das von zwei Mördern gezeugt wurde.

»Nora ...« Julians Stimme ist ein schmerzvolles Flüstern. Der

577

Schmerz darin rührt die Überreste meines Herzens. Ich möchte ihn dafür hassen, mir wehgetan zu haben, aber ich kann es nicht. Es ist ein Teil von ihm. Es ist, was er ist.

Es ist der Grund dafür, dass ein Kind von uns verdammt ist.

Ich erwidere seinen Blick und spüre, wie ich zerbreche. »Lass mich los, Julian. Bitte.«

»Ich kann nicht.« Sein Gesicht zuckt, und die Narbe um sein Auge sticht stark hervor. »Ich kann nicht, Nora.«

Ich schlucke schmerzerfüllt, da ich weiß, dass er nicht über die Position unserer Körper spricht. »Darum habe ich dich auch nicht gebeten. Bitte, ich brauche … ich brauche einfach einen kleinen Moment für mich.«

Er zieht sich von mir zurück, rollt sich auf den Rücken, und ich drehe mich auf die Seite um meine Knie an die Brust zu ziehen. Die Übelkeit, die mich vorhin gequält hatte, ist verschwunden, aber ich fühle mich schwach. Ausgelaugt. Mein Körper schmerzt von Julians hartem Sex, und ein Gefühl von Hoffnungslosigkeit überkommt mich, verschlimmert meine wachsende Verzweiflung.

Ich bekomme kaum mit, dass Julian aufsteht. Erst als er einen warmen Waschlappen zwischen meine Beine drückt, bemerke ich, dass er im Badezimmer gewesen sein muss. Ich habe keine Energie mehr, um mich zu bewegen, weshalb ich einfach liegen bleibe und ihn seine Überreste von meinem Schenkel wischen lasse.

Danach zieht er mich in seine Arme und deckt uns zu. Als die vertraute Wärme seines Körpers in mich eindringt und mich einschläfert, träume ich, dass ich seine Lippen an meiner Schläfe spüre und er flüstert: »Es tut mir leid.«

~

»Wie ich letzte Nacht zu erklären begann, ist diese Schwangerschaft unwahrscheinlich, aber nicht unmöglich«, meint Dr. Goldberg, als ich mich neben Julian auf das Sofa setze. »Die Pille danach ist in fünf Prozent der Fälle wirkungslos, und die Wahrscheinlichkeit, nur wenige Tage nach der Entfernung des Verhütungsimplantats schwanger zu werden, lag auch etwa bei fünf Prozent, also mathematisch gesehen …« Er zuckt mit den Schultern und lächelt mich verlegen an.

»Was ist mit der Tatsache, dass Nora immer noch ein

Verhütungsmittel trägt?«, fragt Julian stirnrunzelnd. »Sie hat ein frisches Implantat in ihrem Arm – und das seit Wochen.«

»Richtig.« Der Arzt nickt. »Wir müssen es so schnell wie möglich entfernen, und Nora sollte Schwangerschaftsvitamine nehmen.« Er macht eine vorsichtige Pause: »Also, falls Sie das Baby haben möchten.«

»Das möchten wir«, erwidert Julian, noch bevor ich die Frage überhaupt verarbeitet habe. »Und wir möchten sichergehen, dass das Kind gesund ist.« Er greift nach meiner Hand und schlingt seine Finger um meine Handfläche, um sie besitzergreifend zu drücken. »Und Nora, natürlich.«

Als ich Dr. Goldbergs Worte endlich verstanden habe, blicke ich Julian an. Sein Kinn hat einen harten, unnachgiebigen Zug. Ich hatte nicht an eine Abtreibung gedacht, aber es überrascht mich, dass Julian so entschieden dagegen ist. Er hatte gesagt, dass er keine Kinder wolle, und ich kann mir nicht vorstellen, dass ihm seine Moralvorstellungen oder seine Religion einen solchen Eingriff verbieten.

»Natürlich«, sagt der Arzt. »Schwangerschaften sind zwar nicht mein Spezialgebiet, aber ich kann Nora untersuchen, das Implantat entfernen und ihr die benötigten Vitamine verschreiben. Außerdem kann ich einen hervorragenden Gynäkologen empfehlen, der sich vielleicht damit einverstanden erklären könnte, Noras Schwangerschaft zu überwachen. Ich habe Ihnen schon die Kontaktinformationen per E-Mail geschickt.«

»Gut.« Julian lässt meine Hand los, steht auf und wirkt unruhig und angespannt. »Ich möchte die beste Fürsorge für Nora.«

»Die werden Sie bekommen«, verspricht Dr. Goldberg und steht ebenfalls auf. Er dreht sich zu mir um und sagt: »Zumindest erklärt das einiges.«

»Was erklärt es denn?« Ich stehe auch auf, da ich mich unwohl dabei fühle, als Einzige zu sitzen.

»Ihre andauernden Albträume und Panikattacken.« Der Arzt sieht mich mitleidig an. »Es ist nicht ungewöhnlich, dass die Schwangerschaftshormone Ängste verstärken, ganz besonders nach traumatischen Erlebnissen.«

»Oh.« Ich blicke ihn an. »Also reagiere ich nicht einfach nur über?«

»Das tun Sie nicht«, versichert mir Dr. Goldberg. »Depressionen und Angstzustände können bei schwangeren Frauen durch weit weniger ausgelöst werden. Sie müssen versuchen, es langsam angehen zu lassen und sich so viel wie möglich auszuruhen, für Ihr eigenes Wohlergehen und das des Kindes. Stress während der Schwangerschaft kann zu allen möglichen Komplikationen führen, auch zu einer Fehlgeburt.«

»Ich werde sicherstellen, dass sie viel ruht und keinen Stress hat.« Julian streckt sich wieder nach mir aus und umschlingt meine Finger mit seinen. Es scheint, als könne er es heute nicht ertragen, mich nicht zu berühren. »Was ist mit Essen und Getränken?«

»Ich werde Ihnen eine Liste mit allen Lebensmitteln geben, die zu vermeiden sind«, sagt Dr. Goldberg. »Sie wissen wahrscheinlich über Alkohol und Koffein Bescheid, aber es gibt noch weitere Dinge wie Sushi und Meeresfrüchte mit einem hohen Quecksilberanteil.«

»In Ordnung.« Julian dreht seinen Kopf, um mich anzuschauen. »Baby, wäre es für dich okay, wenn der Arzt dich jetzt untersucht und dir das Implantat entfernt?« Seine Stimme ist ungewöhnlich sanft, und sein Blick ist voll von einer undefinierbaren Emotion.

»Ja, klar.« Ich sehe keinen Grund dafür, das Ganze länger hinauszuzögern, und ich mag es, dass Julian mich gefragt hat anstatt die Untersuchung einfach selbstherrlich anzuordnen, wie es normalerweise seine Art ist.

»Gut.« Er hebt meine Hand hoch – diejenige die er festhält – und küsst mich auf mein Handgelenk, bevor er sie loslässt. »Ich bin gleich zurück.«

Ich nicke, und Julian verlässt leise den Raum und schließt die Tür hinter sich.

»In Ordnung, Nora.« Dr. Goldberg lächelt mich an, greift in seine Tasche und zieht Latexhandschuhe hervor. »Wollen wir anfangen?«

~

NACHDEM DER ARZT GEGANGEN IST, ZIEHE ICH MIR EINEN BADEANZUG an und gehe mit meinem Psychologie-Lehrbuch auf die hintere Veranda. Schwanger oder nicht, ich muss für eine Prüfung lernen, und ich bin entschlossen, das auch zu tun – und wenn auch nur, um mich von meiner Situation abzulenken. An meinem Arm befindet sich wieder eine kleine Wunde, die mit einem Pflaster verbunden ist, und ich versuche, den leichten Schmerz zu ignorieren, da ich mich nicht auf die Tatsache konzentrieren möchte, dass mein Verhütungsimplantat entfernt worden ist ... und den Grund dafür.

Es ist eigenartig, aber das zerbrochene Gefühl der letzten Nacht ist nicht mehr da. Es wurde von einer Art entferntem Schmerz abgelöst. Ich sollte wahrscheinlich traumatisiert und wütend auf Julian sein, aber das bin ich nicht. Genau wie in den ersten Tagen nach meiner Entführung fühlt sich die letzte Nacht an, als gehöre sie zu einer anderen Ära, zu einer Zeit, in der wir noch nicht das waren, was wir jetzt sind. Ich weiß, dass ich wieder dieses Spiel mit mir spiele – das Spiel, in dem nur der gegenwärtige Moment existiert und ich alle schlechten Dinge in eine andere Ecke meines Gehirns stopfe –, aber ich muss das tun, um nicht verrückt zu werden.

Ich brauche dieses Spiel, weil ich nicht aufhören kann, meinen Entführer zu lieben, egal was er tut.

Es hilft nicht, dass Julian heute Morgen ein völlig anderer ist als der brutale Wilde von letzter Nacht. Seit dem Moment, an dem ich aufgewacht bin hat er mich behandelt, als sei ich aus Glas. Frühstück im Bett, gefolgt von einer Fußmassage, ständig kleine Küsschen und liebevolle Gesten – wenn ich es nicht besser wüsste, würde ich denken, dass er sich schuldig fühlt.

Natürlich weiß ich es besser. Nur eine dünne Linie trennt das Monster von letzter Nacht von dem zärtlichen Liebhaber des heutigen Morgens. Schuldgefühl ist etwas, was meinem Ehemann so fremd ist wie Mitleid für seine Feinde.

Auf der hinteren Terrasse entscheide ich mich für einen Liegestuhl unter einem Sonnenschirm und mache es mir bequem. Wie immer ist die Luft draußen heiß und feucht, so dick, dass sie fast nebelig ist. Das Klima hier stört mich allerdings nicht mehr, weil ich mich daran gewöhnt habe und außerdem einfach in den Pool springen kann, wenn ich eine Abkühlung brauche. Ich schlage mein Lehrbuch auf und beginne, das Kapitel über die Neurotransmitter ein weiteres Mal zu lesen.

Ich habe es erst zur Hälfte durchgearbeitet, als ich einen Schatten bemerke und aufschaue.

Es ist Julian. Er trägt eine schwarze Badehose und lässt seinen Blick hungrig über mich gleiten, während er neben meinem Stuhl steht.

Ich lecke mir über die Lippen und blicke zu ihm hoch. Im grellen Sonnenlicht ist er fast unerträglich gutaussehend, selbst die neuen

Narben scheinen seine Männlichkeit einfach nur zu verstärken. Von seinen Schultern bis zu seinen Unterschenkeln ist jeder Millimeter seines Körpers voller schlanker, harter Muskeln. Seine kräftige Brust ist leicht mit dunklem Haar bedeckt, seine Bauchmuskeln sind klar definiert und eine feine Linie aus Haar zieht sich von seinem Nabel bis in seine Shorts.

Er ist umwerfend, hinreißender als jeder andere Mann, den ich kenne – und ich will ihn.

Ich will ihn trotz der letzten Nacht, trotz allem.

»Wie fühlst du dich, Baby?«, fragt er mit leiser und rauer Stimme. »Ist dir übel? Bist du müde?«

»Nein.« Ich setze mich hin, stelle meine Füße auf den Boden und lege mein Buch beiseite. »Heute geht es mir gut.«

Julian setzt sich neben mich und streicht mir eine Haarsträhne hinter mein Ohr. »Gut«, sagt er sanft. »Das freut mich.«

»Bist du herausgekommen um zu schwimmen?« Ich versuche, die warme Feuchtigkeit zwischen meinen Schenkeln, die seine Berührung ausgelöst hat, zu ignorieren. »Ich dachte, du würdest in dein Büro gehen.«

»Da war ich auch für einige Minuten, aber ich nehme mir den Rest des Tages frei.«

»Wirklich?« Julian nimmt sich so selten einen Tag frei, dass es an ein Wunder grenzt. »Warum?«

Er lächelt mich verlegen an. »Ich konnte mich nicht konzentrieren.«

»Oh.« Ich betrachte ihn vorsichtig. »Möchtest du schwimmen? Ich habe überlegt, nach diesem Kapitel ins Wasser zu gehen, aber ich kann es auch jetzt tun.«

»Gerne.« Julian stellt sich hin und reicht mir seine Hand. »Lass uns gehen.«

Ich lege meine Hand auf seine und lasse mich von ihm zum Pool führen. Als wir fast am Wasser sind, beugt er sich plötzlich nach unten, schlingt seine Arme unter meine Knie und hebt mich hoch.

Überrascht lache ich auf und schlinge meine Arme um seinen Hals. »Julian! Wirf mich bitte nicht hinein! Ich möchte langsam hineingehen ...«

»Ich würde dich nicht hineinwerfen, mein Kätzchen«, flüstert er und hält mich weiterhin in seinen Armen, während er den Pool betritt. Seine Augen leuchten mit unerwarteter Belustigung. »Für was für ein Monster hältst du mich denn?«

»Muss ich diese Frage wirklich beantworten?« Ich kann es gar nicht glauben, dass ich in der Stimmung bin, ihn aufzuziehen, aber plötzlich fühle ich mich unglaublich übermütig. Zweifellos irgendein komischer Hormonschub, aber das ist mir egal. Ich würde mich immer für übermütig anstatt für deprimiert entscheiden.

»Du musst antworten«, sagt er, und ein schelmisches Grinsen erscheint auf seinem Gesicht. Das Wasser reicht ihm jetzt bis zur Hüfte und er hält inne ohne mich herunterzulassen. »Oder …«

»Oder was?«

»Das.« Julian lässt mich einige Zentimeter hinabsinken, bis meine baumelnden Füße das Wasser berühren. Er versucht einen einschüchternden Blick aufzusetzen, aber ich kann erkennen, dass seine Mundwinkel durch ein unterdrücktes Lächeln zucken.

»Drohen Sie mir damit, mich einzutauchen, mein Herr?« Ich schwenke meinen rechten Fuß im Wasser und blicke ihn scherzhaft tadelnd an. »Ich dachte, wir hätten gerade ausgemacht, dass Sie mich nicht hineinwerfen würden?«

»Wer hat denn etwas von werfen gesagt?« Er geht tiefer in den Pool und lässt das Wasser bis zu meinen Waden ansteigen. Sein vorgetäuschtes bedrohliches Gesicht verschwindet und wird von einem dunklen, sinnlichen Lächeln ersetzt. »Es gibt andere Wege, um mit bösen Mädchen fertigzuwerden.«

»Ach, was Sie nicht sagen …« Meine inneren Muskeln ziehen sich durch die Bilder in meinem Kopf zusammen. »Was für Wege?«

»Na ja, erst einmal«, er beugt seinen Kopf nach unten, bis seine Lippen die meinen fast berühren und ich meinen Atem voller Erwartung anhalte, »müssen sie abgekühlt werden.«

Und bevor ich reagieren kann, geht er in die Knie, und wir verschwinden beide im Wasser – bis nur noch mein Kopf herausschaut.

»Julian!« Ich lache ausgelassen, ziehe meine Arme hinter seinem Hals hervor und drücke mich von seinen Schultern ab. Der Pool ist beheizt, aber immer noch kühl im Vergleich zu meiner von der Sonne gewärmten Haut. »Du hast gesagt, dass du es nicht tun würdest!«

»Ich habe gesagt, dass ich dich nicht hineinwerfen würde«, korrigiert er mich, und sein schelmisches Grinsen kommt erneut zum Vorschein. »Ich habe nicht behauptet dich nicht hineinzutragen.«

»Okay, das reicht.« Es gelingt mir, seinem Griff zu entkommen und einige Meter Abstand zwischen uns zu bringen. »Du willst Krieg? Den kannst du haben, mein Lieber!« Ich lasse meine Handfläche durch das Wasser gleiten, um ihn nasszuspritzen, und sehe lachend dabei zu, wie ein Wasserschwall sein Gesicht trifft.

Er wischt sich das Wasser weg, zwinkert ungläubig, und ich ziehe mich, noch lauter lachend, zurück.

Als er sich von seinem Schock erholt hat, beginnt er, auf mich zuzukommen. »Hast du mich gerade vollgespritzt?« Seine Stimme ist leise und bedrohlich. »Hast du gerade Wasser in mein Gesicht gespritzt, mein Kätzchen?«

»Was? Nein!« Ich klimpere scherzend mit den Wimpern, während ich versuche, mich in den tieferen Teil des Pools zurückzuziehen. »Das würde ich niemals wagen …« Mein Satz endet mit einem Aufschrei, als Julian sich auf mich stürzt und den Abstand zwischen uns innerhalb eines Augenaufschlags schließt. Im letzten Moment kann ich aus seiner Reichweite entkommen und beginne immer noch, hysterisch lachend wegzuschwimmen.

Ich bin ein guter Schwimmer, aber innerhalb von weniger als zwei Sekunden schließen sich Julians Stahlfinger um meinen Knöchel. »Hab dich«, sagt er und zieht mich zu sich heran. Als ich nahe genug bin, greift er nach meinem Arm, zieht mich in eine stehende Position, schlingt seine muskulösen Arme um meinen Rücken und grinst über meine erfolglosen Versuche, ihn wegzuschieben.

»Okay, du hast mich gefangen«, gebe ich lachend nach. »Und jetzt?«

»Das.« Er beugt seinen Kopf nach unten, küsst mich, und die Wärme seines großen Körpers verdrängt die Kühle des Wassers auf meiner Haut.

Als seine Zunge in meinen Mund eindringt, spanne ich mich ungewollt an, und die Erinnerungen an letzte Nacht kommen plötzlich klar und deutlich in meinen Kopf. Für einige kurze Momente erlebe ich erneut das furchtbare Gefühl der Hilflosigkeit, des schmerzhaften Betrugs, und ich weiß, ich habe es nicht wirklich geschafft, das Gute und das Böse zu trennen. So sehr ich auch vorgeben möchte, dass heute ein Tag wie jeder andere ist, ist er es nicht, und kein noch so spielerisches Lachen kann die Tatsache ändern, dass das Böse in Julians Seele niemals völlig ausradiert werden wird.

Das Monster wird immer daliegen und abwarten.

Doch während er mich weiterhin küsst, wächst die Hitze in mir und zieht mich in seinen Bann. Jetzt ist er zärtlich zu mir, und mein Körper entspannt sich, genießt diese Zärtlichkeit und die trügerische Wärme seiner Umarmung. Ich möchte an diese Illusion seiner Zuneigung glauben, dieses Trugbild seiner perversen Liebe, und deshalb schiebe ich die dunklen Erinnerungen beiseite und bleibe in der helleren Gegenwart zurück.

Bei dem Mann, den ich liebe.

9

Julian

Nora und ich schwimmen und spielen im Pool, bis Ana uns holen kommt, weil das Essen fertig ist. Zu diesem Zeitpunkt bin ich schon am Verhungern, und ich nehme an, dass es Nora genauso geht. Außerdem leide ich unter meinen durch unsere Spielereien prall gefüllten Hoden, aber sie müssen bis später warten.

Mir ist es wichtiger, dass Nora etwas isst, als mich zu befriedigen.

Mein Kätzchen in dieser Stimmung zu sehen – so glücklich, strahlend und sorgenfrei – hat dabei geholfen, die Enge in meiner Brust zu mindern, aber sie nicht vollständig vertrieben. Ihr Gesichtsausdruck, nachdem ich sie genommen hatte … Er verfolgt mich, dringt immer wieder in meine Gedanken ein, obwohl ich alles versuche, ihn zu verdrängen. Ich weiß, dass ich ihr in der Vergangenheit Schlimmeres angetan habe, aber irgendetwas an letzter Nacht fühlt sich unerträglich an.

Ich habe mich gefühlt, als hätte ich sie ungerecht behandelt.

Vielleicht ist es deshalb, weil sie jetzt komplett mir gehört. Ich muss sie nicht länger erziehen, sie zu dem formen, was ich brauche.

Sie liebt mich genug, um ihr Leben für mich aufs Spiel zu setzen, genug, um freiwillig bei mir zu bleiben. Alles, was ich ihr in der Vergangenheit angetan habe, war bis zu einem gewissen Grad geplant, aber letzte Nacht habe ich ihr wehgetan, ohne es zu wollen.

Ich habe ihr wehgetan, als ich sie eigentlich nur in meinen Armen halten, sie heilen wollte.

Ich habe der Frau wehgetan, die mein Kind in sich trägt – und auch wenn Nora mir vergeben zu haben scheint, ich kann es nicht.

»Was kann ich dir bringen, Nora?«, fragt Ana, als wir am Esstisch Platz genommen haben. Die ältere Frau strahlt so glücklich wie noch nie meine Frau an. »Etwas Toast? Vielleicht ein wenig trockenen Reis?«

Nora bekommt bei den Worten der Haushälterin große Augen, aber es gelingt ihr, ruhig zu erwidern: »Ich nehme das, was du gekocht hast, Ana. Mir geht es heute besser, wirklich.«

Trotz meiner düsteren Gedanken von eben muss ich lächeln. Goldberg muss etwas verraten haben oder Ana hat etwas von unserem Gespräch heute Morgen gehört. Das ist also der Grund dafür, dass sie über das ganze Gesicht strahlt: sie weiß über Noras Schwangerschaft Bescheid und ist überglücklich darüber.

Als sie Noras Worte hört, hellt sich Anas Gesichtsausdruck noch mehr auf. »Gut. Ich habe jetzt verstanden, dass du gestern unter Schwangerschaftsübelkeit gelitten hast. Das kommt vor«, sagt sie in einem verschwörerischen Ton. »Es beginnt etwa in der sechsten Schwangerschaftswoche, sagen sie.«

»Hervorragend.« Nora versucht, sich ihren Unmut nicht anmerken zu lassen, aber es gelingt ihr nicht ganz. »Ich freue mich schon darauf.«

»Ich werde sicherstellen, dass du die beste Pflege bekommst, Baby«, murmele ich und greife über den Tisch, um Noras zarte Hand mit meiner abzudecken. »Du bekommst alles, was du brauchst, damit du dich besser fühlst.«

Ich habe dem Gynäkologen, den Goldberg mir empfohlen hat, schon eine E-Mail geschrieben, während Nora untersucht wurde. Ich habe dieses Kind zwar nicht geplant, aber jetzt ist es da, und ich kann den Gedanken nicht ertragen, dass ihm etwas zustoßen könnte. Als Goldberg heute die Möglichkeit einer Fehlgeburt angesprochen hat, musste ich mich beherrschen, ihm nicht an die Gurgel zu springen.

Geplant oder nicht, dieses Kind ist mein Fleisch und Blut, und ich werde jeden töten, der ihm etwas antun möchte.

Nora lächelt mich leicht an. »Ich bin mir sicher, es wird alles gut werden. Frauen bekommen ständig Kinder.« Trotz ihrer beruhigenden Worte klingt ihre Stimme angespannt, und ich weiß, sie fühlt sich in der neuen Situation immer noch nicht wohl.

Unwohl bei dem Gedanken, mein Kind in sich zu tragen.

Ich atme tief durch und unterdrücke den instinktiv in mir aufsteigenden Ärger. Auf einer rationalen Ebene verstehe ich ihre Angst. Nora liebt mich, aber sie kennt mein Naturell.

Besonders nach letzter Nacht.

»Ja, alles wird gutgehen«, sage ich ruhig und drücke zärtlich ihre Hand, bevor ich sie wieder loslasse. »Das werde ich sicherstellen.«

Während der restlichen Mahlzeit vermeiden wir dieses Thema, da wir beide lieber an andere Dinge denken möchten.

~

Ich verbringe den Rest des Tages mit Nora und ignoriere die Arbeit, die auf mich wartet. Zum ersten Mal seit einer Ewigkeit kann ich mich nicht auf Probleme bei der Produktion in Malaysia oder auf die Tatsache, dass das mexikanische Kartell niedrigere Preise für Maschinenpistolen verlangt, konzentrieren. Die Ukrainer wollen Wiedergutmachung leisten und versuchen, mich zu bestechen, meine Allianz mit den Russen aufzugeben, Interpol läuft Sturm gegen die Liste, die die CIA mir für Peter geschickt hat, eine neue Terroristengruppe im Irak möchte auf die Warteliste für den Sprengstoff – und das alles ist mir scheißegal.

Alles, was mich heute interessiert, ist Nora.

Nach dem Mittagessen machen wir einen Spaziergang auf dem Anwesen, und ich zeige ihr meine Lieblingsplätze aus meiner Kindheit wie einen kleinen See am Rande des Grundstücks wo ich einmal einen Jaguar getroffen habe.

»Wirklich? Einen Jaguar?« Nora reißt ihre Augen auf, als wir aus dem bewaldeten Gebiet auf eine grasbewachsene Lichtung vor einem See hinaustreten. Die großen Bäume, die ihn umgeben, bieten Schatten und Privatsphäre vor den Wächtern – was der Grund dafür war, dass ich hier als Kind viel Zeit verbracht habe.

»Manchmal kommen sie aus dem Dschungel heraus«, erwidere ich auf Noras Frage. »Es geschieht nicht oft, aber ab und zu.«

»Wie konntest du ihm entkommen?« Sie schaut mich besorgt an. »Du hast gesagt, dass du erst neun Jahre alt warst.«

»Ich hatte eine Waffe bei mir.«

»Also hast du ihn getötet?«

»Nein, ich habe auf einen Baum neben ihm geschossen und ihn damit verjagt.« Ich hätte ihn töten können – meine Zielsicherheit war schon damals hervorragend –, aber der Gedanke daran, diese stolze Kreatur zu verletzen, hatte mich aus irgendeinem Grund abgeschreckt. Es war nicht die Schuld des Jaguars, dass er als Raubtier geboren wurde, und ich wollte ihn nicht dafür bestrafen, dass er unglücklicherweise auf menschlichem Gebiet umherwanderte.

»Was haben deine Eltern dazu gesagt, als du es ihnen erzählt hast?« Nora setzt sich auf einen abgebrochenen Baumstamm und schaut mich an. Ihre glatten Schultern leuchten durch das Licht, das vom See reflektiert wird. »Meine hätten Todesangst um mich ausgestanden.«

»Ich habe es ihnen nicht erzählt.« Ich setze mich neben sie und kann nicht widerstehen, ihr einen Kuss auf die rechte Schulter zu geben. Ihre Haut riecht köstlich, und der Hunger, den unser Spiel im Pool ausgelöst hat, kehrt zurück, lässt meinen Körper durch ihre Nähe wieder versteifen.

»Warum nicht?«, fragt sie mit rauer Stimme und dreht sich zu mir um, als ich meinen Kopf hochnehme. »Warum hast du es ihnen nicht erzählt?«

»Meine Mutter hatte sowieso schon Angst vor dem Dschungel, und mein Vater wäre darüber aufgebracht gewesen, dass ich ihm nicht das Fell des Jaguars gebracht habe. Also gab es keinen Grund dafür, es einem von ihnen zu erzählen«, erkläre ich. Ich greife nach ihrem Haar und lasse meine Finger durch diese dicke, seidige Masse gleiten, genieße das Gefühl, wie sie durch meine Hände gleitet. Mein Geschlecht ist steif vor Begehren, aber ich habe nicht vor im Moment, weiterzugehen.

Nicht bis heute Nacht, wenn sie es sich in unserem Bett bequem machen kann und ich sicher sein werde, dass ich ihr nicht wehtun werde.

»Oh.« Nora neigt ihren Kopf, um ihn näher zu meinen Händen zu bewegen und betrachtet mich durch halbgeschlossene Augen. Ihr

Ausdruck erinnert mich an ein Kätzchen, das gerade gekrault wird. »Und deinen Freunden? Hast du ihnen erzählt, was passiert ist?«

»Nein«, murmele ich, und meine Erregung steigert sich trotz meiner guten Vorsätze. »Ich habe es niemandem erzählt.«

»Warum nicht?« Nora schnurrt, als ich meine Finger erneut durch ihr Haar gleiten lasse und dabei ihre Kopfhaut leicht massiere. »Hast du gedacht, dass sie dir nicht glauben würden?«

»Nein, ich wusste, sie würden mir glauben.« Ich ziehe meine Hände aus ihrem Haar zurück, als sich mein Verlangen derart verstärkt, dass ich mir Sorgen um meine Selbstkontrolle mache. »Ich hatte einfach keine engen Freunde, das ist alles.«

Etwas, was mich stark an Mitleid erinnert, flackert in ihren Augen auf, aber sie sagt nichts und stellt auch keine weiteren Fragen. Stattdessen lehnt sie sich näher an mich heran, drückt ihre Lippen auf meine und legt ihre kleinen Hände auf meine Wangen.

Ihre Berührung ist eigenartig unschuldig und unsicher, so als würde sie mich gerade zum ersten Mal küssen. Ihre Lippen streifen mich kaum, jede Berührung ist hauchzart, wie ein Versprechen auf mehr. Ich kann sie fast schmecken, fast fühlen, und mein Drang, sie zu nehmen, ist so stark, dass er mich erzittern lässt. Einzig die Erinnerung an letzte Nacht – an ihren verwundeten, betrogenen Blick – lässt mich still stehen und mit meinen Händen auf ihren Schultern ihre Fast-Küsse ertragen. Ich weiß, ich sollte sie unterbrechen, sie wegschieben, aber das kann ich nicht.

Ihre zurückhaltenden Küsse sind das Süßeste, was ich jemals gefühlt habe.

Als ich denke, dass ich es nicht mehr ertragen kann, bewegt sich ihr kleiner heißer Mund zu meinem Kinn, um danach meinen Hals hinunterzuwandern, ihn mit der gleichen quälenden Zärtlichkeit zu küssen und zu liebkosen. Ihre Hände verlassen mein Gesicht und gleiten an meinem Körper hinunter, bis sich ihre Finger um den Saum meines Hemdes schließen. Sie beginnt damit, das Hemd anzuheben, und ich stöhne, als ihre Knöchel an meinen nackten Seiten entlangstreifen, ihre Berührung ein Brennen auf meiner Haut hinterlässt.

»Nora ...« Ich atme tief ein, als sie sich nach unten bewegt und sich mit ihrem Gesicht auf meiner Bauchhöhe zwischen meine gespreizten Beine kniet. »Nora, Baby, du musst damit aufhören.«

Sie ignoriert meine Anweisung und lässt mein Hemd weiterhin

hochgeschoben. »Was mache ich denn?«, flüstert sie und schaut mich an. Und bevor ich antworten kann, beugt sie sich nach vorn und küsst mich warm und feucht auf meinen Bauch.

Scheiße. Mein ganzer Körper zuckt, und meine Hoden ziehen sich lustvoll zusammen. Sie vor mir auf ihren Knien zu sehen drückt genau die falschen Knöpfe bei mir, nämlich die, die meine dunkelsten Wünsche hervorholen. Meine Hände ballen sich zu Fäusten, und ich atme kurz und tief, während ich mir ins Gedächtnis rufe, wie zerbrechlich sie gerade ist.

Dass sie mit meinem Kind schwanger ist und ich sie nicht wieder wie ein Tier nehmen kann.

Aber jetzt leckt sie meinen Bauch. *Verdammt, sie leckt ihn.* Sie fährt alle Muskelwölbungen mit ihrer Zunge ab, so als würde sie sie in ihre Erinnerungen aufnehmen wollen.

»Nora.« Meine Stimme ist rau. »Baby, das reicht.«

Sie setzt sich aufrecht hin und schaut mich durch ihre langen, dicken Wimpern an. »Bist du sicher?«, flüstert sie, ohne ihre Finger von meinem Hemd zu nehmen. »Ich denke nämlich, dass ich mehr möchte.« Sie beugt sich wieder nach vorn, fährt mit ihren Zähnen meine unteren Bauchmuskeln entlang, bevor sie an einer Stelle mit ihrem heißen und feuchten Mund an meiner nackten Haut saugt.

Einem Stück Haut, das sich genau neben meinem in den Shorts eingesperrten, pulsierenden Geschlecht befindet.

Verdammt nochmal.

»Nora …« Ich kann die Worte kaum aussprechen, und meine Finger graben sich in die Baumrinde, um nicht nach ihr zu greifen. »Du möchtest das nicht, Baby, hör auf damit …«

»Wer hat gesagt, dass ich das nicht möchte?« Sie bewegt ihren Oberkörper wieder ein wenig nach hinten, um mich mit einem dunklen und erhitzten Blick anzusehen. »Ich will es, Julian … Du hast mich dazu gebracht, es zu wollen.«

Ich atme hart ein, und mein Geschlecht zuckt, als sie mein Hemd loslässt, um nach meiner Gürtelschnalle zu greifen. »Ich will dir nicht wehtun.«

Ihre Lippen formen sich zu einem Lächeln. »Doch Julian, das möchtest du.« Sie öffnet meinen Gürtel, und ihre Hand gleitet in meine Shorts, um sich um meinen geschwollenen Penis zu legen und ihn zu massieren. »Willst du nicht?«

Ich explodiere fast, und meine Hände ergreifen sie noch, bevor mir bewusst wird, was ich tue. »Doch ...« Meine Stimme ist fast ein Knurren, als ich sie auf meinen Schoß ziehe und sie dazu zwinge, sich gegrätscht auf mich zu setzen. »Ich will dir wehtun, dich ficken, dich auf jede mögliche Art und Weise nehmen und noch mehr. Ich will deine hübsche Haut markieren und dich schreien hören, wenn ich tief in deine Muschi eindringe, um dich auf meinem Schwanz kommen zu lassen. Willst du das hören, mein Kätzchen?« Ich umfasse ihre Arme fest und starre sie an. »Willst du das?«

Sie leckt sich mit ihrer Zunge über ihre Lippen, während in ihren Augen eine seltsame Dunkelheit leuchtet. »Ja.« Sie flüstert sanft. »Ja, Julian. Genau das möchte ich.«

Scheiße. Ich schließe die Augen und zittere förmlich vor Lust. So wie sie sich auf meinem Schoß zurechtrückt, trennt nur ein kleiner String ihre Muschi von meinem Schwanz. Wenn ich sie einige Zentimeter nach oben schiebe, könnte ich in sie eindringen, ihren engen, kleinen Körper bearbeiten ...

Die Verlockung ist unerträglich.

Eintausend. Zweitausend. Dreitausend. Ich zwinge mich dazu, schweigend zu zählen, bis ich mich wieder knapp unter Kontrolle habe.

Danach öffne ich meine Augen und erwidere ihren Blick erneut.

»Nein, Nora.« Meine Stimme ist fast ruhig, als ich ihre Arme loslasse und meine Hände nach oben bewege, um ihr Gesicht in meine Handflächen zu nehmen. »Das wird nicht passieren.«

Sie blinzelt und schaut überrascht aus. »Was ...«

Ich beuge meinen Kopf und unterbreche sie mit einem Kuss. Langsam und tief dringe ich in ihren Mund ein und streichele sie mit meiner Zunge. Dann vergrabe ich meine Hand in ihrem Haar, drücke sie zwischen meine Beine und genieße ihren schockierten Gesichtsausdruck.

»Du wirst ihn in den Mund nehmen«, sage ich grob. »Und wenn du ein braves Mädchen bist, bekommst du eine Belohnung. Verstanden?«

Nora reißt ihre Augen auf, aber folgt meiner Anweisung. Sie befreit mein dickes Geschlecht aus den Shorts, schließt ihre Lippen darum und beginnt, es rhythmisch mit ihrer Hand zu massieren. In ihrem Mund ist es heiß, seidig und feucht, fast so köstlich wie in ihrer anderen Öffnung, und der Druck ihrer Hand lässt auch nichts zu wünschen übrig. Ich bin so erregt, dass ich nach nur wenigen Minuten komme, mein Orgasmus in explosionsartiger Ekstase aus meinen Hoden durch meine Nervenenden schießt. Stöhnend ergreife ich ihr Haar und schiebe mich tiefer in ihren Mund, um sie dazu zu zwingen, jeden Tropfen zu schlucken.

Danach ziehe ich mich aus ihr zurück, knie mich auf den Boden neben sie und lege sie auf das Gras. »Spreize deine Beine«, befehle ich und schiebe ihr Kleid so weit nach oben, dass ihr Unterkörper freiliegt.

Sie tut, was ich sage, und ich kann in ihrem Blick eine Mischung aus Vorfreude und Vorsicht erkennen. Ich lege meine Hände auf ihre schlanken, gebräunten Oberschenkel und streichele sie, genieße die zarte Textur ihrer Haut. Dann beuge ich mich nach unten und schiebe meine Finger in ihren pinkfarbenen Tanga, um ihn zur Seite zu schieben und ihre glitzernden Schamlippen freizulegen.

»Du hast so eine sexy Muschi, Baby.« Meine Worte sind leise und rau, da mein Hunger, der kaum gestillt worden war, mit aller Heftigkeit zurückkehrt. Ich senke meinen Kopf noch ein Stück und inhaliere ihren süßen Moschusduft. »So eine wunderschöne nasse, kleine Muschi.«

Ihre Atmung stockt, und ein Stöhnen vibriert in ihrer Kehle, als ich meine Lippen auf ihre Falten drücke und sie sanft küsse. »Julian, bitte.« Sie hört sich gequält an. »Bitte, ich … ich brauche dich.«

»Ja.« Ich lasse meinen Atem über ihr empfindliches Fleisch gleiten. »Ich weiß, dass du das brauchst.« Ich lecke sie einmal lang und langsam. »Du wirst mich immer brauchen, oder nicht?«

»Ja, das werde ich.« Sie schiebt ihre Hüfte flehend nach oben. »Immer.«

»Dann, mein Kätzchen, bekommst du jetzt deine Belohnung.«

Ich drücke meine Zunge auf ihre Klitoris und verwöhne sie, bade mich in ihrem Flehen und Stöhnen. Als sie schließlich erzittert und vor Erleichterung aufschreit, lasse ich meine Zunge noch einige Male über sie gleiten, um ihren Orgasmus bis zum Letzten auszukosten. Danach lasse ich mich neben sie aufs Gras fallen, lege meinen linken Arm wie ein Kissen unter meinen Kopf und rücke ihren Kopf auf meiner rechten Schulter zurecht.

Wir liegen eine Weile so da, blicken auf das schimmernde Wasser des Sees und hören den zirpenden Insekten zu. Ich will sie immer noch, aber mein Begehren ist jetzt unterschwelliger. Kontrollierter.

Ich habe ihr dieses Mal nicht wehgetan, aber die Schwere in meiner Brust ist immer noch da, nagt an mir.

Schließlich kann ich nicht länger schweigen.

»Nora, letzte Nacht ... das war nicht wegen Peters Liste.« Ich weiß nicht, warum ich mich fühle, als müsse ich es ihr erklären, aber das tue ich. Ich will, dass sie versteht, dass ich sie in diesem Moment nicht bestrafen wollte, dass die Schmerzen, die ich ihr zugefügt habe, nicht grausam geplant waren. Ich weiß nicht, wieso sie das interessieren sollte, wenn es von ihrem Entführer kommt, oder was es praktisch für einen Unterschied macht, aber ich muss wissen, dass sie es weiß. »Es war ein Fehler. Es hätte nicht passieren dürfen.«

Sie antwortet nicht, reagiert in keinster Weise auf meine Worte, aber nach einigen Momenten dreht sie sich in meinen Armen um und legt ihre rechte Hand auf meine Brust, genau auf mein Herz.

Während der nächsten zwei Wochen gebe ich mein Bestes, um meine neue Situation in den Griff zu bekommen. Oder, genauer gesagt, mein Leben so weiterzuführen, als sei nichts passiert.

Die Übelkeit kommt und geht. Ich habe herausgefunden, dass es mir hilft, häufiger kleine Mahlzeiten zu mir zu nehmen, genauso wie einfacheres Essen. Unter Anas und Julians wachsamen Augen nehme ich gewissenhaft meine Schwangerschaftsvitamine und vermeide die Lebensmittel von Dr. Goldbergs Liste, auch wenn ich weiterhin versuche, nicht über diese Dinge nachzudenken. Solange ich keinen Babybauch habe, will ich mich einfach so verhalten, als sei alles wie immer.

Zum Glück ist mein Körper bis jetzt sehr kooperativ. Meine Brüste sind ein wenig voller und empfindlicher geworden, aber das ist bis jetzt die einzige Veränderung, die ich bemerkt habe. Mein Bauch ist immer noch flach, und ich habe auch nicht zugenommen. Wenn überhaupt, habe ich wegen der ständigen Übelkeit einige Pfunde verloren – eine Tatsache die Julian, der alles tut, um mich in den Wahnsinn zu treiben, Sorgen bereitet.

»Ich muss mich nicht ausruhen«, protestiere ich verzweifelt, als er schon wieder versucht, mich zu einem Mittagsschlaf zu überreden. »Mir geht es wirklich gut. Ich habe letzte Nacht zehn Stunden geschlafen. Wie viel Schlaf kann eine einzige Person brauchen?«

Und es stimmt. In den letzten Wochen habe ich um einiges besser geschlafen. So eigenartig das auch sein mag, seit ich weiß, dass die Hormone der Grund für meine Angstzustände waren, haben sich meine Panikattacken und Albträume extrem verbessert.

Mein Therapeut sagt, dass ich mir weniger Sorgen darum mache, dass die Erlebnisse etwas mit meinen Kopf angestellt haben könnten. Offensichtlich ist es besonders schlecht für die Psyche, wenn man sich darüber Sorgen macht, dass man sich Sorgen macht, während verschachtelte Stressfaktoren – wie ein Kind von einem sadistischen Waffenhändler zu bekommen – weniger angstauslösend sind.

»Das menschliche Gehirn ist in höchstem Maße unberechenbar«, sagt Dr. Wessex und schaut mich durch ihre modische Prada-Brille an. »Das, von dem Sie denken, dass es Ihnen Angst macht, muss sich nicht auf Ihr Unterbewusstsein auswirken. Sie können sich über dieses Baby Gedanken machen, aber es macht Ihnen nicht so viel Angst wie der Gedanke, dass Sie sich niemals von Ihren Angstzuständen befreien könnten. Falls Ihre Panikattacken durch die Schwangerschaft ausgelöst wurden, wissen Sie, dass es sich um ein vorübergehendes Problem handelt – und das hilft dabei, es als weniger belastend zu empfinden.«

Ich nicke und lächele, so als würde das einen Sinn ergeben. Ich mache das häufig, wenn ich mit ihr rede. Wenn Julian nicht darauf bestanden hätte, dass ich mit meiner Therapiesitzung zweimal pro Woche fortfahre, hätte ich schon längst damit aufgehört. Es ist nicht so, dass ich Dr. Wessex nicht mag – eine große, modisch gekleidete Frau Mitte vierzig, die ziemlich kompetent und wie es scheint wertfrei ist –, aber ich finde, dass die Gespräche mit ihr nur deutlicher zeigen, wie krank meine Beziehung mit Julian ist.

Ja, Frau Doktor, mein Ehemann – Sie wissen schon, der Mann, der Sie eingestellt hat und darauf bestand, dass Sie in diese Einöde kommen – hat mich fünfzehn Monate auf seiner Insel gefangen gehalten, und jetzt bin ich so stark gehirngewaschen, dass ich nicht mehr ohne ihn leben kann und mich außerdem nach missbrauchendem Sex sehne. Oh, und wir werden ein Baby bekommen. Das ist natürlich nichts Schlimmes. Nur eine normale, alltägliche kriminelle Familie.

Ja, sicher.

Auf jeden Fall sind Julians Versuche, mich zu kleinen Schlafeinlagen zu bewegen, das harmloseste Beispiel für seine übertriebene Bemutterung. Er überwacht außerdem meine Ernährung, stellt sicher, dass mein Training vollständig vom Arzt abgesegnet wurde, und am schlimmsten: er behandelt mich im Bett mit Samthandschuhen. Egal wie sehr ich versuche, ihn zu provozieren, er wird nicht mehr tun, als mich im Bett zu führen. Es ist, als ob er Angst davor hat, dass seine Brutalität die Oberhand bekommt und er erneut die Kontrolle verliert.

»Ich habe dir doch gesagt, dass der Gynäkologe gesagt hat, dass rauerer Sex in Ordnung sei, solange ich kein Fruchtwasser verlieren würde«, meine ich zu Julian, nachdem er mich schon wieder zärtlich genommen hat. »Ich bin gesund, und alles ist normal, also macht es wirklich nichts.«

»Ich werde kein Risiko eingehen«, erwidert er, küsst den äußeren Rand meines Ohres, und ich weiß, dass er nicht vorhat, bei diesem Thema auf mich zu hören.

Ein Teil von mir kann immer noch nicht glauben, dass ich das von ihm möchte, dass ich die dunkle Seite unseres Liebemachens vermisse. Das Problem ist nicht, dass er mich nicht immer befriedigen würde – Julian stellt sicher, dass ich jede Nacht wenigstens einige Orgasmen habe – aber etwas in mir sehnt sich nach der giftigen Mischung aus Lustschmerz, dem Endorphinrausch, den ich von wirklich intensivem Sex bekomme. Selbst die Angst, die er mich fühlen lässt, ist auf gewisse Weise suchterzeugend, ob ich es zugeben möchte oder nicht.

Es ist krank, aber die Nacht, in der wir von meiner Schwangerschaft erfahren haben – die Nacht, in der er mich zum Sex gezwungen hat –, hat meine Fantasie in den letzten Tagen mehr als einmal beschäftigt.

Ich weiß nicht, was Dr. Wessex dazu sagen würde, aber ich will es auch nicht herausfinden. Es reicht, dass die Erinnerung an das Trauma, genauso wie die an die Zeit auf der Insel, einen erotischen Einschlag in meinem Kopf haben.

Es reicht, zu wissen, dass ich völlig pervers bin.

Natürlich ist Julians untypische Zärtlichkeit im Bett nicht das einzige Problem. Seine ständige Besorgnis um mich hat auch Auswirkungen auf mein Selbstverteidigungstraining. Das ist besonders frustrierend, weil ich zum ersten Mal seit Wochen wieder energiegeladen bin. Der ungestörte Schlaf hat meine Müdigkeit vermindert, und auch die Arbeit für die Uni ist nicht mehr so anstrengend. Ich konnte mein Laufen wiederaufnehmen – natürlich erst nach Absprache mit dem Arzt –, aber Julian weigert sich, mich irgendetwas tun zu lassen, bei dem ich mich auch nur leicht verletzen könnte. Schießen steht ebenfalls außer Frage: offensichtlich werden beim Abgeben eines Schusses Partikel freigesetzt die, in einer unbekannten Konzentration, dem ungeborenen Baby schaden könnten.

Es gibt so viele Verbote, dass ich schreien könnte.

»Das ist doch nur vorübergehend, Nora«, sagt Ana, als ich den Fehler mache, ihr beim Frühstück von meinem Frust zu erzählen. »Nur einige Monate, und du wirst ein Baby im Arm halten – und dann wird es das alles wert gewesen sein.«

Ich nicke und zwinge mich zu einem Lächeln, aber die Worte der Haushälterin verbessern meine Laune nicht.

Sie machen mir Angst.

In etwa sieben Monaten werde ich für ein Kind verantwortlich sein – und dieser Gedanke macht mir jetzt mehr Angst als jemals zuvor.

～

»Du hast deinen Eltern immer noch nichts von dem Baby erzählt?« Rosa blickt mich überrascht an, als wir das Haus für unseren Morgenspaziergang verlassen.

»Nein«, erwidere ich, während ich meinen mit Vitaminen angereicherten Obstsmoothie trinke. »Ich bin noch nicht dazu gekommen.«

»Aber ich dachte, dass du jeden Tag mit ihnen sprichst.«

»Das tue ich auch, aber das Thema hat sich einfach nicht ergeben.« Vielleicht höre ich mich an, als würde ich Ausreden suchen, aber ich kann es nicht ändern. Wenn es um Dinge geht, vor denen ich mich fürchte, steht ein Gespräch mit meinen Eltern über meine Schwangerschaft ganz oben auf der Liste, dicht gefolgt von Geburten.

»Nora …« Rosa hält unter einem dicken, weinbewachsenen Baum an. »Hast du Angst, dass sie sich nicht für dich freuen werden?«

Ich stelle mir die wahrscheinliche Reaktion meines Vaters vor, wenn er erfährt, dass seine nicht ganz zwanzig Jahre alte Tochter von ihrem Entführer ein Kind erwartet. »Das könnte man so sagen.«

»Aber würden sie sich denn nicht freuen?« Meine Freundin sieht ehrlich verwirrt aus. »Du bist mit einem reichen Mann verheiratet, der dich liebt und der gut für dich und das Kind sorgen wird. Was könnten sie noch verlangen?«

»Na ja, zum einen, dass ich gar nicht erst mit diesem besagten Mann verheiratet sein sollte«, sage ich trocken. »Rosa, ich habe dir unsere Geschichte erzählt. Meine Eltern sind nicht gerade Julians größte Bewunderer.«

Rosa winkt mit ihrer Hand ab. »Das ist doch alles – wie sagt man? – Schnee von gestern. Wen interessiert es, wie alles angefangen hat? Entscheidend ist die Gegenwart, nicht die Vergangenheit.«

»Natürlich. Carpe diem und das alles.«

»Da musst du nicht gleich sarkastisch werden«, sagt Rosa, während wir weitergehen. »Du solltest mit deinen Eltern reden, Nora. Es ist ihr Enkelkind. Sie haben ein Recht darauf, Bescheid zu wissen.«

»Ja, wahrscheinlich werde ich es ihnen bald sagen.« Ich nehme noch einen Schluck von meinem Smoothie. »Ich werde keine andere Wahl haben.«

Wir gehen einige Minuten schweigend, bis Rosa leise fragt: »Du möchtest dieses Kind wirklich nicht, stimmt's, Nora?«

Ich halte an und schaue zu ihr. »Rosa …« Wie erkläre ich meine Bedenken einem Mädchen, das auf diesem Anwesen aufgewachsen ist und das denkt, diese Art von Leben sei normal? Meine Beziehung zu Julian sei romantisch? »Es ist nicht so, dass ich kein Baby möchte. Es ist nur einfach so, dass Julians Welt – unsere Welt – zu kaputt ist für ein Kind. Wie könnte jemand wie Julian ein guter Vater sein? Wie könnte ich eine gute Mutter sein?«

»Was meinst du?« Rosa zieht ihre Stirn in Falten. »Warum solltest du keine gute Mutter sein?«

»Ich liebe ein Kartelloberhaupt, das mich entführt hat und das als Teil seines Berufs Menschen tötet und foltert«, sage ich freundlich. »Das qualifiziert mich kaum als guten Elternteil. Vielleicht als Fallstudie für eine von Dr. Wessex' Arbeiten, aber nicht als guten Elternteil.«

»Ach komm.« Rosa rollt mit den Augen. »Eine Menge Menschen tun schlimme Dinge. Ihr Amerikaner seid so empfindlich. Señor Esguerra ist nicht der Schlimmste von allen und du solltest dir keine Sorgen machen, weil du Gefühle für ihn hast. Das macht dich nicht zu einem schlechten Menschen.«

»Rosa, das ist nicht alles.« Ich zögere zuerst, aber beschließe dann, es ihr einfach zu sagen. »Als ich in Tadschikistan war, habe ich einen Mann getötet.« Ich atme langsam aus, während ich die düstere Spannung, abzudrücken und dabei zuzusehen, wie das Gehirn eines Mannes gegen die Wand spritzt, noch einmal durchlebe. »Ich habe ihn kaltblütig erschossen.«

»Und?« Sie blinzelt kaum. »Ich habe auch schon getötet.«

Ich starre sie vor Überraschung sprachlos an, und sie erklärt mir: »Damals, als das Anwesen angegriffen wurde. Ich habe eine Waffe gefunden, mich im Gebüsch versteckt und auf die Männer geschossen, die uns überfallen haben. Ich habe einen von ihnen verwundet und einen anderen getötet. Später habe ich erfahren, dass der Verwundete ebenfalls seinen Verletzungen erlegen ist.«

»Aber du warst noch ein Kind.« Ich bin immer noch schockiert. »Du erzählst mir gerade, dass du zwei Menschen getötet hast, als du wie alt warst? Zehn, elf?«

»Fast elf«, erwidert sie schulterzuckend. »Und ja, das habe ich getan.«

»Aber ... du scheinst so ...«

»Normal zu sein?«, hilft sie mir aus und schaut mich mit einem eigenartigen Lächeln an. »Nett? Selbstverständlich, warum sollte ich das auch nicht sein? Ich habe getötet, um diejenigen zu beschützen, die ich liebe. Ich habe Männer getötet, die hierherkamen, um uns Tod und Zerstörung zu bringen. Es ist gar nicht so ein großer Unterschied dazu, einer Schlange, die dich beißen will, den Kopf abzuschneiden. Hätte ich sie nicht getötet, wären weitere unserer eigenen Männer gestorben. Vielleicht hätten sie meine Mutter umgebracht, genau wie meinen Vater und meinen Bruder.«

Ich weiß nicht, was ich dazu sagen soll. Ich hätte mir niemals vorstellen können, dass Rosa – die fröhliche, pausbäckige Rosa – zu so etwas fähig ist. Ich habe immer gedacht, dass das Böse Spuren hinterlässt. Ich sehe es an Julian, es ist so tief in seine Seele eingebrannt, dass es ein Teil von ihm ist. Ich kann es auch an mir sehen. Aber nicht bei Rosa. Überhaupt nicht.

»Wie kann es dich gar nicht belasten?«, frage ich. *Wie kannst du so unschuldig wirken?*

Sie schaut mich an, und zum ersten Mal sieht sie älter aus als einundzwanzig. »Du kannst dir aussuchen, ob du dich durch die dunklen Dinge beschmutzen lassen möchtest, Nora, oder du kannst sie wegwischen«, erwidert sie ruhig. »Ich habe Letzteres gewählt. Ich habe getötet, aber das ist nicht, wer ich bin. Ich lasse mich nicht über diese Handlung definieren. Es ist passiert, und es ist vorbei. Es ist die Vergangenheit. Ich kann die Vergangenheit nicht verändern, also werde ich auch nicht darüber nachgrübeln. Und das solltest du auch nicht tun. Deine Gegenwart, deine Zukunft – das ist alles, was zählt.«

Ich beiße mir auf die Lippe, und meine Augen beginnen durch aufsteigende Tränen zu brennen. »Aber was für eine Zukunft kann ein Kind mit Eltern wie uns denn haben, Rosa? Denk an das, was Julian und mir in den letzten zwei Jahren alles passiert ist. Wie kann ich mir sicher sein, dass mein Baby nicht von Julians Feinden entführt oder gefoltert wird?«

»Du kannst dir nicht sicher sein.« Rosas Blick bleibt unbeirrt. »Niemand kann sich über gar nichts sicher sein. Schlimme Dinge passieren jedem, überall. Es gibt Soldaten die bis ins hohe Alter leben, und Büromitarbeiter, die jung sterben. Das Leben hat weder Hand noch Fuß, Nora. Du kannst dir aussuchen, ob du jeden Moment in Angst leben möchtest, oder du kannst das Leben genießen. Genieß das, was du mit Julian hast. Genieß das Baby, das in dir heranwächst. Es ist ein Geschenk, kein Fluch, ein neues Leben zu schenken. Du wolltest vielleicht kein Kind, aber jetzt ist es da, und das Einzige, was du tun kannst, ist, es zu lieben. Es zu hegen. Lass dir das nicht von deinen Ängsten kaputtmachen.« Nach einer kleinen Pause fügt sie sanft hinzu: »Lass dir nicht deine Seele von etwas beschmutzen, was du nicht ändern kannst.«

11

Julian

»Wie viele diesmal?«, frage ich Lucas, als wir die Trainingsfläche verlassen. Ich atme schwer, meine Muskeln tun weh und meine linke Schulter schmerzt, aber ich bin sehr zufrieden.

Ich bin fast wieder in meiner alten Kampfform – wie die drei Wächter, die gerade davonhumpeln, bezeugen können.

»Es gab einen weiteren Schlag in Frankreich, und außerdem zwei in Deutschland.« Lucas wischt sich mit einem zusammengeknüllten Handtuch den Schweiß von der Stirn. »Er verschwendet keine Zeit.«

»Das hatte ich auch nicht erwartet.« Da ich weiß, dass Peter Sokolov sich einzig und allein auf seine Rache konzentriert, bin ich mir sicher, dass es nicht lange dauern wird, bis er auch den Rest der Männer auf der Liste töten wird. »Wie hat er es diesmal getan?«

»Der Franzose wurde im Fluss treibend gefunden und wies Folter- sowie Würgemale auf, weshalb davon ausgegangen wird, dass Sokolov ihn vorher entführt hatte. Bei den Deutschen war ein Anschlag eine Autobombe und der andere ein Scharfschützengewehr.« Lucas grinst düster. »Auf sie war er wohl weniger wütend.«

602

»Oder es war so praktischer.«

»Oder das«, stimmt mir Lucas zu. »Wahrscheinlich weiß er, dass Interpol ihm auf der Spur ist.«

»Mit Sicherheit tut er das.« Ich versuche, mir vorzustellen was ich machen würde, wenn jemand meiner Familie etwas antäte, und ein wütender Schauer durchfährt mich. Ich kann mir nicht einmal vorstellen, wie Peter sich fühlen muss – was keine Entschuldigung dafür ist, Nora für diese scheiß Liste in Gefahr zu bringen.

Ich möchte ihn immer noch dafür umbringen.

»Und außerdem«, sagt Lucas beiläufig, »lasse ich gerade Yulia Tzakova aus Moskau hierherbringen.«

Ich bleibe abrupt stehen. »Die Übersetzerin, die uns an die Ukrainer verraten hat? Warum?«

»Weil ich sie persönlich befragen möchte«, sagt Lucas und legt sich sein Handtuch um den Hals. »Ich vertraue nicht darauf, dass die Russen ihren Job ordentlich machen.« Sein Gesicht ist genauso ausdruckslos wie sonst, aber ich kann einen Hauch von Erregung in seinen blassen Zügen erkennen.

Er freut sich darauf.

Ich kneife meinen Augen zusammen und betrachte ihn aufmerksam. »Es ist, weil du sie in jener Nacht in Moskau gefickt hast, stimmt's?« Das russische Mädchen hatte sich zuerst mir angeboten, aber ich habe ihre Einladung abgelehnt – woraufhin Lucas sein Interesse an ihr bekundet hatte. »Geht es darum?«

Sein Mund wird hart. »Sie hat mich gefickt. Im wahrsten Sinne des Wortes. Also ja, ich will mich persönlich um diese kleine Schlampe kümmern. Aber ich denke, dass sie außerdem nützliche Informationen für uns hat.«

Ich denke einen Augenblick darüber nach, bevor ich nicke. »In dem Fall hast du meinen Segen.« Es wäre heuchlerisch von mir, Lucas den Spaß mit der hübschen Blondine zu verwehren. Wenn er sie persönlich für den Flugzeugabsturz bezahlen lassen möchte, habe ich kein Problem damit.

Sie wäre sowieso bald in Moskau gestorben.

»Hast du schon mit den Russen verhandelt?«, frage ich, während wir weitergehen.

Lucas nickt. »Anfangs haben sie versucht, mir zu erzählen, dass sie nur mit Sokolov reden würden, aber ich habe sie davon überzeugt, dass es nicht clever wäre, Sie zu ihrem Feind zu haben. Buschekov hatte eine Erleuchtung, als ich ihn an die jüngsten Probleme mit der Al-Quadar erinnerte.«

»Gut.« Wenn selbst die Russen gewillt sind, sich gut mit mir zu stellen, hat mein Rachefeldzug gegen die Terroristenorganisation seinen gewünschten Effekt gehabt. Nicht nur ist die Al-Quadar ausgelöscht, sondern mein Ruf hat sich auch erheblich verbessert. Nur wenige meiner Kunden würden gerade ein falsches Spiel mit mir spielen – eine Entwicklung, die sehr vielversprechend für gute Geschäfte ist.

»Ja, es ist sehr hilfreich«, spricht Lucas meinen Gedanken laut aus. »Sie wird morgen hier ankommen.«

Ich ziehe meine Augenbrauen in die Höhe, beschließe aber, keine Bemerkung über die Schnelligkeit dieser Entwicklung fallen zu lassen. Wenn er so unbedingt mit dem russischen Mädchen spielen möchte, dann ist das seine Angelegenheit. »Wo wirst du sie unterbringen?«, frage ich stattdessen.

»Bei mir. Die Befragung wird ebenfalls dort stattfinden.«

Ich grinse, als ich mir diese Befragung vorstelle. »In Ordnung. Viel Spaß dabei.«

»Den werde ich haben«, erwidert er mit einem grimmigen Grinsen. »Darauf können Sie sich verlassen.«

～

ICH DUSCHE MICH, BEVOR ICH NORA SUCHEN GEHE. ODER BESSER gesagt an meinem Rechner nachschaue, wo sich ihre Tracker gerade befinden. Ich finde sie in der Bibliothek, in der sie wahrscheinlich gerade für die Prüfungen lernt.

Als ich bei ihr ankomme, sitzt sie mit dem Gesicht von mir abgewandt an einem der Tische und tippt wütend auf ihrem Laptop. Ihre Haare hat sie zu einem losen Pferdeschwanz zusammengebunden, und sie trägt ein riesiges T-Shirt, das ihr bis zu den Knien reicht.

So wie es aussieht eines von meinen T-Shirts.

Das tut sie seit Neuestem, wenn sie Lernen muss. Sie behauptet, dass meine T-Shirts bequemer seien als ihre Kleider, und ich habe überhaupt nichts dagegen. Sie in meiner Kleidung zu sehen bestärkt die Tatsache, dass sie mir gehört.

Dass sie beide mir gehören, sie und das Baby, das sie in sich trägt.

Sie reagiert nicht, als ich den Raum betrete und zu ihr gehe. Als ich neben ihr stehen bleibe, verstehe ich, warum.

Sie hat ihre Kopfhörer auf, ihre Stirn ist in konzentrierte Falten gelegt und ihre Finger fliegen beim Schreiben mit einer beeindrucken Geschwindigkeit über die Tastatur. Einen Moment lang spiele ich mit den Gedanken sie besser allein zu lassen, aber da ist es schon zu spät. Nora muss mich aus dem Augenwinkel gesehen haben, denn sie schaut hoch, und während sie ihre Kopfhörer abnimmt, schenkt sie mir ein strahlendes Lächeln.

»Hallo.« Ihre Stimme ist sanft und ein wenig rau. »Ist es schon Zeit zum Essen?«

»Nein, noch nicht.« Ich lächele zurück und lege meine Hand auf ihren Nacken. Ihre Muskeln fühlen sich hart an, und ich beginne, sie mit meinen Daumen zu massieren. »Ich habe ein wenig mit meinen Männern trainiert und bin hierhergekommen, um zu duschen, bevor ich wieder zurück ins Büro gehe. Und ich habe mir gedacht, dass ich auf dem Weg dorthin kurz bei dir vorbeischaue.«

»Oh.« Sie lehnt sich in meine Berührung und schließt die Augen. »Oh, ja, genau dort … Das tut so gut …«

Sie hört sich an, als würde ich sie gerade nehmen, und meine Reaktion lässt nicht auf sich warten.

Ich werde sofort hart. Sehr hart.

Scheiße.

Ich atme ein und zügele meine Lust, genauso wie ich es seit zwei Wochen tue. Wenn ich sie heute Nacht nehme, wird es wieder vorsichtig und kontrolliert sein. Trotz ihrer Provokationen werde ich es nicht riskieren, dem Baby zu schaden.

»Ist das deine Psychologiearbeit?« Ich bemühe mich um einen ruhigen Ton, während ich sie weiterhin massiere. »Sie scheint dich ja wirklich zu faszinieren.«

»Ja.« Sie öffnet die Augen und dreht ihren Kopf, um mich anzuschauen. »Sie ist über das Stockholm-Syndrom.«

Meine Hände halten inne. »Wirklich?«

Sie nickt, und ein dunkles kleines Lächeln umspielt ihre Lippen. »Ja. Interessantes Thema, findest du nicht?«

»Ja, faszinierend«, erwidere ich trocken. Mein Kätzchen wird definitiv mutiger. Es fordert mich heraus – wahrscheinlich in der Hoffnung, dass ich es bestrafen werde.

Und das will ich auch. Meine Hände jucken vor Verlangen, sie über meine Knie zu legen, das riesige T-Shirt hochzuschieben und auf ihren perfekt geformten Hintern einzuschlagen, bis er rosarot ist. Mein Geschlecht klopft bei dieser Vorstellung, besonders bei dem Gedanken daran, danach ihre Backen zu öffnen und in ihr enges kleines Poloch einzudringen …

Hör verdammt noch mal auf, darüber nachzudenken. Ich sehe, wie Noras Lächeln breiter wird, als ihr Blick auf der Ausbeulung meiner Jeans hängen bleibt. Diese kleine Hexe weiß ganz genau, was sie mir antut, welche Wirkung sie auf meinen Körper hat.

»Ja, ich liebe es«, flüstert sie, als sie ihren Blick wieder meinem Gesicht zuwendet. »Ich habe sehr viel über dieses Thema gelernt.«

Ich atme langsam ein und fahre damit fort, ihren Nacken zu massieren. »Dann wirst du mich aufklären müssen, mein Kätzchen«, sage ich ruhig, als ob in meinem Körper nicht gerade das Bedürfnis wüten würde, sie zu nehmen. »Leider habe ich das Psychologiestudium an der Caltech abgebrochen.«

Noras Lächeln wird sardonisch. »Dann bist du wohl einfach ein Naturtalent?«

Schweigend erwidere ich ihren Blick, ohne mich um eine Antwort zu bemühen. Worte sind überflüssig. Ich habe sie gesehen, sie gewollt und sie genommen. So einfach ist das. Wenn sie unsere Beziehung in eine Schublade stecken, eine pseudopsychologische Definition dafür finden möchte, dann kann sie das gerne tun.

Sie wird sich trotzdem nie von mir befreien.

Nach einigen Momenten seufzt sie, schließt die Augen und lässt sich wieder in meine Berührung fallen. Ich kann fühlen, wie sich ihre Muskeln langsam entspannen, während ich ihre Schultern und ihren Nacken massiere. Der herausfordernde Ausdruck auf ihrem Gesicht verschwindet, und sie sieht besonders jung und wehrlos aus. Ihre Wimpern breiten sich wie ein Fächer auf ihren glatten Wangen aus, und sie scheint so unschuldig wie ein Neugeborenes zu sein, unberührt von allem Bösen des Lebens.

Unberührt von mir.

Einen Moment lang frage ich mich, wie es wäre, wenn die Dinge anders lägen. Wenn ich einfach ein Junge wäre, den sie in der Schule getroffen hat, so wie Jake, von dem ich sie genommen habe. Würde sie mich mehr lieben? Würde sie mich überhaupt lieben? Wenn ich sie nicht auf die Art und Weise genommen hätte, wie ich es getan habe, würde sie mir trotzdem gehören?

Natürlich ist es dumm, sich derartige Gedanken zu machen. Ich könnte genauso gut Spekulationen zu Zeitreisen anstellen oder darüber, was ich tun würde, wenn das Ende der Welt käme. Meine Realität lässt keine Was-wäre-wenn-Fragen zu. Was wäre gewesen, wenn meine Eltern nicht gestorben wären und ich die Caltech beendet hätte? Was wäre gewesen, wenn ich mich geweigert hätte, im Alter von acht Jahren einen Mann zu erschießen? Was wäre gewesen, hätte ich Maria beschützen können? Wenn ich über das alles nachdenke, werde ich verrückt, und ich weigere mich, das zuzulassen.

Ich bin, was ich bin, und ich kann es nicht ändern.

Nicht einmal für sie.

∽

»ICH HABE HEUTE NACHMITTAG MIT MEINEN ELTERN GESPROCHEN«, sagt Nora, als wir uns zum Abendessen hinsetzen. »Sie haben mich erneut gefragt, ob ich sie besuchen komme.«

»Haben sie das?« Ich schaue sie sardonisch an. »Und ist das alles, worüber du mit ihnen gesprochen hast?«

Nora schaut auf ihren Teller mit Salat. »Ich werde es ihnen bald erzählen.«

»Wann?« Es kotzt mich an, dass sie sich so verhält, als existiere das Baby nicht. »Wenn die Wehen einsetzen?«

»Nein, natürlich nicht.« Sie schaut mich an und runzelt die Stirn. »Woher weißt du überhaupt, dass ich es ihnen noch nicht erzählt habe? Hörst du unsere Unterhaltungen ab?«

»Natürlich.« Ich höre mir nicht alles an, aber ab und zu höre ich rein. Gerade genug, um zu wissen, dass ihre Eltern immer noch in seliger Unwissenheit über die neueste Entwicklung im Leben ihrer Tochter sind. Aber es schadet nichts, wenn Nora denkt, dass alle ihre Unterhaltungen überwacht werden. »Hast du gedacht, dass ich es nicht tun würde?«

Ihre Lippen werden hart. »Ja, vielleicht. Privatsphäre ist ein elementares Menschenrecht.«

»Es gibt keine elementaren Menschenrechte, mein Kätzchen.« Am liebsten würde ich über ihre Naivität lachen. »Sie sind ein künstliches Konstrukt. Niemand schuldet dir etwas. Wenn du etwas im Leben haben möchtest, musst du dafür kämpfen. Du musst es wahr werden lassen.«

»So, wie du meine Entführung hast wahr werden lassen?«

Ich lächele sie kühl an. »Genau so. Ich wollte dich, also habe ich dich genommen. Ich wollte nicht einfach schmachtend dasitzen und hoffen.«

»Oder über das Konstrukt der Menschenrechte nachgrübeln.« Ihr Ton ist nur leicht sarkastisch. »Wirst du so auch unser Kind erziehen? Es sich einfach nehmen lassen, was es möchte, ohne dass es sich Gedanken darüber macht, Menschen zu verletzen?«

Ich atme langsam ein, da ich die Anspannung in ihrem Gesicht sehe. »Ist es das, worüber du dir Sorgen machst, mein Kätzchen?«

»Eine Menge Dinge machen mir Sorgen«, sagt sie ruhig. »Und ein Kind mit einem Mann ohne Gewissen großzuziehen steht ziemlich weit oben auf der Liste.«

Aus irgendeinem Grund schmerzen ihre Worte. Ich möchte sie beruhigen, ihr sagen, dass sie sich keine Sorgen machen muss, aber ich kann weder sie noch mich selbst belügen.

Ich habe keine Ahnung, wie ich dieses Kind aufziehen werde, welche Lektionen ich ihm erteilen werde. Männer wie ich – Männer wie mein Vater – sind nicht dazu bestimmt, Kinder zu haben. Das weiß sie, und das weiß ich.

Als würde sie meine Gedanken spüren, fragt Nora leise: »Warum möchtest du dieses Baby überhaupt, Julian? Warum ist es dir so wichtig?«

Ich schaue sie schweigend an und bin mir nicht sicher was ich ihr antworten soll. Es gibt keinen guten Grund dafür, dass dieses Kind so wichtig für mich ist. Keinen Grund, es mit aller Macht zu wollen, so wie ich das tue. Noras Schwangerschaft hätte mich wütend machen sollen – oder sie hätte mich wenigstens stören müssen –, aber als wir von Dr. Goldberg davon erfuhren, war das, was ich fühlte, so fremd, dass ich es erst gar nicht einordnen konnte.

Es war Freude.

Reine, ungetrübte Freude.

Für einen kurzen, herrlichen Moment war ich wirklich glücklich.

Als ich nicht antworte, atmet Nora aus und schaut wieder auf ihren Teller. Ich sehe ihr dabei zu, wie sie ein Stück Tomate kleinschneidet und beginnt, ihren Salat zu essen. Ihr Gesicht ist blass und angespannt, und doch ist jede ihrer Bewegungen so anmutig und feminin, dass ich wie hypnotisiert bin, völlig versunken in ihren Anblick.

Ich kann sie stundenlang betrachten.

Die erste Zeit auf der Insel waren die Mahlzeiten die besten Stunden meines Tages. Ich habe es geliebt, mit ihr zu interagieren, ihr dabei zuzusehen, wie sie ihre Angst bekämpft und versucht, Haltung zu bewahren. Ihr stoischer, zerbrechlicher Mut hat mich fast genauso begeistert wie ihr köstlicher Körper. Sie hatte Angst, aber trotzdem konnte ich die Kalkulationen hinter ihrem schüchternen Lächeln und dem schüchternen Flirten erkennen.

Auf ihre eigene, ruhige Art war mein Kätzchen schon immer ein Kämpfer gewesen.

»Nora ...« Ich möchte ihre Anspannung, ihre verständlichen Sorgen mindern, aber ich kann sie nicht anlügen. Ich kann nicht vorgeben, jemand zu sein, der ich nicht bin. Als sie aufschaut, sage ich nur: »Das Baby ist ein Teil von dir und ein Teil von mir. Das ist für mich Grund genug, es zu wollen.« Als sie mich weiterhin mit einem unveränderten Gesichtsausdruck anschaut, füge ich ruhig hinzu: »Und ich werde für unser Kind mein Bestes geben, mein Kätzchen. So viel kann ich dir versprechen.«

Ihre Mundwinkel bewegen sich zu einem leichten Lächeln nach oben. »Selbstverständlich wirst du das, Julian. Und das Gleiche werde ich auch tun. Aber wird das genug sein?«

»Das werden wir sehen, wenn es so weit ist«, erwidere ich, und da Ana den nächsten Gang bringt, konzentrieren wir uns auf das Essen und lassen das Thema fallen.

1 2

*N*ora

»Hast du das Mädchen gesehen, das heute Morgen hierhergebracht worden ist?«, fragt mich Rosa während unseres täglichen Spaziergangs. »Ana hat erzählt, sie sei in Handschellen gewesen.«

»Was?« Ich schaue Rosa überrascht an. »Was für ein Mädchen? Ich war vor dem Frühstück kurz laufen, aber ich habe nichts gesehen.«

»Ich habe sie auch nicht gesehen. Ana hat mir gesagt, dass sie einen Blick auf sie geworfen hätte und dass sie blond und wirklich hübsch sei. Offensichtlich ist sie in Lucas Kents Unterkunft.« Rosa genießt es sichtlich, diesen Teil des Tratsches an mich weiterzugeben. »Ana denkt, sie könnte Señor Esguerra auf irgendeine Weise betrogen haben.«

»Wirklich?« Ich ziehe meine Stirn in Falten. »Davon weiß ich nichts. Julian hat mir gegenüber nichts davon erwähnt.« Seit ich seinen Computer gehackt habe, hat mir Julian generell weniger über seine Geschäfte erzählt. Ich weiß nicht, ob der Grund dafür ist, dass er mir misstraut, oder dass er versucht, mich wegen der Schwangerschaft so weit wie möglich von allem fernzuhalten, was mich aufregen könnte. Ich vermute Letzteres, wenn man bedenkt, wie überfürsorglich er in der letzten Zeit ist.

»Möchtest du an Kents Haus vorbeigehen? Vielleicht sehen wir ja etwas.« Rosas Augen funkeln vor Aufregung. »Vielleicht können wir ja durch sein Fenster schauen.«

Ich starre sie an. »Rosa!« So etwas hatte ich überhaupt nicht von ihr erwartet. »Das können wir doch nicht machen.«

»Ach komm schon«, bettelt meine Freundin. »Das wird lustig. Willst du nicht sehen, wer das blonde Mädchen ist und warum Kent sie hat?«

»Ich kann ja Julian fragen. Er wird es mir bestimmt sagen.«

Rosa schaut mich flehend an. »Ja, aber ich könnte schon vor Neugier gestorben sein, bevor er es tut. Ich will nur sehen was Kent mit ihr macht, das ist alles.«

»Warum?« Ich möchte nicht dabei zusehen wie Julians rechte Hand eine bedauernswerte Frau foltert, und ich habe auch keine Ahnung warum Rosa so etwas Schreckliches sehen möchte. »Wenn sie Julian betrogen hat, wird es nicht schön sein.« Mein Magen krampft bei dem Gedanken daran. Heute ist keiner meiner besseren Tage, was meine Übelkeit betrifft.

Rosa errötet. »Darum. Komm schon, Nora.« Sie greift nach meinen Handgelenken und beginnt, mich zu den Häusern der Wächter zu ziehen. »Lass uns einfach dorthin gehen. Du bist schwanger, also wird es dir niemand übelnehmen, wenn wir uns ein wenig dort umsehen.«

Ich lasse mich von ihr hinterherziehen und bin immer noch ganz entsetzt über ihren unerklärlichen Wunsch, Spion zu spielen. Normalerweise ist Rosa nicht besonders interessiert an den kriminellen Aktivitäten meines Ehemannes. Ich kann mir einfach nicht erklären, was hinter ihrem ungewöhnlichen Verhalten steckt, außer …

»Bist du an Lucas interessiert?«, platze ich heraus, und wir bleiben beide stehen. »Ist es das?«

»Was? Nein!« Rosas Stimme ist auf einmal recht hoch. »Ich bin nur neugierig, das ist alles.«

Ich blicke sie an, und mir fallen ihre geröteten Wangen auf. »Oh mein Gott, du bist interessiert.«

Rosa lässt empört mein Handgelenk los und verschränkt ihre Arme vor ihrer Brust. »Das bin ich nicht.«

Ich halte meine Hände in einer versöhnlichen Geste nach oben. »Ist ja schon gut. Wie du meinst.«

Rosa blickt mich einen Moment lang an, bevor sich ihre Schultern entspannen und ihre Arme nach unten fallen. »In Ordnung«, meint sie mürrisch. »Vielleicht finde ich ihn attraktiv. Aber nur ein kleines bisschen.«

»Natürlich«, sage ich mit einem beruhigenden Lächeln. Lucas Kent, mit seinen blonden Haaren und seinem markanten, eckigen Kinn, erinnert mich an einen Wikingerkrieger – oder zumindest an dessen Hollywood-Version. »Er ist ein gutaussehender Mann.«

Rosa nickt. »Das ist er. Er weiß selbstverständlich nicht, dass ich existiere, aber ich nehme an, das war zu erwarten.«

»Was meinst du?« Ich runzele die Stirn. »Hast du jemals versucht, mit ihm zu reden?«

»Über was denn? Ich bin nur die Hausangestellte, die das Haupthaus sauber macht und den Wächtern ab und an kleine Aufmerksamkeiten von Ana bringt.«

»Du könntest ihn fragen, was sein Lieblingsessen ist«, schlage ich vor. »Oder wie sein Tag war. Es muss ja nichts Schwieriges sein. Nur ein einfaches Hallo würde reichen, damit er dich wahrnimmt.« Während ich das sage, fällt mir auf, dass es vielleicht nicht das Beste für Rosa wäre, würde ein Mann wie Lucas Kent sie – oder eigentlich jede Frau – wahrnehmen.

Bevor ich meinen Vorschlag zurückziehen kann, seufzt Rosa und sagt: »Ich habe ihn schon einmal gegrüßt. Aber ich denke, er sieht mich einfach nicht. Nicht auf diese Weise. Und warum sollte er auch? Ich meine, schau mich doch an.« Sie deutet abfällig auf sich selbst.

»Worüber redest du?« Ich denke immer noch nicht, dass es eine gute Entwicklung für Rosas Leben wäre, die Aufmerksamkeit von Lucas auf sich zu ziehen, aber ich kann diesen Kommentar nicht auf sich beruhen lassen. »Du bist sehr attraktiv.«

»Ach bitte.« Rosa schaut mich ungläubig an. »An guten Tagen bin ich gerade mal mittelmäßig. Jemand wie Kent ist an Supermodels gewöhnt – wie das blonde Mädchen, das er gerade bei sich hat. Ich bin nicht sein Typ.«

»Wenn du nicht sein Typ bist, ist er ein Idiot«, sage ich entschieden und meine es auch so. Mit ihrem gerundeten Gesicht, den warmen braunen Augen und dem strahlenden Lächeln ist Rosa ziemlich hübsch. Sie hat auch diese Figur, die ich immer gerne haben wollte: üppige Rundungen mit einer schmalen Taille und vollen Brüsten. »Du bist ein wunderschönes Mädchen – ein Mann müsste blind sein, um das nicht zu sehen.«

Sie schnaubt. »Genau. Deshalb habe ich auch so ein ausgefülltes Liebesleben.«

»Dein Liebesleben ist auf dieses Anwesen beschränkt«, erinnere ich sie. »Und hast du mir nicht erzählt, dich mit einigen Wächtern getroffen zu haben?«

»Ja, schon.« Sie winkt ab. »Eduardo und Nick – aber das bedeutet nichts. Die Wächter haben auch nur eine beschränkte Auswahl und sind deshalb nicht besonders wählerisch. Sie nehmen alles, was nicht bei drei auf den Bäumen ist.«

»Rosa.« Ich schaue sie tadelnd an. »Jetzt übertreibst du aber.«

Sie grinst. »Na gut, vielleicht. Ich sollte wahrscheinlich sagen, alles Weibliche, was nicht bei drei auf den Bäumen ist – auch wenn ich gehört habe, dass Dr. Goldberg auch nicht leer ausgeht. Man sagt, dass er am liebsten tätowierte Männer mag.« Sie bewegt ihre Augenbrauen anzüglich.

Ich schüttele den Kopf, grinse ungewollt zurück, und wir beide brechen in Gelächter aus, als wir uns den besagten Arzt mit einem der großen, tätowierten Wächter vorstellen.

»Also, da wir jetzt geklärt haben, dass dir Herr Blond-und-gefährlich gefällt«, sage ich einige Minuten später, als wir aufgehört haben zu lachen und weiter auf die Unterkünfte der Wächter zugehen, »kannst du mir bitte noch einmal erklären, warum du ihn mit diesem Mädchen ausspionieren möchtest?«

»Ich weiß es nicht«, gibt Rosa zu. »Ich möchte es einfach. Das ist krank, ich weiß, aber ich möchte wissen, wie er bei dieser anderen Frau ist.«

»Rosa ...« Ich verstehe es immer noch nicht. »Wenn sie in Handschellen hierhergebracht wurde, werden sie nicht gerade eine romantische Verabredung haben. Das weißt du, stimmt's?«

»Ja, natürlich.« Sie hört sich unbeeindruckt an. »Wahrscheinlich tut er ihr furchtbare Dinge an.«

»Und warum möchtest du das sehen?«

Sie zuckt mit den Schultern. »Ich weiß es nicht. Vielleicht hoffe ich, dass ich leichter über ihn hinwegkomme, wenn ich ihn so sehe. Oder vielleicht bin ich morbide neugierig. Ist das wirklich wichtig?«

»Nein, ich glaube nicht.« Ich beeile mich, um ihren schnellen

Schritten folgen zu können. »Aber was ich dir jetzt sagen kann, ist, dass Dr. Wessex eine Menge Spaß mit dir haben würde.«

»Mit Sicherheit«, erwidert sie und grinst mich erneut an. »Dann ist es ja gut, dass du diejenige in Therapie bist.«

~

DIE UNTERKÜNFTE DER WÄCHTER SIND AM ANDEREN ENDE DES Anwesens, genau neben dem Dschungel. Sie sind eine Mischung aus kleinen, viereckigen Gebäuden und einigen normalgroßen Häusern. Von meinen früheren Streifzügen weiß ich, dass diese Häuser von einigen der höherrangigen Angestellten und Wächtern aus Julians Organisation bewohnt werden.

Als wir uns ihnen nähern, geht Rosa in Schlangenlinien auf eines der größeren Häuser zu, und ich folge ihr weiterhin im Laufschritt, um nicht allzu weit hinter ihr zurückzubleiben. Mein Magen wird langsam nervös, und ich bereue es, mich auf diese verrückte Sache eingelassen zu haben.

»Das ist es«, sagt sie flüsternd, als wir um das Haus herumgehen. »Sein Schlafzimmer ist hier.«

»Und woher weißt du das?«

Sie grinst mich an. »Vielleicht war ich schon das eine oder andere Mal hier.«

»Rosa …« Ich entdecke eine völlig neue Seite meiner Freundin. »Du hast den armen Mann schon vorher ausspioniert?«

»Nur ein- oder zweimal«, flüstert sie und hockt sich unter ein Fenster, während ich ein wenig Abstand halte und zuschaue. »Jetzt Ruhe bitte.« Sie hält sich einen Finger vor den Mund, um ihre Bitte mit einer Geste zu unterstreichen.

Ich lehne mich gegen einen Baumstamm, verschränke meine Arme und sehe ihr dabei zu, wie sie sich langsam erhebt und durch das Fenster schaut. Ich bin erstaunt, dass sie dreist genug ist, das bei hellem Tageslicht zu tun. Auch wenn diese Seite von Lucas' Haus dem Dschungel zugewandt ist, gibt es trotzdem genügend Wächter, die uns theoretisch hier erwischen könnten.

Bevor ich meine Bedenken mit Rosa teilen kann, dreht sie sich mit einem enttäuschten Gesichtsausdruck zu mir um. »Sie sind nicht hier«, sagt sie mit niedergeschlagener Stimme. »Ich frage mich, wo sie sein könnten.«

»Vielleicht hat er sie irgendwohin gebracht«, bemerke ich erleichtert über diese Wendung der Dinge. »Lass uns gehen.«

»Warte, lass mich nur noch schnell etwas nachschauen.« Sie hockt sich hin und bewegt sich auf ein Fenster zu, welches sich weiter links befindet.

Ich folge ihr zögernd und bekomme ein immer schlechteres Gefühl bei dieser Sache. Nur noch eine Minute, verspreche ich mir selbst, und dann gehe ich zurück.

Als ich ihr gerade sagen möchte, dass ich gehe, schreit Rosa leise auf und bedeutet mir, näher zu kommen. »Dort«, flüstert sie aufgeregt und zeigt auf das Fenster. »Hier hat er sie.«

Damit ist meine Neugier geweckt. Ich mache mich ganz klein und bewege mich vorsichtig zu Rosas Versteck, um mich neben sie zu hocken. »Was tut er?«, flüstere ich und habe fast Angst davor, es zu erfahren.

»Ich weiß es nicht«, flüstert sie zurück und dreht sich zu mir um. »Er ist nicht im Zimmer. Sie ist allein.«

»Also was macht sie?«

»Schau selber. Sie blickt nicht in unsere Richtung.«

Ich zögere einen Moment, aber die Verlockung ist zu groß, um ihr zu widerstehen. Mit angehaltenem Atem erhebe ich mich gerade genug, um über den Unterrand des Fensters zu sehen und bekomme aus dem Augenwinkel mit, dass Rosa neben mir das Gleiche tut.

Wie ich befürchtet hatte, dreht sich mir bei diesem Anblick der Magen um.

Der Raum hinter dem Fenster ist groß und nur spärlich möbliert. Wegen des schwarzen Ledersofas an der Wand und dem Fernseher auf der anderen Seite nehme ich an, dass es sich dabei um Lucas' Wohnzimmer handeln. Die Wände sind weiß gestrichen, und der Teppich ist grau. Es ist ein sehr maskuliner Raum, funktional und kompromisslos, aber es ist nicht die Dekoration, die meine Aufmerksamkeit auf sich zieht.

Es ist die junge Frau in der Mitte.

Sie ist völlig nackt an einen Holzstuhl gefesselt, ihre Füße sind auseinandergespreizt, und ihre Hände sind hinter den Rücken gebunden. Ihr Kopf hängt nach unten, und das verheddterte blonde Haar verhüllt ihr Gesicht und einen Großteil ihres Oberkörpers. Alles, was ich sehen kann, sind schmale Füße und lange, blasse

Gliedmaßen, die über die gesamte Länge mit Verletzungen übersät sind.

Gliedmaßen, die viel zu dünn für ein Mädchen ihrer Größe sind.

Als ich sie gerade mit schockierter Faszination betrachte, hebt sie plötzlich ruckartig den Kopf und schaut mich mit scharfen, blauen Augen in einem zarten Gesicht an.

Ich ducke mich instinktiv, und mein Puls rast durch den Adrenalinschub. Rosa blickt immer noch mit ungebrochener Neugier durch das Fenster.

»Rosa«, zische ich und ergreife ihren Arm. »Sie hat uns gesehen. Lass uns gehen.«

»Schon gut, schon gut«, willigt meine Freundin ein. »Lass uns gehen.«

Schweigend gehen wir zu unserem normalen Weg zurück. Rosa scheint tief in Gedanken versunken zu sein, und ich kann nicht sprechen, da mir immer schlechter wird. Als wir an einigen Rosenbüschen vorbeigehen, kann ich es nicht mehr zurückhalten. Ich knie mich hin und übergebe mich, während Rosa mir die Haare aus dem Gesicht hält und sich immer wieder dafür entschuldigt, mich in meinem Umstand aufgeregt zu haben.

Ich winke ab und stelle mich zitternd wieder hin. Das, was mich am meisten verstört hat, war nicht die Tatsache, eine Frau gesehen zu haben, die gefesselt war und darauf wartete, gefoltert zu werden.

Es ist, dass dieser Anblick mich nicht so sehr schockiert hat, wie er es eigentlich tun sollte.

～

In dieser Nacht isst Julian nicht mit mir. Ana erklärt mir, dass er ein dringendes Telefongespräch mit einem seiner Partner aus Hong Kong führen muss. Ich denke darüber nach, in sein Büro zu gehen und zuzuhören, aber entschließe mich dann doch dazu, die Zeit für einen Videoanruf mit meinen Eltern zu nutzen.

»Nora, Süße, wann werden wir dich denn wiedersehen?«, fragt meine Mutter zum wiederholten Male, nachdem ich ihr kurz von meinen Kursen erzählt habe. Mein Vater ist auf Geschäftsreise, weshalb wir heute allein sind. »Ich vermisse dich so sehr.«

»Ich weiß, Mama. Ich vermisse dich auch.« Ich beiße mir auf die Innenseiten meiner Wangen, und meine Augen brennen plötzlich durch aufsteigende Tränen. *Scheiß Schwangerschaftshormone.* »Ich habe dir doch schon gesagt, dass Julian meinte, wir würden bald kommen.«

»Wann?«, fragt meine Mutter frustriert. »Warum kannst du uns kein Datum geben?«

Weil ich schwanger bin und mein überfürsorglicher Entführer und Ehemann sich weigert, auch nur über Verreisen zu reden. »Mama ...« Ich atme tief ein und versuche, meinen ganzen Mut zusammenzunehmen. »Ich denke, es gibt da etwas, was du wissen solltest.«

Meine Mutter beugt sich näher an die Kamera, und Sorgenfalten bilden sich auf ihrer Stirn. »Was denn, Süße?«

»Ich bin in der achten Woche schwanger. Julian und ich bekommen ein Baby.« Sobald die Worte draußen sind, fühle ich mich, als sei ein Felsbrocken von meinen Herzen gefallen. Ich hatte bis zu diesem Moment nicht bemerkt, wie sehr mich dieses Geheimnis belastet hatte.

Meine Mutter blinzelt. »Was? Schon?«

»Ja.« Das ist nicht die Reaktion, die ich erwartet hatte. Mit gerunzelter Stirn nähere ich mich der Kamera. »Was meinst du mit schon?«

»Na ja, dein Vater und ich wir haben uns gedacht, dass wenn ihr beiden heiratet ...« Sie zuckt mit den Schultern. »Ich meine, wir hatten gehofft, dass es noch eine Weile dauern würde und du zuerst deine Schule beenden würdest ...«

»Ihr habt euch gedacht, dass Julian und ich Kinder bekommen würden?« Ich fühle mich, als befände ich mich in einem anderen Universum. »Und das ist für euch in Ordnung?«

Meine Mutter seufzt, lehnt sich nach hinten und schaut mich mit einem vorsichtigen Gesichtsausdruck an. »Natürlich sind wir damit nicht einverstanden. Aber wir können unser Leben nicht damit verbringen, Tatsachen zu leugnen, egal wie sehr dein Vater es auch versucht. Es ist mit Sicherheit nicht das, was wir uns für dich gewünscht haben, aber ...« sie hält inne und seufzt ein weiteres Mal, bevor sie sagt: »Schau mal, Süße, wenn es das ist, was du möchtest, wenn es dich wirklich so glücklich macht, wie du uns immer erzählst, dann sollten wir uns nicht einmischen. Wir möchten, dass du glücklich und gesund bist. Das weißt du, oder?«

»Das tue ich, Mama.« Ich blinzele schnell, um die frischen Tränen zu unterdrücken. »Das tue ich.«

»Gut.« Sie lächelt, und ich bin mir ziemlich sicher, dass in ihren

Augen ebenfalls Tränen glänzen. »Erzähl mir alles darüber. Ist dir schlecht? Bist du müde? Wie hast du es herausgefunden? War es ein Unfall?«

Und die nächste Stunde reden meine Mutter und ich über Babys und Schwangerschaft. Sie berichtet mir über ihre eigene Erfahrung – ich war ein in den Flitterwochen gezeugtes Überraschungsbaby für sie und meinen Vater –, und ich erkläre ihr, dass ich am Arm verletzt wurde, als die Terroristen mich entführten und mir deshalb für eine kurze Zeit mein Implantat entfernt werden musste. Die ganze Wahrheit kann ich ihr unmöglich sagen: dass die Al-Quadar das Implantat herausgeschnitten hat, weil sie dachte, es sei ein Tracker. Meine Eltern wissen über die Entführung aus dem Einkaufszentrum Bescheid – ich musste mein Verschwinden schließlich irgendwie erklären –, aber ich habe ihnen nicht die ganze Geschichte erzählt.

Sie haben keine Ahnung, dass ihre Tochter sich als Köder zur Verfügung gestellt hat, um das Leben ihres Entführers zu retten, und kaltblütig einen Mann erschossen hat.

Als wir unser Gespräch schließlich beenden, ist es schon dunkel draußen, und ich werde langsam müde. Sobald ich aufgelegt habe, gehe ich duschen, putze meine Zähne und lege mich ins Bett, um dort auf Julian zu warten.

Nach einer Weile werden meine Augenlider schwer, und ich merke wie der Schlaf mich übermannt. Als meine Gedanken zu wandern beginnen, formt sich ein Bild vor meinen geschlossenen Augen: das des Mädchens, das in der Mitte eines großen Raumes mit weißen Wänden hilflos und gefesselt an einem Stuhl festgebunden ist. Ihr Haar ist allerdings nicht blond.

Es ist dunkel … und in ihrem Bauch wächst ein Kind heran.

13

Julian

Es ist schon fast Mitternacht, als ich aufhöre zu arbeiten und in unser Schlafzimmer gehe. Ich betrete den Raum, mache die Nachttischlampe an und sehe, dass Nora schon unter ihrer Bettdecke zusammengerollt schläft. Ich gehe duschen, bevor ich mich zu ihr lege und ihren nackten Körper an mich ziehe, sobald ich mich zugedeckt habe. Sie hat die perfekte Größe für mich: ihr runder, kleiner Po liegt an meinen Lenden, und ihr Nacken auf meinem ausgestreckten Arm. Mein anderer Arm liegt angewinkelt auf ihrer Seite, und meine Hand bedeckt eine kleine, feste Brust.

Eine Brust, die sich jetzt ein wenig voller anfühlt als zuvor und mich daran erinnert, dass sich ihr Körper verändern wird.

Es ist bizarr, wie erotisch ich dieses Wissen finde, wie sehr mich der Gedanke daran, dass Nora durch unser Kind runder werden wird, erregt. Ich habe eine schwangere Frau niemals als Sexobjekt angesehen, aber ich bin besessen von dem noch schlanken Körper meiner Frau und seinen Fähigkeiten. Mein Sexualtrieb ist immer stark, aber zurzeit ist er extrem, und ich muss mich beherrschen, sie nicht permanent anzufallen.

Würde ich nicht zweimal pro Tag bis zur Erschöpfung trainieren gehen, wäre ich nicht in der Lage, mich zu kontrollieren.

Sogar jetzt, nachdem ich unter der Dusche onaniert habe, ist es immer noch eine Folter, mit ihr im Arm dazuliegen. Ich werde mich aber trotzdem nicht von ihr entfernen. Ich muss sie an mir spüren, auch wenn wir einfach nur kuscheln. Sie muss sich ausruhen, und ich habe vor, sie schlafen zu lassen. Als ich mir das Kissen bequemer zurechtrücke, bewegt sie sich in meinen Armen und sagt schläfrig: »Julian?«

»Natürlich, Baby.« Ich gebe der Versuchung nach und liebkose die weiche Haut hinter ihren Ohren, während meine Hand von ihrer Brust zu den warmen Falten zwischen ihren Beinen gleitet. »Wer sollte es denn sonst sein?«

»Ich – ich weiß nicht …« Sie atmet schneller, als ich ihre Klitoris finde und leichten Druck auf sie ausübe. »Wie spät ist es?«

»Spät.« Ich schiebe einen Finger in sie, um zu sehen, wie erregt sie ist, und mein Geschlecht pocht, als ich die Feuchte ihres engen, heißen Kanals spüre. »Ich sollte dich schlafen lassen.«

»Nein.« Sie stöhnt, als ich meinen Finger krümme und ihren G-Punkt berühre. »Mir geht es gut, wirklich.«

»Ist das so?« Ich kann nicht widerstehen, sie ein wenig zu quälen. Ich muss meine sadistischen Triebe momentan zügeln, aber ich kann nicht darauf verzichten, sie betteln zu hören. Mit leiser Stimme murmele ich: »Ich weiß nicht so recht. Ich denke, ich sollte besser aufhören.«

»Nein, bitte nicht.« Sie stöhnt, als ich ihre Klitoris mit meinem Daumen kreisförmig umfahre und gleichzeitig mein hartes Geschlecht an ihrem Po reibe. »Bitte höre nicht auf.«

»Dann sag mir, was ich mit dir machen soll.« Ich umkreise weiterhin ihre Klitoris. Sie fühlt sich mit ihrem warmen und glatten Körper wie Feuer in meinen Armen an. Ihr Haar riecht von ihrem Shampoo nach Blumen, und ihre inneren Wände zucken um meinen Finger, als würden sie versuchen, ihn tiefer in sich zu ziehen. »Sag mir ganz genau, was du möchtest, mein Kätzchen.«

»Du weißt, was ich will.« Jetzt keucht sie, und ihre Hüften bewegen sich, da sie versucht, meinen Finger dazu zu zwingen, sich in einem gleichmäßigen Rhythmus zu bewegen. »Ich will, dass du mich nimmst. Hart.«

»Wie hart?« Meine Stimme wird rauer, als dunkle, entartete Bilder in meine Gedanken eindringen. Es gibt so viele schmutzige Dinge, die ich mit ihr machen möchte, so viele Arten, auf die ich sie nehmen möchte. Selbst nach dieser ganzen Zeit strahlt sie eine solche Unschuld aus, dass ich sie verderben möchte. Sie an ihre Grenzen bringen möchte. »Beschreib es mir, Nora. Ich möchte jede Einzelheit wissen.«

»Warum?«, fragt sie atemlos und reibt ihr Becken gegen meine Hand. Ihr Geschlecht ist schon tropfnass und bedeckt meinen Finger mit ihrer Feuchtigkeit. »Du wirst tun, was ich dir sage.«

»Du wirst nicht fragen, warum.« Ich höre auf, meine Hand zu bewegen, und lasse meine dunklere Begierde in meine Stimme fließen. »Beschreib es mir. Jetzt.«

»Ich …« Sie zieht scharf Luft ein, als ich damit fortfahre, mit ihrer Klitoris zu spielen. »Ich will, dass du mich so hart nimmst, dass es wehtut.« Ihre Stimme zittert, als ich einen zweiten Finger in sie schiebe und ihre kleine Öffnung ausdehne. »Ich will, dass du mich fesselst und mit mir machst, was du willst.«

»Willst du, dass ich deinen Hintern nehme?«

Ihre Muschi zieht sich um meinen Finger zusammen, als ein Schauer durch ihren Körper fährt. »Ich …« Ihre Stimme bricht. »Ich weiß es nicht.«

Wenn sich meine Hoden nicht gerade so anfühlen würden, als explodierten sie jeden Moment, könnte ich ihr Ausweichen amüsant finden. Ich werde sie bald dazu bringen, zuzugeben, dass sie Analverkehr mittlerweile mag, dass sie es genießt, von hinten genommen zu werden. Genau genommen werde ich sie dazu bringen, darum zu betteln, meinen Schwanz in ihr kleines Poloch zu schieben. Jetzt aber ist dieses Gespräch einfach nur das: ein Gespräch. So gerne ich auch jedes einzelne ihrer kleinen engen Löcher nehmen möchte, ich kann es nicht. Ich werde das Baby nicht für ein kurzweiliges Vergnügen aufs Spiel setzen.

Diese verbalen Spielereien werden reichen müssen, bis Nora gebärt.

Ich ziehe meine Finger aus ihrem Körper, ergreife mein Geschlecht und führe es in ihre warme, nasse Muschi. Sie stöhnt auf, als ich beginne, in sie einzudringen. Da wir beide mit geschlossenen

Beinen auf der Seite liegen, ist sie noch enger als gewöhnlich, und ich bewege mich langsam, versuche, die wilde Lust, die mich durchströmt, zu ignorieren.

Ich werde ihr nicht wehtun. Ich werde ihr nicht wehtun. Diese Worte sind wie ein Mantra in meinem Kopf. Sie dehnt ihren Rücken, biegt ihre Wirbelsäule durch, um mich besser in sich aufnehmen zu können, und ich lasse meine Hand von vorn auf ihr Geschlecht gleiten, um die kleine Knospe zu finden, die zwischen ihren Falten hervorragt. Als meine Finger ihre Klitoris berühren, stöhnt sie meinen Namen, und ich fühle wie sie um mich kontraktiert, als sie kommt.

Mein Herz rast in meiner Brust, so dass ich tief durchatmen und innehalten muss, um meine eigene Explosion im letzten Moment zu verhindern. Als mein Drang, zu kommen, ein wenig kontrollierter ist, beginne ich, in sie zu stoßen und gleichzeitig ihre geschwollene Klitoris zu reiben. Sie gibt unzusammenhängende Laute von sich, die eine Mischung aus Stöhnen und Keuchen sind, und ihr Körper spannt sich in meiner Umarmung an. Ich nehme sie weiterhin mit kurzen, oberflächlichen Stößen, um ihre Lust so weit zu steigern, dass sie aufschreit, und ich fühle, wie sich ihr geschwollenes Fleisch um mich schlingt, als sie ihren zweiten Höhepunkt erreicht.

Das Gefühl, wenn sie mein Geschlecht melkt, ist unbeschreiblich, eine scharfe und elektrische Lust. Sie durchfährt mich, und plötzlich muss ich einfach kommen. Ich stöhne rau, reibe mein Becken an ihr und vergrabe mich tief in ihr, als mein Erguss mit gewaltiger orgastischer Kraft aus mir herausschießt.

Danach liegen wir bewegungslos da, unsere Körper kleben durch den Schweiß zusammen, und wir versuchen wieder zu Atem zu kommen. Als sich meine Herzfrequenz langsam wieder normalisiert, breitet sich in mir ein Gefühl der Sättigung und entspannter Zufriedenheit aus. Ich weiß, dass ich aufstehen und Nora zur Dusche tragen sollte, aber es fühlt sich so gut an, einfach nur dazuliegen und sie in meinen Armen zu halten, während ich in ihrem Körper erschlaffe. Ich schließe meine Augen und genieße den Moment, bis meine Gedanken anfangen zu wandern und das tiefe Nichts des Schlafes mich zu sich holt.

»Julian?« Noras sanfte Stimme holt mich aus meinem Halbschlaf und bringt mein Herz zum Rasen.

»Was ist los, Baby?« Mein Ton ist wegen der plötzlichen Sorge scharf. »Geht es dir gut?«

Sie seufzt und dreht sich in meinen Armen um, damit sie mich ansehen kann. »Natürlich geht es mir gut. Warum denn auch nicht?«

Ich atme langsam aus, bin zu erleichtert – und sexuell befriedigt –, um mich über ihren genervten Ton aufzuregen. »Was ist es dann?«, frage ich ruhiger und nehme die Decke, um sie über Nora auszubreiten. Der Raum ist wegen der Klimaanlage kühl, und ich weiß, dass Nora leicht fröstelt, wenn sie müde ist.

Sie seufzt erneut, als ich die Decke um sie wickele. »Du weißt, dass ich nicht aus Glas bin, stimmt's?«

Ich gebe mir nicht die Mühe, darauf zu antworten. Stattdessen schaue ich sie mit zusammengezogenen Augen an, bis sie hörbar ausatmet und mir erklärt: »Ich wollte dir nur sagen, dass ich mit meinen Eltern geredet habe, das ist alles.«

»Über das Baby?«

»Ja.« Ein zufriedenes Lächeln umspielt ihre Lippen. »Meine Mutter hat erstaunlich gut darauf reagiert.«

»Deine Mutter ist eine clevere Frau. Was ist mit deinem Vater?«

»Er war bei dem Gespräch nicht mit dabei, aber meine Mutter meinte, dass sie mit ihm reden würde.«

»Gut.« Ich finde es eigenartig befriedigend, dass Nora endlich diesen Schritt getan hat. Er bedeutet, dass sie näher daran ist, die Situation zu akzeptieren, endlich zuzugeben, dass das Baby eine Tatsache in unseren Leben ist. »Jetzt kannst du aufhören, dir Sorgen darum zu machen.«

»Das stimmt.« Ihre Augen glänzen schwarz im weichen Licht ihrer Nachttischlampe. »Der harte Teil ist somit überstanden. Jetzt muss ich das Kind nur noch zur Welt bringen und großziehen.«

Ihr Ton ist leicht, aber ich kann die Angst aus ihrem Sarkasmus heraushören. Sie fürchtet sich vor der Zukunft, und so gerne ich sie auch beruhigen möchte, ich kann ihr nicht erzählen, dass alles gut werden wird.

Weil ich tief in mir genauso viel Angst habe wie sie.

~

DA ICH GESTERN ABEND SO LANGE IM BÜRO WAR, SCHLAFE ICH LÄNGER als gewöhnlich, und als ich die Augen aufschlage, bewegt sich Nora schon.

Als sie hört, dass ich wach bin, rollt sie sich auf die andere Seite und lächelt mich schläfrig an. »Du bist noch hier.«

»Das bin ich.« Ich gebe einem spontanen Drang nach, sie an mich heranzuziehen und meine Arme fest um sie zu schlingen. Manchmal fühlt es sich so an, als würden wir nicht genügend Zeit miteinander verbringen. Obwohl ich sie jeden Tag sehe, will ich mehr.

Ich will immer mehr von ihr.

Sie legt ihr Bein über meinen Oberschenkel, schmiegt sich näher an mich heran und reibt ihre Nase an meiner Brust. Mein Körper reagiert genauso, wie es vorherzusehen war: meine Morgenerektion versteift sich schmerzhaft. Bevor ich reagieren kann, lenkt sie mich dadurch ab, dass sie spricht. »Julian …« Ihre Stimme ist gedämpft. »Wer ist die Frau in Lucas' Haus?«

Überrascht lehne ich mich nach hinten, um sie anzuschauen. »Woher weißt du über sie Bescheid?«

»Rosa und ich haben sie gestern gesehen.« Nora scheint mir nicht in die Augen blicken zu wollen. »Wir sind … dort vorbeigekommen.« Sie schaut mich kurz durch ihre Wimpern an.

»Seid ihr das?« Ich stütze mich auf meinen Ellenbogen, betrachte sie und bemerke, dass sie errötet ist. »Und warum seid ihr dort vorbeigegangen? Normalerweise geht ihr doch gar nicht in dieser Gegend spazieren.«

»Gestern aber schon.« Nora wickelt sich die Decke um, setzt sich hin und schaut mich entschlossen an. »Also, wer ist sie? Was hat sie getan?«

Ich seufze. Ich wollte das Drama nicht vor Nora ausbreiten, aber es sieht so aus als könne ich es nicht verhindern. »Das Mädchen ist die russische Übersetzerin, die uns an die Ukrainer verkauft hat«, erkläre ich Nora und betrachte ihre Reaktion sorgfältig. Die Albträume meines Kätzchens werden gerade weniger, und ich möchte sie auf gar keinen Fall wieder zurückbringen.

Während ich das sage, bekommt Nora große Augen. »Sie ist für den Flugzeugabsturz verantwortlich?«

»Nicht direkt, aber die Informationen, die sie den Ukrainern gegeben hat, haben dazu geführt, ja.« Wenn Lucas nicht beschlossen hätte, diese Situation in seine Hand zu nehmen, hätte ich jemand anderen nach Russland geschickt, um sich um diese Verräterin zu kümmern – natürlich nur, wenn die Russen das nicht schon für mich getan hätten.

Während Nora diese Information verarbeitet, sehe ich, dass sich ihr Gesichtsausdruck verändert, verdüstert. Ich sehe fasziniert dabei zu. Ihre weichen Lippen werden hart, und ihr Blick füllt sich mit reinem Hass. »Sie hat dich fast getötet«, sagt sie mit erstickter Stimme. »Julian, diese Schlampe hat dich fast getötet.«

»Ja, und sie hat fast fünfzig meiner Männer umgebracht.« Dieser Verlust schmerzt mich mehr als alles andere – und ich weiß, das Gleiche trifft auf Lucas zu. Für welche Bestrafung er sich bei seiner Gefangenen auch immer entscheiden mag, sie wird sie verdient haben, und ich sehe, dass Nora zu dem gleichen Entschluss gekommen ist.

Während ich sie betrachte, wirft sie die Decke zurück und springt aus dem Bett. Sie schnappt sich ihren Bademantel und zieht ihn sich an, bevor sie sichtbar aufgebracht im Raum umherzugehen beginnt. Dieser kurze Blick auf ihren nackten Körper hat meine Erregung erneut gesteigert, aber ich konzentriere mich darauf, ihr Gesicht anzuschauen, als ich aufstehe.

»Beschäftigt dich das?«, frage ich. Nora hält inne und lässt ihren Blick über meine untere Körperhälfte schweifen, bevor sie mir ins Gesicht schaut. »Wolltest du deshalb wissen, wer sie ist?«

»Natürlich beschäftigt es mich.« Noras Stimme ist angespannt, und ich verstehe nicht genau, warum. »Auf unserem Anwesen befindet sich eine gefesselte Frau.«

»Eine Verräterin«, korrigiere ich sie. »Sie ist wohl kaum ein unschuldiges Opfer.«

»Warum hast du sie nicht den russischen Behörden überlassen?« Nora kommt näher auf mich zu. »Warum musstest du sie hierherbringen?«

»Das war Lucas' Wunsch. Er hat eine Art … persönliche Beziehung zu ihr.«

Noras Augen werden groß, als sie mich versteht. »Er hatte eine Affäre mit ihr?«

»Eher einen One-Night-Stand, aber ja, genau das.« Ich gehe ins Badezimmer, und Nora folgt mir. Als ich die Dusche aufdrehe und beginne, meine Zähne zu putzen, nimmt sie ihre eigene Zahnbürste in die Hand und folgt meinem Beispiel. Sie sieht immer noch angespannt aus, weshalb ich, nachdem ich meinen Mund ausgespült habe, zu ihr sage: »Wenn es dich so sehr beschäftigt, kann ich ihm auch sagen, er soll sie woandershin bringen.«

Nora legt ihre Zahnbürste weg und wirft mir einen sarkastischen Blick zu. »Damit er sie foltern kann, ohne dass jemand etwas davon weiß? Was wäre daran besser?«

Ich zucke mit den Schultern und gehe zur Dusche. »Du würdest es nicht sehen.« Ich lasse die Tür offen, damit ich weiterhin mit ihr reden kann. Die Duschkabine ist groß genug, so dass das Wasser nicht nach draußen spritzt.

»Genau, natürlich.« Sie betrachtet mich, während ich anfange, mich einzuseifen. »Also wenn ich es nicht sehe, passiert es auch nicht?«

Ich seufze erneut. »Komm her, Baby.« Ich ignoriere die Seife auf meinen Händen, ergreife sie und ziehe sie zu mir in die Dusche. Dann nehme ich ihren Bademantel ab und lasse ihn vor der Kabine auf den Boden fallen.

Sie hat keine Einwände, als ich sie zu mir unter das heiße Wasser ziehe. Stattdessen schließt sie die Augen, als ich Shampoo auf meine Handfläche gebe und damit ihren Kopf massiere. Auch nass fühlen sich ihre Haare zwischen meinen Fingern noch gut an, so dick und seidig.

Es ist eigenartig, wie sehr ich es genieße, mich auf diese Weise um sie zu kümmern. Wie dieses einfache Waschen ihres Haares mich beruhigt und gleichzeitig erregt. In Momenten wie diesem ist es einfacher, die Gewalt in mir zu vergessen, die Begierden zu unterdrücken, denen ich in den nächsten Monaten nicht nachgeben kann.

»Was für einen Unterschied macht es, ob Lucas sie bestraft oder die Russen?«, frage ich, als ich damit fertig bin, das Shampoo in ihrem Haar zu verteilen. Nora sagt nichts, aber ich kann sehen, dass sie immer noch über die Übersetzerin und ihr Schicksal nachdenkt. »Das Ergebnis wäre das gleiche. Das weißt du, mein Kätzchen, oder nicht?«

Sie nickt schweigend und legt ihren Kopf in den Nacken, um ihre Haare auszuwaschen.

»Also, warum grübelst du darüber nach?« Ich greife nach der Spülung, als sie sich das Wasser aus dem Gesicht wischt und ihre Augen öffnet, um mich anzusehen. »Möchtest du, dass sie frei herumläuft?«

»Das sollte ich.« Sie blickt mich an, während ich die Spülung auf ihrem Kopf verteile. »Ich sollte nicht wollen, dass sie so leidet.«

Meine Lippen zucken amüsiert. »Aber das tust du, nicht wahr? Du möchtest die Rache genauso sehr wie ich.« Jetzt verstehe ich, warum sie so aufgebracht ist. Genau wie im Fall des Mannes, den sie getötet hat, prallen Moralvorstellungen der Mittelklasse auf Noras Instinkte. Sie weiß, was sie laut der gesellschaftlichen Vorgaben fühlen sollte, und es stört sie, dass sie es nicht tut.

Es ist nicht menschlich, auch die andere Wange hinzuhalten, und mein Kätzchen beginnt das zu begreifen.

Nora schließt die Augen wieder und bewegt ihren Kopf unter dem Wasser. Es läuft ihr Gesicht hinunter, und aus ihren Wimpern werden lange, dunkle Spitzen. »Ich wollte sterben, als ich dachte, du seist tot«, sagt sie, und ihre Stimme ist durch das laute Wasser kaum zu hören. »Es war noch schlimmer als das erste Mal. Als ich das Mädchen gesehen habe, habe ich mir gedacht, dass sie etwas getan hat, was deinem Geschäft geschadet hat, aber mir war nicht klar, dass sie den Absturz verursacht hat.«

Ich stelle mir vor, wie Nora sich an jenem Tag gefühlt haben muss, und ein starker Schmerz durchfährt meine Brust. Ich würde wahnsinnig werden, wenn ich jemals denken würde, sie verloren zu haben. »Baby …« Ich trete näher an sie heran, benutze meinen Rücken, um das Wasser von ihr zu lenken, und nehme ihr Gesicht in meine Hände, um sie anzuschauen. »Es ist vorbei. Dieses Kapitel unseres Lebens ist vorbei. Es ist Vergangenheit.«

Sie antwortet nicht, also beuge ich meinen Kopf nach unten, um sie innig und langsam zu küssen, sie auf die einzige Art und Weise zu beruhigen, die mir gerade einfällt.

Nora

Ich verliere mich. Langsam, aber sicher werde ich durch den kranken Sumpf dieses Anwesens in Julians dunkle Welt gezogen.

Das weiß ich natürlich schon seit einiger Zeit. Ich habe meine eigene Verwandlung mit einer Art entferntem Schrecken und Neugier verfolgt. Dinge, die abschreckend für mich waren, sind jetzt Teil meines Lebens. Mord, Folter, Waffenhandel – mein Kopf verdammt diese Dinge immer noch, aber sie stören mich nicht mehr so sehr wie früher. Mein moralischer Kompass ist nach und nach vom Kurs abgewichen, und ich habe es zugelassen.

Ich habe es kampflos zugelassen, dass Julians Welt mich verändert.

Selbst als ich noch nicht wusste, was das blonde Mädchen getan hatte, hat mich ihre Situation nicht auf einer tiefen emotionalen Ebene belastet. Wie Rosa war ich eher neugierig als abgestoßen, und jetzt, da ich weiß, dass sie die Übersetzerin ist, die Julian fast umgebracht hat, fließt Hass durch meine Adern, der kaum Platz für Mitleid lässt. Ich verstehe, dass es falsch ist, dass Lucas sie auf seine Weise bestraft, aber ich kann es nicht fühlen.

Ich will, dass sie leidet, für die Qualen bestraft wird, die wir zu leiden hatten.

Die Tatsache, dass ich über das alles nachdenken kann, meine beunruhigenden Gefühle analysieren kann, ist bizarr. Ich bin unter der Dusche, und Julian küsst mich, berauscht meine Sinne mit seiner Berührung. Seine Hände umfassen mein Gesicht, und mein Körper reagiert wie immer auf ihn, während das warme Wasser, das über meine Haut läuft, meine innere Hitze verstärkt. Meine Gedanken sind allerdings kalt und klar. Es gibt nur eine Lösung, die ich finden kann, nur einen Weg, um die barbarischen Überreste meiner Seele zu retten.

Ich muss weg von hier.

Nicht dauerhaft. Nicht für immer. Aber ich muss weg, auch wenn es nur für einige Wochen ist. Ich muss meine alte Sichtweise zurückbekommen, mich in die Welt außerhalb des Anwesens stürzen.

Wenn nicht für mich selbst, dann für das kleine Wesen in mir.

»Julian …« Meine Stimme zittert, als er schließlich meine Lippen freigibt, und eine Hand meinen Rücken hinuntergleiten lässt, was mein Geschlecht veranlasst, vor Begehren zu pulsieren. »Julian, ich will nach Hause gehen.«

Er hält abrupt inne und hebt seinen Kopf, ohne mich loszulassen. Sein Blick wird hart, und die Hitze des Begehrens verwandelt sich in etwas Kaltes und Bedrohliches. »Du bist zu Hause.«

»Ich möchte meine Eltern sehen«, beharre ich mit rasendem Herzen. Mit Julians kräftigem Körper, der mich umgibt, und dem Dampf der Dusche, der die Kabine benebelt, fühle ich mich wie gefangen in einer Blase aus nacktem Fleisch und Lust. Mein Körper sehnt sich nach seiner Berührung, aber mein Kopf schreit, dass ich nicht nachgeben kann. Nicht, wenn so viel auf dem Spiel steht.

Ein Muskel an seinem Kinn beginnt zu zucken. »Ich habe dir gesagt, dass wir irgendwann zu ihnen fliegen werden. Aber nicht jetzt. Nicht in deinem Zustand.«

»Wann dann?« Ich zwinge mich, nicht wegzuschauen. »Wenn ich mich um ein Baby kümmern muss? Oder ein Kleinkind? Wie wäre es denn, wenn das Kind volljährig ist? Denkst du, dann wäre es sicher für mich, zu ihnen zu fliegen?«

Julians Lippen werden zu einer schmalen, gefährlichen Linie. Er drückt mich gegen die Wand der Duschkabine, ergreift meine Handgelenke und führt sie über meinen Kopf. »Dränge mich nicht, mein Kätzchen«, flüstert er, und seine Erektion drückt sich in meinen Bauch. »Du würdest die Konsequenzen nicht mögen.«

Trotz meiner Entschlossenheit steigt langsam Angst in mir auf. Ich weiß, dass Julian mir jetzt nicht wehtun wird, aber körperliche Bestrafung ist nicht die einzige Waffe im Arsenal meines Ehemanns. Bilder davon, wie Jake brutal zusammengeschlagen wurde, steigen in meinem Kopf hoch, und mit ihnen ein übelkeitserregendes Frösteln.

»Tue das nicht«, flüstere ich, als er sich zu mir herunterbeugt und mit seinen Lippen an meinem Ohr entlangfährt, eine zärtliche Geste, die im starken Gegensatz zu seinem bedrohlich über mir ragendem Körper steht. »Julian, tue das nicht.«

Er richtet sich auf, und seine Augen sind wie harte blaue Edelsteine. »Tue was nicht?« Er nimmt meine Handgelenke in eine Hand und fährt mit seiner freien Hand über meine Brüste und meinen Bauch hinunter, so dass seine Finger über meine brennende Haut streichen.

»Tue das nicht …« Meine Stimme bricht, und seine Berührung lässt mich trotz meines Fröstelns bis in mein tiefstes Inneres mit Verlangen pochen. »Behandele mich nicht so.«

Seine Hand kommt nach oben, und seine Finger umfassen mein Kinn in einem unausweichlichen Griff. »Wie, so?«, fragt er in einem täuschend ruhigen Ton. »So als gehörtest du mir?«

Mein Atem stockt. »Ich bin deine Frau, nicht dein Sklave …«

»Du bist alles das, was ich möchte, mein Kätzchen. Du gehörst mir.« Die beiläufige Grausamkeit seiner Worte trifft mich wie ein Schlag, und ich bekomme keine Luft mehr. Etwas an meiner Reaktion muss sich äußerlich widergespiegelt haben, denn sein Griff lockert sich, und sein Ton ist etwas weicher, als er sagt: »Das ist dein Zuhause, Nora. Hier. Mit mir. Nicht dort draußen.«

»Sie sind meine Eltern, Julian. Meine Familie. Genauso wie du jetzt meine Familie bist. Ich kann nicht mein ganzes Leben lang zu meiner eigenen Sicherheit in einen Käfig eingesperrt zubringen. Ich würde wahnsinnig werden.« Ich spüre, wie sich in meinen Augen Tränen sammeln, und blinzele schnell, um sie zurückzuhalten. Ich will auf gar keinen Fall zeigen, was für ein emotionales Wrack ich gerade bin.

Blöde Schwangerschaftshormone.

Julian blickt mich an, und seine Augen glänzen frustriert, bevor er mich mit einer abrupten Bewegung loslässt und zurücktritt. Er dreht das Wasser ab, verlässt die Duschkabine und nimmt sich mit kaum unterdrückter Aggression ein Handtuch. Sein Geschlecht ist immer noch hart, und die Tatsache, dass er mich in Ruhe lässt, ist trotz seines neuen Behandele-Nora-wie-Glas-Verhaltens erstaunlich.

Ich bewege mich vorsichtig, als ich nach ihm die Dusche verlasse, und meine nassen Füße versinken in der plüschigen Weichheit der Badematte. »Könntest du bitte …«, beginne ich, als Julian schon mit einem Handtuch auf mich zukommt. Er wickelt mich darin ein und reibt mich trocken, bevor er zurücktritt, um sich selbst ein Handtuch zu holen.

»Was hat das alles mit Yulia Tzakova zu tun?« Er stellt seine Frage, als ich gerade im Begriff bin, das Badezimmer zu verlassen, und ich halte abrupt inne. Als ich mich verwirrt zu ihm herumdrehe, erklärt er mir: »Die russische Übersetzerin, die du gestern gesehen hast. Hat sie etwas mit deinem plötzlichen Bedürfnis, deine Eltern zu besuchen, zu tun?«

Ich überlege einen kurzen Moment, ob ich es abstreiten sollte, aber Julian merkt, wenn ich lüge. »Auf gewisse Weise«, erwidere ich vorsichtig. »Ich brauche Abstand von dem allen hier, einen Tapetenwechsel. Ich brauche eine Auszeit, Julian.« Ich schlucke, aber wende meinen Blick nicht ab. »Ich brauche sie dringend.«

Er blickt mich einfach an, bevor er sich ohne ein weiteres Wort umdreht und ins Schlafzimmer geht, um sich anzuziehen.

Beim Frühstück ist Julian schweigsam, offensichtlich mit den E-Mails auf seinem iPad beschäftigt. Ich fühle mich ignoriert – eine ungewohnte Situation für mich. Normalerweise habe ich während unserer gemeinsamen Mahlzeiten Julians ungeteilte Aufmerksamkeit, und die Tatsache, dass er sich auf etwas anderes konzentriert, stört mich stärker, als sie sollte.

Ich überlege, ob ich versuchen sollte, das Schweigen zu brechen, aber ich möchte die Dinge nicht verschlimmern. Es sieht so aus, als habe der Streit heute Morgen meine Chancen, das Anwesen zu verlassen, nahezu auf null zurückgehen lassen. Ich hätte auf einen besseren Moment warten sollen, um den Besuch bei meinen Eltern anzusprechen; damit unter der Dusche herauszuplatzen, als Julian Sex im Kopf hatte, war nicht besonders clever gewesen.

Natürlich gibt es keine Garantie dafür, dass eine andere Herangehensweise meine Chancen vergrößert hätte. Wenn Julian erst einmal eine Entscheidung getroffen hat, kann ich seine Meinung kaum noch ändern, besonders dann nicht, wenn die Angelegenheit meine Sicherheit betrifft. Ich habe es bei den Trackern versucht, und sie sind immer noch in meinem Körper. Julian wird es niemals zulassen, dass sie entfernt werden, genauso wenig wie er vielleicht zustimmen wird, dass ich jemals wieder das Anwesen verlassen werde. Trotz aller Versuche und guter Absichten gehöre ich ihm, und ich kann nichts gegen diese Tatsache tun.

Ich versuche, der düsteren Verzweiflung, die auf mir lastet, nicht nachzugeben, esse meine Eier auf und erhebe mich vom Tisch, um mich nicht länger als nötig in dieser angespannten Atmosphäre aufhalten zu müssen. Bevor ich mich allerdings auch nur einen Schritt vom Tisch entfernen kann, schaut Julian von seinem iPad auf und blickt mich streng an. »Wohin gehst du?«

»Ich will für meine Prüfungen lernen«, erwidere ich vorsichtig.

»Setz dich hin.« Er deutet herrisch auf meinen Stuhl. »Wir sind noch nicht fertig.«

Ich unterdrücke den in mir aufsteigenden Ärger, setze mich wieder hin und verschränke meine Arme vor der Brust. »Julian, ich muss wirklich lernen.«

»Wann hast du deine letzte Prüfung?«

Ich starre ihn an, und mein Puls rast, als sich Hoffnung wie eine kleine Blase in meiner Brust formt. »Durch das Online-Programm bin ich flexibel. Sobald ich mit dem Lernen fertig bin, kann ich die Prüfungen machen.«

»Also Anfang Juni?«, fragt er weiter.

»Nein, eher.« Ich lege meine verschwitzten Handflächen auf den Tisch. »Ich kann theoretisch in den nächsten eineinhalb Wochen fertig werden.«

»In Ordnung.« Er blickt wieder auf sein iPad, um etwas zu schreiben, und ich traue mich kaum zu atmen, während ich ihn weiterhin anschaue. Nach einer Minute erhebt er seinen Kopf wieder und nagelt mich mit seinem harten, blauen Blick fest. »Ich werde dir das nur einmal sagen, Nora«, sagt er ruhig. »Wenn du mir nicht gehorchst oder irgendetwas tust, was dein Leben in Gefahr bringt, während wir in Chicago sind, werde ich dich bestrafen. Hast du mich verstanden?«

Bevor er zu Ende gesprochen hat, habe ich den Tisch schon halb umrundet und bringe fast seinen Stuhl zu Fall, als ich auf ihn springe. »Ja!« Ich weiß nicht einmal, wie ich auf seinem Schoß ende, aber irgendwie finde ich mich dort wieder, habe meine Arme um seinen Hals geschlungen und überschütte sein Gesicht mit Küssen. »Danke! Danke! Danke!«

Er lässt meine Küsse so lange zu, bis ich keinen Atem mehr habe, und nimmt dann mein Gesicht zwischen seine Hände. Ich kann das begehrende Leuchten in seinen Augen sehen, fühle die harte Ausbeulung, die sich in meinen Oberschenkel bohrt, und ich weiß, dass wir dort weitermachen werden, wo wir heute Abend aufgehört haben. Mein Körper beginnt voller Vorfreude zu pochen, und meine Nippel stellen sich unter dem Stoff meines Kleides auf.

Als würde er meine wachsende Erregung bemerken, lächelt Julian, steht auf und drückt mich gegen seine Brust. »Ich möchte das nicht bereuen, mein Kätzchen«, murmelt er, als er mich zu den Stufen trägt. »Du willst mich nicht enttäuschen, das kannst du mir glauben.«

»Das werde ich nicht«, schwöre ich aus ganzem Herzen und schlinge meine Arme um seinen Nacken. »Ich verspreche dir, dass ich dich nicht enttäuschen werde.«

III

DIE REISE

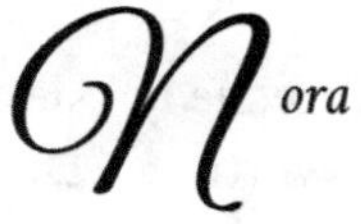

ICH FLIEGE NACH HAUSE. OH MEIN GOTT, ICH FLIEGE NACH HAUSE.

Selbst jetzt, während ich schon aus dem Flugzeugfenster auf die Wolken schaue, kann ich kaum glauben, dass das wirklich passiert. Es sind nur zwei Wochen seit unserem Frühstück vergangen, und wir sind auf dem Weg nach Oak Lawn.

»Das Flugzeug ist nicht wie diejenigen die ich im Fernsehen gesehen habe«, sagt Rosa und schaut sich im luxuriösen Inneren der Kabine um. »Ich meine, ich wusste, dass wir nicht mit einem Linienflug reisen würden, aber das hier ist wirklich nett, Nora.«

Ich grinse sie an. »Ja, ich weiß. Als ich es zum ersten Mal gesehen habe, habe ich genauso reagiert wie du.« Ich blicke kurz zu Julian hinüber, der mit seinem Laptop auf dem Sofa sitzt und unsere Konversation zu ignorieren scheint. Er hat mir erzählt, dass er vorhat, sich mit seinem Portfoliomanager in Chicago zu treffen, also gehe ich davon aus, dass er sich vorher über mögliche Investitionen informiert. Entweder das – oder die neueste Version des Drohnendesigns seiner Ingenieure, ein Projekt, das diese Woche eine Menge Zeit in Anspruch genommen hat.

»Mein erster Flug – und das in einem Privatjet. Kannst du das glauben? Das Einzige, was jetzt noch besser wäre, wäre, wenn wir nach New York fliegen würden«, sagt Rosa und zieht meine Aufmerksamkeit wieder auf sich. Ihre braunen Augen leuchten vor Aufregung, und sie hüpft geradezu in ihrem weichen Ledersessel. So ist sie jetzt schon seit einigen Tagen, seitdem ich Julian dazu bringen konnte, sie mit uns nach Amerika zu nehmen – etwas, von dem meine Freundin seit Jahren träumt.

»Chicago ist auch recht hübsch«, sage ich amüsiert über ihren unbeabsichtigten Snobismus. »Es ist eine coole Stadt, das wirst du sehen.«

»Ja, natürlich.« Als Rosa auffällt, dass sie meine Heimatstadt beleidigt hat, errötet sie. »Ich bin mir sicher, dass es toll ist, und ich möchte auch nicht, dass du denkst, ich sei undankbar«, sagt sie schnell und sieht bestürzt aus. »Ich weiß, dass du mich nur mitgenommen hast, weil du nett bist, und ich freue mich riesig darüber ...«

»Rosa, du kommst mit, weil ich dich brauche«, unterbreche ich sie, weil ich nicht möchte, dass sie dieses Thema vor Julian vertieft. »Du bist die Einzige, der Ana bei der Zubereitung der Morgensmoothies vertraut, und du weißt, ich brauche diese Vitamine.«

Zumindest habe ich genau das meinem besessen beschützerischen Ehemann erzählt, als ich darum gebeten habe, Rosa mitnehmen zu dürfen. Ich bin mir ziemlich sicher, dass ich diese Smoothies selbst machen kann – oder einfach die Vitaminpräparate schlucken kann –, aber ich wollte sichergehen, dass er meiner Freundin erlauben würde, mit uns zu kommen. Bis jetzt weiß ich nicht, ob er mir zugestimmt hat, weil er mir glaubt, oder weil er von Anfang an nichts dagegen hatte. Wie dem auch sei, ich möchte nicht, dass Rosa unbeabsichtigt das Boot zum Kentern bringt ... oder den Privatjet zum Absturz in diesem Fall.

Es fühlt sich immer noch nicht real an, dass wir auf dem Weg zu meinen Eltern sind. Die letzten beiden Wochen sind wie im Flug an mir vorbeigezogen. Durch die ganzen Prüfungen und Arbeiten hatte ich kaum Zeit gehabt, über diese Reise nachzudenken. Erst vor drei Tagen habe ich Luft holen können und verstanden, dass sie wirklich stattfindet, dass Julian schon die ganzen nötigen Vorbereitungen getroffen hat, indem er die Sicherheitsmaßnahmen für das Haus meiner Eltern auf Weißes-Haus-Niveau angehoben hat.

»Oh ja, die Smoothies«, sagt Rosa und wirft einen vorsichtigen Blick in Julians Richtung. Endlich hat sie es verstanden. »Natürlich, das hatte ich ganz vergessen. Und ich werde helfen, die ganzen Kunstwerke auszupacken, damit du dich nicht überanstrengst.«

»Ja, genau.« Ich grinse sie verschwörerisch an. »Ich kann meine schweren Leinwände und das alles nicht heben.«

In diesem Moment wackelt das Flugzeug, und Rosas Gesicht wird blass, ihre Begeisterung verschwindet. »Was – was ist das?«

»Nur eine Turbulenz«, erkläre ich ihr und atme langsam, um gegen meine aufsteigende Übelkeit anzukämpfen. Ich habe die Morgenübelkeitsphase immer noch nicht ganz überwunden, und die schaukelnden Bewegungen des Flugzeugs sind nicht gerade hilfreich.

»Wir werden nicht abstürzen, stimmt's?«, fragt Rosa ängstlich, und ich schüttele beruhigend meinen Kopf. Als ich zu Julian hinüberschaue, sehe ich, dass er mich mit einem ungewöhnlich angespannten Gesicht anschaut und seine Knöchel weiß sind, während er seinen Computer festhält.

Ohne nachzudenken, öffne ich meinen Gurt und stehe auf, weil ich zu ihm gehen möchte. Wenn Rosa schon Angst hat, abzustürzen, kann ich nur ahnen, wie Julian, der vor weniger als drei Monaten einen Absturz überlebt hat, sich fühlen muss.

»Was machst du da?« Julians Stimme ist scharf, als er aufsteht und den Computer auf das Sofa fallen lässt. »Setz dich hin, Nora. Das ist nicht sicher.«

»Ich wollte nur …«

Bevor ich meinen Satz aussprechen kann ist er schon neben mir, drängt mich in den Sitz zurück und schnallt mich wieder an. »Setz dich hin«, herrscht er mich mit wütendem Blick an. »Hast du mir nicht versprochen, dich zu benehmen?«

»Ja, aber ich …« Julians Gesichtsausdruck lässt mich verstummen, bevor ich murmele: »Ist auch egal.«

Er starrt mich immer noch wütend an, geht aber einen Schritt zurück und setzt sich uns gegenüber hin. Rosa sieht aus, als würde sie sich nicht wohlfühlen. Sie verdreht ihre Hände in ihrem Schoß, während sie aus dem Fenster schaut. Es tut mir leid für sie; ich bin mir sicher, dass es eigenartig ist, wenn man sieht, dass seine Freundin wie ein ungezogenes Kind behandelt wird.

»Ich will nicht, dass du hinfällst, wenn das Flugzeug auf eine Luftblase trifft«, sagt Julian in einem ruhigeren Ton, als ich keine

Anstalten mache, mich erneut zu erheben. »Es ist nicht sicher, während Turbulenzen im Flugzeug umherzugehen.«

Ich nicke und konzentriere mich darauf, langsam zu atmen. Das hilft gegen Übelkeit und Ärger. Manchmal vergesse ich die Tatsachen und denke, wir führen eine normale Ehe, eine gleichberechtigte Partnerschaft anstelle von … was auch immer es ist, was wir haben. Auf dem Papier mag ich Julians Frau sein, aber in Wirklichkeit bin ich eher sein Sexsklave.

Ein Sexsklave, der unsterblich in seinen Besitzer verliebt ist.

Ich schließe meine Augen, finde eine bequeme Sitzposition mitten auf dem riesigen Ledersessel und versuche, mich zu entspannen.

Es wird ein langer Flug werden.

~

»WACH AUF, BABY.« WARME LIPPEN BERÜHREN MEINE STIRN, WÄHREND mein Gurt aufgemacht wird. »Wir sind da.«

Ich öffne die Augen und zwinkere langsam. »Was?«

Julian steht vor mir, lächelt mich an, und sein Blick ist amüsiert. »Du hast die ganze Reise verschlafen. Du musst erschöpft gewesen sein.«

Ich war ein wenig müde gewesen – nach dem ganzen Lernen und Packen –, aber ein Acht-Stunden-Nickerchen ist ein neuer Rekord für mich. Das müssen wieder einmal die Schwangerschaftshormone sein.

Ich gähne hinter vorgehaltener Hand und sehe, dass Rosa schon mit ihrem Rucksack am Ausgang steht. »Wir sind gelandet«, sagt sie fröhlich. »Ich habe kaum gespürt, dass das Flugzeug aufgesetzt hat. Lucas muss ein fantastischer Pilot sein.«

»Er ist gut«, stimmt Julian zu und wickelt einen Kaschmirschal um meine Schultern. Als ich ihn fragend anschaue, erklärt er mir: »Draußen sind es nur zwanzig Grad. Ich möchte nicht, dass du eine Erkältung bekommst.«

Ich unterdrücke meinen Drang, zu lachen. Nur jemand, der in den Tropen wohnt, würde zwanzig Grad »kalt« finden – obwohl ich zugeben muss, dass es ein wenig kühl für das kurzärmelige Kleid ist, das ich trage. Das Wetter in Chicago Ende Mai ist unberechenbar, eine Mischung aus kühlen Frühlingstagen und Sommerhitze. Julian selbst trägt Jeans und ein Hemd.

»Danke«, sage ich und schaue ihn an. Auf eine gewisse Weise finde ich seine Sorge rührend, auch wenn er es im Moment übertreibt. Natürlich finde ich es auch nicht schlimm, seine Hände auf meinen Schultern zu spüren und am liebsten zerschmelzen zu wollen, auch wenn Rosa nur einige Zentimeter von uns entfernt steht.

»Willkommen zu Hause, Baby«, sagt er rau, erwidert meinen Blick, und ich weiß, er spürt sie auch – diese tiefe, unerklärliche Anziehung die uns beide verbindet. Ich weiß nicht, ob es Chemie oder etwas anderes ist, aber sie kettet uns fester aneinander als jedes Seil.

Das Schlagen der Flugzeugtür holt mich aus meinem Zauber. Erschrocken trete ich zurück und halte dabei meinen Schal fest, damit er nicht hinunterfällt. Julian wirft mir einen Blick zu, der ein Versprechen ist, mit dem weiterzumachen, was wir begonnen haben, und ein vorfreudiger Schauer durchfährt mich.

»Kann ich nach unten gehen?«, fragt Rosa, und ich sehe, dass sie ungeduldig neben der offenen Tür wartet.

»Natürlich«, sagt Julian. »Geh vor, Rosa. Wir kommen sofort.«

Sie verschwindet durch den Ausgang, und Julian tritt näher an mich heran, so dass mir der Atem stockt. »Bist du bereit?«, fragt er sanft, und ich nicke wie hypnotisiert durch seinen warmen Blick.

»Wenn das so ist, lass uns gehen«, murmelt er und umfasst meine Hand. Meine Finger verschwinden vollständig in seiner großen maskulinen Handfläche. »Deine Eltern warten.«

DAS AUTO, DAS UNS VOM FLUGHAFEN ZU MEINEN ELTERN BRINGT, IST eine lange, moderne Limousine mit ungewöhnlich dickem Glas.

»Kugelsicher?«, frage ich, als wir einsteigen, und Julians Nicken bestätigt meine Vermutung. Er sitzt mit mir und Rosa hinten, während Lucas wie gewöhnlich fährt.

Ich frage mich, ob der blonde Mann die Reise bedauert, da er sich ihretwegen von seinem russischen Spielzeug trennen musste. Mein letzter Stand ist, dass die Übersetzerin immer noch am Leben ist – und immer noch gefangen in Lucas' Unterkunft. Julian hat mir erzählt, dass Lucas zwei Wächter dazu bestimmt hat, sie während seiner Abwesenheit zu überwachen und sicherzustellen, dass es ihr gut geht. Offensichtlich möchte er nicht, dass jemand anderes das Privileg bekommt, sie zu foltern.

Diese ganze Situation macht mich krank, weshalb ich versuche nicht weiter darüber nachzudenken. Der einzige Grund dafür, dass ich so viel darüber weiß, ist, dass Rosa sich weigert, das Thema fallenzulassen und mich ständig bittet, Julian nach Neuigkeiten zu fragen. Ihre eigenartige Besessenheit mit Julians rechter Hand macht mir Sorgen, auch wenn ich zu der Überzeugung gelange, dass sie recht damit hatte, dass Lucas kein Interesse an ihr hat. Auch wenn ich überhaupt nicht möchte, dass sie sich mit ihm einlässt, will ich auch nicht, dass ihr Herz gebrochen wird – und ich befürchte, dass genau das passieren wird.

»Bist du sicher, dass es deinen Eltern nichts ausmacht, dass wir so spät kommen?«, fragt Rosa und unterbricht damit meine Gedanken. »Es ist schon fast neun Uhr abends.«

»Nein, sie können es kaum erwarten, mich zu sehen.« Ich schaue auf mein Telefon, welches schon wieder eine neue Nachricht meiner Mutter anzeigt. Ich nehme es in die Hand, überfliege die Nachricht und sage Rosa: »Meine Mutter hat schon den Tisch gedeckt.«

»Und es stört sie nicht, dass ich auch komme?« Sie kaut auf ihrer Unterlippe. »Ich meine, du bist ihre Tochter, und natürlich möchten sie dich sehen, aber ich bin nur die Hausangestellte …«

»Und du bist meine Freundin.« Ich beuge mich spontan zu ihr hinüber und drücke Rosas Hand. »Hör bitte auf, dir darüber Sorgen zu machen. Du störst überhaupt nicht.«

Rosa lächelt erleichtert, und ich schaue zu Julian hinüber, um seine Reaktion zu sehen. Sein Gesicht ist unbewegt, aber ich kann ein belustigtes Glitzern in seinen Augen entdecken. Mein Ehemann ist überhaupt nicht besorgt, meinen Eltern so spät am Abend Unannehmlichkeiten zu bereiten. Und das ist auch logisch. Warum sollte ihn so etwas beunruhigen, wenn er, ohne sich zu entschuldigen, ihre Tochter entführt hat?

Das wird wohl ein interessantes Abendessen werden.

~

»Nora, Süße!« Sobald sich die Tür öffnet, werde ich in eine weiche, wohlriechende Umarmung geschlossen. Lachend umarme ich meine Mutter und meinen Vater, der genau hinter ihr steht. Er hält mich einige Momente fest in seinen Armen, und ich kann sein Herz schnell in der Brust schlagen spüren.

Als er Abstand nimmt, um mich anzuschauen, sehe ich, dass seine

Augen feucht sind. »Wir freuen uns riesig, dich zu sehen«, sagt er mit einer leisen, tiefen Stimme, und ich lächele ihn durch meinen eigenen Tränenschleier an.

»Ich mich auch, Papa. Ich mich auch. Ich habe dich und Mama wirklich vermisst.«

Sobald ich das sage, erinnere ich mich daran, nicht allein zu sein. Ich drehe mich herum und sehe, dass meine Mutter Rosa und Julian mit einem steifen und unnatürlich Lächeln im Gesicht ansieht.

Ich atme tief durch und bereite mich vor. »Mama, Papa, Julian kennt ihr ja schon. Und das ist Rosa Martinez. Sie ist meine beste Freundin auf dem Anwesen.« Ich hatte Lucas auch zu dem Abendessen eingeladen, aber er hat abgelehnt und erklärt, dass er diese Nacht Teil der Nachtwache sei und deshalb draußen bleiben müsse.

Meine Mutter nickt Julian vorsichtig zu. Mit einem etwas wärmeren Lächeln schaut sie meine Freundin an. »Ich freue mich, dich kennenzulernen, Rosa. Nora hat uns viel von dir erzählt. Kommt doch bitte herein.«

Sie tritt zurück, um uns hereinzulassen, und Rosa betritt mit einem unsicheren Lächeln das Haus. Julian schlendert nach ihr hinein und sieht genauso kühl und selbstsicher aus wie immer.

»Gabriela. Es ist so schön, dich zu sehen.« Mein ehemaliger Entführer schenkt meiner Mutter ein betörendes Lächeln und beugt sich nach vorn, um ihr nach europäischer Art einen Kuss auf die Wange zu geben. Als er sich aufrichtet, sieht sie erhitzt aus, wie ein Schulmädchen bei ihrer ersten Liebe. Julian gibt ihr Zeit, sich zu erholen, und wendet sich meinem Vater zu. »Ich freue mich, dich endlich persönlich kennenzulernen, Tony«, sagt er und streckt seine Hand aus.

»Ebenso«, erwidert mein Vater mit angespanntem Kinn und drückt Julians Hand so fest, dass seine Knöchel weiß werden. »Ich freu’ mich, dass ihr es endlich geschafft habt, einmal hierherzukommen.«

»Das geht mir genauso«, sagt Julian geschmeidig und gibt die Hand meines Vaters wieder frei. Mir fallen die roten Fingerabdrücke auf seiner Hand auf, die der absichtlich zu feste Händedruck meines Vaters hinterlassen hat. Als ich danach jedoch unauffällig einen Blick auf die Hand meines Vaters fallen lasse, sehe ich, dass diese keinen ähnlichen Schaden aufweist.

Julian muss meinem Vater seinen kleinen Aggressionsausbruch vergeben haben – oder zumindest hoffe ich, dass dies der Fall ist.

Als wir zum Esszimmer gehen, lasse ich verstohlene Blicke über das schöne Profil meines Ehemanns gleiten. Meinen ehemaligen Entführer in meinem Elternhaus zu haben ist mehr als eigenartig. Ich bin es gewohnt, mich mit ihm an exotischen, fremden Orten aufzuhalten, nicht in Oak Lawn, Illinois. Julian im Haus meiner Eltern zu sehen ist ein wenig wie in einem Einkaufszentrum auf einen wilden Tiger zu treffen – es ist bizarr, auf eine beängstigende Art.

»Ach Süße, du bist so dünn«, ruft meine Mutter aus und betrachtet mich kritisch, als wir das Esszimmer betreten. »Ich wusste, dass du noch keine Babyrundungen hast, aber du siehst aus, als hättest du Gewicht verloren.«

»Ich weiß«, sagt Julian und legt seine Hand auf meinen Rücken. Seine Berührung wärmt mich und bringt mich gleichzeitig aus der Fassung, da sie vor meinen Eltern stattfindet. »Mit der Übelkeit war es schwer, sie zum Essen zu bewegen. Zumindest hat sie aufgehört, an Gewicht zu verlieren. Ihr hättet sie vor vier Wochen sehen sollen.«

»War es wirklich so schlimm, Süße?«, fragt meine Mutter mitleidig, als wir am Tisch ankommen. Sie hat ihre Augen weiterhin auf mein Gesicht gerichtet, da sie offensichtlich entschlossen ist, die besitzergreifende Geste Julians zu ignorieren. Mein Vater allerdings knirscht so fest mit den Zähnen, dass ich es fast hören kann.

»Es wurde besser, als wir erfahren haben, dass ich schwanger bin. Ich habe häufiger einfacheres Essen zu mir genommen, und das schien zu helfen.« Es ist eigenartig, vor meinem Vater über meine Schwangerschaft zu reden. Wir haben dieses Thema während unserer Videochats angesprochen, in dem mein Vater mich grimmig fragte, ob es mir gut geht, und ich seine Nachfragen abgewimmelt habe. Ich weiß, er hasst die Tatsache, dass ich in meinem Alter schwanger bin, und er verabscheut die ganze Situation mit Julian. Meine Mutter fühlt wahrscheinlich das Gleiche, aber ist diplomatischer.

»Ich hoffe, du kannst heute Abend etwas essen«, sagt meine Mutter besorgt. »Dein Vater und ich haben jede Menge Essen zubereitet.«

»Ich bin mir sicher, ich bekomme das hin, Mama.« Ich setze mich lächelnd auf den Stuhl, den Julian für mich abrückt. »Es sieht köstlich aus.«

Und das stimmt. Meine Eltern haben sich selbst übertroffen. Auf dem Tisch steht alles, vom Rosmarinhähnchen meines Vaters – ein Gericht, das er nur zu besonderen Anlässen kocht – bis hin zu den Tamales meiner Großmutter und meinem Lieblingsgericht: gegrillte Lammkoteletts. Es ist ein Festessen, und mein Magen knurrt bei den köstlichen Düften, die von den glasbedeckten Platten ausströmen.

Julian setzt sich zu meiner linken Seite, und meine Mutter und mein Vater nehmen uns gegenüber Platz.

»Komm, setz dich neben mich«, fordere ich Rosa auf und klopfe auf den leeren Stuhl rechts von mir. Ich kann sehen, dass sich meine Freundin immer noch nicht wohlfühlt und davon überzeugt ist, zu stören. Ihr normalerweise strahlendes Lächeln ist unsicher und ein wenig schüchtern, als sie sich neben mich setzt und mit ihren Händen über die Vorderseite ihres blauen Kleides streicht.

»Dieser Tisch ist umwerfend, Mrs. Leston«, sagt sie mit ihrem leichten Akzent.

»Vielen Dank, meine Liebe.« Meine Mutter strahlt sie an. »Dein Englisch ist sehr gut. Wo hast du gelernt, so zu sprechen? Nora hat mir erzählt, dass du niemals zuvor in den USA gewesen bist.«

»Nein, das war ich auch nicht.« Rosa freut sich ganz offensichtlich über das Kompliment und erklärt, wie Julians Mutter ihr amerikanisches Englisch beigebracht hat, als sie noch ein Kind war. Meine Eltern hören ihr interessiert zu und fragen eine Menge nach, was für mich die perfekte Gelegenheit ist, das Badezimmer zu benutzen.

Als ich wenige Minuten später zurückkomme, ist die Atmosphäre am Tisch zum Zerreißen gespannt. Die einzige Person, die sich wohlzufühlen scheint, ist Julian, der sich in seinem Stuhl zurückgelehnt hat und meine Eltern mit einem unergründlichen Blick anschaut. Mein Vater bebt ganz eindeutig, und meine Mutter hat ihre Hand in einer klassischen beruhigenden Geste auf seinem Ellenbogen abgelegt. Die arme Rosa sieht aus, als wäre sie lieber woanders.

Ich setze mich und überlege, ob ich fragen sollte, was passiert ist, aber ich habe das Gefühl, das würde das Wespennest nur weiter reizen. »Wie ist dein neuer Job, Papa?«, frage ich stattdessen fröhlich.

Mein Vater atmet tief ein und versucht, sein Gesicht zu so etwas wie einem Lächeln zu verziehen. Es sieht zwar eher aus wie eine Grimasse, aber wenigstens hat er es versucht.

Bevor er meine Frage beantworten kann, lehnt sich Julian nach vorn, stützt sich mit seinen Unterarmen auf dem Tisch ab und sagt:

»Tony, vielleicht bist du dir dessen nicht bewusst, aber deine Tochter ist jetzt eine der reichsten Frauen auf der Welt. Ihr wird es an nichts fehlen, egal welchen Beruf sie ausüben wird oder auch nicht. Ich verstehe, dass es nicht optimal ist, ein Kind während des Studiums zu bekommen, aber ich würde es kaum »das Leben zerstörend« nennen, besonders nicht in dieser Lage.«

Die Brust meines Vaters schwillt wütend an. »Denkst du, das Kind ist das einzige Problem? Du hast unsere Tochter …«

»Tony.« Die Stimme meiner Mutter ist leise, aber der Tonfall lässt meinen Vater mitten im Satz innehalten. Dann dreht sie sich zu Julian um. »Ich entschuldige mich für das schlechte Benehmen meines Mannes«, sagt sie ruhig. »Natürlich sind wir uns deiner Fähigkeit, finanziell für Nora zu sorgen, vollkommen bewusst.«

»Gut.« Julian lächelt sie kühl an. »Und ihr seid euch auch im Klaren darüber, dass Nora gerade dabei ist, eine gefragte Künstlerin zu werden?«

Ich halte inne, während ich gerade nach einem Lammkotelett greife, und starre Julian an. Eine gefragte Künstlerin? Ich?

»Ich weiß, dass eine Galerie in Paris Interesse an ihren Gemälden hat«, sagt meine Mutter vorsichtig. »Meinst du das?«

»Ja.« Sein Lächeln verstärkt sich. »Was du wahrscheinlich noch nicht weißt, ist, dass der Eigentümer der Galerie einer der führenden Kunstsammler Europas ist. Und er ist von Noras Arbeiten völlig fasziniert. So fasziniert, dass er mir gerade das Angebot unterbreitet hat, fünf ihrer Gemälde für seine persönliche Sammlung zu erstehen.«

»Wirklich?« Ich kann die Ungeduld nicht aus meiner Stimme verbannen. »Er will sie kaufen? Für wie viel?«

»Fünfzigtausend Euro – zehn pro Bild. Auch wenn ich mir sicher bin, dass wir mehr bekommen könnten.«

Ich vergesse einen Moment lang, zu atmen. »Fünfzigtausend?« Ich wäre schon bei 500 Dollar glücklich gewesen. Zum Teufel, ich hätte auch fünfzig genommen. Allein die Tatsache, dass jemand meine Kritzeleien haben möchte, ist unglaublich. »Hast du fünfzigtausend Euro gesagt?«

»Ja, Baby« Julian schaut mich warm an. »Herzlichen Glückwunsch. Du bist gerade dabei, deinen ersten großen Verkauf zu landen.«

»Oh mein Gott«, hauche ich. »Oh. Mein. Gott.«

Ich sehe den gleichen schockierten Gesichtsausdruck auf den Gesichtern meiner Eltern. Sie sind ebenfalls völlig überrascht von diesem Ereignis. Nur Rosa begreift problemlos, was passiert ist. »Herzlichen Glückwunsch, Nora«, ruft sie grinsend aus. »Ich habe dir doch gesagt, diese Gemälde sind fantastisch.«

»Wann hast du das Angebot bekommen?«, frage ich Julian, sobald ich wieder sprechen kann.

»Kurz bevor wir hier angekommen sind.« Julian streckt seinen Arm aus, um meine Hand leicht zu drücken. »Ich wollte es dir erst später erzählen, wenn wir allein sind, aber ich habe mir gedacht, dass deine Eltern es auch gerne wissen möchten.«

»Auf jeden Fall«, sagt meine Mutter ,als sie sich endlich von ihrem Schock erholt hat. »Das ist … das ist unglaublich, Süße. Wir sind so stolz auf dich.«

Mein Vater nickt, da er immer noch nichts sagen kann, aber ich kann sehen, dass er genauso beeindruckt ist. Und vielleicht seine Meinung über das Potential meines Hobbys ändert.

»Papa«, sage ich sanft und schaue ihn an, »Ich habe nicht vor, die Uni abzubrechen. Auch nicht wegen des Babys. Bitte, mach dir keine Sorgen um mich. Wirklich, mir geht es gut.«

Mein Vater blickt zuerst zu mir, dann zu Julian und wieder zu mir. Ich warte darauf, dass er etwas sagt, aber es kommt nichts. Stattdessen greift er nach der Platte mit den Lammkoteletts und hält sie mir hin. »Greif zu, Süße«, meint er ruhig. »Nach der langen Reise musst du hungrig sein.«

Ich nehme die Aufforderung gerne an, und alle anderen beginnen ebenfalls damit, sich die Teller zu füllen.

Der Rest des Essens verläuft so gut, wie es eben zu erwarten gewesen war. Einige Male herrscht ein angespanntes Schweigen, aber den Großteil der Mahlzeit über führen wir relativ zivilisierte Gespräche. Meine Mutter erkundigt sich nach dem Leben auf dem Anwesen, und Rosa und ich zeigen ihr Fotos auf Rosas Handy. Währenddessen unterhalten sich mein Vater und Julian über Politik. Zu aller Überraschung haben sie beide die gleichen zynischen Gesichtspunkte, was die Situation im Nahen Osten betrifft, auch wenn Julians geopolitisches Wissen das meines Vaters um Längen übersteigt. Im Gegensatz zu meinen Eltern, die ihre Informationen aus den Medien beziehen, ist Julian Teil der Nachrichten.

Er gibt den Nachrichten ihre Form, aber das wissen nur die wenigsten außer den Geheimdiensten.

Ich muss vor meinen Eltern wirklich den Hut ziehen. Für Menschen, die der Überzeugung sind, dass Julian hinter Gitter gehört, sind sie überraschend anmutige Gastgeber. Ich vermute, sie haben Angst, mich zu verlieren, wenn sie Julian vergraulen. Meine Mutter würde mit dem Teufel zu Abend essen, wenn ihr das den Kontakt zu ihrer einzigen Tochter sichert, und mein Vater tendiert dazu, ihrer Führung zu folgen, was schwierige Situationen betrifft.

Trotzdem beobachten sie Julian während des Essens, betrachten ihn vorsichtig, so als sei er ein wildes Tier. Er lächelt und versprüht seinen stärksten Charme, aber ich weiß, sie können seine immer gegenwärtige gefährliche Aura spüren, den Schatten der Gewalt, der ihn wie ein dunkler Mantel umhüllt.

Als wir bei Kaffee und Nachtisch ankommen, erhält Julian eine dringende Nachricht von Lucas und entschuldigt sich, weil er kurz nach draußen gehen muss. »Es ist nichts Ernstes«, erklärt er mir, als ich ihm einen besorgten Blick zuwerfe. »Nur eine kleine geschäftliche Angelegenheit, um die ich mich kümmern muss.«

Er geht aus dem Haus, und Rosa nutzt die Gelegenheit, um das Badezimmer aufzusuchen, was mir zum ersten Mal seit unserer Ankunft Zeit allein mit meinen Eltern lässt.

»Eine geschäftliche Angelegenheit?«, fragt mein Vater ungläubig, als Rosa außerhalb unserer Hörweite ist. »Um halb elf nachts?«

Ich zucke mit den Schultern. »Julian arbeitet mit Menschen aus verschiedenen Zeitzonen. Irgendwo ist es jetzt gerade zehn Uhr morgens.«

Ich kann sehen, dass mein Vater mir weitere Fragen dazu stellen möchte, aber zum Glück wird er von meiner Mutter unterbrochen. »Deine Freundin ist wirklich nett«, sagt sie und deutet mit ihrem Kopf Richtung Flur, dorthin, wo Rosa verschwunden ist. »Es ist kaum zu glauben, dass sie so aufgewachsen ist.« Und mit leiserer Stimme fügt sie hinzu: »Mit Kriminellen, meine ich.«

»Ja, ich weiß.« Ich frage mich, was meine Eltern denken würden, wenn sie wüssten, dass Rosa selbst zwei Männer umgebracht hat. »Sie ist wundervoll.«

»Nora, Süße …« Meine Mutter lässt ihren Blick schnell durch den leeren Raum schweifen, beugt sich nach vorn, und ihre Stimme ist noch leiser: »Ich weiß, wir haben gerade nicht viel Zeit, aber wir müssen eine Sache wissen. Bist du wirklich glücklich mit ihm? Da ihr euch gerade beide auf US-Territorium befindet, könnte das FBI dir ...«

»Mama, ich kann ohne ihn nicht leben. Wenn ihm etwas passieren würde, würde ich sterben wollen.« Die harte Wahrheit kommt mir über die Lippen, bevor ich eine nettere Möglichkeit finden kann, es zu sagen. In einem weicheren Ton füge ich hinzu: »Ich erwarte nicht, dass ihr das versteht, aber er bedeutet mir alles. Ich liebe ihn wirklich.«

»Und liebt er dich auch?«, möchte mein Vater ruhig wissen. In diesem Moment, mit seinem sorgenvollen und mitleidigen Blick, sieht er älter aus als sonst. »Kann dich jemand wie er überhaupt lieben, Süße?«

Ich öffne meinen Mund, um ihn zu beruhigen, aber die Worte wollen mir einfach nicht über die Lippen kommen. Ich möchte glauben, dass Julian mich auf seine eigene Art liebt, aber tief in meinem Inneren nagt immer ein kleiner Zweifel.

Mein Vater hat den Nagel auf den Kopf getroffen.

Ist Julian fähig, zu lieben?

Ehrlich gesagt weiß ich das immer noch nicht.

Julian

Der schwarze Lincoln wartet schon auf mich, als ich das Haus
verlasse.

»Ich habe ihnen gesagt, dass Sie beschäftigt sind, aber sie haben
auf das Treffen bestanden«, sagt Lucas, der aus dem Schatten neben
dem Haus hervortritt. »Ich dachte mir, ich lasse es Sie sofort wissen.«

Ich nicke und gehe zu dem Auto.

Das hintere Fenster wird heruntergelassen. »Lassen Sie uns eine
Runde mit dem Auto drehen«, sagt Frank und öffnet die Tür. »Wir
müssen reden.«

Ich blicke ihn hart an. »Das glaube ich nicht. Wenn Sie reden
möchten, können wir das hier auf der Stelle tun.«

Frank betrachtet mich, fragt sich wahrscheinlich, wie viel er von
mir verlangen kann, und ich kann den genauen Moment erkennen, in
dem er entscheidet, mich nicht weiter zu verärgern.

»In Ordnung.« Er steigt aus dem Auto, und sein grauer Anzug
spannt über dem Bauch. »Wenn Ihnen die neugierigen Nachbarn
nichts ausmachen, gerne.«

Mit geübtem Blick fahre ich die Umgebung ab. Leider hat er recht. Auf der anderen Straßenseite bewegt sich schon die Gardine.

Wir ziehen die Aufmerksamkeit auf uns.

»Auf der anderen Seite des Hauses gibt es einen Park«, sage ich und treffe eine Entscheidung. »Warum gehen wir nicht dorthin? Sie haben genau fünfzehn Minuten.«

Frank nickt, und der schwarze Lincoln fährt weg, wahrscheinlich, um eine Runde um den Block zu fahren. Ich habe keine Zweifel, dass die zusätzlichen Sicherheitskräfte genauso unsichtbar bleiben wie meine Männer. Es ist unmöglich, dass die CIA einen ihrer Männer mit jemandem wie mir ohne zusätzlichen Schutz allein lässt.

»In Ordnung, reden Sie«, sage ich, als wir in Richtung Park gehen. Ich gebe Lucas ein Zeichen, uns in einiger Entfernung zu folgen. »Warum sind Sie hier?«

»Die bessere Frage ist: Warum sind Sie hier?« Franks Stimme klingt frustriert. »Wissen Sie überhaupt, für wie viel Ärger ihre Anwesenheit sorgt? Das FBI weiß, dass Sie sich auf seinem Hoheitsgebiet befinden, und ist gerade am Durchdrehen ...«

»Ich dachte, darum haben Sie sich gekümmert.«

»Das habe ich, aber Wilson weigert sich, das Thema fallen zu lassen. Er und Bosovsky schnüffeln herum und versuchen, eine Vertuschung auffliegen zu lassen. Es ist ein verdammtes Chaos, und Ihr Besuch ist nicht gerade hilfreich.«

»Inwiefern ist das mein Problem?«

»Wir möchten Sie nicht in diesem Land, Esguerra«, meint Frank, nachdem wir um die Ecke gebogen sind. »Sie haben keinen Grund dafür, hier zu sein.«

»Nein?« Ich ziehe eine Augenbraue in die Höhe. »Die Eltern meiner Frau leben hier.«

»Ihrer Frau?« Frank schnaubt abfällig. »Sie meinen die Achtzehnjährige, die sie entführt haben?«

Nora ist jetzt zwanzig Jahre alt – beziehungsweise wird es in einigen Tagen werden –, aber ich korrigiere ihn nicht. Ihr Alter ist kaum das Kernthema. »Genau die«, erwidere ich kühl. »Wie Sie wissen, musste ich gerade das Abendessen mit ihren Eltern verlassen ... meinen Schwiegereltern.«

Frank schaut mich ungläubig an. »Meinen Sie das ernst? Wie können Sie diesen Menschen überhaupt in die Augen schauen? Sie haben ihre Tochter entführt ...«

»Die jetzt meine Frau ist.« Mein Ton wird schärfer. »Mein Verhältnis zu ihren Eltern geht Sie nichts an, also mischen Sie sich nicht ein.«

»Das werde ich nicht – wenn Sie außerhalb dieses Landes bleiben.« Frank hält an und atmet schwer, da er sich anstrengen muss, mit mir Schritt zu halten. »Ich mache keine Witze darüber, Esguerra. Wir können Akten und Aufzeichnungen verschwinden lassen, aber keine Menschen. Nicht in diesem Fall.«

»Sie wollen mir gerade erzählen, dass die CIA sich keine neugierigen FBI-Beamten vom Leib halten kann?« Ich schaue ihn kühl an. »Weil, wenn das das einzige Problem ist …«

»Nein, das ist es nicht«, unterbricht mich Frank, dem schnell klar geworden ist, worauf ich hinausmöchte. »Es ist nicht nur das FBI, Esguerra.« Er wischt sich seinen Schweiß von der Stirn. »Es gibt einige wichtige Personen, die durch Ihre Anwesenheit hier nervös sind. Sie wissen nicht, was sie zu erwarten haben.«

»Sagen Sie ihnen, sich darauf einzustellen, dass ich meine Schwiegereltern besuche und dann wieder abreise.« Zum ersten Mal sage ich Frank die volle Wahrheit. »Ich bin nicht hier, um zu arbeiten, also müssen sich Ihre Vorgesetzten keine Gedanken machen.«

Frank sieht nicht so aus, als würde er mir glauben, aber das ist mir scheißegal. Wenn die CIA weiß, was gut für sie ist, hält sie mir das FBI vom Leib.

Ich bin wegen Nora hier, und wem das nicht passt, der kann direkt in die Hölle gehen.

～

ALS ICH ZUM HAUS ZURÜCKKEHRE, STREITEN SICH NORA UND ROSA gerade über das Abräumen des Tisches.

»Rosa, bitte, heute bist du der Gast«, sagt Nora und greift nach dem Teller mit den Resten des Lamms. »Bitte, bleib einfach sitzen, während ich meiner Mutter helfe …«

»Nein, nein, nein«, widerspricht Rosa, geht um den Tisch herum und sammelt dreckige Teller ein. »Du musst auf dein Baby aufpassen. Bitte, das ist eigentlich meine Arbeit. Lass mich helfen.«

»Ich bin in der zehnten Woche, nicht im zehnten Monat …«

»Sie hat recht, Baby«, sage ich und gehe zu Nora, um ihr den Teller aus der Hand zu nehmen. »Es war ein langer Tag, und ich möchte nicht, dass du dich überanstrengst.«

Nora beginnt zu widersprechen, aber ich trage den Teller bereits in die Küche, in der Noras Eltern das restliche Essen wegpacken. Als ich eintrete, bekommt Gabriela große Augen, aber nimmt mir den Teller mit einem leisen »Danke« ab.

Ich lächele sie an und gehe zurück ins Esszimmer, um weitere Teller zu holen.

Rosa und ich müssen noch einige Male in die Küche gehen, bis der Tisch vollständig abgeräumt ist. Nora sitzt währenddessen auf dem Wohnzimmersofa und sieht uns mit einer Mischung aus Verzweiflung und Neugier zu.

Endlich ist der Tisch leer, und die Lestons kommen aus der Küche zu uns. Ich setze mich neben Nora, nehme ihre Hand und lege sie mir in den Schoß, um mit ihren Fingern spielen zu können.

»Gabriela, Tony, ich danke euch für dieses wundervolle Abendessen«, sage ich, als Noras Eltern sich neben Rosa auf das zweite Sofa setzen. »Ich möchte mich dafür entschuldigen, dass ich euch verlassen musste und den Nachtisch verpasst habe.«

»Ich habe dir ein Stück Kuchen aufgehoben«, meint Nora, deren Handfläche ich gerade massiere. »Meine Mutter hat es zum Mitnehmen eingepackt.«

Ich lächele ihre Mutter warm an. »Danke, Gabriela. Das ist wirklich sehr aufmerksam.«

Gabriela nickt. »Das ist doch selbstverständlich. Es ist wirklich ärgerlich, dass deine Geschäfte dich so spät am Abend noch in Anspruch genommen haben.«

»Das stimmt«, erwidere ich und tue so, als hätte ich die Nachfrage in ihrer Antwort nicht bemerkt. »Und du hast recht, es ist schon spät ...« Ich schaue zu Nora, die sich ihre freie Hand vor den Mund hält, um zu gähnen.

»Nora hat erzählt, dass ihr in einem Haus in Palos Park wohnt«, sagt Tony und blickt uns mit einem unleserlichen Gesichtsausdruck an. »Werdet ihr heute Nacht dort schlafen?«

»Ja, genau.« Das Haus ist auf der anderen Seite des Viertels und umgeben von ausreichend Grundstück für Lucas, um die nötigen Sicherheitsvorkehrungen treffen zu können. »Dort werden wir während unseres Besuchs wohnen.«

»Ihr könnt auch gerne Noras Zimmer benutzen, falls ihr möchtet«, bietet Gabriela etwas unsicher an.

»Vielen Dank, aber wir möchten euch nicht zur Last fallen. Es wäre besser, wenn wir in diesen zwei Wochen unseren eigenen Rückzugsort hätten.« Ohne Noras Hand loszulassen, stehe ich auf und lächele die Lestons freundlich an. »Und da wir gerade darüber sprechen, ich denke, es ist Zeit, zu gehen. Nora braucht ihren Schlaf.«

»Nora geht es gut«, murmelt das Objekt meiner Sorge, als ich es Richtung Ausgang führe. »Ich kann auch länger als bis zehn aufbleiben, weißt du?«

Ich unterdrücke ein Grinsen bei ihrem mürrischen Unterton. Mein Kätzchen gibt nicht gerne zu, wie müde es im Moment ist. »Ja, das weiß ich. Aber deine Eltern müssen auch schlafen. Morgen ist Donnerstag, stimmt's?«

»Richtig, natürlich.« Nora hält an, bevor wir die Ausgangstür erreichen, und dreht sich zu ihren Eltern herum. »Ich habe nicht daran gedacht, dass ihr morgen arbeiten müsst«, meint sie zerknirscht. »Es tut mir leid. Wir hätten eher gehen sollen …«

»Nein, Süße«, widerspricht ihre Mutter. »Wir freuen uns, dass ihr hier seid, und schließlich haben wir euch ja für heute Abend eingeladen. Wann sehen wir uns wieder?«

Nora schaut mich an, und ich sage: »Morgen Abend, wenn es euch passt. Zum Abendessen in unserem Haus.«

»Wir werden kommen«, sagt Tony, und ich beobachte, wie beide Lestons Nora zum Abschied umarmen und küssen.

ALS WIR IN DIE LIMOUSINE EINSTEIGEN, BEMERKE ICH WIE MÜDE ICH eigentlich bin, da die angespannte Aufregung des Abends von mir abfällt und mich erschöpft zurücklässt. Rosa nimmt wieder uns gegenüber Platz, und Julian zieht mich eng an sich heran, um den Arm um meine Schultern zu legen. Als sein warmer männlicher Duft mich umgibt, entspanne ich mich und lasse meine Gedanken wandern.

Mein einstiger Entführer und ich haben gerade mit meinen Eltern gegessen. Wie eine Familie. Es ist so absurd, dass ich es gar nicht glauben kann. Ich weiß nicht, was ich mir vorgestellt hatte, als Julian sich damit einverstanden erklärt hat, meine Eltern zu besuchen, aber das mit Sicherheit nicht.

Ich denke, ich habe mich unbewusst geweigert, darüber nachzudenken, wie so etwas ablaufen könnte – mein Entführer bei einem zivilisierten Abendessen mit meiner Familie. Um mir keine Sorgen machen zu müssen, hatte ich eine Mauer in meinem Kopf errichtet. Immer wenn ich daran gedacht habe, nach Hause zu fliegen, hatte ich mich mit meinen Eltern gesehen … nur uns drei, so als würde Julian sich im Hintergrund halten, als Teil meines anderen dunkleren Lebens zurückbleiben.

Natürlich war es lächerlich gewesen, das zu denken. Julian bleibt niemals im Hintergrund. Er dominiert jede Situation, in der er sich befindet, ordnet sie seinem Willen unter. Selbst hier – in der Beziehung die meine Eltern und ich haben – hat er die Kontrolle übernommen, sich nach seinen eigenen Regeln in unsere Familie eingeführt und scheint sich dort völlig wohlzufühlen, obwohl andere Männer vor Scham sterben würden.

Offensichtlich ist es gut, wenn man kein Gewissen hat.

»Wie fühlst du dich, mein Kätzchen?«

Als ich Julians geflüsterte Frage höre, lege ich den Kopf zurück, um ihn anzusehen, und mir wird klar, dass ich die letzten Minuten geschwiegen habe. »Es geht mir gut«, erwidere ich, da ich mir der Tatsache bewusst bin, dass Rosa bei uns ist. »Ich verdaue gerade.«

»Ach?« Julian schaut mich amüsiert an und lässt meine Hand los, damit ich mich bequemer hinsetzen kann. »Essen oder Gedanken?«

»Beides, nehme ich an.« Ich muss lachen, als mir meine ungewollte Zweideutigkeit klar wird. »Das war ein tolles Essen.«

»Ja, das war es.« Selbst in dem dunklen Innenraum des Autos kann ich seine sinnlich geschwungenen Lippen sehen. »Das haben deine Eltern toll hinbekommen.«

Ich nicke. »Definitiv.« Ich frage mich, wie es für sie gewesen sein muss, mit dem Mann zu Abend gegessen zu haben, der ihre Tochter entführt hat.

Mit dem Kriminellen, der jetzt ihr Schwiegersohn und der Vater ihres Enkelkindes ist.

Seufzend kuschele ich mich an Julian und schließe die Augen.

Noch verrückter könnte mein Leben wohl kaum sein.

WIR BRAUCHEN WENIGER ALS ZWANZIG MINUTEN, UM DEN REICHEN Stadtteil Palos Park zu erreichen. Als ich aufgewachsen bin, wusste ich immer, dass er existiert, da ich auf meinem Weg zum Tampier Lake Resort daran vorbeigefahren bin. Die Anwohner von Palos Park sind in der Regel Anwälte und Ärzte, und ich habe niemals davon gehört, dass jemand ein Haus für nur einige Wochen dort gemietet hat.

Natürlich ist Julian nicht irgendjemand.

Das Haus, das er sich ausgesucht hat, liegt am äußersten Rand des Viertels und ist mit einem großen Zaun aus geflochtenem Eisen umgeben. Nachdem wir durch das automatische Tor gefahren sind, folgen wir einige hundert Meter einer gewundenen Einfahrt, bevor wir bei dem eigentlichen Haus ankommen.

Das Haus ist innen sehr luxuriös eingerichtet, fast genauso hübsch wie unsere Villa auf dem Anwesen. Angefangen bei dem glänzenden Parkettfußboden bis hin zu der modernen Kunst an den Wänden, schreit alles in unserer Urlaubsunterkunft nach »extrem reich«.

»Wie viel hast du dafür bezahlt?«, frage ich, als wir durch einen riesigen Essbereich gehen. »Ich wusste gar nicht, dass man solche Häuser mieten kann.«

»Das kann man auch nicht«, erwidert Julian beiläufig. »Ich habe es gekauft.«

Meine Kinnlade klappt nach unten. »Was? Wann? Du hast gesagt, dass du es gemietet hättest.«

»Ich sagte, ich habe für unseren Besuch ein Haus gefunden«, korrigiert er mich. »Ich habe niemals gesagt, wie.«

»Oh.« Ich fühle mich dumm. »Wann hattest du die Gelegenheit, es zu kaufen?«

»Ich habe mit den Vorbereitungen begonnen, sobald wir die Reise beschlossen hatten. Der Vorbesitzer hat zwar fast eine Woche benötigt, um auszuziehen, aber jetzt gehört das Haus uns.«

Uns. Das Wort kam ihm so leicht über die Lippen, dass es mir eine Sekunde lang gar nicht auffällt. Danach verarbeite ich, was er gesagt hat. »Das Haus gehört uns?«, frage ich vorsichtig. »Uns beiden?«

»Technisch gesehen einer unserer Tochtergesellschaften, aber ich habe dich zu einer fünfzigprozentigen Gesellschafterin gemacht, was bedeutet, dass wir es besitzen, ja«, erklärt mir Julian, als wir das große Schlafzimmer mit dem Himmelbett betreten.

»Julian ...« Ich bleibe vor dem Bett stehen und schaue ihn an. »Warum hast du das getan? Ich meine, der Trustfonds war mehr als genug ...«

»Weil du zu mir gehörst.« Er kommt näher, und eine vertraute Hitze leuchtet in seinen Augen, als er nach den Knöpfen meines Kleides greift. Seine Finger streifen meine nackte Haut, und sofort kribbeln meine Nippel mit Verlangen. »Weil ich für dich sorgen möchte, weil ich dich verwöhnen möchte, weil ich sicherstellen möchte, dass du nichts in deinem Leben vermissen wirst ...« Trotz seiner zärtlichen Worte funkeln seine Augen dunkler, als er das Kleid aufgeknöpft hat und es zu Boden fällt. »Weitere Fragen, mein Kätzchen?«

Ich schüttele den Kopf und blicke ihn an. Jetzt trage ich nur noch den blauen Tanga und einen passenden BH, während er mich ansieht wie ein hungriger Löwe, der sich gerade auf eine Gazelle stürzen möchte. Er will vielleicht für mich sorgen, aber in diesem Moment will er mich auch verschlingen.

»Gut.« Seine Stimme ist ein tiefes, drohendes Schnurren. »Jetzt dreh dich rum.«

Mein Puls erhöht sich in nervöser Vorfreude, und ich tue, was er sagt. Auch wenn ich mich jetzt nach Dunkelheit sehne, spüre ich eine unterschwellige, instinktive Angst in mir aufsteigen. Julian war schon immer unberechenbar. Ich denke, die häusliche Atmosphäre heute Abend hat sein sadistisches Verlangen geweckt, den Dämon entfesselt, den er die letzten Wochen so gut unter Kontrolle hatte.

Bei diesen Gedanken spüre ich ein warmes, verräterisches Pochen zwischen meinen Schenkeln.

Während ich abwartend dastehe, höre ich ein leises Rascheln, bevor weicher Stoff meine Augen bedeckt.

Eine Augenbinde, wird mir klar, und ich halte meinen Atem an. Ohne meine Sicht fühle ich mich unendlich verletzbarer. Meine rechte Hand zuckt, aus dem plötzlichen Drang heraus, meinen Arm zu heben und das Stück Stoff wegzureißen.

»Oh nein, das wirst du nicht tun.« Julian fängt meinen Arm ein, und seine Finger umfassen mein Handgelenk, als seien sie Handschellen aus Stahl. Er beugt sich zu mir und flüstert in mein Ohr: »Wer hat dir erlaubt, das zu tun, mein Kätzchen?«

Ich erschaudere durch die Hitze seines Atems. »Ich ...«

»Ruhig.« Sein Kommando vibriert in mir und erhöht die pulsierende Hitze zwischen meinen Beinen. »Ich werde dir sagen, wann du sprechen kannst.« Er gibt mein Handgelenk frei und drückt mich nach vorn, so dass ich mit dem Gesicht nach unten auf das Bett falle. »Bewege dich nicht«, befiehlt er und tritt näher.

Ich gehorche und traue mich kaum zu atmen, als er mit seiner Hand über mich streicht, von den Schultern bis zu meinen Schenkeln. Seine Berührung ist zärtlich, aber trotzdem eindringlich, so wie die eines Fremden. Oder sie fühlt sich so an, weil meine Augen verbunden sind. Ich kann ihn hinter mir spüren, aber ich kann nichts sehen, und er berührt mich, als sei ich ein Objekt … mit dem er alles tun kann, was er möchte. Ich kann die Hornhaut auf seinen langen, warmen Handflächen spüren, und die Erinnerung an unser erstes Mal blitzt in meinen Gedanken auf, lässt mich meinen Bauch aus Angst und dunklem Verlangen anspannen.

Als er damit fertig ist, mich zu streicheln, rollt er mich auf meinen Rücken, rückt mich zurecht und legt ein Kissen unter meinen Kopf. Dann ergreift er meinen Arm, und ich spüre, wie er ein Stoffband um mein Handgelenk bindet. Das andere Ende befestigt er an einem der Bettpfosten, nehme ich an.

Danach geht er um das Bett herum und macht das Gleiche mit meinem anderen Arm.

Ich liege da wie eine Art sexuelle Opfergabe, mit ausgestreckten Armen und verbundenen Augen. Ich bin noch hilfloser als normalerweise, und diese Tatsache macht mir Angst und erregt mich gleichermaßen, wie die meisten meiner Spiele mit Julian. Bei anderen Paaren ist es nur ein Vorwand. Aber bei uns ist es so real, wie es nur sein kann. Ich habe nicht die Option, Nein zu sagen. Julian wird mich nehmen, ob ich es will oder nicht, und perverserweise steigert dieses Wissen das schmerzhafte Verlangen meines Geschlechts.

»Du bist wunderschön.« Sein raues Flüstern wird begleitet von einem federleichten Streichen seiner Finger über meinen empfindlichen Bauch. »Und du gehörst mir. Tust du das nicht, mein Kätzchen?«

»Ja.« Meine Atmung wird unregelmäßig, als seine Finger den Rand meines Tangas erreichen. »Ja, dir allein.«

Die Matratze bewegt sich, als er auf das Bett steigt und meine Beine spreizt. Das Material seiner Jeans fühlt sich rau auf meinen nackten Oberschenkeln an und erinnert mich daran, dass er immer noch vollständig bekleidet ist. »Das stimmt …« Er beugt sich nach unten, und die Knöpfe seines Hemdes drücken sich in meinen Bauch, als er mich mit seiner harten, breiten Brust bedeckt. Seine Zähne fahren mein Ohrläppchen entlang und lösen eine Gänsehaut auf meinen Armen aus, während er in mein Ohr flüstert: »Niemand außer mir wird dich jemals haben.«

Ich unterdrücke ein Schaudern, auch wenn sich mein Innerstes gerade in flüssige Hitze verwandelt. Bei einem anderen Mann wäre das nur besitzergreifendes Bettgeflüster, aber bei Julian ist es eine

Drohung und gleichzeitig eine Feststellung von Tatsachen. Wäre ich jemals so dumm, einem anderen Mann zu erlauben, mich zu berühren, würde Julian ihn ohne einen weiteren Gedanken töten.

»Ich möchte niemanden außer dir.« Das ist die Wahrheit, aber trotzdem zittert meine Stimme da Julian meinen Nacken küsst und an dem zarten Fleisch unter meinem Ohr saugt. »Das weißt du.«

Er lacht leise, und dieses tiefe, maskuline Geräusch vibriert in mir weiter. »Ja, mein Kätzchen. Das weiß ich.«

Er steigt von mir herunter, und ich spüre, wie er zum Fußende des Bettes geht. Als er nach meinem rechten Knöchel greift, weiß ich auch, warum.

Er wird meine Beine ebenfalls fixieren.

Das Seil wird um meinen Knöchel gewickelt, während ich mit rasendem Herzen daliege. Julian fesselt mich selten so gründlich. Das muss er nicht. Selbst wenn ich mich wehren wollen würde, könnte er mich auch ohne Seile und Ketten kontrollieren, da er viel kräftiger ist als ich.

Natürlich habe ich nicht vor, mich zu wehren. Nicht mit dem Wissen darüber, zu was er fähig ist, wenn er mich besitzen möchte.

Als mein rechtes Bein fixiert ist, fasst er nach meinem linken. Seine Hände sind kräftig und sicher, als er das Seil um meinen Knöchel schlingt und das andere Ende mit dem letzten Bettpfosten verbindet, so dass ich mit weit geöffneten Beinen daliege. Es ist eine beunruhigende Position, und sobald Julian sich nach hinten bewegt, versuche ich automatisch, meine Beine zu schließen. Ich kann sie natürlich nicht einen Zentimeter enger zusammenbringen. Genau wie das Seil um meine Handgelenke halten mich die Fesseln an meinen Füßen bewegungsunfähig an meinem Platz, ohne jedoch meine Durchblutung abzuschnüren.

Mein Entführer mag nicht der klassische BDSM-Typ sein, aber er weiß mit Sicherheit, wie man jemanden fesselt.

»Julian?« Mir fällt auf, dass ich immer noch meine Unterwäsche trage, den Tanga und den BH. »Was machst du mit mir?«

Er antwortet nicht. Stattdessen spüre ich, wie sich die Matratze erneut bewegt, als er aufsteht, seine Schritte sich entfernen und die Tür geschlossen wird.

Er ist aus dem Raum gegangen und hat mich gefesselt auf dem Bett zurückgelassen.

Mein Herz beginnt, schneller zu schlagen.

Ich beuge meine Arme, um das Seil noch einmal zu testen, auch wenn ich weiß, dass es sinnlos ist. Wie erwartet, geben meine Fesseln kaum nach; das Seil schneidet schmerzhaft in meine Haut, als ich versuche, daran zu ziehen. Ich bin fast nackt und allein, habe verbundene Augen und bin in diesem unbekannten Haus gefesselt. Und auch wenn ich weiß, dass Julian es nicht zulässt, dass mir etwas passiert, kann ich nichts gegen die Anspannung tun, die sich in meinen Körper aufbaut, als die Zeit vergeht und er nicht zurückkehrt.

Nach einigen Minuten versuche ich erneut, das Seil zu lockern. Es gibt immer noch nicht nach … und immer noch keine Spur von Julian.

Ich zwinge mich dazu, tief einzuatmen und langsam auszuatmen. Nichts Furchtbares passiert; niemand will mir wehtun. Ich weiß nicht, was für ein Spiel Julian spielt, aber es scheint nicht besonders brutal zu sein.

Aber du willst es brutal, erinnert mich eine kleine, hinterlistige Stimme in meinem Kopf. *Du willst Schmerz und Gewalt.*

Ich lasse diese Stimme verstummen und konzentriere mich darauf, ruhig zu bleiben. Julians wechselhafte Herangehensweise an das Liebemachen mag mich erregen, aber es verängstigt mich genauso. Den gesunden Teil von mir zumindest. Ich will Schmerz, und doch fürchte ich ihn im gleichen Maße. So ist es gerade immer. Es fühlt sich an, als sei ich zweigeteilt, der Rest der Person, die ich einmal war, kämpft gegen die, die ich jetzt bin, an.

Weitere Minuten schleichen dahin.

»Julian?« Ich kann nicht länger schweigen. »Julian, wo bist du?«

Nichts. Überhaupt keine Antwort.

Ich reibe meinen Hinterkopf gegen das Laken, um die Augenbinde zu verschieben, aber sie bewegt sich nur hin und her. Frustriert ziehe ich mit meiner ganzen Kraft an den Fesseln, aber das Einzige, was passiert, ist, dass ich mich selbst verletze. Schließlich gebe ich auf und versuche, mich zu entspannen, die Angst, die in mir aufsteigt, zu ignorieren.

Weitere Minuten vergehen. Gerade als ich denke, dass ich verrückt werde, geht die Tür auf, und ich höre leise Schritte.

»Julian, bist du das?« Ich kann die Erleichterung in meiner Stimme nicht unterdrücken. »Was ist passiert? Wohin bist du gegangen?«

»Schscht.« Dem Geräusch folgt ein kribbelndes Gefühl auf meinen Lippen. »Wer hat dir erlaubt zu sprechen, mein Kätzchen?«

Mein Puls springt in die Höhe, als ich den Hauch Kälte in seiner Stimme höre. Wird er mich für etwas bestrafen? »Was …«

»Pssst.« Seine Finger drücken auf meine Lippen, und ich verstumme. »Kein Wort mehr.«

Ich schlucke, und meine Kehle fühlt sich plötzlich ganz trocken an. Er berührt mich nur an den Lippen, aber das reicht, um meinen Körper zu entzünden und meine Erregung trotz der wachsenden Nervosität zu steigern.

Oder vielleicht deshalb. Das kann ich unmöglich sagen.

»Saug an meinen Fingern.« Sein geflüsterter Befehl wird von einem verstärkten Druck auf den Rand meiner Lippen begleitet. »Jetzt.«

Gehorsam öffne ich meinen Mund und sauge zwei seiner großen Finger ein. Sie schmecken sauber und leicht salzig, die rauen Kanten seiner Nägel kratzen gegen meinen empfindlichen Gaumen. Ich lasse meine Zunge um seine Finger kreisen, als seien sie sein Geschlecht, und seine Hand zuckt, als sei das Gefühl für ihn genauso intensiv.

Gerade als ich beginne, an ihnen zu saugen, zieht Julian seine Finger zurück und fährt damit die Vorderseite meines Körpers hinunter, auf der er eine kühle, feuchte Spur hinterlässt. Ich erzittere als Antwort darauf, und meine inneren Muskeln ziehen sich zusammen, als seine Finger meinen Nabel umkreisen, seine Nägel leicht über meinen Bauch kratzen. *Tiefer, flehe ich ihn in Gedanken an, bitte, nur ein wenig weiter nach unten, aber stattdessen hebt er seine Hand hoch, berührt mich nicht mehr.*

Ich öffne meinen Mund, um zu betteln, aber dann erinnere ich mich daran, dass er nicht möchte, dass ich spreche. Ich schlucke, um die Worte zu unterdrücken, da ich nicht ungehorsam sein möchte, wenn er in dieser unberechenbaren Stimmung ist.

Julian bestraft mich wirklich gerade für etwas, und ich will ihn nicht weiter reizen.

Also liege ich anstatt zu betteln einfach flach atmend da und versuche, seine Bewegungen zu hören. Ich kann nichts hören. Steht er einfach da und betrachtet mich? Schaut sich meinen halbnackten, ans Bett gefesselten Körper an?

Endlich höre ich etwas. Ein schabendes Geräusch, so als würde er etwas vom Nachttisch nehmen.

Ich warte und höre angespannt, bis ich es auf einmal fühle.

Etwas Kaltes und Hartes gleitet unter das enge Band meines BHs und drückt sich zwischen meine Brüste.

Ich will vor Schreck zurückweichen, aber es gelingt mir, unbeweglich und mit frenetisch klopfendem Herzen liegenzubleiben.

Schnipp. Dieses Geräusch ist unverwechselbar.

Es ist das Geräusch von Metall, das durch dicken Stoff schneidet. Julian hat meinen BH vorn mit einer Schere zerschnitten.

Ich erlaube mir, leicht erleichtert aufzuatmen, aber spanne mich wieder an, als ich spüre, wie die Schere an meinem Körper hinabgleitet.

Schnipp. Schnipp. Beide Seiten meines Tangas sind zerschnitten, und die stumpfe Kante der Schere drückt gegen meine Hüftknochen. Ich fühle die Wärme von Julians Hand, als er den kaputten Stofffetzen von meinem Körper zieht, und ich höre, wie er Luft einzieht. Er sieht mich an. Ich weiß es. Ich stelle mir vor, was er sieht, während ich hier nackt mit weit gespreizten Beinen daliege, und ich spüre die Hitze der Röte, die durch dieses pornographische Bild mein Gesicht überzieht.

»Du bist schon feucht.« Seine Stimme ist leise und lustvoll, was mein Feuer nur noch schürt. »Deine Muschi tropft für mich.« Er begleitet diese Worte mit einer schmetterlingszarten Berührung meiner schmerzenden Klitoris. Seine Fingerspitzen fühlen sich auf meinem empfindlichen Fleisch rau an, aber das Feuer fließt durch meine Adern, erfüllt mich mit verzweifeltem Begehren. Ungebeten entweicht mir ein Stöhnen, und ich hebe meine Hüfte in seine Richtung, bitte ihn schweigend um mehr.

Dieses Mal erhört er mein Flehen.

Ich spüre, wie sich die Matratze ein weiteres Mal bewegt, als er auf das Bett steigt und zwischen meinen Beinen verharrt. Seine großen, starken Hände ergreifen meine Oberschenkel, bevor er seinen Kopf zu meinem Geschlecht senkt. Ich fühle, wie sein heißer Atem über meine Falten streicht. Ich wimmere fast vor Vorfreude aber kann mich in letzter Sekunde zurückhalten, da ich nichts tun möchte, was seine Meinung ändert. Ich will seine Berührung. Ich brauche sie. Es ist quälend ohne sie.

Und dann spüre ich ihn – den weichen, nassen Druck seiner Zunge zwischen meinen Falten, den Druck, der den Schmerz stillt und verstärkt. Er leckt mich nicht; er hält einfach nur seine Zunge gegen meine Klitoris, aber das ist genug. Es ist mehr als genug. Ich wiege meine Hüften in kleinen, spasmodischen Bewegungen und finde genau den Rhythmus den ich brauche, die Anspannung in mir wächst, und die Lust sammelt sich wie ein heißer pulsierender Ball in meinem Innersten. Dann bewegt sich seine Zunge, seine Lippen schließen sich fest saugend um meine Klitoris, und der Ball zerplatzt, sendet ekstatische Wellen durch meine Nervenenden, als ich aufschreie, da ich nicht länger schweigen kann.

Bevor mein Orgasmus völlig abgeklungen ist, beginnt er mich zu lecken. Nur ein weiches, zärtliches Streicheln mit der Zunge, das die angenehmen Nachwellen, die durch meinen Körper fließen, verlängert. Es fühlt sich gut an, obwohl meine Klitoris geschwollen und empfindlich ist, und ich liege einfach nur da und genieße es, erschöpft und entspannt durch meine Entladung. Erst eine Minute später bemerke ich, dass sich die Lust erneut durchsetzt, stärker wird und sich in eine schmerzhafte Anspannung verwandelt.

Ich schlucke, biege mich seinem Mund entgegen, da ich mehr Druck brauche, um kommen zu können, aber sein Lecken bleibt leicht, seine Zunge berührt meine Klitoris kaum.

»Bitte, Julian …« Diese Worte entweichen mir, bevor ich mich an mein Sprechverbot erinnere, aber zu meiner Erleichterung hört er nicht auf. Stattdessen leckt er mich weiter, seine Zunge bewegt sich in einem Rhythmus, der mich langsam und quälend weiter anspannt, mich näher an den Orgasmus treibt, ohne mir zu geben, was ich brauche. Ich versuche, meine Hüften weiter nach oben zu drücken, aber ich habe keinen Spielraum, so gestreckt und ausgebreitet wie ich bin.

Ich kann es nur hinnehmen, mich völlig seiner Gnade aussetzen, egal welche Lustqualen Julian mit mir im Sinn hat.

Gerade als ich denke, dass ich es nicht mehr ertragen kann, dreht er sich auf die Seite, und seine rechte Hand bewegt sich von meinem Oberschenkel zu meinem pochenden Geschlecht. Seine großen, schonungslosen Finger berühren meinen Eingang, und ich stöhne, als er zwei von ihnen in mich schiebt und sie überraschend schnell in mir bewegt. Ich bin fast da, das ist fast das, was ich brauche … und dann presst er seinen Daumen hart auf meine Klitoris.

Ich zerberste, Lust durchströmt meinen Körper, als ich komme, nach Luft schnappe und aufschreie.

»Ja, das ist es, Baby«, murmelt er. Seine Hand zieht sich zurück, und ich höre, wie ein Reißverschluss geöffnet wird. Ich nehme das nur am Rande wahr. Ich fühle mich durch den Orgasmus wie berauscht, bin erschöpft durch die brutale Intensität des Ganzen. Mein Herz schlägt, als sei ich gerannt, und meine Knochen fühlen sich an, als seien sie aus Gummi.

Es ist unmöglich, dass ich noch mehr wollen könnte, und trotzdem baut sich erneut Anspannung in meinem Bauch auf, als er mich mit seinem großen Körper bedeckt. Er ist nackt, hat sich schon ausgezogen, und ich kann seine Hitze, seine Härte spüren. Seine rohe männliche Kraft. Selbst wenn ich nicht gefesselt wäre, würde ich mich umgeben von ihm hilflos und klein fühlen, aber das Seil an meinen Handgelenken und meinen Knöcheln verstärkt diese Sensation. Ich kann unter seinem Gewicht kaum atmen, aber das macht nichts. Selbst Luft scheint in diesem Moment nicht wichtig zu sein.

Alles, was ich brauche, ist Julian.

Er bewegt sich auf mir, stützt sich auf seine Ellenbogen. Die harte, glatte Spitze seiner Erektion streift meine inneren Oberschenkel, als er seinen Kopf nach unten beugt, um mich zu küssen, und ich spanne mich voller Vorfreude an, als ich merke, dass er beginnt, einzudringen.

Ich bin von den Orgasmen nass und rutschig, doch obwohl mein Körper auf seine Inbesitznahme vorbereitet ist, spüre ich, wie ich mich ausdehne, als sein dickes Geschlecht fast schmerzhaft meine inneren Wände auseinanderdrückt. Gleichzeitig nimmt seine Zunge meinen Mund in Besitz, und ich kann nicht einmal aufstöhnen, als er beginnt, sich mit tiefen und rhythmischen Stößen zu bewegen. Es ist überwältigend, ihn zu fühlen, ihn zu schmecken – die Art, wie sein Körper mich beherrscht und besitzt. Ich kann nichts sehen, kann mich nicht bewegen. Ich versinke, und er ist meine einzige Rettung.

Ich weiß nicht, wie lange es dauert, bevor die pulsierende Anspannung sich erneut in meinem Innersten aufbaut. Ich weiß nur, dass ich gleichzeitig mit Julian komme, in seiner Umarmung erschaudere und aufschreie.

Danach entfernt er meine Augenbinde und die Seile und trägt mich unter die Dusche. Ich bin so erschöpft, dass ich kaum stehen kann, weshalb Julian mich wäscht und sich um mich kümmert als sei ich ein Kind. Er bringt mich wieder ins Bett, schließt mich in seine Arme, und als ich einschlafe, höre ich, wie er sanft sagt: »Ich werde dir die Welt zu Füßen legen. Die ganze verdammte Welt – solange du mir gehörst.«

18

*J*ulian

Ich wache am nächsten Morgen, mit dem vertrauten Gefühl, Nora auf mir liegen zu haben, auf. Wie immer schläft sie mit ihrem Kopf auf meiner Brust und einem ihrer schlanken Beine über meinen Oberschenkeln. Ich kann das weiche, pralle Gewicht ihrer Brüste an meiner Seite spüren, höre ihr gleichmäßiges Atmen, und mein Geschlecht versteift sich, als die Bilder von letzter Nacht in meinem Kopf aufsteigen.

Ich weiß nicht, weshalb ich ab und an den Drang verspüre, sie zu quälen, sie betteln und bitten zu hören. Warum mir der Anblick ihres ans Bett gefesselten Körpers eine solche Befriedigung verschafft. Als wir gestern Nacht von ihren Eltern nach Hause gefahren sind, hatte ich vorgehabt, sie zärtlich zu nehmen und sie schlafen zu lassen, aber als ich sie neben dem Himmelbett stehen sah, haben sich meine guten Vorsätze in Luft aufgelöst. Irgendetwas an der Art, wie sie mich angesehen hat, hat den gefährlichen Hunger in mir verstärkt, die Dunkelheit an die Oberfläche gebracht. Was ich mit ihr anstellen wollte, begann mit den Seilen, und wenn ich mich nicht dazu gezwungen hätte, aus dem Raum zu gehen, nachdem ich sie gefesselt hatte, hätte ich den Schwur gebrochen, den ich mir selbst nach jener Nacht gegeben habe, in der ich sie zum Sex zwang.

Den Schwur, die Gewalt für die nächsten Monate aus unserem Schlafzimmer zu verbannen.

Zum Glück schien es zu helfen, sie eine Zeit lang allein zu lassen und in einem der Gästezimmer kalt zu duschen. Als ich zurückkam, war ich kontrollierter, konnte mich damit begnügen, sie mit Lust zu quälen anstatt mit Schmerzen.

Eine Veränderung in Noras Atmung zieht meine Aufmerksamkeit auf sich. Sie bewegt sich auf mir, gibt einen leisen Laut von sich und reibt ihre Wange an meiner Brust. »Du bist noch nicht aufgestanden«, murmelt sie schläfrig, und ich lächele, als der freudige Ton ihrer Stimme eine Welle des Wohlbefindens in mir auslöst.

»Nein, noch nicht«, erwidere ich und streichele ihren glatten, nackten Rücken. »Aber gleich.«

»Musst du?« Ihre Worte sind gedämpft. »Du bist ein nettes Kopfkissen.«

»Ich freue mich, so nützlich zu sein.«

Als sie meinen trockenen Ton hört, bewegt sie ihren Kopf, um mich durch ihre langen, dunklen Wimpern anzuschauen. »Stört es dich? Dass ich so auf dir schlafe?«

»Nein.« Ihre Frage bringt mich zum Lachen. »Denkst du, ich würde dich lassen, wenn es das täte?«

Sie blinzelt. »Nein, natürlich nicht.« Sie rückt von mir ab, setzt sich hin und wickelt die Decke um sich. »Wir sollten vielleicht aufstehen. Ich wollte vor dem Frühstück laufen gehen.«

Ich setze mich ebenfalls hin. »Laufen?«

»Ja. Es ist doch sicher hier, oder nicht?«

»Nicht so sicher wie auf dem Anwesen.« Der Gedanke, dass sie draußen laufen gehen möchte, macht mich nervös, trotz aller Sicherheitsmaßnahmen und keiner drohenden Gefahr. Wenn ihr irgendetwas zustoßen sollte …

»Julian, bitte.« Nora fängt an, verärgert auszusehen. »Ich gehe nur hier laufen, in Palos Park. Ich werde mich nicht weit entfernen, aber ich kann auch nicht zwei Wochen lang in diesem Haus eingesperrt sein …«

»Ich begleite dich.« Ich stehe auf und gehe zum Schrank, um eine

Hose zu suchen. »Zieh dich an. Wir sollten uns beeilen. Ich nehme an, dass Rosa schon das Frühstück macht.«

~

WIR BEGINNEN DAS LAUFEN MIT LANGSAMEM JOGGEN, UM UNS aufzuwärmen. Draußen sind es kühle sechzehn Grad, aber durch die Bewegung spüre ich sie selbst ohne ein T-Shirt anzuhaben nicht. Ich überlege, ob ich versuchen sollte, Nora davon zu überzeugen, sich wärmer anzuziehen, aber da sie so aussieht, als fühle sie sich in ihren kurzen Leggings und dem T-Shirt wohl, lasse ich das Thema fallen.

Als wir unsere Einfahrt verlassen und auf die Straße treten, behalte ich die Nachbarn im Auge die ihre Autos aus der Garage fahren, und die Menschen die gerade selbst laufen gehen wollen. Ich werde nervös bei so vielen Fremden. Meine Männer sind in der ganzen Gemeinde verteilt, und ich weiß, wir befinden uns in Sicherheit, aber ich kann nichts dagegen tun, nach Zeichen von Gefahren zu suchen.

»Du weißt, dass niemand aus dem Gebüsch springen wird, um uns anzufallen, stimmt's?«, sagt Nora, die meine Besorgnis über unsere Umgebung offensichtlich bemerkt. »Hier wohnt nicht diese Art von Nachbarn.«

Ich schaue kurz zu ihr. »Ich weiß. Ich habe sie gründlich überprüft.«

Sie lächelt und wird schneller. »Selbstverständlich hast du das.«

Ich passe mich ihrer Geschwindigkeit an, und eine Weile laufen wir recht schnell. Noras Gesicht fängt an leicht schweißig zu glänzen, ihre goldene Haut scheint zu glühen, und ich bemerke, dass mich ihr Anblick ablenkt. Sie sieht immer sexy aus, wenn sie läuft, da ihr zierlicher Körper gleichzeitig durchtrainiert und weiblich ist. Die festen, runden Muskeln ihres Pos bewegen sich bei jedem Schritt, den sie macht, und ich kann nicht anders, als mir vorzustellen, wie meine Hände diese Kugeln kneten, während ich mein Geschlecht in sie ramme.

Scheiße. Wenn es so weitergeht, muss ich gleich noch einmal kalt duschen.

»Was machst du nach dem Frühstück?«, fragt mich Nora atemlos, als wir an einem joggenden Pärchen vorbeilaufen. »Musst du arbeiten?«

»Ich treffe mich mit dem Portfoliomanager in der Stadt«, antworte ich und versuche meinen Drang zu kontrollieren, mich nach dem männlichen Jogger umzudrehen, um ihm einen bösen Blick zuzuwerfen. Dieses Arschloch hat Nora ein wenig zu bewundernd angeschaut, als wir an ihm vorbeigelaufen sind. »Ich werde vor dem Abendessen zurück sein.«

»Das ist gut.« Sie beginnt zu keuchen während sie spricht. »Ich will heute zum Friseur gehen und mich vielleicht mit Leah und Jennie treffen.«

»Was?« Ich drehe mich zu ihr herum und blicke sie an, während wir um die Ecke biegen. »Und wo genau hast du vor diese Dinge zu tun?«

»In der Chicago Ridge Mall. Ich habe Leah und Jennie letzte Woche eine Nachricht geschickt, um ihnen Bescheid zu sagen, dass ich in der Stadt sein werde, und sie haben mir gesagt, dass sie heute nach Hause kommen und bis zum Memorial Day bleiben.« Sie sagt das alles in einem langen Atemzug, holt tief Luft und schaut mich erwartungsvoll an. »Du hast doch nichts dagegen, wenn ich mich mit ihnen treffe? Ich habe Jennie seit zwei Jahren nicht gesehen und Leah …« Sie verstummt augenblicklich, und ich weiß, dass sie gerade sagen wollte, dass sie Leah gesehen hat, als sie das letzte Mal in dieser verfluchten Mall war, als sie als Köder für die Al-Quadar fungierte. Mein Kätzchen ahnt vielleicht nicht, dass ich schon lange über dieses Treffen Bescheid weiß – und darüber, dass Jake an jenem Tag auch dabei war.

»Du wirst nicht in dieses Einkaufszentrum gehen.« Ich weiß, ich höre mich harsch an, aber ich kann nicht anders. Ich sehe allein bei dem Gedanken daran, dass sie allein durch die Mall spaziert, rot. »Es sind zu vielen Menschen dort, um ein sicherer Ort für dich zu sein.«

»Aber …«

»Wenn du dich mit deinen Freunden treffen möchtest, kannst du das hier in diesem Haus oder in einem Restaurant in Oak Lawn tun – nachdem ich sichergestellt habe, dass es dort sicher ist.«

Noras Lippen verhärten sich, aber sie ist clever genug, nicht zu widersprechen. Sie weiß, dass sie keine weiteren Zugeständnisse bekommen wird. »In Ordnung, ich frage sie, ob wir uns im Fish-of-the-Sea treffen können«, sagt sie nach einer Minute. »Was ist mit meinem Haarschnitt?«

Ich betrachte den langen Pferdeschwanz, der ihren Rücken

hinabfällt. Ich finde sie wunderschön, besonders das Ende, welches über ihrem Po hin und her schwingt. »Warum brauchst du einen?«

»Weil«, sie atmet schwer als wir schneller laufen, »ich mir seit zwei Jahren die Haare nicht schneiden lassen habe.«

»Und?« Ich kann das Problem immer noch nicht verstehen. »Ich mag deine langen Haare.«

»Du bist wirklich ein Mann.« Sie kann zwar kaum sprechen, aber schafft es, ihre Augen zu verdrehen. »Ich muss Form in dieses Gewirr bringen. Es macht mich verrückt.«

»Ich möchte nicht, dass du es kurz schneidest.« Ich weiß nicht, warum das auf einmal so ist, aber es ist so. »Wenn du es schneiden lässt, dann nicht mehr als einige Zentimeter.«

Nora schaut mich ungläubig an, als wir anhalten, um ein Auto aus einer Einfahrt vor uns fahren zu lassen. »Ernsthaft? Warum nicht?«

»Das habe ich dir doch gesagt. Ich mag es lang.«

Sie rollt wieder mit den Augen. »In Ordnung. Ich hatte auch nicht vor, es mir abrasieren zu lassen. Ich wollte nur ein paar Stufen haben.«

»Nicht mehr als ein paar Zentimeter«, wiederhole ich und schaue sie ernst an.

»Ja, natürlich.« Ich habe den Eindruck, dass sie gerade innerlich zum dritten Mal mit den Augen rollt. »Dann kann ich mir also die Haare schneiden lassen?«

»Nicht in der Chicago Ridge Mall. Finde einen ruhigen Salon in der Nähe, und ich werde ihn von meinen Männern sichern lassen.«

»In Ordnung«, keucht sie, als wir einen Sprint beginnen. »Abgemacht.«

~

BEVOR ICH IN DIE STADT FAHRE, GEHE ICH SICHER, DASS NORAS PLÄNE für den Tag feststehen. Ich beauftrage ein Dutzend meiner besten Männer damit, für ihre Sicherheit zu sorgen, und gebe ihnen den Befehl, so unsichtbar wie möglich zu sein. Wahrscheinlich wird sie ihre Anwesenheit nicht einmal bemerken, aber sie werden verhindern, dass verdächtige Personen sich ihr auf mehr als 300 Meter nähern.

»Mir wird nichts passieren«, sagt sie, als ich zögernd im Flur stehen bleibe, bevor ich das Haus verlasse. »Wirklich, Julian. Es ist nur ein Friseurbesuch und ein Mittagessen mit Freundinnen. Ich verspreche dir, dass alles problemlos verlaufen wird.«

Ich hole tief Luft und atme wieder aus. Sie hat recht. In diesem Punkt bin ich paranoid. Die Sicherheitsvorkehrungen, die ich getroffen habe, sind die bestmöglichen außerhalb des Anwesens. Natürlich könnte ich sie auch für den Rest ihres Lebens auf dem Anwesen einsperren – was für meinen Seelenfrieden eine optimale Lösung wäre –, aber Nora wäre damit nicht glücklich, und ihr Glück liegt mir am Herzen.

Mehr als ich es jemals für möglich gehalten hätte.

»Wie fühlst du dich?«, frage ich, da ich mich immer noch nicht von ihr trennen kann. »Ist dir schlecht? Bist du müde?« Ich blicke auf ihren Bauch – einen Bauch, der in den engen Jeans, die sie trägt immer noch völlig flach ist.

»Nein, nichts davon.« Sie lächelt mich beruhigend an, als ich sie ansehe. »Nicht einmal ein kleines bisschen übel. Ich bin kerngesund.«

»Na dann, alles klar.« Ich gehe zu ihr und hebe meine Hand, um über ihre Wange zu streicheln. »Sei vorsichtig, Baby, versprochen?«

»Versprochen«, flüstert sie und sieht mich an. »Du auch, Julian. Pass auf dich auf, und bis nachher.«

Bevor ich weggehen kann, stellt sie sich auf ihre Zehenspitzen und gibt mir einen kurzen, brennenden Kuss auf die Lippen.

19

»Rosa, bist du sicher, dass du nicht mitkommen möchtest?«

»Nein, das habe ich dir doch schon gesagt – ich habe bis zum Abendessen noch eine Menge zu erledigen. Señor Esguerra hat mich beauftragt, deine Familie mit diesem Essen zu beeindrucken, und ich möchte ihn nicht enttäuschen. Nun gehe schon und habe Spaß mit deinen Freundinnen.« Rosa schmeißt mich geradezu aus der riesigen Küche. »Jetzt geh – oder du kommst zu spät zu deinem Friseurtermin.«

»In Ordnung, wenn du es so möchtest.« Ich schüttele den Kopf über Rosas sturen Diensteifer und gehe zum Haupteingang, wo schon ein Auto auf mich wartet. Zum Glück ist es keine Limousine, sondern ein normaler schwarzer Mercedes. Ich werde mit diesem Auto weniger auffallen als mit der Limousine, auch wenn es so aussieht, als habe es ebenfalls kugelsicheres Glas.

Der Fahrer ist ein großer, dünner Mann, den ich schon auf dem Anwesen gesehen, aber mit dem ich noch nie gesprochen habe. Julian hat mir heute Morgen gesagt, dass er Thomas heißt. Thomas stellt sich mir auch dieses Mal nicht vor, da er gar nicht mit mir redet, sondern seine Aufmerksamkeit auf die Straße richtet. Als wir die Ausfahrt verlassen, sehe ich, dass uns zwei schwarze Geländewagen in einiger Entfernung folgen. Ich fühle mich, als sei ich die First Lady – oder eben eine Mafia-Prinzessin.

Das Letztere ist wahrscheinlich der bessere Vergleich.

Nach weniger als einer halben Stunde kommen wir beim Friseursalon an. Es ist keiner der superschicken Salons, aber er hat einen guten Ruf in dieser Gegend und eine Lage, in der Julian ihn leicht sichern konnte. Ich hatte nicht erwartet, so leicht einen Termin zu bekommen, aber sie hatten eine Terminabsage für heute Morgen und konnten mich deshalb um elf dazwischenschieben.

»Nur ein wenig nachschneiden, bitte«, erkläre ich, nachdem eine tätowierte Frau mit lilafarbenem Haar mir meine Haare gewaschen hat und mich zum Schneiden bringt. »Nicht mehr als ein paar Zentimeter«

»Sind Sie sicher?«, fragt sie nach. »Schauen Sie doch mal, wie dick es ist. Sie sollten es zumindest stufig schneiden lassen.«

Ich runzele die Stirn und betrachte mein Spiegelbild. »Wird es dann immer noch lang sein?«

»Natürlich. Es wird die Länge Ihrer Haare nicht verändern – aber sie werden eine hübschere Form haben. Die kürzeste Stufe, die in Gesichtsnähe, wird unterhalb Ihrer Schultern sein.«

»In dem Fall: Einverstanden.« Ich versuche, entschieden zu klingen, auch wenn ich mich nicht so fühle. Es fällt mir schwer, nicht auf Julian zu hören, selbst wenn es sich um so eine Kleinigkeit handelt, und genau deshalb tue ich es. »Einmal Stufen für diesen Wildwuchs.«

Während die Friseurin um mich herumwirbelt, mein Haar in die Länge zieht und schneidet, betrachte ich die anderen Personen in dem Salon. Nach wochenlanger Isolation auf dem Anwesen fühlt es sich eigenartig an, so viele Fremde um sich herum zu haben. Niemand achtet auf mich, aber ich fühle mich trotzdem unangenehm ausgestellt, so als würden mich alle anstarren. Ich bin auch etwas ängstlich. Ich weiß, dass mir hier niemand etwas zuleide tun möchte, weshalb dieses Gefühl unlogisch ist, aber offensichtlich färbt Julians Paranoia auf mich ab.

Es ist aber auch gleichzeitig aufregend, hier allein zu sein. Ich weiß, dass sich Julians Männer draußen befinden, weshalb ich mich nicht wirklich in Freiheit befinde, aber es fühlt sich so an.

Ich fühle mich, als sei ich ein normales Mädchen, welches sich einen Tag lang freigenommen hat, um zum Friseur zu gehen und sich mit ihren Freundinnen zu treffen.

»Das war's«, erklärt die Friseurin nach einigen Minuten. »Nur noch föhnen – und Sie sind fertig.«

Ich nicke und versuche, nicht auf die langen Locken zu blicken, die überall auf dem Boden verteilt liegen. Es scheinen eine Menge Haare zu sein, auch wenn die nassen Strähnen, die ich im Spiegel sehe, nicht besonders kurz aussehen.

»Also, wie finden Sie es?«, fragt sie mich, nachdem sie meine Haare getrocknet hat. Sie reicht mir den Spiegel. »Mögen Sie es?«

Ich drehe mich mit dem Stuhl hin und her, um meinen neuen Haarschnitt von allen Seiten zu betrachten. Er sieht aus wie in der Shampoowerbung – lang, dunkel und glänzend, mit kürzeren Stufen in Gesichtsnähe für zusätzliches Volumen.

»Perfekt.« Ich gebe ihr lächelnd den Spiegel zurück. »Vielen Dank.«

Nicht auf Julian zu hören scheint mir gut zu bekommen. Zumindest, was mein Aussehen betrifft.

∼

Da ich immer noch Zeit totzuschlagen habe, bevor ich mich mit Leah und Jennie treffe, beschließe ich, aufs Ganze zu gehen und auch noch eine Maniküre und Pediküre machen zu lassen. Während der Pediküre bekomme ich eine Nachricht von Julian.

»Bist du noch da?«, schreibt er. »Thomas sagt, dass du schon fast zwei Stunden im Salon bist.«

»Lasse mir die Nägel lackieren«, antworte ich. »Wie läuft es bei dir?«

»Wahrscheinlich nicht so farbenfroh wie bei dir.«

Ich grinse und lege mein Telefon weg. Das alles fühlt sich so wunderbar normal an, sogar unter Thomas' Aufsicht. Es ist so, als seien wir einfach nur ein normales Paar, ohne dunkle oder chaotische Dinge in unserem Leben.

Spontan ziehe ich erneut mein Handy aus der Tasche.

»Liebe dich«, schreibe ich und setze zur Verstärkung einen Smiley dahinter.

Ich erhalte keine Antwort, aber das hatte ich auch nicht erwartet.

Julian würde mir seine Gefühle für mich – wie auch immer sie aussehen mögen – niemals in einer Nachricht mitteilen. Trotzdem fühlt sich mein Herz nicht mehr ganz so leicht an, als ich das Telefon wegpacke und stattdessen eine Klatschzeitschrift zur Hand nehme.

Eine halbe Stunde später bin ich so zurechtgemacht wie die Mädchen in den Zeitschriften. Mein Haar fällt meinen Rücken wie ein weicher glänzender Vorhang hinunter, und meine Nägel sehen besser aus als während der ganzen letzten Monate. Ich zahle, gebe ein großzügiges Trinkgeld und verlasse den Salon voller Vorfreude auf den Rest meines Tages.

Wie erwartet, steht Thomas vor dem Salon. Ich sehe kein weiteres Sicherheitspersonal, aber ich weiß, dass sie mich unauffällig beobachten. Diese Unsichtbarkeit verstärkt meine Illusion von Normalität, und meine Laune verbessert sich erneut, als wir zu dem Fischrestaurant fahren, in dem ich mich mit Leah und Jennie verabredet habe.

Sie warten schon auf mich, als ich eintrete, und die ersten paar Minuten verbringen wir damit, uns zu umarmen und aufgeregt darüber zu reden, wie lange es schon her ist, dass wir uns das letzte Mal gesehen haben. Ich hatte Angst gehabt, dass sich mein Verhältnis zu Leah nach unserem letzten Treffen im Einkaufszentrum angespannt haben könnte, aber meine Sorgen erweisen sich als unbegründet. Wenn wir drei uns treffen, ist es genauso wie zu alten Highschoolzeiten.

»Oh Gott, Nora, ich hatte ganz vergessen wie wunderschön du bist«, ruft Jennie aus, als wir uns alle hingesetzt haben. »Entweder das, oder das Leben im Dschungel bekommt dir gut.«

»Danke«, erwidere ich lachend. »Du siehst selber umwerfend aus. Wann hast du dir rote Haare zugelegt? Sie stehen dir hervorragend.«

Jennie grinst, und ihre grünen Augen funkeln. »Als ich mit der Uni angefangen habe. Ich fand, es war an der Zeit für eine Farbveränderung, und wollte entweder Rot oder Blau.«

»Ich habe sie überzeugt, es mit Rot zu probieren«, mischt sich Leah mit einem spitzbübischen Lächeln ein. »Blau hätte nicht so gut zu ihrem irischen Aussehen gepasst.«

»Ach, ich weiß nicht«, erwidere ich mit ernsthaftem Gesicht. »Ich habe gehört, dass die Schlümpfe in letzter Zeit wieder in Mode gekommen sind.«

Leah bricht in Lachen aus, und Jennie und ich fallen ein. Es fühlt sich so gut an, etwas mit den beiden zu machen. Seit meiner Entführung habe ich mich zwar einige Male mit Leah getroffen, aber ich habe Jennie fast zwei Jahre lang nicht gesehen. Als ich diese vier Monate nach der Explosion des Lagerhauses zu Hause verbrachte, hat sie gerade woanders studiert, weshalb wir außer über Facebook nicht miteinander gesprochen haben.

»Also, Nora, jetzt spuck es schon aus«, sagt Jenny, nachdem wir unsere Bestellung aufgegeben haben. »Wie fühlt es sich an, mit einem modernen Pablo Escobar verheiratet zu sein? Die Gerüchte, die ich höre, sind mehr als bizarr.«

Leah verschluckt sich an ihrem Wasser, und ich explodiere vor Lachen. Ich hatte Jennies Hang, Leute zu schockieren, ganz vergessen.

»Na ja«, sage ich, als ich mich wieder so weit beruhigt habe, dass ich sprechen kann. »Julian ist Waffenhändler, kein Drogenhändler, aber ansonsten ist es ziemlich schön, mit ihm verheiratet zu sein.«

»Jetzt komm schon. Ziemlich schön?« Jennie runzelt übertrieben ihre Stirn. »Ich möchte alle schmutzigen Details. Schläft er mit einer Maschinenpistole unter dem Kopfkissen? Isst er Welpen zum Frühstück? Ich meine, immerhin hat er dich ja entführt! Wir wollen alle Einzelheiten ...«

»Jennie«, unterbricht Leah sie scharf. Sie sieht überhaupt nicht amüsiert aus. »Ich denke nicht, dass das eine lustige Angelegenheit ist.«

»Das ist in Ordnung«, beruhige ich sie. »Wirklich, Leah, es ist okay. Julian und ich sind jetzt verheiratet und glücklich. Das sind wir wirklich.«

»Glücklich?« Leah starrt mich an, als würden mir Hörner wachsen. »Nora, du weißt, wozu er fähig ist und was er getan hat. Wie kannst du mit so einem Mann glücklich sein?«

Ich erwidere ihren Blick und weiß nicht, wie ich ihr antworten soll. Ich möchte sagen, dass Julian gar nicht so schlimm ist, aber mir bleiben die Worte im Halse stecken. Mein Ehemann ist so schlimm. Wahrscheinlich ist er sogar schlimmer, als Leah denkt. Sie weiß nichts von seinen Massenmorden unter den Al-Quadar-Mitgliedern in den letzten Monaten – oder dass Julian seit seiner Kindheit ein Mörder ist.

Natürlich weiß sie auch nicht, dass ich eine Mörderin bin. Falls sie das wüsste, würde sie wahrscheinlich denken, dass Julian und ich uns verdient haben.

Zu meiner Erleichterung springt Jennie rettend ein. »Jetzt hör auf, so ein Spielverderber zu sein«, sagt sie und pikst Leah mit ihrem Finger in die Rippen. »Sie ist also glücklich mit ihm. Das ist doch besser als unglücklich, oder etwa nicht?«

Leahs hübsches Gesicht errötet. »Natürlich. Es tut mir leid, Nora.« Sie versucht ein kleines Lächeln. »Ich nehme an, mir fällt es einfach schwer, das Ganze zu verstehen. Ich meine, jetzt bist du endlich wieder in den USA, und dann planst du, wieder mit ihm nach Kolumbien zurückzugehen.«

»Das passiert, wenn Menschen heiraten«, meint Jennie, bevor ich antworten kann. »Sie leben zusammen. So wie du und Jake. Es ist nur natürlich, dass Nora mit ihrem Ehemann zurückkehren will ...«

»Du und Jake, ihr lebt zusammen?«, unterbreche ich und schaue Leah überrascht an. »Seit wann?«

»Seit zwei Wochen«, sagt Jennie strahlend. »Hat Leah es dir nicht erzählt?«

»Ich wollte es dir heute sagen«, meint Leah zu mir. Sie sieht aus, als sei ihr diese Sache unangenehm. »Ich wollte es dir persönlich sagen.«

»Warum? Sie sind nur einmal zusammen ausgegangen«, sagt Jennie vernünftigerweise. »Es ist ja nicht so, als seien sie zusammen gewesen.«

»Jennie hat recht«, stimme ich zu. »Wirklich Leah, ich freue mich riesig für euch zwei. Du musst keine Angst davor haben, mir solche Dinge zu erzählen. Ich werde nicht ausrasten, versprochen.« Ich lächele sie warm an, bevor ich frage: »Habt ihr ein Apartment außerhalb des Campus gemietet?«

»Das haben wir«, antwortet Leah und sieht erleichtert über die Frage aus. »Wir hatten beide Probleme mit unseren Mitbewohnern und haben uns gedacht, dass es die beste Lösung sei, wenn wir zusammenziehen würden.«

»Das ergibt Sinn«, meint Jennie, und die nächsten Minuten sprechen wir über die Vor- und Nachteile davon, mit dem Partner oder mit Mitbewohnern zu leben.

»Was gibt es bei dir Neues, Jennie?«, frage ich, nachdem uns der Kellner die Vorspeisen gebracht hat. »Hast du einen Freund in Aussicht?«

»Ach, nein.« Jennie verzieht angeekelt ihr Gesicht. »Es gibt weniger als ein Dutzend halbwegs gutaussehender Typen an der

Grinnell, und die sind schon alle vergeben. Ihr beide hättet mich zur Vernunft bringen sollen, als ich beschlossen habe eine Uni in der Pampa zu besuchen. Ehrlich, das ist schlimmer als auf der Highschool.«

»Nein!« Ich reiße meine Augen mit gespieltem Entsetzen auf. »Schlimmer als auf der Highschool?«

»Nichts ist schlimmer als die Highschool«, sagt Leah, und beide beginnen, die Verfügbarkeit von Typen auf einer Highschool in der Vorstadt mit der einer kleinen Uni der freien Künste zu vergleichen.

Im Verlauf des Essens reden wir über alles Mögliche, außer meiner Beziehung zu Julian. Leah berichtet uns von ihrem Praktikum bei einer Rechtsanwaltskanzlei in Chicago, und Jennie erzählt uns lustige Geschichten aus ihrem letzten Urlaub auf Curaçao. »Gleich neben unserem Hotel war eine Ölplattform. Könnt ihr euch das vorstellen?«, beschwert sie sich, und Leah und ich müssen ihr darin zustimmen, dass selbst ein Salzwasserüberlaufpool – der definitiv sehr cool ist – so etwas Scheußliches wie eine Ölplattform in einem Urlaubsort nicht ausgleichen kann.

Zufällig wendet sich die Unterhaltung danach meinem Leben auf dem Anwesen zu, und ich erzähle ihnen alles von meinen Onlinekursen von Stanford, dem Kunstunterricht, den ich von Monsieur Bernard erteilt bekomme, und meiner wachsenden Freundschaft mit Rosa. »Ich wollte, dass sie heute mitkommt, aber sie konnte nicht«, füge ich hinzu und fühle mich etwas schuldig deswegen. »Meine Eltern kommen zum Abendessen, und Julian hat Rosa gebeten, mit den Vorbereitungen zu helfen.« Als ich das sage, fällt mir auf, wie verzogen ich mich anhöre – und den neidischen Blicken nach zu urteilen, die mir Jennie und Leah zuwerfen, ist es ihnen auch aufgefallen.

»Wow«, sagt Jennie und schüttelt ihren Kopf. »Kein Wunder, dass du mit dem Typen glücklich bist. Er behandelt dich wie eine Prinzessin. Wenn jemand mir Stanford, Angestellte und ein großes Anwesen geben würde, hätte ich auch nichts dagegen, entführt zu werden.«

»Jennie!« Leah blickt sie schockiert an. »Das meinst du nicht ernst.«

»Nein, wahrscheinlich nicht«, stimmt ihr Jennie grinsend zu. »Und trotzdem, Nora, musst du zugeben, dass das Ganze irgendwie cool ist.«

Ich zucke lächelnd mit den Schultern. »Irgendwie cool« ist auch eine Art, es zu beschreiben. Chaotisch und kompliziert eine andere – aber momentan bleibe ich gerne bei Jennies Beschreibung.

»Warte mal, du hast gesagt, dass deine Eltern zum Abendessen kommen?«, fragt Leah, so als habe sie diesen Teil meiner Aussage erst jetzt mitbekommen. »Sie essen mit dir und ihm?«

»Ja«, antworte ich und genieße den Gesichtsausdruck meiner Freundinnen. »Gestern Nacht haben wir bei meinen Eltern gegessen, also kommen sie heute zu uns.« Und als Leah und Jennie mich weiterhin entsetzt anschauen, erkläre ich ihnen, dass Julian ein Haus in Palos Park erstanden hat, damit wir während unseres Aufenthalts an einem sicheren Ort leben könnten.

»Mädchen, ich muss sagen, dass du jetzt in einer völlig anderen Welt lebst«, meint Jennie kopfschüttelnd. »Private Insel, ein Anwesen in Kolumbien und jetzt das …«

»Das ändert nichts an der Tatsache, dass er ein Psychopath ist«, entgegnet Leah und wirft Jennie einen strengen Blick zu, bevor sie sich zu mir umdreht. »Nora, wie kommen deine Eltern mit ihm klar?«

»Sie … kommen klar.« Ich weiß nicht, wie ich diese vorsichtige Akzeptanz von Seiten meiner Eltern anders beschreiben soll. »Natürlich ist es nicht einfach für sie.«

»Das kann ich mir vorstellen«, sagt Jennie. »Deine Eltern sind unglaublich. Meine wären schon lange durchgedreht.«

»Ich glaube nicht, dass durchzudrehen in dieser Angelegenheit hilfreich wäre«, meint Jennie verschmitzt. »Ich bin mir sicher, dass Noras Eltern gerade einfach nur glücklich sind, sie wiederzuhaben.«

Ich will gerade antworten, als ich sehe, wie Jennie und Leah beide aufschauen und auf etwas starren, das sich hinter mir befindet. Instinktiv drehe ich mich mit rasendem Herzen um – und blicke geradewegs in die blauen Augen meines ehemaligen Entführers.

Er steht hinter mir, hat seine Hand locker auf der Lehne meines Stuhls abgelegt, und seine Lippen werden von einem gefährlichen und anziehenden Lächeln umspielt. »Darf ich Ihnen Gesellschaft leisten, meine Damen?«, fragt er amüsiert.

»Julian.« Ich springe erschrocken und mehr als nur ein wenig nervös von meinem Stuhl auf. »Was machst du hier?«

»Mein Meeting war früher zu Ende, also dachte ich mir, dass ich hier vorbeikomme und schaue, ob du schon nach Hause willst«, erwidert er. »Aber wie ich sehe, bist du noch nicht fertig.«

»Ähm, nein. Wir warten noch auf unseren Nachtisch.« Ich werfe einen unsicheren Blick auf Leah und Jennie, die, wie ich sehe, beide Julian anstarren. Leah sieht aus, als sei sie bereit, jederzeit aufzuspringen und wegzurennen, während Jennies Gesichtsausdruck eine Mischung aus Faszination und Ehrfurcht ist.

Scheiße. Das war's dann wohl mit einem normalen Essen unter Freundinnen. Ich wende meine Aufmerksamkeit wieder Julian zu und sage zögernd: »Ich meine, wenn du möchtest, dann könnte ich …«

»Nein, bitte setz dich doch zu uns, wenn du Zeit hast«, fällt mir Jennie, die sich offensichtlich von ihrem Schock erholt hat, ins Wort. »Hier gibt es tollen Käsekuchen.«

»In dem Fall muss ich wohl hierbleiben«, erklärt Julian geschmeidig und nimmt neben mir Platz. »Ich würde Nora niemals so eine Köstlichkeit vorenthalten wollen.« Er lächelt mich an. »Dein Haar sieht toll aus, Baby. Du hattest recht mit den Stufen.«

»Oh.« Als er mich an meinen kleinen Aufstand erinnert, berühre ich mein Haar und fühle die kürzeren Strähnen. Seine Anerkennung ist eine Enttäuschung und gleichzeitig eine Erleichterung. »Danke.«

»Er sieht wirklich gut aus«, meint Leah mit rauer Stimme, und ich sehe, dass ihr Blick weniger panisch ist. Sie räuspert sich und fügt überflüssigerweise hinzu: »Der neue Haarschnitt, meine ich.«

Julians Lächeln verstärkt sich. »Ja. Sie sieht umwerfend aus.«

»Ja, umwerfend«, wiederholt Jennie, nur dass sie Julian dabei anblickt und nicht mich. Sie sieht wie hypnotisiert aus, und ich kann ihr keinen Vorwurf daraus machen. Die Narben auf seinem Gesicht sind fast verschwunden, das Augenimplantat ist von einem echten Auge nicht zu unterscheiden und Julian sieht mit seiner dunklen und beeindruckenden männlichen Schönheit wirklich großartig aus.

Ich habe mich endlich wieder im Griff und sage: »Entschuldigt bitte, ich habe vergessen, euch vorzustellen. Julian – das sind meine Freundinnen Leah und Jennie. Leah, Jennie – das ist Julian, mein Ehemann.«

»Ich freue mich, euch beide kennenzulernen«, sagt Julian gekonnt charmant. »Nora hat mir schon einiges über euch erzählt.«

»Ach?« Leah legt ihre Stirn in Falten. Im Gegensatz zu Jennie scheint sie gegen sein Aussehen immun zu sein. »Was denn?«

»Zum Beispiel, dass ihr beiden seit der Mittelschule Freunde seid«, erwidert Julian. »Oder, dass du Jennie, Noras Verabredung beim Sophomore Homecoming Dance warst.«

Ich blinzele überrascht. Ich hatte es Julian gegenüber irgendwann einmal erwähnt, aber ich hatte nicht erwartet, dass er sich solche Nebensächlichkeiten merkt.

»Oh, wow«, haucht Jennie, die ihre Augen immer noch nicht von Julian gelöst hat. »Ich kann gar nicht glauben, dass sie dir das alles erzählt hat.«

Leahs Mund spannt sich an, und sie winkt den Kellner herbei. »Ein Stück Käsekuchen und die Rechnung bitte«, verlangt sie, als er bei uns ist. »Die Portionen hier sind riesig«, erklärt sie, obwohl niemand Einspruch gegen ihre Bestellung erhoben hat. »Wir können uns eine teilen.«

»In Ordnung«, sage ich. Ich bin überrascht, dass Leah noch für den Käsekuchen bleibt. Ich hätte ihr keinen Vorwurf gemacht, wenn sie sofort aufgestanden und gegangen wäre. Ich weiß, dass sie sich darüber im Klaren ist, was damals mit Jake passierte, und die Tatsache, dass sie gewillt ist, zivilisiert mit Julian umzugehen, spricht Bände über den Stellenwert unserer Freundschaft.

»Und«, fragt Julian, als der Kellner den Tisch verlässt, »wie war euer Essen bis jetzt? Hat Nora euch schon die großartige Neuigkeit erzählt?«

Ich gefriere und bin entsetzt, dass er mich derart bloßstellt. Meinen Freundinnen von dem Baby zu erzählen hatte ich für einen späteren Zeitpunkt geplant – wenn es unvermeidbar sein würde. Nicht heute, wenn ich noch einmal vorgeben kann, eine sorgenfreie Studentin zu sein.

»Was denn für eine großartige Neuigkeit?«, fragt Jennie sofort und beugt sich nach vorn. Ihre Augen sind vor Neugier weit aufgerissen. »Nora hat uns nichts erzählt.«

»Sie hat euch nichts von dem Galeriebesitzer in Paris erzählt?«, Julian wirft mir einen Blick von der Seite zu. »Demjenigen, der ein Angebot für den Kauf ihrer Gemälde unterbreitet hat?«

»Was?«, ruft Leah aus. »Wann ist das denn passiert, Nora?«

»Gestern«, murmele ich, und eine Welle der Erleichterung spült meine Übelkeit weg. »Julian hat mir davon erzählt, aber ich habe das Angebot noch nicht gesehen.«

»Wow, herzlichen Glückwunsch.« Jennie strahlt mich an. »Also wirst du jetzt eine berühmte Künstlerin werden?«

»Ich weiß nicht, ob berühmt ...«, beginne ich, aber Julian unterbricht mich.

»Das ist sie schon«, sagt er bestimmt. »Der Galeriebesitzer hat zehntausend Euro für jedes ihrer fünf Bilder geboten.« Und unter den aufgeregten Ausrufen meiner Freundinnen erklärt er, dass der Galeriebesitzer ein bekannter Kunstsammler ist und dass meine Bilder schon allein durch Monsieur Bernards Verbindungen in Paris bekannt werden.

Wir werden dadurch unterbrochen, dass der Käsekuchen gebracht wird. Leah hatte recht damit gehabt, nur eine Portion zu bestellen; das Stück hat in etwa die Größe meines Kopfes. Der Kellner stellt uns vier kleine Teller hin, und wir teilen den Kuchen auf, während Julian Jennies Fragen über die Pariser Kunstszene und Frankreich generell beantwortet.

»Wow, Nora, du beginnst gerade wirklich ein aufregendes Leben«, meint Jennie und greift nach der Rechnung. »Du sagst uns Bescheid, wenn du deine erste Ausstellung hast, stimmt's?«

»Ich übernehme das«, meint Julian und hält die Rechnung in der Hand, noch bevor Jennie sie berühren kann. Und bevor meine Freundinnen protestieren können, gibt er dem Kellner einen Zweihundert-Dollar-Schein und sagt: »Stimmt so.«

»Danke«, meint Jennie, als der freudig erregte Kellner davoneilt. »Du hättest das nicht tun müssen. Du hattest doch nur ein Stück von dem Käsekuchen, und sonst nichts.«

»Bitte, lass uns unseren Anteil zahlen«, sagt Leah steif, während sie ihr Portemonnaie hervorzieht.

»Bitte, mach dir keine Gedanken. Das ist das Mindeste, was ich für Noras Freundinnen tun kann.« Er steht auf und hält mir seine Handfläche hin. »Bereit, Baby?«

»Ja«, sage ich und lege meine Hand in seine. Meine wenigen Stunden Freiheit sind vorbei, aber irgendwie macht es mir nichts aus. So aufregend der Tag auch gewesen sein mag, ich fühle mich wohl dabei, wieder von Julian vereinnahmt zu werden.

Wieder da zu sein, wo ich hingehöre.

20

Julian

»WARUM BIST DU HIER VORBEIGEKOMMEN?«, FRAGT NORA, NACHDEM wir uns von ihren Freundinnen verabschiedet haben und ins Auto gestiegen sind. »Hattest du Angst, ich könnte wegrennen?«

»Du wärst nicht weit gekommen, wenn du es versucht hättest.« Ich drehe mein Gesicht zu ihr und fahre mit meinen Fingern durch ihre Haare. Es ist vorn ein wenig kürzer, aber immer noch lang und sogar seidiger als vorher.

»Ich hatte nicht vor, wegzulaufen.« Nora runzelt die Stirn. »Ich will nicht vor dir weglaufen. Nicht mehr.«

»Das weiß ich, mein Kätzchen.« Ich zwinge mich, ihr Haar loszulassen, bevor ich einen Fetisch entwickle. »Ansonsten hätte ich dich nicht nach Amerika gelassen.«

»Also, warum bist du vorbeigekommen? Ich wäre sowieso in einer Stunde zu Hause gewesen.«

Ich zucke mit den Schultern, weil ich nicht zugeben möchte, wie sehr ich sie vermisst habe. Meine Abhängigkeit ist völlig außer Kontrolle geraten. Egal was ich mache, ich denke ständig an sie. Im

Moment sind sogar einige Stunden ohne sie kaum auszuhalten, so lächerlich das auch sein mag.

»Ich bin froh, dass Leah nicht völlig ausgerastet ist«, sagt Nora, als ich weiterhin schweige. »Ich dachte schon, sie würde weglaufen oder die Polizei rufen, als sie dich gesehen hat.« Sie blickt kurz nach unten, bevor sie mich erneut anschaut. »Wenn du die große Neuigkeit nicht verkündet hättest, wäre die Situation ziemlich eigenartig gewesen.«

»Wirklich?«, frage ich seidig. »Vielleicht hätte ich ihnen ja die wirklich wichtige Neuigkeit verraten sollen.« Das hatte ich eigentlich auch vorgehabt – sie zu fragen, ob Nora ihnen schon von dem Baby berichtet hat – aber der entsetzte Ausdruck auf ihrem Gesicht hat sie schon verraten, bevor ihre Freundinnen überhaupt etwas sagen konnten.

Nora ergreift meine Hand, und ihre schlanken Finger umfassen meine Handfläche. »Ich bin froh, dass du es nicht getan hast.« Sie drückt meine Hand sanft. »Danke.«

»Warum hast du es ihnen nicht gesagt?«, frage ich und bedecke ihre kleine Hand mit meiner anderen Handfläche. »Sie sind deinen Freundinnen – ich hätte gedacht, dass du ihnen solche Dinge erzählst.«

»Ich werde es ihnen erzählen.« Sie sieht bedrückt aus. »Nur jetzt noch nicht.«

»Hast du Angst, sie werden es verurteilen?« Ich lege meine Stirn in Falten, während ich versuche, sie zu verstehen. »Wir sind verheiratet. Das ist völlig natürlich. Das weißt du, richtig?«

»Sie werden mich verurteilen, Julian.« Ihre weichen Lippen spitzen sich. »Mit zwanzig Jahren werde ich Mutter sein. Mädchen in meinem Alter heiraten nicht und bekommen keine Kinder. Zumindest nicht diejenigen, die ich kenne.«

»Ich verstehe.« Ich betrachte sie nachdenklich. »Was tun sie? Partys? Klubs? Freunde?«

Sie senkt ihren Blick. »Ich bin mir sicher, du denkst, dass das dumm ist.«

Das ist es, aber andererseits auch nicht. Manchmal überrascht es mich immer noch, wie jung sie ist. Wie begrenzt ihre Erfahrungen sind. Ich kann mich nicht daran erinnern, jemals so jung gewesen zu sein. Mit zwanzig stand ich schon an der Spitze der Organisation meines Vaters, hatte den Großteil der Welt gesehen und Dinge getan, die die abgebrühtesten Mafiosi erschaudern lassen würden. Ich habe meine Jugend übersprungen und vergesse immer, dass Nora einen Teil ihrer eigenen noch in sich trägt.

»Ist es das, was du möchtest?«, frage ich, als sie mich wieder anschaut. »Ausgehen? Spaß haben?«

»Nein – ich meine, das wäre schön, aber ich weiß, dass es nicht realistisch ist.« Sie atmet tief ein, und ihre Hand zuckt in meinem Griff. »Es ist in Ordnung, Julian. Wirklich. Ich werde es ihnen bald sagen. Ich wollte nur nicht, dass sich unser gesamtes Gespräch beim Essen darum dreht.«

»Okay.« Ich lasse ihre Hand los, lege meinen Arm um ihre Schultern und ziehe sie näher zu mir heran. »Was auch immer du für das Beste hältst, mein Kätzchen.«

~

ZU MEINER BEFRIEDIGUNG VERLÄUFT DAS ZWEITE ABENDESSEN MIT Noras Eltern problemlos. Nora führt sie im Haus herum, während ich nach meiner Arbeit schaue, und als ich mich zu den anderen geselle, scheinen die Lestons weniger angespannt zu sein als zuvor.

»Wow, seht euch diesen Tisch an«, meint Gabriela, als wir uns alle hinsetzen. »Rosa, hast du das alles zubereitet?«

Rosa nickt und lächelt stolz. »Das habe ich. Ich hoffe, es wird euch schmecken.«

»Ich bin mir sicher, das wird es«, sage ich. Der Tisch ist mit Gerichten von weißem Spargelsalat bis hin zum Arroz con Pollo nach dem traditionellen kolumbianischen Rezept bedeckt. »Danke, Rosa.«

»Ich bin immer noch ganz voll von dem Käsekuchen«, sagt Nora grinsend, »aber ich werde mich bemühen, dieses Mahl ausreichend zu würdigen. Das sieht alles köstlich aus.«

Als wir mit dem Essen beginnen, dreht sich die Unterhaltung um Noras Tag mit ihren Freundinnen und den neuesten Stadtklatsch. Offensichtlich hat einer der geschiedenen Nachbarn von Noras Eltern damit begonnen, sich mit einer Frau zu treffen, die zehn Jahre älter ist als er, während sein Miniaturchihuahua eine Beziehung mit der persischen Katze eines anderen Nachbarn eingegangen ist. »Könnt ihr das glauben?«, fragt Tony Leston grinsend. »Diese Katze wiegt gute zehn Pfund mehr als der Hund.«

Nora und Rosa lachen, während ich die Lestons amüsiert beobachte. Zum ersten Mal verstehe ich, wieso Nora so dringend hierherkommen wollte, warum sie eine Auszeit vom Anwesen brauchte. Das Leben von Noras Eltern – das Leben, das Nora führte, bevor sie mich getroffen hat – ist so anders, als seien wir gerade auf einem anderen Planeten.

Einem Planeten, der von Menschen bewohnt ist, die zum Glück nichts von der wirklichen Welt wissen.

»Was machst du am Samstag, Süße?«, fragt Gabriela und lächelt ihre Tochter warm an. »Hast du schon Pläne?«

Nora sieht überrascht aus. »Samstag? Nein, noch nicht.« Dann werden ihre Augen groß. »Ach, Samstag. Du meinst meinen Geburtstag?«

Ich unterdrücke meine aufsteigende Verärgerung. Ich hatte gehofft, Nora noch einmal überraschen zu können – diesmal allerdings mit einem hoffentlich besseren Ergebnis. Aber gut. Jetzt ist es zu spät. Ich lehne mich in meinem Stuhl zurück und sage: »Wir haben Pläne für den Abend, aber tagsüber steht nichts an.«

»Hervorragend.« Noras Mutter strahlt sie an. »Wie wäre es mit einem Mittagessen bei uns? Ich könnte alle deine Lieblingsgerichte kochen.«

Nora wirft mir einen Blick zu, und ich nicke leicht. »Das machen wir gerne, Mama«, sagt sie.

Gabrielas Lächeln kühlt sich bei dem Wort »wir« ein wenig ab, also beuge ich mich nach vorn und sage zu Nora: »Es tut mir leid, aber ich muss arbeiten, Baby. Warum verbringst du nicht ein wenig Zeit allein mit deinen Eltern?«

»Natürlich.« Nora blinzelt. »In Ordnung.«

Tony und Gabriela sehen überglücklich aus, und ich fahre mit dem Essen fort, ohne ihrer Unterhaltung weiter zuzuhören. So wenig mir der Gedanke gefällt, von Nora getrennt zu sein, so sehr möchte ich, dass sie ein wenig spannungsfreie Zeit mit ihren Eltern verbringt – etwas, was nur ohne meine Anwesenheit möglich ist.

Ich möchte, dass mein Kätzchen an ihrem Geburtstag glücklich ist, egal, was ich dafür tun muss.

~

NACHDEM DIE LESTONS GEGANGEN SIND, GEHT NORA DUSCHEN, UND ich nehme mein Telefon zur Hand, um meine Nachrichten zu lesen.

Überrascht stelle ich fest, dass ich eine E-Mail von Lucas bekommen habe. Sie enthält nur einen Satz.

Yulia Tzakova ist geflüchtet.

Seufzend lege ich mein Telefon weg. Ich weiß, ich sollte wütend werden, aber aus irgendeinem Grund bin ich nur leicht verärgert. Das russische Mädchen wird nicht weit kommen; Lucas wird sie verfolgen und sie zurückbringen, sobald wir zurückkehren. Momentan stelle ich mir seine Wut vor – die Wut, die ich in den knappen Worten der Nachricht spüren kann –, und lache.

Wenn der Flugzeugabsturz nicht so viele meiner Männer getötet hätte, könnte ich fast Mitleid mit dem Mädchen haben.

 ora

»Auge um Auge.« In Majids Augen lodert Hass, als er auf mich zukommt und dabei über Beths verstümmelten Körper steigt. Das Blut, in dem er läuft, ist knöcheltief, und die dunkle Flüssigkeit schwappt in einem bösartigen Wirbel um seine Füße. »Leben um Leben.«

»Nein.« Ich zittere, und die Angst pulsiert in einem übelkeitserregenden Rhythmus in mir. »Das nicht. Bitte, das nicht.«

Es ist aber zu spät. Er ist schon hier und drückt sein Messer gegen meinen Bauch. Er lächelt grausam, schaut hinter mich und sagt: »Der Kopf wird eine schöne Trophäe abgeben – natürlich erst, nachdem ich ein wenig daran herumgeschnitten habe ...«

»Julian!«

Mein Schrei hallt durch den Raum, als ich zitternd vor Terror vom Bett springe.

»Baby, geht es dir gut?« Starke Hände umfassen mich in der Dunkelheit und ziehen mich in eine feste, warme Umarmung. »Schscht ...« Julian beruhigt mich, als ich zu schluchzen beginne und mich mit aller Kraft an ihm festklammere. »Hattest du wieder einen Albtraum?«

Ich kann gerade so leicht nicken.

»Was hast du denn geträumt, mein Kätzchen?« Julian sitzt auf dem Bett, zieht mich auf seinen Schoß und streichelt mein Haar. »Wieder den alten mit mir und Beth?«

Ich vergrabe mein Gesicht an seinem Hals. »So in der Art«, flüstere ich, als ich wieder sprechen kann. »Nur, dass Majid diesmal mich bedroht hat.« Ich schlucke die Galle hinunter, die in meinem Hals aufsteigt. »Das Baby in mir.«

Ich kann spüren, wie sich Julians Muskeln anspannen. »Er ist tot, Nora. Er kann dir nicht mehr wehtun.«

»Ich weiß.« Ich kann nicht aufhören zu weinen. »Glaub mir, das weiß ich.«

Eine von Julians Händen bewegt sich zu meinem Bauch hinunter und erwärmt meine kühle Haut. »Alles wird gut werden«, murmelt er und wiegt mich zärtlich hin und her. »Alles wird gut werden.«

Ich halte mich weiterhin an ihm fest und versuche, mein Schluchzen in den Griff zu bekommen. Ich will ihm so unglaublich gern glauben. Ich will, dass unser Leben so wie in den letzten Wochen ist, und nicht, dass die letzten Wochen die Ausnahme darstellen.

Ich rücke mich auf Julians Schoß zurecht und spüre, wie sich sein erhärtendes Geschlecht in meine Hüfte drückt, was meine Angst aus irgendeinem Grund mindert. Wenn es irgendetwas gibt, dessen ich mir sicher sein kann, dann ist es das verzweifelte, brennende Bedürfnis unserer Körper nacheinander. Und plötzlich weiß ich ganz genau, was ich brauche.

»Lass mich vergessen«, flüstere ich und küsse ihn auf seinen Hals. »Bitte, lass mich vergessen.«

Julians Atem beschleunigt sich, und sein Körper spannt sich auf eine andere Art und Weise an. »Gerne«, murmelt er und dreht sich herum, um mich auf die Matratze zu legen.

Als er in mich eindringt, schlinge ich meine Beine um seine Hüften und lasse meine Albträume durch seine Stöße aus meinem Kopf drängen.

ICH WACHE FREITAGMORGEN ERST SPÄT AUF, UND MEINE AUGEN SIND

von meinem mitternächtlichen Weinen gereizt. Ich zwinge mich dazu, aufzustehen, putze meine Zähne und dusche lange und heiß. Danach fühle ich mich unendlich besser und gehe ins Schlafzimmer zurück, um mich anzuziehen.

»Wie geht es dir, mein Kätzchen?« Julian betritt den Raum, als ich gerade dabei bin, den Reißverschluss meiner Shorts vor dem Spiegel zuzumachen. Er ist schon mit einer dunklen Jeans und einem T-Shirt bekleidet, die ihn mit seinem großen, muskulösen Körper aussehen lassen wie ein GQ-Model.

»Mir geht es gut.« Ich drehe mich um und grinse ihn verlegen an. »Ich weiß nicht, warum ich letzte Nacht diesen Traum hatte. Seit zwei Wochen hatte ich meine Ruhe vor ihnen.«

»Stimmt.« Julian lehnt an der Wand, hat seine Arme verschränkt und schaut mich bohrend an. »Ist gestern irgendetwas passiert? Etwas, was einen Rückfall verursacht haben könnte?«

»Nein«, entgegne ich schnell. Ich möchte auf gar keinen Fall, dass Julian denkt, ich könne nicht einmal ein paar Stunden ohne ihn sein. »Gestern war ein toller Tag. Ich denke, es gibt keinen bestimmten Grund dafür. Vielleicht habe ich zu viel zum Abendbrot gegessen.«

»Aha.« Julian blickt mich an. »Sicher.«

»Mir geht es gut«, wiederhole ich und drehe mich wieder zum Spiegel, um meine Haare zu bürsten. »Es war nur ein dummer Traum.«

Julian erwidert nichts, aber ich weiß, dass ich seine Sorgen nicht zerstreut habe. Während des Frühstücks beobachtet er mich mit Adleraugen, zweifellos, weil er nach Anzeichen einer beginnenden Panikattacke sucht. Ich versuche, mich normal zu verhalten – wobei mir Rosas leichte Gesprächsthemen erheblich helfen –, und nach dem Essen schlage ich einen Spaziergang im Park vor.

»In welchem Park?« Julian runzelt die Stirn.

»Irgendein Park in der Nähe«, sage ich. »Den, den du für den sichersten hältst. Ich möchte nur ein wenig aus dem Haus gehen und frische Luft schnappen.«

Julian schaut einen Moment lang nachdenklich aus; dann nimmt er sein Telefon und beginnt, etwas zu schreiben. »In Ordnung«, meint er. »Gib meinen Männern eine halbe Stunde, um alles vorzubereiten, und dann können wir los.«

»Möchtest du mitkommen, Rosa?«, frage ich, weil ich meine

Freundin nicht schon wieder ausschließen möchte, aber zu meiner Überraschung schüttelt sie mit dem Kopf.

»Nein, ich gehe in die Stadt«, erklärt sie mir. »Señor Esguerra« – sie blickt kurz zu Julian – »hat gesagt, das sei in Ordnung, solange ich einen der Wächter mitnehme. Ich brauche nicht so viele Sicherheitsvorkehrungen wie ihr, also habe ich mir gedacht, ich nutze den Tag, um mir Chicago anzuschauen.« Sie macht eine Pause und schaut mich besorgt an. »Du hast doch nichts dagegen, oder? Ich muss nicht unbedingt gehen …«

»Quatsch, das solltest du unbedingt tun. Chicago ist eine tolle Stadt. Du wirst viel Spaß haben.« Ich lächele sie strahlend an und ignoriere den Neid, der plötzlich in mir aufsteigt. Ich möchte, dass Rosa diese Freiheit hat; es gibt keinen Grund dafür, weshalb sie im Vorort festsitzen sollte.

Es gibt keinen Grund dafür, dass sie genauso ans Haus gebunden ist wie ich.

~

DIE FAHRT ZUM PARK DAUERT NICHT GANZ DREISSIG MINUTEN. ALS WIR ihm uns nähern, erkenne ich, um welchen es sich handelt, und mein Magen zieht sich zusammen.

Ich kenne diesen Park.

Es ist derjenige, in dem ich in jener Nacht, in der Julian mich entführt hat, einen Spaziergang mit Jake gemacht habe.

Die Erinnerungen sind klar und deutlich in meinem Kopf. In einem dunklen Aufblitzen erlebe ich die Angst erneut, Jake bewusstlos auf dem Boden liegen zu sehen, und spüre den grausamen Stich der Nadel auf meiner Haut.

»Geht es dir gut?«, fragt Julian, und ich verstehe, dass ich wohl erblasst bin. Er zieht seine Augenbrauen zusammen. »Nora?«

»Mir geht es gut.« Ich versuche zu lächeln, als das Auto am Straßenrand anhält. »Es ist nichts.«

»Das stimmt nicht.« Seine blauen Augen verengen sich. »Wenn es dir nicht gut geht, fahren wir nach Hause zurück.«

»Nein.« Ich greife nach dem Türgriff und ziehe heftig daran. Die Atmosphäre im Auto ist plötzlich schwer und voller Erinnerungen. »Bitte, ich brauche nur ein wenig frische Luft.«

»In Ordnung.« Julian, der meine Anspannung offensichtlich

bemerkt, gibt dem Fahrer ein Zeichen, und die Türverriegelung öffnet sich. »Du kannst.«

Ich stürze mich aus dem Auto, und das ängstliche Gefühl in meiner Brust verfliegt, sobald ich draußen bin. Ich atme tief durch, und als ich mich umdrehe, sehe ich, wie Julian mit besorgtem Gesicht hinter mir aus dem Auto steigt.

»Warum hast du diesen Park ausgesucht?«, frage ich und versuche meine Stimme ruhig zu halten. »Es gibt auch andere in dieser Gegend.«

Er sieht einen Moment lang überrascht aus, bevor die Besorgnis auf seinem Gesicht von Verständnis abgelöst wird. »Weil ich diesen Ort schon ausgekundschaftet hatte«, sagt er und kommt auf mich zu. Seine Hände umfassen meine Unterarme, während er mich anblickt. »Ist es das, was dich beschäftigt, mein Kätzchen? Meine Wahl des Ortes?«

»Ja, irgendwie schon.« Ich atme erneut tief ein. »Es bringt bestimmte … Erinnerungen zurück.«

»Oh, natürlich.« Plötzlich funkeln Julians Augen amüsiert. »Ich schätze, ich hätte daran denken sollen. Das hier war einfach der Park, der am einfachsten abzusichern war, da ich den ganzen Aufbau von damals schon kannte.«

»Als du mich entführt hast.« Ich blicke ihn an. Manchmal überrascht mich seine fehlende Reue immer noch. »Du hast den Park vor zwei Jahren ausgekundschaftet, um mich zu entführen.«

»Ja.« Ein Lächeln erscheint auf seinen wunderschönen Lippen, als er meine Arme loslässt und zurücktritt. »Fühlst du dich jetzt besser oder sollen wir lieber zurückfahren?«

»Nein, lass uns einen Spaziergang machen«, sage ich, da ich entschieden bin, den Tag zu genießen. »Es geht mir wieder gut.«

Julian nimmt meine Hand, schiebt seine Finger durch meine, und wir betreten den Park. Zu meiner Erleichterung sieht im Tageslicht alles anders aus als an jenem schicksalsträchtigen Abend, und nach kurzer Zeit verschwinden die dunklen Erinnerungen und ziehen sich in die verbotene, verschlossene Ecke meines Gehirns zurück.

Ich möchte, dass sie dort bleiben, also konzentriere ich mich auf den strahlenden Sonnenschein und die warme Frühlingsbrise.

»Ich liebe dieses Wetter«, sage ich zu Julian, als wir an einem Spielplatz vorbeikommen. »Ich bin froh, dass wir rausgegangen sind.«

Er lächelt und hebt meine Hand an, um mir einen Kuss auf meine Knöchel zu geben. »Ich auch, Baby. Ich auch.«

Während wir durch den Park spazieren, fällt mir auf, dass für einen Freitag ungewöhnlich viel los ist. Es gibt ältere Paare, Mütter und Kindermädchen mit ihren Schützlingen sowie eine beträchtliche Anzahl an Menschen in meinem Alter. Ich nehme an, dass sie Studenten sind, die für das lange Wochenende nach Hause gekommen sind. Hier und da sehe ich auch einige Männer, die nach Militär aussehen, aber ihr Bestes geben, um nicht aufzufallen.

Julians Männer. Sie sind hier, um uns zu beschützen, aber ihre Gegenwart ist auch eine Erinnerung daran, dass ich auf gewisse Weise immer noch eine Gefangene bin.

»Wie hast du mich damals gefunden?«, frage ich, als wir uns auf eine Bank setzen. Ich weiß, ich sollte nicht länger über die Vergangenheit nachgrübeln, aber ich kann einfach nicht aufhören, über unsere Anfänge nachzudenken. »Nach unserem ersten Treffen in dem Klub, meine ich.«

Julian dreht sich mit einem unleserlichen Gesichtsausdruck zu mir um. »Ich habe einen meiner Wächter damit beauftragt, dir nach Hause zu folgen.«

»Oh.« So einfach und doch so teuflisch. »Du wusstest schon, dass du mich entführen würdest?«

»Nein.« Er nimmt meine Hände zwischen seine Handflächen. »Diese Entscheidung hatte ich noch nicht getroffen. Ich habe mir eingeredet, nur wissen zu wollen, wer du bist, und sicherstellen zu wollen, dass du gut zu Hause ankommst.«

Ich blicke ihn fasziniert und verstört an. »Also, wann hast du beschlossen, mich mitzunehmen?«

Seine Augen leuchten in einem strahlenden Blau. »Das kam später, als ich nicht aufhören konnte, über dich nachzudenken. Ich bin zu deiner Abschlussfeier gekommen, weil ich mir einredete, dass du unmöglich so sein konntest, wie ich dich in Erinnerung hatte, wie du auf den Bildern aussahst, die der Wächter von dir geschossen hat. Ich habe mir gesagt, dass meine Besessenheit verschwinden würde, wenn ich dich persönlich sehe ... aber offensichtlich stimmte das nicht.« Seine Lippen bekommen einen ironischen Zug. »Es wurde schlimmer. Und es wird immer schlimmer.«

Ich schlucke, kann meinen Blick nicht von der dunklen Intensität seines Ausdrucks abwenden. »Hast du es jemals bereut? Mich auf die Art und Weise zu nehmen, wie du es getan hast?«

»Bereut, dass du mir gehörst?« Er hebt seine Augenbrauen an. »Nein, mein Kätzchen. Warum sollte ich?«

Ja, warum eigentlich? Ich weiß selbst nicht, welche andere Antwort ich erwartet habe. Dass er sich in mich verliebt hat und es bereut, mir so viel Leid zugefügt zu haben? Dass ich ihm mittlerweile so viel bedeute, dass er sehen kann, dass seine Taten falsch waren?

»Ich weiß es nicht«, sage ich leise und ziehe meine Hände aus seinen zurück. »Ich habe es mich nur gerade gefragt, das ist alles.«

Sein Gesichtsausdruck wird ein wenig weicher. »Nora ...«

Ich sehe ihn an, aber bevor er fortfahren kann, werden wir durch Kindergelächter unterbrochen. Ein kleines Mädchen mit blonden Zöpfen wackelt auf uns zu und hält dabei einen großen, grünen Ball fest in ihren pummeligen Händen.

»Fang!«, kreischt sie und wirft Julian den Ball zu. Ich sehe fasziniert dabei zu, wie Julian seinen Arm zur Seite streckt und das ungeschickt geworfene Objekt sicher fängt.

Das Kleinkind lacht erfreut, kommt schneller auf uns zu, und seine kurzen Beine wackeln, während es rennt. Bevor ich etwas sagen kann, ist das kleine Mädchen auch schon bei unserer Bank und greift so selbstverständlich nach Julians Beinen, als seien sie ein Baum.

»Hallo«, sagt sie gedehnt und lächelt Julian mit tiefen Grübchen an. »Kann ich bitte meinen Ball zurückbekommen?« Sie spricht jedes Wort so deutlich aus, dass es selbst ältere Kinder stolz machen würde. »Ich möchte weiterspielen.«

»Hier, bitte.« Julian lächelt sie an und gibt ihr den Ball zurück. »Selbstverständlich kannst du ihn zurückbekommen.«

»Lisette!« Eine besorgt aussehende blonde Frau mit einem geröteten Gesicht kommt auf uns zugerannt. »Da bist du ja. Lass die fremden Leute in Ruhe.« Sie ergreift den Arm des Kindes und schaut uns entschuldigend an. »Es tut mir leid. Sie war schneller weg als ich ...«

»Keine Sorge«, beruhige ich sie grinsend. »Sie ist toll. Wie alt ist sie?«

»Zweieinhalb, aber sie ist viel weiter, als für ihr Alter normal ist«, sagt die Mutter mit sichtlichem Stolz. »Ich weiß nicht, von wem sie das hat; ihr Vater und ich haben gerade mal die Highschool geschafft.«

»Ich kann lesen«, merkt Lisette an und blickt zu Julian. »Und du?«

Julian verlässt die Bank und kniet sich vor dem Mädchen hin. »Ich auch«, sagt er ernsthaft. »Aber nicht jeder kann lesen, also hast du den anderen definitiv etwas voraus.«

Das Kleinkind strahlt ihn an. »Ich kann auch bis hundert zählen.«

»Wirklich?« Julian legt seinen Kopf auf die Seite. »Was kannst du noch alles?«

Als sie sieht, dass uns die Gegenwart des Kindes nicht stört, entspannt sich die blonde Frau sichtlich und lässt den Arm ihrer Tochter los. »Sie kennt den gesamten Text des Liedes aus der Eisprinzessin«, sagt sie und streichelt das Kind über den Kopf. »Und sie kann es singen.«

»Wirklich?«, fragt Julian das kleine Mädchen völlig ernsthaft, und sie nickt enthusiastisch bevor, sie das Lied mit ihrer hohen Kinderstimme singt.

Ich grinse und erwarte, dass Julian sie jeden Moment unterbricht, aber das macht er nicht. Stattdessen hört er ihr aufmerksam zu, und sein Gesichtsausdruck ist bewundernd, ohne gönnerhaft zu sein. Als Lisette das Lied zu Ende gesungen hat, applaudiert er und fragt sie, welches ihre Lieblingsfilme von Disney seien, was zu einem begeisterten Gespräch über Cinderella und die kleine Meerjungfrau führt.

»Es tut mir leid«, entschuldigt sich ihre Mutter erneut bei mir, als Lisette keine Anstalten macht, aufhören zu wollen. »Ich weiß nicht, was heute mit ihr los ist. Normalerweise ist sie bei Fremden nicht so gesprächig.«

»Das ist völlig in Ordnung«, meint Julian und stellt sich mit einer geschmeidigen Bewegung hin, als Lisette eine Pause macht, um Luft zu holen. »Das macht uns nichts aus. Sie haben eine wundervolle Tochter.«

»Haben sie eigene Kinder?«, fragt Lisettes Mutter und lächelt ihn mit dem gleichen begeisterten Gesichtsausdruck an wie ihre Tochter. »Sie können so gut mit ihr umgehen.«

»Nein …« Julians Blick fällt auf meinen Bauch. »Noch nicht.«

»Oh!« Die Frau holt hörbar Luft und lächelt uns strahlend an. »Herzlichen Glückwunsch. Sie beide werden wunderschöne Babys haben, das weiß ich einfach.«

»Danke«, erwidere ich und spüre wie ich erröte. »Wir freuen uns auch schon darauf.«

»So, wir müssen los«, sagt Lisettes Mutter und ergreift erneut den

Arm ihrer Tochter. »Komm, Lisette, Süße, verabschiede dich von dem netten jungen Paar. Es hat noch etwas vor, und wir müssen mittagessen gehen.«

»Auf Wiedersehen.« Das Kleinkind kichert und winkt Julian mit seiner freien Hand zu. »Habt noch einen schönen Tag.«

Lächelnd winkt Julian zurück, bevor er sich mir zudreht. »Mittagessen hört sich nach keiner schlechten Idee an. Was meinst du, mein Kätzchen? Bereit, nach Hause zu gehen?«

»Ja.« Ich trete näher an Julian heran, um mich bei ihm einzuhaken. Meine Brust schmerzt eigenartig. »Lass uns nach Hause gehen.«

Auf unserem Weg zurück lasse ich zum ersten Mal einen kleinen Tagtraum zu. Eine Fantasie, in der Julian und ich eine ganz normale Familie sind. Ich schließe die Augen und stelle mir meinen Entführer so vor, wie er heute im Park war: ein gefährlicher, düsterer, wunderschöner Mann, der neben einem kleinen, frühreifen Mädchen kniet.

Neben unserem Kind kniet.

Einem Kind, nach dem ich mich unglaublich sehne, solange die Fantasie andauert.

Julian

Sonnabendmorgen stehe ich früh auf und gehe in die Küche.
Rosa ist schon da, und nachdem ich mich vergewissert habe, dass sie alles unter Kontrolle hat, gehe ich zurück nach oben zu Nora.

Sie schläft noch, als ich das Schlafzimmer betrete. Ich nähere mich dem Bett und ziehe vorsichtig die Decke von ihr, um sie nicht aufzuwecken. Sie murmelt etwas und rollt sich auf den Rücken, aber ihre Augen bleiben geschlossen. Sie sieht nackt auf dem Bett liegend unglaublich sexy aus, und ich versuche, das harte Geschlecht in meiner Hose zu ignorieren, während ich die Flasche mit dem warmen Massageöl, die ich aus der Küche mitgebracht habe, in die Hand nehme und etwas von der Flüssigkeit auf meine andere Handfläche gieße.

Ich beginne mit ihren Füßen, da ich weiß, wie sehr mein Kätzchen Fußmassagen liebt. Sobald ich ihre Fußsohle berühre, krümmen sich ihre Zehen, und ein schläfriges Stöhnen entweicht ihren Lippen. Ich werde dadurch noch härter, aber widerstehe dem Drang, auf ihr Bett zu steigen und mich in ihrem engen, köstlichen Körper zu vergraben.

Heute Morgen ist alles, was zählt, sie.

Zuerst massiere ich einen Fuß, widme mich jedem einzelnen ihrer Zehen, bevor ich mich dem anderen Fuß zuwende und mich danach über ihre schlanken Waden zu ihren Oberschenkeln vorarbeite. Zu diesem Zeitpunkt schnurrt Nora schon, und ich weiß, dass sie wach ist, auch wenn ihre Augen immer noch geschlossen sind.

»Herzlichen Glückwunsch zum Geburtstag, Baby«, murmele ich und beuge mich über sie, um das Öl auf ihrem glatten, straffen Bauch zu verteilen. »Hast du gut geschlafen?«

»Mmm.« Dieses Geräusch scheint das Einzige zu sein, dessen sie fähig ist, während ich meine Hand zu ihren Brüsten gleiten lasse. Ihre harten Nippel drücken sich in meine Handflächen und flehen mich an, an ihnen zu saugen. Ich kann dieser Verlockung nicht widerstehen, beuge mich nach unten und nehme einen in den Mund, um kräftig an ihm zu saugen. Sie zieht scharf die Luft ein, reißt ihre Augen auf, und ich wende mich der anderen Brust zu, während meine öligen Finger ihren Körper hinunterwandern, um ihre Klitoris zu stimulieren.

»Julian«, stöhnt sie und atmet schneller, als ich zwei Finger in ihren engen, heißen Kanal schiebe und sie in ihr krümme. »Oh mein Gott, Julian!« Ihre Worte enden in einem leisen Schrei, als ihr Körper sich anspannt und ich ihr erlösendes Pulsieren spüren kann.

Als ihre Kontraktionen abebben, ziehe ich meine Finger aus ihrem geschwollenen Fleisch zurück und lasse sie über ihren Brustkorb gleiten. »Drehe dich herum, Baby«, sage ich leise. »Ich bin noch nicht fertig mit dir.«

Sie gehorcht mir, und ich greife wieder nach der Flasche mit dem Massageöl. Ich gieße eine großzügige Menge davon auf meine Hand und massiere es in ihren Nacken, die Arme und den Rücken ein, während ich ihr Stöhnen genieße. Als ich bei den festen Rundungen ihres Pos ankomme, atme ich selbst schwer, und mein Geschlecht fühlt sich in meinen Shorts an, als sei es aus Eisen. Ich steige auf das Bett, öffne ihre Schenkel und beuge mich nach vorn, so dass ich sie mit meinem Körper bedecke.

»Ich will dich nehmen«, flüstere ich in ihr Ohr, und ich weiß, dass sie den harten Druck meiner Erektion an ihrem Hintern spüren kann. »Möchtest du das, Baby? Möchtest du, dass ich dich nehme und du noch einmal kommst?«

Sie erzittert unter mir. »Ja. Bitte, ja.«

Ein dunkles Lächeln erscheint auf meinen Lippen. »Dein Wunsch ist mir Befehl.« Ich öffne den Reißverschluss meiner Hose, ziehe mein Geschlecht heraus und lasse meinen Arm unter ihre Hüften gleiten, um ihren Po ein wenig anzuheben. An einem anderen Tag würde ich das Öl über ihr kleines Poloch gießen und sie dort nehmen, ihr Zögern genießen – aber nicht heute. Heute werde ich ihr nur das geben, was sie möchte.

Ich drücke mein Geschlecht gegen ihren kleinen, feuchten Eingang und stoße langsam zu.

Weiche feuchte Hitze umgibt mich, während ich tiefer in ihren Körper eindringe. Trotz der Lust, die in mir wütet, bewege ich mich langsam, damit sie sich an meine Größe anpassen kann. Als ich vollständig in sie eingedrungen bin, stöhnt sie, zieht sich um mich zusammen, und ich explodiere fast, als ich so zusammengepresst werde und sich meine Hoden eng an meinen Körper drücken.

»Julian …« Sie stöhnt erneut und windet sich unter mir, während ich beginne, sie mit langsamen, kontrollierten Bewegungen zu nehmen. »Julian, bitte lass mich kommen!«

Ihr Flehen gibt mir den Rest, und mit einem tiefen Stöhnen stoße ich härter zu, dringe tief in ihr festes, seidiges Fleisch ein. Ich kann ihre Schreie hören, fühle, wie ihr Körper sich fester um mich anspannt, und als ihr Orgasmus beginnt, explodiere ich mit einem rauen Schrei, schieße meinen Samen in ihr zuckendes Geschlecht.

Danach lege ich mich neben sie und ziehe sie in meine Arme.

»Herzlichen Glückwunsch zu deinem zwanzigsten Geburtstag«, flüstere ich in ihr zerzaustes Haar, und sie lacht leise, aber glücklich.

～

»Julian, das wäre wirklich nicht nötig gewesen«, protestiert Nora, als ich ihr die Kette mit dem zarten Diamantenanhänger um den Hals lege. »Sie ist wunderschön, aber …«

»Aber was?« Ich trete zurück und bewundere im Spiegel, wie die bogenförmigen Steine auf ihrer goldenen Haut aussehen.

Sie wendet sich vom Spiegel ab, um mich mit dunklen und ernsthaften Augen anzusehen. »Du hast den Tag schon durch die Massage und die Pancakes, die Rosa mir zum Frühstück zubereitet hat, zu etwas ganz Besonderem gemacht. Du musst mir kein so teures Geschenk machen. Schon allein deshalb nicht, weil ich nie die Gelegenheit hatte, dir jemals etwas zu deinem Geburtstag zu schenken.«

»Mein Geburtstag ist im November«, erwidere ich amüsiert. »Letzten November wusstest du nicht einmal, dass ich die Explosion überlebt hatte, weshalb du mir überhaupt nichts schenken konntest. Und das Jahr davor …« Ich lächele, als ich mich daran erinnere, wie sehr sie mich die ersten Monate auf der Insel gehasst hat.

»Stimmt.« Noras Blick bleibt unverändert. »Das Jahr davor hatte ich andere Dinge im Kopf.«

Ich lache. »Mit Sicherheit. Wie dem auch sei, mach dir keine Gedanken. Ich feiere meinen Geburtstag nie.«

»Warum nicht?« Sie zieht überrascht ihre Augenbrauen zusammen. »Magst du keine Geburtstage?«

»Meinen eigenen nicht, nein.« Meine Eltern haben ihn regelmäßig vergessen, als ich noch ein Kind war, also habe ich irgendwann auch angefangen, ihn zu vergessen. »Aber das hat nichts mit diesem Geschenk zu tun. Falls du es nicht magst, kannst du es auch umtauschen.«

»Nein.« Nora hält die Kette besitzergreifend fest. »Ich liebe es.«

»In diesem Fall gehört die Kette dir.« Ich gehe auf sie zu und hebe ihr Kinn mit meinen Fingern an, um ihr einen kurzen Kuss zu geben, bevor ich wieder zurücktrete. »Jetzt solltest du dich anziehen. Deine Eltern freuen sich schon auf das Mittagessen mit dir.«

Sie blinzelt, während sie mich anblickt. »Was machen wir heute Abend? Du hast ihnen gesagt, wir hätten etwas vor.«

»Das haben wir auch. Wir gehen in der Stadt essen.« Ich mache eine Pause und schaue sie an. »Außer natürlich, du möchtest etwas anderes machen. Du kannst es dir aussuchen.«

»Wirklich?« Ihr Gesicht beginnt vor Aufregung zu strahlen. »Können wir auch etwas Verrücktes tun?«

»So wie?«

»Können wir nach dem Essen in einen Klub gehen?«

Mein erster Impuls ist es, Nein zu sagen, aber ich schlucke die Worte hinunter. »Warum?«, frage ich stattdessen.

Sie zuckt mit den Schultern und sieht unsicher aus. »Ich weiß nicht. Ich denke einfach, dass es Spaß machen würde. Ich war nicht mehr in einem Klub seit …« Sie verstummt und beißt sich auf ihre Lippe.

»Seit du mich getroffen hast.«

Sie nickt, und ich erinnere mich an das Gespräch, das wir nach dem Essen mit ihren Freundinnen hatten. Nora hatte ein wenig wehmütig geklungen, als sie von Ausgehen und Spaßhaben gesprochen hat, so als habe sie Sehnsucht nach diesen Dingen, von denen sie denkt, dass sie sie niemals wieder erleben wird.

»In welchen Klub möchtest du denn gehen?«, frage ich und kann es gar nicht glauben, dass ich wirklich mit diesem Gedanken spiele.

Noras Augen leuchten. »In irgendeinen Klub«, sagt sie schnell. »Den, den du für den sichersten hältst. Mir ist es egal, wohin wir gehen, solange es Musik gibt und ich tanzen kann.«

»Was ist mit dem Klub, in dem wir uns kennengelernt haben?«, schlage ich zögernd vor. »Meine Männer kennen ihn schon, also wäre es leichter …«

»Ja, perfekt«, unterbricht sie mich und strahlt mich an. »Können wir Rosa mitnehmen? Ich weiß, dass sie es lieben würde.« Mein Gesichtsausdruck muss meine Gedanken widergespiegelt haben, weil sie schnell klarstellt: »Nur in den Klub, nicht ins Restaurant. Ich möchte auch lieber allein mit dir essen.«

Ich seufze. »Natürlich. Einer der Wächter wird sie fahren, und dann können wir uns mit ihr nach dem Essen am Klub treffen.«

Nora quiekt vor Freude und schlingt ihre Arme um meinen Hals. »Danke! Ich kann es gar nicht erwarten. Das wird toll werden.«

Und als sie das Haus verlässt, um zum Mittagessen zu ihren Eltern zu gehen, treffe ich mich mit Lucas, um eine Lösung dafür zu finden, einen beliebten Chicagoer Nachtklub an einem Samstag zu sichern.

~

»WOW, JULIAN, DAS IST FANTASTISCH«, MEINT NORA, ALS WIR DAS EDLE französische Restaurant betreten, das ich für unser Abendessen gewählt habe. »Wie hast du eine Reservierung bekommen? Ich habe gehört, dass man monatelang warten muss …« Dann hält sie inne und rollt mit den Augen. »Oh, lass gut sein. Was frage ich überhaupt? Wenn jemand einen Tisch reservieren kann, dann du.«

Ich lächele darüber, dass sie so aufgeregt ist. »Ich freue mich, dass du es magst. Dann hoffen wir mal, dass das Essen genauso gut ist wie die Einrichtung.«

Der Kellner führt uns zu unserem Tisch, der sich in einer ruhigen Ecke am hinteren Ende des Restaurants befindet. Statt Wein bestelle ich für uns beide Wasser mit Kohlensäure und entscheide mich erst dann für das Degustationsmenü, nachdem ich erklärt habe, was Nora wegen ihrer Schwangerschaft nicht essen kann.

»Sehr gut, mein Herr«, sagt der Kellner, verbeugt sich leicht, und bevor wir damit rechnen, steht der erste Gang schon auf dem Tisch.

Während wir unser Spargelrisotto und die Langustenravioli essen, erzählt mir Nora von ihrem Mittagessen und wie glücklich ihre Eltern darüber waren, ihren Geburtstag mit ihr zu feiern. »Sie haben mir ein neues Pinselset geschenkt«, sagt sie grinsend. »Ich nehme an, dass es bedeutet, dass mein Vater nicht mehr ganz so skeptisch ist, was mein Hobby betrifft.«

»Das ist toll, Baby. Er sollte es auch nicht sein. Du bist unglaublich talentiert.«

»Danke.« Sie lächelt mich glücklich an und greift nach ihrem Wasserglas.

Während wir reden, kann ich einfach nicht von ihr wegschauen. Heute Nacht strahlt sie förmlich und ist schöner, als ich sie jemals gesehen habe. Ihr trägerloses, blaues Kleid ist sexy und elegant – auch wenn es für meinen Seelenfrieden etwas zu kurz ist. Als ich sie vorhin die Treppen hinabsteigen sah, in diesem Kleid und den silberfarbenen Absatzschuhen, musste ich mich beherrschen, sie nicht nach oben zurückzuzerren und sie zu nehmen. Es ist auch nicht besonders hilfreich, dass sie ein Make-up benutzt, das ihre Lippen extra voll und glänzend macht. Jedes Mal, wenn sie ihre Lippen um die Gabel legt, stelle ich mir vor, wie sie an mir saugt, und meine Hose wird unangenehm eng.

»Du hast mir nie erzählt, was du in diesem Klub gemacht hast, als wir uns zum ersten Mal getroffen haben«, meint sie, als wir gerade beim dritten Gang sind. »Warum warst du überhaupt in Chicago? Deine Geschäftspartner sind doch hauptsächlich außerhalb der USA, oder nicht?«

»Ja«, erwidere ich nickend. »Ich war nicht wirklich geschäftlich hier. Einer meiner Bekannten empfahl mir diesen Hedgefonds-Analysten, und ich hatte ein Vorstellungsgespräch mit ihm, da ich persönliche Portfoliomanager gesucht habe.«

»Oh.« Nora reißt die Augen auf. »Ist das der gleiche, mit dem du dich gestern getroffen hast?«

»Ja. Ich mochte das, was ich vor zwei Jahren gesehen habe, also habe ich ihn eingestellt. Danach beschloss ich, auszugehen und mir die Stadt ein wenig anzusehen – und deshalb bin ich in den Klub gegangen.«

»Hast du dir damals keine Gedanken über die Sicherheit gemacht?«

»Ich hatte einige meiner Männer dabei, aber Al-Quadar stellte damals keine große Bedrohung dar, und außerdem musste ich mir keine Sorgen um dich machen.« Bevor ich Nora hatte, war ich nicht so paranoid, was Sicherheit anbelangt. Mein Kätzchen weiß nicht, wie verletzlich ich durch sie geworden bin, hat keine Ahnung wie weit ich gehen würde, um sie zu schützen. Wäre ich mir sicher gewesen, dass Majid sie unverletzt gehen lässt, hätte ich ihm sogar Sprengstoff, und was auch immer er verlangt hätte, gegeben.

Ich hätte alles getan, um sie zurückzubekommen.

»Hattest du vor, diesen Abend mit einer Frau zu beenden?«, fragt Nora und trinkt einen Schluck. Ihr Ton ist leicht aber ihr Blick ist es definitiv nicht.

Ich lächele und freue mich darüber, dass sie eifersüchtig ist. »Vielleicht«, ärgere ich sie. »Das ist für die meisten Männer der Grund dafür, in einen Klub zu gehen. Das Tanzen ist es nicht, das kann ich dir versichern.«

»Also, hattest du es vor?« Sie beugt sich nach vorn, und ihre kleine Hand umklammert fest die Gabel. »Hast du den Klub in Begleitung verlassen, nachdem ich fort war?«

Ich habe Lust, sie noch ein wenig aufzuziehen, aber ich kann nicht so gemein zu ihr sein. »Nein, mein Kätzchen. Ich bin allein in mein Hotelzimmer zurückgekehrt und habe nur an dieses wunderschöne zierliche Mädchen gedacht, das ich getroffen hatte.« Ich habe auch von ihr geträumt. Von ihrem Gesicht, das Marias so ähnlich war … von ihrer seidigen Haut und ihren köstlichen Kurven.

Von den dunklen, perversen Dingen, die ich mit ihr anstellen würde.

»Ich verstehe.« Nora entspannt sich, und ein Lächeln breitet sich auf ihrem Gesicht aus. »Und am nächsten Tag? Bist du wieder ausgegangen?«

»Nein.« Ich nehme mir eine mit Krabben gefüllte Feige. »Ich habe keinen Sinn darin gesehen.« Weil ich wie ein Besessener Stunden damit verbringen musste, mir die Fotos anzuschauen, die meine Wächter von Nora gemacht hatten.

Weil ich schon wusste, dass ich nie wieder eine Frau so sehr wollen würde.

23

ALS WIR DAS RESTAURANT VERLASSEN, FÜHLE ICH MICH WIE IM SIEBTEN Himmel. Unser Essen von heute Nacht war wie ein richtiges Date gewesen, etwas, was wir bis jetzt nie gehabt hatten, und zum ersten Mal seit Monaten bin ich nicht mehr so besorgt über unsere Zukunft.

Wir werden niemals »normal« sein, aber das bedeutet nicht, dass wir nicht glücklich sein können.

Als wir zu dem Klub fahren, lasse ich wieder einen Tagtraum zu, über Julian und mich als Familie. Jetzt fühlt er sich echter an, realistischer. Zum ersten Mal kann ich mir vorstellen wie wir unser Kind zusammen aufziehen. Es würde nicht leicht werden, und wir wären immer von Sicherheitspersonal umgeben, aber wir könnten es hinbekommen. Wir könnten es schaffen. Wir würden den Großteil unserer Zeit auf dem Anwesen verbringen, aber wir würden auch reisen. Wir würden meine Eltern und meine Freunde besuchen und nach Europa und Asien fliegen. Ich würde eine erfolgreiche Künstlerin sein, und Julians Geschäfte würden im Hintergrund unseres Lebens ablaufen, anstatt unser Lebensmittelpunkt zu sein.

Es wäre nicht das Leben, von dem ich geträumt habe, als ich jünger war, aber trotzdem ein gutes Leben.

Wegen des dichten Verkehrs in der Innenstadt brauchen wir eine halbe Stunde, um zum Klub zu gelangen. Als wir aus dem Auto steigen, wartet Rosa bereits auf uns. Sobald sie mich erblickt, fängt sie an zu grinsen und rennt auf unser Auto zu.

»Nora, du siehst umwerfend aus«, ruft sie aus, bevor sie sich zu Julian umdreht. »Und Sie auch, Señor.« Sie lächelt ihn strahlend an. »Vielen Dank dafür, dass ich heute Abend mitkommen darf. Ich habe schon immer davon geträumt, in einen amerikanischen Nachtklub zu gehen.«

»Ich freue mich, dass du kommen konntest«, erwidere ich lächelnd. »Du siehst umwerfend aus.« Und das sieht sie auch. In den sexy roten High Heels und dem gelben Kleid, das ihre Kurven betont, sieht sie so heiß aus, dass sie ein Pin-up-Girl sein könnte.

»Findest du wirklich?«, fragt sie erfreut. »Ich habe das Kleid am Donnerstag gekauft, als ich mir die Stadt angesehen habe. Ich habe mir Sorgen gemacht, es könnte übertrieben sein.«

»Überhaupt nicht«, sage ich entschieden. »Du siehst phänomenal aus. Und jetzt komm, lass uns tanzen gehen.« Ich umfasse ihren Arm und führe sie zum Eingang des Klubs, während Julian uns mit einem amüsierten Gesichtsausdruck folgt.

Obwohl der Klub in einem älteren, heruntergekommeneren Teil Chicagos liegt, ist die Schlange vor der Tür lang. Dieser Ort muss jetzt sogar noch beliebter sein als vor zwei Jahren. Als wir an der Schlange vorbeigehen, ziehen Rosa und ich die Blicke der Männer auf uns, während die Frauen Julian anstarren. Ich mache den Frauen keinen Vorwurf daraus, auch wenn der dunkle Teil von mir ihnen die Augen auskratzen möchte. Mein Ehemann, der heute Nacht ein eng anliegendes Sakko und dunkle Designer-Jeans trägt, sieht unglaublich attraktiv aus, wie ein Filmstar, der von einer Filmpremiere kommt. Natürlich verstecken Filmstars normalerweise keine Waffen und Messer unter ihren stylischen Sakkos, aber ich versuche, nicht darüber nachzudenken.

Nach einem Wort von Julian zu dem Türsteher sind wir drin, ohne uns angestellt zu haben. Niemand möchte unsere Ausweise sehen, nicht einmal an der Bar, als Julian Rosa ein Getränk kauft. Ich frage mich, ob Julians Männer schon das Management des Klubs vorgewarnt haben.

Wie dem auch sei, es ist sehr angenehm.

Es ist erst zehn Uhr, aber trotzdem ist die Stimmung im Klub schon angeheizt, und die neuesten Pop- und Rock-Hits dröhnen aus den Lautsprechern. Auch wenn ich keinen Alkohol getrunken habe, fühle ich mich vor Aufregung wie betrunken. Lachend ergreife ich Rosa und Julian und ziehe sie beide auf die Tanzfläche, auf der sich bereits Menschenmassen aneinanderreiben.

Als wir in der Mitte der Tanzfläche ankommen, dreht Julian mich herum, zieht mich an sich heran und umfasst mich von hinten, während wir beginnen, uns zur Musik zu bewegen. Ich verstehe sofort, was er tut. So wie er mich hält, bin ich Rosa zugedreht, und wir drei tanzen quasi zusammen, obwohl Julians Körper mich umgibt. Niemand kann mich berühren, weder gewollt noch ungewollt, zumindest nicht, ohne zuerst auf ihn zu treffen.

Selbst mitten auf einer vollen Tanzfläche gehöre ich einzig und allein ihm.

Rosa grinst, da sie ganz offensichtlich Julians Strategie durchschaut. Sie ist noch aufgeregter als ich, und ihre Augen funkeln, während sie ihren Körper zum neuesten Song von Lady Gaga bewegt. Es dauert nicht lange, bis eine Gruppe gutaussehender junger Männer sich Rosa tanzend nähert, und ich sehe grinsend dabei zu, wie sie beginnt, mit ihnen zu flirten und langsam immer weiter von Julian abrückt.

Sobald sie mit ihnen beschäftigt ist, dreht Julian mich herum, damit ich ihn anschauen kann. »Wie fühlst du dich, Baby?«, fragt er, und seine tiefe Stimme übertönt die Musik. Die farbigen Lichter flackern über sein Gesicht, und er sieht überirdisch gut aus. »Bist du müde? Ist dir schlecht?«

»Nein.« Ich lächele und schüttele vehement den Kopf. »Mir geht es hervorragend. Besser als hervorragend sogar.«

»So siehst du auch aus«, murmelt er, zieht mich näher an sich heran, und ich erröte, als ich die harte Ausbeulung in seiner Hose spüre. Er will mich, und mein Körper reagiert augenblicklich, mein Innerstes pulsiert im Takt der Musik. Wir sind umgeben von Menschen, aber sie scheinen alle zu verschwinden, während wir einander anblicken und sich unsere Körper in einem primitiven, sexuellen Rhythmus bewegen. Meine Brüste schwellen an, und meine Nippel stellen sich auf, als ich meinen Oberkörper gegen seinen drücke und selbst durch meine Bekleidung die Hitze spüren kann, die sein großer Körper abgibt ... die gleiche Hitze, die sich in mir aufbaut.

»Scheiße, Baby«, haucht er, während er mich anstarrt. Seine Hüfte bewegt sich nach hinten und vorn, während wir tanzen, wegen der Musik und unseres Verlangens nacheinander. »Du kannst dieses Kleid nicht mehr tragen.«

»Das Kleid?« Ich blicke ihn an, und mein Körper brennt. »Du denkst, es ist das Kleid?«

Er schließt seine Augen und atmet tief durch bevor er sie wieder öffnet, um mich anzuschauen. »Nein«, sagt er rau. »Es ist nicht das Kleid, Nora. Du bist es. Verdammt nochmal, du bist es immer.«

Ich erwarte fast, dass er mich fortschleift, aber das tut er nicht. Stattdessen lässt er mich los, um Abstand zwischen uns zu schaffen. Ich kann immer noch seinen Körper an meinem spüren, aber die rohe Sexualität des Moments ist schwächer, erlaubt mir, zu Atem zu kommen. Wir tanzen einige weitere Songs mit diesem Abstand, und dann habe ich Durst.

»Könnte ich bitte erstmal etwas trinken?«, frage ich laut, um trotz der Musik verstanden zu werden, und Julian nickt, bevor er mich zur Bar führt. Als wir an Rosa vorbeikommen, tanzt sie immer noch mit den beiden Männern und scheint sich sehr wohl zwischen ihnen zu fühlen. Ich zwinkere ihr zu und halte die Daumen dezent nach oben, bevor wir die tanzende und wogende Masse hinter uns lassen.

Julian bestellt mir ein Glas Wasser mit Eis, und ich kippe es hinunter, da ich mich wie ausgetrocknet fühle. Er lächelt mich an, während ich trinke, und ich weiß, dass er sich auch daran erinnert – an unser erstes Treffen an genau dieser Bar.

Als wir zur Tanzfläche zurückgehen, sehe ich, wie Rosa nach hinten verschwindet, dorthin, wo sich die Toiletten befinden. Sie winkt mir grinsend zu, und ich winke zurück, bevor ich mich Julian zuwende.

»Lass uns noch ein bisschen tanzen«, sage ich, ergreife seine Hand, und wir stürzen uns wieder in die tanzende Menge, als ein neuer Song beginnt.

Einige Minuten später fühle ich sie – meine übervolle Blase.

»Ich muss mal meine Nase pudern«, erkläre ich Julian, und er grinst, während er mich sofort von der Tanzfläche führt. Wir gehen zusammen bis zum hinteren Ende des Klubs, und ich stelle mich in die Schlange vor der Damentoilette, während Julian sich gegen die

Wand lehnt und mir dabei zusieht, wie ich langsam in dem dunklen, gebogenen Gang verschwinde, der zur Toilette führt. Ich frage mich, ob er mich auch hier überwachen wird, und muss mir das Lachen verkneifen, als ich mir vorstelle, dass er besorgt genug ist, um mich auf die Damentoilette zu begleiten.

Zum Glück macht er es nicht. Stattdessen bleibt er mit vor der Brust verschränkten Armen am Eingang stehen.

Die Schlange ist lang, weshalb ich fast fünfzehn Minuten brauche, um bei meinem Ziel anzukommen. Als ich endlich an der Reihe bin, trete ich in den kleinen Raum mit den drei abgetrennten Zellen und verrichte mein Geschäft. Erst als ich meine Hände wasche fällt mir auf, dass Rosa in diese Richtung verschwunden ist und ich sie seitdem nicht mehr gesehen habe.

Ich nehme mein Handy aus meiner winzigen Tasche und schreibe Julian: *Ist Rosa bei dir vorbeigekommen? Hast du sie irgendwo gesehen?*

Da ich nicht sofort eine Antwort bekomme, trete ich aus der Kabine, um zurückzugehen, als ich im Augenwinkel etwas Rotes einige Zentimeter von mir entfernt aufblitzen sehe. Ich runzele die Stirn, folge dem gewundenen Flur an den Toiletten vorbei, und dann sehe ich was es ist.

Auf dem Boden liegt ein roter Absatzschuh.

Mein Herz setzt einen Schlag aus.

Ich beuge mich nach unten, hebe ihn hoch, und eine Kältewelle läuft mir den Rücken hinunter.

Jetzt habe ich keine Zweifel mehr. Es ist Rosas Schuh.

Mein Puls wird schneller, ich richte mich auf und schaue mich um, aber ich kann sie nirgendwo entdecken. Durch die Krümmung des Flurs ist jetzt selbst die Schlange vor den Toiletten nicht mehr zu sehen.

Ich lasse den Schuh fallen und nehme erneut mein Handy zur Hand. Ich habe eine Antwort von Julian: *Nein, ich habe sie nicht gesehen.*

Ich beginne, eine Antwort zu schreiben, als sich plötzlich eine Tür öffnet, die ich vorher nicht gesehen hatte.

Ein kleiner, dürrer Kerl tritt heraus, schließt die Tür hinter sich und lehnt sich gegen den Rahmen.

Er ist jung, bemerke ich, als ich ihn mir näher anschaue. Eher wie ein Junge im Teenageralter, dessen blasses, sommersprossiges Gesicht noch keine Spuren eines Bartes aufweist. Seine Haltung ist lässig, aber irgendetwas in der Art, wie er mich anschaut, lässt mich innehalten.

»Entschuldige bitte.« Ich nähere mich ihm vorsichtig, und ein Schwall von Alkohol- und Zigarettengestank trifft mich. »Hast du meine Freundin gesehen? Sie trägt ein gelbes Kleid …«

Er spuckt vor mir auf den Boden. »Sieh zu, dass du Land gewinnst, Schlampe.«

Ich bin so schockiert, dass ich einen Schritt zurücktrete. Dann steigt Wut gemischt mit Adrenalin in mir auf. »Wie bitte?« Meine Hände formen sich zu Fäusten. »Wie hast du mich gerade genannt?«

Die Haltung des Teenagers verändert sich, wird kampfeslustiger. »Ich habe gesagt …«

Und in diesem Moment höre ich etwas.

Eine Frau schreit hinter der Tür, bevor etwas umfällt.

Mein Adrenalinspiegel steigt sprunghaft an. Ohne nachzudenken, trete ich nach vorn und schwinge meine rechte Faust nach oben, genauso wie ich es von Julian gelernt habe. Die Stoßkraft meiner Bewegung verstärkt die Kraft des Schlages, und der Kerl schnappt nach Luft, als ich auf seinem Solarplexus aufkomme. Er krümmt sich nach vorn, und in diesem Moment trifft mein Knie auf seine intimsten Bereiche.

Mit einem hohen Schrei fällt er vornüber, umklammert seinen Schoß, und ich ergreife seinen Nacken, während ich den Schwung meiner Bewegung nutze, um ihn nach vorn zu ziehen und gleichzeitig mit meinem rechten Fuß auszuholen.

Das funktioniert noch besser als während des Trainings.

Er fällt mit seinen Armen rudernd nach vorn, und sein Kopf stößt gegen die Mauer auf der gegenüberliegenden Seite des Ganges. Danach gleitet er bewegungslos zu Boden und bleibt, ohne sich zu rühren, vor mir liegen.

Zitternd starre ich ihn an. Ich kann gar nicht glauben, dass ich das gerade getan habe.

Ich kann nicht glauben, einen Mann im Kampf besiegt zu haben – obwohl der »Mann« ein betrunkener Teenager gewesen ist.

Ein weiterer Schrei reißt mich aus meinem Nebel.

Jetzt erkenne ich die Stimme, und eine frische Adrenalinwelle lässt meinen Herzschlag ins Unermessliche ansteigen. Ich reagiere rein instinktiv, springe über den bewegungslosen Körper des jungen Mannes und drücke die Tür auf.

Der Raum dahinter ist lang und schmal, mit einer weiteren Tür am anderen Ende. Vor dieser Tür ist ein schmutziges Sofa – und auf dem

Sofa ist meine Freundin, die sich schluchzend gegen einen Mann wehrt, der auf ihr liegt.

Eine Sekunde lang stehe ich da wie eingefroren, ohne zu reagieren, bis ich die roten Flecken auf Rosas zerrissenem, gelben Kleid sehe.

Eine heiße, dunkle Wut steigt in mir hoch, und alle Vorsicht verfliegt.

»Lass sie los!«, schreie ich und renne in den Raum. Erschrocken lässt der Kerl von Rosa ab, bevor er wieder zu sich kommt und sie an ihren Haaren von dem Sofa zerrt.

»Nora!«, schreit Rosa hysterisch und zeigt auf etwas hinter mir.

Erschrocken drehe ich mich herum, doch es ist bereits zu spät.

Ein zweiter Mann ist bereits bei mir, und seine Hand kommt auf mein Gesicht zugeschossen.

Der Schlag lässt mich gegen die Wand knallen, und der Aufprall erschüttert meine Wirbelsäule.

Benebelt gehe ich zu Boden, und durch das Klingeln in meinen Ohren höre ich, wie ein Mann sagt: »Du kannst die ficken, wenn du willst. Ich werde diese hier im Auto nehmen.«

Und als raue Hände beginnen, an meinem Kleid zu reißen, sehe ich, wie Rosa von ihrem Angreifer zu der Tür am Ende des Raumes gezerrt wird.

24

 *Julian*

GELANGWEILT LÖSE ICH MICH VON DER WAND UND SCHAUE IN DEN
Gang. Nora ist schon am Anfang der Schlange, weshalb ich mich
wieder anlehne und mich darauf vorbereite noch ein wenig zu
warten. Ich behalte außerdem im Hinterkopf, nie wieder in diesen
Klub zu kommen. Diese Schlangen scheinen hier normal zu sein, und
ich finde es nicht normal, dass sie keine größere Toilettenanlage für
Frauen haben.

Ich nehme mein Handy zur Hand und schaue zum dritten Mal
nach meinen E-Mails. Wie ich erwartet hatte, ist in den drei Minuten,
die ich nicht nachgeschaut habe, nicht viel passiert, weshalb ich das
Telefon wieder wegpacke und zur Bar gehe, um etwas zu trinken. Ich
habe die ganze Nacht keinen Alkohol zu mir genommen, um meine
Reflexe im Fall einer Gefahr nicht zu beeinträchtigen, aber ein Bier
sollte keine Auswirkungen haben.

Trotzdem entscheide ich mich letztendlich dagegen. Auch wenn
ich meine Wächter im ganzen Klub verteilt habe, fühle ich mich nicht
wohl dabei, Nora für mehr als einige Minuten nicht im Blick zu

712

haben. Ich hätte mich auch mit ihr in der Schlange angestellt, aber der enge, gewundene Gang lässt kaum genug Platz für die Frauen, die dort anstehen, und die wenigen Männer, die sich ab und an vorbeidrängen.

Also warte ich und beobachte währenddessen die tanzende Menschenmenge. Durch diese ganzen Körper, die sich gegeneinanderreiben, ist die Atmosphäre voller sexueller Spannung, aber die flackernden Lichter und der pulsierende Rhythmus sprechen mich nicht an. Ohne Nora in meinem Arm könnte ich gerade genauso gut an einer Straßenecke stehen und dem Gras beim Wachsen zusehen.

Mein Telefon vibriert in meiner Hosentasche und reißt mich damit aus meinen Gedanken. Ich ziehe es hervor, schaue auf Noras Nachricht und runzele meine Stirn.

Ist Rosa bei dir vorbeigekommen? Hast du sie irgendwo gesehen?

Ich trete wieder einen Schritt nach vorn und schaue in den Gang. Ich sehe weder Rosa noch Nora, aber das Mädchen, das in der Schlange hinter Nora stand, wartet immer noch.

Ich bin froh, dass Nora endlich hineingegangen sein muss und drehe mich herum, um in der tanzenden Menge nach einem gelben Kleid Ausschau zu halten. In dem schummerigen Licht und bei den vielen Menschen kann ich kaum etwas sehen, aber Rosas Kleid sollte leuchtend genug sein, um sie erkennen zu können.

Trotzdem sehe ich nichts. Weder an der Bar noch auf der Tanzfläche.

Langsam bekomme ich ein ungutes Gefühl und schiebe mich durch die Tänzer, um von der anderen Seite der Bar aus erneut zu schauen.

Nichts. Nirgendwo ein gelbes Kleid.

Mein ungutes Gefühl verwandelt sich in höchste Alarmbereitschaft. Ich nehme mein Telefon erneut zur Hand und überprüfe, wo sich Noras Tracker befinden.

Sie sind in der Toilette oder zumindest dicht daneben.

Das beruhigt mich leicht, und ich schreibe Lucas, einige Männer zu alarmieren, bevor ich Nora meine Antwort schicke und mich wieder auf den Weg zu den Toiletten mache. Vielleicht bin ich paranoid, aber ich muss Nora an meiner Seite haben. Jetzt sofort. Meine Instinkte schreien mich an, dass etwas nicht stimmt, und ich werde mich nicht entspannen, bis ich sie wohlbehalten und sicher bei mir habe.

Als ich den Flur betrete, sehe ich, dass die Schlange vor der Damentoilette jetzt sogar noch länger ist und man sich selbst vor der Herrentoilette anstellen muss. Der enge Flur ist völlig verstopft, weshalb ich die Menschen zur Seite schiebe, ohne auf ihre aufgebrachten Proteste zu hören.

Nora ist nicht in der Schlange, obwohl die Tracker anzeigen, dass sie hier in der Nähe sein muss. Auf der Damentoilette ist sie auch nicht, bemerke ich, als ich daran vorbeigehe. Laut meiner Tracking-App befindet sie sich etwa zehn Meter vor mir auf der linken Seite des gebogenen Ganges. An dieser Stelle habe ich die wartenden Menschen schon hinter mir gelassen und beschleunige meine Schritte, da ich immer besorgter werde.

Eine Sekunde später sehe ich es.

Auf dem Boden neben einer geschlossenen Tür liegt ein bewegungsloser Mann.

Mein Blut gefriert, und ich kann scharfe, beißende Angst schmecken. Wenn jemand Nora genommen hat, ihr irgendetwas angetan hat …

Nein. Ich kann mich solchen Gedanken nicht hingeben, nicht, wenn sie mich braucht.

Eine eisige Ruhe überkommt mich und schaltet die Angstgefühle aus. Ich hocke mich hin, um mein Messer aus meinem Knöchelholster zu ziehen, und schiebe es in meine Gürtelschnalle, damit ich es schnell zur Hand nehmen kann. Danach stelle ich mich wieder hin, ziehe meinen Revolver und mache einen Schritt über den bewegungslosen Körper, ohne auf das Blut zu achten, das aus der Stirn des Mannes läuft.

Die App zeigt an, dass Nora sich nur wenige Zentimeter links von mir befindet – was bedeutet, dass sie hinter der Tür sein muss.

Ich atme tief ein, drücke die Tür auf und betrete den Raum.

Sofort zieht ein unterdrücktes Schluchzen meine Aufmerksamkeit auf sich. Ich drehe mich schnell herum, sehe zwei Personen, die an der Wand kämpfen … und meine Ruhe ist wie weggeblasen.

Nora – meine Nora – kämpft mit einem Mann, der zweimal so groß ist wie sie. Er ist auf ihr, eine seiner Hände liegt auf ihrem Mund, um ihre Schreie zu dämpfen, und die andere reißt an ihrem

Kleid. Ihre Augen sind wild und wütend, und ihre zu Krallen gebogenen Finger kratzen sein Gesicht und seinen Hals blutig.

Ein roter Nebel hüllt mich ein, eine Wut, die gewalttätiger ist als jemals zuvor.

Mit einem Satz bin ich auf ihnen und zerre den Mann von Nora herunter. Ich schieße nicht – das wäre zu risikoreich mit ihr in der Nähe –, aber ich habe das Messer bereits in der Hand, als ich ihn auf den Boden drücke und mein linker Unterarm seine Kehle eindrückt. Er versucht nach Luft zu schnappen, und seine Augen treten hervor, als ich das Messer erhebe und es ihm immer wieder in die Seite steche. Heißes Blut spritzt über mich, und ich rieche seine Panik, sein Bewusstsein über den bevorstehenden Tod. Seine Hand schlägt auf mich ein, aber ich spüre nichts. Stattdessen betrachte ich seine Augen, während ich immer weiter auf ihn einsteche und seinen Todeskampf genieße.

»Julian!« Noras Schrei reißt mich aus meinem Blutrausch, und ich lasse den zuckenden Körper ihres Angreifers auf dem Boden zurück, als ich aufspringe.

Sie zittert, Mascara und Tränen laufen ihr Gesicht hinunter, während sie versucht, aufzustehen, und sich dafür an der Wand festhält.

Scheiße. Mir wird vor Angst ganz schlecht. Ich eile zu ihr und ziehe sie an mich, um sie auf mögliche Verletzungen abzutasten. Nichts fühlt sich an, als sei es gebrochen, aber ihre Unterlippe ist aufgeplatzt und dick, und ihr Kleid hat einen kleinen Riss am Oberteil. Und das Baby – darüber kann ich jetzt nicht nachdenken.

»Baby, bist du verletzt?« Ich erkenne meine Stimme kaum wieder. »Hat er dich verletzt?«

Sie schüttelt den Kopf mit einem unverändert wilden Blick. »Nein!« Sie windet sich aus meinem Arm und stößt mich mit erstaunlicher Kraft von sich. »Lass mich los. Wir müssen ihr folgen!«

»Was? Wem?« Überrascht trete ich nach hinten, ohne allerdings ihren Arm loszulassen, da ich nicht möchte, dass sie fällt.

»Rosa! Er hat sie, Julian! Er hat sie ergriffen und sie dort hinausgeschleift.« Nora deutet mit ihrer freien Hand auf die Hintertür. »Wir müssen ihr folgen!« Sie klingt hysterisch.

»Ein anderer Mann hat sie mitgenommen?«

»Ja! Er hat gesagt …« Ein Schluchzen unterbricht den Satz. »Er hat gesagt, er würde mit ihr im Auto weitermachen. Es waren zwei Männer hier, und einer hat Rosa mitgenommen!«

Ich blicke sie an, und eine riesige Wut baut sich in mir auf. Ich stehe Rosa zwar nicht besonders nahe, aber ich mag das Mädchen und sie steht unter meinem Schutz. Der Gedanke, dass jemand es gewagt hat, das zu tun, sie und Nora auf diese Art zu überfallen …

»Beeil dich!«, fleht mich Nora an und zieht frenetisch an dem Arm, mit dem ich sie halte, um mich zur Tür zu ziehen. »Komm schon, Julian, wir müssen uns beeilen! Er hat sie gerade erst aus der Tür gezerrt, also könnten wir sie noch einholen!«

Scheiße. Ich knirsche mit den Zähnen, und jeder Muskel in meinem Körper vibriert vor Anspannung. Ich bin niemals in meinem Leben so zerrissen gewesen. Nora ist verletzt, und alles in mir schreit, dass sie meine erste Priorität ist, dass ich sie ergreifen und sie so schnell wie möglich in Sicherheit bringen sollte. Aber sie hat recht mit dem, was sie sagt. Die einzige Möglichkeit, Rosa zu retten, ist, sofort zu reagieren – aber meine Männer benötigen auf jeden Fall einige Minuten, bis sie hier sind.

»Bitte, Julian!«, bettelt Nora, und die Panik in ihren Augen nimmt mir meine Entscheidung ab.

»Bleib hier.« Meine Stimme ist kalt und scharf, als ich ihren Arm loslasse und zurücktrete. »Beweg dich nicht.«

»Ich komme mit dir …«

»Auf gar keinen Fall.« Ich ziehe meine Waffe hervor und lege sie in ihre Hände. »Warte hier auf mich und erschieße jeden, den du nicht kennst.«

Und noch bevor sie widersprechen kann, schreibe ich Lucas eine Nachricht, um ihm die Situation zu erklären, während ich gleichzeitig auf die Hintertür zueile.

25

Sobald Julian durch die Tür verschwunden ist, sinke ich zu Boden und umklammere die Waffe, die er mir gegeben hat. Meine Beine zittern, in meinem Kopf dreht sich alles und Übelkeitswellen überkommen mich. Ich fühle mich, als hinge mein gesunder Verstand an einem seidenen Faden. Einzig das Wissen, dass Julian gerade auf dem Weg ist, um Rosa zu retten, hält mich davon ab, wieder komplett hysterisch zu werden. Ich hole zitternd Luft und wische mir mit meinem Handrücken die Tränen aus dem Gesicht, bevor ich beim Herunternehmen des Arms etwas Rotes bemerke.

Blut.

Ich habe Blut an mir.

Ich betrachte es angewidert und gleichzeitig fasziniert. Es muss von dem Mann sein, den Julian getötet hat. Julian war von oben bis unten blutbeschmiert, als er mich angefasst hat, und jetzt habe ich sie überall, rote Abdrücke auf Armen und Brust, die einem meiner Gemälde ähneln. Dieser Vergleich beruhigt mich eigenartigerweise ein wenig. Ich atme erneut ein und schaue auf, um den toten Mann, der einige Zentimeter von mir entfernt liegt, zu betrachten.

Da er mich jetzt nicht mehr angreift, erkenne ich bestürzt, dass ich ihn kenne. Er ist einer der beiden jungen Männer die mit Rosa getanzt haben. Bedeutet das, dass der andere Angreifer der zweite von ihnen ist? Ich runzele die Stirn, als ich versuche, mich an das Gesicht des anderen Mannes zu erinnern, aber ich habe nur ein verschwommenes Bild von ihm. Ich kann mich auch nicht daran erinnern, jemals den Teenager gesehen zu haben der den Eingang zu diesem Raum bewachte. Gehörte er zu Rosas Tanzpartnern? Und falls ja, warum? Das ergibt alles keinen Sinn. Selbst wenn die drei Serienvergewaltiger wären, wieso dachten sie, sie könnten mit einem solchen brutalen Überfall in einem Klub durchkommen?

Natürlich ist die Motivation des toten Mannes nicht mehr wichtig. Ich weiß, dass er tot ist, weil sein Körper nicht mehr zuckt. Seine Augen sind geöffnet, sein Mund ist entspannt, und Blut läuft an seiner Wange herunter. Er stinkt auch nach Tod – nach Blut, Fäkalien und Angst. Als ich diese Gerüche wahrnehme, entferne ich mich von ihm, krieche näher an das Sofa heran.

Noch ein Mann, der vor meinen Augen getötet wurde. Ich warte auf Entsetzen und Ekel, aber diese Gefühle stellen sich nicht ein. Stattdessen fühle ich eine Art boshafte Freude. Wie auf einer Kinoleinwand sehe ich Julians Messer nach oben und unten schwingen, immer wieder in die Seite des Mannes eindringen, und alles, was ich denken kann, ist, dass ich froh bin, dass er tot ist.

Ich bin froh, dass Julian ihn erstochen hat.

Es ist eigenartig, aber dieses Mal stört mich die Abwesenheit von Mitgefühl nicht. Ich kann immer noch die Hände dieses Mannes auf meinem Körper spüren, seine Nägel, die meine Haut zerkratzten, als er an meinem Kleid riss. Er hatte es geschafft, mich auf den Boden zu drücken, während ich von seinem Schlag benebelt war, und auch wenn ich mich so gut wie möglich gewehrt habe, wusste ich, dass ich verlieren würde. Wenn Julian nicht gekommen wäre, als er es tat …

Nein. Ich unterbreche diesen Gedanken. Julian ist hierhergekommen, also muss ich nicht über den schlimmsten Fall nachdenken. Alles in allem bin ich mit dem kleinstmöglichen Schaden davongekommen. Meine aufgeplatzte Lippe pulsiert, und mein Rücken fühlt sich wie ein riesiger blauer Fleck an, aber das ist nichts, was man nicht wieder reparieren könnte. Mein Körper wird heilen. Ich wurde schon andere Male zuvor geschlagen und habe es überlebt.

Die wichtigste Frage ist: wird Rosa es überleben?

Der Gedanke daran, dass sie verletzt, gebrochen und vergewaltigt sein könnte, macht mich wütend. Ich will, dass Julian den anderen Mann genauso grausam tötet wie diesen hier. Eigentlich möchte ich es am liebsten selbst machen. Ich hätte darauf bestanden, mitzukommen, hätte ein Streit mit Julian nicht Rosas Rettung verlangsamt.

Im Moment kann ich nur warten und hoffen, dass Julian sie zurückbringt.

Als ich meine kleine Tasche auf dem Boden liegen sehe, krieche ich zu ihr hinüber und hebe sie auf. Jede Bewegung schmerzt, aber ich möchte die Tasche bei mir haben. In ihr befindet sich mein Telefon, und ich möchte Julian erreichen können. Und das ist wichtig – weil mir plötzlich klar wird, dass Rosa nicht die einzige Person ist, die sich gerade in Gefahr befindet.

Mein Ehemann ebenfalls.

Nein, diesen Gedanken verdränge ich. Ich weiß, wozu Julian fähig ist. Wenn jemand dazu geeignet ist, einen Ausweg zu finden, dann der Mann, der mich entführt hat. Julians Leben ist seit seiner Kindheit von Gewalt geprägt gewesen; ein oder zwei Arschlöcher zu töten sollte für ihn ein Kinderspiel sein.

Außer, das besagte Arschloch ist bewaffnet oder ruft Freunde.

Nein, ich kneife die Augen zusammen und weigere mich, solche Gedanken zuzulassen. Julian wird mit Rosa zurückkommen und alles wird gut sein. Es muss. Wir werden eine Familie sein, ein gemeinsames Leben aufbauen …

Eine Familie.

Ich reiße meine Augen auf, atme hörbar aus und lege meine Hände auf meinen Bauch. Mir wird gerade bewusst, dass Rosa und ich vielleicht nicht die einzigen Opfer der Vergewaltiger gewesen wären, hätte Julian nicht eingegriffen. Wenn mir noch mehr Gewalt zugefügt worden wäre, ich weitere Schläge erhalten hätte, weiß ich nicht, welche Auswirkungen das auf das Baby gehabt hätte.

Dieser entsetzliche Gedanke nimmt mir den Atem.

Ich beginne wieder zu zittern, und meine Augen füllen sich mit frischen Tränen. Ich weiß nicht einmal, wieso ich weine. Alles ist in Ordnung. Es muss in Ordnung sein.

Ich drücke meine Tasche an mich und konzentriere mich auf die Hintertür. In wenigen Sekunden wird Julian mit Rosa hereinkommen, und unsere Leben werden wieder normal sein.

Es kann jede Sekunde so weit sein.

Die Sekunden vergehen langsam. So langsam, dass ich es kaum schaffe, nicht zu schreien. Ich blicke auf die Tür, bis ich aufhöre zu weinen und meine Augen vor Trockenheit brennen. Egal wie sehr ich es auch versuche, ich kann die dunklen Bilder nicht beiseiteschieben, und die Angst in mir fühlt sich an, als würde sie mich von innen heraus auffressen, so lange an mir nagen, bis nichts übrig bleibt.

Endlich geht die Tür auf.

Meine Schmerzen sind vergessen, und ich springe auf, bis ich mich an Julians letzte Worte erinnere.

Er ist nicht der Einzige, der durch die Tür kommen könnte.

Ich nehme die Waffe hoch, die er mir gegeben hat, ziele mit zitternden Händen und warte.

26

Julian

SOBALD ICH MEINE NACHRICHT AN LUCAS ABGESCHICKT HABE ÖFFNE ICH die Tür und trete auf die Straße hinter dem Klub. Sofort trifft mich der Gestank von Abfall, gemischt mit dem beißenden Geruch von Urin. Es muss geregnet haben, während wir drin waren, denn der mit Schlaglöchern übersäte Asphalt ist nass, und das Licht einer weit entfernten Straßenlaterne spiegelt sich in den öligen Pfützen wider.

Ich ignoriere meine gewaltige Wut und meine Sorgen, als ich mich sorgfältig umschaue. Ich werde später an Noras tränenüberströmtes Gesicht denken, und daran, wie sehr ich versagt habe, jetzt muss ich mich darauf konzentrieren, Rosa zu retten.

Das bin ich ihr und Nora schuldig.

Ich sehe niemanden in der Nähe, also schlängele ich mich durch die Müllcontainer, um zur Straße zu gelangen. Einige Ratten laufen eilig weg, als ich ihnen zu nahe komme. Ich frage mich, ob sie die Wut, die in meinen Adern pulsiert, spüren können, den Blutrausch, der mit jedem meiner Schritte stärker wird.

Ein Tod war nicht genug. Nicht ansatzweise genug.

Meine Schritte hallen nass wider, als ich um die Ecke in eine schmale Gasse einbiege, und dann sehe ich sie.

Zwei Figuren, die etwa dreißig Meter von mir entfernt bei einem weißen Geländewagen miteinander kämpfen.

Ich kann Rosas gelbes Kleid erkennen, an dem ein Mann sie in das Auto zu ziehen versucht, und die schwarze Wut in mir gewinnt die Oberhand.

Ich ziehe mein Messer hervor und renne auf sie zu.

Ich weiß genau, in welchem Augenblick Rosas Angreifer mich sieht. In diesem Moment reißt er nämlich die Augen auf, sein Gesicht verzieht sich angsterfüllt, und bevor ich etwas tun kann, schubst er Rosa in meine Richtung, um selbst so schnell wie möglich im Auto zu verschwinden.

Ich renne so schnell ich kann, schaffe es, Rosa aufzufangen, bevor sie fällt, und sie krallt sich hysterisch schluchzend an mir fest. Ich versuche, sie zu beruhigen und mich gleichzeitig aus ihren Händen zu winden, aber es ist zu spät.

Der Motor heult auf und die Reifen quietschen, als Rosas Angreifer auf das Gaspedal tritt und wie ein Feigling die Flucht ergreift.

Scheiße. Keuchend schaue ich dem verschwindenden Auto nach. Ich weiß, dass meine Männer an der nächsten Ampel stationiert sind, aber ein öffentlicher Schusswechsel würde zu viel Aufmerksamkeit erregen. Ich halte Rosa mit einem Arm fest, ziehe mein Telefon hervor und sage Lucas, dass er dem weißen Auto folgen soll.

Danach wende ich mich der schluchzenden Frau in meinen Armen zu.

»Rosa.« Ich ignoriere das Pumpen des Adrenalins in mir, als ich sie sanft von mir wegschiebe, um mir ihre Verletzungen anzusehen. Eine Hälfte ihres Gesichts ist geschwollen und blutverkrustet, und ihr ganzer Körper ist mit Kratzern und blauen Flecken übersät, aber zu meiner Erleichterung scheint nichts gebrochen zu sein. Allerdings zittert sie, weshalb ich mit leiser Stimme zu ihr spreche, so als sei sie ein Kind. »Wie schwer bist du verletzt, Rosa?«

»Er ... sie ...« Sie scheint nicht klar denken zu können, und als ich sie so zitternd mit ihrem aufgerissenen Kleid vor mir stehen sehe, muss ich zähneknirschend gegen ein frisches Aufwallen meiner Wut ankämpfen. Ich verstehe, dass was auch immer passiert ist, nichts ist, worüber sie schnell hinwegkommen wird.

»Komm, ich bringe dich zu Nora zurück«, sage ich mit sanfter und beruhigender Stimme, während ich mich nach unten beuge, um sie hochzuheben. Ihr Zittern wird stärker, als ich sie in meine Arme nehme, und ich spanne mein Kinn noch mehr an, während ich, so schnell ich kann, zur Straße zurückgehe.

Als wir vor der Tür zum Klub stehen, stelle ich Rosa wieder auf ihre Füße und halte sie am Ellenbogen fest, während ich sie vorsichtig durch den Eingang schiebe.

Das Erste, was wir erblicken, ist Nora, die eine Waffe auf uns gerichtet hat. Als sie uns erblickt, erhellt sich ihr Gesicht augenblicklich, und sie lässt ihre Waffe sinken.

»Rosa!« Noras Waffe fällt zu Boden, als sie zu uns rennt. »Du hast sie gefunden, Julian! Gott sei Dank hast du sie gefunden!« Als sie bei uns ankommt, stellt sie sich auf ihre Zehenspitzen und umarmt mich fest, bevor sie Rosa in ihre Arme schließt und sie zum Sofa führt. Ich höre, wie sie Rosa beruhigende Worte zuflüstert, während diese sich weinend an ihr festkrallt und ich diese Gelegenheit nutze, um unser Auto herzubestellen.

Wenige Minuten später ist es da.

»Komm, Baby. Wir müssen los und euch beide ins Krankenhaus fahren«, sage ich sanft, als ich mich dem Sofa nähere und Nora nickt, ohne ihre Arme von Rosas zitterndem Körper zu lösen. Meine Frau scheint jetzt viel ruhiger zu sein, zeigt keine Anzeichen von Hysterie mehr. Trotzdem muss ich mich beherrschen, sie nicht in meine Arme zu nehmen und mich zu vergewissern, dass es ihr so gut geht, wie es scheint. Das Einzige, was mich davon abhält, ist mein Wissen, dass Rosa ohne Noras Hilfe zusammenbrechen wird.

Zum Glück scheint mein Kätzchen in der Lage zu sein, sich um ihre traumatisierte Freundin zu kümmern. Der Stahlkern, den ich schon immer in ihr gespürt habe, kam noch nie deutlicher zum Vorschein als jetzt. Trotz des Zorns, der in mir wütet, spüre ich den Stolz auf Nora, als ich ihr dabei zusehe, wie sie Rosa vom Sofa hilft und sie zum Ausgang nach draußen führt.

Lucas wartet gegen das Auto gelehnt auf uns. Als er Rosa erblickt, sehe ich, wie sich sein Gesichtsausdruck verändert, seine unbewegte Miene verwandelt sich in etwas Dunkles und Angsteinflößendes.

»Diese Arschlöcher«, murmelt er mit belegter Stimme und geht um das Auto herum, um uns die Tür zu öffnen. »Diese verdammten

Arschlöcher.« Er kann seinen Blick nicht von Rosa abwenden. »Sie werden sterben.«

»Ja, das werden sie«, stimme ich ihm zu und beobachte überrascht, wie er Rosa vorsichtig von meiner Frau trennt und das weinende Mädchen in das Auto setzt. Sein Benehmen ist so untypisch, dass ich mich frage, ob zwischen den beiden etwas läuft. Das wäre komisch, wenn man seine Besessenheit mit der russischen Übersetzerin bedenkt, aber es sind schon eigenartigere Dinge vorgekommen.

Ich zucke im Geiste mit den Schultern und drehe mich zu Nora um, die an der offenen Autotür steht und den oberen Rahmen mit ihrer linken Hand umklammert. Sie scheint in ihrer eigenen Welt versunken zu sein und hat einen eigenartig abwesenden Gesichtsausdruck, als sie ihre rechte Hand anhebt, um sie auf ihren Bauch zu legen.

»Nora?« Mein Brustkorb fühlt sich durch eine plötzlich aufsteigende Angst eng an, und ich gehe gerade auf sie zu, als ich sehe, dass sie kreidebleich wird.

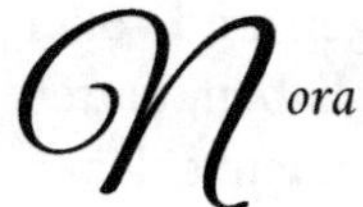

27

DAS LEICHTE KRAMPFEN, DAS VOR EINIGEN SEKUNDEN BEGONNEN HAT, wird plötzlich stärker und verwandelt sich in einen stechenden Schmerz. Er breitet sich in Windeseile in meinem Bauch aus, verschlägt mir den Atem genau in dem Moment, als Julian mit angsterfülltem Blick auf mich zukommt. Ich schnappe nach Luft, krümme mich und spüre, wie ich sofort in starke Arme gehoben werde.

»Krankenhaus, sofort!«, ruft er Lucas scharf zu, und bevor ich blinzeln kann, bin ich schon zusammengerollt auf Julians Schoß im Auto und wir rasen aus der Straße.

»Nora? Nora, geht es dir gut?« Rosas Stimme ist voller Panik, aber ich kann sie in diesem Moment nicht beruhigen, nicht mit meinen Krämpfen. Alles, was ich tun kann, ist, kurz und flach zu atmen und mich mit meinen Händen an Julians Schultern festzukrallen, während er mich angespannt hin und her schaukelt.

»Julian«, schreie ich auf, als ein besonders bösartiger Krampf durch meinen Bauch fährt. Ich kann auf meinen Schenkeln eine heiße, glitschige Nässe spüren, und ich weiß, dass ich Blut sehen würde, wenn ich jetzt nach unten schaute. »Julian, das Kind …«

»Ich weiß, Baby.« Er drückt seine Lippen auf meine Stirn und schaukelt mich schneller. »Halte durch. Bitte, halte durch.«

Wir fliegen durch die dunklen Straßen, und die Lichter und Ampeln verschwimmen vor meinen Augen. Ich kann hören, dass Rosa mit mir spricht, ihre weiche Hand beruhigend über meine Haare gleitet, und ich fühle mich unterschwellig schuldig dafür, dass sie nach allem, was sie gerade erlebt hat, damit belastet wird.

Aber das, was ich am stärksten fühle, ist Angst.

Eine unerträgliche Angst, dass es zu spät ist und niemals wieder alles gut werden wird.

»Es tut mir wahnsinnig leid, Frau Esguerra.« Die junge Ärztin bleibt neben meinem Bett stehen, und ihre braunen Augen sind voller Mitgefühl. »Wie sie sich wahrscheinlich schon gedacht haben, hatten Sie eine Fehlgeburt. Die gute Nachricht – falls es die zu einem solchen Zeitpunkt überhaupt gibt – ist, dass Sie noch im ersten Trimester waren und die Blutung schon aufgehört hat. In den nächsten Tagen kann es zu gelegentlichen Nachblutungen oder Ausscheidungen kommen, aber Ihr Körper sollte sich sehr schnell wieder vollständig erholen. Es gibt keinen Grund, weshalb Sie nicht bald einen neuen Versuch, schwanger zu werden, unternehmen könnten … natürlich nur, falls Sie das möchten.«

Ich blicke sie an, und meine Augen fühlen sich an, als seien sie mit Sandpapier behandelt worden. Ich kann nicht mehr weinen. Ich habe alle Tränen, die ich hatte, aufgebraucht. Ich bemerke, dass Julian, der auf meiner Bettkante sitzt, meine Hand hält, dass ich immer noch leichte Krämpfe habe und ich an nichts anderes als das Baby denken kann.

Ich habe unser Baby verloren, und es ist meine Schuld.

»Wo ist Rosa?« Mein Hals ist so geschwollen, dass ich Schwierigkeiten habe, die Worte herauszupressen. »Geht es ihr gut?«

»Sie liegt in Ihrem Nachbarzimmer«, sagt die Ärztin sanft. Sie ist ungewöhnlich hübsch, mit ihrem blassen, herzförmigen Gesicht, das von welligem, kastanienbraunem Haar eingerahmt wird. »Möchten Sie mit ihr sprechen?«

»Sind Sie mit Ihren Untersuchungen fertig?« Julians Stimme ist härter, als ich sie jemals zuvor gehört habe. Sein Gesicht und seine Hände sind jetzt sauber – er hat das Wasser aus der Flasche genommen, um sich den Großteil des Blutes aus dem Gesicht zu wischen, bevor wir aus dem Auto ausgestiegen sind – aber seine graue Jacke weist braune Schlieren auf. Ich frage mich, was die Ärztin über unser Aussehen denkt, ob sie erkennt, dass das nicht alles mein Blut ist.

»Ja, sie sind abgeschlossen.« Die Ärztin zögert einen Moment. »Herr Esguerra, Ihre Freundin sagt, dass sie keine Anzeige erstatten oder überhaupt mit der Polizei sprechen möchte, aber in solchen Fällen empfehlen wir das eindringlich. Sie sollte wenigstens unsere Schwester für sexuelle Übergriffe die Beweise aufnehmen lassen. Vielleicht könnten Sie mit Frau Martinez reden, uns dabei helfen, sie davon zu überzeugen ...«

»Hat sie Verletzungen, deretwegen sie im Krankenhaus bleiben sollte?«, unterbricht Julian, und seine Hand spannt sich um meine Finger an. »Oder kann sie mit uns nach Hause kommen?«

Die Ärztin runzelt die Stirn. »Sie kann nach Hause gehen, aber ...«

»Und meine Frau?« Er sieht die junge Frau mit einem stechenden Blick an. »Sie sind sich sicher, dass sie außer den äußerlichen Verletzungen keine weiteren aufweist?«

»Ja, wie ich Ihnen schon gesagt habe, Herr Esguerra, sind alle Testergebnisse normal.« Die Ärztin erwidert seinen Blick, ohne ihm auszuweichen. »Sie hat weder eine Gehirnerschütterung noch andere innere Verletzungen, und es besteht auch kein Grund für Dilatation und Ausschabung, wenn der Verlust so früh in der Schwangerschaft eingetreten ist. Ich empfehle, dass Frau Esguerra es in den nächsten Tagen ruhig angehen lässt, aber danach kann sie sich wieder ihren normalen Aktivitäten widmen.«

Julian blickt zu mir hinunter. »Baby?« Sein Ton ist etwas weicher. »Möchtest du sicherheitshalber bis zum Morgen hierbleiben oder lieber nach Hause gehen?«

»Nach Hause.« Ich schlucke unter Schmerzen. »Ich möchte nach Hause gehen.«

»Frau Esguerra ...« Die Ärztin legt ihre Hand auf meinen Unterarm, und ihre schlanken Finger fühlen sich warm auf meiner Haut an. Als ich sie ansehe, meint sie freundlich zu mir: »Ich weiß, dass das kaum ein Trost für Sie ist, aber ich möchte, dass Sie wissen, dass der Großteil der Fehlgeburten nicht verhindert werden kann. Es ist möglich, dass das, was Ihnen und Ihrer Freundin zugestoßen ist, eine Rolle bei diesem unglücklichen Ereignis gespielt hat, aber es ist genauso gut möglich, dass eine Chromosomenabweichung der Grund dafür war. Statistisch gesehen sind diese Abweichungen für zwanzig Prozent der Fehlgeburten während der gesamten Schwangerschaft und sogar bis zu siebzig Prozent während des ersten Trimesters verantwortlich – und nicht das Verhalten der Mütter.«

Ich höre ihren Worten träge zu, und mein Blick wandert von ihrem Gesicht zu dem Namensschild auf ihrer Brust. *Dr. Cobakis.* Dieser Name hört sich irgendwie vertraut an, aber ich bin zu müde, um eine Verbindung herzustellen.

Lustlos schaue ich wieder zu ihr hoch. »Vielen Dank«, murmele ich und hoffe, dass sie dieses Thema fallen lässt. Ich verstehe, was sie tun möchte. Die Ärztin hat wahrscheinlich vorher schon mit derartigen Fällen zu tun gehabt – dass eine Frau automatisch die Schuld bei sich sucht, wenn etwas mit der Schwangerschaft nicht so verläuft wie erwartet. Was sie nicht weiß, ist, dass ich wirklich schuld daran bin.

Ich habe darauf bestanden, in den Klub zu gehen. Was mit Rosa und dem Baby passiert ist, ist allein meine Schuld.

Die Ärztin drückt noch einmal sanft auf meinen Unterarm, bevor sie zurücktritt. »Ich werde die Entlassung Ihrer Freundin vorbereiten, während Sie sich anziehen«, sagt sie und geht aus dem Zimmer. Zum ersten Mal seit unserer Ankunft in dem Krankenhaus bin ich mit Julian allein.

Sobald die Ärztin weg ist, lässt er meine Hand los und beugt sich über mich. »Nora ...« In seinem Blick sehe ich die gleichen Schmerzen, die mich innerlich zerreißen. »Baby, hast du immer noch Schmerzen?«

Ich schüttele den Kopf. Mein körperliches Unbehagen ist mir egal. »Ich möchte nach Hause gehen«, sage ich heiser. »Bitte, Julian, bringe mich einfach nur nach Hause.«

»Das mache ich.« Er streichelt meine unverletzte Gesichtshälfte mit einer warmen und zärtlichen Berührung. »Ich verspreche dir, dass ich das tun werde.«

2 8

Ich habe noch nie eine solche Leere gespürt, ein brennendes
Nichts aus pulsierendem Schmerz. Als ich Maria und meine Eltern
verloren habe, war ich voller Wut und Trauer, aber ohne diese Leere.

Diese Leere, die mit dem stärksten Blutrausch gemischt ist, den
ich jemals empfunden habe.

Nora bewegt sich nicht und schweigt, als ich sie die Treppen zu
unserem Schlafzimmer hinauftrage. Ihre Augen sind geschlossen, und
ihre Wimpern sind dunkle Halbmonde auf ihren farblosen Wangen.
So ist sie schon die ganze Zeit, seit wir das Krankenhaus verlassen
haben – apathisch durch den ganzen Blutverlust und die
Erschöpfung.

Als ich sie auf das Bett lege, fällt mein Blick auf ihre verletzte
Wange und die aufgeplatzte Lippe, und ich muss mich abwenden, um
nicht die Kontrolle zu verlieren. Die Gewalt in mir fühlt sich so giftig
an, so ätzend, dass ich Nora gerade nicht anfassen kann – nicht, ohne
auf irgendeine Weise meine Spuren zu hinterlassen.

Nach einigen Minuten fühle ich mich ruhig genug, um mich

729

wieder dem Bett zuzuwenden. Nora hat sich nicht von dem Platz wegbewegt, auf den ich sie gelegt habe, und ich erkenne, dass sie sich nicht rührt, weil sie eingeschlafen ist. Ich atme langsam ein, beuge mich über sie und beginne, sie auszuziehen. Ich könnte sie bis zum Morgen schlafen lassen, aber auf ihrer Bekleidung sind Spuren von getrocknetem Blut, und ich möchte nicht, dass sie so aufwacht.

Sie wird am Morgen schon genug zu verarbeiten haben.

Als sie nackt ist, ziehe ich mich selbst aus und hebe sie in meine Arme, um ihren kleinen, schlaffen Körper an meine Brust gedrückt ins Badezimmer zu tragen. Ich betrete die Duschkabine, und während ich sie weiterhin fest an mich drücke, drehe ich das Wasser auf.

Sie wacht auf, als das warme Wasser ihre Haut berührt, reißt ihre Augen auf und krallt sich an meinen Bizeps fest. »Julian?« Sie hört sich alarmiert an.

»Schscht«, beruhige ich sie. »Alles ist gut. Wir sind zu Hause.« Als sie ein wenig beruhigter aussieht, stelle ich sie hin und frage sie sanft: »Kannst du einen Moment lang allein stehen, Baby?«

Sie nickt, und ich beeile mich, erst sie und danach mich zu waschen. Als ich fertig bin, schwankt sie schon, und ich bemerke, dass sie ihre letzten Kraftreserven aufbraucht, um sich auf den Füßen zu halten. Schnell wickele ich sie in ein großes Handtuch und trage sie zurück zum Bett.

Noch bevor ihr Kopf das Kissen berührt, ist sie wieder eingeschlafen. Ich decke sie zu und setze mich einige Momente lang neben sie, um zu beobachten wie sich ihre Brust während des Atmens hebt und senkt.

Danach ziehe ich mich an und gehe nach oben.

~

ALS ICH DAS WOHNZIMMER BETRETE, SEHE ICH, DASS LUCAS SCHON AUF mich wartet.

»Wo ist Rosa?«, frage ich mit ruhiger Stimme. Später werde ich mir die Zeit nehmen, über unser Kind nachzudenken, darüber, dass Nora so verletzt und verletzlich in unserem Bett liegt, aber jetzt verdränge ich diese Dinge. Ich kann es mir nicht leisten, mich meiner Trauer und Wut hinzugeben, nicht, wenn so viel erledigt werden muss.

»Sie schläft«, erwidert Lucas und steht vom Sofa auf. »Ich habe ihr ein Schlafmittel gegeben und sichergestellt, dass sie geduscht ist.«

»Gut. Danke.« Ich durchquere den Raum, um mich neben ihn zu stellen. »Und jetzt erzähl mir alles.«

»Die Reinigungskolonne hat sich um die Leiche gekümmert und den jungen Mann festgenommen, den Nora auf dem Flur bewusstlos geschlagen hat. Sie halten ihn in einem Warenhaus in South Side fest.«

»Gut.« Grausame Vorfreude steigt in mir auf. »Was ist mit dem weißen Auto?«

»Den Männern ist es gelungen, ihm zu einem der Hochhäuser mit Wohnungen in der Innenstadt zu folgen. Dann ist es in die Tiefgarage gefahren, und sie wollten ihm nicht folgen. Ich habe das Kennzeichen bereits überprüfen lassen.«

An dieser Stelle macht er eine Pause, bis ich ungeduldig frage: »Und?«

»Und es sieht so aus, als haben wir ein Problem«, antwortet Lucas grimmig. »Sagt Ihnen der Name Patrick Sullivan etwas?«

Ich runzele die Stirn und versuche, mich daran zu erinnern, wo ich diesen Namen schon einmal gehört habe. »Er hört sich bekannt an, aber ich komme nicht darauf.«

»Den Sullivans gehört die halbe Stadt. Prostitution, Drogen, Waffen – sie haben in allem ihre Hände drin. Patrick Sullivan führt die Familie an und hat so ziemlich jeden Lokalpolitiker und Polizeichef in seiner Tasche.«

»Aha.« Jetzt ergibt alles einen Sinn. Ich habe noch nie etwas mit den Sullivans zu tun gehabt, aber es ist mir generell wichtig, potentielle Klienten in den USA oder anderswo zu kennen. Der Name Sullivan muss bei meinen Nachforschungen aufgetaucht sein – was in der Tat bedeutet, dass wir ein Problem haben könnten. »Was hat Patrick Sullivan damit zu tun?«

»Er hat zwei Söhne«, meint Lucas. »Oder besser gesagt hatte er zwei Söhne. Brian und Sean. Brian nimmt gerade ein Laugenbad in einem unserer gemieteten Warenhäuser, und Sean ist der Eigentümer des weißen Geländewagens.«

»Ich verstehe.« Also besteht ein Zusammenhang zwischen den Arschlöchern, die Rosa und meine Frau überfallen haben. Mehr als ein Zusammenhang sogar – was ihre idiotische Arroganz erklärt, sich an zwei Frauen in einem Klub zu vergreifen. Wenn ihr Vater diese

Stadt beherrscht, müssen sie daran gewöhnt sein, die größten Haie im Pool zu sein.

»Außerdem«, fügt Lucas hinzu, »ist das halbe Kind, das wir in dem Warenhaus festhalten, ihr siebzehn Jahre alter Cousin, Sullivans Neffe. Sein Name ist Jimmy. Offensichtlich stehen sich er und die zwei Brüder sehr nahe. Oder sie standen sich nahe, sollte ich wohl besser sagen.«

Meine Augen verengen sich wegen einer Vermutung. »Haben sie eine Ahnung, wer wir sind? Könnten sie sich Rosa ausgesucht haben, um an mich heranzukommen?«

»Nein, das denke ich nicht.« Lucas Gesicht spannt sich an. »Die Sullivan-Brüder haben eine hässliche Vergangenheit, was Frauen anbelangt. Vergewaltigungsdrogen bei Verabredungen, Gangbangs mit Studentinnen – die Liste ist endlos. Hätten sie einen anderen Vater, würden sie gerade im Gefängnis verrotten.«

»Ich verstehe.« Mein Mund zuckt. »Wenn wir erst einmal mit ihnen fertig sind, werden sie sich wünschen, dass sie genau das täten.«

Lucas nickt grimmig. »Soll ich eine Einsatzmannschaft fertig machen?«

»Nein«, erwidere ich. »Noch nicht.« Ich drehe mich herum, um mich ans Fenster zu stellen und auf das dunkle, mit Bäumen bewachsene Grundstück zu blicken. Es ist vier Uhr morgens, und das einzige sichtbare Licht, das durch die Bäume fällt, ist das des Halbmondes, der am Himmel scheint.

Diese Gemeinde ist ein ruhiger, friedlicher Ort, aber das wird nicht lange so bleiben. Sobald Sullivan herausfindet, wer seinen Sohn und seinen Neffen getötet hat, werden diese sauberen und gepflegten Straßen blutrot sein.

»Ich möchte, dass Nora und ihre Eltern zum Anwesen gebracht werden, bevor wir etwas unternehmen«, erkläre ich und wende mich wieder Lucas zu. »Sean Sullivan muss warten. Jetzt werden wir uns erst einmal auf seinen Neffen konzentrieren.«

»In Ordnung.« Lucas nickt. »Ich werde die nötigen Vorbereitungen treffen.«

Er verlässt den Raum, und ich drehe mich erneut zum Fenster, um hinauszuschauen.

Trotz des Halbmondes ist alles, was ich sehe, Dunkelheit.

»NORA, LIEBLING ...« EINE VERTRAUTE BERÜHRUNG REIßT MICH AUS meinem unruhigen Schlaf. Ich zwinge mich dazu, meine schweren Augenlider zu öffnen, und schaue verständnislos auf meine Mutter, die auf meiner Bettkante sitzt und mir über die Haare streicht. Mein Kopf schmerzt so stark, dass ich einige Momente benötige, um ihre Anwesenheit in unserem Schlafzimmer zu verarbeiten – und ihre rot umrandeten, geschwollenen Augen zu bemerken.

»Mama?« Ich wickele die Decke um mich, setze mich hin und unterdrücke ein Stöhnen durch den Schmerz, den die Bewegung auslöst. Mein Rücken fühlt sich steif und wund an, und mein Unterleib krampft unterschwellig. »Was machst du hier?«

»Julian hat uns heute Morgen angerufen«, sagt sie mit zitternder Stimme. »Er hat uns erzählt, dass Rosa und du letzte Nacht im Klub überfallen worden seid.«

»Oh.« Wut steigt in mir auf, und plötzlich bin ich hellwach. Wie kann Julian es wagen, meinen Eltern solche Angst zu machen? Ich hätte mir etwas weniger Besorgniserregendes einfallen lassen, einen netteren Weg, um ihnen den Verlust des Babys zu erklären.

Den Verlust des Babys.

Der Schmerz ist so stechend und plötzlich, dass ich ihn nicht unterdrücken kann. Ein durchdringendes Schluchzen entweicht meiner Kehle, zusammen mit einem Strom brennender Tränen. Zitternd bedecke ich meinen Mund mit der Hand, aber es ist zu spät. Der Schmerz steigt auf und drängt hinaus, die Tränen fühlen sich auf meiner Haut wie Säure an. Ich kann die Arme meiner Mutter um mich spüren, und ich weiß, ich muss damit aufhören – aber ich kann nicht. Es ist einfach zu viel … die Trauer, das Wissen, dass ich daran schuld bin.

Und plötzlich werde ich nicht mehr von meiner Mutter gehalten. Stattdessen sitze ich zusammengekauert und in meine Decke gehüllt auf Julians Schoß, seine starken Arme sind um mich geschlungen, während er mich an sich drückt und mich wie ein Kind hin und her wiegt. Ich kann außerdem die tiefe und beruhigende Stimme meines Vaters hören und weiß, dass er gerade meine Mutter tröstet, versucht, ihren Schmerz zu lindern. Irgendwann muss Julian den Raum betreten haben, aber ich weiß weder, wie, noch, wann das passiert ist.

Schließlich trägt mich Julian zur Dusche. Dort, ohne die Gegenwart meiner Eltern, bekomme ich mich endlich wieder unter Kontrolle. »Es tut mir leid«, flüstere ich, als Julian mich abtrocknet und mich in einen dicken Frotteebademantel hüllt. »Es tut mir so leid. Wo ist Rosa? Wie geht es ihr?«

»Es geht ihr gut«, sagt er ruhig. Seine Augen sind blutunterlaufen, weshalb ich vermute, dass er letzte Nacht nicht viel geschlafen hat. »Na ja, so gut es ihr eben gehen kann. Sie ist immer noch in ihrem Zimmer, aber Lucas hat mit ihr gesprochen und gesagt, dass es ihr besser geht. Und es gibt nichts, was dir leidtun sollte. Nichts.«

Ich schüttele den Kopf, als dieses furchtbare Schuldgefühl mich erneut überkommt. »Ich muss sie sehen …«

»Warte, Nora.« Er ergreift meinen Arm, gerade als ich zurück ins Schlafzimmer gehen möchte. »Bevor du das tust, gibt es etwas, was wir beide mit deinen Eltern besprechen müssen.«

»Meinen Eltern?«

Er nickt und schaut mich an. »Ja. Das ist der Grund dafür, dass ich sie hierherbestellt habe. Wir alle müssen reden.«

~

»DIE KRIMINELLE SULLIVAN-FAMILIE?« DIE STIMME MEINES VATERS erhebt sich ungläubig. »Du willst mir erzählen, dass die Männer, die meine Tochter angegriffen haben, Teil der Mafia sind?«

»Ja«, erwidert Julian mit einem harten und ausdruckslosen Gesicht. Er sitzt neben mir auf dem Sofa, und seine linke Hand liegt auf meinem Knie. »Ich habe es letzte Nacht herausgefunden, nachdem wir aus dem Krankenhaus gekommen sind.«

»Wir müssen sofort zur Polizei gehen.« Meine Mutter lehnt sich nach vorn, und ihre Hände sind in ihrem Schoß fest zusammengeballt. »Diese Monster müssen dafür bezahlen. Wenn du weißt, wer sie sind ...«

»Sie werden dafür bezahlen, Gabriela.« Julians Gesichtsausdruck wird kalt wie Stahl. »Darüber musst du dir keine Sorgen machen.«

»Es ist deinetwegen, stimmt's?«, fragt mein Vater wütend und steht in einer schnellen Bewegung auf. »Sie sind hinter dir her ...«

»Nein«, unterbreche ich kopfschüttelnd. Ich bin immer noch dabei, das zu verdauen, was ich gerade erfahren habe, aber wenn es etwas gibt, was ich mit Sicherheit weiß, dann, dass Julians Geschäfte diesmal nichts damit zu tun haben. »Es war ein Zufall, Papa. Sie wussten nicht, wer Rosa und ich sind. Sie haben es einfach nur ...«, ich erschaudere, als ich mich daran erinnere, »aus Spaß getan.«

»Spaß?« Mein Vater starrt mich an, und sein Gesichtsausdruck ist voller Wut, als er sich wieder hinsetzt. »Diese Arschlöcher haben gedacht, es mache Spaß, zwei Frauen wehzutun?«

»Na ja, eigentlich wollten sie nur Rosa«, sage ich, ohne darüber nachzudenken. »Ich habe mich einfach nur eingemischt.«

Julians Hand auf meinem Knie spannt sich an, als er in meine Richtung blickt. Zum ersten Mal an diesem Morgen sehe ich Wut hinter seiner ausdruckslosen Maske aufblitzen. Ich habe keinen Zweifel daran, dass er mich dafür verantwortlich macht, meinen Geburtstag als Anlass dafür zu nehmen, in diesen Klub zu gehen und Rosa selbst retten zu wollen.

Dafür, unser Kind verloren zu haben ... das Kind, von dem ich nicht wusste, wie sehr ich es wollte, bis es zu spät war.

Ich weiß nicht, was meine Bestrafung sein wird, aber was auch immer es sein sollte, ich habe sie mehr als verdient.

»Wir müssen zur Polizei gehen«, sagt meine Mutter erneut. »Wir müssen Anzeige erstatten ...«

»Nein.« Diesmal ist Julian derjenige, der aufspringt und beginnt, vor dem Sofa hin und her zu gehen. »Das wäre nicht gut.«

»Warum nicht?«, fragt mein Vater scharf. »Das ist, was zivilisierte Menschen in diesem Land tun. Sie gehen zu den zuständigen Behörden …«

»Den Behörden, die Sullivan kontrolliert.« Julian hält inne, um meinen Vater mit einem festen Blick anzuschauen. »Und selbst wenn das nicht der Fall wäre, könnten wir dann gleich eine E-Mail an Sullivan schicken und ihm sagen, wer wir sind.«

»Er hat recht.« Ich springe auf und ignoriere den Schmerz meiner geschundenen Muskeln. Endlich hat mein träges Gehirn alle Punkte miteinander verbunden, und ich verstehe, warum Julian meine Eltern hierhergebeten hat. Wenn der Mann, den Julian letzte Nacht umgebracht hat, wirklich der Sohn des Mafiabosses war, ist mein Ehemann nicht der einzige Kriminelle, der auf Rache aus ist. »Mama, Papa, das können wir nicht tun.«

Meine Mutter sieht überrascht aus. »Aber Nora …«

»Es wäre das Beste, wenn ihr beiden uns einige Zeit lang besuchen kommen würdet«, wirft Julian ein und kommt zu uns, um sich neben mich zu stellen. »Nur so lange, bis wir diese Situation im Griff haben.«

»Was?« Meine Mutter starrt uns an. »Was meint ihr? Warum? Oh.« Sie verstummt abrupt. »Du hast letzte Nacht einem dieser Männer etwas angetan, stimmt's?«, fragt sie langsam und schaut dabei Julian an. »Du möchtest nicht, dass sie wissen, wer du bist, weil … weil …«

»Weil einer von Sullivans Söhnen tot ist, genau.« Julian hätte genauso gut über den Wetterbericht reden können. »Sie werden uns suchen, und sobald sie herausgefunden haben, wer wir sind, werden sie hinter dir und Tony her sein.«

Meine Mutter erblasst sichtlich, und mein Vater springt auf. »Du meinst, die Mafia ist hinter uns her?« Seine Stimme ist eine Mischung aus Ärger und Ungläubigkeit. »Dass sie uns angreifen könnten, weil … weil du …«

»Weil ich einen von Sullivans Söhnen getötet habe, da er versucht hat, Nora zu verletzen, ja.« Julians Stimme ist eisiger als jemals zuvor. »Wir können uns später mit Schuldzuweisungen befassen. Jetzt gerade möchte ich nicht, dass Nora bald um ihre Eltern trauern muss, und deshalb schlage ich vor, dass ihr eure Arbeitgeber über euren bevorstehenden Urlaub benachrichtigt und mit dem Packen beginnt.«

»Wann reisen wir ab?«, fragt meine Mutter mit blassem Gesicht, während sie ebenfalls aufsteht. »Und wie lange wird der Urlaub dauern?«

»Gabs, du denkst doch nicht ernsthaft daran ...«, beginnt mein Vater, aber meine Mutter legt ihre Hand auf seinen Arm.

»Doch, das tue ich.« Die Stimme meiner Mutter ist jetzt fest – und ihr Gesichtsausdruck entschlossen. »Ich möchte das genauso wenig wie du, aber ich habe schon von den Sullivans gehört. Mit ihnen ist nicht zu spaßen, und wenn Julian sagt, dass wir in Gefahr sind ...«

»Du vertraust diesem Mörder?« Mein Vater starrt sie an. »Du denkst, dass wir bei ihm sicherer sind?«

»Als hier mit der Mafia, die auf Rache aus ist? Ja, ich denke, das sind wir«, entgegnet meine Mutter. »Wir haben nicht wirklich viele Möglichkeiten.«

»Wir können zur Polizei oder zum FBI gehen ...«

»Nein, Tony, das können wir nicht, wenn das, was Julian sagt, stimmt.«

»Offensichtlich hat er auch einen guten Grund, gegen die Polizei zu sein ...«

Während sie sich streiten, werden meine Kopfschmerzen schlimmer. Schließlich kann ich es nicht mehr ertragen. »Mama, Papa, bitte.« Ich trete nach vorn und versuche, das Klopfen meiner Schläfen zu ignorieren. »Kommt einfach für eine Weile zu uns. Es muss ja nicht für immer sein. Stimmt's, Julian?« Ich schaue zu meinem Ehemann, um sicherzugehen.

Julian nickt kühl. »Wie ich gesagt habe, nur bis die Situation geregelt ist. Ich hoffe, dass das in ein bis zwei Monaten der Fall sein wird.«

»Ein bis zwei Monate? Wie genau willst du das in nur ein bis zwei Monaten aus der Welt schaffen?«, fragt meine Mutter. während mein Vater vor Ärger zitternd dasteht.

»Möchtest du das wirklich wissen, Gabriela?«, fragt Julian sie sanft. und meine Mutter wird noch blasser.

»Nein, ist schon in Ordnung.« Sie hört sich ein wenig rau an. Sie räuspert sich und fragt: »Also. was sagen wir unserem Arbeitgeber? Womit sollen wir eine so lange Abwesenheit erklären? Ich meine, das ist eher eine Auszeit als ein Urlaub ...«

»Ihr könnt ihnen die Wahrheit erklären: eure Tochter hatte eine Fehlgeburt und braucht euch in den nächsten Wochen.« Bei Julians direkten Worten zucke ich zusammen. Als er meine Reaktion bemerkt, streckt er sich nach mir aus, und seine Finger legen sich um meine Hand, während er zu meiner Mutter in einem sanfteren Ton sagt: »Oder ihr denkt euch eine andere Geschichte aus. Das könnt ihr machen, wie ihr möchtet.«

»In Ordnung, das machen wir«, sagt meine Mutter ruhig und schaut uns an. Als ich zu meinem Vater blicke, sehe ich, dass sein wütender Gesichtsausdruck verschwunden ist und er jetzt eher damit beschäftigt ist, Tränen zurückzuhalten. Als er bemerkt, dass ich ihn anschaue, kommt er zu mir.

»Es tut mir leid, Süße«, sagt er ruhig, und seine tiefe Stimme ist voller Trauer. »Ich hatte noch nicht die Gelegenheit, es dir zu sagen, aber dein Verlust tut mir unglaublich leid.«

»Danke, Papa«, flüstere ich, bevor ich mich wegdrehen muss, um nicht wieder zu weinen.

Sofort schließen sich Julians Arme um mich. »Tony, Gabriela«, höre ich ihn sanft sagen. Seine Hände kreisen beruhigend über meinen Rücken, während ich gegen meine Tränen ankämpfe und mein Gesicht gegen seine Brust lehne. »Ich denke, es ist das Beste, wenn sich Nora ein wenig ausruht. Warum besprecht ihr beiden euch nicht – und wir reden später weiter? Am liebsten möchte ich, dass ihr und Nora morgen die Stadt verlasst, bevor Sullivan herausfindet, wer wir sind.«

»Natürlich«, sagt meine Mutter ruhig. »Komm, Tony, wir haben noch eine Menge zu erledigen.« Und bevor ich mich herumdrehen kann, höre ich schon, wie sie den Raum verlassen.

Sobald sie gegangen sind, lockert Julian seinen Griff und rückt mich ein wenig von sich ab, um mich anzuschauen. »Nora, Baby ...«

»Mir geht es gut«, unterbreche ich ihn, weil ich sein Mitleid nicht möchte. Die Schuldgefühle, die ich die ganze letzte Stunde verdrängt habe, sind zurück, stärker als jemals zuvor. »Ich gehe jetzt zu Rosa, um mit ihr zu sprechen.«

Julian betrachtet mich eindringlich, bevor er zurücktritt und mich loslässt. »In Ordnung, mein Kätzchen«, sagt er sanft. »Tu das.«

3 0

Julian

ALS ICH NORA DABEI ZUSEHE, WIE SIE DEN RAUM VERLÄSST, BEMERKE ich, wie eng mein Brustkorb sich anfühlt. Sie versucht, ihren Schmerz zu verbergen, stark zu sein, aber ich sehe, dass das, was passiert ist, sie zerreißt. Ihr Zusammenbruch heute Morgen war nur die Spitze des Eisbergs, und das Wissen, dass ich daran schuld bin – dass ich an allem schuld bin –, verstärkt den aggressiven, brennenden Hass in mir.

Das ist alles meine Schuld. Hätte ich mich nicht um jeden Preis darum bemüht, ihr alle ihre Wünsche zu erfüllen, sie glücklich zu machen, indem ich ihr nichts abschlage, wäre das alles nicht passiert. Ich hätte auf meine Instinkte hören und sie auf dem Anwesen behalten sollen, wo ihr niemand zu nahe kommen kann. Zumindest hätte ich ihr ihren Wunsch, in den verdammten Klub zu gehen, abschlagen sollen.

Aber das habe ich nicht. Ich bin weich geworden. Ich lasse mein Urteilsvermögen durch meine Besessenheit von ihr beeinflussen, und jetzt muss sie dafür zahlen. Wenn ich sie wenigstens daran gehindert

739

hätte, allein zu den Toiletten zu gehen, wenn ich einfach einen anderen Klub ausgewählt hätte … Dieses grenzenlose Bedauern wirbelt in meinem Kopf, bis ich mich fühle, als würde er gleich explodieren.

Ich muss ein Ventil für meinen Zorn finden, und zwar sofort.

Ich drehe mich herum und gehe zur Eingangstür.

»Ich habe den Cousin hierhergebracht«, sagt Lucas sobald ich die Einfahrt betrete. »Ich habe mir gedacht, Sie möchten heute vielleicht nicht bis nach Chicago fahren.«

»Hervorragend.« Lucas kennt mich zu gut. »Wo ist er?«

»In dem Lieferwagen dort drüben.« Er zeigt auf einen schwarzen Lieferwagen, der strategisch hinter Bäumen an dem Punkt geparkt ist, der am weitesten von den Nachbarn entfernt ist.

Voller Vorfreude gehe ich auf ihn zu, und Lucas begleitet mich. »Hat er uns schon Informationen gegeben?«, frage ich.

»Er hat uns die Zugangscodes seines Cousins für die Tiefgarage und den Fahrstuhl gegeben«, erklärt Lucas. »Es war nicht sehr schwierig, ihn zum Sprechen zu bewegen. Ich habe mir gedacht, den Rest der Befragung Ihnen zu überlassen, falls Sie gerne persönlich mit ihm reden wollen.«

»Eine gute Überlegung. Das möchte ich definitiv.« Als ich bei dem Lieferwagen ankomme, öffne ich die Türen hinten und schaue in den dunklen Innenraum.

Ein dürrer junger Mann liegt geknebelt auf dem Boden. Seine Knöchel sind mit seinen Handgelenken in einer unnatürlich verdrehten Stellung auf seinem Rücken zusammengebunden, und sein Gesicht ist blutverschmiert und geschwollen. Ein starker Gestank nach Urin, Angst und Schweiß weht mir entgegen. Lucas und meine Wächter haben ihn bereits ordentlich bearbeitet.

Ich ignoriere den beißenden Geruch, steige in den Lieferwagen und drehe mich herum. »Sind die Wände schallisoliert?«, will ich von Lucas wissen, der draußen bleibt.

Er nickt. »Zu etwa neunzig Prozent.«

»Gut. Das sollte ausreichend sein.« Ich schließe die Türen hinter mir und bin mit dem Jungen eingesperrt – der sofort beginnt, sich auf dem Boden zu winden und durch seinen Knebel hindurch verzweifelte Laute von sich zu geben.

Ich ziehe mein Messer hervor und knie mich neben ihm hin. Sein Zappeln verstärkt sich, und seine panischen Geräusche nehmen an

Lautstärke zu. Ich ignoriere den angsterfüllten Ausdruck in seinen Augen, fasse nach seinem Nacken, um ihn ruhigzustellen, und zwänge das Messer zwischen den Knebel und seine Wange, um durch das Stück Stoff zu schneiden. Blut läuft von der Stelle seiner Wange hinunter, an der mein Messer ihn geschnitten hat, und ich betrachte es, erfreue mich an seinem Anblick. Ich möchte noch mehr von seinem Blut. Ich möchte diesen Lieferwagen voll davon sehen.

Als würde der Teenager meine Gedanken erahnen, beginnt er zu winseln. »Bitte tun Sie das nicht, Mann«, bittet er schluchzend. »Ich habe nichts getan! Ich schwöre, dass ich nichts getan habe ...«

»Halt den Mund.« Ich blicke ihn an und lasse meine Vorfreude wachsen. »Weißt du, warum du hier bist?«

Er schüttelt den Kopf. »Nein! Ich schwöre«, heult er. »Ich weiß gar nichts. Ich war in dem Klub, und da war dieses Mädchen, und ich weiß nicht, was passiert ist, weil ich erst in diesem Lagerhaus aufgewacht bin und nichts getan habe ...«

»Du hast das Mädchen in dem gelben Kleid nicht angefasst?« Ich lege meinen Kopf auf die Seite und drehe das Messer zwischen meinen Fingern. Ich weiß ganz genau, wie sich Katzen fühlen, wenn sie mit Mäusen spielen; diese Dinge machen einfach Spaß.

Der junge Mann reißt die Augen auf. »Was? Nein! Scheiße, nein! Ich schwöre, dass ich damit nichts zu tun habe! Ich habe Sean gesagt, dass es eine dumme Idee ist ...«

»Also wusstest du, was sie vorhatten?«

Als er bemerkt, etwas zugegeben zu haben, fängt der Junge augenblicklich wieder an zu heulen, und Tränen und Rotz laufen sein zugerichtetes Gesicht hinunter. »Nein! Ich meine, sie sagen mir nie vorher, was sie vorhaben, also wusste ich von nichts! Ich schwöre, dass ich nichts wusste, bis wir da waren und sie mich angewiesen haben, die Tür zu bewachen, und ich habe ihnen gesagt, das sei nicht fair, und sie haben gesagt, ich sollte es einfach machen, und dann kam das andere Mädchen, und ich habe ihr gesagt, dass sie weggehen soll ...«

»Halt den Mund.« Ich drücke die scharfe Spitze des Messers gegen seinen Mund. Er verstummt augenblicklich, und seine Augen sind vor lauter Angst ganz weiß. »In Ordnung«, sage ich sanft, »Und jetzt hör mir gut zu. Du wirst mir erzählen, wo dein Cousin Sean isst, schläft, scheißt, fickt und was auch immer er sonst noch macht. Ich möchte eine Liste aller Orte, zu denen er jemals gehen könnte. Verstanden?«

Er nickt leicht, und ich entferne mein Messer. Sofort beginnt der Junge damit, Namen von Restaurants, Klubs, Untergrund-Kampfstudios, Hotels und Bars herauszusprudeln. Ich nehme alles mit meinem Telefon auf, und als er fertig ist, lächele ich ihn an. »Gut gemacht.«

Seine aufgeplatzten Lippen zittern in einem schwachen Versuch, zu lächeln. »Jetzt werden Sie mich gehen lassen, stimmt's? Ich schwöre, dass ich mit der ganzen Sache nichts zu tun habe.«

»Dich gehen lassen?« Ich schaue auf mein Messer in meiner Hand, so als würde ich darüber nachdenken. Dann blicke ich auf und lächele ihn wieder an. »Warum? Weil du deinen Cousin verraten hast?«

»Aber … aber ich habe Ihnen alles erzählt!« Seine Augen sind erneut ganz weiß. »Ich weiß nichts weiter!«

»Ja, ich weiß.« Ich drücke das Messer gegen seinen Bauch. »Und das bedeutet, dass du jetzt nutzlos für mich bist.«

»Das bin ich nicht!«, beginnt er zu schreien. »Sie können Lösegeld für mich verlangen! Ich bin Jimmy Sullivan, Patrick Sullivans Neffe, und er wird dafür bezahlen, mich zurückzubekommen! Das wird er, ich schwöre es …«

»Oh, ich schwöre, das wird er.« Ich lasse die Messerspitze hineingleiten und genieße den Anblick des aufsteigenden Blutes. Als ich mich abwende, schaue ich in den gelähmten Blick des jungen Mannes. »Es ist schlecht für dich, dass Geld das Letzte ist, was ich brauche.«

Und als er einen verängstigten Schrei ausstößt, schneide ich ihn auf und sehe dabei zu, wie das Blut wie ein dunkler, wunderschöner roter Fluss aus ihm herausläuft.

～

NACHDEM ICH MEINE HÄNDE AN EINEM HANDTUCH ABGEWISCHT HABE, das jemand vorausschauend in dem Lieferwagen gelassen hat, öffne ich die Tür und springe heraus. Lucas wartet auf mich, und ich weise ihn an, den Körper entfernen zu lassen, bevor ich wieder ins Haus gehe.

Eigenartigerweise fühle ich mich kaum besser. Das Töten hätte den Druck erleichtert, den brennenden Drang nach Gewalt besänftigt haben sollen, aber es scheint alles nur verschlimmert zu haben, da die Leere in mir wächst und mit jeder Minute dunkler wird.

Ich will Nora. Ich brauche sie mehr denn je. Aber als ich das Haus betrete, gehe ich als Erstes duschen. Ich bin voller Blut, und ich möchte nicht, dass sie mich so sieht.

Wie den grausamen Mörder, der ich für ihre Eltern bin.

Als ich aus der Dusche komme, schaue ich als Erstes auf der Tracking-App nach, wo sich Nora befindet. Zu meiner maßlosen Enttäuschung ist sie immer noch in Rosas Zimmer. Ich überlege, sie dort abzuholen, aber beschließe dann, ihr noch ein wenig Zeit zu geben, und in der Zwischenzeit ein wenig Arbeit nachzuholen.

Als ich meinen E-Mail-Eingang öffne, sehe ich, dass er mit den normalen Nachrichten gefüllt ist. Russen, Ukrainer, der islamische Staat, Vertragsänderungen für Lieferanten, eine Sicherheitslücke in einer der indonesischen Fabriken ... Ich überfliege sie alle desinteressiert, bis ich bei einer E-Mail von Frank, meinem Kontakt bei der CIA, ankomme.

Ich öffne sie, lese sie schnell – und mein Innerstes vereist.

»HALLO.« ICH HALTE EIN TABLETT MIT TEE UND BELEGTEN BROTEN IN meinen Händen, drücke die Tür zu Rosas Zimmer auf und nähere mich ihrem Bett.

Sie liegt mit dem Gesicht von der Tür abgewandt auf der Seite und ist fest in eine Decke eingewickelt. Ich stelle das Tablett auf dem Nachttisch ab, setze mich auf ihre Bettkante und berühre sanft ihre Schulter. »Rosa? Alles in Ordnung?«

Sie dreht sich herum, um mich anzuschauen, und fast zucke ich zusammen, als ich die Verletzungen in ihrem Gesicht erblicke.

»Ziemlich übel, was?«, fragt sie, als sie meine Reaktion sieht. Ihre Stimme ist ein wenig kratzig, aber sie sieht erstaunlich ruhig aus, und ihre Augen in ihrem geschwollenen Gesicht sind trocken.

»Na ja, zumindest würde ich nicht sagen, dass es gut ist«, erwidere ich vorsichtig. »Wie fühlst du dich?«

»Wahrscheinlich besser als du«, sagt sie ruhig und schaut mich an. »Das mit dem Baby tut mir so leid, Nora. Ich kann mir nicht einmal vorstellen, wie Julian und du euch fühlt.«

Ich nicke und versuche, den stechenden Schmerz in meiner Brust zu ignorieren. »Danke.« Ich zwinge mich zu einem Lächeln. »Hast du Hunger? Ich habe dir etwas zu essen gebracht.«

Mit schmerzverzerrtem Gesicht setzt sie sich hin und schaut zweifelnd auf das Tablett. »Du hast das gemacht?«

»Natürlich. Du weißt, dass ich Wasser kochen und Käse auf ein Brot legen kann, stimmt's? Bevor Julian mich entführt hat und ich dieses Luxusleben hatte, habe ich das immer selbst gemacht.«

Der Hauch eines Lächelns umspielt Rosas aufgeplatzte Lippen. »Ach ja. Diese dunklen Zeiten in deiner Vergangenheit, als du noch alles selber machen musstest.«

»Genau.« Ich nehme die Tasse mit dem heißen Tee in die Hand und reiche sie Rosa. »Bitte. Kamille mit Honig. Das heilt laut Ana alle Krankheiten.«

Rosa nimmt einen kleinen Schluck und zieht eine Augenbraue nach oben. »Beeindruckend. Fast so gut wie Anas.«

»Jetzt komm schon.« Ich runzele übertrieben die Stirn. »Fast? Und ich dachte, ich hätte das Teekochen perfektioniert.«

Ihr Lächeln verstärkt sich. »Du bist sehr nahe dran. Und jetzt lass mich die Brote probieren. Ich muss sagen, dass sie sehr lecker aussehen.«

Ich reiche ihr einen Teller und sehe ihr beim Essen zu. »Isst du nichts?«, fragt sie nach der Hälfte, und ich schüttele den Kopf.

»Nein, ich habe schon eine Kleinigkeit in der Küche gegessen«, erkläre ich.

»Ich sollte eigentlich auch keinen Hunger haben«, meint Rosa, nachdem sie den Großteil der Brotscheiben aufgegessen hat. »Lucas hat mir heute Morgen schon ein Omelette gebracht.«

»Ach ja?« Ich blinzele überrascht. »Ich wusste gar nicht, dass er kochen kann.«

»Ich auch nicht.« Sie isst den Rest auf und gibt mir den Teller zurück. »Das war wirklich gut. Vielen Dank, Nora.«

»Gern geschehen.« Ich stehe auf und ignoriere meinen schmerzhaft steifen Rücken. »Möchtest du noch irgendetwas haben? Vielleicht ein Buch?«

»Nein, danke.« Ihr Gesicht verzieht sich erneut vor Schmerzen, als sie die Decke aufschlägt, ihr langes T-Shirt zum Vorschein kommt und sie die Füße auf den Boden gleiten lässt. »Ich werde jetzt aufstehen. Ich kann ja nicht den ganzen Tag im Bett bleiben.«

Ich runzele die Stirn. »Natürlich kannst du das. Du solltest dich heute ausruhen, es ruhig angehen lassen.«

»So wie du?« Sie wirft mir einen ironischen Blick zu und geht zum Kleiderschrank auf der anderen Seite des Raumes. »Ich habe genug davon, im Bett rumzuliegen. Ich möchte mit Lucas reden und herausfinden, was wegen der Arschlöcher unternommen wird, die uns angegriffen haben.«

Ich schaue sie an. »Rosa …« Ich zögere, weil ich nicht sicher bin, ob ich die Frage stellen kann.

»Du möchtest wissen, was letzte Nacht mit den Kerlen passiert ist, stimmt's?« Sie zieht sich eine Jeans an und hält inne, um mich mit glitzernden Augen anzublicken. »Du möchtest wissen, was sie mit mir gemacht haben, bevor du eingegriffen hast.«

»Nur, wenn du es mir erzählen möchtest«, erwidere ich schnell. »Wenn du nicht möchtest …«

Sie hält ihre Hand nach oben und schneidet mich damit mitten im Satz ab. Dann atmet sie tief ein und sagt: »Sie sind mir zur Toilette gefolgt.« Ihre Stimme ist fast normal, auch wenn ich ein leichtes Zittern heraushöre. »Als ich herauskam, standen sie beide dort, und der ältere, Sean, meinte, es gäbe einen VIP-Raum im hinteren Bereich, den sie mir zeigen wollten. So wie sie ihn manchmal in den Filmen haben, weißt du?«

Ich nicke und spüre, wie sich ein Knoten in meinem Hals bildet.

»Na ja, und da ich ein Idiot bin, habe ich ihnen geglaubt.« Sie dreht sich um und fasst in den Kleiderschrank. Ich sehe ihr schweigend dabei zu, wie sie ihr T-Shirt auszieht, bevor sie sich einen BH und ein schwarzes, langärmeliges Shirt anzieht. Ihre weiche Haut ist mit Kratzern und blauen Flecken übersät, einige haben die Form von Fingerabdrücken, und ich muss mein Entsetzen verbergen, als sie sich wieder zu mir dreht und sagt: »Ich hatte ihnen davor erzählt, dass ich zum ersten Mal in diesem Land bin, und ich dachte, sie wollten, dass ich Spaß habe.«

»Ach, Rosa …« Ich trete mit engem Brustkorb auf sie zu, aber sie hält beide Hände in die Luft.

»Nicht.« Sie schluckt. »Lass mich erst einmal zu Ende erzählen.«

Ich halte ein Stück von ihr entfernt an, und nach einem Moment spricht sie weiter. »Sobald wir die Toiletten hinter uns gelassen hatten und uns außerhalb der Sichtweite der Menschen in der Schlange befanden, hat der Jüngere, Brian, mich angefallen und in den Raum gezogen. Dann war da noch dieser Teenager, und er hat das Ganze mit angesehen, bevor Sean ihn angewiesen hat, sich nach draußen auf den Flur zu stellen und dafür zu sorgen, dass niemand in den Raum kommt. Ich denke, sie hatten vor«, sie hält einen Moment inne, um sich zu fangen, bevor sie weiterredet »ihn auch ranzulassen, sobald sie mit mir fertig waren.«

Während sie spricht, spüre ich, wie die Wut aus dem Klub zurückkehrt. Sie war von der Schwere meiner Trauer und dem Schmerz meines eigenen Verlusts verdrängt worden, aber jetzt ist sie erneut da. Durchdringende und brennende Wut erfüllt mich, bis ich beginne zu zittern – und die Hände an meinen Seiten zu Fäusten zu ballen.

»Ich glaube, du kennst den Rest der Geschichte«, fährt Rosa fort, und ihre Stimme wird sekündlich brüchiger. »Du bist hereingekommen, als ich gerade versucht habe, Sean abzuwehren. Ohne dich ...« Sie verzieht das Gesicht, und diesmal kann ich mich nicht zurückhalten.

Ich gehe zu ihr und umarme sie, halte sie fest, als sie zu zittern beginnt. Unter meiner Wut fühle ich mich hilflos, völlig ungeeignet, ihr zu helfen. Was Rosa passiert ist, ist der schlimmste Albtraum aller Frauen, und ich weiß einfach nicht, wie ich sie trösten kann. Für einen Außenstehenden könnte das, was Julian mit mir auf der Insel getan hat, aussehen, als sei es das Gleiche, aber selbst während der traumatischen ersten Zeit war er ab und an zärtlich zu mir. Ich habe mich vergewaltigt gefühlt, aber gleichzeitig geliebt, so inkompatibel sich diese Beschreibung auch anhören mag.

Ich habe mich nie so gefühlt wie Rosa.

»Es tut mir so leid«, flüstere ich und streichele ihr über den Kopf. »Es tut mir so leid. Diese Bastarde werden dafür bezahlen. Wir werden sie dafür bezahlen lassen.«

Sie schnieft und löst sich mit tränenfeuchten Augen von mir. »Ja.« Ihre Stimme ist erstickt, als sie zurücktritt. »Ich will, dass sie das tun. Das will ich mehr als alles andere.«

»Ich auch«, flüstere ich und blicke sie an. Ich will, dass Rosas Angreifer sterben. Ich will, dass sie so brutal wie möglich getötet werden. Es ist falsch, es ist krank, aber das interessiert mich nicht. Bilder des Mannes, den Julian gestern Nacht getötet hat, steigen in meinem Kopf auf – und mit ihnen eine gewisse Befriedigung. Ich will, dass der andere, Sean, genauso dafür bezahlt.

Ich will Julian auf ihn loslassen und meinem Ehemann dabei zusehen, wie er seinen grausamen Zauber wirkt.

Ein Klopfen an der Tür erschreckt uns beide.

»Herein«, ruft Rosa und wischt sich mit ihrem Ärmel die Tränen vom Gesicht.

Zu meiner Überraschung betritt Julian mit einem angespannten und eigenartig besorgten Gesicht den Raum. Er hat sich seit heute Morgen umgezogen, und sein Haar sieht nass aus, so als hätte er gerade geduscht.

»Was ist los?«, frage ich sofort mit klopfendem Herzen. »Ist etwas passiert?«

»Nein«, antwortet Julian und durchquert den Raum. »Noch nicht. Aber wir sollten so schnell wie möglich abreisen.« Er hält vor mir an. »Ich habe gerade erfahren, dass ein Phantombild von uns dreien im lokalen Büro des FBI im Umlauf ist. Der Bruder, der entkommen konnte, muss ein gutes Auge für Gesichter haben. Die Sullivans suchen nach uns, und wenn sie so gute Verbindungen haben, wie wir denken, dann haben wir nicht viel Zeit.«

Angst schlingt sich wie Stacheldraht um meinen Brustkorb. »Meinst du, sie wissen schon über meine Eltern Bescheid?«

»Ich habe keine Ahnung, aber ich kann es nicht ausschließen. Ruf sie sofort an und sag ihnen, sie sollen alles einpacken, was sie können. Wir werden sie in einer Stunde abholen, und ich bringe euch alle zum Flughafen.«

»Warte mal.« Ich blicke Julian an. »Uns alle? Was ist mit dir?«

»Ich muss mich um die Bedrohung durch die Sullivans kümmern. Lucas und ich werden mit dem Großteil der Männer hierbleiben.«

»Was?« Plötzlich habe ich Schwierigkeiten, zu atmen. »Was meinst du damit, dass du hierbleiben wirst?«

»Ich muss diese Sache aus der Welt schaffen«, sagt Julian ungeduldig. »Werden wir jetzt unsere Zeit damit verschwenden, uns zu streiten, oder rufst du deine Eltern an?«

Ich schlucke meinen bitteren Widerspruch hinunter. »Ich werde sie sofort anrufen«, sage ich angespannt und nehme mein Telefon zur Hand.

Julian hat recht; jetzt ist nicht der richtige Zeitpunkt, das auszudiskutieren. Sollte er allerdings denken, ich werde mich einfach fügen, hat er sich getäuscht.

Ich werde alles dafür tun, ihn nicht wieder zu verlieren.

3 2

J ulian

DIE FAHRT ZU NORAS ELTERN VERLÄUFT SCHWEIGEND. ICH BIN DAMIT beschäftigt, die Sicherheitsmaßnahmen mit meinem Team zu koordinieren, und Nora schreibt die ganze Zeit hektisch mit ihren Eltern, die sie mit Fragen über die plötzliche Planänderung zu bombardieren scheinen. Rosa schaut uns beiden schweigend zu, und die schwarzblaue Schwellung in ihrem Gesicht macht ihren Ausdruck unleserlich.

Sobald wir ankommen, eilt Nora ins Haus, und ich folge ihr, da ich sie nicht einmal für eine halbe Stunde allein lassen möchte. Rosa erklärt, dass sie nicht im Weg sein möchte, und bleibt mit Lucas im Auto.

Als ich das Haus betrete, sehe ich, dass Rosa recht damit hatte, draußen zu bleiben.

Bei den Lestons herrscht das reinste Chaos. Gabriela läuft hin und her, während sie versucht, so viele Dinge wie möglich in einen großen Koffer zu packen, und ihr Ehemann spricht mit lauter Stimme am

749

Telefon, um jemandem zu erklären, dass er das Land jetzt verlassen müsse und dass er leider nichts weiter dazu sagen könne.

»Sie werden mich feuern«, murmelt er düster, als er auflegt, und ich muss mich zurückhalten, ihm nicht zu erklären, dass kein Job der Welt es wert ist, sein Leben dafür zu geben.

»Wenn sie dich feuern, werde ich dir dabei helfen, eine andere Arbeit zu finden, Tony«, sage ich stattdessen und setze mich an den Küchentisch. Noras Vater wirft mir als Antwort darauf einen wütenden Blick zu, aber ich ignoriere ihn und konzentriere mich stattdessen auf die E-Mails, die sich in den letzten Stunden in meinem Posteingang angesammelt haben.

Vierzig Minuten später schafft Nora es endlich, die Lestons davon zu überzeugen, mit dem Packen aufzuhören.

»Wir müssen los, Mama«, wiederholt sie eindringlich, als ihre Mutter sich an eine weitere Sache erinnert, die sie mitnehmen wollte. »Wir haben Insektenspray auf dem Anwesen, ich verspreche es dir. Und was auch immer du sonst noch gebrauchen könntest, werden wir dir bestellen und anliefern lassen. Wir leben nicht völlig in der Wildnis.«

Das scheint Gabriela zu beruhigen, also helfe ich ihr dabei, den großen Koffer zu schließen und trage ihn zum Auto. Dieses Ding wiegt mindestens hundertzwanzig Kilo, und ich stöhne vor Anstrengung, als ich es in den Kofferraum der Limousine wuchte.

In der Zwischenzeit bringt Noras Vater einen zweiten, kleineren Koffer heraus.

»Ich nehme ihn dir ab«, sage ich und greife danach, aber er zieht ihn schnell weg.

»Ich mache das«, sagt er scharf, also trete ich beiseite, damit er ihn selbst wegpacken kann. Wenn er weiterhin wütend sein möchte, dann ist das seine Sache.

Als endlich alles eingeladen ist, steigen Nora und ihre Eltern ins Auto, und Rosa setzt sich nach vorn neben Lucas. »Damit ihr vier mehr Platz habt«, erklärt sie, als ob im hinteren Bereich der Limousine nicht genug Platz für mindestens zehn Personen wäre.

»Müssen alle diese Autos hier sein?«, fragt Noras Mutter, als sie neben Nora Platz nimmt. »Ich meine, ist es wirklich so unsicher?«

»Wahrscheinlich nicht, aber ich möchte kein Risiko eingehen«, erwidere ich, als wir aus der Einfahrt fahren. Zusätzlich zu den dreiundzwanzig Männern die auf sieben Geländewagen aufgeteilt sind – und gerade noch in diesem ruhigen Viertel herumgelaufen sind –, habe ich ein Waffenlager unter unserem Sitz. Es ist übertrieben für eine ruhige Fahrt nach Chicago, aber da jetzt Schwierigkeiten aufgetreten sind, habe ich Angst, es könnte nicht genug sein. Ich hätte mehr Männer und mehr Waffen mitnehmen sollen, aber ich wollte nicht, dass Frank und sein Unternehmen denken, dass ich geschäftlich hier sei.

»Das ist krank«, murmelt Tony und schaut aus der Heckscheibe auf die ganzen Autos, die uns folgen. »Ich frage mich, was unsere Nachbarn denken müssen.«

»Sie denken, dass du ein VIP bist, Papa«, sagt Nora gezwungen fröhlich. »Hast du dich nie gefragt, wie es für einen Präsidenten sein muss, der immer mit der Geheimpolizei verreist?«

»Nein, das habe ich nicht.« Noras Vater dreht sich herum, um uns anzuschauen, und sein Gesichtsausdruck wird weicher, als er seine Tochter anblickt. »Wie fühlst du dich, Süße?«, möchte er wissen. »Wahrscheinlich solltest du dich besser ausruhen, als mit diesem Irrsinn zu tun zu haben.«

»Es geht mir gut, Papa.« Noras Gesicht spannt sich an. »Und ich würde lieber nicht darüber reden, wenn es dir nichts ausmacht.«

»Natürlich, Süße«, sagt ihre Mutter und blinzelt schnell – ich nehme an, um sich vom Weinen abzuhalten. »Wie du möchtest, mein Liebling.«

Nora versucht, ihre Mutter anzulächeln, aber scheitert kläglich. Ich kann nicht gegen mein Bedürfnis ankämpfen, mich auszustrecken, meinen Arm um ihre Schultern zu legen und sie an mich zu ziehen. »Entspann dich, Baby«, murmele ich in ihre Haare als sie sich an meine Seite kuschelt. »Wir sind gleich da, und dann kannst du im Flugzeug schlafen, okay?«

Nora seufzt und sagt leise gegen meine Schulter: »Das hört sich gut an.« Sie sieht müde aus, also streiche ich durch ihr Haar und genieße seine weiche Seidigkeit. Ich könnte bis in alle Ewigkeit so dasitzen, die Wärme ihres zarten Körpers spüren und ihren süßen, köstlichen Duft einatmen. Zum ersten Mal seit der Fehlgeburt fühlt sich mein Brustkorb leichter an, ist die düstere, bittere Trauer ein wenig schwächer. Die Gewalt pulsiert noch in meinen Adern, aber die furchtbare Leere ist in diesem Moment gefüllt und das Ausbreiten des schmerzvollen Vakuums gebremst.

Ich weiß nicht, wie lange wir so dasitzen, aber als ich über den

Mittelgang der Limousine blicke, sehe ich, dass Noras Eltern uns eigenartig anschauen. Besonders Gabriela sieht fasziniert aus. Ich werfe ihnen einen bösen Blick zu und bewege Nora leicht, damit sie sich bequemer an mich lehnt. Ich mag es nicht, dass sie das miterleben. Ich möchte nicht, dass sie wissen, wie sehr ich an meinem Kätzchen hänge, wie verzweifelt ich es brauche.

Als sie meinen Gesichtsausdruck bemerken, wenden sie sich beide ab, und ich fahre damit fort, Noras Kopf zu streicheln, als wir von der Autobahn auf eine zweispurige Landstraße abfahren.

»Wie lange dauert es noch, bis wir ankommen?«, fragt Noras Vater einige Minuten später. »Wir fahren zu einem privaten Flughafen, nehme ich an?«

»Das stimmt«, bestätige ich. »Wir sind schon ganz in der Nähe, glaube ich. Da gerade nicht viel Verkehr ist, nehme ich an, dass wir so in zwanzig Minuten dort sein werden. Einer meiner Männer ist schon vorgefahren, um das Flugzeug vorzubereiten, also können wir, sobald wir da sind, starten.«

»Und wir können einfach so losfliegen? Ohne durch den Zoll zu gehen?«, fragt Noras Mutter. Sie scheint sich immer noch sehr für die Art zu interessieren, wie ich Nora umarme. »Niemand wird uns daran hindern, wieder in das Land einzureisen oder Ähnliches?«

»Nein«, antworte ich. »Ich habe ein spezielles Abkommen mit …« Bevor ich den Satz zu Ende sprechen kann, wird das Auto schneller. Die Beschleunigung ist so stark und plötzlich, dass ich es kaum schaffe, aufrecht sitzen zu bleiben und Nora festzuhalten, die hörbar nach Luft schnappt und sich an meiner Taille festklammert. Ihre Eltern haben nicht so viel Glück; sie werden auf ihre Sitze geschleudert und fliegen fast von der langen Bank der Limousine.

Das Fenster, welches uns vom Fahrer trennt, fährt nach unten, und ich sehe Lucas' grimmiges Gesicht im Rückspiegel.

»Wir werden verfolgt«, sagt er angespannt. »Sie sind hinter uns und kommen mit allem, was sie haben.«

Nora

MEIN HERZ SETZT EINEN SCHLAG AUS, DANACH SCHIEßT ADRENALIN IN meine Adern.

Bevor ich reagieren kann, hat sich Julian schon in Bewegung gesetzt. Er löst meinen Gurt, fasst nach meinem Arm und zieht mich vom Sitz auf den Boden der Limousine.

»Bleib hier«, befiehlt er, und ich sehe ihm schockiert dabei zu, wie er den Sitz hochklappt und ein riesiges Waffenlager zum Vorschein kommt.

»Was …«, ruft meine Mutter, aber in diesem Moment bricht die Limousine aus, und ich werde an die Unterseite der gepolsterten Ledersitze gestoßen. Meine Eltern schreien auf, klammern sich verzweifelt aneinander, während Julian die Kante des aufgeklappten Sitzes umfasst, um zu verhindern, dass er selbst umfällt.

Und dann höre ich es.

Das Rattern von Dauerfeuer.

Jemand schießt auf uns.

»Gabriela!« Das Gesicht meines Vaters ist kreidebleich. »Halte dich an mir fest!«

Die Limousine schwenkt erneut aus, was meine Mutter dazu veranlasst, erneut angsterfüllt zu schreien. Irgendwie schafft es Julian, auf seinen Füßen stehen zu bleiben und sich über das Waffenlager zu beugen, während die Limousine erneut beschleunigt. Von meiner Position auf dem Boden aus kann ich durch die Fenster die Baumkronen vorbeirauschen sehen. Wir müssen diese Landstraße mit halsbrecherischer Geschwindigkeit entlangfahren.

Weitere Schüsse ertönen, und die Bäume ziehen noch schneller an uns vorbei, das Grün verschwimmt vor meinen Augen. Ich kann das Pochen meines Pulses spüren; es ist fast noch lauter als das Quietschen der Reifen in einiger Entfernung.

»Oh mein Gott!« Als der panische Aufschrei meiner Mutter ertönt, krieche ich auf einen Sitz und knie mich hin, um aus der Heckscheibe zu blicken.

Der Anblick, der mich begrüßt, ist wie aus einem Fast-and-Furious-Film.

Hinter unserem Sicherheitspersonal fährt eine ganze Autokarawane. Ich zähle über ein Dutzend Geländewagen und Transporter, und außerdem drei Hummer, auf deren Dächern riesige Gewehre montiert sind. Männer mit Sturmgewehren hängen aus den Autofenstern und wechseln Schüsse mit unseren Wächtern. Während ich diesem Spektakel entsetzt zuschaue, erblicke ich ein Auto unserer Verfolger, das unseren letzten Geländewagen einholt und ihn – offensichtlich, um ihn von der Straße abzubringen –, in die Seite rammt. Natürlich schwanken beide Autos, Funken fliegen an den Stellen, an denen sich die Autos berühren, und ich höre weitere Maschinengewehrsalven, nach denen das Auto der Verfolger von der Straße geschleudert wird und auf dem Dach liegen bleibt.

Eines weniger, fünfzehn oder mehr Autos bleiben übrig.

Die Zahlen sind glasklar in meinem Kopf. *Fünfzehn Autos gegen acht, einschließlich unserer Limousine.* Die Chancen stehen nicht gut für uns. Mein Herz schlägt wie wild, während unsere Schlacht bei Höchstgeschwindigkeit fortgeführt wird und die Autos in einem Kugelhagel gegeneinanderprallen.

Bumm! Das betäubende Geräusch vibriert in mir und schüttelt mich bis auf die Knochen durch. Wie hypnotisiert sehe ich dabei zu, wie die Wachen in dem Geländewagen hinter uns abheben und in der Luft explodieren. Sein Tank muss getroffen worden sein, denke ich benebelt, bevor ich höre, wie Julian meinen Namen ruft.

Mit klingenden Ohren drehe ich mich um und sehe, wie er mir etwas Sperriges zuwirft. »Zieh das an!«, brüllt er, bevor er meinen Eltern ebenfalls zwei dieser Pakete zuwirft.

Kugelsichere Westen, begreife ich ungläubig.

Er hat uns gerade kugelsichere Westen zugeworfen.

Das Ding ist schwer, aber ich schaffe es, sie mir überzuziehen, obwohl die Limousine hin und her schwankt. Ich kann hören, wie meine Eltern sich gegenseitig anweisen, und als ich mich umdrehe, sehe ich, dass Julian selbst bereits eine trägt.

Er hält eine AK 47 in seinen Händen – die er mir zuwirft, bevor er eine große, ungewöhnlich aussehende Waffe aus dem Lager holt. Ich betrachte sie verwundert, bis ich erkenne, was es ist.

Ein Granatwerfer. Julian hat ihn mir einmal auf dem Anwesen gezeigt.

Ich schüttele mein Entsetzen ab, klettere auf den Sitz und ergreife das Sturmgewehr mit zitternden Händen. Ich muss funktionieren, ganz egal, wie angsteinflößend diese Situation gerade sein mag. Aber bevor ich das Fenster herunterlassen und schießen kann, zieht mich Julian wieder auf den Boden zurück.

»Bleib unten«, brüllt er mich an. »Verdammt nochmal, beweg dich nicht!«

Ich nicke und versuche, meine gehetzte Atmung zu kontrollieren. Das Adrenalin, welches durch mich hindurchfließt, beschleunigt und verlangsamt gleichzeitig alles, meine Sicht ist wie benebelt und doch scharf. Ich kann das Schluchzen meiner Mutter hören, als Rosa und Lucas uns vorn etwas zurufen – und dann sehe ich, wie sich Julians Gesichtsausdruck verändert, als er sich zur Windschutzscheibe umdreht.

»Scheiße!« Der Fluch wird mit solchem Nachdruck ausgesprochen, dass er mich beängstigt.

Da ich einfach nicht still liegen bleiben kann, knie ich mich wieder hin … und dann hören meine Lungen auf zu funktionieren.

Auf der Straße vor uns, nur einige hundert Meter von uns entfernt, befindet sich eine Polizeiblockade.

3 4

*J*ulian

DER KALTE, RATIONALE TEIL MEINES GEHIRNES NIMMT SOFORT ZWEI
Dinge wahr: wir haben keine Möglichkeit, umzukehren, und die vier
Polizeiautos, die die Straße blockieren, sind von Männern in der
Bekleidung des Spezialeinsatzkommandos umgeben.

Sie haben uns erwartet – was bedeutet, dass sie für die Sullivans
arbeiten und hier sind, um uns zu töten.

Dieser Gedanke erfüllt mich mit schrecklicher Wut. Ich habe keine
Angst um mich selbst, aber das Wissen, dass Nora heute sterben
könnte, dass ich sie vielleicht nie wieder in meinen Armen halten
werde ...

Nein, verdammt nochmal, nein. Schonungslos schiebe ich diesen
lähmenden Gedanken zur Seite und verschaffe mir schnell einen
Überblick über die Situation.

In weniger als zwanzig Sekunden werden wir die Polizeisperre
erreicht haben. Ich weiß, was Lucas vorhat: die beiden Autos
rammen, die den größten Abstand zueinander haben. Die Lücke ist
nur etwa sechzig Zentimeter breit, aber wir fahren mit einer

756

Geschwindigkeit von etwa hundertneunzig Kilometern pro Stunde, was bedeutet, dass wir unsere Schwungkraft zu unserem Vorteil nutzen können.

Das Einzige, was wir tun müssen, ist, den Aufprall zu überleben.

Ich umfasse den Granatwerfer mit meiner rechten Hand, schreie Noras Eltern »Macht euch bereit!« zu und lasse mich auf den Boden fallen, um Nora mit meinem Körper zu bedecken.

Einige Sekunden später prallt unsere Limousine mit markerschütternder Wucht in die Polizeiautos. Ich kann Noras Eltern schreien hören, spüre die Trägheit des Aufpralls, die mich nach vorn schiebt, und spanne jeden Muskel in meinem Körper an, um zu verhindern, dass ich wegrutsche.

Es gelingt mir mit Müh und Not. Meine linke Schulter schlägt gegen die Seite des Sitzes, aber ich kann Nora sicher unter mir behalten. Ich habe keinen Zweifel daran, dass ich sie mit meinem Gewicht fast erdrücke, aber das ist besser als die Alternative. Ich kann das metallische Geräusch der Kugeln hören, die auf den Seiten und den Fenstern des Autos aufkommen, als sie auf uns feuern.

Befänden wir uns in einem normalen Auto, wären wir schon von Kugeln durchlöchert worden.

Sobald ich merke, dass die Limousine wieder an Geschwindigkeit zunimmt, springe ich auf meine Füße und bemerke aus dem Augenwinkel, dass Noras Eltern den Aufprall überlebt zu haben scheinen. Tony hält seinen Arm mit einer schmerzverzogenen Grimasse fest, aber Gabriela scheint höchstens ein wenig benommen zu sein.

Ich habe allerdings nicht die Zeit, sie mir genauer anzusehen. Wenn wir überhaupt die Möglichkeit haben, das Ganze hier zu überleben, müssen wir uns so schnell wie möglich um Sullivans Männer kümmern.

Der Granatwerfer befindet sich immer noch in meiner Hand, und ich drücke auf einen Knopf an der Seite der Tür, um die versteckte Öffnung im Dach zu aktivieren. Dann stelle ich mich in die Mitte des Ganges, so dass mein Kopf und meine Schultern aus dem Auto ragen. Ich hebe die Waffe an und ziele auf die Autos, die uns verfolgen – jetzt einschließlich eines Streifenwagens der Polizei, der an der Spitze der fünfzehn Autos von Sullivan fährt.

Nein, dreizehn Fahrzeuge von Sullivan, korrigiere ich mich, nachdem ich sie schnell gezählt habe. In den letzten Minuten ist es meinen Männern gelungen, zwei weitere von ihnen unschädlich zu machen.

Es ist an der Zeit, das Ungleichgewicht zu beheben.

Kugeln umschwirren meinen Kopf, aber ich ignoriere sie, während ich sorgfältig ziele. Ich habe nur sechs Schuss in diesem Werfer, also muss jeder einzelne ein Treffer werden.

Bumm! Die erste Granate löst sich mit einem harten Rückstoß. Der Rückprall erwischt meine Schulter, aber ich treffe mein Ziel – das Polizeiauto, das genau hinter uns fährt. Das Fahrzeug hebt ab, explodiert in der Luft und landet brennend auf einer Seite. Einer der Hummer prallt hinein, und ich beobachte mit grimmiger Zufriedenheit, wie beide Autos in die Luft gehen und dadurch einen von Sullivans Transportern von der Straße fegen.

Es bleiben elf feindliche Fahrzeuge übrig.

Ich ziele erneut. Dieses Mal habe ich ein ehrgeizigeres Vorhaben: einen der verbleibenden Hummer weiter hinten zu erwischen. Er hat auf seinem Dach einen Granatwerfer mit einem Schuss – den, der vorhin einen der Geländewagen erwischt hat –, und ich weiß, dass sie die Waffe erneut benutzen werden, sobald sie nachgeladen haben.

Bumm! Ein weiterer Rückschlag, und zu meinem maßlosen Ärger verfehle ich mein Ziel. In letzter Sekunde weicht der Hummer scharf aus und rammt einen unserer Geländewagen mit brutaler Wucht. Ich sehe mit hilfloser Wut dabei zu, wie das Auto meiner Männer sich überschlägt und von der Straße rollt.

Jetzt haben wir nur noch fünf Geländewagen und unsere Limousine.

Ich unterdrücke alle Spuren von Emotionen und ziele für den nächsten Schuss auf einen Transporter. der sich näher bei uns befindet. *Bumm!* Diesmal ist es ein Volltreffer. Das Fahrzeug überschlägt sich, explodiert dabei. und die zwei Geländewagen der Sullivans, die sich genau hinter ihm befinden. rasen ungebremst hinein.

Es bleiben acht feindliche Fahrzeuge übrig.

Ich richte den Werfer erneut aus und versuche. dabei bestmöglich den Zickzack-Kurs der Limousine auszugleichen. Ich weiß, dass Lucas die gesamte Straßenbreite nutzt, um aus uns ein schwierigeres Ziel zu machen, aber das bedeutet gleichzeitig, dass mein eigenes Zielen erschwert wird.

Bumm! Ich schieße erneut, und ein weiterer Geländewagen der

Sullivans explodiert und reißt das hinter ihm fahrende Fahrzeug dabei mit sich.

Es bleiben sechs feindliche Fahrzeuge übrig, und ich habe noch zwei Granaten, die ich abfeuern kann.

Ich hole tief Luft und ziele erneut – und in diesem Moment feuern beide Hummer ab. Zwei unserer Geländewagen fliegen in die Luft und von der Straße.

Uns bleiben nur noch drei Geländewagen.

Ich unterdrücke meine Wut, halte die Waffe ruhig und ziele auf den Hummer, der uns immer näher kommt. Eins, zwei ... bumm! Diese Granate trifft ihr Ziel, und das massive Auto, aus dessen Motorhaube jetzt Rauch aufsteigt, wird von der Straße gefegt.

Es bleiben ein Hummer und vier feindliche Geländewagen übrig.

Ich habe nur noch eine Granate.

Ich hole erneut tief Luft, ziele, aber bevor ich abdrücken kann, schert eines der feindlichen Autos aus und kracht in ein anderes. Meine Männer müssen den Fahrer erschossen und damit unsere Chancen ein wenig verbessert haben. Die Streitmacht der Sullivans liegt jetzt bei einem Hummer und zwei Geländewagen.

Erleichtert richte ich den Granatwerfer erneut aus ... und dann höre ich es.

Das unverwechselbare Geräusch von Hubschrauberrotoren in einiger Entfernung.

Ich blicke nach oben und sehe einen Polizeihelikopter, der aus Richtung Westen auf uns zusteuert.

Scheiße.

Entweder handelt es sich dabei um weitere korrupte Polizisten, oder die US-Behörden haben Wind von dieser Auseinandersetzung bekommen.

In beiden Fällen sieht es nicht gut für uns aus.

Nora

ALS ICH DAS NEUE GERÄUSCH HÖRE, STEIGT MEIN ADRENALINSPIEGEL schlagartig an. Ich wusste nicht, dass es möglich ist, sich so zu fühlen – betäubt und gleichzeitig völlig lebendig. Mein Herz rast in Schallgeschwindigkeit, und meine Haut prickelt vor eisiger Angst. Allerdings ist die Panik, die mich vorhin erfasst hatte, weg; sie verschwand etwa zwischen der zweiten und dritten Explosion.

Offensichtlich kann man sich an alles gewöhnen, sogar an Autos, die in die Luft fliegen.

Ich umfasse die Waffe, die Julian mir gegeben hat, halte mich mit meiner freien Hand am Sitz fest und kann meinen Blick nicht von der Schlacht abwenden, die außerhalb des Autofensters tobt. Die Landschaft hinter uns sieht mit den kaputten und brennenden Autos, die den leeren Abschnitt der engen Landstraße säumen, wie ein Kriegsgebiet aus.

Es fühlt sich an, als befänden wir uns in einem Videospiel, nur dass die Verluste echt sind.

Bumm! Einmal auf den Kontrollknopf drücken, und ein Auto fliegt in die Luft. _Bumm!_ Noch ein Auto. _Bumm! Bumm!_ Ich ertappe mich selbst dabei, wie ich im Kopf jede Granate führe, so als könne ich Julians Kugeln mit meinen Gedanken lenken.

Ein Spiel. Nur ein realistisches Ballerspiel mit erstaunlichen Soundeffekten. Wenn ich es mir so hinbiege, kann ich damit umgehen. Ich kann so tun, als lägen nicht Dutzende von verbrannten Leichen beider Parteien verstreut hinter uns. Ich kann mir einreden, dass der Mann, den ich liebe, nicht gerade mitten in einer Limousine steht und einen Granatwerfer in seinen Händen hält, während sein Oberkörper dem Kugelhagel ausgesetzt ist.

Ja, ein Spiel – in dem es jetzt auch einen Hubschrauber gibt. Ich kann ihn hören, und als ich den Sitz hinaufsteige, um mich näher an das Fenster zu lehnen, kann ich ihn auch sehen.

Es ist ein Polizeihubschrauber, der genau auf uns zuhält.

Ich sollte erleichtert sein, dass die Behörden versuchen, einzugreifen – außer, dass die Barrikade, die wir gerade durchbrochen haben, nicht wie ein Versuch aussah, Recht und Ordnung wiederherzustellen. Ich sah den Streifenwagen, der uns mit der Sullivans Flotte verfolgt hat; niemand hat versucht, die Verbrecher zu verhaften, die in diesen tödlichen Fall verwickelt sind.

Sie haben versucht, uns zu zerstören.

Eine neue Schreckenswelle überrollt mich und punktiert meine falsche Ruhe. Das ist kein Spiel. Um uns herum sterben Menschen, und wenn es die Panzerung dieser Limousine nicht gäbe und Lucas nicht so ein ausgezeichneter Fahrer wäre, wären wir schon längst tot. Ginge es dabei nur um mich, würde ich mir nicht so viele Sorgen machen. Aber alle Menschen, die ich liebe, befinden sich in diesem Auto. Sollte ihnen etwas zustoßen …

Nein, halt. Ich spüre, wie ich beginne zu hyperventilieren, und ich zwinge mich diesen Gedanken, aus meinem Kopf verschwinden zu lassen. Ich kann es mir nicht leisten, jetzt in Panik zu verfallen. Ich schaue nach vorn und sehe, wie meine Eltern zusammengekauert auf dem Sitz sitzen und sich an ihren Gurten festhalten. Sie sind so blass, dass sie schon fast grün aussehen. Da meine Mutter nicht länger schreit, nehme ich an, dass sie beide unter Schock stehen.

Die Limousine macht eine scharfe Rechtskurve, die mich fast vom Sitz wirft.

»Ich fahre in den Hangar!«, schreit Lucas von vorn, und ich bemerke, dass wir von der Landstraße auf eine noch engere Straße gefahren sind. Der kleine Flughafen liegt genau vor uns und lockt mit dem Versprechen auf Rettung. Das Dröhnen des Hubschraubers ist genau über uns, aber wenn wir zum Flugzeug gelangen und abheben können …

Bumm! Mir wird schwarz vor Augen, und alle Geräusche verschwinden eine Sekunde lang. Ich ziehe hörbar Luft ein, klammere mich an der Kante des Sitzes fest und versuche verzweifelt, nicht herunterzurutschen, als die Limousine eine Kurve fährt und gleichzeitig beschleunigt. Als meine Sinne wieder zu sich kommen, bemerke ich, dass der Geländewagen der Wachen, der genau hinter uns gefahren ist, getroffen wurde. Er hat jetzt ein klaffendes, rauchendes Loch in seinem Dach. Ich sehe entsetzt und schockiert dabei zu, wie er unkontrolliert auf ein anderes unserer eigenen Fahrzeuge zurast und schließlich mit erschütternder Kraft aufprallt. Reifen quietschen, bevor beide Autos wie ein eingedrücktes Metallknäuel von der Straße rollen.

Der Polizeihubschrauber hat auf uns geschossen, wird mir voller Panik klar. Er hat auf uns geschossen und zwei unserer Autos außer Gefecht gesetzt, weshalb uns für unseren Schutz nur noch ein Auto mit Wächtern zur Verfügung steht.

Ich drehe mich herum und blicke erneut aus der Frontscheibe. Der Hangar, in dem unser Flugzeug geparkt ist, ist nahe, so nahe. Nur noch einige hundert Meter – und wir werden da sein. Bestimmt können wir so lange noch überleben …

Bumm! Meine Ohren klingeln, und als ich mich herumdrehe, sehe ich, wie der Hummer hinter uns in Flammen aufgeht. Julian muss ihn getroffen haben, stelle ich erleichtert fest. Jetzt werden wir nur noch von einem Hubschrauber und zwei Geländewagen verfolgt, und uns bleibt ein Geländewagen mit unseren Männern. Noch ein paar weitere Schüsse wie diesen – und wir sind in Sicherheit.

»Nora!« Starke Arme schlingen sich um meine Taille und ziehen mich auf den Boden. Ein verärgerter Julian kniet über mir, und sein Gesichtsausdruck ist wutentbrannt. »Ich habe dir verdammt nochmal gesagt, dass du unten bleiben sollst.«

In dem Bruchteil einer Sekunde registriere ich zwei Dinge: er ist unverletzt, und seine Hände sind leer.

Der Granatwerfer muss keine Munition mehr haben.

Bumm! Ein Schlag erschüttert die Limousine, und wir beide fliegen durch die Luft. Ich bemerke kaum, dass Julian sich auf mich wirft, um mich mit seinem Körper zu beschützen, aber ich fühle den brutalen

Aufprall, als wir gegen das Trennfenster geschleudert werden. Die Luft wird aus meinen Lungen gedrückt, der Innenraum des Autos beginnt sich zu drehen, und vor meinem Blick verschwimmt alles, während gleichzeitig etwas Scharfes in meine Haut eindringt. Mein Kopf hämmert von innen heraus, so als hätte er Probleme damit, mein Gehirn daran zu hindern, zu explodieren.

»Nora!« Julians Stimme erreicht mich durch das Klingen in meinen Ohren. Benommen versuche ich, mich auf ihn zu konzentrieren. Als die Verschwommenheit ein wenig nachlässt, wird mir klar, dass wir uns wieder auf dem Boden befinden und er auf mir liegt. Sein Gesicht ist blutverschmiert; die rote, warme Flüssigkeit läuft an ihm herunter und tropft auf mich. Er sagt auch etwas, aber seine Worte erreichen mich nicht.

Alles, was ich wahrnehmen kann, ist das hinterhältige, tödliche Rot seines Blutes.

»Du bist verletzt.« Das verängstigte Krächzen hat kaum Ähnlichkeit mit meiner Stimme. »Julian, du bist verletzt ...«

Er ergreift mein Kinn hart und zwingt mich, zu verstummen. »Hör mir zu«, knirscht er zwischen seinen Zähnen hervor. »In genau einer Minute musst du rennen. Verstehst du mich? Renn ohne Umwege zu dem verdammten Flugzeug und halte nicht an, egal was passiert.«

Ich blicke ihn verständnislos an. *Tropf. Tropf. Tropf.* Die roten Tropfen fallen nach unten. Ich kann die Nässe auf meinem Gesicht spüren, schmecke den metallischen Geschmack auf meinen Lippen. Seine Augen sind leuchtend blau inmitten dieses Rots, blau und unglaublich schön ...

»Nora!«, brüllt er und schüttelt mich. »Verstehst du mich?«

Ein Teil des Dröhnens in meinem Kopf erlischt, und die Bedeutung seiner Worte erreicht mich endlich.

Renne. Er möchte, dass ich renne.

»Was ist mit ... dir«, möchte ich fragen, aber er schneidet mich ab.

»Du wirst deine Eltern mit dir nehmen, und ihr alle werdet verdammt nochmal rennen.« Seine Stimme ist schneidend genug, um Stahl zu durchtrennen, und sein Blick brennt sich in mich ein. »Du wirst die Waffe bei dir haben, aber ich möchte nicht, dass du Held spielst. Hast du mich verstanden, Nora?«

Ich schaffe es gerade, leicht zu nicken. »Ja.« Durch meine pochenden Schläfen hindurch bekomme ich mit, dass das Auto immer noch fährt – trotz des Dings, das uns getroffen hat. Ich kann den Hubschrauber über uns hören, aber im Moment sind wir immer noch am Leben. »Ja, ich habe dich verstanden.«

»Gut.« Er blickt mir noch einen Augenblick länger in die Augen, bevor er, als könne er nicht widerstehen, seinen Kopf nach unten beugt und mich hart und brennend küsst. Ich schmecke das Salz und Metall seines Blutes und den einzigartigen Geschmack Julians, und ich will, dass er nicht aufhört, mich zu küssen, dass er mich den Albtraum vergessen lässt, den wir gerade erleben. Viel zu früh bewegen sich seine Lippen von meinem Mund zu meinem Hals, und ich spüre die Wärme seines Atems, als er mir ins Ohr flüstert: »Bitte, bringe dich und deine Eltern ins Flugzeug, Baby. Thomas ist schon dort, und er kann es fliegen, falls es sein muss. Lucas wird sich um Rosa kümmern. Das ist unsere einzige Chance lebendig hier herauszukommen, also renne, wenn ich es dir sage. Ich werde genau hinter dir sein, okay?«

Und bevor ich irgendetwas erwidern kann, springt er hoch, zieht mich auf meine Knie und reicht mir die AK 47, die ich fallen gelassen hatte. In meinem Kopf dreht sich alles durch die plötzliche Bewegung, aber ich kann die Betäubung abschütteln und ergreife die Waffe mit aller Kraft. Ich fühle mich, als funktioniere ich im Sparbetrieb, mein Körper ist erstaunlich unkooperativ, aber ich bin in der Lage, mich genug zu konzentrieren, um zu bemerken, dass die Heckscheibe verschwunden ist und Rauch aus dem Ende des Autos aufsteigt. Zu meiner Erleichterung sind meine Eltern immer noch an ihren Sitzen festgeschnallt, blutend und benommen, aber lebendig.

Die Heckscheibe muss zersplittert sein, weshalb Glasfragmente durch das Auto geflogen sind – das erklärt das Blut auf ihnen und auf Julian.

Die Limousine beginnt langsamer zu werden, und Julian ergreift erneut mein Kinn, um meine Aufmerksamkeit zu ihm zurückzubringen. »In zehn Sekunden«, sagt er knapp, »werde ich diese Tür öffnen und hinausgehen. In diesem Moment flüchtet ihr durch die gegenüberliegende Tür. Hast du das verstanden, Nora? Ihr springt heraus und rennt, als sei der Teufel hinter euch her.«

Ich nicke, und sobald er mich loslässt, drehe ich mich zu meinen Eltern um. »Schnallt euch ab«, sage ich rau. »Wir werden zum Flugzeug rennen, sobald das Auto anhält.«

Meine Mutter, die durch den Schockzustand, in dem sie sich

befindet, leichenblass im Gesicht ist, reagiert nicht, aber mein Vater beginnt an seinem Gurt zu nesteln. Aus dem Augenwinkel sehe ich, wie der Hangar vor uns auftaucht, und beginne frenetisch, meinen Eltern zu helfen, bevor das Auto stehen bleibt.

Ich kann den Gurt meiner Mutter abschnallen, aber der meines Vaters scheint sich blockiert zu haben. Wir beide ziehen verzweifelt an ihm, und unsere Hände behindern sich gegenseitig, als die Limousine bereits durch ein breites, offenes Tor in ein warenhausähnliches Gebäude rast.

»Beeilt euch!«, brüllt Julian, als die Limousine zum Stehen kommt. Ich werde fast wieder zu Boden geworfen, aber kann mich im letzten Moment an dem Gurt festhalten.

»Nora, jetzt!«, schreit Julian und schleudert seine Tür auf. »Los!« Endlich gibt der Verschluss nach, der Gurt löst sich, und ich ergreife die Hand meines Vaters, während er die meiner Mutter nimmt. Wir stoßen die gegenüberliegende Tür auf, stürzen aus dem Auto und fallen auf unsere Hände und Knie. Mein Herz klopft, ich drehe meinen Kopf, um unser Flugzeug zu suchen, und dann sehe ich es.

Es steht nahe des Ausgangs auf der gegenüberliegenden Seite des Hangars mit einem Dutzend Flugzeugen zwischen ihm und uns.

»Dorthin!« Ich springe auf und ziehe an meinem Vater. »Kommt, wir müssen uns beeilen!«

Wir beginnen zu rennen. Hinter uns hören wir ein weiteres Quietschen von Bremsen, auf das ein wütender Kugelhagel folgt. Als ich mich umdrehe, sehe ich, dass Julian und Lucas auf den Geländewagen schießen, der sich gerade zu uns gesellt hat. Rosa rennt ebenfalls genau hinter uns. Mein Herz hämmert, ich werde langsamer, und alles in mir schreit danach, zurückzurennen und Lucas und Julian zu helfen, aber dann erinnere ich mich an seine Worte.

Unsere einzige Chance, zu überleben, ist, alle in das Flugzeug zu bekommen. Trotz meiner Hilfe funktionieren meine Eltern kaum.

Ich unterdrücke den Drang, zur Limousine zurückzukehren, und brülle stattdessen »Beeile dich!« zu Rosa, die schon fast bei uns ist. Wir vier rennen weiter, und mein Vater zieht meine Mutter hinter sich her. Er ist ebenfalls leichenblass, und seine Augen sehen wild aus, aber er setzt einen Fuß vor den anderen, und das ist alles, was ich gerade von ihm will. Sollten wir das hier überstehen, werde ich mir Gedanken um die Auswirkungen auf die Psyche meiner Eltern machen und mich damit quälen, welche Rolle ich dabei gespielt habe.

In diesem Moment ist unsere einzige Aufgabe, zu überleben.

Und trotzdem, auch wenn ich das weiß, kann ich es nicht verhindern, panische Blicke hinter mich zu werfen. Die Angst um Julian sitzt wie ein riesiger Knoten in meiner Brust. Ich kann mir nicht vorstellen, ihn schon wieder zu verlieren. Ich glaube nicht, dass ich das überleben könnte.

Als ich das erste Mal zurückschaue, suchen Julian und Lucas Schutz hinter der Limousine und wechseln Schüsse mit den Männern die sich hinter dem Geländewagen verstecken. Auf dem Boden liegen bereits zwei Leichen, und der Geländewagen weist ein blutiges Loch in seiner Windschutzscheibe auf.

Trotz meiner Panik bin ich einen Moment lang stolz. Mein Ehemann und seine rechte Hand wissen, was sie tun, wenn es darum geht, Leben zu nehmen.

Bei meinem zweiten Blick hinter mich sieht es noch besser aus. Vier feindliche Leichen, und Lucas geht langsam um die Limousine, um den letzten Schützen zu eliminieren, während Julian ihm Rückendeckung gibt.

Beim dritten Mal ist der letzte Schütze erledigt, die Schüsse hören auf und der Hangar ist eigenartig ruhig nach diesem ganzen Lärm. Ich sehe Lucas und Julian, wie es aussieht, unverletzt, und Glückstränen laufen meine Wangen hinunter.

Wir haben es geschafft. Wir haben überlebt.

Wir sind schon am Flugzeug, und ich sehe, dass Thomas, der Fahrer meines Friseurtermins, an der geöffneten Tür steht. »Bitte, bringe sie hinein«, sage ich zu ihm mit zitternder Stimme, und er nickt während er meine Eltern und Rosa die Stufen hinaufführt. »Ich bin sofort bei euch«, rufe ich meinem Vater zu, als er versucht, mich zu ihnen zu holen. »Einen Augenblick nur.« Ich befreie mich aus seinem Griff und drehe mich wieder zur Limousine um.

»Julian!« Ich hebe die AK 47 über meinen Kopf und winke ihm mit der Waffe zu. »Kommt her! Lasst uns fliegen!«

Er blickt mich an und ein breites Lächeln erleuchtet sein Gesicht.

Halb lachend, halb weinend, beginne ich voller Freude, auf ihn zuzurennen – und dann explodiert die Wand neben der Limousine, und Lucas und er fliegen durch die Luft.

3 6

Julian

SCHMERZ. DUNKELHEIT.

Einen Augenblick lang bin ich wieder zurück in diesem fensterlosen Raum mit Majid, dessen Messer durch mein Gesicht fährt. Mein Magen zieht sich zusammen, und sein Inhalt kommt hoch. Dann klärt sich mein Kopf, und ich bemerke das dumpfe Klingen in meinen Ohren.

Das ist nicht in Tadschikistan passiert.

Mir war dort auch nicht so heiß.

Zu heiß. So heiß, als würde ich brennen.

Scheiße! Ein Adrenalinschub verjagt alle Spuren meiner Benebelung. Ich bewege mich in Lichtgeschwindigkeit und rolle mich mehrere Male um meine eigene Achse, um die Flammen auszulöschen, die auf meiner Weste brennen. Übelkeit steigt in mir auf, und mein Kopf schmerzt durch die quälende Anstrengung, aber als ich innehalte, ist das Feuer gelöscht.

Ich keuche angestrengt und liege bewegungslos da, um wieder zu mir zu kommen. Was zum Teufel ist gerade passiert?

Das Klingen in meinem Kopf lässt leicht nach, und ich zwinge meine Augenlider dazu, sich zu öffnen, um die brennenden Trümmer um mich herum zu betrachten.

Eine Explosion. Es muss eine Explosion gewesen sein.

Sobald ich das erkenne, höre ich sie.

Die Schüsse, die erwidert werden.

Mein Herz setzt aus. *Nora!*

Die Panik, die mich durchfährt, ist so intensiv, dass sie alles andere verdrängt. Ich bemerke meine Schmerzen nicht länger, stelle mich hin und habe einen Moment lang damit zu kämpfen, dass meine Knie nachgeben, bevor sie es endlich schaffen, mein Gewicht zu halten.

Ich drehe mich nach allen Seiten um, um die Quelle der Schüsse zu entdecken, und dann kann ich sie sehen.

Eine kleine Figur huscht hinter ein großes Flugzeug, nachdem sie eine weitere Salve Schüsse abgegeben hat. Hinter ihr befindet sich eine Gruppe von vier bewaffneten Männern, die alle die Ausrüstung des Spezialeinsatzkommandos tragen.

In Sekundenschnelle nehme ich den Rest der Situation wahr. Die Wand des Hangars neben der Limousine ist verschwunden, in die Luft gesprengt worden, und durch die Öffnung kann ich den Polizeihubschrauber mit jetzt bewegungslosen Flügelblättern auf dem Gras stehen sehen.

Meine Männer in dem Geländewagen müssen den Kampf verloren haben, und wir sind der verbleibenden Streitmacht der Sullivans allein ausgesetzt.

Bevor ich den Gedanken zu Ende gebracht habe, bewege ich mich schon. Die Limousine brennt neben mir, aber das Feuer ist vorn, nicht hinten, was mir einige Sekunden Zeit verschafft. Ich stürze zum Auto, reiße eine der Türen auf und steige ein. Die Waffen sind immer noch in ihrem Versteck, und ich nehme mir zwei Maschinenpistolen, bevor ich wieder herausspringe, da das Auto jeden Moment explodieren kann. Während ich das tue, bemerke ich Lucas, der etwa zehn Meter von mir entfernt versucht, sich hinzustellen. Er lebt, nehme ich mit einer unterschwelligen Erleichterung wahr.

Ich habe nicht die Zeit, mich jetzt damit zu befassen. In hundert Metern Entfernung schlängelt sich Nora um die Flugzeuge herum und tauscht Schüsse mit ihren Verfolgern aus. Mein kleines Kätzchen gegen vier bewaffnete Männer – dieser Gedanke erfüllt mich mit wahnsinniger Angst und Wut.

Ich nehme eine Waffe in jede Hand und beginne zu rennen. Sobald ich freie Sicht auf die Männer von Sullivan habe eröffne ich das Feuer.

Rat-tat-tat! Der Kopf von einem der Männer explodiert. *Rat-tat-tat!* Und ein weiterer Mann ist außer Gefecht gesetzt.

Als sie verstehen, was gerade passiert, drehen sich die beiden überlebenden Männer in meine Richtung und beginnen, auf mich zu schießen. Ich ignoriere die Kugeln, die um mich herum fliegen, renne und schieße weiter, während ich gleichzeitig mein Bestes gebe, um einen Zickzackkurs um die Flugzeuge beizubehalten. Trotz meiner Weste, die meinen Oberkörper schützt, bin ich noch lange nicht immun gegen Schüsse.

Rat-tat-tat! Etwas schabt an meiner linken Schulter entlang und hinterlässt eine brennende Spur. Fluchend umgreife ich die Waffen fester und erwidere das Feuer, woraufhin einer der Männer hinter einen kleinen Lastwagen springt. Der zweite fährt damit fort, auf mich zu schießen, und während ich laufe, sehe ich, wie Nora hinter einem der Flugzeuge hervortritt und mit dunklen, riesigen Augen in ihrem blassen Gesicht zielt.

Pop! Der Kopf des Schützen explodiert mit einem Knall. Ihre Kugel hat ihr Ziel getroffen. Nora dreht sich um und feuert auf den Mann, der sich hinter dem Lastwagen versteckt.

Ich nutze die Ablenkung, die sie bietet, ändere meinen Kurs und schleiche mich um diesen Lastwagen, hinter dem sich der letzte Mann versteckt. Als ich mich hinter ihm befinde, sehe ich, dass er auf Nora zielt – und mit einem Wutschrei drücke ich ab, durchsiebe ihn mit Kugeln.

Er rutscht wie eine blutige Masse leblosen Fleisches an der Wand des Lastwagens hinab.

Es folgen keine weiteren Schüsse, und die resultierende Stille ist fast unheimlich.

Keuchend lasse ich meine Waffe sinken und trete hinter dem Lastwagen hervor.

Nora

ALS JULIAN BLUTÜBERSTRÖMT, ABER LEBENDIG HINTER DEM LKW hervortritt, lasse ich die AK-47 fallen, da meine Finger diese schwere Waffe nicht länger halten können. Das Gefühl in meiner Brust ist mehr als nur Glück, mehr als nur Erleichterung.

Es ist ein reines Hochgefühl, überwältigender, ungebremster Jubel darüber, dass wir unsere Feinde getötet und selbst überlebt haben.

Als die Wand explodierte und bewaffnete Männer in den Hangar stürmten, dachte ich, dass Julian getötet worden sei. In meiner blinden Wut habe ich das Feuer auf sie eröffnet, und als sie begannen, es zu erwidern, bin ich ohne nachzudenken gerannt, habe rein instinktiv gehandelt.

Ich wusste, ich würde nicht länger als einige wenige Minuten überleben, aber das war mir egal. Alles, was ich wollte, war, lange genug zu leben, um so viele Männer wie möglich umzubringen.

Jetzt ist Julian aber hier, steht vor mir, so lebendig wie immer.

Ich weiß nicht, ob ich zu ihm gerannt bin oder ob er zu mir kam, aber ich finde mich in seiner Umarmung wieder und er drückt mich so fest, dass ich kaum atmen kann. Er lässt heiße, brennende Küsse über mein Gesicht und meinen Hals regnen, während seine Hände meinen Körper nach Verletzungen abtasten. Der ganze Schrecken der vergangenen Stunde fällt von mir ab und wird durch reine Freude ersetzt.

Wir haben überlebt, wir sind zusammen, und nichts wird uns jemals wieder trennen.

~

»Diese beiden hier habe ich in der Nähe des Hubschraubers gefunden«, meint Lucas, als wir aus dem Hangar gehen, um nach ihm zu suchen. Wie Julian ist er blutbeschmiert und unsicher auf seinen Füßen, aber deshalb nicht weniger tödlich – wie der Zustand der beiden Männer, die auf dem Rasen liegen, beweist. Sie stöhnen und weinen beide, einer umfasst seinen blutenden Arm, und der andere versucht, den Blutstrom aus seinem Bein aufzuhalten.

»Sind das diejenigen von denen ich denke, dass sie es sind?«, fragt Julian rau, während er mit seinem Kopf in Richtung des älteren Mannes deutet, und Lucas grinst grausam.

»Ja. Patrick Sullivan höchstpersönlich mit seinem Lieblingssohn – und gleichzeitig dem letzten, den er noch hat – Sean.«

Ich blicke auf den jüngeren Mann, und jetzt erkenne ich seine verzerrten Züge. Es ist Rosas Angreifer, derjenige, der entkommen ist.

»Ich denke, sie kamen mit dem Hubschrauber, um die ganze Sache zu beobachten und zum richtigen Zeitpunkt einzugreifen«, fährt Lucas fort und verzieht sein Gesicht, während er sich seine Rippen hält. »Nur, dass dieser Zeitpunkt niemals gekommen ist. Sie müssen erfahren haben, wer wir sind, und Polizisten gerufen haben, die ihnen Gefallen schuldeten.«

»Die Männer, die wir getötet haben, waren Polizisten?«, frage ich und beginne zu zittern, als mein Adrenalinspiegel abfällt. »Die in den Hummern und den Geländewagen auch?«

»Ihrer Uniform nach zu urteilen waren viele von ihnen Polizisten«, erwidert Julian und legt seinen rechten Arm um meine Taille. Ich bin dankbar für seine Stütze, da meine Beine gerade weich werden. »Einige waren wahrscheinlich korrupt, aber andere haben einfach den Anweisungen ihrer Vorgesetzten Folge geleistet. Ich bin mir sicher, dass ihnen gesagt wurde, wir seien höchst gefährliche Kriminelle. Vielleicht sogar Terroristen.«

»Oh.« Bei diesem Gedanken beginnt mein Kopf zu schmerzen, und plötzlich werde ich mir meiner Verletzungen bewusst. Der Schmerz trifft mich wie eine Flutwelle, bevor mich eine so starke Erschöpfung überkommt, dass ich mich gegen Julian lehne, als alles vor mir verschwimmt.

»Scheiße.« Mit diesem leisen Fluch kippt die Welt um mich herum um, begibt sich in die Horizontale, und ich begreife, dass Julian mich hochgehoben hat und vor seiner Brust trägt. »Ich bringe sie zum Flugzeug«, höre ich ihn sagen, und es kostet mich meine letzte Kraft, den Kopf zu schütteln.

»Nein, es geht mir gut. Bitte lass mich runter«, verlange ich, drücke mich von seinen Schultern ab, und zu meiner Überraschung stellt Julian mich hin. Sein Arm bleibt weiterhin um meinen Rücken geschlungen, aber er lässt mich auf eigenen Füßen stehen.

»Was ist los, Baby?«, fragt er und sieht mich an.

Ich zeige auf die beiden blutenden Männer. »Was wirst du mit ihnen tun? Wirst du sie umbringen?«

»Ja«, bestätigt Julian. Seine blauen Augen glänzen kalt. »Das werde ich.«

Ich atme langsam ein und aus. Das Mädchen, das Julian auf die Insel gebracht hat, hätte Einwände gehabt, ihm einen Grund dafür genannt, ihre Leben zu verschonen, aber ich bin nicht mehr dieses Mädchen. Das Leiden dieser Männer berührt mich nicht. Ich habe mehr Mitleid für einen Käfer, der auf dem Rücken liegt, als für diese Menschen, und ich bin froh, dass sich Julian um diese Gefahr kümmert, die sie darstellen.

»Ich denke, Rosa sollte dabei sein«, meint Lucas. »Sie möchte bestimmt sehen, dass der Gerechtigkeit Genüge getan wird.«

Julian blickt mich an, und ich nicke zustimmend. Es mag falsch sein, aber in diesem Moment scheint es richtig zu sein, dass sie dabei ist, dass sie sieht, wie diejenigen die ihr wehgetan haben, dieses Ende nehmen.

»Bringe sie her«, befiehlt Julian. Als Lucas zum Hangar geht, bleiben Julian und ich allein mit den Sullivans zurück.

Wir betrachten unsere Gefangenen in grimmiger Stille, da keinem von uns nach Reden zumute ist. Der ältere Mann hat bereits das Bewusstsein verloren, wahrscheinlich durch seine starke Blutung, aber Rosas Angreifer ist noch recht redselig und fleht um Gnade. Schluchzend windet er sich auf dem Boden und verspricht uns Geld, politische Gefallen, Einführung in die US-Kartelle ... was auch immer wir möchten, solange wir ihn gehen lassen. Er schwört, dass er nie wieder eine Frau anfassen wird, sagt, dass es ein Fehler war – er wusste nicht, wer Rosa war ... Als weder Julian noch ich reagieren, werden aus seinen Verhandlungen Drohungen, und ich höre ihm nicht länger zu, da ich weiß, dass nichts, was er sagt, unsere Meinung ändern wird. Die Wut in mir ist eiskalt und lässt keinen Raum für Mitleid.

Für das, was er Rosa und dem Kind, das wir verloren haben, angetan hat, verdient Sean Sullivan nichts anderes als den Tod.

Eine Minute später ist Lucas zurück und führt eine zittrig aussehende Rosa aus dem Hangar. In der Sekunde allerdings, in der ihr Blick auf die beiden Männer fällt, kommt ihre Gesichtsfarbe zurück, und ihr Blick verhärtet sich. Sie nähert sich ihrem Angreifer und schaut ihn einige Sekunden lang an, bevor sie sich uns zuwendet.

»Darf ich?«, fragt sie, streckt ihre Hand aus, und Lucas lächelt kalt, als er ihr seine Waffe reicht. Ihre Hand ist sicher, als sie auf ihren Angreifer zielt.

»Tu es«, sagt Julian, und ich sehe dabei zu wie ein weiterer Mann stirbt, als sein Kopf zerplatzt. Bevor das Echo von Rosas Schuss verstummt ist, tritt Julian zu dem bewusstlosen Patrick Sullivan und versenkt eine Kugelladung in seiner Brust.

»Wir sind hier fertig«, sagt er, wendet sich von der Leiche ab – und wir vier gehen zurück zum Flugzeug.

AUF DEM NACHHAUSEWEG STEUERT THOMAS DAS FLUGZEUG, WÄHREND Lucas mit Julian, mir und Rosa in der Hauptkabine bleibt. Als sie sieht, dass wir alle am Leben sind bricht meine Mutter in ein hysterisches Schluchzen aus, so dass Julian meine Eltern in das Schlafzimmer des Flugzeugs führt und ihnen sagt, sie sollen dort duschen und sich ein wenig ausruhen. Ich möchte hingehen, um nach ihnen zu sehen, aber die Kombination aus Erschöpfung und dem Adrenalinabfall holt mich plötzlich wieder ein.

Sobald wir in der Luft sind, schlafe ich auf meinem Sitz ein, während Julian fest meine Hand umfasst.

Ich erinnere mich weder daran, gelandet, noch, in das Haus gekommen zu sein. Als ich das nächste Mal meine Augen öffne, sind wir schon zu Hause in unserem Schlafzimmer, und Dr. Goldberg säubert und verbindet meine Verletzungen. Ich erinnere mich ganz schwach daran, dass Julian im Flugzeug das Blut von mir abgewaschen hat, aber der Rest der Reise ist unbemerkt an mir vorbeigezogen.

»Wo sind meine Eltern?«, frage ich den Arzt, als er einen Glassplitter aus meinem Arm zieht. »Wie fühlen sie sich? Und was ist mit Rosa und Lucas?«

»Sie schlafen alle«, sagt Julian, der dem Arzt zuschaut. Sein Gesicht sieht vor Erschöpfung ganz grau aus, und seine Stimme ist so schwach, wie ich sie noch niemals zuvor gehört habe. »Mach dir keine Sorgen. Es geht ihnen gut.«

»Ich habe sie untersucht, als sie hier eingetroffen sind«, erwidert Dr. Goldberg, während er die leicht blutende Wunde an meinem Arm verbindet. »Dein Vater hat sich seinen Ellenbogen böse angeschlagen, aber er hat sich nichts gebrochen. Deine Mutter war in einem Schockzustand, aber außer ein paar Schnitten durch die umherfliegenden Glassplitter und einem leichten Schleudertrauma geht es ihr gut, genauso wie Frau Martinez. Lucas Kent hat einige gebrochene Rippen und ein paar Verbrennungen, aber er wird sich erholen.«

»Und Julian?«, frage ich und blicke zu meinem Ehemann hinüber. Er ist bereits sauber und verbunden, also muss der Arzt ihn sich bereits angesehen haben, während ich schlief.

»Eine leichte Gehirnerschütterung, genau wie Sie, und Verbrennungen ersten Grades auf dem Rücken, einige Stiche am Arm, wo er von der Kugel gestreift wurde, und einige Quetschungen. Und natürlich diese kleinen Wunden durch das umherfliegende Glas.« Er entfernt einen weiteren Glassplitter aus meinem Arm, macht eine Pause und blickt uns beide an, als wisse er nicht, ob er fortfahren sollte. Schließlich sagt er leise: »Ich habe von der Fehlgeburt gehört. Es tut mir wahnsinnig leid.«

Ich nicke und unterdrücke ein plötzliches Aufsteigen von Tränen. Das Mitleid in Dr. Goldbergs Blick ist schmerzhafter als das ganze Glas, es erinnert mich an das, was wir verloren haben. Diese quälende Trauer, die ich während unseres Kampfes tief in mir vergraben hatte, ist zurück, schneidender und stärker als jemals zuvor.

Wir haben vielleicht überlebt, aber sind nicht unversehrt aus der Sache herausgekommen.

»Danke«, sagt Julian mit belegter Stimme, steht auf und geht zum Fenster hinüber, vor dem er stehen bleibt. Seine Bewegungen sind steif und ungelenk, seine Haltung strahlt Anspannung aus. Offensichtlich erkennt der Arzt seinen Fehler, denn er beendet die restliche Behandlung schweigend, bevor er mit einem gemurmelten »Gute Nacht« verschwindet und uns mit unserem Schmerz allein lässt.

Sobald Dr. Goldberg gegangen ist, kommt Julian zum Bett zurück. Ich habe ihn noch nie so müde gesehen. Er schwankt, während er geht.

»Hast du im Flugzeug überhaupt geschlafen?«, frage ich Julian, als er sein T-Shirt und die Jogginghose auszieht, die er sich angezogen haben muss, als wir nach Hause kamen. Mein Brustkorb fühlt sich auf einmal sehr eng an, als ich seine Verletzungen sehe. »Einige Quetschungen« ist eine ernsthafte Untertreibung. Er ist am ganzen Körper blau, und ein Großteil seines muskulösen Rückens und Oberkörpers ist in einen weißen Verband gewickelt.

»Nein, ich wollte dich im Auge behalten«, erwidert er schwach und kommt neben mich aufs Bett. Er legt sich mit seinem Gesicht zu mir gewandt hin, legt einen Arm über meine Seite und zieht mich näher zu sich heran. »Ich habe gedacht, du hättest eine Gehirnerschütterung von deinem Sturz im Auto«, murmelt er, und sein Gesicht befindet sich nur wenige Zentimeter von meinem entfernt.

»Oh, ich verstehe.« Ich kann mich nicht von dem intensiven Blau seiner Augen abwenden. »Aber du hast von der Explosion auch eine Gehirnerschütterung.«

Er nickt. »Ja, das hatte ich mir schon gedacht. Ein weiterer Grund dafür, wach zu bleiben.«

Ich betrachte ihn, und mein Brustkorb zieht sich um meine Lungen zusammen. Ich fühle mich, als würde ich in seinem Blick versinken, als würde ich immer weiter in diesen hypnotischen blauen Seen versinken. Ungebeten steigen in meinem Kopf Erinnerungen an die Explosion hoch, und mit ihnen der volle Schrecken der jüngsten Ereignisse. Julian, der durch die Explosion durch die Luft fliegt, Rosas Vergewaltigung, meine Fehlgeburt, die entsetzten Gesichter meiner Eltern, als wir die Landstraße mit halsbrecherischer Geschwindigkeit inmitten eines Kugelhagels entlanggejagt sind … Diese schrecklichen Szenen vermischen sich alle in meinem Kopf, erfüllen mich mit erstickender Trauer und Schuldgefühlen.

Weil ich uns in diesen Klub geschleppt habe, habe ich innerhalb von zwei Tagen mein Baby und um ein Haar jeden anderen verloren, der mir etwas bedeutet.

Die Tränen, die in meinen Augen aufsteigen, fühlen sich an, als seien sie Blut, das aus meiner Seele gequetscht wird. Jeder Tropfen brennt in meinen Tränenkanälen, die Laute, die meiner Kehle entweichen, sind rau und hässlich. Meine neue Welt ist nicht mehr einfach nur dunkel; sie ist schwarz und jeglicher Hoffnung beraubt.

Ich kneife meine Augen zusammen, versuche, mich zu einem Ball zusammenzurollen, und mache mich so klein wie möglich, um den Schmerz davon abzuhalten, nach außen zu drängen, aber Julian lässt mich nicht. Er schlingt seine Arme um mich, hält mich fest, als ich zerbreche, sein großer Körper wärmt mich, während er meinen Rücken streichelt und in mein Haar flüstert, dass wir überlebt haben, dass alles gut wird und bald wieder Normalität einkehren wird ... Der leise, tiefe Klang seiner Stimme umgibt mich, füllt meine Ohren, bis ich ihm einfach zuhören muss und seine Worte mich beruhigen, auch wenn ich weiß, dass sie gelogen sind.

Ich weiß nicht, wie lange ich so weine, aber irgendwann ebben die schlimmsten Schmerzen ab, und ich bemerke Julians Berührung, seine riesige Stärke. Seine Umarmung, einst mein Gefängnis, ist jetzt meine Rettung, bewahrt mich davor, in Verzweiflung zu ertrinken.

Als meine Tränen langsam aufhören, bemerke ich, dass ich ihn genauso fest halte, wie er mich umfasst, und dass ihn meine Berührung genauso zu beruhigen scheint. Er tröstet mich, aber ich tröste ihn ebenfalls – und irgendwie schwächt diese Tatsache meine Qualen, hebt einen Teil dieses dunklen Nebels an, der mich erdrückt.

Er hat mich schon vorher gehalten, während ich weinte, aber niemals so. Direkt oder indirekt war er immer der Grund für meine Tränen gewesen. Wir waren noch nie vorher in unserem Schmerz vereint, haben nie gemeinsames Leid erlebt. Das, was einem gemeinsamen Verlust bis jetzt am nächsten gekommen war, war Beths grausamer Tod gewesen, aber selbst damals hatten wir keine Gelegenheit dazu gehabt, gemeinsam zu trauern. Nach der Explosion des Warenhauses habe ich allein um Beth und Julian getrauert, und als er wieder zu mir zurückkam, fühlte ich mehr Wut als Trauer.

Dieses Mal ist es anders. Mein Verlust ist sein Verlust. Eigentlich mehr sein Verlust, da er dieses Kind von Anfang an haben wollte. Das kleine Leben, das in mir heranwuchs – das, was er so leidenschaftlich bewacht hat –, ist weg, und ich kann mir nicht einmal vorstellen, wie Julian sich fühlen muss.

Er muss mich für das, was ich getan habe, hassen.

Dieser Gedanke zerstört mich ein weiteres Mal, aber ich schaffe es, die Schmerzen in mir zu behalten. Ich weiß nicht, was morgen geschehen wird, aber jetzt gerade beruhigt er mich, und ich bin egoistisch genug, das zu akzeptieren, mich auf seine Stärke zu verlassen, um das Ganze zu überstehen.

Ich seufze zitternd, vergrabe mich tiefer in meinen Ehemann und lausche dem starken, regelmäßigen Schlag seines Herzens.

Selbst wenn Julian mich jetzt hasst, ich brauche ihn.

Ich brauche ihn zu sehr, um ihn jemals wieder gehen zu lassen.

3 8

Julian

Als sich Noras Atmung beruhigt und gleichmäßiger wird, entspannt sie sich an mir. Ab und an erschüttert ein Zittern ihren Körper, aber auch das hört auf, als sie endlich einschläft.

Ich sollte ebenfalls schlafen. Ich habe seit der Nacht vor Noras Geburtstag kein Auge zugemacht, was bedeutet, dass ich seit über achtundvierzig Stunden wach bin.

Achtundvierzig Stunden, die zu den schlimmsten meines Lebens zählen.

Wir haben überlebt. Alles wird gut werden. Bald wird wieder Normalität einkehren. Meine beruhigenden Worte für Nora klingen in meinen Ohren wider. Ich möchte meinen eigenen Aussagen glauben, aber der Verlust ist zu frisch, der Schmerz zu durchdringend.

Ein Kind. Ein Kind, das zu einem Teil aus mir und zum anderen aus Nora bestand. Es war noch nichts, nur eine Ansammlung von Zellen mit Potential, aber selbst mit nur zehn Wochen hatte diese kleine Kreatur mich vor Gefühlen überlaufen lassen, mich um ihren winzigen, kaum geformten Finger gewickelt.

Ich hätte alles für sie getan, und sie war noch nicht einmal geboren.

Sie ist gestorben, bevor sie eine Möglichkeit hatte, zu leben.

Dunkle, bittere Wut schnürt mir erneut die Luft ab, aber diesmal ist sie einzig und allein auf mich gerichtet. Es gibt so viele Dinge, die ich hätte tun können – müssen –, um diesen Ausgang zu vermeiden. Ich weiß, dass es sinnlos ist, darüber nachzugrübeln, aber mein erschöpftes Gehirn weigert sich, diese Gedanken aufzugeben. Dieses nutzlose »Was wäre wenn« dreht sich in meinem Kopf, bis ich mich wie ein Hamster in einem Rad fühle, der die ganze Zeit auf der Stelle läuft und nirgendwo ankommt. Was wäre passiert, wenn ich Nora auf dem Anwesen behalten hätte? Was wäre passiert, wenn ich schneller bei der Toilette gewesen wäre? Was wäre passiert, wenn … Mein Kopf dreht sich schneller, die Leere taucht bedrohlich ein weiteres Mal in mir auf, und ich weiß, dass, wenn ich Nora nicht bei mir hätte, ich dem Wahnsinn verfallen und von der Leere aufgefressen werden würde.

Ich festige meinen Griff um ihren kleinen, warmen Körper, starre in die Dunkelheit und wünsche mir verzweifelt etwas Unmögliches, eine Absolution, die ich nicht verdiene und niemals bekommen werde.

Nora seufzt im Schlaf, reibt ihre Wange auf meiner Brust, und ihre weichen Lippen drücken sich auf meine Haut. In einer anderen Nacht hätte diese unbewusste Geste mich erregt, die Lust erweckt, die mich immer in ihrer Gegenwart quält. Heute Nacht jedoch verstärkt diese zärtliche Berührung den Druck, der sich in meiner Brust aufbaut.

Mein Kind ist tot.

Diese unveränderliche Endgültigkeit trifft mich, durchdringt meine Schilde, die mich seit meiner Kindheit betäuben. Es gibt nichts, was ich tun kann, nichts, was irgendjemand tun könnte. Ich könnte ganz Chicago dem Erdboden gleichmachen – und es würde nichts ändern.

Mein Kind ist tot.

Der Schmerz rauscht unkontrollierbar über mich hinweg, wie ein Fluss, der einen Damm durchbricht. Ich versuche, dagegen anzukämpfen, aber das macht es nur schlimmer. Die Erinnerungen überschwemmen mich wie eine Flutwelle, und die Gesichter aller Menschen, die ich verloren habe, schwimmen durch meinen Kopf. *Das Baby, Maria, Beth, meine Mutter, mein Vater, so wie er in diesen*

Momenten gewesen war, in denen ich ihn geliebt habe ... Diese Trauer ist überwältigend und verdrängt alles außer dem Bewusstsein über diesen neuen Verlust.

Mein Kind ist tot.

Die Qualen versengen mich innerlich, sind unerträglich, aber auf eine gewisse Weise reinigend.

Mein Kind ist tot.

Zitternd halte ich mich an Nora fest und gebe den Kampf auf – ich lasse den Schmerz zu.

IV

DIE FOLGEZEIT

39

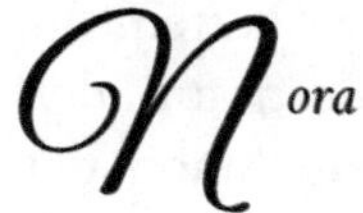

Nora

Zwei Wochen nach unserer Ankunft befindet Julian, dass es sicher für meine Eltern wäre, wieder nach Oak Lawn zurückzukehren.

»In den nächsten Monaten werde ich zusätzliche Sicherheitsmaßnahmen für sie bereitstellen«, erklärt er mir, als wir zu den Trainingsplätzen gehen. »Sie müssen einige Einschränkungen in Kauf nehmen, aber sie sollten wieder zu ihrer Arbeit zurückkehren und auch ihren restlichen normalen Aktivitäten nachgehen können.«

Ich nicke und bin nicht besonders erstaunt, das zu hören. Julian hat mich die ganze Zeit über seine Aktivitäten dieses Thema betreffend auf dem Laufenden gehalten, und ich weiß, dass die Sullivans nicht länger eine Gefahr darstellen. Mit der gleichen rücksichtslosen Taktik, die er schon bei der Al-Quadar angewendet hat, ist meinem Ehemann das gelungen, was die Behörden seit Jahrzehnten erfolglos versucht haben: er hat Chicago von seiner einflussreichsten kriminellen Familie befreit.

»Was ist mit Frank?«, frage ich, als wir an zwei Wächtern vorbeigehen, die auf dem Rasen kämpfen. »Ich dachte, dass die CIA nicht wollte, dass irgendjemand von uns jemals wieder das Land betritt.«

»Sie haben gestern nachgegeben. Ich musste etwas Überzeugungsarbeit leisten, aber deine Eltern sollten problemlos zurückkehren können.«

»Aha.« Ich kann mir kaum vorstellen, wie diese »Überzeugungsarbeit« ausgesehen haben muss, wenn man bedenkt, welche Zerstörung wir hinterlassen haben. Selbst die Säuberungsmannschaft, die die CIA ausgeschickt hatte, konnte nicht verhindern, dass die Geschichte unserer Hochgeschwindigkeitsschlacht ans Licht kam. Das Gebiet rund um den privaten Flughafen ist zwar nicht dicht besiedelt, aber die Explosionen und Schüsse waren nicht unbemerkt geblieben. In den letzten Wochen war alles, über das die Medien berichteten, der geheime Einsatz in Chicago »zur Festnahme des tödlichen Waffenhändlers« gewesen.

So, wie Julian schon im Auto gemutmaßt hatte, hatten die Sullivans wirklich einige größere Gefallen eingefordert, um den Angriff zu organisieren. Der Polizeichef – ehemals ein Spion der Sullivans und heute blutige Schmiere in Lauge – hatte die Informationen über uns, die die Sullivans ausgegraben hatten, dazu benutzt, wegen des »Waffendealers, der Sprengstoff in die Stadt schmuggeln will« eilig ein Spezialeinsatzkommando zusammenzustellen. Die Männer von Sullivan, die sich ihm angeschlossen hatten, wurden als »Verstärkung aus einem anderen Bezirk« ausgegeben, und die ganze hastig organisierte Operation wurde vor den anderen Behörden geheim gehalten – was der Grund dafür war, dass sie uns ohne Vorwarnung traf.

»Mach dir keine Gedanken«, meint Julian, der meinen Gesichtsausdruck falsch deutet. »Außer Frank und einigen anderen hochrangigen Beamten weiß niemand, dass deine Eltern an dem Geschehen beteiligt waren. Die erhöhten Sicherheitsvorkehrungen sind lediglich eine Vorsichtsmaßnahme, nichts weiter.«

»Das weiß ich.« Ich blicke ihn an. »Du würdest sie niemals zurückkehren lassen, wenn es nicht sicher wäre.«

»Nein«, erwidert Julian sanft und hält vor dem Eingang zum Kampfraum an. »Das würde ich nicht tun.« Seine Stirn glänzt wegen der feuchten Luft schweißig, sein ärmelloses Shirt klebt an seinen deutlich geformten Muskeln. Einige seiner Narben von den

Glassplittern in seinem Gesicht und auf seinem Hals sind noch nicht vollständig geheilt, aber sie lenken kaum von seiner anziehenden Erscheinung ab.

Mein Ehemann, der etwa einen halben Meter von mir entfernt steht und mich mit seinen stechenden blauen Augen anschaut, ist das perfekte Bild eines kräftigen, gesunden Mannes.

Ich schlucke, wende meinen Blick ab, und meine Haut prickelt heiß, als ich mich daran erinnere, wie ich heute Morgen aufgewacht bin. Wir hatten zwar seit meiner Fehlgeburt keinen Geschlechtsverkehr mehr, aber das bedeutet nicht, dass Julian und ich keinen Sex hatten. *Auf meinen Knien mit seinem Geschlecht in meinem Mund, gefesselt mit seinem Mund an meiner Klitoris ...* Diese Bilder in meinem Kopf erhitzen mich trotz des ständigen Schuldgefühls, das mich quält.

Warum ist Julian immer noch so nett zu mir? Seit unserer Rückkehr warte ich darauf, dass er mich bestraft, etwas tut, um der Wut, die er fühlen muss, Ausdruck zu verleihen, aber bis jetzt kam nichts. Wenn überhaupt, war er ungewöhnlich zärtlich zu mir, auf gewisse Weise sogar noch fürsorglicher als während meiner Schwangerschaft. Diese Veränderung in seinem Verhalten ist subtil – mehr Küsse und Berührungen tagsüber, jeden Abend eine Ganzkörpermassage, die Bitte an Ana, häufiger meine Lieblingsgerichte zu kochen ... Das ist nichts, was er nicht vorher auch getan hat, aber die Häufigkeit dieser kleinen Gesten hat sich seit unserer Rückkehr aus Amerika erhöht.

Seit wir unser Baby verloren haben.

In meinen Augen steigen plötzlich Tränen auf, und ich senke den Kopf, um sie zu verstecken, während ich an Julian vorbei in die Halle gehe. Ich möchte nicht, dass er mich schon wieder weinen sieht. Das hat er in den letzten Wochen schon zu häufig getan. Vielleicht ist das der Grund dafür, dass er mich noch nicht bestraft hat: er denkt, dass ich nicht stark genug bin, es auszuhalten, hat Angst, dass ich mich wieder in dieses Wrack voller Panikattacken verwandele, das ich nach Tadschikistan war.

Aber das werde ich nicht. Das weiß ich jetzt. Irgendetwas ist diesmal anders.

Etwas in mir ist anders.

Ich gehe zu den Matten hinüber, beuge mich nach vorn und dehne mich, während ich mich gleichzeitig wieder unter Kontrolle bringe.

Als ich mich Julian zuwende, ist auf meinem Gesicht nichts mehr von der Trauer zu sehen, die mich immer wieder unerwartet überkommt.

»Ich bin so weit«, sage ich und stelle mich auf die Matte. »Lass uns anfangen.«

In der nächsten Stunde bringt mir Julian bei, wie ich einen einhundert Kilo schweren Mann innerhalb von sieben Sekunden zu Fall bringen kann; und ich schaffe es, indem ich alle Gedanken an Verlust oder Schuld aus meinem Kopf dränge.

~

NACH DER TRAININGSEINHEIT GEHE ICH ZUM HAUS ZURÜCK, DUSCHE und gehe zum Pool, um meinen Eltern die Neuigkeiten mitzuteilen. Meine Muskeln sind erschöpft, aber ich vibriere durch die Endorphine, die während dieses harten Workouts freigesetzt wurden.

»Also können wir zurückkehren?« Mein Vater setzt sich auf seinem Liegestuhl hin, und ich kann auf seinem Gesicht eine Mischung aus Misstrauen und Erleichterung erkennen. »Und was ist mit diesen ganzen Polizisten? Und diesen kriminellen Verbindungen?«

»Ich bin mir sicher, dass es gelöst wurde, Tony«, erwidert meine Mutter, bevor ich antworten kann. »Julian würde uns nicht zurückschicken, wenn nicht alles in Ordnung wäre.«

Sie trägt einen gelben Badeanzug und sieht gebräunt und erholt aus, so als habe sie die letzten Wochen in einem Resort verbracht – was ja auch irgendwie der Wahrheit entspricht. Julian hat sich selbst übertroffen, damit sich meine Eltern wohlfühlen und den Eindruck gewinnen, sie seien wirklich im Urlaub. Bücher, Filme, köstliches Essen und sogar fruchtige Cocktails am Pool – das alles steht ihnen zur Verfügung, und sogar mein Vater hat widerstrebend zugeben müssen, dass mein Leben auf dem Anwesen eines Waffenhändlers nicht so schrecklich ist, wie er es sich vorgestellt hatte.

»Das stimmt, das würde er nicht«, bestätige ich und setze mich auf einen Liegestuhl neben meiner Mutter. »Julian sagt, dass ihr abreisen könnt, wann immer ihr möchtet. Er könnte das Flugzeug ab morgen bereitstehen haben – auch wenn wir es natürlich schön fänden, wenn ihr noch bleiben würdet.«

Wie erwartet, schüttelt meine Mutter ablehnend den Kopf. »Danke, Süße, aber ich denke, wir sollten nach Hause zurückkehren.

Dein Vater sorgt sich um seinen Job, und meine Chefs fragen täglich nach, wann ich wieder zurückkommen kann ...« Sie bricht ab und schaut mich entschuldigend an.

»Natürlich.« Ich lächele zurück und ignoriere das Zusammenziehen meines Brustkorbs. Ich weiß, was hinter ihrem Wunsch, abzureisen, steckt, und es sind weder ihre Jobs noch ihre Freunde. Trotz des ganzen Komforts hier fühlen sich meine Eltern eingeengt, eingesperrt durch die Wachtürme und die Drohnen, die über dem Dschungel kreisen. Ich kann es an der Art erkennen, wie sie die bewaffneten Wächter anschauen, an der Angst, die in ihrem Gesicht aufflackert, wenn sie an der Trainingsfläche vorbeigehen und Schüsse hören. Für sie ist das Leben hier wie ein Luxusgefängnis voller gefährlicher Krimineller.

Eine dieser Kriminellen ist ihre Tochter.

»Wir sollten hineingehen und packen«, sagt mein Vater und erhebt sich. »Ich denke, es ist das Beste, wenn wir gleich morgen früh fliegen.«

»In Ordnung.« Ich versuche, mich nicht von seinen Worten verletzen zu lassen. Es ist dumm, dass ich mich zurückgewiesen fühle, nur weil meine Eltern nach Hause zurückkehren möchten. Sie gehören nicht hierher, und das weiß ich genauso gut wie sie. Ihre Körper haben sich vielleicht von den Verletzungen erholt, die sie sich während der Verfolgungsjagd zugezogen haben, aber ihre Gedanken sind ein anderes Thema.

Meine Eltern aus der Vorstadt würden mehr als einige Stunden Therapie bei Dr. Wessex benötigen, um darüber hinwegzukommen, explodierende Autos und sterbende Menschen gesehen zu haben.

»Möchtet ihr, dass ich euch beim Packen helfe?«, frage ich, als mein Vater meiner Mutter ein Handtuch um die Schultern legt. »Julian spricht mit seinem Buchhalter, und ich habe bis zum Abendessen nichts zu tun.«

»Das ist schon in Ordnung, Süße«, sagt meine Mutter zärtlich. »Wir können das allein machen. Warum gehst du nicht noch ein wenig schwimmen, bevor es Essen gibt? Das Wasser ist angenehm kühl.«

Damit lassen sie mich am Pool stehen und eilen in das angenehm temperierte Haus.

∼

»Sie reisen morgen früh ab?« Rosa sieht überrascht aus als ich ihr von der bevorstehenden Abreise meiner Eltern berichte. »Das ist aber schade. Ich hatte nicht einmal die Gelegenheit, deiner Mutter den See zu zeigen, von dem du mir erzählt hast.«

»Das ist nicht so schlimm«, sage ich und hebe den Wäschekorb an, um ihr beim Bestücken der Waschmaschine zu helfen. »Sie kommen uns ja hoffentlich noch einmal besuchen.«

»Ja, hoffentlich«, wiederholt Rosa und legt ihre Stirn in Falten, als sie sieht, was ich gerade tue. »Nora, stell ihn wieder ab. Du solltest nicht …« Sie hält abrupt inne.

»Ich sollte keine schweren Sachen heben?«, frage ich und lächele sie ironisch an. »Du und Ana vergesst immer noch, dass ich keine Invalidin mehr bin. Ich kann wieder Gewichte heben und kämpfen und schießen und essen, was immer ich möchte.«

»Natürlich.« Rosa sieht zerknirscht aus. »Es tut mir leid …«, sie greift nach meinem Korb, »aber trotzdem solltest du nicht meine Arbeit machen.«

Seufzend lasse ich los, weil ich weiß, dass sie sich nur aufregen wird, wenn ich darauf bestehe, ihr zu helfen. Seit unserer Rückkehr war sie besonders empfindlich, was das anbelangt, da sie nicht von irgendjemandem anders behandelt werden möchte als zuvor.

»Ich bin vergewaltigt worden, aber meine Arme sind noch intakt«, hatte sie Ana angefahren, als diese versucht hatte, sie mit leichteren Reinigungsaufgaben zu betrauen. »Nichts wird geschehen, wenn ich staubsauge oder einen Wischmopp benutze.«

Natürlich war Ana daraufhin in Tränen ausgebrochen, und Rosa war die nächsten zwanzig Minuten lang damit beschäftigt gewesen, sie zu beruhigen. Die ältere Frau war seit unserer Rückkehr sehr emotional gewesen und hatte öffentlich um meine Fehlgeburt und Rosas Überfall getrauert.

»Sie nimmt das Ganze schlechter auf als meine eigene Mutter«, hat mir Rosa letzte Woche erzählt, und ich nicke, ohne im Geringsten davon überrascht zu sein. Auch wenn ich Frau Martinez nur einige wenige Male getroffen habe, hat diese rundliche, ernste Frau auf mich wie eine ältere Version von Beth gewirkt – mit der gleichen harten Schale und der gleichen zynischen Betrachtung des Lebens. Wie Rosa bei einer solchen Mutter so fröhlich bleiben konnte, wird wohl immer ein Geheimnis für mich bleiben. Selbst jetzt, nach allem, was sie durchgemacht hat, ist das Lächeln meiner Freundin nur ein kleines bisschen weniger strahlend, das Leuchten in ihren Augen nur einen kleinen Hauch gedämpfter. Da ihre Verletzungen jetzt fast verheilt sind, würde niemand jemals ahnen, dass Rosa so etwas Traumatisches überlebt hat – besonders nicht, da sie so unbedingt darauf besteht, normal behandelt zu werden.

Ich seufze erneut und betrachte sie dabei, wie sie die Waschmaschine schnell und effizient belädt, die dunklere Wäsche trennt und sie in einem ordentlichen Haufen auf den Boden legt. Als sie fertig ist, dreht sie sich wieder zu mir um. »Hast du es gehört?«, möchte sie von mir wissen. »Lucas hat die Übersetzerin ausfindig gemacht. Er denkt, er wird sie einfangen, sobald deine Eltern nach Hause geflogen sind.«

»Das hat er dir erzählt?«

Sie nickt. »Ich habe ihn heute Morgen zufällig getroffen und ihn gefragt, wie es ihm geht. Und dabei hat er es mir erzählt.«

»Ich verstehe.« Das verstehe ich nicht im Geringsten, aber ich entscheide mich dagegen, nachzubohren. Rosa ist immer verschwiegener geworden, was ihre eigenartige Nicht-Beziehung zu Lucas anbelangt, und ich möchte keinen Druck auf sie ausüben. Ich nehme an, dass sie mir davon erzählen wird, wenn sie bereit dazu ist – falls es überhaupt etwas zu erzählen gibt.

Sie dreht sich wieder herum, um die Waschmaschine anzustellen, und ich frage mich, ob ich ihr von dem erzählen sollte, was ich gestern herausgefunden habe ... was ich Julian immer noch nicht gesagt habe. Schließlich entscheide ich mich dazu, es zu tun, da sie einen Teil der Geschichte sowieso schon kennt.

»Erinnerst du dich an die junge, hübsche Ärztin, die mich im Krankenhaus behandelt hat?«, frage ich und lehne mich gegen den Trockner.

Rosa wendet sich zu mir und sieht von dem plötzlichen Themenwechsel überrascht aus. »Ja, ich glaube schon. Warum?«

»Ihr Nachname ist Cobakis. Ich erinnere mich daran, ihn auf ihrem Namensschild gelesen zu haben, und dachte, dass er sich bekannt anhörte, so als sei ich vorher schon einmal über ihn gestolpert.«

Rosa sieht neugierig aus. »Und, bist du? Schon vorher über ihn gestolpert, meine ich.«

Ich nicke. »Ja. Ich konnte mich nicht daran erinnern, in welchem Zusammenhang – und gestern ist es mir dann eingefallen. Einer der

Namen auf der Liste, die ich Peter gegeben habe, war George Cobakis.«

Rosa bekommt große Augen. »Die Liste mit den Personen die für den Tod seiner Familie verantwortlich sind?«

»Ja.« Ich hole tief Luft. »Ich war mir nicht hundertprozentig sicher, also habe ich letzte Nacht noch einmal in meiner E-Mail nachgesehen, und ich hatte recht. George Cobakis aus Homer Glen, Illinois. Eigentlich war mir der Name nur wegen des Wohnortes aufgefallen.«

»Oh, wow.« Rosa starrt mich mit offenem Mund an. »Du denkst, dass es eine Verbindung zwischen der Ärztin und diesem George gibt?«

»Ich weiß, dass es sie gibt. Ich habe letzte Nacht George Cobakis gesucht, und in den Ergebnissen ist sie auch mit aufgetaucht. Sie ist seine Frau. Eine lokale Zeitung hat über eine Spendenaktion für Kriegsveteranen und ihre Familien geschrieben, und sie haben ein Bild der beiden veröffentlicht, da das Paar eine Menge für diese Organisation getan hat. Offensichtlich ist er ein Journalist, ein Auslandskorrespondent. Ich habe keine Ahnung, wie sein Name auf dieser Liste gelandet ist.«

»Scheiße.« Rosa sieht gleichzeitig entsetzt und fasziniert aus. »Und was wirst du jetzt tun?«

»Was kann ich schon tun?« Diese Frage quält mich, seit ich von dieser Verbindung erfahren habe. Davor waren die Namen auf der Liste genau das: Namen. Aber jetzt hat einer dieser Namen ein Gesicht, das ich mit ihm verbinde. Ein Foto eines lächelnden dunkelhaarigen Mannes, der neben seiner intelligenten, hübschen Frau steht.

Eine Frau, die ich kennengelernt habe.

Eine Frau, die bald eine Witwe sein wird, wenn Julians ehemaliger Sicherheitsberater Rache übt.

»Hast du mit deinem Mann darüber gesprochen?«, fragt Rosa. »Weiß er Bescheid?«

»Nein, noch nicht.« Ich bin mir nicht sicher, ob ich möchte, dass Julian es erfährt. Vor einigen Wochen habe ich Rosa von der Liste erzählt, die ich zu Peter geschickt habe, aber ich habe ihr nicht erzählt, dass ich es gegen Julians Wunsch getan habe. Dieser Teil – wie das, was geschehen ist, nachdem wir von der Schwangerschaft erfuhren – ist zu privat, um es ihr zu sagen. »Ich nehme an, dass Julian mir sagen wird, dass man jetzt nichts mehr machen kann, weil Peter die Liste bereits hat«, sage ich und versuche, mir die Reaktion meines Ehemannes vorzustellen.

»Und wahrscheinlich hat er damit recht.« Rosa blickt mich ruhig an. »Es ist ein unglücklicher Zufall, dass wir diese Frau getroffen haben, aber wenn ihr Ehemann etwas mit dem zu tun hat, was Peters Familie zugestoßen ist, weiß ich nicht, was wir tun können.«

»Richtig.« Ich atme erneut tief ein und versuche, die Sorge abzuschütteln, die ich seit gestern fühle. »Wir können nichts tun. Wir sollten nichts tun.«

Auch wenn ich diejenige gewesen bin, die Peter die Liste gegeben hat.

Auch wenn ich weiß, dass was auch immer passieren wird mein Fehler sein wird.

»Das ist nicht dein Problem«, meint Rosa, die meine Bedenken spürt. »Peter hätte so oder so die Namen auf der Liste herausbekommen. Er war zu entschlossen, um es nicht zu schaffen. Du bist nicht für das verantwortlich, was er mit diesen Menschen tun wird – das ist Peter.«

»Natürlich«, murmele ich und versuche zu lächeln. »Natürlich weiß ich das.«

Und während Rosa damit fortfährt, die Schmutzwäsche zu sortieren, wechsele ich das Thema, und wir reden über die neu rekrutierten Wächter.

4 0

*J*ulian

Nachdem die Unterhaltung mit meinem Buchhalter beendet ist, stehe ich auf, strecke mich und fühle, wie sich die Anspannung in meinen Muskeln löst. Sofort wenden sich meine Gedanken wieder Nora zu, und ich nehme mein Telefon zur Hand, um zu sehen, wo sie sich gerade befindet. Ich mache das jetzt mindesten fünfzig Mal am Tag, diese Angewohnheit ist so fest in mir verwurzelt wie das tägliche Zähneputzen am Morgen.

Sie ist im Haus, genau dort, wo ich es erwartet habe. Zufrieden stecke ich mein Telefon wieder weg und schließe meinen Laptop, da ich vorhabe, heute Abend nicht mehr zu arbeiten. Zwischen dem ganzen Papierkram für eine neue Briefkastenfirma und den Bewerbungsgesprächen, die ich mit potentiellen Ersatzwächtern geführt habe, habe ich mehr als zwölf Stunden täglich gearbeitet. Es gab Zeiten, in denen es mir gleichgültig gewesen wäre – ich habe nur für meine Geschäfte gelebt –, aber jetzt ist Arbeit für mich eine unerwünschte Ablenkung.

Sie hält mich davon ab, Zeit mit meiner wunderschönen, eigenartig distanzierten Frau zu verbringen.

Ich weiß nicht genau, wann es mir zum ersten Mal aufgefallen ist, dass Nora ständig meinem Blick ausweicht. Dass sie einen Teil von sich zurückhält, sogar beim Sex. Zuerst habe ich ihre Zurückgezogenheit der Trauer und der Verarbeitung des Traumas zugeschrieben, aber im Laufe der Zeit ist mir aufgefallen, dass mehr dahintersteckt.

Sie ist subtil, kaum spürbar, diese Distanz zwischen uns, aber sie ist da. Sie spricht und verhält sich, als sei alles normal, aber ich merke, dass es das nicht ist. Welches Geheimnis sie auch immer vor mir hat, es belastet sie und bringt sie dazu, Mauern zwischen uns aufzubauen. Ich habe sie heute während des Trainings gespürt, und ich habe beschlossen, der Sache endlich auf den Grund zu gehen.

Den Ärzten nach ist sie endlich komplett von der Fehlgeburt geheilt – und auf irgendeine Art und Weise wird sie mir heute Nacht alles erzählen.

~

BEIM ABENDESSEN BEOBACHTE ICH, WIE SICH NORA IHREN ELTERN gegenüber benimmt, nehme hungrig jede noch so kleine ihrer Bewegungen wahr, jedes Blinzeln ihrer langen Wimpern. Ich hätte nicht gedacht, dass das möglich sei, aber seit unserer Rückkehr hat meine Besessenheit von ihr einen neuen Höhepunkt erreicht. Es ist, als seien die Trauer, die Wut und der Schmerz in mir zu einem herzzerreißenden Gefühl verschmolzen, einer Empfindung, die so intensiv ist, dass ich es kaum in mir behalten kann.

Eine Sehnsucht, ausschließlich nach ihr.

Als wir mit dem Hauptgang fertig sind, bemerke ich, dass ich kaum ein Wort gesagt habe, da ich den Großteil der Mahlzeit ihren Anblick und den Klang ihrer Stimme aufgesaugt habe. Das ist wahrscheinlich auch gut so, denn schließlich ist es der letzte Abend, den Noras Eltern bei uns verbringen. Auch wenn sich ihr Vater nicht mehr offen feindselig mir gegenüber zeigt, weiß ich, dass beide Lestons sich immer noch wünschen, ihre Tochter aus meinen Klauen befreien zu können. Natürlich würde ich sie mir niemals von ihnen wegnehmen lassen, aber ich habe kein Problem damit, dass die drei Zeit miteinander verbringen.

Deshalb entschuldige ich mich, sobald Ana den Nachtisch bringt, damit, dass ich schon voll bin, und gehe in die Bücherei, damit sie die Mahlzeit ohne mich beenden können.

Als ich dort ankomme, nehme ich neben dem Fenster Platz und verbringe einige Minuten damit, E-Mails von meinem Handy aus zu beantworten. Danach schleicht sich erneut das Rätsel um Noras eigenartige Distanziertheit zurück in meinen Kopf. Ihr Verhalten der letzten Wochen erinnert mich an die Zeit, nachdem ich ihr die Tracker aufgezwungen hatte. Ich weiß nicht, ob sie wütend auf mich ist – und ich wüsste dieses Mal auch nicht, warum.

Ich blicke auf die Uhr an der Wand und bemerke, dass schon eine halbe Stunde vergangen ist, seit ich den Tisch verlassen habe. Hoffentlich ist Nora schon nach oben gegangen. Als ich ihren Aufenthaltsort nachschaue, sehe ich allerdings, dass sie sich immer noch im Esszimmer aufhält.

Leicht genervt beschließe ich, ein Buch zu lesen, während ich warte, aber dann habe ich eine bessere Idee.

Ich öffne eine andere App auf meinem Telefon, aktiviere das versteckte Tonsignal aus dem Esszimmer, setze meine Bluetooth-Kopfhörer auf und lehne mich in meinem Stuhl zurück, um zuzuhören.

Eine Sekunde später erreicht Gabrielas frustrierte Stimme meine Ohren.

»… Menschen sind gestorben«, wendet sie ein. »Wie kann dir das nichts ausmachen? Es befanden sich Polizisten unter den Kriminellen, gute Männer, die einfach nur Anweisungen befolgt haben …«

»Und sie hätten uns durch die Befolgung dieser Anweisungen getötet.« Noras Ton ist ungewöhnlich scharf, und ich setze mich hin, um konzentrierter zuzuhören. »Ist es besser, durch die Kugel eines guten Mannes zu sterben, als dich und dein Leben zu verteidigen? Es tut mir leid, dass ich nicht die Reue zeige, die du erwartest, Mama, aber es tut mir nicht leid, dass wir alle am Leben sind und es uns gut geht. Nichts von dem, was passiert ist, ist Julians Schuld. Wenn überhaupt …«

»Er ist derjenige, der den Sohn dieses Kriminellen getötet hat«, unterbricht Tony. »Wenn er sich zivilisierter benommen hätte und, anstatt zu morden, neun-eins-eins angerufen hätte …«

»Wenn er sich zivilisierter verhalten hätte, wäre ich vergewaltigt worden, und Rosa hätte noch mehr gelitten, bis die Polizei dagewesen wäre.« Noras Stimme hat einen harten, spröden Unterton. »Du warst nicht dabei, Papa. Du verstehst das nicht.«

»Dein Vater versteht das sehr gut, Süße.« Gabrielas Stimme ist jetzt ruhiger und klingt ein wenig müde. »Und vielleicht konnte dein Ehemann nicht danebenstehen und auf die Polizisten warten, aber er hätte trotzdem darauf verzichten können, den Mann zu töten.«

Darauf verzichten können, den Mann zu töten, der Nora verletzt und beinahe vergewaltigt hat? Mein Blut kocht mit plötzlich aufsteigender Wut. Dieser Dreckskerl hat Glück gehabt, dass ich ihn nicht kastriert und ihm seine Eier in den Hintern geschoben habe. Der einzige Grund für seinen schnellen Tod war die Gegenwart Noras, und dass meine Sorge um sie größer war als meine Wut.

»Vielleicht hätte er das.« Noras Ton gleicht dem ihrer Mutter. »Aber höchstwahrscheinlich wären die Sullivans durch ihre Verbindungen ungestraft davongekommen. Möchtest du das, Mama, dass solche Männer das Gleiche auch mit anderen Frauen machen?«

»Nein, natürlich nicht«, sagt Tony. »Aber das gibt Julian noch lange nicht das Recht, sich als Richter, Geschworener und Vollstrecker aufzuspielen. Als er diesen Mann getötet hat, wusste er nicht, wer er war, also kannst du diese Entschuldigung nicht anbringen. Dein Ehemann hat getötet, weil er es wollte, und aus keinem anderen Grund.«

Einige Sekunden lang herrscht Stille in meinem Kopfhörer. Die Wut in mir wächst, der Ärger steigt auf und brodelt, während ich darauf warte, was Nora erwidern wird. Mir ist es scheißegal, was Noras Eltern über mich denken, aber mir ist es nicht egal, dass sie versuchen, ihre Tochter gegen mich aufzubringen.

Schließlich spricht Nora. »Ja, Papa, du hast recht, das hat er getan.« Ihre Stimme ist ruhig. »Er hat den Mann, der mir wehgetan hat, umgebracht, ohne auch nur einen Moment darüber nachzudenken. Möchtest du, dass ich ihn dafür verurteile? Das kann ich nicht. Das werde ich nicht. Denn wenn ich die Möglichkeit gehabt hätte, hätte ich das Gleiche getan.«

Eine weitere längere Stille folgt. Dann: »Süße, als du das Flugzeug verlassen hast und wir diese ganzen Schüsse gehört haben, warst du das?«, fragt Gabriela leise. »Hast du jemanden erschossen?« Eine kurze Pause, und dann noch leiser: »Hast du jemanden umgebracht?«

»Ja.« Noras Stimme verändert sich nicht. Ich kann sie mir

vorstellen, wie sie dort sitzt und ihre Eltern ohne mit der Wimper zu zucken anschaut. »Ja, Mama, das habe ich.«

Ich höre ein scharfes Einatmen, auf das eine erneute Stille folgt.

»Ich habe es dir gesagt, Gabs.« Jetzt spricht Tony, und seine Stimme ist voller Traurigkeit. »Ich habe dir gesagt, dass sie es getan haben muss. Unsere Tochter hat sich verändert – er hat sie verändert.«

Ich nehme ein schabendes Geräusch wahr, so als bewege sich ein Stuhl über den Boden, und danach ein zitterndes »Ach, Süße«. Darauf folgt ein unterdrücktes Schluchzen, und Noras Stimme murmelt: »Nicht weinen, Mama. Bitte weine nicht. Es tut mir leid, dass ich euch enttäuscht habe. Es tut mir unglaublich leid …«

Ich ertrage es nicht mehr, zuzuhören. Ich springe von meinem Stuhl und eile aus der Bibliothek, da ich entschlossen bin, mir Nora zu schnappen und sie nach oben zu bringen. Dieser Schuldgefühlstrip ist das Letzte, was sie gerade gebrauchen kann, und wenn ich sie vor ihren eigenen Eltern beschützen muss, werde ich das auch tun.

Während ich gehe, höre ich, dass sie weiterreden, und verlangsame meine Schritte, um zuzuhören.

»Du hast uns nicht enttäuscht, Süße«, sagt Noras Vater mit belegter Stimme. »Das ist es überhaupt nicht. Es ist lediglich, dass wir jetzt erkennen, dass du nicht mehr das gleiche Mädchen bist … dass du, selbst wenn du zu uns zurückkämest, nicht mehr dieselbe sein würdest.«

»Nein, Papa«, erwidert Nora ruhig. »Das wäre ich nicht mehr.«

Einige Sekunden vergehen, bevor ihre Mutter erneut spricht. »Wir lieben dich, Süße«, sagt sie mit leiser, angespannter Stimme. »Bitte zweifele nie daran, dass wir dich lieben.«

»Ich weiß, Mama. Und ich liebe euch, alle beide.« Zum ersten Mal bricht Noras Stimme. »Es tut mir leid, dass sich die Dinge so entwickelt haben, aber ich gehöre jetzt hierher.«

»Zu ihm.« Erstaunlicherweise hört sich Gabriela nicht verbittert an, eher resigniert. »Ja, das haben wir jetzt auch erkannt. Er liebt dich. Ich hätte niemals gedacht, dass ich das einmal sagen würde, aber er tut es. Die Weise, wie ihr beide zusammen seid, die Art, wie er dich anschaut …« Sie lacht zitternd auf. »Ach Süße, wir würden einen Arm und ein Bein dafür geben, dass es jemand anderes wäre. Ein guter Mann mit einem normalen Job, der dir ein Haus in unserer Nähe kauft …«

»Julian hat mir ein Haus in eurer Nähe gekauft«, unterbricht Nora sie, und ihre Mutter lacht erneut auf, diesmal hört sie sich allerdings ein wenig hysterisch an.

»Das stimmt«, sagt sie, als sie sich wieder beruhigt hat. »Das hat er.«

Jetzt lachen beide Frauen, und ich atme erleichtert aus. Vielleicht braucht Nora meine Hilfe doch nicht.

Ein weiteres Stühlerücken, und dann meint Tony schroff: »Wir sind für dich da, Süße. Egal, was passiert, wir sind immer für dich da. Sollten sich die Dinge jemals ändern, solltest du ihn jemals verlassen und nach Hause kommen wollen ...«

»Das wird nicht passieren, Papa.« Die ruhige Sicherheit in Noras Stimme erwärmt mich, verjagt den letzten Rest meiner Wut. Ich freue mich so sehr, dass ich es fast nicht höre, als sie mit leiser Stimme hinzufügt: »Außer, er möchte es.«

»Das wird er nicht«, erwidert Noras Vater und hört sich bitter an. »So viel steht fest. Wenn es nach dem Willen dieses Mannes ginge, wärst du nie weiter als drei Meter von ihm entfernt.«

Ich höre seinen Worten nur mit einem halben Ohr zu und grübele stattdessen über das nach, was Nora davor gesagt hat. *Außer, er möchte es.* Sie hat sich fast so angehört, als habe sie Angst, dass das der Fall sein könnte. Oder möchte sie, dass es der Fall ist? Eine hässliche Vermutung schleicht sich in meinen Kopf. War sie deshalb in den letzten Tagen so distanziert – weil sie möchte, dass ich sie gehen lasse? Weil sie nicht länger bei mir sein möchte und hofft, dass ich sie gehen lassen werde, um für das zu büßen, was passiert ist?

Mein Brustkorb verengt sich durch einen plötzlichen Schmerz, obwohl gleichzeitig eine neue Wut in mir entfacht ist. Ist es das, was mein Kätzchen erwartet? Eine Art große Geste, mit der ich ihr ihre Freiheit wiedergebe? In der ich um ihre Vergebung bettele und so tue, als täte es mir leid, sie überhaupt entführt zu haben?

Das kann sie vergessen.

Ich nehme die Kopfhörer ab, und dunkler Zorn fegt durch mich hindurch, als ich mich umdrehe und zwei Stufen auf einmal nehme.

Wenn Nora denkt, dass ich so verrückt bin, hat sie sich getäuscht.

Sie gehört mir, und das wird auch für den Rest unseres Lebens so bleiben.

MÜDE UND TROTZDEM AUFGEKRATZT DURCH DAS GESPRÄCH MIT MEINEN Eltern gehe ich die Treppe zu unserem Schlafzimmer hinauf. Auch wenn ein Teil von mir mein neues Leben lieber von meinen Eltern abgeschirmt hätte, bin ich erleichtert, dass sie jetzt die Wahrheit kennen.

Dass sie die Frau kennen, die ich geworden bin, und mich trotzdem noch lieben.

Als ich am Schlafzimmer ankomme, öffne ich die Tür und trete ein. Es brennt kein Licht, und als ich die Tür hinter mir schließe, frage ich mich, wo Julian steckt. Ich bin zwar froh, die Gelegenheit gehabt zu haben, die Spannungen mit meinen Eltern auszuräumen, aber die Tatsache, dass er das Abendessen ohne eine weitere Erklärung verlassen hat, beunruhigt mich. Ist etwas passiert – oder hatte er einfach keine Lust mehr auf unsere Gesellschaft?

Hatte er keine Lust mehr auf mich?

Gerade als mich dieser zerstörerische Gedanke durchfährt, bemerke ich einen dunklen Schatten nahe des Fensters.

Mein Puls steigt an, und auf meiner Haut prickelt pure Angst, als ich versuche, den Lichtschalter zu finden.

»Nein.« Julians Stimme ertönt aus der Dunkelheit, und meine Knie geben vor Erleichterung fast nach.

»Gott sei Dank. Einen Moment lang habe ich nicht erkannt, dass ...«, beginne ich, als mir sein grober Ton auffällt. »... du es bist«, beende ich meinen Satz unsicher.

»Wer sollte es denn sonst sein?« Mein Ehemann dreht sich herum und durchquert den Raum mit dem lautlosen Gang eines Raubtieres, um zu mir zu kommen. »Das hier ist unser Schlafzimmer. Oder hast du das vergessen?« Er legt seine Hände hinter mir auf die Wand und blockiert mich damit.

Ich atme überrascht ein und drücke meine Handflächen gegen die kalte Wand. Julian hat definitiv schlechte Laune, und ich habe keine Ahnung, warum. »Nein, natürlich nicht«, erwidere ich langsam und blicke in sein Gesicht, das sich allerdings im Schatten befindet. Es ist so dunkel, dass das Einzige, was ich erkennen kann, ein leichtes Glitzern in seinen Augen ist. »Was ...«

Er tritt näher heran, legt seinen Körper auf meinen, und ich atme scharf ein, als ich sein hartes Geschlecht auf meinem Bauch spüre. Er ist nackt und erregt, sein heißer, männlicher Geruch umgibt mich, während er mich festhält. Selbst durch mein Kleid hindurch kann ich die Lust spüren, die in ihm pulsiert – Lust und etwas sehr viel Dunkleres.

Mein Körper erwacht schlagartig, und mein Puls rast durch die plötzliche Angst, die in mir aufsteigt. Das ist es: es muss die Bestrafung sein, auf die ich gewartet habe. Dadurch, dass mich die Ärzte heute für gesund erklärt haben, ist meine Schonfrist vorüber.

»Julian?« Sein Name ist eher ein ersticktes Atmen, als er mein Genick umfasst und seine langen Finger fast meine Kehle berühren. Sein ganzer Körper besteht aus Muskeln, die mich hart und kompromisslos umgeben. Ein fester Griff seiner Hand, und er würde meine Kehle zertrümmern. Der Gedanke beängstigt mich, aber trotzdem spüre ich ein leeres Schmerzen in meinem Innersten, und meine Nippel richten sich durch meine plötzliche Erregung auf. Die Wut, die er ausstrahlt, ist greifbar, und es ruft etwas Wildes in mir hervor, nährt das dunkle Feuer, das in mir glüht.

Falls er beschlossen hat, mich endlich zu bestrafen, werde ich verdammt nochmal sichergehen, das zu bekommen, was ich verdient habe.

Er lehnt sich nach vorn, ich spüre seinen Atem auf meinem Gesicht, und in diesem Moment reagiere ich. Meine rechte Hand formt sich an meiner Seite zu einer Faust, und ich schwinge sie mit meiner ganzen Kraft nach oben, um auf die Unterseite seines Kinns zu schlagen. Gleichzeitig drehe ich mich nach rechts, löse mich aus seiner Hand um meinen Hals und ducke mich unter seinem ausgestreckten Arm hindurch, um ihn herumzuwirbeln und ihm auf den Rücken zu schlagen.

Aber er ist nicht mehr da.

In der halben Sekunde, die ich benötigt habe, um mich zu drehen, hat sich Julian bewegt, so schnell und tödlich wie ein Killer. Anstatt auf seinem Rücken aufzukommen, treffe ich seinen scharfen Ellenbogen, und ich schreie auf, als der Aufschlag eine Schmerzwelle durch meinen Arm jagt.

»Scheiße!« Sein wütendes Fauchen wird von einer blitzschnellen Bewegung begleitet. Bevor ich reagieren kann, hat er seine Arme um mich gelegt, meine Handgelenke vor meiner Brust überkreuzt und sein linkes Bein um meine Knie gelegt, damit ich nicht treten kann. Da er mich von hinten festhält, kann ich nicht beißen, und meine Versuche, mit meinem Kopf gegen sein Kinn zu schlagen, sind erfolglos, da er seinen Kopf außerhalb meiner Reichweite hält.

Trotz des ganzen Trainings hat er mich innerhalb von drei Sekunden unterworfen.

Frustration, gemischt mit Adrenalin, verstärkt die kochende Wut in mir. Wut auf ihn, dafür, mich diese zwei Wochen mit seiner Zärtlichkeit verhöhnt zu haben, und vor allem Wut auf mich selbst.

Meine Schuld, meine Schuld, es ist alles meine Schuld. Diese Worte hallen wie bösartige Trommelschläge in meinem Kopf wider. Schuld, bitter und dick, steigt in mir auf, verschlägt mir den Atem, als sie sich mit der schmerzenden Trauer mischt.

Rosa. Unser Baby. Dutzende toter Männer.

Das Geräusch, das mir entweicht, ist eine Mischung aus Knurren und Schluchzen. Obwohl es sinnlos ist, beginne ich, zu kämpfen, mich in Julians eisernem Griff zu drehen und zu winden. Ich habe nicht viel Platz, aber dadurch, dass er mich mit einem Bein festhält, reichen meine frenetischen und ruckartigen Bewegungen aus, um ihn aus dem Gleichgewicht zu bringen.

Mit einem lauten Fluch fällt er nach hinten, allerdings ohne seinen Griff um mich zu lockern. Sein Rücken fängt den Aufprall ab. Ich spüre kaum, wie wir auf dem Boden landen, während er schnauft und sich sofort herumrollt, um mich an dem harten Holzboden festzunageln. Trotz seines schweren Gewichts auf mir kämpfe ich weiter, wehre mich mit all meiner Kraft. Das kalte Holz drückt mir ins Gesicht, aber ich nehme den Schmerz kaum wahr.

Meine Schuld, meine Schuld, alles meine Schuld.

Halb keuchend, halb schluchzend, versuche ich, nach hinten zu treten, ihn ein wenig von dem Schmerz spüren zu lassen, der mich innerlich auffrisst. Meine Muskeln schreien vor Anstrengung, aber ich höre nicht auf – auch nicht, als Julian meine Handgelenke nach hinten zieht und sie mit seinem Gürtel dort festbindet, und nicht einmal, als er mich an meinem Ellenbogen anfasst und mich zum Bett zerrt.

Ich kämpfe, als er mein Kleid und meine Unterwäsche zerreißt, als er mit seiner Hand in mein Haar greift und mich auf meine Knie zwingt. Ich kämpfe, als ginge es um mein Leben, so als sei der Mann, der mich festhält, mein schlimmster Feind und nicht meine größte Liebe. Ich kämpfe, weil er stark genug ist, um die Wut, die ich in mir habe, auszuhalten.

Weil er stark genug ist, sie von mir wegzunehmen.

Als ich mich in seinem brutalen Griff winde, zwingt er mit seinem Knie meine Beine auseinander, und sein Geschlecht drückt sich gegen meinen Eingang. Mit einem ungebremsten Stoß dringt er von hinten in mich ein, und ich schreie vor Schmerzen auf, vor unsäglicher Erleichterung darüber, dass er mich in Besitz nimmt. Ich bin feucht, aber nicht ausreichend, nicht einmal ansatzweise ausreichend, und jeder bestrafende Stoß reibt mich auf, verletzt mich, heilt mich. Meine Gedanken zerfallen, der beschwörende Gesang in mir verschwindet, und das Einzige, was übrig bleibt, ist das Gefühl seines Körpers in mir, der Schmerz und die quälende Lust unseres Verlangens.

Ich rase einem Orgasmus entgegen, als Julian beginnt, zu mir zu sprechen, knurrt, dass er mich immer behalten wird, dass ich nie jemand anderem gehören werde. Aus seinen Worten höre ich eine dunkle Drohung, ein Versprechen, dass ihn nichts aufhalten kann. Seine Rücksichtslosigkeit sollte mich beängstigen, doch als mein Körper erleichtert explodiert, ist Angst das Letzte, was ich empfinde.

Das Einzige, was ich spüre, ist reines Glück.

Danach legt er mich auf meinen Rücken, befreit meine Handgelenke, und mir wird klar, dass ich irgendwann aufgehört haben muss zu kämpfen. Der Zorn ist verschwunden, und an seine Stelle sind tiefe Erschöpfung und Erleichterung getreten.

Erleichterung darüber, dass Julian mich immer noch will. Dass er mich bestrafen, aber nicht wegschicken wird.

Als er meine Knöchel ergreift und sie auf seinen Schultern ablegt, leiste ich keinerlei Widerstand. Ich wehre mich nicht, als er sich nach vorn beugt und mich fast zusammenklappt, und ich versuche nicht, mich wegzubewegen, als er die reichlich vorhandene Feuchtigkeit von meinem Geschlecht abschöpft, um sie zwischen meinen Pobacken zu verschmieren. Erst als ich seine Dicke an der anderen Öffnung spüre, entweicht mir ein wortloser Protestlaut, und mein Schließmuskel zieht sich zusammen, während meine Hände sich auf seine Brust legen und versuchen, ihn wegzuschieben. Es ist eine schwache, eher symbolische Geste – ich kann Julian unmöglich auf diese Weise bewegen –, aber selbst dieser kleine Hinweis auf Widerstand scheint ihn zu verärgern.

»Oh nein, das wirst du nicht«, knurrt er, und in dem schwachen Licht, das durch das Fenster hereinscheint, sehe ich das dunkle Glitzern seiner Augen. »Das wirst du mir nicht verwehren, du wirst mir gar nichts verwehren. Du gehörst mir ... jeder Millimeter von dir.« Er drückt nach vorn, und sein riesiges Geschlecht zwängt sich in meine Öffnung während er rau flüstert: »Wenn du diesen Po nicht entspannst, mein Kätzchen, wirst du es bereuen.«

Ich erzittere mit perverser Erregung, und meine Nägel dringen in seine Brust ein, als der enge Muskelring unter seinem gnadenlosen Druck nachgibt. Dieses brennende Eindringen ist qualvoll, mein Inneres wird aufgewühlt, als er immer tiefer in mich eindringt. Es ist Monate her, dass er mich das letzte Mal so genommen hat, und mein Körper hat vergessen, wie er damit umzugehen hat, wie er sich mit diesem zu vollen Gefühl entspannen muss. Ich kneife meine Augen zusammen, versuche, langsam zu atmen, stark zu bleiben, aber Tränen – dumme, verräterische Tränen – steigen trotzdem auf, laufen aus den Ecken meiner Augen heraus.

Es ist nicht der Schmerz, der mich zum Weinen bringt, oder die perverse Reaktion meines Körpers darauf.

Es ist das Wissen, dass die Bestrafung noch nicht vorüber ist, dass Julian mir immer noch nicht vergeben hat.

Dass er mir vielleicht niemals vergeben wird.

»Hasst du mich?« Diese Frage rutscht mir heraus, bevor ich sie unterdrücken kann. Ich will es nicht wissen, aber gleichzeitig kann ich es nicht ertragen, weiterhin zu schweigen. Ich öffne die Augen und blicke die dunkle Figur über mir an. »Julian, hasst du mich?«

Er hält inne, sein Geschlecht ist immer noch tief in mir vergraben. »Dich hassen?« Sein großer Körper spannt sich an, und seine vor Lust raue Stimme wird ungläubig. »Was zum Teufel, Nora? Wieso sollte ich dich denn hassen?«

»Weil ich eine Fehlgeburt hatte.« Meine Stimme zittert. »Weil unser Kind meinetwegen gestorben ist.«

Einen Moment lang antwortet er nicht, bevor er sich mit einem leisen Fluch aus mir zurückzieht und mich vor Schmerzen aufstöhnen lässt.

»Scheiße!« Er lässt mich los und bewegt sich ein wenig auf dem Bett nach hinten. Die plötzliche Abwesenheit seiner Hitze und seines schweren Gewichts überrascht mich, genauso wie das Licht der Nachttischlampe, die er einschaltet. Ich brauche einen Moment, bevor sich meine Augen an das Licht gewöhnt haben und ich seinen Gesichtsausdruck erkennen kann.

»Du denkst, dass ich dir aus dem, was passiert ist, einen Vorwurf mache?«, fragt er rau und hockt sich hin. Seine Augen brennen intensiv, während er mich mit einem immer noch vollständig erigierten Geschlecht anschaut. »Du denkst, dass es deine Schuld war?«

»Natürlich war es das.« Ich setze mich auf und spüre ein brennendes, wundes Gefühl tief dort drinnen, wo er sich gerade noch befunden hatte. »Ich bin diejenige, die nach Chicago fahren wollte, in diesen Klub gehen wollte. Ohne mich wäre nichts davon …«

»Hör auf damit.« Sein grobes Kommando vibriert durch mich hindurch, selbst als seine Gesichtszüge sich zu etwas verziehen, was Schmerzen ähnelt. »Hör bitte einfach damit auf, Baby.«

Ich verstumme und blicke ihn verwirrt an. Ist es nicht gerade noch genau darum gegangen? Meine Bestrafung dafür, ihn enttäuscht zu haben? Dafür, mich und unser Kind in Gefahr gebracht zu haben?

Er schaut mir immer noch in die Augen, atmet tief ein und bewegt sich auf mich zu. »Nora, mein Kätzchen …« Er nimmt mein Gesicht in seine großen Handflächen. »Wie kannst du nur denken dass ich dich hasse?«

Ich schlucke. »Ich hatte gehofft, dass du es nicht tust, aber ich weiß, dass du wütend bist …«

»Du denkst, dass ich wütend bin, weil du deine Eltern sehen wolltest? Ausgehen und Spaß haben wolltest?« Seine Nasenlöcher blähen sich. »Zum Teufel, Nora, falls überhaupt jemand an dieser Fehlgeburt schuld ist, dann ich. Ich hätte dich nicht allein zur Toilette gehen lassen sollen …«

»Aber du konntest ja nicht wissen …«

»Genauso wenig wie du.« Er holt tief Luft, legt seine Hand auf meinen Schoß und umfasst meine Hände mit seinen warmen Handflächen. »Es war nicht deine Schuld«, sagt er rau. »Nichts davon war deine Schuld.«

Ich befeuchte meine trockenen Lippen. »Aber warum warst du dann …«

»Warum ich wütend war?« Sein wunderschöner Mund verzieht sich. »Weil ich dachte, dass du mich verlassen wolltest. Weil ich etwas missverstanden habe, was du heute Nacht zu deinen Eltern gesagt hast.«

»Was?« Meine Augenbrauen ziehen sich zusammen. »Was habe ich – oh.« Ich erinnere mich an meinen abwegigen Kommentar, geboren aus Angst und Unsicherheit. »Nein, Julian, das habe ich nicht damit gemeint«, beginne ich, aber er drückt meine Hände, bevor ich weiterreden kann.

»Ich weiß«, sagt er sanft. »Glaub mir, Baby, jetzt habe ich es verstanden.«

Wir blicken uns schweigend an, und die Luft ist schwer mit dem Echo von brutalem Sex und dunklen Gefühlen, mit den Nachwirkungen aus Lust und Schmerz und Verlust. Es ist eigenartig, aber in diesem Moment verstehe ich ihn besser als je zuvor. Ich sehe den Mann hinter dem Monster, den Mann, der mich so sehr braucht, dass er alles tun wird, um mich bei sich zu behalten.

Der Mann, den ich so sehr brauche, dass ich alles tun werde, um bei ihm zu bleiben.

»Liebst du mich, Julian?« Ich weiß nicht, woher ich den Mut nehme, ihm jetzt diese Frage zu stellen, aber ich muss es ein für alle Mal wissen. »Liebst du mich?«, wiederhole ich und blicke ihm weiterhin in die Augen.

Einen Moment lang bewegt er sich nicht und sagt auch nichts. Er umfasst meine Hände so fest, dass es schmerzt. Ich kann seinen inneren Kampf spüren, das Verlangen, das gegen die Angst ankämpft. Ich warte, halte meine Luft an und weiß dabei, dass er sich vielleicht niemals so weit öffnen kann, sich selbst niemals die Wahrheit eingestehen wird. Als er endlich spricht, erschrecke ich mich fast.

»Ja, Nora«, sagt er rau. »Ja, ich liebe dich. Ich liebe dich so sehr, dass es verdammt nochmal wehtut. Ich wusste es nicht, oder vielleicht wollte ich es auch einfach nicht wissen, aber es war immer da. Ich habe den Großteil meines Lebens damit verbracht, zu versuchen, nichts zu fühlen, Menschen nicht zu nahe an mich heranzulassen, aber ich habe dich vom ersten Augenblick an geliebt. Ich habe einfach nur zwei Jahre gebraucht, um es zu erkennen.«

»Woran hast du es erkannt?«, flüstere ich, und mein Herz schmerzt vor Erleichterung und Freude. *Er liebt mich.* Bis zu diesem Moment hatte ich nicht gewusst, wie verzweifelt ich diese Worte gebraucht habe, wie sehr ihr Fehlen mich belastet hat. »Seit wann weißt du es?«

»Seit der Nacht, in der wir zurück nach Hause gekommen sind.« Sein muskulöser Hals bewegt sich, als er schluckt. »Als ich neben dir lag. Ich habe meine Gefühle wirklich zugelassen – den Schmerz darüber, unser Baby verloren zu haben, den Schmerz darüber, die ganzen anderen Menschen in meinem Leben verloren zu haben –, und ich habe erkannt, dass ich versucht habe, mich vor dem quälenden Gefühl zu schützen, dich verlieren zu können. Ich habe versucht, dich nicht zu lieben, damit es mich nicht zerstören würde. Aber es war zu spät. Ich habe dich bereits geliebt. Das habe ich seit einer langen Zeit. Besessenheit, Abhängigkeit, Liebe – es ist alles das Gleiche. Ich kann nicht ohne dich leben, Nora. Dich zu verlieren würde mich zerstören. Ich kann alles überleben, aber das nicht.«

»Oh, Julian …« Ich kann mir kaum vorstellen, wie schwer es für diesen starken, rücksichtslosen Mann gewesen sein muss, das zuzugeben. »Du wirst mich nicht verlieren. Ich bin hier. Ich gehe nirgendwohin.«

»Ich weiß.« Seine Augen verengen sich, und jegliche Spuren von Verletzlichkeit verschwinden aus seinem Gesicht. »Nur weil ich dich liebe, bedeutet das nicht, dass ich dich jemals gehen lassen würde.«

Ein zitteriges Lachen entweicht mir. »Natürlich nicht. Das weiß ich.«

»Niemals.« Er scheint das Bedürfnis zu haben, diesen Punkt zu unterstreichen.

»Das weiß ich auch.«

Dann blickt er mich an, hält weiterhin meine Hände in seinen, und ich kann seinen wortlosen Befehl spüren. Er möchte, dass ich ebenfalls meine Gefühle zugebe, meine Seele vor ihm genauso freilege, wie er gerade seine vor mir ausgebreitet hat. Ich gebe ihm, wonach er verlangt.

»Ich liebe dich, Julian«, sage ich und lasse ihn die Wahrheit meiner Worte von meinen Augen ablesen. »Ich werde dich immer lieben – und ich möchte nicht, dass du mich jemals gehen lässt.«

Ich weiß nicht, ob er sich auf mich zubewegt oder ob ich den ersten Schritt mache, aber irgendwie finden sich unsere Münder, und seine Lippen und seine Zunge verschlingen mich, während er mich in einer unausweichlichen Umarmung festhält. Wir vereinigen uns – in Schmerzen und Lust, in Gewalt und Leidenschaft.

Wir vereinigen uns auf unsere Art der Liebe.

AM NÄCHSTEN MORGEN STEHE ICH NEBEN DER LANDEBAHN, ALS DAS Flugzeug, das meine Eltern nach Hause bringt, abhebt. Als es nur noch ein kleiner Punkt am Himmel ist, drehe ich mich zu Julian um, der neben mir steht und meine Hand hält.

»Sag es mir noch einmal«, bitte ich ihn leise und blicke ihn an.

»Ich liebe dich.« Seine Augen leuchten, als sich unsere Blicke treffen. »Ich liebe dich, Nora, mehr als mein Leben.«

Ich lächele, und mein Herz fühlt sich viel leichter an als in den letzten Wochen. Der Schatten der Trauer ist immer noch in mir, genauso wie das unterschwellige Schuldgefühl, aber die Dunkelheit zieht sich langsam zurück. Ich kann mir einen Tag vorstellen, an dem der Schmerz weniger werden wird, an dem alles, was ich fühle, Zufriedenheit und Glück sein wird.

Unsere Schwierigkeiten sind nicht überwunden – das können sie, so, wie wir beide sind, auch nicht – aber die Zukunft flößt mir nicht länger Angst ein. Bald werde ich die hübsche Ärztin und Peters Rachepläne ansprechen müssen, und irgendwann später werden wir über die Möglichkeit eines zweiten Kindes reden müssen und darüber, wie wir mit der allgegenwärtigen Gefahr für unser Leben umgehen werden.

Aber in diesem Augenblick müssen wir nichts anderes tun, als unser Zusammensein zu genießen.

Es genießen, zu leben und verliebt zu sein.

EPILOG

DREI JAHRE SPÄTER

Julian

»NORA ESGUERRA!«

Als der Präsident der Stanford University ihren Namen aufruft, sehe ich zu, wie meine Frau über die Bühne geht, in der gleichen schwarzen Robe und der Kopfbedeckung wie der Rest der Absolventen. Die Robe fällt locker um ihren zierlichen Körper und verdeckt den kleinen aber schon sichtbaren Bauch — das Kind, das wir diesmal beide kaum erwarten können.

Nora hält vor dem Präsidenten an, schüttelt unter Beifall seine Hand und dreht sich danach herum, um in die Kamera zu lächeln. Ihr zartes Gesicht leuchtet in der hellen Morgensonne.

Der Blitz der Kamera erschreckt mich, auch wenn ich wusste, dass er losgehen würde.

Ich erwische mich dabei wie ich die Waffe, die ich an meiner Taille trage umfasse und zwinge meine Hand dazu sich zu öffnen und sich von der Waffe wegzubewegen. Mit hundert meiner besten Männer die das Gelände kontrollieren ist meine Waffe unnötig. Trotzdem fühle ich mich besser wenn ich sie bei mir habe — und ich weiß, dass

Nora froh ist ihre Halbautomatik in ihrer Handtasche liegen zu haben. Obwohl die Eröffnung ihrer zweiten Kunstausstellung in Paris letztes Jahr ohne Zwischenfälle verlief, sind wir momentan mehr als paranoid, entschlossen alles zu tun was sein muss, um die Sicherheit unserer ungeborenen Tochter zu gewährleisten.

Ein weiterer Blitz geht genau neben mir los. Ich blicke zu den Sitzen auf meiner rechten Seite und sehe, dass Noras Eltern Fotos mit ihrer neuen Kamera machen. Sie sehen genauso stolz aus wie ich mich fühle. Als sie meinen Blick auf ihnen ruhen spürt, dreht sich Noras Mutter zu mir um und ich lächele sie warm an bevor ich meine Aufmerksamkeit erneut der Bühne zuwende.

Der nächste Absolvent ist bereits oben, aber ich achte nicht darauf wer es ist. Alles was ich sehe ist mein Kätzchen, dass vorsichtig die Stufen auf der linken Seite der Tribüne hinabsteigt. Nora hält den Lederordner mit ihrem Abschluss in ihren Händen und die Quaste ihrer Kappe hängt auf der anderen Seite ihres Gesichts um ihren neuen Status, den Erhalt des Abschlusses, anzuzeigen.

Sie ist wunderschön, noch schöner als bei ihrem Highschoolabschluss vor fünf Jahren.

Als sie sich ihren Weg durch die anderen Absolventen und deren Familien bahnt, treffen sich unsere Blicke und ich merke wie sich mein Herz ausdehnt, sich mit dieser Mischung aus dunklem Besitzanspruch und zärtlicher Liebe füllt, die sie immer in mir auslöst.

Meine Gefangene. Meine Ehefrau. Meine ganze Welt.

Ich werde sie bis in alle Ewigkeit lieben und sie niemals gehen lassen.

LESEPROBEN

Vielen Dank dafür, dass Sie *Hold Me - Verbunden* gelesen haben! Ich würde mich sehr freuen, wenn Sie eine Buchkritik hinterlassen würden.

Wenn Ihnen *Verschleppt: Die komplette Trilogie* gefallen hat, könnten Sie auch diese Bücher von Anna Zaires mögen:

- *Ergreife Mich: Die komplette Trilogie* – Lucas' & Yulias Geschichte
- *Mein Peiniger* – Die Geschichte von Peter Sokolov
- *Mia & Korum: Die komplette Krinar Chroniken Trilogie* – Ein dunkler Science-Fiction-Liebesroman
- *Die Gefangene des Krinar* – Ein abgeschlossener dunkler Science-Fiction-Liebesroman

Gemeinschaftsprojekte mit ihrem Ehemann, Dima Zales:

- *Mindmachines* – Techno-Thriller
- *Gedankendimensionen 0, 1 und 2* – Urban Fantasy
- *Die letzten Menschen: Die komplette Trilogie* – Dystopische/postapokaliptische Science-Fiction
- *Der Zaubercode* – High Fantasy

Wenn Sie über Neuerscheinungen benachrichtigt werden möchten, besuchen Sie bitte meine Homepage www.annazaires.com/book-series/deutsch/ und tragen Sie sich für meinen Newsletter ein.

Und jetzt blättern Sie bitte für einen kleinen Vorgeschmack auf Capture *Me – Ergreife Mich* und *Mein Peiniger* um.

AUSZUG AUS CAPTURE ME –
ERGREIFE MICH

Anmerkung der Autorin: Dieser Ausschnitt wird aus Yulias
Perspektive erzählt. Für alle diejenigen, die die Twist Me –
Verschleppt Reihe kennen: diese Szene spielt sich zu dem Zeitpunkt
in Moskau ab, als Lucas und Julian sich dort mit den russischen
Funktionären treffen.

~

Er betritt mein Apartment sobald sich die Tür öffnet. Er zögert nicht,
er grüßt nicht – er tritt einfach ein.

Überrascht weiche ich zurück und der kurze, enge Flur fühlt sich
plötzlich bedrückend klein an. Ich hatte ganz vergessen wie groß er
ist, wie breit seine Schultern sind. Für eine Frau bin ich groß – groß
genug um so zu tun als sei ich ein Model, falls es für einen Auftrag
nötig ist – aber er überragt mich um einen Kopf. Mit der schweren
Daunenjacke die er trägt, nimmt er fast den ganzen Flur ein.

Immer noch schweigend schließt er die Tür hinter sich und
kommt auf mich zu. Instinktiv trete ich noch weiter zurück, da ich
mich wie eine in die Ecke getriebene Beute fühle.

»Hallo Yulia«, murmelt er und hält an, als wir aus dem Flur treten.
Sein blasser Blick ruht auf meinem Gesicht. »Ich habe nicht erwartet,
dich so zu sehen.«

Ich schlucke und mein Puls rast. »Ich habe gerade gebadet.« Ich möchte ruhig und selbstsicher wirken, aber er hat mich völlig aus dem Konzept gebracht. »Ich habe keine Besucher erwartet.«

»Das kann ich sehen.« Ein leichtes Lächeln erscheint auf seinen Lippen und die harte Linie seines Mundes wird weicher. »Und trotzdem hast du mich hineingelassen. Warum?«

»Weil ich mich nicht weiter durch die Tür hindurch unterhalten wollte.« Ich atme beruhigend ein. »Kann ich dir einen Tee anbieten?« Es ist dumm das zu fragen wenn man bedenkt weshalb er hier ist, aber ich benötige noch einen Augenblick um mich zu fangen.

Er zieht seine Augenbrauen in die Höhe. »Tee? Nein, Danke.«

»Kann ich dir deine Jacke abnehmen?« Offensichtlich kann ich nicht damit aufhören die Gastgeberin zu spielen, da ich mit der Höflichkeit meine Angst überspiele. »Sie sieht ziemlich warm aus.«

Ein Hauch von Belustigung flackert in seinem eisigen Gesichtsausdruck auf. »Gerne.« Er zieht seine Daunenjacke aus und reicht sie mir. Er trägt einen schwarzen Pullover und eine dunkle Hose, die er in schwarze Winterstiefel gesteckt hat. Die Jeans sitzt eng an seinen muskulösen Oberschenkeln und kräftigen Waden, und an seinem Gürtel sehe ich eine Waffe in einem Holster.

Ungewollt atme ich bei seinem Anblick schneller und muss mich anstrengen, damit meine Hände nicht zittern während ich ihm die Jacke abnehme und sie in meinen winzigen Kleiderschrank hänge. Es ist keine Überraschung, dass er eine Waffe trägt – ich wäre entsetzt wenn das nicht der Fall wäre – aber die Waffe erinnert mich deutlich daran, wer Lucas Kent ist.

Was er ist.

Das ist keine große Sache, sage ich mir um meine angespannten Nerven zu beruhigen. Ich bin an gefährliche Männer gewöhnt. Ich wuchs unter ihnen auf. Dieser Mann ist nicht anders. Ich werde mit ihm schlafen, so viele Informationen herausholen wie ich kann und dann wird er aus meinem Leben verschwunden sein.

Genauso wird es sein. Je schneller ich es hinter mich bringe, desto eher wird das ganze vorbei sein.

Ich schließe die Schranktür, setze mein geübtes Lächeln auf und drehe mich herum um ihn anzuschauen, da ich endlich bereit bin, in die Rolle der selbstsicheren Verführerin zu schlüpfen.

Aber er befindet sich bereits neben mir, da er offensichtlich lautlos den Raum durchquert hat.

Mein Puls rast erneut und ich verliere meine neuerrungene Fassung. Er steht so dicht neben mir, dass ich die grauen Schlieren in seinen blassblauen Augen erkennen kann, so nahe bei mir, dass er mich berühren könnte.

Und eine Sekunde später tut er es auch.

Er hebt seinen Arm, um mit seinem Handrücken über mein Kinn zu streichen.

Ich blicke ihn an und werde von der augenblicklichen Reaktion meines Körpers überrascht. Meine Haut erwärmt sich, meine Nippel werden hart und meine Atmung beschleunigt sich. Es ergibt keinen Sinn, dass mich dieser harte, rücksichtslose Fremde so sehr erregt. Sein Chef sieht besser aus, und trotzdem reagiert mein Körper auf Kent. Er hat nur mein Gesicht berührt. Das sollte mir nichts bedeuten, aber trotzdem geht es mir nahe.

Es geht mir nahe und verwirrt mich.

Ich schlucke erneut. »Herr Kent – Lucas – bist du sicher, dass ich dir nichts zu trinken anbieten kann? Vielleicht einen Kaffee oder –« Meine Worte enden damit, dass ich nach Luft schnappe als er nach dem Gürtel meines Bademantels greift und so selbstverständlich daran zieht, als würde er ein Paket auspacken.

»Nein.« Er sieht dabei zu, wie der Bademantel zu Boden gleitet und meinen nackten Körper freigibt. »Keinen Kaffee.«

~

Capture Me – Ergreife Mich ist jetzt erhältlich. Falls Sie mehr darüber erfahren möchten, besuchen Sie bitte meine Homepage www.annazaires.com/book-series/deutsch/.

AUSZUG AUS DER MEIN PEINIGER

Anmerkung der Autorin: *Mein Peiniger* ist das erste Buch in Peters
dunkler Romanreihe. Der folgende Auszug ist aus Peters Sicht
geschrieben.

~

Er kam mitten in der Nacht zu mir, ein grausamer, auf dunkle Art
und Weise schöner Fremder aus den gefährlichsten Ecken Russlands.
Er hat mich gepeinigt und gebrochen, meine Welt für seine Rache
zerstört.

Jetzt ist er zurück, aber er will nicht länger meine Geheimnisse.

Der Mann, der meine Albträume beherrscht, will mich.

~

»Werden Sie mich umbringen?«
    Sie versucht – erfolglos –, ihre Stimme ruhig zu halten. Trotzdem
bewundere ich ihren Versuch, gelassen zu bleiben. Ich habe mich ihr
an einem öffentlichen Ort genähert, damit sie sich sicherer fühlt, aber

sie ist zu clever, um darauf hereinzufallen. Wenn sie ihr etwas über mich erzählt haben, muss sie wissen, dass ich ihr schneller den Hals umdrehe, als sie nach Hilfe rufen kann.

»Nein«, antworte ich und beuge mich dabei weiter nach vorn, da ein lauterer Song beginnt. »Ich werde dich nicht töten.«

»Was wollen Sie dann von mir?«

Sie zittert in meinen Armen, und etwas an dieser Tatsache fasziniert mich und stört mich gleichzeitig. Ich will nicht, dass sie Angst vor mir hat, aber gleichzeitig mag ich es, dass sie mir ausgeliefert ist. Ihre Angst spricht das Raubtier in mir an, verwandelt mein Verlangen nach ihr in etwas Dunkleres.

Sie ist eine gefangene Beute, weich und süß und meine, die ich verschlingen kann.

Ich beuge meinen Kopf nach unten, vergrabe meine Nase in ihrem gut riechenden Haar und flüstere ihr ins Ohr: »Triff mich morgen um zwölf in dem Starbucks in der Nähe deines Hauses, und dort werden wir reden. Ich werde dir alles erzählen, was du wissen möchtest.«

Ich ziehe mich zurück, und sie starrt mich mit riesigen Augen in ihrem herzförmigen Gesicht an. Ich weiß, was sie denkt, also beuge ich mich erneut nach vorn, bis mein Mund sich neben ihrem Ohr befindet.

»Wenn du das FBI kontaktierst, werden sie versuchen, dich vor mir zu verstecken. Genauso wie sie versucht haben, deinen Ehemann und die anderen auf meiner Liste zu verstecken. Sie werden dich entwurzeln, dich von deinen Eltern und deiner Karriere trennen, und das alles wird nichts bringen. Ich werde dich finden, egal, wohin du gehst, Sara … egal, was sie tun, um dich von mir fernzuhalten.« Meine Lippen fahren auf dem Rand ihres Ohres entlang, und ich spüre, wie ihre Atmung stockt. »Alternativ könnten sie dich als Köder nutzen wollen. Sollte das der Fall sein, sollten sie mir eine Falle stellen, werde ich das herausfinden, und unser nächstes Treffen wird nicht bei einem Kaffee sein.«

Sie erschaudert, und ich atme tief ein, nehme ein letztes Mal ihren zarten Duft in mich auf, bevor ich sie loslasse.

Ich trete zurück, verschwinde in der Menge und schreibe Anton eine Nachricht, dass sich die Mannschaft auf ihre Positionen begeben soll.

Ich muss sicherstellen, dass sie wohlbehalten nach Hause kommt, ohne von jemand anderem außer mir belästigt zu werden.

~

Mein Peiniger ist überall erhältlich. Wenn Sie mehr darüber erfahren möchten, besuchen Sie bitte meine Website unter www.annazaires.com/book-series/deutsch/.

ÜBER DIE AUTORIN

Anna Zaires ist eine *USA Today* und Internationale Nr.1 Bestseller Autorin. Anna Zaires hat sich schon im zarten Alter von fünf Jahren in Bücher verliebt, in dem ihr ihre Großmutter das Lesen beibrachte. Kurz darauf schrieb sie auch schon ihre erste Geschichte. Seitdem lebt Anna neben der realen Welt auch ständig in einer Phantasiewelt, in der ihr nur ihre eigene Vorstellungskraft Grenzen setzen kann. Zurzeit lebt die verheiratete Autorin in Florida, zusammen mit ihrem Traummann, dem Sience-Fiction und Fantasy Romanautoren Dima Zales, der auch eng mit ihr zusammenarbeitet.

Bitte besuchen Sie www.annazaires.com/book-series/deutsch/ um mehr zu erfahren.